btb

Aus Freude am Lesen

btb

Die falsche Spur

Bei ihrem Dienstantritt macht die Ärztin Veronika Lundborg-Westman einen grausigen Fund: Ihre Kollegin Maria Kaahn liegt ermordet in der Personaldusche. Die Tote galt als Intrigantin mit einer Vorliebe für Affären, weshalb sie bei den Frauen auch nicht besonders beliebt war. Veronika beschließt, dem ratlosen Kommissar Claes Claessen von einem seltsamen Vorgang zu berichten ...

Ein plötzlicher Tod

Ein junger Arzt wird beim Überqueren einer Straße überfahren, am Steuer saß sein Kollege Tomas Bengtsson. War es ein Unfall? Mord? Selbstmord? Die Frau des Opfers ist sich sicher: Ihr Mann wurde in den Tod getrieben. Kommissar Claes Claesson ist einmal mehr dankbar, auf das Insiderwissen der Ärztin Veronika Lundborg-Westman zurückgreifen zu können ...

Autorin

Karin Wahlberg arbeitet als Ärztin an der Universitätsklinik von Lund. »Die falsche Spur« war ihr erster Kriminalroman, der auf Deutsch erschien. In Schweden schaffte das Debüt sofort den Sprung auf die Bestsellerlisten. Auch in Deutschland erfreuen sich Karin Wahlbergs Krimis um die Chirurgin Veronika Lundborg-Westman und Kommissar Claes Claesson großer Beliebtheit.

Karin Wahlberg bei btb

Kalter November. Roman (73284)
Tödliche Blumen. Roman (73348)
Verdacht auf Mord. Roman (73582)

Karin Wahlberg

# Die falsche Spur
# Ein plötzlicher Tod

Zwei Romane in einem Band

btb

Die schwedische Originalausgabe von »Die falsche Spur« erschien 2001 unter dem Titel »Sista jouren«, die Originalausgabe von »Ein plötzlicher Tod« erschien 2002 unter dem Titel »Hon som tittade in« bei Wahlström & Widstrand, Stockholm.



Verlagsgruppe Random House FSC-DEU-0100
Das FSC-zertifizierte Papier *Munken Print* für Taschenbücher aus dem btb Verlag liefert Arctic Paper Munkedals AB, Schweden.

Einmalige Sonderausgabe April 2007
*Die falsche Spur*

*Ein plötzlicher Tod*

Umschlaggestaltung: Design Team München
Umschlagmotiv: corbis
Satz: IBV Satz- und Datentechnik GmbH, Berlin
Druck und Einband: Clausen & Bosse, Leck
EM · Herstellung: AW
Printed in Germany
ISBN: 978-3-442-73606-5

www.btb-verlag.de

# Die falsche Spur

*Aus dem Schwedischen*
*von Holger Wolandt*

## KAPITEL 1

Der Winter wollte dieses Jahr nicht weichen. Unablässig drangen eisige Winde vom Meer durch die dicken Mäntel, durch Mark und Bein, und die Dunkelheit lag wie eine schalldämmende Decke über den Bewohnern der mittelgroßen Stadt. Glücklicherweise hatte es Heiligabend geschneit, so dass der frische Schnee kurzzeitig zur Aufhellung des Stadtbildes beigetragen hatte. Sonst waren die Tage seit Wochen überwiegend matschig und schmutzig nassgrau und verbreiteten schier endlosen Trübsinn. Die Frage, ob eine neue Eiszeit im Anzug sei oder nicht, war in aller Munde und stand als unverfängliches Gesprächsthema an erster Stelle. Viele hatten sich nicht anders zu helfen gewusst, als ihr Sparschwein zu Gunsten einer Reise in den Süden zu plündern. Nach ein, zwei Wochen kamen sie dann mit einer knackigen Bräune zurück, die in grellem Kontrast zur graubleichen Hautfarbe der Zurückgebliebenen stand.

Selbst Veronika hatte sich zum ersten Mal in ihrem Leben ernsthaft nach einem richtigen Badeurlaub gesehnt, Mallorca, Kanarische Inseln, Costa del Sol, Licht und Wärme und eine ausreichende Dosis Müßiggang, um aufzutauen. Aber sie wollte noch bis April warten, um ihre gerade erst ausgeflogene Tochter Cecilia zu besuchen, die in Spanien studierte. So blieb ihr zumindest die Vorfreude.

Eine nagende Schwermut ergriff langsam aber sicher von ihr Besitz. Sie hatte vor dieser depressiven Stimmung so lange wie möglich die Augen verschlossen, aber jetzt ließ es sich nicht länger leugnen, dass ihr Leben immer eintöniger wurde. Seit Cissis Umzug nach Spanien war das noch deutlicher zu erkennen.

Ein Tag nach dem anderen verging, und sie verlebte diese Tage mit der mechanischen Präzision eines gut geölten Uhrwerks. Im Großen und Ganzen tat sie, was von ihr erwartet wurde, und manchmal auch mehr. Unbestreitbar gab es in ihrem Leben so gut wie keine Überraschungen mehr, und in Momenten der Selbstanalyse, die sie in letzter Zeit immer häufiger heimsuchten, fragte sie sich, wie es dazu hatte kommen können. War das der unabänderliche Gang des Lebens? Wurde alles immer lauer, langweiliger und vorhersehbarer? Oder fehlte ihr etwas? Sie fragte sich auch, ob es nicht schon immer so gewesen war, aber früher war sie immer so beschäftigt gewesen und hatte keine Zeit zum Nachdenken gehabt, auch nicht über ihre Gefühle.

Also sah Tyra Blomstrand durch ihr Küchenfenster, wie Veronika auch an diesem Donnerstag, dem 11. März, um Viertel vor sieben wie jeden Morgen ihr Fahrrad aus der Garage schob. Sie war passend gekleidet, dunkelblauer Trainingsanzug, der Wind und Nässe abhielt. Auf dem Kopf trug sie einen optimistisch zitronengelben Helm, auf dem schwarz der Markenname Crescent stand.

Tyra goss ihrem Mann Karl-Henrik Kaffee ein.

»Pünktlich«, meinte sie ungerührt.

Karl-Henrik schaute von der Zeitung auf. Durchs Küchenfenster verfolgte er, wie Veronika das Garagentor mit einem kräftigen Tritt schloss. Dann schwang sie sich aufs Rad und fuhr energisch wie immer in der Morgenkälte die menschenleere Straße entlang, bis ihr gelber Helm aus seinem Blickfeld verschwand.

Veronika kreuzte die stark befahrene Nord-Süd-Umgehung und kam am Industriegebiet vorbei. Der langweilige Teil der Strecke. Vor dem langen Hang zum Wohnviertel Kastanie schaltete sie runter. Am Himmel breitete sich plötzlich ein zartes, eisblaues Licht aus, das sich über den sauber gewaschenen Asphalt und die Gärten mit dem Raureif legte. Dieses alles überwältigende Morgenlicht bringt doch jeden, der im Winterdunkel gelebt hat, dazu, über den Sinn des Lebens nachzudenken, dachte sie verzückt und gleichzeitig wehmütig.

Sie beugte sich über den Lenker, um die letzten Meter des Hangs zu bezwingen. Endlich wurde auch die Vorderseite ihrer Oberschenkel warm. Ihr Gesicht war gerötet. Im Takt mit den rhythmischen Atemzügen flogen ihre Gedanken unbehindert.

In diesem kurzen Augenblick ging es Veronika ausgezeichnet.

Am Himmel zogen schnelle, ausladende Wolken dahin und schoben sich vor die Sonne, wieder war alles grau, und die Luft war schneidend kalt. Bei der Fahrschule Enlund, die in einem unanständig hässlichen Anbau von Herrn Enlunds hübschem gelbem Holzhaus untergebracht war, bog sie nach rechts ab. Oft hatte sie sich überlegt, welche Kontakte zur Baubehörde nötig waren, um so ein Ungetüm aus weißen Betonklinkern errichten zu dürfen.

Als sie an der Fahrschule vorbeifuhr, breitete sich ein neues Licht aus, dieses Mal ein wärmerer Farbton, und sie war plötzlich überzeugt, dass der Frühling auch in diesem Jahr kommen würde, obwohl sie das kaum zu hoffen wagte. Sie legte den fünften Gang ein, nachdem die Anhöhe hinter ihr lag, und fuhr ziemlich schnell. Durch die Nase atmend nahm sie den angenehmen Geruch von trockenem Asphalt wahr, und mitten in diesem neu erwachten Frühlingsgefühl regte sich ein vertrauter Gedanke: Sie wollte sich von ihrem Nachnamen trennen. Lundborg-Westman war immer sperrig und unpraktisch gewesen. Eigentlich hatte ihr dieser Doppelname, den kein vernünftiger Mensch behalten konnte, nie gefallen. Außerdem war es vollkommen idiotisch, alle diese Buchstaben mit sich herumzuschleppen, schließlich war sie geschieden.

Lundborg, ihr Mädchenname, reichte. Heute wollte sie sich darum kümmern, und sie nahm sich vor, beim Einwohnermeldeamt anzurufen und sich ein Formular schicken zu lassen.

Am selben Morgen saß Schwester Beata Molin am Schreibtisch im Schwesternzimmer auf der Station sechs, Chirurgie, die im sechsten Stock des Zentralblocks der Klinik lag. Flink sortierte sie Blätter in die Krankenakten der Patienten ein, die in der Nacht eingeliefert worden waren. Laborergebnisse, Röntgenbefunde, Epikrisen, EKG-Befunde und eventuelle Blut- und Urintestergebnisse. Schwester Beata sang leise, aber alles andere als richtig, eine schmachtende Arie aus Händels »Rinaldo«. Die Melodie war ihr im Gedächtnis geblieben, als sie sich vorletztes Wochenende zusammen mit Henrik das Video eines Widerberg-Films angeschaut hatte.

Beata fühlte sich ausgeruht und energiegeladen, da sie am Vorabend ungewöhnlich früh zu Bett gegangen war, und der Stress auf Station ließ noch auf sich warten. Außerdem hatte sie etwas, worauf sie sich freuen konnte. Henrik würde schon an diesem Abend kommen, obwohl es erst Donnerstag war, somit lag ein langes Wochenende vor ihnen. Beata hatte Schweinefilet gekauft, das bereits mariniert im Kühlschrank vorbereitet war, und dazu eine Flasche guten Rotwein, den sie sich von Philip Jarl hatte empfehlen lassen, dem wohlerzogenen Stationsarzt, der sich mit Weinen auskannte. Er tat ihr immer gerne einen Gefallen, da er eine Schwäche für sie im Besonderen und für schöne Frauen im Allgemeinen hatte.

Henrik Eklund war Beatas fester Freund seit dem Gymnasium, aber sie kannten sich schon länger. Sie kamen aus demselben Viertel, und sie war ihm schon viel früher aufgefallen. Er hatte sie geradezu erwählt, die kleine Beata. Für Henrik war sie das personifizierte Lächeln und Licht, eine Beschreibung, der vermutlich viele zustimmten. Nach Jahren schmachtender Sehnsucht und hingebungsvollem Werben bekam er Beata endlich. Der Sieg wurde von einem Verlobungsring gekrönt, den er ihr an einem stillen Sommerabend am Strand über ihren grazilen Ringfinger schob. Besser als so konnte es nicht werden.

Henrik war der Mensch, den Beata am besten von allen zu kennen meinte; sie verließ sich auf ihn, und bisher hatte er sie noch nie enttäuscht. Deswegen glaubte sie, dass sie ihn am meisten von allen liebte. Es musste so sein. Sie waren zusammen aufgewachsen und zusammengewachsen, einfach füreinander bestimmt. Wenn Henrik in einem knappen Jahr das Lehrerseminar in Växjö hinter sich hatte, wollten sie heiraten. Beata hatte bereits in verschiedenen Zeitschriften eingehend Brautkleider studierte. Mit anderen Worten: Die Pläne waren schon weit gediehen, die Zukunftsträume gigantisch.

Auf dem Korridor der Großstation sechs hielt die morgendliche Hektik Einzug. Beata hörte die eiligen Schritte der Pflegehelferinnen und versuchte, den Papierkram zu beschleunigen, um nach draußen zu kommen und beim Verbandswechsel zupacken zu können. Sie warf einen Blick auf die Tafel an der Wand, auf der für jedes Bett (in schwarzem Filzstift) in den zehn Patientenzimmern mit blauem Filzstift die Initialen eines Namens eingetragen waren. Beata war für die hinteren fünf Zimmer zuständig, zwei Vierbettzimmer und drei Doppelzimmer, zusammen vierzehn Patienten, da die Station voll belegt war. Es war nicht leicht, sich zu erinnern, bei wem an diesem Morgen Verbandswechsel war. Am Vortag war sie außerdem für die anderen Zimmer zuständig gewesen, was es noch zusätzlich erschwerte, die Patienten auseinander zu halten. Sie suchte nach einem grünen Stern, was »großer Verbandswechsel« bedeutete, und der stand vor 5-1. Also machte sie sich auf den Weg.

Dem Patienten im ersten Bett in Zimmer 5 ging es sehr schlecht; es war nicht sicher, dass er überhaupt durchkommen würde. Sie und Sonja, die Pflegehelferin, mit der sie heute im Team arbeitete, drehten den mageren armen Teufel hin und her, um den hässlichen Dekubitus, der wie ein Krater am

Steißbein seinen Anfang nahm, einpinseln zu können. Die Wunde war ganz offensichtlich nicht besser geworden, das hatte sie bei der Übergabe gehört, und sie musste ihm erst etwas gegen die Schmerzen geben. Glücklicherweise war der Mann ein geduldiger Patient.

Zurück im Stationszimmer, spuckte das Fax die Laborergebnisse des Neuzugangs aus, eines sehr bleichen, erschöpften Mannes um die vierzig. Sie riss das Papier ab und trug die Werte schnell und mechanisch in seine Akte ein, damit alles bis zur Visite fertig war. Am frühen Morgen war der Patient mit dem Krankenwagen eingeliefert worden, und zwar auf Veranlassung seiner Frau, die es nicht länger riskieren wollte, ihn zu Hause zu behalten. Eine kluge Entscheidung, denn er sah wirklich nicht gut aus. Die Nachtschwester hatte bei der Übergabe erklärt, dass er im Verlauf des Tages auf die Innere verlegt werden solle, sobald dort ein Bett frei sei. Alles war voll belegt. »Nicht zum ersten Mal diese Woche«, sagte sie seufzend. Allmählich trugen sie es mit Fassung.

Beata hatte gerade die Leberwerte eingetragen, die normal waren, als ihr Blick auf das Kreatin fiel. Himmel! Ein Kreatin von 2,3 war ein ganz deutlicher Hinweis darauf, dass die Nieren nicht richtig funktionierten. So einen hohen Wert hatte sie erst selten gesehen. Kein Wunder, dass er so fertig war. Sie musste den Arzt vom Nachtdienst verständigen.

Verdammt. Sonja wartete auf sie.

»Sonja!«, rief sie auf gut Glück auf den Korridor.

»Was ist?«, fragte diese, und ihre schwere, gleichmütige Gestalt tauchte in der Tür des Behandlungszimmers auf.

»Bin gleich da. Ich muss nur den Nachtdienst auftreiben.«

»Okay. Ich fang schon mal an«, entgegnete Sonja, nicht im Mindesten verärgert.

Beata war Sonja dankbar. Mit ihr gab es nie Ärger. Von ihrer Sorte sollte es mehr geben. Die anderen waren immer so gereizt und pampig, seit die beiden Stationen zu einer Großstation zusammengelegt worden waren und sie sich im Namen der Flexibilität gezwungen gesehen hatten, von einem Tag zum anderen unterschiedliche Sektionen zu betreuen. Die Freude an ihrer Arbeit, die vor allem darin bestand, Patienten kennen zu lernen und seine Sache gut zu machen, war der Neuorganisation zum Opfer gefallen.

Beata drehte sich eine Viertelumdrehung mit dem Schreibtischstuhl und wählte auf der Gegensprechanlage auf der Fensterbank den Piepser des Nachtdienstes an. Während sie auf die Rückmeldung wartete, schaute sie durch das ungeputzte Fenster und genoss die wunderbare Aussicht auf die wogenden Äcker, die in den lang gestreckten Höhenrücken übergingen. Von hier oben den Wechsel der Jahreszeiten zu verfolgen war ein Bonus, und das dachte sie nicht zum ersten Mal.

Diffuses Morgenlicht breitete sich aus und legte einen silbrigen Schimmer über das weite Tal. Beata kniff die Augen zusammen, als das blendende Licht auf die blanke Schreibtischplatte fiel. Bald war Frühling! Aber noch wagte man kaum zu hoffen. Die Sonne verschwand hinter einer Wolke, und alles wurde wieder grau. Die Welt erschien trotzdem etwas hoffnungsvoller.

Die Gegensprechanlage blieb stumm. »Warum reagiert der Nachtdienst nicht?«, seufzte sie leise und schob eine Haarsträhne hinters Ohr, die aus dem Gummi im Nacken gerutscht war. Manchmal versagte der Piepser, das wusste sie. Schon lange war die Rede davon, das altmodische System zu ersetzen, aber anderes war immer wichtiger. Beata fischte sicherheitshalber die Nummer noch einmal heraus und holte dann den Dienstplan der Ärzte aus einer Plastikmappe aus der obersten Schreibtischschublade. Ihre Ungeduld wuchs. Hastig blätterte sie bis zum Datum des Tages. Ronny Alexandersson hatte Nachtdienst. Er war zuverlässig und meldete sich immer sofort. Aber auch beim zweiten Versuch blieb die Anlage stumm. Vielleicht stand er unter der Dusche. Sonja rief, sie brauche Hilfe; sie konnte den Neuzugang nicht allein umdrehen. Es war eine Menge zu tun, Infusionen mussten kontrolliert, Medikamente ausgeteilt werden. Was soll's, dachte Beata und biss sich auf die Unterlippe. In einer knappen Stunde war Visite, dann würde sie auf den erhöhten Wert hinweisen. Der Patient war zwar sehr krank, aber sehr viel schlechter als bei seiner Einlieferung ging es ihm auch nicht.

Geübt und elegant rollte Veronika die Rampe zum Fahrradkeller der Klinik herunter, riss den Lenker nach links und kam schleudernd vor dem Fahrradständer zum Stehen, an dem sie ihr Fahrrad immer abstellte. Ein Fahrrad und zwei Fahrradkörbe ärmer hatte sie schließlich das sicherste Kryptonitschloss gekauft, das zu haben war, und machte damit den Rahmen des Fahrrads am Geländer der Rampe fest. Den Korb nahm sie inzwischen immer auf ihr Zimmer mit.

Sie war allein in dem engen Personenaufzug und hatte so auch dessen Spiegel für sich. Der Anblick war nicht sonderlich aufmunternd. Sie war verschwitzt und hatte rote Flecken im Gesicht. Sie drückte auf den Knopf zum vierten Stock, nahm den Helm ab und fuhr sich mit einer Hand durch ihr kurzes, mittelblondes Haar. Der Schnitt war schon lange rausgewachsen. Das Resultat war bescheiden.

Richtiggehend hässlich war sie nicht. Ihr Aussehen war eher so charakteristisch, dass es ans Interessante grenzte. Manchmal, in kurzen Augenblicken, konnte sie sogar auf ihre von der Norm abweichende Art als schön gelten. Auf Fotos lächelte sie nie mit offenem Mund. Sie hatte spitze Eckzähne wie ein Nagetier. Die Vorsehung hatte ihr dafür aber schöne Augen mitgegeben, sie schimmerten dunkel grünblau mit einigen wenigen erdfarbenen Punkten. Die Wimpern waren schwarz und dicht, aber trotzdem trug sie manchmal Wimperntusche auf. Einen korallenrosa Lippenstift gebrauchte sie seit einigen Jahren fast täglich, aber kein Make-up. Das restliche Gesicht hätte hübscher sein können. Die Nase war schmal und zu lang, die Stirn zu niedrig, aber das energische Kinn hatte ein kleines Grübchen.

Mit der Schulter stieß sie die Tür des Fahrstuhls auf und ging mit schnellen Schritten auf die Glastür zu, die auf den Korridor führte, an dem sie und die anderen Ärzte ihre Zimmer hatten und an dem sich auch das Bereitschaftszimmer befand. Auf diesem Stockwerk lagen weiterhin die Personalküche, das Konferenzzimmer, die Personalbibliothek und das Büro der zuverlässigen Sekretärin des Klinikchefs, die Gunilla Åhman hieß.

Noch war der Korridor menschenleer. Wie immer war sie die Erste, außer der Reinemachefrau Inga Feldt, die aufgeschlossen hatte und sich jetzt in einem der Zimmer zu schaffen machte, die an diesem Tag geputzt werden mussten.

Veronika öffnete die Tür ihres Büros, warf ihre Tasche und den Helm in die Ecke, öffnete die Schnürsenkel, zog die hohen Turnschuhe aus, entledigte sich schnell des Trainingsanzugs und der Schweiß absorbierenden Unterwäsche, ließ die Kleider auf den Boden fallen, nahm ein Handtuch mit dem Logo der Gesundheitsverwaltung vom Haken, wickelte es um sich und steckte das eine Ende über der Brust fest. Sie schlüpfte in ihre Birkenstocksandalen und nahm frische Wäsche, ein weißes T-Shirt und ein paar weiße Hosen aus einem Fach im Kleiderschrank. Schließlich zog sie den weißen Arztkittel mit den voll gestopften Taschen von einem Bügel. Wie immer staunte sie darüber, was sie den ganzen Tag mit sich herumschleppte. Kein Wunder, dass sie Rückenschmerzen bekam.

Draußen auf dem Korridor winkte sie Gunilla Åhman zu, die in Hut und warmem rotem Wintermantel am entgegengesetzten Ende ihr Büro aufschloss.

»Guten Morgen! Heute gibt's schönes Wetter«, rief Gunilla Åhman so laut, dass es von den Wänden widerhallte.

»Man kann wirklich nur hoffen, dass es endlich besser wird«, antwortete Veronika, bereits die Klinke der Tür zum Duschraum in der Hand.

Verdammt! Die Dusche war besetzt! Sie hörte Wasser spritzen, machte einen Schritt auf die Holzbank neben dem

Waschbecken zu und legte ihre frischen Kleider darauf. Dann ging sie auf die Toilette. Es passierte selten, dass jemand unter der Dusche stand. Der Tag hatte so gut mit strahlendem Frühlingslicht und dem Geruch von Erde angefangen, aber jetzt schien das problemlose Dahingleiten beendet zu sein. Sie war bereits wieder gestresst. Sie ließ sich auf die Toilette sinken. Auf der anderen Seite der Wand plätscherte das Wasser der Dusche immer noch.

Als sie aus der Toilette trat, war die Lage unverändert.

Sie baute sich vor der Tür der Dusche auf, kaute an einem Fingernagel und merkte, wie der Stress immer weiter zunahm. Da sah sie den schwarzen Piepser vom Nachtdienst auf dem Waschbecken bei der Tür zur Dusche liegen. Ein Witzbold hatte ihn irgendwann mit einem Mickymausaufkleber verziert. Der Nachtdienst versuchte also, unter der Dusche wach zu werden. Aber jetzt reichte es! So früh am Morgen wollte sie sich nicht aus der Bahn werfen lassen. Konnte die Person unter der Dusche nicht langsam fertig werden!

Sie klopfte, erst vorsichtig, weil sie nicht aufdringlich erscheinen wollte, dann lauter. Nichts passierte, also hämmerte sie gegen die Tür.

»Hallo!«, schrie sie.

Keine Antwort. Ihre Stimme ging im Brausen des Wassers unter.

»Hallo! Bist du bald fertig? Ich bin es, Veronika«, schrie sie noch lauter.

Immer noch keine Antwort. Nur das Geräusch der spritzenden Dusche.

Sie versuchte, sich zu erinnern, wer Nachtdienst hatte, aber es wollte ihr nicht einfallen. Außerdem hatte sie es immer eiliger.

Sie nahm die Klinke und drückte sie langsam nach unten. Es war nicht abgeschlossen. Vorsichtig öffnete sie die Tür. Sie kam sich vor wie ein Voyeur und wollte keinesfalls irgendeinen prüden Kollegen überraschen.

Wegen des Wasserdampfs, der ihr entgegenschlug, sah sie erst einmal überhaupt nichts. Vorsichtig machte sie barfuß einen Schritt auf dem nassen Boden, stützte sich mit der rechten Hand an der gekachelten Wand ab und suchte mit der ausgestreckten linken Hand nach der Mischbatterie. Mit den Zehen stieß sie gegen etwas Weiches und Warmes.

Sie fand den Wasserhahn und drehte ihn rasch zu. Das Plätschern verstummte. Die Wasserdampfschwaden verschwanden durch die offene Tür.

Widerstrebend schaute sie nach unten. Ein weißer Frauenkörper lehnte halb sitzend schwer und unbequem gegen die nasse Wand. Es hatte den Anschein, als sei sie einfach umgefallen. Das rechte Bein war im Knie abgeknickt, und die Wade lag unbequem zwischen Boden und plastikbeschichteter Holzwand eingeklemmt, die die Dusche von der Ecke mit den Haken für die Handtücher trennte.

Später würde sich Veronika darüber wundern, dass sie sich in kritischen Situationen immer vollkommen unwichtige Details merkte. In einer Tausendstel Sekunde hatte sie registriert, dass die Zehennägel sorgfältig grellrot lackiert waren. Schwer hing der Kopf nach vorne. Blondes Haar klebte an einem hübsch gerundeten Kopf. Sie griff nach dem nassen Haar und zog den Kopf nach oben. Mit ihrem routinierten Ärzteblick sah Veronika, dass die Frau tot war.

## KAPITEL 2

Kriminalkommissar Claes Claesson hatte sich gerade einen zweiten Kaffee in eine dünne, rosenverzierte Tasse gegossen, die noch aus seinem Elternhaus stammte, und sich in den Sportteil der Zeitung vertieft, als das Telefon klingelte.

»Hallo, hier ist Lundin. Du, wir haben gerade einen Todesfall im Krankenhaus reingekriegt.«

»Und? Da sterben doch heutzutage die meisten«, erwiderte er unwillig und trank einen Schluck Kaffee. Das Endspiel im Stanley Cup hatte ihn vor dem Fernseher wach gehalten, und er war unausgeschlafen und konnte sich nur mit Mühe gegen den aufsteigenden Ärger wehren, obwohl er wusste, dass dieser unbegründet war. Nur äußerst selten rief ihn Janne Lundin ohne triftigen Grund an.

»Jetzt handelt es sich aber nicht um einen Patienten, sondern um den Dienst habenden Arzt der Nachtschicht«, fuhr Lundin fort. »Sonst hätte ich dich verdammt noch mal auch nicht angerufen.«

»Der Nachtdienst?«

»Ja, der Arzt. Wurde heute Morgen tot in der Dusche gefunden.«

»So was. Deutet irgendwas darauf hin, dass er einem Verbrechen zum Opfer gefallen sein könnte?«

»Sie.«

»Sie?«

»Ja, eine Ärztin. Sie heißt Maria Kaahn, K A A H N«, buchstabierte er. »Zweiunddreißig. Wahrscheinlich ist sie ausgerutscht und mit dem Kopf gegen die Wand geknallt oder auf dem Boden aufgeschlagen. Wirklich Pech! Jemand muss aber hinfahren und das überprüfen.«

»Allerdings«, erwiderte Claesson, »irgendjemand muss das tun. Und dieser Jemand, bin ich das vielleicht?«

»Warum nicht. Schließlich ist noch niemand hier, und da dachte ich, dass du das vielleicht auf dem Weg ins Büro erledigen könntest. Aber das überlasse ich dir. Du bist der Chef.«

»Danke, danke«, antwortete Claesson. »Was sagen denn die Mutmaßungen?«

»Ich glaube, es gibt noch keine. Aber wahnsinnig häufig ist eine normale Todesursache mit zweiunddreißig schließlich nicht. Anzunehmen, dass alle es für einen Unfall halten. Zumindest sagte das die Frau, die anrief, aber du weißt ja, wie das ist …«

»Klar«, erwiderte Claesson zerstreut und versuchte gleichzeitig, mit einem Zahnstocher ein Getreidekorn zwischen zwei Backenzähnen herauszupulen.

»Deine Stimme klingt so merkwürdig. Hörst Du überhaupt, was ich sage?«

»Doch, doch, ich hör dir zu«, antwortete Claesson und nahm den Zahnstocher aus dem Mund.

»Sie wurde übrigens auch von einer Frau gefunden«, fuhr Lundin fort. »Veronika … irgendein Doppelname … warte …« Lundin legte den Hörer weg, war aber schnell wieder am Apparat.

»Hier. Sie heißt Lundborg-Westman. Chirurgin. Ich weiß nicht, wen ich sonst schicken soll.«

»Was ist mit Benny? Vermutlich müssen wir die ganze Routine durchziehen, Spurensicherung und so, solange wir nicht wissen, ob es wirklich ein Unfall war.«

»Ich hab Benny und die Jungs von der Spurensicherung schon angerufen. Sie kommen direkt ins Krankenhaus, aber von Kristvalla aus brauchen sie eine Weile. Er war gestern auch schon irgendwo und hat die Sachen noch im Wagen liegen. Du musst in die vierte Etage, auf die Chirurgie. Dort liegen die Büros und das Bereitschaftszimmer, sagt die Frau, die anrief, eine Sekretärin namens Gunilla Åhman. Sie klang hysterisch, was nicht weiter verwunderlich ist.«

Claesson riss den Zettel vom Block neben dem Telefon, ging in die Diele und steckte ihn in die Innentasche seines Jacketts, das ordentlich auf einem Bügel hing. Mit raschen, energischen Bewegungen bürstete er sich über dem Handwaschbecken in der angrenzenden Toilette den Kaffeegeschmack aus dem Mund, kontrollierte, dass seine Brieftasche in der Gesäßtasche steckte, und zog das Sakko an und darüber eine tannennadelgrüne Goretexjacke. Dann nahm er seine Aktentasche von der Hutablage, machte das Licht aus und schloss die Wohnungstür ab.

Das Wetter war grau. Er wohnte wirklich am traurigen Ende der Erde. Der Gedanke kam ihm nicht zum ersten Mal in diesem Frühling, der nicht kommen wollte. Während er ausparkte, hieß es im Radio, dass Penicillin gegen Magenbakterien auch Krebs heile. Passendes Thema auf dem Weg zum Krankenhaus. Laut Vorhersage würde das Wetter zumindest nicht schlechter werden. Als der Seewetterbericht angekündigt wurde, war er in Gedanken bereits ganz woanders, und er schaltete das Radio aus.

Wie erwartet war es unmöglich, einen anständigen Parkplatz zu finden. Das Krankenhausgelände war ein berüchtigtes Jagdgebiet der Politessen. Er gab die Suche auf. Da er im Dienst war, wenn auch mit Privatwagen, stellte er sich schließlich in eine Lücke vor dem Haupteingang direkt hinter ein Taxi. Er nahm seine Aktentasche und schloss die Fahrertür ab, während der Taxifahrer einer dünnen Frau in einer riesigen Daunenjacke vom Rücksitz vorsichtig in einen Rollstuhl half. Claesson sah, dass es sich um einen der leichten modernen handelte, die rot lackierten Stahlrohre waren jedoch bereits ziemlich zerkratzt. Auf der Lehne klebten Sticker aus aller

Welt. Die Frau lachte den Taxifahrer an und verabschiedete sich wie von einem alten Bekannten. Vor ihm rollte sie durch die automatischen Glastüren des Haupteingangs. »Firenze« las er auf einem Sticker, während er hinter ihr herging. Schön, dass Leute im Rollstuhl mittlerweile auch was von der Welt sahen.

Als der Rollstuhl nach links abbog – laut Schild wollte sie zur Paramedizin, was das nun wieder sein sollte –, sah er ihr Gesicht im Halbprofil. Er schloss eine halbe Sekunde die Augen und schnappte nach Luft. Die Züge waren unverkennbar, jedoch schmaler, scharf geschnitten, fast zu scharf. Von Krankheit gezeichnet. Ihr Anblick versetzte ihm einen Stich, und dann überkam ihn Wehmut. Und noch etwas: Scham oder vielleicht auch nur ein schlechtes Gewissen.

Er ging ihr jedoch nicht hinterher und gab sich nicht zu erkennen, sondern eilte in die entgegengesetzte Richtung, den Blick geschäftsmäßig auf einen nicht näher definierbaren Punkt in der Ferne gerichtet. Er merkte, dass er unfreiwillig die Schritte beschleunigte, als wollte er vor etwas weglaufen, aber das immer stärker werdende Unbehagen holte ihn trotzdem ein.

Er hatte Krankenhäuser noch nie gemocht. Welcher vernünftige Mensch tat das schon? Vom Krankenhausgeruch wurde es ihm nicht übel, auch wenn einige Leute behaupteten, dass allein das schon ausreiche. Das war seiner Meinung nach Blödsinn. In den Räumlichkeiten, in denen er sich im Augenblick befand, roch es auch nicht anders als in jedem klimatisierten öffentlichen Gebäude, in dem sich Leute mit feuchten Kleidern aufhalten. Ein irgendwie neutraler Geruch.

Im Fahrstuhl drückte er vierte Etage und dachte auf einmal an seinen besten Schulfreund. Der geborene Arzt, es lag schon in den Genen. Claesson fragte sich, ob er immer noch in Stockholm wohnte. Er erforschte Blutkrankheiten, Blutkrebs. Seine Schwester hatte ihm das einmal erzählt; war aber auch schon wieder ein Jahr her.

Vermutlich hatten seine Eltern davon geträumt, dass diese Berufung auf Claes abfärben und er auch Arzt werden würde, ausgesprochen hatten sie das jedoch nie. Er hatte gute Noten gehabt, sich jedoch zu dieser Art von Arbeit mit körperlichen Gebrechen, Tod und Elend, kurz gesagt, mit den Schattenseiten des Lebens, nicht hingezogen gefühlt. Vielleicht hatte ihm das Gefühl des Eingesperrtseins daran auch nicht gefallen. Krankenhäuser verbreiten keinen abschreckenden Geruch, dachte er jetzt, aber sie vermitteln einem ein Gefühl der Begrenztheit. Die Maschine hustete, etwas ging kaputt, und man wurde in einem krankenhauseigenen Pyjama in Einheitsfarbe, der sich nicht groß von der Kleidung unterschied, die im Strafvollzug Verwendung fand, beiseite geräumt. Zwei Tage im Krankenhaus als Vierzehnjähriger bei einer Blinddarmoperation hatten ihm gereicht. Zwei Tage der Langeweile und des Sichverlorenfühlens.

Die Lust der Jugend auf das, was er für das Leben gehalten hatte, das Tempo und die Spannung und die Freude der Entdeckung hatten ihn bewogen, Polizist zu werden, allerdings erst auf Umwegen. Die Luftwaffe hatte ihn ganz einfach nicht genommen. Knapp, aber definitiv war er in der letzten Runde durchgefallen.

Er war zufrieden, dass alles so gekommen war. Damals hatte er ja nicht ahnen können, dass die Schattenseiten der Gesellschaft nun doch sein Arbeitsgebiet werden würden. Eingesperrt kam er sich aber nur selten vor. Die Arbeit war vielseitig, der Teamgeist gut. Vermutlich war es auch nicht ganz ohne Bedeutung, dass er ein gewisses Talent zur Polizeiarbeit hatte und man außerdem der Meinung war, er tauge als Chef. Dass er jetzt vertretungsweise für die Ermittlungen von Kapitalverbrechen verantwortlich war, war weder eine Überraschung noch ein Zufall.

Die Sekretärin Gunilla Åhman hatte rote Flecken auf den Wangen, die farblich zu der sonnenuntergangsroten Wolljacke passten, die sie über einer eisblauen Bluse trug. Ihre Augen waren gutmütig, ihr Blick war heute jedoch unruhig und flatternd. Unter normaleren Verhältnissen, dachte Claesson, hätte Gunilla Åhman vermutlich den Eindruck eines Menschen gemacht, der mit beiden Beinen auf der Erde stand. Nach ihrem Schreibtisch zu urteilen, bürgte sie für Ordnung. Das Büro war hell; ein großes Fenster, umrahmt von luftigen Gardinen mit einem blauen Muster, nahm eine Wand ein. Neben dem Schreibtisch hing ein prächtiges modernes Ölgemälde mit einer Küstenlandschaft in braunen, rosa und blauvioletten Farbtönen. Gar nicht schlecht. Die blauviolette Farbe war auch die des Schreibtischstuhlbezugs. Eine Frau mit Sinn für Atmosphäre, dachte er und stellte im Stillen einen Vergleich zu seinem dürftigen Büro im Präsidium an. Er hatte, so gut es ging, versucht, sein Zimmer mit einem Rembrandtposter aufzupeppen, das er vor vielen Jahren in Amsterdam gekauft hatte.

»So was auch, ein solches Unglück. Und jung ist sie … ich meine, war sie«, sagte Gunilla Åhman und sah sehr unglücklich aus.

Bei der Begrüßung hielt Claesson ihre Hand länger als nötig und hoffte, sie so ein wenig zu beruhigen. Sie hatte eine angenehm trockene und weiche Hand.

»Der Chef der Klinik, Greger Petrén, kommt gleich. Er musste erst noch etwas erledigen … aber er … er ist natürlich ebenfalls vollkommen außer sich«, sagte sie, trat auf den Korridor und deutete in Richtung Duschraum.

Auf dem Stockwerk war es erstaunlich ruhig. Außer seinen Kollegen ganz hinten im Korridor war nur eine jüngere Frau an einem Kopiergerät zu sehen, dem Schauplatz des betrüblichen Ereignisses vom Morgen direkt gegenüber.

»Dort hinten sind noch zwei Beamte«, sagte sie. »Kommen Sie allein zurecht?«

»Natürlich«, entgegnete er. »Ich schaue dann später noch mal für ein paar Fragen vorbei. Wo steckt im Übrigen die Ärztin, die die Tote gefunden hat?«

»Ich glaube, bei der Röntgenbesprechung. Alle Ärzte sind dort. Anschließend ist sie dann auf Visite auf ihrer Station«, antwortete Gunilla Åhman.

Verflixt, dachte Claesson, hier geht Pflicht wirklich vor!

»Können Sie bitte dafür sorgen, dass ich sie sprechen kann?«, bat er und ging dann den Korridor entlang auf die Stimmen zu, die er sehr gut kannte.

Peter Berg und Katarina Fritjofsson waren damit beschäftigt, ein Absperrband vor die Tür zum Duschraum zu hängen.

»Hallo! Ihr wart also als Erste hier.«

Schweigend nickten die beiden.

»Sie liegt auf der Notaufnahme, in einem Zimmer, in dem Angehörige auf die, auf die ...« Katarina unterließ es, den Satz zu beenden.

»Niemand mehr hier«, meinte sie noch, riss das breite Absperrband ab, öffnete die Tür und deutete nach innen.

Das stimmte. Leer und kalt. Der Fußboden war aus dunkelblauem PVC, die Wände waren in einem düsteren Ockergelb gestrichen. Links hingen zwei Waschbecken mit rechteckigen Spiegeln darüber. Daneben Spender für Papierhandtücher und Plastikbecher, auf einem der Waschbecken lag ein schwarzer Piepser mit einem kindischen Mickymausaufkleber. Er berührte ihn nicht. Eine Holzbank stand an der einen Schmalseite, ein Sack Schmutzwäsche in der Ecke. Auf der rechten Seite zwei Türen: Toilette und die Dusche, in der Maria Kaahn an diesem Donnerstagmorgen tot aufgefunden worden war. Diese Tür stand sperrangelweit auf.

Claesson schaute hinein. Keine Besonderheiten, konstatierte er. Die Wände der Dusche waren mit weißen, grau verfugten Fliesen verkleidet, der Fußboden war grau gekachelt. Die Dusche war mit einer Wand aus einer Resopalplatte unterteilt, hinter der eine weitere Bank war. Auf der Bank lag eine Damenuhr aus rostfreiem Stahl mit rotem Lederarmband. Claesson ließ diese ebenfalls bis zum Eintreffen der Spurensicherung unberührt. Ein weißes Badetuch mit dem grünen

Emblem der Gesundheitsverwaltung hing an einem Haken darüber. Ein Duschvorhang in einer undefinierbaren Farbe baumelte wie ein trauriger Lumpen von der Decke herab. In der Dusche stand auf einem Metallbord eine offene Plastikflasche. Der Boden war nass. Allem Anschein nach reines Wasser.

Ein sauberer Tod. Kein Blut. Keine anderen Körperflüssigkeiten. Wahrscheinlich kaum verwertbare Spuren.

Er trat nicht ein, sondern betrachtete stattdessen alles genau. Das Schloss schien nicht aufgebrochen zu sein. Vielleicht hatte Maria Kaahn nicht abgeschlossen. Vielleicht besaß jemand einen Schlüssel.

Rückwärts trat er wieder auf den Korridor.

»Hier ist das Bereitschaftszimmer«, sagte Peter Berg, der draußen auf ihn gewartet hatte. »Ihre Kleider, Toilettenbeutel und ein Rucksack liegen dort. Ich habe mir die Sachen nicht genauer angesehen.«

»Gut, ich mach das«, erwiderte Claesson und betrachtete den Duschraum ein weiteres Mal gründlich und systematisch. Er vergewisserte sich, dass er nichts übersehen hatte. Sein Blick glitt erneut über kahle Wände und einen leeren Fußboden. Natürlich sah er auch den Piepser auf dem Waschbecken noch einmal, und dieses Mal kam ihm der Gedanke, dass Maria Kaahn ihn wahrscheinlich selbst dorthin gelegt hatte. Beim Duschen mit angelehnter Tür hörte man ihn so sicherlich. Frühmorgens konnte sie zudem sicher sein, dass sonst niemand die Dusche benutzen würde. Sie brauchte die Tür also nicht abzuschließen. Sie wusste, dass sie unbehelligt bleiben würde. Niemand würde sie stören.

Leider war kaum mit Fingerabdrücken zu rechnen. Der Piepser wechselte vermutlich dauernd den Benutzer. Aber darum sollte sich die Spurensicherung kümmern.

Er wollte noch einen Blick ins Bereitschaftszimmer werfen, bevor er zu der Toten hinunterging. Mit dem Ellbogen stieß er die Tür auf. Die Lamellenrollos waren heruntergelassen, das

Bett war ungemacht und die Decke zurückgeschlagen, als sei gerade erst jemand aus der Bettwärme gekrochen. Auf dem Kissen zeichnete sich noch die Vertiefung ihres Kopfs ab. Zwei blonde Haare hafteten am Kissenbezug. Auf dem Bett lagen weiterhin eine weiße Hose, ein weißes T-Shirt und ein Ärztekittel. Vorsichtig fasste er ihn am Kragen und hob ihn hoch. Die Taschen zogen ihn nach unten. Mit einem Stift öffnete er sie vorsichtig und begutachtete den Inhalt. Ein kleines Ringbuch mit vielen Blättern, Schlüsselbund, Labello, einige laminierte Blätter mit Informationen, ein Stethoskop mit roten Gummischläuchen, ein Kamm und ein Zwanzigkronenschein.

Auf dem zerkratzten Nachttisch drängten sich ein schwarzer Radiowecker, ein Telefon, ein Verzeichnis der Krankenhausrufnummern und ein Notizblock. Auf dem Block stand mit rotem Kugelschreiber quer die Ziffer 744, wahrscheinlich geschrieben mit dem Stift, der neben dem Block lag. Die übrigen Seiten waren leer. Im Fach drunter lag ein Stapel zerlesener Zeitschriften: Frauenzeitschriften, Illustrierte, Yachtzeitschriften, Sportbeilagen der Abendzeitung *Expressen* und ältere Nummern des *Ärzteblatt.*

Rechts von der Tür hing ein Waschbecken mit Spiegel. Auf dem Stahl daneben stand ein kleiner Rucksack, die Sorte, die heutzutage statt Aktentasche verwendet wird. Der Rucksack, Marke Lowe Alpin, war aus blaugrünem Nylon mit schwarzen Gurten und hatte seine besten Tage bereits hinter sich. Der Inhalt bestand aus einem einfachen weißen Slip, einem Paar fröhlich gemusterter, leuchtend grüner Socken, einem kleinen Necessaire mit Make-up und einer kleineren Umhängetasche aus Leder, in der sich ein Portemonnaie, ein Kamm, Lippenstifte und einige Visitenkarten (Damenfriseur, Boutique und ein Mr. Stephen Johnson aus Pennsylvania) befanden. Über der Rückenlehne des Stuhls hingen ein weißer BH mit Spitze und ein T-Shirt mit dem Empire State Building. Auf dem Waschbecken stand ein größerer Toilettenbeutel aus einem kunststoffbeschichteten Material mit Schottenmuster. Ein

Föhn, der jeden Moment herabfallen konnte, ragte aus ihm heraus.

Das Zimmer war ebenso unpersönlich wie ein ungemütliches Hotelzimmer. Ein neutraler Flickenteppich, Fernseher, langweilige Vorhänge in Graugrün, die den Raum in ein düsteres Licht tauchten. Das Zimmer für alle und keinen.

Er trat nach draußen zu Peter Berg und Katarina Fritjofsson. »Wartet auf Benny, ich gehe schon mal nach unten«, sagte er und ging Richtung Fahrstuhl.

Auf dem Weg zur Notaufnahme fiel ihm auf, dass sein Unwohlsein, das wie ein saurer Klumpen in der Magenregion gehangen hatte, vorüber war. Er war im Dienst, und die Herausforderung ließ ihn aufleben.

Eine süße Krankenschwester ging mit ihm zum Aufbahrungsraum und steckte den Schlüssel ins Schloss.

»Schließlich wollen wir nicht, dass hier jemand versehentlich reingeht«, sagte sie entschuldigend, drehte den Schlüssel um und hielt ihm die Tür auf. »Wollen Sie allein sein?«, erkundigte sie sich dann freundlich und erweckte ganz den Anschein, als wäre sie sonst bei ihm geblieben. Das gefiel ihm.

»Ja«, erwiderte er ebenso freundlich.

»Sagen Sie bitte Bescheid, wenn Sie gehen.«

»Natürlich.«

Nicht zum ersten Mal stand er in diesem Zimmer. Damals wie heute war er dem Innenarchitekten dankbar, der diesen ruhigen und angenehmen Raum gestaltet hatte. In den Zeitungen stand so viel darüber zu lesen, wie wichtig ein würdiges Ende war. Da ging es dann natürlich um den Augenblick des Todes, aber das hier war zumindest ein würdiger Rahmen. Die Leute, mit denen er zu tun bekam, hatten nie ein würdiges Ende gefunden. Das lag in der Natur der Sache. Ihr Tod war tragisch und traurig, manchmal auch scheußlich, entwürdigend und voller Angst.

Er zog das weiße Laken beiseite und sah sie an. Ihre Züge wirkten sorgenfrei. Glatte Haut. Weiche Linien. Schmaler, bleicher Hals. Sie sah sehr jung aus. Auf den ersten Blick wirkte sie vollkommen unversehrt, aber dann sah er die blauen Flecken. Einige kleine Blutergüsse am rechten Oberarm. Am Schienbein weitere. Die Frage lautete, ob sie frisch und gleichalt waren. Darauf musste die Obduktion eine Antwort geben.

Er fasste sie nicht an. Ehe er das Laken wieder über sie ausbreitete, betrachtete er sie noch einmal von oben bis unten. Zierlicher Körperbau. Schmaler Brustkorb und schmale Taille. Die Hüftknochen ragten auf wie Alpenkämme. Kleine, aber volle Brüste. Feingliedrig.

Dr. Maria Kaahn hatte Pech gehabt, und das zu früh im Leben.

Sie sah aus, als sei sie friedlich entschlafen. Aber es würde ihn erstaunen, sollte das wirklich der Fall gewesen sein.

Gunilla Åhman hatte ihm gerade im Personalzimmer einen viel zu schwachen Kaffee in einem Pappbecher serviert, als der Leiter der Chirurgie und Orthopädie, Prof. Greger Petrén, eintraf.

»Es tut mir Leid, dass Sie warten mussten«, sagte er und begrüßte ihn mit einem festen Händedruck. »Ich war auf einer Besprechung bei der Direktion. Weitere Sparmaßnahmen. Die reißen im Augenblick nicht ab.«

Prof. Petrén war stattlich, durchtrainiert und entspannt. Unter seinem Kittel trug er ein weinrotes Polohemd. Seine frische Sonnenbräune unterstrich die Lachfältchen um die Augen. Eine Reise zu einem Kongress in südlicheren Breiten?, dachte Claesson, mit dem zu erwartenden Neid. Ein gut aussehender Mann, der sicher so manches Frauenherz gebrochen hatte, solide und Vertrauen erweckend. Kurz gesagt, jemand, an den man sich anlehnen konnte, wenn das Leben einen schlecht behandelte. Der Tod war ein Teil seines Alltags, aber eine tote Kollegin gehörte nicht zur Krankenhausroutine.

»Wirklich äußerst bedauerlich«, fuhr Prof. Petrén fort und führte Claesson in sein Büro, das sich in jeder Beziehung von

Gunilla Åhmans unterschied. Ein farbenfrohes Plastikmodell, offenbar Leber, Magen, Därme und einige andere, dem Kommissar unbekannte Organe, stand neben dem zu erwartenden Foto der Ehefrau auf dem Schreibtisch. Fotos irgendwelcher Kinder konnte er keine entdecken. Ein abstraktes Gemälde von Reuterswärd hing an der Wand neben einem Reklameplakat mit runden Farbfotos vor einem schwarzen Hintergrund. Wahrscheinlich zeigten die Bilder das Innere eines Organs, das durch eine der Körperöffnungen zu erreichen war. Im Bücherregal hinter dem Schreibtisch drängten sich dicke Bücher mit englischen Titeln, alles medizinische Fachliteratur, Zeitschriften und mehrere Laufmeter Ordner.

»Wirklich außerordentlich bedauerlich«, sagte Prof. Petrén noch einmal, nachdem er sich an seinen Schreibtisch gesetzt und Claesson den Platz gegenüber angeboten hatte. »Natürlich sind wir erschüttert. Maria ... Dr. Maria Kaahn ist schließlich noch kaum in einem Alter für einen Herzinfarkt. Aber wir wissen natürlich erst nach der Obduktion, ob eines ihrer Blutgefäße nicht mehr mitgespielt hat.«

Seine Oberlippe war leicht angefeuchtet.

»Falls sie nicht ganz einfach ausgerutscht ist, was in meinen Augen das Wahrscheinlichste ist«, fuhr er fort.

Claesson kommentierte das nicht.

Maria Kaahn habe nicht einmal ein Jahr lang an der Klinik gearbeitet. Sie sei vorher an einem anderen Krankenhaus im Bezirk angestellt gewesen, in der Nachbarstadt, dort habe es jedoch Überkapazitäten gegeben, erzählte Prof. Petrén. Er betonte, dass ihre Versetzung nichts mit ihren Fähigkeiten, sondern ausschließlich mit dem Stellenabbau dort zu tun gehabt hätte. Da an seiner Klinik plötzlich einige Stellen frei geworden seien, hätte man ihr eine Vertretung anbieten können.

»Wir waren sehr zufrieden mit ihr«, meinte er noch. »Sie hat auch nicht sonderlich oft gefehlt.«

»Ach?«, meinte Claesson und zog die eine Braue fast unmerklich hoch.

»Ja. Wenn man bedenkt, dass sie allein stehend ist und Zwillinge hat«, erklärte Prof. Petrén.

Auch das noch, dachte Claesson. Halbwaisen nahmen ihn immer besonders mit.

»Wie alt sind sie?«, fragte er.

»Tja, so genau weiß ich das nicht. Ziemlich klein, glaube ich. So um die drei«, antwortete Prof. Petrén ausweichend. »Jedenfalls gehen sie in die Kindertagesstätte, so viel weiß ich, und da ist man noch nicht so alt.«

»Wo ist der Papa?«

»Ich habe versucht, ihn zu erreichen, aber er ist offenbar gerade auf dem Weg zur Arbeit. Laut Melderegister wohnt er in Högdal, nur etwa dreißig Kilometer von Maria Kaahn entfernt. Ich bilde mir ein, dass er Kontakt zu den Mädchen hat. Gemeinsames Sorgerecht oder so. Maria Kaahn hat mal so was gesagt. Sonst hat sie über ihr Privatleben nicht viel erzählt, beklagt hat sie sich aber auch nicht.«

»Wie meinen Sie?«

»Viele finden unsere Arbeit anstrengend. Sie fordert wirklich ihren Mann ...« Prof. Petrén hörte selbst, was er da gesagt hatte, und verbesserte sich hastig: »... oder die ganze Frau. Es ist nicht immer leicht, eine so schwere und verantwortungsvolle Arbeit und kleine Kinder unter einen Hut zu bekommen, besonders dann nicht, wenn man allein erziehend ist. Eigentlich sollte es das gar nicht geben. Ich meine, die Kinder können einem Leid tun. Sie brauchen eine Mutter. Aber die Zeiten haben sich geändert.«

Prof. Greger Petrén lehnte sich zurück und starrte nachdenklich an die Wand. Gleichzeitig legte er die Fingerspitzen gegeneinander wie bei einem stillen Gebet. Claesson ahnte, dass Prof. Petrén wahrscheinlich nicht der Meinung war, dass arbeitende Mütter, verglichen mit der Zeit, als er jung gewesen und seine entzückende Frau zu Hause geblieben war, eine Verbesserung darstellten. Aus reiner Neugier versuchte Claesson, auf das Foto auf dem Schreibtisch zu schielen, um zu kontrollieren, ob Frau Petrén auch dem Inbegriff der Hüterin des Herdes, wie die Oberklassen ihn sich vorstellten, abgab, aber es fiel ihm schwer, sich von der alltäglichen Person, die ihn von dem Foto anlächelte, ein Bild zu machen.

Das Telefon klingelte, und Prof. Petrén wurde aus seiner Kontemplation gerissen. Er nahm den Hörer ab und teilte mit, dass er gerade leider kein Gespräch entgegennehmen könne.

»Hm.« Er räusperte sich und setzte sich dann anders hin. »Ja, diese Sache ist zweifellos sehr unangenehm. Ich stehe natürlich zu Diensten, wenn ich gebraucht werde und soweit das notwendig ist«, sagte er und machte eine Miene, als sei er der Meinung, das Gespräch sei damit beendet.

Claesson nahm davon Abstand, seinem Gegenüber zu demonstrieren, wer hier eigentlich den Gesprächsrahmen vorgab. Prof. Petrén war in allerhöchstem Grade kooperationsbereit, und für heute musste das reichen.

Claesson stand auf, hielt dann aber noch einmal inne und zog einen Zettel aus der Brusttasche.

»Da wäre noch eine Frage«, sagte er. »Die Zahl 744. Was könnte das sein?«

Greger Petrén sah ihn ratlos an.

»Die stand auf einem Block neben dem Bett im Bereitschaftszimmer«, erklärte Claesson.

»Aha. Das ist eine der Nebenstellen der Klinik. Lassen Sie mich nachdenken ... Jedenfalls keine Nummer der Chirurgie, die habe ich alle im Kopf, und die fangen mit sechs an. Ich glaube, das ist Innere.«

Prof. Petrén streckte die Hand nach einem der Telefonverzeichnisse des Krankenhauses aus, das auf seinem Schreibtisch lag. Er blätterte.

»Mal sehen ... hier ... Innere, Station vier«, sagte er und schlug das Verzeichnis zu.

»Danke«, sagte Claesson und machte sich eine Notiz. »Noch etwas. Im Duschraum lag ein Piepser. Wir werden ihn auf eventuelle Fingerabdrücke untersuchen lassen.«

»Natürlich. Tun Sie das. Sie werden wahrscheinlich ganz viele finden, Abdrücke von allen, die auf der Chirurgie Nachtdienst machen. Es gibt noch einen zweiten Piepser für den Hintergrunddienst.«

»Kann man irgendwie rekonstruieren, von wem der Piepser angerufen worden ist?«

»Lassen Sie mich nachdenken. Eigentlich kennen sich die Ärzte, die regelmäßig Nachtdienst machen, besser damit aus«, meinte er entschuldigend. »Ich glaube, jedenfalls solange niemand den Speicher gelöscht hat. Aber man kann zurückgehen, und eine gewisse Anzahl Nummern erscheint auf der Anzeige. Ich kann jemanden bitten, einen Piepser zu holen, und Ihnen das demonstrieren …«

Ein leises Klopfen war zu hören. Prof. Petrén stand auf und öffnete. »Dr. med. Veronika Lundborg-Westman« stand auf dem Namensschild, das die eintretende Frau an ihrem weißen Kittelkragen befestigt hatte.

## KAPITEL 3

Sie musste einen klaren Kopf bekommen, sonst würde sie noch explodieren. Um Kopf und Schläfen spannte es, als hätte jemand einen Reif darumgelegt und würde anziehen. Veronika hatte nicht die Kraft, in die Kantine zu gehen und sich den Fragen zu stellen, die im Raum stehen würden. Stattdessen ging sie nach unten zum Kiosk und kaufte sich einen Joghurt, eine Banane und ein Kitkat. Dem prüfenden Blick der Kioskbesitzerin war zu entnehmen, dass die Neuigkeit bereits bis ins Erdgeschoss gelangt war.

Nicht zum ersten Mal staunte sie über die Zuverlässigkeit, mit der sich die Kunde von Katastrophen überall im Krankenhaus verbreitete. Wichtige Informationen, die die Arbeit betrafen, irrten gelegentlich ewig umher und erreichten manchmal ihren Empfänger überhaupt nicht, trotz wohl durchdachter Routinen und Berichtsysteme. Die Schweigepflicht hatte mit anderen Worten ihre Grenzen. Bei einem außergewöhnlichen Unglück wussten alle wie durch Zauberei umgehend, was vorgefallen war, von der Verwaltung im obersten Stockwerk bis hin zu den Hausmeistern in den Verbindungstunneln. Die schnelle Verbreitung von Nachrichten wurde natürlich dadurch erleichtert, dass das Krankenhaus nicht so groß war, aber ganz unabhängig davon hätte man meinen sollen, die Krankenhausangestellten bekämen genug Elend zu sehen. Aber dem war nicht so – die kannten keine Grenzen. Offensichtlich wünschte man sich noch größere menschliche Tragödien ins Haus, wie eben den unvorhergesehenen Tod einer jungen Ärztin.

Wenn sie jetzt nur einen Augenblick verschnaufen könnte. Sie hatte spät Mittag gemacht. Das OP-Programm war umgestellt worden, und sie waren zu wenig Ärzte. Philip Jarl hatte frei, und Ronny Alexandersson war krank, vermutlich sehr krank, denn sie konnte sich nicht erinnern, dass er je zuvor zu Hause geblieben war. Ihr Chef hatte einen wichtigen Termin bei der Direktion. Gott sei Dank mussten sie noch keine Operation absagen, und Veronika hatte den Eindruck, dass sie durchhalten würden. Wenn es nur bei der Galle am Nachmittag keine Probleme gab; seit dem Morgen war alles reibungslos verlaufen.

Ihr Blutzucker war spürbar niedrig. Mit vor Hunger zittrigen Händen schälte sie die Banane und schlich aus der Hintertür, die normalerweise von den Rauchern benutzt wurde. Im gesamten Krankenhaus herrschte Rauchverbot, aber die Raucher waren deshalb natürlich nicht bekehrt, sie frönten ihrer Sucht meistens in Grüppchen unter dem kleinen Vordach über der Tür, doch im Augenblick stand dort keine Menschenseele. Überall auf dem Asphalt lagen Kippen.

Die Sonne hatte gegen die Wolken gesiegt, aber es war immer noch kühl. Es würde noch dauern, bis die Bäume ausschlugen. Sie brauchte frische Luft, merkte aber, dass sie zu dünn gekleidet war. Sie verzichtete darauf, ihre Jacke zu holen, sondern flüchtete fast weg vom Gebäude. Tief atmete sie die kalte Luft ein und vergrub die Hände in den Taschen ihres Kittels. Sie ging ganz schnell, fast lief sie, um die Kälte zu vertreiben, und sie genoss jede einzelne Bewegung. Für eine schnelle Runde um das riesige Krankenhaus würde sie gerade genug Zeit haben.

Die Ereignisse des Morgens schienen schon unendlich lang her zu sein, beinahe unwirklich. Sie hatte noch keine Zeit gefunden nachzudenken, und es ehrlicherweise auch vermieden. Sie wendete ihre übliche Strategie an, wenn ihr etwas zuwider war. Um nicht die Fassung zu verlieren, wich sie elegant jeder auch nur angedeuteten Frage und jedem fragenden Blick aus. Sie benötigte Abstand, und für diesen brauchte sie Zeit. Zeit zum Nachdenken.

Die Stimmung im OP am Vormittag war erstaunlich gelöst gewesen. Sie hatte einen Bauchschnitt ausgeführt, war leicht in die freie Bauchhöhle gekommen und hatte keine Probleme gehabt, die Verwachsungen zu lösen. Dann hatte sie den Dünndarm geteilt. Niemand hatte sie nach Maria Kaahn gefragt. Magdalena Nilsson, die Ehefrau des Hintergrunddiensts der vergangenen Nacht, hatte ihr so geschickt wie immer assistiert, sie war eine erfahrene OP-Schwester. Sie unterhielten sich über alles Mögliche, aber Veronika hatte gespürt, dass ihre Kollegen den Unterschied in ihrer Stimme hörten. Sie klang zwar munter, doch das Tempo war forciert, und sie hatte den anderen angesehen, dass sie verstanden, wie es ihr ging. Also ließ man sie in Frieden.

Jetzt endlich konnte sie nachdenken, über ein Detail nach dem anderen. Sie sortierte ihre Gedanken, Schritt für Schritt.

Der Polizist, wie hieß er noch? Claes Irgendwas, Claes Claesson, genau. Der Name ließ auf fantasielose Eltern schließen. Er hatte sich, egal wie er jetzt hieß, professionell neutral verhalten, abgesehen von seinem Blick. Definitiv hatte er nicht geflirtet, er hatte sie auch nicht überfreundlich oder einschmeichelnd angesehen. Sie versuchte, sich Klarheit darüber zu verschaffen, was genau ihr daran aufgefallen war. Er hatte keine fordernden oder gierigen, sondern intensive Augen gehabt. Wachsam. Das war's, und es irritierte sie.

Sie war es gewohnt, Kontakt mit der Staatsgewalt zu haben. Oft hatte sie Fragen beantworten müssen, wie weitreichend durch Gewalt zugefügte Verletzungen waren, oder wie sie die Heilungschancen beurteilte. Ein regelrechtes Verhör hatte sie noch nie über sie ergehen lassen müssen, auch diesmal nicht. Sie hatte nur einen Bericht geliefert und ihre Fingerabdrücke zur Verfügung gestellt. Letzteres war ihr wie ein Übergriff auf ihre Privatsphäre vorgekommen. Sie wusste, dass das dumm war, konnte sich des Gefühls jedoch trotzdem nicht erwehren.

Er hatte wissen wollen, warum die Tote weggebracht worden sei. Das hätte sich einfach so ergeben, hatte sie gemeint, aber gleichzeitig eingesehen, dass sie eine Dummheit begangen hatten. Sie hätten nachdenken sollen, aber alles war so schnell gegangen. Die Sache war auch wirklich zu übel gewesen.

Als sie Maria fand, berichtete sie dem Kommissar, waren ihre Pupillen starr. Kein Puls. Aber warm war sie noch, vielleicht, weil das Wasser aus der Dusche brühheiß gewesen war. Aber man konnte sich nie ganz sicher sein, das hatte sie die Erfahrung gelehrt, auch wenn sie es dieses Mal irgendwie gewusst hatte. Sie wusste, dass es vorbei war. Ganz vorbei.

Sie dachte nicht nach, sie handelte. Ihr Eingreifen war schnell, professionell und rationell. Mit lauter Stimme rief sie durch den Korridor:

»Notfall!« So laut, dass es zwischen den Wänden widerhallte und Gunilla Åhman wie ein aufgescheuchtes Huhn am anderen Ende des Gangs auftauchte.

Veronika blieb an diesem verhängnisvollen Morgen bei Maria, war aber sehr damit beschäftigt, das Badetuch festzustecken, das ihr die ganze Zeit herabzurutschen drohte. Sie wollte dem Notfallteam nicht halb nackt begegnen und zog sich den Kittel über, den sie auf der Holzbank abgelegt hatte. Es gelang ihr gerade noch, die meisten Druckknöpfe zu schließen, ehe ihre Kollegen den Korridor entlanggestürmt kamen.

Der Anästhesist, die Narkoseschwester und der Kardiologe. Die Bereitschaft funktionierte reibungslos, die Zeitspannen waren gering. Aber dieses Mal half das alles nichts.

Gemeinsam hoben sie Maria aus der Dusche und legten sie davor ab. Sie benötigten Platz zum Arbeiten und wollten sie ins Trockene legen, falls sie ihr einen Stromstoß mit dem Defibrillator geben mussten. Sie war erstaunlich schwer.

Alles ging schnell. Der Kardiologe, groß und stämmig, ließ

sich erstaunlich mühelos auf die Knie fallen und legte ihr das Stethoskop über die linke Brust. Gleichzeitig tastete er nach der Halsschlagader. Einer der erfahreneren Anästhesisten der Klinik, den so leicht nichts umwarf und vor dem Veronika immer großen Respekt gehabt hatte, intubierte und versuchte dann, die Lungen mit Luft zu füllen. Eine resolute, nach Veronikas Geschmack zu resolute Narkoseschwester, die sie noch nie gemocht hatte, legte die Elektroden des Defibrillators auf den Brustkorb und deutete auffordernd auf den Notfallkoffer. Mit schriller Stimme forderte sie Veronika auf, einen Venenkatheter zu legen. In der Hitze des Augenblicks ignorierte sie den Kommandoton, öffnete hastig die Verpackung und tastete den Unterarm nach einer passenden Einstichstelle ab. Plötzlich kam alles zum Stillstand. Das entscheidende EKG, das im Monitor des Defibrillators angezeigt wurde, bildete eine gerade Linie.

Alle wussten, dass es zu spät war. Maria Kaahn war blauweiß. Sie ließ sich nicht mehr zurückholen. Schweigend erhoben sie sich.

Der Kardiologe schüttelte als Erster die allgemeine Lähmung ab. »Asystolie. Wir unternehmen weiter nichts«, sagte er. »Wirklich bedauerlich, das hier«, meinte er noch und senkte den Kopf wie im Gebet.

Diese Entscheidung wurde gemäß der Rangordnung, die unter den Ärzten in einer Situation wie dieser galt, gefällt. Der Internist, in diesem Fall war es ein Kardiologe, hatte bei einer Reanimation immer das letzte Wort. Das Ganze entsprach also den Vorschriften.

Aber dort konnte sie nicht liegen bleiben, die tote Maria Kaahn. In einem Versuch, ihr etwas Würde zuteil werden zu lassen, einigten sie sich darauf, sie vom Personal der Notaufnahme in das kleine Zimmer bringen zu lassen, in dem sich die Angehörigen von Verstorbenen verabschieden konnten.

Niemand dachte an das Nächstliegende: Sie hätte nicht angerührt werden sollen. Niemand kam auf den Gedanken, dass etwas nicht mit rechten Dingen zugegangen war und dass sie das Eintreffen der Polizei abwarten mussten. Dieser Gedanke hatte irgendwie überhaupt nichts mit ihrem beruflichen Alltag zu tun.

Nur gut, dass wir sie nach unten fahren konnten, ehe allzu viele Patienten in der Klinik unterwegs waren, dachte Veronika, als sie den westlichen Krankenhausflügel umrundete. Aber das hatte sie dem Polizisten nicht gesagt, es hätte viel zu gefühllos geklungen, zu praktisch und durch den Beruf abgestumpft. In jedem Fall zu pragmatisch. Aber pragmatisch war Claesson vermutlich selbst. Was er als Polizist zu sehen bekam, war wahrscheinlich auch nicht immer die reine Freude.

Kommissar Claesson hatte noch gefragt, ob jemand den Piepser oder die Uhr im Duschraum angefasst hätte. Das hatten sie nicht. Falls es wider Erwarten Fingerabdrücke gab, hatten sie sie zumindest nicht zerstört. In dem allgemeinen Durcheinander hatte glücklicherweise keiner von ihnen daran gedacht, nachzuschauen, ob im Duschraum etwas liegen geblieben war. Veronika hatte einfach nur ihre Kleider geholt. Erst als sie mit der Röntgenbesprechung begonnen hatten und derjenige, der Maria abgelöst hatte, nach dem Piepser fragte, fiel ihnen auf, dass er fehlte. Sie baten Gunilla Åhman, sofort einen neuen zu holen.

Er hatte durchdringende Augen, dieser Kommissar Claes Claesson. Sie sprach seinen Namen leise vor sich hin und musste über ihre Backfischfantasien lächeln. Hatte er sie etwas intensiver als die anderen betrachtet? Einen Augenblick lang war ihr das so vorgekommen. Andererseits gehörte es zur Aufgabe eines Kriminalkommissars, alles genau zu beäugen, Totes und Lebendes, Personen und Gegenstände. Also irrte sie sich sicher.

Er trug ein strapazierfähiges, tabakbraunes Jackett, gute Wolle, altmodischer Schnitt, und Jeans. Ein individueller Stil. Das Oberhemd war ebenfalls außergewöhnlich, Er schien wert auf sein Äußeres zu legen und war offensichtlich selbstbewusst. Vielleicht sogar überheblich.

Sie ging noch schneller, damit ihr nicht kalt wurde, und dachte, dass sie auf viele der Fragen des Kommissars keine Antwort hatte. Sie wünschte sich, ihm eine größere Hilfe zu sein, doch irgendwie war alles bruchstückhaft und verschwommen. Sie musste sich eingestehen, dass sie Maria nicht sonderlich gut kannte. Und wenn sie ehrlich war, dann mochte sie sie auch nicht besonders. Alles andere wäre gelogen. Aber das sagte sie natürlich nicht. Sie sagte nichts. Sie waren ein gutes Team gewesen, Maria und sie, das reichte. Es war nicht erforderlich, seine Kollegen auch noch zu mögen, man musste nur mit ihnen auskommen, und in die Haare geraten waren sie sich nie. Sie hatten ein »Nicht-Verhältnis« gehabt, und sie glaubte, dass das auf Gegenseitigkeit beruht hatte.

Am Anfang hatte sie sich über Marias Anstellung gefreut. Eine weitere Kollegin war immer willkommen. Die Männer waren sowieso in der Überzahl, alle in den besten Jahren und auf dem Weg nach oben. Etwas mehr Ausgewogenheit konnte da nicht schaden. Else-Britt Ek und sie, die einzigen Ärztinnen, hatten beide versucht, Maria den Einstieg so leicht wie möglich zu machen, aber irgendwie hatten sie keinen Zugang zu ihr gefunden. Dass das schlichtweg ein Ding der Unmöglichkeit war, hatten sie zuerst nicht begriffen. Sie glaubten, Maria sei schüchtern oder dass ihr etwas zu schaffen mache. Natürlich dachten sie auch darüber nach, ob sie etwas falsch gemacht hätten, aber diese Überlegung verwarfen sie. Maria interessierte sich ganz einfach nicht für sie.

Über die Jahre hatte Veronika gelernt, wie sie mit ihren männlichen Kollegen umgehen musste. Sie mochte sie, zumindest bestimmte. Ohne Verletzungen war das wahrhaftig nicht immer abgelaufen, und es schauderte sie, als sie daran dachte, womit sie sich manchmal hatte abfinden müssen. Nicht selten hatte sie ihre Berufswahl bereut, aber noch öfter war sie stolz und zufrieden gewesen. Aus ihr war eine immer selbstbewusstere Ärztin geworden.

Irgendwann war das Arbeitsklima richtig angenehm geworden, und sie hatte davon profitiert, dass sie nicht mehr so empfindlich war. Sie hatte gelernt, nicht darauf zu warten, dass sie gefragt wurde, denn dann kam ihr einfach nur jemand zuvor. Mit der Zeit hatte sie unter ihren Kollegen richtig gute Freunde gefunden. Chirurgie war Teamwork und Handwerk. Sie brauchten sich gegenseitig.

Aber Maria schien weder sie noch Else-Britt zu brauchen. Maria begehrte die Gunst anderer, dachte sie und eilte mit raschen Schritten am Parkplatz vorbei und auf den Zentralblock mit dem Haupteingang zu.

Bereits bei der Röntgenbesprechung hatte Petrén die Obduktion erwähnt, aber das war auch nicht weiter verwunderlich. Eine junge, bislang gesunde Frau musste seziert werden, so verlangte es das Gesetz. Mit einem Todesfall ohne eindeutige Todesursache war außerdem psychologisch nicht gut umzugehen.

Möglicherweise hatte sie sich verhört, aber sie bildete sich ein, dass Petrén auch etwas von einem Unfall gesagt hatte. Vielleicht hatte er sich auch nur verplappert. Der Todesfall schien ihn sehr mitgenommen zu haben. So hatte sie ihn noch nie erlebt. Bedrückt und gleichzeitig aufgedreht und voreilig mit Spekulationen über Diagnosen. Als ob das helfen würde. Natürlich war er im Erklärungsnotstand: An seiner Klinik heilte oder linderte man. An seiner Klinik wurde nicht getötet.

Der Ort war idiotisch und die Situation nicht ganz ohne. Richtig übel hätte es ausgehen können, denn als Dienst habende Ärztin hatte die gesamte Verantwortung für die Klinik bei Maria gelegen.

So wie Veronika diesen Claesson verstanden hatte, war da etwas nicht mit rechten Dingen zugegangen, und dieser Gedanke ließ sie nicht mehr los. In ihrer Klinik! Warum dann an so einem merkwürdigen Ort, zu so einem seltsamen Zeitpunkt? Das Ganze schien ungeplant. Sie hatte geglaubt, dass bei einem Mord überlegter oder auch brutaler und impulsiver vorgegangen wurde, aber da irrte sie sich wohl. Vielleicht war alles ein Irrtum. Ein Missverständnis. Vielleicht wäre Ronny Alexandersson ermordet worden, hätten sie ihre Dienste nicht getauscht. Von wem? Vielleicht von jemandem, der es aus irgendeinem Grund eilig gehabt und nicht bemerkt hatte, dass da gar kein Mann unter der Dusche stand?

Sie war froh, dass Ronny noch am Leben war. Vermutlich waren das alle, aber niemand sprach es aus.

Vielleicht habe sich unter Marias Schädelknochen etwas verborgen, ein schadhaftes Blutgefäß, das wie eine tickende Bombe, die explodiere, eines Tages geplatzt sei, hatte ein Kollege bei der Röntgenbesprechung vorgeschlagen. Vielleicht habe sie eine Asthmaattacke erlitten, gegen die sie nichts mehr habe einnehmen können, lautete ein anderer Vorschlag. Aber bei Maria war von Asthma nie die Rede gewesen. Ihre Atmung war immer mühelos und unbehindert gewesen. Vielleicht habe ein Virus ihr Herz angegriffen, lautete der dritte Vorschlag. Es kam vor, dass junge Menschen, oft gerade sehr sportliche, so aus dem Leben schieden.

Ihr waren die blauen Flecken auf Marias Beinen aufgefallen, nachdem sie die Wiederbelebungsversuche auf dem gekachelten Boden beendet hatten. Davon sagte sie nichts. Bekam sie leicht Blutergüsse, oder bedeutete das etwas anderes? Vielleicht trainierte sie Karate oder war einfach nur gestolpert?

Veronika war gespannt auf das Obduktionsergebnis.

Die Kälte drang durch die Strümpfe und breitete sich gnadenlos aus. Sie hatte nur Sandalen an. Schlotternd eilte sie auf den Haupteingang zu. In diesem Moment schrillte ihr Piepser, vermutlich die Chirurgie. Sie beschleunigte ihre Schritte, ging durch die Flügeltür und trat auf die Frau am Empfang zu. Sie nickte ihr zu und wählte die Nummer auf der Wechselsprechanlage auf dem Tresen.

»Veronika Lundborg-Westman«, leierte sie ihren Namen herunter und erinnerte sich, dass sie ein Formular brauchte, um sich endlich des Namens Westman zu entledigen.

»Hallo, Veronika! Die Galle wartet. Willkommen im OP zwei«, ließ sich eine raue Stimme vernehmen.

»Ich komme!«

Sie rannte zwei Stufen auf einmal nehmend die Treppe hoch. In der fünften Etage war sie vollkommen außer Atem. Sofort fiel ihr Blick auf Greger Petrén, der offensichtlich die Unterredung mit der Direktion hinter sich hatte. Neben ihm stand der Anästhesist, der am Reanimationsversuch am Morgen beteiligt gewesen war. Leise unterhielten sie sich. Veronika ahnte, worum es ging.

Veronika und der Anästhesist nickten sich zu. Sie wussten, dass der Vorfall in die Annalen der Klinik eingehen würde.

Petrén verstummte abrupt und blickte ihr hinterher, als sie auf die Tür der Damenumkleide zuging. Als sie dort eintreten wollte, hielt er sie zurück.

»Veronika! Du, wir müssen später miteinander reden. Unangenehm, dieser Vorfall. Tut mir Leid für dich, dass du dich am Morgen als Erstes um so etwas kümmern musstest.«

»Kann man wohl sagen«, entgegnete sie, mit dem einen Fuß bereits durch die Tür.

Was gab es sonst zu sagen? Nicht viel.

»Die anderen warten schon«, meinte sie, um das Gespräch zu beenden.

»Natürlich, beeil dich nur«, meinte Petrén mit einem herzlichen, wohlwollenden Lächeln, blieb jedoch stehen. »Was meinst du, was es gewesen sein könnte?

»Nicht den blassesten Schimmer«, antwortete sie ehrlich.

Spekulationen erschienen ihr sinnlos. Nachdenklich sah er sie an.

»Greger, ich weiß es wirklich nicht. Soweit ich weiß, war sie kerngesund. Nein, jetzt muss ich.«

»Ja, tschüss dann, und wie gesagt, unterhalten wir uns später«, sagte er und lächelte sein beruhigendes Cheflächeln erneut.

Sie verschwand durch die Tür und zog sich die grüne OP-Kleidung über.

War ihr anzumerken, dass sie dem Tod von Maria Kaahn zwiespältig gegenüberstand?

Wenn dieser Tag doch nur vorüber wäre.

Claesson betrat die Firma REMA-Technik und fand sich in einer winzigen Diele wieder, von der drei geschlossene Türen abgingen. Ehe er sich entschied, an welche er klopfen sollte, holte er tief Luft. An die schwere Aufgabe, die ihm unmittelbar bevorstand, würde er sich nie gewöhnen. Hinter der mittleren Türe war leise Musik zu hören, also ging er davon aus, dass er dort richtig war. Er klopfte, aber niemand öffnete. Er drückte die Klinke. Es war nicht abgeschlossen. Er trat ein. In der Mitte des Zimmers stand ein großer Schreibtisch mit einem Computer. Eine beige Kostümjacke hing über der Lehne des Stuhls.

Er räusperte sich. Von irgendwo hörte er Stimmen. Er räusperte sich erneut, dieses Mal lauter. Eine schlanke Frau um die fünfzig erschien und lächelte ihn an.

»Womit kann ich dienen?«

Er erklärte ihr sein Anliegen, sagte aber nicht, dass er von der Polizei war, hatte jedoch den Verdacht, dass sie es ihm ansah.

»Ich schau mal, ob er noch da ist oder schon beim Essen«, sagte sie, und verschwand auf einem Korridor.

Nur einen Augenblick später war sie zurück.

»Doch, Albert Kaahn ist noch da. Er hat es noch nicht geschafft, hier rauszukommen. Hier entlang«, meinte sie und sah ihn neugierig von der Seite an, während sie ihn ans Ziel lotste.

Albert Kaahn saß vor einem Computer. Er war mittelgroß und hatte ganz kurzes Haar außer oben auf dem Schädel. Hier war er vollkommen kahl. Im Gegensatz zu vielen anderen eignete sich sein Kopf für einen derartigen Kahlschlag. Kaahn erhob sich und streckte die Hand aus.

»Albert Kaahn«, sagte er. »Womit kann ich Ihnen helfen?«

»Claes Claesson, Kriminalpolizei. Wahrscheinlich ist es besser, wenn wir uns wieder setzen«, erwiderte er und nahm auf der anderen Seite des Schreibtischs auf einem Stahlrohrstuhl Platz.

Während Albert Kaahn sich langsam auf seinen Bürostuhl sinken ließ, machte sein Gesicht die Veränderung durch, die Claesson schon oft beobachtet hatte.

»Ich habe eine traurige Nachricht für Sie. Maria Kaahn ist tot«, sagte Claesson und verstummte.

Über die Jahre hatte er versucht, eine Methode zu entwickeln, Todesnachrichten so schonend wie möglich zu überbringen, und war zu dem Schluss gekommen, dass es keine schonende Methode gab. Die elende Wahrheit musste sofort mitgeteilt werden. Sie ließ sich nicht in Watte verpacken. Zu viele Worte machten die Leute konfus. Er hatte aufgehört, andere Ausdrücke als *tot* zu verwenden, wenn es um einen Todesfall ging. Dieses Wort verstanden alle. Das Schreckliche wurde nicht erträglicher, indem er Ausdrücke wie »Jenseits« und »verblichen« verwendete.

Er hatte das Gefühl, die Zeit würde stillstehen, während er dem Ärmsten Zeit ließ, das Gesagte zu verarbeiten. Bald würden die Fragen kommen, das wusste er.

»Das ist nicht wahr«, sagte Albert Kaahn schließlich.

»Doch, leider.«

»Aber, aber wie … gestern war sie doch noch am Leben.« Sein bleiches Gesicht war auf einmal hochrot.

»Wir wissen nicht, was passiert ist. Heute Morgen wurde sie tot aufgefunden.«

»Aber heute Nacht war sie doch auf der Arbeit.«

»Sie wurde heute Morgen auf der Arbeit gefunden.«

»Aber …«

Er sah auf den Schreibtisch und faltete die Hände. Die Schultern bebten, und Claesson war erleichtert, dass er endlich Gefühle zeigte. Das Schreckliche wurde dadurch nicht weniger schrecklich, aber es war gut, dass er reagierte.

»Hören Sie«, sagte Claesson freundlich. »Weinen Sie, aber glauben Sie, dass Sie gleichzeitig zuhören können?«

Mit großen Augen sah ihn Albert Kaahn gehorsam an.

»Maria Kaahn wurde heute Morgen tot aufgefunden«, fuhr Claesson fort. »Leider kann ich aus ermittlungstechnischen Gründen nicht genau sagen, wo, jedenfalls im Krankenhaus. Wir glauben nicht, dass es sich um einen Tod mit einer so genannten natürlichen Todesursache handelt, obwohl wir noch keinen Anhaltspunkt haben, dass ihr jemand nach dem Leben trachtete. Es könnte auch ein Unfall gewesen sein. Genaueres wird die Obduktion zeigen. Es ist mir klar, dass Ihnen das jetzt nicht leicht fällt, aber es wäre uns eine große Hilfe, wenn Sie ein paar Fragen beantworten könnten.«

Dem Mann lief die Nase. Er sah Claesson mit tränenden, dunklen Augen an und nickte.

»Wann haben Sie Maria zuletzt gesehen?«

»Am Dienstag. Sie holte abends die Kinder bei mir ab«, antwortete er mit belegter Stimme. »Sie haben bei ihr übernachtet. Mittwochmorgen hat sie sie in den Kindergarten gebracht, und ich habe sie abends dort abgeholt, weil sie bei mir übernachten sollten. In der Nacht von Mittwoch auf Donnerstag hatte sie Nachtdienst.«

»Wie alt sind Ihre Kinder?«

»Dreieinhalb. Zwillinge. Zwei Mädchen.«

Albert Kaahn lächelte und schob ihm das Foto eines blonden und eines dunkelhaarigen Mädchens, beide um die zwei und mit denselben blau karierten Kleidchen, über den Schreibtisch. Sie sahen sich überhaupt nicht ähnlich.

»Sie haben wirklich zwei nette Mädchen«, meinte Claesson und gab das Foto zurück. »Sie sind wohl kaum eineiige Zwillinge.«

»Nein«, erwiderte Kaahn und lächelte. »Auch vom Temperament her sind sie sehr unterschiedlich. Die Dunkelhaarige«, er deutete auf das Foto, »ist genauso stur wie ihre Mutter. Die lässt sich nichts gefallen.«

Claesson nickte. »Sie haben also Ihre geschiedene Frau seit Dienstag nicht mehr gesehen. Aber haben Sie danach noch mit ihr telefoniert?«

»Nein, ich nicht, aber die Mädchen. Mittwochabend hat sie aus dem Krankenhaus angerufen und ihnen Gutenacht gesagt. Das tat sie immer.«

»Wann war das?«

»So gegen sechs.«

»Und Sie waren die ganze Nacht zu Hause?«

»Wo sonst? Mit zwei kleinen Kindern kann man das Haus kaum verlassen.«

»Da haben Sie Recht, ich muss diese Frage nur der Ordnung halber stellen«, sagte Claes Claesson. »War Maria ganz gesund?«, fuhr er fort.

»Soweit ich weiß, fehlte ihr überhaupt nichts. Fit, nie krank.«

»Und Probleme mit den Nerven hatte sie auch keine …«

»Nein, diesen Vorwurf konnte man ihr am allerwenigsten machen. Sie wusste, was sie wollte, und meist setzte sie ihren Willen durch.«

»War sie es, die sich scheiden lassen wollte?«

»Ja.«

»Warum?«

»Sie sagte, wir seien uns fremd geworden.«

»Fanden Sie das auch?«

»Nein.«

Die Antwort kam ohne zu zögern.

»Haben Sie eine neue Beziehung?«

»Nein. Und sie auch nicht, soweit ich weiß. Die Mädchen haben jedenfalls nichts davon gesagt, dass es irgendeinen neuen Onkel bei Maria geben würde«, meinte Albert Kaahn und schien fast froh darüber zu sein. »Aber alles erzählt man sich natürlich nicht, nachdem man sich getrennt hat.«

Claesson schwieg. Es fiel ihm keine weitere Frage ein. Nach dem Dialekt zu urteilen kam der Mann aus der Gegend von Stockholm.

»Wo sind Sie her?«

»Aus Stockholm. Aber meine Eltern sind aus dem Iran, falls Sie das wissen wollten.«

Claesson sah keinen Grund, das weiter zu kommentieren.

»Wir informieren natürlich auch ihre Eltern«, sagte er stattdessen, »falls das noch nicht geschehen sein sollte.«

»Die Ärmsten«, meinte Albert Kaahn mitfühlend. »Sie war Einzelkind.«

»Wo kann ich ihre Eltern erreichen?«

»In Stockholm, vermute ich.«

»Haben Sie Kontakt zu ihnen?«

»Natürlich. Sie haben mich immer gemocht. Ich glaube auch nicht, dass sie von unserer Scheidung besonders begeistert waren.«

»Wann war das?«

»Rein formell vor einem halben Jahr, aber wir waren schon ein Jahr vorher auseinander gezogen.«

»Da waren die Kinder noch klein.«

»Ja, viel zu klein. Sie brauchten einen festen Punkt und außerdem beide Eltern und nicht dieses ewige Hin und Her.«

Er klang wie der typische verschmähte Ehemann.

»Sie haben gemeinsames Sorgerecht?«

Er nickte. »Von gemeinsam kann allerdings nicht die Rede sein. Alles andere als das.«

»Kamen Sie nicht gut miteinander aus?«

»Anfangs überhaupt nicht. Jetzt läuft es recht glatt.«

Claesson erhob sich. »Nehmen Sie heute frei?«, fragte er.

»Vielleicht.«

»Wir lassen von uns hören.«

»Natürlich, tun Sie das.«

Draußen auf dem Gang fiel ihm eine weitere Frage ein. Er öffnete erneut die Tür. Albert Kaahn saß da und starrte ins Leere.

»Noch eine Frage. Klingt vielleicht komisch, weil weder Sie noch Maria mit der Unterwelt zu tun haben, aber wissen Sie, ob Sie irgendwelche … Feinde hatte, oder wie man das nennen will. Jemanden, mit dem sie zerstritten war.«

»Es gab sicher viele Gründe, sich über sie aufzuregen. Sie war sehr zielstrebig und nicht immer rücksichtsvoll. Vielleicht zu verwöhnt, typisches Einzelkind eben. Aber so grässlich, dass jemand sie umbringen wollte – nein, das kann ich mir kaum vorstellen«, meinte er, verstummte und starrte erneut auf die Wand.

Claesson blieb in der Tür stehen. »Woran denken Sie?«, fragte er.

Albert Kaahn seufzte tief. »An zwei Dinge, wenn Sie es genau wissen wollen. Einmal, dass ich jemanden verloren habe, den ich liebe, und dass ich jetzt Vater von zwei Mädchen bin, die sich einmal kaum an ihre Mutter erinnern werden«, sagte er, sah Claesson schmerzerfüllt an und begann zu schluchzen.

Claesson hatte dazu nichts zu sagen. Er nickte nur, schloss vorsichtig die Tür und verließ den trauernden Mann.

Veronika war relativ früh fertig und kam sich beim Nach-Hause-Radeln vor wie eine Haftentlassene. Der nette, zuvorkommende Arzt im Praktikum Daniel Skotte, dessen Betreuerin sie war, hatte ihr am Nachmittag assistiert. Er war so rücksichtsvoll gewesen, schweigend zu arbeiten. Keine Fragen zu anatomischen Details oder operationstechnischen Feinheiten, die sie sonst freundlich und umfassend beantwortete. Die Neuen mussten schließlich auch die Chance erhalten, was zu lernen. Außerdem war er so nett gewesen, die Nachmittagsvisite auf der Station zu übernehmen. Vermutlich hatte er ihr angesehen, dass sie auf dem Zahnfleisch ging.

Die ganze Klinik kochte fast über vor angestrengter Freundlichkeit inmitten der Angst und Unruhe. Die meisten hatten ihrer Bestürzung und Angst Ausdruck verliehen, einige wenige waren betroffen, aber keiner hatte bisher regelrechte Trauer gezeigt. Aber vielleicht kannten sie Maria auch einfach nur nicht gut genug.

Endlich zu Hause. Sie leerte ihren Briefkasten, doch in den Umschlägen schien wie immer nur Arzneimittelreklame auf Hochglanzpapier zu sein. Sie schloss auf und warf die Post auf den Dielenfußboden. Es war ungelüftet, und sie ließ die Haustür eine Weile offen stehen, damit die frühlingskalte Luft ins Haus dringen konnte.

Im Arbeitszimmer blinkte der Anrufbeantworter. Sie drückte die Wiedergabetaste, ging in die Küche und setzte einen Topf Wasser auf. Eine helle, unbeschwerte Stimme tönte aus dem Lautsprecher. Ihre Tochter, die das große Spanisch-Schwedische Wörterbuch von Norstedts haben wollte, weil »die Worte nicht ausreichen« .

Ihr wurde warm ums Herz. Sie setzte sich vors Telefon, um zurückzurufen, aber merkte plötzlich, wie müde sie war. Ihre Glieder waren bleischwer. Reglos saß sie da und starrte in Höhe der Fensterbank geradeaus. Der Hibiskus ließ die Blätter hängen, aber das fiel ihr gar nicht auf.

Sie zuckte zusammen, als das Kaffeewasser überkochte und die Platte zischte. Sie nahm den letzten Melittafilter aus dem Küchenschrank und maß Kaffeepulver ab. Sie musste daran denken, Kaffeefilter und Kaffee zu kaufen. Ein behaglicher Kaffeeduft zog durch die Küche, und sie kam zu dem Schluss, dass ihre schleichenden Kopfschmerzen wahrscheinlich nur Entzug waren. Vor lauter Aufregung hatte sie tagsüber weniger Kaffee getrunken als sonst.

Veronika nahm eine große Tasse schwarzen Kaffee und zwei Käsebrote ins Arbeitszimmer mit und stellte alles auf den Schreibtisch. Dann holte sie die Post aus der Diele, nahm den Telefonhörer und wählte die Nummer von Cissis Handy, die nur im Notfall zu verwenden war. Während sie darauf wartete, dass die Verbindung zu Stande kam, sortierte sie die Post. Der ICA-Kundenservice informierte über Sonderpreise des Weichspülers Supersoft und einer Großpackung Kroketten. Papierkorb. Die Telefonrechnung landete auf dem Stapel »Zu erledigen«. Da fiel ihr Blick auf die Eismeerkathedrale von Tromsø. Sie schaute zwischen den Reklamezetteln hervor. Sie drehte die Ansichtskarte um. Von Andreas!

Eine geschäftsmäßige Stimme drang aus dem Hörer an ihr Ohr: »Willkommen. Hier ist die Mailbox von Telia Mobil. Bitte sprechen Sie nach dem Ton ...«

Veronika räusperte sich feierlich, und ließ ihre Mitteilung dann in den Weltraum zu einem Satelliten transportieren, der so freundlich war, ihre Mitteilung, die sie müde an einem Donnerstagabend formulierte, zum Ohr der Tochter weit weg in einem fremden Land weiterzuleiten.

»Natürlich kriegst du das Wörterbuch. Ich weiß nicht, wann ich das nächste Mal in die Stadt komme, aber ich verspreche, es abzuschicken, sobald ich es gekauft habe. Du musst aber damit rechnen, dass es eine Woche oder so dauert. So lange musst du dich gedulden. Immer nett, von dir zu hören und dass es dir gut geht. Sei umarmt.«

Es war wirklich ärgerlich, dass Anrufbeantworter sie immer so stressten. Das Band lief, und sie hatte das Gefühl, jedes Wort musste sitzen, wie auf die Goldwaage gelegt, und außerdem sollte es noch schnell gehen.

Sie biss in ihr Käsebrot.

Eigentlich sollte Dan das Wörterbuch bezahlen. Er hatte sich nie übermäßig angestrengt, ein guter Vater zu sein, seit sie sich hatten scheiden lassen, am allerwenigsten hatte er seine pekuniären Verpflichtungen übertrieben. Die neue Familie war teuer. Sie rechnete rasch nach und kam zu dem Schluss, dass sie sich der Diskussion nicht gewachsen fühlte, die unweigerlich kommen würden, wenn sie den Kauf eines teuren Wörterbuchs vorschlug.

Viele Jahre waren vergangen, seit sie zwischen den beiden Extremen hin- und hergependelt war: dem Traum von dem, was sie für Liebe hielt, und dem abgründigen Hass. Sie war gekränkt und genoss es, auf Rache zu sinnen. Aber alles nahm ein Ende. Eines schönen Tages – anfänglich hatte sie geglaubt, dass sie ihn nie erleben würde, aber sie tat das – gelang es ihr nicht mehr, das Gefühl abgrundloser Trauer und die Wut der Betrogenen zu empfinden. Dan Westman war für sie ein abgeschlossenes Kapitel. Nur nicht als Cissis Papa; sie hielten spärlichen Kontakt, aber immerhin.

Man konnte also über Verrat hinwegkommen. Es dauerte, aber es ging. Eine nützliche, allerdings keine sonderlich bequeme Erfahrung, die aber langsam das Gefühl gedeihen ließ, dass immer noch alles im Leben denkbar war, wenn sie sich nur in Geduld übte.

Als Dan bei Cissis Abiturfeier auftauchte, hätte sie ihn fast nicht wiedererkannt. Aus dem früher so athletischen und lockigen Dan, in den sie sich damals so wahnsinnig verliebt hatte, war ein dicklicher, leicht kahlköpfiger Mann mittleren Alters geworden. Nicht mal Schadenfreude empfand sie, sondern überhaupt nichts. Herrgott, habe ich seinetwegen bereits alle Tränen vergossen, dachte sie, meine Güte.

Die Ansichtskarte. Sie drehte die Eismeerkathedrale um.

> *Veronika!*
> *Lang ist's her. Jetzt versetze ich in Norwegen die Leute in Narkose, aber demnächst ziehe ich weiter. Rate mal, wohin? Bald können wir wieder zusammen auf ein Bier gehen.*
> *Ich freue mich schon.*
> *Sei umarmt, Andreas*

Der charmante Andreas Axell. Wahrscheinlich gab es nur wenige Männer wie ihn, von dem so viele Frauen geträumt hatten und enttäuscht worden waren. Er besaß sämtliche Schlüssel zu einem einsamen Frauenherzen. In gewisser Weise entsprach er dem Klischee der Illustrierten. Nur dass er echt war. Marathonläufer, was die Liebe anging, war er nicht, und das war sein großes Problem. Auch wenn er selbst das nicht bedauerte. Aber was Freundschaften anging, war er treu wie ein alter Hund. Deswegen hielt sie den Kontakt zu ihm auch immer noch, auch wenn das anfangs alles andere als leicht gewesen war.

Sie lächelte bei der Erinnerung. Auch sie war dahingeschmolzen, hatte jedoch geistesgegenwärtig genug rechtzeitig die Bremse gezogen. Sie hatte nicht die Kraft besessen zu widerstehen. Außerdem war sie nach dem Verrat von Dan sehr verletzlich gewesen. Zu viel Zeit war vergangen, seit ein Mann sie berührt hatte. Und genau das hatte er getan. Er berührte sie, und das genügte, um sie zum Schmelzen zu bringe. Eine frisch geschiedene Frau ist wie Löschpapier. Überaus behutsam fasste er sie an. Das war wunderbar, aber auch sehr gefährlich. Sehr viel mehr war nicht passiert. Glücklicherweise hatten sie dann an verschiedenen Orten gearbeitet. Zu diesem Zeitpunkt hätte sie mit einer gescheiterten Beziehung nicht umgehen können.

Das war jetzt viele Jahre her. Sie lächelte wehmütig, ging summend in die Küche und befestigte die Ansichtskarte mit einem Magneten an der Kühlschranktür.

Auf dem Weg zurück ins Arbeitszimmer ging sie am Spiegel in der Diele vorbei. Irgendwie landete sie immer wieder vor diesem langen Spiegel, den sie von ihrer Großmutter geerbt hatte. Eigentlich war er hässlich, aber er machte sie schlanker. Sie überlegte sich, um wie viele Kilos, und kam auf mindestens fünf. Sie wusste, dass das Selbstbetrug war, aber das kümmerte sie nicht. Ihre Großmutter hatte das auch getan. Sie hatte sich diesen Spiegel mit Spezialglas, der die Figur schmaler erscheinen ließ, anfertigen lassen. Die Frauen der Oberklasse hatten damals so aussehen sollen, anmutig und zerbrechlich. Jetzt sollten sie auf einmal schlank und stark sein, mit Muskeln, die sich unter der Haut abzeichnen.

Veronika stellte sich seitlich vor den Spiegel, legte die Hände platt auf den Bauch und ließ den Blick kritisch rauf und runter wandern. Sie konnte keine größeren Veränderungen entdecken, nur einen kleinen Höcker unter dem Nabel. Sie presste die Lippen zusammen, zog mit aller Kraft den Bauch ein und drückte mit den Fingerspitzen gegen den Höcker. Zufrieden stellte sie fest, dass sie die Muskeln spüren konnte. Eine steinharte, durchtrainierte Bauchdecke. Sie konnte aufatmen.

Normale Eitelkeit und die klassischen Komplexe aller Frauen trieben sie an: Sie wollte nicht fett werden. Gleichzeitig war ihr Hunger zuwider. Ihr Appetit forderte deftiges Essen, und ihr schmeckten Wein und Süßigkeiten. Sie versuchte, nur das zu essen, was sie brauchte, aber das gelang nicht immer. In solchen Fällen fuhr sie eine Extrarunde mit dem Fahrrad oder ging joggen.

Früher hatte sie sich über alle, die regelmäßig joggten, lustig gemacht, aber dann war sie selbst süchtig geworden. Als Dan abgehauen war, hatte sie nichts mehr unterscheiden können, weder groß noch klein, wichtig oder unwichtig, und noch weniger war es ihr gelungen, sich um so fundamentale Dinge wie Essenkochen zu kümmern. In dieser Zeit aßen sie eine Unmenge Pizza. Cissi freute sich, und sie selbst wurde dick, hatte aber nicht die Kraft, etwas dagegen zu unternehmen. Ihr Körper verfiel, langsam, aber sicher. Ihr Dasein glich einem grauen Einerlei.

Nur durch Zufall war sie wieder zu sich gekommen, und diesen Moment würde sie nie vergessen. Sie war auf Fortbildung, Traumatologie, wenn sie sich recht entsann. Sie wohnte im Hotel. Abends duschte sie vor dem so genannten geselligen Teil, einer Weinprobe. Anschließend setzte sie sich auf die Bettkante und cremte sich mit Bodylotion ein. An der Innenseite der Kleiderschranktür hing ein großer Spiegel. Was sie da aus den Augenwinkeln sah, war nicht gerade das, was sie sich vorgestellt hatte. Ein weißer Körper, und dort, wo die

Taille hätte sein sollen, Fettpolster. Zu oft oral kompensiert. Als sie wieder zu Hause war, begann sie mit dem Fitnesstraining und auf ihre Figur zu achten. Aber die Polster wurde sie nie mehr ganz los.

Was sollte sie jetzt tun? Sie hatte das Gefühl, in der Luft zu hängen. Sie öffnete den Kühlschrank und betrachtete seinen Inhalt, ob es dort wohl was Erfreuliches gab, was sie in sich hineinstopfen konnte. Fehlanzeige: ein winziges Stück Roquefortkäse, der seine besten Tage schon hinter sich hatte, einige vertrocknete Scheiben Schinken, ein halb volles Glas Orangenmarmelade, Bregott, streichfähige Butter in einem Becher, eine runzlige rote Paprika und ein halber Liter Minimjölk, fettfreie Milch. In der Tür stand eine Flasche alkoholfreies Bier, der sie den Vorzug gab. Der Rest war noch weniger verlockend.

Sie setzte sich mit dem Bier an den Küchentisch und starrte nach draußen. Liebend gerne hätte sie jetzt jemanden zum Reden gehabt, Rastlosigkeit ergriff von ihr Besitz, aber ihr fiel niemand ein, den sie hätte anrufen können. Else-Britt war nicht daheim, und wäre Ronny Alexandersson nicht krank gewesen, hätte sie ihn angerufen. Seine vernünftige Frau hatte nichts dagegen. Sonst war sie vorsichtig damit, ihre Kollegen zu Hause anzurufen, denn sie hatte gelernt, dass allein stehende Frauen eine potenzielle Bedrohung jeder Ehe darstellten.

Vielleicht würde Ronny schon am nächsten Tag wieder zur Arbeit kommen, dann konnte sie ihm ihr Herz ausschütten. Sie brauchte jemanden, der klug und solide war und ihr einen Rat geben konnte. So jemanden brauchte er möglicherweise noch dringender, schließlich hätte eigentlich er Nachtdienst gehabt.

Ob er wusste, was passiert war? Vermutlich hatte ihn niemand angerufen. Man kümmerte sich in der Klinik nicht umeinander. Geburtstage und Familienzuwachs wurden einfach vergessen. Kollegen konnten wochenlang krankgeschrieben sein, ohne dass ihnen jemand einen Blumenstrauß schickte. Sie hatte keine Lust, die Rolle der ständig aufmerksamen Übermutter zu spielen, und Else-Britt ebenfalls nicht. Vielleicht sprach sich etwas Furchtbares wie ein Todesfall bei den Männern eher herum. Zumindest wenn es sich eventuell um Mord handelte.

Sie schleppte sich zum Sofa, machte den Fernseher an, war aber zu aufgewühlt, um sich konzentrieren zu können. Einmal hatte sie Maria Kaahns Leiche vor Augen, dann wieder Andreas Axells Lockenkopf. Zuerst wollte sie es sich selbst nicht eingestehen, aber der Todesfall hatte offensichtlich ihre Lebensgeister geweckt. Sie fühlte sich aufgeräumt, was zwar anstößig war, aber trotzdem wahr.

Sie spürte, dass ihr Nervensystem auf Hochtouren lief. Körperlich war sie erschöpft, im Kopf hellwach. Die Nackenmuskeln waren verspannt, die Schultern steif, ihr Magen schmerzte und ihre Füße nach dem vielen Rumgerenne und Stehen am OP-Tisch ebenfalls. Sie musste sich entspannen und schlafen, aber sie konnte sich nicht beruhigen.

Stehend trank sie zwei Gläser Milch. Dann nahm sie den Schuhkarton, der auf dem Kühlschrank stand: ihre Hausapotheke. Hauptsächlich ungeöffnete Arzneimittelproben. Sie fand eine Probe Schlaftabletten, schon ein Jahr abgelaufen, aber sicher wirkten sie immer noch. Sie spülte eine mit Wasser hinunter. Auf dem Weg zum Bett zog sie die Kleider aus, kroch unter die Daunendecke und schlief, als hätte jemand das Licht ausgeknipst, sofort ein.

Als sie am nächsten Morgen die Zeitung holte, blieb ihr Blick an der Schlagzeile hängen:

## Ärztin tot in Klinik aufgefunden

Eine 32-jährige Ärztin wurde am Donnerstag tot in der Klinik aufgefunden. Die Ärztin, die Nachtdienst hatte, wurde von einer Kollegin kurz vor Dienstantritt gefunden. Aus ermittlungstechnischen Gründen bleibt der Fundort geheim. Das Resultat der angeordneten Obduktion wird abgewartet. Die Polizei war sofort am Tatort.

»Die Umstände des Todesfalls sind nicht bekannt«, verlautbart Kriminalkommissar Claes Claesson. »Direkte Verdachtsmomente dafür, dass es sich um ein Verbrechen handelt, liegen nicht vor, aber es ist zu früh, um sich darüber zu äußern.«

Der Chef der Chirurgie, Greger Petrén, bedauert den Vorfall: »Die Klinik trauert«, sagt Prof. Petrén. »Es ist mir wichtig, zu betonen, dass in dieser Nacht kein Patient durch das Ableben der Dienst habenden Ärztin einen Schaden oder Nachteil davongetragen hat. Wahrscheinlich trat der Tod in den frühen Morgenstunden oder am Morgen ein, und da war es auf allen Stationen ruhig.«

# KAPITEL 4

Freitag, endlich! Claesson sortierte die Papierberge auf seinem Schreibtisch. Durch die offene Tür drang Kaffeeduft, gepaart mit fröhlichen Stimmen: die freitägliche Versammlung am Kaffeeautomaten auf dem Gang, bei der gelacht und geplaudert wurde. Ein Ritual zum Relaxen, genau wie früher das Vorlesen freitags in der letzten Stunde. Erwartungsvolle Aufgeregtheit lag in der Luft.

Er wollte sich den anderen gleich anschließen, also öffnete er schnell die beiden Schnallen seiner braunen Aktentasche und legte eine Hand voll Mappen in einer Plastikhülle hinein. Vielleicht würde er die Fälle über das Wochenende durchsehen können, wahrscheinlich aber nicht, da er Samstag und Sonntag für Katina reserviert hatte. Und dann war da noch die Tote, Maria Kaahn, aber die musste warten, bis das Ergebnis der Obduktion vorlag. Der Gerichtsmediziner hatte trotz wiederholten Drängens nichts von sich hören lassen, aber irgendwann würde sein Bericht vorliegen. Idiotische Angewohnheit, ständig Arbeit mit nach Hause zu nehmen, eine Art unheilbarer Optimismus, dachte er, machte die Tasche zu und stellte sie auf den Fußboden unter die Goretexjacke, die auf einem Bügel neben der Tür hing. Dann trat er auf den Korridor.

Lundin war gerade dabei, einen Saunawitz zu erzählen. In solchen Augenblicken war Claesson froh, eine Arbeit, einen festen Anlaufpunkt zu haben und Teil einer Gemeinschaft zu sein. Sein Bruder war gerade arbeitslos, und er wusste, wie sehr ihm genau dieses Gefühl fehlte.

Er warf eine Münze in den Automaten und drückte die Mokkataste.

»Und du, Claesson, was hast du am Wochenende vor?«, fragte Janne Lundin und sah ihn augenzwinkernd an.

»Wahrscheinlich sehe ich fern und trinke ein paar Bier«, antwortete er ausweichend.

Die Neuigkeit, dass er in festen Händen war, hatte bereits die Runde gemacht, das wusste er, einige seiner Kollegen hatten sie zusammen in der Stadt gesehen, aber aus irgendeinem Grund war das bei ihren regelmäßigen Versammlungen vor dem Kaffeeautomaten nie zur Sprache gekommen.

Sein Traum war gewesen, dass Katina sofort bei ihm einziehen würde. Er wollte mit ihr zusammenwohnen und sie irgendwann einmal heiraten. Aber Katina hatte die Sache ruhig angehen lassen. Sie brauche Zeit, hatte sie gesagt. Außerdem wollte sie ihre Arbeit bei einem Arzneimittelhersteller in Göteborg nicht einfach aufgeben. Irgendwas in der Forschung, was ihr Spaß machte. Eine ähnliche Arbeit war außerhalb einer Großstadt kaum zu bekommen. Deswegen unterhielten sie seit zwei Jahren eine Wochenend- und Ferienbeziehung, und mit der Zeit hatte er die Vorteile daran schätzen gelernt. Unter der Woche konnte er ungestört arbeiten, sie mussten den grauen Alltag nicht miteinander teilen; schließlich waren sie keine zwanzig mehr und fanden beide, dass ihre Begegnungen etwas Besonderes haben sollten. Die Wochenenden zu zweit genossen sie in vollen Zügen. Katina war vor drei Tagen aus den USA zurückgekehrt und hatte den Jetlag einigermaßen überwunden, wie sie ihm am Telefon erzählt hatte. Am Nachmittag wollte er sie vom Bahnhof abholen. Seit drei Wochen hatten sie sich nicht mehr gesehen. Er war übermütig, fast wie ein Sekundaner, und sehnte sich nach ihr.

Das andauernde Klingeln eines Telefons drang in den Korridor.

»Bei dir«, meinte Spuren-Benny.

Widerwillig stand Claesson auf und ging an seinen Apparat. »Claes Claesson, Kriminalpolizei«, sagte er.

Dann hörte er lange zu, brummte ab und zu zustimmend und beendete das Gespräch mit den Worten: »Unglaublich! Gut, dass du angerufen hast. Du schickst den Bericht dann doch ... Danke! Bis dann!«

Auf dem Gang herrschte Aufbruchsstimmung.

»Tut mir Leid, Männer ...«

Katarina Fritjofsson sah ihn amüsiert an.

»... und Katarina«, fuhr er fort und nickte ihr zu. »Tut mir Leid, aber in zwei Minuten sehen wir uns bei mir. Das war gerade die Gerichtsmedizin. Unser Verdacht hat sich bestätigt. Die junge Ärztin ist nicht an einer Krankheit oder einem Organversagen gestorben. Jetzt haben wir zumindest schon mal ein paar Anhaltspunkte und müssen die Ermittlungen beschleunigen.«

Als Claes Claesson später auf dem Bahnsteig auf den Zug aus Göteborg wartete, fror er und war hin- und hergerissen, was den Besuch von Katina anging. Er hasste es, wenn er so dachte, aber ungelegener hätte ihr Besuch angesichts der jüngsten Entwicklungen nicht kommen können. Dass er sie so lange nicht gesehen hatte, machte alles noch schlimmer. Er hatte sich so auf sie gefreut und wollte uneingeschränkt für sie da sein, aber jetzt hatte er definitiv einen Mord respektive einen Totschlag am Hals.

Alle Analysen seien noch nicht fertig, hatte ihm Josef Zenkmann vom Institut für Gerichtsmedizin bei seinem Anruf mitgeteilt, aber so weit gediehen, dass als wahrscheinliche Todesursache Gehirnverletzungen, intracranielle Blutungen, angenommen werden könnten. Diese könnten aufgetreten sein, als sie gegen die geflieste Wand oder auf den Boden gestürzt sei. Laut Zenkmann sprach ihre halb sitzende Stellung für Ersteres. Natürlich könne sie ausgerutscht sein. Mit anderen Worten, Unfall, aber vollkommen klar sei, dass sie sich vorheriger Gewaltanwendung ausgesetzt gesehen habe.

Auf dem rechten Oberarm seien mehrere frische Blutergüsse, die von einem stumpfen Gegenstand herrühren könnten, aber wahrscheinlich Fingerabdrücke seien. Abdrücke eines Klammergriffs. Ob diese vom Krankenhauspersonal, das sie gefunden habe, stammen könne? Laut Josef Zenkmann nicht. Blutergüsse, die vor dem Tod entstanden, hatten einen anderen Charakter als die, die jemandem post mortem beigefügt werden. Außerdem waren deutlich Kratzspuren weit oben auf der Rückseite des linken Arms zu sehen. Auf den Oberschenkeln und Waden waren mehrere undeutliche blaue Flecken unterschiedlicher Größe, die meisten jedoch kleiner und desselben Datums. Diese Blutergüsse rührten offensichtlich ebenfalls von stumpfer Gewalt her. Die untere Rückenpartie und Gesäßmuskulatur, die Körperteile, die beim Sturz am meisten abbekommen hatten, wiesen großflächige Hämatome auf. Hier war die Haut auch von der Feuchtigkeit aufgequollen.

Zenkmann beendete seinen Bericht mit einigen weiteren trockenen Fakten: Maria Kaahn sei schwanger gewesen. Direkte Anzeichen für einen sexuellen Übergriff bestünden nicht. Spuren zu sichern, wenn die Leiche direkt aus der Dusche komme, sei schwierig. Sie sollten sich nicht zu viel erhoffen. Die üblichen Proben würden vom Staatlichen Kriminaltechnischen Labor in Linköping auf Sperma, Sekret, Blut und Haare untersucht.

Das Bild von Albert Kaahns verzweifeltem Gesicht tauchte plötzlich vor seinem inneren Auge auf. Claes Claesson hatte vor einem Mann gestanden, der in Zukunft allein für Zwillinge sorgen und seinen Töchtern begreiflich machen musste, dass ihre Mutter nie mehr zurückkommen würde. Er hatte keine Kinder, das hatte sich nie ergeben, glaubte aber, das Ausmaß dieser Tragik zumindest in Teilen nachvollziehen zu können. Die Mädchen würden für immer mutterlos sein.

Die geschiedene Maria Kaahn mit ihren beiden dreijährigen Zwillingstöchtern war also schwanger gewesen, laut Obduktion etwa in der zwölften, dreizehnten Woche.

Als er Albert Kaahn gefragt hatte, ob sie sich hätten scheiden lassen, weil einer von ihnen eine neue Beziehung eingegangen sei, hatte er das verneint. Sie hätten sich, wie das heutzutage heiße, einander entfremdet, jedenfalls habe sich Maria der Ehe entfremdet, hatte er gesagt und war bei dieser Feststellung Claessons Blick ausgewichen. Es war nur schwer zu erkennen gewesen, wie groß die Bitterkeit war, die sich hinter diesem Kommentar verbarg. War Albert Kaahn fähig, aus Eifersucht einen Mord zu begehen? Er sagte, dass er Maria immer noch liebe, und Claesson hatte keinerlei Veranlassung, daran zu zweifeln. Er hatte sich der Scheidung widersetzt, aber sagte, dass sie freundschaftlich miteinander umgegangen und ihren Elternpflichten nachgekommen seien, nachdem sie sich erst einmal getrennt hätten. Seines Wissens nach hatte Maria keinen neuen Mann. Aber schließlich erzähle man sich nicht alles, insbesondere dann nicht, wenn man sich getrennt habe, hatte Albert Kaahn noch mit einem entschuldigenden Lächeln gemeint. Und die Kinder hätten auch nicht von einem neuen Onkel zu Hause bei Maria gesprochen. Claesson hatte sich daraufhin die logische Folgefrage verkniffen, wie oft er seine Töchter eifersüchtig über ihre Mutter ausgefragt hatte.

Die Rückseite des rechten Oberarms weise Spuren auf, als habe dort jemand kräftig zugepackt, hatte der Gerichtsmediziner gesagt. Vier kleinere Blutergüsse hintereinander wie von Fingern. Da die blauen Flecken auf der Rückseite waren, war vorstellbar, dass der Täter von vorn zugepackt und seine Fingerspitzen die Blutergüsse verursacht hatten. Sah man einmal davon ab, dass der Täter seine Arme verschränkt hatte, was wenig wahrscheinlich war, so hatte der, der die Schäden verursacht hatte, seine linke Hand verwendet. Konnte das daran liegen, dass der Täter Linkshänder war? Oder hatte er mit der Linken einfach nur besser zupacken können?

Am Waldrand tauchten jetzt, wie die Augen eines Glühwürmchens, die Scheinwerfer der Lok auf. Die wenigen weit verstreuten Menschen auf dem Bahnhof versammelten sich auf dem Bahnsteig, um ihre Lieben zu empfangen. Er stellte sich neben eine lange blonde Frau mit einem auffallend offenen und attraktiven Gesicht. Sie fühlte sich erst beobachtet, schenkte ihm dann aber ein flüchtiges Lächeln. Innerlich zuckte er zusammen.

Der Zug kam zum Stehen, und die Türen wurden geöffnet. Ein junger sportlicher Mann sprang leichtfüßig auf den Bahnsteig und umarmte die blonde Schönheit. Mit ihr in den Armen machte er ein paar Tanzschritte.

»Beata, ich bin so froh«, sagte der Sportliche und vergrub seine Nase in ihren blonden Haaren.

Claesson wurde bei dieser Liebeserklärung leicht eifersüchtig und trauerte um seine entschwundene Jugend. Da bemerkte er weiter hinten Katina. Dunkelblauer Mantel, schwarzes, glänzendes Haar, elfenbeinweiße Haut, dunkelroter Lippenstift und schwarze Augen. Er erinnerte sich, wie weich ihr Haar zwischen den Fingern war, und es wurde ihm warm. Er ging auf sie zu, umarmte sie hastig und kam sich fast unbeholfen vor, nachdem er den kräftigen Jüngling mit seiner Liebsten hatte tanzen sehen. Er atmete Katinas mildes, blumiges Parfüm ein, nahm ihre Tasche, und dann gingen sie zu seinem Wagen.

Sie hatten den Parkplatz gerade erst verlassen, als sie seine Geistesabwesenheit bereits kommentierte.

»Was Besonderes?«

»Nicht mehr, als dass ich plötzlich sehr viel zu tun habe, aber das muss bis morgen warten«, antwortete er.

»Mit anderen Worten, du musst morgen arbeiten«, sagte sie mit schlecht verhohlener Enttäuschung.

»Eine Weile auf jeden Fall«, erwiderte er ausweichend. »Aber jetzt fahren wir nach Hause und essen was. Du musst mir von den USA erzählen.«

Außer der ewig langen und angespannten Morgenbesprechung – die Kollegen waren ziemlich mitgenommen – war dieser Freitag wie alle Freitage: chaotisch. Gemeinsam mit Daniel Skotte machte Veronika auf allen Stationen Visite. Sie versuchten, so viele Patienten wie möglich zu entlassen, um Platz für die Neuaufnahmen am Wochenende zu schaffen, und das brauchte seine Zeit. Daniel Skotte verfügte noch nicht über die nötige Routine. Sie half ihm, damit auch er einigermaßen zeitig Feierabend machen konnte. Netter Junge, dachte sie, als sie sich von ihm verabschiedete, ungewöhnlich einfühlsam und reif für sein Alter. Aber so weit, dass sie ihm freundlich und nachsichtig den Kopf getätschelt hätte, ging sie nicht. Das wäre noch schöner! Daniel Skottes Ziel war ein ganz anderes. Er wollte so überzeugend wie möglich, also klug, belesen und kompetent wirken, obwohl er so jung und unschuldig aussah. Er war ihr mit der Begeisterung eines Pfadfinders behilflich. Gut so, dachte Veronika, die wusste, wie es war, wenn die Motivation nach ein paar Jahren nachließ.

Die geplanten Operationen waren nicht sonderlich langwierig, wie immer am Freitag. Es waren auch keine akuten OPs angesetzt. Als sie sich gegen zwei auf den Weg machte, war die Luft, die ihr entgegenschlug, überraschend milde, und sie empfand beim Verlassen der hermetischen und klaustrophobischen Atmosphäre des Krankenhauses ein größeres Freiheitsgefühl als sonst. Immerhin war es draußen noch hell.

Am Morgen hatte sie ordentliche Kleider statt eines Trainingsanzugs angezogen. Sie hatte einiges in der Stadt zu erledigen. Erst einmal radelte sie zur Buchhandlung. Norstedts Spanisch-Schwedisches Wörterbuch kostete über sechshundert Kronen. Aber daran ließ sich nichts ändern, also nahm sie den schweren Band aus dem Regal und bat darum, ihn in Packpapier einzuwickeln. Das würde einiges an Porto kosten. Sie seufzte laut, und die Bedienung sah sie forschend an, als sie ihr Paket und Wechselgeld in die Hand drückte.

Vor dem Blumengeschäft Weibulls standen Töpfe mit blühenden Pflanzen in hellen Farben, die hoffnungsvoll leuchteten. Endlich war der Winter auf dem Rückzug! Die Tür stand offen. Veronika trat ein.

Sie war Gärtnerstochter und mit Blumen und Pflanzen aufgewachsen. Ihr Vater hatte den Namen Veronika für sie nach dem spröden, leuchtend blauen Ehrenpreis ausgesucht, der auf den Strandwiesen auf Öland wuchs, wo ihre Familie ein Sommerhaus besessen hatte. Sie hatte einen Namen, der nicht zu ihr passte. Zu romantisch, zu lieblich, aber natürlich hatte sie sich an ihn gewöhnt. Genau wie ihr Vater mochte sie Pflanzen, aber vernachlässigte sie immer. Viele vertrockneten oder gingen in Wildwuchs über. Dauernd kaufte sie neue.

Jetzt erstand sie eine kirschrote, eine dunkelblaue und eine briefkastengelbe Primel. Auf dem Gehsteig vor dem Laden blieb sie stehen und dachte darüber nach, was sie am Abend essen wollte. Der Kühlschrank war gähnend leer.

Sie nickte ein paar Leuten zu, die sie kannte, die meisten ehemalige Patienten, und ging dann zur staatlichen Alkoholhandlung Systembolaget. Nachdem sie ihr Gedächtnis rasch nach einem Gericht durchsucht hatte, das schnell ging, leicht war und außerdem gut, schließlich war Freitag, fiel ihre Wahl auf Krabben oder gebeizten Lachs und dazu ein Glas gekühlten, trockenen Weißwein. Ein Stück Hechtpastete war ebenfalls nicht zu verachten. Die Fischtheke bei Konsum hatte eine, die recht gut war.

Im Systembolaget herrschte wie immer Freitagnachmittag großer Andrang. Sie erwog, auf den Wein zu verzichten, andererseits erwartete sie zu Hause niemand. Sie konnte mit ihrer Zeit machen, was sie wollte. Sie zog eine Nummer. Während sie noch wartete, betrachtete sie die ausgestellten Flaschen in den Vitrinen.

Plötzlich hörte sie eine übertrieben herzliche, nasale Stimme.

»Das ist aber nett, dass ich dich hier treffe«, sagte Gerda Geigerfeldt laut und mit einer Intonation, die aus einem der feineren Viertel der Hauptstadt stammte. Während Veronika noch darüber nachdachte, hatte ihr Gerda schon ihre manikürten Hände mit blutroten Nägeln und zahlreichen goldenen Ringen auf den Arm gelegt. Sie fuhr fort: »Das ist wirklich eine Weile her.«

Veronika betrachtete die großen Brillanten auf Gerdas Ehering. Teure Steine funkelten immer kalt. Gleichzeitig nahm sie den Duft von Puder und einem exklusiven Parfüm wahr. Da schlug ihr auf einmal Gerdas Mundgeruch entgegen, unzählige Zigaretten. Sie musste fast würgen und erwiderte deswegen nichts, und Gerda sagte noch einmal: »Das ist wirklich lange her.«

»Ja, weiß Gott«, antwortete Veronika trocken.

Zu Dans Zeiten hatten ihre Familie und Gerdas zusammen mit einigen anderen Weine verkostet. Alle hatten betont, dass sie trotz Scheidung immer noch willkommen sei, aber sie hatte sich lieber zurückgezogen. Sie wollte es sich ersparen, als verlassene Ehefrau zwischen diesen properen Paaren zu sitzen.

Gerda war der Typ Frau, der sich am ehesten mit einer Lokomotive vergleichen ließ: immer mit Volldampf geradeaus. Ihr Stil, einheitlich vom Scheitel bis zur Sohle, verriet keinerlei eigenen Geschmack. Aber alles sollte teuer wirken und wirkte bestenfalls neureich. Das Haar war gelb, als Pagenkopf geschnitten und wurde von einem diademartigen Haarreif zurückgehalten, aber dafür hatte Gerda eine zu niedrige Stirn und ein zu gedunsenes Gesicht. Unter dem erstklassigen Mantel von Jaeger aus dunkelblauer Kaschmirwolle trug sie ein blau kariertes Kostüm, vermutlich Escada. Gerda sammelte sie augenscheinlich. Um den Hals war ein Halstuch von Hermès drapiert, ein Löwe, und in den Ohrläppchen prunkten riesige Ohrringe. Modeschmuck. Veronika sah, dass sie ihre breiten Füße in ein Paar Lackpumps mit einem Chromband am Absatz und einer Goldspange gezwängt hatte. Fußgerecht war für Gerda ein Fremdwort.

Gerda war mit einem wahnsinnig langweiligen Bankdirektor verheiratet, Alex, der Seidenkrawatten mit Enten darauf trug und Schuhe mit Troddeln von irgendeiner Snobmarke. Böse Zungen behaupteten, dass er mit dem Dutzendnamen Axel Johansson zur Welt gekommen sei, aber nach Höherem strebend, hatte er die Buchstaben seines Vornamens vertauscht und den Familiennamen ganz ersetzt. Er blieb trotz allem ein ungewöhnlich farb- und fantasieloser Typ.

»Wie geht's dir denn?«, fragte Veronika und lächelte schwach. Jedenfalls tat sie ansatzweise so, als würde sie sich freuen.

»Gut, weißt du was, sogar sehr gut! Ich habe eine neue Arbeit, eigentlich keine neue Arbeit, einen neuen Arbeitgeber. Derselbe Job, nur woanders. Eigentlich auch nicht derselbe Job ...« Sie suchte nach den richtigen Worten. »Mir gefällt es jedenfalls super ... supergut!«

»Wie schön!«

Veronika hörte, wie nichts sagend das klang, aber was sollte sie sonst sagen? Sie hatte das Gefühl, zum vollkommen falschen Zeitpunkt überfallen worden zu sein. Sie hätte gern einen Schritt zurückgemacht, um dem ekelhaften Zigaretten- und Parfümgestank zu entgehen, aber ihre Kinderstube hinderte sie daran.

»Weißt du, wenn man in unserem Alter ist, kann etwas Veränderung nicht schaden«, fuhr Gerda fort, lehnte sich näher an Veronika heran und fixierte sie, ein Auge nach dem anderen, immer abwechselnd, so dass es Veronika bald unangenehm wurde.

»Aber du, Veronika ... Wie geht es dir ...« Gerda sprach leiser und kam noch näher. »Bist du nicht auf der Chirurgie?«, hauchte sie ihr ins Gesicht.

»Doch, das weißt du doch. Immer dasselbe. Bei mir kann von Veränderung nicht die Rede sein«, erwiderte Veronika mit neutraler Stimme und zuckte rasch mit den Achseln, während sie konstatierte, dass Gerda auf dem einen Nasenflügel unter dem Puder zwei fette Pickel hatte.

»Gott, wie schrecklich, was da passiert ist ... es stand in der Zeitung. Und so jung! Und erst die Kinder! Fürchterlich«, sagte Gerda mit Nachdruck.

Veronika schwieg. Aber Gerda hatte nicht die Absicht, das Thema fallen zu lassen.

»Du weißt, der Mann, obwohl sie ja wohl geschieden waren ...«

Wer gestorben war, hat sich offensichtlich bereits herumgesprochen, dachte Veronika und machte entsetzt einen Schritt zurück.

Gerda holte rasch Luft, trat ihrerseits einen Schritt vor und zischte durch ihre polierten Zähne: »Er arbeitet bei meinem ehemaligen Arbeitgeber. Es hätte ihn wahnsinnig mitgenommen, hat eine ehemalige Kollegin von mir gemeint. Ich kenne ihn, nun, nicht gerade gut, aber so, du weißt, wie man eben seine Kollegen kennt.«

Sie machte eine Pause, um Veronikas Reaktion abzuwarten. Als nichts geschah, fuhr sie fort: »Gut aussehend ... ja, man könnte sogar sagen, dass er super aussieht. Und jetzt vollkommen fertig. Schließlich ist er seit der Trennung allein ...«

»Ach?«

»Aber ich frage mich, ob sie nicht jemanden hatte.«

»Nicht den blassesten Schimmer.«

Das war die Wahrheit. Veronika hatte viel über Maria Kaahn nachgedacht, aber nicht über ihre Männerbekanntschaften.

»Aber du! Wer hat sie eigentlich gefunden? Weißt du das?«

Veronika spürte, dass sie zornig wurde, aber es galt, sich nicht zu verraten.

Ganz richtig ahnte Gerda, dass hier mehr zu holen war. Sie ließ Veronika also etwas Zeit und fuhr dann fort: »Die Ärmste! Stell dir vor, eine Kollegin tot aufzufinden«, rief sie, den roten Mund zu einem süßsauren Lächeln verzogen. Sie hatte die Oberlippe ausgemalt. Ihre Augen waren lüstern halb geschlossen.

Veronika hatte eine unangenehme Vorahnung, was jetzt kommen würde. Sie wurde dadurch gerettet, dass ihre Nummer an der Reihe war. Vierundsechzig, Kasse drei.

»Ich bin dran«, sagte sie und fuchtelte mit ihrer Nummer, damit Gerda sehen konnte, dass sie nicht log.

Tatsächlich stand da »64«. Sie floh zur Kasse drei und kaufte nicht eine, sondern gleich sechs Flaschen Weißwein, und zwar eine bedeutend teurere Sorte, als sie geplant hatte. Immer gut, ein paar Flaschen zu Hause zu haben. Wenn Gerda sie beobachtete, und das tat sie wahrscheinlich, würde sie zu dem vollkommen falschen, aber angenehmen Schluss kommen, dass die arme verlassene Veronika Gäste zum Abendessen erwartete.

Die Tüten aus dem Systembolaget waren schwer, aber sie zwang sich, trotzdem zur Post zu gehen, um sich der anderen schweren Last zu entledigen, Cissis Wörterbuch. Auf dem Weg dorthin vermied sie es, irgendjemanden anzusehen. Die Post war ebenfalls voll. Während sie darauf wartete, an die Reihe zu kommen, betrachtete sie die Ansichtskarten in einem Ständer, suchte sich eine mit einem stattlichen Elch aus und setzte sich an ein Schreibpult.

Sie schickte das Paket und die Elchkarte ab und radelte mit vier Weinflaschen im Fahrradkorb und zwei im Rucksack nach Hause.

Auf dem Heimweg dachte sie über das sehr banale Thema Geld und Kleidung und anschließend darüber nach, wie man zu einem Mann kam. Was Gerda wohl für ihre Garderobe ausgab? An sich war es ihr gleichgültig, ob es sich um größere Summen handelte, sie hatte doch kein Interesse an Gerdas auffälligen Kostümen, aber einen Gedanken war die Sache allemal wert. Zum Spaß jedenfalls. Allein der schwarze Lackhaarreifen, den sie im Haar trug, hatte sicherlich ein Vermögen gekostet. Er war mit kleinen, watschelnden Elefanten aus Gold verziert. Sicher bezaubernd, aber auch kindisch. Die

Goldelefanten ließen sie an den vergangenen Sommer denken. Da hatte eine höchstlebendige Elefantenmama mit ihrem Jungen auf dem Parkplatz vor Kvantum gestanden. Man hatte sie mit Bananen aus einem Einkaufswagen gefüttert. Gar nicht dumm, der Chef von Kvantum. Die Elefanten hatte er von einem Wanderzirkus gemietet, und der Anblick war so unerwartet gewesen, dass sie, obwohl todmüde nach einem ungewöhnlich anstrengenden Nachtdienst, stehen geblieben war. Irgendwie bezaubernd, diese beiden Elefanten. Aber an diesem Tag war noch etwas anderes geschehen, aber was? Sie strengte ihr Gehirn an, kam aber nicht drauf. Ihre Gedanken kreisten immer noch um Gerda Geigerfeldt.

Eigentlich war Gerda nett und großzügig, im Grunde harmlos. Es war gemein und ungezogen von ihr gewesen, sie einfach so abzufertigen. Sie hätte vielleicht weiter zu den Weinprobierabenden gehen und nicht so verdammt gekränkt, stolz und hochnäsig sein sollen. Dann hätte sie auch einen regeren Umgang außerhalb der Klinik gehabt und vielleicht größere Aussichten, einen Mann zu treffen. Zum Verkosten erschienen die meisten zwar paarweise, aber man konnte nie wissen. Leute lassen sich scheiden oder werden Witwer.

Im Großen und Ganzen sahen sich alle allein stehenden Frauen, die sie kannte, mit zwei vollkommen unterschiedlichen Problemen konfrontiert. Zum einen, wie und wo sie einem vernünftigen Mann begegnen könnten, zum anderen, ob sie es wagen sollten, ihre Freiheit aufzugeben. Beides ließ sich ganz eindeutig nicht vereinbaren, sie war die Erste, die das zugab, aber zweifellos war es genau das, was Veronika wollte: einen Mann und trotzdem ihre Freiheit. Keinen Ärger mit Scheidungen und mit Kindern aus verschiedenen Ehen. Ein Witwer, der über den Verlust hinweg war und mit dem sie am Wochenende ein paar gemütliche Stunden verbringen konnte, war vielleicht nicht das Schlechteste. Die meisten waren nur zu alt.

Als sie ihr Rad abgeladen, es in die Garage gestellt und den

Rucksack und die Tüten zur Haustür geschleppt hatte, war ihr regelrecht übel vor Müdigkeit. Aber es war zu früh, ins Bett zu gehen, erst Viertel nach fünf. Vergangene Nacht hatte sie zwar bis zum Weckerklingeln, jedoch schlecht und unruhig geschlafen.

Sie stellte die Primeln auf die Spüle, zwang sich, in den Schuppen zu gehen, und holte den großen niedrigen Topf aus Terrakotta, den sie im Urlaub in Italien gekauft hatte. Die Blumen machten sich darin sehr gut, und ihr Anblick ließ sie lächeln. Sie stellte die Blumenpracht auf den Küchentisch. Dann machte sie das Radio an, öffnete eine Flasche Wein, goss sich ein Glas ein und ließ sich schwer in den bequemsten Sessel im Wohnzimmer fallen, Wie in eine Umarmung aus ihrem Elternhaus. Er war mit einem weichen Möbelstoff bezogen und hatte verschlissene Armlehnen.

Ihre Glieder waren müde, aber ihr Kopf stand noch immer unter Hochspannung. Sie musste noch über vieles nachdenken.

Maria war tot. Darum war es bei der Morgenbesprechung der Ärzte an diesem Freitag gegangen. Am Donnerstag, dem Unglückstag oder Todestag, um genauer zu sein, war alles vollkommen chaotisch gewesen. Überall war getuschelt worden. Veronika hatte sich am Donnerstag aus allem rausgehalten. Ihr war nichts anderes übrig geblieben, wollte sie ihren Seelenfrieden auch nur einigermaßen behalten. Ständig zu wiederholen, was vorgefallen war, Detailfragen zu beantworten, zu sagen, wie sie sich gefühlt hatte und wie sie sich fühlte, war ermüdend, und es war kein Wunder, dass sie sich wie ein zu lange gewässerter Salzhering fühlte. Sie kannte das von früher, wenn bei einer Operation was schief gelaufen war. Aber an diesem Morgen war es ihr nicht geglückt, noch einmal davonzukommen.

Greger Petrén war wieder mal ein Ausbund an Stil gewesen. Er sagte einige wohlgesetzte Worte über Maria, sie habe die Klinik verjüngt, der jugendlichen und unbeschwerten Freude ein Gesicht gegeben und sei außerdem eine fähige Ärztin gewesen. Die Polizei kannte laut Greger die Todesursache immer noch nicht, aber nach der Obduktion würden sie Bescheid bekommen.

Veronika musste kurz referieren, was passiert war, wurde aber sofort von dem unerträglichen Philip Jarl unterbrochen, der es nicht ertrug, nicht im Zentrum des Interesses zu stehen. Wie ein Obergefreiter schwadronierte er über alternative Todesursachen, unterschiedliche, signifikante Werte, und noch mehr Blabla, bis alle das eigentliche Thema der Versammlung aus den Augen verloren hatten und es Zeit war aufzubrechen. Philip Jarl litt an einem sattsam bekannten Komplex: Er war noch immer nicht zum Oberarzt befördert worden.

Oberarzt Ulf Nilsson sah ungewöhnlich müde und mitgenommen aus. Er hatte in der Unglücksnacht Hintergrunddienst gehabt, war aber laut eigener Aussage nach drei Uhr nicht mehr gestört worden. Das betonte er fast übertrieben deutlich, fand Veronika im Nachhinein. Einer der älteren Ärzte ihres Stabes, einer der unbeschwerten, nonchalanten Sorte, verbreitete wie üblich Belanglosigkeiten, um die Spannung aufzulockern. Die beiden unauffälligen PJler saßen reglos da wie Wachsfiguren. Im pockennarbigen Gesicht des einen dominierten dunkle Ringe, der andere mit Armani-Brille mit Goldrand presste die Lippen zusammen. Kaum mehr als ein weißer Strich war zu sehen.

Der bleiche und verschnupfte Ronny Alexandersson, der routinierte und geschätzte Stationsarzt, war nach seiner eintägigen Krankheit wieder im Dienst. Er hatte gerade erst gehört, dass er nur knapp dem Tod entronnen war. Niemand sagte das direkt, aber er konnte sich ausrechnen, was alle dachten. Gespannt lauschte er den Kommentaren das Unglück betreffend, das die junge Kollegin im Nachtdienst ereilt hatte. Einen Nachtdienst, den sie aus unbekannten Gründen übernommen hatte, obwohl sie ursprünglich nicht eingeteilt gewesen war. Anschließend erzählte Ronny, es sei mindestens eine Woche her, dass ihn Maria Kaahn gebeten habe, mit ihm zu tauschen. Sie habe nicht gesagt warum, und er habe auch keine Veranlassung gehabt zu fragen.

Alle sind vor der lieben Maria auf dem Bauch gelegen, dachte Veronika jetzt und nippte an ihrem Wein. Er hatte genau die richtige Temperatur.

Veronika fehlte Else-Britt Ek, die diese Wochen ihre Überstunden abfeierte. Sie musste jemandem, dem sie vertraute, ihr Herz ausschütten.

In ihrem Sessel sinnierend, wurde sie plötzlich von lautem Geklopfe aus ihren Gedanken gerissen. Ihr Nachbar Karl-Henrik Blomstrand stand in aufgeknöpfter Wolljacke, kariertem Flanellhemd und schwarzen Gummistiefeln vor der Tür. Seine Brauen waren grau und buschig, und unter der verschlissenen Cordmütze wuchs ihm krauses Haar aus den Ohren. Er wirkte verlegen.

»Was machen wir mit den Bäumen?«, wollte er wissen und schaute auf die Obstbäume im Garten, zehn Stück, um genau zu sein.

»Das Übliche, wenn du Lust hast«, antwortete Veronika. »Ich komm wieder nicht dazu, sie selbst zu beschneiden.«

Karl-Henrik hatte ihr all die Jahre, seit Dan ausgezogen war, im Garten geholfen. Sie wusste, dass seine Frau Tyra den Nachbargarten nicht sonderlich gepflegt fand, aber Veronika gefiel der Wildwuchs, weil sie im Sommer Schatten hatte. Der Garten war außerdem ihr einziges Interesse, für das sie Zeit und Kraft aufbrachte.

Jetzt blieb Karl-Henrik auf der Treppe stehen und erweckte nicht den Anschein, als wolle er sich von dort wegbewegen.

»Hab das in der Zeitung gelesen. Üble Geschichte«, meinte er kurz angebunden und schaute verlegen zu Boden.

Das ist es also, dachte Veronika, sicher hat ihn Tyra geschickt. »Ja, stimmt«, antwortete sie und merkte an ihrer Stimme, dass sie bereits eine gewisse, berufsbedingte Distanz hatte. Die Hyänen werden sich über mich hermachen. Das ist erst der Anfang. »Der Sache wird gründlich nachgegangen«, meinte sie bestimmt. »Ich bin dir überaus dankbar, dass du dich um meine armen Bäume kümmerst«, fuhr sie freundlicher fort.

»Das dachte ich schon … das Übliche also …« Karl-Henrik starrte auf die Fußmatte.

»Grüß Tyra. Ich hoffe, dass sie nicht zu viel Ärger mit den Knien hat«, sagte Veronika und gab damit zu verstehen, dass sie das Gespräch für beendet hielt.

Ich habe nicht die Kraft, den Wölfen noch mehr zum Fraß vorzuwerfen, dachte sie und schloss resolut die Haustür.

# KAPITEL 5

Am Samstag konnte kein Zweifel mehr bestehen. Endlich war Frühling. Das Thermometer zeigte fünfzehn Grad in der Sonne, und der weite Himmel leuchtete blau, aber die Erde war immer noch feucht und kalt, und die Bäume waren kahl.

Veronika hatte ausgeschlafen, falls man lange schlafen als ausschlafen betrachten konnte. In den frühen Morgenstunden war sie von einem unerfreulichen Traum erwacht, ohne sich genauer erinnern zu können. Etwas hatte sie bedrückt, und sie hatte die Nachttischlampe angemacht und eine Weile gelesen, bis sie sich beruhigt hatte und wieder einschlafen konnte. Als sie am Morgen erwachte, brannte die Lampe immer noch.

Sie rollte auf die Seite, zog die Beine an und blieb im warmen Bett liegen. Ihren Blick heftete sie auf ein naives Ölgemälde an der Wand gegenüber, der Tanz um den Maibaum. Die frohe und unbekümmerte Botschaft des Gemäldes gefiel ihr. Am liebsten wäre sie noch länger liegen geblieben, aber ihre Blase drückte.

Langjährige Nachtdienste hatten sie gelehrt, ungestörte Nachtruhe und ruhige Vormittage schätzen zu lernen. Sie freute sich immer aufs Wochenende. Da konnte sie lange im Bademantel am Frühstückstisch sitzen bleiben und die Zeit vertrödeln, eine Tasse Kaffee nach der anderen trinken und beide Tageszeitungen lesen, die sie abonniert hatte. Zwei Zeitungen waren Luxus, aber sie fand nicht, dass sie ohne die Lokalpresse auskommen konnte. Hier war mehr der Klatsch als die Information wichtig. *Dagens Nyheter* brauchte sie für den Kopf.

Sie schloss die Haustür auf und trat in die Herrlichkeit hinaus. Mit den Zeitungen unterm Arm, das Gesicht der Sonne zugewandt, blieb sie auf dem Gartenweg stehen. Der Wind fuhr durch die kahlen Bäume. Es roch nach Erde.

Im Haus war es stickig. Der letzte Sturm hatte auf den Fensterscheiben eine dünne Sandschicht zurückgelassen. Frühlingssonne im Haus war stets eine Herausforderung. Sie sollte das Wochenende dazu benutzen, Fenster zu putzen. Gegen so prosaische Forderungen hatte sie allerdings schon lang einen Widerstand entwickelt, und der Gedanke verschwand so schnell, wie er gekommen war.

Enttäuscht stellte sie fest, dass sie vergessen hatte, Kaffeefilter zu kaufen. Sie sah sich gezwungen, aus den Tiefen ihres Küchenschranks ein Glas Nescafé hervorzusuchen, maß drei gehäufte Teelöffel ab und füllte mit kochendem Wasser auf. Der Kaffee war pechschwarz. Dass sie nie dosieren lernte! Sie seufzte, machte Milch warm, goss einen Schuss Milch in den Kaffee, setzte sich an den Küchentisch und breitete beide Zeitungen vor sich aus, die *Östra Allehanda* obenauf. Eine ähnliche Schlagzeile wie am Vortag. Die Todesumstände der Ärztin seien immer noch ungeklärt. Sie sei eine halbe Stunde vor Ende ihres Nachtdiensts von einer Kollegin gefunden worden. Stimmt, dachte sie und trank einen Schluck ihres bitteren Kaffees. Dann las sie, dass laut Kriminalkommissar Claes Claesson keine Verdachtsmomente bestünden, dass diese Kollegin irgendetwas mit dem tragischen Todesfall zu tun habe. Sie knallte den Kaffeebecher auf den Tisch. Na großartig, dachte sie und schaute nach draußen.

Nicht im Traum war ihr eingefallen, dass man sie verdächtigen könnte. Aber natürlich mussten bei nüchterner Betrachtung alle denkbaren Alternativen berücksichtigt werden, und solange es keinen Obduktionsbericht gab, musste auch sie als mögliche Kandidatin gelten. Wofür? Für einen stillen, sauberen Mord vor Beginn des Arbeitstags. Sie dachte eine Weile darüber nach. Das durfte einfach nicht wahr sein. Was einem nicht alles zustoßen konnte! Sie wies das Ganze von sich, merkte aber dann, wie sich eine immer größere Unruhe vom Magen aus in ihr ausbreitete. Wie ein warmes, pulsierendes Unbehagen stieg sie erst zum Hals und in die Wangen und verteilte sich dann im Unterbauch. Ihr Herz begann zu hämmern, sie spürte den Puls in den Schläfen und bekam auf einmal stechende Kopfschmerzen. Sie stützte sich mit den Ellbogen auf dem Küchentisch ab und legte den Kopf in die Hände, als müsse sie ihn halten. Beherrscht schloss sie die Augen und holte ein paarmal tief Luft, um wieder zur Besinnung zu kommen.

Schuldgefühle kamen bei ihr leicht auf, das wusste sie. Wenn eine Operation nicht den gewünschten Verlauf nahm, musste sie immer als Erstes ihre Schuldgefühle bezwingen. Dieses Gefühl, dass durch ihr Verschulden etwas schief gegangen war, obwohl sie das Beste gewollt und getan hatte. »Die beste Methode, Komplikationen zu vermeiden, ist, überhaupt nicht zu operieren«, lautete eine Redensart der Chirurgen. Die meisten Fälle verliefen wie geplant, aber Komplikationen ließen sich nicht immer umgehen. In der Regel kam aber alles wieder ins Lot, wenn auch nicht jedes Mal. Über die Jahre hatte sie gelernt, sich die Sachen nicht mehr so zu Herzen zu nehmen. Manchmal trat auch das genaue Gegenteil ein. Alles ging schief, aber der Patient war trotzdem zufrieden. Sie dachte an einen ihrer Patienten, der bedeutend länger als geplant im Krankenhaus hatte bleiben müssen. Eine Komplikation folgte auf die andere, aber schließlich bekamen sie die Sache doch in den Griff. Zur Kontrolle suchte er sie immer noch auf. Das letzte Mal hatte er einen Krug dabeigehabt, den er aus Wacholderholz geschnitzt hatte. »Für meine Frau Doktor«, hatte er gesagt, und sie war so gerührt gewesen, dass ihr die Tränen in die Augen getreten waren.

Inzwischen kannte sie ihre Reaktion bei Stress. Sie war dann aufgedreht und überempfindlich, ein falsches Wort, und sie explodierte. Nachts bewegten sich ihre Gedanken im Kreis. Immer wieder ging sie die Operation Schritt für Schritt durch und analysierte, was sie getan und vor allem, was sie unterlassen, was sie – leider – übersehen hatte. Es kostete Kraft, Verantwortung zu tragen. Die Gespräche mit Patienten und Angehörigen waren oft langwierig und aufwühlend. Es kam vor, dass ihr Selbstbewusstsein einen Knacks bekam. Sie ließ sich dann von den Kollegen den Rücken stärken und im besten Fall sogar trösten. Leider hatte alles manchmal etwas von einem Albtraum.

Prof. Greger Petrén leitete die Klinik bereits seit vier Jahren vorbildhaft; er war ein guter Zuhörer, Ratgeber und allen eine Stütze, und er hatte deutlich gemacht, dass er das auch von allen anderen Ärzten der Klinik im Umgang miteinander erwartete. Dennoch war vieles beim Alten geblieben. Die Unsitten seines Vorgängers ließen sich nur schwer überwinden. Dieser hatte viel Gutes geleistet, war jedoch gelegentlich ein richtiges Schwein gewesen. Er hatte sich an den Fehlern der anderen geweidet. Ständig war jemand fertig gemacht worden. Die meisten Kollegen, die aus dieser Zeit stammten, hatten Vernunft angenommen und waren bessere Kollegen geworden. Gemeinheiten verderben die Stimmung. Nur Philip Jarl und ein paar andere hatten die alten Verhaltensweisen nicht ganz aufgegeben. Jarl ließ sich selten eine Gelegenheit entgehen, auf Kosten von jemandem zu glänzen. Er war und blieb ein armer Wicht.

Ihre eigenen Selbstzweifel sanken mit den Jahren auf den Meeresboden. Dort lagen sie dann schwer und drohend, bis etwas schief ging und alles erneut aufgewirbelt wurde. Gab es eine Beschwerde, brauchte sie lange, um wieder ins Lot zu kommen. Sonst kam sie inzwischen immer rascher über Rückschläge hinweg.

Aber dieses Mal hatte sie getan, was getan werden konnte. Schließlich war Maria bereits tot gewesen. Ihr war nicht mehr zu helfen.

Cissi fehlte ihr. Die Wochenenden waren grau, seit sie ausgezogen war, und Veronika merkte, dass sie unfreiwillig immer tiefer in ihre Überlegungen versank. Sie fühlte sich verlassen und abgeschrieben, ganz besonders jetzt, wo es niemanden gab, der ihr hätte helfen können, ihre Gedanken zu zerstreuen. Veronika tat sich selbst Leid. Sie schaute aus dem Fenster, um zu bremsen, was hinter ihren Augen immer größer wurde und brannte. Mit zusammengekniffenen Augen schaute sie in die Sonne, und da kamen ihr die Tränen. Wenn sie jetzt nur ein zärtlicher Mann in den Arm nehmen würde! Genau jetzt!

Vielleicht war ihr das nicht wichtig genug gewesen. Ganz hatte sie den Kontakt zu Männern schließlich nicht abgebrochen, aber warum ergab sich dann nichts? Sie hatte nicht gewollt, Angst gehabt. Aber ein Leben in der Zurückgezogenheit war weiß Gott auch kein Rosenbett.

Der eine oder andere war bei ihr schwach geworden, obwohl sie nicht mehr die Jüngste war. Mit dem Handrücken wischte sie sich die Tränen weg. Sie war zwar fit, aber die Jahre hatten doch ihre Spuren hinterlassen. Mit vierzig sah man einfach nicht mehr aus wie mit zwanzig. Und wie war es erst mit fünfzig? Das war man schneller, als man ahnen konnte, und dann war es zu spät. Erst wenn sich die Witwer nach einer neuen Partnerin umsahen und sie wesentlich älter war, hatte sie vermutlich wieder eine Chance. Aber dann lief vermutlich auch nichts, weil viel mehr Witwen als Witwer auf dem Markt waren. Es gab einfach zu viele alte Weiber. Sie werden sich um die Hähne nur so prügeln, um die armen Männer wird es ein richtiges Gedränge geben, dachte sie.

Sie hatte sich eine gelegentliche Affäre gegönnt, mehrere eher durchschnittlich, einige richtig frisch und leidenschaftlich, aber was Dauerhaftes hatte sich nie ergeben. War das immer noch die Enttäuschung über Dan?

Eigentlich war die Ehe mit Dan von Anfang an zum Scheitern verurteilt gewesen. Sie hatte sich ganz einfach mit dem falschen Mann eingelassen, aber damals war sie jung, beide waren sie zu jung gewesen, um das zu begreifen. Sie hatten zu unterschiedliche Vorstellungen gehabt. Dans Bedürfnis, seine charismatische Männlichkeit in anderen Frauen zu spiegeln, ließ sich mit ihrer anstrengenden Arbeit und ihrer Vorstellung, dass man sich in allen Lebenslagen beizustehen habe, nicht vereinbaren. Sie wusste nicht immer, was er gerade tat, und wagte auch nicht zu fragen. Aber sie ahnte es, und was schlimmer war: Andere wussten Bescheid. Das war in einer Kleinstadt, in der viel geklatscht wurde, verhängnisvoll. Nicht einmal ihren Mann konnte sie bei der Stange halten! Studiert zu haben und Ärztin zu sein half offensichtlich nicht. Um einen Mann bei der Stange zu halten, waren andere Qualifikationen nötig.

Das Schlimmste war nicht mal die Untreue, sondern dass sie hinters Licht geführt worden war. Sie riss ein Stück Küchenpapier ab, putzte sich die Nase und versuchte, die unangenehmen Erinnerungen loszuwerden.

Nach der Scheidung hatte sie sich wie gesagt einige Eskapaden erlaubt. Einer ihrer Liebhaber war verheiratet, ein anderer buchstäblich auf der Durchreise gewesen. Vertreter für Instrumente für laparoskopische Chirurgie. An einen konnte sie sich kaum noch erinnern. Und dann war da Andreas, dem sie in einem relativ zeitigen Stadium den Rücken gekehrt hatte, da sie wusste, dass ihr ein Verhältnis, das ihr zu nahe gehen würde, sehr schlecht bekäme. Das zumindest hatte sie von Dan gelernt. Sie konnte riechen, wann es Ärger gibt.

Andreas war jung, acht Jahre jünger als sie, und er hatte nie den Anschein erweckt, ein geregeltes Leben führen zu wollen. Dagegen hatte es deutliche Hinweise darauf gegeben, dass er einen gewaltigen sexuellen Appetit hatte und häufig die Partnerinnen wechselte. Es galt, die kurze Zeit, die er einem zugestand, zu genießen oder sich sofort zurückzuziehen, falls man nicht zu den Mutigen gehörte. Er war ein sehr guter Liebhaber, denn er hatte viel Übung. Jederzeit konnte sie dieses Gefühl körperlicher Besessenheit, das er hinterlassen hatte und das sie eigentlich nicht missen wollte, wieder zum Leben erwecken. Alles in allem bereute sie die Affäre nicht, und noch weniger bereute sie es, rechtzeitig die Kurve gekriegt zu haben, was nicht ganz leicht gewesen war. Um ehrlich zu sein, war es fürchterlich gewesen, wurde ihr aber dadurch erleichtert, dass sie rein geographisch getrennte Wege gingen. Beide hatten sie ihre kurze Vertretung beendet, und sie war nach Hause gefahren. Wohin er gezogen war, daran erinnerte sie sich nicht.

Seine Karte hing an der Kühlschranktür. Sie stand auf, zog den Morgenmantel enger und hängte sie ab. Hatte er geschrieben, wann er auftauchen wollte? Sie drehte die Karte um und las. Nein, da stand nur, dass er kommen würde, aber nicht, wann. Vermutlich lässt er von sich hören, dachte sie und befestigte die Karte wieder am Kühlschrank.

Sie setzte sich erneut an den Küchentisch und blätterte rastlos in der *Dagens Nyheter,* konnte sich aber nicht konzentrieren. Vor ihrem inneren Auge sah sie wie in einem Film Maria Kaahns nassen Kopf. Starrer Blick, gelblich-weiße Haut, straffe, graublaue Oberlippe, die die Zähne frei ließ. Ein fürchterliches Grinsen. Ein leeres, bleiches Gesicht. Ein totes Gesicht, das noch eben hatte lachen und weinen können. Wer war sie eigentlich?

Wäre es leichter gewesen, wenn sie Maria Kaahn gemocht hätte? Wahrscheinlich. Dann wäre sie traurig gewesen und hätte geweint und um sie getrauert und wäre nicht in diese mühsame Zwischenlage geraten. Hier saß sie und versuchte, sich nicht selbst zu betrügen. Ihr Leben hatte an Spannung gewonnen, und das bereitete ihr ein schlechtes Gewissen. Wem wäre es nicht schwer gefallen, sich selbst einzugestehen, in welchem Ausmaß ein unvorhergesehener Todesfall, das unglückliche Hinscheiden einer jungen Kollegin, ein nicht gerade anständiges Gefühl auslöst, dass endlich etwas passiert ist und dass sich das eigene Leben über die Schwelle der Einförmigkeit und Tristesse hinwegbewegt hat.

Die Sonne schien immer noch aus einem leuchtend blauen Himmel. Sie warf die Zeitung in den Zeitungskorb und beschloss, ans Meer zu fahren und dort den Frühling zu begrüßen.

Sie hörte das Telefon, als sie gerade die Dusche aufgedreht hatte, und geriet ganz aus dem Häuschen. Es war lange her, dass das Telefon an einem Samstagvormittag geklingelt hatte. Auf dem Dielenboden ließ sie nasse Spuren zurück. Erst wickelte sie sich ein Frotteehandtuch wie einen Turban um die bereits nassen Haare und griff dann zum Hörer.

»Veronika! Was ist jetzt schon wieder passiert? Kaum ist man ein paar Tage weg, da geht schon alles drunter und drüber«, sagte Else-Britt.

»Bist du zu Hause?«

»Ich bin gestern spät nach Hause gefahren.«

Else-Britt erzählte, die Kinder seien von dem ruhigen Tempo, das ihnen ihre schon ältere Großmutter aufgezwungen habe, vollkommen unausstehlich geworden. Deswegen sei sie früher nach Hause gefahren.

»Ich habe nur die Zeitung gelesen, und dann hat Gösta erzählt, dass Maria Kaahn tot ist. Furchtbar! Sie war doch erst um die dreißig.«

»Woher weißt du, dass es Maria ist? Das stand doch gar nicht in der Zeitung«, meinte Veronika und wurde wieder daran erinnert, wie gut der Dschungeltelegraf funktionierte.

»Aber hör mal! Wer hätte es denn sonst sein sollen. Wir beide sind zu alt. Was ich gemacht habe, weiß ich. Demnach musst du sie gefunden haben?«

»Gut geraten. Ich habe sie in der Dusche beim Bereitschaftszimmer gefunden ...«

Sie verstummte, brachte kein Wort mehr heraus. Ihr war kalt, Wasser tropfte auf den Fußboden, und die Worte blieben ihr in der Kehle stecken. Der Vorfall war ihr so oft durch den Kopf gegangen, dass es ihr ganz schwindlig davon geworden war und sie sich vollkommen ausgelaugt fühlte. Sie wusste nicht, ob sie die Kraft hatte, alles ein weiteres Mal zu erzählen. Gleichzeitig musste sie endlich einmal Dampf ablassen, und Else-Britt war wirklich ideal, wenn man sich jemandem anvertrauen wollte.

»Weiß man, was passiert ist?«, nahm Else-Britt den Faden wieder auf, als hätte sie verstanden, wie nahe Veronika den Tränen war.

»Nein, keine Ahnung. Vermutlich hat die Polizei mit Petrén gesprochen. Natürlich macht er sich Sorgen um den Ruf der Klinik.«

Das klang unnötig giftig, das hörte sie selbst.

»Jetzt sind sie alle vermutlich tief betrübt, dass sie ihren jungen Star verloren haben.«

Sogar Else-Britt konnte zynisch sein.

»Ja, natürlich. Aber Petrén versucht trotzdem sein Bestes. Er will nett sein. Schließlich ist er auch nur ein Mensch. Du weißt …«

»Und außerdem gehörte sie nicht zu den unzufriedenen Weibern mittleren Alters, die sonst die Krankenhäuser bevölkern, um mit Philip Jarl zu reden«, meinte Else-Britt.

»Sie war geschieden«, konstatierte Veronika.

»Ja, aber in ihrem Fall galt das als Plus. Jemand, der super aussieht, den man anbaggern kann. Und dazu ermunterte sie schließlich jeden.«

»Ich weiß. Aber wir sind nur eifersüchtig«, meinte Veronika mit einer gewissen Munterkeit. Darüber hatten sie schon oft gesprochen. Sie war erleichtert, sich wieder auf vertrautes Terrain begeben zu können.

»Ja, ich weiß, ich weiß«, verkündete Else-Britt am anderen Ende der Leitung. »Aber so hatten wir uns das nicht vorgestellt. Muss sie denn gleich sterben?«

»Nein, das ist ja das Fürchterliche«, sagte Veronika und dachte bereits darüber nach, ob sie das wirklich so fürchterlich fand. Sie war sich da nicht so sicher.

»Wie geht es eigentlich den anderen dabei?«

»Du meinst, in der Klinik?«
»Ja.«
»Beschissen! Wie sonst? Einige sind wohl auch traurig, alle natürlich besorgt. Man munkelt, sie sei umgebracht worden. Mord, mit anderen Worten. Wer sagt einem denn, dass das nicht wieder passiert.«
»Das versteht sich. Schrecklich!«
»Ein Krankenhaus ist schließlich der Inbegriff der Geborgenheit, nicht gerade der typische Ort für einen Mord. Ich weiß gar nicht, warum ich noch keine Angst habe. Das Ganze wirkt vollkommen absurd. Ein paar Krankenschwestern sind übrigens bei Petrén vorstellig geworden und wollten die ganze Klinik schließen.«
»Das geht natürlich nicht.«
»Nein. Irgendwie hat er sie beruhigt.«
Am anderen Ende wurde es still.
»Was hattest du heute denn für Pläne?«, wollte Else-Britt wissen.
Veronika konnte Kinderstimmen und Gösta, der die Jungen zur Ordnung rief, im Hintergrund hören.
»Ich wollte den Frühling am Meer genießen. Die Sonne scheint. Ist dir das schon aufgefallen?«
»Und ob! Ich bin schon seit sieben auf. Sollten wir den Frühling nicht gemeinsam genießen? Ich könnte es gebrauchen, mal eine Weile von den Kindern wegzukommen. Gösta kann sie übernehmen. Ich hol' dich ab.«
»Super.«
Veronika ging rasch ins Bad, drehte das Warmwasser auf, wusch ihr Haar über dem Waschbecken aus, kämmte sich und zog sich an. Sie war froh, dass Else-Britt kommen würde. Sie war ihre Freundin und Kollegin und arbeitete schon ein paar Jahre länger an der Klinik. Sie hatte ein bodenständiges, unsentimentales Naturell. An der Klinik nutzten alle sie nur aus. Die kompliziertesten Fälle und die neurotischsten Patienten schob man zu ihr ab. Aber diesem Druck schien

sie standzuhalten. Ihre gute Laune, um die sie viele beneideten, war unerschütterlich. Damit sei sie eben geboren, sagte sie selbst. Vor einem Jahr war Else-Britt zur Oberärztin befördert worden, was einstimmigen Anklang gefunden hatte. Sie rackerte sich ab und hatte die Belohnung verdient. In relativ fortgeschrittenem Alter war sie Gösta begegnet, einem Bauern, der den elterlichen Hof bewirtschaftete. Kurze Zeit später waren die beiden Söhne mit einem Jahr Abstand zur Welt gekommen.

Die Kombination Akademikerin/Bauer war unglaublich geglückt, allen Skeptikern zum Trotz. Als die Hochzeitspläne der beiden bekannt wurden, gab es viel Getuschel, aber keine der negativen Prognosen bewahrheitete sich. Vieles wurde sicher dadurch erleichtert, dass Else-Britt Bauerntochter war. Im Stillen hatte Veronika Else-Britt und Gösta zum harmonischsten und loyalsten Paar in ihrem Freundeskreis erklärt, obwohl beide phasenweise mehr Arbeit hatten, als sie eigentlich bewältigen konnten.

Aber beide hatten Humor und eine befreiende Einstellung zur Ordnung der Dinge: Was heute nicht fertig wird, kann bis morgen warten.

Gegen Mittag hielt ein brauner Kombi, ein schmutziger und rostiger Volvo 240, vor der Garageneinfahrt. Eine kleine, kräftige Frau mit klaren Zügen in ihrem ovalen Gesicht stieg aus. Durchs Fenster winkte Veronika ihr zu, zog ihre Windjacke über und schloss die Haustür ab. Sie trug ihre stabilen Winterstiefel. In der Hand hielt sie ein Paar Tretorn-Gummistiefel. Zu dieser Jahreszeit wusste man nie, ob es noch nass war.

Sobald sie im Auto saßen, begannen sie, sich zu unterhalten. Sie fuhren direkt an den Strand und machten erst einmal einen langen Spaziergang. Natürlich waren sie an diesem ersten Frühlingstag nicht allein, also setzten sie sich direkt am Wasser auf einen großen Stein, um ungestört reden zu können. Das Meer war glatt und funkelte, und ihre Laune wurde immer besser, und sogar Veronika konnte sich zum ersten Mal entspannen, seit sie vor zwei Tagen Maria Kaahn tot aufgefunden hatte.

Sie kamen vom Hundertsten ins Tausendste. Immer ging es jedoch nur um eins: Maria war unter mysteriösen Umständen gestorben. Mord? Dieses Thema hätte für eine mehrere Tage dauernde Unterhaltung ausgereicht, aber sie hatten nur einen Nachmittag Zeit, und es galt, diese Zeit zu nutzen.

Dass die Sache fürchterlich war, da waren sie sich vollkommen einig. Aber sie wagten es nicht, nicht einmal voreinander, zuzugeben, dass sie sie nicht gemocht hatten. Erst nach einer Weile, nach verstecktem Abtasten und Zwischen-den-Zeilen-Lesen wussten sie, dass sie auch in diesem Punkt gleicher Meinung waren. Wahrscheinlich würden sie sie beide nicht sonderlich vermissen. Sie waren mehr aus allen Wolken gefallen als traurig, mehr beunruhigt als direkt verängstigt. Aber nicht vor Trauer zu zerfließen war natürlich ganz was anderes, als Maria den Tod zu wünschen.

Maria war keine schlechte Ärztin gewesen, darin waren sie sich ebenfalls einig. Sie hatte nicht mehr Fehler gemacht, als das auf ihrem Niveau vertretbar gewesen wäre. Aus ihr hätte eine gute Chirurgin werden können. Von den Patienten waren keine Klagen gekommen, dafür gelegentlich von den Schwestern, die sie launisch fanden. Manchmal war sie kumpelhaft, manchmal aber auch ganz die arrogante Ärztin und von oben herab.

Genauer betrachtet war sie durchschnittliches Mittelmaß gewesen, irgendwie schwer zu beschreiben. Und dass sie lieber nahm als gab, hatte sie nicht unbedingt sympathisch gemacht. So Kleinigkeiten, wie zum Beispiel ihre Weigerung, Dienste zu tauschen, das aber von anderen zu erwarten. Meistens war es bei ihr wegen der Kinder, und da konnten die anderen schlecht nein sagen. Aber solche Kleinigkeiten sind wie der winzige Stein im Schuh, der einem den ganzen Spaziergang verderben kann.

Maria war sich ihrer Ausstrahlung bewusst, konnte manchmal aber auch unbekümmert sein, besonders dann, wenn keine Männer in der Nähe waren. Die beiden Freundinnen überlegten, was wohl aus ihr geworden wäre, wäre sie am Leben geblieben, und stellten fest, dass man sich Prinzessinnenallüren nicht leisten konnte, wenn man älter war.

Außerdem intrigierte sie zu gern und machte mit den meisten Männern, was sie wollte. Nicht mit allen, nicht mit Ronny und Ulf Nilsson, die schienen völlig unbeeindruckt zu sein, und auch nicht mit einem der anderen Ärzte, der sich nicht für Frauen interessierte, sondern mit einem Mann zusammenlebte. Aber die anderen: Jarl, Petrén, der männliche Nachwuchs und die Anästhesisten. Wie reife Früchte fielen sie, und der Graben zu den anderen tat sich immer weiter auf.

»Glaubst du, dass Petrén was mit Maria hatte?«, fragte Veronika plötzlich.

Else-Britt sah sie an. »Wieso das?«

»Nur so ein Gefühl. Er hatte eine Schwäche für sie.«

»Ja, aber das hatten doch die meisten Männer.«

Veronika blieb stumm.

»Denkst du an was Besonderes?«, wollte Else-Britt wissen.

»Ich hab sie zufällig auf dem Korridor gesehen.«

»Oh, haben sie sich geküsst?«

»Natürlich nicht, aber da war was mit den beiden«, sagte Veronika.

»Was? Raus mit der Sprache.«

»Ich stand neben dem Kopierer im vierten Stock, du weißt, und vor dort überblickt man den gesamten Korridor«, begann sie.

Else-Britt nickte.

»Niemand war dort, aber plötzlich ging die Tür zum Treppenabsatz auf. Maria stürzte herein und in die andere Richtung auf Petréns Büro zu. In diesem Moment kam er aus seinem Zimmer. Er hatte Papiere in der Hand und war vermutlich auf dem Weg zu Gunilla Åhman. Maria bremste und ging langsamer, aber sehr zielstrebig auf ihn zu, wie ein Roboter.

Sie sah ihm mit ihren sehr blauen Augen in seine braunen. Wie im Film. Ich geriet vollkommen aus dem Konzept und starrte nur noch in ihre Richtung.«

Else-Britt kicherte.

»Sie sah ihn an, bis sie sich sicher sein konnte, dass er seine Papiere vergessen hatte.«

»Festgenagelt«, meinte Else-Britt.

»Genau. Sie trat nah an ihn heran, ganz nah, wenn man genau sein will, und begann, mit leiser Stimme ihr Anliegen vorzutragen. Natürlich hörte ich nicht, was gesagt wurde, ich war zu weit weg, aber ich bin mir sicher, dass ihre Stimme zuckersüß war. Wie zufällig wechselte sie das Standbein und kam ihm so noch ein paar Zentimeter näher. Schließlich musste sie ihr lächelndes Gesicht heben, um den Blickkontakt nicht zu verlieren. Sie waren sich so nahe, dass es fast unanständig aussah, und das spürte Petrén sicherlich, denn er wirkte verlegen, gleichzeitig aber auch nicht unangenehm berührt. Er merkte vielleicht, dass ich vom Kopierer aus herüberstarrte. Er stand wie angewurzelt da und konnte sich nicht von dem glatten, jungen Gesicht losreißen. Ein zögerndes Lächeln machte sich auf seinen Zügen breit. Seine Wangen wurden rosig. Alle Lachfältchen um die Augen wurden sichtbar, und in diesem nicht enden wollenden Augenblick hatte Maria ihre Bitte endlich vorgebracht. Sie wusste, dass sie unwiderstehlich war, und er widerstand ihr auch nicht.«

»Klingt wahrscheinlich. Was geschah dann?«

»Er legte ihr eine Hand auf die Schulter und führte sie in sein Zimmer.«

Else-Britt verdrehte die Augen. »Man weiß so wenig«, meinte sie dann philosophisch. »Aber warum hätte er sie dann umbringen sollen?«

»Ich behaupte ja gar nicht, dass er das getan hat«, sagte Veronika. »Ich kann ihn mir auch gar nicht als Mörder vorstellen, aber in Extremsituationen ist vielleicht jeder dazu fähig. Was weiß ich.« Sie zuckte mit den Achseln.

»Schwer zu sagen. Es ist fast unmöglich, irgendwelche Mutmaßungen anzustellen«, meinte Else-Britt.

»Aber das tun wir doch gerade.« Veronika lachte.

»Vielleicht gibt es ein weiteres Opfer!«, meinte Else-Britt mit theatralischer Stimme.

»Glaubst du wirklich? Ein Serienmörder in unserem Nest. Das geht dann sicher in die Annalen ein. Wenn jemand Angst haben muss, dann Ronny, mit dem Maria den Dienst getauscht hatte, aber wie der aussehen soll, der Ronny umbringt, kann ich mir nicht vorstellen. Schließlich ist er die Ehrlichkeit in Person, einen netteren Burschen gibt's doch gar nicht.«

»Vielleicht hat er ein dunkles Geheimnis.«

Claesson teilte an alle einige zusammengeheftete Papiere aus.

»Hier ist der Dienstplan von sämtlichen Angestellten der Chirurgie für die Nacht des 11. März. Den Dienstplan für den Tag haben wir ebenfalls. Wie ihr seht, alles sehr ordentlich. Prof. Greger Petrén und die Pflegedienstleiterin haben den Plan aufgestellt. Sie heißt … das steht irgendwo da oben …«

Es war Samstagvormittag, und auf dem Markt vor dem Fenster war mächtig was los. Das Wetter war immer noch schön, obwohl man besser nichts beschreien sollte, und mehr Leute als sonst waren zum Einkaufen in die Stadt gefahren.

Im Zimmer von Kriminalkommissar Claesson wippte sein Kollege Janne Lundin auf einem Bürostuhl, den er ganz hoch gestellt hatte. Janne war sehr groß, fast zwei Meter, und das Ganze sah gefährlich aus. Die anderen kannten diesen Anblick bereits, und einer von ihnen würde früher oder später die Geduld verlieren und ihn bitten, still zu sitzen.

Auf den beiden Besucherstühlen hatten Inspektorin Louise Jasinski und der jüngste Inspektor des Reviers, Peter Berg, Platz genommen. Claesson hatte Louise am Nachmittag des Vortags angerufen, gerade als sie dabei gewesen war, den Geburtstag eines ihrer Kinder zu feiern. Im Hintergrund war ein solcher Lärm gewesen, dass er den Versuch hatte aufgeben müssen, ihr den Fall zu schildern. Jedenfalls war sie da, so viel hatte sie offensichtlich mitgekriegt.

Normalerweise befasste sich Louise Jasinski mit Misshandlungen von Frauen und Kindern. Sie war eine hervorragende Beamtin, vielseitig einsetzbar und vor allen Dingen geschickt im Organisieren. Alles ging ihr schnell von der Hand, und sie verlor nur selten die Fassung. Hoffentlich würde sie ihnen als Koordinationsstelle im Hintergrund auch dieses Mal eine zusätzliche Hilfe sein. Louise Jasinski hatte einige Jahre in Stockholm als Krankenschwester gearbeitetet, schlecht bezahlt, kaum Aufstiegschancen, zu fremdbestimmt, und war dann zur Polizei gewechselt.

Sie hatten alle einen Becher schwarzen Kaffee vor sich. Auf dem weißen Porzellan stand »Zu Ihren Diensten«, ein Tombola-Gewinn auf einem Polizeifest. Zum Kaffee aßen sie Käsebrötchen, während Claesson den aktuellen Stand der Ermittlungen referierte. Das meiste waren Fragezeichen. Die Spurensicherung hatte bisher nichts beitragen können. Außerdem war es unwahrscheinlich, dass sie in einer unter Wasser stehenden Dusche überhaupt etwas finden würden, abgesehen einmal von der Unmenge Fingerabdrücke an der Tür und unzähligen Fußabdrücken auf dem Boden davor. Der Piepser hatte nichts ergeben. Auf dem Gehäuse der Armbanduhr fanden sich wie erwartet Abdrücke von Maria Kaahns Fingern, sonst keine.

Bereits am Freitag hatte Peter Berg sich darum gekümmert, ob einer der »bekannten Irren« frei herumlief, wie Claesson das ausdrückte. Das sei nicht der Fall, teilte Berg jetzt mit.

»Nachts haben sie auf zwei Stationen also nur eine Schwester? Da muss die Ärmste also immer hin- und herrennen«, sagte Louise Jasinski. »Liegen die Stationen nicht auf verschiedenen Stockwerken?«

Sie sah Claesson an.

»Doch, Station sieben liegt im siebten Stock und Station sechs im sechsten. Logisch, oder? Wie du siehst, war auf jeder Station über Nacht noch jeweils eine Pflegehelferin.«

Claesson deutete auf das Papier und las die Namen vor. Die anderen schauten ebenfalls auf ihre Kopien.

Genüsslich pulte er sich dann mit seinem schwarzen Kugelschreiber im rechten Ohr. »Hm, du, hör mal, Louise«, meinte er nachdenklich und nahm den Stift aus dem Ohr. »Was ist eigentlich der Unterschied zwischen einer Krankenschwester und einer Pflegehelferin?«

Bevor Louise Jasinski noch Atem holen konnte, um ihm den Unterschied zu erklären, fauchte Claesson: »Verdammt, Janne, sitz still!«

»Endlich«, meinte Louise.

Krachend und ohne im Mindesten verlegen zu wirken brachte Janne Lundin seinen Stuhl in die Waagerechte.

Sie gingen den Rest der Liste durch und entdeckten, dass der Nachtdienst auch für die Patienten der Orthopädie verantwortlich war. Die Orthopädie lag im dritten Stockwerk, und hier taten nachts sowohl eine Krankenschwester als auch eine Pflegehelferin Dienst.

»Dass sie dort zu zweit sind, liegt sicher daran, dass auf solchen Stationen immer schwer zu heben ist«, meinte Louise. »Außerdem ist es einer Schwester kaum zuzumuten, zwischen drei Stationen hin- und herzurennen. Das würde die Sicherheit gefährden. Noch dazu, wenn zwei Stockwerke dazwischen liegen«, fuhr sie fort und betrachtete eine Skizze der Klinik.

»Büros und Bereitschaftszimmer in der vierten Etage«, las sie dann laut. »In derselben Etage liegen auf der anderen Seite die Sprechzimmer. In der fünften Etage kommen die OPs und die Umkleide für das OP-Personal. Wo ziehen sich die anderen um? Vermutlich irgendwo im Keller oder im Tunnel.«

Gemeinsam lehnten sie sich über die kopierte Skizze. Ganz richtig entdeckte Janne Lundin die Umkleide im Kellergeschoss.

»Janne, du hattest gestern doch wohl kaum genug Zeit, dir die ganze Klinik anzuschauen, oder?«, fragte Claesson und sah gleichzeitig ein, dass das wirklich zu viel verlangt war.

»Tja, das eine oder andere muss wohl ergänzt werden«, antwortete Janne Lundin unbeeindruckt.

»Dann erledigst du das heute.«

»Klar. Ich kontrolliere die Räumlichkeiten. Da gibt es sicher wahnsinnig viele Ecken, in denen man sich verstecken kann.« Er seufzte.

»Was hat die Klinik für Schließzeiten?«, fragte Louise und hielt ihren Notizblock in Bereitschaft.

Janne Lundin zog einen winzigen Block aus der Hemdtasche.

»Um neun wird der Haupteingang automatisch abgeschlossen. Dann muss man durch die Tür der Notaufnahme, und dort muss man klingeln. Dann gibt es noch mindestens vier andere Türen, die meisten auf der Rückseite, durch die das Personal das Gebäude verlassen kann. Sie werden um sieben Uhr abends geschlossen. Das sind solche Türen, die sich nur noch von innen öffnen lassen; man kommt also nicht mehr rein. Den Schlüssel hat der Hausmeister.«

»Aha«, meinte Louise, »aber wie ist es im Gebäude selbst, mit den Korridoren und Behandlungszimmern?«

Janne Lundin hatte das Wippen nicht wieder angefangen. Jetzt saß er die Ellbogen auf die Oberschenkel gestützt da. Sein Jeanshemd war am Kragen zu weit aufgeknöpft, stellte Louise fest. Seine Brustbehaarung schaute hervor. Bei einem Mann in Janne Lundins Alter wirkte das wie ein zu kurzer Rock bei einer Frau in seinem Alter. Die panikartige Weigerung, alt zu werden. Louise wäre es jedoch nicht im Traum eingefallen, ihm das zu sagen.

»Kartenschlösser«, sagte Lundin, »keine Schlüssel. Alle haben Karten, die kodiert sind, je nachdem, welche Räume man betreten darf. Zusätzlich muss man noch einen persönlichen Code eintippen. Auf die Chirurgie kommt nur, wer dort arbeitet.«

Er sah Louise an, ob sie mit seiner Antwort zufrieden war. Das war sie nicht. Sie hatte ihre dunklen, gezupften Brauen wie dünne Vogelflügel hochgezogen, und auf ihrer sonst so glatten Stirn waren zwei Falten. Er begriff.

»Also, das Entree und alle anderen Türen ins Freie werden um halb sieben in der Früh aufgeschlossen. Wann die Türen auf die Korridore geöffnet werden, weiß ich in der Tat nicht. Schließlich wurde sie auf einer Etage gefunden, auf der nur Büros und das Bereitsschaftszimmer liegen. Ich muss das heute überprüfen. «

Er klappte seinen kleinen Block zu und steckte ihn zurück in die Hemdtasche.

Der Kaffee war getrunken. Es war warm, und die Sonne schien durchs Fenster. Claesson stand auf und öffnete es. Der Samstagsverkehr war jetzt noch lauter zu hören. Alle sehnten sich hinaus in die Frühlingsluft, aber niemand sagte was. Louise Jasinski brach das Schweigen.

»Motive. Haben wir welche?«

»Keine«, antwortete Claesson. »Jedenfalls jetzt noch nicht.«

»Das Ganze wirkt vollkommen bescheuert«, sagte Peter Berg, der zum ersten Mal bei dieser Besprechung den Mund aufmachte.

Er hatte sich noch nie durch verbale Eleganz ausgezeichnet. Dagegen war er klarsichtig und für sein Alter erstaunlich reif, obwohl er mehr wie ein kleiner Junge wirkte. Peter Berg war so vernünftig, keine große Lippe zu riskieren und sich nicht unnötig in den Vordergrund zu spielen. Er verließ sich darauf, dass sein wahrer, ehrlicher und ehrgeiziger Charakter, so, wie er eben war, genügen würde. Mit anderen Worten besaß er ein sehr großes Selbstvertrauen, das teilweise auf einer tiefen Frömmigkeit beruhte, über die er allerdings nur selten sprach. Für diese hatte er über die Jahre einiges einstecken müssen, vor allem am Anfang. Louise Jasinski und Peter Berg hätten miteinander konkurrieren sollen, aber das taten sie nicht, jedenfalls nicht so, dass es die Zusammenarbeit gestört hätte. Beide hatten einen geschulten psychologischen Blick, der jedoch Unterschiedliches sah. Beide nahmen sie ihren Platz ein, aber ohne dem anderen den Seinigen streitig zu machen. Mit Menschen mit gesundem Selbstvertrauen ließ es sich leichter zusammenarbeiten als mit Leuten ohne, und so war es kein Zufall, dass gerade sie beide an diesem Samstagmorgen zugegen waren.

»Das kann man sagen«, warf Janne Lundin ein und konnte sich ein ironisches Lächeln in Richtung von Peter Berg nicht verkneifen. »Vollkommen ... bescheuert.«

»Ich meine, eine Ärztin im Dienst, die stirbt«, meinte Peter Berg zögernd, »und dann noch schwanger.«

»Ja, ja«, unterbrach ihn Claesson, »ganz deiner Meinung. Schöne Bescherung.«

»Nicht viele können gewusst haben, dass sie überhaupt schwanger war«, fuhr Peter Berg fort.

»Richtig«, entgegnete Louise, »so früh sieht man noch nichts.«

»Der Verursacher dieser gesegneten Umstände weiß es jedenfalls«, sagte Janne Lundin so bestimmt wie ein Geistlicher, der von der Kanzel etwas verkündigt, aber er merkte, dass dieser Ton unpassend war. »Entschuldigt, die Umstände waren vielleicht nicht so gesegnet«, fügte er daher hinzu.

»Sei dir da nicht so sicher«, meinte Louise rasch.

»Was?«

»Dass der Verursacher dieser gesegneten Umstände Bescheid weiß«, sagte sie und imitierte Janne Lundins Tonfall.

»Okay, aber er muss doch verdammt noch mal wissen, ob er dort gewesen ist«, konterte er.

»Dort?« Peter Berg wirkte ratlos.

»Peter, verdammt noch mal! Denk doch mal nach. Ihr einen dicken Bauch gemacht hat.«

Lundin sah Peter Berg amüsiert an, der verlegen auf den Teppich schaute und errötete wie ein Teenager. Der Typ ist sicher noch nie näher als zwei Meter an ein Frauenzimmer rangekommen, dachte Lundin.

»Wir müssen mehr über diese Männerbekanntschaft herausfinden«, unterbrach Claesson sie und blätterte in seinen Papieren. »Aber das machen wir, wenn wir das Personal durchgehen. Ganz schön viele. In der Klinik können wir dann auch die Telefonnummer 744 überprüfen, die sie ... also Maria Kaahn ... auf den Block auf dem Nachttisch geschrieben hatte. Offensichtlich gehört die Nummer zur Inneren Station. Familie und Nachbarn knöpfen wir uns morgen vor. Ich habe hier eine Liste. Da ich bereits mit Veronika Lundborg-Westman, der Ärztin, die sie gefunden hat, gesprochen habe, werde ich auch das nächste Mal wieder mit ihr sprechen. Dann müssen wir sehen, dass wir alle befragen, die in dieser Nacht Dienst hatten. Am wichtigsten sind die Nachtschwester der Station und natürlich die Schwestern der Notaufnahme.«

»Und die Frühschicht«, warf Louise ein.

»Genau. Und die Putzfrau, die in der Nähe war, als alles passierte. Wenn man die nur alle erwischt. Schließlich ist Samstag«, meinte Claesson. »Ihre Kollegen, also die Ärzte, können wir uns später vornehmen. Außer dem, der den Hintergrunddienst hatte, Oberarzt Ulf Nilsson. Mit ihm sollten wir möglichst heute noch sprechen. Und jemand sollte mit den Eltern von Maria Kaahn sprechen. Sie kommen heute aus Stockholm und wohnen bei ihrem Ex-Schwiegersohn. Ich versuche selbst, da vorbeizugehen.«

Sie teilten die übrigen Namen untereinander auf und brachen auf. Auf fünf Uhr setzten sie die Nachbesprechung an. Hoffentlich hatten sie bis dahin was in der Hand, damit sie guten Gewissens Feierabend machen konnten.

Als die Kollegen sein Zimmer verlassen hatten, schloss Claesson die Tür und rief zu Hause an. Katina war am Apparat; ihre Stimme klang streng. Er schlug einen raschen Lunch vor, und sie taute auf. Er versprach, sie abzuholen.

Er griff seine Jacke und dachte, dass er die Zeit finden musste, in Beckatorp vorbeizufahren, um Maria Kaahns Wohnung zu durchsuchen. Wann das auch noch passieren sollte, war ihm schleierhaft. Er verdrängte diesen Gedanken in dem Moment, in dem er in die Sonne trat. Im Auto fiel ihm dann noch ein, dass er bei der Durchsuchung möglichst Louise mitnehmen sollte. Schließlich war es die Wohnung einer Frau. Der scharfe Blick einer anderen Frau konnte nützlich sein.

## KAPITEL 6

Seit er erwachsen war, hatte sich Janne Lundin danach gesehnt, aufs Land zu ziehen, obwohl er sich diesen Traum erst in den letzten Jahren wirklich eingestanden hatte. Aber seine Frau wollte nicht. Sie brauchte die Abwechslung in der Stadt und eine Wohnung, die kaum Arbeit machte. Außerdem fuhr sie gern mit dem Fahrrad zu ihrer Arbeit bei der Post. Diesem Arbeitsplatz war sie seit ihrem achtzehnten Lebensjahr treu geblieben. So lagen die Umzugspläne bis auf weiteres auf Eis, und Janne musste sich mit seinen Träumen zufrieden geben.

Als er jetzt vom Auto aus die Gärten und winterlich brachliegenden Felder sah, fühlte er sich an seine Heimat erinnert. Die erste Prägung verließ einen offenbar nie. Als Hinterwäldler geboren blieb man immer Hinterwäldler. Seine Sehnsucht nach dieser Art von Leben war jetzt so stark, dass sie schon fast einem Bedürfnis gleichkam, nicht wie damals, als es die notwendige Anpassung an eine karge Welt gewesen war. Mit anderen Worten: seine Kindheit war nicht immer sonderlich lustig gewesen. Kleinkariert und eng. Nicht räumlich, sondern mental. In Janne Lundins Kindheit hatte es nicht viel Platz bis zur Decke gegeben, geistlos, um es deutlich zu sagen, und da half es auch nicht, dass der Hof groß war und viele Zimmer hatte. Die Welt war vorhersehbar, die Regeln statisch. Als würde man in einem Schachbrettmuster leben. Die Wälder, Gärten, der hohe Himmel, die kurvigen Schotterstraßen, das war das Reich der Möglichkeiten. Im Freien ging es ihm immer blendend. Das Beste, was er über seine Eltern sagen konnte, war, dass sie verlässlich gewesen waren. Erleichtert war er nach Stockholm gezogen und hatte dort stolz und neugierig an der Polizeihochschule angefangen. Es war ihm geglückt, sein Ziel zu erreichen. An die Ausbildungsjahre dachte er zufrieden zurück, auch wenn diese nicht immer erfreulich gewesen waren.

So im Nachhinein, als er selbst älter geworden war, hatte er seine Eltern und seine Kindheit mit milderen Augen betrachtet, wie das meist der Fall zu sein pflegt. Sie hatten ihr Bestes getan. Sie kamen aus kleinen Verhältnissen, und dort war harte Arbeit die einzige Überlebensstrategie. Außerdem waren sie ehrgeizig gewesen, und das sogar mit Erfolg. Der Hof war immer größer geworden, und die Landwirtschaft warf immer mehr ab. Sein Bruder hatte wie vereinbart den Hof übernommen. Jetzt arbeitete er sich halb tot und sah bedeutend älter aus, als er eigentlich war.

Janne Lundin bog in den Kiesweg ein, der auf den Hofplatz hinter dem schönen gelben Holzhaus führte, in dem der Oberarzt der Chirurgie, Ulf Nilsson, wohnte. Das Haus war leicht zu finden. Der Hof lag so weit von der Stadt entfernt, dass es bereits ländlich still war, aber doch so nah, dass man zur Arbeit radeln konnte, wenn man wollte. Janne Lundin schaute auf den Kilometerzähler. Von der Wache waren es fünfzehn Kilometer.

Neid und Missgunst überkamen ihn, als er aus dem Wagen stieg. Die Umgebung war bezaubernd. Der Wald stand wie eine dunkle Wand, die Geborgenheit verhieß, hinter dem Haus, jedoch weit genug entfernt, um nicht das gesamte Tageslicht zu schlucken. Auf den Wiesen weideten im Sommer vermutlich Kühe. Auf dem Hof, an dem er in etwa einem Kilometer Entfernung vorbeigekommen war, gab es noch Milchkühe, das wusste er.

Das Haus war geräumig, zwei Stockwerke, die Bretterverkleidung senkrecht, altes Holz, sehr gut in Schuss und jetzt gelb gestrichen mit weißen Ecken und Fenster- und Türrahmen. Sprossenfenster und eine Glasveranda gab es auch. Die Beete, die den Kiesweg zur Pforte flankierten, waren ordentlich abgedeckt. Bei der Wiese handelte es sich glücklicherweise nicht um einen englischen Rasen, sondern hier wuchsen Moos und Grasbüschel, wie es eben auf dem Land sein sollte. Die Herbststürme hatten das verrottende Laub unter den Obstbäumen und bei der Mauer im Osten zusammengefegt. Janne Lundin hatte für Gartenpedanten noch nie was übrig gehabt. Was er sah, gefiel ihm.

Er hatte seinen Besuch angekündigt. Die Ehefrau hatte ihm gesagt, ihr Mann spiele Tennis. Sie würde ihn jedoch jeden Augenblick zurückerwarten. Um nicht zu früh zu kommen, war Janne Lundin daher noch beim Kiosk am Hafen vorbeigefahren und hatte Snus, eine Art Kautabak, gekauft, ehe er auf die Straße Richtung Bohult eingebogen war. Er kannte die Gegend sehr gut.

Im Hafen war ihm aufgefallen, dass das Leben, das mit der Seefahrt zu tun hatte, stillzustehen schien. Hingegen war das Hafenviertel voller Menschen und Autos. Die Leute liebten es, dort einkaufen zu gehen. In das große alte Lagerhaus aus roten Ziegeln, ein schönes Gebäude am Hauptkai, waren lauter kleine Läden eingezogen. Sie lockten viele Kunden an, vielleicht hauptsächlich wegen der vielen Parkplätze, aber auch, weil alles Neue in einer Stadt Interesse fand, die sonst keine großen umwälzenden Veränderungen kannte. Es blieb abzuwarten, ob sich das Interesse hielt. Er musste zugeben, dass er noch nie dort gewesen war, im Gegensatz zu seiner Frau.

Ein weißer Golf stand vor einer im alten Stil neu gebauten Garage, die im selben milden Gelb gestrichen war wie das Haupthaus. Er knallte die Fahrertür zu, schloss aber nicht ab. Das war auf dem Land nicht nötig.

Auf das Dach des Hauses war eine weiße Satellitenschüssel montiert, ein Stilbruch, wie ein großer Champignon auf Abwegen. Die Tür an der Schmalseite des Hauses war blau gestrichen und führte vermutlich in die Küche. Wahrscheinlich wurde dieser Eingang, früher wie heute, am meisten benutzt; im Kies waren zahlreiche Fußspuren. Ein Besen lehnte neben der Tür, der vermutlich dazu verwendet wurde, Schnee von den Winterstiefeln und -schuhen zu entfernen.

Er klopfte und hörte im Haus eilige Schritte. Eine adrette, dunkelhaarige Frau öffnete und stellte sich als Magdalena Nilsson vor.

»Oh, kommen Sie hier herum«, sagte sie entschuldigend und schob mit dem Fuß ein Paar riesige Turnschuhe beiseite, damit er eintreten konnte.

Magdalena Nilsson musste um die vierzig sein, wirkte aber jünger. Sie bewegte sich geschmeidig, war feingliedrig und gestikulierte lebhaft. Ihre Schultern hielt sie jedoch etwas verkrampft. Entweder hatte sie in der Schule immer die Gymnastik mit den Haltungsübungen geschwänzt, oder sie war ganz einfach nervös. Sie vermied es, ihm in die Augen zu sehen, als sie ihn in die Küche führte und ihm einen Stuhl am Esstisch anbot. Auf der Spüle lag ein großer Klumpen Teig.

»Haben Sie was dagegen, wenn ich weitermache?«, fragte sie und nahm sich den Teig vor. »Wir können uns ja trotzdem unterhalten.«

Janne Lundin fand Magdalena Nilsson vom ersten Augenblick an attraktiv. Das lag nicht allein daran, dass sie stur einen beachtlichen Brotteig knetete. Immer schon fand er – heimlich natürlich, in diesem Zeitalter der Emanzipation –, dass sich Frauen in der Küche nicht nur mit Düften kulinarischer Gerichte und mit geheimnisvollen Kräutern umgaben, sondern vor allem auch mit einer sinnlichen, erwartungsvollen Aura. Magdalena Nilsson signalisierte jedoch noch mehr. Sie sah sehr gut aus. Mit großen braunen Augen, die vielleicht etwas zu groß für ihr schmales Gesicht waren, sah sie ab und zu von ihrem Teig auf. Rehaugen, verträumt und scheu. Keine Knopfaugen, die waren direkter und wacher. Sie erinnerte ihn an die inzwischen verstorbene Schauspielerin … wie hieß sie nur gleich wieder? … Audrey Hepburn, die auf Roms Straßen getanzt hatte, eine Prinzessin, die ausgerissen war. Das wollte einiges heißen. Magdalena Nilsson trug Jeans und einen weiten Pullover. Ihm gefielen Frauen, die sich leger kleideten und mit ihrer Weiblichkeit zurückhaltend umgingen. Elegante und selbstsichere Frauen verunsicherten ihn.

Vom Küchenstuhl aus verfolgte er ihre Bewegungen mit den Augen. Sie verteilte den Teig in zwei Formen, breitete ein Küchentuch über ihnen aus, schrubbte die Arbeitsplatte und wusch sich dann die Hände sorgfältig unter fließendem Wasser. Nachdem sie den Wasserhahn zugedreht und sich die Hände an einem karierten Küchenhandtuch abgetrocknet hatte, blieb sie vor der Spüle stehen, als wisse sie nicht, was sie jetzt mit sich anfangen solle.

Vom Weg aus war ein Auto zu hören. Ulf Nilsson? Nein, der Wagen fuhr vorbei.

»Schön hier draußen«, sagte er und kam sich etwas dumm vor. Die Rehaugen machten ihn verlegen.

»Doch, das ist es wirklich. Es gefällt uns hier. Fast unverschämt schön«, erwiderte sie, lächelte kurz und fuhr sich mit ihren schmalen Fingern durch das kurz geschnittene Haar, so dass es in Büscheln nach oben stand.

Sie sieht rührend aus, dachte Janne Lundin, sagte aber nichts.

»Kaffee?«, fragte sie und griff nach dem Wasserkocher.

Er hatte gerade erst eine Tasse getrunken und ihm war eher nach einem richtigen Mittagessen, trotzdem sagte er ja. Beim Kaffee ließ es sich besser reden, allein das war jetzt wichtig. Sie war nicht gerade mitteilsam, eher schüchtern.

Ein Stundenplan hing an der Kühlschranktür. Er überlegte, wie viele Kinder sie hatte. Er konnte sich nach ihnen erkundigen. Alle sprachen gern von ihren Kindern. Er räusperte sich.

»Darf ich fragen … wie viele Kinder haben Sie?«, sagte er und nickte in Richtung Stundenplan.

»Zwei. Zwei Teenager.«

»Und die fahren jeden Morgen mit dem Schulbus?«

»Schön wär's. Für den Schulbus sind sie zu alt, und morgens stehen sie immer so spät wie möglich auf. Manchmal fahren sie mit dem Fahrrad, gelegentlich mit dem Linienbus, und manchmal nimmt auch einer von uns sie mit.«

»Wie finden sie es, so zu wohnen? So …«

»Auf dem Land, meinen Sie.«

»Ja, abgelegen. Junge Leute wollen schließlich da sein, wo was los ist.«

»In diesem Nest ist doch nichts los«, sagte sie und nickte in Richtung Stadt. »Aber natürlich beklagen sie sich manchmal. Wir versuchen, nett zu sein, und fahren sie, wenn es geht, überall hin, und manchmal übernachten sie auch bei Freunden in der Stadt.«

Erneut war das Gespräch zu Ende. Während sie Kaffee in den Filter füllte, fuhr Janne Lundin fort, sie zu betrachten. Wahrscheinlich war sie die Schönste, als Dr. Ulf Nilsson sie traf. Jedenfalls war sie eine Frau, an die er sich nie herangetraut hätte. Er, ein nicht sonderlich schöner Mann vom Land und außerdem schüchtern und linkisch, wusste von Anfang an, wann er sich Hoffnungen machen konnte, oder genauer gesagt, was realistisch war. Wahrscheinlich wäre er immer noch unverheiratet, wenn Mona ihn nicht auf dem Heimweg von einem Luciafest resolut bei der Hand genommen und kurze Zeit später dafür gesorgt hätte, dass geheiratet wurde. Schön war sie nicht, Mona, aber energisch und definitiv nicht schüchtern. Was sie in ihm sah, verstand er noch immer nicht ganz. Was er in ihr sah, daran erinnerte er sich wie an ein diffuses Gefühl der Geborgenheit und Gemeinschaft und der Vorstellung von einem geordneten Leben. Und das hatte er bekommen.

Er nahm an, dass Ulf Nilsson ein gut aussehender Mann war. Oder reichte es, Arzt zu sein?

Die Küche war im alten Stil, aber mit hochmodernen Geräten, und zeugte diskret von gutem Geschmack. Und Geld. In einem abgebeizten Glasschrank standen Weingläser. Durch eine offene Tür fiel der Blick in einen sonnigen Salon. Eine alte Petroleumlampe mit Perlenfransen hing über einem runden Tisch mit blauem Tischtuch und alten Stühlen.

»Vermutlich ist er gerade auf dem Wege«, sagte sie entschuldigend. »Geht es um …« Sie zögerte, als wüsste sie nicht recht, welche Wortwahl am passendsten war.

»Ja«, antwortete er zuvorkommend. »Es geht um den Vorfall Donnerstagmorgen, als ihr Mann Hintergrunddienst hatte. Eine Ärztin, Maria Kaahn, ist zu Tode gekommen, aber das wissen Sie natürlich.«

Sie bekam bleichrosa Flecken auf den Wangen und nagte vorsichtig an ihrer Unterlippe.

»Überwiegend Routinefragen«, fuhr er fort. »Alle werden verhört. Waren Sie an diesem Abend zu Hause?«

Sie wandte ihm den Rücken zu und goss schweigend das kochende Wasser in den Filter. Er überlegte, ob sie Zeit brauchte. Kaffeeduft erfüllte die Küche. Sie stellte zwei gelbe Höganäs-Kaffeebecher auf den Tisch und füllte den Kaffee dann in eine weiße Thermoskanne. Die Tischdecke war mit großen Äpfeln bedruckt.

»Ich glaube, dass da noch ein paar Plätzchen sind«, sagte sie, verschwand in einer großen Speisekammer und kam mit einer geöffneten Tüte zurück. Sie legte eine Hand voll auf einen Teller.

»Ich hoffe, sie sind nicht weich … Doch, ich war zu Hause«, meinte sie dann und nahm ihm gegenüber Platz.

Sie trank einen Schluck und schaute anschließend geistesabwesend aus dem Fenster.

»War Ihr Mann ebenfalls zu Hause?«

Sie sah ihn rasch an und dann wieder aus dem Fenster.

»Er war zu Hause. Wir haben gegen sieben gegessen. Hinterher haben wir Kaffee getrunken und ferngesehen.« Sie nahm ein Plätzchen. »Dann ist er zurück in die Klinik gefahren. Irgendeine Konsultation. Sie … also der Nachtdienst …

Maria Kaahn … hatte kurz vor Ende der Nachrichten angerufen.«

Sie fuhr sich erneut mit den Händen durchs Haar. Es hatte den Anschein, als würde sie das immer tun, wenn sie unsicher oder unkonzentriert war. Jetzt schien sie unsicher zu sein, wo sie hinschauen sollte.

»Wann kam er wieder nach Hause?«

Er hielt den Blick ruhig auf ihr Gesicht gerichtet. Endlich schaute sie ihn an. Ihr Blick war fest, eher defensiv.

»Zwischen elf und zwölf. So genau erinnere ich mich nicht. Ich hatte bereits das Licht ausgemacht und war eingeschlafen. Deswegen hat er sich einfach ebenfalls hingelegt.«

»Wann haben Sie das Licht ausgemacht?«

»Gegen halb elf, wenn Sie es genau wissen wollen.«

Der spitze Ton war nicht zu überhören. Er verstummte. Langsam rührte er seinen Kaffee um. Er fragte sich, was eigentlich los war. Warum reagierte sie so säuerlich?

»Haben Sie etwas dagegen, dass ich diese Fragen stelle?«

»Nein, nein, überhaupt nicht«, antwortete sie rasch.

Über die Jahre hatte er gelernt, dass man mit Geduld und Schweigen viel in Erfahrung bringen konnte. Nur sehr wenige waren stur und blieben einfach stumm. Deswegen sagte er nichts, er trank einen Schluck Kaffee und sah sie nur an.

»Ich stehe als Erste auf, deswegen lege ich mich auch als Erste hin«, meinte sie schließlich mit einer Stimme, der angestrengtes Wohlwollen anzumerken war.

»Natürlich, natürlich.«

Über diese Ehefrau des Arztes wusste er nicht viel, und die Frage war, wie viel er überhaupt über sie wissen musste, aber schließlich war sie das Alibi ihres Mannes. Außerdem musste er die Zeit halbwegs sinnvoll nutzen, bis dieser nach Hause kam. Freundlicherweise hatte sie ihm einen Kaffee angeboten. Merkwürdig, wie kompliziert alles manchmal wurde. Gelegentlich war es nicht leicht, sich als Polizist über Belanglosigkeiten zu unterhalten.

»Natürlich hegen wir nicht den Verdacht, dass Ihr Mann in diese Sache verwickelt sein könnte … ich meine, in den Tod von Maria Kaahn, aber natürlich müssen wir jeden verhören. Wir dürfen nichts unversucht lassen, um herauszufinden, was wirklich passiert ist.«

»Ja, das verstehe ich«, antwortete sie freundlich und errötete.

Wieder wurde es still.

»Wo arbeiten Sie?«

»In der Klinik. Wenig originell.« Sie lachte.

»Vielleicht ergibt sich das so, dass man sich am Arbeitsplatz kennen lernt«, erwiderte er wohlwollend.

»Ist das bei der Polizei genauso?«, fragte sie und sah ihn zum ersten Mal neugierig an.

»Ja, sicher, obwohl erst in den letzten Jahren vermehrt Frauen bei uns angefangen haben. Bei jungen Frauen erfreut sich der Beruf wirklich großer Beliebtheit.«

Wieder wurde es still. Man hört wirklich die Küchenuhr ticken, wie in einem von den alten Hitchcock-Filmen, dachte er.

»Arbeiten Sie an derselben Klinik?«, fragte er.

»Ich bin OP-Schwester.«

Da hatten sie fast denselben Arbeitsplatz. Manchmal arbeiteten sie dann auch zusammen, überlegte Lundin. Sie assistierte, er operierte. Hatten sie sich vielleicht so getroffen und sich über dem Mundschutz Blicke zugeworfen? Er fand jedoch, dass ihn das nichts anging, und enthielt sich weiterer Fragen.

»Und in dieser Nacht kam es zu keinen weiteren Störungen?«, wollte er stattdessen wissen.

»Doch, irgendwann klingelte das Telefon, aber ich bin diese ewigen Anrufe schon so gewohnt, dass ich nicht mehr richtig wach werde. Schließlich sind sie nicht für mich.«

»Sicher«, sagte er und merkte, dass sie allmählich gelöster wirkte. »Sie wissen nicht zufällig, wann das gewesen sein könnte?«

»Keine Ahnung. Wie gesagt, schlief ich und wachte auch nur ganz kurz auf. Auf die Uhr habe ich nicht geschaut.«

»Hm … übrigens … reine Neugier … aber kannten Sie Maria Kaahn?«

»Nein.«

Die Antwort kam schnell.

»Ich weiß natürlich, wer sie ist. Das tun alle. Ich meine, so groß ist die Klinik nicht, dass man nicht alle Ärzte vom Sehen kennen würde. Natürlich habe ich auch assistiert, als … als sie operiert hat.«

Sie vermied es, den Namen auszusprechen.

»Sie wollen sagen, dass Sie Maria Kaahn nicht näher kennen, ich meine, kannten«, hakte Lundin nach und betonte den Namen extra deutlich, wie eine Provokation.

»Nein, überhaupt nicht. Wir hatten nur rein beruflich miteinander zu tun.«

Ein Auto fuhr auf den Vorplatz, die Türen wurden zugeknallt, und wenig später kamen zwei gedrungene Gestalten in die Küche. Beide hielten Sporttaschen in der Hand und wirkten frisch geduscht. Vater und Sohn. Unübersehbar.

Oberarzt Ulf Nilsson begrüßte ihn mit einem kräftigen Handschlag, und ein pickliger Jüngling um die achtzehn nickte kurz und verschwand sofort ins Obergeschoss.

»Unser Sohn Gustav«, meinte Magdalena Nilsson.

Ulf Nilsson hatte an diesem Tag ein hochrotes Gesicht, wahrscheinlich nach dem Tennisspielen. Er war etwas überdurchschnittlich groß und erinnerte mehr an einen Rausschmeißer als einen Arzt. Die schöne Magdalena hat er nicht wegen seines Aussehens bekommen, dachte Lundin gehässig. Seine Gesichtszüge waren ausgeprägt, seine Nase war platt, die Augenbrauen zu buschig, aber alles in allem wirkte er trotzdem nett und zuverlässig. Laut den Gerüchten, die stets in einer Kleinstadt umgehen, konnte Ulf Nilsson gut mit Patienten umgehen und beherrschte sein Handwerk ausgezeichnet. Seine Warteliste war lang.

Er setzte sich, und seine Frau goss ihm einen Kaffee ein. Entspannt und ohne zu stocken erzählte er in etwa das, was Lundin bereits von seiner Frau erfahren hatte. Maria Kaahn hätte wegen eines akuten Bauchs angerufen, während sie ferngesehen hätten, aber er sei nicht der Ansicht gewesen, dass sie hätten operieren müssen, und sei deswegen nach ein paar Stunden Beobachtung nach Hause gefahren. Maria Kaahn hätte ihn dann gegen drei wegen eines Frischoperierten noch ein weiteres Mal angerufen, aber deswegen hätte er nicht noch einmal in die Klinik fahren müssen. Sie hätten das telefonisch klären können, also nichts Ernstes.

»Wirklich sehr bedauerlich das Ganze«, sagte Ulf Nilsson mit echtem Mitgefühl und schüttelte den Kopf. »Sehr bedauerlich.«

Ulf Nilsson schien bodenständig und unprätentiös zu sein, war Lundins Eindruck, als er wieder in seinem Wagen saß und auf dem Weg zurück in die Stadt war. Sein guter Ruf war sicherlich berechtigt. Von so einem Mann würde er sich bedenkenlos operieren lassen, auch wenn ihm das bisher glücklicherweise erspart geblieben war.

Seine Frau war dagegen ganz anders, kompliziert. Noch dazu attraktiv. Er hatte sie sehr anziehend gefunden, obwohl sie alles andere als entgegenkommend gewesen war. Oder gerade deswegen. Auf ihre reservierte Art hatte er sie überaus aufregend gefunden.

Sie hatten jetzt einige Uhrzeiten als Anhaltspunkte, mehr aber auch nicht. Magdalena Nilsson war in der Küche sitzen geblieben, während er ihren Mann verhört hatte. Sie hatte den Anschein erweckt, intensiv zuzuhören, sich aber nicht eingemischt. Auffallend still und konzentriert war sie gewesen. Wahrscheinlich neugierig, wie alle.

Die Sonne schien noch immer, aber immer schwächer. Im Auto war es feuchtkalt. Er machte das Radio und die Heizung an. Hardrock dröhnte aus den Lautsprechern. Natürlich! P 3 war für Leute, die jünger waren als seine siebenunddreißigeinhalb. Er versuche P 2, den Klassiksender, reinzukriegen. Sein Magen knurrte. Er musste was essen. Er ließ sein Handy die Nummer von zu Hause wählen.

»Mona Lundin.«

»Hallo. Hier ist Janne. Du, wie steht es mit dem Mittagessen?«

»Lasse und ich haben vor einer Stunde gegessen, wir haben dir aber was übrig gelassen. Soll ich es dir aufwärmen?«

»Das wäre nett. Ich bin sofort da.«

»Ich freu mich!«

Das sagt die netteste und beste aller Frauen, dachte er zufrieden und fuhr Richtung Södertull.

## KAPITEL 7

Samstag kam Veronika am späten Nachmittag nach Hause. Sie war entspannt und hatte das Gefühl, dass es ihr zum ersten Mal, seit sie Maria Kaahns Leiche gefunden hatte, gelungen war, gelassener zu werden. Zusammen mit Else-Britt war sie am Wasser entlanggegangen, das Gesicht der Sonne zugewandt, eine laue Brise von hinten.

»Stell dir vor, ich habe einen weiteren Winter überlebt«, sagte sie zu ihrem Spiegelbild in der dunklen Diele.

Sie machte die Lampe an der Wand neben dem Spiegel an und ging mit dem Gesicht so nahe wie möglich an diesen heran. Sie fand die Haut auf ihrem Nasenrücken, auf der Stirn und auf den Wangen bereits rosiger. Die Lippen waren trocken und rissig. Sie suchte ihren Labello und trug ihn dick auf.

Uns Bewohner des Nordens nimmt das Winterhalbjahr immer wahnsinnig mit, dachte sie und stellte zufrieden fest, dass ihr Körper nicht mehr vollkommen starr vor Anspannung war. Es war ihr bekommen, sich wieder mal die Beine zu vertreten, weit auszuschreiten und eine ordentliche Strecke zu laufen. Der gemeinsame Ausflug hatte viel länger als ursprünglich geplant gedauert. Da zum ersten Mal seit langem wieder strahlendes Wetter war, hatte es ihnen regelrecht widerstrebt, wieder ins Haus zu gehen. Gesprächsstoff gab es sowieso genug.

Die Kälte kam wie ein Schlag, sobald die Sonne unterging. Sie brachen auf, fuhren zu Else-Britt nach Hause und aßen sehr verspätet Mittag auf ihrem Hof, der sehr hübsch auf einer Anhöhe stand, mit einer alten Eiche am Ostgiebel, die ihre krummen Äste beschützend über den Dachfirst hielt.

Else-Britts Mann war mit den Söhnen im Schwimmbad gewesen. Sie waren aufgedreht und hungrig und flitzten herum wie aufgeschreckte Trolle. Unter ohrenbetäubendem Lärm, wie ihn nur die eigenen Eltern ertragen, hatten sie gegessen. Veronika ertappte sich dabei, dass sie sich nach Ruhe und Frieden und ihrem Nickerchen am Nachmittag sehnte, und fand ihr einförmiges, dafür aber ruhiges Dasein gar nicht so übel.

Sie hatte nur ein Kind, obwohl sie mehr hatte haben wollen, auf jeden Fall mehr als eins, am liebsten drei oder vier. Eine große Kinderschar eben, sie selbst hatte viele Geschwister gehabt. In ihrer Vorstellung hatte sie sich bereits als Übermutter gesehen. Und als große Ärztin. Und natürlich als gute Ehefrau. So sollte es eine Selbstverständlichkeit, eine Art Naturgesetzmäßigkeit sein, dass sie mit einer Schar Kinder beschenkt werden würde. Damals war sie so naiv gewesen.

Alles kam ganz anders, und es war ihr nicht leicht gefallen, das über die Jahre zu verarbeiten. Jetzt war sie froh, dass sie zumindest ein Kind hatte, und konnte nicht behaupten, sonderlich traurig zu sein, dass es nicht noch mehr geworden waren. Dieses Stadium hatte sie hinter sich gelassen. Schlaflose Nächte waren nichts mehr für sie, und hinzu kam, dass man nie seine Ruhe im Bad hatte und ständig mit dem schlechten Gewissen kämpfen musste, unzulänglich zu sein. Überhaupt schwanger zu werden war mit über vierzig nicht mehr leicht. Es könnte gehen, das wusste sie, aber würde sie es auch wollen? War sie bereit, ihren bequemen Alltag gegen ein neues Baby mit runzliger Haut einzutauschen, das wunderbar und ein Klotz am Bein zugleich war.

Harte Arbeit und die alleinige Verantwortung für Cissi waren bisher ein wirkungsvolles Verhütungsmittel gegen den brennenden, immer wieder aufkeimenden Wunsch gewesen, erneut ein Kind zu bekommen. Sie hatte es genossen, dass sie als Chirurgin immer geschickter geworden war, und war freiwillig und mit Freude ganz in ihrer Arbeit aufgegangen. Cissi war ein wunderbares Kind gewesen. Geduldig hatte sie während ihrer Nachtdienste bei verschiedenen Nachtmüttern geschlafen. Doch dieses Leben hatte seinen Tribut gefordert. Jetzt war ihr die Klinik verleidet, sie hatte keine Lust mehr, sich andauernd anstrengen zu müssen, ein Leben auf der Überholspur zu führen. Gerne hätte sie etwas anderes gemacht, sie wusste nur nicht, was. Der Gedanke, dass sie sich weiterhin so abrackern sollte, machte ihr schwer zu schaffen, aber leider existierte in den Pflegeberufen keine Zukunft mit überschaubaren Arbeitstagen und der Möglichkeit, Dinge zu beeinflussen. Sie wusste, dass das nicht besser, sondern eher noch schlimmer werden würde. Das machte ihr Angst.

Was war eigentlich passiert? Viele sehnten sich nach einer anderen Arbeit, aber niemand wusste, wo, und nur wenige hatten eine Vorstellung, wie sie das Leben dort, wo sie waren, verbessern konnten. Sehr viel von dem guten Ruf, den die Pflegeberufe einmal besessen hatten und der sie mit Stolz erfüllt hatte, war verschwunden. Krankenschwestern waren unterbezahlt und ohne Aufstiegsmöglichkeiten. Ärzte waren Lohnarbeiter ohne Einfluss. Diese Hoffnungslosigkeit verspürte sie so deutlich, dass sie vor dem Elend nur die Augen verschließen und, wenn sie bei der Arbeit war, versuchen konnte, sich zusammenzureißen, so gut es ging. Zum Nachdenken blieb dort ohnehin keine Zeit. Die Anweisungen kamen von oben. Immer häufiger wurden plötzlich Veränderungen gefordert, um auf neue Einsparungen reagieren zu können. Stationen wurden auseinander gerissen, wieder zusammengelegt, und einer kaum durchdachten Rationalisierungsmaßnahme folgte die nächste. Es gab keinen frischen Wind mehr, es gab überhaupt keinen Wind. Die Politiker heuchelten und versprachen den Patienten in Zeiten der Sparmaßnahmen Verbesserungen. Es fragte sich, welche Note sie in Mathe gehabt hatten. Nimmt man was weg, so ist weniger übrig, nicht etwa mehr.

Vielleicht kommt man mit weniger aus, aber dann muss man wenigstens ehrlich sein. Sagen, was Sache ist. Wir machen das Beste aus der Situation, längere Wartezeiten, veränderte Prioritäten. Hoffentlich wird es gut, aber kaum besser. Aus den Patienten werden auch nie Produkte wie Schuhe oder Zahnbürsten. Hat man eine Körperfunktion oder einen nahen Angehörigen verloren, so will man sich das nicht zwischen Tür und Angel erklären lassen. Die Patienten kommen, wenn sie krank werden, und kümmern sich nicht darum, ob gerade Heiligabend oder Mittsommer ist; auch dann erwarten sie Hilfe. Und die sollen sie bekommen. Darum geht es doch nur, und darin liegt die Erfüllung. Die Begegnung mit dem Patienten, der Stolz, etwas Nützliches zu tun, die Herausforderung, fast hoffnungslose Situationen zu meistern, die Freude darüber, dass man hat helfen können, nicht zuletzt das Vergnügen, zu einem dynamischen Team zu gehören, waren Grund genug, zur Arbeit zu gehen. Arzt sein ist selten sinnlos.

Dennoch bewegten sie zwiespältige Gefühle. Wie konnte es sein, dass sie nicht zufrieden war? Eigentlich hätte sie zufrieden sein sollen. Eine so lange Ausbildung und schöne Arbeit. Sie konnte darüber sowieso nur mit ihren Kollegen sprechen, und dann ging das Gejammer los, und alles wurde fast noch schlimmer. Wie verzogene Kleinkinder, die sich selbst Leid taten. Sie fand es nicht gut, dass die Unzufriedenheit der Ärzte an die Öffentlichkeit drang. Sie hatte darüber mit Ronny Alexandersson gesprochen, und der war ganz ihrer Meinung. Wenn man erkranke, wolle man nicht nur, dass der behandelnde Arzt kompetent sei, er solle auch zufrieden mit seiner Arbeit sein, fand Ronny. Über eine gewisse Abgeklärtheit solle er ebenfalls verfügen. Die so genannte Allgemeinheit glaubt viel lieber, dass alle Ärzte hoch bezahlt und motiviert seien und nichts anderes im Sinn hätten, als sich um die gebrechlichen Seelen und Körper der Patienten zu kümmern. Eine Art

Götter in Weiß, laut Ronny, und dieser Glaube ist berechtigt, dachte sie.

Die Unzufriedenheit wuchs und lag wie ein Schatten über allem. In *Dagens Nyheter* las sie von einem jungen Mann in leitender Stellung in der Verwaltung der Kliniken und Ärztehäuser in der Region. Natürlich war er nie auf einer Station gewesen und hatte nur die Büros der Krankenhausdirektion gesehen. Die Lösung aller Probleme sei Planung, hatte er gesagt. Strukturieren und planen, dann würde alles gut werden. Sie hätte kotzen können, als sie das las. Immer wieder tauchten solche Apostel auf, die ein Patentrezept parat, aber noch nie Kotze aufgewischt, ein Kind getröstet oder vor einem alten Mann mit Magenkrebs gesessen hatten, dem dämmerte, dass es ans Sterben ging.

Ich bin bequem geworden, dachte sie. Sie wollte endlich geruhsamer leben. Zur Sinngebung brauchte sie nicht mehr bis zu den Knöcheln in Krankheit und Elend zu stecken. Sie brauchte Ausgeglichenheit. Sie brauchte einen Mann, aber möglichst für die Wochenenden. Sie wollte frei sein, aber auch geliebt werden. Sie wollte ganz einfach beides oder am liebsten alles auf einmal.

Da musste viel zusammenkommen. Zu viel. Und die Zeit verging. Die Jahre verschwanden einfach.

Planlos ging Veronika mit ihren Gedanken beschäftigt im Haus herum. Sie öffnete den Kühlschrank, konnte sich dann aber nicht erinnern, was sie hatte herausnehmen wollen. Sie füllte die Waschmaschine, da fiel ihr ein, dass sie Dickmilch hatte holen wollen. Also kehrte sie zum Kühlschrank zurück, goss Dickmilch in einen Suppenteller und löffelte. Sie war unruhig, als sei sie auf dem Weg irgendwohin, gleichzeitig war sie müde. Sie blieb am Küchentisch sitzen, ohne etwas zu tun, und spürte, dass ihre behagliche Schläfrigkeit immer mehr zunahm. Schließlich gab sie nach und taumelte die wenigen Schritte zum Sofa. Sofort schlief sie ein, aber ihr Schlaf war brüchig wie das frische Eis einer Pfütze. Bilder wechselten in ihrem Kopf in rascher Folge. Wie ein Video im schnellen Vorlauf.

Sie war in ihrem Mädchenzimmer mit der gelben Blümchentapete, die ihr Vater zu ihrem dreizehnten Geburtstag angeklebt hatte, dann wieder in einem graukalten Zimmer mit einem schmalen Bett mit einer hellgelben Tagesdecke aus Frottee und einer deprimierenden Aussicht über ein regennasses Blechdach. Die schwarzen Rohre der Klimaanlage ragten wie glänzende Blechpilze daraus hervor. Zwischen den beiden Zimmern irrte sie auf der Jagd nach etwas herum, aber sie wusste eigentlich nicht, wonach. Ihr Mädchenzimmer war sonnig und einladend, sie hörte ein Radio und ihre Mutter in der Küche. Sie landete an ihrem weißen Schreibtisch und hatte sich gerade zurechtgesetzt, als sie ohne Vorwarnung in das kahle Zimmer herübergerissen wurde. Mit nervösen, feuchten Händen strich sie über Wände, Fensterbank und die Fächer im Schrank. Sie zog die Schublade des Nachttischs heraus und gab sich alle Mühe herauszufinden, wonach sie eigentlich suchte. Ihre widerstreitenden Gefühle nahmen weiter zu.

Sie bekam Angst.

Sie sah sich mit einer Aufgabe ohne Anfang und Ende konfrontiert. Sie wollte entkommen, unmöglich. Die Tür war verschlossen, Schlüssel steckte keiner.

Sie legte sich auf die bleiche Frotteetagesdecke und hoffte auf eine Eingebung, auf die Lösung, die sie befreien und auf die rechte Spur führen würde, aber sie fand keine Ruhe. Sie stand auf, riss die Tagesdecke vom Bett, ließ sie zu Boden fallen und sah enttäuscht auf eine nackte Matratze, alte Flecken von Monatsblutungen und Sperma, und auf ein vergilbtes Kissen am Kopfende.

Unter dem Bett. Natürlich. Dort musste es sein.

Gerade als Veronika sich hingekniet, das Ohr auf den grauen Kunststofffußboden gelegt hatte und eine Antwort auf die Frage erhalten sollte, was sich unter dem Bett verbarg, drang das insistierende Klingeln eines Telefons in ihren Traum und zwang sie zum Öffnen der Augen. Sie lag auf dem Wohnzimmersofa. Sie hatte geträumt. Glücklicherweise hatte sie nur geträumt.

Sie blieb liegen und blinzelte, den Schlaf in den Augen. Ihre Glieder waren bleiern schwer, und sie erwog, nicht abzuheben, aber das Telefon gab nicht auf. Es klingelte stur weiter, und schließlich ging ihr das so auf die Nerven, dass sie das Plaid beiseite warf, ins Arbeitszimmer stürmte und den Hörer von der Gabel riss.

»Veronika«, sagte sie knapp.

Kriminalkommissar Claes Claesson, der mit dem fantasielosen Namen, wollte ihr einige ergänzende Fragen stellen, ob er also vorbeikommen könne.

»Natürlich«, antwortete sie noch ganz benommen und räusperte sich.

»Entschuldigen Sie, ich habe Sie doch hoffentlich nicht gestört?«, wollte er daraufhin wissen.

»Nein, nein, überhaupt nicht«, sagte sie und log, dass sich die Balken bogen. »Kommen Sie ruhig vorbei. Ich habe ohnehin nichts vor.«

Sie knallte den Hörer auf die Gabel, eilte ins Bad und sah zu ihrem Entsetzen ein vom Schlaf verquollenes Gesicht im Spiegel. Hier war guter Rat teuer. Veronika hielt ihr Gesicht unter eiskaltes Wasser, aber das Resultat war bescheiden. Dann schüttelte sie kräftig den Kopf, um wacher zu werden. Sie bürstete ihr Haar so kräftig, dass die Kopfhaut schmerzte. Anschließend trug sie Wimperntusche auf, Rouge und einen dezenten Lippenstift. Gleichzeitig versuchte sie, darauf zu kommen, warum sie im Traum abwechselnd in ihrem Mädchen- und im Bereitschaftszimmer gewesen war. Träume waren kompliziert, sie machten mit einem, was ihnen gefiel.

Kritisch begutachtete sie ihr Gesicht, legte den Kopf zur Seite und sah sich in die Augen.

Sie wusste sehr gut, was sie da gerade tat. Sie schminkte sich sonst nur, wenn sie auf Partys ging. Der natürliche Look, so ein Unsinn! Der bequeme, langweilige, schlichte Stil, dachte sie selbstironisch.

Auf dem Weg zum Schlafzimmer kam sie endlich drauf. Das war das alte Bereitschaftszimmer gewesen, in dem sie im Traum herumgesucht hatte. Nicht das neue, in dem Maria Kaahn die letzte Nacht ihres Lebens geschlafen hatte. Sie selbst hatte dort nie geschlafen, es war schon einige Jahre her, dass sie überhaupt in irgendwelchen Bereitschaftszimmern genächtigt hatte. Die Zeit der Nachtdienste vermisste sie wahrhaftig nicht. Mittlerweile war sie nur noch Hintergrunddienst zu Hause, und sie empfand es immer noch als eine Qual, nachts geweckt zu werden, sich anzukleiden und in die Klinik zu fahren, aber das war nichts verglichen mit den ständigen Störungen und dem Hin- und Hergelaufe zwischen der Notaufnahme und den Stationen, denen sich der Nachtdienst ausgesetzt sah. Zu Anfang war das aufregend, aber nach einigen Jahren wurde es immer anstrengender. Sie hatte sich zusammenreißen müssen, nicht die Selbstbeherrschung zu verlieren, und das war den meisten anderen Kollegen ebenso ergangen. Am Tag nach dem Nachtdienst lebte man nur halb, alles war zäh, man regte sich schnell auf und hatte Watte im Kopf. Eigentlich war man nur noch zu einfachen Verrichtungen fähig, beispielsweise zur Post zu gehen, Wäsche zu sortieren oder Zehennägel zu schneiden.

Mit Ekel erinnerte sie sich an das alte Bereitschaftszimmer. Grau und trist, hartes Bett, klumpiges Kissen, dünne Decke und ein Gebläse direkt vor dem Fenster. Es machte einen solchen Lärm, dass man nicht einmal bei offenem Fenster schlafen konnte. Das Zimmer hatte am Korridor zur Kantine gelegen, in unmittelbarer Nähe der Aufzüge. Eilige Schritte und die Aufzüge waren ständig durch die dünne Tür zu hören gewesen. Wer vollkommen erschöpft war, schlief trotzdem ein, aber wer sich um Patienten Sorgen machte oder in einer Nacht bereits siebzehn Mal geweckt worden war, kam kaum zur Ruhe. Das Geräusch des Gebläses erinnerte an ein falsch spielendes Blasorchester. Nach zähen Verhandlungen mit der Direktion gelang es den Ärzten schließlich, ein ruhigeres Zimmer im vierten Stock zu bekommen. Dort war es so ruhig, dass sich ein ungebetener Gast in die Dusche schleichen und Maria erschlagen konnte.

Was zum Teufel hatte sie da im Traum getan? Wonach hatte sie gesucht? Außerdem noch unter dem Bett?

Egal.

Aus der Kommode nahm sie den eng anliegenden, kornblumenblauen Pullover. Die Farbe stand ihr. Und da hatte sie den Traum auch endlich hinter sich.

»Nicht aufgeben! Bergauf, Beata. Mach schon!«

Er stupste sie von hinten. Ihr Ärger nahm zu. Eine nagende Vorahnung, dass er noch größer werden könnte. Ging das überhaupt noch?

Zum ersten Mal gestand sich Beata Molin dieses Gefühl ein, das wie das falsche Echo eines verstimmten Musikinstruments in ihr nachklang. Eine Disharmonie mit Akkorden der Einengung, vielleicht sogar Unfreiheit, hatte sich in ihre Beziehung eingeschlichen.

Sie versuchte vergeblich, dieses Unbehagen abzuschütteln. Warum ausgerechnet jetzt? War das ein Warnsignal? Sie wollte das nicht so sehen. Sie wollte nicht so denken. Alles sollte gut werden. Ein junges Paar sollte vor Liebe strahlen.

Der Streit hatte am vergangenen Abend angefangen, ganz harmlos. Das Essen war gut, Kerzen brannten, die Unterhaltung war angeregt. Wie immer, wenn sie zusammen waren. Aber irgendwie drang sie nie zu ihm durch. Hörte er ihr nicht zu? Doch, durchaus! Aber er hörte nur, was sie sagte, nicht, was ungesagt blieb. Er lächelte und wies sie zurecht, alles ganz liebevoll.

»Aber, Liebste, das musst du verstehen, dass ich nur dein Bestes will, dass ich will, dass du glücklich wirst.«

Dann lächelte er selbstsicher. Vielleicht sogar nett.

Niemand kann auf Bestellung glücklich werden oder aus Dankbarkeit. Aber warum passte ihr das nicht, früher hatte es sie doch nicht gestört? Da war sie glücklich gewesen, wenn er sie nur an sich gedrückt, sie aufs Haar geküsst und gesagt hatte, er liebe sie, sie gehöre ihm. Und sie war glücklich gewesen, ihm zu gehören. Sein Besitz, seine kleine Beata.

Die jetzt groß sein wollte.

Seine kleine Beata kam hervorragend allein zurecht.

Aber das wollte er nicht begreifen.

Intuitiv wusste er ganz genau, dass es so war und immer so sein würde. Denn Beata war keine dumme Gans. Sie sah hübsch und unschuldig aus und erweckte Beschützerinstinkte, aber sie kam sehr gut allein zurecht.

Er war so verdammt tüchtig. Sportlich, zuverlässig, positiv, fit und systematisch. Warum jetzt also das? Musste sie Verständnis dafür aufbringen, dass er ihr Gerede über Maria Kaahns Tod nicht hören wollte? Eine Frau, der er nie begegnet war? Beata kam sich gefangen vor. Maria Kaahn ist … war ein vollständig normaler Mensch, es gab doch wohl keinen Grund, sie totzuschlagen? Gerüchteweise hieß es, sie sei getötet worden. Mit anderen Worten: ermordet. Beata arbeitete unter demselben Dach. Genauso gut hätte es sie treffen können, oder? Als sie das sagte, wurde Henrik natürlich unruhig und väterlich zärtlich, aber da war es bereits zu spät. Mit seiner Forschheit hatte er sie schon vor den Kopf gestoßen, gesagt, sie solle sich keine Sorgen machen, die Polizei habe alles unter Kontrolle, es gäbe sicher eine ganz banale Erklärung, sie solle die Sache nicht zu schwer nehmen. Alles würde geklärt werden. Geklärt werden? Wie das? Maria Kaahn, die sie von der Arbeit kannte, würde jedenfalls nicht wieder zum Leben erwachen. Nichts würde geklärt werden. Ein Tod ließ sich nicht aus der Welt schaffen! Er wusste nicht, was er redete. Was geschehen war, war erschreckend und traurig, erschütternd. Das Krankenhaus trauere, hatte Petrén gesagt.

Natürlich hatte sie sich gefreut, als sie ihn auf dem Bahnhof gesehen hatte. Wie immer hatte ihr Herz einen Sprung gemacht.

Wenn sie Henrik nach einer Woche wiedersah, empfand sie immer noch dasselbe Gefühl wie bei ihrer ersten großen Verliebtheit.

Aber was war jetzt nur mit ihr los?

Liebe ließ sich nicht erarbeiten, sie war ein Geschenk. Sie bekam so viel davon, wie sie wollte, und trotzdem war da ein Missklang. Irgendetwas stimmte nicht.

Sie sagte nichts, sondern forcierte die Anhöhe mit kurzen, schnellen Schritten. Sie war schon immer eine gute Sprinterin gewesen. Wenn sie jetzt einfach aufhörte? Weil sie keine Lust hatte, sich noch länger zu quälen. Kam sie dann immer noch in Frage?

Aber eigentlich gefielen ihr die Joggingrunden. Sie waren wie ein Tanz auf einer weichen Unterlage. Tief atmete sie die würzige Waldluft ein. Sie genoss es, wenn ihr Körper so richtig warm wurde. All ihre Sorgen über Patienten, die Unruhe, dass sie einen Fehler gemacht haben könnte und nicht gut genug war, verwehten vor ihren Augen wie die Samen einer Pusteblume. Die Joggingrunden waren ihre Auszeit, und da war sie am liebsten allein.

Henriks Atemzüge ganz nah hinter ihr irritierten sie. Er klang wie ein Walross!

»Gut! Du bist immer noch in Form!«

Warum hätte sie auch nicht mehr in Form sein sollen? Und warum musste er zu allem seinen Senf dazugeben. Sie antreiben. Warum durfte sie nicht laufen, wie sie wollte? Trödeln, wenn ihr der Sinn danach stand. Sie hatte nicht um die Dienste eines *personal trainer* gebeten.

»Nicht schlecht. Du bist wirklich zäh!«

Sie schwieg. Sie brauchte ihre Kräfte, um Luft zu holen.

Warum konnte er sie nicht in Frieden lassen?

Aber wollte sie das wirklich?

Noch zwei Steigungen, dann die Zielgerade auf dem letzten

Kilometer. Gleich wird er sagen: »Jetzt zeigst du, was du kannst, und ziehst durch.« Sie hatte das Gefühl, dass die Kraft für den Endspurt reichte. Sie machte Tempo, aber schließlich war sie den ganzen langen Winter über regelmäßig gelaufen, trotz Kälte.

»Tempo jetzt, Beata. Endspurt!«

Da kam es.

Sie erschöpfte ihre letzten Reserven und lief die verbleibenden hundert Meter wie ein gehetztes Tier. Er umarmte sie, nachdem sie langsamer geworden waren und ihr Ziel erreicht hatten. Beide waren erhitzt und hochrot im Gesicht. Er küsste sie flüchtig auf die Wange. Sie beugte den Oberkörper vor und stützte sich mit den Händen auf den Oberschenkeln ab, um wieder zu Atem zu kommen. Dann richtete sie sich langsam auf und begann, ihre Waden- und Oberschenkelmuskeln zu lockern. Ihr ging auf, dass sie etwas sagen musste.

»Das war wirklich schön«, meinte sie. »Perfektes Wetter zum Laufen. Gott, wie herrlich die Sonne scheint.«

Sie unternahm den Versuch, begeistert zu klingen, und wandte ihr Gesicht der Sonne zu.

Die Zeremonie war beendet. Er war zufrieden.

»Wir machen noch ein paar Lockerungsübungen, dann kümmern wir uns ums Essen«, sagte er.

»Ja«, antwortete sie. Er merkte nichts.

Louise Jasinski knallte die Beifahrertür zu und legte ihren Notizblock auf die Knie. Peter Berg ließ den Motor an, fuhr rückwärts aus der Parklücke vor Ekhagens Livs und dann in Richtung der Ausfallstraße in nördlicher Richtung. Sie hatten bereits mit der Nachtschwester auf der Notaufnahme gesprochen und jetzt sogar noch mit der Pflegehelferin dort. Die Nachtschwester war jung, arbeitete jedoch bereits seit vier Jahren in der Notaufnahme. Die Pflegehelferin hatte auf dieser Station bereits vierzig Jahre auf dem Buckel. Ob die junge Schwester ebenfalls vorhatte, dort alt zu werden? Sicher eine

Art von Geborgenheit, so wie irgendwo festwachsen, dachte Louise, und es schauderte sie bei dem bloßen Gedanken. Sie war froh, dass sie noch rechtzeitig einen anderen Job gefunden hatte.

»Aha«, meinte sie, »offensichtlich eine vergleichsweise ruhige Nacht, einmal abgesehen davon, dass Tuben Johansson zugedröhnt war oder das genaue Gegenteil, wie auch immer.«

Auf der Notaufnahme kannten sie Tuben ebenso gut wie bei der Polizei. Maria Kaahn hatte sich geweigert, ihm das stärkere Schmerzmittel zu verschreiben, von dem er behauptete, dass er es für seine schmerzende Hand brauche, eine seit Jahren ausgeheilte Verletzung. Unverrichteter Dinge hatte er wieder abziehen müssen.

»Wirklich lang her, dass ich das letzte Mal was von Tuben gehört habe«, fuhr sie fort.

»Er war vermutlich in einer Entziehungsanstalt«, meinte Peter Berg. »Sie mussten auf der Notaufnahme handgreiflich werden, um ihn zum Gehen zu bewegen, aber es gelang ihnen ohne unser Zutun. Er kann wirklich unangenehm werden. Ich frage mich, was aus ihm geworden ist.«

»Wann?«

»Anschließend«, erklärte er.

Louise Jasinski dachte nach. »Du meinst, dass er versucht haben könnte, wieder in die Klinik zu kommen?«

»Warum nicht? Die Türen sind zwar um diese Tageszeit abgeschlossen, aber irgendwie geht immer was. Vielleicht stand ein Fenster auf? Tuben ist wirklich so einiges zuzutrauen. Schließlich ist auf den Stationen kaum Personal.«

»Aber die Arzneimittelschränke sind abgeschlossen.« Ihr war natürlich auch klar, dass in allen Krankenhäusern immer wieder Morphium und andere Drogen verschwanden. Mit der Sucht ließ sich hier leben, weil das Klinikpersonal trotz rigoroser Bestimmungen und Routinen leichter an Drogen herankam. »Es hat doch wohl niemand angezeigt, dass was verschwunden ist?«, meinte sie.

»Wie willst du das wissen? So was erfahren wir doch gar nicht.« Seine Stimme klang verbittert.

»Du hast Recht. Wir müssen das überprüfen.«

»Glaubst du, Tuben Johansson wäre in der Lage gewesen, sich mit Maria Kaahn in der Dusche zu prügeln, weil er von ihr Stoff wollte? In diesem Fall müsste er in die vollkommen falsche Etage geraten sein. Im vierten Stock gibt es nur Büros, soweit ich weiß. Keinen Stoff.«

»Das braucht Tuben schließlich nicht gewusst zu haben«, erwiderte Louise lakonisch.

Sie verstummten, und Peter Berg hielt vor dem Gymnasium vor einer roten Ampel.

»In diesem Fall muss er verdammt lange in der Klinik gewartet haben«, fuhr er fort, als die Ampel auf Grün sprang und sie Richtung Stadtpark abbogen. »Hast du die Zeiten?« Er nickte in Richtung von Louises Notizblock.

Sie blätterte.

»Er meldete sich 23.25 Uhr und wurde laut Aufnahmebuch um 00.05 Uhr wieder rausgeworfen. Maria Kaahn lebte jedenfalls um 5.15 Uhr noch, denn zu diesem Zeitpunkt hatte sie sich laut den Schwestern wieder hingelegt. Sie hatte noch einen Patienten betreut, der Schmerzen auf Grund von Nierensteinen hatte, dem es dann aber gut ging, oder auf jeden Fall besser, und der entlassen werden konnte. Aber ich glaube, es ist, wie Claesson sagt. Sie wurde relativ schnell nach ihrem Tod gefunden. Der Gerichtsmediziner widerspricht dem nicht, mit dem Vorbehalt, dass die Zeitangabe unsicher ist, da sie die Leiche erst so viele Stunden, nachdem sie aufgefunden worden war, bekommen haben. Am liebsten fährt er zum Tatort.«

»Wer?«

»Der Gerichtsmediziner. Ich kann das schon verstehen, aber dieses Mal war das schlichtweg unmöglich. Sie hatten sie bereits weggebracht und waren in allen Spuren herumgetrampelt. Und dann ist es nach Linköping auch verdammt weit. Ich meine, was das für eine Zeit kosten würde, wenn der Pathologe immer diese Strecke fahren müsste ... Aber natürlich wirkt es plausibel, dass die Tat am Morgen verübt wurde. Schließlich duscht man dann, um wach zu werden, ehe man zur Arbeit geht. In diesem Fall war das gegen sieben.«

»Oder man duscht, ehe man sich hinlegt«, warf Peter Berg grinsend ein.

»Bitte?«

»Ich dusche immer abends, denn morgens ertrage ich kein Wasser direkt auf der Haut«, sagte er und gab damit ein ungewöhnlich intimes Detail preis. »Aber ich bin ganz deiner Meinung«, fuhr er fort. »Maria Kaahn muss am Morgen direkt nach dem Aufstehen geduscht haben, falls sie nicht unter der Dusche gestanden hat, seit sie um kurz nach fünf die Notaufnahme verlassen hat, aber das wirkt idiotisch. In diesem Fall wäre sie völlig aufgeweicht gewesen, und davon habe ich nichts gehört.«

»Wenig wahrscheinlich.«

»Ich kann mir auch kaum vorstellen, dass Tuben die Geduld besessen haben soll, bis zum Morgen zu warten. In diesem Fall müsste er irgendwo geschlafen und dann erst die Ärztin erschlagen haben. Das ließe auch die Frage des Motivs offen.«

»Nein, das passt nicht zu Tuben«, meinte Louise und klang ihrer Sache sehr sicher. »In jedem Fall müssen wir ihn überprüfen. Ich werde Bescheid sagen, dass sie nach ihm Ausschau halten.«

Während sie die Nummer der Wache auf ihrem Handy wählte, fiel ihr auf, wie angenehm es war, wieder mit Peter Berg zusammenzuarbeiten. Seit dem letzten Mal war eine Weile vergangen. Viele hielten ihn für einen Waschlappen, jedenfalls wirkte er so, aber er war überaus clever. Blond, schmal, bleich, aber nicht weich. Verletzlich, hätte man sagen können. Das passte ausgezeichnet zum Polizeiberuf, fand sie. Jedenfalls die Art, auf die Peter Berg empfindlich und verletzlich war. Sie schaute ihm von der Seite in sein jungenhaftes

Gesicht, vernarbte Akne, Stupsnase und struppiges blondes Haar. Wahrscheinlich fühlten sich die meisten wegen seiner eher zurückhaltenden Persönlichkeit in seiner Gesellschaft ganz wohl. Er wirkte ungefährlich, gleichzeitig jedoch auch gelassen, und man vertraute sich ihm gerne vorbehaltlos an. Bei Befragungen erfuhr er bestimmt viel mehr als diese Muskelberge mit Spatzenhirnen.

Sreithammel gab es bei der Polizei genug. Die verbalen und zum Teil sogar handgreiflichen Ausfälle ihrer Kollegen war sie herzlich leid, obwohl sie sie nicht mehr sonderlich berührten, nicht wie früher jedenfalls? Ehe sie sich ihr dickes Fell zugelegt hatte. Ehe sie sich angewöhnt hatte, blitzschnell zu reagieren, damit die Retourkutsche auch saß. Am schlimmsten war es auf der Polizeischule in Stockholm gewesen. Mittlerweile trauten sich nur noch wenige, bei ihr frech zu werden, aber jetzt war sie auch älter, über sechsunddreißig. Für Frauen war das die magische Grenze, denn ab dann gingen sie auf vierzig zu. Als Objekt der Begierde kamen sie kaum noch in Frage. Sie galten als reifer, wie es so schön hieß.

Sie fragte sich, wie alt Peter Berg war. Älter, als er aussah, das wusste sie. Sie hätte gerne gewusst, ob er inzwischen eine Frau getroffen hatte. Allmählich war es wohl an der Zeit. Er wollte sicher, aber manche Männer waren Spätzünder und brauchten länger. Wenig wahrscheinlich, dass die Mädchen Schlange standen, aber sie war ein unverbesserlicher Optimist und glaubte fest daran, dass es für jeden Menschen eine Liebe gab. Nur Geduld musste man haben. Sie wagte nicht, ihn danach zu fragen, das wäre ihr nicht im Traum eingefallen. Sie kannten sich als Arbeitskollegen sogar außerordentlich gut, aber Peter Berg strahlte eine Korrektheit aus, die es nicht zuließ, dass sie sich nach seinem Privatleben erkundigte. Und von sich aus erzählte er nie etwas.

Zu allem Überfluss war er tief religiös, und das erhöhte wohl kaum seine Chancen, zu einer Liebsten zu kommen. Über seinen freikirchlichen Hintergrund sprach er klugerweise nie auf der Wache. Alle wussten Bescheid, aber in letzter Zeit hatte er sich deswegen kaum mehr irgendeinen Spott anhören müssen, obwohl das Thema mehr als dankbar war. Vielleicht gab es ja irgendein süßes Mädchen in seiner freikirchlichen Gemeinde? Ein mildes und anständiges Mädchen mit Pferdeschwanz …

Meine Güte, was tat sie da eigentlich! Louise musste grinsen. Hier saß sie und sorgte sich um das Privatleben eines Kollegen. Das ging sie wirklich nichts an.

Sie meldete sich auf der Wache, während Peter Berg auf den Parkplatz eines Mehrfamilienhauses aus den zwanziger Jahren fuhr. Dort wohnte eine der vielen Krankenschwestern von ihrer Liste, Beata Molin.

»Ich hab fast das Gefühl, dass wir alle besucht haben, die in der Klinik arbeiten«, sagte er seufzend.

»Es gibt noch viel, viel mehr.« Louise lachte. »Aber alle müssen wir nicht verhören. Jedenfalls nicht heute.«

Im Erdgeschoss wohnte laut Messingschild eine Familie Jansson. Diese Patronymika verschwanden allmählich. Die Leute ersetzten sie durch alles Mögliche. In ein paar Jahren galt es sicherlich als Seltenheit, dass jemand Pettersson, Andersson, Johansson oder Thorstensson hieß.

Beata Molin hatte ihren Namen mit rotem Filzstift auf einen Zettel geschrieben, den sie mit Reißnägeln an die Tür geheftet hatte. Darunter stand in kleineren Buchstaben: Henrik Eklund. Von innen war Musik zu hören. Das Paar Molin-Eklund war zu Hause. Peter Berg klingelte. Wenig später wurde die Tür von einem Jüngling mit nacktem Oberkörper aufgerissen, der sich ein dunkelblaues Badelaken um die Hüften geschlungen hatte. Er schien nicht weiter erstaunt zu sein, sondern bat sie sofort, einzutreten, und führte sie durch die Diele in ein Wohnzimmer in Südlage.

»Beata ist unter der Dusche«, meinte er entschuldigend. »Wir sind eben erst vom Joggen zurückgekommen. Herrliches Wetter«, fuhr er fort und schaute aus dem Fenster.

Mit der Faust schlug er gegen die Badezimmertür und rief, die Polizei warte.

»Wollen Sie eine Tasse Kaffee?«

Peter Berg und Louise sahen sich an. Beide hatten zwar schon genug Kaffee getrunken, nahmen aber trotzdem an. Sie würden auf Beata Molin warten müssen. Die Dusche lief immer noch. Henrik Eklund, offenbar der Verlobte von Beata Molin, verschwand in der Küche und ging dann in ein weiteres Zimmer, wahrscheinlich das Schlafzimmer.

Die Sonne schien durch die frisch geputzten Fenster. Sie fiel durch die hellgelben Gardinen und die Blätter der drei tiefrot blühenden Hibisken. Offenbar hatte Beata Molin Glück mit Pflanzen. Bei Louise ging jeder Hibiskus nach ein paar Wochen ein. Die Dusche wurde abgedreht, und wenig später trat eine Frau Anfang zwanzig barfuß ins helle Wohnzimmer. Auf dem Eichenparkett blieben nasse Spuren zurück. Ein weißes Frotteehandtuch hatte sie sich wie einen Turban um den Kopf geschlungen. Ihre schlanken Glieder steckten in einem zu großen königsblauen Herrenbademantel.

»Hallo«, sagte Beata Molin freundlich und gab erst Louise und anschließend Peter Berg die Hand.

Eine kleidsame Röte breitete sich auf seinen Wangen aus.

»Ich komme sofort. Ich muss mir nur erst noch was anziehen«, sagte sie und zog den Kragen des Bademantels enger. »Setzen Sie sich doch!«

Sie deutete auf ein hellblaues Sofa und einen leinenfarbenen Sessel mit einem Kieferncouchtisch. Vermutlich IKEA.

Beata Molin ließ einen frischen Duft zurück. Peter war inzwischen hochrot. So hatte Louise ihn noch nie gesehen. Der Verlobte Henrik, der sich eine Jeans und einen gestreiften Baumwollpullover übergezogen hatte, stellte drei Kaffeetassen auf den Couchtisch. Offensichtlich hat er nicht vor, sich dazuzusetzen, dachte Louise. Gut.

»Es gibt ein paar Plätzchen«, meinte er und stellte umständlich einen Brotkorb mit Vanillewaffeln neben die Tassen.

Er verschwand in der Küche, kam mit dem Kaffee zurück und goss ein. Er sagte nichts. Er fragt nicht einmal, warum wir gekommen sind, dachte Louise, wahrscheinlich hat ihm seine Verlobte von der Sache erzählt. Er stellte die Kanne auf den Tisch und verschwand erneut in der Küche. Louise konstatierte, dass er die Tür hinter sich nicht ganz zumachte. Sie war angelehnt. Vermutlich würde er seine Ohren aufsperren.

Peter Berg hatte sich auf dem Sofa niedergelassen. Es war für seine langen Beine zu niedrig. Unbequem vorgebeugt saß er da und stützte sich mit den Ellbogen auf den Knien ab. Die Hände waren unterm Kinn gefaltet. Er wirkte, als müsse er sich irgendwo festhalten. Sein Blick war auf den Teppich mit einem Rand aus schwarzgelben Dreiecken gerichtet. Louise nutzte die Gelegenheit, um sich umzusehen. Ein junges Zuhause, nicht richtig eingewohnt. Hell, sauber und kalt mit einem halb leeren Kiefernregal an der einen Wand, ein paar modernen Vasen aus Glas, einer geflochtenen Obstschale und die obligatorischen Fotografien von Hochzeitspaaren und Kleinkindern. Sie sind in dem Alter, in dem man sich zusammentut und Pläne für die Zukunft schmiedet, dachte sie wehmütig. Die großen Enttäuschungen stehen noch aus.

»Jetzt bin ich fertig«, sagte Beata und setzte sich auf den freien Sessel.

Sie trug ebenfalls Jeans und einen gestreiften Pullover, jedoch in anderen Farben als Henrik. Ein Ausdruck der Zusammengehörigkeit. Louise erinnerte sich, dass sie in ihrer Jugend einmal wahnsinnig verliebt gewesen war und die Jeans mit ihrem Freund getauscht hatte. Beatas Pullover war so groß, dass sich darunter nichts abzeichnete. Ihr Haar war halblang und nass, das Gesicht niedlich, weich gerundete Wangenknochen und ein voller Mund unter einer kurzen und zu breiten Nase mit einer würfelförmigen Spitze. Schade, bei einem so süßen Gesicht. Obwohl diese Knollennase auch etwas Charmantes hatte. Ein junges Gesicht, typisch schwedisch, falls es das überhaupt gab. Eigentlich hatte Beata ein sehr durchschnittliches und sorgloses Aussehen, das einen verzauberte, das man aber auch schnell wieder vergaß. Mit anderen Worten, sie war eine Person, die sich nur schwer treffend beschreiben ließ.

»Sie wissen doch, was passiert ist«, begann Louise. »An dem fraglichen Morgen hatten Sie Dienst. Können Sie uns davon erzählen?«

»Eigentlich habe ich erst beim Zehn-Uhr-Kaffee davon erfahren. Aber dass niemand auf die Signale des Piepsers antwortete, war schon seltsam. Ich wollte dem Dienst habenden Arzt einen Laborwert mitteilen.«

»Wann war das? Es wäre gut, wenn Sie diese Frage so genau wie möglich beantworten könnten«, sagte Louise und lächelte.

»Schwer zu sagen. Ich glaube, etwa um Viertel nach sieben.«

»Sie riefen also den Nachtdienst, aber erhielten keine Antwort.«

»Ja.«

»Was taten Sie da?«

»Ich rief ein weiteres Mal an.«

»Sie haben also mehr als einmal angepiepst?«

»Natürlich, mindestens zwei Mal. Aber da niemand antwortete, und da auch keine größere Gefahr bestand ... schließlich war eine Stunde später Visite ... dachte ich ... wahrscheinlich steht er unter der Dusche.«

Sie wirkte beschämt, als sei sie es, die einen Fehler gemacht hatte.

»Sie konnten doch nicht wissen, was passiert war«, sagte Louise und lächelte erneut. Sie wollte Beata nicht aus der Ruhe bringen. Sie sollte nicht auf den Gedanken kommen, dass sie ihr eine Nachlässigkeit nachweisen wollte. »Wussten Sie nicht, dass sie die Nachtdienste getauscht hatten?«, fuhr sie fort.

»Nein, das konnte ich wirklich nicht wissen«, antwortete Beata. »Sie tauschen recht oft, manchmal in letzter Sekunde.

Ich habe auf die Liste auf der Station geschaut, und die war wohl nicht aktuell. Vermutlich war ich etwas erstaunt, denn Ronny Alexandersson antwortet sonst immer sofort.«

»Machen das nicht alle?«

Peter Bergs Gesicht hatte fast schon wieder seine normale bleiche Färbung angenommen. Louise führte wie immer das Wort, während er die Irrwege der Kommunikation aufmerksam verfolgte. Er notierte sich das eine und andere Wort auf einem kleinen Notizblock und versuchte, das so unauffällig wie möglich zu tun. Jetzt schrieb er »nonchalant« und machte von dort einen Pfeil zum Namen Maria K.

»Reagieren nicht alle Ärzte sofort auf die Signale des Piepsers?«, wiederholte Louise ihre Frage.

Peter Berg konstatierte, dass Beata Molin nachdenken musste. Vielleicht wollte sie auch nur nicht zu viel sagen. Sie war wahrscheinlich zur Aufrichtigkeit erzogen und wollte unnötige Missverständnisse vermeiden. Sich auf Klatsch gar nicht erst einlassen, sondern wahrheitsgemäß antworten. Das war nicht ganz leicht, denn was war die Wahrheit?

»Nicht alle«, antwortete sie, nachdem sie eine Weile nachgedacht hatte, mit gesenktem Blick. »Alle antworten nicht sofort, sondern man muss sie wiederholte Male anpiepsen.« Sie sah Louise Jasinski in die Augen.

»Das muss ärgerlich sein«, erwiderte Louise ruhig.

»Ja, das ist es, als ob wir, also wir Krankenschwestern, nicht auch alle Hände voll zu tun hätten und dastehen und auf die Ärzte warten könnten«, meinte Beata und zog die Mundwinkel nach unten.

Erzürnt sah sie die beiden Beamten an, sie sollten ihr beipflichten, wie ungerecht diese Hierarchie sei. Anschließend erhob sie sich energisch und ging mit eiligen Schritten über das Parkett, öffnete ein Fenster und stellte sich in den Luftzug.

»Drückend«, sagte sie und sah Louise und Peter an. Die beiden nickten.

Die erwachende Frühlingssonne hatte das Zimmer erwärmt. Louise hatte einen zu dicken Pullover angezogen. Der Schweiß lief ihr runter. Sie ließen das Thema fallen. Eine kurze Stille trat ein. Beata Molin setzte sich wieder.

»Was für eine Ärztin war Maria Kaahn?«, fragte Louise.

»Chirurgin. Sie wollte Fachärztin werden«, antwortete Beata rasch. Sie sah überrascht aus. Das musste doch wirklich allen bekannt sein.

»Ich meine … gehörte sie zu denen, die den Piepser immer sofort beantworteten, oder …?«, verdeutlichte Louise.

Beata schaute auf ihre Hände und wickelte einen hellen Faden ihrer Jeans um den Finger.

»Tja, so genau weiß ich das nicht.«

Abwartend sahen die beiden Beamten Beata Molin an. Sie wussten, dass es jetzt kommen würde. Als würden sie einen Dachs aus seinem Bau locken.

»Vielleicht nicht immer. Eigentlich haben wir uns über sie geärgert, weil sie immer erst so spät reagiert hat. Manchmal hat sie auch überhaupt nicht geantwortet. Natürlich nicht, wenn sie Nachtdienst hatte, sondern tagsüber. Dann musste man sich an jemand anderen halten. Manchmal muss man sofort eingreifen, wenn es was Akutes ist.«

»Sie wissen nicht, warum sie … sie so nachlässig war, oder wie man das jetzt nennen soll?«, fuhr Louise fort.

»Wirklich keine Ahnung. Es sind da noch andere, aber sie war wirklich extra … langsam, aber es hat schließlich keinen Sinn, auf so was rumzureiten«, sagte Beata, die Tote damit entschuldigend.

Es wurde still. Louise biss sich auf die Unterlippe, und Peter Berg schaute auf seinen Block, um zu sehen, was sie bisher in Erfahrung gebracht hatten. Sie warfen sich einen Blick zu und beugten sich dann gleichzeitig vor, das Signal zum Aufbruch.

»Übrigens«, meinte Louise beiläufig, nachdem sie bereits aufgestanden war, »Was hielten Sie von ihr?«

»Was ich von ihr hielt?«, wiederholte Beata, die sitzen geblieben war. »Sie war okay«, meinte sie und schaute geistesabwesend aus dem Fenster. »Ich kannte sie kaum.« Sie zuckte mit den Achseln, um zum Ausdruck zu bringen, dass es weiter nichts zu sagen gab.

»Wissen Sie, ob sie einen Freund oder Verlobten hatte?«

»Nicht den blassesten Schimmer«, antwortete Beata schnell und bestimmt und stand auf. »Sie war geschieden. Ob sie einen Neuen hatte, weiß ich nicht. Jedenfalls war nie davon die Rede. Darüber wird schließlich gesprochen. Die Klinik ist nicht so groß, solche Sachen, ich meine, Affären, sprechen sich rum, Sie wissen schon …«

Amüsiert sah sie Peter Berg an. Er wurde krebsrot.

»Vielen Dank«, sagte Louise Jasinski. Damit war das Verhör beendet.

Beata Molin folgte den beiden Beamten zur Wohnungstür. Ihr Freund Henrik Eklund schloss sich ihr in der Diele an und verabschiedete sich ebenfalls. Von der Küche aus hatte er wahrscheinlich alles gehört.

»Etwas schlampig, die gute Maria Kaahn«, meinte Peter Berg, als sie im Auto saßen.

»Das heißt heute ›nonchalant‹. Beata Molin wollte das nicht so deutlich aussprechen.«

»Seltsam, wenn man bedenkt, dass sie diese Stelle gerade erst angetreten hatte. Da will man sich doch von seiner besten Seite zeigen«, fuhr Peter Berg fort.

»Vielleicht hat sie das auch getan. Vielleicht hatte sie keine bessere«, meinte Louise und zog ihren Kollegen am Ärmel. »Können wir nicht bei einem Kiosk halten? Ich hab' Entzug. Ich brauch' sofort eine Marabou-Schokolade.«

Bittend sah sie ihn an.

»Klar. Wir können bei Kirres vorbeifahren.«

Für Peter Berg war es nichts Neues, dass seine Kollegin ab und an plötzlich Süßigkeiten brauchte. Er legte den dritten Gang ein.

»Du«, meinte er. Dann überholte er zwei Radler, die nebeneinander herfuhren. »Idioten«, zischte er wütend. »Was wollte ich jetzt ...« Er hatte den Faden verloren.

»Was wolltest du noch gleich sagen? Wir hatten von Maria Kaahn gesprochen«, erinnerte sie ihn.

»Doch, jetzt ist es mir wieder eingefallen. Vielleicht täusche ich mich, aber ich habe das Gefühl, dass die junge Doktorin nicht unbedingt von allen gleichermaßen geschätzt wurde.«

»Ganz deiner Meinung. Aber es wirkt übertrieben, sie deswegen gleich umzubringen. Da gehört einiges dazu. Große Gefühle. Hass, Rache, Eifersucht oder etwas in dieser Art.«

»Oder Geld«, warf Peter Berg ein.

»Das ist dasselbe. Aus verfehlten Geldgeschäften erwachsen Hass und Rachegelüste.«

»Ja. Und Habsucht.«

»Stell dir vor, das Ganze wäre ein Irrtum. Eigentlich hätte sie in dieser Nacht nicht arbeiten sollen. Sie hatten getauscht, sie und dieser andere Arzt, der krank war. Kaum einer wusste davon.«

»Jemand wusste es, und das reichte vielleicht«, sagte er, zog die Brauen hoch und sah sie von der Seite an. »Ansonsten muss es sich um einen Idioten handeln, der den Unterschied zwischen Mann und Frau nicht erkennt.«

Louise nickte.

»Vielleicht war es auch gleichgültig«, meinte sie. »Vielleicht spielte es keine Rolle, wer, solange es ein Arzt war.«

»Als Motiv Rache an der Obrigkeit«, schlug Peter Berg vor.

»Vielleicht«, erwiderte sie und lächelte ihn an. »Möglich ist alles. Ist doch irgendwie sehr seltsam. Wie stiehlt sich jemand frühmorgens in eine Klinik und in einen Duschraum?«

»Wenn wir das wüssten, dann hätten wir das Problem gelöst. Es muss jemand sein, der sich in der Klinik auskennt.«

»Nicht nur das, er muss auch die Schließzeiten kennen und wissen, wann auf den Gängen nichts los ist. Das Risiko, entdeckt zu werden, ist schließlich beachtlich«, sagte sie.

»Wirklich? Erinnerst du dich an die vielen Diebstähle in der

Klinik vor einigen Jahren, Brieftaschen, Computer, Fernseher, was weiß ich. Am helllichten Tag. Ich glaube sogar, sie haben ein riesiges Gemälde abgeschleppt, ohne dass jemand Verdacht schöpfte.«

»Einen Menschen zu erschlagen ist riskanter.«

»Natürlich. Das Beste ist, immer den Überblick zu behalten. Kennt man die Örtlichkeiten, dann ist alles viel einfacher.«

»Und wer kennt sie?«, wollte sie wissen und sah Peter Berg an. »Falls nicht ...«

Die Sonne ging unter. Es war kühler geworden. Sie waren erschöpft und schwiegen; die Nachbesprechung würde wieder anstrengend werden. Peter Berg fuhr auf dem Weg zum Präsidium an Kirres Kiosk vorbei. Louise bekam ihre Schokolade. Wie immer bot sie ihm an, und Peter Berg lehnte wie immer erst ab, nur um das sofort zu bereuen. Er brach ein großes Stück von der Tafel ab, die sie ihm hinhielt, und stopfte es ganz in den Mund.

»Gut«, meinte Louise.

Peter Berg konnte nicht antworten. Er hatte den Mund voll. Sie sahen sich an und grinsten einträchtig. Zeit zum Rapport, Zeit, die Anhaltspunkte, die sie gewonnen hatten, miteinander zu verknüpfen. Alte Strategien würden unter Berücksichtigung der Informationen, die sie jeder für sich gewonnen hatten, durch neue ersetzt werden. Es ging darum, weiterzumachen, bis sie ihr Ziel erreicht hatten und auf eine Erklärung gestoßen waren. Ein Großteil ihrer Arbeit war alltäglich und vorhersehbar, ein anderer Teil war das nicht, wie der Fall der toten Maria Kaahn. Ihre Arbeit forderte vollen Einsatz, und am Ende dieses langen Samstags warteten auch noch die Medien auf neue Erkenntnisse. Aber das sollte Claes Claessons Sorge sein.

Nachdem die beiden Beamten gegangen waren, entstand zu Hause bei Beata und Henrik eine Leere. In diesem kompakten

Vakuum, entstanden aus ihrem Ärger darüber, dass Henrik war, wie er war, und dem plötzlichen, aber nicht unerwarteten Besuch der Polizisten, erinnerte sich Beata an eine Episode im vergangenen Winter. Sie versuchte, sich darauf zu besinnen, wann genau es gewesen war, und begann zögernd, Henrik davon zu erzählen. Das würde ihr vielleicht helfen, Klarheit zu gewinnen, aber er fand, sie bilde sich da was ein, und sie schwieg verstimmt.

Eine dünne Schneeschicht war gefallen, wie Puderzucker. Es war nicht einmal glatt. Es war Dezember, vielleicht auch Ende November. Sie war zur beleuchteten Loipe im Torpaskogen geradelt. Es war kälter, als sie gedacht hatte, und sie bereute ihren Entschluss schon fast, als sie die zwei Kilometer in den Wald fuhr, aber sie hatte keine Lust gehabt, auf Asphalt zu laufen.

An diesem stockdunklen Winterabend – war es nicht doch um Lucia gewesen – hatte sie ihr Rad wie immer an die Wand der Sportvereinsbaracke gelehnt. Hier bekam man am Wochenende im Winter Kakao und Zimtschnecken und im Sommer Kaffee und Waffeln. Im Sommer konnte sie nach dem Laufen auch im See baden. Jetzt lag er gefroren und schneebestäubt da. Jetzt war das Vereinshaus geschlossen, aber die Sauna in der kleinen Hütte nebenan war geöffnet, die Lampe über der Tür brannte, und die Fensterscheibe war von innen beschlagen und schwach erleuchtet. Sie hörte Stimmen und Gelächter. Sonst war es, außer auf dem Parkplatz, stockdunkel. Hier stand eine einzelne Straßenlaterne. Sie sah nur wenige Autos.

Beata lief zwei Runden auf der beleuchteten Loipe. Der Boden war gefroren, und die eine Achillessehne begann zu schmerzen. Wahrscheinlich federte gefrorener Boden auch nicht besser als Asphalt. Aber im Wald fühlte sie sich geborgen, dort windete es auch nicht.

Die Arme um eine Kiefer und die Füße im Winkel zum Stamm stellte sie sich neben dem Parkplatz auf. Langsam zog sie den Oberkörper Richtung Stamm und verspürte einen behaglichen Schmerz in den Wadenmuskeln. Während sie dort stand, bog ein VW-Bus auf den Parkplatz ein, und eine Gruppe in Trainingsanzügen stieg aus. Alle wirkten gut gelaunt und verschwanden unter den lauten Kommandorufen eines Trainers im Wald.

Sie hätte das alles schon lange vergessen, hätte nicht die Fahrertür eines der geparkten Autos offen gestanden, so weit, dass sie im Wind träge hin und her schwang. Niemand saß im Auto, und niemand war in seiner Nähe zu sehen. Sie dachte, dass vielleicht jemand ein geklautes Auto stehen gelassen hatte.

Sie ließ die Kiefer los und wollte gerade nach Hause fahren, als eine Frau aus dem Wald kam. Eilig ging sie auf den Wagen mit der offenen Tür zu. Aus unerfindlichen Gründen blieb Beata noch eine halbe Minute stehen, vielleicht aus Neugier, vielleicht aus dem Gefühl heraus, dass etwas nicht stimmte. Vielleicht kam ihr auch etwas bekannt vor.

Alles ging sehr schnell.

Die Frau legte eine Tasche in den Kofferraum, machte ihn zu, setzte sich ans Steuer, legte den Rückwärtsgang ein und fuhr fahrlässig schnell aus der Parklücke. Dann legte sie krachend den ersten Gang ein und fuhr mit quietschenden Reifen an. Nach ein paar Metern bremste sie hart und öffnete die Beifahrertür. Aus dem Dunkel trat eine Gestalt und stieg ein, ein Mann. Größe und Schultern sprachen dafür. Aber beschwören konnte Beata das nicht. Es war zu dunkel.

Die Frau erinnerte Beata an Maria Kaahn. Der lange Oberkörper und die leicht gebeugten Schultern kamen ihr bekannt vor. Sie trug eine unmoderne, halblange Daunenjacke.

Beata verstand, dass es hier um eine lichtscheue Affäre ging, sonst hätten sie sich auf dem Parkplatz zusammen in den Wagen setzen und davonfahren können.

Hatten die beiden gestritten? Die Frau war so nachlässig rückwärts aus der Parklücke gefahren. Voller Wut, wie nach einem erbitterten Streit.

Die ganze Situation war so seltsam gewesen, dass sie sie nicht vergessen hatte. Wenn sie den beiden Beamten nun davon erzählte, würden diese vermutlich finden, dass sie eine lebhafte Fantasie hatte, mehr nicht. Dumme Blondine, die sich wichtig nahm. Sie würden ihr nicht glauben. Ihre Zeugenaussage war zu vage, wertlos.

Beschwören, dass sie damals wirklich Maria Kaahn gesehen hatte, konnte sie sowieso nicht. Überhaupt konnte sie nichts sicher sagen. Es war dunkel gewesen.

Zuträger, die logen, Mythomanen eben, waren nicht ungewöhnlich, hatte sie gehört. Leute riefen bei der Polizei an und erfanden Geschichten, weil sie nichts Besseres zu tun hatten. Die Polizei nahm sie ernst, jedenfalls anfänglich. Wenn sie mit ihrer Waldgeschichte ankäme, würden sie nur glauben, dass sie auch so eine sei, eine idiotische Informantin mit einer erfundenen, weit hergeholten Geschichte.

Am liebsten hätte sie mit Henrik darüber gesprochen, aber auf den war sie sauer. Außerdem schaute er Sport, was ihr im Grunde ganz recht war.

Am besten war, abzuwarten, wie sich alles entwickeln würde.

## KAPITEL 8

Claesson bemerkte den Übertragungswagen von *Sveriges Television* sofort hinter dem Präsidium. Die tote Ärztin war bereits Stoff für die Abendnachrichten. Während er auf dem für ihn reservierten Platz einparkte, wurde es ihm leicht übel. Er hatte kaum etwas gegessen. Vielleicht lag die Übelkeit aber auch daran, dass er nichts zu sagen hatte und leeres Gerede verabscheute. Das Schlimmste war jedoch seine Angst, sich lächerlich zu machen. Außerdem war zum zweiten Mal in zwei Tagen sein schlechtes Gewissen erwacht, als er am Stortorget vorbeigefahren war. Lisa hatte in ihrem modernen Rollstuhl langsam und offensichtlich mit Mühe den Marktplatz überquert. Sie hatte gerade den Brunnen passiert, einen riesigen Apfel aus Granit, aus dessen Stiel Wasser sprudelte. Er war links in die Ordningsgatan zum Präsidium abgebogen. Auch dieses Mal hatte er sich nicht zu erkennen geben müssen, wie in der Klinik auch.

Lisa und Claes Claesson waren auf dem Gymnasium zusammen gewesen. Lang her, dachte er ohne Wehmut. Das war alles Vergangenheit. Im Nachhinein konnte er problemlos zugeben, dass sie seine große Jugendliebe gewesen war. Nie wieder hatte er sich so naiv und aufrichtig verliebt wie in sie. Glaubte er jedenfalls. Er war ein großer Junge gewesen, und die Welt hatte ihm zu Füßen gelegen. Möglicherweise hatte die vergangene Zeit die Erinnerung an Lisa eher stärker werden lassen, statt sie zu verwischen. Jung und unbekümmert war er gewesen. Viele Jahre lang hatte er sich für sein feiges und unaufrichtiges Verhalten geschämt. Ja, er schämte sich, auch wenn er das zu verdrängen suchte und darauf baute, dass dieser innere Schmerz verschwinden, zu Rauch werden würde. Mittlerweile konnte er die Sache wohl getrost als verjährt betrachten. Nur eine Sehnsucht war zurückgeblieben, eine Sehnsucht nach etwas Großem, sonst nichts.

Er hatte sie sitzen lassen und ihr nie eine Erklärung gegeben. Das lag daran, dass er keine hatte. Gleichzeitig fühlte er sich von ihr angezogen wie ein Eisenspan von einem Magneten und fürchtete, nicht von ihr loszukommen und für immer in der Enge ihrer Kleinstadt bleiben zu müssen. Aber diese Erkenntnis kam ihm erst viel später.

Ihre Krankheit war damals ausgebrochen, aber sie hatte darüber nicht gesprochen. Eine chronische Muskelerkrankung, vielleicht auch was mit den Nerven. Sie würde immer schwächer und zerbrechlicher werden, und vielleicht sogar vorzeitig sterben. Hatte er Angst davor gehabt? Wahrscheinlich. Als hätten sie mitten im ersten Liebestaumel bereits ein Problem gehabt.

Inzwischen wusste er, dass es für die Zukunft keinerlei Garantien gab. Ein Raser auf derselben Straße reichte. Er dachte an die verzweifelten Eltern, die ihre vierjährige Tochter verloren hatten, als ein betrunkener Autofahrer von der Straße abgekommen war. Er hatte das Mädchen ein paar Meter vor seinen Eltern auf dem Bürgersteig überfahren. Manchmal gab es keine Gerechtigkeit.

Hätte er sich heute anders verhalten? Er hoffte das, aber wissen konnte er das nicht. Das eine oder andere lernte man, aber gewisse Schwächen blieben bestehen. Er wusste, dass er gerne auswich und nicht deutlich genug wurde.

Katina. Zu ärgerlich, dass er nicht frei hatte. Sein Gewissen machte ihm zu schaffen, und die Zeit flog ihm davon, ohne dass sie zusammen waren. Er musste sie anrufen und nach der Besprechung sofort nach Hause fahren, aber er konnte nicht sagen, wie lange sie dauern würde. Auch wollte er nichts überstürzen, da ihm dieser Teil der Arbeit gefiel. Eines war jedoch sicher, die Pressekonferenz würde kurz ausfallen.

Draußen war es abgekühlt, aber man konnte noch immer spüren, dass der Frühling seinen Einzug halten würde. Wolken zogen wie Wattebausche über den Himmel. Der Kontrast war umso größer, da der Winter schlimmer als sonst gewesen war. Vielleicht hatte der veränderte Duft nach Trockenheit seine Frühlingsgefühle geweckt. Als Junge hatte er erst dann wieder sein Rad benutzen dürfen, wenn der letzte Schnee geschmolzen war, und er hatten diesen Moment immer mit ein paar Vollbremsungen auf einem Kiesweg gefeiert. Lächelnd schloss er die Tür seines Wagens ab und ging auf den Hintereingang des Polizeipräsidiums zu. Rastlos beschleunigte er erst seine Schritte, zwang sich dann aber, langsamer zu gehen.

Irgendwie freute er sich auf die Besprechung. Wahrscheinlich hatte sich nicht viel geklärt, aber irgendwas Neues gab es immer. Die Dinge brauchten einfach ihre Zeit. Alle haben es neuerdings so eilig, dachte er, während er die drei Stufen zum Entree hinaufging. Die Wahrheit war, dass die Rechtsmaschinerie neuerdings langsamer lief. Die Öffentlichkeit konnte also durchaus berechtigte Zweifel an ihrer Effizienz hegen. Trotz der harten Arbeit blieben viele Gewaltverbrechen unaufgeklärt, vieles wurde verschleppt, es kam nie zum Prozess, und die Ermittlungen wurden eingestellt. Der Staatsanwalt, der Ärmste, hatte so viel zu tun, dass er nicht wusste, wo er anfangen sollte.

Prioritäten zu setzen war nicht leicht. Die Sparmaßnahmen waren überall spürbar. Es fiel ihm nicht mehr so leicht, stolz auf seine Arbeit zu sein. Es war auch nicht gerade stimulierend, sich ständig unzulänglich zu fühlen. In seinem Dienstzimmer stapelten sich alte Akten, und manchmal ging das Abarbeiten so schleppend voran, dass er sich fragte, ob er überhaupt einen Fortschritt verzeichnen konnte. Ständig kamen ihm wichtigere Fälle dazwischen wie der mit der toten Ärztin, über dem alles andere liegen bleiben musste. Gotte hatte da klare Anweisungen erteilt.

Heute Abend wollte er selbst kommen, der gute Olle Gottfridsson, der Polizeipräsident mit dem Spitznamen Gotte. Trotz seiner vielen Jahre bei der Polizei war er erstaunlich fidel und vernünftig. Das lag vermutlich daran, dass er aus Skåne stammte.

Nina Persson am Empfang winkte ihm zu. Das Fernsehen sei bereits da. Sie schien die Aufmerksamkeit der Massenmedien als Bereicherung zu empfinden. Fröhlich deutete sie auf zwei Männer mit identischer Kurzhaarfrisur und schwarzer Lederjacke. Offenbar kleidete man sich neuerdings als Reporter so. Sie wirkten wie zwei Rausschmeißer, stellte er fest. Nina gab ihm einen Umschlag. Er öffnete ihn sofort. »Bin in Ålahultet. Auf dem Weg zurück. Komme vorbei oder rufe Samstagnachm. an. Gottfridsson«, las er und warf die Mitteilung dann in den nächsten Papierkorb. Gotte war in seinem Wochenendhaus. Hoffentlich erholte er sich gut. Er könnte es gebrauchen.

Claes Claesson verließ das Entree und sagte zu Nina Persson, er sei auf seinem Zimmer. Sie wirkte erstaunt und deutete mit dem Kopf in Richtung der Reporter, aber darum kümmerte er sich nicht. Nicht jetzt, erst wollte er besser vorbereitet sein.

Claes Claesson hatte nicht den Nerv, Nina Persson näher in Augenschein zu nehmen. Heute hatte sie einen blaulila Lippenstift aufgelegt, so viel fiel ihm dann doch auf. Stand ihr nicht.

An Nina Persson hatten sich alle erst einmal gewöhnen müssen, und das hatte seine Zeit gedauert. Sie strahlte zwei Dinge gleichzeitig aus: Sexappeal und eine fast heilige Unschuld. Eine nicht ungewöhnliche Kombination, mit der es sich aber nicht leicht umgehen ließ. Alle kannten Nina. Man hätte sogar behaupten können, dass sie berüchtigt war. Nina Persson war nie zur Miss Schweden gekürt worden, was sie wahrscheinlich zutiefst bedauerte, sondern sie hatte sich damit begnügen müssen, Schönheitskönigin der Lokalpatriotischen Gesellschaft und einmal auch Lucia der Stadt zu werden. Davon erzählte man auf der Wache auch nach vielen Jahren immer wieder gerne. Nach einem Interview mit der Lokalzeitung, in dem sie gesagt hatte, sie möge Kinder und Tiere und wünsche Frieden auf Erden, hatte sie den Luciawettbewerb haushoch gewonnen, nicht etwa weil sie die Schönste gewesen wäre, obwohl sie gar nicht so übel aussah, sondern weil sie die Tochter des Pfarrers der größten Gemeinde der Stadt war. Alle Gemeindeglieder hatten für Nina gestimmt, weil ihr Vater ein ausgezeichneter Prediger und nicht übertrieben kirchlich war, was in einer säkularisierten Gesellschaft als Plus gelten konnte. Jetzt kam Ninas Schönheit nur noch denen zugute, die zufällig auf der Wache zu tun hatten. Sie hatte etwas Rührendes an sich, war aber leider ziemlich dumm, natürlich gleichzeitig freundlich und in Maßen einfühlsam, was alles zusätzlich erschwerte. Sie hatte nah am Wasser gebaut, es empfahl sich also, sie mit Glacéhandschuhen anzufassen. Missglückte das, musste man sie tagelang trösten, und das war ermüdend.

In Claessons Zimmer war es stickig. Er öffnete das Fenster und hörte ein einzelnes Auto vorbeifahren. Samstagnachmittag war das Stadtzentrum wie ausgestorben.

Er ließ sich hinter den Schreibtisch fallen, nahm den Telefonhörer und rief zu Hause an. Katina nahm nicht ab. Schade. Er wollte mit ihr sprechen, ihr sagen, dass er sie nicht vergessen hatte. Ich muss daran denken, sie später wieder anzurufen, dachte er und geriet dann ins Grübeln. Er zog die untere Schreibtischschublade heraus und legte seine Füße darauf, während er über die Begegnung mit der Veronika mit dem Doppelnamen nachdachte. Er konnte sich ums Verrecken nie an solche Namenskombinationen erinnern. Sie wirkte ziemlich vernünftig und etwas milder, weniger wachsam als bei ihrer ersten Begegnung; da hatte sie wahrscheinlich noch unter Schock gestanden. Unbegrenzt waren auch Ärzte nicht belastbar. Wie die Leute von der Polizei hatte sie sicher schon das eine oder andere gesehen, aber das half nicht immer. Gelegentlich ging einem trotzdem etwas nahe.

Außerdem war sie Chirurgin, sie war sicher zäh und wusste, was sie wollte. Eigentlich ganz süß, aber eher auf eine alltägliche Art. Nicht regelrecht hübsch und ganz bestimmt keine Marilyn Monroe. Aber von Kompetenz und Intelligenz ließ er sich immer beeindrucken, im Gegensatz zu vielen anderen Männern, die diese Kombination eher abschreckte. Sicher war sie es gewohnt, schnelle und wichtige Entschlüsse zu fassen und dass man ihr gehorchte. Gleichzeitig schien sie eine gute Beobachterin und einfühlsam zu sein. Sie wusste noch sehr gut, was sie an dem Morgen getan hatte, an dem Maria Kaahn gefunden worden war. Ihr Bericht unterschied sich dieses Mal nicht im Geringsten von dem, den sie ihm bei ihren ersten Zusammentreffen gegeben hatte. Sie wusste auch, dass ein Todesfall einen ganzen Rattenschwanz psychologischer Verwicklungen nach sich zog, nicht zuletzt unterschiedlich starke Schuldgefühle bei den Angestellten der Klinik. Im Übrigen sah sie nicht so aus, als seien ihr solche Gefühle vollkommen fremd, aber er kam nicht darauf, warum er das dachte. Sie hatte nichts verraten, obwohl er gründlich nachgefragt hatte. Sie schien überaus selbstbeherrscht zu sein und zu wissen, was sie tat und warum, aber trotzdem schien sie keine Perfektionistin zu sein.

Ihr Sechzigerjahre-Einfamilienhaus aus gelben Ziegeln hätte eine gründliche Renovierung nötig gehabt. Es fiel ihm auf, dass die Fensterrahmen lackiert werden mussten, die Regenrinnen hatten schon bessere Tage gesehen, und mehrere Stufen der Treppe zur Haustür waren gefährlich lose. Im Garten herrschte Wildwuchs. Aber im Haus war es gemütlich, wenngleich auch etwas unordentlich. Von allem gab es zu viel: Möbel, Gemälde, mehr oder minder schöne Glasgegenstände, unerträglich viele Topfpflanzen und viel zu viele Bücher, die sich in dem weißen Regal stapelten, das die eine Wand einnahm. Auf allen Tischen lagen weitere Bücher sowie Zeitungen. Hier war es sinnlos, auch nur mit dem Abstauben anzufangen. Wenn man freundlich sein wollte, konnte man sagen, dass so die Boheme lebte.

Ihm gefiel, dass sie sich für das Durcheinander nicht entschuldigte. Das hatte eine selbstbewusste Frau auch nicht nötig. Und er war sich sicher, dass sie sich bestens verteidigen konnte, wenn man sie dazu zwang.

Gerade als er sich etwas zurücklehnte und herzhaft gähnte, tauchte Janne Lundin in der offenen Tür auf. In der Hand hielt er eine Tüte aus der Bäckerei.

»Und du glaubst, dass du dich zurücklehnen kannst«, sagte er und ließ die Tüte auf den Schreibtisch fallen. »Aber erst mal musst du was in den Magen bekommen.«

Wenig später kamen Peter Berg und Louise Jasinski. Als Louise die Tüte sah, ging sie Kaffee holen. Sie ist wirklich die einzige Frau, die ich kenne, die Kaffee für alle holt, ohne sich diskriminiert vorzukommen, dachte Claesson voll Wärme und Dankbarkeit.

»Bei Nilssons gekauft«, sagte Janne Lundin und öffnete die Tüte mit den Zimtschnecken, »das sind die Besten. Nehmt schon«, forderte er die anderen auf und begann dann selbst zu kauen. »Es sieht nach einer richtig großen Pressekonferenz aus. Richtig feine Leute im Vestibül.«

»Ich weiß. Du brauchst mich daran nicht zu erinnern«, erwiderte Claesson mürrisch. »Ihr müsst dafür sorgen, dass ich überhaupt was zu sagen habe. Gotte hat von sich hören lassen. Er kommt später.«

»Gut«, meinte Janne. »Nina hat sich wieder ganz schick gemacht.« Er grinste. Die Zimtschnecke klebte ihm zwischen den Zähnen.

»Würdest du bitte spülen«, sagte Claesson und reichte ihm einen Becher von dem Tablett, mit dem Louise Jasinski gerade hereingekommen war. »Arme Nina«, meinte er dann seufzend, »bisher haben ihr ihre Reize noch nicht viel genützt.«

»Woher willst du das wissen?«, warf Louise ein.

»Es ist doch okay, wenn zumindest sie findet, dass dieser Aufstand eine Supersache ist«, meinte Peter Berg trocken.

Sie setzten sich auf dieselben Plätze wie am Vormittag. Das Telefon klingelte. Claesson nahm den Hörer ab. Er wandte seinen Kollegen den Rücken zu und antwortete halblaut:

»Doch, tut mir wirklich Leid ... du weißt doch ... doch ... so schnell ich kann ... versprochen. Ich habe übrigens gerade eben bei dir angerufen ... ich versuche es ... versprochen.«

Die anderen sahen sich an. Lundin zog spöttisch die Brauen hoch. Peter Berg blieb der Mund offen stehen. Louise lächelte ironisch. Die Geheimnisvolle am Apparat?

Claesson legte auf, drehte sich um und blickte in drei Paar neugierige Augen. Sie hielten sich mit frechen Kommentaren zurück, amüsierten sich aber über den ausweichenden Blick ihres Chefs und über seine möglicherweise etwas geröteten Wangen.

»Und, was haben wir zusammenbekommen?«, sagte Claesson und nahm ein Blatt Papier. Damit war die Versammlung eröffnet. »Funktioniert die Bewachung der Klinik?«, wandte er sich an Janne Lundin.

»Ja, es hat den Anschein. Im Übrigen stimmen die Schließzeiten laut Hausmeister mit denen überein, die wir bereits hatten. Nirgendwo ist etwas aufgebrochen, nichts ist verschwunden, es gibt keine Besonderheiten. Doch, in einiger Entfernung der Notaufnahme wurde in einem Busch ein Fahrrad gefunden. Nicht abgeschlossen. Vermutlich gestohlen.«

Louise und Peter Berg nickten sich zu.

»Tuben«, sagten sie wie aus einem Mund.

Janne Lundin hatte noch mitzuteilen, dass der Hintergrunddienst Ulf Nilsson einmal im Verlauf des Abends in der Klinik gewesen sei. Seine Frau könne das bezeugen. Er sei gegen sieben gefahren und gegen elf wieder zu Hause gewesen. Dann hätte ihn Maria Kaahn kurz nach drei Uhr noch einmal angerufen, aber da hätte er dann nicht in die Klinik fahren brauchen.

»Die wohnen wirklich ganz schnieke«, sagte Janne Lundin und lehnte sich langsam und zufrieden zurück. Gleichzeitig entdeckte er die eine Zimtschnecke, die noch übrig war. »Wer will die?«, fragte er hungrig.

»Ich.« Louise grinste. »Nein«, sagte sie dann und lächelte, »das ist deine. Du brauchst sie dringender.« Sie bohrte einen Finger in den Bauch, der ihm über den Gürtel hing.

Dankbar nahm Janne die Schnecke, und Peter Berg setzte den Bericht fort. Mit seinem Block vor sich, referierte er schnell, was er herausgefunden hatte, nämlich überhaupt nichts. Abgesehen von Tuben, aber den sollten die Kollegen ausfindig machen.

»Der liegt sicher stockbesoffen irgendwo herum«, meinte Louise. »Ich weiß nicht, ob uns das weiterbringt. Peter und ich hatten den Eindruck, dass Beata Molin von der Station sechs Maria Kaahn für schlampig hielt, zumindest für nonchalant. Meist reagierte sie nicht sofort auf den Piepser. Und noch etwas: Beata Molin schien Maria Kaahn nicht zu mögen. Aber das wollte sie nicht so unumwunden sagen.«

Claesson sah nachdenklich aus. »Ich hatte denselben Eindruck bei meiner Unterhaltung mit Veronika ...« Er schaute in seine Papiere. »... Lundborg-Westman, die Frau, die sie gefunden hat. Aber etwas Konkretes habe ich aus ihr ebenfalls nicht herausbekommen. Nichts was die Kaahn getan haben könnte oder so.«

»Reine Mutmaßungen also«, warf Janne Lundin ein.

Sie machten weiter. Maria Kaahns Eltern waren am Boden zerstört, ihr Ex-Mann ebenfalls. Claesson hatte die Eltern bei Albert Kaahn getroffen. Sie waren aus Stockholm angereist und wohnten bei ihm. Zu ihrem ehemaligen Schwiegersohn schienen sie ein gutes Verhältnis zu haben. Die Eltern wollten bei ihren Enkeln sein, und das war begreiflich. Das Haus, das Maria Kaahn gemietet hatte, musste unbedingt durchsucht werden, am besten noch heute. Claesson hatte dazu bisher nicht die Zeit gefunden.

Maria hatte ihren Eltern immer nur Freude gemacht. Immer fleißig in der Schule, Klassenbeste, musikalisch und gut in Sport. Eine Überfliegerin. Kurzzeitig in der Oberstufe war sie nachlässig bei den Hausaufgaben gewesen. Ein winziger Makel. Das lag aber an dem Jungen, mit dem sie zusammen gewesen war und den die Eltern nicht gemocht hatten. Glücklicherweise war das zu Ende gegangen, und Maria hatte die Schule wieder ernst genommen und den Weg weiter verfolgt, von dem alle, zumindest ihre Eltern, geträumt hatten – sie war Ärztin geworden. Weder ihr Vater noch ihre Mutter hatten studieren können. Maria musste das für ihre Eltern nachholen.

»Nicht ganz ungewöhnlich«, meinte Louise.

»Außerdem hatte Maria Kaahn eine unglückliche Liebesaffäre während ihres Studiums in Lund, sagen ihre Eltern. Sie hat dort angefangen und dann in Stockholm weitergemacht. Offensichtlich hat sie dort nicht sofort einen Studienplatz bekommen. Dann ist sie Albert begegnet, und den haben sie sofort gemocht, obwohl er kein richtiger Schwede ist. Doch, er ist Schwede, aber seine Eltern nicht, sie sind aus ... jetzt fällt es mir nicht mehr ein ... aus dem Iran, glaube ich. Jedenfalls sind sie schon viele Jahre in Schweden. Kurzum, Maria jedenfalls war begabt, bewundert und erfolgreich.«

»Das ist das Recht aller Eltern, ihre Kinder so zu sehen«, meinte Louise.

»Sie beschreiben sich selbst als einfache Leute«, fuhr Claesson fort. »Maria war ihr einziges Kind. Sie behüteten sie zärtlich, aber streng, und verlangten ihr sicher auch einiges ab. Einmal abgesehen von der Scheidung, hat sie ihren Erwartungen entsprochen; die Trennung konnten sie natürlich nicht nachvollziehen. Ja, ihr könnt euch vorstellen, wie sie reagiert haben, als ich gesagt habe, dass sie ein Kind erwartete. Albert Kaahns Reaktion war ebenfalls heftig, aber vermutlich aus einem anderen Grund. Eifersucht. Keiner wusste was von einem neuen Mann. Sie begriffen überhaupt nichts. Sie hatte keine Feinde.«

Janne Lundin hatte die Putzfrau Inga Feldt, die jeden Morgen den Korridor in dem Stockwerk aufschloss, in dem die Leiche gefunden worden war, nicht angetroffen. Ronny Alexandersson, der Arzt, mit dem Maria Kaahn den Dienst getauscht hatte, war hingegen zu Hause gewesen, wegen Grippe krankgeschrieben. Hohes Fieber und Gelenkschmerzen. Aber jetzt ging es ihm schon wieder besser.

»Seine Frau bezeugte, dass er richtig krank war, und ich glaube nicht, dass einer der beiden lügt«, meinte Janne Lundin. »Der Tod trat in der Nacht zwischen Mittwoch, 10., und Donnerstag, 11. März, ein. Alexandersson war Mittwoch und Donnerstag zu Hause. Er brüstete sich damit, dass er als Arzt bisher kein einziges Mal krank gewesen sei. Aber mit vier Kindern steckt man sich dann doch mal an. Der Tausch sei Maria Kaahns Idee gewesen. Vor anderthalb Wochen hätte sie ihn gefragt, aber nicht erklärt, warum sie tauschen wolle. Es sei ihm nicht im Traum eingefallen, danach zu fragen. Ihr Privatleben gehe ihn schließlich nichts an. Ronny Alexandersson hat am Freitag der Vorwoche für Maria gearbeitet, seinen Dienst hatte er also bereits geleistet.«

»Wir müssen uns deswegen bei Albert Kaahn erkundigen. Er muss wissen, wo die Kinder waren«, meinte Claesson.

»Im Übrigen ist Dr. Alexandersson ein angenehmer Zeitgenosse«, fuhr Lundin fort. »Der Vorfall tat ihm außerordentlich Leid. Er gehört zu den Ärzten, denen man seine alten Knochen bedenkenlos anvertraut, genau wie Dr. Nilsson.«

»So alt bist du doch noch gar nicht!« Louise lächelte zuckersüß.

Auf dem Piepser hatte die Spurensicherung natürlich eine Menge Fingerabdrücke gefunden. Den Männern war es sogar gelungen, den Speicher auszuwerten: fünfzehn verschiedene Nummern, allerdings ohne Zeitangaben. Eine Mischung aus Notaufnahme, sämtlichen Stationen der Chirurgie und Orthopädie, eine Station Innere und zwei Anrufe über die Telefonzentrale. Die Frage war nur, ob ihnen das weiterhelfen würde.

»Wir müssen das alles, so gut es geht, kontrollieren.« Claesson seufzte. »Aber das kann warten. Dieselben Informationen erhalten wir schließlich auch, wenn wir alle verhören, die in dieser Nacht Dienst hatten.«

Viel mehr gab es nicht zu berichten. Die Spurensicherung hatte nichts weiter herausgefunden. Keine Spuren von Wert im Bereitschaftszimmer, und über die Dusche wollte sie sich noch nicht äußern.

Die Tür wurde geöffnet. Gotte füllte sie ganz aus. Er ließ sich auf einen Küchenstuhl fallen, der bedenklich knarrte.

Polizeipräsident Olle Gottfridsson war eine imposante Erscheinung: Er aß gerne und war entsprechend fett. Seine Gestalt erinnerte an eine Birne. Alle staunten jedoch immer, wie leichtfüßig er sich bewegte. Wahrscheinlich lag das daran, dass sich sein Gewicht auf eine beachtliche Größe verteilte und er in seiner Jugend, die jetzt allerdings schon lange zurücklag, Leichtathlet gewesen war. Trotz seines Gewichts hatte er ein vergleichsweise entspanntes Verhältnis zu seinem Körper, obwohl sein Alter allmählich seinen Tribut forderte. Gotte gönnte sich alles, vor allen Dingen beim Essen. Am liebsten kochte er selbst. In seinem Büro hing ein Diplom der Zeitschrift *Allt om mat*, Alles übers Essen, und ein Zeitungsausschnitt, der den runden Gotte neben einem tempelähnlichen Pfefferkuchenhaus zeigte. »Die Traumwache des Polizeipräsidenten, erster Preis«, lautete die Bildunterschrift. Darüber ließ sich natürlich spotten, und das durfte man auch, da hatte Gotte nichts dagegen. Er war immer noch ganz stolz und glücklich wie ein Kind, wenn sich eine der Damen auf der Wache vor Weihnachten nach dem siegreichen Rezept erkundigte. Wenn ihm etwas gelang, dann Pfefferkuchenteig!

Natürlich hielt Claesson Gotte für altmodisch. Und doch war er ihnen eine große Hilfe, obwohl er sich immer weiter zurückzog und die Verantwortung seinen Untergebenen überließ, denn seine Klugheit beruhte auf Erfahrung, und das vermittelte ihnen allen ein Gefühl der Sicherheit.

Claesson fasste kurz den Stand der Ermittlung zusammen und referierte vor allem, welche Fragen sie noch hatten. Wer hatte einen Grund, eine junge Frau frühmorgens an ihrem Arbeitsplatz zu erschlagen, eine Mutter kleiner Kinder und Ärztin mit einer sauberen Vergangenheit?

»Es gibt nichts, keine Anhaltspunkte, einfach nichts«, meinte Claesson. »Noch nicht«, ergänzte er sicherheitshalber.

»Verdammt noch mal«, unterbrach ihn Lundin, »ein bisschen darf es doch wohl noch dauern.«

»Natürlich. Ganz deiner Meinung«, erwiderte Claesson und sah Lundin zustimmend an. »Es ist wichtig, dass wir uns Maria Kaahns Haus gründlich ansehen. Vielleicht stoßen wir dort auf was, falls das Ganze nicht doch ein Missverständnis war und wir uns darauf einstellen müssen, dass Alexandersson hätte sterben sollen. Aber dann stellt sich ebenfalls die Frage nach dem Warum.«

»Könnte es nicht ein unzufriedener Patient sein, der sich für einen Kunstfehler rächen wollte?«, meinte Louise.

Die anderen sahen sie an. Daran hatten sie noch nicht gedacht.

»Warum nicht«, stimmte ihr Gotte zu. »Klingt zwar drastisch, jedenfalls für schwedische Verhältnisse, aber wir müssen das kontrollieren. Die Zeiten ändern sich. Die Leute sind neuerdings so rabiat.« Er seufzte. »Es wird hier noch wie in Amerika. Das gelobte Land der Rechtsanwälte.«

»Vermutlich war es doch niemand, der was von Alexandersson wollte«, fuhr Louise fort. »Nur ein Blinder hätte übersehen, dass da kein Mann unter der Dusche stand. Vielleicht reichte es, dass es sich um einen Arzt handelte, egal wen.«

»Klingt pervers«, meinte Lundin, »aber wer weiß.«

»Überprüf Maria Kaahn und Alexandersson«, sagte Claesson zu Louise. »Auch wenn es der Täter auf Alexandersson abgesehen hatte, reichte es vielleicht, dass Maria ihn gesehen hat, und deswegen wurde sie ermordet. Sich in einer Klinik herumzutreiben, noch dazu in einer Dusche, wirkt verdächtig. Das hätte zu Problemen führen können. Außerdem kannst du bis morgen warten, ehe du was unternimmst. Morgen ist allerdings Sonntag. Vielleicht musst du das auch bis Montag verschieben.«

Claesson kratzte sich mit seinem Bleistift am Kopf und blätterte in seinen Notizen.

»Übrigens, ehe ihr aufbrecht ... wir haben da diese Telefonnummer, die auf dem Block im Bereitschaftszimmer stand ... 744. Laut Prof. Petrén ist das Station vier Innere. Allerdings könnte sie auch jemand anderes vorher aufgeschrieben haben. Wir müssen trotzdem kontrollieren, ob Maria Kaahn dort war und wann. Berg, kannst du dich darum kümmern?«

»Natürlich.«

»Ihre Fingerabdrücke waren jedenfalls auf dem Kugelschreiber, der neben dem Block lag, mit vielen anderen.«

Draußen war es jetzt bedeckt. Eine Windbö fuhr über den Stortorget und rüttelte an den Fenstern. Sie packten müde zusammen. Gotte wartete auf Claesson, während die anderen ihre Jacken überzogen, um nach Hause zu fahren. Louise verließ das Zimmer als Letzte. Sie war gerade über die Schwelle, als Claesson sie zurückrief.

»Hast du Zeit, mit mir zusammen Maria Kaahns Haus anzuschauen?«

»Jetzt?«

»Nach der Pressekonferenz. Du kannst erst mal nach Hause fahren. Ich hol' dich dann dort ab.«

Sie seufzte, dachte eine halbe Sekunde lang nach und sah Claesson dann gerade in die Augen. »Eigentlich sollte ich zu Hause bleiben. Schließlich ist Samstagabend. Aber natürlich, natürlich kann ich.«

»Gut! Es ist bestimmt hilfreich, eine Frau dabeizuhaben.«

Louise eilte den Korridor entlang davon. Claesson wandte sich an Gotte, der in seinen Notizen blätterte.

»Du bekommst den Bericht, sobald ich Zeit finde, an meinem Schreibtisch zu hocken.«

»Ausgezeichnet. Jetzt gehen wir«, sagte Gotte und legte Claesson seine riesige Pranke auf die Schulter.

Gemeinsam schritten sie den unangenehmen Fragen der Zeitungen und des Fernsehens entgegen, denen sie mit sachlichen Antworten begegnen wollten. Darin waren sie sich einig. Reporter wie neugierige Schmeißfliegen zu behandeln und sich hinter der Geheimhaltung zu verschanzen kam nicht in Frage. Das war eine der vielen Weisheiten, die Gotte im Laufe der Jahre an Claesson weitergegeben hatte. Dieser versuchte, sie sich zu Herzen zu nehmen, auch wenn es manchmal schwer fiel, besonders wenn die Trauer wie ein schweigender Nebel über der Stadt lag und sie selbst an ihrer Arbeit zweifelten. »Die Menschen haben ein Recht auf Information«, war Gottes Grundthese. Freundlich alle Fragen beantworten, die sich beantworten lassen, solange davon die Ermittlungsarbeit nicht gestört wird. Geheimniskrämerei und Arroganz schüren negative Gefühle, und zwar schnell. Ehrlichkeit und Klarheit schaffen Ruhe, obwohl diese Ruhe nur scheinbar ist. Aber es lässt sich leichter arbeiten, wenn man sich nicht dauernd allzu heftiger Kritik ausgesetzt sieht.

»Jemand ist ermordet worden, eine Ärztin im Dienst, wie Sie alle wissen«, begann Claes Claesson mit fester Stimme und stützte sich mit beiden Händen auf dem Rednerpult ab. »Ob es sich um Mord, Totschlag oder Misshandlung mit Todesfolge handelt, wird die Ermittlung zeigen«, fuhr er fort und sah die versammelten Journalisten ruhig an.

Auf einmal war er sehr müde, fast matt. Er nahm sich zusammen, um sich das nicht anmerken zu lassen. Er nahm sich ebenfalls zusammen, um nicht verärgert zu klingen. Mit Gotte neben sich versuchte er, Stabilität und Tatkraft auszustrahlen, und bei allen Fragen, die er hatte, kam er sich tatsächlich tatkräftig und stabil vor.

## KAPITEL 9

Unter anderem hatte Claesson in all den Jahren gelernt, dass es sich lohnte, gewisse Spielregeln strikt zu befolgen. Zu diesen gehörte, dass man mit Ehrlichkeit immer am weitesten kommt. Deswegen rief er Katina an und erzählte ihr, was los war. Er würde erst sehr spät nach Hause kommen. Bedauerlich, aber so war es. Sie war beleidigt, aber das änderte nichts. Er versprach ihr, sich zu beeilen. Er wolle sie wirklich gern sehen, aber sie müsse, wie gesagt, damit rechnen, dass es spät werden könne. Ihren leisen Seufzern und stummen Protesten gegenüber war er taub. Er konnte ja doch nichts machen. Hoffentlich würde sie sich fangen, bis er nach Hause kam.

Noch vor wenigen Jahren wäre er einer Konfrontation mit jeder Frau ausgewichen, die er enttäuschen musste. Er entzog sich den Vorwürfen mal mit gespielter, mal mit ehrlicher Gleichgültigkeit, aus dem einfachen Grund, weil Konfrontationen ihn immer sehr mitnahmen und weil er sich nur schwer zur Wehr setzen konnte. Seine Lösung des Problems war primitiv: Er ließ einfach nicht mehr von sich hören. Stattdessen schlich er müde, beschämt und mit tausend Ausflüchten nach Hause. Er wusste, dass er einen hoffnungslosen Job hatte, aber auch, dass er keine Grenzen setzen konnte. Irgendwie bekam er das nie vernünftig in den Griff.

Warum ausgerechnet er sich immer entschuldigen musste, begriff er immer noch nicht. Es gab doch wohl noch mehr Männer, die katastrophale Arbeitszeiten hatten! Einige wenige führten trotzdem ein harmonisches Familienleben, Lundin beispielsweise. Aber Frauen wie seine Mona, die reelle, verständnisvolle Sorte, gab es nicht an jeder Ecke. Oder sie waren so reell, dass einem vollkommen die Lust verging. Etwas Abenteuer sollte dann doch dabei sein, sonst konnte man genauso gut allein leben. Nur die Streitereien strengten an.

Es war noch nicht ganz dunkel, als er sich ins Auto setzte und Richtung Tallviken fuhr, um Louise abzuholen. Gotte fuhr in seinem schwarz glänzenden Volvo vor ihm her und bog dann Richtung Küste ab, offenbar zurück nach Ålahultet. Er wird sich mit einem späten Essen verwöhnen, vielleicht mit frischem Fisch, den seine Frau bereits vorbereitet hat, dachte Claesson neidisch. Dazu Wein, ein guter Jahrgang. Er sah den hübsch gedeckten Tisch mit den dampfenden Schüsseln und der beschlagenen Weinflasche vor sich, dazu die gutherzige Ehefrau, die ihm bereits in der Diele einen Whisky in die Hand drückte. Er selbst hatte oft Hunger, selten Appetit und schon lange keine festen Essenszeiten mehr. Im Auto hatte er eine geöffnete Schachtel Läkerol – Halspastillen liegen. Er schüttelte sie. Nur zwei übrig. Er warf sie in den Mund. Er brauchte nicht reinzugehen; Louise sah ihn durchs Küchenfenster und kam ihm mit der Jacke überm Arm entgegen. Die Kinder winkten ihr durchs Fenster hinterher. Von Herrn Jasinski war nichts zu sehen. Claesson war ihm seltsamerweise noch nie begegnet, wahrscheinlich Zufall. Louise erzählte nur selten von ihrem Mann, dagegen oft von ihren Kindern.

Sie verließen die Reihenhaussiedlung und fuhren Richtung Beckatorp. Claesson tastete in seiner Hosentasche nach dem Hausschlüssel, den Spuren-Benny ihm ausgehändigt hatte.

Beckatorp lag fünfundzwanzig Kilometer westlich und bestand aus ein paar Häusern, einer Kirche, einem Bethaus, einem ICA-Lebensmittelladen, einer Schule, einer Autowerkstatt, einem Altenheim und einem Fußballplatz mit einem braunen Rasen und zwei schiefen Toren. Wahrscheinlich hatte der FC Beckatorp Nachwuchsprobleme.

Das Dorf war ordentlich, die Straßengräben waren sauber, die Häuser gut in Schuss und die Gärten gepflegt. Abgesehen von einem älteren Paar, er mit Gehhilfe, die immer wieder stecken blieb, lag es wie ausgestorben da.

Maria Kaahn hatte ein zweigeschossiges Haus in Rot mit weißen Fensterrahmen gemietet. Im Garten stand ein ramponiertes Dreirad. Auf der Auffahrt lagen ein paar grellbunte Sandförmchen und ein Eimer aus Plastik. Claesson schloss auf und machte in der Diele Licht. Ehe Louise eintrat, bemerkte er, wie sich die Gardine des Nachbarhauses bewegte.

In der Diele stand eine abgebeizte Kommode, die oberste Schublade halb geöffnet. Mützen, Handschuhe und Schals in einem einzigen Durcheinander. Ein Springseil lag auf dem Fußboden. Der Anrufbeantworter auf der Kommode blinkte. Wer dort wohl draufgesprochen hatte? Claesson drückte mit seiner behandschuhten Hand den Wiedergabeknopf. Keine Mitteilungen – nur das Besetztzeichen hallte durch die Diele.

»Der Anrufer hat aufgelegt«, meinte Louise.

»Ja, das tue ich auch oft.« Claesson seufzte.

Schweigend gingen sie durch das Haus. Unten Küche und Wohnzimmer, oben drei Schlafzimmer. Die Töchter hatten sich das größte Zimmer geteilt. Zwei Betten mit bunter Bettwäsche, Regal mit Spielsachen, ein niedriger Tisch mit zwei Kinderstühlen, Papier, Wachsmalkreiden, Schrank mit Kinderkleidern, Fernseher – heutzutage hatten alle Kinder eigene Fernseher –, Kassettenrekorder, grüner Flickenteppich auf lackierten Dielen, gelb-grün gemusterte Gardinen. In einem kleineren Zimmer nach Norden ein einzelnes Bett mit einer Tagesdecke, sonst nichts. Offenbar das Gästezimmer. Das dritte Zimmer war ebenfalls groß. Ungemachtes Doppelbett, eine Truhe, eine so genannte Aussteuertruhe voller Bettwäsche, Schreibtisch, Wandschränke und ein Paar Jeans, T-Shirts und ein Wollpullover auf einem flaschengrünen Sessel. Die Möbel waren teuer, gediegen und geschmackvoll. Das Zimmer wirkte einladend und gemütlich.

Das Badezimmer war türkis gekachelt, die Außenseite der Badewanne ebenfalls. Rote und grüne Handtücher hingen an Holzhaken, und ein himmelblauer Morgenmantel bedeckte ein Gestell mit Drahtkörben, in dem Shampoo, Feuchtigkeitscreme, Binden und Tampons lagen.

Louise fuhr mit der Hand über den weichen Frotteestoff des Bademantels von Pelle Vävare, sündhaft teuer. So einen hätte sie statt des verblichenen rosa aus dem Warenhaus Åhlens, den sie morgens überzog, auch gern besessen. Sie hatte ihren an einem Novembertag gekauft, weil sie für die Entbindungsstation einen gebraucht hatte. Das war vor der ersten Geburt gewesen. Janos war beleidigt gewesen; er hatte sich schon auf der Entbindungsstation seiner gerade niedergekommenen Frau ein Paket mit einem teuren und exklusiven Morgenmantel überreichen sehen. Sie hatte nicht nur an seinem Geschmack gezweifelt, sondern auch daran, dass er den Kauf eines Bademantels auf die Reihe kriegen würde, und deswegen die Sache selbst in die Hand genommen. An seinen guten Absichten hatte sie hingegen nie gezweifelt. Beglückt ließ sie sich von ihm ein goldenes Armband schenken, das ihr eigentlich zu breit und auffällig war, so froh und stolz war sie auf ihre Tochter, auf ihren Mann und darüber gewesen, dass sie jetzt eine Familie hatte. Meine Güte, auch schon wieder zehn Jahre her!

»Die Zeit vergeht«, sagte sie halblaut zu sich selbst.

»Bitte?« Claesson sah sie an.

»Nichts. Ich hatte gerade ganz plötzlich so ein durchdringendes Gefühl der Vergänglichkeit.« Sie lächelte.

»Recht hast du«, meinte er. »Das sollte man sich vielleicht öfters ins Gedächtnis rufen.«

Sie blieben eine halbe Minute lang stehen und sahen sich um.

»An welchem Ende sollen wir anfangen?«, wollte er dann wissen.

»Mir egal.«

»Ich kann das Erdgeschoss übernehmen, dann kannst du dich hier an die Arbeit machen«, meinte er und deutete in Richtung von Maria Kaahns Schlafzimmer.

»Okay.«

Louise setzte sich auf den Schreibtischstuhl. Der Schreibtisch war alt, wahrscheinlich eine Antiquität, und aus einem besseren Holz, vermutlich Kirsche. Die Platte war leer. Wahrscheinlich war alles vor den Kinderhänden in Sicherheit gebracht worden. Eine Ausnahme stellten drei Fotografien dar, eine von den Mädchen, die eine blond, die andere dunkelhaarig. Sie saßen lachend auf einer Schaukel. Ein Bild zeigte Maria, und das Paar auf dem dritten waren wahrscheinlich ihre Eltern.

Louise nahm das Foto von Maria und betrachtete es eingehend. Dasselbe Gefühl der Unwirklichkeit wie früher überkam sie, wenn sie sich dem Leben eines toten Menschen genähert hatte. Der lächelnden Frau auf dem Bild würde sie nie begegnen, aber sie würde in ihrem Leben herumstöbern, große und kleine Dinge unter die Lupe nehmen, Belanglosigkeiten und lang gehütete Familiengeheimnisse. Sie würde sich auf Grund vager und vielleicht falscher Anhaltspunkte ein Bild von ihr machen.

Aber wie sah eigentlich das richtige Bild eines Menschen aus? Und wessen Bild hatte Vorrang? Sie schob den Gedanken von sich, wie unangenehm es ihr gewesen wäre, wenn jemand so in ihren Sachen und ihrem Leben herumgewühlt hätte. Andererseits war Toten kein Schmerz mehr zuzufügen. Oder doch? Ihre Kinder lebten. Ihre Zukunft war überschattet. Ihre Eltern lebten ebenfalls. Sie mussten sich gute Nerven zulegen.

Der Hintergrund war ein Meer irgendwo und ein weiß-blauer Himmel. Die Sonne schien. Die Schatten hatten scharfe Konturen. Der Wind wehte ihr in den Nacken. Das Haar stand hoch. Kurz, glatt, aschblond und so geschnitten, dass die Kopfform betont wurde. Sie schaute nicht in die Kamera, sondern auf etwas in weiter Ferne. Die Augen funkelten fröhlich. Das Gesicht im Halbprofil hatte klare Züge. Ein durchgeistigtes Gesicht. Breiter Mund mit halb geöffneten Lippen, die jeden Blick sofort auf sich zogen, weder ernst, noch lächelnd. Sie wirkte zufrieden.

War sie glücklich gewesen, als das Foto gemacht worden war?

Was oder wer hatte sie glücklich gemacht?

Louise stellte das Foto zurück. Maria Kaahn sah gut aus. Offensichtlich hatte ihr das Foto gefallen, sonst hätte sie es nicht dort hingestellt.

Was liegt außer Papier, Stiften, Radiergummis und Büroklammern in unseren Schreibtischschubladen? Eine Menge unnützes Zeug. Sie zog die obere heraus. Wir brauchen Dinge, die unserem Gedächtnis auf die Sprünge helfen, das uns im Stich lassen würde, gäbe es keine alten Kinokarten, Souvenirs, Fotos, Briefe und Ansichtskarten, die gewisse Ereignisse zeitlich fixieren. Warum überließen wir eigentlich nicht einen Teil unseres Lebens der Vergessenheit? Das war doch versöhnlich und wohltuend. Es gibt Menschen, die ohne das ständige Klicken eines Fotoapparates nichts tun können. Als hätten Reisen, Begegnungen, Partys sonst nicht stattgefunden. Sie selbst hatte fürs Sammeln nichts übrig, und trotzdem füllten sich ihre Schränke und Kommoden.

Maria Kaahn schien keine große Ähnlichkeit mit einem Eichhörnchen zu haben. Sie zog die nächste Schublade heraus. Wonach sie suchte, wusste sie nicht genau, aber jeder Mensch hat eine Geschichte. Vielleicht nach den alltäglichen Spuren eines Lebens. Sie zog das Porträtfoto eines Mannes hervor, schwarzweiß. »Albert« stand mit Bleistift auf der Rückseite. Also der Ex-Mann. Er wirkte nett und harmlos. Sie hob weißes Briefpapier mit einem Rand aus Glockenblumen und passenden hellblauen Umschlägen an. Romantisch, banal, vielleicht ein Weihnachtsgeschenk. In der Schreibtischschublade weiterhin: zehn Jahre alte Tagebücher, die vermutlich irgendjemand würde lesen müssen. Neuere Tagebücher: keine. Wahrscheinlich hatte sie seit der Geburt der Kinder keine Zeit mehr gefunden, oder sie lagen irgendwo versteckt. Eine blaue Nordbanken-Plastikmappe mit Überweisungsformularen und bezahlten und unbezahlten Rechnungen, Miete, Strom, Telefon, Buchclub, die kommunale Kindertagesstätte, eine ein Jahr zurückliegende Reise nach London. Nichts von Interesse. Liftpässe aus den Alpen und aus dem schwedischen Fjäll zuunterst. Sie fuhr gern Ski ... Aber warum so was aufheben? Meine Güte! Ausländische Geldscheine aus verschiedenen Ländern, allerdings von nur geringem Wert, in einem gelben Plastikmäppchen von Forex. Sie machte die Schublade zu und öffnete eine auf der linken Seite des Schreibtischs.

Ganz oben lagen ein Kalender und eine Ansichtskarte. Louise betrachtete sie. Eine moderne Kirche. Sie drehte sie um und las: »Eismeerkathedrale, Tromsø«. Die Karte hatte jemand mit Namen Andreas geschrieben, der eine ungewöhnlich kindliche Handschrift hatte, wie ein Pennäler. Er schrieb, dass er in einer Woche eintreffen würde und dass er sich auf ihr Wiedersehen freue. Die Karte war vor knapp einer Woche in Tromsø abgestempelt. Sieh mal einer an, dachte sie, und eine Reihe Fragen gingen ihr gleichzeitig durch den Kopf. War er vielleicht schon da? Hatten sie sich bereits getroffen, Maria und Andreas? War er der Verursacher der Schwangerschaft? Die wichtigste und erste Frage war jedoch, wer er war. Dann ergab sich als nächstes wichtiges Problem, wo sie ihn finden konnten.

Louise merkte, dass ihr Herz schneller schlug. Sie nahm den Kalender. Es war der des laufenden Jahres. Ein Werbegeschenk des Arzneimittelherstellers Pfizer. Sie blätterte ihn rasch durch. Sie hatte sich das eine oder andere notiert, was sie nicht vergessen durfte. Dienste standen mit rotem Kugelschreiber verzeichnet. Den Nachtdienst in der Todesnacht hatte sie mit blauem Kugelschreiber eingetragen, möglicherweise mit demselben Stift, mit dem sie den Nachtdienst vergangenen Freitag durchgestrichen hatte. Unter dieser durchgestrichenen Eintragung stand *Sthlm.* Also war sie in Stockholm gewesen und hatte deswegen den Freitag weggetauscht. Weiter hinten im Adressenverzeichnis war nichts eingetragen. Louise suchte in der offenen Schublade weiter und fand ein Adressbuch. Das erklärte, warum Maria das Adressenverzeichnis im Kalender nicht benutzt hatte. Hingegen gab es ein paar Einträge auf den Notizseiten. *Columbus,* las sie dort, darunter eine Telefonnummer in Stockholm. *N zu Hause 23,* stand auf einer anderen Seite. *Laparoskopiekurs, im Juni bewerben!,* war auf der nächsten Seite zu lesen.

Louise dachte über das *N zu Hause 23* nach. Handelte es sich bei der 23 um ein Datum oder eine Uhrzeit? Wer war N.? Langsam kamen sie weiter. Es wurde richtig spannend!

Sie hörte Claesson im Untergeschoss Schränke öffnen und schließen. Als sie nach unten kam, war er in der Küche.

»Was gefunden?«, fragte er, während er einen Stapel Zeitungen und Reklame auf der Spüle durchblätterte.

»Nicht viel, aber immerhin etwas. Adressbuch, Kalender und das hier.«

Sie hielt ihm die Ansichtskarte hin. Vorsichtig nahm er sie an der einen Ecke und schaute sich das Bild an. Dann drehte er sie um. »Eismeerkathedrale Tromsø«, las er laut. »Das ist merkwürdig.«

»Wieso merkwürdig?«

»Ich glaube, dass ich dieses Bild schon mal gesehen habe.«

»Vielleicht warst du schon mal da? Die Kirche ist berühmt.«

»Nein, wirklich nicht. Weiter nördlich als in Gävle war ich noch nie.«

»Da weißt du ja gar nicht, wie schrecklich lang Schweden ist, und alles nur Wald. Das fiel mir auf, als ich mal eine Cousine in Kiruna besucht habe.«

»Doch, das weiß ich, theoretisch zumindest.«

Er strich sich übers Kinn, das nach dem langen Tag schon

wieder unrasiert aussah. Ein weiteres Mal sah er die Ansichtskarte eingehend an.

»Irgendwo habe ich eine ähnliche Karte gesehen. Aber wo ... und außerdem gerade erst ... glaube ich.«

Er sah das Bild weiterhin an und hoffte, dass die Erinnerung klarer werden würde.

»Vermutlich hat es keinen Sinn, sich länger den Kopf darüber zu zerbrechen. Ich komm' schon wieder drauf ...«

»Ja, das ist so, wenn man nur lange genug wartet«, sagte sie und klang optimistisch.

»Bin ich schon so alt, dass mich mein Gedächtnis im Stich lässt ...«

»Das hat nichts mit dem Gedächtnis zu tun, im Oberstübchen ist nur weniger Platz.«

»Glaubst du?«

»Klar. Man hat den Kopf so voll, dass es einfach eine Weile dauert, bis man das Gewünschte gefunden hat. Aber wenn man einigermaßen den Überblick hat, findet man es früher oder später«, sagte sie im Brustton der Überzeugung.

»Ja, das ist gut«, antwortete er. »Gut, dass du so optimistisch bist. Dieser Andreas wirkt interessant. Aber wo zum Teufel sollen wir ihn auftreiben? Einen Norweger ausfindig zu machen, der Andreas heißt und in Tromsø wohnt, erscheint mir ziemlich hoffnungslos.«

»Er ist aber kein Norweger.«

»Bitte ...?«

»Er ist kein Norweger, die Karte ist auf Schwedisch.«

Claesson las den kurzen Text noch einmal. »Ist mir nicht aufgefallen, du hast Recht. Leider ist es nicht viel einfacher, einen Schweden ausfindig zu machen, der zu Besuch in Tromsø ist.«

»Mal abwarten. Ich habe auch ihren Kalender gefunden. Da steht nicht viel, außer dass sie den Dienst getauscht hat, um nach Stockholm fahren zu können. Und dann gibt es da noch ein paar kryptische Einträge. Und du?«

»Bisher nicht viel. Obwohl ich mir die Bücherregale noch nicht genauer angesehen habe.« Er deutete in das große Zimmer.

»Wirklich nicht auf die Schnelle zu machen«, meinte sie und ließ den Blick über die vollen Regale wandern, in denen nicht einmal mehr die Ansichtskarte, die sie in der Hand hielt, Platz gefunden hätte.

Sie schlenderte im Untergeschoss herum, während sich Claesson den letzten Küchenschrank vornahm. In der Diele war die Tür zur Kleiderkammer nur angelehnt.

»Warst du schon hier drinnen?«, rief sie.

»Wo?«

»In der Kleiderkammer neben der Diele?«

»Nein, nur kurz reingeschaut. Hatte noch keine Zeit.«

Die Kleiderkammer befand sich unter der Treppe zum Obergeschoss. Die Tür war mit derselben blauen Blümchentapete beklebt wie die Wände der Diele. Louise stieß sie mit dem Ellbogen auf und geriet zwischen Unmengen Oberbekleidung für verschiedene Jahreszeiten. Eine türkisfarbene Daunenjacke, Skihosen, ein Anorak, Regenmantel, Jeansjacke, Lammfellmantel (altmodisch, geerbt von der Mutter?). Auf dem Boden Skistiefel, Langlaufskischuhe, orange und gelbe Kindergummistiefel, Kindersandalen, ausgelatschte Turnschuhe und ganz hinten in der Ecke ein Paar weiße Schlittschuhe, wie sie sie selbst noch zu Hause hatte. Jede Schülerin in Schweden besaß vermutlich solche. An den Seiten hingen an langen Nägeln Kinderwinteroveralls, und auf einem Bord stand ein Karton mit Wollsocken. Die Ausrüstung von Wintermenschen. Sie wollte die Tür gerade wieder schließen, da fiel ihr Blick auf den Kalender, der innen an der Tür hing. Vom Vorjahr, ein Naturbild für jeden Monat. Tika, eine Arzneimittelfirma, hatte ihn drucken lassen. Ein Tag jeden Monats war mit einem Sternchen markiert. Louise lächelte. Maria Kaahn führte offenbar auf eine ähnliche Art wie sie Buch über ihre Tage. Die vorletzte Woche im März war durchgestrichen und mit dem Vermerk *Riksgr*. versehen. Zwei Wochen später fand sich das Kürzel *HH*, um genau zu sein, am 6. April. Derselbe Vermerk tauchte dann etwa einmal in der Woche auf, den ganzen April und Mai an verschiedenen Tagen. Dann war Schluss damit.

Louise nahm den Kalender vom Nagel und ging zu Claesson.

Hastig blätterte er ihn durch. »Das da bedeutet Riksgränsen, darauf wette ich«, sagte er.

»Klar. Glaub ich auch. Die ganze Kleiderkammer ist voll Skikleidung, und im Schreibtisch liegen Dutzende von alten Liftpässen.« Skiferien, da war sie sicher. »Ich schau mal nach, ob da auch ein Liftpass aus Riksgränsen liegt. Aber das ist vielleicht nicht so wichtig, was sie vor über einem Jahr unternommen hat.«

»Kann man nie wissen«, erwiderte er. »Du, dieses HH, das sind natürlich Initialen. Das ist jemand, der erst nach Riksgränsen auftaucht.«

Sie sahen sich an, nickten und sagten dann wie aus einem Mund: »Ein Mann.«

»Vielleicht Humbert Humbert«, schlug Louise vor, und dann mussten sie beide lachen.

»Müdigkeit«, meinte er entschuldigend. »Wir sollten sehen, dass wir nach Hause kommen. Ich schau mir nur noch schnell die letzten Schubfächer in der Küche an und die Speisekammer.«

Sie ging auf die Toilette und hörte Claesson in der Küche pfeifen. Sie zog die Hosen hoch, spülte, ließ pflichtschuldig Wasser über die Hände laufen und eilte dann in die Küche. Triumphierend hielt Claesson einen Kalender der Lebensmitteleinzelhandelskette ICA in die Luft.

»Wo hast du den gefunden?«, fragte sie.

»Da.« Er deutete auf den Nagel auf der Innenseite der Tür zur geräumigen Speisekammer.

Der Kalender stammte von Egons Livs, dem Lebensmittelladen des Dorfes. Das Märzbild war eine frisch gepflügte Ackerlandschaft unter einem grauen Himmel. Ein stimmungsvolles Bild, vermutlich in Skåne aufgenommen. Ein weidenbestandener Hochwasserdeich bildete den Horizont.

Als Erstes fiel ihnen ins Auge, dass dort an gewissen Tagen, ohne System, der Buchstabe N stand, angefangen mit dem ersten Blatt des Kalenders, dem Januar.

»Hier gibt es keine Sterne für Monatsblutungen, aber schließlich war sie schwanger«, stellte Louise fest.

»Gut, dass du dich um das Wesentliche kümmerst«, meinte Claesson und blätterte weiter. Freitag, der 5., und Samstag, der 6. März, hatten ein N, also das Wochenende vor Maria Kaahns Tod, sowie der nächste Montag und Donnerstag, der 15. und 18. März. Dann war Schluss.

»Warte, schau mal hier«, meinte sie und nahm den Taschenkalender, den sie in Marias Schreibtischschublade gefunden hatte, aus der Tasche. Sie blätterte bis zu den letzten Seiten: »Columbus. 08-44 17 17. N zu Hause 23«, las sie vor.

»N ist jemand, den sie geheim halten will«, sagte er.

»Oder jemand, den sie so gut kennt, dass ein Anfangsbuchstabe ausreicht. Das machen wir zu Hause auch, ich schreibe auch nur einen Buchstaben für den Vornamen meines Mannes oder für die der Kinder, wenn ich mir kurz was notieren will.«

»Die Frage ist, ob es sich um einen Vor- oder Nachnamen handelt.«

»Schwer zu sagen. Zu Hause nehme ich natürlich Vornamen. J für Janos, L für Lisa und so weiter. Schließlich haben wir alle denselben Nachnamen. Aber Maria Kaahn kann natürlich beides genommen haben. N für Nisse zum Beispiel.«

»Oder Niklasson«, erwiderte er.

»Oder Napoleon«, gab Louise zurück und lächelte ihn an.

Sie standen eng beieinander und beugten sich über die schwer zu deutenden Eintragungen im Taschenkalender. Obwohl sie ganz in ihren Fund vertieft war, registrierte sie Claessons tiefe Atemzüge, die Wärme seines Körpers, den Geruch von Wolle und, ganz schwach, Rasierwasser. Einen Augenblick lang hatte sie Lust, sich mit dem Rücken gegen seinen Brustkorb zu lehnen, tat das aber nicht. Zu viel wäre zerstört worden.

Warum hatte sie sich Claesson nie als Liebhaber vorgestellt? Oder hatte sie sich solche Mühe gegeben, genau das bleiben zu lassen, bis es ihr gelungen war? Sie war so vernünftig, nur das zu tun, was sich gehörte. Sie hielt ihre Impulse in Schach. Im Augenblick fehlte ihr jemand, der seinen Arm um sie legte. Ihr Mann und sie befanden sich in einer ehelichen Flaute. Sie vernachlässigten sich, aber ohne dass es zum Streit kam. Sie hatten sich beide in die Arbeit geflüchtet. Ein qualvoller Stillstand.

Diese Reflexion dauerte nur eine Millisekunde, in der sie sich furchtbar verletzlich fühlte. Sie sah ein, dass sie etwas für ihre Zweisamkeit unternehmen musste,

»Wir lassen das erst mal auf sich beruhen. Vielleicht ergibt sich später was«, sagte er.

»Jedenfalls hat sie einen Wechsel vollzogen«, meinte sie nachdenklich.

»Du meinst, dass, wo im Kalender letztes Jahr noch HH stand, jetzt N steht?«

»Genau.«

»Wie hieß jetzt wieder der, der ihr die Ansichtskarte geschickt hat?«

»Andreas«, antwortete sie.

»Er könnte einen Nachnamen haben, der mit N anfängt.«

»Sehr gut möglich.«

»Immerhin etwas«, meinte Claesson und seufzte vor Müdigkeit. »Wie immer müssen wir mit dem engeren Kreis anfangen. Familie, Freunde, Arbeit und so weiter ... Für heute machen wir Schluss«, sagte er und schlug das Kalenderbild mit dem Lehmacker in Skåne zu. »Abmarsch!«

»Sollen wir nicht noch eben bei den Nachbarn anklopfen?«

»Natürlich!«

»Die sind zu Hause; es brennt Licht«, meinte sie und schaute aus dem Küchenfenster. »Sie wissen, dass wir hier sind. Die Gardinen haben sich bewegt, als wir ins Haus gegangen sind.«

»In einem kleinen Dorf wie diesem kocht natürlich die Gerüchteküche.«

»So ist es immer. Dschungeltelegraf, so schnell ist sonst nichts.«

Claesson schloss ab. Es nieselte und war feuchtkalt, als sie durch den Garten gingen. Das Knirschen des Kieswegs des Nachbarn kündigte ihr Kommen an. Eine Frau öffnete sofort; sie hatte sie wohl schon durch das Fenster in der Diele kommen sehen und hinter der Tür gewartet.

# KAPITEL 10

Claesson setzte Louise Jasinski vor ihrem Haus ab. In dem Wohnviertel war es dunkel und still. Auf dem Heimweg hatten sie versucht, die Eindrücke zu verarbeiten, die ihnen die gesprächige Nachbarin Greta Ribbing vermittelt hatte, eine vertrocknete Dame von der Sorte, die sich in alles einmischt, wie sie in allen Fünfzigerjahrefilmen vorkommt. Sie war ein so typisches Beispiel dieses Frauentyps, dass sie es kaum gewagt hatten, sich anzusehen, aus Angst, unpassend in lautes Gelächter auszubrechen. Die strenge Dame hatte alles und alle unter Kontrolle. Es war nicht leicht gewesen, sie dazu zu bringen, zu erzählen, was sie wirklich gesehen und gehört hatte, und nicht nur das, was sie sich auf Grundlage der Zeitungsberichte zusammengereimt hatte, also Gerüchte. »Gerüchte sind eine Plage«, sagte Gotte immer, »sie sind unsichtbar und nicht vorhersehbar, aber die Augen vor ihrer Existenz verschließen kann man auch nicht.« Vor allen Dingen nicht in einem Nest wie Beckatorp, dachte Claesson.

Dass Maria Kaahn ein Geheimnis hatte, diesen Verdacht hatte Greta Ribbing schon lange gehegt, ehrenwerte Ärztin hin oder her, aber worin dieses Geheimnis bestand, dem kamen die beiden Beamten nie auf den Grund. Vermutlich wusste sie das nicht einmal selbst, die gute Greta Ribbing. Den dann doch eher unspektakulären Fakten, die sie ihr schließlich entlockten, entnahmen sie, dass Maria Kaahn ein strebsames, pflichtbewusstes Leben geführt hatte, mit regelmäßigen

Gewohnheiten, und dass sie sich vorbildlich um ihre zwei Kinder gekümmert hatte. Ihr größter Fehler schien darin zu bestehen, dass sie nicht aus dem Ort war, sondern aus Stockholm (»und wie die sind, dass weiß man schließlich ...«) und dass sie sich nicht um Haus und Garten kümmerte, wie es sich für eine richtige Frau schickte, was bedeuten sollte, eine, die aus demselben Holz geschnitzt war wie Greta Ribbing. Wie die Welt für Frauen aussah, die Haushalt und Beruf unter einen Hut bringen mussten, das war für sie ein vollkommen unbekanntes Kapitel. Herrenbesuche hatte es nicht gegeben. Wäre auch noch schöner! Natürlich sei der Ex-Mann gelegentlich vorbeigekommen, um die Kinder zu holen. Doch, Maria sei gelegentlich mit dem Auto abgeholt worden, aber nur selten und immer sehr spät. Die Nachbarin konnte sich nicht daran erinnern, welche Marke das Auto gehabt hatte. Sie war sich auch nicht sicher, ob es immer dasselbe gewesen war, was vermutlich damit zusammenhing, dass sie kaum den Unterschied zwischen einem Last- und einem Personenwagen erkennen konnte. Heutzutage war es ohnehin schwer, Automodelle zu unterscheiden, darin waren sich Claesson und Louise einig, alle sahen ungefähr gleich aus, aber irgendetwas ließ sich dann doch immer sagen, beispielsweise über die Farbe. »Vermutlich war es weiß«, glaubte Greta Ribbing zuerst. »Oder doch dunkel. Vielleicht waren es doch verschiedene Wagen.« Und das konnte durchaus der Fall sein, konstatierten die beiden Polizisten mit einem schweren gemeinsamen Seufzer, als sie die schroffe Dame schließlich ihren Mutmaßungen überließen. Vermutlich hatten diese gerade weitere Nahrung erhalten.

Katina saß vor dem Fernseher, als Claes nach Hause kam. Als er den Schlüssel ins Schloss steckte, durchströmte ihn eine Wärme, die stärker war als Müdigkeit und Hunger. Er kam in eine Wohnung, in der Licht brannte. Etwas anderes als das ihm inzwischen verleidete Alleinsein erwartete ihn. Einer gewissen Skepsis konnte er sich allerdings nicht erwehren. Was für einen Empfang hatte er zu erwarten? Die kalte Schulter?

Umso froher war er, als ihm Katina schlaftrunken in der Diele entgegenkam, offensichtlich war sie vor dem Fernseher eingenickt. Sie umarmte ihn lange, weich und warm. Sie duftete nach Haut, und unter dem Morgenmantel, den sie trug, war sie nackt.

»Jetzt lass ich dich nicht mehr los«, flüsterte sie und biss ihn verspielt in den Hals und legte danach ihre Lippen auf die seinen.

Er war erleichtert, denn nach einer Unterhaltung stand ihm am allerwenigsten der Sinn. Sanft zog er sie an sich und öffnete den Frotteemantel. Ihre Haut war warm, ihre Brüste waren weich, und die Irrfahrten des Tages blieben hinter ihm zurück. Sie zog ihm die Jacke aus und knöpfte das Hemd auf. Sie küsste ihn auf die Brust, löste seinen Gürtel und fasste weiter nach unten. Sie schwankten, verloren das Gleichgewicht und fanden sich auf dem Boden wieder. Sie rollte sich auf ihn, und ihr Gewicht machte ihn lebendig. Er in ihr, sie um ihn, und sie waren wieder vereinigt.

Um vier schreckte er auf. Er hatte das unangenehme Gefühl, die Kontrolle verloren zu haben. Sein Herz raste. Was für ein chaotischer Traum! Erst wusste er nicht, wo er war, bis er merkte: im eigenen Bett, gegen Katinas Hüftknochen gedrückt, seinen Anker. Er wurde ruhiger, und sein Puls normalisierte sich. Die Zunge klebte an seinem Gaumen. Seine Blase drückte. Vorsichtig legte er ihren Arm zur Seite, der schwer auf seiner Brust gelegen hatte, und stand vorsichtig und ohne sie zu wecken auf.

In der Küche drehte er den Kaltwasserhahn auf. Er trank hastig und mit großen Schlucken. Er hatte einen schlechten Geschmack im Mund. Zu viel Wein gestern Abend, dachte er, man darf nicht so viel trinken, wenn man so kaputt ist.

Im Badezimmer brannte noch Licht. Sie hatten vergessen, es auszumachen. Er ließ sich auf die Toilette sinken und spürte, wie unglaublich müde er war. Während er dort saß, versuchte er, in seiner Erinnerung den Zusammenhang zu finden. Irgendwas am Vortag hatte nicht gestimmt. Doch, es stimmte, das war nicht das Problem. Etwas war leer. So war es. Ein leerer Fleck im Hirn.

Aber dann kam es. Die Erinnerung hatte bis zur richtigen Seite weitergeblättert. Die Ansichtskarte! Die Ansichtskarte bei Maria Kaahn. Die Eismeerkathedrale von Tromsø. Jetzt wusste er, wo er sie schon mal gesehen hatte. Und zwar dieselbe Karte. Aber er konnte sie unmöglich mitten in der Nacht wecken, um das zu kontrollieren. Oder? Nein, das war weder anständig noch zumutbar. Er musste versuchen, noch etwas zu schlafen, und sie anrufen, wenn er morgens aufwachte.

Veronika war schlaftrunken, als sie zum Telefon griff. Schließlich war Sonntagmorgen.

»Veronika Lundborg«, sagte sie mit rauer Stimme.

Sie sagte nicht Lundborg-Westman wie sonst immer. Sie sagte nur Lundborg.

»Hier ist Claes Claesson. Kriminalpolizei.«

»Ja«, erwiderte sie und setzte sich auf den Hocker in der Diele. Was war denn jetzt schon wieder?

»Ich habe noch ein paar ergänzende Fragen. Nichts Entscheidendes, aber ich würde trotzdem gern vorbeikommen.«

»Wann?«, fragte sie undeutlich und räusperte sich.

»Gerne so bald wie möglich.«

»Sofort, meinen Sie?«, fragte sie. Es war ihr anzumerken, dass sie darauf nicht vorbereitet war.

Eine kurze Stille trat ein, während der Veronika auf ihre nackten Füße schaute. Sie musste den Nagellack von ihren Zehen entfernen. Er war schadhaft. Wer begehrte schon eine Frau, die schadhaften, weinroten Nagellack auf den Zehennägeln hatte? Wie ein Flittchen.

»Okay! Geben Sie mir eine halbe Stunde. Dann kann ich mich anziehen«, antwortete sie und legte auf.

Meine Güte, was die immer wollen, dachte sie und verschwand unter der Dusche. Ein Kommissar, der sie an zwei Tagen hintereinander aufsuchte, würde bei Tyra und Karl-Henrik den Verdacht aufkommen lassen, sie sei eine Serienmörderin. Das Auto vor ihrem Haus würden sie nicht übersehen, besonders nicht morgens. Dann saßen sie immer am Küchenfenster, tranken Kaffee und hatten die gesamte Straße unter Kontrolle. Auch den Mann, der bei ihr klingelte, würden sie nicht übersehen. Sie würden nicht glauben, dass es sich um einen neuen Liebhaber handelte, dem war leider auch nicht so. Sie wussten, dass er Polizist war. Und dann würden sie sich anstrengen, um eine möglichst haarsträubende Geschichte zu konstruieren.

Veronika warf einen Blick auf den Wecker im Schlafzimmer und zog Jeans und einen dunkelblauen Rollkragenpullover über.

An einem Sonntag, an dem sie nicht Dienst hatte, um sieben Uhr aufstehen. Eine Schande war das! Aber wenn sie wollte, konnte sie immer noch einen Mittagsschlaf halten. Sie war neugierig, was Maria wohl zugestoßen war und was die Polizei herausgefunden hatte. Auf den Kriminalkommissar war sie ebenfalls gespannt.

Sie saß im Parkett in der ersten Reihe, und da saß sie gut.

Durchs Küchenfenster ließ sie die kalte Morgenluft herein, während sie die Zeitungen holte. Dann knallte sie das Fenster zu, warf die Zeitungen auf den Küchentisch, räumte hastig Gläser, Teller und Besteck des Vortags in die Spülmaschine, riss das Tischtuch vom Tisch, schüttelte es durch die Wohnungstür aus, wischte den Tisch ab, legte das Tuch zurecht und stellte den Topf mit der Primel darauf. Was für ein Glück, dass ich die gekauft habe, dachte sie. Dann holte sie das Weinglas und die Popcorn-Schale aus dem Wohnzimmer und stellte sie ebenfalls in die Spülmaschine, die trotzdem nicht halb voll wurde. In letzter Zeit dauerte das so lang, dass sie genauso gut mit der Hand hätte spülen können.

Sollte sie ihm Kaffee machen? Vermutlich hatte er keine Zeit. Oder er hatte bereits ein solides, nahrhaftes Frühstück hinter sich, das ihm seine treu sorgende Ehefrau hingestellt hatte, obwohl es Sonntag und früher Morgen war? Das hatte sie nie getan, als sie noch mit Dan verheiratet gewesen war; sie schlief aus. Darum war eben auch alles den Bach runtergegangen. Sie grinste.

Im Brotkorb lag nur Knäckebrot. Konnte sie ihm das anbieten? Es sah wirklich zu kläglich aus. Die Ehefrau, falls er denn eine hatte, hatte sicher für frische Brötchen gesorgt. Vermutlich war er also nicht hungrig.

Gehörte sich das überhaupt, einen Polizisten einzuladen? Schließlich suchte er sie dienstlich auf. Aber warum nicht? Im Dienst wurde so viel Kaffee getrunken, es würde also keine Rolle spielen. Kaffee hatte im sozialen Leben dieselbe Funktion wie das Öl in einem Uhrwerk. Er war nötig, damit alles weiterging. Jedenfalls musste sie selbst etwas frühstücken. Wollte er auch was, dann musste er sich eben bedienen oder zuschauen. Selber schuld, wenn er sie so unchristlich früh weckte!

Sie setzte Kaffeewasser auf, stellte sich neben den Kühlschrank und trank zwei große Gläser Dickmilch. Dickmilch beruhigte den Magen und war gut gegen ihr schlechtes Gewissen, dass sie zu wenig Kalzium zu sich nahm. Schließlich musste sie an die drohende Osteoporose denken. Dieses Leiden schlug nicht wie eine Bombe ein, es war schleichend. Man musste also vorbeugen.

Während der Kaffee langsam durch den Filter in die Thermoskanne lief, klopfte es. Sie beugte sich über die Spüle und schaute auf die Straße. Ein blaugrauer Toyota parkte ein Stück die Straße weiter unten. Offensichtlich war er aus der anderen Richtung gekommen, denn sie hatte ihn nicht vorbeifahren sehen.

Veronika öffnete die Haustür.

»Hallo, wollen Sie einen Kaffee?«, fragte sie, noch ehe er Zeit hatte einzutreten.

Sie sieht aus wie eine nasse Katze, dachte Claesson. Rührend. Das frisch gewaschene Haar lag an ihrem Kopf an. Ihre Ohren standen ab. Ihr Hals war dünn und sah trotz des Rollkragens nackt aus. Barfuß ging sie zwischen Spüle, Herd und Küchentisch hin und her. Dass sie nicht fror!

Sie hatte ihn in die Küche geführt. Am Vortag war er dort auf dem Weg zum Wohnzimmersofa durchgekommen. Küchentische und Wohnzimmer verschiedenster Art waren die klassischen Arbeitsumfelder der Polizei. Sie bat ihn, sich an den Küchentisch zu setzen, während sie Frühstück auftischte. Er ließ sich dankbar einladen, denn er hatte vor lauter Eile nichts gegessen. Jetzt war er einerseits hungrig, andererseits war ihm aber auch übel, da er leicht verkatert war.

»Ich habe leider nur Knäckebrot. Sie müssen damit vorlieb nehmen«, sagte sie, ohne sich zu entschuldigen.

»Schon okay«, meinte er. »Knäckebrot ist eine Delikatesse, nach der sich alle Schweden im Ausland sehnen.«

»Mittlerweile kann man Kalles Kaviarpaste und Knäckebrot überall auf der Welt bei IKEA kaufen«, sagte sie und reichte ihm den Brotkorb.

»Ja, die breiten sich aus«, erwiderte er. »Ich meine IKEA.«

Am Kühlschrank hing, was er suchte. Er sah die Ansichtskarte sofort. Sie war von Merkzetteln, der Speisekarte einer Pizzeria sowie von Rabattcoupons umgeben, alles mit Magneten befestigt. Es fiel ihm schwer, die Ansichtskarte aus den Augen zu lassen, und deswegen war er unkonzentriert. Er spürte, wie er sie dadurch verunsicherte. Nicht gut, dachte er.

Veronika goss Kaffee ein und fragte, ob er Milch wolle. Er wollte. Als sie die Kühlschranktür öffnete, sah er noch deutlicher, dass es genau dieselbe Karte mit der Eismeerkathedrale in Tromsø war, die sie bei Maria Kaahn gefunden hatten.

»Ich habe eine einfache Frage«, sagte er, »aber könnten Sie erst die Karte dort abhängen?«

Er deutete auf den Kühlschrank, und sie schaute fragend auf die Tür.

»Meinen Sie die da?«, wollte sie wissen und deutete nun ihrerseits auf die Eismeerkathedrale.

»Ja, genau.«

Sie zuckte mit den Achseln und zog den Magneten ab. »Waren Sie schon mal da?«, fragte sie und reichte ihm die Karte.

»Nein«, erwiderte er kurz, drehte die Karte um und las einen im Großen und Ganzen identischen Text, der in derselben etwas kindlichen Handschrift geschrieben war, die er zu Hause bei Maria Kaahn studierte hatte. *Lang ist's her. Jetzt versetze ich in Norwegen die Leute in Narkose, aber demnächst ziehe ich weiter. Rate mal, wohin? Bald können wir wieder zusammen auf ein Bier gehen. Ich freue mich schon. Sei umarmt, Andreas.* »Wann haben Sie die bekommen?«, fragte er dann, an Veronika gewandt.

»Meine Güte, was spielt das für eine Rolle?«

»Maria Kaahn hat dieselbe Karte vom selben Absender erhalten, weitgehend mit demselben Text. Aber auf ihrer Karte stand nichts davon, dass er Leute in Narkose versetzt. Ist er Anästhesist?«

Doktor Veronika hatte kein Pokerface. Ihre Miene bekam auf einmal etwas Strenges. Sie presste die Lippen zusammen. Dann stieg ihr die Röte ins Gesicht. »Kannte sie ihn?«, sagte sie halblaut und seufzte.

»Wen?«

»Andreas.«

»Offensichtlich. Und wie heißt er weiter?«

»Axell.«

Daneben. Nichts auf N. Aber er konnte trotzdem der Urheber der Schwangerschaft sein und natürlich auch der Mörder Marias.

»Erinnern Sie sich, wann Sie die Karte bekommen haben«, sagte er mit seiner Verhörsstimme.

Veronika versuchte, sich zu sammeln. Sie hörte, dass sein Ton schärfer geworden war. »Ich erinnere mich sehr wohl, wann ich die Karte bekommen habe. Ich habe ein sehr gutes

Gedächtnis. Letzten Donnerstag. Also nicht an einem x-beliebigen Tag. Das war der Tag, an dem ich Maria gefunden habe«, antwortete sie angestrengt. »Und was hat das jetzt mit der ganzen Sache zu tun?«

»Ihre Kollegin Maria Kaahn war schwanger. Ihr Ex-Mann sagt, dass er nicht der Vater ist.«

»Und jetzt glauben Sie, es war Andreas Axell?«, fragte sie rasch.

»Ich glaube gar nichts. Ich untersuche alle denkbaren Optionen. Wer ist das?«

»Wer er ist? Tja, das fragt er sich sicher manchmal selbst«, erwiderte Veronika lässig, wandte ihren Blick von ihm ab, schaute aus dem Fenster und sah Tyra und Karl-Henrik hinter ihrem Küchenfenster sitzen. »Was hatte ich noch gleich gesagt?«, murmelte sie.

»Bitte?«

»Ach, nichts«, meinte sie, trank einen Schluck Kaffee und schaute ihm über den Rand der Tasse direkt in die Augen.

Ruhige, milde Augen, dachte sie. Aber sie war immer noch gekränkt, dass er die Frechheit besessen hatte, anzunehmen, Maria Kaahn und Andreas Axell seien ein Paar gewesen. Vom Kopf her war ihr allerdings klar, dass Kommissar Claesson dafür nichts konnte. Er war nur der Überbringer der Nachricht.

»Ja, Andreas Axell ist Anästhesist. Freelance, wenn man so will«, erzählte sie. »Es gibt zu wenige Anästhesisten, man kann also sehr gut davon leben, nur ab und zu einzuspringen. Entweder arbeitet man in Nordschweden, da verdient man mehr, oder noch besser in Norwegen. Die Norweger zahlen sehr gut. Das Öl, Sie wissen schon.« Sie biss von ihrem Knäckebrot ab und fing die Krümel mit einer Hand unterm Kinn auf. »Es gibt Leute, die finden, dass die Bedingungen für Ärzte in Norwegen besser sind. Nicht nur die Löhne sind höher, auch die Arbeitszeiten sind angenehmer. Außerdem haben die Leute mehr Achtung vor der Arbeit der Ärzte. In Schweden sind die Verhältnisse, unter denen wir arbeiten, mittlerweile extrem schwierig. Hohe Arbeitsbelastung in Kombination mit großer Verantwortung hat dazu geführt, dass viele Kollegen ausgebrannt sind, sich krankschreiben lassen und von einem anderen Beruf träumen ... Deprimierendes Thema. Aber man hat auch das Gefühl, dass alles, was Spaß macht, denn das gibt es, von dem ewigen Gejammer überdeckt wird ...«

Claesson nickte. Darüber hatte er in der Zeitung gelesen. Schwedens Gesundheitswesen machte im Augenblick dieselbe Veränderung durch wie die Polizei – das Resultat: vollkommen überarbeitete und mental zu Grunde gerichtete Mitarbeiter.

»Ich würde mit einem so unsteten Leben, wie Andreas es führt, allerdings nicht fertig werden, aber er hat auch keine Familie. Jedenfalls hatte er noch keine, als ich ihn zuletzt gesehen habe.«

»Wann war das?«

Sie runzelte die Stirn. Zwischen den Augen wurden zwei Falten sichtbar. »Lassen Sie mich nachdenken«, sagte sie. Es wurde still. »War das jetzt vor zwei oder drei Jahren ... jedenfalls in Gällivare.«

»Ist das schon so lange her?«, meinte er erstaunt.

»Doch. Es ist wirklich schon drei Jahre her. Meine Güte! Wie die Zeit vergeht. Er könnte wirklich inzwischen geheiratet und Kinder bekommen haben, aber das glaube ich irgendwie nicht.«

»Darf ich fragen, was Sie in Gällivare gemacht haben?«

»Ich habe dort gearbeitet, zwei Wochen lang. Ich brauchte Geld und bin in den Ferien hingefahren. Das Dach war undicht, ich musste es neu decken lassen. So was kann ich nicht. Ich brauchte also Handwerker, und die sind nicht gerade billig.«

»Man braucht schließlich nicht alles zu können«, erwiderte er.

»Nein, aber mir wäre das lieber«, erwiderte sie rasch. »Es kostet, Hilfe in Anspruch zu nehmen.«

»Um auf Gällivare zurückzukommen«, sagte er, und es kam ihm in den Sinn, dass sie vermutlich mehr verdiente als er und kaum Grund zum Klagen hatte. »Wie kam es, dass Sie gleichzeitig dort waren? War das irgendwie abgesprochen?«

»Was hat das mit der Sache zu tun?«, fragte sie und sah erst so aus, als wollte sie nichts weiter sagen, dann fuhr sie nach einer kürzeren Pause jedoch fort. »Vor vielen Jahren, sicher acht oder neun, begegneten wir uns zufällig in einem kleineren Krankenhaus, ebenfalls im Norden, in Kalix. Dort arbeiteten wir beide vertretungsweise. Wir hatten damals beide noch keine feste Stelle, die waren zu dieser Zeit nur schwer zu kriegen. Die meisten Ärzte hatten irgendwelche Vertretungen drei Monate, ein halbes Jahr, selten länger. Inzwischen ist das besser, aber nun sind Ärzte ja auch Mangelware. Die Arbeitgeber strengen sich mehr an. Wie auch immer, jedenfalls kümmerte sich mein Ex-Mann ausnahmsweise um unsere Tochter, oder genauer gesagt tat das seine Mutter, Cissis Großmutter … auch egal. Jedenfalls war ich über den Sommer einen ganzen Monat weg. Ich hatte Andreas vorher nicht gekannt, aber wir wurden gute Freunde, mehr nicht.«

Ihre Gesichtsfarbe verriet etwas anderes, aber Claesson ließ das auf sich beruhen.

»Dann hörten wir gelegentlich voneinander, weil wir dieselben Fortbildungen besuchen wollten«, fuhr sie fort. »Auf einer davon hat mir Andreas den Tipp mit Gällivare gegeben. Danach hatte ich nur noch sporadisch Kontakt zu ihm. Ab und zu mal eine Ansichtskarte. Gelegentlich haben wir miteinander telefoniert.«

»Wissen Sie, wo er sich jetzt aufhält?«

»Er ist auf dem Weg hierher, nehme ich an. Sie können ja in der Klinik fragen, wann er dort anfängt.«

»Haben Sie seine Adresse in Tromsø?«

»Natürlich. Ich kann Ihnen seine Privatadresse und die in der Klinik geben.« Sie stand auf und holte ihr Adressbuch aus dem Arbeitszimmer.

Claes Claesson nahm einen Notizblock aus der Jackentasche und schrieb die Adressen ab. In der Küche war es still. Die Luft ließ sich jetzt etwas leichter atmen.

»Ausgezeichnet«, meinte er, steckte den Block wieder in die Jackentasche und lächelte sie an.

Veronika errötete.

»Freut mich, dass ich Ihnen behilflich sein konnte«, meinte sie versöhnlicher und verstummte dann.

Sie ließ ihre Kaffeetasse kreisen, und ihr Blick verlor sich im Nichts. Er wartete darauf, dass sie noch etwas sagen würde. Falls sie das nicht tat, wollte er sich für ihre Mühe bedanken und gehen.

»Sie müssen schon entschuldigen«, meinte sie dann, »aber ich war erst etwas überrascht, dass Maria Kaahn und Andreas Axell sich kannten.«

»Das habe ich gemerkt.«

»Andreas ist einer meiner alten Freunde. Irgendwie kam mir das verkehrt vor, ich meine, irgendwie beschissen, dass sie ihn kannte.«

»Können Sie das näher erklären?«

»Maria Kaahn hatte überhaupt viel Erfolg bei den Männern.«

»Hm ...«

»Sie brachte irgendwie alle Männer auf ihre Seite. Das klingt dumm, aber es war so, von Anfang an. Irgendwas geschah an der Klinik, schwer zu erklären. Erst spaltete sie die Männer in zwei Lager, aber das gab sich nach einer Weile. Für sie waren schließlich alle gleich interessant.«

»Denken Sie an jemanden im Besonderen?«

Sie hatte gestikuliert, jetzt ließ sie die Hände sinken, schob die Unterlippe vor und sah ihn nachdenklich an.

»Tja, ich weiß nicht recht. Das klingt vielleicht diffus, aber am meisten machte sie sich bei Petrén wichtig. Er ist schließlich der Chef. Sie konnte ihn um den kleinen Finger wickeln.«

»Er hatte eine Schwäche für sie, auch wenn er das nicht unbedingt offen zeigte«, fuhr sie nach einer Pause fort. »Es ist wichtig für einen Chef, dass er niemanden bevorzugt. Zumindest sollten es die anderen nicht merken.«

»Schätzte Maria Kaahn ihre Kolleginnen ebenso wie ihre Kollegen?«, fragte er.

»Nein, eher nicht. Das war es ja. Als kompetente Ärztin mittleren Alters musste man sich damit abfinden, von ihr wie Luft behandelt zu werden, abgesehen davon natürlich, wenn sie Hilfe brauchte.«

»Was machten Sie dann?«

»Ich half ihr selbstverständlich. Das wäre ja noch schöner!« Sie lachte. »Manchmal muss man sich zusammennehmen, auch wenn es einem widerstrebt. Die Patienten gehen in jedem Fall vor. Schließlich hat man Verantwortungsgefühl.«

Die Frau vor ihm verfügte über Humor und Selbstkritik. Irgendwie mochte er sie. Eigentlich recht umgänglich, trotz des Statusjobs und der etwas distanzierten Art. Sie hatte ihm ein deutlicheres Bild von Maria Kaahn vermittelt. Richtig klar würde es wohl nie werden. Sehr viel sprach dafür, dass sie eine ungewöhnlich komplexe Person gewesen war. Oder überaus einfach. Jedenfalls musste er sich ihr Bild auch von anderen als von ihren Kollegen bestätigen lassen, die eifersüchtig auf sie gewesen zu sein schienen, wenn auch in kontrollierter Form. Er stand vom Küchentisch auf, dankte für das Frühstück und ging. Als Allerallererstes musste er den Anästhesisten Andreas Axell ausfindig machen. Petrén konnte er dann immer noch befragen.

## KAPITEL 11

Am selben Sonntag war Inga Feldt damit beschäftigt, die Reste des Picknicks auf die funkelnde, rostfreie Spüle zu packen, als Janne Lundin bei ihr klingelte.

»Man muss rausgehen, solange das Wetter gut ist«, sagte sie und führte ihn in die Küche. »Was für einen Unterschied etwas Sonne doch macht!«

»Wohl war! Es gilt, die Augenblicke zu genießen«, erwiderte er in einer philosophischen Anwandlung.

»Der Winter war schrecklich. Ich habe das Gefühl, als hätte ich ewig nur im Haus gesessen und den Kopf hängen lassen«, sagte Inga Feldt und goss Kaffee aus einer Thermoskanne ein. »Irgendwann glaubt man nicht mehr, dass es je wieder Frühling wird.«

Janne Lundin hatte sich in einer weiteren Küche niedergelassen, dieses Mal in einer Zweizimmerwohnung im Zentrum. Er schlug den Kaffee sofort aus.

»Wie Sie wissen, ist Maria Kaahn ums Leben gekommen«, sagte er.

»Ja. Das ist schrecklich«, erwiderte sie aufrichtig. »Morgens putze ich dort schließlich ganz allein. Da kann man sich schon Sorgen machen.«

»Ja, sicher kein angenehmes Gefühl.«

»Muss ich Angst haben?«.

»Nein. Wir bewachen die Klinik«, antwortete er mit seiner seit vielen Jahren erprobten, beruhigenden Polizistenstimme.

Fragt sich nur, wie umfassend die Bewachung ist, dachte er, und sie war alles andere als das, wenn man ehrlich sein wollte. Andererseits spürte er intuitiv, dass es zu keinen weiteren Morden kommen würde, jedenfalls nicht auf der Chirurgie.

Inga Feldt war liebenswürdig. Seit vielen Jahren putzte sie schon auf der Chirurgie und kannte dort jeden Winkel – und jeden Angestellten der Klinik mehr oder minder gut. Janne Lundin interessierte sich zwar nicht dafür, was sie, abgesehen von Maria Kaahn, von den verschiedenen Ärzten hielt, aber sie redete, ohne dass er ihr Einhalt gebieten konnte. Einige Ärzte grüßten sie einfach nur, andere taten noch nicht einmal das, da sie sich für ihre geringe Person nicht zu interessieren schienen. Sie machten sich nicht die Mühe, ihr auch nur kühl zuzunicken. Zu diesen hatte unter anderem Maria Kaahn gehört, was zu dem Bild der reservierten und selbstbewussten Frau passte, das sich Janne Lundin nach und nach von ihr gemacht hatte.

Mehrere Ärzte unterhielten sich mit ihr, erzählte Inga Feldt, einige seien manchmal sogar richtig zu Späßen aufgelegt. Der Klinikchef Greger Petrén sei richtig nett und gesprächig, Ulf Nilsson und Ronny Alexandersson seien das ebenfalls, ungewöhnlich angenehm, alle beide. Die beiden Ärztinnen Else-Britt und Veronika seien auch sehr umgänglich.

»Maria Kaahn kam morgens zu Tode. Sie hatten doch ebenfalls Frühdienst. Könnten Sie mir sagen, wann genau Sie mit der Arbeit angefangen haben und wo?«, unterbrach sie Janne Lundin schließlich.

»Ich bin ein Morgenmensch und arbeite gern ungestört. Ich komme also schon um sechs und schließe dann den Korridor in der vierten Etage auf. Ich ziehe mich um und fange ganz hinten in der Bibliothek mit dem Putzen an. Ich will fertig sein, ehe die Ärzte dort ihre Morgenbesprechung abhalten.«

»Trafen Sie jemanden?«

»Nein, keine Seele.«

»Haben Sie jemanden kommen oder gehen hören?«

»Ich hörte den Nachtdienst … ja, also, ich nahm an, dass das der Nachtdienst war, aber ich wusste natürlich nicht, wer … jemand ging durch den Korridor und öffnete eine Tür … vielleicht zur Toilette, also zur Dusche.«

»Das hören Sie?«

»Ja, sie gehen da morgens immer rein. Zum Bereitschaftszimmer gehört schließlich keine Toilette. Aber so wichtig ist mir das nicht.«

»Aber Sie haben was gehört. Wir können annehmen, dass das Maria Kaahn war?«

»Ja.«

»Wann war das ungefähr?«

»Meine Güte. Kurz nachdem ich gekommen war. Etwa Viertel nach sechs, nehme ich an, oder vielleicht eher gegen halb sieben, denn ich hatte bereits die Papierkörbe geleert, die Blumen gegossen und Kaffee aufgesetzt.«

»Haben Sie sonst noch was gehört?«

»Nein.«

»Sicher?«

Sie schüttelte ihre goldenen Locken. »Nein«, meinte sie, nachdem sie ein paar Sekunden überlegt hatte. »Leider. Ich machte nämlich den Staubsauger an. Es gibt einen dicken Teppich in der Bibliothek, den ich einmal die Woche sauge. Immer Donnerstag. Dann machte ich im Zimmer von Dr. Nilsson weiter. Das liegt ganz hinten in der Ecke.«

Sie glättete das Tischtuch und dachte weiter angestrengt nach. »Vielleicht hörte ich, dass die Tür zum Korridor ein weiteres Mal geöffnet wurde … Doch, das tat ich. Vielleicht. Wenn ich jetzt nur nichts durcheinander bringe«, meinte sie nachdenklich und starrte auf den Boden, um sich besser besinnen zu können.

»Wann? Anschließend?«

»Wonach?«

»Nach den Schritten, die, die Sie zuerst gehört haben?«

»Meine Güte! Das muss gewesen sein, ehe ich mit dem

Staubsaugen anfing, aber dann habe ich wirklich nichts mehr gehört. Wir haben uralte Staubsauger, wegen der Sparmaßnahmen. Die machen einen wahnsinnigen Lärm.«

»Ja, das ist ein Elend mit dieser ewigen Sparerei«, meinte er entgegenkommend. »Ich will, dass Sie ganz genau nachdenken, zu welchem Zeitpunkt Sie diese zweiten Schritte gehört haben könnten.«

»Meine Güte«, sagte Inga Feldt erneut. »Das muss ziemlich bald nach den ersten Schritten gewesen sein. Vielleicht nach drei oder fünf Minuten. Vielleicht noch später. Manchmal vergeht die Zeit einfach rasend schnell. Aber so viel Zeit kann eigentlich nicht vergangen sein, denn dann habe ich ja, wie gesagt, den Staubsauger angemacht.«

Er sah ein, dass er nicht weiterkommen würde.

Wer den Korridor betreten hatte, hatte das ungesehen getan.

Wer und warum? Kannte er die Räumlichkeiten? Einer der Ärzte?

Der Korridor war nicht mehr abgeschlossen gewesen. So viel hatte er erfahren. Inga Feldt hatte ihn wie jeden Morgen aufgeschlossen. Man konnte also einfach reinspazieren.

Er dankte und ging.

Claesson hatte die Polizei in Tromsø gebeten, Andreas Axell ausfindig zu machen. Endlich hatten sie eine Spur.

Über Mittag machte er mit Katina einen langen Spaziergang am Strand. Es wehte ein frischer Wind, aber die Sonne schien – der Winter war vorbei! Nur das Handy in seiner Tasche erinnerte ihn daran, dass er mitten in den Ermittlungen eines Mordfalls steckte.

Katina hatte Kaffee gekocht und Brote gemacht. Das erste Picknick des Jahres. Es war zu kalt, um auf der Erde zu sitzen, aber im Stehen schmeckte es genauso gut. Ihr schwarzes, glänzendes Haar, das bis zu den Ohrläppchen reichte, bewegte sich im Wind. Sie redeten über alles Mögliche, nur nicht über die Arbeit, vor allen Dingen nicht über seine. Über ihre Beziehung sprachen sie ebenfalls nicht. Sie versuchten, im Hier und Jetzt zu leben und den Moment zu genießen. Der Gedanke, dass er Petrén vermutlich noch am selben Tag verhören musste, weckte in ihm einen gewissen Widerwillen. Der ganze Tag sollte seiner Freundin aus Göteborg gehören, denn er hatte ganz deutlich das Gefühl, dass sie sich nicht noch öfter mit so wenig Zeit bescheiden würde.

Am Morgen hatte Dr. Veronika mit dem Doppelnamen, den er sich nie merken konnte, in einem Nebensatz angedeutet, dass ihr Chef, Oberarzt Prof. Petrén, eine Schwäche für die Tote gehabt hatte. »Sie konnte ihn um den kleinen Finger wickeln.« Bei dieser Bemerkung hatte sie vielsagend gelächelt. Mit anderen Worten: Maria Kaahn könnte genauso gut ein Verhältnis mit Petrén wie mit Andreas Axell aus Norwegen gehabt haben. Jedenfalls hatte er das so verstanden. Dass der elegante Chef und die süße Assistenzärztin ein Verhältnis hatten, war fast schon klassisch. Als Veronika ihn an die Haustür begleitete und sie in ihrer gelb bestrichenen Diele mit gerahmten Fotos an den Wänden standen, fragte er sie unumwunden, ob sie glaube, dass Maria Kaahn und Greger Petrén ein Verhältnis gehabt hätten. Sie wies das sofort weit von sich, sie wisse nichts, sie habe nicht den blassesten Schimmer. Er wertete ihr Reaktion als Hinweis darauf, dass es sich genau so verhalten könnte. Aber er musste es selbst herausfinden.

Eine komplizierte Liebesbeziehung und Eifersucht waren ein altes Motiv, eine Alternative, die sie die ganze Zeit im Auge behalten hatten. Ein untreuer Ehemann aus besseren Kreisen, der fürchten musste, dass seine Affäre durch die Geburt eines Kindes ans Licht kam, könnte durchaus zum Mörder werden. Vielleicht hatte ihn Maria Kaahn erpresst, mit Gefühlen, um Geld? Hatte sie damit gerechnet, dass ihr verheirateter Liebhaber seine Frau verlassen würde, da sie ein Kind erwartete? Oder wollte er Maria und das Kind, und etwas anderes machte ihm das Leben schwer? Die Frau vielleicht?

Deswegen saß Claesson an diesem Sonntagnachmittag, der unerbittlich auf den Abend zuging, in seinem Toyota Camry und war auf dem Weg zum so genannten Hügel, einem Villenvorort an einem Südhang. Wenn man auf dem Hügel wohnte, dann hatte man Geld.

Er sah Maria Kaahns leblosen Körper vor sich und versuchte, ihn wieder zum Leben zu erwecken. Gleichzeitig empfand er eine große Wut darüber, dass ein junger, starker Mensch, eine gesunde, aktive Frau, noch dazu die Mutter zweier Kinder, aus bisher unklaren Gründen aus dem Leben gerissen worden war. Dass das Leben nicht gerecht ist, wusste er schon lange, aber er war noch nicht so abgestumpft, dass er nicht großen Zorn empfunden hätte, wenn jemand ermordet wurde. Der Tod ließ sich nicht rückgängig machen. Er ließ sich nicht ausbügeln. Er war unnötig und unnütz. Leben sollten gelebt werden.

Er war neugierig auf Maria Kaahn. Das war nicht weiter ungewöhnlich, manche Opfer von Verbrechen erweckten mehr Mitgefühl und größere Neugier als andere. Diese junge Frau musste etwas Besonderes an sich gehabt haben. Was genau, würde er wohl nie erfahren, höchstens würde er es erahnen. Ihr Charisma konnte man sich nachträglich nicht vorstellen, man musste es erlebt haben. Sie war eine Frau mit zwei Gesichtern. So viel war klar, mit wem er auch sprach. Männer hatten sie für eine Göttin gehalten, Frauen für intrigant und eingebildet. Mit halb offenem Mund, halb offenen Augen und auf dem Rücken liegend hatte sie ziemlich nichts sagend ausgesehen. Regelmäßige, hübsche Gesichtszüge, grazil, weiblich, aber keine auffallende Schönheit. Aber da war sie bereits tot gewesen, entseelt. Im Leben hatte sie alles andere als nichts sagend gewirkt, und ganz sicher war sie keine graue Maus gewesen.

Er legte den zweiten Gang ein. Die Straße war sehr steil. Anstrengend, mit dem Fahrrad nach Hause zu fahren, aber sicher gut für die Fitness. Er fuhr selbst gern Rad, kam aber nur selten dazu, da er das Auto für die Arbeit brauchte. Wahrscheinlich war er auch einfach zu faul geworden.

Als er etwa auf halber Höhe war, sah er die ersten Häuser. Die Grundstücke waren sehr weitläufig, und die Villen lagen ein Stück von der Straße entfernt und vor neugierigen Blicken geschützt. Vielleicht war er auch nur übertrieben kritisch, da er es sich nicht leisten konnte, dort zu wohnen. Neidisch auf das, was er sah, war er nicht. Die Häuser waren unterschiedlich groß, aber alle in einem einheitlichen Stil gebaut: einer Mischung aus Alm und nordischem Bauernhof, Glasveranda und Blockhaus wild durcheinander. Dallas à la Schweden.

Vor der Doppelgarage von Petréns Hütte stand ein kleinerer Bruder seines eigenen Toyota Camry, aber natürlich neuer. Seiner war bereits von '87, aber er konnte sich einfach nicht von ihm trennen. Er lief wie ein Uhrwerk, rostete jedoch langsam durch. Er hätte es sich durchaus leisten können, einen neuen Wagen zu kaufen, aber er hatte keine Lust. Ein Auto, auf das man nicht Acht geben musste, war sehr angenehm und für die Arbeit gut geeignet, da es nicht auffiel. Fast war er enttäuscht, dass er bei einem Klinikchef nur einen langweiligen Toyota vorfand, er hatte mindestens einen BMW erwartet, aber die Zeiten hatten sich geändert. Offenbar schwammen nicht einmal mehr die Ärzte in Geld. Vielleicht handelte es sich aber auch nur um den Zweitwagen, den seine Frau fuhr. Die Karre mit den vielen PS stand vermutlich in der Garage. An der Hauswand lehnte ein schickes schwarzes Mountainbike.

Eine leicht salzige, milde Brise wehte vom Meer. Der Lärm der Stadt war gedämpft aus der Ferne zu hören, ansonsten war es angenehm still. Erwartungsvoll drückte er die Klingel.

Der Chef der Chirurgie und Orthopädie, Prof. Greger Petrén, öffnete persönlich. Vor einer halben Stunde hatte er ihn telefonisch vorgewarnt. Petrén schien nicht einmal erstaunt gewesen zu sein. Er erzählte, er sei wie alle anderen vernünftigen Menschen an der frischen Luft gewesen, deshalb hätte der Kommissar ihn wohl nicht früher erreichen können.

Er trug Jeans und ein blau-weiß gestreiftes Hemd. Ohne weißen Kittel sah er eher durchschnittlich aus, aber immer noch sehr korrekt. Er führte Claesson in ein grün gestrichenes Entree. Hier nahm er ihm höflich seine Goretexjacke ab und hängte sie auf einen Bügel. Anschließend gingen sie in einen Saal, hoch wie eine Kirche. Der Dachstuhl war offen. Die Seitenwand wurde von einem gemauerten Kamin dominiert. Davor stand eine Couchgarnitur aus ochsenblutfarbenem Leder. Claesson konnte sich vorstellen, wie es sein musste, mit einem Whisky vor dem Kaminfeuer zu sitzen. Der Stress und Lärm der Stadt verschwanden hinter den dicken Wänden. Leise lief Musik. Die Stereoanlage war von Bang & Olufsen, der Fernseher ebenfalls. Die Gemälde hatten riesige Abmessungen und waren sehr effektvoll aufgehängt. Sowohl abstrakt als auch gegenständlich. Gute Kunst. Gemütlich. Irgendwie auch nüchtern.

Petrén ging über einen dicken meergrünen Teppich auf die Stereoanlage zu und stellte sie leiser. Claesson erwog, ihn zu bitten, sie ganz abzustellen, um den Ernst der Unterredung zu unterstreichen, nahm dann aber davon Abstand.

Gerade als sie sich setzen wollten, klingelte das Telefon.

»Entschuldigen Sie, ich bin gleich zurück«, sagte Petrén und verließ das Zimmer.

Claesson ging auf die großen Fenster zu. Keine Gardinen verstellten die wunderbare Aussicht. Dafür bezahlen sie also, dachte er, und sah die ganze Stadt mit der Ringstraße, die sich wie eine Schlange um sie legte, unter sich. Das Krankenhaus lag einem Stück Würfelzucker ähnlich in einiger Entfernung vom Zentrum. Über dem Meer verschwand der Horizont, da es dämmerte.

Weiter hinten aus dem Haus roch es nach Gebratenem. Besteck klapperte, und er merkte, dass er Hunger hatte. Er wollte noch in Ruhe mit Katina essen, ehe sie fuhr. Eine Tür wurde geöffnet, und er hörte Schritte und rechnete mit Petrén, aber es war seine Frau. Eine Frau um die fünfzig, eher der bodenständige Typ, stand in der Tür. Er war erstaunt. Nicht weil er sich überlegt hatte, mit was für einer Frau der Professor wohl verheiratet war, aber eine dermaßen alltägliche Person überraschte ihn doch. Auf dem Foto auf dem Schreibtisch ihres Mannes sah sie besser aus als in Wirklichkeit. Vielleicht war es dem guten Herrn Professor ja wirklich schwer gefallen, einem Abenteuer mit der jüngeren, lebenshungrigen und wahrscheinlich auch weniger spießigen Maria Kaahn zu widerstehen.

Seine Frau hieß Gunlög. Dieser altmodische Name passte zu ihr.

»Schöne Aussicht«, meinte sie, da er am Fenster stand.

»Allerdings.«

»Deswegen haben wir dieses Haus auch gekauft. Eigentlich ist es ja recht hässlich, ein burgähnliches Blockhaus«, meinte sie und lachte.

»Tja«, meinte er ausweichend und sah sich um. »Innen sind jedenfalls keine Balken zu sehen.«

»Nein, glücklicherweise, dann hätte man das Gefühl, in einer Sauna zu wohnen. Die Kinder, die sind mittlerweile allerdings ausgezogen, nennen das Haus immer die Kirche.«

Er schaute nach oben in den Dachstuhl und nickte zustimmend.

»Es hat eben alles so seine zwei Seiten«, meinte sie.

»Ja, das ist wohl so«, entgegnete er und verstand allmählich, warum Petrén der bezaubernden jungen Kollegin nicht hatte widerstehen können.

»Wir wohnen jetzt schon lange hier, aber die Aussicht, das war damals das Wichtigste, als wir von Uppsala hierher zogen.«

Claesson nickte. Ihm war die Nähe zum Meer wichtiger, aber er schwieg.

Schließlich räusperte er sich und meinte: »Ich würde gerne eine Frage dienstlicher Art stellen. Was haben Sie in der Nacht von Mittwoch auf Donnerstag letzter Woche gemacht, also in der Nacht zwischen dem 11. und dem 12. März?«

»Sie fragen mich nach meinem Alibi«, erwiderte sie, ohne mit der Wimper zu zucken. »Nun ich sehe ein, dass Sie von der Polizei sich nach den Alibis erkundigen müssen, auch wenn das etwas verrückt erscheinen mag. Mittwochabend habe ich bis acht unterrichtet. Ich bin Lehrerin an der Abendschule. Wir haben Räumlichkeiten in der Parkskolan. Von dort aus bin ich direkt nach Hause gefahren. Greger war zu Hause und saß im Arbeitszimmer. Wir tranken Tee, sahen fern und haben uns dann hingelegt und die ganze Nacht ungestört geschlafen. Wie immer klingelte der Wecker, dann haben wir gefrühstückt, und Greger ist wie jeden Tag in die Klinik gefahren.«

»Wann genau?«

»Etwa um Viertel nach sieben.«

Greger Petrén trat ein, und Claesson fiel erneut auf, dass die Autorität eines Arztes größtenteils mit seinem weißen Kittel zusammenhing, wenn auch nicht ausschließlich. Petrén in Zivil wäre nirgends sonderlich aufgefallen, aber er trat mit einer Selbstverständlichkeit auf, die ihm seine lange Ausbildung, hohe Verantwortung und eine gute Erziehung verliehen.

»Entschuldigen Sie die Verzögerung«, sagte er und nickte Gunlög zu, die in Richtung Küche verschwand. »Setzen Sie sich bitte.« Er zeigte auf das Sofa und setzte sich in einen der Sessel. Nachdem Claesson Platz genommen hatte, fiel sein Blick auf das große Ölgemälde, das neben dem offenen Kamin hing. Es stammte von einem Künstler aus dem Ort, der sich »H. P.« nannte, einem Original, das sich so gut es ging durchs Leben schlug. Claesson hatte ebenfalls ein Gemälde von ihm, jedoch kleiner. Es gefiel ihm, dass die Petréns ihn ebenfalls unterstützten.

»H. P. ist wirklich in Ordnung«, rutschte es ihm heraus.

»Ja, allerdings«, erwiderte Petrén, »er ist sogar richtig gut. Meine Frau hat seine Gemälde in der Bibliothek gesehen, als er dort ausstellte. Wir haben für die Kinder auch je ein Bild gekauft. Er ist wirklich eine Persönlichkeit. Seine Bilder sind sehr speziell.«

Natürlich, dachte er nun doch mit einem Anflug von Neid, sie können sich gleich mehrere Gemälde auf einmal leisten. »Ihre Frau sagte, dass die Kinder nicht mehr zu Hause wohnen?«

»Stimmt. Sie leben in Uppsala und Stockholm und finden, dass wir in der tiefsten Provinz vor uns hin vegetieren.« Petrén lachte.

Claesson war sich bewusst, dass er endlich zur Sache kommen musste, aber die ganze Situation war ihm unangenehm, wegen des Themas, aber auch wegen der gesellschaftlichen Stellung seines Gegenübers. Eigentlich sollte ihm das nichts ausmachen; alle, Arm und Reich, hatten Leichen im Keller, und alle sollten gleich behandelt werden. Trotzdem fiel es oft schwerer, Leute anzugreifen, die man aus den unterschiedlichsten Gründen nicht als schuldig ansehen mochte. Es war bequemer, gewisse Illusionen beizubehalten. Ärzte retten Leben, sie töten nicht. Dieser Mann war es wahrscheinlich nicht gewohnt, dass man ihn in Frage stellte – schon gar nicht wegen des Verdachts auf Ehebruch und Mord.

Außerdem war Prof. Petrén ein intelligenter Mann. Die richtig Schlauen ließen sich nur schwer verhören, wenn man die Sache falsch anpackte, übrigens genau wie die richtig Dummen. Zumindest bin ich mir bewusst, wie ich reagiere, tröstete Claesson sich. Diese Einsicht machte ihn fast übereifrig. Er wollte es dem Mann vor sich nicht zu einfach machen, die Gefahr war, dass er dabei leicht übers Ziel hinausschoss.

Er atmete tief ein und beschloss, es erst einmal auf die freundliche Tour zu versuchen.

»Wir müssen sämtliche Möglichkeiten untersuchen«, begann er. »Wir haben es mit einem Mord oder Totschlag zu tun, aber wir haben keinen Täter.«

Petrén sah ihn an, ohne die Miene zu verziehen.

»Wie gut kannten Sie Maria Kaahn?«

Petrén schaute ihn weiterhin an, runzelte nachdenklich die Stirn, nahm die Brille ab und steckte sie in die Tasche seines blau-weiß gestreiften Hemds. Claesson hatte ein hellblaues von derselben Marke.

»Das hängt natürlich davon ab, wie Sie das meinen.« Er verzog den Mund. »Ich kannte sie recht gut als eine der vielen Mitarbeiterinnen der Klinik. Ich glaube, sagen zu können, wie sie als Chirurgin war. Nicht übel. Über ihr Leben außerhalb der Klinik weiß ich nicht sonderlich viel. Wieso?«

»Mir wurde zugetragen, dass Sie ... wie soll ich sagen ... ein Auge auf Maria Kaahn geworfen hatten.«

Petrén sah ihn nur an und verzog keine Miene, nicht einmal andeutungsweise. Entweder hatte er ein Pokerface oder keinen Grund, unehrlich zu sein.

»Darf ich fragen, wer das gesagt hat?«, meinte er dann.

»Nein.«

»Es wird so viel getratscht.« Er seufzte. »Ich hatte kein Auge auf Maria Kaahn geworfen, noch viel weniger hatte ich eine Affäre mit ihr, falls Sie das im Sinn haben sollten.«

Claesson schwieg.

»Natürlich war es, wie soll ich das sagen, ohne dass Sie mich missverstehen«, fuhr Petrén fort und schien nach den passenden Worten zu suchen, »anregend, mit einer jungen, fröhlichen Kollegin zusammenzuarbeiten. Wir müssen die Ärzteschaft verjüngen. Die meisten sind schließlich schon älter, und die Stimmung ist dementsprechend, alle sind müde. Sie war auf Zack. Als Chef muss ich auch an den Nachwuchs denken. Außerdem war sie eine Frau, Frauen sind unter den Chirurgen ausgesprochen unterrepräsentiert ...«

»Sie war schwanger«, unterbrach ihn Claesson schroffer, als er eigentlich beabsichtigt hatte. »Haben Sie eine Vorstellung, wer der Vater gewesen sein könnte?«

»Nein.«

Die sichere und sofortige Antwort war ebenso schroff.

»Das würde uns sehr interessieren.«

»Das verstehe ich, aber ich werde Ihnen da kaum weiterhelfen können.«

»Sie sind es also nicht?«

»Nein.«

Claesson sah ein, dass er so nicht weiterkommen würde. Er fuhr mit denselben Fragen fort, die er bereits Petréns Frau, das Alibi für die Mordnacht betreffend, gestellt hatte und bekam dieselben Antworten.

Petrén presste wie schon bei dem Verhör in der Klinik die Fingerspitzen gegeneinander. Er räusperte sich deutlich, schlug die Beine übereinander, und Claesson bemerkte, dass er ein Paar klassische Halbschuhe von Dexter trug, was ihn nicht weiter erstaunte.

»Das klingt vielleicht weit hergeholt«, sagte Petrén dann, »aber ich habe natürlich ebenfalls eingehend darüber nachgedacht, was ihr zugestoßen sein könnte.«

Es war deutlich, dass er einen versöhnlicheren Ton anschlagen wollte. »Das Ganze ist schließlich äußerst unangenehm. Die Unruhe und Unsicherheit in der Klinik sind beträchtlich, und das wird so bleiben, bis alles aufgeklärt ist. Eine Abordnung der Schwestern war bereits am Freitag bei mir im Büro, um ihrer Trauer über das Ableben von Maria Ausdruck zu verleihen, aber vor allen Dingen, um ihre Ängste zu artikulieren. Sie fanden, dass ich die Klinik schließen soll, jedenfalls die Chirurgie.« Er lachte. »Vollkommen irrsinnig natürlich, aber die Unruhe muss ich ernst nehmen. Ich musste ihnen lange gut zureden, um sie zu beruhigen. Das Unheimliche ist nur, dass sie mit ihrer Angst ja Recht haben.«

Er machte eine Kunstpause, blinzelte und sah Claesson dann eingehend an. »Können Sie garantieren, dass es nicht wieder passiert?«, schleuderte er ihm entgegen.

Claesson spürte, dass sich das Kräfteverhältnis bereits verschoben hatte; er erwiderte nichts, sondern schüttelte nur schweigend den Kopf.

»Nein, genau, solange Maria Kaahns Tod nicht aufgeklärt ist, kann das niemand«, fuhr Petrén fort, und es war zu hören, dass er sein inneres Gleichgewicht wiedergewonnen hatte.

»Dahinter könnte durchaus jemand stecken, der nicht zurechnungsfähig ist, und diese Person könnte erneut zuschlagen. Wie gesagt, habe ich nachgedacht, und erst heute, als ich mit meiner Frau im Wald war, fiel mir wieder ein, dass Maria Kaahn vor einiger Zeit einen Patienten hatte, der ... wie soll man das jetzt ausdrücken ... dem sehr daran gelegen war, dass gerade sie ihn behandelte. Vielleicht liege ich da ganz falsch, und es wäre natürlich unglücklich, einen Unschuldigen zu verdächtigen, das Ganze muss also sehr diskret behandelt werden.«

Irgendwo schlug eine Uhr. Claesson hatte nicht die Zeit, mitzuzählen.

»Das Verhalten des Mannes war eine Art Fixierung. Armer Teufel, vermutlich eine Persönlichkeitsstörung. Er hatte vage und diffuse Symptome, und eine andere Ärztin als Maria Kaahn kam für ihn nicht in Frage. Irgendeine Grunderkrankung besteht, ich erinnere mich nicht mehr, welche, er war also nicht direkt auffällig, aber er kam zu oft. Schließlich ist die Behandlung gratis, wäre ja auch noch schöner«, meinte er und seufzte. »Maria und die Pflegehelferin, die in ihrer Sprechstunde mitarbeitet, und sogar jemand von der Notaufnahme schlugen Alarm. Der Mann wurde zudringlich und trat manchmal bedrohlich auf. Er drückte sich vulgär aus. Ich weiß, dass er nie handgreiflich wurde, denn das hätte ich gehört. Ich glaube, dass er auf der Notaufnahme anrief, um herauszufinden, wann sie Dienst hatte, und dann an diesen Tagen dort auftauchte. Er machte Schmerzen in den unteren Regionen geltend, damit sie gezwungen sein würde, seine äußeren Genitalien zu untersuchen. Das geschah wiederholte Male.«

Es gibt wirklich die unterschiedlichsten Perversionen, dachte Claesson. »Was haben Sie unternommen?«, fragte er.

»Wir haben ihm Termine bei einem anderen Arzt gegeben, um das Maria nicht länger zuzumuten. Ein einziges Mal war er wohl noch bei Ulf Nilsson. Dann tauchte er nie mehr auf.«

»Wie lang ist das her?«

»Vielleicht ein paar Monate.«

»Ich brauche seinen Namen«, sagte Claesson und wägte gleichzeitig ab, ob das möglicherweise nur ein günstiges Ausweichmanöver war.

Er wusste, wie schwierig es war, Krankenakten einzusehen, aber bei einer Straftat, die mehr als zwei Jahre Gefängnis nach sich zog, galt die Geheimhaltungspflicht nicht.

Petrén kannte die Vorschriften ebenfalls. »Den können Sie bekommen. Ich brauche das aber schriftlich.«

»Kein Problem«, erwiderte Claesson. »Ich hätte die Krankenakte gern heute schon, am liebsten jetzt.«

»Jetzt sofort?«

»Genau. Wir haben keine Zeit zu verlieren. Das haben Sie selbst gesagt. Schließlich könnte es weitere Opfer geben.«

»Natürlich.« Petrén erhob sich.

»Vielleicht war er in der Nacht, in der Maria Kaahn Dienst hatte, auf der Notaufnahme.«

Schweigend sahen sie sich an.

Claesson und Petrén fuhren jeder mit dem eigenen Wagen. Sie parkten in der zweiten Reihe vor der Notaufnahme. Petrén hatte sich inzwischen an den Vornamen des Mannes erinnert. Er hieß Örjan. Petrén glaubte, dass sie auf der Notaufnahme seinen Nachnamen und seine Personennummer schnell herausfinden konnten, und behielt Recht. Die Stationsschwester der Notaufnahme erinnerte sich sofort, und eine der Schwestern wusste sogar, wo er wohnte. Sie lebte im selben Stadtteil, einem relativ neuen Viertel mit einstöckigen Häusern. Er hatte ein Darmleiden und suchte die Notaufnahme deswegen relativ häufig auf. Abwechselnd sprachen sie von ihm als »armer Teufel« und »durchtrieben«. Eine der Schwestern meinte sofort, dass er auf Maria Kaahn scharf gewesen sei. So etwas sprach sich natürlich herum.

Örjan Rehnström, 41 Jahre alt, wohnhaft im Astrakanvägen, hatte offensichtlich eine Schwäche für Maria Kaahn gehabt. Womit er wahrhaftig nicht alleine war, dachte Claesson, meine Güte.

Morgen wird es in der *Allehanda* stehen, dass ein Verdächtiger gesucht wird, überlegte Claesson, während er mit Petrén und den diensteifrigen Schwestern am Empfang stand. Jemand wird sich verplappern, aber das spielt alles keine Rolle, solange nur niemand den Namen erfährt. Hoffentlich waren alle auf ihre Schweigepflicht eingeschworen und wagten es nicht einmal, den Namen auch nur zu flüstern.

»Ich brauche die Akte«, sagte Petrén mit seiner Oberarztstimme. »Kann die jemand aus dem Archiv holen?«

»Natürlich«, erwiderte eine Pflegehelferin, die laut einem mit Glockenblumen verzierten, handgemalten Namensschild Dorothy hieß. Sie war die personifizierte Mütterlichkeit. »Alles?«, fragte sie, an Claesson gewandt, und dieser nickte. »Sie können solange in der Küche eine Tasse Kaffee trinken«, meinte sie und verschwand.

Die Küche war leer. In der Ecke flimmerte ein Fernseher ohne Ton. Eine Strickarbeit lag auf dem Sofa. Über einem Stuhl hing eine warme Jacke. Wenn man über Nacht wach bleiben musste, wurde einem vermutlich kalt.

Beide tranken keinen Kaffee. Dorothy brauchte zehn Minuten, um die Akte zu finden. Sie legte einen dicken Packen vor ihnen auf den Tisch.

»Der Teil von der Inneren fehlt«, sagte sie und verzog missbilligend ihren kirschrot geschminkten Mund.

»Ach«, erwiderte Petrén.

»Es gab auch keinen Platzhalter, aber damit wird ohnehin immer geschlampt«, fuhr sie fort.

»Schade«, meinte Claesson.

»Vielleicht liegt die Akte bei einer der Schreibkräfte«, meinte sie, »oder bei einem der Ärzte von der Inneren.«

»Das würde bedeuten, dass er erst kürzlich zur Behandlung auf der Inneren war?«, fragte Claesson.

»Kommt drauf an, was man mit kürzlich meint«, erläuterte Petrén. »Der Umgang der Inneren mit den Akten ist nicht von dieser Welt. Langwierig, umständlich und zäh. Eine Akte kann nach der Entlassung eines Patienten ewig dort liegen, bis sie fertig bearbeitet ist.«

»Es ist nicht viel los«, warf Dorothy ein, die gewartet hatte. »Ich kann suchen gehen.«

Claesson sah sie an.

»Das wäre nett«, meinte er und schaute auf Petrén, der zustimmend nickte.

»Darf ich fragen«, sagte sie und wickelte ihre dünne goldene Halskette um einen Finger, »ob Sie nur wissen wollen, ob er erst unlängst hier gewesen ist, denn das kann ich mit dem Computer feststellen. Sie können aber auch Susanne bitten.«

»Susanne?«, wiederholte Petrén.

»Die Sekretärin. Sie bleibt heute bis zehn. Sie kann einfach mal ins PASIS reingehen, oder ich mach das jetzt.«

»Was ist das, PASIS?«, wollte Claesson wissen.

»Das Programm zur Patientenverwaltung«, antwortete sie, »mit allen Belegungslisten.«

»Genau.« Petrén nickte.

»Gut«, meinte Claesson. »Könnten Sie so nett sein und sich darum kümmern?«

Sie wurde über und über rot, wirkte aber gleichzeitig froh. Dann verschwand sie aus dem Zimmer. Claesson fiel auf, dass sie ihn nicht gefragt hatte, wofür er die Krankenakte brauchte, andererseits konnte sie sich die Antwort mühelos zusammenreimen. Was geschehen war, hing wie ein Schatten über der Klinik. Claesson bat Petrén, mit ihm die dicke Akte durchzugehen, denn er brauchte Hilfe zur Entschlüsselung der kryptischen medizinischen Terminologie.

Örjan Rehnström hatte Anfang Februar die Chirurgie aufgesucht. Die letzte Eintragung in der Akte stammte von Dr. Nilsson und war sehr knapp. Kontrolle und Ausstellung eines neuen Rezepts. Örjan Rehnström litt an einer chronischen

Darmentzündung, die dazu geführt hatte, dass er den Schließmuskel nicht mehr beherrschen konnte. Ein Teil des Dickdarms war operativ entfernt worden, und er hatte einen künstlichen Darmausgang. Sein Zustand war seit einigen Jahren stabil, und laut Akte lebte er ganz passabel als Frührentner. Früher hatte er einmal bei einer Bank gearbeitet.

»Ledig«, meinte Petrén und deutete auf die entsprechende Zeile. »Aber dieser Eintrag ist fünf Jahre alt, es könnte sich also geändert haben. Wie Sie sehen, sind alle späteren Einträge sehr kurz. Das ist immer so, wenn ein Patient bereits bekannt ist. Nur das Neue wird nachgetragen. Eine Anamnese erfolgt nur dann noch einmal, wenn der Patient stationär oder von einem neuen Arzt behandelt wird. Gelegentlich fasst der neue Arzt die bisherigen Befunde zusammen. Das wird unterschiedlich gehandhabt.«

Anfang Juni war Örjan Rehnström auf der Notaufnahme von Maria Kaahn behandelt worden. Er hatte Schmerzen im Unterleib und ein Brennen in der Harnröhre. Dieselben Beschwerden wie in der Vorwoche. Da hatte Maria Kaahn eine Urinkultur angelegt und ihm ein schmerzstillendes Mittel verschrieben. Ihre Diagnose: »Infektion der Harnwege«. Immer dieselben Symptome waren ungefähr noch drei weitere Male aufgetreten. Sämtliche Aufzeichnungen waren kurz und stammten von »M. Kahn«, und ihre endgültige Diagnose war »Prostataentzündung« gewesen.

»Offensichtlich wurde er gesund, als er sich von Nilsson weiter behandeln lassen musste«, murmelte Petrén.

»Ich werde mit ihm sprechen«, meinte Claesson, dem auffiel, dass Petrén im Laufe des Abends mehr so etwas wie sein Partner geworden war, weniger ein Verdächtiger. Er musste jedoch weiterhin vorsichtig sein. Es galt, nichts zu überstürzen.

Dorothy öffnete die Tür einen Spaltbreit. »’tschuldigung.«

»Ja bitte«, erwiderte Claesson.

»Rehnström ist letzten Freitag entlassen worden, aus der Inneren«, sagte sie und wurde wieder hochrot.

»Bitte?« Claesson merkte, dass ihm warm wurde.

»Die Epikrise, also der letzte Befund, ist diktiert, aber noch nicht ins Reine geschrieben. Die Akte lag zusammen mit der Kassette bei der Sekretärin der Inneren.«

Claesson und Petrén sahen sich an.

»Dann war er also auch schon Donnerstagmorgen in stationärer Behandlung«, murmelte Claesson mehr zu sich.

»Richtig«, meinte Dorothy mit ängstlicher Stimme. Ihr war klar, dass das ein hochwichtiger Bescheid war. »Aus der Belegungsliste geht hervor, dass er letzten Montag eingewiesen wurde.«

»Wo?« Claesson wurde eifrig.

»Station vier.«

Er hatte noch Zeit, bei Örjan Rehnström vorbeizuschauen, ehe Katinas Zug fuhr. Er rief zu Hause an, um ihr zu sagen, dass er auf dem Weg sei.

Astrakanvägen lag in einem Neubauviertel, das den vollkommen idiotischen Namen Lyckan, Glück, hatte. Ganz unglücklich waren die, die dort wohnten, vermutlich nicht. Man musste schon Geld haben, ums sich dort eines der niedrigen Häuser leisten zu können. Claesson hätte aber trotzdem keine Lust, dort einzuziehen; die Leute hockten ihm einfach zu dicht aufeinander.

Örjan Rehnström wohnte Hausnummer 22. Er parkte und versuchte, den Orientierungsplan zu deuten. Die Wohnung lag vier Häuser weiter in der vorletzten Reihe.

In den Küchen sah er Familien beim Abendessen. In einigen Fenstern standen Kerzen. Gemütlich, dachte er, hoffentlich geht es schnell. Er wollte nach Hause.

Örjan Rehnströms Wohnung war dunkel. Claesson schaute durch den Briefkastenschlitz. Die *Allehanda* vom Samstag, sonst nichts. Diese Zeitung hatte keine Sonntagsausgabe, also war er seit Samstag nicht zu Hause gewesen.

Er klingelte beim Nachbarn. Eine junge, schlanke Frau mit

einem Kind auf dem Arm öffnete. Claesson zeigte ihr seinen Ausweis und meinte, es handele sich um eine Routinekontrolle. Sie schien ihm nicht zu glauben.

»Wissen Sie, ob Ihr Nachbar verreist ist?«

»Ja.« Sie sah ihn etwas unsicher an, als zweifle sie daran, dass er wirklich von der Polizei sei. »Er ist letzten Freitag direkt aus der Klinik zu seiner Mutter gefahren. Ich kümmere mich um die Blumen«, sagte sie zögernd.

»Danke für Ihre Hilfe«, erwiderte er und hatte endlich Feierabend.

## KAPITEL 12

Außer Petrén und die Wohnung von Örjan Rehnström zu besuchen und sich so gut es ging um Katina zu kümmern, hatte Claesson den Sonntag damit verbracht, mit Hilfe der Polizei in Tromsø Andreas Axell aufzutreiben. Der freundliche Kollege Arne Hansen aus Nordnorwegen hatte ihm per Handy versprochen, sein Möglichstes zu tun, und bereits am Abend wieder von sich hören lassen. Es sei geradezu lächerlich einfach gewesen, er habe Andreas Axell zu Hause angetroffen. Er sei dabei gewesen, seine Reisetasche zu packen, um am Abend das Flugzeug nach Schweden zu nehmen. Montagmorgen wolle er dort wie geplant die Arbeit aufnehmen. Claesson hatte sich bereits erkundigt, wann Axell in Schweden erwartet wurde. Alles stimmte.

Das Lazarett in Tromsø habe ferner bestätigt, dass Dr. Axell in der Nacht von Maria Kaahns Tod im Dienst, also in Tromsø, gewesen sei, erzählte Hansen. Die Frage nach der Vaterschaft des Kindes hätten sie nicht gestellt, das wollten sie den Kollegen in Schweden überlassen. Axell habe zugestimmt, sich sofort bei ihnen zu melden. Laut Hansen hatte Andreas Axell die Nachricht vom Tod Maria Kaahns mit echtem Entsetzen und echter Trauer aufgenommen.

An diesem Sonntagabend dachte Claesson in seinem Büro dann auch noch ernsthaft über sein Privatleben nach. Obwohl sich beide Mühe gaben, stand seine Beziehung zu Katina auf wackligen Beinen. Er kam sich unbeholfen vor und wusste nicht recht, was er tun sollte. Er hatte vor ihrer Abfahrt wenigstens noch etwas mit ihr unternehmen wollen und deshalb Peter Berg zu den Eltern und dem Exmann von Maria Kaahn geschickt, um herauszufinden, ob sie am Wochenende vor ihrem Tod in Stockholm gewesen war, was sie dort getan und wen sie dort getroffen hatte. Peter Berg sollte kontrollieren, in welchem Hotel in Riksgränsen Maria Kaahn am 6. April des Vorjahres gewohnt und ob es dort gleichzeitig einen Gast mit den Initialen H. H. gegeben hatte.

Abgesehen von dem gemeinsamen Spaziergang am Strand hatten Claesson und Katina gerade genug Zeit gehabt, zu kochen und in der Küche zu Abend zu essen. Wieder auf der Wache, war ihm bewusst geworden, dass Katina auf dem Bahnhof enttäuscht gewirkt hatte. Wie sollte das nur weitergehen? Er hegte den Wunsch, in einer dauerhaften und stabilen Beziehung zu leben. Wieso ihm das nie gelang, wollte er vielleicht gar nicht so genau wissen. Langsam musste er jedoch mal zugeben, dass ihm sein Leben so nicht gefiel. Er wollte sich nicht als Schwein betrachten, und diesen Vorwurf hatte ihm auch keine seiner Freundinnen gemacht, halt, eine, aber die war ziemlich aus dem Lot gewesen. Nein, sein Problem war, dass er auswich, das wusste er. Seltsam, da es bei seiner Arbeit darauf ankam, einen festen Standpunkt zu haben. Vielleicht aber war auch das genau der Grund: Er wollte nicht überall derjenige sein, der die Entscheidungen fällte.

Die Einsamkeit machte ihm zu schaffen, und er hatte Angst davor, durch diese teilweise selbst gewählte Isolation verschroben zu werden. Bei Katina erlebte er zum ersten Mal eine Art Ausgewogenheit, Kameradschaft. Sie versuchten, sich zu verstehen und keine überzogenen Forderungen zu stellen.

Aber dieses Mal war Katina unzufrieden gewesen. Es tat ihm Leid – und es beunruhigte ihn. Aber wenn er zu Hause war, dann verstanden sie sich doch? Oder gab es da was, was er nicht wahrhaben wollte? War in den USA irgendetwas vorgefallen?

Er hatte sich angewöhnt, nicht eifersüchtig zu sein, aber manchmal machte sich das Misstrauen trotzdem wie ein kleiner Teufel bemerkbar. Gerade jetzt ließ er sich wieder nicht abschütteln.

Kontrollieren konnte er nicht, was Katina gerade tat. Auch ihr eventuelles schlechtes Gewissen konnte er nicht an ihrer Körpersprache ablesen. Via Telefon konnte er sich vergewissern, dass alles in Ordnung war, aber einer Stimme durch den Hörer war nicht ganz zu trauen.

Wie auch immer, er musste sie anrufen.

Sie hatten sich Ehrlichkeit versprochen, und bisher hatte er sich jedenfalls daran gehalten. Was ihm nicht weiter schwer gefallen war, denn er hatte nichts zu verbergen. Er hatte auch nicht den Verdacht, dass das bei Katina der Fall sein könnte. Sie wussten, was sie aneinander hatten, zumindest hatte er das geglaubt. Wenn man sich nicht aufeinander verlassen kann, kommt es nur zu Vorwürfen; Misstrauen entsteht, und die Liebe verkümmert. Wie bei Eva und ihm. In ihrer langen, sehr anstrengenden Beziehung hatten ihre Eifersucht und ihr Bedürfnis, ihn zu kontrollieren, schließlich auf ihn abgefärbt. Zum Schluss stritten und demütigten sie sich immer öfter. Die daran anschließenden versöhnlichen Phasen wurden immer kürzer. Die Trennung verlief zäh und anstrengend; es war die schlimmste, die er bisher erlebt hatte.

Räumliche Distanz war, wie man die Sache auch immer drehen und wenden mochte, ein erschwerender Faktor. Während er mit gesenktem Blick von der Wache nach Hause ging, erinnerte er sich, wie sehr ihm das Pendeln zu schaffen gemacht hatte, als Katina und er sich gerade kennen gelernt hatten. Endlos dehnten sich die Abende ohne sie vor ihm aus. Das lag jetzt schon einige Zeit zurück, und er hatte sich auch daran gewöhnt. Aber heute, da der Tag nicht nach Wunsch verlaufen war und er deswegen ein schlechtes Gewissen hatte, verfluchte er wieder einmal, dass sie nicht in derselben Stadt wohnten. Sonst hätte er zu ihr gehen können, um sich auszusprechen.

Hätte er das wirklich getan? Oder bildete er sich das nur ein?

Er musste versuchen, Katina zu überzeugen. Sie brauchten auch gar nicht zusammenziehen, wenn ihr ihre Selbstständigkeit auf einmal so wichtig war. Sie hatte das nie so gesagt, aber er hatte es genauso verstanden: Sie hatte Angst davor, im selben Bau zu hocken wie er. In diesem Punkt ließ er inzwischen mit sich reden. Mit zwei Wohnungen in derselben Stadt, damit sie Gelegenheit hatten, auch den Alltag zu teilen. Jetzt würden sie sich mehrere Wochen lang nicht sehen, und es machte ihm zu schaffen, dass sie sich fast im Streit getrennt hatten.

Natürlich war sie es leid, ihn zu besuchen, nur um allein in seiner Wohnung zu sitzen, ohne was zu tun zu haben. Er verstand sie, hatte aber auch keine Lösung parat.

Katina war eine vernünftige und kluge Frau. Vielleicht ließ sich das ja am Telefon klären? Doch, das müsste gehen, dachte er optimistisch.

Als Claes Claesson die Tür hinter sich geschlossen hatte, klingelte das Telefon. Noch in Jacke hob er ab. Es war aber nicht Katina, sondern Louise Jasinski, die ihm mitteilte, Columbus sei ein Hotel in Stockholm, Stadtteil Södermalm, unweit einer Kirche, der Katarina Kyrka. Sie hatte einfach die Nummer gewählt, die Maria Kaahn in ihrem Kalender notiert hatte. Der Portier hatte ihr versprochen, das Gästebuch durchzugehen, ob Maria Kaahn dort gewohnt hatte. Laut Buchung hatte sie dort am Wochenende vor ihrem Tod jedenfalls nicht gewohnt.

»Gut«, sagte er und entledigte sich seiner Winterschuhe, die schon wieder Flecken auf dem Wohnzimmerteppich hinterlassen hatten.

Mehr tat er dann nicht mehr an diesem Tag. Katina rief er nicht an; Katina rief ihn an. Er hatte zu lange gewartet, und das ärgerte ihn. Immerhin wünschten sie sich einigermaßen harmonisch eine gute Nacht. Beruhigt, jedenfalls was Katina betraf, konnte er sich ins Bett legen.

Die folgende Arbeitswoche begann mit einer dicken Wolkendecke und einem kräftigen Hagelschauer. Das Staatliche Meteorologische Institut hatte sie vorgewarnt, trotzdem stellte der Wetterumschwung eine fürchterliche Enttäuschung dar. Der kurze Freudentaumel, von ersehnten Sonnenstrahlen ausgelöst, wurde jetzt ebenso schnell von Resignation abgelöst. Wieder wurde das Wetter Gesprächsthema Nummer eins. In den Kantinen, Geschäften, auf den Straßen und Plätzen und nicht zuletzt in der Klinik war aber immer noch von der toten Ärztin die Rede. Mutmaßungen wurden angestellt, wie ihr »geheimes Leben« ausgesehen haben könnte, angefacht von einer Zeitung, die damit Schlagzeilen machen wollte. Wer sie aus dem Krankenhaus kannte, konnte sich nicht erinnern, dass Maria Kaahn durch irgendwas aufgefallen wäre, aber wer weiß das schon, »denn stille Wasser sind tief«. Darüber, worin ihr geheimes Leben bestanden haben könnte, wurde keine Einigung erzielt. Es gab die unterschiedlichsten Vorschläge: Dealen, Glückspiel, Pornografie, Schmuggel, Unterschlagung, Untreue, gefälschte Zeugnisse. Der Fantasie schienen keine Grenzen gesetzt zu sein.

Montagvormittag versammelte sich der innere Kreis erneut im Zimmer von Kommissar Claesson. Alle waren einigermaßen ausgeschlafen, und die Stimmung war, trotz des düsteren Wetters draußen, aufgeräumt. Hagel schlug gegen das Fenster, und Janne Lundin stand auf, um das Neonlicht anzumachen.

»Scheiße, wie dunkel es wird, wenn die Sonne verschwindet«, sagte er bedächtig und ließ sich langsam auf seinen Stuhl sinken. Er wollte gerade wieder anfangen zu kippeln, da warf ihm Louise einen missbilligenden Blick zu.

»Berg! Würdest du bitte anfangen«, sagte Claesson zu Peter Berg, der völlig zerzaust aussah. Über dem karierten Hemd trug er einen grünen Pullover, der mindestens eine Größe eingelaufen war und um seinen mageren Brustkorb eng anlag. Er erinnerte an einen Porree.

»Laut Maria Kaahns Eltern war sie am Wochenende vor

ihrem Tod nicht in Stockholm. Dasselbe hat auch Albert Kaahn gesagt«, berichtete Peter Berg.

»Scheiße«, meinte Janne Lundin und fing, ohne Louise weiter zu beachten, an zu wippen.

»Musst du die ganze Zeit fluchen?«, wies sie ihn mit strengem Blick zurecht. »Das ist heute schon das zweite Mal.«

»Nein, muss ich nicht, aber ich tu's trotzdem«, antwortete er und lächelte spöttisch. »Zähl ruhig weiter«, meinte er und beugte sich vor. Sein Stuhl kam krachend wieder auf dem Boden auf. »Vermutlich besser, dass ich jetzt ruhig sitzen bleibe, damit du das nicht auch noch kommentieren musst«, sagte er und blinzelte Louise zu. Harmlose Frotzelei, wollte er damit sagen.

»Reißt euch zusammen«, meinte Claesson.

»Obwohl sie natürlich trotzdem dort gewesen sein könnte«, meinte Peter Berg vorsichtig.

»Genau«, antwortete Lundin immer noch sehr spöttisch. »Genau das.«

»Sie könnte überall gewesen sein«, meinte Louise.

»Gibt es keinen Kaffee?«, fragte Lundin, aber niemand hörte ihn.

»Aber wenn sie jetzt in Stockholm war, wie es in ihrem Kalender steht, ohne ihre Eltern zu besuchen, worauf lässt das schließen?«, fragte Claesson. Sie hörten, dass er darauf bereits die Antwort wusste.

»Dass sie kein so bombiges Verhältnis zu ihren Eltern hatte«, antwortete Janne Lundin spöttisch.

Alle wussten, auf welche Antwort Claesson aus war, aber niemand hatte Lust, sie ihm zu geben, da sie auf der Hand lag. Keiner wollte als Streber gelten.

»Aber wenn das jetzt so ist … wie kriegen wir dann raus, wer es ist?«, wollte Peter Berg wissen.

»Ja, das ist was ganz anderes«, erwiderte Claesson. »Im Übrigen streitet Petrén ab, irgendwas mit Marias Tod zu tun zu haben.«

»Hattest du einen Verdacht in dieser Richtung?«, fragte Peter Berg erstaunt.

»Du weißt doch, dass man alle verdächtigen kann«, meinte Lundin lächelnd.

»Ich hatte da so ein Gefühl«, sagte Claesson und berichtete von seinem Besuch im Vorort Hyllan, der Weiterfahrt zur Klinik und der leeren Wohnung von Örjan Rehnström.

»Mit anderen Worten, ein verrückter Patient«, sagte Louise.

»Ja. Wie verrückt, weiß ich eigentlich nicht, aber er hat sie terrorisiert, indem er darauf bestanden hat ... unter der Gürtellinie untersucht zu werden.«

»Seinen Schwanz, mit anderen Worten«, sagte Janne Lundin, um zu provozieren.

»Genau«, entgegnete Claesson.

»Fiel ihm nichts Besseres ein?«, wollte Lundin wissen.

»Vermutlich nicht.«

»Mit Örjan Rehnström müssen wir reden«, stellte Lundin fest.

»Darum können wir uns heute kümmern. Hast du auf der Inneren gefragt?« Claesson wandte sich an Peter Berg. Dieser wurde sofort rot.

»Hab's nicht geschafft.« Er schaute auf die Tischplatte. »Aber ich kann mich heute drum kümmern.«

»Gut. Rehnström war dort in stationärer Behandlung, als Maria ermordet wurde. Kontrolliere, ob er auch die ganze Nacht im Bett gewesen ist und geschlafen hat. Frag nach, was sie vom Nachtdienst wollten, falls das wirklich so war. Schließlich könnte auch jemand anderes die Nummer aufgeschrieben haben, obwohl ihr Fingerabdruck auf dem Kugelschreiber ist. Vielleicht hat sie ja was anderes aufgeschrieben.«

Sie einigten sich, ebenfalls weiterzuverfolgen, dass die falsche Person ermordet worden sein könnte. Die Ähnlichkeit zwischen Maria Kaahn und Ronny Alexandersson beschränkte sich zwar darauf, dass beide der Ärzteschaft angehörten, aber ausschließen konnten sie diese These nicht. Vielleicht lebte Ronny Alexandersson gefährlich. Es war Zeit für ein neues Verhör.

Gotte schaute vorbei und wollte wissen, wie sie weiterkämen.

»Es geht voran, jedenfalls ist kein Stillstand, aber wo es hingeht, ist schwer zu sagen«, meinte Claesson und berichtete kurz von den neuen Erkenntnissen.

»Ich habe mich mit der Presse auf sechzehn Uhr geeinigt. Passt dir das?«, wollte Gotte wissen.

»Das kann ich noch nicht wissen. Ich hab dem Chef der Chirurgie versprochen, seine Angestellten wieder zur Vernunft zu bringen«, antwortete er mit einem schiefen Lächeln. »Die sind offensichtlich ganz aus dem Häuschen, und die Unruhe wächst. Man glaubt, dass der Mörder wieder zuschlagen wird und ... ja ... wahrscheinlich geht es, sonst lasse ich von mir hören, und du musst allein mit ihnen sprechen.«

»Ausgezeichnet!« Gotte verließ sie wieder.

»Was meinst du?«, fragte Louise.

»Worüber?«, wollte Claesson wissen.

»Ist es jemand, der wieder zuschlägt?«

»Ich meine gar nichts. Und du?«

Sie zuckte mit den Achseln. »Wir müssen versuchen, schnell weiterzukommen. Ich versuche heute herauszukriegen, wie Maria Kaahn als Ärztin war«, sagte sie. Ihre Kollegen schienen nicht zu verstehen, worauf sie aus war. »Ich meine, ob ihr jemand einen Kunstfehler anhängen wollte oder so.«

»Gute Idee«, erwiderte Claesson. »Wir müssen kontrollieren, ob sie deswegen ermordet worden sein könnte. Du nimmst dir dann auch den anderen Arzt vor, Ronny Alexandersson.«

»Das hatte ich vor«, erwiderte sie.

»Wir leben doch nicht in den USA«, meinte Lundin.

»Noch nicht, aber man weiß nie, was die Leute sich einfallen lassen«, sagte Claesson, räumte seine Notizen beiseite und stand auf. »Jetzt kannst du deinen Kaffee trinken«, sagte er, an Lundin gewandt, und damit war die Morgenbesprechung beendet.

Claesson nahm den Hörer und wählte die Nummer der Gerichtsmedizin. Zenkmann war am Apparat, hatte aber nichts Neues zu berichten. Claesson fragte noch einmal, mit wie viel Kraft man jemanden gegen eine Wand stoßen müsse, damit die Verletzungen tödlich seien. Während Zenkmann ihm das ein weiteres Mal erklärte, schaute Claesson durchs Fenster auf die Ordningsgatan. Der Hagelschauer hatte aufgehört. Die Straße war ausgestorben, abgesehen von Gotte, der langsam auf den Stortorget zuging. Ein kräftiger Wind ließ seinen Mantel wehen. Gotte blieb stehen und knöpfte ihn umständlich zu. Dann ging er langsam weiter. Er ist alt geworden, dachte Claesson wehmütig.

Es brauche nicht viel Kraft, erfuhr er von Zenkmann. Gelegentlich fielen ältere Menschen beim Duschen in der Badewanne so unglücklich, dass sie ums Leben kämen, ohne dass eine Menschenseele in der Nähe sei. Man solle alten Leuten Badewannen verbieten. Diese Bemerkung konnte er sich nicht verkneifen. Aber Maria Kaahn sei nicht einfach so gestürzt, jemand habe nachgeholfen, das sei klar. Wahrscheinlich habe sie jemand überrascht und ihren Oberarm gepackt. Dann habe sie das Gleichgewicht verloren. Auf dem nassen und glatten Boden hätte sie sich nirgends abfangen können. In der engen Dusche sei sie mit dem Kopf nicht sofort auf dem Boden aufgeschlagen, sondern erst noch gegen die gekachelte Wand geknallt. Dann sei sie zusammengesunken. So etwa könne man sich den Verlauf vorstellen, meinte Zenkmann.

Nach dieser Theorie hatten sie von Anfang an gearbeitet. Es waren also keine neuen Erkenntnisse aufgetaucht, die dem widersprochen hätten.

Unter Maria Kaahns Fingernägeln hatte Zenkmann keine Hautreste gefunden. Nichts ließ darauf schließen, dass sie sich verteidigt hatte. Vielleicht hätte sie ja keine Zeit gehabt, schlug

Claesson vor. Oder im Wasserdampf nicht genug gesehen. Vielleicht war sie kurzsichtig. Zenkmann erbot sich, zu kontrollieren, ob Maria Kaahn Brillenträgerin gewesen sei. Claesson meinte, er solle sich die Arbeit erst einmal sparen, er wolle bei ihrer Familie fragen.

Leider gelang es ihm nicht, ihre Eltern oder ihren Exmann an den Apparat zu bekommen. Er rief bei Spuren-Benny an, aber der war ebenfalls unterwegs. Während er nach Peter Berg suchte, um ihn nach der Liste der Gegenstände zu fragen, die im Bereitschaftszimmer gefunden worden waren, kam es ihm in den Sinn, dass er sich nie überlegt hatte, ob sie auf den Fotos, die er von ihr gesehen hatte, eine Brille trug oder nicht.

Als er klein gewesen war, war das ganz anders gewesen. Mit Brille fiel man immer auf, Brillenträger wurden als »Brillenschlangen« verhöhnt. Sten, einer seiner Mitschüler, war mager und kurzsichtig gewesen und hatte außerdem abstehende Ohren gehabt. Sein Vater war so arm gewesen, dass er die Brille beim besten Willen nicht jedes Mal ersetzen konnte, wenn sie zerschlagen worden war. Sten war also immer mit zerkratzten und gesprungenen Gläsern herumgelaufen, das Gestell notdürftig mit Isolierband geflickt. Was wohl aus ihm geworden war? Seine Erinnerung an die Kindheit konnte wirklich nur verschwommen sein. Die süße Lena hatte es leichter gehabt. Ihr Püppchengesicht war durch das hässliche dunkelgraue Brillengestell, das sie mit acht schon wie eine Bibliothekarin aussehen ließ, zwar nicht hübscher geworden, aber zumindest bekam sie keine Prügel. Unlängst hatte er sie im Konsum getroffen, eine Schönheit. Aber hatte sie da eine Brille getragen?

Maria Kaahn könnte Kontaktlinsen getragen haben. Aber die meisten Kontaktlinsenträger nahmen sie nachts raus. Falls Maria Kaahn nachts geweckt worden war, hätte sie vermutlich eine Brille getragen.

Während er darauf wartete, dass Peter Berg von sich hören

ließ, rief er Louise an, die sich immer gut an Kleinigkeiten erinnerte. Sie war auf dem Weg in die Klinik, um mit Prof. Petrén zu sprechen. Als Chef musste dieser wissen, ob gegen Maria Kaahn Anschuldigungen wegen Fehlbehandlung vorlagen. Ohne zu zögern antwortete sie, dass ihr auf keinem der Fotos eine Brille aufgefallen sei. Sie erbot sich, auch Petrén zu fragen. Claesson war ungeduldig. Er wollte ihn selbst anrufen.

Die Vermittlung stellte ihn sofort zu Petrén durch. Die Frage erstaunte ihn, aber er antwortete höflich, dass er sie nie mit einer Brille gesehen hätte. Um ganz sicher zu gehen, wollte er aber noch einige Kollegen fragen.

Wie vereinbart rief er zehn Minuten später zurück. Niemand hatte Maria Kaahn mit Brille gesehen oder sich überlegt, ob sie Kontaktlinsen trug. »Manchmal sieht man, ob Leute Kontaktlinsen tragen«, sagte er mit der Sicherheit, die man von einem Mann erwarten konnte, der tagtäglich die Gebrechen anderer Leute begutachtet.

Claesson fiel auf, dass Petrén so viel Taktgefühl besaß, ihn nicht danach zu fragen, warum diese Information so wichtig sei. Wahrscheinlich war sie es gar nicht.

Sie diente lediglich zu Spekulationen darüber, was sie möglicherweise vor ihrem Tod noch gesehen hatte.

Peter Berg kam mit der Liste der Gegenstände aus dem Bereitschaftszimmer herein. Weder eine Brille noch Kontaktlinsen waren dort aufgeführt.

Eine unsinnige Abschweifung bei der Suche nach dem Zusammenhang, wie so oft.

Claesson ließ sich müde in seinem Bürostuhl zurücksinken und zog die obere Schublade heraus. Dort lag ein weinrotes Brillenetui mit der Aufschrift: »Glas och båge«, Gläser und Gestell. Seine eigene Hornbrille, rechteckig wie in den 60er Jahren, französisches Design. Der Optiker war davon überzeugt gewesen, dass seiner Persönlichkeit noch eine auffällige Brille fehlte, und er hatte nachgegeben. Er setzte sie auf und spiegelte sich im Fenster. Nicht übel. Er fand sich jünger und draufgängerisch, aber für so viel Geld konnte er schließlich auch etwas verlangen. Er behielt die Brille auf. Heute war Premiere.

Peter Berg fuhr in die Klinik und suchte den Chef der Inneren auf, der ihm den Namen einer Nachtschwester nannte. Laut Dienstplan hatte sie in der letzten Nacht nicht gearbeitet. Er brauchte also nicht die Sorge zu haben, dass er sie wecken musste. Nach vorherigem Anruf machte er sich zu Mette Kristiansen auf den Weg. Sie wohnte allein in einer Zweizimmerwohnung im Zentrum, nicht weit von der Wache entfernt. Sie stammte aus Dänemark, war um die dreißig und hatte treuherzige Augen und ein mildes Lächeln. Sie war ihm sofort sympathisch.

Erst erinnerte sie sich nicht an Örjan Rehnström, sie könne sich schließlich nicht an jeden Patienten erinnern, aber dann half er ihr auf die Sprünge. Sie meinte, er hätte mit 99-prozentiger Sicherheit die ganze Nacht in seinem Bett gelegen. Jedenfalls konnte sie sich nicht entsinnen, ihn im Korridor gesehen zu haben. Sie hatte kurz nach Mitternacht den Nachtdienst der Chirurgie angerufen, da eine Frau mit einer Lungenkrankheit plötzlich Magenschmerzen bekommen hatte. Maria Kaahn sei nicht sofort gekommen, auf der Notaufnahme sei wohl viel zu tun gewesen. Dann hätte sie den Bauch aber untersucht und bestimmte Untersuchungen angeordnet, unter anderem die des Leberwerts. Der sei normal gewesen. Sie habe ihr die Werte telefonisch ein paar Stunden später mitgeteilt. Da sei die Patientin bereits wieder eingeschlafen gewesen. Vermutlich habe die Patientin an Verstopfung gelitten. Maria Kaahn sei nicht sonderlich lang geblieben.

Peter Berg war zufrieden, als er zur Wache zurückfuhr, auch wenn immer noch Fragen offen waren. Jedenfalls wussten sie jetzt, wieso diese Telefonnummer auf dem Block neben dem Bett, in dem Maria Kaahn einige Stunden ihrer letzten Nacht geschlafen hatte, gestanden hatte.

Nachmittags hörten sie aus Riksgränsen. Peter Berg nahm das Gespräch entgegen. Als er bei Claesson eintrat, um ihm zu berichten, war dessen Zimmer leer. Auch die Winterjacke hing nicht auf dem Bügel. Auf dem Schreibtisch lag ein leeres Brillenetui. Er wählte Claessons Handynummer, aber das Handy war abgestellt. Da Claesson nichts gesagt hatte, nahm Peter Berg an, dass er nicht lange fort sein würde. Er legte einen Zettel auf den Schreibtisch und ging dann wieder zu sich.

Für Veronika Lundborg-Westman begann die Woche schlechter als sonst, genauer gesagt miserabel.

Als der Wecker am Montagmorgen, dem 15. März, klingelte, war Veronika halb tot. Ihre chaotischen Träume waren weitergegangen. Sie war wiederholt aufgewacht und hatte lange mit pochendem Herzen dagelegen. Sie hatte darauf gewartet, dass sie sich wieder beruhigen würde, damit sie einschlafen konnte. In der Dunkelheit hatte sie über sich nachgedacht, düstere Gedanken, wie das in der Nacht häufig der Fall war. Schließlich hatte sie sich eingestehen müssen, dass ihr schlechter Schlaf nichts damit zu tun hatte, dass sie in den Tod von Maria verwickelt war und dass ihre Integrität in den Zeitungen in Frage gestellt worden war, sondern dass sie sich blamiert hatte.

Sie hatte vor Kommissar Claesson das Gesicht verloren. Wie ein Teenager war sie über Maria Kaahn hergezogen. Sie hätte mit allen geflirtet und was sie sonst noch alles gesagt hatte. Dieses Verhalten vertrug sich überhaupt nicht mit ihrer Selbsteinschätzung als verständige und beherrschte Person. Geschwätzigkeit wie die von Gerda Geigerfeldt hatte sie immer für einen Charakterfehler gehalten.

Als sie bei Gegenwind unter blauschwarzen Wolken in die Klinik radelte, hing ihr das Gespräch immer noch nach. Wieder hatte sie Gerda Geigerfeldts nach Puder duftende Gestalt im Systembolaget vor Augen. Irgendwie amüsierte sie die Situation aber auch. Sie hatte was von einer Seifenoper: menschliche Schwächen zur Unterhaltung. Die Geigerfeldt und ihresgleichen geben einem das Gefühl, ehrbar zu sein, dachte sie. Wer sie jetzt zufällig auf ihrem Fahrrad gesehen hätte, dem wäre ihr zufriedenes Lächeln aufgefallen. Nur, sie hatte gar keinen Grund, sich für was Besseres zu halten.

In Gedanken kehrte sie zur Begegnung mit Claesson zurück. Er ging ihr nicht aus dem Sinn. Bereits gestern, als sie ihren inneren Widerstand aufgegeben hatte und alles aus ihr herausgesprudelt war, war ihr aufgefallen, dass er ihre Beobachtungen nicht kommentiert hatte. Natürlich nicht. Ablehnend hatte er aber auch nicht gewirkt. Er hatte sie registiert, das hatte sie seinen wachen Augen angesehen, aber wie gesagt, kommentarlos. Was er wohl glaubte?

Was ging das sie an?

Am Morgen hatte sie in der Zeitung gelesen, dass die Polizei verschiedene Theorien verfolgte. Aus ermittlungstechnischen Gründen wollte sie sich über diese jedoch nicht äußern. Immer noch Stoff für die erste Seite, die Überschriften waren jedoch kleiner geworden.

Es sei wichtig, dass sie von sich hören ließe, wenn ihr noch etwas einfiele, hatte er gesagt. Sie solle einfach auf der Wache anrufen, man würde sie durchstellen. Er hatte ihr seine Visitenkarte dagelassen, und sie hatte sie eingesteckt, als er gegangen war. Meine Güte! Glaubte er wirklich, dass sie seinen Namen vergessen würde? Nicht diesen Namen! Aber bis jetzt hatte sie sich nie überlegt, wie er geschrieben wurde. Mit C und AE. Claes Claesson.

Sobald sie den ersten Fuß in den Klinikkorridor setzte, hörte sie auf, über ihr fragwürdiges Benehmen vom Vortag nachzudenken. Sie hatte zu arbeiten.

Am Montag war das Operationsprogramm immer besonders umfassend, zu umfassend. Sie sahen sich gezwungen, am Nachmittag zwei Bruchoperationen zu streichen, da ihnen ein akuter Fall dazwischenkam. Sie gewöhnte sich nie an die Enttäuschung der Patienten, wenn sie ihnen mitteilen musste, dass ihre lang geplante Operation verschoben sei. Sie versuchte, ihre Wut und Frustration zu verstehen, und versprach, dass sie am nächsten Morgen als Erste operiert werden würden. Sie betonte, wie Leid es ihr tue, dass sie gefastet und sich vorbereitet hätten, und dass sie wisse, dass sie sich deswegen einen weiteren Tag krankschreiben lassen müssten. Leider sei es jedoch nicht zu ändern, dass ihre Pläne durchkreuzt würden. Die beiden Patienten mussten sich, wenn auch widerwillig, mit der Tatsache abfinden. Sie eilte wieder nach unten in den OP.

Der Mann, der mit fürchterlichen Bauchschmerzen auf die Notaufnahme gekommen war, lag bereits auf dem OP-Tisch. Mit Hilfe der Computertomographie hatten sie festgestellt, dass eine der Herzschlagadern bald platzen würde. Sie stand bis zum späten Abend im OP und assistierte einem Kollegen, einem außerordentlich erfahrenen Gefäßchirurgen. Während der Operation hatten die Schwestern ihrer Station ständig irgendwelche Fragen. Daniel Skotte war auf einem Kurs in Reanimation, wozu sie ihm selbst die Erlaubnis erteilt hatte, die Station war daher unbesetzt. Veronika musste versuchen, die auftauchenden Probleme über die Gegensprechanlage des OPs zu lösen. Als es wirklich gar nicht passte, bat sie die Schwestern, ihren Kollegen Philip Jarl zu fragen, aber der Idiot schob irgendwelche fadenscheinigen Gründe vor, warum er unabkömmlich sei, und sie wollte nicht betteln. Er dachte immer nur an sich. Wie weit er wohl damit kommen würde? Leider vermutlich sehr weit. Mit Frechheit ließ sich alles erreichen. Sie versprach, noch einmal auf der Station vorbeizuschauen, ehe sie nach Hause ging.

Als Veronika schließlich müde die Treppen zur Station sechs hochging, war sie durstig und hungrig. Sie merkte selbst, dass sie nach vielen Stunden im grellen Licht der OP-Lampen nach altem Schweiß stank. Sie versuchte, ihre Haare wieder aufzurichten, die von der OP-Haube an den Kopf gedrückt worden waren, und ging auf die Küche am hinteren Ende der Station zu. Etwas zerstreut begrüßte sie einige Patienten, die auf Krücken auf dem Korridor herumhumpelten.

Die Küche war wie ausgestorben. Sie nahm ein paar Zwiebäcke. Im Kühlschrank stand eine rostfreie Stahlkanne mit Hagebuttenkaltschale. Sie goss ein unzerbrechliches Glas randvoll. Dann kaute sie stehend einen Zwieback. Ihre Glieder waren matt. Sie wollte nach Hause. Sie war vollkommen fertig, die Beine taten ihr weh, und ihr Kopf war leer. Dann nahm sie einen weiteren Zwieback in die eine und das Glas in die andere Hand und begab sich zum Schwesternzimmer. Sie hoffte, dass nicht gerade Schwester Anita Dienst hatte. Schwester Anita war pedantisch, bei ihr durfte es keine Krümel und keine Fettflecken auf Papieren und Formularen geben.

Schwester Anita war nicht im Dienst.

Schwester Beata, die blonde, hübsche, saß mit dem Rücken zum Fenster auf dem Schreibtisch. Sie himmelte einen grüngekleideten Mann in weißem Kittel an, der bequem zurückgelehnt dasaß.

Sie sah Schwester Beata an, was passiert war. Verdammt, dachte sie. Der Mann drehte sich langsam um. Er verstummte und sah sie erstaunt an. Dann lächelte er.

»Hallo Veronika«, sagte er herzlich.

»Hallo Andreas«, erwiderte sie matt.

Glücklicherweise mache ich bald Ferien in Spanien, dachte sie sekundenschnell. Sie wollte nur noch weg.

## KAPITEL 13

Auf Aufforderung des Chefarztes Greger Petrén versammelten sich sämtliche Ärzte am Dienstagmorgen um Punkt halb acht in der Bibliothek, um Maria Kaahn zu gedenken. Petrén hatte zwei Kerzen aufgestellt oder seine Sekretärin Gunilla Åhman gebeten, das zu tun. Ein schöner orangener Rosenstrauß stand zwischen den Kerzen. Ungewöhnlicherweise waren alle pünktlich. Schweigend setzten sie sich um den Konferenztisch. Veronika war eine der Letzten und landete an der Schmalseite. Zumindest hatte sie so einen sehr guten Überblick über die ernste Versammlung. Schweigend zündete Petrén die beiden Kerzen an. Dann bat er die Versammelten, sich zu erheben, und einige kamen der Aufforderung etwas verlegen nach, den Blick zu Boden oder auf den Tisch gerichtet. Wir sind es nicht gewohnt, Gefühle zu zeigen, dachte Veronika.

»Maria Kaahn, eine geschätzte Kollegin«, begann Petrén.

Ein Sucher piepste. Das Feierliche des Augenblicks war im Nu verflogen. Alle sahen sich erst unschlüssig gegenseitig und dann ihre Sucher an. Bei wem hatte es gepiepst?

»Dass sie einen nie in Frieden lassen können«, zischte Ulf Nilsson. »Das ist meiner«, sagte er dann laut.

»Antworte halt. Dann stellen wir eine Minute oder zwei alle Sucher ab«, meinte Petrén mit todernster Stimme.

Immer noch stehend sahen die Kollegen zu, wie sich Ulf Nilsson einen Weg zur Wechselsprechanlage bahnte, die hinter der Gardine stand und seine Suchernummer wählte.

»Hier ist die Vermittlung. Einer Ihrer Patienten möchte mit Ihnen über ein Rezept sprechen«, ließ sich die raue Stimme der Telefonistin vernehmen.

»Ist es akut?«

»Wie soll ich das wissen?«, lautete die Gegenfrage.

»Fragen Sie danach, und sagen Sie, dass ich beschäftigt bin«, meinte er verärgert. »Ich bin den ganzen Tag beschäftigt. Sagen Sie, dass er mit einer Schwester eine Zeit vereinbaren soll, zu der er mich anrufen kann. Falls es sehr dringend ist, soll mir halt jemand die Akte hinlegen, dann rufe ich zurück.« Er unterbrach die Verbindung. »Verdammte Unsitten«, murmelte er und klemmte sich wieder auf seinen Platz. Er stand mit gesenktem Kopf da und legte die Stirn in tiefe Falten.

Die Stimmung war dahin. Es galt, den noch verbliebenen Rest von Ernst und Trauer zurückzuholen. Petrén nahm sich zusammen und ließ seinen Blick langsam über die Gesichter seiner Mitarbeiter wandern. Dann räusperte er sich umständlich und startete einen neuen Versuch:

»Maria Kaahn, eine geschätzte Kollegin, hat uns in der Blüte ihres Lebens plötzlich verlassen. Das schmerzt uns. Sie wird uns fehlen.« Seine Stimme klang betrübt. »Wir wissen, dass die Umstände ihres Todes ungeklärt sind. Täglich sehen wir uns an diese Tragik erinnert. Trotzdem wollen wir sie als einen frohen und positiven Menschen in Erinnerung behalten und als eine sehr tüchtige Kollegin. Ich bitte um eine Schweigeminute für Maria Kaahn.«

Aus den Augenwinkeln sah Veronika alle ihre Kollegen in andächtige Stille versunken. Im besten Fall waren sie in Gedanken wirklich bei Maria. Einige hatten wie Ronny Alexandersson ihre Hände zum Gebet gefaltet. Andere, wie Daniel Skotte und einer der Oberärzte, hielten das Handgelenk mit einer Hand umfasst, als seien gefaltete Hände zu fromm. Außer Ronny gab es, soweit sie wusste, keine Kirchgänger. Philip Jarl stand fast in Habt-Acht-Stellung. Else-Britt sah sie nicht, da ihr ein anderer Kollege die Sicht nahm.

Greger Petrén war anzusehen, dass er aufrichtig betroffen war. Er schluckte, aber seine Augen waren trocken.

Wenn jetzt jemand zu weinen anfängt, dachte sie. An diese Möglichkeit hatte sie überhaupt nicht gedacht.

Die Schweigeminute kam ihr unendlich lang vor. Anschließend blies Petrén die beiden Kerzen aus.

»Dann kehren wir an die Arbeit zurück«, meinte er mit belegter Stimme. »Ich schlage vor, dass wir uns heute den Bericht des Nachtdienstes schenken.« Alle nickten und verließen schweigend das Zimmer.

Veronika ging gleichzeitig mit Ulf Nilsson. Erstaunt stellte sie fest, dass Tränen an seinen Wimpern hingen. Meine Güte, dass der so nah am Wasser gebaut hat. Er war doch einer der wenigen gewesen, die sich von Maria nicht hatten beeindrucken lassen. Er hatte sie so behandelt wie alle anderen, er war ihr gegenüber also genauso freundlich korrekt und zerstreut aufgetreten wie seinen anderen Kollegen. Eilig verschwand Ulf Nilsson in Richtung seines Büros. Wie wenig wir doch übereinander wissen, dachte sie und ging zur Kleiderkammer, um sich einen frischen Kittel zu holen. Auf dem Kragen hatte sie einen Kaffeefleck.

Auf der Großstation sechs war die Arbeit des Vormittags bereits in vollem Gange. Zwei Pflegehelferinnen schoben ein Bett, so schnell sie konnten, Richtung Aufzug. Der Patient hätte bereits vor fünf Minuten beim Röntgen sein sollen. Diese Zeit konnten sie unmöglich aufholen. Ein kanarienvogelgelbes Gesicht schaute unter der Decke hervor. Glasig starrte der Patient an die Decke. Die schnelle Fahrt verursachte ihm Übelkeit. Die Ungewissheit ebenfalls. Bald würde er wissen, wie schlimm es um ihn stand. Er würde die Wahrheit erfahren, sein Urteil erhalten. Nach dem Ultraschall würden sie mehr wissen, hatte Dr. Nilsson gesagt. Hatte er Glück, handelte es sich nur um einen Gallenstein. Aber es konnte auch das richtig Gefährliche sein. Krebs.

Eines Morgens war ihm aufgefallen, dass das Weiße seiner Augen verändert war. Es war gelblich. Anfänglich hatte ihn das nicht gekümmert, schließlich ging es ihm gut. Als seine Kollegen ihm sagten, sein Gesicht sei gelbbraun, wusste er, dass er gezwungen sein würde, einen Arzt aufzusuchen. Natürlich hatte er das gesehen, aber er hatte gedacht, er hätte durch die Frühlingssonne Farbe bekommen. Ehrlich gesagt war er auch müder gewesen als sonst.

Er wusste nicht, wann es begonnen hatte. Er hatte keine Schmerzen. Das war ein schlechtes Zeichen, das wusste er. Dr. Nilsson verlor kein Wort darüber, er wolle keine Mutmaßungen anstellen. Aber natürlich hatte er gehört und gelesen, dass man von der gefährlichsten Krankheit überhaupt zu Anfang gar nichts merkt. Der Doktor hatte nichts von Krebs gesagt. Er nahm das Wort nie in den Mund. Also gab er sich damit zufrieden, dass der Doktor sagte, sie würden weitersehen, wenn alle Untersuchungen abgeschlossen seien. Dann würde er Bescheid bekommen. Dabei hatte ihm der Doktor auf die Schulter geklopft. Ein gutes Gefühl. Man würde sich um ihn kümmern. Er hatte einen fähigen Arzt, das Gefühl hatte er, einen Oberarzt, der wusste, was er zu tun hatte. Er war zwar nicht sonderlich gesprächig, Dr. Nilsson, aber er galt laut seiner Schwägerin als einer der Besten. Gut, dass er an einen der Besten geraten war, vielleicht sogar den Besten.

Schwester Lisbeth musste schon die ganze Zeit aufs Klo, kam aber einfach nicht dazu. Die Personaltoilette lag idiotischerweise am entgegengesetzten Ende des Ganges. Irgendwie hatte sie immer das Gefühl, Anlauf nehmen zu müssen, um diesen langen Weg zurückzulegen. Jetzt blieb ihr nichts anderes mehr übrig. Mit wichtiger Miene, damit keiner der Patienten sie aufhalten würde, eilte sie dorthin. Sie ließ sich auf die Klobrille sinken, spülte sich anschließend die Hände ab, und riss dann die Tür so hastig auf, dass sie beinahe einen Patienten mit einem Gehgestell umgerannt hätte.

»Hoppla, meine Kleine«, sagte er lächelnd.

»Verzeihung, das wollte ich nicht«, entschuldigte sie sich und eilte weiter.

Sie war nicht nur gehetzt, sondern völlig fertig. Die letzte Schicht hatte sie Nachtdienst gehabt, und ihr Schlafrhythmus war noch immer vollkommen durcheinander. Sie war erst zweiunddreißig, aber dachte trotzdem täglich darüber nach, wie sie das alles schaffen sollte. Maria Kaahns Tod war da nur noch der Tropfen auf dem heißen Stein. Sie hatte keine Lust mehr, und das machte ihr Angst. Es passte auch nicht zu ihrem im Grunde unbeschwerten und frohen Wesen. Sie erkannte sich kaum noch selbst wieder. Sie musste etwas unternehmen, ehe es zu spät war. Aber was? Die Alternative war, sich mit allem abzufinden und stattdessen die Freizeit besser zu nutzen. Von der war aber kaum noch was übrig. Sie hatte kaum noch Zeit, ihre Freunde zu treffen. Entweder musste sie die Einladungen ausschlagen, weil sie Nachtdienst oder am nächsten Morgen Frühdienst hatte.

Diese ohnmächtige Resignation war plötzlich gekommen. Es half auch nicht, wenn sie in der Zeitung las, dass die, die am schnellsten am Ende ihrer Kräfte waren, Leute mit *hinderlichen* Arbeiten waren, also physisch und psychisch anstrengenden, bei denen man ständig ein schlechtes Gewissen hatte und sich unzulänglich fühlte. Das hatte ein Soziologe gemeint, aber um das herauszufinden, brauchte man wirklich kein Akademiker zu sein. Ein Studienbesuch auf Station sechs genügte. So war das früher nicht gewesen. Früher hatte es ihr Spaß gemacht, zur Arbeit zu gehen. Sie war stolz gewesen, etwas Sinnvolles zu tun. Aber die Uhr ließ sich nicht zurückdrehen. Vor einem Jahr war eingeführt worden, dass alle Schwestern auch Nachtdienste zu leisten hatten. Das sei klüger, fand der Arbeitgeber, denn so steige die Kompetenz während aller Tages- und Nachtstunden. Aber ihr Organismus wurde damit nicht fertig. Sie hatte Schlafstörungen und bewegte sich am Rande einer Depression. Anfänglich war es noch gut gegangen, aber als dann zwei Stationen auf einem Stockwerk zusammengelegt und gleichzeitig Betten und Pflegehelferinnen eingespart wurden, da die neue Großstation kleiner war als die beiden alten Stationen zusammen, wurde es schließlich zu viel. Mittlerweile waren sie immer überbelegt und liefen wie von der Hornisse gestochen auf dem langen Korridor hin und her. Im Scherz hatten sie vorgeschlagen, Inliners anzuschaffen.

Mittlerweile war kaum noch Zeit für eine Kaffeepause. Lisbeth erinnerte sich, dass sie nicht einmal zu Lucia ein Kaffeekränzchen veranstaltet hatten. Nirgends ein Luciawecken oder Pfefferkuchen und kein Glühweinduft. Angesichts ihrer Klagen hatte die Stationsschwester sie wie Kleinkinder ausgeschimpft. »Die Suppe, die man sich einbrockt, muss man auch auslöffeln«, hatte sie lächelnd gesagt. Sie hatten sie finster angeschaut, Stehende und Sitzende, denn jetzt gab es nicht mehr genug Stühle für alle, wenn sie eine Besprechung hatten. Dann wurden sie ermahnt, die Ärmel hochzukrempeln. »Lasst euch das gesagt sein, alles geht, wenn man sich nur besser organisiert.«

Ständig hatte sie das Gefühl, eine schlechte Mutter, eine leidenschaftslose Ehefrau und eine müde Krankenschwester zu sein und zwar in dieser Reihenfolge. Bei den Kindern war sie reizbar, bei Roffe immer zu müde und bei der Arbeit nie zufrieden.

Eine der Krankenschwestern hatte auf Floristin umgesattelt. Sie wollte sich mit schönen Dingen befassen, dabei war sie durchaus ein gute Krankenschwester gewesen. Worauf hatte sie selbst Lust? Jedenfalls nicht auf dieses ewige Ausmisten. Heute hatte der aus Zimmer 3 schon vier Mal geklingelt und sicher nicht zum letzten Mal. Der Ärmste konnte nichts dafür. Diarrhöe ließ sich halt nicht kontrollieren, aber manchmal konnte sie einfach nicht mehr. Und dann der in Zimmer 4. Er wurde immer weniger. Diese verdammten Ärzte gaben einem auch nie vernünftige Anweisungen. Dr. Nilsson war für diesen Patienten verantwortlich, aber müde und maulfaul. Er schien überhaupt zu nichts mehr Lust zu haben. Natürlich war er ein guter Chirurg und eigentlich auch ganz nett, aber meine Güte, er musste sich deutlicher äußern, damit sie wussten, woran sie waren. Sollten sie den Patienten mit einer Magensonde ernähren oder nicht? Oder reichte eine Nährlösung i. v.? Die Ehefrau machte Druck, und Lisbeth bezweifelte, dass die Doktoren sie ausreichend darüber informiert hatten, wie schlimm es eigentlich um ihn stand. Vielleicht ging ihr das auch nur zu nahe. Jedes Mal, wenn sie in sein Zimmer ging, musste sie aufpassen, was sie sagte. Wenn sie seinen flehenden und gleichzeitig matten Blick sah, kamen ihr fast die Tränen. Er wusste längst, was Sache war. Die Patienten begriffen mehr, als man glaubte. Sie wussten, dass ihre Stunde geschlagen hatte, auch wenn sie nichts sagten. Vermutlich wollte er seine Frau schonen. Vielleicht konnte Veronika diesen Patienten von Nilsson übernehmen, mit ihm und seiner Frau sprechen und entscheiden, was weiter zu tun sei. Sie würde sie bei der Visite fragen. Veronika sprach zumindest Klartext und kümmerte sich.

Mit ihren Gedanken kam sie nicht weiter. Die Lampe blinkte über der Tür von Zimmer 3. Vermutlich hatte der Mann im zweiten Bett geklingelt. Was hatte sie noch gesagt! Zum wievielten Mal war das jetzt? Sie hatte den Überblick verloren. Sie schluckte und versuchte, ihre Unlust zu bezwingen. Die Kraft, eine Pflegehelferin vom anderen Ende des Korridors herbeizuzitieren, hatte sie nicht mehr. Sie musste sich selbst darum kümmern.

In dem Augenblick, in dem sie die Tür öffnete und ihr der Gestank entgegenschlug, konstatierte sie, dass es genau so war, wie sie gedacht hatte: Der Patient badete in seinen Ausscheidungen. Zum dritten Mal innerhalb einer Stunde riss sie das Laken vom Bett und machte sauber. Sie war wütend und schämte sich dafür. Es vertrug sich nicht mit ihrer Arbeitsauffassung, sich nicht mitfühlend um einen Kranken zu kümmern. Sie öffnete das Fenster, damit der Gestank sich verziehen konnte. Als sie ein sauberes Laken und eine gelbe Frotteedecke über ihm ausbreitete, wendete er ihr seinen Kopf zu und sah sie an.

»Sie sind wirklich nett«, sagte er.

Sie schämte sich noch mehr, so verärgert gewesen zu sein. Er hatte es bemerkt. Sie erstarrte.

»So überwältigend ist das nicht«, meinte sie leise und schüttelte langsam den Kopf. »Schließlich ist das meine Arbeit.« Sie lächelte.

Mit fieberglänzenden Augen sah er sie an. »Die Luft, die Sie da reinlassen, ist wirklich herrlich«, sagte er. »Glauben Sie, dass ich auch bald in den Frühling komme?«

Sie lächelte noch mehr und tätschelte ihm den Arm.

»Natürlich«, sagte sie und war erleichtert, ihn trösten zu können. Solche Augenblicke waren es, die ihr ihre Arbeit sinnvoll erscheinen ließen.

Am anderen Ende des Korridors entdeckte sie Beata. Sie musste sich mit ihr noch über alles Fürchterliche, das passiert war, unterhalten. Ihr musste das mehr zu schaffen machen als allen anderen. Sie hatte schließlich an dem schrecklichen Morgen, an dem Maria Kaahn gestorben war, Dienst gehabt. Ob sich wohl jemand um sie gekümmert hatte? Sie wirkte so bedrückt. Veronika ebenfalls, aber die schien allein zurechtzukommen. Sollten sie in der Klinik nicht eine Kriseninterventionsgruppe einrichten? Für Debriefing oder wie immer das hieß. Das gab es doch heutzutage, zumindest hatte sie das im Fernsehen gesehen. Aber vielleicht waren dazu größere Katastrophen nötig als eine tote Ärztin. Busunfälle, Zugzusammenstöße und Flugzeugabstürze. Bisher hatte man sich nur alles Mögliche erzählt, eine Geschichte fantastischer als die andere. Gleichzeitig war der Betrieb wie immer weitergegangen. Niemand hatte sich um das Personal gekümmert. Aber so kann es nicht weitergehen, dachte sie. Sie mussten bald eine Antwort auf die Frage bekommen, was wirklich passiert war.

Lisbeth wurde in ihren Überlegungen gestört. Eine Patientin, die vor einem kleineren Eingriff am Nachmittag fasten musste, klingelte. Sie ging zu der vitalen älteren Dame und setzte sich auf ihre Bettkante.

»Ich frage mich«, sagte die Patientin, und es war ihr anzumerken, dass es sich um eine äußerst wichtige Frage handelte. »Ich frage mich«, sagte sie erneut, setzte sich im Bett auf und deutete auf den Beutel mit der Infusion an einem Gestell. »Schwester, in dem Tropf, den ich bekomme, ist da Fleisch?«

Lisbeth schaute auf die vollkommen farblose Flüssigkeit und überlegte, dass die Patientin doch wohl nicht glauben konnte, in der Infusion seien zerkleinerte Koteletts. Sie merkte, dass sie fast lachen musste, und nahm sich zusammen. Schließlich konnte es nicht leicht sein, immer zu begreifen, was sie im Krankenhaus alles taten.

»Nein, da ist kein Fleisch drin«, sagte sie deshalb sehr freundlich. »Sind Sie Vegetarierin? Ich kann das in Ihrer Akte vermerken, damit Sie nach der Operation auch das Richtige zu essen bekommen.«

»Nein, ich bin keine Vegetarierin«, erwiderte die Frau beleidigt, »aber ich vertrage kein Fleisch. Von Fleisch bricht mir immer der Schweiß aus. Sind Sie sich wirklich ganz sicher, dass ich durch den Schlauch kein Fleisch zu mir nehme?«

»Ich bin mir ganz sicher. In der Infusion ist kein Fleisch. Das ist eine Flüssigkeit mit etwas Zucker und Salzen«, erklärte sie freundlich, aber auch bestimmt, damit die Patientin sich beruhigen würde.

Sie verließ das Zimmer gut gelaunt. Jetzt musste sie eine Infusion mit Antibiotika vorbereiten. Bald war Visite, und sie wollte das erledigt haben, sonst wurde sie nie fertig.

Beata stand in der Tür des Schwesternzimmers und winkte sie zu sich. Sie stellte gerade vor der Visite den Wagen ganz hinten in den Korridor vor das Einzelzimmer 2. Die Morgenvisite würde beginnen, wenn Veronika kam. Gut, dass Veronika an der Reihe war. Sie war nicht so umständlich und versuchte immer, den Patienten zuzuhören.

Lisbeth ärgerte sich, dass sie jetzt wieder den ganzen Korridor zum Schwesternzimmer zurücklaufen musste. Im Vorbeigehen warf sie einen Blick ins Personalzimmer. Auf dem Tisch stand Butterkuchen. Für den Vormittagskaffee. Da konnte sie nur hoffen, dass sie fertig wurde, ehe alles aufgegessen war.

»Deine Tagesmutter«, flüsterte Beata. »Pelle hat Fieber.« Mit einem mitfühlenden Gesichtsausdruck reichte sie Lisbeth den Hörer.

»Scheiße«, zischte Lisbeth und nahm den Hörer. Beata sah todmüde aus, wie eine verschrumpelte Mohrrübe. »Ich kann doch nicht ausgerechnet jetzt gehen«, meinte sie halblaut und presste den Hörer gegen das Ohr. Dann löste sie die Stummschaltung und holte tief Luft.

»Hallo«, sagte sie, »Ich hab' gehört, dass Pelle Fieber bekommen hat …«

Veronika kam etwas verspätet auf die Station. Zum einen wegen der Gedenkminute, zum anderen war es zwei Patienten gelungen, telefonisch zu ihr durchzukommen, mit Fragen, die gut hätten warten können. Sie hatten sich entschuldigt, aber das änderte auch nichts. Jedes Mal musste sie dann alles stehen und liegen lassen, um die Akten zu holen, und anschließend das Gespräch in den Unterlagen kurz notieren. Dann war Gunilla Åhman mit einem Stapel Krankenakten gekommen, die sie so schnell wie möglich durchgehen musste. Dinge, die die Versicherung betrafen, Bitten um Kopien aus Akten, Stellungnahmen für Gericht, Rezepte und anderes. Sie versprach, am Nachmittag alles durchzusehen.

Als sie die Tür auf dem Korridor der Station sechs öffnete, sah sie bereits den Wagen für die Visite bereitstehen. Daneben stand Daniel Skotte wie ein gut dressierter Hund, der auf Frauchen wartet. Sie kam am Schwesternzimmer vorbei und hörte die nasale Stimme von Lisbeth:

»Du kannst ihm doch ein Panodil geben … Du hast keine … ach so, was hast du denn … nur bis ich oder Roffe ihn holen … sofort kann ich nicht kommen, aber so schnell es geht …«

Man könnte glauben, dass er stehend mit offenen Augen schläft, dachte Veronika und stieß Daniel Skotte in die Seite.

»Guten Morgen, Daniel«, sagte sie. »Nicht in Form?«

Schweigend und finster sah er sie an.

»Vermutlich keiner von uns«, meinte sie ablenkend, da sie das Gefühl hatte, in ein Fettnäpfchen getreten zu sein. »Ich meine, in Hinblick auf die Morgenbesprechung«, sagte sie und sah ihn verstohlen von der Seite an, während sie eine dicke Krankenakte vom Wagen nahm.

»Tja«, erwiderte er. »Natürlich ist das mit Maria traurig, aber hauptsächlich bin ich hundemüde.«

»Ach so«, meinte sie und dachte, wer ist das nicht, war aber so taktvoll, nichts zu sagen.

»Der Nachtdienst hängt mir in den Knochen. Das dauert immer ein paar Tage, bis ich das hinter mir lasse. Ich war vorgestern dran.«

»Viel zu tun?«

»Ja. Die ganze Zeit. Ich konnte mich nicht mal eine Minute im Bereitschaftszimmer ausstrecken. Reines Chaos. Da geht es dann nur noch ums Überleben.« Sie verstand das als eine Anspielung auf Maria Kaahn.

»Du hättest doch den Hintergrunddienst anrufen und dir helfen lassen können?«

»Was du nicht sagst! Der ist doch immer sofort stinkesauer.«

»Wer war es denn?«

Daniel schwieg, wurde sich dann aber klar darüber, dass sie das mühelos herausfinden konnte. »Philip Jarl«, sagte er dann so leise, dass sie seine Stimme kaum hören konnte.

»Du meinst, dass Philip einem nicht hilft?«

»Äußerst ungern«, antwortete er.

»Dummes Schwein«, meinte sie und erinnerte sich an ihr Gefühl der Ohnmacht.

Die Notaufnahme immer voller und das eigene Tempo nicht ausreichend hoch. Erwartungen größer als die Begabung, die

Angst, dass einem ein Fehler unterläuft, dass jemandem was passieren könnte, und das alles nahm immer mehr zu, je müder man wurde. Die Schwestern, die Druck machten, und bei der Leitung nur taube Ohren. Patienten und Angehörige waren verärgert und wurden unverschämt, wenn sie warten mussten. Das schlechte Gewissen nahm immer weiter zu, und die wirklich Kranken mussten leider warten.

»Hast du ihn wirklich gebeten, dir zu helfen? Viele trauen sich das nicht mal.«

»Ja, aber er meinte, früher sei das noch schlimmer gewesen.«

»Glaub nur das nicht«, erwiderte sie und grinste. »Er ist ganz einfach faul. Und müde. Das Schlimmste ist, dass wir das alle sind.«

»Wirklich?« Daniel Skotte sah Veronika besorgt an.

»Allerdings. Ich glaube allerdings nicht, dass es noch mehr Tote geben wird. Dass Maria Kaahn starb, hatte nichts mit Arbeitsbelastung zu tun.«

Er sah sie an. »Offensichtlich«, meinte er und verstummte.

Sie schaute den Korridor entlang, um zu sehen, ob die Schwester und die Pflegehelferin auf dem Weg waren.

»Wenn sie jetzt nicht kommen, fangen wir allein an. Ich habe bei meiner Sprechstunde wahnsinnig viel zu tun und will mich nicht verspäten.« Sie war gestresst.

Veronika begann, in der Akte der Patientin in Einzelzimmer zwei zu blättern. Sie konnte nicht mehr essen und trinken, und sie hatten alle Medizin außer den Schmerzmitteln abgesetzt.

»Wir fangen allein an«, sagte sie und öffnete die Tür. Leise traten sie ein.

Evelyn Berg war am Schluss ihrer Lebensbahn angekommen. Glanzloses, sandfarbenes Haar lag platt auf dem Kissen. Es war nicht gelüftet, und es roch durchdringend nach einer Salbe, mit der sie ihr Mann liebevoll eingeschmiert hatte. Er saß am Kopfende und strich ihr über die Stirn. Veronika nickte ihm zu. Die qualvolle und langwierige Krankheit seiner geliebten Frau ging unerbittlich ihrem Ende zu. Geduldig wartete er und hatte schon lange aufgehört, Tage und Minuten zu zählen. Er wirkte müde und mitgenommen, nickte aber trotzdem freundlich zurück. Er nahm die schmale Hand seiner Frau in seine breite. Er hatte viel Zeit gehabt, sich auf ihren Tod vorzubereiten, wusste aber trotzdem nicht, wie das sein würde, denn auf das Unabänderliche konnte sich niemand vorbereiten.

Veronika musste die Tränen zurückhalten, die ihr ohne Vorwarnung in die Augen schossen. Diese Frau wurde geliebt. Sie starb nicht allein.

Wer wohl an ihrem Sterbebett sitzen würde? Einen geliebten Mann besaß sie nicht.

Veronika nahm ihre andere Hand, beugte sich über das Bett und schaute in das magere Gesicht, wie ein Totenschädel mit sehr dünner, gelbweißer Haut. Sie versuchte, den Blick der stecknadelkopfgroßen Pupillen aufzufangen, aber der war ganz weit weg.

»Frau Berg«, sagte sie leise und drückte vorsichtig die Hand, »tut Ihnen was weh?«

Evelyn Berg antwortete nicht. Sie hatte nicht mehr die Kraft, überhaupt noch zu reagieren. Sie starrte geradeaus, aber dann blinzelte sie. Die Lippen waren grauweiß und der Mund geöffnet. Ihr rasselnder Atem roch nach Azeton.

Veronika sah den Ehemann an.

»Glauben Sie, dass ihr was wehtut?«

»Nein, das glaube ich nicht«, antwortete er für seine geliebte Frau.

»Sagen Sie Bescheid, falls was sein sollte.« Sie richtete sich auf, blieb noch eine Sekunde stehen, nickte Daniel Skotte zu, und sie verließen geräuschlos das Zimmer.

Vorsichtig schlossen sie die Tür und ließen Tod und Ewigkeit hinter sich.

Auf dem Korridor stürzte Schwester Lisbeth auf sie zu. Neben ihr kam schwer atmend die Pflegehelferin Anna-Karin, unförmig und übellaunig. Ihr Mund verschwand fast zwischen ihren Ballonwangen. Ihr Gesicht war platt wie das eines Pekinesen.

»Entschuldigung«, sagte Lisbeth bereits aus einigen Schritten Abstand. »Tut mir Leid. Ich bekam einen Anruf. Ich muss Pelle bei der Tagesmutter abholen. Er ist krank.«

Ihr Blick hatte was Gehetztes.

»Wir sind vollkommen überbelegt. Zwei liegen im Untersuchungszimmer«, kläffte der Pekinese. »Sie müssen so viele wie möglich entlassen.« Sie sah Veronika auffordernd an.

Wer gibt hier eigentlich die Befehle?, dachte sie, verkniff sich diese Bemerkung jedoch.

»Warst du schon auf der zwei?«, fragte Lisbeth.

»Ja«, antwortete Veronika. »Sie scheint keine Schmerzen zu haben.«

»Das glaube ich auch«, meinte Lisbeth. Ihre Stimme klang so, als hätte sie die Fassung einigermaßen wiedergewonnen. »Traurig. Aber er wird gut damit fertig. Er macht das richtig gut. Sehr viel Zeit hat sie ja nicht mehr.«

»Nein, wahrscheinlich nicht«, erwiderte Veronika.

»Gott sei Dank«, sagte Anna-Karin. »Wir brauchen ein Einzelzimmer, am besten schon heute. Glauben Sie …« Sie heftete ihre Pekinesenaugen auf Veronika.

»Das wissen Sie genauso gut wie ich, dass sich das nicht beantworten lässt«, antwortete sie knapp und ging zum nächsten Zimmer weiter.

Die Visite kam in Zimmer vier zum Stillstand. Die Angehörigen eines krebskranken Patienten, der am Nachmittag operiert werden sollte, waren der Ansicht, sie seien nicht ausreichend über den Eingriff und die Risiken informiert worden. Der Patient selbst war der Meinung, er wisse genug, und betonte, die Operation sei seine Angelegenheit, aber Frau und Sohn, ein unerfreulicher, arroganter Typ, ließen sich nicht beirren. Sie wollten nur das Beste für ihr »Papachen«. Sie hatten

Angst, war sich Veronika sicher, und machten sich Sorgen. Der Sohn hatte außerdem ein schlechtes Gewissen. Er hatte eigentlich keine Zeit für seine alten Eltern. Sie waren ihm schon lange gleichgültig. Wahrscheinlich wohnte er weit weg und wollte nur schnell wieder nach Hause.

Sie holte tief Luft und meinte, dass darüber der Chirurg wohl am besten Bescheid wisse, nur sei der jetzt im OP. Natürlich ließe sich die Operation verschieben, damit sie noch einmal in aller Ruhe über alles sprechen könnten. Leider könne sie nicht sagen, wann er dann einen neuen Termin bekommen würde. Den OP-Plan hätte sie nicht im Kopf. Es handele sich um einen umfassenden Eingriff, der müsse gut geplant werden, da anschließend ein Platz auf der Intensivstation benötigt würde. Und den schütteln wir nicht aus dem Ärmel, dachte sie, sagte aber nichts. Der arrogante Sohn verlangte ein paar Termine zur Auswahl. Sie versuchte ihm zu erklären, dass das nicht üblich sei, und bemühte sich, nicht die Beherrschung zu verlieren.

Daraufhin wurde sie von dem jungen Mann beschimpft. Er befand sich am Rand eines Nervenzusammenbruchs, sie aber bald auch. Dieses Krankenhaus sei doch nur lächerlich. Keinen Termin könnten sie einhalten und auch nicht vernünftig planen wie in der Wirtschaft. Inkompetenz und Dummheit. Ihre Wut nahm immer mehr zu. Sie war drauf und dran, ihn zum Teufel zu wünschen, wusste aber, dass sich das nicht lohnte. Sie sagte nicht mal: »Reden Sie doch mit Ihrem Kommunalpolitiker.« Oder: »Das Krankenhaus hat nichts mit der freien Wirtschaft zu tun. Hier werden keine Gewinne erwirtschaftet.« Das waren sonst ihre Standardrepliken. Der Patient tat ihr Leid. Gebrechlich und unglücklich schaute er unter der Decke hervor. Er erinnerte sie an ihren eigenen Vater, als dieser krank gewesen war. Klein und zerbrechlich, nicht der große Mann, der sie auf dem Arm getragen hatte. Die Situation war definitiv alles andere als erfreulich.

Sie ging nach draußen und piepste ihren Kollegen im OP 2

an. Dieser meinte, der Patient brauche nicht mehr weiterfasten. Es hätte keinen Sinn, gegen den Willen der Familie zu operieren. Es könnten Komplikationen auftreten, da es sich um einen größeren Eingriff handele. Da sei es wichtig, alle hinter sich zu wissen. Er versprach, am Nachmittag vorbeizuschauen, wenn er im OP fertig sei. Als sie mit dieser Mitteilung zurückkehrte, meinte der Sohn, er könne leider nicht so lange warten. Er müsse die Maschine nach Stockholm erreichen. Ob sie den Chirurgen nicht früher sprechen könnten?

Da riss Veronika der Geduldsfaden. Unfreundlich meinte sie, das sei das einzige Angebot, das sie ihnen machen könne. Der Patient, der alte Mann, über dessen Kopf hinweg sie sich gestritten hatten, meinte daraufhin, seinetwegen könnten sie gerne bereits am selben Tag operieren. Sie sah ihn an.

»Das wäre unklug. Warten Sie heute Nachmittag auf den Arzt, dann kommt das sicher in Ordnung«, sagte sie freundlich und sah den arroganten Sohn gleichzeitig finster an. »Ich mache jetzt mit der Visite weiter, dann können Sie noch mal darüber reden.« Dann wandte sie ihnen demonstrativ den Rücken zu.

Neben dem nächsten Bett saß ein Mann, der eine Gallensteinoperation hinter sich hatte und darauf wartete, entlassen zu werden. Gott sei Dank ein unkomplizierter Fall. Der Ärmste wagte nichts zu sagen, da er die Diskussion am Nachbarbett mitangehört hatte, und das war natürlich nicht gut.

Die Pflegehelferin Anna-Karin, die übereifrige, zeigte sich plötzlich unerwartet freundlich. Sie kam auf den Gang und fragte Veronika, ob sie nicht auch eine Tasse Kaffee wolle und ein Stück Kuchen. Das klang gut. Es war zwar spät, aber sie sagte trotzdem ja. Sie musste sich stärken.

Also ließ sie sich ins Personalzimmer locken. Hier war die Stimmung gedrückt. Nicht gerade das, was sie brauchte.

»Haben Sie keine Angst?«, fiel die Heerführerin Anna-Karin über Veronika her und sah sie durchdringend an.

Am Tisch war es still.

»Tja. Ich weiß nicht«, sagte sie, nahm ein Stück Kuchen und ließ sich mit der Antwort Zeit.

Sie wusste nicht, ob sie sagen sollte, was von ihr erwartet wurde oder was der Wahrheit entsprach. Sie hatte keine sonderliche Angst, aber das wollten sie nicht hören. Da war sie sicher.

»Schließlich könnte er erneut zuschlagen«, bohrte Anna-Karin weiter.

»Wer er?«, wollte ein frecher Nachwuchspfleger, Niklas, wissen.

»Leg nicht jedes Wort auf die Goldwaage«, fauchte ihn Anna-Karin an.

»Vielleicht müsste man sich größere Sorgen machen«, sagte Schwester Lisbeth, die immer noch nicht zu ihrem kranken Pelle aufgebrochen war.

»Es fragt sich wirklich, was die Polizei die ganze Zeit tut«, meinte Beata seufzend. »Petrén will heute Nachmittag in der Kantine eine Informationsveranstaltung abhalten. Die Polizei kommt auch. Da werden wir vermutlich alles erfahren.«

»Ich hörte jemanden auf der Inneren den Ausdruck Mörderklinik gebrauchen«, sagte Anna-Karin und presste die Lippen noch mehr zusammen als sonst.

»Meine Güte!«, rief Veronika und fand, dass es jetzt wirklich zu weit ging.

»Das Ganze ist eigentlich tragisch«, meinte Lisbeth. »Die arme Familie …«

»Und die Ärmste, so früh zu sterben«, sagte Niklas und schaute die anderen am Tisch an. Alle versenkten ihren Blick in ihre Tassen.

Es wurde noch stiller. Niemand wagte zu atmen.

»Natürlich«, sagte Anna-Karin schließlich. »Natürlich ist es tragisch, aber …«

»Aber was?«, wollte Lisbeth wissen.

»Sie hatte es faustdick hinter den Ohren«, meinte Anna-Karin und knallte ihren Becher auf den Tisch.

»Wieso das?«, warf Veronika ein und bereute sofort, sich zu ihrer Neugier bekannt zu haben.

»Sie hatte wohl das eine oder andere im Sinn ...«

»Rauschgiftschmuggel oder was?«, fragte Beata spöttisch, und alle kicherten.

»Sei nicht albern ...«

Anna-Karin sah sich um, dass sie auch niemand hören würde, der es nicht hören sollte. »Sie hatte es mit den Männern. Das wisst ihr genauso gut wie ich. Erinnert ihr euch nicht an den Patienten, der so scharf auf sie war. Unter anderem. Von nichts kommt nichts! Sie wusste sehr gut, was sie tat. Habt ihr nicht gesehen, wie sie sich immer aufgeführt hat? Immer so unnatürlich ... nie normal ... sie wollte, dass sie alle immer angaffen ... ich meine, die Männer.«

»Na und, da ist doch nichts dabei, wenn man sich verliebt?«, unterbrach sie Beata trotzig und mit hochroten Wangen. Sie schien das Gefühl zu haben, selbst einen Fehltritt begangen zu haben.

Anna-Karin spitzte die Lippen. Rasch schaute sie von einem zum andern und überlegte fieberhaft, wie sie den Fall noch weiter breittreten könnte.

»Das kommt darauf an ... was heißt schon verliebt ... man soll ja nichts Schlechtes über Tote sagen«, meinte sie in neutralem Ton. »Schließlich hatte sie auch ihre guten Seiten, vielleicht manchmal etwas nachlässig, obwohl ...«

Alle saßen schweigend da und sahen sie an. Sie war hochzufrieden, im Mittelpunkt des Interesses zu stehen. Sie holte tief Luft, runzelte die Stirn und fuhr fort: »Jedenfalls hatte sie was mit dem neuen Narkosearzt«, sagte sie triumphierend, und alle sahen sie stumm an, außer Beata, die zusammenzuckte. »Dieser Schönling aus Norwegen«, präzisierte sie unnötigerweise, denn alle wussten, dass es seit dem Vortag einen neuen, gut aussehenden Anästhesisten gab.

»Was ist mit ihm?«, kam es Lisbeth über die Lippen.

»Sie hatte was mit ihm.«

»Wie willst du das wissen?«

»So was spricht sich herum. Die Polizei hat ihn verhört.«

»Aber … er war doch nicht mal hier, als … als sie starb«, sagte Lisbeth. Sie konnte sich das nicht zusammenreimen. »Er hat doch gerade erst hier angefangen.«

Beata war immer noch vollkommen stumm.

»Da kann man sich nicht sicher sein. Wer weiß, was die sich haben einfallen lassen«, fabulierte Anna-Karin weiter.

»Du meinst also, dass vielleicht er sie umgebracht hat?«

»Das habe ich nicht gesagt, aber nichts ist unmöglich«, erwiderte Anna-Karin ausweichend.

»Ich finde, er wirkt nett«, verteidigte Beata ihn etwas lahm.

»Man soll niemanden vorverurteilen«, meinte Anna-Karin mit plötzlich erwachtem Gerechtigkeitssinn, »aber …«

Der Ärmste ist bereits verurteilt, dachte Veronika, verurteilt vom Klatsch einer Kleinstadt. Auch wenn der Schuldige gefunden wird, wird Andreas das nie ganz hinter sich lassen. Wenn er hier bleibt, wird der Verdacht trotzdem immer auf ihm lasten. Aber es war nicht damit zu rechnen, dass er das tun würde.

Sie sah auf die Uhr. Sie musste los. Es ließ sich nicht länger aufschieben, sie kam schon zu spät zu ihrer Vormittagssprechstunde. Alle weiteren Theorien würde sie verpassen.

»Es tut mir Leid, aber Sie haben zwei zusätzliche Patienten«, sagte die Pflegehelferin, als sie das Behandlungszimmer betrat.

Also keine Mittagspause, dachte Veronika. »Wer hat die auf die Liste geschrieben?«

»Die Verwaltung. Sie waren gezwungen, sie bald dranzunehmen.«

»Sie hätten auch fragen können.«

»Das ist nicht meine Schuld.«

»Egal. Wir fangen an.«

Kurz nach eins stand sie vor dem Kiosk und bezahlte eine

Banane und eine Cola light. Jemand berührte sie an der Schulter. Sie drehte sich um.

»Hallo, Veronika«, sagte Philip Jarl mit einem breiten Grinsen.

Was gibt's jetzt schon wieder?, dachte sie.

»Du«, sagte er und lächelte eklig von oben herab, »ich hatte da heute einen Patienten in der Sprechstunde, der wahnsinnig unzufrieden mit einer Bruchoperation war, deiner.«

»Warum hast du ihn nicht zu mir geschickt. Dann hätte ich mich darum kümmern können?«

»Weißt du«, erwiderte Philip Jarl, »er sagte, er glaube nicht, dass Frauen wirklich gute Chirurgen werden können. Frauen seien so launisch, hätten ihre Tage und so, Hormonschwankungen, du weißt schon. Ich versprach ihm also, dass ich ihm helfen würde. Ich habe ihn auf meine Liste gesetzt.« Er biss genüsslich in einen Apfel und kaute.

Sie sagte nicht: »Weißt du was? Ich hatte heute eine Frau in meiner Sprechstunde, der die Krampfadern operiert worden waren. Sie fand, dass es fast noch schlimmer aussah als vorher. Und weißt du, wer sie unter dem Messer hatte. Der Testosteronchirurg der Klinik, Philip Jarl.«

Mit zusammengekniffenem Mund schaute sie ihn finster an, drehte sich auf dem Absatz um und ging. Ihre Nachmittagssprechstunde hatte vor fünfzehn Minuten begonnen.

Anfänglich ging es einigermaßen zügig, aber dann kam ein Patient mit bereits zu weit fortgeschrittenen Gefäßproblemen. Er hielt den Betrieb auf. Einige Zehen waren bereits blauschwarz und kurz davor abzufallen. Natürlich Kettenraucher. Sie brauchte bedeutend mehr als zwanzig Minuten, um den Ärmsten auf die traurige Tatsache einzustimmen, dass er seine letzte Zigarette geraucht hatte, wenn er Füße und Schienbeine behalten wollte. Wobei sie ihm das noch nicht mal versprechen könne. Sie würden noch ein paar Untersuchungen machen und dann überlegen müssen, wie sie ihn operieren sollten. Er müsse jedoch unbedingt aufhören zu rauchen, ermahnte sie ihn. Der Patient war einsichtig, aber leicht fiel es ihm nicht. Sie kam sich vor wie eine kleinliche Grundschullehrerin. Für einen Kettenraucher war Nikotinkaugummi sicher nur ein schwacher Ersatz. Sie rauchen sich wirklich geradewegs in den Rollstuhl, dachte sie, während sie im Korridor vor dem Behandlungszimmer an einem Stehpult ihren Bericht diktierte. Sie hätte nichts dagegen gehabt, sich auf einen Stuhl sinken zu lassen, aber es gab keinen. Abwechselnd trat sie von einem Bein aufs andere, um die schwache Durchblutung ihrer Waden in Gang zu bringen.

Aus den Augenwinkeln sah sie Petrén kommen. Als er neben ihr stand, stellte sie das Diktafon ab und sah hoch.

»Hör mal«, sagte er, »ich habe eine Aufgabe für dich.« Er schob seine Brille vor, so dass er sie über den Rand betrachten konnte.

»Und?«, sagte sie betont reserviert.

»Am Freitag hat die Laparoskopiegruppe ein Treffen in Stockholm. Kannst du nicht fahren?«

»Tja ...« Sie hatte keine große Lust, nur für einen Tag nach Stockholm zu flitzen.

Um ihr etwas Bedenkzeit zu geben, fuhr er fort: »Leider kann ich nicht selbst fahren. Die Direktion hat eine größere Besprechung angesetzt, bei der es um die Finanzen und eventuelle Umstrukturierungen geht. Da muss ich dabei sein. Die glauben, ich hätte nichts anderes zu tun, als mich zu irgendwelchen Sitzungen einzufinden. Die sind es gewöhnt, sich damit die Zeit zu vertreiben, aber ich nicht.« Er seufzte.

Er machte eine kurze Pause und schaute auf den Gang. Inga Feldt war damit beschäftigt, die Papierkörbe zu leeren.

»Schließlich sind da noch die Patienten, um die sich auch jemand kümmern muss.« Er seufzte erneut. »Kannst du das nicht machen? Das wäre sehr gut, denn Nilsson hat auch keine Zeit. Ich habe Philip Jarl zwar noch nicht gefragt, aber ...«

»Ich mach das«, sagte sie schnell.

Sie wollte Philip Jarl dieses Gebiet nicht auch noch überlassen. Es reichte schon, dass er den Dienstplan aufstellte, seit Ronny mitgeteilt hatte, dass er von dieser Aufgabe entbunden werden wollte. Wie es dazu gekommen war, hatte sie immer noch nicht rausgekriegt. Sie wollte zwar den Dienstplan keinesfalls selbst aufstellen, aber es wäre besser gewesen, wenn ein weniger größenwahnsinniger Mensch als Philip Jarl diese Aufgabe übernommen hätte, jemand, der an das Wohl der Klinik dachte und nicht nur an sein eigenes.

»Aber dann muss ich den Hintergrunddienst Donnerstagnacht verschieben, sonst schlafe ich bei der Konferenz ein«, sagte sie.

»Du kannst mit mir tauschen. Du kannst morgen meine Nacht übernehmen, dann nehme ich deine am Donnerstag.«

»Aber ich habe doch schon heute Abend Hintergrunddienst, dann bin ich doch fix und fertig ...«

»Vielleicht wird es ja eine ruhige Nacht«, meinte er überzeugend, lächelte verbindlich und legte ihr eine Hand auf die Schulter.

»Okay«, sagte sie.

»Ich wusste, dass ich mich auf dich verlassen kann«, erwiderte er.

Sie griff wieder zum Mikrofon des Diktafons und versuchte, sich an die Anamnese des gefäßkranken Patienten zu erinnern. Sie sah Petrén hinterher, der in Richtung Aufzug verschwand. Er sieht müde aus, dachte sie. Von einem auf den anderen Tag ging er gebeugt. Sein Schritt war langsamer. Vermutlich war es nicht leicht, in diesen Zeiten der Einsparungen Chef zu sein. Die Bedürfnisse der Patienten waren unendlich. Jemand musste Grenzen setzen, aber niemand hatte Lust dazu. Und dann auch noch die Sache mit Maria. Irgendwie tat er ihr Leid, trotz seiner distanzierten und fast überkorrekten Art. Er war ehrgeizig, was die Klinik anging, und schonte sich nie. Petrén wollte, dass es den Patienten gut ging und dass seine Mitarbeiter stolz auf ihre Klinik waren. Mit allem anderen hätte man ihm Unrecht getan.

Als sie mit der Sprechstunde fertig und alle Akten durchgegangen war, die Überweisungen diktiert und Bescheinigungen unterschrieben und außerdem noch eine rasche Visite auf ihrer Station gemacht hatte, war es sechs Uhr. Sie ging runter in die Notaufnahme. Dort war es zur Abwechslung ruhig. Ronny Alexandersson hatte Dienst, und das sprach dafür, dass sie eine ruhige Nacht haben würde. Meistens kam er allein gut klar.

»Ich fahre nach Hause und esse was«, sagte sie zu ihm.

»Tu das«, erwiderte er freundlich.

Der Mann hat wirklich eine positive Wirkung auf seine Umgebung, dachte sie und lächelte. »Ruf an, falls was sein sollte«, sagte sie, Fahrradhelm und Rucksack in den Händen.

»Klar. Guten Appetit.«

Sie hatte genug Zeit, zu essen, Nachrichten zu sehen und Cissi anzurufen, bevor sie einrücken musste. Ein Autounfall. Man wusste nicht, wie viele Schwerverletzte. Alle wurden gebraucht. Orthopäde und Anästhesist waren bereits in der Klinik.

Um zwei Uhr nachts hatten sie die Lage einigermaßen unter Kontrolle. Fünf Verletzte, aber nur ein Schwerverletzter. Der lag jetzt auf Intensiv, Pneumothorax und Lungenblutungen nach mehreren Rippenbrüchen. Der Brustkorb war mit gewaltiger Kraft gegen das Lenkrad geschleudert worden. Als er eingeliefert worden war, hatte er sich trotz Schock und Schmerzen sehr deutlich an den Unfall erinnern können. Aber jetzt schlief er, mit Medikamenten voll gepumpt und sorgfältig überwacht, in einem ruhigen, abgedunkelten Zimmer auf der Intensivstation. Er hatte vor dem »König der Tiere« scharf gebremst, der plötzlich auf der Fahrbahn aufgetaucht war, »aus dem Dunkel, wie aus dem Nichts«. Immer wieder hatte er von diesem Elch angefangen und nachgefragt, wie es ihm ergangen sei. Veronika wollte ihn beruhigen und versprach, sich darum zu kümmern. Der Elch sei schwer verletzt, erfuhr sie, aber noch am Leben gewesen, als Krankenwagen und Polizei eingetroffen seien. Ein Polizist hatte seinem Leiden mit einem gezielten Schuss ein Ende bereitet. Daraufhin meinte der Fahrer nur: »Da habe ich ja noch mal Glück gehabt«, schloss die Augen und verschwand im pharmakologischen Nebel. Die anderen Insassen des Wagens hatten unterschiedliche Verletzungen: Nasen mussten gerichtet, Schnittwunden genäht, Brüche eingegipst und operiert werden.

Um halb drei gab es für sie nicht mehr viel zu tun. Ronny war runter auf die Intensiv gegangen, der Orthopäde stand immer noch im OP und nagelte eine hässliche Fraktur, das Kniegelenks des Beifahrers. Das würde dauern. Sie war bei aller Müdigkeit mit der getanen Arbeit zufrieden und versuchte, nicht an den nächsten Tag zu denken, der auch wieder sehr anstrengend werden würde. Sie würde wahrscheinlich das Gefühl haben, Watte im Kopf zu haben, aber in dieser Nacht konnten sie mit sich zufrieden sein.

Sie diktierte noch einige Notizen, stellte Rezepte aus, gab Schwestern letzte Anweisungen und wechselte ein paar Worte mit den Angehörigen. Langsam und leise ging sie dann durch das Halbdunkel der Intensivstation, um sich, ehe sie nach Hause fuhr, zu versichern, dass alles unter Kontrolle war. Außer dem seufzenden Geräusch einer Lungenmaschine war nichts zu hören. Die Schwester, die neben dem Bett des Schwerverletzten saß, nickte ihr zu und flüsterte, alles sei okay.

Im Schwesternzimmer brannte Licht. Am Schreibtisch saß Andreas Axell und schrieb in einer Krankenakte. Er war allein; die Schwestern waren bei den Patienten. Wenn sie vermeiden wollte, durch das Schwesternzimmer zu gehen, musste sie wieder an allen Betten vorbei. Zum Aufzug kam man am besten durch das Schwesternzimmer und von dort in den Gang. Aber dann konnten sie sich nicht länger aus dem Weg gehen. Den ganzen anstrengenden Abend hatten sie keine Miene verzogen, aber irgendetwas musste endlich gesagt werden. Früher oder später. Oder eben jetzt.

Sie lehnte sich gegen den Türrahmen und sah ihn an. Er merkte, dass da jemand war, und schaute auf. Er hörte auf zu schreiben.

»Wie lange bist du schon hier?«, begann sie.

»Meinst du heute Abend?« Er lächelte.

Sie schüttelte den Kopf. Sie war nicht zum Scherzen aufgelegt.

»Du meinst natürlich, in der Stadt«, sagte er dann. »Das war mir schon klar«, meinte er versöhnlicher. » Seit Sonntag. Du hast sicher schon gehört, dass die Polizei mich verhört hat?«

»Ja, das weiß ich. Aber ich wusste nicht, dass du Maria Kaahn kanntest.« Das klang unfreundlicher, als sie beabsichtigt hatte. Sie hatte sicher und unberührt erscheinen wollen.

»Nein, wie hättest du das auch wissen sollen. Schließlich ist das eine Weile her, dass wir uns gesehen haben.«

Sie überlegte, dem Impuls nachzugeben und einfach zu gehen. Aber neugierig, wie sie war, blieb sie stehen.

»Du willst natürlich wissen, wo wir uns kennen gelernt haben«, sagte er und ersparte ihr damit diese Frage. Er lächelte verbindlich.

Sie merkte, dass ihre Freundschaft keinen Schaden nehmen würde. Warum auch? Die Probleme hatte sie. Sie war eifersüchtig auf Maria oder vielleicht nicht auf Maria als Person, sondern auf die Liebe, die er anderen schenkte und nicht ihr.

»Ja, das will ich wirklich«, erwiderte sie. »Wie lange kanntet ihr euch?«

»Wir haben uns vor genau einem Jahr in Tromsø kennen gelernt. Maria Kaahn hat dort zwei Wochen in ihren Ferien gearbeitet. Es war in einem Pub. Ich fand sie sehr anziehend. Sie hat … hatte … eine gewisse Ausstrahlung. Wir verstanden uns gut.«

»Erstaunlich.« Sie lächelte säuerlich und setzte sich auf die Schreibtischkante.

»Ich weiß schon, was du meinst. Aber seither haben wir uns

nicht mehr gesehen.« Er drehte sich um, um den Überwachungsmonitor schräg hinter sich sehen zu können. Ein normales, allerdings leicht beschleunigtes EKG. »Wir hatten nichts miteinander, falls du das meinst.« Er drehte sich wieder um, so dass sie seine Augen sehen konnte. »Sie musste an ihre Kinder denken … und ich frage mich, ob da nicht auch noch irgendwo ein anderer Mann war.«

»Ach so!« Veronika war erleichtert.

»Ja. Sie signalisierte, dass sie besetzt sei, falls du verstehst, was ich meine.«

»Vielleicht.«

»Außerdem war sie nach meinem Geschmack etwas zu kühl.« Er rieb sich die von Müdigkeit geröteten Augen.

Sie schwiegen.

»Was ist eigentlich passiert?«, fragte er dann und sah Veronika forschend an.

»Aufrichtig gesagt weiß ich das nicht«, antwortete sie. Ihre alte Kameradschaft war wieder da. »Ich weiß nicht«, sagte sie noch einmal, »aber unangenehm ist es.«

Eine Intensivschwester trat ein, und sie verstummten so plötzlich, dass die Schwester merken musste, wie ungelegen sie kam. Sie betrachtete sie einen Moment neugierig und setzte sich dann ebenfalls an den Schreibtisch. Veronika stand von der Tischkante auf und verabschiedete sich. Über Maria Kaahn verloren sie kein Wort mehr.

Warum sollte sie sich in irgendwas einmischen? Andreas konnte machen, was er wollte. Veronika fuhr mit dem Auto nach Hause, sie war schon eingeschlafen, ehe sie sich ganz ausgezogen hatte.

## KAPITEL 14

Im Präsidium hatte der Dienstag hektisch begonnen. Ein verschwundener Mann, den seine Frau seit einer Woche gesucht hatte, war vollkommen verwirrt in Kopenhagen gefunden worden. Er wusste weder, wer er war noch wo, auch nicht, was er in Kopenhagen getan hatte. Nun stand er unter Verdacht, in der Nähe des Nyhavn einen anderen Schweden zu Tode misshandelt zu haben. Ein vernünftiges Verhör ließ sich nicht durchführen. Der Mann musste akut behandelt werden. Die dänische Polizei und Claesson versuchten, eine praktische Lösung zu finden. Der Fall der toten Maria Kaahn musste so lange ruhen. Janne Lundin und Peter Berg wurden losgeschickt, um den Mann aus Kopenhagen abzuholen. Der Verdacht gegen ihn bestand bei ihrer Ankunft bereits nicht mehr: Ein Mann aus Malmö hatte den Totschlag gestanden.

Lundin und Berg waren sauer, dass sie nicht hatten saufen können, wo sie schon mal in Dänemark, dem gelobten Land des Bockbiers, gewesen waren. Jedenfalls hatten sie etliche Flaschen Carlsberg Elefant von dort mitgenommen. An einem der nächsten Abende wollten sie das wettmachen und hatten nicht vor, jemanden dazu einzuladen.

Lundin war es geglückt herauszufinden, dass Örjan Rehnströms Mutter in Motala wohnte, und machte sich nach seiner Rückkehr auf den Weg dorthin. Sie hatte keine Ahnung, wo sich ihr Sohn aufhielt, und sorgte sich nun natürlich. Sollte ihr Sohn sich bei ihr melden, versprach sie, sofort anzurufen.

Bereits am Montag hatten sie aus Riksgränsen gehört. Maria Kaahn hatte vergangenen März eine Woche im Fjällhotel verbracht. Sie stand im Gästebuch. Peter Berg hatte die Mitteilung entgegengenommen und sie an Claesson weitergegeben. Dieser konnte sich aber erst am Dienstag darum kümmern. Niemand im Hotel konnte sich an sie erinnern oder erkannte sie auf dem Foto wieder, das sie dorthin geschickt hatten. Damit war aber auch nicht zu rechnen gewesen, da ein ganzes Jahr vergangen war. Außerdem war die Personalfluktuation groß. So auffällig sei Maria Kaahn doch nicht, meinte Peter Berg. Schließlich handele es sich nicht um Madonna oder Königin Silvia.

Im Gästebuch stieß man auf einen Helge Huss, der gleichzeitig im Hotel gewohnt hatte. Er war der Einzige mit den Initialen H. H. Immerhin etwas, dachte Claesson. Nach einem kurzen Telefonat konnte er zufrieden konstatieren, dass sie endlich einen Treffer gelandet hatten, auch wenn damit der Mord an Maria Kaahn immer noch alles andere als gelöst war.

Helge Huss hatte ebenfalls ein Einzelzimmer im Fjällhotel bewohnt. Er wohnte in Torsås in Småland und war Oberarzt an der Urologie am Krankenhaus in Kalmar. Was sonst?, dachte Claesson, als er ihn telefonisch in der Klinik erreichte. Das Ganze erinnerte ihn mehr und mehr an »Schwarzwaldklinik«. Helge Huss kannte Maria Kaahn sogar sehr gut. Als Claesson sein Anliegen vorbrachte, verstummte Huss erst einmal.

»Scheiße«, sagte er dann. »Das ist übel.« Wieder verging eine halbe Sekunde. Vielleicht hatte er jetzt Angst um seine eigene Haut. Dann kam die nächste Frage: »Haben Sie schon bei mir zu Hause angerufen?« Claesson wusste damit, welcher Natur sein Verhältnis zu Maria Kaahn gewesen war. Das Muster war sattsam bekannt.

Dr. Huss stellte sich bereits am nächsten Tag zur Verfügung. Er entschuldigte sich ein weiteres Mal und erkundigte sich, ob sie sich in der Klinik treffen könnten. Er wollte sich nicht zu Hause befragen lassen. Die minder erfreulichen Folgen der Untreue, dachte Claesson, hatte aber nichts dagegen einzuwenden. Es gab keinen Grund, nicht entgegenkommend und rücksichtsvoll zu sein. Die Frage war eher, wie lange Dr. Huss mit diesen Lügen leben konnte, aber das war nicht Claessons Problem.

Am Mittwoch setzte sich Claes Claesson zeitig in seinen Wagen und fuhr nach Kalmar. Er war fast froh, dienstlich eine längere Autofahrt machen zu können, um mal von der Wache wegzukommen. Hier wollten alle doch nur dauernd etwas von ihm. Außerdem war er immer gern Auto gefahren; es entspannte ihn.

Nicht ständig in einem Büro sitzen zu müssen, hatte er immer als eine der großen Annehmlichkeiten bei der Polizei empfunden. Vielleicht die größte, dachte er, während der Motor schnurrte. Er konnte sich ganz seinen Gedanken hingeben. Als er seinen Blick über die Landschaft schweifen ließ, kam es ihm in den Sinn, dass er viel zu wenig Zeit in der Natur verbrachte. Gerade jetzt fand wieder eine Veränderung statt, die er im Lärm der Stadt fast nicht bemerkt hätte; Es wurde tatsächlich Frühling. Die Straßen waren trocken, und der Himmel hatte trotz der grauen Wolken einen neuen Glanz. Er machte das Autoradio an, leise, und dachte an alles andere, nur nicht an die Arbeit.

Im fünften Stock des Kreiskrankenhauses Kalmar machten es sich Claes Claesson und Helge Huss in einem engen Büro bequem. Die Aussicht über den Kalmarsund und über die Insel Öland war atemberaubend.

Helge Huss war zweiundfünfzig Jahre alt, untersetzt und hatte ein gegerbtes Gesicht. Seine ruhige und etwas wortkarge Art konnte seine Angst nicht überdecken. Die kranke Blässe des Schuldigen stand ihm nicht gut. Sofort erzählte er, er habe den Kopf verloren, würde »das Ganze« aber gern ungeschehen machen. Er wisse nicht, was damals in ihn gefahren sei.

Alles sei zum Schluss nur noch quälend gewesen, die ganze Geheimniskrämerei. Am liebsten wäre es ihm, wenn davon nichts bekannt würde. Eigentlich seien solche Affären nicht seine Sache, meinte er zum Schluss fast hilflos.

Er erzählte, er sei mit zwei Freunden aus Studienzeiten nach Riksgränsen gefahren. Sie seien alle drei begeisterte Skiläufer. So hätten sie auch über alle Jahre den Kontakt gehalten. Jedes Jahr versuchten sie, das Fjäll unsicher zu machen, gelegentlich sei jedoch nichts daraus geworden. Ihm sei jedoch immer sehr daran gelegen, da man ab und zu eine Luftveränderung brauche. Im Hotel hatte er Maria Kaahn kennen gelernt, zufällig, als er an einem Morgen früher aufgestanden sei als seine Freunde. Er habe allein gefrühstückt, und Maria Kaahn habe ihn gefragt, ob sie sich zu ihm setzen dürfe. Sie hätte schon seit Tagen mit niemandem mehr geredet, da sie allein zum Skifahren gekommen sei.

»Schließlich setzt sich nicht jeden Tag eine junge hübsche Frau beim Frühstück zu einem«, sagte er und lächelte. »Natürlich wurde ich neugierig. Recht schnell erfuhr ich, dass es sich um eine Kollegin handelte. Es war auch nicht gerade Liebe auf den ersten Blick. Außerdem waren meine Studienfreunde eher hinderlich. Aber nachdem die Gefühle erst einmal erwacht waren, konnte ich nicht mehr von ihr lassen, und wir begannen uns … heimlich zu treffen. Das ist unentschuldbar, ich weiß nicht, was in mich gefahren ist …«

Er sah auf seine kurzen, breiten Hände.

»Jedenfalls ging es auf Dauer nicht, das Ganze im Verborgenen abzuwickeln«, fuhr er fort und vermied es, Claesson in die Augen zu schauen. »Es ging mir schlecht, ob Sie mir das jetzt glauben wollen oder nicht, und ich vermute, dass Maj, also meine Frau, einen Verdacht hegte. Sie hatte wirklich etwas Besseres verdient. Maria wurde außerdem allmählich immer streitsüchtiger, und die Sache war es irgendwann nicht mehr wert. Im Mai letzten Jahres habe ich das Ganze schlagartig beendet.«

»Und dass Sie sie seither nicht mehr gesehen haben, entspricht der Wahrheit«, warf Claesson ein.

»Ja. Warum?«

Claesson schwieg und sah ihn mit unergründlicher Miene an.

»Okay. Sie hat mich ein paar Mal angerufen, aber ich habe sie nie getroffen. Man kann wirklich behaupten, dass sie etwas aufdringlich wurde. Aber schließlich merkte sie doch, dass es mir ernst war. Es ging mir auf die Nerven, wenn sie hier in der Klinik anrief.«

»Maria Kaahn war schwanger«, sagte Claesson ohne weitere Umschweife.

Helge Huss wurde bleich. »Ach so«, erwiderte er lahm.

Claesson sah, dass er fieberhaft nachdachte.

»Wirklich übel«, meinte er dann. »Darf ich fragen, wie weit fortgeschritten … diese Schwangerschaft war?«

»Spielt das eine Rolle?«, fragte Claesson.

»Nein, nein, überhaupt nicht. Das ist mehr Interesse«, meinte er. »Ich meine, schließlich ist es tragisch, wenn gleichzeitig auch noch ein Kind stirbt«, fuhr er mit rauer Stimme fort.

Er stand auf und füllte einen Becher mit Wasser. Er trank ihn in einem Zug leer, warf ihn in den Papierkorb und setzte sich wieder.

»Sind Sie sicher, dass Sie sie später nicht mehr getroffen haben?«, fragte Claesson weiter.

»Ja, bin ich. Ich weiß nicht, wie ich das beweisen soll. Ich bin zu allem bereit, meinetwegen auch zu einem Vaterschaftstest. Ich habe sie seit der Trennung kein einziges Mal gesehen«, rief er. Er war inzwischen hochrot. In seiner Stimme schwang deutlich Entsetzen mit.

Der reuige Sünder, dachte Claesson. Er hatte das Gefühl, dass der Mann vor ihm die Wahrheit sagte. Er wusste aber nicht genau, warum.

»Sie war im dritten Monat schwanger«, sagte Claesson dann.

»Meine Güte«, meinte Dr. Huss. »Da ist es noch kaum zu sehen. Mehr ein Fötus.«

»Ja, laut Definition war es ein Fötus«, sagte Claesson. »Aber es war wohl so, dass Maria es als ihr Kind betrachtet hat und nicht als einen Fötus. Und dieses Kind hatte einen männlichen Erzeuger. Dieser Mann war vielleicht nicht so wahnsinnig froh darüber, Vater zu werden.«

»Aber ...« Huss räusperte sich. »Ich war das nicht, ich verspreche, ich war das nicht.«

Claesson verabschiedete sich von Helge Huss und wies ihn an, die Stadt bis auf weiteres nicht zu verlassen und zur Verfügung zu stehen, falls er gebraucht wurde. Wie konzentriert er an diesem Nachmittag wohl noch arbeiten würde?, überlegte er und ging zur Cafeteria im Erdgeschoss des Krankenhauses.

Eigentlich wollte er was Richtiges essen. In der Cafeteria gab es nur Pies, belegte Baguettes, Salate und ein Tagesgericht, irgendeinen mexikanischen Eintopf, der seine besten Tage schon hinter sich hatte. Er stellte das Tablett zurück, nahm sein Auto und fuhr ins Zentrum, um ein besseres Lokal zu suchen.

Auf der Södra Långgatan fand er ein gemütliches italienisches Restaurant. Mitten am Tag bekam man nirgends mehr deftige schwedische Kost, falls man nicht in ein Luxusrestaurant ging. Pizza, Kebab, Frühlingsrolle, Chicken Tandoori und griechische Gerichte gab es dagegen überall. Und dann natürliche Salate, aber Grünzeug war er nach vielen Jahren mit »Kalle på hörnet« neben der Wache leid. Er versuchte, so gut es ging, Salat mit Schinken oder Krabben zu meiden. Fleischwurst aus dem Ofen mit Kartoffelbrei hätte ihm jetzt geschmeckt. Er wusste nicht, warum er plötzlich so eine Lust auf Fleischwurst hatte. Es war lang her, dass er das gegessen hatte. Und nichts ging über hausgemachten Kartoffelbrei dazu. Vielleicht sollte er sich an einem der nächsten Abende eine Fleischwurst in den Ofen schieben. Falls man sie überhaupt noch irgendwo kaufen konnte. Vielleicht war sie inzwischen vom Markt verdrängt worden und galt als gesundheitsschädlich. Zu fett. Dann gab es aber sicher eine Light-Variante, deren Geschmack im besten Fall noch an die richtige Fleischwurst erinnerte. Das nächste Mal bei ICA würde er danach Ausschau halten. Er sollte wirklich häufiger kochen, das entspannte, außerdem schmeckte es besser. Glücklicherweise musste er nicht auf die Kalorien achten, Bierbauch hatte er keinen. Er nahm einfach nicht zu. Mit Hilfe von Tennis und Hallenhockey hatte er seine Figur gehalten.

Die Tomatensauce zur Pasta war annehmbar. Er hatte ein alkoholfreies Bier bestellt, obschon ein Glas Rotwein besser gepasst hätte. Das Lokal war mehr als halb voll. Die Leute aus Kalmar gönnten sich auch unter der Woche was. Und er hatte geglaubt, dass die meisten mittlerweile am Arbeitsplatz aßen, weil auswärts essen zu teuer geworden war.

Während seines verspäteten Mittagessens dachte er an Maria Kaahn. War sie eine Femme fatale gewesen? Sie hatten innerhalb weniger Tage zwei ihrer Liebhaber getroffen, zwei sehr unterschiedliche Herren. Der jüngere, Andreas Axell, der Anästhesist, war einer von der Sorte, bei dem alle Frauen schwach wurden. Helge Huss dagegen war alltäglich und bereits ziemlich alt. Wieso sich Leute zueinander hingezogen fühlten, war ihm immer ein Rätsel.

Jetzt fragte er sich, ob sie ihn wohl ebenfalls interessiert hätte, wenn er ihr begegnet wäre. Hatte sie einen Männerverschleiß, der über den Durchschnitt hinausging, oder war sie eine ganz normale Frau gewesen, was immer das war, die ganz seriös einen Partner gesucht hatte? Die Einsamkeit zu scheuen ist normaler, als man glauben mochte. Er erinnerte sich gut an das Gefühl der Erleichterung, als er Katina begegnet war.

Mit ziemlicher Sicherheit gab es außer diesen beiden noch weitere Liebhaber. Helge Huss' Beschreibung nach war sie auf der Jagd gewesen. Wie hatte sie ihre künftigen Liebhaber ausgesucht? Wie stand es eigentlich um Albert Kaahn und sein Alibi? War er so unschuldig, wie er vorgab? Eine Frau zu haben, die Signale in so viele Richtungen schickte, war sicher anstrengend gewesen. Vielleicht hatte sie das ja nicht getan, als sie noch verheiratet gewesen waren. Oder vielleicht gerade da? Sie hatte im Schutz der Ehe geflirtet, und er hatte zugeschaut. Vielleicht war er stolz auf eine Frau gewesen, die von allen Männern begehrt wurde? Claesson konnte das verstehen, aber er wusste auch, dass das nicht einfach war. Die kleinen Töchter waren zum Todeszeitpunkt ihrer Mutter bei Albert gewesen. Sie hatten immer bei ihm gewohnt, wenn Maria Nachtdienst hatte. Nichts hinderte ihn jedoch daran, die Mädchen eine Weile allein zu lassen. Konnte man es wagen, zwei so kleine Kinder einige Stunden unbeaufsichtigt zu lassen? Vielleicht wenn man sicher wusste, dass sie tief schliefen. Was wusste er schon. Er hatte schließlich keine Kinder. Vielleicht hatte Albert Kaahn jemand anders auf die Kinder aufpassen lassen. Er war ins Krankenhaus gefahren, hatte seine Frau erschlagen und war dann die dreißig Kilometer nach Hause gefahren.

Albert Kaahn behauptete, die ganze Nacht zu Hause gewesen zu sein. alles andere wies er weit von sich. Der Gedanke, dass er einen nächtlichen Ausflug gemacht haben könnte, war jedoch nicht ganz von der Hand zu weisen. Sein Motiv wäre dann eines der häufigsten: unbezwingbare, heftige Eifersucht.

Laut Helge Huss war die Scheidung bereits vollzogen gewesen, als er Maria getroffen hatte. Er hatte sich nicht näher nach den Gründen erkundigt. »Die Leute lassen sich doch dauernd scheiden«, hatte er gesagt. »Vermutlich das Übliche, sie hatten sich satt. An Beziehungen werden heutzutage so große Ansprüche gestellt, dass niemand mehr damit fertig wird.« Er war seit fast dreißig Jahren mit ein und derselben Frau verheiratet und wollte ihr eine Scheidung nicht zumuten. Die Affäre hätte ihm außerdem zu denken gegeben. Claesson hatte sogar angefangen, sich zu fragen, ob Huss Angst um seine Frau hatte, Angst, dass sie ihn verlassen würde, aber das hatte er nicht gefragt, da das mit seinem Fall nichts zu tun hatte. Dass Dr.

Huss so dermaßen bestrebt war, die Sache geheim zu halten, kam ihm übertrieben vor. Auf Dauer konnte das nicht gut gehen, das wusste Claesson aus eigener Erfahrung. Leichen im Keller forderten früher oder später ihr Recht. Dr. Huss war zu gratulieren, wenn seine Frau Verständnis aufbrachte.

Er hatte sein Auto unweit unten am Hafen geparkt. Da er sich die Beine vertreten wollte, ehe er die hundertfünfzig Kilometer wieder nach Hause fuhr, ging er noch eine Runde durch die Stadt Richtung Stortorget, zum riesigen Dom. In einem Schaufenster sah er ein braunes Jackett und fand sich in Gesellschaft eines adretten jungen Verkäufers im Geschäft wieder. Nach nur einer halben Stunde zahlte er fast viertausend Kronen für das Jackett, ein Hemd und einen Schlips. Teuer, aber trotzdem oder gerade deswegen war er ausgezeichneter Laune, als er mit einer großen Papiertüte von Nymans Herrekipering in der Hand dastand und ihm der frische Frühlingswind ins Gesicht blies. Dann ging er in den Dom.

Als er in seinem Wagen saß, war er noch immer hochzufrieden. Den ganzen Heimweg ließ er seine Gedanken schweifen. An die tote Maria Kaahn dachte er überhaupt nicht.

Am Mittwoch, dem 17. März, machte sich Veronika bereits am Morgen Sorgen wegen der kommenden Nacht, in der sie Hintergrunddienst hatte. Sie hoffte, dass der Nachtdienst ohne ihre Hilfe zurechtkommen würde. Sie war so müde, dass sie nicht wagte, sich zu setzen; vermutlich wäre sie auf der Stelle eingeschlafen. Zum Hinsetzen war aber auch kaum Gelegenheit. Sie hatte einen Operationstag und arbeitete in Gesellschaft von Magdalena Nilsson, die etwas geistesabwesend war. Sie mochte Magdalena, ihre flinke und unaufgeregte Art. Heute schien sie ungewöhnlich müde zu sein, und sie wechselten nur wenige Worte. Ansonsten zog sich der Arbeitstag zäh dahin, aber wenigstens ohne böse Überraschungen.

Für die hatte schon Philip Jarls Drohung gesorgt, ihr die Ferienwoche im April zu streichen. Greger Petrén hatte sie bereits bei der Morgenbesprechung gewarnt, dass die Lage schwierig sei. Eine Kollegin zu wenig auf dem Dienstplan und Probleme, Ersatz zu finden, das werfe Schwierigkeiten auf. Das größte Problem seien die Nachtdienste. Alle müssten doch verstehen, mit welchen Schwierigkeiten sich Philip Jarl konfrontiert sehe, meinte er flehend. Alle sollten jetzt bitte an das Wohl und Wehe der Klinik denken und dazu beitragen, dass die akute Personalknappheit keine schlimmen Folgen haben würde. Leider würde sie sich noch eine längere Zeit bemerkbar machen. Sommer und Urlaubszeit näherten sich, zwar nicht sofort, schließlich sei noch März, aber schneller, als man meinen sollte.

Veronika ging sofort auf die Barrikaden, als Philip Jarl auch nur einen Ton davon sagte, dass ihre Woche in Spanien in Gefahr sein könnte.

»Ich lasse da nicht mit mir verhandeln«, meinte sie kategorisch und starrte ihn im Korridor vor der Bibliothek wütend an. Da sie müde war, wurde sie lauter als sonst. »Die Ferien stehen fest. Die Reise ist schon lang bezahlt. Ich muss meine Tochter sehen. Punkt! Basta!«, schrie sie und fühlte sich wie die hysterische und frustrierte Frau mittleren Alters, für die er sie hielt. »Mittleren Alters« war ein Schimpfwort, war man kein Mann.

Jarl sah sie wütend an, ein herablassendes Lächeln auf den Lippen. »Wie im richtigen Leben«, meinte er und deutete mit der ganzen Hand auf sie.

»Du hast dich in mein Leben nicht einzumischen«, gab sie zurück, schob seine Hand beiseite und bohrte ihm ihren Zeigefinger in die Brust. »Ich kann zusätzliche Dienste übernehmen und auch sonst einiges tun, aber meinen Urlaub nehme ich. Nur dass du das weißt!«

Er blieb stehen und lächelte sie weiterhin herablassend an. Ihre Verzweiflung nahm zu, und sie war drauf und dran zu sagen, dass sie kündigen würde, sollte ihr Urlaub gestrichen werden. Aber diese klägliche Drohung brauchte sie nicht auszusprechen. Philip Jarl sah, dass mit ihr nicht zu spaßen war, und gab klein bei. Er versuchte nicht einmal, sie zu überreden.

»Im Übrigen müssen wir wohl einige Sprechstunden streichen und ein paar Operationen verschieben und aufhören, so verdammt hochnäsig zu sein, wenn wir schon zu wenig Leute haben«, fuhr sie fort. »Wir können verdammt noch mal nicht so tun, als seien wir mehr, als wir tatsächlich sind, oder?«

Jetzt war sie in Fahrt. Es gelang ihr nicht, sich zu bremsen, obwohl sie merkte, dass sie über das Ziel hinausschoss.

Deswegen drehte sie sich auch auf dem Absatz um und ging in ihr Büro.

Ihre Reaktion erschreckte sie. Da hilft nur noch Urlaub, dachte sie und ließ kaltes Wasser über ihr Gesicht laufen. Sie war das dauernde Piepsen des Suchers leid. Sie war es leid, ständig hin und her zu rasen und zu versuchen, irgendwelche Dienstpläne einzuhalten. Immer war mehr zu tun, als zu verkraften war. Die Arbeit hörte nie auf. Ob sie das bis zur Rente durchhalten würde? War sie etwa überarbeitet? Sie hatte nie darüber nachgedacht, welche Symptome man dann hatte und dass ihr das passieren könnte. Als Chirurgin löste sie Probleme mit dem Skalpell. Diese neue Zivilisationskrankheit »Burn-out-Syndrom« hatte sie nie besonders ernst genommen, aber das war vielleicht falsch. Denn wer war nicht manchmal müde?

Als sei das alles nicht genug, fand sie eine Beschwerde in ihrem Fach. Als sie den Umschlag der zuständigen Stelle öffnete, begann ihr Herz zu klopfen. Der unzufriedene Patient beschwerte sich darüber, nicht ausreichend informiert worden zu sein. Sie hatten den Bauch öffnen müssen, um seine Gallensteine zu entfernen, statt den Eingriff laparoskopisch durchzuführen. *»Da Dr. Veronika Lundborg-Westman den Eingriff nicht wie zugesichert durchführte, d. h. laparoskopisch, war ich gezwungen, mich länger krankschreiben zu lassen. Das verursachte mir nicht unbeträchtliche finanzielle Verluste.«*

Ihr Herz klopfte jetzt so schnell, dass sie das Gefühl nicht loswurde, es würde stillstehen. Sie versuchte, sich zu erinnern, wer dieser hochgradig unzufriedene Patient gewesen sein könnte. Es gelang ihr jedoch nicht, sich auf ein Gesicht zu besinnen. Gleichzeitig las sie die letzten Zeilen: »*... ich verlange daher, dass Dr. Veronika Lundborg-Westman wegen mangelhafter Berufsausübung, die großes menschliches Leiden und ökonomische Verluste zur Folge hatte, eine spürbare Strafe erhält.*«

Sie war erbost und trotzdem vollkommen leer. Langsam ließ sie die Hand mit dem Brief sinken. Sie wollte nur noch weglaufen, kam aber nicht von der Stelle.

Was fällt denen eigentlich ein?, dachte sie. Sie sollte eine spürbare Strafe bekommen, bloß weil eine Komplikation aufgetreten war, noch dazu ein absehbare? Und wer redete hier überhaupt von einer Komplikation? Man ging einfach zu herkömmlicher Chirurgie über, wenn sich das nicht vermeiden ließ. Sie waren doch keine Hellseher! Sie hatten getan, was am sichersten war, und die Operation war erstklassig verlaufen. Natürlich wollte sie, dass ihre Patienten zufrieden waren, und würde sich nicht damit abfinden, sich als dumm und nachlässig bezeichnen zu lassen.

Sie versuchte, sich zu entsinnen, ob sie ihn wirklich nicht ausreichend informiert hatte, aber ihr Gedächtnis ließ sie im Stich. Eigentlich nahm sie sich immer Zeit, ging alles durch und rekapitulierte noch einmal, um sicherzugehen, dass man sie auch verstanden hatte. Aber manchmal glückte das nicht. Vielleicht hatte sie aus Überarbeitung etwas ausgelassen.

Den Gedanken, dass letztendlich alles gut verlaufen war, empfand sie nur als schwachen Trost. Es handelte sich verdammt noch mal nicht um Automotoren mit Garantie, sondern um lebende Menschen mit allen ihren Tücken. Was verlangte der Patient von heute eigentlich? Volle Kontrolle. Umfassende Garantien. Für immer und ewig.

Ulf Nilsson kam ins Postzimmer und legte einen Stapel Umschläge ins Hauspostfach.

»Ulf!«, sagte sie tonlos. »Sieh dir das hier mal an!«

Sie hielt ihm den Brief hin. Kommentarlos nahm er ihn und überflog ihn.

»Tja«, meinte er, »das würde ich nicht zu ernst nehmen. Das führt zu nichts. Die Beschwerde kommt nicht in deine Personalakte. Wahrscheinlich werden wir uns daran gewöhnen müssen. Das wird uns allen jetzt immer öfter passieren.«

»Aber das war doch eine Komplikation, mit der wir gerechnet hatten. Außerdem hatte sie weiter keine Folgen! Im Übrigen war er nicht mal sonderlich lang krankgeschrieben.«

Er seufzte, zuckte mit den Achseln und breitete die Arme aus. »Nichts zu machen!«, meinte er und schlurfte mit hängenden Schultern aus dem Postzimmer.

Sie ging zu Gunilla Åhman und bat sie, ihr die Krankenakte zu besorgen. Sie konnte sich genauso gut gleich darum kümmern.

Das war nicht die erste Beschwerde, aber die erste, die vollkommen überraschend kam. Sie war traurig und erbost. Wie sollte sie es wagen, wieder jemanden zu operieren? Wie wagte überhaupt jemand das noch?

Sie sollte eine spürbare Strafe bekommen. Pfui Teufel!

Sie wusste, dass sie überreagierte, aber sie brauchte das jetzt.

Wenigstens für einen Moment wollte sie ihren Gefühlen freien Lauf lassen. Dann würde sie die Sache überschlafen und anschließend eine kluge Antwort diktieren. Sie sollte sich Ulf Nilsson als Vorbild nehmen und lernen, alles abzuschütteln wie ein nasser Hund. Das war besser für den Blutdruck.

Gunilla Åhman sah sie mitleidig an, aber so, dass es nicht einschmeichelnd wirkte, und versprach, die Akte sofort zu holen. Sie hatte vergeblich versucht, für Veronika eine besonders günstige Verbindung für die Reise nach Stockholm herauszusuchen.

»Was die Zugverbindungen angeht, liegt einiges im Argen, das muss man leider konstatieren«, sagte Gunilla Åhman, als sie mit der Akte zurückkam, und hielt ihr ein Blatt mit verschiedenen Zugverbindungen hin.

Keine davon war sonderlich angenehm.

»Entweder musst du bereits heute Abend fahren oder morgen ganz früh aufstehen«, meinte sie mit freundlicher Miene, und Veronika versuchte, gehorsam zuzuhören. »Die meiste Zeit gewinnst du natürlich mit einem frühen Zug am Freitag. Umsteigen in den X 2000 in Norrköping und dann bereits nachmittags von Arlanda aus mit dem Flugzeug nach Hause.«

»Dann machen wir das halt so«, erwiderte sie etwas lahm. Jetzt war es auch schon egal, dass sie sich wie ein Stück Vieh fühlte, das nach Stockholm verfrachtet wurde.

»Wenn du noch in Stockholm bleiben willst, um jemanden zu besuchen, kannst du auch am Samstag oder Sonntag zurückfahren«, fuhr Gunilla Åhman fort. »Vielleicht solltest du ja noch einen Moment darüber nachdenken. In letzter Zeit war doch einiges los, da wäre ein Tapetenwechsel vielleicht gar nicht so dumm? Schließlich hält man nicht wer weiß was aus. Und dann auch noch das hier.« Sie nickte in Richtung der Beschwerde, die auf ihrem Schreibtisch lag.

Veronika schaute auf das hübsche Gemälde über dem Schreibtisch. Braunrosa und blaue Pinselstriche. Sie schluckte.

»Wird schon wieder«, meinte Gunilla Åhman und tätschelte ihr die Hand.

Da gab Veronika auf. Die Tränen traten ihr in die Augen. »Verdammt, dass es schon reicht, wenn nur einer einmal nett ist«, sagte sie und trocknete sich mit dem Handrücken die Augen.

Gunilla Åhman nahm ein Papiertaschentuch aus der oberen Schreibtischschublade.

»In letzter Zeit war es einfach zu viel«, meinte Veronika und putzte sich lautstark die Nase. »Aber ich bin so fertig, dass ich keine Minute länger als nötig in Stockholm bleiben will. Der beste Platz für die Freizeit ist das eigene Bett, im Augenblick jedenfalls. Schlafen, lesen und wieder schlafen. Du weißt schon.«

»Natürlich. So ist das manchmal.«

»Wozu lebt man, wenn man doch immer müde ist?«

»Das Leben, ein einziges Rauf und ...«

»Runter«, fiel ihr Veronika ins Wort, und sie mussten lachen, unpassend und impulsiv. Sie wussten, dass nichts von ihrer Unterhaltung dieses Büro verlassen würde.

Als sie nach Hause kam, hatte ein Bote einen Blumenstrauß auf ihrer Treppe deponiert. Ein Krebspatient bedankte sich damit für ihre Fürsorge. Sie war immer noch aus dem Gleichgewicht. Ihr kamen wieder die Tränen, dieses Mal jedoch vor Freude.

Die Nacht von Mittwoch auf Donnerstag war ruhig, zwei Anrufe aus der Klinik, mehr nicht.

## KAPITEL 15

Elias Rundgren hatte seine Joggingschuhe angezogen und schaute nach draußen. Es regnete nicht, war aber diesig. Die Sonne war noch nicht aufgegangen. Im Laufe des Tages würde es aufklaren, hatte der Wetterbericht versprochen. Und windig würde es werden. Sicherheitshalber zog er die Daunenweste über seine Trainingsjacke und trat in die Morgendämmerung hinaus. Die Schule begann für ihn erst um zehn. Er würde also sieben Kilometer laufen und anschließend noch in Ruhe frühstücken können. Es war wichtig, sich vor dem Arbeitstag zu stärken.

Die Straße war feucht. Er lief langsam los. Vielleicht war es ja glatt. Er knotete sich ein Halstuch um, weil es kalt in seinen Kragen zog. Wenn ihm warm wurde, legte er es meist wieder ab.

Er machte mittlerweile ziemliches Tempo und lief die gewohnte Strecke durchs Zentrum Richtung Slottsgatan, die zum Stadtpark führte. Einige müde Radler und ein paar Autos begegneten ihm, sonst war es so still wie immer so früh am Morgen. Er zog die Handschuhe aus und hielt sie in den Händen. Angenehm, dass er von Tag zu Tag weniger Kleider brauchte. Es wurde wärmer, und er träumte von einem schönen Sommer.

Der Stadtpark war schmal, erstreckte sich aber weit die Küste entlang. Hohe Bäume, relativ ungewöhnliche Arten, hatten erstaunlicherweise den Winterstürmen standgehalten.

Berühmt war der Park für seine Rosenbeete, die im Augenblick brachlagen.

Er überquerte den Spielplatz. Niemand auf den Schaukeln und Klettergerüsten. Dann nahm er den Kiesweg Richtung Teich mit der kleinen japanischen Brücke am anderen Ende des Parks. Er wusste schon, wie er laufen wollte. Ein Abstecher auf die Kais, dann die Küste entlang Richtung Badestelle. Dort machte er immer kehrt und lief auf demselben Weg nach Hause. Genau die richtige Distanz. Er hatte ein gutes Tempo, und alle Muskeln waren warm und geschmeidig. Das Beste war, dass er beim Laufen immer das Gefühl hatte, Seele und Körper seien eins. Danach war er wieder in der Lage, einer chaotischen und widerspenstigen Schulklasse gegenüberzutreten.

Aber so weit kam er heute nicht.

Er sah, dass jemand einen Mülleimer ausgeleert hatte. Papier und Bierdosen lagen auf der verdorrten Wiese. Vielleicht hatten auch nur ein paar Krähen etwas Essbares gesucht. Eine Windbö fuhr ihm ins Genick, und Papierfetzen flatterten über die Wiese.

Vor dem Teich mit der japanischen Brücke standen zu beiden Seiten des Kieswegs ein paar dichte Büsche. Gerade als er das Gefühl hatte, dass es noch etwas schneller gehen könnte, sah er aus einem immergrünen Busch zwei Beine in Jeans herausragen. Ein Stadtstreicher oder ein Betrunkener, dachte er, wo immer der herkommen mochte. Im Stadtpark waren Obdachlose und Alkoholiker eher selten. Ehrlich gesagt, hatte er dort noch nie welche gesehen. Merkwürdigerweise trug der Säufer nur einen Turnschuh. Am anderen Fuß hatte er einen dunkelblauen Strumpf ohne Löcher. Irgendwie fand er, dass der Strumpf zumindest an den Zehen ein Loch hätte haben müssen. Wahrscheinlich besoffen und umgefallen, dachte Elias. Der andere Turnschuh lag, die Sohle nach oben, ein Stück weit weg im Gras.

Als er am Stadtstreicher vorbei war und die Brücke vor ihm

lag, konnte er plötzlich nicht weiter. Er hatte das Gefühl, umkehren zu müssen. Irgendwas stimmte nicht. Er blieb deshalb stehen und ging die wenigen Meter zurück, um sich zu versichern, dass der Ärmste zumindest am Leben war.

Als Erstes fiel ihm auf, dass der Mann jung war, vielleicht wie er so Mitte zwanzig. Nicht gerade das klassische Alter für einen Alkoholiker, vielleicht war er ja Fixer. Er trug Jeans und einen grauen Pullover. Trotz des Pullovers schien er zu dünn gekleidet zu sein. Nachts war es immer noch kalt. Die Kleider waren ordentlich, hatten allerdings Grasflecken. Die Kleider von Leuten, die kein Dach über dem Kopf hatten, sahen anders aus.

Der Mann lag mit geschlossenen Augen auf der linken Seite, den Mund geöffnet wie ein Fisch. Elias hockte sich neben ihn und sah, dass ihm etwas Rotbraunes und Unappetitliches aus dem Mund gelaufen war. Er hatte sich erbrochen. Bei ihm machte sich ebenfalls Übelkeit bemerkbar. Der Mann hatte dichtes, weizenblondes Haar. Es klebte an der Stirn, aber das lag vielleicht nur am Tau. Er war grauweiß im Gesicht. Elias bekam Angst. Vielleicht war er tot. Er hatte noch nie einen Toten gesehen. Bei dem bloßen Gedanken fing sein Herz rasend schnell zu schlagen an. Panisch versuchte er, sich zu erinnern, wie man feststellte, ob jemand tot oder nur bewusstlos war. Vor allen Dingen versuchte er, sich zu erinnern, wie man Erste Hilfe leistete. Irgendwas mit Pulsadern am Handgelenk und Hals und dann natürlich das Herz. Aber er wagte es nicht, ihm das Ohr auf die Brust zu legen. Er zog seine Handschuhe an und gab dem Mann einen Stoß. Er rollte schwer und leblos auf den Rücken.

»Hör mal, aufwachen«, sagte er und stieß ihn erneut an.

Der Mann verzog das Gesicht, als habe er Schmerzen, aber dann verschwand er sofort wieder in tiefer Bewusstlosigkeit. Elias war klar: Er musste Hilfe holen. Sofort.

So schnell er konnte und auf dem kürzesten Weg rannte er durch den Stadtpark auf die Slottsgatan, um dort jemanden mit einem Handy zu finden. Schlimmstenfalls musste er den ganzen Weg nach Hause laufen oder jemanden in einem der Häuser in der Nähe wecken. Er versuchte, ein Auto anzuhalten, aber das fuhr einfach vorbei. Dann kam eine Radlerin, eine ordentliche Dame um die Sechzig. Vermutlich hatte sie kein Handy. Irrtum! Sofort zog sie eins aus der Handtasche, wählte die Notrufnummer und teilte detailliert mit, wohin der Krankenwagen zu kommen hatte. Es müsse schnell gehen. Es sei keine Zeit, unterwegs noch einen Kaffee zu trinken.

Elias imponierte ihre Umsicht. Es war ein gutes Gefühl, sie neben sich zu haben, als sie zu dem Bewusstlosen zurückstürzten. Es war auch kein Zufall, dass sie so umsichtig war: Sie war Oberschwester in einer Poliklinik und konnte den Unterschied zwischen einer Leiche und einem, dessen Herz noch schlug, sehen. Die Frage war nur, wie lange das Herz noch schlagen würde. Vielleicht war er am Ende seiner Lebensbahn angekommen? Sie zog den Mantel aus und deckte den Mann damit zu. Dann kniete sie sich in das nasse Gras. Endlich gelang es ihr, am Hals den langsamen Puls zu ertasten. Er war sehr schwach. Sie hielt ihre flache Hand vor seinen Mund.

»Er atmet. Es ist wichtig, dass die Atemwege nicht blockiert sind«, sagte sie und bat Elias, ihr dabei zu helfen, den Bewusstlosen in die stabile Seitenlage zu bringen.

Sie befahl ihm, ein Papiertaschentuch aus ihrer Handtasche im Fahrradkorb zu nehmen. Er gehorchte, auch wenn er sich dafür genierte, in ihrer Handtasche zu wühlen. Sie wischte dem Mann den Mund ab, steckte ihm dann einen Finger in den Hals und brachte weiteres klebriges Erbrochenes daraus hervor. Offensichtlich ekelte sie sich nicht. Aus seinem linken Ohr war Blut gelaufen, als sie ihn bewegt hatten. Elias merkte, dass es ihm erneut übel wurde, und er war dankbar, als sie ihn bat, auf die Straße zu gehen, damit der Krankenwagen sich nicht verfahren würde.

Peter Berg hatte sich gerade in seinen Wagen gesetzt, um zur Werkstatt zu fahren – der Auspuff musste repariert werden –, da klingelt das Handy in seiner Jackentasche. Er war gezwungen, den Motor auszumachen, um überhaupt etwas zu verstehen; der Motor klang wie eine Rakete vor dem Start.

Doch, doch, er wohne am Stadtpark, ganz richtig. Er versprach, sich den Bewusstlosen anzusehen und dann von sich hören zu lassen. Er war stolz, dass man ihm ganz allein einen Auftrag anvertraut hatte. Er hatte einen Fotoapparat im Auto und konnte bei Bedarf Aufnahmen machen. Es hieß, er sei ein guter Fotograf. Die Techniker konnte man dann immer noch rufen. Schade nur, dass sein Wagen so einen Lärm machte.

Er traf vor dem Krankenwagen ein und wusste erst nicht, was er tun sollte. Der junge Mann auf der Erde war vollkommen leblos. Er sah fast tot aus. Und dann Elias, den er aus der Kirche kannte. Er stand ratlos neben der älteren Dame mit gelber Baskenmütze. Die Dame schien noch am ehesten mit der Situation umgehen zu können. Er hatte das Gefühl, die anderen beiden würden von ihm erwarten, dass er eingreifen würde, aber er war kein Arzt und sagte, dass ihnen nichts anderes übrig bleibe, als auf den Krankenwagen zu warten. Er durchsuchte die Taschen der Jeans, an die er herankam, ohne den jungen Mann zu bewegen. Sie waren leer. Dann hielt er sich an seinem Fotoapparat fest und machte ein paar Bilder, als ihm auffiel, dass der Mann viel zu dünn gekleidet war.

»Hat einer von Ihnen eine Jacke gefunden?«

»Nein«, antwortete Elias, »aber ich habe auch nicht gesucht. Sein einer Schuh liegt übrigens da drüben«, er deutete in Richtung Wiese. Peter Berg nickte. Neben dem Schuh waren eine Menge tiefer Fußabdrücke wie vor dem Tor eines Fußballplatzes, vor dem hart um den Ball gekämpft worden war. Vielleicht ist es hier ebenfalls zu einem brutalen Kampf gekommen, dachte er.

»Haben Sie da drüben gestanden?«, fragte er und deutete auf die Fußabdrücke.

»Nein«, erwiderten Elias und die Krankenschwester.

»Wir waren die ganze Zeit hier«, meinte Elias.

Gerade als die Sanitäter die Trage mit dem Mann in den Krankenwagen schoben, kam Claesson.

»Was meinst du?«, fragte er.

»Niedergeschlagen«, antwortete Berg.

»Hast du Bilder gemacht?« Berg hatte die Kamera über die Schulter gehängt.

»Ja. Ich hoffe, die Bilder lassen sich verwenden. Unter den Bäumen ist es ziemlich dunkel.«

»Das wird schon gehen«, erwiderte Claesson aufmunternd.

Der Rettungswagen fuhr weg, und Peter Berg zog sein Notizbuch aus der Tasche und schrieb sich Namen und Adressen von Elias und der Krankenschwester auf. Claesson ging eine Runde. Elias hatte den Reißverschluss seiner Daunenweste hochgezogen und schien zu frieren. Die Dame schien gelassener zu sein, aber schließlich hatte sie auch mehr Erfahrung mit Leben und Tod.

»Danke für die Hilfe«, sagte Peter Berg und steckte sein Notizbuch wieder in die Jackentasche. Er hatte das Gefühl, noch etwas sagen zu müssen. »Gut gemacht«, sagte er und schämte sich fast, trotz seiner jungen Jahre eine erfahrene Krankenschwester und einen fast Gleichaltrigen zu loben.

»Dann kann ich ja jetzt zur Arbeit radeln«, sagte die Schwester und ging zu ihrem Fahrrad, das sie auf der anderen Seite des Kieswegs abgestellt hatte. »Danke für die gute Zusammenarbeit«, sagte sie zu Elias, der sie bis zur Slottsgatan begleitete.

»Wir lassen von uns hören. Und trotz allem noch einen schönen Tag!«, rief ihnen Peter Berg hinterher und schloss sich dann Claesson an.

Sie sahen sich um und fanden nichts außer dem Schuh. Spuren-Benny kam mit seinen Leuten und sperrte systematisch alles ab.

»Könntest du die Klinik übernehmen?«, wandte sich Claesson an Peter Berg.

Den Auspuff konnte er wohl für heute vergessen. Egal. Er musste sich einen neuen Termin geben lassen, das war alles. »Natürlich. Gern.«

»Lass von dir hören, falls es was gibt.«

»Yes.«

Auf der Notaufnahme herrschte Chaos. Im Wartezimmer waren sämtliche Plastikstühle an den Wänden besetzt. Ein paar Leute standen in der Schlange an der Kasse, um sich anzumelden. Geredet wurde nicht viel. Die meisten hatten eine Zeitung auf den Knien liegen. Es roch nach Schweiß, Rotz und Kuhstall. Peter Berg ging durch das Wartezimmer und öffnete die Glastür, die in den Behandlungstrakt führte. Schwestern in weißen Hosen und schmal gestreiften Hemden rannten zwischen verschiedenen Zimmern hin und her.

Niemand kümmerte sich um ihn, bis ihn eine füllige blonde Schwester abrupt festhielt und nach seinem Namen fragte. »Und was wollen Sie?«, fügte sie streng und ohne jedes Lächeln hinzu.

Für einen Moment wurde er unsicher, fing sich aber schnell wieder, zeigte seinen Dienstausweis und brachte sein Anliegen vor. Sie hieß Lena, las er auf ihrem Namensschild. Drache, dachte er. Ein Drache und noch keine dreißig. Er riss sich zusammen und schenkte ihr ein breites Lächeln. Sie wurde verlegen, und genau das hatte er beabsichtigt.

»Er ist nicht mehr hier«, sagte sie daraufhin etwas milder. »Sie müssen auf die Intensivstation.«

Dort musste er klingeln. Man bat ihn, in einem fensterlosen Zimmer für die Angehörigen zu warten. Hier standen ein paar Sessel, ein Wandteppich hing an einer Wand. Verdammt hässlich, dachte er. Nähkränzchenatmosphäre, sicher gut gemeint. Es blieb ihm nichts anderes übrig, als den Wandteppich anzusehen, es gab keine Zeitschriften zum Blättern, keinen Fernseher, nichts. Er trommelte mit den Fingern auf die Armlehnen, klopfte mit dem Fuß den Takt und versuchte, sich an einen

Song zu erinnern, den er im Autoradio gehört hatte. Nach einer Viertelstunde kam einer der Ärzte der Intensivstation.

»Niels Rom«, stellte er sich mit einem kräftigen Händedruck vor. Er hatte einen dänischen Akzent. Groß und mit lauter Stimme entsprach er den schwedischen Vorurteilen, wie ein Däne zu sein hatte.

»Sie sind also Polizist?«, sagte Niels Rom und sah den jungen Kriminalbeamten amüsiert an. Peter Berg wich jedoch nicht mit dem Blick aus, und Rom wurde schnell ernst. »Der Patient ist nicht identifiziert. Wir wissen auch nur, dass er unter einem Busch gefunden wurde«, sagte er.

»Das weiß ich bereits«, erwiderte Peter Berg und hatte das Gefühl, die Oberhand zu haben. »Ich war dort, direkt nachdem man ihn gefunden hatte.« Er erzählte rasch das Wenige, was er wusste.

»Im Augenblick geht es ihm nicht sonderlich gut«, fuhr Roms fort. »Es sieht schlecht aus, wir müssen sehen, was wir machen können. Er wurde stark unterkühlt eingeliefert. Es ist ihm nicht bekommen, im Freien zu liegen. Er war bewusstlos, reagierte leicht, als wir ihn bewegt haben, aber nicht sehr viel. Die Saturation war miserabel, also sein Vermögen, Sauerstoff aufzunehmen … wir mussten ihn deswegen intubieren.«

Er veranschaulichte das, indem er sich einen Finger in den Hals steckte. Peter Berg nickte, dass er ihn verstanden hatte.

»Im Augenblick machen wir eine CT. Wir wollen wissen, was für Verletzungen er noch hat, außer den äußeren, hauptsächlich im Gesicht. Er hat sicher auch eine Menge in die Lungen aspiriert.«

»Wie das?«

»Er hatte den ganzen Mund voll Erbrochenem. Ein Teil ist wohl in die Lungen geraten. Aber erst beim Lungenröntgen kann man sehen, wie schlimm es ist.«

»Wie lange dauert so etwas?«

»Schwer zu sagen. Vermutlich lohnt es sich nicht zu warten. Wir lassen von uns hören. Sie können ja später noch einmal anrufen. Irgendjemand hat seinen Kopf als Fußball verwendet, so viel ist sicher. Er hat überall Tritt- und Schlagverletzungen.«

»Das klingt nicht so gut.«

»Nein, wirklich nicht«, meinte Rom. »Wir sind Ihnen natürlich gern behilflich, aber erst einmal wäre es wichtig, dass Sie uns bei der Identifizierung helfen.«

»Natürlich. Ich werde sehen, was sich machen lässt. Dann lasse ich von mir hören. Oder Sie.«

»Gut.«

»Eins noch«, meinte Peter Berg, dem plötzlich was einfiel, wonach er immer zu fragen pflegte. »Hatte er was getrunken?«

»Wir haben alle Proben entnommen. Die Resultate liegen jedoch noch nicht vor. Wir müssen abwarten.«

»Danke.«

Die Glastür der Intensivstation fiel hinter ihm ins Schloss. Als er die Treppen zum Entree hinunterging, war er aufgedreht und gleichzeitig mutlos. Im Kiosk kaufte er eine Cola und fuhr dann zur Wache. Er schämte sich, als er den Motor anließ. Es klang furchtbar.

»Wie ging's?«, fragte Claesson vorm Kaffeeautomaten.

»Nichts Neues. Bewusstlos. Nicht identifiziert, misshandelt, glauben sie jedenfalls. Jedenfalls hat er schwere Gesichtsverletzungen. Gerade machen sie irgendeine verdammte CT.«

Claesson zuckte zusammen. Das war doch sonst nicht seine Art zu fluchen. Wurde er aufmüpfig? Vielleicht gar nicht schlecht.

»Ich erkundige mich mal, ob jemand nach ihm gefragt hat.«

»Vernünftig«, entgegnete Claesson und warf den Plastikbecher in den Mülleimer. Die letzten Tropfen spritzten an die Tapete. »Du, Örjan Rehnström …«

»Wer?«

»Der Mann, der Maria Kaahn belästigt hat.«

»Ach der.«

»Er soll wieder zu Hause sein.«

»Gut.«

»Eigentlich wollte ich dich bitten, da mal hinzufahren, aber du hast ja jetzt zu tun. Ich fahre selbst.«

Peter Berg nickte. Der Chef hatte das Sagen. Er hatte auch nichts dagegen, die Spur, die er an diesem klaren, aber windigen Tag eingeschlagen hatte, weiterzuverfolgen.

»Noch was«, sagte Claesson, steckte die Hände in die Hosentaschen und klimperte mit ein paar Münzen. »Morgen fahre ich nach Stockholm. Vielleicht kann ich ja rauskriegen, was Maria Kaahn dort zu tun hatte … Ihr müsst also allein zurechtkommen.«

Das werden wir schon schaffen, dachte Berg, sagte aber nichts.

»Ich habe Lundin Bescheid gesagt. Er greift dir unter die Arme.«

Von wegen, dachte Peter Berg, so weit wird's noch kommen.

»Katarina Fritjofsson ist auch noch da, falls etwas unklar sein sollte«, fuhr Papa Claesson fort.

Peter Berg konnte sich ein Grinsen nicht verkneifen. »Wird schon gehen«, sagte er. »Jedenfalls hast du für kompetente Babysitter gesorgt.«

Claesson wirkte verlegen. »Vielleicht übertreibe ich ja.«

»Stimmt, aber das macht nichts.«

»Noch etwas, dann höre ich auf. Du kannst mich anrufen, wenn was Wichtiges ist. Damit ich informiert bin.«

»Natürlich, Chef.«

Undenkbar, dass es zu einem Durchbruch in den Ermittlungen kam und der Chef in Stockholm saß. Und dann auch noch ohne Infos – wo kämen wir denn da hin. Peter Berg spülte den letzten Bissen eines Apfels mit einem Schluck Kaffee hinunter und ging runter zu Joen, um sich die Vermisstenliste geben zu lassen. Auf dem Weg brachte er noch seinen Film im Labor vorbei.

Niemand hätte nach einem jungen Mann gefragt, meinte Joen. In den letzten zwei Tagen sei überhaupt niemand vermisst worden.

So lange hätte er wohl nicht im Stadtpark gelegen, schließlich gehe dort immer wieder jemand durch, beispielsweise ein Hundebesitzer.

Fünf Stunden später rief Dr. Rom an.

»Jetzt haben wir die Situation besser unter Kontrolle«, sagte er. »Sollen wir die Sache telefonisch besprechen?«

»Ich komme«, erwiderte Berg.

Die Häuser im Wohnviertel Lyckan waren etwas gegeneinander verschoben, so dass die Zimmer im Erdgeschoss und der Garten vor den Blicken der Nachbarn besser geschützt waren. Ob das Reihenhäuser waren, wenn auch nur Miniaturausgaben, oder Kettenhäuser?, überlegte Claesson, während er den Fußweg entlangging. Erinnerte an Häuser in England, nur viel kleiner und wegen des Holzes auch viel schwedischer. In den handtuchgroßen Gärten sprießte das erste Grün.

Ein frischer Wind fuhr ihm durchs Haar. Es kam offensichtlich Sturm auf. Claesson öffnete die Gartenpforte, ging die halbe Treppe nach oben und klingelte bei Örjan Rehnström. Hinter der Tür war nichts zu hören. War er etwa nicht zu Hause? Claesson klingelte ein weiteres Mal. Schritte. Die Tür wurde geöffnet. Ein bleicher, magerer, ausgezehrter Mann sah ihn schlaftrunken an. Er trug dunkelblaue Trainingshosen und ein hellgraues T-Shirt mit der dunkelblauen Aufschrift *Rabbisklubben.*

»Sind Sie Örjan Rehnström?«, fragte Claesson und fand, dass sein Gegenüber richtig erholungsbedürftig aussah und ein paar ordentliche Mahlzeiten und frische Luft vertragen könnte.

»Ja«, bekannte Rehnström und sah ihn ratlos an. »Wieso?«

»Ich bin von der Polizei«, entgegnete Claesson und zeigte ihm seinen Ausweis. »Dürfte ich reinkommen und ein paar Fragen stellen?«

Örjan Rehnström öffnete die Tür und trat zur Seite.

Aus der Diele kam man direkt ins Wohnzimmer. Von dort sah man in die helle und saubere Küche und in das Schlafzimmer mit heruntergezogenen Rollos. Das Bett war gemacht. Ein zusammengefaltetes Plaid lag am Fußende. Die Nachttischlampe brannte. Der Gesamteindruck war ordentlich. Möbel aus den dreißiger Jahren mischten sich mit modernen, als hätte er einen Teil von einem verstorbenen Verwandten geerbt. Alles wirkte sehr unpersönlich.

»Ich habe gelegen und gelesen«, sagte Rehnström.

Claesson sah sich um. Sie waren allein.

»Können wir uns setzen?« Er deutete auf eine Couchgarnitur aus dunkelgrünem Samt.

»Natürlich«, antwortete Rehnström reserviert.

Sie setzten sich. Claesson auf den Sessel und Rehnström aufs Sofa.

»Sie fragen sich natürlich, warum ich hier bin«, begann Claesson.

»In der Tat. Ist was passiert?«, fragte Rehnström angespannt und begann, nervös die Videos wegzuräumen, die auf dem Tisch lagen, hauptsächlich Actionfilme.

»Ja und nein. Ich wollte Sie nach einer gewissen Ärztin fragen.«

Rehnström zuckte zusammen und hörte auf, sich an den Videos zu schaffen zu machen.

»Sie heißt Maria Kaahn und wurde am 11. März, einem Donnerstag, in der Klinik getötet.«

Claesson machte absichtlich eine Pause.

»Ach so, und was habe ich damit zu tun?«, fragte Rehnström und schluckte. Der Adamsapfel an seinem sehnigen Hals tanzte.

»Wussten Sie das?«

»Was?«

»Dass sie getötet worden ist.«

»Ja. Das weiß doch wohl jeder. Aber wieso kommen Sie deswegen zu mir?«

»Uns ist aufgefallen, dass sie eine Zeit lang Ihre bevorzugte Ärztin war.«

Rehnström wurde, falls das überhaupt möglich war, noch bleicher, und während er nach Worten suchte, beschloss Claesson, dass dieser dünne Mann keiner Fliege etwas zu Leide tun konnte. Er schaute auf die schmalen Oberarme und die mageren Hände. Aber auch ein Schwächling konnte ungeahnte Kräfte entwickeln, wenn der Adrenalinspiegel nur hoch genug war.

»Das ist lang her«, sagte Rehnström.

»So lange auch wieder nicht. November letzten Jahres. Vier Monate.«

Rehnström schluckte, und sein Adamsapfel geriet wieder in Bewegung. »Aber mit ihrem Tod habe ich nichts zu tun. Ich war von Sinnen, ich weiß. Das war nicht gut.«

»Was?«

»Dass ich zu ihr kam, also ins Krankenhaus. Sie war so nett, und es brannte so fürchterlich und tat so verdammt weh, aber ich wurde wohl etwas ...« Ihm fiel selbst auf, was er da sagte. Er verstummte. »Aber jetzt geht es mir gut, auf jeden Fall besser.«, fügte er hastig hinzu.

»Sie lagen in der Nacht, in der Maria Kaahn ermordet wurde, auf der Station vier, Innere.«

»Ich wusste, dass Sie mich danach fragen würden«, sagte Rehnström. Erst jetzt bekam er etwas Farbe. »Ich hatte keine Ahnung, dass sie Dienst hatte. Wie hätte ich das auch wissen sollen? Wie zum Teufel soll ich wissen, wann sämtliche Ärzte Dienst haben?«

Aber irgendwie wusstest du immer, wann Maria Kaahn in der Notaufnahme Dienst hatte, dachte Claesson.

»Warum sollte ich ihr eigentlich nach dem Leben trachten? Schließlich geht es mir jetzt gut.«

Claesson schwieg. Rehnström machte die Stille nervös. Er begann, die Videokassetten zu stapeln.

»Warum sind Sie verschwunden?«

»Ich war nicht verschwunden!«

»Laut Unterlagen der Klinik sind Sie am Freitag entlassen worden. Sie waren also dort, als sie getötet wurde. Dann sind Sie verschwunden.«

»Ich bin nicht verschwunden!«, wiederholte er wütend.

»Wir haben mit Ihrer Nachbarin gesprochen. Sie sagte, Sie seien verreist. Ihre Mutter in Motala wusste nicht, wo Sie waren.«

»Aber ich weiß das, und ich muss mich dafür nicht schämen.«

»Raus mit der Sprache!«

»Ich war auf Gotland. Bei einer Frau, die ich kennen gelernt habe. Sie wohnt bei Klintehamn. Freitagabend nahm ich die Nachtfähre von Nynäshamn. Das können Sie kontrollieren. Ich war nur kurz hier und habe gepackt und die Nachbarin gebeten, die Blumen zu gießen. Mutter braucht schließlich nicht alles zu wissen.« Er verzog das Gesicht, und Claesson nickte.

Claesson las den Schriftzug auf dem T-Shirt erneut. *Rabbisklubben.* Er war vor vielen Jahren auf Gotland gewesen und erinnerte sich an den eigentümlichen singenden Dialekt. Viele Ausdrücke waren vollkommen unverständlich gewesen.

»Darf ich fragen«, sagte er und schaute Rehnström auf die Brust, »was Rabbisklubben bedeutet?«

»Das habe ich in einer Schreinerei in Klintehamn bekommen, in der wir Holz für eine Veranda gekauft haben.«

»Wer wir?«

»Marie und ich. Die Frau, bei der ich war, Maria Hoas. Sie hat eine Hütte am Meer. In Tofta. Ich habe ihr versprochen, ihr beim Bau einer Glasveranda zu helfen. Kaninchen heißen auf Gotland rabbis, wie das englische rabbit.«

Meine Güte, mit diesen Händen, dachte Claesson und schaute auf seine bleichen Kinderhände, die vielleicht gerade mal stark genug zum Geldzählen und Formulareausfüllen gewesen waren, keinesfalls jedoch zum Zimmern einer Veranda.

Rehnström schien seine Gedanken lesen zu können.

»Ich war handwerklich immer geschickt«, meinte er. »Vor meiner Krankheit habe ich für meine Eltern ein Sommerhaus gebaut. Eigentlich sollte ich es übernehmen, aber der Neue meiner Mutter hat sich in den Kasten verliebt und werkelt daran herum. Es wird also so bald nichts daraus.«

Man wundert sich über nichts mehr, dachte Claesson auf dem Weg zurück zur Wache. Rehnström saß auf dem Rücksitz; er hatte nicht einmal protestiert, als Claesson ihn gebeten hatte, ihn zu begleiten. Sie brauchten ein Foto von ihm, um es den Kollegen auf Gotland zu faxen, ob er Mitglied des Kaninchenzüchtervereins war und auch wirklich Maria Hoas in Klintehamn besucht hatte.

Peter Berg hatte den lauten Dr. Niels Rom vor sich. Sie saßen auf der Intensivstation in einem kleineren Besprechungszimmer. An der einen Wand war eine weiße Tafel, und davor stand ein großer weißer Block, auf den ein Dienstplan geschrieben war.

»Wir wissen, wer er ist«, sagte Rom.

»Das ist gut«, erwiderte Peter Berg und nahm seinen Block.

»Ob das so gut ist, weiß ich nicht. Vermutlich sind Sie nicht begeistert, wenn ich Ihnen sage, dass er auf der Röntgenabteilung arbeitet.«

»Meine Güte …«

»Genau. Der Röntgenassistent. Ein weiterer betrüblicher Vorfall hier an der Klinik. Erst Maria Kaahn und jetzt Joakim Larsson. Wo soll das enden«, sagte Rom und schlug die Hände zusammen.

Peter Berg war sprachlos.

»Alle nennen ihn nur Jocke. Des Personal auf der Röntgenabteilung hat ihn natürlich sofort wiedererkannt, als er dorthin kam. Die waren ziemlich geschockt … Unglaublich, dass die überhaupt noch gesehen haben, wer das ist. Das Gesicht sieht betrüblich aus. Vollkommen zugeschwollen.«

»Wie geht es ihm denn?«

»Schlecht. Er hat eine Leberruptur, also einen Leberriss«, sagte Rom und machte eine Bewegung mit der rechten Hand, um das zu demonstrieren. »Die Lage ist wirklich beschissen.«

»Was bedeutet das?«

»Eine Blutung. Die Gefahr lebensbedrohlicher Blutungen«, sagte Rom und schüttelte den Kopf. »Das ist nicht gut, aber wir haben es unter Kontrolle. Wir werden ihn nicht operieren. Bis auf weiteres warten wir ab. Das haben die Chirurgen beschlossen. Wir sind vorsichtig, mit anderen Worten, aber auch so wird er längere Zeit außer Gefecht sein. Er hat noch andere Verletzungen, die wir behandeln müssen.« Er seufzte schwer. »Bombig ist es nicht, aber es könnte noch schlimmer sein«, meinte er noch mit tröstender Doktorstimme.

»Wie hat er sich denn diesen Leberriss zugezogen?«

»Äußere Gewalt«, erwiderte Rom mit theatralischer Stimme. »Ein wahnsinniger Schlag. Tritte vielleicht. Rechts sind drei Rippen gebrochen, und er hat diverse innere Blutungen und einen großen Bluterguss im Leberbereich, und das ist nicht alles. Das Gesicht sieht ebenfalls nicht gut aus. In der linken Gesichtshälfte hat er verschiedene Frakturen. Die schaut sich der HNO-Arzt gerade an. Das Jochbein und der Kiefer sind gebrochen und ein paar Zähne ausgeschlagen, die Lippe ist gespalten, und außerdem hat er einen Schädelbasisbruch. Blut aus dem Gehörgang.« Er deutete auf sein linkes Ohr.

Berg erinnerte sich, gesehen zu haben, wie dem Mann Blut aus dem Ohr gelaufen war, als er im Stadtpark gelegen hatte.

Rom holte Atem und sah ihn durchdringend an. »Ich glaube, dass eine wüste Schlägerei eine brauchbare Erklärung ist«, sagte er und deutete einen Schlag mit der Rechten auf Bergs linke Gesichtshälfte an. »Körperverletzung, gründlich durch die Mangel genommen.«

Rom schüttelte ernst den Kopf. »Ein Glück, dass er so jung ist. Ein älterer Mensch hätte das vermutlich nicht überlebt. Was machen die Leute bloß miteinander.« Er seufzte. »In seinem Blut ließ sich übrigens Alkohol nachweisen. Nicht viel, aber getrunken hatte er.«

Niemand von der Intensivstation hatte Zeit gefunden, mit den Angehörigen Kontakt aufzunehmen. Also saß jetzt Berg am Schreibtisch und versuchte, Joakim Larssons Eltern zu erreichen, aber niemand ging ans Telefon. Nach vielem Hin und Her gelang es ihm schließlich, eine Exfreundin ausfindig zu machen. Sie war schockiert. Joakim Larsson sei ein ordentlicher junger Mann, vielleicht ein Außenseiter. Wenn er feiere, trinke er manchmal zu viel. Das müsse er, um seine Schüchternheit zu überwinden, glaubte die Exfreundin. Für einen Alkoholiker halte sie ihn jedoch nicht.

Als der Nachmittag auf den Abend zuging und fast schon Dienstschluss war, traf sich Peter Berg mit Claesson und Janne Lundin auf der Wache. Er erzählte, was der Arzt gesagt hatte.

»Schwere Körperverletzung«, meinte Lundin

»Ja, es hat ganz den Anschein«, sagte Claesson. »Die einzige Verbindung zu dem Tod von Maria Kaahn, außer dass beide geschlagen wurden, ist ihr Arbeitsplatz, die Klinik. Wenn man das Ganze nüchtern betrachtet. Es ist auch möglich, dass überhaupt kein Zusammenhang existiert.«

»Es muss nicht, aber es kann durchaus sein.«

»Wie auch immer, es wird so oder so einen wahnsinnigen Aufstand geben. Redet mit der Presse, damit sie nicht noch übertreiben. Versucht, das Ganze herunterzuspielen. Wie gesagt fahre ich morgen nach Stockholm«, sagte Claesson. »Ihr könnt so vorgehen, wie ihr das für richtig haltet. Vielleicht macht ihr morgen einfach weiter.«

Es windete so, dass die Fensterscheiben bebten. Claesson hoffte, dass der Wind über Nacht abflauen würde, denn sonst war die Flugreise kein sonderliches Vergnügen. Er hatte einen gewissen Respekt vor Flugzeugen, der so ausgeprägt war, dass man ihn schon als Flugangst bezeichnen konnte. Erst seit ein paar Jahren wagte er es zu fliegen, ohne vorher ein paar Schnäpse getrunken zu haben. Was den Nachteil gehabt hatte, dass er immer müde und hin und wieder sogar beschwipst angekommen war, und das erschien ihm bei Dienstreisen wenig wünschenswert. Je öfter er jedoch geflogen war und überlebt hatte, desto leichter fiel es ihm. Die Angst kam immer nur dann zurück, wenn es Turbulenzen gab.

»Ich habe heute übrigens Nachforschungen angestellt, was einen gewissen Herrn Rehnström angeht.«

Sie sahen ihn fragend an.

»Örjan Rehnström«, erklärte er.

»Ach der«, sagten Lundin und Berg wie aus einem Mund.

Claesson berichtete rasch von Rehnströms Ausflug nach Gotland und von der neuen Freundin in Klintehamn. Rehnström hatte Maria Kaahn nicht erschlagen, während er wegen Stoffwechselproblemen auf der Inneren lag. Nach einer lang anhaltenden Diarrhöe, die bei dieser entzündlichen Darmkrankheit, an der er litt, gelegentlich auftritt, hatte er sich vermutlich in der Nacht kaum auf den Beinen halten können.

»Ich habe die Fritjofsson gebeten, sich bei Destination Gotland, so heißt die Fährgesellschaft, zu erkundigen, ob er auf der Fähre war. Sie macht das gerade. Dann habe ich mit einem Kollegen in Visby gesprochen. Er sprach übrigens ein köstliches Gotländisch, er sang förmlich … Ich hatte richtig Lust, wieder mal hinzufahren, das ist jetzt wirklich schon lang her …«

Sein Blick bekam etwas Träumerisches, und Lundin und Berg räusperten sich.

»Na gut, zur Sache«, fuhr er fort. »Sie wollen mir im Lauf des Abends Bescheid geben. Von Visby nach Klintehamn ist es nicht weit. Sie meinten, sie würden das heute durchaus noch schaffen.«

»Was glaubst du?«, fragte Lundin.

»Ich glaube, dass Rehnström unschuldig ist. Sein bisher trauriges Leben scheint durch diese Gotländerin, die er auf einer Reise nach Berlin kennen gelernt hat, eine Wendung erfahren zu haben. Warum er dann gerade jetzt Maria Kaahn erschlagen haben sollte, wäre mir ein Rätsel.«

Sie trennten sich. Ehe Claesson nach Hause fuhr, kam Katarina Fritjofsson und teilte mit, dass Örjan Rehnström wahrscheinlich zum angegebenen Zeitpunkt mit Destination Gotland nach Visby übergesetzt sei. Fahrkarte und Kajüte seien unter seinem Namen gebucht gewesen, und jemand hätte die Fahrkarte auch benutzt, aber ob das Rehnström oder jemand anderes gewesen sei, könnten sie bei der Reederei natürlich nicht sagen. Nach Gotland brauche man schließlich keinen Pass.

Am späteren Abend rief ein netter Polizist aus Visby an. Alles stimmte. Rehnström sei dort gewesen. Maria Hoas habe nicht verstehen können, dass der schwächliche Rehnström in einen Mord verwickelt sein solle. »Dafür ist er nicht gemacht«, habe sie gesagt. Er wolle in der Tat eine Glasveranda für ihr Sommerhaus bauen. Dafür sei er offenbar eher gemacht. Der Mann sei praktisch veranlagt und geschickt.

Als Claesson den Wecker auf sechs Uhr stellte, windete es immer noch stark, was ihm einen unruhigen Schlaf bescherte.

Um elf Uhr am nächsten Vormittag klingelte das Handy in Peter Bergs Hosentasche. Er saß mit dem Dienstplan am Schreibtisch und versuchte auszurechnen, wie viele Überstunden er gemacht hatte.

»Hallo, hier ist Joen vom Fundbüro.«

»Hallo.«

»Hier sind zwei, die dich sehen wollen. Kannst du gleich kommen?«

»Klar.«

Peter Berg ging die zwei Treppen hinunter. Joen wartete zusammen mit einer jungen Frau, die mit ihrem zwei bis drei Jahre alten Sohn auf dem Schoß auf einem Stuhl saß. Er begrüßte sie.

»Sie wollten das hier abgeben«, sagte Joen und hielt ihm eine dunkelbraune Brieftasche hin.

Peter Berg nahm den Führerschein heraus, betrachtete das Foto. Er hatte den Mann noch nie gesehen. Dann las er den Namen. Es war Joakim Larsson.

»Wo haben Sie die gefunden?«, fragte er.

»Im Stadtpark«, antwortete sie und erzählte, dass sie nicht gewusst habe, dass ein Mann fast zu Tode misshandelt worden sei. Sie habe keine Zeitung gelesen. Fast täglich gehe sie mit Sture auf den Spielplatz im Stadtpark. Sie würden sich dort mit anderen Müttern und Kindern treffen. Peter Berg sah den kleinen Sture an. Ein recht durchschnittliches Kind trotz des ungewöhnlichen Namens.

Sie habe eine Bananenschale in einen Mülleimer geworfen und in diesem die braune Brieftasche liegen sehen. In ihr seien noch der Führerschein und Kreditkarten gewesen, aber kein Geld.

Offensichtlich hatten sie beim Absuchen der Umgebung geschlampt, als sie den bewusstlosen Joakim Larsson gefunden hatten, ärgerte sich Peter Berg. Das war nicht gut.

Er dankte für die Hilfe und ging mittagessen.

Als er zurückkam, hatte er erneut einen Grund, sich zu schämen. Ein Mann gab eine Jacke ab, die er weggeworfen im Stadtpark gefunden hatte. Der Mann hatte jedoch die Zeitung gelesen, sonst hätte er die Jacke vermutlich liegen gelassen. Nach viel Herumtelefonieren gelang es Peter Berg, zwei Arbeitskollegen von Joakim Larsson zu finden, die bezeugen konnten, dass es seine Jacke war. Seine Exfreundin konnte das ebenfalls. Die Jacke war eingerissen. Einige Knöpfe fehlten, und der linke Ärmel hing nur noch an ein paar Fäden. Das sprach dafür, dass Joakim Larsson misshandelt worden war. Über das Motiv tappten sie jedoch nach wie vor im Dunkeln.

## KAPITEL 16

Donnerstagabend war Veronika fast zwanghaft aktiv. Sie goss Blumen, brachte Müll weg und vernichtete saure Milch. Sie wirbelte durchs Haus, als würde sie für eine längere Zeit verreisen und nicht nur einen Tag. Sie duschte, wusch sich die Haare und föhnte sie ganz trocken, damit sie beim Aufwachen nicht in alle Richtungen abstanden. Die Kleider für die Reise legte sie ordentlich auf einen Stuhl, um nicht nachdenken zu müssen, wenn sie in aller Herrgottsfrühe vom Wecker aus dem Schlaf gerissen wurde. Leider fand sie nichts Hochelegantes; es war lange her, dass sie sich was zum Anziehen gekauft hatte. Sie war nachlässig geworden. Es war Zeit, dass sie sich zusammennahm! In Spanien würde sie sich neu einkleiden. Aus der Abstellkammer holte sie eine kleinere Tasche mit Achselriemen, staubte sie ab und packte Einladung, Tagesordnung, Handy, Fahrkarten und Brieftasche ein. Ihren Radiowecker hatte sie mit Todesverachtung auf halb fünf gestellt und als letztes den Telefonstecker aus der Buchse gezogen. Um neun Uhr schlummerte sie ein und schlief wie ein Stein.

Jetzt saß sie auf einem Fensterplatz und fror. Der Zug würde um halb sechs abfahren. Widerlich.

Morgenstund hat Gold im Mund. Niemals!

Im Wagen war es ungemütlich kalt, und sie verkroch sich in ihrer Jacke. Es saßen nur drei Mitreisende in ihrem Waggon.

Von ihrer eiskalten Nasenspitze tropfte es. In ihrer Tasche

fand sie keine Papiertaschentücher. Während sie ihre Jacken durchsuchte, ärgerte sie sich wieder einmal, dass ihr genau wie ihrem Vater dauernd die Nase lief. Schließlich fand sie ein Papiertaschentuch, nicht mehr ganz neu, und putzte sich lautstark die Nase. Langsam rollte der Zug aus der Stadt.

»Kalt hier drin«, sagte der Schaffner und knipste ihre Fahrkarte ab. »Ich drehe das Thermostat hoch.«

»Danke«, erwiderte sie lächelnd.

Sie nahm *Der Gott der kleinen Dinge* aus der Tasche, las vier Seiten und schlief ein. Eine halbe Stunde, bevor sie in Norrköping eintrafen, wachte sie davon auf, dass der Zug stehen blieb. Ihr Hals war steif, und ihr lief der Schweiß runter. Dass sie die Temperatur nie vernünftig einstellen konnten! Der Heizkörper neben ihr dampfte, und von der Wärme wurde es ihr fast übel. Sie zog die Jacke aus und wechselte auf den freien Platz am Gang.

Weitere Reisende waren zugestiegen. Eine blonde Frau um die zwanzig schlief mit offenem Mund und Kopfhörer. Ihre Lippen waren grün geschminkt, der Lidschatten war lila, das Haar hatte sie zu winzigen Zöpfchen gebunden. Sie wirkte wie eine Skulptur, eine bemalte Puppe. Auf dem einen Nasenflügel funkelte ein rosa Stein. Veronika sah sie fasziniert an. Die Musik aus den Kopfhörern drang bis zu ihr durch. Es erstaunte sie nicht mehr, dass jemand bei so ohrenbetäubendem Lärm schlafen konnte. Cissi hatte gleichzeitig geschlafen, Hausaufgaben gemacht und dabei bei höchster Lautstärke Musik gehört. Hingegen erstaunte es sie, dass sie nicht gesehen hatte, wie Beata Molin zusammen mit ihr in den Zug gestiegen war. Oder hatte sie nur den Platz gewechselt? Jetzt saß Beata, tief versunken in eine Illustrierte, schräg hinter der schlafenden Puppe.

Auf dem Bahnsteig in Norrköping warteten sie dann gemeinsam auf den X 2000 und versuchten, ein Gespräch in Gang zu halten. Auf einem fast leeren Bahnsteig musste man eben nebeneinander stehen, auch wenn man sich nur flüchtig kannte. Das forderte die Höflichkeit.

Sie hatten sich erzählt, dass sie beide nach Stockholm wollten. Veronika hatte gesagt, bei ihr sei es dienstlich. Dann stockte die Unterhaltung, obwohl es genug Themen gegeben hätte. Smalltalk ist schwieriger, wenn es tatsächlich ein Thema gibt. Das war ihnen wohl bewusst.

»Und wo willst du hin?«, fragte Veronika.

»Eine Freundin besuchen«, antwortete Beata. »Ich habe ein langes Wochenende.«

»Das klingt nett«, erwiderte Veronika und versuchte, ihre Stimme interessiert klingen zu lassen.

»Das wird es sicher auch. Schließlich muss man ab und zu mal ein paar Tage am Stück freinehmen, um überhaupt wieder zu Kräften zu kommen.«

»Ja, das müssen wir alle. Man muss einfach mal abschalten.«

Sie schwiegen und schauten auf die Schienen, die hinter einem Lokschuppen verschwanden.

Beata war ehrgeizig und gewitzt und tat keiner Fliege was zu Leide. Aus den Augenwinkeln betrachtete Veronika ihr treuherziges, faltenloses Gesicht. Irgendwie ging sie ihr aber auch auf die Nerven, die kleine, süße Beata. War sie zum Streiten aufgelegt? Wohl kaum. Eher …

Eifersucht. Verdammt! Sie musste sich zusammennehmen. Sie war nicht an einer Beziehung mit Andreas interessiert, und trotzdem kam sie sich übergangen vor. Sie mochte ihn. Sie brauchte jemanden, aber nicht gerade ihn. Und hier stand diese junge Person, die einfach alles mitnahm.

Schließlich ergriff Beata wieder das Wort. »Weißt du, was passiert ist«, meinte sie vorsichtig, wandte ihren Blick von den Gleisen ab und schaute auf Veronika.

»Du meinst … Ja, wovon redest du eigentlich?«, erwiderte Veronika und stellte sich dumm.

»Ich meine, das mit Maria Kaahn«, antwortete Beata und sah aus, als würde sie es bereits bereuen, damit angefangen zu haben.

»Im Grunde weiß ich überhaupt nichts«, sagte Veronika.

»Du hast doch an diesem Morgen gearbeitet«, meinte Beata.

»Soweit ich weiß, hast du das auch.« Veronika lächelte.

»Ja«, erwiderte Beata, seufzte und schüttelte sich.

»Eine wirklich üble Geschichte«, meinte Veronika und überlegte gleichzeitig, warum sie beide eigentlich nicht raus mit der Sprache wollten.

»Allerdings!«, sagte Beata mit Nachdruck.

Sie sah müde aus. Veronika hatte das Gefühl, dass sie etwas bedrückte, aber das musste nicht unbedingt etwas mit Maria Kaahns Tod zu tun haben. Um ihre blauen Augen ließen sich Ringe ahnen, gleichzeitig hatte sie aber auch eine unbezwingbare Energie.

Trauer oder Glück? Oder vielleicht beides zugleich? Vieles im Leben weckt ambivalente Gefühle.

»Hast du sie gekannt?«, fragte Veronika vorsichtig.

»Nein. Nur von der Arbeit. So wie ich dich kenne«, antwortete Beata und wirkte verlegen.

»Ich kannte sie auch nicht«, sagte Veronika rasch, um die andere aus ihrer Verlegenheit zu befreien. »Ich weiß nicht viel über sie, außer dass sie zwei kleine Töchter hatte und geschieden war.«

»Hm«, sagte Beata und nahm Anlauf: »Aber hatte sie denn nicht einen Neuen?«

»Wieso glaubst du das?«

»Weiß nicht, irgendwie sah es so aus.«

Mehr sagte sie nicht, aber Veronika hatte den deutlichen Eindruck, dass Beata etwas wusste. Sie durfte jetzt nicht zu eifrig sein, um die andere nicht zu verschrecken. »Es gibt wirklich viele Dinge, die man nicht über seine Arbeitskollegen weiß«, sagte sie deshalb ablenkend. »Aber du hast sicher Recht.«

»Wirklich schwer zu sagen. Kennst du übrigens Andreas Axell?« Beata sah Veronika neugierig an.

»Ein wenig. Wieso?«, entgegnete sie und merkte, dass ihr ganz anders wurde.

»Ich meinte bloß«, sagte Beata nachdenklich.

Veronika wusste, dass die blonde Beata Andreas neueste Eroberung war – und unübersehbar bis über beide Ohren in ihn verliebt.

»Er ist sehr nett und außerdem ein erstklassiger Anästhesist«, meinte Veronika neutral und kam sich sehr fair vor. Er hatte eine gute Beurteilung verdient.

Andreas war also bereits nach ein paar Tagen wieder bestens versorgt. Vielleicht hatte es ja gefunkt. Bei dem Gedanken lächelte sie säuerlich. Aber halten würde es nicht. Er würde das Kind sitzen lassen. Sollte sie sie warnen? Eher nicht. Sie würde sich nur lächerlich machen. Der Zug kam. Sie saßen in verschiedenen Abteilen und verabschiedeten sich deswegen voneinander.

Auf dem Stockholmer Hauptbahnhof ging sie in den Pub und gönnte sich ein ordentliches Frühstück. Außer ihr wurde das Lokal von einer Gruppe Männer und ein paar Frauen im Kostüm bevölkert, die keine Zeit zum Essen zu haben schienen. Handys und Notebooks liefen warm. Neben ihr saß ein überkorrekter Jungjurist und sprach sehr laut und gleichzeitig kauend, so dass es ihr den Magen vor Verärgerung zusammenzog. Als sie gerade den Tisch wechseln wollte, piepste sein Handy: Die Batterien waren zu Ende. Ätsch, dachte sie und blieb mit ihrer *Dagens Nyheter* sitzen, während der eifrige Jurist schweigend seine Akten durcharbeitete.

Die Konferenz begann erst um zehn. Zum Karolinska Sjukhuset war es nicht weit, sie hatte also noch anderthalb Stunden zur freien Verfügung. Sie nahm den Bus nach Tomteboda, stieg am Vasapark aus und hatte erst Lust, zurück zum Hof eines Hauses zu gehen, das gegenüber vom stillgelegten Sabbatsbergs Sjukhus lag. Hier hatte sie einmal gewohnt. Sie ließ es jedoch bleiben, ging stattdessen langsam durch den Vasapark Richtung Sankt Eriksplan und schwelgte in Erinnerungen. Eine angenehme Nostalgie.

Dieser Stadtteil war ihr Stockholm. Als junge Studentin der Medizin hatte sie erst zur Untermiete gewohnt, aber dann an der Dalagatan eine Einzimmerwohnung zum Hof bekommen. Gegenüber vom Sabbatsbergs-Krankenhaus. Die Wohnung war dunkel und winzig gewesen, und es hatte nach Gas gerochen, aber es war ihr erstes Zuhause gewesen und außerdem billig. Hier war sie erwachsen geworden. Am Wochenende hatte sie den Anatomieatlas und ihre Aufzeichnungen auf dem Küchentisch ausgebreitet und gelernt. Sie lebte von Tee und Butterbroten und büffelte, bis sie ganz erschöpft war. Abends belohnte sie sich dann oft mit einem Kinobesuch. Im Kino hatte sie auch Dan kennen gelernt. Nach drei verstohlenen Blicken lud er sie auf ein Bier in eine Kneipe ein. Einen Mann, der nicht Medizin studierte, fand sie damals sehr aufregend.

Jedes Mal wenn sie mit dem Zug in die Hauptstadt kam, fiel ihr auf, wie schön es dort war, und das überraschte sie immer wieder von neuem. Hinter einem Tunnel tauchte plötzlich der funkelnde Riddarholmsfjärden auf, ein Teil des Mälarsees, die Felsen von Södermalm, an denen sich alte Häuser fest klammerten, und die prächtige Silhouette des Stadshuset, des Rathauses, gegenüber. Ein gigantischer Anblick. Sie begann, mit dem Gedanken zu spielen, zurückzugehen, wie schon so oft, wenn sie in Stockholm war. Aber es wurde nie was daraus. Sie wusste, dass viel dazugehörte, das Leben zu ändern, in der Regel auch ein äußerer Zwang. Wahrscheinlich würde sie es nie wagen, aber es machte ihr Spaß, sich das vorzustellen.

Wie gefangen war sie eigentlich in ihrem Leben? Vermutlich mehr, als sie glaubte. War sie zur Ruhe gekommen und genoss ihr Leben? Erntete sie den Lohn ihrer Mühen, wie man so schön zu sagen pflegte? Nein, auch das nicht.

Sie hatte sich nie auf irgendwelche Abenteuer eingelassen, auch wenn man im Nachhinein sagen konnte, dass die Ehe mit Dan nichts anderes gewesen war.

Alle suchen wir nach Geborgenheit, dachte sie.

Sie konnte für *Médecins sans frontières* arbeiten oder mit Entwicklungshelfern nach Afrika gehen, aber sie wusste, dass es bei der Idee bleiben würde. Oder?

Nach Stockholm zurückzukehren war da schon vernünftiger, überschaubarer, als sich auf die weite Welt einzulassen. Ihr gegenwärtiges Leben war langweilig. Vielleicht sollte sie sich endlich an die Langeweile gewöhnen, denn leider sah es an den Krankenhäusern in Stockholm nicht besser aus. Dort waren die Sparmaßnahmen sogar noch drastischer; ganze Kliniken wurden zusammengelegt und waren so riesig, dass keiner mehr wusste, was der andere tat. Vielleicht würde alles nur noch schlimmer, wenn sie umzog.

Trotz allem war es so fürchterlich gar nicht, wenn sie genauer nachdachte.

Mit diesen existenziellen Fragen im Kopf knöpfte sie ihre Jacke zu. Zu Hause blühten schon die Schneeglöckchen, während es hier feuchtkalt war und immer noch etwas Schnee auf dem gefrorenen Boden lag. Es hatte jedoch den Anschein, als würde die Wolkendecke bald aufreißen. Ein Vater mit Kinderwagen hastete an ihr vorbei. Stress und Gerenne, Gedränge in der U-Bahn, endlose Heimfahrten nach schrecklich langen Arbeitstagen. Das Leben in der Großstadt forderte seinen Preis.

Auf dem St. Eriksplan herrschte wahnsinnig viel Verkehr. Sie ging Richtung Torsgatan weiter, ließ sich Zeit und betrachtete die schönen Fassaden. Eine Mutter setzte zwei Kinder in ein Auto und fuhr weg. Alle hatten es eilig, aber sie schlenderte gemütlich und dachte daran, dass sie alle, Maria Kaahn, Beata und sie, einmal in Stockholm gewohnt hatten, bis sie in diesem Nest und noch dazu am selben Krankenhaus gelandet waren. Sie kannten alle drei Andreas Axell. Aber damit nahmen die Gemeinsamkeiten auch schon ein Ende.

Sie überlegte sich, warum sie neuerdings eine solche Antipathie gegen Beata hegte. Sie war süß, jung und freundlich.

Warum vertrug sie das nicht? Andreas machte ihr den Hof, damit musste sie sich abfinden.

Und inmitten dieser Gedanken hatte sie plötzlich eine Erleuchtung.

Aus welchem Grund war schwer zu sagen. Warum hatte sie daran nicht früher gedacht? Es lag doch so nahe! Oder war es etwas in ihrer unmittelbaren Umgebung, was sie auf den Gedanken brachte, den sie schon längst hätte haben sollen? Nichts auf der Torsgatan mit dem morgendlichen Stoßverkehr, weder die schönen neoklassizistischen Häuser von Röda Bergen noch die verschlafenen Läden, die bald öffnen würden, ließ eine Erklärung zu, warum sie gerade hier an die Elefanten dachte. Vielleicht war es etwas, was Beata Molin gesagt hatte. Sie hatte den Verdacht geäußert, dass Maria Kaahn einem neuen Mann begegnet war.

Die Elefanten im vorigen Sommer auf dem Kvantumparkplatz hatten Kunden anlocken sollen. Die heiße Asphaltfläche war deshalb auch voller Familienkutschen mit Kindern gewesen, die die Elefanten mit Bananen füttern wollten. Der Ladeninhaber hatte mit der Einladung der Zirkuselefanten einen echten Volltreffer gelandet. Sie selbst hatte Erdbeeren gekauft und war neben dem Stand stehen geblieben, der ebenfalls von den Elefanten profitierte. Die dunkelroten, süßen Beeren gingen weg wie nichts. Sie kaufte noch ein Eis und sah sich den Trubel an. Da kommt Maria Kaahn mit ihren Mädchen, hatte sie gedacht. Vom anderen Ende des Parkplatz bahnten sich die drei ihren Weg. Weiter vorn stieg ein Mann aus seinem Wagen. Und während er die Fahrertür abschloss, sahen sie sich, Maria und er.

Veronika sah erst nur den Rücken des Mannes. Maria und er nickten sich eher beiläufig zu. Aber dann gingen sie zusammen in Richtung der Elefanten. Sie blieben kurz stehen, nicht einmal eine Minute lang. Sie standen nebeneinander, während die kleinen Mädchen um sie herumwuselten, wechselten kaum ein Wort und berührten sich nicht. Dann trennten sie sich. Maria ging mit einem Mädchen an jeder Hand auf die Elefanten zu, und er ging in Richtung Eingang. In diesem Moment hatte Veronika den Mann erkannt.

Auf dem Gelände des Karolinska Sjukhus war bald kein Platz mehr, trotzdem wurde wie wild gebaut. Die imposanten Gebäude standen dicht an dicht auf den steilen Felsen, und es war wahnsinnig viel los.

Sie fand einige ihrer Kollegen im vierten Stock in einem kleineren Konferenzraum mit zitronengelben Wänden und entsetzlichen blaugrün gemusterten Gardinen. Der Raum roch frisch gestrichen. Sie wusste nicht recht, was sie eigentlich dort zu suchen hatte, außer dass sie ihre Klinik vertrat. Sie merkte, dass die Hand, die sie den anderen zum Gruß entgegenstreckte, feucht war. Was hatte sie eigentlich zu bieten? Eine leichte Unruhe machte sich in ihr breit.

Es dauerte eine halbe Stunde, bis alle beisammen waren, damit sie anfangen konnten. Für einige von außerhalb hatte es keine vernünftigen Zug- und Flugverbindungen gegeben, und die aus dem Karolinska Sjukhus hatten Mühe gehabt, sich von ihren Stationen loszueisen. Irgendwie gelang es nie, Ärzte zu einem bestimmten Zeitpunkt zusammenzubringen; deshalb begannen Konferenzen immer disharmonisch und unkonzentriert, aber die meisten waren das gewohnt, was nicht heißen sollte, dass sie es gut fanden. Ärzte kamen und gingen den ganzen Tag, Piepser und Handys regierten uneingeschränkt. Ein Gruppengefühl zu entwickeln war unmöglich, und es kostete viel Kraft, den Überblick darüber zu behalten, wer wer war und wer welche Funktionen und Kliniken vertrat. Eigentlich hätten sie ihre Piepser und Mobiltelefone abstellen und die Außenwelt mit einem Nicht-stören-Schild vor die Tür verbannen sollen.

Nach dem Vormittagskaffee wurde sie ruhiger. Sie hatte Gelegenheit gehabt, sich mit einigen Teilnehmern zu unterhalten, und viel gelacht. Bei einem der Witze reißenden Männer gluckste sie bei der Pointe etwas zu laut, obwohl sein Witz nicht sonderlich gut war. Den Rest des Tages fühlte sie die treuen Hundeaugen des Possenreißers aus purer Dankbarkeit auf sich ruhen.

Nach dem Mittagessen überkam sie die Müdigkeit, und es fiel ihr schwer, die Augen offen zu halten. Was gesagt wurde, hallte in ihrem Schädel wider und drang nicht wirklich in ihr Bewusstsein durch.

Erst als Kaffee und Gebäckstücke mit grünem Marzipan und Schokolade, die ihrer Form wegen »Staubsauger« hießen, auf einem Wagen hereingerollt wurden, wurde sie wieder munterer. Als sie den Konferenzraum verließ, war es vier Uhr, und sie war zufrieden, dabei gewesen zu sein. Der Tapetenwechsel war dringend nötig gewesen. Nur für Stockholm hätte sie gerne mehr Zeit gehabt. Den ganzen Tag hatte die Sonne so stark durchs Fenster geschienen, dass sie die Rollos hatten herablassen müssen, obwohl alle nach Sonne gierten. Jetzt wollte sie nur noch raus.

Vom Karolinska Sjukhus ging sie direkt zum Hagaterminal und nahm von dort den Flughafenbus nach Arlanda. Auf dem Flugplatz herrschte Chaos wie immer am Freitagnachmittag. Alle Chefs zog es nach Hause. Da sie jetzt ohnehin nicht in Stockholm blieb, wollte sie so schnell wie möglich zurück. Das Gedränge ging ihr auf die Nerven, alle Bänke am Gate waren besetzt, und sie stellte sich hinter die Männer in Anzügen in die Schlange. Sie versuchte, kerzengerade zu stehen, um irgendwie zur Ruhe zu kommen. Sie nahm ihr Buch aus der Tasche und versuchte zu lesen, konnte sich aber nicht konzentrieren.

Als ihr Flug aufgerufen wurde, drängelten sich die Männer in Anzügen vor, um die Plätze ganz vorne zu ergattern. Unglaublich, dachte sie, geachtete Familienväter in ordentlichen Anzügen und mit Aktenkoffern drängeln sich vor wie die Kinder bei der Schulspeisung. Die Menschen sind doch alle gleich. Unzivilisiert.

Sie ging langsam den Mittelgang entlang, um einen freien Platz weiter hinten zu finden. Plötzlich hielt sie eine kräftige Hand an der Schulter fest.

»Wollen Sie nicht hier sitzen?«, fragte Kommissar Claes Claesson und nickte in Richtung von zwei freien Plätzen.

Sie war überrascht und freute sich. »Doch«, sagte sie und lächelte unverhohlen, als sie sich ans Fenster setzte.

Er nahm neben ihr Platz. Ihr Herz klopfte bis zum Hals, und sie hoffte, dass er das nicht merkte. Sie verstauten ihre Taschen unter den Sitzen und schnallten sich an. Dann sahen sie sich verlegen an.

»Und was haben Sie in Stockholm gemacht?«, fragte er.

»Arbeit. Eine Konferenz, nichts Besonderes.«

Er nickte interessiert.

»Und Sie?«, fragte sie.

»Dasselbe. Arbeit. Nichts Besonderes.«

Sie schwiegen, aber keinem von beiden war das unangenehm.

»Und wie gefällt es Ihnen?«, wollte er dann wissen.

»Was?«

»Ärztin zu sein.«

»Gut. Ausgezeichnet. Von morgens bis abends Leben retten.«

»Das ist sicher eine befriedigende Arbeit.«

»Oh ja. Sehr ... Nein, Spaß beiseite, es ist eine tolle Aufgabe, ohne Zweifel. Ich würde es heute wieder genauso machen, aber vielleicht ist es etwas zu viel des Guten.«

»Hm.«

»Und Sie?«

»Gut. Ausgezeichnet. Ich fange den ganzen Tag Ganoven und Banditen, und das ist ebenfalls befriedigend. Der Arm des Gesetzes, der im Sumpf aufräumt. Sie wissen schon.«

»Wir machen uns also beide nützlich. Nicht schlecht!«

»Nein, wirklich nicht.«

»Manchmal etwas ermüdend, aber die meisten sind heutzutage müde. Sich einrichten.« Sie lächelte. »Das ist das Motto des Tages.«

»Oder Spaß dran haben«, meinte er, und sein Knie berührte zufällig ihres.

Die Stewardess kam, und sie bestellten Bier und begannen, über erfreulichere Dinge als die Arbeit zu reden.

Der Flug war viel zu kurz.

»Soll ich Sie nach Hause fahren?«, fragte er, als sie ankamen.

»Gerne, sonst muss ich ein Taxi nehmen«, antwortete sie.

Auch im Auto versäumte sie es, ihm von ihren Beobachtungen auf dem Parkplatz von Kvantum zu erzählen, von dem flüchtig gewechselten Blick und dem Lächeln an einem glutheißen Tag vor bald einem Jahr.

## ZWEI WOCHEN ZUVOR

Sie schloss die Haustür auf und stellte die Tüten mit ihren Einkäufen in die Diele. Fünf Liter Milch, zwei Liter Dickmilch, lauter Vorräte.

Dann massierte sie ihre Handflächen. Die Griffe der Tüten hatten eingeschnitten. Vier schwere Tüten, zwei in jeder Hand. Sie hätte das kurze Stück vom Auto auch zweimal gehen können, aber sie war müde und wollte es möglichst schnell hinter sich bringen.

Einkaufen fand sie widerlich, langweilig und mühsam. Sie wusste auch nie, was sie für die Familie kochen sollte. Ihre Schläfen schmerzten, so müde war sie. In letzter Zeit war sie immer müde, wenn sie nach Hause kam. Vermutlich das Alter!

Beim Autofahren schlief sie mittlerweile auch schon fast ein. Kein Wunder, schlechte Luft, viel zu warm, und die letzte Nacht hatte sie wieder lausig geschlafen. Sie musste dagegen ankämpfen, dass ihr die Augen zufielen. Beinahe wäre sie von der Straße abgekommen, aber es gelang ihr noch rechtzeitig, bevor sie in den Graben fuhr, das Steuer herumzureißen. Sie hatte Angst gekriegt. Richtige Angst. Den Rest des Weges war sie hellwach.

Es war lange her, dass sie gut, tief und unschuldig wie ein Kind geschlafen hatte, ohne um drei oder vier Uhr in der Früh aufzuwachen, um dann mit offenen Augen dazuliegen und zu hoffen, dass ihre Gedanken sie nicht weiter quälen würden.

Die rhythmischen Atemzüge ihres Mannes irritierten sie. Gleichzeitig hatte sie aber Angst, ihn zu wecken. Was sollten sie mitten in der Nacht auch schon miteinander anfangen? Er würde nur sauer werden. Er musste schlafen. Er war auch immer überarbeitet und müde.

Sie lauschte ins Haus. Stille. Die Kinder waren noch nicht aus der Schule nach Hause gekommen. Trotz aller Schuldgefühle fand sie das sehr angenehm. Ein paar Minuten für sich, ruhig und ohne ständige Fragerei. Sich hinsetzen und ins Leere starren, Kaffee trinken, in der Zeitung blättern, sich sammeln. Dann musste sie Ordnung machen, Sachen wegräumen, den Küchentisch abwischen, andere Sachen bereitstellen.

Ob eine richtig gute Mutter auch solche Gedanken hatte? Am liebsten war sie allein.

Ob ihre Mutter auch so dachte? Sicherlich!

Im Spiegel in der Diele blickte sie in ein angespanntes Gesicht. Ringe um die Augen, zwei harte Falten um die Mundwinkel, blutlose und rissige Lippen, Haar, das in alle Richtungen abstand.

Mein Gott, wie langweilig und farblos, kraftlos und ausgelaugt sie doch war. Sie musste sich mehr um sich kümmern. Sie hatte immer gefunden, dass sie etwas zu bieten hatte. Er sagte ihr das schon lang nicht mehr. Sie hatte keine Kraft mehr. Er wohl auch nicht.

Sie fuhr sich mit den Fingern durch ihr kurzes Haar. Es lag sofort wieder platt. Früher hatte sie immer so kräftiges, glänzendes Haar gehabt!

Mit den Fingerspitzen fuhr sie sich über die Mundwinkel. Sie trat näher an den Spiegel heran und betrachtete die Falten eingehender. Älter zu werden war bei Gott kein Spaß. Würden sich die Fältchen, die sie zu einer alten Frau machten, jetzt mit der Geschwindigkeit eines Orkans ausbreiten? Hatte das etwa schon angefangen? Sie musste aufpassen! Sie zwang sich zu einem Lächeln. Ihre gleichmäßigen Zähne waren noch immer eine Pracht.

War sie noch zu etwas gut? Aber zu was? Würde sie jemals wieder einen erregten Körper neben sich spüren, ein Glied in sich, ein eifriges Spiel, an dem beide ihren Spaß hatten? Wie fühlte sich das an? Sie erinnerte sich kaum noch. Was hatte es auch für einen Sinn, sich zu erinnern? Sie wusste nicht einmal mehr, ob sie etwas vermisste.

Sie schleppte die Einkaufstüten bis zur Spüle. Dann schaute sie auf den Küchentisch und zwang sich, nicht wütend zu werden. Krümel und verschüttete Milch auf dem Wachstuch, die verschiedenen Teile der Zeitung ausgebreitet, zwei ungespülte Kaffeebecher, ein angebissenes Brot, eine ausgedrückte Tube Kalles Kaviarcreme und ein Glas Marmelade ohne Deckel. Das Schneidebrett war herausgezogen. Dort lagen ein Brotlaib, der vor sich hintrocknete, und ein Stück Käse, das schwitzte.

Sie seufzte nicht einmal. Jeden Tag musste sie sich in der Gewalt haben. Manchmal gelang ihr das richtig gut, gelegentlich auch nicht. Der schmutzige Küchentisch und die klebrige Arbeitsplatte waren der ständige Kummer moderner Mütter. Sollten sie weiterhin schimpfen und nicht aufgeben, oder sollten sie nett sein und sich mit der Schweinerei abfinden? Eins war sicher, nur wenige junge Leute räumten auf. Krümel, Krümel und noch mal Krümel! Sie lächelte. Krümel und eine instinktive Angst, einen Lappen auch nur anzufassen. Er sei eklig, meinte die Tochter. Das sei doch verdammt kleinlich, sich über ein paar Krümel aufzuregen! Verlor sie die Selbstbeherrschung, wurde es eine Zeit lang besser, dann lag das Brot in einer Plastiktüte und der Käse im Kühlschrank, aber nach ein paar Tagen war wieder alles wie vorher.

Machte sie etwas falsch? Konnte sie ihre Kinder nicht erziehen? Doch, das konnte sie. Sie musste einfach nur ihre Ansprüche senken und realistisch sein. Geduld musste man haben, und Sachlichkeit war gefragt. Nur so konnte man überleben.

Die Krümel blieben immer für sie liegen. War es etwa Lebensaufgabe der Frauen, sich um Krümel zu kümmern? Um die Krümel des Lebens, das, was übrig blieb?

Nein, jetzt ging ihr Selbstmitleid wirklich zu weit! Jetzt machte sie sich lächerlich.

Wollte sie nach Hause kommen, ohne dass überall Krümel herumlagen, in ein Zuhause, das ihr entsprach, dann musste sie warten. Das hatte ihre Mutter gesagt. Irgendwann würden sie allein sein, sie und ihr Mann, und dann würde alles so krümelfrei und still sein, dass ihr das Durcheinander regelrecht fehlen würde.

Sie räumte die Tüten aus und stellte alles in den Kühlschrank, die Speisekammer und in den Gefrierschrank. Hätte sie sich gesetzt, dann hätte sie die Müdigkeit sicher übermannt. Am besten blieb man ständig in Bewegung wie eine Maschine. Trödelte sie, wurde alles noch schlimmer.

Sie brauchte einen Kaffee. Sie setzte Wasser auf. Dann streckte sie die Hand nach dem Radio aus, zog sie aber wieder zurück. Die Stille gefiel ihr. Hintergrundmusik brauchte sie nicht, und auf Gesprochenes konnte sie sich doch nicht konzentrieren. Das Wasser kochte, und sie goss es in den Filter. Kaffeeduft breitete sich aus. Den Kaffee auf der Arbeit brachte sie kaum runter. Zu billige Bohnen. Er sah zwar aus wie Kaffee, hatte diesen Namen jedoch kaum verdient. Trotzdem trank sie ihn jeden Tag, sogar mehrmals.

Sie wollte die Waschmaschine laufen lassen, während sie eine Tasse trank. Die Wäscheberge waren immer riesig. Sie kam kaum nach. Sie ging ins Obergeschoss und holte den Wäschekorb aus dem Bad. Er war schwer, übervoll mit schmutzigen T-Shirts, Trainingskleidern, Frotteehandtüchern, den Oberhemden und Unterhosen ihres Mannes, noch halbwegs sauberen Jeans (die die Kinder nicht wieder in den Kleiderschrank legen konnten) und zerknüllten Strümpfen, kleinen wütenden Bällen ähnlich, mit oder ohne Sand. Wann sie wohl alt genug waren, ihre Strümpfe selbst zu entwirren? Sie musste sich mächtig anstrengen, als sie den gesammelten Schmutz der Familie gegen Wind, Wetter und Blicke nach unten wuchtete.

Sie kippte die Schmutzwäsche in der Waschküche auf den Fußboden und sortierte sie rasch zu vier Haufen, nach Farbe und Waschprogramm. Es roch nach altem Schweiß, Deo, Muff und Menschen. Sie durchsuchte die Taschen der Jeans und fand das wie jedes Mal indiskret. Andererseits wollte sie es auch nicht riskieren, Kronen und Scheine, wichtige Zettel, Nägel und nicht rostfreie Schrauben, die bleibende Flecken hinterlassen konnten, mitzuwaschen. Rostflecken waren wirklich keine Freude. Sie hatte tausendmal gesagt, dass sie ihre Taschen ausleeren sollten, ehe sie ihre Kleider in den Wäschekorb warfen, aber das nützte nichts. Inzwischen lächelte sie sogar, wenn sie eine Schachtel Kondome aus der Hosentasche ihres Sohnes fischte. Beim ersten Mal hatte sie sich geniert und Sorgen gemacht. Es ging doch alles viel zu schnell, aber auch ihr Sohn musste diese hoffnungslosen Jahre der Verunsicherung irgendwie überstehen. Was nicht einfach war, daran erinnerte sie sich. Natürlich hatte sie nichts gesagt, ihm noch nicht einmal einen forschenden Blick zugeworfen. Sie war wie eine anonyme Wäscherei.

Was hätte sie auch sagen sollen? Was sagte man? Die Lektion über Blumen und Bienen gehörte der Vergangenheit an. Er hatte nichts gemerkt, glaubte sie zumindest. Er hatte so viel um die Ohren, andauernd bot das Leben einem etwas, wenn man ein Teenager war. Das galt für ihn, aber genauso für seine beiden jüngeren Schwestern.

Die schmutzigen Laken lagen bereits in Metallkörben unter dem Becken. Wie dumm, dass sie sie nicht schon gestern gewaschen hatte; jetzt konnte sie sie nirgends mehr aufhängen. Höchstens draußen, falls das Wetter hielt. Vielleicht morgen.

Sie füllte die Trommel. Farbe, 60 Grad.

Natürlich! Er hatte sie gebeten, seine Sommerjacke zu waschen, schließlich war es ja auch schon fast Frühling! Er hatte sie aus der Kleiderkammer in der Diele genommen und vorne einen dunklen Fleck entdeckt. Der fiel einem direkt ins Auge. »Kannst du die waschen?«, hatte er gefragt und ihr den Fleck unter die Nase gehalten. Sie standen im Halbdunkel vor der Treppe, und ihr fiel auf, dass er ihr nicht in die Augen schaute. Er fasste ihr auch nicht liebevoll an den Hintern, als sie sich an ihm vorbeidrängte, und er küsste sie auch nicht flüchtig auf die Wange. Das ging jetzt schon lange so. Ihr machte dieser Verlust zu schaffen.

Sie schleppte sich in die Diele, riss die rote Popelinjacke vom Bügel, ging in die Küche und goss den Kaffee in eine Thermoskanne. Dann nahm sie die Jacke und las auf dem Weg zurück in den Keller die Waschanleitung, die am Futter festgenäht war: 40 Grad, schleudern, separat waschen. Dann kommt die Jacke halt als Nächstes dran, dachte sie und ließ gewohnheitsmäßig ihre Hand in die eine Außentasche gleiten. Vier Kronenstücke, die sie nebeneinander auf die Waschmaschine legte. Die andere Außentasche war bis auf eine Büroklammer und einen Birnen- oder möglicherweise auch Apfelstiel leer. Sie ließ die Jacke auf den Boden fallen, das hellgrüne Futter nach oben. Eine Innentasche kam zum Vorschein. Die konnte sie sich jetzt genauso gut auch ansehen, beschloss sie und beugte sich vor. Ohne weiter etwas zu denken, als vielleicht, dass eine Tasse heißer und starker Kaffee jetzt wirklich schmecken würde, langte sie mit der rechten Hand in die Innentasche. Papier.

Sie würde etwas Stärkeres als Kaffee brauchen.

Ein hellblauer Umschlag kam zum Vorschein.

Sie ließ den Stoff los, und die Jacke fiel lautlos auf den Zementfußboden. Alles war still, außer dem monotonen Rotieren der Waschmaschine.

Der hellblaue Umschlag war geöffnet. Der Name des Empfängers war mit einer weiblichen Handschrift geschrieben. Ihr Herz schlug vor Spannung und Angst schneller. Der Empfänger war niemand anderer als ihr Mann. Wer sonst? Schließlich war das seine Jacke. Der Brief war an seinen Arbeitsplatz geschickt worden. Die Rückseite des Umschlags war unbeschrieben. Der Absender hatte anonym bleiben wollen. Natürlich.

Plötzlich wusste sie, was sie eigentlich längst hätte wissen müssen.

Man durfte die Briefe anderer nicht lesen! In diesem Punkt war ihre Erziehung sehr streng gewesen. Briefe, genau wie Tagebücher, waren Privatangelegenheiten. Bisher war es ihr auch nicht schwer gefallen, sich daran zu halten.

Sie stand ganz still, voller widerstreitender Gefühle. Ihr Herz schlug noch schneller. Sie hielt den Umschlag ganz fest und drehte ihn immer wieder um. Er war immer noch hellblau und etwas kleiner als ein normaler Umschlag. Sie drehte sich halb zur Seite, damit der Schein der Lampe an der Decke auf die Briefmarke fallen konnte. Der Stempel war undeutlich. Das Datum war in der Mitte des Kreises gut zu lesen, die Ortsbezeichnung war jedoch nicht mehr aufs Papier gekommen. Der Brief war im Oktober des Vorjahres abgestempelt, vor sechs Monaten.

Sie war kein Übermensch. Sie wollte Gewissheit. Mit Zeige- und Mittelfinger öffnete sie den Umschlag so weit, dass sie hineinschauen konnte, ohne den Briefbogen herauszunehmen. Dieselbe weiblich-runde Handschrift. Das Briefpapier war weiß und wurde von einer blauen Blume in der Ecke geziert. Ihr Blick fiel auf ein Wort. Ein einziges Wort, und ihr wurde ganz weich in den Knien. Ihr Herz begann zu rasen.

Sie wankte in die Küche, goss eine Tasse Kaffee ein, setzte sich wie eine Schlafwandlerin und las den ganzen Brief. Sie las ihn mehrere Male. Der Brief war nicht lang, wenige Worte genügten. Irgendwann konnte sie ihn auswendig.

Sie war am Boden zerstört. Ratlos.

Sie schaute durchs Fenster. Die Sonne schien auf den Vorplatz. Es war windstill, hervorragendes Wetter, und ihr ging es hundeelend.

Ein nicht zu bändigender Zorn erwachte in ihr. Wie ein Vulkan.

Ich muss Ordnung in mein Leben bringen. Ich muss die Richtung festlegen, dachte sie. Aber erst einmal muss ich gelassen bleiben, ermahnte sie sich und versuchte, ganz ruhig und nur durch die Nase zu atmen.

Nichts überstürzen! Klug sein, und den Vulkan ausbrennen lassen.

Ihr war speiübel, aber sie konnte sich nicht übergeben. Sie atmete durch die Nase aus.

Ich muss Klarheit haben, dachte sie. Klarheit, Eindeutigkeit und Kontrolle.

Dieses Schwein!

Wie naiv sie gewesen war.

Sie hatte vor, den Sieg davonzutragen. Verlasst euch drauf! Sie würde nichts Dummes tun. Ruhig und gelassen wollte sie bleiben. Aber sie brauchte Zeit.

Warte nur, dachte sie mit energisch zusammengepressten Lippen. Sie stand auf, ging ins Obergeschoss und schob den Brief zwischen zwei Schuhkartons ganz hinten in der Kleiderkammer.

Ihr ahnungsloses Leben war vorüber. Ihr Alltag war durch ein paar Zeilen, ein paar schlichte Worte aus den Fugen geraten.

Das erste Wort, auf das ihr Blick gefallen war, hatte »kosen« gelautet.

## KAPITEL 17

Das Tiefdruckgebiet zog innerhalb von ein paar Tagen vorbei, und es wurde klarer, kühler und trocken. Typisches Märzwetter eben, aber wärmere Winde waren vorhergesagt.

Die Wellen nach Maria Kaahns Tod hatten sich etwas beruhigt, und das Leben im Krankenhaus ging allmählich wieder zur Normalität über. Die Gedanken an einen unberechenbaren Serienmörder waren verflogen, obwohl es immer noch keine Erklärung für den Tod von Maria Kaahn gab. Was hingegen Joakim Larsson zugestoßen war, wusste man jetzt.

Drei Tage nach der Misshandlung wurde er an einem regnerischen Sonntagvormittag, den er so bald nicht vergessen würde, extubiert. Den Schlauch im Hals loszuwerden, war eine große Befreiung. Plötzlich konnte er wieder sprechen, wenn auch mit gewissen Schwierigkeiten. Den drei Männern, die ihn auf dem Heimweg niedergeschlagen hatten, war er noch nie zuvor begegnet. Er hatte im Pub ein Bier, vielleicht aber auch zwei oder drei, getrunken und war vielleicht nicht mehr ganz sicher auf den Beinen, das musste er zugeben. Warum sie ihn angefallen hatten, gerade als er die Slottsgatan entlanggegangen war, war ihm ein Rätsel. Sie waren zu dritt gewesen, das hatte er noch mitbekommen, schwarz gekleidet, und sie hatten sich gegenseitig angefeuert, das wusste er auch noch. Sie hatten geschrien, er sei ein Waschlappen und wisse nicht, was Kraft sei, oder etwas in dieser Art. Zwei von ihnen hatten Kapuzen getragen; den dritten hatte er besser sehen können, aber es gelang ihm nicht, eine vernünftige Beschreibung von ihm zu liefern.

Schwere Misshandlung mit anderen Worten. Claesson beschloss, dass sich jemand anderes darum kümmern musste, solange der Mord an Maria Kaahn noch ungelöst war.

In den Zeitungen waren die Meldungen über Maria Kaahn kleiner geworden. In der *Östra Allehanda* gab es jetzt eine Serie über weitere unaufgeklärte Morde an Frauen. Man schien aufgegeben zu haben, obwohl erst anderthalb Wochen vergangen waren.

Am Dienstag, dem 23. März, klingelte in Janne Lundins winzigem und dunklem Büro auf der Wache das Telefon.

»Lundin, Polizei«, meldete er sich knapp.

»Hallo, hier ist Nina«, sagte eine träge Stimme.

Unsere Empfangsdame, das Busenwunder, dachte Lundin. »Ja, hallo«, sagte er fast unfreundlich. »Und was willst du?«, fuhr er im gleichen Atemzug fort, aufgesetzt arrogant und viel beschäftigt.

Vor ihm lag aufgeschlagen die Abendzeitung *Expressen.* Er hatte gerade überlegt, ob er seine Lottozahlen ändern und mit neuen, am besten mit besseren anfangen sollte.

»Hier ist eine Frau, die eigentlich zu Claesson will«, sagte Nina.

»Warum lässt du sie dann nicht zu ihm?«

»Er ist doch nicht da«, erwiderte sie stur. »Ich weiß auch nicht, wo er ist, ich kann ihr also nicht sagen, um wie viel Uhr sie wiederkommen soll.«

»Und sein Handy?«

»Ja?«

»Kannst du ihn nicht auf seinem Handy erreichen?«

»Das habe ich versucht, aber ich komme nicht durch«, erwiderte sie hilflos. »Vielleicht ist die Batterie leer.«

Vielleicht hat er es auch abgestellt, der Faulpelz, dachte Lundin, der nicht vorhatte, sich den gemütlichen Nachmittag von einer Frau verderben zu lassen, die sicher nichts Wichtiges beizutragen hatte. Gelegentlich brauchte man eine Pause bei der Arbeit, um überhaupt durchhalten zu können. »Man kann nicht dauernd alles geben«, war die von Lundin am meisten geschätzte Devise, und ihr war es vermutlich zu verdanken, dass er weder übermüdet noch am Ende seiner Kräfte war. Er zog es vor zu arbeiten, wenn er gebraucht wurde, und dann rackerte er sich auch wirklich ab. Ständig in Aktion zu sein, um zu beweisen, dass man die Nase am Wind hatte und unentbehrlich war, hatte ihm noch nie zugesagt.

»Aber sie hat gesagt, dass es um Maria Kaahn geht, und du arbeitest schließlich auch an diesem Fall«, beharrte das Busenwunder.

Er seufzte. Eine halbe Sekunde wurde es still.

»Okay! Schick sie hoch«, sagte er und knallte den Hörer auf die Gabel.

Nach einer halben Minute, vielleicht weniger, klopfte es energisch an Janne Lundins Tür.

»Herein!«, rief er barsch.

Sie machte auf ihn sofort einen selbstsicheren Eindruck, und daran sollte sich auch während ihres Gesprächs nichts ändern. Sicher und präzise. Sie kam ihm die zwei kurzen Schritte, die erforderlich waren, um in dem kleinen Zimmer zum Schreibtisch zu gelangen, entgegen. Janne Lundin stand auf und streckte eine Pranke aus. Sie hielt ihm ihre Hand hin und gab ihm einen festen Händedruck, obwohl ihre Hand so schmal war. Sie gehörte nicht zu der grobschlächtigen Sorte.

»Catharina Groth«, sagte sie mit breitem Schonendialekt.

»Janne Lundin«, erwiderte er und kam sich groß und tollpatschig vor. »Öh ... setzen Sie sich bitte«, fuhr er dann fort und nickte in Richtung des einzigen weiteren Stuhls.

Sie nahm ihm gegenüber Platz, zwischen ihnen der auffallend winzige Schreibtisch. Dieser große und stattliche Polizeibeamte hätte wirklich einen stabileren und größeren Schreibtisch vertragen können. Sein Tisch schien aus einem Puppenhaus zu stammen. Sie betrachtete die Tischplatte. Leer. Die

Abendzeitung *Expressen* hatte er schnell in einer Schublade verschwinden lassen. Dann erhob er sich, seine ganzen ein Meter vierundneunzig, schloss die Tür, die sie aufgelassen hatte, und kehrte an seinen unterdimensionierten Schreibtisch zurück. Schwer ließ er sich auf seinen Bürostuhl fallen und begann, ohne es zu merken, langsam zu wippen.

Catharina Groth war etwa dreißig, schätzte er. Sie hatte an ihrer Erscheinung gearbeitet. Braun gebrannt. Solarium oder Pauschalreise? Die aschblonden Haare mit verschiedenfarbigen Strähnchen waren kurz geschnitten. Der gerade Pony erinnerte an eine Erstklässlerin. Vermutlich das Beste, was die Friseuse mit diesem länglichen Pferdegesicht hatte anfangen können. Die Wangen waren eingefallen. In dem breiten Mund schienen zu viele Zähne zu sein. Darüber hing eine Adlernase, die jedem als Erstes ins Auge fiel. Der Lippenstift war sorgfältig aufgetragen. Ihre kleinen Augen lagen dicht beieinander, der Lidschatten funkelte golden. Die Brauen waren dunkel und geschwungen. Auf ihre Figur waren sicher viele Frauen neidisch. Der Gesamteindruck ist nicht übel, dachte Lundin. Ihre Kleidung war geschmackvoll und saß wie angegossen. Jeans, sicher keine Dutzendmarke, hellblaues, sorgfältig gebügeltes Baumwollhemd, unter dem sich ihr Busen vielversprechend rundete. Im Kragen trug sie einen lose geknoteten Seidenschal. Ihr goldener Ehering war auffallend breit. Die Steine kannte Lundin nicht, aber seine Frau Mona hätte sicher sofort gewusst, was sie wert waren. Er hatte Mona nicht gerade mit Preziosen überhäuft. Er glaubte nicht daran, dass schmückendes Beiwerk wichtig sei, hatte aber in letzter Zeit begriffen, dass ein kleiner Ring mit einem funkelnden Stein der ehelichen Eintracht durchaus zuträglich sein konnte.

»Was kann ich für Sie tun?«, begann er mit neutralem Tonfall die Unterhaltung.

»Ich bin eine alte Freundin von Maria Kaahn.«

Janne Lundin nickte Catharina Groth zu. Er war ganz Ohr, und das sah man ihm deutlich an. Mit der Ermittlung ging es immer weniger voran. Eine alte Freundin der Toten kam ihm wie ein Geschenk des Himmels vor.

»Wir haben zusammen Medizin studiert«, fuhr sie fort, und Janne Lundin nickte erneut. »Wir haben anschließend den Kontakt gehalten, ab und zu allerdings nur sporadisch.«

Er sagte immer noch nichts.

»Ich habe erst vor zwei Tagen erfahren, was passiert ist.« Sie seufzte und schaute auf ihre sonnengebräunten, schmalen Hände. Sie drehte den breiten Ehering, und die zwei Reihen verschiedenfarbiger Steine funkelten. »Wir ... mein Mann und unsere drei Kinder, also ... waren zwei Wochen verreist.«

»Ach so.«

Deswegen war sie so braun gebrannt. Was will sie hier?, dachte er mit einer Art automatischer Skepsis. Es wimmelte von neugierigen und übereifrigen Angehörigen, die die Arbeit der Polizei kontrollieren oder bestätigt sehen wollten, dass diese unfähig war und nie zu irgendeinem Ergebnis kam. Oder hatte sie wirklich etwas beizutragen?

»Wir waren auf den Kanarischen Inseln. Eine Pauschalreise. Zwei Wochen kosteten fast dasselbe wie eine Woche, und deswegen haben wir zugeschlagen. Wir mussten wieder einmal etwas Zeit als Familie verbringen.« Sie lächelte und sah beinahe süß aus.

»Ach so«, sagte er erneut, nickte und versuchte, die Geduld nicht zu verlieren.

»Als wir zurück waren, hörte ich, was vorgefallen war. Schrecklich«, sagte sie und schaute Lundin unglücklich an.

»Ja«, erwiderte er unverbindlich.

Er wartete immer noch, dass sie sagen würde, was sie auf dem Herzen hatte.

»Wissen Sie, was passiert ist?«, und meinte mit »Sie« vermutlich nicht Lundin persönlich, sondern die Polizei.

»Wir wissen so einiges«, antwortete er, »aber nicht alles.«

Catharina Groth sah einen Augenblick aus dem Fenster.

»Ich habe gehört, dass sie schwanger war«, sagte sie dann

und sah Lundin von der Seite an. »Jemand hat gesagt, dass das in der Zeitung stand. Stimmt das?«

»Ja, das stimmt«, antwortete er wahrheitsgemäß. »Aber wir wissen nicht, wer der Vater des Kindes war. Wissen Sie das?« Er hörte auf einmal auf zu wippen und kam der Frau auf der anderen Seite des Tisches dadurch näher.

Sie leckte sich über die Lippen, schaute auf ihre Hände und sah dann auf. Janne Lundin lehnte sich vor und wartete ab.

»Warm hier«, meinte sie und schaute wieder Richtung Fenster.

Er stand langsam auf, nahm einen Stapel Zeitungen von der Fensterbank, damit er das Fenster öffnen konnte. Dann ließ er sich schwer auf einen Stuhl sinken und beugte sich erneut vertraulich zu ihr vor. Er hoffte, dass sie ihm vertrauen würde. Die meisten taten das auch, Zeugen, Täter und Opfer. Er versenkte seinen Blick in Catharina Groths überschminkte Augen. Sie waren braungrün, sah er jetzt. Sein Stuhl knirschte, als er die Stellung wechselte. Er musste daran denken, ihn zu ölen.

»Darf ich zwei Fragen stellen«, fragte er ernst. »Mehr eine Formsache. Wo wohnen und arbeiten Sie? Und wann haben Sie Maria Kaahn zuletzt getroffen … Ich meine, wann hatten Sie zuletzt Kontakt mit ihr?«

»In Jönköping. «

»Haben Sie sie in Jönköping getroffen?«

»Nein. Ich wohne in Jönköping.« Lundin sah ein, dass es idiotisch war, zwei Fragen gleichzeitig zu stellen. Miserable Verhörtechnik.

»Aber Sie sprechen so, als würden Sie aus Skåne kommen. Oder?«

»Das ist doch nicht zu überhören.« Sie grinste. »Ich bin in Malmö groß geworden. Mit diesem Dialekt ist man wirklich geschlagen. Er verliert sich nie.« Sie lachte.

Humor hat sie jedenfalls, dachte er. »Erzählen Sie weiter«, ermunterte er sie.

»Ich bin Amtsärztin in Gränna. Genauer gesagt, werde ich das irgendwann. Jedenfalls wohne ich in Jönköping. Meine Eltern wohnen hier. Etwas außerhalb, in Blåholm. Nach der Pensionierung sind sie dorthin gezogen. Vorher wohnten sie wie gesagt in Malmö, aber meine Mutter kommt hier aus der Gegend und hat vor Jahren ein kleines Haus geerbt. Wie so viele andere wollten sie an der Küste wohnen. Im Augenblick wohne ich bei ihnen, aber ich habe auch Albert Kaahn getroffen. Der Ärmste! Er hatte auf den Anrufbeantworter gesprochen, als wir aus den Ferien zurückkamen.« Sie machte eine Pause. »Ein netter und angenehmer Mann ... jetzt muss ich nachdenken, wann habe ich zuletzt von Maria gehört ... das muss im Februar gewesen sein.« Sie wirkte unsicher. »Ich habe im Auto auf dem Weg hierher die ganze Zeit darüber nachgedacht.«

»Wissen Sie, mit wem sie zusammen war?«

»Ich weiß nicht, wie er heißt«, antwortete sie. »Er ist verheiratet. Das war natürlich ein Problem. Maria war immer sehr verschwiegen, was die Namen ihrer Liebhaber anging. Sie hatte einige, ehe sie diesen Mann traf. Diesmal schien es ernst zu sein. Sie sei über beide Ohren verliebt, erzählte sie.«

»Wann?«

»Bitte?«

»Wann hat sie zum ersten Mal davon erzählt?«, fragte er und dachte an Helge Huss.

»Tja, wann könnte das gewesen sein?« Catharina Groth schaute an die Decke und suchte in ihrem Gedächtnis.

»Denken Sie nach! War das dieses Jahr oder voriges?«

»Dieses! Oder letzten Herbst. Die Zeit vergeht so schnell. Wir telefonierten ziemlich regelmäßig miteinander, mindestens einmal im Monat. Aber es war nicht so einfach, ihre Männer auseinander zu halten. Ich meine, Verliebte klingen immer gleich, egal wer das Objekt ihrer Sehnsüchte ist, und Maria stürzte sich immer Hals über Kopf in jedes Abenteuer, und ich mit meiner Familie, Einerlei und Stress, Sie wissen schon.« Sie sah Lundin an, als würde dieser ebenfalls von seiner Familie gestresst. »Vierzigstundenwoche, Kinder, Bringen und Abholen und so weiter. Das Übliche. Ich hatte nicht immer die Kraft, mich für ihre Affären zu begeistern, und habe manchmal nur mit halbem Ohr zugehört.«

Sie ist wirklich prima, dachte Lundin, immer offen, immer ehrlich. »Versuchen Sie nachzudenken. Wann hat sie von diesem letzten Mann zum ersten Mal erzählt, und was hat sie über ihn gesagt?«

»Vielleicht war das im Oktober oder November, dass sie zuerst von ihm gesprochen hat. Möglicherweise im Oktober ... Ja, es muss Oktober gewesen sein, denn wir haben ein paarmal darüber gesprochen. Ich fand ihre Geheimniskrämerei immer etwas lächerlich. Mir konnte es schließlich egal sein, mit wem sie zusammen war. Ich wohne so weit weg, dass ich ohnehin niemanden kenne.«

Wie will sie das wissen?, dachte er. Vielleicht hatte ihre alte Freundin eine Affäre mit ihrem Mann? So was kommt in den besten Familien vor und nicht nur im Fernsehen. Man hatte ihm Maria Kaahn als durchtrieben beschrieben. Vielleicht war ein Verhältnis mit dem Mann ihrer besten Freundin genau nach ihrem Geschmack? Das gewisse Extra sozusagen. Zu weit hergeholt? Vielleicht. Aber man konnte nie wissen.

»Irgendwann vor Neujahr können wir also mit Sicherheit sagen«, präzisierte Lundin.

»Ja.«

Ein kurzes Klopfen, die Tür wurde geöffnet, und Claesson trat ein. Er spürte sofort, dass er ungelegen kam und in etwas hineingeplatzt war. »Entschuldigung«, sagte er. »Jemand hatte nach mir gefragt.« Er sah Catharina Groth an.

»Setz dich«, meinte Lundin großzügig.

In dem engen und schmalen Raum standen keine weiteren Stühle. Claesson holte einen auf dem Gang und klemmte sich neben Catharina Groth. Er kam ihr etwas zu nahe und versuchte, sich diese aufgezwungene Intimität nicht anmerken zu lassen.

»Kriminalkommissar Claes Claesson«, sagte er und gab ihr die Hand.

»Frau Groth ist eine Studienfreundin von Maria Kaahn«, sagte Janne Lundin und wiederholte, was er bisher erfahren hatte.

Lundin ging es auf die Nerven, dass Claesson die Unterhaltung sofort an sich riss. Er hätte sich gern weiter allein mit Catharina Groth unterhalten; jetzt verstummte er und hielt sich im Hintergrund. Er sah gleich, dass Claesson eine nagelneue Brille trug, ungewöhnlich modern. Sie stand ihm gut. Die hatte er sich sicher nicht allein ausgesucht. Er wurde etwas neidisch auf Claessons Selbstbewusstsein, obwohl nicht ganz klar war, ob er nun elegant oder gut aussehend war. Eher durchschnittlich. Angenehm durchschnittlich.

»Sie haben also zuletzt im Februar mit ihr telefoniert?«, fragte Claesson.

»Ja.«

»Was hat sie erzählt?«

»Eigentlich nichts Neues. Dass er verheiratet sei. Das war natürlich schade, weil sie ihn wollte. Sie hatte sich ja von Albert scheiden lassen, weil sie sich entfremdet hatten, und es verlangte sie nach Liebe genau wie uns alle.« Sie lächelte. »Offensichtlich war er sehr eifersüchtig. Sie fühlte sich kontrolliert. Leidenschaft zu Beginn, allmählich mehr und mehr Kontrolle.«

»Wer? Wer von den Männern?«

»Bitte? Albert Kaahn. Also ihr Exmann«, sagte Catharina Groth. Sie war etwas unsicher geworden, da sich ein ranghöherer Polizist zum Verhör eingefunden hatte.

»Dieser neue Mann, wo können wir ihn finden?«

»Das weiß ich nicht genau, aber er ist ein Kollege.«

»Von wem?«

»Bitte?«

»Ein Kollege von wem?«

»Natürlich von ihr. Von mir natürlich auch, da ich schließlich auch Ärztin bin«, erwiderte sie spitz. »Aber er arbeitet nicht bei mir in der Gegend, sondern hier in der Stadt.«

»An derselben Klinik?«

»Keine Ahnung. Wenig wahrscheinlich.«

»Davon hat sie also nichts gesagt?«

Catharina Groth schwieg und dachte nach.

»Immer mit der Ruhe«, meinte Claesson. »Denken Sie nach.«

»Das tue ich auch. Ich nehme immer alles mit der Ruhe«, gab sie zurück. »Ich glaube irgendwie nicht, dass sie je was über seine Arbeitsstelle gesagt hat, zumindest erinnere ich mich im Moment nicht daran. Sie hat nie gesagt, dass er am selben Krankenhaus arbeitet wie sie. Jedenfalls nie so direkt. Wenn ich darüber nachdenke, dann ist es wohl so, dass ich davon ausgegangen bin, dass das nicht geht, wenn man was geheim halten will. Irgendwie habe ich wohl übereilte Schlüsse gezogen. Ich sah dieses Getuschel und diese verstohlenen Blicke vor mir, die entstehen, wenn zwei Leute am selben Arbeitsplatz eine Affäre haben. Wenn sich zwei Leute so benehmen, als befänden sie sich auf einer einsamen Insel. Sie wissen sicher, was ich meine.« Sie sah Claesson und Lundin mit großen Augen an, und diese schauten zurück wie zwei tote Fische.

Eine halbe Sekunde lang war alles still. Claesson brach das Schweigen: »Aber irgendwas muss sie doch gesagt haben, vielleicht indirekt, was Sie darauf schließen ließ, dass sie in derselben Stadt arbeiteten?«

Catharina Groth sah zu Boden, und der Goldton ihres Lidschattens blitzte auf. Dann fixierte sie die schadhaften Fransen des Teppichs. Sie spitzte die Lippen und sah aus wie ein netter kleiner Clown. Es war ihr anzusehen, dass sie angestrengt ihre Erinnerung durchforstete.

»Doch, einmal hat sie gesagt, sie sei rundum glücklich. Es sei nicht gut, dass er verheiratet sei, aber es sei tröstlich, ihn in der Nähe zu haben, wenn sie ihn brauche.«

»Ach so«, mischte sich Lundin ein, vermutlich, damit sie ihn nicht vergessen würden.

»Genau. ›Wenn ich ihn brauche‹, das hat sie gesagt«, fuhr Catharina Groth fort.

»Und wann brauchte sie ihn und wie oft? Und wie erreichte sie ihn?«, wollte Claesson wissen.

»Das hat sie mir nie erzählt.«

»Schade«, meinte Claesson und sah aufrichtig enttäuscht aus.

»Na ja«, sagte sie, »vielleicht konnte sie ihn ja telefonisch erreichen …«

Das war eine Überlegung wert, aber Helge Huss war es somit eher nicht, dachte Claesson. Jemand anderes in telefonischer Nähe? Mit Nähe konnte alles gemeint sein.

»Wie Sie verstehen, brauchen wir Ihre Hilfe, um uns ein Bild zu machen, wer Maria Kaahn gewesen ist. Können Sie uns kurz beschreiben, was für ein Mensch sie war?«

»Das ist nicht leicht. Viele, die ich kenne, könnte ich in wenigen Sätzen beschreiben, Maria aber nicht. Irgendwie war sie komplex. Als Freundin war sie sehr treu; man konnte sich darauf verlassen, dass sie immer für einen da war, in allen Situationen. Sie war clever. Nur wenige hatten während unseres Studiums so viel Freizeit wie sie. Sie behielt alles sofort. Stundenlanges Büffeln blieb ihr erspart. Verwöhnt war Maria auch, schließlich war sie Einzelkind …«

Sie schaute nach unten, und es war ihr anzusehen, dass sie in Gedanken ganz weit weg war, vielleicht bei den trauernden Eltern. »Die armen Eltern«, sagte sie tatsächlich und sah wieder hoch. »Aber irgendwie wirkte sie auch, wie soll ich das ausdrücken, verlassen. Deswegen ließ sie sich vielleicht auch mit all den Männern ein, die sich in sie verliebten. Sie suchte Geborgenheit.«

»Hatte sie viele Männer?«

»Ja, das kann man so sagen. Vielleicht war sie nicht mit allen zusammen, aber es verliebten sich immer viele in sie. Irgendwie gelang ihr das jedes Mal. Ich sah ja, wie sie vorging, aber man musste schon Maria sein, damit man damit Erfolg hatte. Ich habe es auch mal versucht, aber es klappte nicht.« Sie lachte.

»Wie meinen Sie das? War sie aufreizend? War sie ungewöhnlich hübsch?«, wollte Claesson wissen.

»Ich weiß nicht, ob sie regelrecht hübsch war, aber sie hatte eine gewisse Ausstrahlung, so eine blonde Schönheit. Etwas zu dünn. Ich kann mir vorstellen, dass sie in vielen Männern den Beschützerinstinkt weckte. Aufreizend ist definitiv das falsche Wort, eher etwas prüde. Nie im Minirock und mit hohen Absätzen, mehr ein natürlicher Stil, was die Kleider betraf jedenfalls. Irgendwie sehr aufmerksam, was ihre Umgebung anging ... ich meine, die Reaktionen ihrer Umgebung. Es fällt mir schwer, das zu erklären.«

»Hielten Sie sie für intrigant?«

»Merkwürdig, dass Sie gerade das fragen. Viele unserer Mitstudenten regten sich über sie auf und fanden genau das. Vielleicht war es ja so, aber unser Verhältnis wurde davon nicht berührt. Es war mir also gleichgültig.«

Doch, das betraf dich auch, dachte Claesson. Die Rangordnung war zu deutlich, die Attraktive und die Hässliche, und das musstest du akzeptieren, wenn du dich in ihrem Glanz sonnen wolltest.

»Sie sagen, dass Ihnen das gleichgültig war«, meinte Claesson, der wusste, dass die Fortsetzung oft automatisch kam, wenn er nur den letzten Satz wiederholte.

»Irgendwie schon. Irgendwie war ich die, die zwischen ihren Abenteuern immer verfügbar war. Ich kann nicht behaupten, dass mir die Männer hinterherliefen. Vielleicht dachte ich auch, dass einer für mich abfallen würde, aber das war nicht der Fall.« Sie lachte erneut. »Vermutlich darf man einfach nicht so hässlich sein.«

Sie verdrehte die Augen. Claesson und Lundin lächelten, lachten aber nicht. Eher waren sie etwas betreten.

»Kannte Ihr Mann Maria?«, wollte Claesson wissen.

»Was für eine Frage!« Sie sah sie nacheinander an. »Nein. Ihn habe ich viele Jahre später kennen gelernt. Das mit Marias und meiner Rollenverteilung änderte sich natürlich über die Jahre. Wir wurden älter, zogen in verschiedene Städte und wurden ausgeglichener. Ich entwickelte eine eigene Identität und war nicht mehr nur ihre hässliche und lustige Freundin.«

»Können Sie sich an irgendeinen ihrer Männer aus der Studienzeit besonders deutlich erinnern?«

»Tja, vielleicht. Als wir den Ausbildungsabschnitt Chirurgie belegten, ich glaube jedenfalls, dass es da war, hatte Maria was mit dem Assistenten. Vielleicht wurde auch nie was daraus, aber sie war jedenfalls verliebt ...«

»Dem Assistenten?«

»Ja, dem Arzt, der sich um die Studenten des Kurses kümmerte. Eine Art Lehrer, könnte man sagen.«

»Wer war das?«

»Meine Güte, das ist so lange her. Fast zehn Jahre. Ein netter, ziemlich durchschnittlicher Typ. Natürlich verheiratet. Viele im Kurs nahmen daran Anstoß. Fanden, Maria würde sich aufdrängen, irgendwie geschmacklos.«

Es war offensichtlich, dass Catharina Groth auch dieser Meinung war. Claesson und Lundin sahen sich fragend an. Lundin zuckte so leicht mit den Achseln, dass es fast nicht zu sehen war. Claesson schob die Unterlippe vor.

»Können Sie herausfinden, wer das war?«

Sie seufzte. »Meinen Sie, es hat einen Sinn, in dieser alten Sache zu wühlen? Aber natürlich. Ich kann in meinen Ordnern auf dem Speicher nachschauen ... falls ich noch die richtigen habe ... sonst können Sie das auch über das Karolinska Institutet in Erfahrung bringen. Vielleicht haben die ja noch die alten Teilnehmerlisten, auf denen auch die Lehrkräfte verzeichnet sind. Übrigens hieß Maria vor ihrer Heirat Andersson.«

»Das wissen wir bereits«, meinte Claesson.

Sie unterhielten sich noch etwas weiter, aber es ergab sich nichts Wichtiges mehr. Catharina Groth verließ sie.

»Nicht gerade die hübscheste Frau, der ich je begegnet bin, aber irgendwie elegant«, meinte Lundin zu Claesson, nachdem sie gegangen war.

»Meine Güte, wie viel Amour es doch in den Krankenhäusern gibt. Arbeiten die dort eigentlich auch?«, wollte Claesson seufzend wissen.

»Bist du eifersüchtig?« Lundin war aufgestanden und reckte sich extrem langsam, fast zeremoniell. Sehr gemächlich führte er, die Arme weit über dem Kopf, Bewegungen aus, die an Apfelpflücken erinnerten.

»Pausengymnastik?«

»Klar! Man muss schließlich an seine Figur denken«, sagte Lundin und fuhr damit fort, die imaginären Äpfel zu pflücken. Vielleicht waren es ja auch Birnen. »Konzentration, weißt du«, sagte er Atem holend. »Meditation und Yoga in einem.«

Mit einem Stöhnen atmete er aus und ließ gleichzeitig die Arme fallen. Claesson sah, dass sein Gesicht von der geringen Anstrengung hochrot geworden war.

»Verdammt noch mal, das Alter!«, sagte Lundin. »Es knackt in der Wirbelsäule. In letzter Zeit tut das irre weh. Wahrscheinlich löst sie sich in ihre Bestandteile auf.«

»Du sitzt zu viel und bewegst dich zu wenig«, meinte Claesson lakonisch und blieb sitzen. »Wir müssen das Klinikpersonal noch mal durchgehen«, meinte er dann.

»Yes. Das müssen wir.«

»Vor allem die Männer.«

»Gewiss, die Ärzte«, erwiderte Lundin und stellte sich ans Fenster. »Trocken, aber kalt. Gotte hat seinen Wintermantel an.«

»Kommt er grade?«

»Yes. Eben eingeparkt. Ist er sauer, weil wir nichts erreicht haben?«

»Glücklicherweise wird er nie sauer. Er wird höchstens mal

wütend, aber dann meistens berechtigt. Der Mann hat wirklich gute Nerven«, meinte Claesson. »Sie war übrigens an dem Wochenende, an dem sie ihren Dienst mit dem netten Vater von vier Kindern getauscht hatte, in Stockholm.«

»Wer?«

»Maria Kaahn. Am Wochenende vor ihrem Tod war sie in Stockholm und wohnte unter ihrem Mädchennamen Maria Andersson in einem Doppelzimmer im Hotel Columbus. Louise und ich waren doch bei ihr zu Hause. Wir fanden Zeugnisse mit ihrem Mädchennamen. Die Unterschrift stimmt erstaunlich gut mit der überein, die ich aus der Klinik habe, obwohl der Nachname ein anderer war. Letztes Frühjahr hat sie auch dort gewohnt. Da hatte aber Helge Huss das Doppelzimmer gebucht. Ich habe Huss danach gefragt. Das Columbus Hotel liegt neben dem Friedhof der Katarina Kyrka. Nichts Großartiges, aber gemütlich.«

»Da hat die Reise nach Stockholm also doch was ergeben. Warum hast du das nicht früher gesagt?«

»Ich hatte keine Zeit«, erwiderte Claesson und schaute zu Boden.

»Keine Zeit?«

»Ja, ich habe nachgedacht. Weißt du übrigens, ob Louise und Berg da sind?«

»Nein, aber das lässt sich schnell herausfinden.«

»Tu das, dann rufe ich beim Karolinska Sjukhus an.«

»Wir treffen uns in einer halben Stunde wieder bei mir. In dein Zimmer passen wir nicht rein, nicht mal, wenn wir einen Schuhlöffel verwenden.« Claesson stand auf und verschwand auf dem Gang.

»Du«, rief ihm Janne hinterher, »klasse Brille! Hast du vor, in die Wirtschaft zu gehen?«

Claesson drehte sich um und grinste.

Um halb sechs wachte Beata zwei Minuten vor dem Klingeln des Weckers auf. Sie war voller Reue. Henrik war in ihren

Träumen aufgetaucht. Sein freundliches Lächeln hatte auf ihr geruht, sein nettes, mildes Lächeln, das Funkeln in seinen Augen, wenn er sie ansah, und sie war im Traum weich wie Nougat geworden, der langsam und süß auf der Zunge zergeht. Und doch wollte sie von ihm los, flüchten, nur nicht zu weit weg.

Henrik, der immer für sie da war, sie nie enttäuschte. Jetzt hatte sie ihn verraten. Wie eine miese Schlampe.

Hatte er was geahnt? Begriffen, dass nicht mehr alles so war wie früher? War er am Telefon schweigsamer gewesen? Sie hatte drauflosgeredet, wunderbare Sachen erzählt, was man eben so sagt, Sachen, von denen sie glaubte, dass man sie sagen soll, sogar »Küsschen« hatte sie am Schluss gezirpt. Trotzdem war so etwas wie eine Glasscheibe zwischen ihr und der Welt. Wie sie mit dem Telefonhörer in der Hand dastand, hatte sie noch den Geruch des anderen Mannes in der Nase, den ihr Körper verströmte. Sie wickelte eine Haarsträhne um den Finger, und der Geruch wurde noch deutlicher. Ihr Herz pochte, und sie wurde noch zerstreuter, obwohl sie das eigentlich nicht wollte. Aber Henrik fragte nichts. Überhaupt nichts. Er fragte nur, wie es ihr ging, wie es auf der Arbeit gewesen war, ob es Neuigkeiten wegen der toten Ärztin gab und ob sie im Wald von Torpa gewesen war. In diesem Moment war es ihr vor schlechtem Gewissen beinahe übel geworden. Sie fand, seine Stimme klinge wehmütig, als wisse er alles. Sie war gerade aus dem Wald von Torpa zurückgekommen, aus ihrem Wald, von ihrer Runde, auf der der Boden jetzt halb aufgetaut und matschig war. Aber dieses Mal war sie mit Andreas gelaufen. Es war ihr warm gewesen, warm vor Erregung, aber sie war nicht mehr so dermaßen von Sinnen gewesen, dass sie sich nicht irgendwo im Hinterkopf ihres Verrats an Henrik bewusst gewesen wäre. Sie verteidigte sich jedoch vor sich selbst damit, dass sie noch nicht miteinander geschlafen hatten. Es war noch nichts passiert. Eigentlich. Je nachdem, aus welchem Winkel man die Sache betrachtete.

Andreas hatte beteuert, nichts mit dem Tod von Maria Kaahn zu tun zu haben. Sie seien Freunde gewesen, mehr nicht, und sie wollte ihm glauben, trotz ihres diffusen Verdachts.

Noch konnte sie zurück. Noch war nichts passiert …

Nein, das stimmte nicht. Es war viel passiert. Wichtige, entscheidende Dinge …

Sie musste so allmählich ein paar Sachen anpacken.

Es schauderte sie vor Begehren und Schrecken gleichzeitig.

Sie musste herausfinden, was sie wollte. Aber wie machte man das? Die Zeit musste entscheiden und das Schicksal. Sie spielte auf Zeit.

Sie zog sich rasch um, schmierte Butterbrote, trank Tee, föhnte ihr Haar. Das Radio war wie immer an, aber als sie merkte, dass die Musik sie nur noch unruhiger machte, stellte sie es ab. Es könnte ein schöner Tag werden, aber besser packte sie Regenkleidung ein, falls es auf dem Heimweg zu regnen anfing.

Sie wusste, mit wem Maria Kaahn zusammen gewesen war. Sie hatte viel darüber nachgedacht. Sie dachte jeden Tag daran. Kleinigkeiten, die sich zu etwas Großem fügten, Dinge die sie gesehen hatte, die jedoch so diffus gewesen waren, dass sie erst nicht gewusst hatte, was sie von ihnen halten sollte.

In ihrer Begeisterung für Andreas und weil sie so ein schrecklich schlechtes Gewissen wegen Henrik hatte, hatte sie die Teile des Puzzles zusammengelegt, winzige Details, fast nicht sichtbare Körperbewegungen, Neigungen des Kopfes, Innehalten. Sie hatte gesehen, wie sie vollkommen gebannt voneinander an entgegengesetzten Enden eines Zimmers standen. Niemand sollte das sehen, aber die Augen verrieten sie. Sie hatten versucht, besonders unberührt zu wirken. Das kannte sie nur zu gut. Gerade jetzt, wo sie zwischen Himmel und Hölle pendelte, erkannte sie das Verhalten derer, die die erste Verliebtheit genossen und unter dem Fluch litten, sie geheim halten zu müssen. Verrat. Leidenschaft, aber der falsche Partner. Maria begehrte den falschen Mann. Da war sie nicht die Erste in der Geschichte. Beata war ihre gespielte Gleichgültigkeit dem anderen gegenüber aufgefallen, wie sie so taten, als würden sie woandershin schauen, sich aber ewig lange, sehnsuchtsvolle Blicke zuwarfen , sobald sie niemand weiter beachtete. Sehnsucht lässt sich fast nie verbergen. Alles, was sie jetzt mit Andreas durchmachte, hatte sie gesehen, sie hatte sich nur damals noch keinen Reim darauf machen können. Dumm war sie nicht, aber sie hatte einfach nur nicht zwei und zwei zusammengezählt. Bis vorhin.

Sie hatte sich damals im Wald von Torpa nicht geirrt. Sie hatte die Situation genau erfasst. Die Frau, die Maria Kaahn gewesen war, hatte ihren Liebhaber nicht auf dem Parkplatz einsteigen lassen wollen. Sie wären unter der Laterne zu gut zu sehen gewesen. Sie wollten kein Risiko eingehen. Sie hatten ihre Gründe. Einen der häufigsten Gründe.

»Darf ich mich zu dir setzen?«

Veronika wandte ihren Blick vom Fenster ab, den sie für einen Moment auf dem hellen Grün der Baumkronen draußen hatte ruhen lassen.

»Klar. Natürlich. Setz dich nur!«

Ronny Alexandersson stellte sein Mittagessen auf den Tisch und ließ sich auf dem Stuhl ihr gegenüber nieder.

»Du scheinst dich rauszusehnen«, sagte er und lächelte sie an.

»Da hast du Recht«, antwortete sie und errötete. »Wirklich ein herrlicher Tag!«

»Eine schöne Zeit«, meinte er und schmierte Butter auf eine Scheibe Brot. Er sah sich ihr Namensschild an. Sie hatte die eine Hälfte ihres Namens mit weißem Pflaster überklebt.

»Wozu das?«, fragte er und deutete auf das Schild.

»Ich heiße jetzt nur noch Lundborg«, antwortete sie. Sie drückte das Pflaster fest, das sich auf der einen Seite gelöst hatte. »Ich habe neue Namensschilder bestellt. Manchmal muss man einfach richtig von vorn anfangen.«

»Wann habt ihr euch eigentlich scheiden lassen?«

»Das ist jetzt schon viele Jahre her. Cissi war erst vier.«

»Das muss hart gewesen sein«, sagte er voll Anteilnahme.

»Ja, aber jetzt ist es vorbei.« Sie presste die Lippen zusammen. Darüber gab es nicht mehr zu sagen. »Hast du auch braune Bohnen genommen«, meinte sie stattdessen und schaute auf seinen Teller. Sie war bereits fertig.

»Ja. Die kann man sich nicht entgehen lassen. Zu Hause kocht das doch kein Mensch mehr.«

»Stimmt, ich auch nicht.«

»Die Kinder mögen das nicht. Aber es ist wirklich lecker«, meinte er und schob seine Gabel in den Mund. »Braune Bohnen sind nichts für die Jugend von heute. Wahrscheinlich werden die sich später mal nach Mamas Pizza sehnen.«

»Cissi nicht.«

»Wieso das?«

»Ich bin eine lausige Köchin.«

»Macht nichts«, meinte er, »man kann schließlich nicht alles können.« Er lächelte und prostete ihr mit seinem Milchglas zu. »Zum Wohl.«

»Zum Wohl.«

Die Gläser klirrten.

»Hat dich die Polizei eigentlich auch wieder angerufen?«, wollte Ronny wissen und spießte ein Stück Speck mit der Gabel auf.

Wenn das nur so wäre, dachte sie. »Nein, warum?«

Er merkte, dass ihr diese Frage zu schaffen machte.

»Ich habe mir nur überlegt«, erwiderte er und sah sie einen Augenblick aufmerksam an, »dass es den Anschein hat, als würden sie einen neuen Durchgang veranstalten. Als würden sie uns alle noch mal verhören. Wahrscheinlich haben sie dich einfach nicht erreicht.« Er kaute weiter. »Oder sie haben keine weiteren Fragen an dich.«

Sie blieb stumm. Den ganzen Tag hatte sie ihren Piepser in der Tasche gehabt. Sie war also erreichbar gewesen. Es wäre sogar ungewöhnlich leicht gewesen. Sie sollte das Schweigen positiv deuten: Sie war nicht in den Fall verwickelt.

Der allgemeine Lärm hatte zugenommen. Die braunen Bohnen hatten mehr Esser als sonst in die Kantine gelockt, trotz der angezogenen Preise. Fünfzig Kronen für das Tagesgericht, geringfügig billiger mit Essensmarken. Heute waren auch viele der Hausmeister und Leute aus den Werkstätten da, die sonst ihr Essen mitbrachten. Sie selbst ging in die Kantine, wenn ihr die Zeit dazu reichte. Sonst würde sie nie was Warmes essen, weil sie keine Lust hatte, für sich allein zu kochen.

Die Fachärzte hatten ihren eigenen langen Tisch in der Nähe der Theke. Sie suchte sich immer dort einen Platz, weil die Gespräche mit den Kollegen von den anderen Abteilungen unterhaltender waren als die chirurgieinternen Streitigkeiten; gleichzeitig konnte sie medizinische Fragen fachübergreifend besprechen und hatte so schon manches Problem gelöst. Heute war sie so früh dran gewesen, dass noch niemand an dem langen Tisch gesessen hatte. Da sie keine Lust gehabt hatte, allein an der langen Tafel Platz zu nehmen, hatte sie sich einen kleineren Fenstertisch gesucht, um gleichzeitig das Tageslicht genießen zu können.

»Ich habe ein Problem«, meinte Ronny. »Ein betrüblicher Vorfall auf der Notaufnahme.« Er sah mitgenommen aus.

»Was?«

»Also«, begann er und schluckte einen Bissen, »erinnerst du dich an den jungen Mann, den 29-Jährigen mit dem Kolonkarzinom, über den wir auf der Röntgenbesprechung vor ein paar Tagen geredet haben?«

»Den mit den Leber- und Lungenmetastasen?«

»Genau.«

»Ist er schon operiert?«

»Nein, das ist das Problem. Er weigert sich.«

»Weigert sich?«

»Ja. Er sagt, er hofft auf den Herrn. Er würde ihn schon heilen. Die Gemeinde würde für ihn beten.« Ronny sah sehr ernst aus, nahm ein Taschentuch und schnäuzte sich. »Sie glauben, dass sich Dickdarmkrebs durch Gebete heilen lässt.«

»Aber ...«

»Genau! Das wird nicht helfen. Das weißt du. Und ich weiß das auch. Seine Frau ist bald Witwe und der Sohn Halbwaise.«

Veronika schluckte. »Hast du ihm das nicht gesagt?«

»Doch. Ich habe ihm noch viel mehr gesagt. Ich habe mehrmals mit beiden gesprochen.« Seine Frustration war ihm deutlich anzumerken.

»Natürlich hat er Angst«, meinte sie.

»Klar. Es gibt viele psychologische Erklärungen. Wir müssen bescheiden sein, und schließlich ist es sein Leben. Aber ich komme mir so ohnmächtig vor. Ich habe die Möglichkeiten, und er verzichtet einfach. Ein junger Mann, den wir wahrscheinlich heilen könnten, der aber jetzt ...«

»... direkt auf den Tod zugeht.«

»Wirklich fürchterlich. Ich habe alles versucht. Habe ihm beschrieben, wie unangenehm der Krankheitsverlauf aussehen wird. Der Bauch voller Flüssigkeit, Schmerzen, Todesangst, Leber und Lungen durchzogen von Metastasen ... Ich habe sogar Gott bemüht«, sagte er und sah sie direkt an. »Ich habe gesagt, es sei vielleicht Gottes Wille, dass er so früh zu uns gekommen ist. Gott wolle, dass wir ihm helfen. Ich weiß, dass das nach Erpressung klingt, aber ... was blieb mir übrig? Wir sollten Gottes Güte vielleicht nicht durch das Verlangen nach großen Wundern herausfordern, habe ich sogar gesagt. Vielleicht sollten wir demütig sein.«

Sie hörte, dass er von Gott sprechen konnte, ohne dass es merkwürdig klang.

»Was soll ich tun?« Er seufzte.

»Alles. Und das hast du bereits.«

»Ich weiß nicht. Aber mir ist es wichtig, dass ich nichts unversucht gelassen habe. Das macht es mir leichter, ihm und seiner Frau in die Augen zu schauen. Leicht wird es natürlich trotzdem nicht, aber vielleicht leichter.«

Eine Sekunde lang beugte sich der Sensenmann über den Tisch, und sie schwiegen.

»Ich möchte denken können, dass ich alles versucht habe, ihm meinen Standpunkt klar zu machen, ihm zu helfen. Dass ich nichts unterlassen habe.«

»Hast du Petrén unterrichtet?«

»Ja. Und Nilsson. Er hat schließlich viel Erfahrung und ist auf seine Art ein kluger Kopf. Er schlug vor, dass wir das Paar noch mal herbestellen sollten, zusammen mit einem von ihnen, Petrén oder Nilsson. Eine Ärztin sollte auch noch zugegen sein. Vielleicht gelingt es ja dir oder Else-Britt, seine Frau zu überzeugen. Ich glaube, sie versteht bereits, wie schlimm es ist, aber sie stößt bei ihm auch nur auf taube Ohren.«

»Natürlich mache ich das. Else-Britt sicher auch.« Veronika sah nachdenklich aus.

»Nein, es ist wahrscheinlich nicht leicht«, meinte sie. »Jeder entscheidet selbst über sein Leben. Unsere Aufgabe ist es, Leben zu retten und Schmerzen zu lindern. Das hier ist fast so etwas wie ein Selbstmordversuch. Hast du übrigens mit den Psychiatern gesprochen?«

»Nein. Er weigert sich. Zwang bringt nichts. Er ist nicht psychotisch. Er ist vollkommen zurechnungsfähig.«

Ronny putzte sich die Nase. Er war noch nicht ganz gesund. Er stand auf, um Kaffee zu holen.

Die Schlange war vor der Theke länger geworden und reichte fast bis zur Tür. Das beeindruckte die »saure Ebba« an der Kasse überhaupt nicht. Ein Schnellgang fehlte ihr. Gemächlich nahm sie Geld und Essensmarken entgegen, und so blieb einem nichts anderes übrig als zu warten, während die kurze Mittagspause noch kürzer wurde.

Veronika entdeckte in der Schlange Andreas, der sich sehr lebhaft mit einer dunkelhaarigen Narkoseschwester vor ihm unterhielt. Er erinnerte sie an eine brennende Wunderkerze. Schwester Beata kam mit Schwester Lisbeth von Station sechs durch die Tür. Sie unterhielten sich und lachten. Sie mussten sich ganz hinten anstellen und standen fast auf dem Korridor.

Ronny kam mit dem Kaffee und fing an, über Unwichtiges zu reden. Veronika warf ab und zu einen Blick auf die Schlange. Jetzt hatte Beata ihren Andreas, seine eifrigen Gesten und die strahlende Schwester vor ihm bemerkt. Sie zuckte zusammen, machte ein langes Gesicht und schien Schwester Lisbeth auf einmal ganz vergessen zu haben. Veronika hatte genug Fantasie, um zu ahnen, wo ihr Missmut so plötzlich herkam.

»Eigentlich ist das merkwürdig«, sagte Ronny.

Es dauerte eine halbe Sekunde, bis sie merkte, dass er mit ihr sprach. »Bitte?«, fragte sie. »Ich hatte einen Augenblick an was anderes gedacht. Was hast du gesagt?«

»Dass das mit Maria merkwürdig ist. Höchst seltsam, dass sie nicht darauf kommen, was eigentlich vorgefallen ist.«

»Vielleicht ist die Arbeit der Polizei genauso schwer wie unsere. Alle machen Druck und wollen sofort sämtliche Antworten. Sofort! Unverzüglich! Die Ursachenfindung braucht eben ihre Zeit, egal ob es um Krankheiten oder Verbrechen geht. Jede Geschichte hat einen bestimmten Verlauf.«

Ronny Alexandersson sah sie forschend an.

»Hast du eigentlich Angst, dass du das Opfer hättest sein sollen?«, fragte sie.

Er wirkte verlegen. »Nicht direkt, aber ... natürlich hat mir das zu schaffen gemacht, das muss ich zugeben. Es war aber nicht so schlimm. Ich verlasse mich auf ihn dort oben.« Er sah hoch, und seine Augen funkelten. »Ich baue auf ihn. Übrigens konnte man mich und Maria kaum verwechseln. Sie war schließlich nackt.«

»Daran habe ich auch gedacht«, meinte sie. »Gut, dass du den dort oben hast.«

»Ja, und ich glaube außerdem, dass mein Gott mit einer Operation einverstanden wäre.«

Veronika fand, dass man richtig eifersüchtig auf Ronnys Gottvertrauen werden konnte. Ein kluger und reifer Mann, der immer noch ein Junge war. Aus einem Guss. Schade, dass er schon vergeben war. Ein solches Prachtstück blieb ohnehin nicht lange solo.

»Irgendwie wäre das unverhältnismäßig«, fuhr er fort. »Mir fällt nichts ein, weswegen man mich hätte totschlagen sollen.«

»Glaubst du, dass Maria so was getan hat?«

»Nein, natürlich nicht«, entgegnete er entsetzt.

»In diesem Fall ist es also auch unverhältnismäßig, dass Maria Kaahn ermordet wurde.«

»Natürlich, natürlich ist es das.«

Er sah nachdenklich aus. »Vielleicht ein Verrückter«, meinte er.

»Ja, vielleicht. Oder es gibt eine Erklärung, die so einleuchtend und einfach ist, dass wir sie uns nicht vorstellen können. Wir kommen schlichtweg nicht drauf.«

»Sehr gut möglich.«

Ronny Alexandersson hätte in etwa einer halben Stunde kommen sollen, aber Ärzte schienen genauso unpünktlich zu sein wie Polizisten. Claesson sortierte die Papierberge auf seinem Schreibtisch. Er kam sich effektiv vor und war froh, dass er endlich Zeit fand, das zu erledigen. Überhaupt war er zufrieden. Die Ermittlung kam zwar nicht rasend schnell vom Fleck, aber immerhin ging es voran. Glaubte er. Jedenfalls verbrachten sie ihre Zeit mit Aufgaben, die ihnen halbwegs vernünftig erschienen. Das Team funktionierte gut. Sie verstanden sich und gingen sich nicht an die Gurgel. Lundin hatte zwar eine ironische Art, aber er brachte Leben in die Bude und hatte im Grunde ein großes Herz, das spürten alle. Er selbst war der weise Alte mit der meisten Erfahrung. Peter Berg war bereits jetzt sehr tüchtig, und er würde noch besser werden. Für sein Alter war er unglaublich gelassen, nichts konnte ihm was anhaben. Er war wie ein Stehaufmännchen. Außerdem arbeitete er gut mit Louise zusammen, für die er ebenfalls eine Schwäche hatte. Nicht unbedingt als Frau, das vielleicht auch, obwohl das nicht aktuell war. Er schätzte sie als Kollegin. Sie ging die Dinge von ihrer praktischen und menschlichen Seite an, was er manchmal versäumte. Vielleicht konnten die Frauen das deshalb so gut, weil sie immer versuchen mussten, im Job alles am Laufen zu halten. Er schämte sich fast, dass er insgeheim dagegen gewesen war, dass eine Frau bei ihnen anfangen würde. Gott sei Dank war es ihm gelungen umzudenken.

Am liebsten hätte er das Ganze vergessen, aber das würde ihm wohl nie gelingen. Er hatte sich kleinlich benommen, und diese Schande verblich zwar allmählich, aber nicht ganz. Er hatte nicht öffentlich auf ihr herumgehackt wie einige der Kollegen, worüber er jetzt sehr froh war. Louise schien ein versöhnlicher Mensch zu sein, und das war gut so. Sie sagte nie was. Er hatte sich oft vorgenommen, mit ihr zu reden und sie irgendwie um Entschuldigung zu bitten, aber daraus war nie was geworden. Er wusste nicht recht, wie er anfangen sollte, und eine gute Gelegenheit hatte sich auch nie ergeben. Sie in sein Zimmer zu rufen, kam ihm umangemessen vor. Außerdem schien sie ihm nichts vorzuwerfen. Sie merkte vermutlich, dass er sie schätzte, auch als Mitarbeiterin, unabhängig von ihrem Geschlecht. Oder gerade deswegen.

Er fand eine Autobeilage, nach der er einige Tage gesucht hatte. Sein Toyota würde nicht ewig halten, und er wollte sich jetzt doch rechtzeitig nach Ersatz umschauen. Es war Frühling, die Autohändler bekamen Nachschub. Er blätterte und stellte sich vor, welches Auto er kaufen würde, wenn Geld keine Rolle spielte. Er ließ den Blick über die Seiten mit den unterschiedlichen Modellen wandern. Ein BMW der 3er Serie. Wenn er mit dem nicht zufrieden war, dann konnte er ihn austauschen, ohne Angst haben zu müssen, durch einen Neuwagenkauf eine Menge Geld zu verlieren. Es ging ihm finanziell nicht schlecht, aber es galt, die Sache klug anzufangen. Schließlich gab es noch andere schöne Dinge im Leben außer Autofahren. Aber ein BMW würde ihm gefallen!

Ronny Alexandersson stand in der Tür. Er trug eine dunkelblaue Daunenjacke. Er wagt wohl nicht, sich darauf zu verlassen, dass der Frühling tatsächlich seinen Einzug hält, dachte Claesson. Aber dann erinnerte er sich daran, dass er krank gewesen war. Vermutlich musste er aufpassen.

»Kommen Sie rein.« Er machte eine einladende Handbewegung. »Gut, dass Sie da sind. Setzen Sie sich.«

Er schloss die Tür. Ronny Alexandersson zog die Jacke aus und hängte sie über die Rückenlehne. Er trug ein kariertes Hemd aus einem flanellähnlichen Stoff und schwarze Jeans. Er war extrem mager, sah aber trotzdem kerngesund aus. Vermutlich ist er so auf die Welt gekommen, dachte Claesson. Sein Adamsapfel stand so weit vor wie bei Örjan Rehnström. Dieser war jedoch krankhaft abgemagert, und auch sonst hatten sie keine Ähnlichkeit. Alexandersson hatte die leicht rötliche Haut der Rotblonden. Sein lockiges Haar stand in alle Richtungen ab.

»Jetzt bin ich da«, sagte er mit etwas knarrender und belegter Stimme. Das klang nach einer verstopften Nase. Offensichtlich hatte er die Grippe noch nicht ganz ausgestanden.

»Wir beschäftigen uns immer noch mit dem Gedanken, dass vielleicht doch die falsche Person zu Tode gekommen ist.«

»Das ist mir klar.« Er sah weder erstaunt noch entsetzt aus.

»Was glauben Sie?«

»Ich glaube gar nichts. Höchstens, dass es etwas weit hergeholt ist. Schließlich dürfte es nicht so schwer sein, uns zu unterscheiden.«

»Nein, natürlich nicht. Das ist uns auch bewusst. Aber wenn wir davon nun einmal absehen, haben Sie darüber nachgedacht, ob was vorgefallen sein könnte, vielleicht ein Missverständnis zwischen Ihnen und einem Patienten oder jemandem aus der Klinik, das ...«

Er lächelte und schüttelte den Kopf. »Ich habe natürlich nachgedacht, sogar ziemlich gründlich. Es fällt mir wirklich nichts ein, dass so … so … gravierend gewesen sein könnte, dass man dafür jemanden tötet. Zu unbedeutenden Konflikten kommt es ja immer wieder, so ist das Leben nun mal, aber das meiste klärt man dann doch, oder es fällt der Vergessenheit anheim. Jedenfalls vergesse ich es.«

»Irgendeinen Feind haben Sie also nicht?«

»Nein.«

»Es heißt, dass Sie ein ungewöhnlich friedliebender Mensch sind und eher weniger Widersacher haben als die meisten. Könnte das stimmen?«

Alexandersson lachte. »Sagt man das? Ja, das stimmt sicher. Ich gehöre vermutlich zu den antiaggressiven Leuten. Man hat mir das früher schon nachgesagt, aber jeder kann sich schließlich jemanden zum Feind machen. Es fällt mir nur niemand ein. Wenn überhaupt, dann hasst mich jemand, und ich weiß davon überhaupt nichts.«

»Wissen Sie, ob sich vielleicht jemand an Maria Kaahn rächen wollte?«

»Nein. Keine Ahnung. Sie war eher unauffällig, soweit ich weiß. Sie strengt sich an … ich meine, strengte sich an wie alle anderen. Aber was weiß ich, ich habe schließlich alle Hände voll zu tun, einigermaßen zurechtzukommen. Sie hatte Ärger mit einem Patienten. Davon habe ich gehört. Er war hinter ihr her. Ich glaube, Ulf Nilsson übernahm ihn von ihr, und dann verlief die Sache im Sande. Irgendjemand, der vollkommen vereinsamt war. Persönlichkeitsstörung. Er war wohl in sie verknallt.«

»Ja, davon wissen wir. Ist Ihnen sonst noch was aufgefallen?« Claesson merkte, dass die Frage sehr vage formuliert war, aber manchmal hatte das seine Vorteile.

Ronny Alexandersson schwieg und schaute aus dem Fenster. Er schien angestrengt nachzudenken. »Nein. Ich wünschte mir, ich könnte Ihnen helfen. Das wünschten wir uns alle in der Klinik.«

»Wirklich alle?«

Ronny Alexandersson sah ihn ratlos an. »Natürlich. Marias Tod stellt für uns eine große Belastung dar. Wir trauern und haben Angst. Natürlich hoffen wir auf baldige Aufklärung. Warum sollten wir das auch nicht? Diese Ungewissheit belastet uns.«

Claesson sagte nichts mehr.

## KAPITEL 18

Claes Claesson schloss auf, machte in der Diele Licht, stellte seine Aktentasche und die ICA-Tüte ab, zog die Jacke aus und hängte sie auf einen Bügel. Dann beugte er sich zur Post vor, die vor dem Briefkastenschlitz auf dem Boden lag, und spürte bei dieser Bewegung einen stechenden Schmerz im Kreuz. Er wurde auch nicht jünger. Das Stretching nach dem Hallenhockeytraining reichte offensichtlich nicht mehr aus. Er nahm die Post und richtete sich langsam wieder auf, damit der Schmerz nicht stärker wurde, fuhr sich mit einer Hand durch sein dünner werdendes Haar und sah die Umschläge durch. Nichts von Interesse außer einer Ansichtskarte seiner Schwester aus Paris. Er sollte auch wieder mal wegfahren. Er warf die Post auf den Küchentisch.

Ehe er überhaupt mit was anfing, ging er ins Wohnzimmer und machte Musik an. Der Sohn seiner Schwester, Erik, ein Gymnasiast, beschäftigte sich den ganzen Tag mit Musik. Er besorgte seinem Onkel gelegentlich modernere Sachen. Er hatte ihm auch die CD mit dem Bo-Kaspers-Orchester geschenkt, das er super fand. Netter Junge, Erik. Die anderen drei Söhne seiner Schwester waren auch okay, aber sie waren jünger, und er kannte sie nicht so gut wie den Ältesten. Er traf sie nie allein, und ehe er er sich noch mit ihnen unterhalten konnte, waren sie schon wieder über alle Berge. Erik, der Erste, war immer sein Liebling gewesen, und er war stolz, dass diesem der Kontakt ebenfalls wichtig war.

Kinder sollte man haben, dachte er. Bedeutet zwar Chaos, aber irgendwie gehört das auch dazu. Leben in der Bude. Seine Schwester war schließlich auch damit fertig geworden. Sie war zäh. Überhaupt war er stolz auf seine Schwester. Personalchefin, vier Söhne und immer gute Laune. Außerdem war sie so klug gewesen, sich einen vernünftigen Mann zu suchen, keinen Waschlappen. Sein Schwager Markus war rasch in die Familie integriert gewesen, nachdem Gunilla ihn irgendwie schon vor hundert Jahren zu Hause vorgestellt hatte. Seine Mutter hatte Rippchen gemacht und sein Vater eine Flasche Wein spendiert. Als kleiner Bruder hatte er befürchtet, dass es jetzt peinlich feierlich und steif werden würde. Weit gefehlt. Es wurde sehr lustig, und das war es immer noch, wenn sie zusammenkamen. Die letzten Jahre sahen sie sich nur noch im Sommer. Kein Jahr, in dem er nicht zumindest über ein Wochenende zu ihrem Sommerhaus in den Schären bei Stockholm gefahren war. Gutes Essen, ein paar Schnäpse zum Hering und viel gute Laune. Zweimal war Katina mitgekommen. Die ungezwungene Art von Gunilla und ihrer Familie hatte es ihr sofort angetan.

Gunilla war ihm nie in den Ohren gelegen, er solle endlich ein solides Leben beginnen. Er glaubte, dass seine Schwester verstand, wie es ihm ging. Sie wollte sein Bestes, ohne viel Aufhebens darum zu machen. Hingegen hatte Liljan, die Frau seines Bruders, unzählige Male damit angefangen. Er verstummte dann immer. Schaltete ab. Sie hatte auch ihre guten Seiten, aber so klug wie seine Schwester war sie nicht, eher dieser traditionelle, neugierige Frauentyp. Harmlos, irgendwie aber auch ärgerlich, da sie ihre Nase immer in Dinge steckte, die sie nichts angingen. Beispielsweise, ob er nicht langsam an Kinder denken würde und ruhiger werden wolle. Sie hätte bemerken müssen, wie unangenehm ihm solche Fragen waren, aber dieses Feingefühl besaß sie nicht. Sie wäre die Letzte gewesen, der er anvertraut hätte, dass Eva und er es versucht hatten. Davon hatte er niemandem etwas erzählt, nicht mal Gunilla. Zwei Fehlgeburten. Die Beziehung wie eine Fahrt auf der Achterbahn, und diese tragischen Geschichten hatten das alles nicht besser gemacht. Unfruchtbar auf allen Ebenen.

Manchmal hatte er darüber nachgedacht, was wohl aus Eva und ihm mit dem Kind geworden wäre. Vermutlich hätte auch das ihre Beziehung nicht retten können. Ein Kind ließ alles nur noch weiter eskalieren. Es war so schon schwer genug gewesen. Eva war anziehend, die belebendste Frau, mit der er je zusammen gewesen war, aber vollkommen unberechenbar und eifersüchtig. Sie zogen sich an und stießen sich ab, und das mit unbezähmbarer Kraft. Ihre Liebe war wie eine offene Wunde.

In vieler Hinsicht war sein Leben ohne Eva besser geworden, angenehm, ruhig und stabil. Manchmal vergaß er die Auseinandersetzungen und was sie sich angetan hatten. In bestimmten Augenblicken, wenn er müde wurde, dachte er immer noch an sie. Dann begehrte er sie. Er sah sie vor sich und wurde ganz scharf auf sie.

In letzter Zeit war das Bild immer wehmütiger geworden. Fast zärtlich. Oder versöhnlich. Schöne Eva, starke Eva, sture Eva, die so aufrührerisch und schwer genießbar war. Sein Bruder hatte sie mal als neurotisch bezeichnet. Stinkwütend war er geworden. Fast hätte er ihm eine gelangt, aber dann hatte er nur das Zimmer verlassen.

Sie war tatsächlich neurotisch gewesen. Sein Bruder hatte den wunden Punkt erwischt. Halsstarrig und neurotisch. In dem Augenblick, in dem die Aufmerksamkeit auf jemanden anderen als sie fiel, legte sie los.

Vielleicht wird man mit den Jahren sentimentaler und empfindlicher, dachte er. Vielleicht ist das auch gut so.

Hoffentlich hat sie ihr Leben inzwischen im Griff. Hoffentlich geht es ihr gut. Hoffentlich hat sie jemanden getroffen, der besser mit ihr klarkommt. Ihren Wünschen ganz entsprechen konnte wahrscheinlich bis heute niemand.

Er nahm die Fleischwurst aus der ICA-Tüte und machte den Ofen an. Gegrillte Fleischwurst. Er würde nur für sich eine ganze Wurst machen. Das reichte dann mehrere Tage, aber das war ihm egal. Hatte er sich mal was in den Kopf gesetzt, gab es kein Zurück mehr.

Um diese Jahreszeit waren die Kartoffeln lausig, ließen sich aber gut zu Brei verarbeiten. Zu den Salsarhythmen von Bo Kasper schälte er die Kartoffeln. Er sollte endlich mal an was anderes denken als nur an seine Arbeit. Der ganze Tag war eine einzige Hetzerei gewesen. Er hatte viele Papiere gesichtet und etliche Leute ein weiteres Mal verhört, ohne dass sich etwas Neues ergeben hatte. Es fragte sich, ob sie überhaupt irgendwann etwas herausfinden würden.

Gotte hatte sie mit Baguette mit Curryhuhn und alkoholfreiem Bier zum Arbeitslunch überrascht. Es gab immer nur alkoholfreies Bier oder Wasser, nie was Stärkeres, aber das war okay. Er fragte sich, wie viele Polizeipräsidenten sich wohl so rührend um ihr Personal kümmerten. Gotte hatte immer solche Angst, dass sie verhungern könnten, wusste aber auch, dass es sich mit vollem Magen besser arbeiten ließ. Der Benzintank musste gefüllt werden, damit der Motor lief. Im Lauf der Jahre hatte ihr Chef eine mütterliche und eine überaus autoritäre Seite entwickelt. Niemand wagte es, Gottes Wort in Frage zu stellen. Niemand flößte anderen solchen Respekt ein. Und ansonsten hielt er seine Leute mit belegten Broten, Hamburgern, Bier und Kaffee bei Laune. Diese Kombination funktionierte sehr gut, und man hätte ihn bei Kursen über Führungseigenschaften, wie sie im Augenblick beliebt waren, vorführen sollen. Aber für so was würde sich Gotte vermutlich nie hergeben. Das Telefon klingelte. Er trocknete sich die Hände ab und nahm das schnurlose Telefon vom Küchentisch.

»Claes.«

»Hallo«, sagte Katina.

»Hallo, nett, dass du anrufst. Ich habe heute schon versucht, dich zu erreichen«, erwiderte er und versuchte, sich zu erinnern, ob es nicht am Vortag gewesen war. »Irgendwie habe ich dich nicht erwischt.« Zumindest das war die Wahrheit.

»Ich hatte gestern beruflich in Västerås zu tun und bin erst heute Nachmittag zurückgekommen.«

Der Ofen war heiß. Jetzt musste er die Käsescheiben auf die Fleischwurst legen, das Ketchup drübergießen und alles in den Ofen schieben, ehe er vor Hunger umfiel. Nur leider hielt er das Telefon in der Hand.

»Ach so«, erwiderte er und versuchte, sich den Hörer unters Kinn zu klemmen, um die Plastikverpackung der Wurst öffnen zu können.

Das Telefon rutschte ab. Er konnte es noch in letzter Sekunde auffangen. Wieder hatte er diesen stechenden Schmerz im Rücken.

»Hast du keine Zeit?«, fragte sie.

»Doch, doch natürlich«, sagte er.

»Du klingst so abwesend.«

»Ich versuche mir nur gleichzeitig eine Fleischwurst zu braten«, antwortete er wahrheitsgemäß.

»Fleischwurst!«

»Ja!«

»Das ist wirklich lang her, dass ich Fleischwurst gegessen habe. Warum machst du dir so was?«

»Ich hatte auf einmal Lust drauf.«

»So ein Ausrutscher kann einem natürlich schon mal passieren.«

»Wenn du nicht aufpasst, mache ich dir ein Festessen mit Fleischwurst, nächstes Mal, wenn du kommst«, meinte er.

»Deswegen rufe ich an«, erwiderte sie, und er hörte schon, dass ihre Stimme angestrengt klang. »Nächstes Wochenende muss ich ins Labor, weil dringend was fertig werden muss, und das Wochenende drauf will ich nach Bergen.«

So ist das, dachte er. Da konnte er nichts dran ändern.

Eigentlich machte es ihm nichts aus. Schließlich hatte er ebenfalls alle Hände voll zu tun.

»Schade«, meinte er. »Dann müssen wir es eben mit dem Wochenende danach versuchen.«

»Ja. Wir können ja noch drüber reden.«

Sie beendeten das Gespräch. Er spickte die Fleischwurst mit Käsescheiben und schob sie in den Ofen. Dann stellte er die Kartoffeln auf den Herd, aus denen er Brei machen wollte. Da begann ein neues beschwingtes Lied. Er holte eine Flasche Rotwein, goss sich ein Glas ein und tanzte auf Socken durch die Wohnung.

Hier gefiel es ihm. Wohnen bedeutete, zu sein, wo man zu Hause war.

Als er in die Stadt seiner Kindheit zurückgezogen war, hatte er sich gerade von Eva getrennt. Ganz genau hatte er sich die Wohnung ausgesucht, die er allein bewohnen wollte. Er wusste, dass die meisten Männer rasch eine neue Beziehung eingingen, wenn die alte zu Ende war, innerhalb eines halben Jahres, hatte er irgendwo gelesen, aber ihm war das damals vollkommen undenkbar erschienen. Er brauchte viel Zeit, um wieder zu sich zu finden. Fünf Jahre später war er immer noch nicht wieder mit einer Frau zusammengezogen. Er hatte auch keine feste Beziehung gehabt, bis er vor knapp zwei Jahren Katina getroffen hatte.

Die Wohnung hatte nicht im Zentrum liegen sollen. Ein gewisser Abstand zur Arbeit musste sein und am besten auch Natur in der Nähe. Er fand eine Dreizimmerwohnung, die zu Beginn der 50er Jahre gebaut worden war. Das Haus gehörte der Genossenschaft HSB. Alle Neubauten, die er besichtigt hatte, hatten nach Plastik gerochen und keinen Charakter gehabt. Die Viertel waren immer zu neu und irgendwie tot gewesen, mit exorbitanten Mietpreisen. Hier konnte er vom Wohnzimmer aus den Wald sehen. Zwischen den beiden Nachbarhäusern schimmerte das Wasser der Bucht Gustavsviken. Zwei Minuten zur nächsten Badestelle war auch nicht zu verachten. So oft, wie er sich das vorgenommen hatte, war er dann aber doch nicht morgens zum Schwimmen gegangen, dafür abends.

Er deckte den Tisch. Vielleicht würde er ja noch ein Glas zum Essen trinken, aber nicht mehr, sonst würde er den Abend wieder nur vor dem Fernseher vertrödeln. Er hatte einige Papiere in der Aktentasche, die er lesen musste.

Er hörte ein Telefon klingeln und nahm das schnurlose vom Küchentisch. Nichts. Natürlich! Das Handy. Er hatte vergessen, es abzustellen. Diesen Abend hatte er frei. Er nahm das Handy aus seiner Goretexjacke und meldete sich.

»Claesson.«

»Veronika Lundborg.«

Er wusste nicht, was er sagen sollte.

»Ich weiß nicht, ob Sie noch in der Arbeit sind ... ich bin gerade erst fertig geworden ...«

Es war halb sieben.

»Ich würde Ihnen gern was erzählen. Kann ich auf der Wache vorbeikommen?«

Ob es jetzt die inspirierenden Klänge von Bo Kaspers' Orchester, die halb fertige Fleischwurst im Ofen, der gute Wein oder etwas anderes, was sich kaum beschreiben ließ, war, was ihn so antworten ließ, war schwer zu sagen. Es dauerte jedenfalls nur den Bruchteil einer Sekunde.

»Ich bin zu Hause«, sagte er. »Ich habe eine Fleischwurst im Ofen. Die kann ich da nicht einfach stehen lassen. Wenn Sie mit einem anspruchslosen Essen zufrieden sind, können Sie es mir beim Essen erzählen.«

Er hatte mit einer gewissen Zurückhaltung gerechnet, und das war auch so, aber schwächer, als er geglaubt hatte. Erst mal blieb es am anderen Ende stumm.

»Klingt lecker«, sagte sie dann. »Wo wohnen Sie denn?«

»Sie fahren durchs Zentrum und dann zum Badeplatz am Gustavsviken. Wissen Sie, wo der liegt?«

»Das weiß doch jeder. Ich komme mit dem Fahrrad.«

»Gut«, meinte er, »dann können Sie auch ein Glas Wein trinken, falls Sie überhaupt was trinken. Sonst habe ich auch Leitungswasser.«

»Wein ist okay.« Sie lachte. »Ausgezeichnet sogar.«

Er stellte noch einen Teller auf den Tisch und konstatierte, dass er lange nicht mehr so gute Laune gehabt hatte. Außerdem spürte er, dass sie den Mord an Maria Kaahn aufklären würden. Zwar sprach im Augenblick nichts dafür, denn es ging nur sehr schleppend vorwärts, aber er war optimistisch. Größte Anstrengung, kein Resultat, aber manche Fälle brauchten einfach ihre Zeit. Oft lag die Lösung näher, als man dachte. Es ging nur darum, sie zu erkennen, die Zusammenhänge zu sehen und das Unwichtige zu ignorieren.

Den ganzen Tag hatte sie darüber nachgedacht. Sollte sie Kriminalkommissar Claesson anrufen oder nicht? Am einfachsten wäre gewesen, es zu lassen, aber als sie in ihr Büro kam, um sich für die Nachhausefahrt umzuziehen, war ihr innerer Widerstand nach der Arbeit des Tages so ermattet, dass sie kurzerhand zum Hörer griff. Sie nahm nicht nur die unerwartete Einladung an, sondern sie freute sich sogar. Gleichzeitig beschäftigte sie aber auch die Frage, ob es sich wirklich mit seiner Arbeitsmoral vereinbaren ließ, dass jemand, der in laufende Ermittlungen verwickelt war, bei ihm zum Abendessen erschien. Aber was soll's, das konnte ihr egal sein; es war sein Problem.

Ihr Kittel war am Kragen schmutzig, fiel ihr auf, als sie ihn in den Schrank hängte. Sie wollte am nächsten Tag einen frischen anziehen. Als sie ihre eigenen Kleider überzog, stellte sie entsetzt fest, dass sie furchtbar aussah. Ein Mann lud sie zu sich nach Hause ein, und sie sah aus wie auf einem Vorher-Foto eines Machen-Sie-das-Beste-aus-Ihrem-Typ-Artikels in einer Illustrierten. Verwaschene Jeans und ein zu weiter roter Pullover. Rot hatte ihr noch nie gestanden, jedenfalls nicht das Himbeerrot, das ihre Mutter für sie ausgesucht hatte, weil es ihr selbst so gut stand. Sie musste mehr auf ihr Aussehen achten. »Falls Sie unerwartet Besuch bekommen«, wie es in der Reklame für Gevalia-Kaffee hieß. Sie sollte in Zukunft ein paar elegante Kleider an ihrem Arbeitsplatz deponieren. Für den heutigen Abend war nichts mehr zu machen. Nach Hause war es zu weit, und die Läden waren geschlossen. Verzweifelt suchte sie aus einem Karton im Kleiderschrank eine schon halb eingetrocknete Wimperntusche hervor, und versuchte, wenigstens ihre Wimpern aufzufrischen. Dann zog sie ihre Lippen sorgfältig mit einem Konturenstift nach und malte sie an. Vielleicht würde der Lippenstift ausnahmsweise länger als zwei Minuten halten.

Sie wäre gern ganz schnell geradelt, aber sie beherrschte sich, um nicht verschwitzt und vollkommen außer Atem anzukommen. Claesson wohnte etwa ebenso weit von der Klinik entfernt wie sie, nur in der entgegengesetzten Richtung, zur Küste hin. Sie war selten in dieser Gegend; sie galt als ordentlich und attraktiv, ohne vornehm zu sein. Sie stellte ihr Fahrrad in den Ständer vor der Haustür und nahm den Helm ab. Um die dreistöckigen Häuser standen immergrüne Büsche und Kiefern, jedoch nicht so dicht, dass es schattig gewesen wäre. Die mit Wellblech verkleideten und frisch dunkelgrün lackierten Balkons kontrastierten hübsch mit den gelben Ziegeln. Eine friedliche Ursprünglichkeit strömte ihr entgegen. Keine affigen, aufgeklebten und postmodernen Dekorationen. So sahen die Viertel aus, in denen sie als Kind gespielt hatte. Das Wasser der Bucht schimmerte zwischen den Häusern. Im Schilf war ein Steg. Alles war ruhig und friedlich, so wie es einmal geplant worden war.

Die Verabredung war seltsam. Sie war nervöser, als sie es sich eingestehen wollte. Dass ihr Herz rasend schnell klopfte, ging ihr auf die Nerven.

Seine Wohnung ist sehr schön, dachte sie, als sie wenig später an ihrem Wein nippte und versuchte, ihr Gleichgewicht wiederzugewinnen. Keine alten Pizzaschachteln und leere Bierdosen auf dem Fußboden. Was hatte sie eigentlich erwartet? Eine verkommene Junggesellenbude?

Wer hatte außerdem behauptet, er sei Junggeselle? Niemand. Sie wusste nichts über ihn, irgendwie kam es ihr nur so vor, auch wenn es vollkommen aus der Luft gegriffen war. Reines Wunschdenken.

Vorsichtig sah sie sich in seiner Wohnung um. Auf dem Weg in die Toilette begutachtete sie alles genauestens. Die ganze Wohnung sprach dafür, dass er allein dort lebte, alles außer einem Tiegel Clinique-Gesichtscreme und einer Flasche Chanel No. 19. Klar, dass ein Mann wie er noch irgendwo eine Frau hatte.

Krachend stellte er die feuerfeste Form mit der Fleischwurst auf den Tisch und füllte den Kartoffelbrei in eine Schüssel. Veronika verfolgte seine Bewegungen vom Küchentisch aus. Mit Küchenarbeit schien er vertraut zu sein. Mittelgroß, normaler Körperbau, vielleicht etwas untersetzt, aber keinesfalls übergewichtig. Jeans, grünes Hemd (gebügelt), aschblondes, kräftiges Haar, deutliche Geheimratsecken, aber keine Glatze. Breiter Mund. Beim Öffnen des Mundes zeigte er alle Zähne, und das ließ ihn froh aussehen. Die Haut war leicht gegerbt, und sein Alter war ihm um Augen und Mund anzusehen. Die Augen strahlten Wärme aus. Sein Kinn war rund. Wenn er nicht aufpasste, würde er ein Doppelkinn bekommen. Die Brille war supermodern, unerwartet supermodern, und er nahm sie andauernd ab.

Er stellte eine Kanne Wasser mit Eiswürfeln, Salat, Dressing und ein Glas Senf auf den Tisch – er wusste, was gebraucht wurde – und setzte sich dann. Er hatte eine Tischdecke aufgelegt. Gebügelt. Dann zündete er die Kerzen in den beiden hohen Kerzenhaltern aus Schmiedeeisen an. Hübsch. Ungewöhnlich und doch schlicht.

»Bedienen Sie sich! Lassen Sie es nicht kalt werden«, sagte er und schob die heiße Schüssel mit dem Topflappen auf sie zu. Die Fleischwurst duftete göttlich. Vor Hunger hatte sie fast einen Krampf im Magen.

»Das riecht gut«, sagte sie.

»Ich hoffe, es schmeckt auch so.«

Er goss ihr Wein nach. »Und?«, sagte er und hob das Glas. An den Schläfen war er etwas grau. Mit seinen groben Gesichtszügen gehörte er nicht gerade zu den gut aussehenden Männern, eher zu den gemütlichen.

Gemütlich. Diese Beschreibung würde ihm wohl nicht gefallen, dachte sie belustigt.

»Und was?«, erwiderte sie und hob ebenfalls ihr Glas.

Sie tranken sich zu. Sie wagte es, ihm in die Augen zu sehen.

»Was hatten Sie auf dem Herzen?«

Sie zierte sich etwas. Was hatte sie auf dem Herzen? An einem gedeckten Tisch mit Kerzen kam ihr das so lächerlich vor.

»Vielleicht ist es das Beste, wenn wir es gleich hinter uns bringen«, sagte sie.

»Sonst vergessen Sie womöglich was.«

»Wirklich lecker«, meinte sie ablenkend und deutete mit ihrem Messer auf die Wurst. »Eigentlich ist es gar nichts Besonderes oder Großartiges«, sagte sie dann und überlegte, was sie sagen sollte, wie sie anfangen sollte, damit es nicht lächerlich klang.

»Lassen Sie mich das entscheiden.«

»Natürlich. Also …« begann sie und schaute dann nachdenklich auf den Tisch und spielte mit ihrem Weinglas. »Ich habe einen Vorschlag, was den Freund von … Maria Kaahn angeht, falls es jetzt so wichtig sein sollte, wer das war.«

»Sprechen Sie weiter.«

»Damit will ich nicht gesagt haben, dass er etwas mit ihrem Tod zu tun hat. Das hoffe ich wirklich nicht.« Vor ihrem inneren Auge sah sie ihren zuverlässigen Kollegen.

»Raus mit der Sprache.«

Das hatte zwar lustig klingen sollen, aber sie merkte, dass ihm langsam der Geduldsfaden riss.

»Nilsson«, sagte sie. Der Name sagte ihm nichts. »Ulf Nilsson«, verdeutlichte sie.

»Der Oberarzt, der in der Todesnacht den Hintergrunddienst hatte?«

»Genau.«

»Wie kommen Sie darauf?«, fragte er, ohne sich weiter darum zu kümmern, warum sie diese Information bisher zurückgehalten hatte.

»Das ist es eben.« Sie verstummte und suchte nach den richtigen Worten. »Das ist es eben ... ich weiß das nicht genau«, sagte sie schließlich. »Ich habe keinen direkten Beweis. Es ist nur so ein Gefühl.«

Immer tüchtig gewesen, immer die Hausaufgaben gemacht, immer alles unter Kontrolle gehabt, so eine ist sie, dachte er, sagte aber nichts. Dafür war auch wirklich nicht der richtige Augenblick. »Vieles im Leben ist nicht sicher oder sonderlich genau. Dass müssten Sie aus Ihrem Beruf wissen.«

»Ja«, sagte sie und begann endlich von dem heißen Sommertag des Vorjahres zu erzählen, an dem der Inhaber des Kvantummarkts die Elefanten auf dem Parkplatz hatte auftreten lassen. Es war ein solcher Rummel gewesen, dass kaum noch ein Parkplatz frei gewesen war.

Veronika unterbrach ihren Bericht. »Erinnern Sie sich nicht daran?«, fragte sie Claesson.

»Nein.« Er schüttelte den Kopf. »Ich muss im Urlaub gewesen sein. Erzählen Sie weiter.«

»Vielleicht erinnere ich mich auch nur so deutlich, weil mir alles nach dem Autounfall in dieser Nacht so unwirklich vorkam.«

Sie wusste nicht, wie sie weitererzählen sollte. Von den Elefanten oder von den tragischen Ereignissen der Nacht. Sie machten ihr immer noch zu schaffen.

»Im Gedränge sah ich Maria Kaahn mit ihren Mädchen. Sie hatte beide an der Hand«, sagte sie schließlich. »Auf dem glühend heißen Parkplatz wurde der Asphalt schon weich. Sie trafen Ulf Nilsson. Eher unwahrscheinlich, dass er ebenfalls dort war, um irgendwelche Elefanten zu füttern.«

»Sah es so aus, als seien sie dort verabredet gewesen?«, wollte er wissen und legte sein Besteck weg.

»Schwer zu sagen. Es hätte ein Zufall sein können. Ich sah, wie er aus seinem Wagen ausstieg und die Tür abschloss. Aber ich erinnere mich nicht, ob er sich jetzt so umschaute, als suche er jemanden, mit dem er verabredet war. Maria kam mit ihren Mädchen, und sie gingen genau an ihm vorbei, als er aus seinem Wagen ausstieg. Ihr Zusammentreffen sah wirklich vollkommen zufällig aus. Ich dachte mir, dass es dumm sei, so in ihre Richtung zu glotzen. Wie ein Waschweib in der ersten Reihe. Aber ich war müde, hatte lange gearbeitet, ich aß mein Eis. Irgendwie blieb mein Blick an ihnen hängen, weil sie wie ein Paar in einem Film wirkten. Als ich mir erst einmal darüber klar geworden war, um wen es sich handelte, konnte ich meinen Blick nicht mehr abwenden, bis sie sich verabschiedeten.« Sie lächelte verlegen.

Es war menschlich, dass sie sich entschuldigte. Diese ganze Vorgeschichte diente allein diesem Zweck. Sie machte das Ganze aber auch anschaulich und lebendig. Hinter der Fassade der properen Ärztin verbarg sich eine Schauspielerin. Etwas schickere Kleider, etwas weniger praktisch und tüchtig, und sie war vermutlich ganz bezaubernd.

»Wie kamen Sie auf die Idee, dass sie eine … Beziehung … oder Affäre haben könnten?«

»Sie entdecken sich.« Sie hielt die Hände ein Stück voneinander weg in die Luft. »Sie bleiben stehen«, fuhr sie fort und bewegte die Hände aufeinander zu. »Sie wechseln ein paar Worte.« Sie bewegte ihre gekrümmten Zeigefinger. »Dann gehen sie in die entgegengesetzte Richtung.« Sie riss die Hände auseinander. »Er ging in den Supermarkt und sie in Richtung der Elefanten.«

»Und damit ist das Märchen auch schon zu Ende«, sagte er.

Sie sah ihn ratlos an.

»Klang das wie ein Märchen?«, fragte sie ernst.

»Ja. Ein Märchen aus der Wirklichkeit. Und Sie können wirklich gut Märchen erzählen.« Er lachte. Veronika lächelte erst, dann stimmte sie in sein Gelächter ein, und sie prosteten sich zu. Der Wein stieg ihr zu Kopf, aber sie hatte nichts dagegen.

»Ich will immer noch wissen, warum Sie den Eindruck hatten, die beiden hätten eine Affäre. Berührten sie sich, umarmten sie sich oder küssten sie sich etwa?«

»Nein, nichts dergleichen«, sagte sie und las in seinen Augen, dass er sie mochte. »Aber trotzdem gab es dieses Kleine, eigentlich Unsichtbare, aber trotzdem Deutliche, das einem sagt, dass das keine gewöhnliche Arbeitsbekanntschaft, nicht so etwas wie Kameradschaft ist. Verstehen Sie, was ich meine?«

»Nein«, entgegnete er und verzog den Mund.

»Doch, das verstehen Sie«, flüsterte sie mit weicher Katzenstimme und lehnte sich über den Tisch. »Verliebtheit«, flüsterte sie und betonte jede Silbe. »Verliebtheit, die das Licht des Tages scheut und wie ein Blitz aufscheint. Dass Maria strahlte, war nichts Neues. Das tat sie immer.« Sie setzte sich aufrecht hin. »Maria lächelte immer. Aber Ulf, der gute Ulf Nilsson, der lächelt so gut wie nie. Er ist zwar nicht direkt mürrisch, aber wirklich kein Strahlemann, und wenn er mal strahlt, dann auch eher matt.«

»So ist das«, sagte er und schob ihr die Schüsseln hin, damit sie sich nachnehmen konnte. Dann füllte er ihr Wein- und Wasserglas. »Sie essen so langsam. Schmeckt es nicht?«

»Erzählen Sie keine Dummheiten. Es schmeckt wahnsinnig gut. Aber ich kann schließlich nicht mit vollem Mund reden.«

»Ich sehe Ihnen an, dass an diesem Tag außer den Elefanten noch etwas besonders ist.«

»Tja«, erwiderte sie und zögerte. »Das hat damit aber eigentlich nichts zu tun. Der Dienst war damals wegen eines tragischen Verkehrsunfalls mental sehr anstrengend gewesen.«

Sie verlor sich in Erinnerungen. » Es ist immer wahnsinnig anstrengend, wenn Kinder verwickelt sind.«

»Das weiß ich.«

Am Küchentisch wurde es still.

»Die Kinder überlebten. Das war es nicht. Sie bekamen fast keine Schramme ab. Aber sie hatten keine Eltern mehr. Die Mutter starb, und der Vater trug so schwere Verletzungen davon, dass er nie mehr so wurde wie vorher, falls er überhaupt noch lebt. Schwere Gehirnverletzung. Der Kleinste war erst ein paar Jahre alt. Als ich zu ihnen rauskam, saß er auf einem Stuhl, baumelte mit den Beinen und lutschte am Daumen. Die große Schwester war vielleicht zehn. Sie war vollkommen erstarrt. Sie begriff, was passiert war, aber es war mit ihr nicht zu reden. Sie sagten beide keinen Mucks. Ich nahm den Kleinen auf den Schoß, setzte mich neben sie und nahm sie in den Arm. Ich merkte, wie sie sich entspannte, und dann sagte sie: ›Sie leben nicht mehr.‹ Da sagte ich ihr, was los war. ›Wir kommen schon allein zurecht‹, meinte sie daraufhin. Ich glaube, ich habe nie jemanden gesehen, der einsamer und verlassener war.«

Sie merkte, dass ihr ohne Vorwarnung die Tränen in die Augen traten. Er sah das ebenfalls. Er saß vollkommen unbeweglich da, und sie spürte, dass es nichts machte, dass ihr die Tränen die Wangen herunterliefen. Er kommentierte das nicht weiter, und das war gut so. Er goss ihr Wein nach.

»Manchmal ist es einfach zu viel«, sagte er, und sie nickte. »Was sie mir erzählt haben, sind natürlich keine Beweise, aber wir werden der Spur trotzdem nachgehen. Wissen Sie, ob noch jemand diesen Eindruck hatte? In Krankenhäusern wird schließlich immer viel geklatscht, wenn man den Serien im Fernsehen glauben darf.«

»Klatsch interessiert mich nicht«, gab sie rasch zurück und wischte sich die letzte Träne mit dem Handrücken weg. »Schwarzwaldklinik, meinen Sie das?«

»Ungefähr.«

»Das kommt genauso oft vor wie Affären an anderen Arbeitsplätzen mit einer ausgeprägten Hierarchie. Die junge, naive, süße Krankenschwester und der vielleicht nicht ganz so gut aussehende, aber erfahrene Doktor!«

Er nickte und lächelte, und sie fuhr fort:

»Tratschen tun im Übrigen alle. An gewissem Klatsch kommt man gar nicht vorbei, auch wenn man ihn meidet. Aber als Antwort auf Ihre Frage kann ich Ihnen den Tipp geben, dass die Schwester Beata Molin möglicherweise dieselbe Beobachtung gemacht hat wie ich. Sie hat das mal angedeutet. Sie hat auch an diesem fatalen Morgen gearbeitet, als ...

»... Maria Kaahn ermordet wurde.«

»Dann ist es also sicher, dass sie ermordet wurde?«

»Ja. Jemand hat nachgeholfen.«

Er lehnte sich zurück, streckte die Beine aus und stieß gegen Veronikas Beine.

Sie zog sie automatisch zurück, bereute es sofort, aber da war es schon zu spät.

»Sind Sie sicher, dass es nicht doch ein Irrtum war?«

»Irrtum?«

»Dass Ronny Alexandersson hätte sterben sollen und nicht Maria. Obwohl ich kaum glauben kann, dass jemand etwas gegen ihn hat.«

»Nein. Wir sind uns überhaupt nicht sicher. Wir berücksichtigen alle Möglichkeiten.«

Sie legte ihr Besteck neben den Teller und wischte sich mit der Serviette über den Mund. »Ich frage mich, ob Sie Nilsson jetzt ins Kreuzverhör nehmen, auf Grund dessen, was ich gesagt habe?«

»Vermutlich tun wir das. Wir haben übrigens bereits damit angefangen, alle ein weiteres Mal zu verhören, vielleicht nicht alle, aber doch viele. Wir machen einen neuen Durchgang. Hat sich das noch nicht rumgesprochen?«

Sie errötete. »Doch. Aber mit mir haben Sie noch nicht sprechen wollen.«

»Noch nicht. Wir haben eine gewisse Reihenfolge«, sagte er. »Außerdem haben Sie ein Alibi. Fast jedenfalls.«

Erstaunt sah sie ihn an.

»Ihre Nachbarn, wie hießen sie noch gleich ...«

»Blomstrand. Tyra und Karl-Henrik Blomstrand.«

»Genau. Die haben gesehen, wann Sie von zu Hause losgeradelt sind. Außerdem haben sie bei Ihnen frühmorgens Licht gesehen. So ganz wasserdicht ist das nicht. Sie hätten schließlich irgendwann in der Nacht in der Klinik gewesen sein können und ...«

Veronika füllte ihren Mund mit einem zu großen Schluck des zu blumigen Rotweins und schluckte hörbar. Das hier ist ernst, dachte sie. Kein Kinderspiel. Sie war überprüft worden. Sie hatten Tyra und Karl-Henrik befragt. Sie hatte sie seit einigen Tagen nicht mehr gesehen. Offensichtlich mieden sie die Mörderin.

»Sie wirken so ernst«, meinte er.

»Ich versuche das, was Sie gerade gesagt haben, zu verdauen.«

Es wurde still.

»Wenn Sie jetzt mit ihm reden, mit Nilsson also, müssen Sie ihm dann sagen, dass ich ...«

»... geklatscht habe.«

»Ja, genau das. Geklatscht.«

»Vielleicht, vielleicht auch nicht.«

»Für mich wäre es kein Nachteil, wenn Sie das bleiben lassen könnten.«

Sie sah ihm den Bruchteil einer Sekunde zu lang in die Augen.

## KAPITEL 19

Am Mittwochmorgen um halb acht ließ sich Veronika in einen Sessel in der Bibliothek in der vierten Etage fallen. Sie war immer noch von dem Duft seines Rasierwassers, das sie erschauern ließ, wie betäubt. Ihre Leisten und die Innenseiten der Oberschenkel schmerzten, als sie die Beine übereinander schlug. Muskelkater, ein gutes Gefühl, sogar ein sehr gutes. Sie hatte nur ein paar Stunden Schlaf bekommen, mehr nicht, aber das machte nichts. An diesem Morgen war sie in einem breiten Bett erwacht, und als Erstes hatte sie einen warmen Körper im Rücken und einen schweren Arm auf der Brust gespürt. Ihr erster Gedanke war, dass sie liegen bleiben wollte. Sie wollte diese Geborgenheit nicht missen, wollte den Moment für eine Ewigkeit verlängern. Sie hatte sich vorsichtig bewegt, und er hatte ihre Brust umfasst und sie aufs Schulterblatt geküsst. Sie hatte sich umgedreht und war glücklich gewesen, als sie ihn gesehen hatte. Vorbehaltlos hatte er sie angelächelt.

Man muss mit dem zufrieden sein, was sich bietet, und darf die Erwartungen nicht zu hoch schrauben, dachte sie. Trotzdem taten sich Abgründe auf, neu erwachte Gefühle und Ungewissheit. Sie begehrte mehr. Ein Feuer war entfacht worden. Sie lächelte ihre Kollegen an, die in weißen Holzschuhen oder Sandalen langsam eintrudelten. Ein paar hatten sich noch nicht umgezogen, andere hatten ihren Kittel einfach über ihre privaten Kleider gezogen, und eine dritte Gruppe war von Kopf bis Fuß in Weiß, um sich direkt nach der Besprechung in die Arbeit stürzen zu können. In zwei Minuten war das längliche Zimmer voll. Alle setzten sich auf die Stühle die Wand entlang. Niemand saß auf den Plätzen am Konferenztisch aus Eiche in der Mitte des Zimmers. So blieben sie so früh am Morgen angenehm auf Abstand.

Es regnete. Graues Wetter. Licht brannte keins, aber das störte niemanden. Auf einem Fensterbrett stand ein etwas kläglicher Kaktus, die anderen waren leer. Ein paar Leute unterhielten sich halblaut. Veronika zog fröstelnd ihren Ärztekittel enger um sich. Sie schwieg und kapselte sich ab. Sie hatte an einigem zu knabbern, Erwartungen, Schuldgefühlen.

Ulf Nilsson war noch nicht gekommen. Sie war erleichtert, denn so musste sie ihn nicht auf seinem Stammplatz zwischen den beiden Fenstern auf der anderen Seite des Zimmers sitzen sehen. Sie genierte und schämte sich. Ob der Kommissar, der gute Claes, bereits Zeit gehabt hatte, ihn zu befragen? Schließlich hatten sie sich erst vor einer halben Stunde in seiner dunklen Diele voneinander getrennt.

Gewisse Entscheidungen zogen Konsequenzen nach sich. Das konnte sie sich genauso gut gleich eingestehen.

Prof. Greger Petrén trat ein. Unbarmherzig drückte er auf den Lichtschalter. Alle sahen sich unausgeschlafen an.

»Guten Morgen«, sagte er munter und nahm seinen Platz an der Schmalseite des Konferenztischs ein. »Könnte der Nachtdienst so freundlich sein und über die Nacht berichten.« Er nickte einem der jüngeren Ärzte zu.

Veronika sah ihm an, dass er eine anstrengende Nacht hinter sich hatte, in der er an seine Grenzen der Belastbarkeit gekommen war. Müde und verschlafen sah er aus, das Haar war fettig, die Miene ausdruckslos und die weißen Kleider verknittert. Ein Kaffeefleck zierte den einen Kragenaufschlag. Das eine Hosenbein war rot gesprenkelt, eindeutig Blut. Jetzt versuchte er, das Wichtigste zusammenzufassen, was ihm nicht leicht fiel, da er sich in seiner relativ neuen Arztrolle noch nicht ganz zu Hause fühlte. Außerdem arbeitete er jetzt schon fast vierundzwanzig Stunden ununterbrochen, ohne zwischendurch länger geschlafen zu haben. Sein Hirn arbeitete in Zeitlupe. Er hatte Mühe zu sprechen. Er verlor sich in Exkursen und unwichtigen Details. Eifrig versuchte er unter Beweis zu stellen, dass er nichts versäumt hatte. Sie ließen ihn gewähren. Alle waren einmal Anfänger gewesen und kannten das. Jedenfalls war der Junge ehrgeizig, und das war für den Anfang nicht das Schlechteste. Nur Philip Jarl sah wie immer demonstrativ gelangweilt aus, aber der junge Nachtdienst hatte bereits gelernt, nicht in seine Richtung zu schauen. Außerdem hatte er genug damit zu tun, sich in seinen hingekritzelten Notizen der vergangenen Nacht zurechtzufinden.

»Danke«, sagte Petrén. »Eine lehrreiche Nacht offensichtlich. Gehen Sie nach Hause, und versuchen Sie zu schlafen«, meinte er dann väterlich. »Da wäre noch die Frage der Besetzung.« Er seufzte. »Wir ihr wisst, ist es nicht leicht, nach Ausfall einer Mitarbeiterin einen Dienstplan aufzustellen. Wir haben versucht, einen Ersatz für … ja … jedenfalls gibt es zwei Personen, die es sich eventuell vorstellen könnten, hierher zu kommen. Aber es dauert noch eine Weile, bis was entschieden wird, und so lange müssen wir uns so durchschlagen. Nett, dass Ronny am Wochenende einen Nachtdienst übernimmt, und zwar am Samstag.« Er nickte Ronny zu. »Philip tut, was er kann, um den Rest zu verteilen, so gerecht wie möglich.«

Alle verzogen das Gesicht.

Philip Jarl hielt den Dienstplan in der Hand. »Nicht leicht«, meinte er und sah dabei ziemlich zufrieden aus. »Aber ich tue, was ich kann«, fuhr er dann mit Nachdruck fort und sah noch zufriedener aus, als er Veronika anschaute. »Leider musst du bereits dieses Wochenende den Hintergrunddienst übernehmen.« Er registrierte, dass sich ihre Miene verfinsterte. »Tut mir Leid, dass ich dich nicht vorher fragen konnte, aber anders geht's nicht, da Ronny nicht sowohl Nachtdienst als auch Hintergrunddienst machen kann.« Er lächelte verbindlich.

Meisterleistung, dachte sie. Verdammt gut eingefädelt.

Sie sagte nichts. Schweigender Protest, dass sie vorher nicht gefragt worden war. Sie merkte, dass ihre Kollegen unruhig auf ihren Stühlen hin und her rutschten. Die Atmosphäre war explosiv, das allmorgendliche Theater hatte begonnen.

»Ist das okay?«, fragte Jarl in einem Ton, der eher auf eine Provokation als auf eine ernst gemeinte Frage schließen ließ.

Petrén sah sie an. Alle sahen sie an. Eine andächtige Stille herrschte im Raum. Sie wusste, dass alle außer Jarl begriffen hatten, wie wütend sie war, aber niemand wollte sich opfern und am Wochenende arbeiten. Natürlich war es nicht das erste Mal, dass der Dienstplan in letzter Sekunde über den Haufen geworfen wurde, aber davon wurde er nicht besser. Immer musste sie den Kopf hinhalten, wenn eine Lücke im Dienstplan auftauchte. Eine allein lebende, kompetente Spezialistin ohne kleine Kinder und sicher ohne andere Interessen im Leben als die Klinik – weder Golf oder Elchjagd – ließ sich immer als Lückenbüßerin gebrauchen.

Sie wurde bleich und presste die Lippen zusammen. Sie kam sich in die Ecke gedrängt vor, und genau das war sie auch.

»Es ist nicht okay, aber ich übernehme den Hintergrunddienst«, antwortete sie schließlich. Ihr Mund war trocken vor Wut. Sie presste die Lippen immer noch zusammen. Das war jetzt verdammt noch mal wirklich das letzte Mal.

»Nett von dir«, sagte Petrén.

»Super«, meinte Ronny Alexandersson, und die übrigen Kollegen atmeten auf und lächelten sie erleichtert an.

»Aber das ist das letzte Mal.« Sie konnte sich das nicht verkneifen.

Schweigen.

»So viel dazu«, fuhr Petrén fort. »Ich soll weiterhin von der Direktion berichten, dass ab Mai von einer Reinigungsfirma geputzt wird. Das ist kosteneffektiv. Die Reinemachefrauen, die wir im Augenblick beschäftigen, unter anderem Inga, werden von der Firma weiter beschäftigt. Die ziehen jedoch alles zügig durch. Die Klinik kauft von der Reinigungsfirma nur bestimmte Dienste und nichts darüber hinaus. Inga hat, wie ihr wisst, bei vielerlei Dingen mitgeholfen, die zu unserem Wohlbefinden beigetragen haben, beispielsweise den Kaffee vor Besprechungen gekocht, sich um unsere Büros gekümmert und so weiter .... Wir wissen sie alle zu schätzen. Eine bessere Kraft als Inga werden wir kaum finden. Ihre Arbeitsaufgaben werden jetzt genauer präzisiert, die Zeit für alles wird knapper. Gewisse so genannte Leistungen sind gestrichen. Beispielsweise das Kaffeekochen. Aber vielleicht lässt sich das anders regeln. Ich habe versucht, zu verhindern, dass wir das Bett im Bereitschaftszimmer selbst beziehen müssen. Die Leitung ist jedoch der Meinung, dass die Ärzte dazu selbst in der Lage sind ...«

Es wurde still. Die Assistenzärzte sahen sich an.

»Das versteht sich, dass alle Ärzte ihre Betten selbst machen können«, unterbrach ihn Else-Britt aus der hinteren Ecke des Zimmers. »Darum geht es auch nicht.«

»Nein, wohl nicht«, antwortete Petrén neutral.

Die von dieser Neuerung Betroffenen sahen sich schweigend an, aber niemand sagte etwas. Die Assistenzärzte waren nicht fest angestellt und wollten ihre Karriere nicht aufs Spiel setzen. Die anderen waren ohnehin einiges gewöhnt. Ein Chirurg stritt sich nicht um Bagatellen. Veronika war noch ganz erschlagen davon, dass sie am Wochenende arbeiten musste, und hatte nicht die Kraft, sich wegen dieser Frage aufzuregen.

Else-Britt hätte das alles auch egal sein können, sie übernahm Hintergrunddienste und schlief zu Hause. Nur vertrug sie Dummheit schlecht, und außerdem war es nicht ihre Art, ein Blatt vor den Mund zu nehmen.

»Das ist erbärmlich«, begann sie hitzig. »So viel wird in einer Klinik doch wohl nicht eingespart, bloß weil man ein paar Betten weniger macht. Einem abgekämpften Arzt ist es jedoch wichtig, sich spätnachts einfach in ein gemachtes Bett fallen lassen zu können, ohne sich in irgendwelchen Bettbezügen zu verheddern. Auch für Ärzte ist das Arbeitsumfeld wichtig.«

»Ich bin ganz deiner Meinung«, sagte Petrén, nahm die Brille ab und sah Else-Britt an. »Aber ich muss dir mitteilen, dass die Sache bereits entschieden ist. Fait accompli. Das war alles … nein, doch nicht. Ulf Nilsson hat eben angerufen und gesagt, dass ihr im OP 2 schon mal anfangen könnt. Bauchöffnung. Wer ist eingeteilt?«

»Ich«, sagte einer der neu examinierten Ärzte.

»Gut. Ulf hatte heute Morgen noch was zu erledigen, aber er kommt gleich. Fang schon mal an.«

Der Kollege nickte. Alle brachen auf. Veronika stellte sich neben die Tür und wartete auf Else-Britt. »Hast du zwei Sekunden Zeit?«

»Klar! Hier?«, fragte sie und sah sich im Korridor vor der Bibliothek, in dem sie standen, um.

»Nein. Wir können zu mir gehen«, erwiderte Veronika.

Sie eilten den Gang entlang und verschwanden in ihrem Zimmer.

»Was gibt's?«, fragte Else-Britt, ohne sich zu setzen.

»Ich bin eine Idiotin. Weißt du, ich hatte die verrückte Idee, diesen Claesson anzurufen.«

»Wen?«

»Kommissar Claes Claesson, der den Mord an Maria Kaahn aufklären soll.«

»Ach der. Warum das?«

»Das frage ich mich auch. Aber irgendwie kam es mir so vor, als hätte Maria was mit Ulf Nilsson gehabt.«

Else-Britt sah sie entgeistert an. »Und?«

»Dass das vielleicht wichtig sein könnte.«

»Im Hinblick darauf, dass er sich vielleicht nicht noch weitere Kinder wünscht, als die, die er bereits hat?«, meinte Else-Britt.

»So in der Art. Aber jetzt bereue ich das.«

»Stell dir vor, so was hatte ich auch im Gefühl.«

»Was?«

»Dass Maria und Ulf eine Affäre hatten.«

Veronika deutete das als Bestätigung, dass sie doch nicht so falsch lag, und war absurderweise erleichtert. »Dann war das vielleicht doch nicht ganz falsch?«, meinte sie zögernd.

»Es ist nicht deine Angelegenheit, dich weiter darum zu kümmern«, meinte Else-Britt, und ihr Sucher in der Brusttasche blinkte, »sondern die der Polizei. Du, tut mir Leid. Ich muss weiter.«

Am selben Morgen saßen Louise Jasinski, Janne Lundin und Peter Berg auf ihren Stammplätzen in Claessons Büro. Er hatte sie gleich am Morgen zusammengerufen.

»Aus verschiedenen Gründen habe ich vor, den Arbeitstag mit einer Zusammenfassung zu beginnen. Unterbrecht mich, falls ich was vergesse«, sagte Claesson andächtig wie ein Erstklässler.

Er hob den Blick von dem Zettel, auf dem er sich Notizen gemacht hatte, und sah seine Mitarbeiter durch die neue Brille an. Alle drei saßen erwartungsvoll da.

»Donnerstag, den 11. März, also genau vor dreizehn Tagen – es ist wirklich schon zu viel Zeit vergangen –, wird der Nachtdienst, die Chirurgin Maria Kaahn, zweiunddreißig Jahre alt, tot im Duschraum neben dem Bereitschaftszimmer aufgefunden. Maria Kaahn scheint dort geschlafen zu haben, jedenfalls eine Weile. Alles spricht dafür. Sämtliche Haare, die auf dem Kissen und Laken gefunden wurden, stammten von ihr. Sie hat dort … hm … allein geschlafen. Wir wissen, dass sie an ihren Schädelverletzungen starb. Auf dem Schienbein hatte sie mehrere blaue Flecken, wahrscheinlich von Tritten. Auf dem rechten Oberarm waren ebenfalls blaue Flecken. Jemand hatte dort kräftig zugepackt. Kratzer auf dem Oberkörper. Die meisten Spuren sind leider im Sande verlaufen … oder weggespült worden, um die Sache korrekter auszudrücken. Das Opfer wurde von einer Kollegin gefunden, von Veronika Lundborg-Westman. Sie war durchgeschwitzt, da sie am Morgen zu ihrem Arbeitsplatz geradelt war, und wollte deswegen die Dusche benutzen. Eine weitere Verbindung zwischen Maria Kaahn und Veronika Lundborg-Westman ist nicht auszumachen.«

Claesson bereitete der Nachname immer noch Mühe. Er versuchte, sich zu erinnern, ob nicht die eine Hälfte des Doppelnamens während der Ermittlung verschwunden war. Nur welche?

»Das Opfer war geschieden, zwei Töchter, Zwillinge«, fuhr er fort. »Sie war schwanger, die Schwangerschaft war aber noch nicht so weit fortgeschritten, dass etwas zu sehen gewesen wäre. Niemand, mit dem wir bisher gesprochen haben, wusste von ...«

Wenn er jetzt »gesegnete Umstände« sagt, kriege ich einen Anfall, dachte Louise Jasinski und sah ihn finster an.

»... von diesem prekären Zustand. Folgendes ist uns bekannt«, sagte er zögernd. Mit drei Schritten ging er auf den großen Block zu, der an der Wand lehnte.

Mit einem Filzstift schrieb er mit großen Buchstaben:

1) Getauschter Dienst. Stockholm. Maria Andersson.
2) Schwanger. Vater unbekannt.
3) Keine unzufriedenen Patienten.
4) Kein Zusammenhang mit anderen Verbrechen.
   Motiv?

»Wir haben den Arzt, der in dieser Nacht hätte arbeiten sollen, überprüft. Keine Verdachtsmomente. Bisher. Weder was den Tausch angeht noch eventuelle Motive, unzufriedene Patienten oder Angehörige, die auf Rache aus sind. Das gilt auch für Maria Kaahn. Oder, Louise? Wir können also davon ausgehen, dass eine Verwechslung unwahrscheinlich ist. Man verwechselt eine nackte Frau unter der Dusche auch nicht so ohne weiteres mit einem Mann.«

»Doch«, erwiderte sie. »Es könnte doch einen höchst Unzufriedenen geben, ohne dass das aktenkundig geworden wäre.«

»Natürlich. Wir dürfen das nicht aus den Augen verlieren«, entgegnete er. »Maria Kaahn wollte ihren Nachtdienst tauschen, um nach Stockholm zu fahren. Sie gab ihren Mädchennamen Maria Andersson an, als sie das Doppelzimmer im Hotel Columbus im Stadtteil Södermalm buchte. Das Hotel kannte sie bereits. Dort hatte sie voriges Jahr einige Male übernachtet, zuletzt im Mai mit einem gewissen Helge Huss. Danach wurden sie nicht mehr zusammen gesehen. Ich bin mir immer noch nicht sicher, ob das wirklich stimmt, aber das spielt wohl keine weitere Rolle. Also«, sagte er und machte eine Pause, um die Spannung zu erhöhen, »gestern bekam ich einen Anruf.«

Er genoss den Effekt und überlegte sich gleichzeitig, ob er rot wurde.

»Die Ärztin, die Maria Kaahn tot in der Dusche gefunden hat, rief an. Sie wollte ihre Vermutung loswerden, dass Maria Kaahn und Ulf Nilsson, der Arzt, der in der fraglichen Nacht den Hintergrunddienst hatte, eine Affäre hatten. Sie sagte, dass eine Schwester mit Namen Beata Molin ebenfalls diesen Eindruck gewonnen hätte. Ihr wisst schon, das ist eine von denen, die in der Mordnacht auf Station sechs Dienst hatte.«

Er bemerkte, dass Louise die Brauen hochzog. Sie überlegte sich vermutlich ganz zu Recht, warum er seinen Bericht nicht mit dieser Neuigkeit angefangen hatte; sonst war er nie so umständlich. Der Grund war einfach: Er brauchte Distanz.

»Immer das Gleiche«, meinte Janne Lundin seufzend und begann, mit seinem Stuhl zu wippen.

»Wir haben sie verhört«, sagte Louise und sah Peter Berg an, »ich meine, Beata Molin, sie hat zwar nichts gesagt, aber wir hatten den Eindruck, dass sie was zurückhielt.«

»Mit anderen Worten könnte er es gewesen sein, der sie geschwängert hat«, meinte Lundin und wippte weiter. »Da hätten wir ein Motiv.«

»Ja«, sagte Peter Berg. Er war ungewöhnlich bleich, und das, was er zu sagen hatte, kostete ihn sichtlich Überwindung. »Das ist vielleicht nicht unmöglich.« Er hörte sofort, wie dumm das klang. »Ich meine, dass sie eine Affäre hatten. Ich habe den Telefonanschluss überprüft«, sagte er und sah Louise an, die das Ergebnis bereits kannte. »Eines der Telefone, von denen aus bei Maria Kaahn angerufen worden war, war der Privatanschluss von Ulf Nilsson. Am Dienstag, dem 9. März, um 20.34 Uhr. Gut anderthalb Tage, bevor sie starb. Natürlich braucht das nichts zu bedeuten. Schließlich waren sie Kollegen, und man kann seine Kollegen zu Hause anrufen.«

»Gut«, sagte Claesson. »Weitere interessante Nummern?«

»Nein. Ihre Eltern. Albert Kaahn und die Klinik«, antwortete Berg.

Louise sah ungewöhnlich ausgeschlafen aus. Sie trug einen engen weinroten Pullover, der ihren Formen alle Ehre machte.

»Marias Freundin war doch hier, hat sie nicht auch diesen Namen erwähnt?«, fragte sie.

Claesson suchte den Namen in seinen Papieren.

»Catharina Groth«, half ihm Janne Lundin.

»Genau. Stimmt. Sie hat angerufen. Ein gewisser Ulf Nilsson unterrichtete in Chirurgie, als Maria und sie studierten. Das Karolinska Sjukhuset in Stockholm hat das bestätigt. Auch diese Freundin war sich ziemlich sicher, dass Maria einen neuen Mann getroffen hatte, der außerdem Arzt hier in der Stadt oder zumindest hier in der Nähe ist. Dann können wir anfangen. Da Janne letztes Mal mit Ulf Nilsson gesprochen hat, kann er das auch jetzt wieder tun. Ich will aber dabei sein. Vielleicht sollten wir aber mit Beata Molin anfangen, falls wir sie erwischen. Dann haben wir mehr in der Hand, wenn wir Nilsson treffen. Ich möchte sie gern selbst verhören, aber einer von euch kann mitkommen.«

Er sah Louise und Peter Berg an.

»Beispielsweise Louise«, meinte er dann. Sie nickte, und Peter Berg wurde noch bleicher. Er war so blass, dass seine alten Aknenarben kaum noch zu sehen waren.

»Ihr versteht, was jetzt vor uns liegt«, meinte Claesson.

»Es geht weiter«, sagte Lundin, hörte auf zu wippen und stand auf.

Er hätte das Hemd wechseln sollen, dachte Louise. Von dem Geruch nach altem Schweiß wurde ihr fast übel, als Janne Lundin an ihr vorbeiging.

Beata Molin war unausgeschlafen, als das Telefon klingelte, denn dieser Mittwoch war ihr freier Tag. Sie hatte einen Polizisten am Apparat, der sie erneut treffen wolle. Sie war froh, dass es nicht Henrik war. Das ersparte es ihr, sich schon wieder verstellen zu müssen. Andreas hatte ihr warmes Bett um sieben Uhr mit einem langen Kuss verlassen, hatte ihr über das Haar gestrichen und war ins Krankenhaus gefahren. Nach der gemeinsamen Nacht war sie erschöpft wieder eingeschlafen. Sie wollte sofort zur Polizei fahren, gerne sogar, denn an Maria Kaahns Tod war sie vollkommen unbeteiligt. Sie hatte ganz andere Sorgen.

Die Polizistin auf der Wache kannte sie bereits. Der Mann schien einen höheren Dienstrang zu haben als der, den sie beim vorigen Mal getroffen hatte. Irgendetwas an ihm kam ihr jedoch auch bekannt vor.

Erst sah Beata sehr erstaunt aus, als man sie nach der Beziehung von Maria Kaahn und Ulf Nilsson fragten. Fast beleidigt.

»Wer hat das rumerzählt, dass ich darüber etwas weiß?«, wollte sie wissen.

Sie erhielt keine Antwort.

»Aus verschiedenen Gründen interessieren wir uns im Augenblick sehr dafür. Wir wären Ihnen sehr dankbar, wenn Sie noch einmal genau nachdenken könnten«, meinte der Mann so gelassen, dass ihr das Ganze ungefährlich vorkam. Ziemlich bald wagte sie dann auch zuzugeben, dass sie Maria Kaahn und Ulf Nilsson bei der Joggingbahn gesehen hatte.

»Sie sind aber nicht gelaufen. Sie hatten dafür nicht die richtigen Sachen an. Es sah mehr nach einem Spaziergang aus.«

Eigentlich konnte sie keine von ihren Fragen genau beantworten. Wahrscheinlich war es bereits im Dezember gewesen, um Lucia, und wahrscheinlich waren es Maria Kaahn und Ulf Nilsson gewesen, aber es war dunkel. Die Automarke wusste sie ebenfalls nicht. Trotzdem waren sie zufrieden. Sie dankten ihr. Sie ging nach draußen in das feuchtgraue Wetter. Unschlüssig stand sie auf dem menschenleeren Stortorget. Er war noch nass vom letzten Regenschauer. Sie schaute nach oben. Der Himmel ließ hoffen, dass es im Laufe des Tages aufklaren würde. Beata hatte Magenschmerzen. Sie hatte keine Zeit gehabt zu frühstücken. Kurz entschlossen nahm sie Kurs auf Nilssons Konditorei auf der anderen Seite des Platzes. Ein Glöckchen läutete, als sie die Tür öffnete. Sie kaufte ein Roggenbrötchen und eine Vanilleschnecke und radelte dann langsam bei Gegenwind nach Hause.

In ihrer Wohnung war es fast bedrohlich still. Sie betrachtete das ungemachte Bett, und es erinnerte sie an die Nacht. Ihr schlechtes Gewissen verursachte ihr beinahe Übelkeit. Sie stellte Teewasser auf und frühstückte viel zu spät.

Sie war zu müde zum Lügen. Henrik würde bald ahnen, was los war. Das geht doch gar nicht anders, dachte sie. Der wunderbare Henrik musste es endlich begreifen, damit die Wahrheit ans Licht kam. Auch wenn ihm das wehtat. Ihr auch, natürlich. Sie wusste nicht, was sie wollte. Es war so schnell gegangen, und sie brauchte doch Zeit, um nichts zu überstürzen. Sie musste gelassen bleiben und durfte nicht alles zerstören. Kommt Zeit, kommt Rat. Sie musste sich zusammennehmen, um nicht etwas zu tun, was sie später bereuen würde.

Andreas Axell kostete sie fast alle ihre Kraft. Das war das Wunderbare. Sie konnte von diesem großen, gut aussehenden Arzt einfach nicht lassen, sie war wie besessen. Manchmal sah sie ihn aus der Ferne in einem der Korridore der Klinik. Mit seinen grünen Holzschuhen wirkte er noch größer. Grüne OP-Kleidung unter einem weißen Kittel, dessen Ärmel etwas zu kurz waren. Es verschlug ihr immer den Atem, und da wusste sie, dass sie bis über beide Ohren verliebt war. Sie war dahingeschmolzen, und wenn sie ihn sah, war sie davon überzeugt, dass er sie begehrte und sonst keine. Sie hörte, wie die anderen Schwestern über ihn sprachen. »Wenn man den vernaschen könnte«, sagte die süße Lotta beim Kaffee. Und sie, Beata, sie tat genau das und noch viel mehr.

Wenn er ihr durchs Haar fuhr, wusste sie nicht mehr, wie sie das aushalten sollte. Wenn er sie nur berührte, wollte sie sofort mit ihm schlafen.

Nach ihrem Freund fragte er nicht. Er verlangte auch nicht, dass sie Schluss machte. Sie fand das merkwürdig, es weckte ihr Misstrauen. Er erzählte auch nicht sehr viel von sich. Sie ahnte, dass er schon viele Frauen gehabt hatte. Vielleicht hatte er auch schon einmal etwas Tragisches erlebt. Sie wollte versuchen, ihm dieses Geheimnis zu entlocken. Hatte er seine Frauen ständig gewechselt? War sie eine von vielen? Manchmal dachte sie, dass er sich alle Möglichkeiten offen halten wollte und dass sie nur eine Durchgangsstation war, wie all die anderen. Sie überlegte, ob sie wohl hübsch gewesen waren, seine Frauen, hübscher als sie.

Manchmal hatte sie das Gefühl, es sei bei ihr anders, dass es jetzt ernst sei, dass er endlich am Ziel sei und bei ihr bleiben würde. Er war so wirklich, wenn er bei ihr war, wenn er sie umarmte und wenn sie sich liebten. Aber auf andere Frauen wirkt er genauso, dachte sie bitter, er flirtet ja fast mit ihnen. Wie er mit einer Narkoseschwester in der Schlange der Kantine geschäkert hatte, war ihr durchaus aufgefallen. Ihr Herz wäre beinahe stehen geblieben. Als sie ihm das gesagt hatte, hatte er sie umarmt und gemeint, sie solle keinen Unsinn erzählen. Dann hatte er sie mit einem Kuss zum Schweigen gebracht, und der Kuss war echt gewesen.

Sie fragte ihn, wie lange er an der Klinik bleiben würde.

Drei Monate, dann würden sie weitersehen, lautete die Antwort. Das hänge ganz davon ab, wie sich alles entwickeln würde. Das war das einzige Mal gewesen, dass er ihr zu verstehen gegeben hatte, dass es ihm ernst war und dass er sich auf mehr einlassen wollte. Wenn er dazu bereit war, dann war sie das auch. Es gab keinen Weg zurück. Dann musste sie Henrik anrufen und die wenigen Worte aussprechen, die nötig waren, um das zu zerstören, was gewesen war. Dann musste sie nur Henriks milden Augen standhalten, und seiner Traurigkeit. Es würde fürchterlich werden, aber das ließ sich nicht ändern. Es würde keine Hochzeit geben, jedenfalls nicht mit Henrik.

Ich lebe mit der doppelten Last, dass ich von zweien geliebt werde, dachte sie und ging runter in die Waschküche. Sie war schon ein Stück auf der Treppe, als das Telefon klingelte.

Der erste Patient wartete bereits auf sie im OP 3, die erste von sechs Gastroskopien an diesem Vormittag. Sie begrüßte den Mann. »Kontrolle nach Behandlung eines Magengeschwürs« las sie in der Akte. Der alte Mann, der die Untersuchung bereits kannte, hatte gute Laune und keine Angst, weil er wusste, dass er den Schlauch ohne zu großes Würgen schlucken konnte. Ältere Leute kamen damit in der Regel besser zurecht. In der Tat ging die Untersuchung zügig vonstatten. Das Magengeschwür war vollkommen verheilt. Vorsichtig zog sie das Gastroskop wieder zurück, und der Patient verließ erleichtert den OP.

Der nächste Patient war nicht erschienen. Sie hatte eine Pause; holte sich einen Kaffee im Personalzimmer und verschwand dann in dem fensterlosen Verschlag, in dem man den Bericht diktieren musste. Erst überzeugte sie sich, dass niemand in der Nähe war, und wählte dann Schwester Beatas Privatnummer. Niemand ging an den Apparat. Sie verließ den Verschlag wieder und schaute ins Wartezimmer. Es war leer.

Vermutlich hatte sie noch genug Zeit, um rauf zu Station

sechs zu gehen. Dort eilte sie ins Schwesternzimmer, wo es drunter und drüber herging.

»Gut, dass Sie kommen«, sagte Schwester Gudrun und fasste sie am Ärmel.

Veronika bedauerte es sofort, sich dort gezeigt zu haben. »Eigentlich habe ich keine Zeit«, meinte sie hilflos und mit einer abwehrenden Handbewegung. »Was gibt's? Geht es schnell?«

»Der aus Bett sechs in Zimmer drei, den Sie vorgestern operiert haben, hat Fieber, aber vielleicht hat das ja bis später Zeit«, sagte Schwester Gudrun, und Veronika sah, dass ihr rot gefärbtes Haar wie ein Helm funkelte. Es war frisch geschnitten.

»Hoch?«

»38,2. Aber schlecht scheint es ihm nicht zu gehen.«

»Bitten Sie doch den Stationsarzt, sich darum zu kümmern. Ich komme dann nach dem Mittagessen. Hübscher Haarschnitt übrigens!«

Schwester Gudrun war eine patente Frau um die fünfzig. Sie lächelte. »Salon Klippet. Sie wissen schon, neben dem Restaurant Peppar unten am Hafen.«

Sie erfuhr, dass Beata frei hatte. Statt Beata rief sie den Salon Klippet an und bekam schon am selben Nachmittag einen Termin. Rot lasse ich es jedoch nicht färben, dachte sie, so weit ist es noch nicht. »Letztes Aufflammen«, nannte Philip Jarl Hennarot immer. Sie musste zugeben, dass das ganz witzig war. Seine Gehässigkeit traf häufig ins Schwarze. Aber Gudrun sah mit ihrem roten Haar trotzdem süß aus.

Der Sucher piepste, und Veronika kehrte zu ihrem Gastroskop zurück. Noch vier.

Es gelang ihr nicht, Beata zu erreichen, weder vor dem Mittagessen noch am Nachmittag. Als es auf halb fünf zuging und sich ihr Arbeitstag dem Ende näherte, hatte sie etwas mehr Abstand gewonnen und fand es nicht mehr so wichtig, mit ihr zu sprechen.

Glücklicherweise war sie Ulf Nilsson den ganzen Tag nicht begegnet. Sie hatte ihn am Vormittag kurz durch die Glastüre von OP 2 gesehen. Magdalena Nilsson hingegen hatte sie am Wäschebeutel von OP 1 getroffen. Über dem Mundschutz hatten ihre Augen sehr müde und leblos ausgesehen. Irgendwie ist sie dünner geworden, fand Veronika. Sie wechselten ein paar Worte. Ulf habe morgens den Sohn zum Zahnarzt fahren müssen, erfuhr sie. Veronika fand es unangenehm, was sie alles über Familie Nilssons Privatleben zu wissen meinte. Magdalena war ein netter Mensch, zuvorkommend und unkompliziert. Und betrogen, aber das wusste sie nicht. Aber ich weiß es, und das ist irgendwie nicht in Ordnung, dachte Veronika. Es schauderte sie bei den Erinnerungen an die Zeit mit Dan.

Irgendwann gegen halb elf sah sie aus der Ferne Claes zusammen mit einem großen Mann. Ihr Herz begann zu pochen. Sie standen im OP-Trakt in der Zone, in der alle mit unsteriler Kleidung warten mussten. Die Oberschwester sprach mit ihnen, aber sie konnte unmöglich verstehen, was gesagt wurde. Ihr nächster Patient wartete bereits, und sie musste anfangen. Claes Claesson sah sie nicht. Und hätte er sie gesehen, hätte er sie vermutlich nicht erkannt. Eine OP-Haube war eine erstklassige Verkleidung.

## KAPITEL 20

Nachdem Beata Molin auf der Wache bei Claesson und Louise gewesen war, gingen die beiden sofort ins Zimmer von Janne Lundin, der aber nicht da war. Sie wählten seine Handynummer. Er befand sich irgendwo zwischen der Kalendergatan und dem Stortorget auf der Suche nach etwas Essbarem. Er wollte sofort zurückkommen und versprach, ihnen auch was mitzubringen.

»Für mich nichts«, flüsterte Louise, aber da hatte Claesson bereits aufgelegt.

»Was ist los?«

»Ich halte Diät.«

Claesson musterte sie von oben nach unten. Sie hatte in schwarzen Jeans und einem eleganten Pullover hübsche, weibliche Formen. »Und was könnte an dir nicht in Ordnung sein?«, wollte er wissen.

«Ein paar Pfunde müssen weg. Die Bikinisaison nähert sich.«

»Ihr seid doch alle nicht mehr bei Trost.«

»Nein, vermutlich nicht«, erwiderte sie mit einem süßen Lächeln. »Willst du Kaffee oder Tee?«

»Rate mal!«

»Ich weiß es. Tee ist was für Waschlappen.«

»Ich kann mir den Kaffee schon machen.«

»Lass nur. Ich muss mich bewegen«, erwiderte sie und ging in die Küche.

Einige Minuten später kam Lundin ganz außer Atem in Claessons Zimmer. »Hefezopf mit Kardamom. Ist das okay?«, fragte er und knallte die Tüte auf den Schreibtisch.

»Sehr gut. Oder, Louise?«, meinte Claesson.

»Für mich nur eine dünne Scheibe.«

»Wie ging's?« Lundin hatte immer noch seine Jacke an.

»Gut«, erwiderte Claesson. »Setz dich!«

Lundin zog die Jacke aus, warf sie auf den Stuhl, ließ sich fallen, aber fing ausnahmsweise einmal nicht an, mit dem Stuhl zu wippen.

»Beata Molin ist eine fitnessinteressierte junge Frau. Um Lucia ist sie eines Abends in den Wald von Torpa gefahren und hat dort Maria Kaahn und Ulf Nilsson gesehen. Zwar nicht in irgendeiner verfänglichen Situation, aber immerhin. Sie ist sich natürlich nicht ganz sicher und so weiter«, meinte Claesson und dachte,wie klein die Welt doch ist, besonders in einer Kleinstadt. Als er Katina vorletztes Wochenende auf der Wache abgeholt hatte, hatte dieses blonde Wesen auf einen Jüngling gewartet, der sie so innig umarmt hatte, dass er eifersüchtig geworden war.

»Gut. Sollen wir Nilsson kommen lassen?«, fragte Lundin kauend.

»Glaubt ihr nicht, es wäre besser, in die Klinik zu fahren und uns dort eher beiläufig mit ihm zu unterhalten? Ihn mürbe machen, dann können wir ihn immer noch herschaffen, falls er nicht gesteht«, meinte Louise.

»Das können wir in jedem Fall versuchen«, pflichtete ihr Claesson bei. »Du kannst Janne begleiten.«

»Klar«, sagte dieser und knallte die Kaffeetasse auf den Tisch, stand auf, nahm seine Jacke und zog sie so hastig über, dass der Kragen nach innen geriet.

Louise stellte sich auf Zehenspitzen, zog dem größten Polizeibeamten der Stadt den Kragen zurecht und gab ihm dann einen Klaps auf die Wange. »So! Jetzt siehst du richtig vorzeigbar aus.« Den Kopf zur Seite gelegt, lächelte sie ihn an.

»Willst du einen Kuss?«, fragte Lundin ironisch, aber irgendwie auch herzlich.

»Nein danke! Nicht nötig«, gab sie zurück.

Geduldig wartete Claesson ihr Geplänkel ab und zog dann Lundin hinter sich her Richtung Parkplatz.

»Wir können wirklich verdammt froh sein, dass wir keine Diebe, die Angelruten stehlen, oder Vandalen, die den Inhalt von Briefkästen verstreuen, jagen müssen«, meinte Lundin und ging mit langen Schritten neben dem bedeutend kleineren Claesson her. »Das macht Fritjofsson. Wirklich nicht zu beneiden. Jemand, dem sie das Gehirn geklaut haben und der gerade umzieht, hat außerdem sein Jagdgewehr gut sichtbar über Nacht im Auto liegen gelassen. Heute Morgen war das Gewehr natürlich weg. Jetzt haben wir es hier auch noch mit irgendeinem schießwütigen Idioten zu tun. Bald herrschen hier Verhältnisse wie in den USA«, fuhr er fort, während Claesson die Beifahrertür aufschloss.

»Vermutlich«, meinte Claesson mehr gewohnheitsmäßig. Vergleiche mit den USA gehörten fast schon zur Routine, wenn es darum ging, wie schlimm alles werden würde, wenn man zu Hause in Svedala nicht aufpasste.

Sie stiegen in den alten Toyota. Claesson fuhr rückwärts aus der Parklücke und dann Richtung Klinik. Der Regen hatte aufgehört, und hinter dem Kirchturm hellte es auf.

»Wird verdammt noch mal Zeit, dass die Tage länger werden«, meinte Lundin gähnend und blinzelte in die Sonne. Seine Augen verschwanden fast in den Fältchen seiner gegerbten Haut.

»Jeden Herbst frage ich mich, ob ich das noch einen Winter aushalte. Dieser war der schlimmste seit langem.«

»Es gibt sicher einen wunderbaren Sommer. Langer Winter, schöner Sommer. So ist das immer«, meinte Lundin.

»Wenn es so einfach wäre, und die Wettergötter Mathematiker wären ...«

»Ich habe Mona versprochen, sie zu einer Reise nach Portugal einzuladen, falls der Sommer wieder so beschissen wird.«

»Wieso ausgerechnet Portugal?«

»Ihre Schwester war mit ihrem Typen da. Offenbar war es sehr nett. Herrliche Strände, gutes Essen, billiger Wein.«

»Allein der Wein ist schon eine Reise wert.«

Claesson dachte an die Flasche portugiesischen Wein, die er am Vorabend zur gebratenen Fleischwurst aufgemacht hatte. Bei dem Gedanken durchlief ihn ein wohliger Schauer.

»Nein, es ist nicht möglich, jetzt mit Dr. Nilsson zu sprechen«, sagte die Stationsschwester streng und versperrte ihnen die Tür zu den OPs. »Er operiert. Ist es wichtig?«

»Nein. Es ist nicht so wichtig, dass wir nicht warten könnten«, meinte Claesson und sah, dass sie vor Neugier zu platzen drohte. »Wie lange dauert die Operation noch?«, wollte er wissen.

»Schwer zu sagen. Vielleicht noch eine Stunde. Darf ich fragen, worum es geht? Soll ich ihm was ausrichten?«

»Richten Sie ihm aus, dass er sofort diese Nummer anrufen soll, wenn er fertig ist. Sagen Sie ihm, bei der Kriminalpolizei, eine Routinefrage. Jetzt brauchen Sie ihn nicht zu stören, aber es ist wichtig, dass er sofort anruft«, sagte Claesson. Sie nickte und nahm den Zettel mit der Telefonnummer. Er sah, dass ihre Neugier nicht gestillt war. Sie drohte immer noch zu platzen.

Eine Stunde Wartezeit. Sie gingen in die Cafeteria, hatten aber beide keine Lust, schon wieder etwas zu essen. Neben der Cafeteria lag die Krankenhausbibliothek. Die Tür stand offen, und sie traten ein. Hier war es still und abgesehen von einem farblosen Mann, dem Bibliothekar, menschenleer. Er nickte ihnen zu und fuhr fort, Bücher zu sortieren. Sie nahmen sich jeder eine Zeitung, die an Holzstäben an der Wand hingen, und ließen sich in die kornblumenblauen Lesesessel sinken. Claesson merkte, dass er nicht sonderlich viel geschlafen hatte. Seine eigene Zeitung lag ungelesen zu Hause auf der Hutablage. Er hatte gerade vier Zeilen über den angelbegeisterten Dieb gelesen, der über die Terrassentür eingebrochen war und drei Angeln gestohlen hatte, als er die Augen schloss und ihm die Zeitung aus der Hand fiel.

Er schreckte auf, als das Handy in seiner Jackentasche klingelte. »Oh, ich muss eingenickt sein«, sagte er entschuldigend zu Lundin.

»Offensichtlich«, meinte dieser und blätterte um.

Es war nicht Nilsson. Er steckte das Handy wieder ein und las weiter, aber jetzt hielt er sich wach. Eine Dreiviertelstunde später war es Dr. Nilsson. Er habe knapp zwanzig Minuten Zeit bis zur nächsten OP und schlug sein Zimmer in der vierten Etage als Treffpunkt vor.

»Wie klang er?«, fragte Lundin.

»Auch nicht anders als sonst«, antwortete Claesson. Sie gingen zum Aufzug und fuhren in die vierte Etage.

Dort war es sehr still. Die Sekretärin, Gunilla Åhman, die sanfte Person, der Claesson beim vorigen Mal begegnet war, stand am Kopierer etwas weiter den Korridor entlang, genau vor dem Duschraum, in dem die Geschichte begonnen hatte. Sie nickten sich zu, und Claesson und Lundin gingen in die andere Richtung. »Oberarzt Dr. Ulf Nilsson«, stand auf einem Schild neben einer offen Tür.

»Treten Sie ein«, sagte Ulf Nilsson und begrüßte sie mit einem festen Händedruck. »Etwas eng«, sagte er, »setzen Sie sich doch bitte.«

Der grobschlächtige Dr. Nilsson, der bereits bei ihrer ersten Begegnung einen stabilen und soliden Eindruck gemacht hatte, nahm einen Packen Papier von dem kurzen Sofa und ging dann auf den Korridor, um einen weiteren Stuhl zu holen. Natürlich war sein Zimmer kleiner als das von Prof. Petrén, dafür aber persönlicher eingerichtet. Die Regale waren voll, und man hatte den Eindruck, dass die Bücher jeden Augenblick auf einen herabstürzen konnten. Neben dem Schreibtisch türmten sich Fachzeitschriften. An der Pinnwand hingen die

Zettel übereinander und ganz unten drei Farbfotos. Seine dunkelhaarige Ehefrau in Windjacke lächelte in die Kamera. Sie schien sich auf dem Wasser zu befinden, wahrscheinlich auf einem Segelboot. Auf dem Foto daneben waren sie beide irgendwo auf einem Felsen zu sehen. Sie waren warm gekleidet und standen einander zugewandt, aber nicht sonderlich nah zusammen. Sie lächelten und wirkten unbeschwert. Auf dem dritten Foto waren zwei Teenager, ein Junge, der seinem Vater ähnlich sah (Lundin hatte ihn schon einmal gesehen), und ein Mädchen, das genauso dunkelhaarig und süß war wie seine Mutter. Im Hintergrund lag Schnee. Sie trugen Skianzüge.

Claesson setzte sich aufs Sofa und Lundin auf den Stuhl, den Ulf Nilsson hereingetragen hatte. Nilsson setzte sich auf den Schreibtischstuhl und wandte sich seinen Besuchern zu. Er schlug die Beine übereinander und lehnte sich zurück. Er saß etwas höher als Lundin und Claesson. Der Gummi der Operationshaube hatte einen Abdruck auf seiner Stirn hinterlassen. Unter dem Kittel trug er Jeans und ein dunkelblaues T-Shirt. Seine Füße steckten in weißen Holzschuhen. Auf das Leder hatte er mit einem schwarzen Filzstift seine Initialen geschrieben. Er wippte mit dem einen Holzschuh, der in der Luft hing. Es machte ihm nichts aus, ihnen in die Augen zu sehen.

»Und womit kann ich Ihnen dienen?«, sagte er, nicht im Geringsten nervös.

Claesson entschloss sich, direkt zu sein. »Wie standen Sie dazu, dass Maria Kaahn ein Kind erwartete?«

Falls in diesem dem Vernehmen nach ausgezeichneten Chirurgen eine Veränderung stattfand, war das nicht zu bemerken. Er gab nichts preis; er zuckte nicht zusammen, wich den beiden Polizisten nicht mit dem Blick aus, und seine Gesichtsfarbe veränderte sich nicht. Er wirkte so gefasst, dass sie fast den Eindruck hatten, er hätte das lange geübt. Aber er hörte auf, mit dem Holzschuh zu wippen.

Eine halbe Sekunde verging.

»Warum sollte ich dazu eine Meinung haben?«, entgegnete er ruhig und sah die beiden Beamten, ohne auch nur mit der Wimper zu zucken, an.

»Wussten Sie, dass sie schwanger war?«

»Nein, warum hätte ich das wissen sollen?«, antwortete er gleichmütig. »Natürlich weiß ich es inzwischen. Es stand in der Zeitung. Aber warum hätte ich das vorher erfahren sollen?«

»Also wussten Sie vorher nichts davon?«, unterbrach ihn Claesson, ohne provozierend zu klingen. Er hielt es für besser, vorläufig höflich zu bleiben.

»Nein. Warum hätte ich das auch wissen sollen?«, wiederholte Nilsson aggressiv. Dann ließ er den Fuß auf den Boden sinken.

»Tja. Wir fragen uns das nur, weil wir gehört haben, dass Sie und Maria Kaahn ein Verhältnis hatten, das über das rein Berufliche hinausging.«

Nilsson sah sie so unbeeindruckt an wie eine Salzsäule. Zwei Sekunden war es totenstill. Lundin atmete durch die Nase.

»Wer hat das behauptet?«, fragte Nilsson ruhig, seine Stimme war immer noch fest, aber leicht säuerlich, und seine Stirn wölbte sich. Jetzt war er langsam verärgert oder bekam vielleicht sogar allmählich Angst.

»Wir haben nicht vor, das im Augenblick schon preiszugeben. Vermutlich wissen Sie das selbst am besten.«

»Es wird so viel geredet. Wenn nur die Hälfte wahr wäre, könnten wir froh sein«, erwiderte er nonchalant.

»Das versteht sich«, entgegnete Claesson ruhig. »Uns liegt ein Bericht vor, dass Sie, ich meine, Sie und Maria Kaahn bereits eine Affäre hatten, als Maria Kaahn noch am Karolinska Sjukhuset in der Ausbildung war.«

»Wer zum Teufel behauptet so was?«

Er hatte die Beherrschung verloren. Keiner der Beamten antwortete.

»Alten Klatsch haben Sie da ausgegraben«, sagte er und

schüttelte entrüstet den Kopf. »Okay. Sie schwärmte für mich. Falls man das als Schwärmerei bezeichnen will. Aber das Ganze war vollkommen harmlos und ist schon lange Geschichte.«

»War es geplant, dass sie an derselben Klinik anfangen würde, an der Sie arbeiten?« Claesson ließ sich nicht aus dem Konzept bringen.

»Hören Sie mal! Ich hatte ganz sicher nichts geplant. Meine Frau und ich sind vor sieben Jahren hierher gezogen, und ich hatte wirklich keinen blassen Schimmer, wo Maria war. Die Sache war peinlich genug, als ich den Kurs geleitet habe. Mir war sie nicht wichtig.«

»Haben Sie sich gefreut, als sie hier angefangen hat?«

»Was für eine Frage! Ich habe mich gar nichts. Doch, ich habe mich gewundert. Sonst nichts.«

»Würden Sie so freundlich sein, mit Ja oder Nein zu antworten. Hatten Sie und Maria Kaahn ein Verhältnis?«

Er sah sie stumm an und schüttelte den Kopf. »Nein«, antwortete er sehr bestimmt.

»Na dann«, sagte Claesson, stützte die Hände auf die Knie und stand auf. Lundin erhob sich ebenfalls.

»Das war alles. Wir bedanken uns, dass Sie sich die Zeit genommen haben«, sagte Claesson und hielt Dr. Nilsson die Hand hin.

Sie verabschiedeten sich, und Claesson merkte, dass die vorher warme Hand jetzt feucht war.

»Und?«, fragte Claesson, als sie wieder im Auto saßen.

»Der Typ ist cool«, meinte Lundin, »aber feuchte Hände hat er bekommen.«

»Ja.«

»Dranbleiben.«

»Sehe ich auch so.«

Claesson, Lundin, Louise und ihr junger Kollege Peter Berg entschlossen sich nach einer längeren Diskussion, die sie noch am selben Tag im Präsidium hatten, die Sache zumindest bis zum nächsten Tag ruhen zu lassen. Es gab noch anderes zu tun. Die zentrale Frage lautete natürlich, ob Nilsson log oder nicht. Vielleicht hatten sich die beiden Zeugen ja geirrt? Sowohl die Ärztin als auch die Krankenschwester hatten keine klare Aussage gemacht, sondern nur Vermutungen geäußert. Blicke, die sich die beiden auf dem Parkplatz zugeworfen hätten, Schatten in der Dunkelheit. Damit würden sie bei Gericht nicht durchkommen. Das Ganze musste schon Hand und Fuß haben. Am besten war ein Geständnis. Eine Möglichkeit war, weitere Krankenhausangestellte zu verhören, vielleicht sogar Nilssons Ehefrau, aber sie kamen zu dem Schluss, dass sie damit besser bis zum nächsten Tag warten sollten, statt unnötigerweise einem Gerücht dieser Art weitere Nahrung zu geben, falls nichts dran war. Verleumdungen wurde man in einer kleineren Stadt kaum mehr los. Vor allem nicht, wenn es sich um eine Person in Amt und Würden handelte. Da nützte dann auch das beste Fleckenmittel nichts mehr. Außerdem waren Ehefrauen immer diejenigen, die diese Dinge als Allerletzte erfuhren.

Sie würden die Sache also überschlafen und am nächsten Morgen genau ins Schwarze treffen. Louise fand diese Lösung ausgezeichnet. Da sie Gleitzeit hatte, konnte sie früher aufhören und mit ihren Kindern, wie längst versprochen, ins Hallenbad gehen. Claesson fuhr nach Hause, stellte seinen Wagen ab und machte einen langen Strandspaziergang. Abwechselnd dachte er über den Mord und über andere Dinge nach, beispielsweise etwas so Unwichtiges wie die Frage, ob er seinem Rücken am Abend eine Partie Hockey zumuten konnte. Und er stellte fest, dass es ihm ausgezeichnet ging. Peter Berg, der sich übergangen gefühlt hatte, ging in die Sporthalle, um seine allgemeine Unlust niederzukämpfen. Dann ging er nach Hause, trank ein Bier und schlief früh ein. Er hoffte, dass er sich am nächsten Morgen besser fühlen würde. Schließlich hatte er seine Zukunft noch vor sich. Die Morgenbesprechung würde er vielleicht ausfallen lassen.

Janne Lundin hatte versprochen, seine Frau Mona nach Feierabend von der Post abzuholen. Sie hatten vor, den wöchentlichen Großeinkauf bei Kvantum zu erledigen, da sie am Wochenende Besuch erwarteten.

Da Lundin rasch fertig war, blieb er noch in seinem Büro und erledigte Sachen, die liegen geblieben waren. Unter anderem füllte er die Überstundenlisten aus. Nach Steuern würde vermutlich genug für ein paar Bockwürste übrig bleiben. Er dachte darüber nach, warum er eigentlich so wenig Lust hatte, Steuern zu bezahlen. Schulen, Krankenhäuser, Polizei, alles das kostete, aber Steuern zu sparen freute ihn trotzdem immer. Jedenfalls, wenn er sich angestrengt hatte. Es gab viele, die sich einen Dreck scherten und von der Stütze lebten.

Er ließ seinen Wagen auf dem Parkplatz hinter dem Präsidium stehen und ging die drei Blocks zur Hauptpost zu Fuß. Er wollte sich die Beine vertreten und frische Luft schnappen. Auf der Kalendergatan sah er, dass in den Schaufenstern Frühlings- und Sommerkleider lagen. Das war ein gutes Zeichen, auch wenn es ihm an diesem Tag nicht eingefallen wäre, die Winterjacke auszuziehen. Er hatte sie bis zum Hals zugeknöpft.

Um zehn vor sechs war die Post immer noch voll. Mona saß an Schalter drei und bediente eine ältere Dame mit mageren Beinen und Gehhilfe. Außerordentlich langsam zog sie ihre Benachrichtigungszettel hervor und schob sie mit blau geäderten Händen unter der Glasscheibe hindurch. Mona lächelte gutmütig und ohne die geringste Ungeduld, obwohl alles ewig dauerte. Sie unterhielt sich mit der Dame. Sie gehörte zu den Kunden, die auf persönlichen Service Wert legten und nicht mit irgendwelchen Formularen zu Hause sitzen wollten. Da könnte ihr schließlich ein Fehler unterlaufen, die Briefe würden nicht ankommen, und ihre Rente war so gering, dass sie sich das nicht erlauben konnte. Sie musste jede Krone zweimal umdrehen. Sicher lebte sie allein, jedenfalls sah sie so aus, und für ein paar wenige Augenblicke musste sie jeden Tag ihre Stimmbänder verwenden, damit sie nicht ganz einrosteten.

Als die Dame lachte, war Janne Lundin klar, dass Mona etwas Lustiges gesagt haben musste. Kein Wunder, dass Mona so viele Freunde hatte. Sie kümmerte sich um alle. Als sie fünfzig geworden war, hatten ihr alle von der Post gratuliert, der Strom der Gäste war gar nicht mehr abgerissen, und Mona hatte vor Glück gestrahlt, einen Blumenkranz im Haar, ihre üppige Figur in einem neuen Kleid. Er lächelte. Er wollte wirklich nicht auf sie verzichten. Um nichts in der Welt. Sie hob den Kopf und bemerkte ihn. Sie nickten sich zu, er lächelte sie an, ging ein paar Schritte beiseite, lehnte sich gegen eine Wand und wartete.

Automatisch ließ er den Blick durch den ganzen Raum wandern. Eine Art Berufskrankheit. Es hatte sich nichts verändert. Keinen, der auf den letzten Drücker noch auf die Post kam, kannte er jedoch. Nach und nach gingen sämtliche Kunden. Ein breitschultriger Mann, der mit dem Rücken zu ihm an einem der Tischchen gesessen hatte, ging auf die Schalter zu. Lundin sah, dass ihm gegenüber, bisher verdeckt, eine magere Frau gesessen hatte. Er kannte sie. Sie füllte irgendwelche Formulare aus. Er brauchte zwei Minuten, um sich daran zu erinnern, wer sie war. Sie trug nämlich eine Brille, sogar eine ziemlich auffällige, und die hatte sie bei ihrer letzten Begegnung nicht getragen.

Dieses Mal erinnerte sie ihn nicht an Audrey Hepburn, trotzdem hatte sie was Zerbrechliches. Sie zog ein zusammengefaltetes Blatt Papier aus ihrer schwarzen, gefütterten Jacke, nahm eine Paket Briefumschläge aus dem Gestell neben sich, öffnete es, nahm ein Kuvert heraus, schob das Papier hinein, klebte den Umschlag zu und schrieb die Adresse. Unbeholfen, fand er. Sie war Linkshänderin. Wenn sie schrieb, sah das fast rührend aus. Sie schrieb von oben, wie das viele Linkshänder tun, um nicht mit der Hand über das Geschriebene zu fahren. Sie war gerade fertig, als ihre Nummer über einem der Schalter aufleuchtete. Sie schob die Brille hoch und trat auf Mona zu, die ihre letzte Kundin des Tages mit derselben tadellosen Freundlichkeit bediente, wie vermutlich alle anderen vorher. Magdalena Nilsson bemerkte Lundin nicht.

Lundin hatte widerstrebende Gefühle. Er fand es immer heikel, Menschen zu begegnen, über deren Schicksal er mehr wusste als diese selbst. Es kam ihm immer gemein vor, obwohl das nicht ausbleiben konnte, wenn man bei der Polizei war, gleichzeitig war es natürlich spannend. Dieses Mal rührte sein Unbehagen daher, dass er die Teile des Puzzles, die er gerade bekommen hatte, eigentlich gar nicht zusammenfügen wollte. Er fand sie attraktiv und irgendwie schutzlos, und doch sah er, was er sah.

Sonst fragte er Mona nie nach ihren Kunden, da es sinnlos war, weil sie ihm sowieso nichts sagen würde, außer er würde dienstlich darauf bestehen. Jetzt konnte er es jedoch nicht lassen.

»Du, Mona«, sagte er, als sie im Auto auf dem Weg stadtauswärts waren.

»Ja.«

»Diese letzte Kundin vor dir …«

»Es hat keinen Sinn, dass du mich fragst. Ich erinnere mich kaum noch. Den ganzen Tag war wahnsinnig viel los.«

»Ich dachte nur, dass sie mir irgendwie bekannt vorkommt.«

Fragend sah ihn Mona von der Seite an. Sie näherten sich Kvantum. »Hast du angefangen, dich nach anderen Frauen umzudrehen?«, fragte sie spöttisch.

»Nein. Du weißt doch, dass ich das nicht tue. Du bist meine Einzige, und das weißt du auch«, antwortete er und legte seine Hand auf ihre.

»Jedenfalls kannte ich sie nicht. Ganz nett. Wirkte etwas mitgenommen«, sagte Mona und ließ ihre Hand unter der ihres Mannes liegen.

»Darf man fragen, was sie wollte?«

»Darf man nicht«, entgegnete sie sofort. »Aber ich kann dir sagen, dass es weiter nichts Besonderes war. Brief nach England, eine Rechnung. Kleinere Summe, glaube ich«, und ihm war klar, dass sie den Wink verstanden hatte.

Er hatte als Polizeibeamter gefragt und würde es auch ohne ihre Hilfe herausfinden, wenn er musste.

Normalerweise kommt man durch sehr harte Arbeit zu einem Ergebnis, aber manchmal ergibt sich auch durch eine zufällige Beobachtung die Lösung, dachte Claesson am nächsten Morgen, als Lundin kurz referierte, was er am Vortag auf der Post beobachtet hatte. Der Zufall benötigte andererseits auch einen Beamten von der Art Lundins, der ständig die Augen offen hielt.

»Gut, Janne! Was für ein Glück, dass Mona auf der Post arbeitet. Außerdem bist du der Einzige, der ihr bereits begegnet ist.«

»Sollen wir sie unter Druck setzen?«

Peter Berg hatte sich über Nacht von seiner Niedergeschlagenheit erholt, und war jetzt wieder auf Zack.

»Ist das sinnvoll?«, wollte Louise wissen, ihre Stimme voller Zweifel. »Ich meine, früher oder später wird uns nichts anderes übrig bleiben, aber können wir nicht vorher noch einmal Ulf Nilsson durch den Fleischwolf drehen, um etwas mehr zu erfahren? Nur weil sie Linkshänderin ist, muss sie ihre Nebenbuhlerin noch lange nicht erschlagen haben. Aber sollte das der Fall sein, ist sie sicher reif für ein Geständnis. Einen Menschen auf dem Gewissen zu haben, kostet Kraft. Wenn sie normal ist und keine Psychopathin, natürlich. Vielleicht stellt sie sich schließlich selbst. Schuld belastet einen.«

»Die Frage ist, ob wir aus ihm noch was rauskriegen. Seine Selbstbeherrschung ist nicht zu überbieten«, meinte Claesson. »Aber einen Versuch ist es wert. Wir holen ihn her. Vielleicht gibt er sich eine Blöße, wenn er nicht in seiner gewohnten Umgebung ist. In der Klinik hat er das Sagen, hier nicht.«

»Nach dem Wenigen, was ich über ihn gehört habe, ist er gar nicht so robust, aber was weiß man schon über seine Mitmenschen«, sagte Lundin seufzend. »Schafft ihn her.«

»Ich ruf an und sag, dass er abgeholt wird. Fritjofsson und noch einer können fahren. Streifenwagen und Uniform flößen Respekt ein«, meinte Claesson und griff zum Telefon, um die Vermittlung der Klinik anzurufen.

Dr. Nilsson sei beschäftigt, erfuhr er. Ob es wichtig sei? Ja, das war es. Die Telefonistin piepste ihn an. Nach einer knappen Minute hatte er den Oberarzt der Chirurgie Dr. Nilsson am Apparat. Er meldete sich kurz angebunden und mit Titel. Im Augenblick sei er voll und ganz mit seiner Sprechstunde beschäftigt. Er hätte mehr als alle Hände voll zu tun. Schwer zu sagen, wann er Zeit finden würde. Vielleicht gegen halb eins. Keinesfalls früher. Eher später. Seine Stimme klang unverändert fest, aber müde, vielleicht gedämpft. Er protestierte nicht gegen den Bescheid, dass ihn ein Polizeiwagen gegen halb eins abholen würde. Er hatte den Vormittag Zeit, die Termine vom Nachmittag zu verlegen.

»Sollen wir jetzt schon jemanden schicken, damit er nicht verschwindet?«, fragte Berg.

»Nein, wenn er abhaut, können wir uns unserer Sache sicher sein«, entgegnete Claesson. »Wir erwischen ihn in jedem Fall. Schließlich ist er kein Serienmörder.«

Die Spannung im Zimmer hatte spürbar zugenommen. Schweigend saßen sie da.

»Dann sehen wir uns hier bei mir gegen zwölf«, sagte Claesson schließlich zu Lundin. »Ich verschwinde eine Weile. Bleibt heute Nachmittag auf der Wache«, sagte er zu den anderen. Sie nickten und verließen das Zimmer.

»Wir machen alles wie immer«, sagte Claesson zu Lundin, ehe er ging.

»Das funktioniert sicher«, meinte Lundin. Er kannte seinen Chef seit Jahren in- und auswendig. Aus unerklärlichem Grund regte er sich nie mehr als nur mäßig über ihn auf. Sie waren sich trotz ihrer Unterschiede oder vielleicht gerade deswegen immer einig. Was ihn im Augenblick am meisten bekümmerte, war sein innerer Zwiespalt: Schuldig war möglicherweise derjenige, für den er die meisten Sympathien hegte, und das war nie besonders angenehm. Natürlich war so was schon vorgekommen, nicht oft, aber immerhin. Richtige Schurken hinter Gitter zu bringen hatte dagegen fast etwas Befreiendes.

Gotte war in seinem Zimmer. Er saß vor seinem Computer an einem Schreibtisch, bei dessen Anblick jeder mit dem geringsten Ordnungssinn einen Anfall bekommen hätte. Claesson setzte sich und betrachtete schweigend das Durcheinander. Gottes Zimmer lag auf der Ecke und war das hellste Zimmer ihrer Abteilung. Die Sonne kam aus zwei Richtungen.

»Heute wird das Wetter schön«, sagte er und schaute durch eines der Fenster.

»Du bist sicher nicht hergekommen, um mir das zu sagen«, sagte Gotte und speicherte seine Daten.

Claesson blieb etwa zwanzig Minuten. Dann zog er seine Goretexjacke über und verließ das Gebäude. Er brauchte Ruhe, um sich vorzubereiten.

Sie hatten null Erfolg. Der Oberarzt der Chirurgie Dr. Ulf Nilsson gab keinen Zentimeter nach. Im Großen und Ganzen war es die Wiederholung des vorhergehenden Verhörs mit dem Unterschied, dass seine Augen mehr glänzten. Eine gewisse Wildheit ließ sich erkennen.

Gotte gesellte sich zur Schar in Claessons Zimmer. Die Stimmung war schlecht.

»Kein Grund, den Kopf hängen zu lassen«, meinte er. »Ihr wusstet, dass die Sache so ausgehen könnte.«

»Ja, du hast es gesagt«, erwiderte Claesson, »wir wussten Bescheid.«

»Trotzdem war es gut. Es ist immer gut weiterzugehen. Wartet erst einmal ab.«

»Worauf?«

»Auf ihn, Nilsson also, oder auf ein anderes Ende, das ihr aufdröseln könnt. Wir haben noch nicht genug in der Hand, um ihn verhaften zu können. Noch nicht.«

»Was hältst du davon, noch mal mit seiner Frau zu reden?«, wollte Claesson von Gotte wissen. »Ich finde, dass einiges dafür spricht. Sie kennt das Krankenhaus und die Arbeitszeiten dort«, meinte er und krempelte die Ärmel hoch.

»Einen Versuch ist es allemal wert«, erwiderte Gotte.

»Vermutlich passiert dann zu Hause bei Nilsson endlich mal was. Es lohnt sich, die beiden gegeneinander auszuspielen, falls sie was zu verbergen haben. Vermutlich ist es einer der beiden.«

»Eifersucht ist ein Vulkan«, meinte Louise. »Ein klassisches Motiv. Betrogen und eifersüchtig.«

»Das gab es schon bei den alten Griechen«, murmelte Lundin.

»Das hat es immer gegeben«, meinte Claesson. »Antike Tragödien und moderne Tragödien, alles dasselbe.«

Das Telefon klingelte. Claesson hob den Hörer ab.

»Claesson«, sagte er.

»Hallo. Hier ist Hagberg, Gösta Hagberg von der *Allehanda*.«

Verdammt, dachte Claesson, nicht ausgerechnet jetzt. »Hallo«, erwiderte er neutral.

»Hören Sie, wir haben einen Tipp bekommen, dass Sie jemanden festgenommen haben.«

»Ach?«

»Ja, Sie wissen schon, die ermordete Ärztin. Haben Sie heute jemanden festgenommen?«

»Da wissen Sie mehr als ich«, antwortete er und versuchte, gelassen zu bleiben, hörte aber selbst, wie unfreundlich das klang, obwohl Hagberg noch zu den angenehmeren Journalisten gehörte.

»Jemand von der Redaktion sah einen Streifenwagen in die

Ordningsgatan einbiegen, in dem der Chirurg Ulf Nilsson saß.«

»Ihnen entgeht auch wirklich nichts.«

»Stimmt das?«

»Nein.«

»Sind Sie sich da ganz sicher? Unsere Quelle, die den Streifenwagen gesehen hat, irrt sich in der Regel nicht.«

»Wir haben niemanden festgenommen, falls Sie das meinen. Dagegen haben wir angefangen, alle ein weiteres Mal zu verhören. Reine Formsache. Das war nur ein Service, dass wir ihn abgeholt haben.«

»Es gibt also nichts Neues?«

»Nein. Bisher nicht«, entgegnete er knapp. »Andernfalls lasse ich von mir hören«, meinte er noch, um Hagberg zum Schweigen zu bringen und sich gleichzeitig wie ein Polizeibeamter im Sinne von Gotte zu benehmen, auch wenn ihm das manchmal widerstrebte.

»Gut. Besten Dank einstweilen«, meinte Hagberg.

Sie legten auf.

»Hagberg von der *Allehanda*«, sagte Claesson zu den anderen. »Jemand hatte Nilsson im Streifenwagen auf dem Weg hierher gesehen, also ist er jetzt auch dort im Gespräch und nicht nur hier ...«

»Dann lassen wir morgen die Frau holen«, meinte Lundin.

»Warum nicht jetzt?«, fragte Gotte. »Das Eisen schmieden, solange es heiß ist. Ihr könnt die Sache nicht ewig in die Länge ziehen. Löst den Fall verdammt noch mal jetzt!«

Sie sahen sich an. Der Arbeitstag näherte sich seinem Ende. Ließ sich was verschieben, dann taten sie das, nur nicht dann, wenn der nächste Tag ein Samstag war. Gleichzeitig waren sie mit Gotte einer Meinung. Die Geschichte musste zu Ende gebracht werden.

»Ich hole sie, und du begleitest mich«, sagte Claesson und deutete auf Louise, die sofort auf ihre Armbanduhr schaute.

»Ich muss erst noch zu Hause anrufen«, entgegnete sie, ging

in ihr Zimmer und rief ihren Mann an. Sie bat ihn, fürs Wochenende einzukaufen und die Töchter bei den Spielkameraden abzuholen. Er seufzte nicht mal, und das freute sie.

In der Abenddämmerung fuhr Claesson auf den Schotterplatz vor dem Haus der Familie Nilsson. Es brannte Licht, alles sah friedlich und gemütlich aus. Wie trügerisch der Schein doch sein kann, dachte er. Sie hatten ihren Besuch nicht angekündigt, wollten sie überraschen.

»Das reine Idyll«, meinte Claesson zu Louise, ehe er aus dem Wagen stieg.

»Jedenfalls von außen«, antwortete Louise. »Die schwedische, ländliche Idylle.«

»Wir leben in einem schönen Land«, sagte er und ließ den Blick über den Garten und die Tannen schweifen.

»Ja. Daran denke ich auch oft.«

Claesson sah sie von der Seite an. Sie erwiderte seinen Blick, und sie lächelten sich zu.

Sie klopften. Es dauerte eine Weile, bis geöffnet wurde. Ulf Nilsson sah die beiden Beamten, deren Klauen er gerade erst entronnen war, sehr erstaunt und besorgt an.

»Worum geht's?« Er bat sie nicht herein, sondern blieb in der Tür stehen.

»Wir fragen uns, ob Ihre Frau Magdalena zu Hause ist«, begann Claesson.

»Wieso das?«

»Wir würden uns gern mit ihr unterhalten. Ist sie zu Hause?«

Ulf Nilsson schaute über die Schulter, blieb aber in der Tür stehen. »Magdalena!«, rief er.

Sie hörten Geräusche aus dem Obergeschoss, dann Schritte auf der Treppe. »Was gibt's?«, rief sie.

»Komm!«

Magdalena Nilsson kam langsam, zögernd, durch die Küche. Sie trug schwarze Hosen und einen langen Pullover, ebenfalls schwarz. Sie wirkte sehr dünn und zerbrechlich. Sie war sehr bleich, aber das lag vielleicht auch nur an den dunklen Kleidern, die mit den zarten Gesichtszügen kontrastierten. Sie stellte sich neben ihren Mann und ließ ihre großen Augen zwischen ihm und den beiden Beamten hin- und herwandern, denen sie bisher noch nicht begegnet war. Sie braucht jemanden, der sie in den Arm nimmt, dachte Claesson. Sie braucht jemanden, der sie an sich zieht und ihr Wärme gibt.

»Kriminalkommissar Claesson«, stellte er sich vor und streckte die Hand aus. Ihre war schmal und kalt, und ihr Händedruck kraftlos und unentschlossen, bis sie die Hand plötzlich zurückzog, als hätte sie sich an einer Kochplatte verbrannt.

»Es wäre uns recht, wenn Sie uns auf die Wache begleiten könnten. Es gibt ein paar Kleinigkeiten, nach denen wir Sie fragen möchten.«

»Können Sie das nicht hier tun?«, mischte sich Ulf Nilsson barsch ein.

»Es wäre uns lieber, wenn Sie uns begleiten könnten«, sagte Claesson in einem Ton, der mehr einem Befehl glich, an die bleiche Frau gewandt.

Sie sagte nichts, drehte sich rasend schnell um, nahm eine Jacke von einem Haken in der Diele und trat auf den Hof, ohne ihren Mann auch nur eines Blickes zu würdigen. Louise hielt die Tür auf, und Magdalena Nilsson setzte sich gehorsam auf die Rückbank und starrte geradeaus.

Es war immer noch sehr still, als sie vom Hof fuhren, aber diese Stille war trügerisch. Magdalena Nilsson war ganz in sich versunken. Sie saß reglos da und starrte, ohne ein Wort zu sagen, aus dem Seitenfenster. Das Schweigen auf der Fahrt zur Wache war so kompakt, dass man es mit Händen hätte greifen können.

Sie führten sie in Claessons Zimmer. Sie folgte ihnen wie ein willenloser Hund. Louise holte Janne Lundin, der Magdalena Nilsson kurz zunickte. Sie zuckte zur Antwort nur mit dem einen Mundwinkel. Louise und Lundin setzten sich. Claesson nahm gegenüber von Magdalena Nilsson auf dem Schreibtisch Platz und legte eine Kassette in den Kassettenrekorder. Er drückte auf Aufnahme und nannte Datum, Uhrzeit und die Namen der Anwesenden. Magdalena Nilsson saß reglos da. Ihr Rücken kerzengerade, als sei sie aufgespießt. Ihr Gesicht war grauweiß.

»Was für ein Verhältnis hatten Sie zu Maria Kaahn?«, fragte Claesson.

Sie sah ihn stumm an.

»Soll ich die Frage wiederholen? Was für ein Verhältnis hatten Sie ...«

»Ich habe gehört, was Sie gesagt haben«, fauchte sie ihn an. »Überhaupt keins«, fuhr sie dann mit schwacher Stimme fort.

»Überhaupt keins?«

»*Ich* hatte kein Verhältnis zu ihr. Es war ...«

Sie biss sich auf die Unterlippe.

»Was?«

»Nicht ich hatte ein Verhältnis zu ihr. Doch, bei der Arbeit hatte ich das.«

Schweigen. Sie warteten.

»Wer hatte denn ein Verhältnis zu ihr?«

Claesson war ruhig. Seine Stimme klang milde. Er hatte sich auf das Verhörmodell verlegt, das den Verhörten in Sicherheit wiegt, und zwar nicht nur, weil er es in dieser Situation für das effektivste hielt, sondern weil er das Gefühl hatte, dass die Frau vor ihm schon mehr erlebt hatte, als sie ertragen konnte.

»Ich wiederhole meine Frage noch einmal«, sagte er deshalb mit immer noch milder Stimme. »Wer war es denn, der ein Verhältnis *mit* ihr hatte?«

Er fragte sich, ob sie merkte, dass er die Präposition geändert hatte. Sie schaute auf ihre Hände.

»Ulf ...«

In dem Augenblick, in dem der Name ihres Mannes über

ihre Lippen kam, sank sie in sich zusammen und begann zu zittern. Claesson und Louise wechselten einen raschen Blick. Louise stand auf, setzte sich neben sie und legte ihr den Arm um die Schultern.

»Erzählen Sie«, sagte Claesson leise.

»Ulf hatte eine Beziehung mit ihr ...«

Dann kam es.

»Eine Liebesbeziehung. Hat er das nicht gesagt?« Sie wirkte aggressiv und gekränkt.

»Wir wollen wissen, was Sie zu sagen haben«, entgegnete Claesson und ließ sich von ihrer Gereiztheit nicht beeinflussen. »Wie wollen Sie wissen, dass Ihr Mann eine Beziehung ... also eine Liebesbeziehung mit Maria Kaahn hatte? Hat er Ihnen davon erzählt?«

»Herrgott, nein«, antwortete sie voller Abscheu. »Dazu ist er viel zu feige. Ich ...«

Sie hatte zögernd begonnen. Jetzt schaute sie lang aus dem Fenster. Ihre großen braunen Augen waren feucht. Es war zu sehen, dass in ihr vollkommenes Chaos herrschte, aber in diesem Chaos wünschte sie trotzdem, dass die Worte wohl gewählt waren.

»Ich spürte das natürlich. Alles wurde so anders«, sagte sie schließlich langsam. »Wir verloren irgendwie den Kontakt, es war nicht mehr wie früher. Er fasste mich nicht mehr an, Wärme und Vertrautheit verschwanden ... und ... und dann fand ich einen Brief.«

Sie schaute auf ihre Hände.

»Einen Brief?«

»Ja, einen Brief. Maria Kaahn hatte Ulf einen Liebesbrief geschrieben. Ich fand ihn in seiner Jackentasche.«

»Darf ich fragen, wo dieser Brief jetzt ist?«

»Zu Hause. Ich habe ihn versteckt.«

»Könnten Sie ihn für uns hervorsuchen?«

»Natürlich.«

Aber das war nicht mehr nötig. Wie eine zu stark gespannte

Schnur, die reißt, gab Magdalena Nilsson plötzlich den Widerstand auf. Tränen schossen aus ihren Augen, und sie zitterte am ganzen Körper.

»Ich hab's getan«, sagte sie. Ihre Stimme war so undeutlich, dass kaum zu verstehen war, was sie sagte. »Ich wollte das nicht«, schrie sie dann. »Ich wollte nicht, dass sie stirbt. Das habe ich nicht gewollt. Das kam einfach so. Das Ganze ist ein Versehen, ein großes, verdammtes Versehen ...«

Die Nacht war ein Albtraum gewesen. Sie fröstelte und war benommen, als sie den Schlüssel in das Schloss der Tür zum Korridor der vierten Etage steckte, aber es war bereits offen. Sie hatte sich, als sie am Morgen gekommen war, erboten, den OP-Plan zu kopieren und ihn am Schwarzen Brett der verschiedenen Stationen aufzuhängen. Irgendjemand musste das jeden Morgen erledigen, ehe die Chirurgen anfingen.

Es war still, und sie war allein. In der Klinik hatte der Arbeitstag noch nicht richtig begonnen. Die Nachtschwestern waren bei der Übergabe und würden anschließend nach Hause gehen. Im vierten Stock waren die Büros noch abgeschlossen, mit Ausnahme einer Tür, das sah sie sofort. Die Tür zum Bereitschaftszimmer war nur angelehnt, und das machte sie argwöhnisch.

Sie stellte sich an den Kopierer und machte die Kopien. Die ganze Zeit war sie sich nur zu deutlich bewusst, dass in der Dusche gegenüber Wasser lief. Ihre Sinne konzentrierten sich auf die Frau, die die Nacht in der Klinik verbracht hatte und jetzt unter der Dusche stand. Sie wusste, wer das war. Sie wusste das nur zu gut.

Sie konnte sich nicht beherrschen. Durch die halb offene Tür schaute sie ins Bereitschaftszimmer. Die Frau, die ihr ihren Mann weggenommen hatte, hatte dort geschlafen. Die Luft, die sie geatmet hatte, hing immer noch im Zimmer. Es war muffig und still. Maria Kaahn stand unter der Dusche, es konnte sonst niemand sein. Ihr hässlicher Rucksack stand weit offen auf einem Stuhl. Sie unterdrückte ihre Lust hineinzuschauen.

Was hat sie, was ich nicht habe? Schönheit, Jugend, Frische? Den Reiz des Neuen?

In der letzten Woche hatte diese Frau Tag und Nacht in ihrem Kopf für einen solchen Aufruhr gesorgt, dass ihr davon übel geworden war. Sie hatte kaum noch essen können. Sie verstand nicht, dass sie sich überhaupt noch auf den Beinen hielt. Ihr Kopf wurde vollständig von diesem kühlen Wesen in Anspruch genommen und vor allen Dingen davon, was es mit ihrem Mann angestellt hatte. Es hatte ihm vollkommen den Kopf verdreht. Er war nicht mehr wiederzuerkennen, fremd.

Mechanisch hatte sie Dienst für Dienst den OP-Tisch vorbereitet, assistiert und aufgeräumt. Sie beherrschte ihre Arbeit und musste dabei nicht nachdenken. Das hätte sie ohnehin nicht gekonnt, denn sie war nicht in der Lage, sich auch nur einen Augenblick zu konzentrieren, ohne sich sofort wieder an den großen Verrat zu erinnern. Den Verrat und die Demütigung. Für eine Neue hatte er sie sitzen lassen, war aber zu feige, etwas zu sagen. Sie hatte nicht die Absicht, ihm zu helfen. Er sollte mit dem Ausmisten selbst fertig werden.

Erstaunlicherweise war sie mit dem immer trostloseren Einerlei ihrer Arbeitstage trotzdem klargekommen. Sie hatte die steifen und lustlosen Mahlzeiten zu Hause überlebt und das zeremonielle Zu-Bett-Gehen, bei dem er alles getan hatte, ihr aus dem Weg zu gehen. Können zwei Menschen unter einem Dach wohnen und sich fremder sein als dann, wenn sich die Leidenschaft des einen in eine andere Richtung wendet?

Sie wusste, dass ihre Willenskraft sie aufrecht hielt, dass diese aber irgendwann erschöpft sein würde. Sie glichen zwei Aufziehpuppen. Auf Dauer ging das nicht so weiter. Sie hatte vor, sich noch etwas Zeit zu lassen, um nicht übereilt zu handeln. Irgendwie würde sie damit schon fertig. Sie würde sich nicht einfach hinlegen und sterben. Sie würde auch ohne ihn zurechtkommen. Sie war fest entschlossen, dass ihr Leben ohne ihn besser werden würde. Nicht gerade jetzt, aber bald.

Sie erinnerte sich nicht, wann er ihr zuletzt in die Augen geschaut hatte. In den blauen Augen der Frau unter der Dusche ruhten die Träume einer neuen Zukunft. Die Frau unter der Dusche hatte ihn ihr ausgespannt. Diese Frau war ihr egal gewesen, bevor sie wusste, dass sie auf diese verheerende Art in ihr Leben eingreifen und alles zerstören würde. Die kühle und reservierte Dr. Maria Kaahn. Eine egoistische Frau.

Sie hatte eine Idee. Woher die kam, wusste sie nicht, aber sie war gekränkt und neugierig zugleich. Vielleicht empfand sie Hass oder etwas anderes sehr Menschliches, aber sie plante definitiv nicht, sie zu töten. Sie hatte geträumt, dass sie tot war, aber das war was ganz anderes, als sie wirklich zu töten. Das schwor sie immer wieder, wie ein Mantra, das vielleicht das Geschehene ungeschehen machen konnte.

Als sie Maria unter der Dusche erst einmal bemerkt hatte, konnte sie es nicht mehr lassen, an sie zu denken. Sie ging vom Kopierer weg und drückte vorsichtig die Tür zum Duschraum auf. Sie wollte weder gesehen noch gehört werden. Sie wollte sich nicht erwischen lassen.

Niemand sah sie, als sie eintrat. Der Korridor war wie ausgestorben.

Der schwarze Piepser lag auf dem Rand des Waschbeckens. Sie sah ihn sofort. Die Tür zur Duschkabine war nur angelehnt, und sie vermutete, dass Maria Kaahn sie aufgelassen hatte, um den Piepser zu hören.

Sie stand jetzt nur ein paar Schritte entfernt von der Frau, die ihr Leben zerstört hatte. Ihr Herz klopfte so laut, dass sie das spritzende Wasser kaum hören konnte. Sie hatte das Gefühl, es würde zerspringen.

Sie wusste nicht, was sie eigentlich wollte. Vielleicht ihrer Feindin von Angesicht zu Angesicht gegenüberstehen. Ihrer Rivalin nahe kommen, ihrer Schwäche, ihrer Menschlichkeit.

Vielleicht mit ihr reden. Oder auch nur ihre eigene Eifersucht auskosten.

Sie sah ein, dass sie weggehen sollte, aber sie hatte dazu nicht die Kraft. Sie konnte nicht. Sie musste weiter. Sie musste ihr in die Augen sehen.

Sie stellte sich in die Türspalte und starrte kalt auf den Körper, der das besaß, was ihr fehlte. Maria Kaahn hatte die Augen geschlossen, und Wasser lief ihr vom Kopf. Sie spülte ihr Haar aus. Die Haut war bleich und glänzte vom Wasser. Der Körper war schlank und geschmeidig. Es war kaum zu sehen, dass sie Zwillinge bekommen hatte. Einige helle Streifen auf dem Bauch, der aber trotzdem flach war.

Sie blieb stehen. Maria Kaahn drehte ihren Kopf weg und seifte sich den Hals, die Achselhöhlen, die Brüste und den Schritt ein. Als sie die Seife zurücklegte, schaute sie endlich auf.

Erst wirkte sie erstaunt, stand einfach da mit offenem Mund. Aber nach einer Sekunde war sie wie verwandelt. Ihr Gesicht war wutverzerrt. Sie verschränkte die Arme über der Brust, als wolle sie sich bedecken.

Sie war ertappt. Die Ehefrau ihres Liebhabers stand vor ihr und starrte sie düster und überlegen an.

Wer angefangen hatte, ließ sich unmöglich sagen. Es ging sehr schnell. Sie schrien sich nicht an. Sie prügelten sich schweigend. Sie schlugen sich, weil sie sich hassten. Vielleicht stießen sie ein paar Kampflaute aus, mehr nicht.

Maria war überraschend stark. Und glatt. Sie waren beide viel stärker, als ihre leichten Körper erwarten ließen. Ihr gelang es, Marias Oberarm zu packen. Sie versuchte, sie aus der Dusche zu zerren, um mit ihr zu reden. Aber Maria Kaahn wehrte sich und machte sich schwer. Der Boden war nass und glatt. Sie lockerte ihren Griff um Marias Arm nicht. Als Maria alle ihre Kräfte zusammennahm, um sich aus dem Griff herauszuwinden, glitt sie aus. Sie wurde nach vorne katapultiert und mit gewaltiger Kraft gegen die harte Fliesenwand geschleudert.

Da ging sie. Sie bekam Angst. Sie drehte sich auf dem Absatz um und lief nach draußen.

Der Gedanke, dass Maria sterben könnte, kam ihr nicht. Sie dachte nicht einmal daran, dass sie sich ernsthaft verletzt haben könnte. Sie schloss die Tür mit einem Fußtritt und floh. Sie wollte nicht mehr. Es wurde ihr ganz einfach zu viel.

In der Umkleide des OPs war niemand. Sie nahm trockene Kleider mit, ging auf die Toilette und zog sich um. Die nassen Kleider warf sie in den Wäschesack und ging direkt in den Operationssaal, der ihr an diesem fürchterlichen Morgen, der ihr Leben zerstören würde, zugeteilt worden war.

Hätte sich jemand dafür interessiert, ihren Blick über dem Mundschutz zu deuten, hätte er wohl ihre Panik entdeckt, aber alle waren mit ihren eigenen Aufgaben beschäftigt. Ein neuer Arbeitstag hatte gerade begonnen. Ein Tag, den alle in der Klinik so bald nicht vergessen würden.

»Wir haben vor, Ihrem Mann mitzuteilen, dass Sie hier bleiben«, sagte Claesson.

Magdalena Nilsson starrte mit leerem Blick auf die Wand. »Ja, das müssen Sie wohl tun«, meinte sie resigniert.

»Wollen Sie ihn selbst anrufen?«

»Nein.«

Er verließ das Zimmer, um Ulf Nilsson anzurufen, was ihm nicht leicht fiel. Das Ziel erreicht zu haben war ein Antiklimax. Das hatte er schon früher erlebt. Der Fall war gelöst, sie hatten ihre Aufgabe ehrenvoll zu Ende gebracht, aber was jetzt kam, war traurig und bedauerlich.

Er fand, dass die Stimme von Ulf Nilsson rau klang. In seiner Welt gab es eine tote Frau und eine, die bald hinter Schloss und Riegel sein würde. Als sie schon auflegen wollten, fragte er noch, ob er auf die Wache kommen könne, um seine Frau zu sehen. Claesson überlegte, kam aber dann zu dem Schluss, dass dagegen nichts einzuwenden war, solange ein Beamter mit im Zimmer war. Etwas Menschlichkeit in einer Situation wie dieser ist durchaus vertretbar, dachte er und antwortete, dass er erst Magdalena selbst fragen müsse, ob sie einverstanden sei.

Er öffnete die Tür seines Zimmers einen Spalt, in dem Magdalena Nilsson unter Bewachung von Lundin saß, aber sie brauchte keine Bewachung, eher Trost, jetzt, wo ihr Leben in Trümmern lag. Erst sah sie ihn einfach nur an, ohne etwas zu verstehen, als er sie fragte, dann nickte sie, und er bemerkte, dass ein Funke Leben in ihren leeren Blick zurückkehrte. Ob es sich um Wut oder um etwas anderes handelte, konnte er hingegen nicht entscheiden.

Eine halbe Stunde später traf Ulf Nilsson ein. Claesson empfing ihn im Foyer und begleitete ihn nach oben.

Er wirkte zerknittert. Der Gegensatz zu seinem bisherigen Auftreten war so groß, dass es beklemmend wirkte. Seine Bewegungen waren unbeholfen und unentschlossen. Mechanisch ging er durch den Korridor, ohne dass seine Schritte gefedert hätten. Ein geschlagener Mann, dachte Claesson voller Mitleid. Geschlagen bis in alle Ewigkeit. Würde es wohl für einen der beiden Gnade und Trost geben? Man musste mit seinem einzigen Leben hier auf Erden vorsichtig umgehen. Man durfte nie vergessen, wie wertvoll es war.

Als sie eintraten, war es still. Lundin saß da, seine lange Gestalt vornübergebeugt, die Ellbogen auf die Knie gestützt, die Hände gefaltet. Er seufzte schwer und stand auf, als sie hereinkamen, sagte aber nichts. Lundin war gut. Man spürte seine Anwesenheit nicht, obwohl er so groß war. Er ließ selten zu viele Gefühle erkennen. Magdalena saß immer noch auf der Stuhlkante und schien noch kleiner und zerbrechlicher zu sein, als hätte alles Leben sie verlassen. Mechanisch pumpte das Herz Blut durch ihren reglosen Körper.

Ratlos blieb Ulf Nilsson mitten im Zimmer stehen. Das Licht war gelb und matt, die Luft trocken und stickig.

»Was ist los?«, fragte er zögernd und sah seine Ehefrau vorsichtig an.

»Das solltest du doch wissen«, schnitt sie ihm das Wort ab und warf ihm einen vor Wut rasenden Blick zu.

Er schaute auf seine Hände. »Ich hatte nicht vor, jemandem wehzutun«, meinte er vorsichtig.

»Und wie dachtest du, dass du das umgehen kannst?«, fragte sie eiskalt, und ihr Gesicht wurde noch weißer. Sie riss die Augen auf, zwei große schwarze Löcher.

»Ich wollte mich zurückziehen. Aber …«

Er zeigte Reue. Sie nagelte ihre Augen in seinem grauen Gesicht fest, und ihre Anspannung wuchs noch weiter. Hastig holte sie so tief Luft, dass sie sich aufsetzen musste. Sie hielt den Atem an. Sie zitterte, aber sie hielt ihren Atem noch eine weitere Sekunde an, dann atmete sie aus und holte schnell wieder Luft. Das Tempo nahm zu. Sie riss die Augen auf und ließ ihren Mann nicht aus den Augen. Sie hyperventilierte.

In diesem Augenblick wurde deutlich, dass sie einsah, was sie getan hatte. Sie war sich über die Konsequenzen klar geworden, und das machte ihr Angst. Große Angst. Logisch, dachte Claesson. Sie wird zusammenbrechen. Er widerstand dem Impuls, vorzutreten und ihr einen Arm um die Schultern zu legen. Er sah, dass Lundin genauso dachte, aber sie regten sich nicht.

Ulf Nilsson schüttelte die Lähmung ab. Er wusste, was geschehen würde, wenn seine Frau weiterhin in diesem forcierten Tempo atmen würde. Sie würde das Bewusstsein verlieren. Er schien mit ihr zu leiden. Die Frau, die so von Angst überwältigt wurde, war seine Ehefrau, und er hatte sie nie gehasst, nur eine kurze Zeit übersehen. Und das hätte er nicht tun sollen.

Er setzte sich neben sie und strich ihr unbeholfen über den Rücken.

»Es war keine Absicht«, keuchte Magdalena, »nur ein Versehen. Ich schwöre … Das ist fürchterlich … schauderhaft.«

»Ganz ruhig«, sagte Ulf Nilsson und nahm sie in die Arme.

»Warst du das?« Sie sah ihn an, hielt den Atem an und wartete auf die Antwort.

»Was?«

»War sie von dir schwanger?«

»Sie behauptete das«, antwortete er leise und vermied es, sie anzusehen.

»Behauptete das!«

»Ja, sie behauptete das. Ich hatte mich zurückgezogen … aber die Sache sah natürlich ganz anders aus, als sie anrief und …«

Draußen war es stockdunkel. Die Straßenlaternen auf der Ordningsgatan schienen in das Büro, in dem fast alle Lichter gelöscht waren. Nur noch die Lampe auf Claessons Schreibtisch brannte. Claesson stand schweigend am Fenster, schaute auf nichts Bestimmtes und versuchte, sich zu beruhigen. Die starken Gefühle hingen noch im Zimmer. Lundin wippte wortlos auf seinem Stuhl. Louise ging hin und her und massierte ihre Schläfen, da sich allmählich pochende Kopfschmerzen bemerkbar machten.

Gotte trat ein, setzte sich tief einatmend auf Claessons Stuhl und lehnte sich dann zurück, damit sein Bauch ausreichend Platz hatte. Sein dunkelblauer Schlips war auf seinem Schmerbauch nur ein schmaler Streifen.

»Das war's dann also«, meinte er und brach damit das Schweigen.

»Irgendwie nicht so toll«, sagte Louise und setzte sich.

Alle außer Lundin sahen sie fragend an. Dieser starrte auf den Boden. Er hatte noch immer das Bild des dünnen Geschöpfs vor sich, das zusammen mit dem reuevollen Ehemann schräg vor ihm gesessen hatte.

»Für manche macht das Leben in einem einzigen Augenblick eine Wende um 180 Grad. Das ist immer bedauerlich«, sagte er. »Sie ist schließlich nicht bösartig. Eigentlich«, meinte er, schaute auf und verzog das Gesicht. »Und eine Treue, was zum Teufel … was ist denn jetzt schon wieder!« Die Tür öffnete sich einen Spalt.

Sie sahen ihn durchdringend an, sagten aber nichts. Peter Berg streckte vorsichtig seinen Kopf ins Zimmer.

»Komm rein und setz dich«, sagte Claesson.

»Seid ihr fertig?«, fragte Peter Berg und schaute auf die düstere Versammlung in dem fast nicht beleuchteten, halbdunklen Zimmer. Er hätte gerne auf den Lichtschalter gedrückt, aber ließ es bleiben.

»Ja«, sagte Claesson. »Magdalena Nilsson hat gestanden.«

»O Gott.«

Er setzte sich. Wieder wurde geschwiegen, bis Claesson das Wort ergriff.

»Nichts war geplant«, sagte er. »Natürlich nicht. Jedenfalls nicht im Detail. Sie sagt, es sei ein Versehen gewesen.«

Er merkte, dass er noch mehr sagen wollte, aber es fiel ihm schwer, die passenden Worte zu finden. »Die beiden können einem Leid tun, die Nilssons«, sagte er. »Jeder auf seine Art. Was geschehen ist, lässt sich nicht rückgängig machen. Mit dem Tod ist nicht zu spaßen.«

Er hörte, dass das platt und theatralisch klang, aber es tat trotzdem gut, es auszusprechen. Die anderen verstanden ihn.

Sie fassten alles noch einmal zusammen. Eine merkwürdige Stille breitete sich aus, ein Gefühl der Zusammen- und Zugehörigkeit und vielleicht auch der Gnade. Keiner von ihnen war in die Sache verwickelt.

»Um den Rest kümmern wir uns morgen, wenn wir ausgeschlafen haben«, sagte er. Dann brachen sie auf.

Als die anderen gegangen waren, fühlte sich Claesson vollkommen leer. Er wollte nicht in eine dunkle Wohnung fahren. Er hob den Hörer ab. »Kann ich kommen?«

»Natürlich.«

Veronika schaute auf die Uhr. Zehn. Eigentlich sollte sie bald ins Bett gehen, aber das Leben war zu kurz. Sie schrieb noch ein paar Zeilen an Cissi, steckte den Brief in einen Umschlag und klebte ihn zu.

Eine Viertelstunde später klopfte es. Sie stand auf und öffnete.

Claes stand vor ihr.

»Komm rein!«

Er trat ein, und sie machte die Tür zu. Er sah sie an. Das Haar war kürzer geschnitten. Schön. Ihr Hals wirkte nackt und wehrlos. Eine glänzende Locke stand nach oben. Vorsichtig nahm er sie mit Daumen und Zeigefinger und versuchte, sie nach unten zu drücken.

»Du bist schön.«

»Danke!« Sie lächelte. »Kommst du von der Arbeit?«

»Ja. Jetzt ist es vorbei.«

»Gut«, sagte sie. »Freust du dich?«

»Nein«, antwortete er und küsste sie auf den Nacken

# Ein plötzlicher Tod

*Aus dem Schwedischen*
*von Christel Hildebrandt*

## KAPITEL 1

Wie geht es dir?«

»Gut.«

Er hörte selbst, wie kurz angebunden er wirkte. Aber gerade jetzt hatte er wirklich keine Lust, über alltägliche, unwichtige Dinge zu reden. Nicht in diesem Augenblick der Entscheidung.

Er war ein Mann in seinen besten Jahren, wie es hieß, den man aber über lange Zeit hinweg gewisser Umstände halber – ja genau *Umstände* waren es gewesen, die ihn ereilt hatten – Schritt für Schritt in eine Verfassung getrieben hatte, die er nicht mehr ertrug. Nun war er an dem Punkt angelangt, an dem er das, was eine Ewigkeit in ihm gegärt hatte, loswerden würde. Die vollkommene Erlösung lag vor ihm, Frieden, den er schon so lange gesucht und noch länger ersehnt hatte. Das Warten war zu Ende, und deshalb wollte er keine Zeit mehr mit dem Versuch vergeuden, ganz natürlich zu klingen.

Der Griff seiner Hand um den Hörer war locker, als stünde er im Begriff, gleich aufzulegen, und er zwang sich, den Blick auf den Brief auf der Schreibtischunterlage zu richten, um nicht aus dem Konzept zu kommen. Er hatte lange Zeit gebraucht, um diese Zeilen zu formulieren, er war keiner von denen, die mit Worten spielten, sie verschwendeten, aber zum Schluss hatte er einen Ton gefunden, den er selbst als ehrlich, aber nicht sentimental beschreiben würde. Das war wichtig: kein sentimentales Geschwafel, geradeheraus, kurz und präzise. Sicher kein optimales Ende, aber das war unter diesen speziellen Umständen nicht möglich, dafür ein würdiges.

Hoffentlich ging sie daran nicht zu Grunde, das wollte er auf keinen Fall. Sie hatte ja durchaus versucht, mit ihm auszukommen, was bestimmt nicht immer einfach gewesen war. Er glaubte aber schon, oder hoffte es zumindest, im Laufe der Jahre gezeigt zu haben, wie sehr er ihre Geduld schätzte. Deshalb schützte er sich selbst und sein Gewissen mit dieser distanzierenden Wortkargheit.

»Fein, dann bis heute Abend«, sagte sie und klang wie immer, wenn sie von ihrer Arbeitsstelle aus anrief, um zu fragen, wie es *ihm* ging. Meistens am Nachmittag, und er hegte den Verdacht, dass sie glaubte, er brauche ihre Stimme, die seine Einsamkeit unterbrach. Sie lag mit ihrer Einschätzung gar nicht so falsch. Er wollte, dass sie anrief, und gleichzeitig wollte er es nicht. Er wehrte sich gegen den Gedanken, dass ihre Fürsorge fast einer Verhätschelung ähnelte. Einer lächerlichen Verhätschelung, die ungefähr genauso schlimm war wie rührselige Sentimentalität.

Heute Abend würde es bei ihr also vielleicht später werden. Sie sollte die Bibliothek abschließen. Gut so.

»Dann sehen wir uns später«, sagte er und versuchte zu fühlen, ob er wehmütig wurde und bereit, eine Rückzieher zu machen, doch es gelang ihm, den kurzen Schauer von Verlassenheit oder Verlust zurückzudrängen, oder was ihn da sonst überrollen wollte.

Draußen war es kalt und sternenklar. In meinen letzten Stunden wacht das ganze Weltall über mir, dichtete er in Gedanken, als er auf dem Balkon stand und den Zigarettenrauch nur in kleinen Portionen herausließ, während er in das Schwindel erregende, tiefschwarze Himmelsgewölbe mit den unzähligen leuchtenden Punkten hinaufschaute. Einer von ihnen bewegte sich in einer festen, schnellen Bahn. Ein Satellit, vermutete er und folgte fasziniert dessen Weg, obwohl er die Zigarette schon ausgedrückt hatte und die Kälte ihm in die Haut biss. Je länger er dastand, umso deutlicher hatte er das Gefühl, als würde er in diese Schwärze hineingesogen, in etwas Unendliches, Schwereloses, und er musste das einfach als ein gutes Omen ansehen. Ich habe also keine Angst, stellte er fest, und dieses Gefühl ließ ihn taumeln. Sternenklar, Dunkelheit und Licht in scharfen Kontrasten, keine verwischten, unscharfen Grenzen, und er dachte, dass er vielleicht dorthin gelangen würde, wie immer das auch möglich sein sollte. Vermutlich ein primitiver Gedanke, aber das spielte keine Rolle. Er beschloss auf jeden Fall selbst, woran er glauben wollte. Vielleicht nicht gerade an einen Gott, aber trotzdem an etwas in der Richtung, etwas Ewiges, Barmherziges und in allererster Linie Friedliches.

Er räumte die Küche auf, leerte den Aschenbecher, wusch ab und vermied es, auf das Foto aus den Ferien zu gucken, das sie mit einer Stecknadel an der Tapete befestigt hatte. Er wusste, es würde ihm nicht gut tun, zu sehen, wie unbeschwert sie beide in die Kamera lachten, oder wie sie zumindest versuchten, fröhlich auszusehen, jedenfalls er. Sein Arm lag schwer auf ihrer Schulter, und er hatte gewusst, dass ihre Augen funkelten. Vielleicht war sie wirklich in diesem Augenblick glücklich gewesen und hatte gehofft, dass sich alles ändern und er wieder wie früher werden würde, aber seine Normalität war nicht echt gewesen. Er hatte das Gefühl gehabt, sich anstrengen zu müssen, damit sie nicht traurig wurde. Bereits zu diesem Zeitpunkt schlief er unruhig, und die Gedanken huschten wie Irrlichter vorbei, die er nicht lenken konnte. Er wurde von Angstwellen verfolgt, die ganz unvermutet über ihm zusammenschlugen und ihn nie zur Ruhe kommen ließen. Er stellte sich vor, wie er seinen Peinigern eine runterhauen würde, sie treten, schlagen, ihnen die Knochen mit der geballten Faust zerschmettern würde – in Wirklichkeit wäre er dazu niemals in der Lage –, und er wachte meistens unruhig und verschwitzt davon auf. Er gab sich seinen Träumen von Rache hin, dass alle drei eines Tages ihre Strafe bekommen und vor die Tür gesetzt werden würden, aber er wusste gleichzeitig, dass dem nicht so war. Die Träume und Fantasien waren nutzlos, wie er einsehen musste, sinnlos, und sie zerrannen wie der Sand in einer Sanduhr.

Er war innerlich ganz leer und klar. Ab jetzt war es nicht mehr wichtig, was mit den anderen passierte, ob sie frei herumliefen oder ob die Gerechtigkeit siegte. Er selbst war derjenige, der über sein eigenes Leben bestimmte. Er und niemand sonst.

Er ging durch die Wohnung, holte die Skier vom Balkon und stellte sie neben die Wohnungstür. Er konnte eigentlich gleich seine Trainingskleidung anziehen. Ein Blick noch auf die Uhr. Er musste sich nicht beeilen. Ruhig und besonnen, keine Hast. Mütze, Skischuhe, Skiwachs, Fernglas.

Das Auto. Mist, was sollte er damit machen! Die einzige Möglichkeit war, es auf dem Parkplatz stehen zu lassen. Es würde für die Polizei ein Leichtes sein, den Besitzer herauszufinden. Das Autokennzeichen, und schon war die Sache klar. Lena würde es holen müssen, und das war weniger gut, aber er konnte es nicht ändern.

Das Schlafzimmer lag zum Hof hin. Er zog sich aus, warf Jeans und Pullover auf das Bett, das er schon am Morgen gemacht hatte; die Tagesdecke mit den aufgedruckten Seilen, die sich in einem raffinierten Muster umeinander schlängelten, war glatt gestrichen. Die Unterhose legte er in den Wäschekorb im Badezimmer und musste dabei fast über sich selbst grinsen. Warum wechselt man eigentlich ganz automatisch auch die Unterwäsche? War doch eigentlich gar nicht notwendig. Lag es an seiner verdammt guten Erziehung? Vielleicht landete er ja irgendwo, wo es darauf ankam, dass er sauber und gut gekleidet war. Die zuletzt gekauften Unterhosen waren jedenfalls schwarz. Umso besser, dachte er.

Ihre Zahnbürste war rot, seine grün, und beide hatten extra weiche Borsten. Schonend für das Zahnfleisch. Die Zahnpasta schmeckte süßlich nach Pfefferminz. Der Zahnarzt hatte das meiste des dunklen Zahnsteins entfernt, der von den Zigaretten und dem Kaffee herrührte. Obwohl das natürlich nun keine Rolle mehr spielte. Was die Frisur betraf, waren dieses Jahr kurz gehaltene Nacken modern, und bei dünnerem Haar empfahl sich sowieso ein Kurzhaarschnitt, wie die junge blondierte Friseuse mit braunen Strähnchen ihm freundlich erklärt hatte. Er hatte schon verstanden, dass seine spärlichen Haarreste, die er verzweifelt so zu drapieren versuchte, dass sie ihn etwas jünger aussehen ließen, in erster Linie einen pathetischen Eindruck machten. Jetzt fuhr er sich mit Frisierschaum durch das kurz geschnittene Haar. Obwohl es natürlich von der Mütze gleich wieder platt gedrückt werden würde.

Er löschte im Flur das Licht und verschloss die Wohnungstür. Gut, dass niemand im Treppenhaus zu hören war. Er wollte lieber niemandem begegnen, der sich später Vorwürfe machen würde, weil er ihn nicht aufgehalten hatte. Die Nachbarn waren nett. Anständige Leute. Lena und er kannten sie eigentlich nur flüchtig, denn in der Östergatan wohnten Leute, die ihre Wohnungen frühmorgens verließen und spätabends wieder nach Hause kamen. Zwei Familien mit Kindern lebten im Haus, mehr nicht. Die Kinder waren im Kindergarten oder in der Schule. Als er anfangs nicht mehr zur Arbeit gehen musste, empfand er dieses altehrwürdige Mietshaus mit Steintreppen, Spiegeltüren und Stuck an der Decke als Ruhepol – er konnte hier gut nachdenken, niemand stellte ihm nach, niemand tastete seine Minderwertigkeitsgefühle an. Doch in letzter Zeit hatte er mehr und mehr das Gefühl gehabt, überflüssig zu sein. Er war immer tiefer in sich selbst versunken. Bis jetzt.

Der Fahrstuhl mit dem alten Metallgitter befand sich im Erdgeschoss, wie es die Hausordnung verlangte. Die Mieter waren von der rücksichtsvollen Sorte, sie wussten, wie man sich in einem ordentlichen Haus zu benehmen hatte. Er holte den Fahrstuhl nicht hoch, trug die Skier, die nicht schwer waren, die Treppen hinunter. Sein Schritt war leicht. In die Langlaufschuhe hatte er vor langer Zeit weiche Sohlen gelegt, die gegen die Kälte von unten isolieren sollten. Außerdem hatte er sich mit dicken Wollsocken gerüstet. Wenn er warten musste, wollte er auf gar keinen Fall frieren. Er hasste es zu frieren. Sicherheitshalber hatte er außerdem seine alte blaue Daunenweste zusammengerollt und sie neben das Fernglas in den Rucksack gestopft.

Seit sie gestern mit dem Wagen gefahren waren, hatte es nicht wieder geschneit, also musste er den roten Mazda nicht freischaufeln. Der Motor startete ohne jedes Zögern. Er stellte die Scheibenheizung an und machte sich über die dünne, aber schwer wegzukratzende Eishaut her, die sich an den Fensterscheiben von innen wie von außen festgebissen hatte. Sein Atem nahm sofort die Form kleiner weißer Wolken an, und er war froh über seine warme Kleidung. Es war noch nicht ganz dunkel. Er spannte die Skier auf dem Dachgepäckträger fest und legte die Stöcke und den Rucksack in den Kofferraum. Dann fuhr er los.

Ein einziger Wagen stand auf dem Parkplatz an der Übersichtstafel mit den vielen Linien, die die markierten Loipen zeigen sollten. Die Zehn-Kilometer-Spur war grün, sie war nicht beleuchtet, aber noch war es hell genug, dass man sie erkennen konnte. Er würde ziemlich einsam sein. Die meisten waren noch bei der Arbeit. An den Wochentagen wurde außerdem in erster Linie die Drei-Kilometer-Loipe von den Läufern benutzt, die nach Feierabend eine Runde drehen wollten. Er selbst war sie zwei-, dreimal gefahren, als der Druck in ihm zu groß geworden war.

Das hellblaue Skiwachs würde richtig sein. Es war nicht besonders glatt, als er den ersten Hügel erreichte. Auf halber Höhe wurden die Bäume spärlicher und kleiner, und er konnte den Berg auf der anderen Seite der Talsenke erkennen. Es wehte kein Wind, die Luft war kalt, aber ruhig. Es war ein schöner Tag gewesen, der jetzt seinem Ende zuging.

Als er noch ein Stück weiter hinaufgekommen war, hielt er an, nahm den Rucksack ab und trank einen Schluck Orangensaft. Die Kleider klebten ihm am Rücken, wo der Rucksack dicht angelegen und wie eine Isolierung fungiert hatte. Ein

Blick auf die Uhr sagte ihm, dass er wohl noch warten müsste, also ließ er sich Zeit, wollte aber dennoch schon losfahren, damit er den Moment nicht verpasste, jetzt, wo er endlich bereit war. Er warf sich den Rucksack wieder über.

Von ganz oben war die Straße wie ein sandig brauner Riemen zu sehen, der sich in der Schneelandschaft entlangschlängelte, und er konnte problemlos die wenigen Autos verfolgen, die mit großem Abstand vorbeiglitten. Er wollte noch ein kleines Stück weiterlaufen, bis zu einer Lichtung im Wald, von der aus er fast alles überblicken konnte. Die Spur war jetzt gefroren, zwei harte Schienen, dadurch ging es schnell voran. Er war gezwungen, mit einem Ski aus der Spur zu treten, um so die Geschwindigkeit etwas zu drosseln. Er fiel über einen Wacholderbusch, tat sich aber nicht weh.

Der Platz war natürlich sorgfältig ausgesucht. Die Straße wurde nur im Südosten von Bäumen verdeckt, ansonsten konnte er sie gut sehen. Ein silberfarbener Saab kam von Norden. Er verfolgte den Saab ohne Fernglas, um zu sehen, ob seine Berechnungen stimmten. Alles bestens.

Vor langer Zeit hatten Lena und er hier angehalten, um etwas zu trinken – oder aßen sie eine Apfelsine, er konnte sich nicht mehr so genau erinnern –, und sie hatte gesagt, dass es doch der reine Wahnsinn sei, dass die Skiloipe hier direkt über die Straße führte. Eigentlich war das nichts Besonderes, Skispuren führten häufig über Straßen, und die Kreuzungen waren dann, wie es sich gehörte, deutlich mit mehreren Warnschildern markiert. Aber das Gefährliche hier war, dass die Loipe nach einer steilen Abfahrt ganz abrupt auf die Straße stieß. Damals war der Schnee nicht einmal festgefroren gewesen, aber selbst da hatten sie sich leicht vorstellen können, wie nutzlos ein Bremsversuch wäre, trotz des hohen Schneewalls an der Straße, wenn die Kälte so richtig zuschlug. Soweit sie wussten, war sonderbarerweise noch nie ein Unfall passiert. Zumindest kein ernsthafter.

»Na, es fahren hier ja auch nicht so viele Autos«, hatte er damals zu Lena gesagt.

Erst viel später war ihm in den Kopf gekommen, welches Auto hier täglich entlangfuhr. Und da begann die Idee zu reifen, und als der Gedanke genügend Wurzeln geschlagen hatte, ließ er ihn nicht wieder los. Er hatte einen Ausweg gefunden, und der sollte nicht nur ihn das Leben kosten, sondern gleichzeitig das Leben eines anderen auf die gleiche Weise zerstören, wie sein eigenes zu Grunde gegangen war. Der Traum von einer gerechten Lösung hatte ihm eine leise, wenn auch gespaltene Befriedigung bereitet.

Ein roter Chrysler Voyager, eher Bus als Auto. Leicht zu erkennen, auch bei fortschreitender Dämmerung. Er warf schnell das Fernglas in den Rucksack und konnte ihn vor lauter Anspannung kaum mehr verschließen. Der Reißverschluss verhakte sich. Jetzt durfte er nur nicht zu früh losfahren. Es ging darum, ruhig und präzise zu sein. Die Situation im Griff zu haben. Er war steif, sein Herz pochte bis an die Grenze der Belastbarkeit, während er sich aufrichtete und bereitmachte.

Der Chrysler nahm die Linkskurve und fuhr offensichtlich schneller als erlaubt, vorbei an dem gelben Haus, und dann näherte er sich dem Telefonmast, der seinen Start markieren sollte. Er packte die Stöcke und ging in Stellung, wie vor einem Wettlauf. Da war der Mast. Jetzt! Er schaute nicht mehr auf die Straße. Er starrte auf seine Skispitzen, drückte beide Stöcke tief in den Schnee und nahm Schwung. Der Windzug fuhr kalt durch seine Kleider.

Er dachte an nichts.

## KAPITEL 2

Hast du Fritjofsson oder Berg gesehen?«

Kriminalkommissar Claes Claesson schob sich die Brille auf die Stirn und schaute seine Kollegin eingehend an, als er die Frage stellte.

»Nein. Eigentlich den ganzen Tag nicht«, antwortete Inspektorin Louise Jasinski. Sie löste ihren Blick vom Computerbildschirm und machte eine halbe Drehung auf ihrem Schreibtischstuhl. »Gibt's etwas Wichtiges?«

»Nein! Doch, eigentlich schon. Das hier«, sagte er und wedelte mit Papieren, die er in der Hand hielt. »Aber das kann warten.«

Sie schlug ein Bein über das andere, und in den engen Hosenbeinen, mit rosa und schwarzem Rautenmuster, sah sie auffallend schlank aus. Schlanker als sonst, wie er fand. Hatte er da etwas nicht mitgekriegt? Hatte sie abgenommen? Sie sahen sich so oft, eigentlich jeden Tag, und er war vermutlich ebenso blind ihr gegenüber, wie er es inzwischen Veronika gegenüber war. Nein, noch stimmte das nicht ganz, und er hoffte auch, dass dem nicht so werden und er nie in dieser blinden Selbstverständlichkeitsnonchalance enden würde, die langjährige Beziehungen erreichen können. Jetzt hatte er jedenfalls Veronikas Veränderungen gleichzeitig mit Verwunderung und Neugier verfolgt, und sie war nun definitiv nicht schmaler geworden. Im Gegenteil. Er musste innerlich schmunzeln, als er an Veronika und die Schwangerschaft dachte. Gleichzeitig erschreckte das Ganze ihn ein bisschen.

»Ich glaube, die sind wegen irgend so einer Verkehrsgeschichte unterwegs«, fuhr Louise fort und musterte ihn, wie er in der Türöffnung stand und aussah, als hätte er noch etwas auf dem Herzen. »Wie läuft es eigentlich?«, fragte sie deshalb und blickte verschwörerisch unter ihrem Pony hervor.

Auch der Pony war übrigens neu.

»Gut«, sagte er peinlich berührt und wich ihrem Blick aus.

Er war es nicht gewohnt, von sich selbst etwas zu erzählen, und das wusste Louise. »Wie geht es Veronika?«, fragte sie deshalb nur hartnäckig weiter.

»Gut«, sagte er wieder und machte mit den Armen eine halbkreisförmige Bewegung vor dem Bauch, blieb aber immer noch zögernd in der Tür stehen, lehnte sich gegen den Türpfosten und suchte mit unsicherem Blick das Zimmer ab. Sein Blick glitt über Louises gut geordnetes Regal mit Akten und Berichten, fuhr über ihren weniger aufgeräumten Schreibtisch, der eher Zeichen eines kreativen Chaos zeigte, und landete schließlich in ihrem offenen Gesicht.

Louise hatte in letzter Zeit einen etwas weniger gehetzten Ausdruck um den Mund und zwischen den Augenbrauen bekommen. Die Stirn war geglättet, und sie lachte häufiger, auch wenn es sicher immer schwieriger war, etwas zum Lachen zu finden. Vor allem während der Arbeit, auch wenn sie das dringend brauchten, um zu überleben. Er schwieg immer noch.

Doch Louise hatte Recht, er schien für ein Schwätzchen aufgelegt zu sein. Sie verschränkte ihre Arme vor der Brust. »Beunruhigt?«, fragte sie so dahin.

»Einerseits und andererseits«, sagte er und zuckte mit den Schultern. »Aber da hilft wohl nur Warten.«

»Ja, das stimmt«, lachte sie. »Das wächst sich schon zurecht«, sagte sie dann mit Wärme und Nachdruck.

Zwei Kinder, zwei Geburten, mit anderen Worten solide Erfahrung, die ihr niemand nehmen konnte. Der Chef dagegen sollte zum ersten Mal Vater werden. Sie blinzelte. Überraschend, und natürlich sehr schön. Nicht gerade ein

Papa in letzter Sekunde, die Männer konnten ja Kinder bis ins Großvateralter zeugen, aber auf jeden Fall nicht eine Sekunde zu früh.

»Ja, das wächst sich sicher schon zurecht«, erwiderte er lächelnd, holte leicht Luft und drehte sich um. »Sag mir Bescheid, wenn du die beiden siehst«, sagte er und wedelte noch einmal mit dem Papierbündel, bevor er den Flur entlang verschwand. »Und schick sie zu mir!«

Sie sah an diesem Tag weder Fritjofsson noch Berg, und wenn sie es doch getan hätte, dann hätte sie vergessen, dass Claesson sie sprechen wollte. Sie hatte es eilig, nach Hause zu kommen. Sie war an der Reihe, die Mädchen in die Schwimmhalle zu bringen. Janos hatte dafür versprochen, das Essen zu kochen. Sie versuchten darauf hinzuarbeiten, etwas mehr gemeinsames Familienleben zu haben, nicht nur ihren Terminen hinterherzulaufen. Denn das führte zu nichts, wie sie festgestellt hatten.

Veronika klopfte sich den trockenen Schnee von den Schuhen, trat in die Mütterberatungsstelle und hängte ihr Zelt von einem Mantel auf. Pfützen geschmolzenen Schnees lagen auf dem Boden der Garderobe.

Ihre Hebamme winkte ihr zu. »Setz dich noch einen Augenblick«, sagte sie.

Veronika sank dankbar auf einen Stuhl. Sie war gezwungen gewesen, sich zu beeilen, obwohl sie sich vorgenommen hatte, genau das nicht zu tun. Sie hatte so genau geplant, alles ohne Hektik zu schaffen. Hatte bereits rechtzeitig gewarnt, dass sie früher aus der Klinik gehen würde, mit ihrem aktuellen Körperumfang bewegte sie sich nicht gerade mit größerer Geschwindigkeit oder Eleganz vorwärts, aber dann war wie üblich wieder alles zusammengekommen, und sie musste auf der Station aushelfen. Es war glatt, der Kopf des Kindes drückte nach unten, und sie hatte wie eine alte Ente so schnell sie konnte vorwärts watscheln müssen.

Im Wartezimmer saß eine schmächtige dunkelhaarige Frau

mit einer hübschen kleinen Kugel von einem Bauch. Veronika musterte sie schnell. Alle Bäuche von Schwangeren wurden mehr oder weniger bewusst begutachtet und bewertet. Die Dunkle, mit einem bleichen, fast knochigen dreieckigen Gesicht, gehörte zu der beneidenswerten, seltenen Gruppe, deren einzige körperliche Veränderung in der Schwangerschaft diese nett wachsende und sich rundende Kugel war. Vermutlich würde sie schon eine Stunde nach der Geburt wieder aussehen wie vorher, jung und schlank um die Taille! Keine plumpe Unbeweglichkeit, keine Kartoffelstamper als Beine!

Wie sehr Veronika sich auch bemühte, die Gedanken beiseite zu schieben, so war ihr höheres Alter nun einmal eine Tatsache, die an ihr nagte, sie war sich dessen immer bewusst, auch wenn sie gleichzeitig sehr stolz auf ihren Körper war. Nicht gerade schön im Augenblick, aber funktionstüchtig. Immer noch fruchtbar.

Sie waren sich schon einmal begegnet, die Dunkle und sie, hier im Wartezimmer, und jetzt nickten sie sich wiedererkennend zu, und Veronika lächelte so lange hartnäckig, bis die Dunkle auch auftaute. Veronika meinte sie auch schon im Krankenhaus gesehen zu haben, vielleicht als Patientin – sie hatte im Laufe der Jahre so viele gesehen, dass es nicht so leicht zu sagen war –, aber vielleicht arbeitete sie ja auch auf einer anderen Station und sie waren sich in der Kantine begegnet, ein Ort, wo sich alle trafen.

Die dunkelhaarige Frau hatte eine Wochenzeitschrift auf dem Schoß. Sie blätterte unkonzentriert darin herum und schaute ab und zu mit einem vorsichtigen, entweder schüchternen oder unruhigen Blick auf. Veronika überlegte, ob diese deutlich bemerkbare Anspannung wohl an der Schwangerschaft selbst lag. Vielleicht erwartete sie ja ihr erstes Kind.

»Hallo«, sagte Veronika und brach damit den Bann. »Wie geht's?«, fragte sie lächelnd.

»Gut«, antwortete die Dunkelhaarige und strich das lange Haar hinters Ohr. »Zieht es schon nach unten?«, fragte sie freundlich und ließ ihren Blick auf Veronikas im Vergleich anstößig angeschwollenen Bauch gleiten, und Veronika fühlte sich wie ein auseinander fließender Fleischberg.

»Noch nicht so richtig«, antwortete sie. »Aber man könnte es annehmen. Es wird langsam etwas anstrengend.«

»Ist es dein Erstes?«

»Nein, mein Zweites. Meine Älteste ist einundzwanzig.«

»Oi!«

Die Dunkle klang nicht kritisch, auch nicht neugierig, eher beeindruckt, und das ging Veronika runter wie Öl.

»Es ist ein ziemlicher Abstand zwischen den beiden, ja«, sagte sie. »Und du?«

»Mein Erstes«, erklärte die Dunkle und legte eine Hand auf die kleine Kugel unter der Bluse mit Gänseblümchen auf lila Untergrund. »Aber es ist wohl zu klein, wie sie sagen. Viel zu klein.«

Veronika sah die Unruhe in den Augen der anderen, und sie wusste nicht, was sie sagen sollte, wie sie so in ihrer prächtigen Unförmigkeit dasaß. Ihr eigenes Kind war ganz gewiss nicht zu klein. Eher im Gegenteil.

Vielleicht war etwas nicht in Ordnung. Das erste Kind dieser Frau, das da unter ihrem Herzen lag, war vielleicht krank, missgebildet, hatte eine Chromosomenanomalie. Was sagt man in so einem Fall?

»Vielleicht sollte ich mich erst mal vorstellen«, sagte Veronika und streckte ihre rechte Hand vor. »Ich heiße Veronika.«

»Sara.«

Die Tür zum Sprechzimmer knarrte. Ein kleines Mädchen mit dem Daumen im Mund kam heraus und guckte mit großen Augen auf die Frauen im Wartezimmer. Ihre Mutter, in der Hundert-Kilo-Klasse, watschelte heraus und nahm die Kleine bei der Hand. Jetzt war Veronika an der Reihe. Die Dunkle sollte zu der anderen Hebamme.

# KAPITEL 3

Jemand hatte bereits ein Warndreieck in den Schnee am Straßenrand gestellt. Es glühte rot in der Dunkelheit, als die Scheinwerfer des Polizeiwagens darauf fielen. Die Straße war ansonsten abgelegen und nur wenig befahren. Als sie näher kamen, sahen sie das Heck eines hellen Personenkraftwagens, und davor war ein etwas größeres Fahrzeug zu erkennen. Die Warnblinklichter blinkten an beiden Autos. Konturen von Menschen bewegten sich weiter vorn im Scheinwerferlicht. Rotes, oranges und weißes Licht glänzte in den Schneewällen am Straßenrand. Es roch schon von weitem nach Unfall.

Die Polizeibeamtin Erika Ljung schaute in den Rückspiegel und sah, wie sich ein kaltblaues, pulsierendes Licht näherte.

»Der Unfallwagen kommt«, sagte sie ihrem Kollegen Jesper Gren.

Ein weiterer Polizeiwagen mit Verstärkung war auch unterwegs, wie sie erfahren hatten. Es war nicht klar, wie schwer der Unfall war. Zumindest eine Person war verletzt, so viel hatten sie von der schrillen Männerstimme erfahren, die angerufen hatte.

Erika parkte den Wagen, sie sprangen in die fast greifbare Stille hinaus, die von der dicken Schneedecke herrührte. Das Einzige, was zu hören war, war das knirschende Geräusch der Schuhsohlen, die im Schnee stapften, und außerdem ein dumpfes Motorengeräusch aus der Ferne.

Es waren ein Honda, wie Erika im Vorbeigehen sah, und ein roter Chrysler Voyager.

Erika Ljung und Jesper Gren fanden drei Personen, die sich um einen Mann gruppiert hatten, der mitten auf der Fahrbahn auf dem Rücken lag, eine karierte Decke über sich. Der Mann hatte eine Mütze tief über Stirn und Ohren gezogen. Die Augenlider waren halb geschlossen. In dem weißen Scheinwerferlicht des Chryslers sah er tot aus, wie er da auf dem fest gestampften Schnee lag. Die Reste eines abgebrochenen Langlaufskis und gebrochene Stöcke lagen um ihn herum.

»Was ist passiert?«, fragte Jesper Gren, während Erika sich hinhockte und nach Lebenszeichen suchte: ein Zwinkern, eine Bewegung im Gesicht oder ein Frosthauch aus dem Mund, aber nichts von dem fand sie.

Sie hatten sich nicht getraut, ihn zu bewegen. Erika drehte sich in der Hocke um und sah, wie hinter den geparkten Autos das blinkende Blaulicht näher kam. Der Unfallwagen müsste jeden Moment da sein.

Sieht aus wie ein Denkmal, dachte sie, der verletzte Mann, der keinen Laut von sich gibt, und die im Halbkreis um ihn herumstehenden Personen wie festgefrorene, unbewegliche Granitfiguren.

Ein Mann mittleren Alters mit Pelzmütze und klassischem Kugelbauch unter dem Mantel begann nun behutsam mit den Füßen zu stampfen, um warm zu bleiben. Er drehte den Kopf einem etwas jüngeren und größeren Mann in einer großen, dunklen Steppjacke zu. Es war offensichtlich, dass der Mann mit dem Bierbauch wollte, dass der andere anfing zu reden, aber dieser stand weiterhin nur starr da, den Blick auf den am Boden Liegenden fixiert. Angst und Unruhe waren fast mit den Händen zu greifen.

Jesper wandte sich dem Langen zu. »Gehört der Ihnen?«, fragte er und zeigte auf den roten Minibus drei Meter hinter ihnen, dessen Scheinwerfer so grell auf den Unfallort schienen, dass sie die Augen zukneifen mussten. Der Motor lief im Leerlauf. Dampf aus den Mündern und Rauch aus den Auspuffrohren stiegen in den tiefschwarzen Februarhimmel.

Der Mann in der Steppjacke schwieg jedoch weiter.

Er steht unter Schock, dachte Jesper Gren. Er erkannte die Zeichen. Wurde Zeit, ihn in die Wärme zu kriegen.

Jesper Gren wiederholte seine Frage: »Was ist passiert?«

»Ich weiß es nicht«, sagte der Mann mit dem Bauch und der großen Pelzmütze schließlich, als der andere weiterhin stumm blieb. »Wir sind eben erst gekommen«, fuhr er fort und nickte in Richtung einer Frau, die auf der anderen Seite des nahezu versteinerten Mannes in der Steppjacke stand.

Die Frau hatte blonde, kurze Locken, die unter einem Stirnband aus weicher rosa Wolle, das über die Ohren ging, hervorquollen. Sie schaute die Polizisten ängstlich an, als fürchtete sie, man könnte sie beschuldigen, den Unfall verursacht zu haben.

»Na, vielleicht nicht gerade eben, aber vor ... nun, vielleicht ... ungefähr vor zwanzig Minuten«, erklärte sie vorsichtig.

Während Erika zum Polizeiwagen ging, um Farbspray zu holen, kam der zweite Dienstwagen. Peter Berg sprang heraus und winkte einen Volvo weiter, damit der Unfallwagen näher herankommen konnte, um den Verletzten aufzunehmen. Oder den Toten, das wussten sie ja noch nicht.

Erika konnte gerade noch die Körperlage markieren, da begannen die Sanitäter bereits Kopf und Nacken abzusichern und den Skifahrer auf die Trage zu heben. Die Männer in den dunkelblauen und knallgelben Schutzanzügen bewegten sich eingespielt und sprachen leise miteinander, ihr Atem stieg milchweiß über die Mützen mit Ohrenklappen. Sie gaben einander Zeichen, hoben die Bahre und schoben sie in den Wagen. Als der eine Sanitäter die Tür zuschlug, nickte er wiedererkennend lächelnd Erika Ljung zu, die seinen Gruß mit einem verhaltenen Lächeln beantwortete. Es war, als hätten die beiden etwas gemeinsam, von dem nur sie wussten.

Die Stimme des älteren Sanitäters war vom Fahrersitz her zu hören. »Wir kommen gleich mit einem Bewusstlosen, Opfer eines Verkehrsunfalls«, informierte er die Unfallaufnahme. Die Türen schlugen zu. Dann verschwand das Blaulicht in Richtung Stadt.

»Gehört Ihnen der rote Wagen?«, fragte Jesper Gren wieder, dieses Mal deutlich hartnäckiger. Er zeigte auf den Chrysler, während er sich gleichzeitig fast demonstrativ dem Mann in der Steppjacke zuwandte.

Der Mann nickte und warf Jesper einen Blick zu, mehrere kurze Blicke, aber einzig und allein Jesper. Von den anderen beiden Polizeibeamten, Katarina Fritjofsson und Peter Berg, die sich der Gruppe angeschlossen hatten, nahm er keine Notiz, und auch von Erika Ljung nicht.

»Er ist auf mich zugeflogen«, sagte der Mann in der Steppjacke endlich.

»Wieso geflogen?«

»Er kam direkt da raus ...«

Der Mann deutete zum Wald hin, der als ein schwarzes Loch erschien. Erika nahm ihre Taschenlampe und ließ den Lichtkegel dem hart gepressten Schneewall folgen.

»Hier gibt es eine Skispur«, sagte sie und leuchtete hinter den Schneewall.

»Ja, sieht so aus«, war Peter Bergs Kommentar, der ihr folgte.

»Aber man kann doch hier nicht fahren, wenn es dunkel ist. Die Loipe ist ja nicht beleuchtet«, sagte sie und ließ das Licht der Taschenlampe direkt in der Schwärze verschwinden.

»Man kann vielleicht nicht«, sagte Peter Berg. »Aber er konnte es auf jeden Fall.«

»Verdammter Sportidiot«, hörte Erika sich selbst sagen. »Der wollte bestimmt für den Wasalauf trainieren. Und das hat ihn vielleicht das Leben gekostet.«

Sie war empört. Und durchgefroren.

Kriminalkommissar Claes Claesson rief zu Hause an. Eigentlich war es noch gar kein richtiges Zuhause, eher ein ziemliches Umzugschaos. Er wollte das in Ordnung bringen, er mochte nicht in einer Rumpelkammer leben, aber er hatte einfach noch keine Zeit dafür gefunden. Veronika würde bald in Mutterschaftsurlaub gehen, dann würde sie die Möglichkeit haben, es aber alleine nicht schaffen. Er hatte geplant, dass sie am Wochenende Möbel verrücken und Kartons schleppen sollten. Schleppen! Das klang viel zu negativ, denn er fand es eigentlich ganz schön zu sehen, wie aus dem Chaos ein Heim wurde. Diesmal konnte er zwar nicht alles allein entscheiden, doch andererseits war das eine Herausforderung und irgendwie ganz spannend. Vielleicht konnte er der Arbeit eine Woche Urlaub abringen, auch wenn er den Urlaub eigentlich für die Zukunft aufsparen wollte. Man würde sehen.

Niemand nahm ab. Auch an ihrem Handy antwortete keiner. Sie hatte es wohl zu Hause vergessen, wie meistens. Veronika mochte keine Handys, das war eine Berufskrankheit. Sie hatte erklärt, sie sei es leid, von piepsenden und klingenden Signalen herumgescheucht zu werden.

Dabei hatte er nur fragen wollen, ob er auf dem Heimweg etwas zu essen einkaufen sollte, denn er wollte sie nicht noch mehr tragen lassen, als sie bereits trug. Er vermutete allerdings, dass sie bereits Einkaufstüten nach Hause geschleppt hatte, da sie zu der emsigen, sich selten beklagenden Sorte gehörte. Dieses Modell hatte Vorteile, aber auch seine Nachteile. Seiner Meinung nach kannte sie ihre Grenzen nicht. Und an diesem Punkt sah er eine Aufgabe, die er zu erfüllen gedachte.

Als er seinen Mantel angezogen hatte, klingelte das Telefon auf dem Schreibtisch. Er hoffte vergebens auf einen Anruf Veronikas – es war Gottes Frau, die gleich im ersten Satz fragte, ob er ihre bessere Hälfte gesehen habe. Claesson war irritiert, denn soweit er sich erinnern konnte, hatte die gewissenhafte Ehefrau des Polizeichefs ihn noch nie angerufen und nach ihrem Mann gefragt. Ob etwas passiert war?

»Ich habe ihn heute Vormittag gesehen. Warum?«, fragte Claesson.

»Er wollte früh nach Hause kommen. Wir wollen noch

weg«, antwortete sie trocken. »Und ich kann ihn weder über die Zentrale noch über sein Handy erreichen.«

»Dann ist das Handy bestimmt ausgestellt, oder das Akku ist leer«, meinte Claesson, der gern eine ganz natürliche Erklärung finden wollte, was vielleicht an seinem Naturell lag, oder aber an seinem Beruf. Vielleicht auch an beidem.

»Ach, er wird schon noch kommen«, sagte Frau Gottfridsson schnell, er konnte aber dennoch ihre Unruhe hinter den munteren Worten hören.

»Wenn ich ihn sehe, jage ich ihn sofort nach Hause«, sagte Claesson, womit Vanja Gottfridsson sich zufrieden gab.

Er legte langsam den Hörer auf und blieb noch eine Weile mit offenem Mantel stehen. Bei dem Gedanken, dass Gotte etwas passiert sein könnte, beschlich ihn ein unangenehmes Gefühl, das fast als Angst oder Kummer zu bezeichnen wäre. Woran er als Erstes dachte – und in gewisser Weise war er sogar bereits darauf vorbereitet –, war, dass sein Chef Olle Gottfridsson, allgemein Gotte genannt, einen Herzinfarkt oder irgendeine andere Krankheit bekommen könnte, die mit einem allzu üppigen Lebenswandel einherging. Kein ausschweifender Lebenswandel, nur ein genießender. Geräucherte Leberwürste, Eierkuchen, Schweinefleisch und Aal in allen Formen. Und natürlich einen Schnaps dazu, oder auch zwei, wenn man nicht im Dienst war, aber nie wirklich ein Besäufnis. Jedenfalls jetzt nicht mehr. Früher war es manchmal hoch hergegangen, Claesson hatte davon gehört, aber das war so lange her, dass selbst das Gerücht schon erfunden sein konnte. Er lud gern ein, der gute Gotte, von Herzen gern, er liebte es geradezu, seinen Gästen etwas zu servieren, und freute sich, wenn andere sich die Delikatessen schmecken ließen, die ebenso wie er selbst ihre Wurzeln in Skåne hatten. Nur für gegrillte Schweinefüße hatte er doch niemanden aus dem Amt erwärmen können.

Gotte war gut sechzig und schleppte zu viele Kilo mit sich herum, doch seine große, massige Gestalt repräsentierte auch mental eine Art unerschütterlicher Stabilität. Sie erwuchs aus einem ausgeprägten Gefühl der Güte und aus einer altmodischen Gemütlichkeit – warum auch immer Gemütlichkeit mit altmodisch gleichgesetzt wurde. Gotte zeichnete außerdem noch eine alberne, fast kindliche Neugier aus, die er manchmal, wenn sie nicht mehr wussten, wo ihnen der Kopf stand, zur Entspannung einsetzen konnte.

Wenn Gotte in Pension ging, auch wenn er den Teufel nicht an die Wand malen wollte, verfluchte Claesson sich selbst, aber an dem Tag, an dem Gotte seine Uniform hinhängen würde, verschwand mit ihm nicht nur fundiertes Wissen, aus dem alle hatten schöpfen können, da verließ auch eine große Persönlichkeit das Revier. Wie leer es danach sein würde, daran wagte er nicht einmal zu denken, noch weniger traute er sich auszumalen, welche Neuerungen dann vermutlich auf ihn zukämen. Gottes Platz würde niemand ausfüllen können, auf keine Weise, so viel stand jetzt schon fest.

Er schaltete die Deckenlampe aus und schloss die Tür. Auf dem Weg hinaus stieß er auf Erika Ljung und Jesper Gren, die gerade die Treppe hochkamen.

»Hallo«, sagte er und sah einen blassen Mann in schwarzer Steppjacke, der mit hinaufging.

Sie nickten ihm zu, und er ging weiter, hinaus auf die Ordningsgatan, überquerte den Marktplatz in Richtung Konsum, der inzwischen auch spätabends noch geöffnet hatte.

Die Kälte kniff in den Wangen. Er zog die Mütze aus der Manteltasche und zog sie sich über die Ohren. Seit das Haar dünner geworden war, wirkte eine Mütze Wunder. Die Autos fuhren langsam, die Straßen waren stellenweise glatt, deshalb ging er vorsichtig über die Straße. Der Kies auf dem Fußweg knirschte bei jedem Schritt, und ohne lange Unterhosen war es eigentlich zu kalt für einen Fußmarsch, aber er hatte es ja nicht weit bis zu seinem neuen Zuhause.

Lena hatte Glück. Die letzten Ausleiher waren rechtzeitig gegangen, so dass sie die Bibliothek bereits um Viertel nach acht schließen konnte. Der inzwischen pensionierte und leider schrecklich alkoholisierte frühere Sportjournalist, der sonst schwer hinauszubefördern war, hatte diesen Abend nicht mit herabhängendem Unterkiefer schlafend in der Zeitschriftenabteilung verbracht. Zur Tarnung hatte er immer eine Zeitung auf den Knien liegen. Sentimentales Gejammer begleitete meistens alle Versuche, ihn vor die Tür zu setzen, doch er wurde nie aggressiv oder gewalttätig. Irgendwie hatten sich alle Angestellten mehr oder weniger damit abgefunden, ihn nicht gerade als lieb gewonnenes, aber trotzdem als dazugehörendes Inventar zu betrachten. Lena war froh, dass sie sich nicht mit ihm herumplagen musste, während sie gleichzeitig nicht umhin konnte zu überlegen, wo er wohl abgeblieben war. Hatte er sich vielleicht totgesoffen? Sie würde die anderen am nächsten Tag fragen, wenn es ihr dann wieder einfiel.

Sie legte zwei neu eingegangene Bücher in ihre Tasche, das eine hatte sie für Johan ausgesucht, das andere für sich selbst, zog ihren Dufflecoat und ein paar rote Wollsocken an – die sie selbst gestrickt hatte –, schlüpfte in die Stiefel und schnürte sie zu, holte den Schal herunter – eine schmale, fast zwei Meter lange schwarz-grün gestreifte Geschichte, die sie auch selbst gestrickt hatte –, wickelte ihn sich zweimal um den Hals um das lange, weizenblonde Haar herum. Die dicke Mähne diente noch als Extraisolierung.

Ihr Magen hing durch. Sie hoffte, dass Johan das Essen fertig haben würde.

Vor Kirres Kiosk standen zwei Jünglinge und pafften. Sie sollten nicht rauchen, das ist gefährlich und albern, dachte sie automatisch. Dünne, schlaksige Hänflinge, noch nicht ganz trocken hinter den Ohren.

Sie stapfte am Kiosk vorbei und war stolz auf sich, da sie nichts gekauft hatte. Sie schämte sich ihrer Schwäche. Sie war eine richtige Naschkatze, und es fiel ihr am schwersten zu widerstehen, wenn sie die Abendschicht hinter sich hatte und hungrig und müde nach Hause ging. Der Hunger weckte den Appetit auf Süßes, vor allem im Winter. Wenn sie keine Süßigkeiten auf dem Heimweg aß, dann gönnte sie sich ein paar

Bonbons vor dem Fernseher. Und Johan ließ sich auch nicht bitten. Mit anderen Worten war nicht nur sie charakterschwach – wenn das denn ein Trost war. Aber was soll's! Irgendwas muss man sich doch gönnen dürfen, schließlich rauchte sie nicht und trank nicht besonders viel. Trotzdem fand sie es peinlich, wenn Kirre sich mit ihr unterhielt wie mit einer Stammkundin, die sie ja eigentlich auch war, eine, die vernarrt war in Colafläschchen, Himbeerbonbons, Lakritzbatzen, Türkisch Pfeffer und Weingummi. Zähe, zuckrige, gefärbte Teilchen und den einen und anderen Schokoladenhappen.

Diese Süßigkeiten, die sie an diesem späten Abend nicht gekauft hatte, schwebten ihr wie eine Fata Morgana noch fast eine Viertelstunde lang vor. Sie konnte den Geschmack von weichem Lakritz und zähen Mäusen spüren und sich vorstellen, wie die Zunge die Teile herumrollte, so dass der Speichel sich im Mund sammelte, aber sie kehrte nicht um. Sie blieb stark. Vielleicht hatte Johan ja auch ein paar Süßigkeiten gekauft.

In dem Goldschmiedeladen war schon die Nachtdekoration ausgestellt. Die Fensterscheiben des Alkoholladens waren schwarz, aber die Tür zum kleinen türkischen Laden stand trotz der Kälte offen, und sie konnte den Inhaber hinter dem Tresen sehen. Ein Auto stand im Leerlauf davor. Ansonsten war keine Menschenseele zu sehen. Sie überquerte die Straße und bog in die erste Querstraße ein, sah von dort schon die Fassade des großen Patrizierhauses, in dem Johan und sie ein Stück die Straße hinauf wohnten.

Sie beeilte sich, wollte in die Wärme kommen. Die Kälte drang durch ihre wollene Hose und die dicken Stiefel. Ihre Lippen waren spröde, aber sie mochte jetzt keinen Labello mehr herausholen. Sie zog einen Handschuh aus und tippte den Türcode ein. Das leise Klickgeräusch war zu hören, und sie drückte die Eichentür auf, die hinter ihr schwer wieder ins Schloss fiel. Zwei Kinderwagen versperrten fast den Eingang. Sie trampelte den Schnee ab, stieg in den Fahrstuhl, schob das Eisengitter zu und drückte auf den dritten Stock. Genau in dem Moment, als sie das Eisengitter wieder hinter sich zugezogen hatte und den Fahrstuhl nach unten schickte, ging das Licht im Treppenhaus aus. Sie drückte nicht noch einmal auf den Knopf, ging stattdessen mit schlafwandlerischer Sicherheit die drei Stufen zu ihrer eigenen Wohnungstür hinauf. Sie legte eine Hand auf die Klinke und drückte sie hinunter, bereit, Johan ein fröhliches Hallo zuzurufen. Sie schluckte den Gruß hinunter. Die Tür war verschlossen.

Vielleicht musste er noch was besorgen, kaufte in letzter Minute beim Türken etwas ein? Etwas, das zum Essen noch fehlte.

Die Schlüssel lagen ganz unten im Beutel. Sie wühlte mit verfrorenen, steifen Fingern darin herum, bis sie sie endlich fand, steckte den Schlüssel ins Schloss, drehte ihn herum und trat in einen dunklen Flur. Der gelbe Lichtkegel der Nachttischlampen aus dem Schlafzimmer zeichnete sich auf dem Wohnzimmerteppich ab. Sie schaltete das Licht im Flur an und fühlte sich von der Stille und Dunkelheit ganz entmutigt. Außerdem knurrte ihr Magen, und sie hatte damit gerechnet, dass das Essen fertig sein würde.

»Johan«, rief sie laut, obwohl sie doch wusste, dass er nicht zu Hause war, und sie bekam ganz richtig auch keine Antwort. Nur Schweigen.

Der Schneepflug war draußen zu hören. Er kam bestimmt gleich!

Sie legte ab und ging in die Küche, knipste die Deckenlampe an, stellte die Tüte mit den Büchern auf den Küchentisch und blätterte die Post durch, die er auf die Anrichte gelegt hatte. Nichts Interessantes!

Dann musste sie wohl anfangen zu kochen, aber es gab nichts im Kühlschrank, woraus sie ein Essen hätte zaubern können, nicht einmal, wenn sie der häusliche Typ gewesen wäre, der noch auf einem Stein eine Suppe kocht.

Wut stieg in ihr auf. Er konnte sich doch bitte schön verdammt noch mal zusammenreißen und zumindest einkaufen.

Sauermilch, ein Liter Milch, eine Flasche Ketchup, ein Glas Gewürzgurken, eine rote Paprika, ein Paket Margarine, das war alles. Das kapierte ja wohl jeder Idiot, dass man mit so einem jämmerlichen Vorrat nicht sehr weit kam. Und trotz allem hatte er schließlich den ganzen Tag über Zeit. Auch wenn es ihm schlecht ging und er aus dem Gleis gekommen war, war das noch lange keine Entschuldigung. Mal musste er ja wohl auch endlich den ganzen Mist hinter sich lassen und von vorn anfangen und sich nicht immer weiter bemitleiden und in den widerlichen Gemeinheiten der anderen herumsuhlen. Schließlich wurden überall Ärzte gebraucht. Das Allgemeine Krankenhaus war offensichtlich ein ziemliches Rattenloch, da gab es keinen Grund, dem eine Träne nachzuweinen, aber er konnte doch wohl woanders arbeiten. Zwei Ambulanzen hatten angerufen und ihm einen Job angeboten. Aber er wollte nicht. Er wollte gar nichts.

Die Wut wurde stärker. Sie war nicht in der Stimmung zu improvisieren. Der Türke hatte ein umfangreiches Notsortiment, aber sie hatte keine Lust, sich wieder anzuziehen und noch einmal hinauszugehen. Spaghetti hatten sie jedenfalls, das sah sie, als sie die Schrankklappe über dem Kühlschrank öffnete, und eine Dose Muscheln stand auf dem Regal in der Speisekammer. Spaghetti mit Muschelsoße, das musste reichen. Sie holte Töpfe hervor, setzte das Spaghettiwasser auf, nahm Milch und Mehl heraus, und während sie in der Küche beschäftigt war, wurde sie langsam etwas ruhiger. Er wird bestimmt gleich kommen, dachte sie, konnte ihre Unruhe aber nicht ganz wegschieben.

Nicht einmal eine telefonische Nachricht oder ein Zettel. Sie hatten sich immer sehr nahe gestanden, waren wie Zwillingsseelen. Er war ihre andere Hälfte, sie seine, und so war es immer schon gewesen. Keiner von ihnen ging einfach weg ,ohne etwas zu sagen oder eine Nachricht zu hinterlassen. Sie schaltete das Radio an, konnte aber nichts Interessantes finden. Sie ging durch das dunkle Arbeitszimmer, machte im Wohnzimmer Licht und suchte sich eine ruhige CD, stellte sie so laut an, dass die Musik noch in der Küche zu hören war. Es zischte vom Herd, das Spaghettiwasser kochte über, sie lief zurück in die Küche, schlug sich den Ellbogen am Türpfosten, das tat höllisch weh, und sie fluchte laut, schob den Topf zur Seite und schaltete die Platte runter.

Lag da nicht etwas auf dem Schreibtisch?

Sie stellte sich mit dem Rücken zur Küche in die Türöffnung und massierte sich den Ellbogen. Mitten auf dem Schreibtisch lag ein Bogen Papier. Sie musste kein Licht machen, denn der Lichtschimmer der Deckenlampe in der Küche fiel schräg darauf.

## KAPITEL 4

Die Krankenschwester der Notaufnahme sah auf ihrem Bildschirm, dass der Unfallwagen hereinrollte. Sie hatte vor ungefähr fünfzehn Minuten die Nachricht bekommen und war bereit. Der Notarzt Daniel Skotte war leicht nervös und hatte Probleme, still zu stehen. Er war in der Ausbildung zum Chirurg und nur froh, dass der Oberarzt José Fuentes mit vor Ort war, auch wenn er versuchen wollte zu zeigen, dass er einen Multitraumafall selbstständig behandeln konnte. Das Personal kannte er auf Grund seiner vielen Einsätze in der Notaufnahme sehr gut, und er war einer der wenigen Ärzte, die gern »in der Grube« arbeiteten. Man bekam so einiges zu sehen, der Patientendurchlauf war groß, die Mischung bunt: von harmlosen Blessuren bis zu lebensbedrohenden Schäden. Man wusste nie, wie sich ein Arbeitstag gestalten würde, da niemand sagen konnte, wer als Nächstes hereinkam. Da hieß es, sich auf alles gefasst zu machen, selbst auf das Schlimmste. Was nun eigentlich das Schlimmste war, das konnte er nicht sagen. Vermutlich der Tod, doch war der Tod ja kein medizinisches Problem.

Er schaute schräg zu José hinunter, der bedeutend kleiner war als er. Gut, dass er gleich gekommen war. Am liebsten hätte er natürlich Veronika hier gehabt, sie hielt sich angenehm im Hintergrund, doch sie hatte diese Woche keinen Notdienst, und außerdem war sie im Augenblick etwas erschöpft, pfiff auf dem letzten Loch wegen der bevorstehenden Geburt.

Die Narkoseärztin, eine gutmütige Frau, die sich selten unnötig aufregte, traf zusammen mit einem kräftigen männlichen Narkoseassistenten ein und schloss sich der Gruppe an. Sie zwinkerte Daniel freundschaftlich zu. Ein goldener Pony lugte unter der grünen Operationskappe hervor, ihr Lippenstift war warmrot.

Alle zogen sich Schutzhandschuhe an, während sie einen kurzen Bericht erhielten. Als die Hecktüren des Krankenwagens sich öffneten, gab ihnen die Schwester am Monitor Bescheid, und alle nahmen ihre Plätze ein. Die Türen zum Behandlungsraum standen weit offen. Er brauchte nur hereingerollt zu werden. Reine Routine.

Der jüngere der beiden Sanitäter hielt den Tropf in der einen Hand und schob die Bahre mit der anderen.

»Skifahrer, von einem Auto auf der Straße nach Dalby angefahren«, berichtete der ältere kurz, während sie die Räder unter der Bahre feststellten. »Guten Tag übrigens«, sagte er dann und nickte der überraschend wenig gestressten Schwester zu, die den Unfallbericht entgegennahm.

Daniel Skotte schaute auf das starre graue Gesicht und dann zur Seite, tauschte einen vielsagenden Blick mit José, der offensichtlich seine Gedanken las. Die Gedanken liefen in zwei Richtungen. Zum einen konnte festgestellt werden, dass der Mann leblos erschien, und zum anderen meinten sie ihn zu kennen. Eine bedrückende Feststellung, aber vielleicht irrten sie sich ja auch. Das Aussehen wurde durch die Ohnmacht und die Vakuumkissen, die Kopf und Nacken fixiert hielten, verzerrt.

José reichte Daniel Skotte eine kleine Taschenlampe, mit der dieser in die Pupillen leuchtete. Sie glaubten ein Zittern der Lider zu bemerken. Die Narkoseärztin beugte sich über den halb offenen Mund des Mannes, konnte aber nicht ausmachen, ob er atmete oder nicht. Der Sauerstoffgehalt war laut Pulsoxymeter sehr schlecht. Sie beschloss sofort, ihn zu intubieren.

Um die Trage herum wurden alle tätig. Riemen und Schutzdecke wurden abgenommen, die Kleider aufgeschnitten, bis der zuvor in Skikleidung gehüllte Mann winterbleich auf dem Tisch lag. Ein ganz normal gebauter Mann wurde entblößt, und sie begannen eine systematischere Untersuchung und eine entsprechende Betreuung. Grobe Nadeln wurden in Adern eingeführt – mehrere Einstiche waren vonnöten –, ein Tropf angekoppelt, EKG-Platten auf dem Brustkorb befestigt: Das Herz schlug, aber gefährlich langsam. Der Mann war unterkühlt, der Sauerstoffgehalt war trotz Beatmung nicht besser geworden, noch mehr Tropf, Urinkatheter, Arteriennadel. Das Narkoseteam arbeitete schnell und eingeübt. Keine Hektik, kein scharfes Wort. Der Stress hielt sich in Grenzen. Deutliche Anweisungen, ein Blick mal auf den Patienten, dann auf die Apparaturen, und zustimmendes gegenseitiges Nicken.

Sie sahen große blaue Flecken unter der Haut der Schenkel, die sich noch ausbreiteten. Auch auf dem Brustkorb deutliche Zeichen von Trauma: rot, blauschwarz und geschwollen an verschiedenen Stellen.

»Sicher Femurbrüche«, sagte der Orthopäde, der sich dazugesellt hatte und vorsichtig den Schenkel drückte. »Er kann innere Blutungen haben, das können größere Bruchschäden sein. Bestell erst einmal sechs Konserven Blut«, sagte er und trat einen Schritt zurück.

Die Krankenschwestern liefen hin und her. Blutproben, Anweisungen, neuer Tropf.

Sie machten weiter. Schmerzstillende Mittel, Luft, Flüssigkeit, Probenentnahme.

José Fuentes hatte beschlossen, die Augen nicht weiter gegenüber der Realität zu verschließen. Er wusste, wer der Mann war, er hatte ihn sofort wiedererkannt, sich aber entschieden, nichts zu sagen. Jetzt hielt er es nicht länger aus.

»Ist das nicht Johan Söderlund?«, sagte er unumwunden mit seinem charakteristischen Lispeln um dem u, das er wie o aussprach.

Doch niemand nahm Notiz von ihm, was nicht anders zu erwarten war. Jetzt ging es erst einmal darum, den de facto noch nicht identifizierten Patienten für das Multitrauma-CTG im Röntgenbereich vorzubereiten.

»Wir können ihn jetzt zum Röntgen bringen«, sagte die immer gleich bleibend ruhige Anästhesistin, während sie das transportable Beatmungsgerät und den Pulsoxymeter an die Trage hängte.

»Gut«, sagte José Fuentes. »Am besten, du bleibst hier.« Er machte eine Geste zu Daniel Skotte, der sofort beleidigt war, weil er sich beiseite geschoben fühlte, aber das bemerkte José nicht. Er war zu sehr mit seiner Arbeit beschäftigt.

»Ist lange her, seit ich ihn gesehen habe«, fuhr José beiläufig fort und warf einen mitleidigen Blick, in den sich leichte Unruhe mischte, auf den grauweißen Mann auf der Trage, aber auch davon nahm niemand Notiz. Bis auf Daniel Skotte, der schweigend neben der fahrbaren Liege stand und Ähnliches dachte. Es war lange her, seit er ihn das letzte Mal gesehen hatte.

Daniel Skotte blieb in der Notaufnahme, und wie von einer kurzzeitigen inneren Lähmung überfallen, spürte er keinerlei Motivation mehr, da weiterzumachen, wo er vor dem Notfall aufgehört hatte, und die Patienten aus dem überfüllten Wartezimmer hereinzurufen. Also schlich er sich auf der Suche nach etwas Aufmunterung oder zumindest einer Ausrede in den Personalraum. Aber der Rest Kaffee in der Glaskanne war kalt. Er überlegte, ob er neuen aufsetzen sollte, hatte aber auch dazu keine Lust, stattdessen schenkte er sich die schwarze Brühe ein und kippte sie bis auf einen Schluck runter. Anschließend blieb er an der Anrichte stehen, den Kopf voller Gedanken.

Er mochte die Person, die sie gerade aufgenommen hatten. Es war immer schwer, jemanden zu behandeln, den man kannte, und jetzt lag hier sein alter Mentor aus seiner Zeit als auszubildender Arzt, der mit dem Tod kämpfte.

Der professionelle Filter funktionierte nicht. Etwas begann in seinem Zwerchfell zu kneifen, ein Klumpen in Brusthöhe, das krampfhafte Zusammenziehen der Kehle.

Daniel war einer von denen, die Johan Söderlund gemocht hatten, trotz dessen eigenwilliger Persönlichkeit, oder vielleicht gerade deshalb. Es wurden Persönlichkeiten gebraucht. Johan Söderlund war gut gewesen, erschreckend sicher. Ein ziemlich bissiger Humor, sehr scharfsinnig und, wie gesagt, sehr nett zu ihm.

Die Rollen hatten sich jetzt nicht nur verändert, sie waren auf den Kopf gestellt worden. Daniel hatte eine Art Peinlichkeit gegenüber dem zerschmetterten Körper auf der Liege verspürt, die entblößte Verletzlichkeit eines Mannes, der erwachsener war als er selbst. Er zog eine Parallele zu seinem immer stärker wachsenden Widerstand dagegen, seinen eigenen Großvater im Pflegeheim besuchen zu müssen, gegen den Anspruch, sich stärker zu engagieren – wie auch immer –, da er doch schließlich Arzt war. Er wollte das Bild seines starken Großvaters behalten, als sein Enkelsohn, als ein achtundzwanzigjähriger Mann, der weder wichtigtuerisch noch hartherzig, nicht einmal leichtfertig war. Dass er Arzt war, tat doch nichts zur Sache. Er mochte seinen Großvater natürlich, darum ging es nicht, aber er ertrug es nicht, ihn so zerbrechlich zu sehen: kein Fleisch mehr, keine Bewegungen, nur noch eine dünne Hülle. Würde er selbst eines Tages genauso verkümmern? Er schob den Gedanken von sich, es war noch lange hin bis zu dem Zeitpunkt, fast noch Ewigkeiten.

Voller Ekel guckte er in seinen Becher und kippte den braunschwarzen Rest in den Ausguss, spülte die Tasse aus, goss sich stattdessen kaltes Wasser ein und kehrte mit seinen Gedanken zurück zu Johan Söderlund.

Daniel hatte zu ihm aufgesehen und war fast kindlich beeindruckt von Johan Söderlunds Talent gewesen, auf so gut wie alles eine Antwort zu haben. Er lag immer richtig, aber meistens musste man ihm das Wissen förmlich aus der Nase ziehen. Johan Söderlund brauchte nicht zu brillieren, da doch alle wussten, dass er ein wandelndes Lexikon war, und er selbst war sich natürlich auch darüber im Klaren, dass das alle wussten. Johan Söderlund war alles andere als schüchtern oder zurückhaltend, und trotzdem konnte man ihn nicht direkt als arrogant oder überheblich bezeichnen. Er war ganz einfach eigen, und er kannte den Namen jeder noch so sonderbaren Krankheit und jedes noch so seltenen Syndroms, das es überhaupt gab.

Manchmal hatte es Johan Söderlund gefallen eine Stichelei einzuwerfen, meistens ziemlich unerwartet und immer, um zu maßregeln. Da konnten andere Oberärzte nicht stillhalten. Es war nicht immer angenehm, eine Person im Team zu haben, deren Wissen so allumfassend war. Niemand mag es, wenn ihm auf die Finger geklopft wird. Einige Kollegen waren da empfindlicher als andere, und ein paar waren äußerst schnell beleidigt, was sogar für Außenstehende offensichtlich wurde.

Im Allgemeinen Krankenhaus war die Stimmung geladen gewesen, wie Daniel sich erinnerte. Es wehte ein kühler Wind, und Kritik lag stets in der Luft. Vielleicht war es eine Art von Mobbing gewesen, von denen, die Johan Söderlund jedes Mal angriffen, sobald sich die Gelegenheit bot, höflich und gesittet, aber mit Nachdruck. Alle anderen unterstützten sie, indem sie dazu schwiegen und sich »um ihre Dinge kümmerten«, wie sie behaupteten. Daniel selbst war nie gemobbt worden, aber er kannte das Phänomen aus seiner Schulzeit. Der Unterschied zwischen Kindern und Erwachsenen war nicht groß, außer dass die Tyrannei bei Erwachsenen im Verborgenen ablief. Kein offenes Verhöhnen, eher Schüsse aus dem Hinterhalt.

Das Unbehagen war das Gleiche, genauso wie auch die Unsicherheit. Wenn nicht noch schlimmer.

Es gab vor einigen Jahren das Gerücht, dass man schmutzige Sachen auf Johan Söderlunds Computer gefunden hatte, sogar von Kinderpornografie war die Rede gewesen. Reines Geschwätz, vollkommen haltlose Vorwürfe – aber man konnte ja nie wissen. Nach einer Weile erstarb das Gerücht. Das war vor einigen Jahren gewesen. Wie die Zeit doch verging.

Daniel erinnerte sich, dass es zwischen Johan und dem früheren Chef, der inzwischen in Pension gegangen war, einige Reibereien gegeben hatte. Vielleicht wegen der Thronfolge, mit der neuen Chefin, dieser hypergenauen Dame auf Pumps. Welcher normale Mensch ist schon in der Lage, einen ganzen Arbeitstag lang auf solchen Schuhen herumzutrippeln, wenn nicht eine Frau mit einem eisernen Willen, dachte er, war sich aber gleichzeitig seiner simplen Argumentation bewusst. Jedenfalls hatte sie Johan Söderlund auch nicht leiden können. Er konnte sich an keinen offenen Streit erinnern, nur an Distanz und eine generell schlechte Stimmung, als ob die beiden Luft füreinander gewesen wären.

»Hier stecken Sie also?«, fragte die Schwester, die mürrisch ihren Kopf durch die Tür steckte. »Jetzt aber los, das Wartezimmer ist voll.«

Er stellte seinen Becher energisch ab.

Keiner hat gefragt, ob ich den Mann kenne, dachte Tomas Bengtsson. Und warum sollten sie überhaupt fragen? Es passierte vermutlich ziemlich selten, dass jemand einen ihm bekannten Menschen überfuhr.

Er stand vor dem Polizeigebäude und wartete auf Ewa, die ihn abholen sollte. Er hatte sich noch nie zuvor in seinem Leben so hundeelend gefühlt. Er fror, ihm war übel. Die schwarze Steppjacke war bis zur Nasenspitze zugeknöpft, die Mütze tief in die Stirn gezogen. Nur die Augen schauten durch einen Schlitz hervor. Er verfolgte die Scheinwerferlichter vom Stortorget zur Ordningsgatan hinunter, aber keines der Autos war das von Ewa. Was sie wohl sagen wird?, dachte er. Zwischen ihnen war es in letzter Zeit nicht besonders harmonisch gelaufen, aber jetzt brauchte er sie. Er brauchte ihre Versöhnlichkeit, ihre Nähe.

Sie sahen sich ähnlich, das schon, aber er kann es einfach nicht gewesen sein, tröstete Tomas Bengtsson sich selbst. Ich habe mich geirrt. Es war dunkel. Die Mütze hatte er so tief ins Gesicht gezogen, dass sie nicht einmal abgefallen war. Mein Gott, hoffentlich ist er das nicht!

Die Angst kam in Wellen. Die Gedanken wirbelten herum. Erneut fühlte er den Druck auf der Brust und schnappte nach Luft. Zum Schluss sog er mit aller Willenskraft große Mengen kalter Luft hinein, bis es den Brustkorb fast sprengte, und er spürte einen fast angenehmen Schmerz, der ihn für eine Weile ganz und gar beschäftigte. Dann atmete er wieder aus, mit einem langen, zitternden Seufzer.

Seine Gedanken liefen in zwei Richtungen. Er wollte zur Notaufnahme fahren und wollte es gleichzeitig nicht. Der Wahrheit ins Auge sehen. Der Polizeibeamte, der mit der vernarbten Haut, hatte ihm empfohlen, nicht dorthin zu fahren. Die Polizistin, diese dunkle Schönheit, hatte das Gleiche gesagt. Der Rechtsapparat würde sich schon um den Rest kümmern. Er gewinne nichts dadurch, sich einzumischen. Sicherlich nicht zu diesem Zeitpunkt.

Ein Körper in einer schnellen Bewegung, ein flüchtiger Schatten, der auf die Straße flog. Und dann dieses spezielle Geräusch, eine Art Kratzen, Metall gegen Fleisch, als der Mann auf den Kühler aufschlug, eine stumme Gewalt, und er dachte sofort, dass das ein Tier sein musste. Ein Hund, ein Elch, ein Hirsch oder was zum Teufel sonst, aber doch kein Mensch.

Er hatte einen Menschen angefahren.

Er war oft schnell gefahren, wie die meisten, aber er hatte noch nie einen Menschen angefahren. Fasane, Kaninchen und einmal auch eine Katze, auch nicht schön, aufgerissenes Katzenfell mit den Eingeweiden, die hervorquollen, aber das war nichts im Vergleich damit, einen Menschen anzufahren.

Er spürte, wie die Tränen aufstiegen, es brannte im Hals, und er schluckte, während er die Augen zusammenkniff, um zu versuchen, den Kloß herunterzuschlucken und die Tränenflut zu unterdrücken, aber ohne Erfolg. Er konnte der Kälte die Schuld geben. Die Augen tränten wegen der Kälte.

Einen Menschen anzufahren. Jemanden das ganze Leben lang behindert werden lassen. Oder vielleicht einen Menschen totfahren. Einen Menschen getötet zu haben.

Ein Kratzen, und dann nichts mehr.

Er verzog das Gesicht und schloss die Augen in dem Versuch, das Geräusch, das in seinem Kopf widerhallte, wegzudrängen. Aber es kam zurück, mal stark und mal schwach, dieses ewigliche Kratzen, bis es plötzlich vibrierend im Hinterkopf verblieb und die Übelkeit erneut an Kraft gewann. Er fror und schwitzte abwechselnd, seine Augen trieften, salzige Rinnsale auf den kalten, rauen Wangen. Er leckte sich die Lippen und spürte den Geschmack von Tränen, und plötzlich fühlte er sich wie ein Kind, das Trost suchte, einen Trost, von dem er wusste, dass es ihn nicht gab. Die Mütze kratzte, aber er nahm sie nicht ab. Er war nicht in der Lage, sich zu bewegen, es schien, als wäre das seine einzige Chance, nicht zusammenzubrechen und sich selbst zu verlieren, indem er still stehen blieb, vollkommen still. Wenn er auch nur einen Schritt machen würde oder versuchen, seine Schultern herunterzuziehen oder die Tränen wegzuwischen, dann fürchtete er zu zerspringen.

Was hätte er denn tun sollen? Den Wagen zur anderen Seite reißen? Es hätte nichts genutzt. Er wusste nicht, was er hätte tun sollen, um dieses Kratzen zu verhindern. Es gab nichts.

Das Kratzen, das Kratzen, das Kratzen …

Die Bremsspur im Schnee war lang gewesen, man musste die Glätte dabei berücksichtigen. Der Körper wurde mitgerissen und rutschte dann vielleicht weiter auf der Straße. Hatte er ihn überrollt? Wie schnell war er eigentlich gefahren? Sicherlich nicht viel über der Geschwindigkeitsbegrenzung. Schließlich war es glatt. Er gehörte nicht zu denjenigen, die ein Risiko eingingen.

Der Körper landete schließlich auf der Windschutzscheibe, die Sicht war versperrt. Er bekam eine Scheißangst und trat in die Bremse, aber da war der Mann mit den Skiern schon heruntergerollt, die Stöcke wie Gerten gespreizt, und er musste sich eingestehen, dass es kein Tier gewesen sein konnte. So sehr er es sich auch wünschte.

Er wollte weg. Er wollte den Film zurückspulen.

Wenn Gott gütig war, dann lebte der Mann. Wenn Gott

richtig gütig war, dann waren die Verletzungen nur so schlimm, dass sie alle behoben werden konnten. Wenn Johan Söderlund überlebte, wie verrückt das auch war – Johan, den sie vor die Tür gesetzt hatten –, dann würde er versuchen, alles wieder gutzumachen …

Was sollte gerade *er* eigentlich wieder gutmachen? Er war doch nicht der Schlimmste von allen gewesen. Aber ab jetzt spielte das keine Rolle mehr, denn er würde alles tun, was in seiner Macht stand. Hauptsache, Johan würde einigermaßen glimpflich davonkommen.

Vermutlich würde dem nicht so sein, er hatte ihn ja selbst da auf der Straße liegen sehen.

Oh Scheiße, verdammter Mist!

*Keinem soll es so gehen, wie es dir geht. Dir soll es wegen mir nicht so schlecht gehen.*

Die Worte hallten in ihrem Kopf wider. Sie hatte diese Sicht der Dinge immer von sich gewiesen, ihn ausgelacht, ihn umarmt und gesagt, dass es besser werden würde. Alles würde besser werden mit der Zeit. Und außerdem hatte sie es doch gar nicht so schlecht. Schließlich liebte sie ihn doch.

Sie hatte nicht richtig zugehört. Oder doch, aber sie hatte nichts unternommen. Aber was denn auch? Dieses Gefühl der Machtlosigkeit hatte sie seit mehreren Jahren begleitet. Jetzt war es vorbei.

*Lena, meine Geliebte!*
*Das Leben soll gelebt werden und nicht ohne Sinn sein. Mein Leben ist sinnlos geworden – vollkommen ohne jede Bedeutung –, aber dein Leben hat einen Sinn. Dein sinnvolles Leben wirst du ohne mich leichter leben können. Ich bin eine Belastung, in erster Linie für mich selbst.*

*Lena, diejenigen, die mir geschadet haben, haben auch dir geschadet. Sie sind voller Widerlichkeit, bis in ihre Seele hinein verrottet, hoffnungslos verdor-*

*ben, aber bis jetzt sind sie davongekommen. Sie haben mein Leben verdorben, und damit auch dein Leben, die du gezwungen wurdest, mit einem Schatten zu leben, einem gequälten und gebrochenen Menschen, einem lebendigen Schatten.*

*Ich bin ein unfreier Mensch, da ich nie frei genug bin, mich selbst zu vergessen. Und sie waren es, die mich dazu gemacht haben. Ich kann diese Menschen, die mir geschadet haben, die mich vernichtet haben, nicht vergessen, und dieser Schaden prägt mich für immer und ewig. Endlich habe ich das begriffen. Der Kampf war lang und schwer, und leider war er sinnlos.*

*Nicht ich bin der Mensch, der sich an ihnen rächt. Vielleicht wirst du es sein, wenn du es schaffst. Aber einer von ihnen wird eine Schuld zu tragen haben, die Schuld, mich getötet zu haben. Dafür werde ich sorgen.*

*In Wirklichkeit bin ich schon lange tot, ich habe es bis jetzt nur nicht einsehen wollen.*

*Johan*

Sie hatte den Brief mehrere Male gelesen, ihn dann weggelegt. Die Worte waren ein Teil von ihr geworden.

Als es an der Tür klingelte, zuckte sie zusammen, ihr Herz machte einen Satz. Sie hatte darauf gewartet und war überrascht, wie lange es dauerte. Sie lag auf dem Sofa im Wohnzimmer und hatte die ganze Zeit aus dem Fenster gestarrt, war dem schwarzen Himmel mit ihrem Blick gefolgt, sah die Sterne und sah sie gleichzeitig auch nicht, während sie den Schmerz zu verdrängen versuchte.

Es klingelte noch einmal, aber sie bewegte sich nicht. Sie wollte die endgültigen Worte nicht hören, sie wollte diesen Phrasen entgehen, obwohl sie irgendwie bereits darauf vorbereitet war. Sie lebte schon so lange Zeit unter dieser Anspannung, dass sie sich an den Zustand gewöhnt hatte und kaum merkte, wie die Angst, Johan könnte sich das Leben nehmen, sich in ihrem Inneren eingenistet hatte. Tag für Tag hatte sie mit der Gewissheit gelebt, dass das Schlimmste passieren konnte, und sie hatte immer Angst gehabt, mal mehr, mal weniger, wenn sie von zu Hause weggegangen war, und war ebenso erleichtert gewesen, wenn sie ihn lebendig wieder zu Hause angetroffen hatte. Erst im letzten halben Jahr war die Angst geringer geworden, da er wieder mehr der Alte geworden war, wie damals, als sie sich ineinander verliebt hatten.

Jetzt, nachdem es passiert war, war es natürlich nicht so, wie sie es sich vorgestellt hatte, es war nicht nur schrecklich und traurig, nein, es war schlimmer. Sie trieb in einer unmenschlichen Leere, ohne jede Verankerung. Ihr war schwindlig, übel, und sie hatte große Angst.

Das ist bestimmt der Große Wagen, stellte sie fest, ohne den Blick abzuwenden. Es war der Große Wagen, auf den sie seit einer ganzen Weile starrte. Sie war gelähmt, stumm und tot. Das Klingeln durchschnitt erneut die Wohnung, und sie spürte, wie ihr Gesicht heiß wurde. Sie konnte es nicht länger aufschieben. Mühsam stand sie auf, zog den Pullover über die Hüften und stapfte zur Wohnungstür.

Ein Mann und eine Frau standen im Treppenhaus, beide Polizisten in den gleichen dunkelblauen Winterjacken aus reißfestem Material. Der Mann, der das Wort führen würde, hatte seine Mütze abgenommen, eine Schirmmütze mit wärmenden Ohrenklappen und Nackenschutz, hielt sie in beiden Händen, ein wenig ängstlich und hilflos. Sie sah die Polizeimarke zwischen seinen dünnen Fingern, die vorsichtig am Futter zupften. Er war gut dreißig Jahre alt, feingliedrig gebaut, hatte eine helle Haut voller Narben und tiefer Poren an den Wangen, sein Haar war so hellblond, dass es fast farblos erschien, so kurz geschnitten, dass es vom Kopf hochstand. Er schaute sie aus fast unschuldigen, hellblauen Augen an. Insgesamt ein weichlicher Typ, fand sie, aber er sah nett aus, und sie war froh, dass sie so einen geschickt hatten. Sie wusste, was er sagen würde.

»Sind Sie Lena Söderlund?«, fragte er, und sie nickte und schluckte. »Wir kommen von der Polizei«, fuhr er fort und nahm die rechte Hand von der Mütze, streckte sie vor, und sie ergriff sie wie in Trance, und er drückte ihre Hand mit einem festen Handgriff. »Peter Berg heiße ich«, sagte er dann, »und das hier ist meine Kollegin Erika Ljung. Dürfen wir hereinkommen?«

Lena machte einen Schritt zurück in den Flur, damit die beiden eintreten konnten. Sie zogen sich die Stiefel auf der Fußmatte aus, behielten aber ihre Jacken an, als sie ihr ins Wohnzimmer folgten. Auf den Jackenrücken stand mit großen reflektierenden Buchstaben »Polizei«.

»Wohnt Johan Söderlund hier?«, fragte der Polizist, ohne sich zu setzen, und sie nickte stumm. »Wir müssen Ihnen leider mitteilen, dass er einen Unfall, einen Verkehrsunfall hatte. Er wurde beim Skifahren angefahren und hat schwere Verletzungen davongetragen ... schwere Verletzungen«, wiederholte er kaum hörbar.

Der Polizist verstummte, er schaute sie an, während er auf ihre Reaktion wartete. Sie musste blinzeln, hob die Hand zum Mund, um einen Schrei zu verhindern. Sie klimperte weiter mit den Augenlidern und starrte abwechselnd ihn und seine Kollegin an, die erst jetzt ihre Mütze abnahm.

Um sie herum brach alles zusammen, aber es erschien ihr gleichzeitig so absurd. Johan war nicht tot. Er lebte! Die Hoffnung entflammte, ein schmaler Lichtstreifen, ein winzig kleines bisschen Hoffnung.

Johan hatte nicht geplant zu überleben, aber vielleicht sollte es einfach nicht nach seinem Willen gehen. Gott wollte ihm vielleicht noch eine zweite Chance geben, und auch wenn er sie nicht gewollt hatte, so würde er schon seine Meinung ändern.

Sie spürte, wie die zu fällenden Entscheidungen sie überwältigten und sie begann zu schwanken.

»Kommen Sie, setzen wir uns«, sagte die Polizistin mit der braunen Haut, fasste sie am Ellbogen und drückte sie sanft aufs Sofa, auf das Sofa, das sie gerade erst verlassen hatte.

Peter Berg hatte immer noch den kindlichen Traum, man müsse in einer solchen Situation die Zeit einfach zusammenschrumpfen lassen oder das Band vorspulen können, so dass das Ganze schon überstanden wäre. Doch die Zeit ließ sich nicht auf diese Art und Weise manipulieren, und so half es nur, in den sauren Apfel zu beißen und stattdessen zu versuchen, das Beste aus der Situation zu machen, zu versuchen, sich so menschlich wie möglich zu verhalten. Und was bedeutete das? Er wusste, dass es gar nicht so wichtig war, was er sagte, sondern vielmehr, wie er es sagte, und dass er ganz bewusst präsent sein musste. Besonders Letzteres war wichtig: präsent zu sein. Eigentlich musste gar nicht viel gesagt werden, doch auch das Schweigen konnte auf unterschiedliche Weise sprechen, das Nichtgesagte konnte gut und angenehm sein, aber auch böse oder sogar feindselig. Er hatte viel mit Louise Jasinski zusammengearbeitet und war ihre geduldige, ruhige Art gewohnt, die nie irgendwelche Hast zeigte und sich nie aufdrängte. Jetzt stellte er fest, wie wütend er über all das nervöse Geplapper wurde, über die vielen Worte des Trosts, die aus Erika nur so herausquollen, während sie sich neben die trauernde junge Frau auf dem Sofa setzte. Es schien, als nähme Erika den gesamten Raum ein und stellte sich selbst ins Zentrum. Er fühlte sich irgendwie auf eine merkwürdige Art und Weise überflüssig. Dabei war er schließlich derjenige, der die größere Erfahrung von ihnen beiden hatte.

»Ihr Mann ist beim Skifahren von einem Auto angefahren worden«, konnte er schnell vor Erika antworten, als die Frau auf dem Sofa sich die Nase geputzt hatte und fragte, was denn eigentlich passiert sei.

»Von einem Auto ..., auf Skiern«, wiederholte sie tonlos.

»Ja, er muss auf die Fahrbahn gekommen sein. Es war dunkel, sagt der Autofahrer. Es gibt ja keine Straßenbeleuchtung auf dem Weg nach Dalby.«

»Johan fährt nie Ski, wenn es dunkel ist. Schließlich hat er ja den ganzen Tag zur Verfügung.«

»Ach so«, sagte er ohne jede Kritik in der Stimme und verstummte dann.

Auch Erika schwieg. Was für ein Segen, dachte er. Die Frau, die Lena hieß, schluchzte heftig und zog laut die Nase hoch. Sie hatte kein Taschentuch mehr, aber Erika zog sofort eins heraus und gab es ihr. Sie schnäuzte sich.

»Wer hat ihn verdammt noch mal angefahren?«, schrie sie dann.

»Sie werden ihn sicher nicht kennen«, antwortete Peter Berg.

Sie schaute ihn mit rot geweinten, böse funkelnden Augen an.

»Wir fahren Sie gern ins Krankenhaus«, sagte er. »Möchten Sie vorher noch jemanden anrufen?«

»Wen denn?«, zischte sie wütend.

Er holte leise tief Luft. Sie tat ihm Leid. Sie war eine ganz hübsche Frau um die Fünfunddreißig mit dickem, langem Haar. Sie hatte ein bisschen was von einem Waldweib, aber ihr Gesicht war blass, fast bläulich und verschlossen, und sie vermied es, ihm in die Augen zu sehen.

»Ich dachte, Sie hätten vielleicht irgendwelche Angehörige oder nahe Freunde, die Ihnen jetzt helfen können«, sagte er. »Vielleicht müssen ja auch Johans Eltern informiert werden.«

»Ich brauche keine Hilfe«, entgegnete sie wütend und putzte sich erneut die Nase, und Peter Berg dachte nur, wie unterschiedlich doch Trauer und Angst zum Ausdruck kommen konnten. »Außerdem sind seine Eltern tot. Alle beide. Er ist ein Nachzügler. Seine Geschwister können wir später anrufen«, erklärte sie dann.

Sie zog sich ihren Mantel an, löschte das Licht, und gemeinsam gingen sie hinunter zum Polizeiwagen. Wie schön, da wieder rauszukommen, dachte er. Die Kälte tut richtig gut.

## KAPITEL 5

Als Veronika an die Tür kam, schleuderte sie sofort die Schuhe von sich, ein Paar praktische Halbschuhe, die eigentlich zu kalt waren, aber glücklicherweise weit genug. Es gab im Augenblick nicht viele Schuhe, in die ihre Füße passten.

Das Telefonklingeln schrillte durchs Haus. Sie wusste, wer das war, ganz genau wusste sie es. Sie war tatsächlich zu einer Person geworden, um die man sich Sorgen machen musste. Zumindest glaubten das so einige, und an erster Stelle ihre Mutter.

Sie bemühte sich, zwischen den Umzugskartons durch den engen Gang in den Flur zu kommen, machte die Deckenlampe an – Lampen hatten sie zumindest schon einmal angebracht – und nahm den Hörer ab.

»Meine liebe Kleine, du übernimmst dich doch nicht bei dem ganzen Umzugsstress«, sagte ihre Mutter mit kraftloser und alterszittriger Stimme.

Veronika schluckte und hielt den Hörer ans andere Ohr. Sie antwortete nicht sofort, weil sie der Meinung war, dass sie die Gründe für den Umzug häufig genug dargelegt hatte, das sollte so langsam reichen. Oder auch nicht, vielleicht musste sie das Ganze ja noch einmal herunterbeten. Sie war sich da unsicher. Der Verdacht, dass ihre Mutter bestimmte Sachen nicht mehr so richtig mitbekam, hatte sich langsam mit einem unangenehmen Gefühl bei ihr eingeschlichen. Veränderte ihre Mutter sich? Begann sie in einen Zustand der Demenz zu sinken? Bis jetzt hatte sie Überlegungen dieser Art nie wirklich ernst genommen. Und so sollte es auch bleiben. Vielleicht handelte es sich ja doch nur um eine übertriebene Sorge angesichts des Zustands der Tochter.

»Musstet ihr denn wirklich jetzt auch noch umziehen?«, fragte ihre Mutter noch einmal, diesmal eher mit Furcht als mit Tadel in der Stimme, eine neue unangenehme Variante.

Ihre Mutter hatte nie zu der besorgten, unsicheren Kategorie gehört, eher war sie eine Frau gewesen, die alles möglichst selbst bestimmen wollte. Mamas Befehlston konnte bei Veronika, so erwachsen sie war, immer noch das gleiche widerwärtige Gefühl der Unterlegenheit auslösen, wie sie es als Kind erlebt hatte, wenn sie ohne jede Vorwarnung und ohne Möglichkeit zur Verteidigung kritisiert worden war. Aber diese dünne, vorsichtige und ängstliche Stimme von heute, die war noch schlimmer. Wurde man als Demente ängstlicher?, fragte sie sich insgeheim.

»Nein«, antwortete Veronika entschieden und hörte sofort, dass die Antwort nicht richtig war, aber sie wusste nicht, was sie ihrer Mutter anderes hätte sagen sollen.

Beide schwiegen. Mamas Atem war im Hörer zu vernehmen, angestrengte Atemzüge aus und ein, dann putzte sie sich die Nase. Veronika bekam ein schlechtes Gewissen. War ihre Mutter jetzt verletzt? War sie traurig oder nur beleidigt?

»Ich meine, dass wir nicht mehr getrennt wohnen konnten, das kannst du doch wohl verstehen, Mama, oder? Das wird hier schön werden, meine liebe Mama. Mach dir nur keine Sorgen«, beeilte sie sich hinzuzufügen, und sie konnte fast vor sich sehen, wie ihre Mutter versuchte, ihre Gedanken zu sortieren, während sie ein Taschentuch umklammerte.

Veronika war wirklich gerne bereit, das Positive in dem eigentlich ganz normalen Verhalten ihrer Mutter zu sehen, aber in letzter Zeit war es einfach zu viel geworden. Ihre Mutter rief jeden Abend an, und selbst wenn es zum Schluss nicht mehr viel zu sagen gab, wusste Veronika genau, dass die Anrufe zum Teil Zeichen der Einsamkeit ihrer Mutter waren, und das machte sie traurig.

Ihre Mutter hatte ein beträchtliches Alter erreicht, die Jahre waren schnell vergangen, und sie litt an verschiedenen Gebrechen – Gebrechen, aber keine richtigen Krankheiten, die man mit Namen nennen konnte, weder Diabetes noch Hypertonie oder Angina Pectoris. Und ihr Gehirn schien noch so klar zu sein, dass sie Veronikas Nummer wählen konnte. Was mehr durfte man von einer Frau von über achtzig erwarten? Nein, sie ist nicht dabei, dement zu werden, dachte Veronika. Sie ist einfach nur alt.

»Und wie geht es dir?«, fragte Veronika und bekam zu ihrer Überraschung zu hören, dass sowohl die Nacht wie der Tag angenehm gewesen waren, toi, toi, toi, aber mit dem Magen war nicht viel zu machen, hart wie Stein, nichts half, nicht einmal ein Einlauf, wie sie erfuhr. Veronika bedauerte sie, aber nur in Maßen. Verstopfungsprobleme waren nichts Neues, und außerdem hatte Veronika bei ihrer Arbeit diesen Klagegesang schon zu oft gehört. Das medizinische Wundermittel, von dem ihre Mutter und alle ihre Patienten träumten, gab es nicht.

»Mama, das ist ja dumm. Wirklich blöd, aber das kommt vor, wenn …«

»Wenn man alt wird, meinst du«, schnitt die Mutter ihr trocken das Wort ab, und Veronika stellte erleichtert fest, dass von Altersverwirrtheit keineswegs die Rede sein konnte.

Veronika war müde und wollte auflegen. Den Rest des Gesprächs über antwortete sie nur noch unkonzentriert, hoffte aber, dass ihre Mutter nichts merkte, denn jetzt, wo sie endlich wieder zu einem normalen Umgangston gefunden hatten, der sogar von einem gewissen gegenseitigen Verständnis geprägt war, hoffte sie nur, dass es dabei blieb. Keine unnötig verletzten Gefühle.

Die vergangene Nacht und eine unendlich lange Reihe von Nächten davor hatte Veronika auf Grund von Krämpfen und einem strampelnden Baby schlecht geschlafen. Ihr Körper wurde immer schwerer und unbeholfener, und während sie so dastand, spürte sie, wie ihr Bauch sich in alle nur möglichen Richtungen ausdehnen wollte. Der Kopf des Kindes drückte unbarmherzig auf die Beckenknochen und zwängte die Blase ein, so dass sie andauernd zur Toilette laufen musste. Letzte Nacht war sie viermal aufgestanden. Dazwischen drehte und wand sie sich, ohne eine Schlafposition zu finden, die wirklich bequem war.

Sie schaute auf ihre Beine hinunter, dick wie Telefonmasten mit aufgequollenen, zerfließenden Füßen, und sie streckte sich nach einem Hocker, um sich hinzusetzen. Als sie sich hinunterbeugte, spürte sie, wie der Knirps da drinnen sich streckte und den Po gegen ihren Brustkorb drückte, dass sie nach Luft schnappen musste. Sie richtete sich auf, um der Lunge mehr Platz zu geben, holte tief Atem und ließ sich dann schwer auf den Hocker fallen.

Es ging ihr nicht schlecht, nicht wirklich. Die Elastizität ihres Körpers war zur äußersten Grenze ausgenutzt, und das bereitete ihr eine merkwürdige Befriedigung. Es war definitiv das letzte Mal, dass sie ein Kind erwartete. Das Alter würde weiteren Schwangerschaften einen Riegel vorschieben. Das hier war eine Gnade, für die sie dankbar sein musste.

Sie hielt den Hörer am Ohr, während sie mit den Zehen gymnastische Übungen machte, um die Blutzirkulation in den geschwollenen Füßen anzuregen. Vielleicht nützte das ja etwas. Auf jeden Fall war es angenehm. Am liebsten hätte sie ihre Telefonmasten auf einen Stuhl hochgelegt, aber es gab keinen in Reichweite. Und sie war an die Telefonschnur gebunden. Das schnurlose Telefon war noch nicht ausgepackt, sie wusste nicht einmal, in welchem der aufgestapelten Kartons sie hätte suchen sollen.

Der Umzug war eilig vonstatten gegangen, und sie hatten es nicht geschafft, eine Systematik mit den Inhalt deklarierenden Aufklebern auf den Umzugskartons einzurichten. Irgendwann war es nur noch darum gegangen, den Kram so schnell wie möglich einzupacken, sortiert oder unsortiert, so dass der Transport beginnen konnte. Später, wenn alles an

Ort und Stelle war, konnten sie sich dann in aller Ruhe dem Auspacken widmen, rein theoretisch. Nur standen sie jetzt vor einer Riesenaufgabe, die keiner von ihnen als lustvoll empfand, eher als notwendiges Übel. Mit anderen Worten, es ging nur zäh voran, sogar äußerst zäh, vor allem, weil sie es entgegen ihren Plänen nicht geschafft hatten, vorher neu zu tapezieren und zu streichen. Es war nicht besonders verlockend, die Möbel in einen halb fertigen Raum zu stellen oder, noch schlimmer, in ein Zimmer, das dunkelblau oder weinrot tapeziert war. Sie hatten es nicht einmal geschafft, sich zusammenzusetzen, um zu besprechen, welches Zimmer erst einmal so bleiben sollte, wie es war, ob sie nun wollten oder nicht. Die Zeit und auch das Geld waren die einschränkenden Faktoren. Sie waren gezwungen, Prioritäten zu setzen, auch wenn eine aufgeschobene Renovierung das Risiko beinhaltete, nie mehr angegangen zu werden. Ein Heim wie aus den Architekturzeitschriften würde es sowieso nie werden, aber man gewöhnt sich daran. Obwohl, Claes vielleicht nicht, da war sie sich nicht so ganz sicher. Sie kannte ihn noch nicht gut genug, nicht in diesen Punkten, aber sie hegte heimlich den Verdacht, dass er der größere Ästhet von ihnen beiden war. Sein früheres, jetzt zusammengepacktes Domizil war im Gegensatz zu ihrem kein einziger großer Kompromiss gewesen.

Ein Umzug, das ist erst wie sterben und dann wie gebären, dachte sie. Alles wird auf den Kopf gestellt, viel muss aufgerissen werden und einiges begraben. Sie wollte vorankommen und deshalb musste sie heute Abend mit ihm darüber reden, wie es weitergehen sollte. Sie würde ausloten, wo die Grenzen seiner Kompromissbereitschaft lagen, beschloss sie und pustete eine Haarsträhne fort, die ihr in die Stirn gerutscht war. Sie müsste sich die Haare schneiden lassen, aber bald würde sie ja Zeit dafür haben. Noch eine Woche, dann begann ihr Mutterschaftsurlaub.

»Aber du lässt doch Claes die Kartons schleppen. Pass auf, dass du nicht so schwer trägst«, erklärte ihre Mutter mit etwas schärferer Stimme. Sie hatte ihre Verstopfungsprobleme verlassen.

»Natürlich trägt Claes die Kartons«, antwortete Veronika ermattet.

Und das stimmte auch. Claes achtete sehr genau darauf, dass sie nicht zu schwer hob. Er war überhaupt sehr besorgt um sie, so aufmerksam, dass sie Schauer von etwas überliefen, was vielleicht Glück war. Sie war in dieser Beziehung nicht gerade verwöhnt und genoss es, aber sie konnte auch ihre arme alte Mutter verstehen. Sie konnte sich schon vorstellen, dass diese ein wenig überfordert damit war, zu einem Zeitpunkt noch einmal Großmutter zu werden, zu dem es eigentlich eher Zeit für Urenkel wäre. Aber es spielt ja keine Rolle, was Mama sagt und denkt, dachte Veronika, die die eigene Nabelschnur schon vor langer Zeit durchgeschnitten hatte. Sie zumindest war davon überzeugt.

Veronika strich sich über den strammen Bauch und zog den Pullover herunter, der kaum noch ausreichte. Sie tauschten noch einige allgemeine Phrasen aus, und dann legte sie auf. Langsam stand sie vom Telefonhocker auf und ging zur Toilette. Sie musste schon wieder pinkeln.

Sie erwartete ein Kind, das sie nicht geplant hatte. Genauer gesagt hatten beide es nicht geplant. Man plant kein Kind, wenn man vierundvierzig ist. Das ist etwas, was man bekommt, wenn das Schicksal es so will, eine Gnade. Oder auch eine Ungnade. Wie man's nimmt.

Sie hatte es darauf ankommen lassen und nicht verhütet. Sie hatten nie über ein Kind geredet, jeder hatte für sich gewohnt, und das klappte prima, es gab keinen Grund, das zu ändern. Mit sehr ambivalenten Gefühlen hatte sie ihm dann berichtet, was Sache war. Sie war zu allem bereit gewesen, eine Abtreibung mit oder ohne anschließende Trennung auf Grund der Enttäuschung. Das Kind zu behalten, allein oder zusammen. Sie hatte das Gefühl, sie hätte ihn hereingelegt.

Sie spülte, ging dann in die Küche und schaute dort aus dem Fenster. Der Garten lag unter einer dicken Schneedecke, sie konnte den Gartenweg, den Claes freigeschaufelt hatte, in der Dunkelheit nur erahnen. Es war ein außergewöhnlich schöner Februartag gewesen. Sie wusste nicht, wann er nach Hause kommen würde, sie hatte gelernt, dass es ab und zu spät werden konnte, und sie war fest entschlossen, daraus kein Drama zu machen. Die Hauptsache war, dass er kam. Sie nahm ein Buch, legte sich seitlich aufs Bett und fing an zu lesen.

Die Polizeibeamten Peter Berg und Erika Ljung fuhren vom Krankenhausparkplatz hinunter. Der Abend war schon fortgeschritten, der Nachthimmel schwarz und klar. Es war weiterhin sehr kalt.

»Traurige Sache«, sagte er.

»Ja«, stimmte sie zu. »Er wird sicher nie wieder der Alte werden.«

»Nein, bei den Verletzungen bestimmt nicht«, nickte Peter Berg. »Aber man kann natürlich nie wissen«, fügte er mit einer Art Trost in der Stimme hinzu.

Er schaute von der Seite her auf Erikas Hände. Sie hatte die Handschuhe ausgezogen, ihre braunen Hände lagen im Schoß. Sie trug einen breiten, flachen Goldring mit eingraviertem Muster an einem Ringfinger. Der Ring betonte noch ihre dunkle Haut. Die schmalen Hände hatten etwas Exotisches, Verlockendes an sich, und er bekam Lust, sie zu berühren, tat es aber natürlich nicht. Dieser Ring da ist sicher ein Verlobungsring, wenn auch kein typischer, dachte er, griff zum Schaltknüppel und kam den Händen so noch näher. Als hätte sie seine Gedanken gelesen, hob sie die Hände und knöpfte ihre Jacke ein wenig auf. Dann nahm sie die Mütze ab, und das gekrauste, blond gesträhnte Haar quoll hervor, und er überlegte insgeheim, ob die Haarfarbe wohl echt war. Es hätte dunkler sein müssen, aber wer konnte da sicher sein. Er wünschte, er selbst hätte ein wenig mehr Farbe, wäre nicht so durchsichtig und langweilig, wie man ihm immer wieder sagte. Auch gern etwas größer.

»Er hat bestimmt nicht damit gerechnet, dass da ein Auto kommt«, sagte er plötzlich und bremste gleichzeitig den Wagen vor einem abbiegenden Streuwagen ab.

Sie fuhr sich mit den Fingern durchs Haar, kratzte sich auf der Kopfhaut, dass es zu hören war. Ihre Fingernägel waren oval und hell, ihre Hände waren überhaupt sehr schön und greifbar sinnlich.

»Nein, hat er sicher nicht«, stimmte sie zu und schüttelte den Kopf, so dass die Locken sich neu ordneten, und er konnte einen Parfümduft wahrnehmen, der vielleicht von ihrem Shampoo stammte. »Sie müssen sich gekannt haben«, sagte sie anschließend, und er schwieg, weil er ihren Gedankengang nicht verstand.

»Wer?«, fragte er dann.

»Na, die beiden, dieser Johan, der angefahren worden ist und der, der ihn angefahren hat. Der Mann mit der Steppjacke, meine ich. Sie haben ja beide am gleichen Arbeitsplatz gearbeitet, auch wenn der Angefahrene wohl irgendwie frei hatte.«

Ihre Hände lagen wieder auf den Knien, sie lagen aber nur still, wenn sie nicht redete, sonst flatterten sie auf wie selbstständige Flügel. Sie schien nicht reden zu können, ohne die Hände zu Hilfe zu nehmen, aber jetzt störte ihn das nicht mehr. Sie hatte sich beruhigt, als sie ins Krankenhaus gekommen waren. Vielleicht hatte er sich aber auch an ihre Art gewöhnt. Mit manchen Menschen war der Umgang am Anfang nicht so einfach, aber auf lange Sicht gewöhnte man sich aneinander. Dann gab es natürlich die, die man sofort mochte, mit denen man dann aber später Probleme bekam. Oft stellte sich heraus, dass sie nicht so nett waren wie zuerst angenommen.

Als Erika bei ihnen angefangen hatte, war er ihr ziemlich schnell verfallen, wie alle anderen auch. Sie fiel auf, nicht nur, weil sie groß, schlank und geschmeidig war und außerdem noch wunderschön goldbraun, sondern auch, weil sie fast immer fröhlich war, nicht kichernd oder albern, sondern einfach offen fröhlich. Anfangs hatte er skeptisch gedacht, dass sie nur nicht glauben sollte, es würde ein Lachen genügen, um etwas zu erreichen. So einfach war das nicht. Die Frage war, ob man etwas auf dem Kasten hatte, ernsthaft und hart arbeitete und nicht nur kicherte und herumalberte. Aber er hatte sich umgucken müssen. Erika gab sich alle Mühe, sie schmeichelte sich bei niemandem ein und zeigte, dass sie, wenn es darauf ankam, keine Gefahr bedeutete. Sie musste sich nicht in den Vordergrund spielen, die ganze Zeit im Mittelpunkt stehen, wie er zunächst befürchtet hatte. Vielleicht hatte er auch nur so gedacht, weil sie so hübsch war. Er lebte mit der Vorstellung, dass attraktive Mädchen arrogant sein müssten wie die meisten, die er kennen gelernt hatte und die ihn kaum eines Blickes würdigten, schon gar nicht eines Lächelns. Ganz anders Erika, sie hatte mit ihm geredet und gescherzt, genau wie sie es mit allen anderen tat, weder mehr noch weniger, und das hatte etwas in ihm wachsen lassen.

»Die Ehefrau kannte den Fahrer nicht. Jedenfalls hat sie nicht auf den Namen reagiert«, bemerkte Peter Berg, gerade als sie auf den Ringvägen bogen.

»Das ist nichts Besonderes«, sagte Erika.

»Nein, habe ich das behauptet?«

»Ich kenne viele, die zu Hause kein Wort über ihre Arbeit verlieren«, sagte sie fast ein wenig mürrisch.

Er sagte nichts dazu und hoffte, etwas darüber zu erfahren, wie es bei ihr zu Hause zuging. War sie so eine, die daheim über ihre Arbeit erzählte oder so eine, die nichts sagte? Aber das setzte natürlich voraus, dass sie jemanden daheim hatte, und genau das wollte er wissen. Vermutlich schon, denn die Frau sah einfach zu gut aus. Etwas Weiblicheres konnte man lange suchen. Und dann diese braune Haut, die seine Fingerspitzen so gern berühren würden, vorsichtig und sanft. Er kniff schnell die Augen zusammen, während ihn eine Welle der Wollust wie ein elektrischer Schlag durchfuhr.

»Ja, so ist es wohl«, sagte er schließlich und stellte mutig seine Frage. »Und – erzählst du zu Hause von deiner Arbeit?«

Er konzentrierte sich auf die Straße, schaute geradeaus. Er traute sich gar nicht, den Kopf zu drehen und sie anzusehen.

»Natürlich tue ich das«, antwortete sie unbedarft. »Du weißt doch, wie redselig ich bin. Aber ich glaube, Rickard hört gar nicht zu, was ich sage. Das interessiert ihn gar nicht«, erklärte sie etwas bedrückt.

Peter Berg wusste nicht, was er daraufhin antworten sollte. Er meinte zu wissen, um welchen Rickard es sich handelte, ein häufiger Besucher des einzigen Trainingscenters der Stadt, sehr viel fleißiger in dieser Beziehung als er selbst.

»Er hört mir nicht zu«, wiederholte sie. »Er ist so verdammt desinteressiert«, fuhr sie fort, worauf er noch viel weniger eine Antwort wusste.

Er konnte nicht begreifen, was Erika an einem so mittelmäßigen Bodybuilder wie Rickard finden konnte. Außer den aufgepumpten Muskeln.

Laura Ehrenswärd, die Chefärztin des Allgemeinen Krankenhauses, war gut fünfzig Jahre alt. Sie war klein und zierlich und sah dadurch bedeutend jünger aus. Fast mädchenhaft, obwohl sie doch der Boss war. Die wenigen grauen Haarsträhnen, die das schwarze, glatte Haar melierten, hatte sie zunächst ausgezupft, aber in letzter Zeit tönte sie ihr Haar lieber. Das sah zwar natürlich aus, war aber vielleicht zu hart für die alternde Haut mit schärferen Zügen und blasseren Tönen.

Sie blieb gern noch in ihrem Arbeitszimmer, wenn die anderen gegangen waren. Dann war es ruhig und still, und sie konnte noch etliches erledigen. Das Telefon blieb stumm, der Flur lag verlassen da, der Pieper war ausgeschaltet. Sie hatte das kleine Transistorradio eingeschaltet, das leise klassische Musik spielte. Hatte sich Tee gekocht und ein Brötchen geschmiert, das zwar schon ein wenig trocken war – sie hatte es heute Morgen gekauft –, aber immer noch schmeckte, da es den nagenden Hunger und die Müdigkeit für eine Weile fern hielt.

Der Schreibtisch sah langsam aufgeräumt aus. Sie war alle Journale durchgegangen und hatte den Stapel in den Ausgangskorb der Sekretärin gelegt. Der Stapel wäre fast umgefallen, also musste sie einen kleineren Teil auf den Boden legen. Sie schob den Gedanken an die arme Sekretärin zur Seite, die sich am nächsten Tag um all das kümmern musste. Arztsekretärinnen gehörten zu einer schmählich unterbezahlten Gruppe, eine typische Frauenarbeit. Das wusste sie nur zu gut. Ihre Mutter hatte einmal für eine ganze Klinik geschrieben, und das für einen Hungerlohn. Tüchtig, stolz und fleißig.

Auf dem Poststapel lag eine Einladung zu einem Endokrinologie-Kongress in San Diego. Hormonforschung war viele Jahre lang ihre große Leidenschaft gewesen. Jetzt war das Interesse verblasst, aber dennoch versuchte sie hin und wieder teilzunehmen, um nicht alle Kenntnisse zu verlieren. Nur empfand sie es mit der Zeit immer anstrengender, Reisemittel zu beantragen, und wenn sie ehrlich sein wollte, hatte so ein Forschungskongress nicht mehr die gleiche Anziehungskraft für sie wie früher, seit rein forschungsmäßig nicht mehr mit ihr zu rechnen war. Sie war nicht mehr auf dem Laufenden, und da war es fast besser, es ganz sein zu lassen. Eine Urlaubsreise ohne jede Verpflichtung erschien da verlockender. Das sagte sie natürlich nicht offen, und schon gar nicht den jüngeren Ärzten gegenüber, die sie unermüdlich zu stimulieren versuchte, die Welt der Forschung zu betreten, unter anderem mit Weltkongressen als Lockmittel, aber so lief es nun einmal ab. Und noch weniger konnte sie sich als Betriebsleiterin von dem immer schmaler werdenden Reisebudget der Klinik bedienen. Da war es wichtiger, großzügig zu sein und den Jungen die Möglichkeit zu geben, herauszukommen und sich umzuschauen.

Sie warf die Einladung in den Papierkorb, zog sich den Mantel an und setzte die gestrickte Mütze in naturfarbener Wolle mit der Rotfuchskante auf, die sie vor vielen Jahren in Dalarna gekauft hatte. Vielleicht war sie inzwischen zu mädchenhaft für sie, und leider doch noch nicht alt genug, um wieder schick, frech oder zumindest originell zu sein, aber die Mütze war warm und saß angenehm.

Es war schon nach zehn Uhr, und sie wollte nach Hause.

Gerade als sie die Tür zum Treppenhaus aufschließen wollte, hörte sie, wie von der anderen Seite ein Schlüssel ins Schloss gesteckt wurde. Fast fiel sie einem der Assistenzärzte in die Arme, der Dienst hatte und grob die Tür aufriss. Beiden war es peinlich, er lachte laut auf, sie kicherte und war wütend über sich selbst, weil sie das tat, vor allem, weil sie wusste, dass die Mütze einen komischen Eindruck machen konnte. Kichern und eine alberne Mütze, das war keine gute Kombination für eine Frau reifen Alters, aber sie fand es auch nicht angebracht, sie abzunehmen, das würde das Ganze noch schlimmer machen. Also gab sie ein paar nichts sagende Sätze von sich, kehrte auf dem Absatz um und ging zu den Treppen. Laura nahm nie den Fahrstuhl, wenn sie es nicht musste. Als sie gerade die oberste Stufe erreichte, rief er noch etwas, das durch das leere Treppenhaus hallte.

»Ach, weißt du«, sagte er dann mit leiserer Stimme, ließ die Tür los und kam mit großen Schritten auf Laura zu. »Heute Abend ist etwas Unangenehmes passiert.« Die gesenkte Stimme gab ihr zu verstehen, dass es sich um etwas Vertrauliches handelte. Vielleicht musste er seiner Chefin gegenüber sein Herz ausschütten, und wenn ein jüngerer Kollege ihre Unterstützung brauchte, dann war sie die Erste, die ihm ein offenes Ohr schenkte.

»Ich komme gerade von der Herzintensivstation, und da habe ich erfahren, dass Johan Söderlund am frühen Abend mit dem Notarztwagen eingeliefert wurde, böse zugerichtet. Er liegt auf der Intensivstation. Die Chirurgen haben es mir erzählt. So ziemlich alle Knochen sind gebrochen. Autounfall, ist angefahren worden.«

Sie schaute ihn starr an, während gleichzeitig kinderpornografische Bilder durch ihre Erinnerung flatterten, Bilder, die sehr unscharf waren, da sie nie als etwas anderes als ein Begriff und eine Anklage existiert hatten, und das wusste sie. Und das war das Schlimmste. Nur sie, niemand sonst wusste das.

Als Laura Ehrenswärd endlich nach Hause kam, war sie erleichtert, dass die Söhne ausgezogen waren und sie alleine lebte. Sie brauchte ihr Gesicht nicht mehr unter Kontrolle zu halten und wurde mit ihrem schlechten Gewissen in Ruhe gelassen.

In dieser Nacht schlief sie schlecht.

Ewa Bengtsson holte die Whiskyflasche aus dem Schrank und schenkte ihrem Mann ein halbes Glas ein. Er nahm das Glas, trank aber nicht.

»Nun trink schon, Tomas«, sagte sie, ihre Stimme war sandig und müde.

Es war schon weit nach Mitternacht, die Stunde der Nachtgeister und des Werwolfs, und das war in ihrem Körper zu spüren. Sie konnte nicht ins Bett gehen, solange Tomas herumlief. Die Kinder schliefen, zum Glück, aber sie musste an ihren morgigen Arbeitstag denken. »Wir können morgen wohl freimachen«, sagte sie. »Wir werden es nicht schaffen, zur Arbeit zu gehen. Ich sehe zu, dass die Kinder aus dem Haus kommen.«

»Nie im Leben«, erwiderte er. »Dann denken die ja, dass ich schuldig bin.«

»Das ist doch nun wohl scheißegal, ob du Schuld hast oder nicht«, sagte sie fast resigniert. »Aber man darf doch wohl einen Tag zu Hause bleiben, wenn man jemanden angefahren hat ... wenn etwas so Schreckliches passiert ist.«

Sie verstummte, und er starrte sie mit dunklen Augen an, bevor er den Whisky in sich hineinkippte. In diesem Augenblick sah sie ein, was sie den ganzen Abend schon geahnt hatte. Was immer sie auch sagen würde, es wäre nicht richtig. Alles wäre falsch.

»Wie konnte er nur da rauskommen?«, fragte er zum hundertsten Mal, und sie konnte hören, dass er gleich wieder anfangen würde zu weinen.

Sie waren seit fünfzehn Jahren verheiratet. Nie hatte er in ihrem Beisein geheult. Doch, natürlich hatte er Freudentränen gezeigt, als Tobias geboren wurde, aber jetzt liefen ihm die Tränen immer und immer wieder die Wangen hinunter. Sie war dessen müde geworden und dachte wütend, dass er sich doch wohl zusammenreißen könnte. Dieses Selbstmitleid war wie verhext. Außerdem war es für weiteres Mitleid schon viel zu spät.

»Ich hätte doch verdammt noch mal später nach Hause fahren können … oder früher. Dann wäre er davongekommen.«

Sie schwieg.

»Es war, als hätte dieser Teufel mir aufgelauert«, sagte er und schaute sie mit geröteten Augen an.

»Bitte, Tomas, jetzt fantasierst du aber.« Sie zog sich den Morgenmantel enger um den Leib, während sie auf dem Klavierhocker saß, dem einzigen Stuhl, der so hart und unbequem war, dass sie nicht sofort darauf einschlief. »Es war einfach Pech, dass du ihn angefahren hast«, sagte sie fast mechanisch. »Niemand hätte es geschafft, auszuweichen, Tomas, das weißt du. Du hattest Pech«, wiederholte sie und konnte nicht mehr sagen, wie oft sie sich schon wiederholt hatte.

»Ich habe diesen Idioten doch gar nicht gesehen!«, schrie er fast im Falsett.

»Nein, wie hättest du auch? Das war ein Unfall. Bitte, bitte, Tomas! So kommen wir doch nicht weiter. Du wirst nicht bestraft werden. Es war nicht dein Fehler. Komm, lass uns ins Bett gehen.«

Er raufte sich energisch die Haare, senkte den Kopf und machte im Nacken weiter, immer wieder, bis das matt rotblonde Haar in alle Richtungen abstand. Ewa hätte ihm am liebsten übers Haar gestrichen, schaffte es aber nicht aufzustehen. Nach einer Weile sammelte sie alle ihre Kräfte, da es doch keinen Sinn hatte, hier sitzen zu bleiben.

»Ich gehe jetzt jedenfalls ins Bett«, sagte sie mit rauer Stimme und stand auf.

## KAPITEL 6

Der Kriminalkommissar Claes Claesson saß früh am Vormittag in seinem Zimmer und versuchte Ordnung in den Inhalt mehrerer Berichte über eine Bande von Rowdys zu bringen, die bis jetzt noch niemanden getötet hatten, aber bereits mehrere Personen verletzt sowie sich Wertgegenstände von nicht geringem Wert angeeignet hatten. Leider war es nicht so einfach, einen Überblick über die Sache zu bekommen. Sie gaben sich gegenseitig die Schuld, waren glatt wie Aale, und es fehlte ihnen die normale soziale Verankerung und der Ehrenkodex. Für ihre Zukunft sah es finster aus.

Morgens war ihm als Erstes der Polizeidirektor Olle Gottfridsson begegnet, groß und gutmütig, vielleicht allzu gutmütig mit wiegendem Bauch und schwerem Gang. Aber er sah gesund aus, oder besser gesagt, er sah so aus wie immer.

»Hallo, du siehst ja fit aus«, sagte Claesson zu ihm.

Gotte schaute ihn verwundert durch seine dicken Brillengläser hindurch an. »Sollte ich das nicht?«

»Nun ja, ich weiß nicht. Ich habe schon das Schlimmste befürchtet. Vanja hat mich gestern angerufen und nach dir gefragt.«

»Ach so«, sagte er. »Normalerweise setzt sie doch nicht gleich Himmel und Hölle in Bewegung.«

»Nein, das hat sie auch nicht. Sie hat mich nur gefragt, ob ich wüsste, wo du bist. Ihr solltet irgendwo hin, sagte sie.«

»Ich habe einfach an der Tankstelle den Tank nicht aufgekriegt.«

»Macht man den nicht von innen auf? Du hast doch einen ganz neuen Wagen.«

»Doch, schon. Aber weißt du, ich habe diesen Mist einfach nicht aufgekriegt, deshalb konnte ich nicht tanken und musste Bilhuset anrufen, die mir einen Leihwagen gebracht haben.«

»Na, so was! Dann muss man wohl skeptisch gegenüber einem Volvo sein, was?«, meinte Claesson.

»Nein, überhaupt nicht. Prima Sitzkomfort, auch Erwachsene haben gut Platz«, erklärte er, legte seine große Hand auf den Kugelbauch und drückte ihn, dass das Fleisch wackelte. »Und dann liegt er gut auf der Straße«, fügte er hinzu. »Willst du dich etwa von deinem Toyota verabschieden?«

Gotte sah ihn verwundert und schelmisch an. Alle wussten, dass Claesson mit ganzem Herzen an seiner Rostlaube hing.

»Du weißt, einen Wagen, der immer anspringt, den weiß man zu schätzen«, sagte Claesson. »Und einen, den man betanken kann.«

»Kann ich mir denken«, sagte Gotte mit seinem charakteristischen schonischen Akzent. »Aber auch ein Kleinod wie deiner ist eines schönen Tages mal fällig.«

Eigentlich hatte Claesson schon seit längerer Zeit überlegt, sich ein neues Auto zu kaufen, oder besser gesagt ein neueres, aber es war nie dazu gekommen. Der Toyota fuhr unermüdlich, und in letzter Zeit waren die Ausgaben durch Hauskauf und Umzug ziemlich hoch geworden. Außerdem stellte sich die Frage, ob ein Kombi nicht für einen Kinderwagen praktischer wäre. Er hatte es immer lustig und unwirklich gefunden, sich vorzustellen, er könnte ein Vater sein. Irgendwie abstrakt. Und plötzlich war die Situation da und er ein Mann mit Frau, bald Kind und praktischem Auto. Nun ja, ganz so plötzlich war er da ja auch wieder nicht hineingeraten. Er hatte sich nicht gerade mit Händen und Füßen gesträubt, ganz im Gegenteil. Er war derjenige, der das Kind hatte haben wollen. Sie auch, aber für sie war seine Entscheidung ausschlaggebend. Doch er hatte hundertprozentig zu dem Kind gestanden und auch die Initiative ergriffen, damit sie zusammenziehen konnten. In relativ kurzer Zeit war er also zum Mitbewohner von Veronika geworden, einer Frau, über die man nicht so einfach bestimmen konnte. Selbstständig, das war das Mindeste, was man von ihr sagen konnte, und äußerst vernünftig.

Dieses neue Leben war gerade jetzt in der Anfangsphase spannend, wenn auch ziemlich anstrengend, aber ehrlich gesagt nicht sehr bedrohlich. Bisher waren noch keine imaginären Gefängnisgitter um ihn herum niedergelassen worden. Es versprach gut zu werden, weder wollte noch konnte er einen Rückzieher machen, auch wenn seine Gefühle manchmal natürlich sehr gemischt und etwas bange waren. Es gab sowieso kein Zurück, und das war auch nur gut so.

Eine nette Familie und ein Kombiwagen. Er würde sich mal nach einem sicheren, praktischen Auto umschauen, sobald er Zeit dazu fand.

Peter Berg hielt ihn auf dem Flur auf, als er in sein Zimmer wollte, und fragte, ob der Kommissar nicht eine Sekunde Zeit hätte. Inspektor Berg war einer der vielversprechendsten jüngeren Kollegen, ungewöhnlich bodenständig und vernünftig. Seine Erfahrung wuchs täglich, was auf lange Sicht hin ja wichtig war. Das Beste an ihm war, dass er überall reinpasste, vielleicht, weil er kein großes Gewese um sich machte und vielleicht auch, weil sein Aussehen nicht besonders auffiel. Vielmehr sah er eher nichts sagend aus: ein blonder, magerer Kerl nordischen Typs. Der Junge hatte es sicher nicht so leicht bei Frauen, bleich und biegsam schien er auf den ersten Blick, aber war doch zäh und ausdauernd, wenn es darauf ankam. Kein starker Typ, eher einer von der stillen Sorte. Religiös war er auch noch, aber das trug er nicht zur Schau, vielmehr war es so etwas wie der Tenor seines Wesens, vielleicht kam auch daher seine Sicherheit.

»Du weißt, wir hatten doch gestern da diese Unfallgeschichte«, begann Peter Berg, und Claesson nickte. »Ich, Fritjofsson, Jesper Gren und Erika Ljung. Ich habe dich noch angerufen, das ist ja sonst nicht mein Bereich.«

»Ich weiß.«

»Der Skifahrer ist letzte Nacht gestorben. Hast du gewusst, dass er Arzt ist? Deine, deine … Frau oder wie soll ich sie nennen …«

Peter Berg schaute Claesson an, um festzustellen, ob dieser diese Bezeichnung guthieß. Er war offensichtlich unsicher, wie Claessons Familienstand zu bezeichnen war.

»Du meinst Veronika«, sagte Claes Claesson. »Wir sind nicht verheiratet.«

Noch nicht, dachte Claesson und war selbst erstaunt über den Gedanken, den er bisher noch nicht einmal insgeheim so formuliert hatte. Gedanken dieser Art pflegten einem ja nicht täglich durch den Kopf zu gehen.

»Sie ist doch auch Ärztin. War das einer von ihren Arbeitskollegen?«, fragte Peter Berg, der jetzt mitten in Claessons Zimmer stand, wohin sie sich zurückgezogen hatten.

»Nein. Sie ist Chirurgin, und der Mann hat wohl früher mal im Allgemeinen Krankenhaus gearbeitet«, sagte Claesson etwas zögernd und überlegte, worauf Peter Berg nun eigentlich hinauswollte.

»Ach so«, sagte dieser und sah aus, als meinte er, es hätte gar keinen Sinn, weiterzufragen.

Peter Berg war an den umfangreichen Ermittlungen eines Mords im Krankenhaus vor ein paar Jahren beteiligt gewesen, in deren Verlauf Claesson und die Chirurgin Veronika ein Paar geworden waren.

»War da was Besonderes?«, wollte Claesson wissen, schaute aus dem Fenster und stellte fest, dass es leicht anfing zu schneien.

»Es sah fast so aus, als hätte er gewollt, dass es passiert. Er ist genau in dem Moment, als ein Auto kam, mit hoher Geschwindigkeit auf die Fahrbahn geschossen. Die Straße wird nicht gerade viel befahren. Aber es gab keinen Abschiedsbrief oder andere Anzeichen für Selbstmord. Zumindest nicht laut seiner Frau«, erklärte Berg nachdenklich.

»Ein zweifelhafter Selbstmord. Ja, wer weiß, was sich so alles im Kopf eines Menschen abspielt. Ist jedenfalls traurig, dass er keine Hilfe bekommen hat«, sagte Claesson. »Die meisten wollen sich ja eigentlich gar nicht das Leben nehmen, wenn man es genau betrachtet, sagen die, deren Selbstmord misslungen ist, nachdem sie gerettet wurden. Wenn sie nur nicht zu schwer verletzt sind …«

Er versank in triste Gedanken, und viele der Selbstmordkandidaten, mit denen er es im Laufe der Zeit zu tun gehabt hatte, passierten Revue vor seinem inneren Auge.

»Ein Hilferuf«, sagte Berg, um überhaupt etwas zu sagen. »Kann einem nur der Leid tun, der ihn angefahren hat. War ja keine Absicht.« Er ging zur Tür. »Und noch was«, sagte er und wandte sich wieder Claesson zu, der bereits in einem Ordner blätterte und aussah, als wollte er sich auf etwas anderes als auf Selbstmordkandidaten konzentrieren. »Der Fahrer war auch Arzt, ein Kollege des Skiläufers«, brachte Peter Berg endlich heraus und ergriff mit einer Hand die Türklinke.

Das hatte den erwarteten Effekt. Claesson unterbrach sein Blättern und schaute ihn schweigend an.

»Ja, anscheinend bringen sie sich da im Krankenhaus gern gegenseitig um«, fügte Peter Berg lakonisch hinzu. »Das ist natürlich nur ein Zufall, aber …«

»Ja, genau, du sagst es«, nickte Claesson zögernd.

Er kratzte sich mit dem kleinen Finger im Ohr und dachte, dass diesmal wenigstens Veronika nicht in die Sache verwickelt war. Die hatte anderes, bedeutend Schöneres im Sinn.

Die leitende Ärztin Laura Ehrenswärd war etwas unkonzentriert, als sie eine Seite in der Mappe umblätterte, um anschließend ihren Blick dem Patienten zuzuwenden, der vor ihr saß. Sie wusste eigentlich genau, was da stand, sie hätte gar nicht hineinschauen müssen, weil sie den Inhalt in- und auswendig kannte. Und außerdem spielte es gar keine Rolle, was da stand. Es war die Wirklichkeit, die zählte. Ihre medizinischen Kenntnisse, und in erster Linie ihre reichhaltige Erfahrung sagten ihr, dass es nur in eine Richtung gehen konnte. Die Zeit der Wunder war vorbei. Sie brauchte den Mappenstapel eigentlich vor allem als eine Art Anker, eine Garantie dafür, dass sie und ihre Kollegen, und auch die Krankenschwestern, alles getan hatten, was sie konnten. Das konnte in Ziffern gemessen werden, und der Mann hatte sein Leben genau an solchen Ziffern festgemacht, die jetzt in die falsche Richtung zeigten.

»Es hat keinen Sinn mehr mit Zytostatika?«, fragte er vorsichtig und hielt den Atem in Erwartung der Antwort an.

»Nein, es würde Ihnen nur noch schlechter gehen«, erwiderte sie und sah, wie er ausatmete, um die Angst zu vermindern, die die ganze Zeit auf der Lauer lag.

Sie versuchte es mit einem Lächeln, aber das wollte nicht so recht klappen, und ehrlich gesagt gab es auch nichts zu lachen. Und das hatte der Mann vor ihr gerade erfahren.

Laura schaute auf ihre Hände, die den Mappendeckel hielten. Die Haut auf den Handrücken war immer noch von der Weihnachtsreise auf die Malediven braun. Wenn sie den Weißgoldring mit den drei Steinen auf den Zeigefinger der linken Hand schob, konnte er wie ein Verlobungsring aussehen. Sie konnte ihn umstecken, wenn die Sonnenbräune zurückgegangen war, so dass der weiße Strich auf dem rechten Ringfinger nicht mehr zu sehen war.

Der Mann saß bewegungslos vor ihr und ließ seinen Blick aus dem Fenster gleiten. Die eine Leuchtstoffröhre an der Decke flackerte und gab ein knackendes Geräusch von sich. Ich muss sehen, dass jemand das repariert, dachte Laura. Ziemlich nervend. Sie schaute dem Mann ins Gesicht, seine Augen wurden richtig nussbraun durch das Tageslicht, das auf ihn fiel. Sie war definitiv nicht in Form, fühlte selbst eine Mischung aus Unzurechnungsfähigkeit und mangelnder Konzentration in sich nagen, aber trotzdem blieb ihr noch genügend Einfühlungsvermögen, um einzusehen, dass es dem Mann nicht gut ging. Ein paar Worte konnten die Situation vollkommen verändern, und diese Worte hatte sie formuliert. Sie hatte gesagt, wie es war. Gern hätte sie das umgangen.

Überhaupt gab es eine ganze Menge, was sie gern vermeiden würde. Als sie die Leiterin der Klinik wurde, hatte sie das Gefühl, einen Nachlass zu übernehmen, der verwaltet werden musste, ein Sammelsurium sowohl mit wertvollen Anteilen als auch weniger schönen Ingredienzen. Eines der größeren Probleme war jetzt gestorben. Dennoch überfiel sie die schreckliche Ahnung, dass das Problem damit nicht gelöst sein würde. Wenn sie hier fertig war, würde sie augenblicklich den Kollegen Carl-Magnus Meisser zu einem Gespräch aufsuchen.

Für den Bruchteil einer Sekunde schweiften ihre Gedanken ab, waren dann sofort wieder zurück auf der Station, in dem kombinierten Sprech- und Behandlungsraum, und sie registrierte, dass auf der Untersuchungsliege das Papier zerknittert war. Sie ermahnte sich selbst, nicht zu vergessen, es auszuwechseln, bevor sie ging. Mehr oder weniger nur um des Anscheins willen hatte sie den Patienten gebeten, sich hinzulegen, damit sie den Blutdruck messen und sein Herz abhorchen konnte. Beide Untersuchungen fielen normal aus, und etwas anderes hatte sie auch gar nicht erwartet. Es war dennoch gut, dass sie sich die Mühe machte. Der Patient freute sich, dass zumindest etwas so funktionierte, wie es sollte. Sie schaute auf ihre Schuhe hinunter. Weinrot mit einer kleinen goldenen Metallschnalle. Sie hatte Strumpfhosen genau im gleichen Ton gefunden. Ihre eine Schuhspitze stieß gegen den braunen Ecco-Schuh des Mannes. Er putzte sich die Nase. Seine Augen waren feucht geworden.

»Dann ist es wohl am besten, wenn ich nach Hause gehe«, sagte er. »Gesünder als jetzt werde ich wohl nicht mehr.«

Laura gab keine direkte Antwort, legte nur das Journal auf den Schreibtisch und ließ die Hände in den Schoß sinken.

»Aber Sie sind doch nicht allein zu Hause?«, fragte sie, obwohl sie wusste, dass dem so war, doch ein wenig Fürsorge konnte der Sohn ja wohl leisten.

»Doch, aber Pelle schaut manchmal rein.«

»Wenn Sie möchten, rede ich gern einmal mit Pelle, oder wenn er möchte«, sagte sie.

»Das ist nicht nötig. Ich werde mit ihm selbst reden«, sagte der Mann und stand auf.

»Sie wissen, wir sind immer für Sie da.«

Letzteres sagte sie wie eine Art Trost. Nachdem der Patient sie verlassen und die Tür hinter sich geschlossen hatte, diktierte sie schnell den Bericht und verließ dann die Station.

Das weit entfernte Geräusch von Sirenen eines Unfallwagens drängte sich mit einem heftigen Schmerz direkt in Tomas Bengtssons Kopf hinein. Er zwinkerte ein paar Mal, kniff die Augen zu und war gezwungen, eine kurze Pause in der Untersuchung zu machen, bevor der Peitschenhieb ausklang. Die Patientin merkte nichts. Sie lag auf einer Liege in dem nur schwach beleuchteten Untersuchungszimmer mit dem Rücken zu ihm und nacktem Po. Sie befanden sich im siebten Stock des Hauptgebäudes des Krankenhaustraktes, der insgesamt neun Stockwerke aufwies.

Plötzlich wurden die Sirenen abgestellt, und er wusste, dass der Wagen in die Notaufnahme hineingerollt war, aber das war auch egal, Hauptsache, dass der Blitzschlag in seinem Kopf abebbte, doch der zurückbleibende dumpfe, eher donnernde Schmerz war auch nicht viel besser. Er brauchte ein Migränemedikament, aber zuerst musste er die Untersuchung abschließen. Die Sonde wurde tiefer in den Darm hineingeführt, die Patientin protestierte vorsichtig, indem sie versuchte, die Pobacken zusammenzukneifen. Er bat sie mit sanfter Stimme, sich doch zu entspannen, und schaute sich die Dickdarmwände an, während er gleichzeitig die Sonde langsam zur Darmöffnung herunterzog.

»Immer noch leicht angeschwollene Darmschleimhaut«, erklärte er mit gepresster Stimme der Patientin. »Aber es sieht besser aus als beim letzten Mal. Die Entzündung hat sich gelegt. Ist noch nicht ganz gut, aber schon besser.«

Es kostete ihn eine fast unmenschliche Anstrengung, wie immer zu klingen, während es in seinem Kopf hämmerte. Jetzt kommt es wieder, merkte er und versuchte keinen Widerstand zu leisten, das hatte gar keinen Zweck, das wusste er. Ein Feuerwerk aufblitzender Lichter explodierte in seinem gesamten Blickfeld, und er zog die Sonde jetzt ganz heraus, gab sie seiner Assistentin, die ihn schweigend und neugierig musterte. Er war schon während des ganzen Vormittages nicht gerade sehr fröhlich gewesen, doch jetzt konnte auch sie deutlich sehen, dass es ihm nicht gut ging, und vielleicht wusste sie ja bereits, was am Abend und in der Nacht zuvor passiert war, obwohl diese rücksichtsvolle Frau nichts sagte. Oder aber sie wusste es gar nicht. Noch nicht …

Verdammter Mist! Bald würde die Übelkeit sich einstellen, so sicher wie das Amen in der Kirche, und er wusste, dass er sich beeilen musste. Die Patientin bekam eine kurze, nüchterne Erklärung und die Ermahnung, so weiterzumachen wie bisher, neue Kontrolle in drei Monaten empfahl er und wandte sich der Schwester zu, die ihm signalisierte, dass sie das notiert hatte, zwar nicht mit dem alltagserprobten Lächeln, das sie sonst immer zeigte, eher mit einem steifen, kurzen Nicken, aber dennoch so deutlich, dass er verstand, dass sie das für ihn abschließen würde, einen neuen Termin festmachen und der Patientin hinaushelfen würde. Es gelang ihm aufzustehen, wenn auch nur äußerst langsam und vorsichtig im Hinblick auf den dröhnenden Kopf, er streckte die Hand vor, verabschiedete sich und verließ dann gefasst den Raum. Er versuchte, es nicht so aussehen zu lassen, als würde er fluchtartig davoneilen.

Auf dem Flur schoss ihm das grelle Licht der Leuchtstoffröhren direkt in den Kopf und ließ sein Gehirn endgültig explodieren. Er rannte zur Toilette und konnte gerade noch die Tür hinter sich zuziehen, als er sich schon übergeben musste. Das Erbrochene roch nach Whisky. Warum zum Teufel hatte er sich letzte Nacht den Dreck reinkippen müssen! Er hatte ja doch nicht davon schlafen können. War nicht einmal ruhiger geworden, es war ihm nur noch schlechter gegangen. Schwindlig, erschöpft, gehetzt.

Nachdem er mehrere Male gespült hatte, um den ekligen

Geruch wegzukriegen, und endlich wieder auf den Flur trat, war Laura Ehrenswärd die erste Person, die er sah. Sie stand wie eine wütende Mutter vor dem Behandlungszimmer und unterhielt sich mit seiner Assistentin. Beide hatten die Köpfe zusammengesteckt, und sie redeten mit leiser Stimme, was nichts Gutes bedeuten konnte. Zwar wusste er, dass die Assistentin ihn mochte, oh ja, arbeiteten sie doch schon so lange zusammen und hatte er doch stundenlang ihren Sorgen wegen ihres heimlich trinkenden Ehemannes gelauscht, aber heute war die ganze Welt ihm feindlich gesonnen. Natürlich redeten sie schlecht über ihn.

Laura musterte ihn von oben bis unten wie ein Späher, ein magerer, knochiger Fehlersucher. Er sah, dass sie die Hände geballt hatte, und dann hörte er diese verfluchten Damenabsätze auf den Boden hämmern, das trippelnde Geräusch einer emsigen Dame näherte sich ihm, während er versuchte, in sein Sprechzimmer zu entkommen.

»Tomas«, sagte sie mit leiser, kontrollierter Stimme. »Willst du nicht lieber nach Hause fahren? Wir können deine Patienten umbuchen.«

»Ach Scheiße«, sagte er mürrisch.

Sie verstummte jäh, zog ihren Mund zu einem schmalen Strich zusammen. Er überlegte, wie viel sie wohl wusste. Er war nicht zum Morgenrapport erschienen, sondern sofort in sein Zimmer gegangen. Hatten die anderen über den Autounfall gesprochen? Sicher war das nicht. Es war nicht ihre Aufgabe, sich um Verkehrsunfälle zu kümmern, das war Sache der Spezialisten vom OP. Aber es wurde natürlich geredet. Die Herzintensivstation lag Wand an Wand mit der anderen. Wussten sie von Johans Verletzungen? Von Johans Tod?

Er war tot.

Widerstrebend hatte er am Morgen die Intensivstation angerufen, und mit Hilfe seines Namens hatte er eine Schwester gefunden, die ihn kannte. Er hatte erfahren, was er wissen wollte, aber mehr auch nicht. Die harten Fakten ohne Umschweife oder Spekulationen. Der Mann war tot. Mehr wollte er gar nicht wissen, keine Details. Er wollte nicht darüber reden und schon gar nicht alles noch einmal durchkauen, nichts kommentieren. Nichts wollte er. Absolut nichts. Nur weg.

Und Laura war Johan gegenüber ja auch nicht gerade die Liebenswürdigkeit in Person, als alles passiert ist, dachte er wütend. Carl-Magnus übrigens auch nicht, aber dieser steife, überhebliche Mistkerl würde das niemals zugeben. Er macht doch nie einen Fehler.

»Mach, was du willst«, sagte sie schließlich und schob die Hände in die Kitteltaschen, so dass der aufgeknöpfte Ärztekittel noch weiter aufsprang und er sehen konnte, dass diese sowieso lächerlich ordentliche Person Rock, Strümpfe und Schuhe im zueinander passenden Weinrot trug. Nur die blauweiß gestreifte Bluse stach heraus, und dann eigentlich auch nicht. Sie ist wie immer erschreckend korrekt, dachte er wütend, während die Kopfschmerzen wie Sturmwellen an den Strand heranrollten und das Kratzen wieder in seinem Schädel zu hören war, und er wusste, dass ein Bett, Dunkelheit und ein Eimer, in den er sich übergeben konnte, alles war, was er brauchte. Sowie Migränetabletten.

»Ja, ich gehe dann wohl lieber«, sagte er kurz, drehte sich um und ging in sein Zimmer.

Er wollte gar nicht hören, was sie wusste und was nicht. Nicht auf eine einzige Frage wollte er antworten. Er wollte nur seine Ruhe haben.

Er hängte den Kittel auf, zog die schwarze Steppjacke an, schlüpfte in seine Winterstiefel und verließ das Krankenhaus.

Er fror, dass ihm die Zähne klapperten, als er den Wagen aufschloss. Sein Kopf dröhnte, er versuchte nur zu blinzeln, um die ironischerweise so scharf leuchtende Wintersonne nicht in den Kopf zu lassen. Schönes Wetter, verflucht noch mal! Das Sonnenlicht brannte wie eine Schweißflamme.

Eigentlich dürfte er gar nicht fahren, er konnte ja kaum die zittrigen Hände auf dem Lenkrad halten, und sein Gesichtskreis war eingeschränkt, aber er musste nach Hause. Er legte den Rückwärtsgang ein.

Es war natürlich leer in Carl-Magnus Meissers Zimmer. Laura überlegte, ob sie versuchen sollte, ihn über den Pieper zu finden, oder ob sie lieber auf den Dienstplan gucken und nachschauen sollte, wo er eingeteilt war, oder aber ob sie einfach nach ihm fragen sollte. Letzteres war natürlich nicht so gut, weil sie diskret vorgehen wollte. Vermutlich saß er im Ultraschallraum und arbeitete, doch bevor sie sich umschauen konnte, wurde sie von einer Schwester ihrer Abteilung angefunkt, so dass sie gezwungen war, unverrichteter Dinge zurückzugehen.

Erst gegen Mittag entdeckte sie Carl-Magnus bei den Fahrstühlen.

»Ich möchte gern mit dir reden«, sagte sie.

»Ach«, antwortete er verhalten. »Und warum?«

Es war nicht schwer zu sehen, dass er davon ausging, es könne sich kaum um etwas Erfreuliches handeln.

»Darüber möchte ich hier nicht reden«, antwortete sie kurz. »Ich möchte, dass du mitkommst«, befahl sie in ihrer gebieterischsten Stimme.

Er ging demonstrativ langsam einen halben Meter hinter ihr den Flur entlang und huschte dann mit lockerer Haltung in ihr Zimmer. Sie warf die Tür mit einem Knall zu. Er setzte sich nicht, blieb mitten im Raum stehen, als ginge er davon aus, dass es schnell gehen würde. Er hatte viel zu tun. Sehr viel, wenn man es genau nahm.

»Setz dich«, befahl sie ihm und nickte zu dem kornblumenblauen Sofa hin.

Also dauerte es länger als zwei Minuten, dachte er, blieb aber stehen, da er nicht gern herumkommandiert wurde, und schon gar nicht von ihr, einer kleinen naseweisen Frau, die in letzter Zeit offenbar der Meinung war, ihn wie einen kleinen Jungen behandeln zu können.

Das Zimmer war tadellos aufgeräumt. Nicht ein Papierbogen lag schief. Auf dem weißen Bücherregal standen alle Bücher und Ordner, die übrigens alle blaue Rücken hatten, senkrecht und in einer Reihe, nicht ein Buch oder ein Ordner war weiter hineingeschoben als alle anderen, und es lehnte sich auch keins ans andere.

Ein leises Klopfen war von der Tür zu hören, die gleichzeitig einen Spalt geöffnet wurde, worauf der Kopf einer lächelnden Krankenschwester, der Stationsleiterin, hereinschaute.

»Entschuldigen Sie die Störung«, sagte sie und trat ein. »Ich habe gesehen, wie Sie hereingekommen sind, und wollte die Gelegenheit nutzen«, fuhr sie schnell fort und schaute Laura an, die ein abweisend neutrales Gesicht mit zusammengepressten Lippen zeigte, aber das war die Schwester offenbar gewohnt, da sie sich davon nicht beirren ließ.

»Ich will mich auch kurz fassen«, fuhr die unschuldige Oberschwester fort, die übrigens Rigmor hieß, eine Frau in den Jahren, aber noch gut in Form. Sie versuchte ihr Lächeln zu bewahren, während sie überlegte, wie sie ihren Wunsch formulieren sollte, damit er gehört wurde. »Ich hätte gern etwas mit Ihnen besprochen«, sagte sie und machte eine Pause. »Ich meine, bevor Sie ... Sie«, stotterte sie nun und warf dem mürrischen Carl-Magnus Meisser schnell einen Blick zu.

Laura sah sie schweigend an und dachte sich im Stillen, dass eine geschlossene Tür in diesen Gebäuden keine Garantie für Abgeschiedenheit bietet. Man musste auch noch abschließen. Wenn das denn reichte. Das Telefon beiseite legen, das Handy und den Piepser abstellen, sich Stöpsel in die Ohren schieben.

»Ja, ja, aber machen Sie es bitte kurz. Wir haben viel zu tun«, sagte Laura scharf und schaute gleichzeitig Carl-Magnus an, der sich endlich aufs Sofa setzte und zur Tarnung ein paar zusammengerollte A4-Bögen aus den Taschen seines Kittels holte, die er umständlich entrollte und sich auf den Schoß legte.

»Ja, es geht um die Organisationsgruppe, die am Donnerstag tagen soll. Ich habe schon ein paar Mal gesagt, dass wir eine Pause haben müssen, damit es sich nicht wieder wie letztes Mal zerfasert. Was halten Sie davon, wenn ich etwas zum Essen bestelle? Vielleicht ein paar Brote?«

»Machen Sie das, das ist bestimmt in Ordnung«, sagte Laura kurz, um sie loszuwerden, aber die Oberschwester blieb im Raum stehen. »Was gibt es denn noch?«

»Ja, ich hätte gern das Programm mit Ihnen durchgesprochen, in erster Linie im Hinblick auf mein Personal. Sie schaffen es nicht länger …«

»Meinen Sie nicht, dass wir das dann besprechen können?«, unterbrach Laura sie, und jetzt war ihre Wut ganz offensichtlich.

»Äh, vielleicht wäre es doch besser, wenn wir uns ein wenig vorbereiten würden«, fuhr die Oberschwester beharrlich fort, die sich gewappnet hatte, nicht so einfach abgespeist zu werden. Sie war sogar zu einem Kurs gegangen und hatte das geübt, ein Kommunikationskurs mit Schwerpunkt auf arbeitsplatzorientierte Probleme. »Meine Schwestern schaffen das nicht mehr, es geht so nicht weiter«, wiederholte sie. »Mein Vorschlag wäre, ob die Ärzte nicht die Visite allein machen könnten, sie können ja in den Behandlungspapieren nachlesen, was gemacht worden ist. Dann können die Schwestern ihre Arbeit bei den Patienten eher bewältigen …«

»Ich denke doch, es wäre das Beste, damit bis zu unserem Treffen zu warten«, schnitt ihr Laura effektiv das Wort ab, denn auch sie hatte den gleichen Kommunikationskurs gemacht, darüber hinaus aber noch den Aufbaukurs, da es nicht ihre Art war, irgendetwas dem Zufall zu überlassen. Deshalb beherrschte Laura die Kunst, ein Gespräch in die Richtung zu lenken, in der sie es haben wollte. »Vielen Dank!«, schloss sie in einem Ton, der die Oberschwester nun endlich einsehen ließ, dass sie vor tauben Ohren sprach und es somit nicht der rechte Augenblick war, wichtige Fragen zu besprechen. Auch das hatte sie im Kursus gelernt. Also ging sie.

Endlich allein, dachte Laura, die es eigentlich gewohnt war, häufig gestört zu werden. Sie verschloss die Tür.

»Leg die Papiere beiseite!«, sagte sie, aber Carl-Magnus Meisser befolgte ungern Befehle, also blieben die Papiere auf seinem Schoß liegen. »Johan Söderlund ist tot«, platzte es aus ihr heraus. »Ist überfahren worden. Hast du das gewusst?«

»Ja. Und was haben wir damit zu tun?«, fragte er und zuckte mit den Schultern.

»Nun komm mir nicht ironisch! Weißt du Näheres?«, verhörte sie ihn.

»Was willst du damit andeuten? Was soll ich wissen, worüber?«, fragte er zurück.

»Na, über alles.«

»*Über alles* weiß ich nur, dass Tomas ihn totgefahren hat«, antwortete er freiheraus. »Ich habe heute Morgen die Visite in der Herzintensiv gehabt. Und das war das Erste, was ich erfahren habe. Johan ist irgendwann in den frühen Morgenstunden gestorben, natürlich nicht dort, er war ja kein Herzpatient, sondern auf der anderen Seite der Schranke, auf der gemischten Intensivabteilung. Vollkommen zerschmettert. Kaum ein Knochen war noch heil. Enormer Blutverlust auf Grund der Femurfrakturen, gebrochenes Becken, Riss im rechten Leberlappen und so weiter und so weiter … Sie haben die Blutbank leer geräumt.«

Ihr wurde fast übel von der Beschreibung, sie bat ihn aber dennoch nicht, aufzuhören. Sie wollte sich dem stellen. Seinen Worten nach war es nicht gerade ein Tod, wie man ihn jemandem wünschte, auch wenn er wohl bewusstlos gewesen und somit die Schmerzen nicht gespürt hatte. Sie wollte nicht nachfragen, um nicht zu engagiert zu erscheinen, und überlegte, ob sie sich jemals unbedacht geäußert hatte während der Zeit, als sie meinten, Johan wäre das größte so genannte arbeitsplatzrelevante Problem der Klinik.

Wenn nur Johan Söderlund verschwunden wäre, dann würde alles viel besser werden, darin waren sie sich alle einig gewesen. Das Arbeitsklima würde aufblühen, nun ja, vielleicht nicht gerade blühen, aber es würde zumindest sehr viel entspannter werden, wenn sie diesen Besserwisser endlich loswurden. Johan Söderlund konnte sehr fordernd sein, vielleicht nicht direkt störrisch, aber zumindest unangenehm. Er war nicht auf den Kopf gefallen. Aber leider änderte sich nicht sehr viel, nachdem sie ihn nach langen, zähen Verhandlungen mit der Gewerkschaft und mit Johan selbst aus dem Haus hatten.

Sie ging mit sich selbst ins Gericht. Hatte sie sich verplappert, unvorsichtig und dumm, und jemals gesagt, dass sie wünschte, er wäre tot? Sie war sich dessen nicht sicher, schob den Gedanken aber beiseite. So etwas sagte man nur in der Jugend, später nicht mehr.

Man musste immer auf der Hut sein. Immer. Sie erschauerte. »Was hältst du davon?«, fragte sie schließlich.

Er schwieg, spitzte die Lippen, pustete die Luft heraus, so dass die fleischigen, dicken Lippen einen vibrierenden Ton von sich gaben.

»Ich denke, dass er selbst die Schuld trägt«, erklärte er schließlich. »Haben wir denn nicht immer gesagt, dass er ein sturer Kopf ist oder vielmehr war? Ist doch klar, dass er irgendwann mal ordentlich damit aufprallen musste. Einfach auf die Straße zu fahren!«, brummte er aufgebracht.

»Und was machen wir jetzt?«, fragte sie geradewegs in den Raum hinein, auf ihrem Schreibtischstuhl sitzend, die locker gefalteten Hände im Schoß und die weinroten Strumpfbeine nebeneinander wie ein keusches altes Fräulein.

»Nichts. Was sollten wir denn tun? Höchstens einen Kranz zur Beerdigung schicken. Das macht sich immer gut. Es ist wohl das Beste, wenn du das organisierst«, sagte er und schaute sie mit sarkastischem Blick an.

»Und, soll auf der Kranzschleife ›Von den Arbeitskollegen‹ stehen?«

»Nun sei nicht albern. Wenn du meinst, dass er dein Kollege war, dann schreibe es. Ich bedanke mich dafür. ›Vom Allgemeinen Krankenhaus‹, das klingt doch neutral und gut«, sagte er.

Sie dachte, wie das Leben doch manchmal spielen konnte, ohne dass man selbst etwas dazu beigetragen hatte. Das Chaos kam einfach so über einen, oder das Unglück. Aber in diesen Unglücksfall war sie zumindest nicht verwickelt. Gott sei Dank! Doch es würde von ihr erwartet werden, dass sie das eine oder andere aufräumte.

Ihre Gedanken arbeiteten. Der Blick fiel auf die beiden wohlgeratenen Söhne auf dem Foto auf ihrem Schreibtisch. Zwei starke, tüchtige Jungs! Der Stolz übermannte sie. Das waren ihre, sie hatte sie selbst geschaffen, zwar mit einem gewissen Beistand des Vaters, aber viel hatte er dazu nicht beigetragen. Ein vorsichtiges, aber zufriedenes Lächeln ließ ihr Gesicht weicher wirken.

»Was machen wir mit Tomas?«, fragte sie, zum ersten Mal ohne Schärfe in der Stimme, eher mit ein wenig Wärme, worauf sie ihren Kollegen fragend ansah.

»Warum um Himmels willen sollen wir etwas mit ihm machen müssen?« Auch der Oberarzt Carl-Magnus Meisser hatte sich beruhigt. Er lehnte sich auf dem Sofa zurück, schlug ein Bein übers andere.

»Und wieso musste ausgerechnet er ihn überfahren?«, fuhr Laura mit leiser, fast brüchiger Stimme fort.

»Frag mich was Leichteres.«

Carl-Magnus änderte seine Stellung, beugte sich vor und nahm ein Gummigehirn in Miniaturausgabe in die Hand, das auf dem Tisch gelegen hatte, und begann es zu kneten.

»Wie passend«, sagte sie und schaute zu, wie seine Finger das Gummi bearbeiteten. »Das ist ein Antistressgehirn.«

»Aha«, sagte er nur.

Carl-Magnus war um die fünfzig Jahre alt, größer als der Durchschnitt, gut proportioniert, mit welligem, dickem Haar mit viel Grau darin. Der Haaransatz ging bis in die Stirn, kein Zeichen beginnender Geheimratsecken oder von Haarausfall. Seine Gesichtszüge waren kühn und deutlich und konnten als sehr männlich beschrieben werden bei frischer, leicht gebräunter, manchmal auch etwas rötlicher Hautfarbe, vielleicht von viel salzigem Segelwind, vielleicht auch von zu viel Wein im Laufe der Zeit. Er machte einen etwas finsteren Eindruck, vielleicht sah er manchmal sogar direkt gefährlich aus, besonders wenn er nicht lächelte, und das tat er leider nur, wenn es unbedingt sein musste. Ab und zu konnte er richtig witzig sein. Wenn er in Form war, taute sein Gesicht auf und die Augen funkelten. In solchen Momenten gaben die Krankenschwestern und die Schwesternhelferinnen ihren versöhnlichen Kommentar von sich, dass Carl-Magnus doch im Grunde ein Herz aus Gold hatte. Er war nicht verheiratet, zumindest im Augenblick nicht. Frühere Frauen und Kinder gab es so einige.

Laura fühlte sich dann auch zu ihm hingezogen, obwohl sie sich wünschte, dass dem nicht so wäre, aber sie ließ es geschehen. Er ist wie eine Konservendose, zu der noch niemand den richtigen Öffner gefunden hat, dachte sie. Doch ihr Leben war ihr zu kostbar, um an diesem Projekt zu arbeiten.

»Jedenfalls ist Tomas nach Hause gefahren«, fuhr sie fort.

»War er denn heute hier? Ich habe ihn gar nicht gesehen.« Carl-Magnus schaute sie fragend an.

»Wahrscheinlich ist Tomas direkt zur Gastrosprechstunde gegangen. Er wollte wohl keinen von uns sehen. Ich habe ihn nur zufällig vor dem Untersuchungszimmer getroffen. Er hatte einen Migräneanfall, deshalb habe ich ihn nach Hause geschickt.«

»Hast du ihn nach Dalby gefahren?«

»Nein, das musste er schon allein machen. Ich habe ihn nur nach Hause geschickt, weil er so erschöpft aussah. Ich nehme an, dass er allein gefahren ist«, erklärte Laura.

»War das denn klug?«

»Keine Ahnung. Meine Güte, was du dir für Gedanken machst«, fügte sie spitz hinzu. »Er hätte ja wohl ein Taxi nehmen oder seine Frau anrufen können, wenn er der Meinung war, dass es notwendig sei.«

»Wir kommen jedenfalls erst mal nicht weiter«, sagte Carl-Magnus und stand auf. »Ich muss los. Und du wirst wohl die Leute in der Klinik darüber informieren müssen, dass Johan tot ist, zumindest die, die sich noch an ihn erinnern. Mach das auf die *angemessene* Art und Weise, das kannst du doch so gut.«

»Wenn es einen gibt, an den sie sich erinnern, dann an ihn«, erwiderte sie trocken. »So eine Geschichte vergisst man nicht so schnell. Es ist schließlich erst ein knappes Jahr her, dass er seine Abfindung gekriegt hat.«

Carl-Magnus griff zur Klinke, zögerte aber noch. Unter dem Kittel trug er schwarze Jeans und ein mattgrünes Polohemd. Hübsch, dachte Laura. Er stand immer noch da.

»Was gibt es noch?«, fragte sie.

»Das da mit den Pornobildern im Computer. Stimmte das?«, fragte er.

Sie wurde rot. »Ich weiß es nicht«, sagte sie.

»Aber das solltest du doch wohl wissen?«

»Ich war damals nicht seine Vorgesetzte. Vielleicht war es auch nur ein Gerücht«, antwortete sie ausweichend.

»Und wer verbreitet solche Gerüchte?«

»Keine Ahnung«, sagte sie und errötete noch mehr. »Hast du denn damals was gemacht, um dem zu widersprechen?«

Er zwinkerte ihr zu, und sie bekam ein schlechtes Gefühl. Wusste er, wie es sich eigentlich zugetragen hatte? Hatte er sich das zusammengereimt?

»Wieso?«

»Ich meine, wenn du nicht geglaubt hast, dass Johan auf nackte Kinder scharf war, sondern den Verdacht hattest, dass das Ganze nur ein widerliches Gerücht war, warum hast du dann nichts gemacht?«, stieß sie mit einem für sie ungewohnt wütenden Ton hervor.

Es war ganz offensichtlich zu erkennen, dass sie sehr aufgewühlt war.

»*Was* hätte denn *ich* machen können?«, wollte er wissen.

»Nun ja, zum Beispiel erklären, dass es nicht stimmt, erklären, dass es nur Gerüchte waren, dass es nur weiterer Dreck war, den man über eine Person kippt, die man schon häufiger mit Dreck beworfen hat.«

»Jetzt hör aber auf, Laura! Du selbst hast doch mitgeholfen, ihn loszuwerden.«

Sie kniff den Mund zusammen und schaute hinaus, drehte dann langsam den Kopf und schaute ihn mit sicherem, gleichzeitig abweisendem Blick an.

»Wir waren dazu gezwungen«, erklärte sie sachlich. »Manche passen einfach nicht dazu. Das weißt du selbst doch nur zu gut, und du warst außerdem auch sehr interessiert daran, ihn rauszuschmeißen. Genau wie Tomas. Oder etwa nicht? Er war nicht gerade unbegabt, unser Johan, nicht wahr? Besser gesagt hochbegabt. Hatte die Fähigkeiten, ein richtig guter Herzspezialist zu werden, nicht wahr?«

Er stand auf und ging zur Tür, die er aber nicht aufbekam, obwohl er wütend an der Klinke zog.

»Du musst erst aufschließen«, sagte Laura eisig, aber das hörte er nicht mehr. Er hatte bereits die Tür aufbekommen und war weg.

## KAPITEL 7

Veronika saß im Umkleideraum der Operationsabteilung, beugte sich keuchend vor und versuchte sich die Stützstrümpfe anzuziehen. Die Strümpfe waren eng, sie war unbeholfen, der Bauch war im Weg und ihr Rückgrat steif. Schwanger zu sein ist zwar keine Krankheit, aber in gewissen Situationen doch eine Behinderung, dachte sie.

Es war ihr den Umständen entsprechend gut gegangen, aber jetzt reichte es so langsam. Sie kam ja kaum noch an den Operationstisch, war immer müde, schlief schlecht – Gott sei Dank begann in einer Woche ihr Mutterschaftsurlaub. Das wird schön, dachte sie und stand mit hochrotem Kopf auf. Gleichzeitig verspürte sie eine gewisse Wehmut, denn sie hatten in letzter Zeit gut zusammengearbeitet, und sie befürchtete, sich zu Hause überflüssig und isoliert zu fühlen. Schließlich war sie es gewohnt, herumzuwirbeln, gewohnt, eine Aufgabe zu haben und einen Platz in einem Team, auch wenn die Unterbesetzung der letzten Wochen es ihr leichter gemacht hatte, die Klinik für eine Weile zu verlassen. Und außerdem hatte sie einen guten Grund. Trotzdem schien es, als wären sie alle nicht in der Lage, die Arbeit auf eine zufrieden stellende Art und Weise zu organisieren. Dabei überlegte sie wie viele andere auch, ob das Klima sich eigentlich verbessert hatte, seit diese nach außen hin so unschuldig wirkende Assistenzärztin verschwunden war. Natürlich ein tragischer Tod, aber sie hatte entscheidend zur Spaltung beigetragen. Sie waren immer noch, jeder auf seine Weise, überzeugte Individualisten, aber inzwischen hielten sie besser zusammen. Die beiden zuletzt eingestellten Assistenzärzte hatten auch erklärt, dass sie sich in dieser früheren »Mörderklinik« wohl fühlten.

Sie verließ den Umkleideraum, den größten OP-Kittel über den Bauch gezogen, und trat auf den Flur hinaus. Der Patient war noch nicht eingeschlafen, wie sie erfuhr. Außerdem sollte sie noch auf Daniel Skotte warten, mit dem zusammen sie eingeteilt war. Also setzte sie sich mit einem Glas Wasser in den Aufenthaltsraum und blätterte zerstreut in einer Tageszeitung.

Erst kam eine Narkoseschwester, dann eine der Schwesternhelferinnen und setzten sich jeweils mit einer Tasse Kaffee zu ihr. Sie fragten Veronika, wie es mit dem Bauch so ging und unterhielten sich über frühere Geburten und ihre Kinder, bis Daniel Skotte hereinkam. Er sah müde aus. Sein Blick war trübe hinter den Brillengläsern, und über dem V-Ausschnitt des grünen OP-Kittels war bleiche Haut zu sehen.

»Das hat nicht geklappt gestern«, sagte die Narkoseschwester und drehte sich besorgt zu Daniel um.

»Nein«, antwortete er mit belegter Stimme.

Veronika schaute von einem zum anderen.

»Ich war in der Notaufnahme, und gestern Abend hatten wir einen Autounfall«, erklärte Daniel. »José wurde hinzugerufen. Vielleicht darf man das nicht sagen, aber es sah nach Selbstmordkandidat aus«, fügte er hinzu und sprach endlich aus, was er die ganze Zeit gedacht hatte.

»Oh, wie schrecklich«, sagte die Schwesternhelferin voller Mitgefühl.

»Ich habe es auf der Morgenbesprechung berichtet«, sagte Daniel, und es schien, als wäre er nicht in der Lage, alles noch einmal zu erzählen.

»Ich war nicht auf der Besprechung«, erwiderte Veronika und erfuhr erst jetzt von den anderen, dass Johan Söderlund in der Nacht gestorben war.

Veronika stellte ihr Wasserglas langsam hin. Sie wusste nur zu gut, wer Johan Söderlund war, hatte die ganze tragische Geschichte, die offensichtlich einen dramatischen

Schluss bekommen hatte, aber fast vergessen. Nein, vergessen hatte sie sie natürlich nicht, aber sie lag nicht gerade an erster Stelle in ihrem Gedächtnis. Sie wusste nur, dass es sich um eine der unzähligen Geschichten gehandelt hatte, die Leute verbreiten, denen es an Zivilcourage mangelt, und die sich nicht trauen, den Verleumdungen einer Gruppe entgegenzutreten.

Johan Söderlund und sie selbst hatten ungefähr zur gleichen Zeit im Krankenhaus angefangen und im Laufe der Jahre viele Dienste und Patienten gemeinsam gehabt, sich oft miteinander beraten, er als Allgemeinmediziner und sie als Chirurgin. Ihr gefielen Leute mit Persönlichkeit, und Johan war eine Persönlichkeit. Sie hatte von dem Tratsch und den Konflikten im Allgemeinen Krankenhaus gehört, so am Rande, und eigentlich nie so recht verstanden, welche Probleme zur Debatte standen. Sie wusste, dass Johan im Finale zu einer Art Sündenbock geworden war. Hatte auch mitbekommen, dass es im Grunde genommen um die Frage ging, wer die Leitung übernehmen sollte. Viele fühlten sich angesprochen, aber nur wenige waren berufen. Vermutlich war das wieder so ein klassischer Kampf um Macht und Konkurrenz. Die hässlicheren, weniger humanen Seiten bekamen freie Hand. Ebenso elegant, wie die Arztkollegen hohen Blutdruck, Leukämie, Herzinfarkte und kranke Nieren und Lungen behandelten, ebenso elegant schien es ihnen gelungen zu sein, Johan herauszuekeln. Methodisch und zielbewusst. Und hinterher sollte alles vergessen sein, so war es zumindest geplant. Bis jetzt.

Im Laufe des Tages kam ihr der verstorbene Kollege Johan Söderlund immer wieder in den Sinn. Man weiß nie, wie lange man lebt, dachte sie. Nie zuvor war der Wunsch, ein richtig langes Leben führen zu dürfen so greifbar für sie gewesen wie jetzt, wo sie wieder ein Kind erwartete.

Als Claes Claesson gegen sieben Uhr nach Hause kam, war alles dunkel. Er hatte auf dem Heimweg etwas zu essen eingekauft, worum Veronika ihn telefonisch gebeten hatte. Also stellte er die Einkaufstüten auf den Flurboden neben einen der Umzugskartons mit Bügeln, Schuhspannern, Kleiderbürsten und anderen Utensilien, die Veronika in den Haushalt eingebracht hatte. Er sah, dass sie die massiveren Holzbügel an die Garderobe gehängt, die leichteren im Karton gelassen hatte. Außerdem hatte sie noch zwei Spankörbe aus ihrer Wohnung, ja sogar aus ihrem Elternhaus, hervorgeholt, in die Mützen und Handschuhe gelegt werden konnten, und das machte einen heimeligen Eindruck, sobald man in die Tür kam. Es gefiel ihm so. Ansonsten war er ehrlich gesagt etwas beunruhigt, wenn sie sich allein ans Einrichten und Dekorieren machte. Würde er sich denn überhaupt trauen, etwas dazu zu sagen? Verflucht, warum war er nur so ein Ästhet. Er musste lernen, Kompromisse zu machen, über Dinge hinwegzusehen. Das Leben hing doch nicht an den Möbeln!

Heutzutage wohnen wir uns fast zu Tode, dachte er müde. Wir kaufen zu große Häuser und stecken viel zu viel Kraft und Zeit, und Geld natürlich auch, in die Kücheneinrichtung und die schicken Möbel, die für unser Image herhalten müssen.

Wo blieb er eigentlich in diesem Sammelsurium von Einrichtung, das Veronika und er angehäuft hatten? Er wusste noch keine Antwort darauf, aber das lag natürlich daran, dass er kaum Zeit hatte, wirklich Hand an die Dinge zu legen. Irgendwie hatte er außerdem das Gefühl, dass das Resultat gar nicht mehr so wahnsinnig wichtig war. Hauptsache, es funktionierte. Es gab jetzt wichtigere Dinge in seinem Leben.

Bevor er die Lebensmittel wegpackte, ging er ins Wohnzimmer, um zu sehen, wo sie war. Die Stehlampe am Kopfende des Sofas war eingeschaltet. Sein dunkelblaues, bequemes dreisitziges Sofa mit ihrem Glastisch davor. Die graue Wolldecke zusammengeknüllt auf einem Sitzkissen, ein Becher und ein Teller standen auf dem Tisch, ein paar Umzugskartons waren ausgepackt, auseinander gefaltet und an die Wand gestellt. Schade, dass die Tapeten so einzigartig traurig aussehen, dachte er. Das Medaillonmuster kam in der Tapetenmode immer wieder, aber im Augenblick war es unmodern, und auf jeden Fall wollten sie es nicht haben. Zumindest er nicht. Unruhig und unharmonisch, das können keine Möbel ausgleichen, dachte er, während er auf die weinroten Samtkringel starrte. Da gab es nur eins: neu tapezieren.

Er fand sie im Schlafzimmer. Sie lag auf der Tagesdecke, auf einer Seite des Doppelbetts, das sie gemeinsam gekauft hatten. Ein gutes Dux-Bett. Ein Buch lag aufgeschlagen neben ihrem gewölbten Bauch, der Mund war halb offen und entspannt, leise Schnarchlaute strömten hervor. Er wollte sie eigentlich nicht wecken, konnte sie aber auch nicht in Ruhe lassen. Er legte sich vorsichtig hinter sie, das Bett wippte ein wenig, und sie bewegte sich ein bisschen, ohne die Augen zu öffnen. Er drückte seinen Brustkorb gegen ihren Rücken, passte seinen Unterkörper ihrem Po an, streichelte ihre Schenkel, ließ den Arm weiter über ihren Bauch gleiten, pustete ihr leicht ins Nackenhaar. Er vernahm Menschengeruch von Haar und Haut. Es roch nach Frau.

Sie bewegte sich, nahm seine Hand, umfasste sie.

»Hei, da bist du ja«, sagte sie verschlafen, drehte sich schwerfällig um und legte einen schlaffen Arm um ihn. »Wie war es?«

»Gut«, sagte er leise, gab ihr einen schnellen Kuss auf den Mund, fuhr ihr mit den Fingern durchs Haar, worauf sie den Hals reckte und die Augen wieder schloss.

»Und du, wie war es bei dir?«, fragte er etwas belegt und schob die Hand weiter herab auf ihre Hüften, führte sie langsam und vorsichtig an dem angespannten Bauch vorbei und behutsam hinunter zu ihrem Unterleib. Er spürte, dass er einen Ständer bekam, und er dachte, dass er ihr nah sein wollte, ganz nah, doch das ging ja jetzt nicht. Nicht bei einer hochschwangeren Frau. Aber warum eigentlich nicht? Die Hand tastete sich weiter vor unter den Gummizug der dehnbaren langen Hose und schob sie vorsichtig den Bauch hinunter. Sie protestierte nicht, sondern knurrte nur behaglich. Er tastete weiter hin zu der behaarten, weichen Kuhle, hinab in den warmen, feuchten Schoß, und sie begann mit Bewegungen zu antworten, legte sich zurecht, öffnete vorsichtig den Gürtel seiner Jeans, knöpfte den Hosenschlitz auf und schob die Hand hinein.

»Du«, sagte er hinterher. »Wenn du ein Zimmer aussuchen solltest, nur ein einziges, das unbedingt tapeziert oder gestrichen werden sollte, welches würdest du dann nehmen?«

»Wieso?«, fragte sie, während ihr Blick über die Schlafzimmerwände huschte und sie gleichzeitig insgeheim überlegte, ob er wohl Gedankenleser war.

»Ich will ein Zimmer am Wochenende fertig machen, mehr schaffe ich nicht. Aber ich habe das Gefühl, ich sollte endlich loslegen.«

»Oh ja! Wie schön! Dann nimm das Schlafzimmer«, sagte sie fröhlich, aber nicht übertrieben begeistert, damit er sich nicht unter Druck gesetzt fühlte und glaubte, er hätte eine Sklaventreiberin im Haus, einen modernen Hausdrachen.

»Das Schlafzimmer meinst du. Nun ja. Aber warum nicht das Wohnzimmer?«

»Na, weißt du, dunkelblaue Blumengirlanden, das ist ein düsterer Raum zum Stillen. Und ich werde vermutlich ziemlich viel Zeit hier verbringen«, sagte sie, und wieder einmal wurde ihm bewusst, dass ihr das mit dem Kind viel präsenter war als ihm. Er war fast ein wenig eifersüchtig darauf.

»Wie du meinst«, sagte er schließlich lächelnd und legte ihr einen Arm um die Schultern, küsste ihr sanft die Nasenspitze, wie man einen Sahneklecks auf den Schokoladenpudding spritzt.

»Ich kann auch streichen, nur die Fußleisten nicht. Im Augenblick krieche ich nicht gerade gern auf dem Fußboden herum«, sagte sie und setzte sich keuchend auf, stellte die Füße auf den Boden und merkte, wie kalt der war. »Und das Bett?«, fragte sie, wobei sie die Beine auseinander stellte, um Platz für den Bauch zu haben, während sie sich herabbeugte, um sich die Strümpfe anzuziehen, die sie als zusammengeknüllte Bälle im Bett fand. »Wir müssen es dann wohl rausschleppen«, sagte sie stöhnend und drehte ihm ihr von der Anstrengung tiefrotes Gesicht zu.

»Ich habe da einen Plan«, sagte er. »Soll ich dir nicht bei den Strümpfen helfen?«

»Nicht nötig. Ich habe sie schon an. Was für einen Plan denn?« Sie schaute ihn neugierig an.

»Ich habe überlegt, dass ich Janne Lundin anrufe und ihn frage, ob er nicht als Möbelpacker auftreten will. Es gibt ja einiges, was verschoben werden müsste.«

Veronika hatte Janne Lundin, einen von Claes' engsten Mitarbeitern, nur einmal kurz getroffen. Ein gut fünfzigjähriger Mann, etwas grau und farblos, sehr durchschnittlich, abgesehen von seiner Größe, die fast zwei Meter betrug. Veronika kannte Claes' Kollegen nicht, und deshalb war es etwas Neues für sie, dass er einen zu sich ins Haus holen wollte. Sie war sich nicht sicher, ging aber davon aus, dass es auch für Claes neu war. Sie war neugierig, ein ganz neues Arbeitsfeld war erst vor relativ kurzer Zeit in ihr Leben eingetreten, und ihr war schon klar, dass auch die Polizisten sich überlegten, was für eine Frau da wohl jetzt einen Platz in Claes' Leben hatte, die er auch noch gleich schwanger gebumst hatte. Soweit sie wusste, hatte Claes nie engeren Kontakt mit einem seiner Mitarbeiter von der Abteilung für Gewaltverbrechen gehabt.

Lundin konnte seine Verwunderung nicht verbergen, als Claes anrief, aber natürlich würde er gern am Samstag kommen, das könnte doch richtig nett werden. Ein paar Minuten später rief Lundin noch einmal zurück und fragte, ob Veronika nicht Hilfe mit einem Umzugseintopf haben wollte. Seine Mona würde gern etwas Französisches beisteuern, was nur aufgewärmt werden musste. Veronika bedankte sich, aber insgeheim graute es ihr vor lauter fremden Menschen an ihren Sachen, die sich sowieso schon mit anderen vermischt hatten, das war fast zu viel des Guten. Aber etwas anderes, als sie einzuladen, wäre gar nicht in Frage gekommen. Das hätte abweisend und verletzend gewirkt, und außerdem brauchte sie Hilfe, um in Fahrt zu kommen.

## KAPITEL 8

Lena Söderlund legte den Hörer auf. Das war der Dritte an diesem Abend, der anrief, um sie zu bemitleiden. Sara hatte genug mit sich zu tun, das Kind in ihrem Bauch wuchs offensichtlich nicht so, wie es sollte. Trotzdem hatte sie netterweise von sich hören lassen. Zur Beerdigung konnte Sara unter den gegenwärtigen Umständen nicht kommen, aber sonst wäre sie natürlich dabei gewesen, das wusste Lena. Sara war niemand, der andere im Stich ließ.

Lena zog den Telefonstecker heraus und lief wie ein böser Geist in der Wohnung herum. Es war ihr gelungen, die große Ungewissheit von sich zu schieben. Wie würde es in Zukunft sein? Die Wohnung war auf jeden Fall für sie allein zu teuer. Es gab so viel, worum sie sich kümmern musste, so viel, dass es sie lähmte. Wie sehr sie sich auch einzureden versuchte, dass sich schon alles regeln würde, wenn sie nur eins nach dem anderen anpackte, so überfiel sie doch immer wieder die Unruhe, die Wut, die Trauer in einem nie versiegenden Strom. Das nagte und zerrte an ihr. Die Tränen kamen und gingen, und sie konnte weder schlafen noch still sitzen. Sie konnte die Telefonanrufe nicht mehr ertragen, in denen immer mit den gleichen Worten, immer im gleichen Ton der Verlust bedauert wurde. Sie verstanden ja doch nichts. Immer häufiger stellte sie das Telefon ab oder ging einfach nicht dran. Das war natürlich irgendwie dumm, das sah sie selbst ein. Sie musste aufpassen, dass sie sich nicht isolierte, aber sie konnte einfach nicht anders.

Sie war verlassen, einsam, allein gelassen, aber niemand sollte Macht über sie haben.

Er hatte sie im Stich gelassen, und sie würde allein zurechtkommen, das hatte sie vor.

Seine »Kollegen« hatten ihn verändert, hatten ihn zerstört, und deshalb war sie jetzt einsam. Sie hatten auch ihr Leben zerstört. Jetzt war das Schlimmste eingetroffen. Schlimmer kann es jedenfalls nicht mehr werden, dachte sie und fühlte eine Art Trost dabei. Aber verdammt, wie hatte er sie im Stich gelassen, nach all den Jahren, nach allen Gesprächen, sie hatte ihm immer zugehört, immer Geduld gehabt, ihn mit Liebe überschüttet!

Die Tränen drängten sich wieder hervor, drückten von innen hoch und traten schließlich an die Oberfläche, und sie schluchzte, heulte, putzte sich die Nase und weinte wieder, und danach fühlte sie sich etwas besser, auch dieses Mal wieder, aber eine direkte Erleichterung war es nicht. All das Schreckliche war noch zu nah.

Es war nicht wichtig, dass der Tag bald anbrach, sie musste sowieso nicht in die Bibliothek. Die Krankschreibung war ein Segen, der Arzt hatte es als akute Krisenreaktion bezeichnet, und er hatte nicht viel gesagt, eigentlich nur das Formular für die Krankenkasse ausgefüllt und erklärt, dass es meistens nach der Beerdigung leichter wurde, und ob sie Schlaftabletten haben wolle, die seien nicht gefährlich, wenn man sie nur nicht zu lange nehme. Aber sie lehnte dankend ab. Es war nicht so wichtig, ob sie nun schlief oder wach war, sie bekam schon genügend Schlaf. Sonst könne sie immer noch anrufen, um sich ein Rezept zu holen.

Sie holte Johans Brief hervor und las ihn wieder, wusste nicht, zum wievielten Male. Sie hatten ihn unfassbar gekränkt. Er war ihr so nah gewesen, Haut an Haut im gleichen Bett und das mit gebrochenem Herzen. Doch das Schlimmste war, dass sie es die ganze Zeit gewusst hatte, aber nichts hatte tun können.

Wie konnten diese Menschen nur so herzlos sein? Ärzte,

die herzlos waren, war das überhaupt möglich? Sie waren böse, das war die reine Bosheit.

Sie verfluchte sich selbst, nicht stärker darauf gedrängt zu haben, dass er zu einem Psychologen oder Psychiater ging. Sie hatte gebettelt und gefleht, argumentiert und genervt, aber er hatte sich geweigert, war nur wütend geworden, und sie musste einsehen, dass es das Beste war, wenn sie schwieg. Ein Arzt versucht sich selbst mit seinen eigenen Methoden zu kurieren, mit eigenen Pillen nach eigenem Rezept, so viel hatte sie begriffen. Kein Zeichen der Schwäche durfte bei einem Seelendoktor gezeigt oder ausgebreitet werden. Niemand sollte in seinem Inneren herumwühlen. Das, was er schon hatte ertragen müssen, genügte, so hatte er sie angeschrien, und sie konnte immer noch spüren, wie die Wut sie direkt anfiel und sie Angst bekommen hatte. Als sie an diese Situationen dachte, hörte sie abrupt auf zu weinen, und das Unbehagen kam wieder wie damals angekrochen.

Dieser Fachidiot von der Gewerkschaft war keine größere Hilfe gewesen, abgesehen von den Formalitäten. Sicher, er hörte zu, aber er machte nichts. Niemand wagte etwas zu tun. Keine Hilfe, keine Hoffnung, nichts Konkretes. Alle hüteten sich. Keiner traute sich, den Mund aufzumachen und offen zu sagen, wie kaputt das Klima im Krankenhaus war. Niemand wollte etwas davon wissen, sie hingen alle miteinander zusammen. Also zupften sie vorsichtig an den Kanten, trauten sich aber nicht in die Höhle des Löwen. Es war das Einfachste, Johan als das größte Problem auszugucken. Johan bekam das Kreuz aufgedrückt. Aber Johan wollte Genugtuung. Er hatte auf die Rache hingearbeitet.

Und jetzt war sie es, die den Auftrag übernehmen musste. Sie würde sich für ihn rächen.

Die Uhr der alten Kirche schlug zehn. Sie zog sich warm an, schloss die Tür hinter sich ab und trat auf die Straße. Die Kälte tat ihr gut.

Der Abendspaziergang hatte seine feste Route, und während sie schnell mit schwingenden Armen ging, schlug ihr

Herz heftig, aber vor Anstrengung, nicht aus Verzweiflung. Der Druck in ihrem Kopf nahm ab, die Gedanken drehten sich nicht mehr im Kreis, und ihr Gehirn begann stattdessen richtige zusammenhängende Gedankenketten zu produzieren, so dass sie sich nicht mehr so niedergeschlagen fühlte.

Vielleicht konnte sie sich jetzt ein eigenes Leben schaffen. Sich nicht nur Sorgen um ihn machen und seinem Gerede über seinen verdammten Job zuhören. Sein Arbeitsplatz hatte ihre Ehe geprägt, sich wie eine Seuche in sie hineingefressen.

Sie überquerte den Friedhof, der dunkel und still dalag, sie ging über die Eisenbahnschienen in Richtung Hafen, bog dann aber in den Stadtpark unter die hohen, kahlen Bäume ab, auf einen Kiesweg, der jetzt von Eis und Schnee bedeckt war und zu dem ältesten Stadtteil führte, wo die Häuser eng beieinander standen. Die Holzfassaden waren fast alle renoviert und in sanften Tönen gestrichen: grau, gelb, rosa und natürlich rostrot mit weißen Beschlägen. Die niedrig sitzenden Fenster hatten Sprossen, und sie schaute in ein Familienidyll nach dem anderen hinein und fühlte sich immer nackter und verlassener. Sie sah Menschen vor den Fernsehschirmen, unter dem Schein einer Lampe mit einem Buch, über einen Schreibtisch gebeugt, am Esstisch mit Kerzen, und überall glaubte sie eine Zusammengehörigkeit zu spüren. Ihre Einsamkeit drückte sie schwer, trotzdem konnte sie es nicht lassen, sie musste weiter auf diese trügerische Gemeinsamkeit gucken, die bei ihr Übelkeit hervorrief. So war die Wirklichkeit, und das musste sie ertragen. Sie malte sich aus, wer wohl hinter den Fassaden lebte, was sie arbeiteten, welche Hobbys sie hatten, wie alt sie waren, ob sie Kinder oder Enkelkinder hatten, ob sie reich waren oder nur versuchten reich auszusehen, sich eigentlich übernommen hatten, ob sie nett oder langweilig waren. Sie gab den Häusern Namen nach ihren offensichtlichen Kennzeichen: das Haus mit dem Kronleuchter, das Haus mit den Kerzen im Fenster, das Haus mit den vielen Bücherregalen und den schönen Gemälden, das unordentliche Haus, das hypermoderne Haus, die Perfektionisten und so weiter.

Sie ging weiter mit festem Schritt, und sie weinte nicht mehr. Sie machte eine Pause in ihrem Trauergesang.

Das Licht der Straßenlaternen wurde kräftiger und kaltblau, als sie die Altstadt verließ und in eines der neueren Viertel kam. Die Häuser stammten aus den Sechzigern, stereotype, rechteckige Kästen, eher wie ordentlich gebackene Brote. Dann kam eine Straße mit Reihenhäusern aus der gleichen Zeit, aber die waren sehr viel hübscher mit Erkern, Sprossenfenstern, und auch hier begann sie wieder nach besonderen Kennzeichen zu suchen. Das Haus mit den hässlichen Gardinen, das mit den schönen Lampen im Fenster, das mit den komischen Sachen an der Wand, das mit den antiken Möbeln.

Sie war eine leidenschaftliche Fensterguckerin. Obwohl sie so traurig war, fand sie darin dennoch eine Art Ruhe, vielleicht sogar Trost und ein klein wenig Erregung, wenn sie heimlich in die Welt anderer Menschen guckte, in Alltagsszenarien, von denen sie meinten, sie wären privat.

Es interessierte keinen Menschen, was sie tat, und sie musste niemandem Rechenschaft über ihre Handlungen ablegen. Keinem Einzigen. Nicht einmal Johan. Die Fantasie gehörte ihr ganz allein, damit hatte niemand etwas zu tun. Es gab Schlimmeres, den Tod zum Beispiel. Das wusste sie.

Und dann kam sie endlich zu dem Haus, in dem Laura wohnte.

Johan hatte am wenigsten von Laura gehalten, und trotzdem hatte er sie am meisten geschätzt. Es war schon merkwürdig mit dieser Laura. Was hatte sie eigentlich an sich? Lena war klar, dass sie eine Art magische Kraft haben musste. Sie hatte so viel von dieser Laura gehört, dass sie es leid war, und manchmal hatte sie sich gefragt, ob er im Grunde genommen nicht auch von ihr verhext worden war, eingefangen von ihrer Kraft und ihrem Perfektionismus, ihrem Anspruch auf absolute Kontrolle und ihrer Überheblichkeit, aber auch von ihrem großen Können. Eine gute Ärztin, ja, das war sie. Das kann man nicht leugnen, hatte er gesagt. Vielleicht hatte er das ein wenig zu oft betont, so dass es fast lächerlich wirkte, aber sie sagte nichts dazu. Warum sollte er eigentlich von einer so widerlichen Frau beeindruckt gewesen sein, einer Frau, die glaubte, etwas Besonderes zu sein, und die ihm außerdem schadete, die seine Kollegen im Krankenhaus gegen ihn aufwiegelte, ja, fast alle in der Klinik, die seine Handlungen als falsch interpretierte, die ihn kränkte, ihn in Frage stellte, nach Fehlern suchte, jeden Grund nutzte, um ihn wegen des einen oder anderen anzuschwärzen, wegen mangelnder Arbeitserfüllung, wegen Schlamperei, wegen kleiner oder großer Versäumnisse? Sie, diese Laura, schien das zu genießen.

Lena spürte, wie das wütende Herzklopfen wieder einsetzte. Dieses Herzklopfen, das sie so oft gehabt hatte.

Warum war er die ganze Zeit so korrekt gewesen, warum hatte er immer gesagt, dass Laura tüchtig war? Irgendwelche Fehler musste doch auch sie gemacht haben. Das ist doch nur menschlich. Aber er nahm Laura in Schutz. Immer. Zuerst erzählte er von Lauras Gemeinheiten, und dann, wenn sie ihm darin zustimmte, nahm er Laura in Schutz. Es schien fast, als käme Laura an erster Stelle. Sie kamen an diesem Punkt nie auf einen gemeinsamen Nenner. An wen dachte er zuerst, an Laura oder an sie?

Wurde er im Grunde genommen irgendwie von ihr angezogen?

Lena hatte lange überlegt, wie dieser Mensch wohl aussah, die Frau, die Johan bis aufs Blut reizte, aber der zu ergeben er sich hartnäckig weigerte. Jetzt wusste sie es.

Laura ist hart, hatte er gesagt, aufgeweckt auf eine unangenehme Art, genau, tüchtig und gewissenhaft als Ärztin, und diese Gewissenhaftigkeit machte sie pedantisch und kleingeistig gegenüber den anderen. Sie gab sich erst scheinbar geschlagen, wenn sie auf andere begabte Menschen traf, kapitulierte. Aber am Ende war es sie allein, die brillant sein durfte. Vielleicht war es der reine Neid. Johan hatte ein großes Wissen, ein unangenehm großes Wissen, und das hatte er schon als kleiner Junge gehabt, wie seine Eltern ihr stolz erzählten, fast als Erstes, als sie sich zum ersten Mal trafen – damals, als sie noch lebten. Einer der Besten und schlagfertig. Mit einem Gedächtnis wie ein Elefant.

Das konnten Laura und die anderen beiden nicht ertragen. Sie verschlossen sich und rotteten sich zusammen. Es war nicht leicht, Johan auf die Finger zu schlagen, das wusste Lena. Sie und Johan hatten sich so manches Mal in alberne Diskussionen verrannt, die fast zum Streit wurden, bei denen sie jedes Mal gezwungen war, klein beizugeben und ihm Recht zu geben. Sie lernte den Satz: »Du hast Recht, Johan.« Schließlich kam er ganz automatisch, ohne dass es sie größere Anstrengungen kostete. Gerade das mit *Recht* und *Unrecht* war etwas, an dem er sich festhaken konnte. Er hatte *Recht,* erklärte er, wobei die Oberlippe überlegen zurückgezogen war.

Und das Schlimmste war, dass es meistens auch stimmte. Zumindest in bestimmter Weise, auf der Wissensebene.

Vielleicht fand Johan Laura ja trotz allem gerecht, bei bestimmten Gelegenheiten platzte er damit heraus, aber Lauras Gerechtigkeit war nicht geradlinig und klar, sondern kurvig und für ihn unbegreiflich. Das war nicht *recht und billig.* Vielleicht war es auch so mit ihrer Freundlichkeit, die unbegreiflich war, da sie manchmal ohne jede Vorwarnung und ohne einleitendes Geplänkel auftauchte. Sie kam nicht aus dem Herzen, sondern aus dem Verstand. Ihre Freundlichkeit war eine reine Erziehungssache.

Laura tat zumindest nichts, um das Verfolgungskarussell zu stoppen, als es sich wie in einem Orkan zu drehen begann. Sie machte alles nur noch schlimmer. Sie nahm die Beschwerden in fast lächerlichen, bagatelleartigen Berichten entgegen, bösartige Formulierungen von zwei gekränkten Kollegen, die selbst nicht schnell genug groß geworden waren. Carl-Magnus Meisser und Tomas Bengtsson suchten nach Fehlern. Und Laura benutzte ihre Berichte, um Johan zu stigmatisieren. Genau das, er wurde stigmatisiert, weil er nicht vor ihr kuschte.

In dem ganzen Durcheinander tauchten diese Kinderpornofotos auf. Woher sie gekommen waren, das wusste sie bis heute nicht. Es hatte sie nie real gegeben, sie waren immer nur ein Gerücht gewesen. Das jedenfalls wusste sie genau. Ein Gerücht, das zu einer Realität und damit zu einer Bedrohung wurde.

Was Johan auch tat, auch wenn er seine Arbeit korrekt versah, er wurde trotzdem als das große Problem der Klinik angesehen. Kleinigkeiten wurden hervorgeholt und aufgebauscht, der Ton wurde schärfer und das Schweigen breitete sich aus. Die Krankschreibung kam erst, als Johan schließlich einsah, dass ihm niemand helfen würde, den Prozess zu stoppen. Niemand würde in der Klinik an seiner Seite stehen. Es gab niemanden, der sich traute, einmal mit der Faust auf den Tisch zu schlagen, der sich traute, wirklich Widerstand zu leisten. Im Schweigen ist alles erlaubt.

Johan hatte ihr nicht mehr in die Augen gesehen, sein Gesicht war ausdruckslos und grau geworden.

Lena kniff den Mund zusammen, dort, wo sie stand, sie schloss fest die Augen, um das Unbehagen zurückzuhalten, das langsam in ihr aufstieg, wenn sie an diese schwere, freudlose Zeit dachte.

Jetzt wollte sie ins Leben zurück. Manchmal hatte sie sich gewünscht, sie hätte sich getraut, sich scheiden zu lassen, sie wäre so mutig gewesen, Johan zu verlassen, obwohl sie ihn doch liebte. Sie hatte sich danach gesehnt, ein eigenes Leben zu führen und nicht nur im Schatten seines Elends leben und mit ihm gemeinsam die anderen hassen zu müssen. Jahr für Jahr war vergangen, lange Zeiträume, in denen sie ihn nicht richtig erreichen konnte. Lange Abende und Nächte, in denen sie schweigend nebeneinander lagen, sich vielleicht einmal umarmten. Aber zu mehr kam es nicht. Sie konnten nichts miteinander anfangen. Was hätte sie denn tun sollen, hatte sie doch tagsüber ihre Bibliothek und abends einen Mann, dem seine Verfolger übel mitspielten. Alles, was sie gemeinsam planten: Reisen, Ausflüge und Kinder, zerrann im Sand, zerplatzte wie Seifenblasen.

Er müsse nur erst frei sein, hatte er gesagt, und sie wartete und sehnte sich und merkte ganz deutlich, dass er in letzter Zeit aus der Dunkelheit langsam wieder hervorkam. Er wurde weicher, fast wie in alten Tagen. Er scherzte wieder, hatte Ideen, umarmte sie, und sie schliefen wieder miteinander, immer häufiger, und das fühlte sich wie früher an, voller Hitze und Behutsamkeit, und er nahm sie wahr, schaute ihr in die Augen, genoss und hielt sie hinterher in den Armen, und sie war selig und kuschelte sich an seinen Körper. Er hatte sie wieder aufgenommen.

Die Tränen brachen hervor. Johan war ein großartiger Mann gewesen, und sie liebte ihn.

Verdammte alte Hexe! Sie wünschte, sie könnte sie töten. Sie zu Brei zerquetschen. Sie sollte es am eigenen Leibe spüren!

Lena stand in der Dunkelheit auf der Straße zwischen zwei Laternen und ließ die Tränen fließen, gleichzeitig verspürte sie eine innere Leichtigkeit und eine kurze Befriedigung. Sie fischte ein Taschentuch aus der Tasche hervor und stieß dabei auf ein Papier und etwas Hartes. Sie holte ein Pfefferminzbonbon heraus, putzte sich die Nase und wickelte das Bonbon aus. Der Pfefferminzgeschmack erfüllte ihren Mund, die Tränen versiegten, und sie sah, dass diese Laura an ihrem Küchentisch im Erker saß. Eine kleine, magere Frau in einem dunklen Morgenrock, die etwas aus einer Tasse trank. Ihr dunkles Haar lag platt am Kopf, eine knochige Elster mit scharfem Schnabel. Die Lampe über dem Küchentisch schwebte wie eine riesige Untertasse aus mattem Glas über dem Tisch, an mehreren Drähten aufgehängt, ein ungewöhnliches, sicher sehr teures Objekt, vielleicht italienisch oder von einem modernen Lampendesigner aus den Glasbläsereien von Småland. Im Wohnzimmer war nur eine Stehlampe eingeschaltet und warf einen schwachen, gelblichen Schimmer. Das Zimmer lag größtenteils im Dunkel, die Wandbilder waren kaum zu erkennen, nur das Glitzern eines Kronleuchters funkelte ein wenig. Eine Wandlampe an der Treppe nach oben schien hell, und Lena konnte dort ein großes grünes Bild mit dicken, dunklen diagonalen Strichen darin erkennen. Von hier aus gesehen sehr effektvoll, aber sie konnte nicht sagen, ob es ihr gefiel oder nicht. Es war überhaupt schwer auszumachen, ob Laura ein geschmackvoll eingerichtetes Haus hatte oder nicht. Hübsche und sicher sehr teure Sachen. Nur schade, dass Laura das alles in einem nur halb modernen Haus ohne besonderen Stil hatte, dachte sie säuerlich. Nur so ein normales, in Serie gebautes Reihenhaus mit einem Handtuch von Garten auf der Vorderseite und einem etwas größeren auf der Rückseite, die übrigens auf ein Waldstück zeigte, und das war ja trotz allem von Vorteil, da so kein Nachbar bei Laura hineingucken konnte. Laura hätte eines der Holzhäuser in der Altstadt haben sollen, aber nicht einmal sie konnte offenbar alles haben. Obwohl sie garantiert Geld hatte, *Laura Ehrenswärd.*

Konnte ein gebildeter Mensch wie Laura etwas so Ekliges wie Pornobilder in einen Computer schmuggeln? Pornobilder in Johans Computer. Woher kam so etwas Wahnsinniges? Das hatten sie nie erfahren, weder Johan noch sie selbst, und vermutlich würde das für alle Zeit ein Geheimnis bleiben. Johan wusste, dass er niemals derartige Bilder in seinem Computer gehabt hatte, weder im Job noch zu Hause. Käufliche Kinderpornofotos. Wie konnte man nur auf so etwas Widerliches kommen? Wie konnte sie, Laura, wenn sie es gewesen war, dann nachts noch schlafen?

Vielleicht schlief sie nachts ja gar nicht! Wenn sie es dennoch tat, dann war sie innerlich gestört, so gestört, dass ihr die normalen Gefühle fehlten, sowohl Scham wie auch Schuldgefühl.

Das Gerücht von Pornobildern schlug wie ein Blitz aus heiterem Himmel ein, wurde aufgebauscht, und wie die ewige Flamme brannte die Verleumdung weiter. Brannte und brannte, Tag für Tag. Johan hielt stand, zeigte lange, dass er nichts zu verbergen hatte, dass sein Gewissen blütenrein war. Er fuhr ins Krankenhaus und behandelte seine Patienten im Schatten dieser verlogenen Beschuldigungen. Aber auch der

Stärkste wird schließlich gebrochen. Eines Morgens hatten vier Patienten ihre Termine abgesagt. Das Gerücht war nach außen gedrungen.

Sie waren gezwungen gewesen, sich zurückzuziehen, Johan und sie. Der Dreck, mit dem sie beworfen wurden, war dabei, sie zu vernichten. Diese Gemeinheiten. Gerede und Gerüchte. Dieses Ferkel Johan! Die Würde eines Menschen zu zerstören dauert nur einen Augenblick, sie wieder aufzubauen, dazu genügt nicht der Rest des ganzen Lebens.

Er hätte schon viel früher aufgeben sollen, aber das tat er nicht, obwohl sie ihn gebeten hatte, sich doch freizunehmen, sich krankschreiben zu lassen und zur Gewerkschaft zu gehen. Sie flehte ihn an, versuchte ihn zu überreden, aber er wollte nicht. Er wusste, dass er Recht hatte, dass er unschuldig war, und das wollte er beweisen.

Als er schließlich nicht mehr in der Klinik war, erlosch die Glut, das Gerede hörte mit der Zeit auf. Aber nicht die Schande. Johan war ein Ausgestoßener, und damit begann erst das Schlimmste. Sie wohnten in einer kleinen Stadt: eine sichere Stadt, wenn alles war, wie es sein sollte, aber die Hölle, wenn man gezeichnet war.

Sie wollte wegziehen, aber er wollte bleiben.

Das Flüstern und Gerede wurde weniger, aber Johan veränderte sich. Irgendwie gab er auf, andererseits auch wieder nicht. Eines Tages würde er ihnen zeigen, dass er Recht gehabt hatte. Alles sollte *recht und billig* sein.

Aber es gab keine Beweise, nichts Handgreifliches, nur Gerede und Gerüchte, und die setzten sich fest wie Schimmel. Kein Rauch ohne Feuer! Die Lüge wurde zur Realität.

## KAPITEL 9

Knapp drei Wochen später saß Veronika im Morgenrock am Küchentisch, die Beine auf einen Hocker gelegt. Draußen schien es zu tauen. Der Himmel war grau, die Zweige feucht. Da sind ziemlich viele Bäume zu beschneiden, dachte sie ohne Begeisterung. Vielleicht könnte ihr alter Nachbar einmal kommen und auch hier die Bäume beschneiden. Kommt Zeit, kommt Rat. Sie schob den Gedanken von sich. Das Grundstück war eigentlich zu groß für sie und der Garten vermutlich nicht so leicht zu pflegen, jedenfalls nicht, wenn er ordentlich bestellt werden sollte. Sie sah Claes ohne Mantel am Briefkasten am Tor. Sie selbst hatte ziemlich viel Erfahrung, wie man am besten Nutzen aus einem Garten ziehen konnte, ohne sich dabei kaputtzumachen. Aber die Frage war, ob Claes das auch konnte. Wo befand er sich auf der Skala der Gartenenthusiasten? Gehörte er zu der Sorte mit oder ohne Löwenzahnphobie? Und was tolerieren unsere neuen Nachbarn, ging es ihr durch den Kopf, während Claes mit den Zeitungen in der Hand ins Haus zurückeilte. Sie hatte da gewisse Befürchtungen. Direkt hinter dem Garten thronte das Nachbarhaus, das sie in seiner buttergelben Pracht etwas erschreckte. Eine Reicheleutevilla, so frisch renoviert und gestrichen, dass sie glänzte, eine angebaute Veranda ragte wie das Deck eines Kreuzfahrtschiffes hervor, die Gartenbeleuchtung war strategisch an der Auffahrt platziert, als handle es sich um eine Landebahn, zu Kugeln geschnittene wintergrüne Büsche am Eingang, schönes Holzspalier an der Garage, die auch frisch gestrichen erglänzte. Das ist ganz einfach zu hübsch, dachte sie. Wie die Kulisse für einen Wirtschaftswunderprinzen.

Ihr Schwangerschaftsurlaub hatte begonnen. Das Kind hatte ihre Taille eingenommen, ihre Beweglichkeit erheblich eingeschränkt, sie so dick werden lassen, dass sie schon fürchtete, bald zu platzen. Der Urlaub kam nicht einen Tag zu früh, und es war ein schönes Gefühl, als sie so in der Küche saß und wusste, dass sie nur das machen musste, was sie machen wollte.

Claes legte die Zeitungen auf den Tisch.

»Da ist Kaffee«, sagte sie, schenkte sich selbst Tee ein und schnappte sich eine der Zeitungen, die Lokalzeitung, um in ihr zu blättern.

Morgens redeten sie nicht viel miteinander. Dass Claes schweigsame Morgenstunden schätzte, hatte er sehr deutlich gezeigt, ohne dabei anmaßend zu sein, und sie hatte nichts dagegen. Ein kurzer Kommentar hier, ein Brummen da, und das eine oder andere Knurren, wenn der Lieblingsfußballverein keinen Treffer gelandet hatte.

Ihr Blick fiel auf Johan Söderlunds Nachruf. Dass er erst so viel später erscheint, dachte sie. Mehrere Wochen waren schon seit seinem Tod vergangen. Die Arbeitskollegen hatten ihn verfasst. Sie beschrieben seine Sicherheit als Arzt, seine Treue als Kollege, sie rühmten sein breites Wissen und seine unerschütterliche Gewissenhaftigkeit, dass er immer zum Wohle der Patienten den Problemen auf den Grund gegangen war. Johan Söderlund dachte immer an sich selbst zuletzt.

Das stinkt nach schlechtem Gewissen, dachte sie, und sein Schicksal kam ihr wieder in den Sinn.

»Du«, sprach sie Claes über den Küchentisch hinweg an. »Weißt du was über diesen Todesfall? War das ein glasklarer Unfall?«, fragte sie und legte den Finger auf Johans Gesicht auf der Anzeigenseite. Es war kein besonders vorteilhaftes Portrait und sicher schon zehn Jahre alt, was nicht zuletzt an den großen Brillengläsern des damals modernen Pilotenmodells zu erkennen war.

Er warf einen zerstreuten Blick auf den Nekrolog. »Weiß ich nicht so genau. Das ist nicht mein Bier«, sagte er und wandte sich wieder den Sportberichten zu.

»Stell dir nur vor, das war ein Kollege, der ihn überfahren hat. Die beiden kannten sich«, sagte sie wie zu sich selbst.

»Ja, das war wirklich Pech«, sagte er geistesabwesend.

»Wie kann man herauskriegen, ob es ein Selbstmord ist oder nicht? Vielleicht hat er sich ja wirklich vors Auto geworfen?«, überlegte sie weiter.

»Das kommt vor«, murmelte er, las weiter, merkte dann aber, dass sie aufgehört hatte zu lesen und schweigend aus dem Fenster blickte, und ihm war klar, dass er sich etwas näher mit dem befassen musste, was sie gesagt hatte. »Die suchen sich einen Lastwagen aus, einen Bus, Zug oder etwas anderes Schweres, Sicheres«, fügte er hinzu und schaute zu ihr auf, worauf auch sie ihren Blick ihm zuwandte. »Außerdem gab es, soweit ich gehört habe, keinen Abschiedsbrief«, sagte er schließlich.

»Nein, aber der Unfallwagen war auch nicht gerade leicht zu übersehen«, überlegte sie weiter.

Er stand auf, stellte das Frühstücksgeschirr auf die Anrichte, ohne es jedoch in die Geschirrspülmaschine zu stellen.

»Du«, sagte sie. »Glaubst du, dass man es mit hinterhältigen Methoden weit bringen kann?«

Es schien, als wisse er nicht, worauf sie eigentlich hinauswollte. »Wieso?«

»Glaubst du, dass man zum Beispiel Chef werden kann, und zwar ein tüchtiger, ohne gemeine Methoden anzuwenden? Ohne Lügen, Verleumdungen, Ausgrenzungen, Taktik, Beziehungen ...«

Jetzt war er wirklich unsicher, worauf sie hinauswollte. War das ein Angriff gegen ihn?

»Das will ich jedenfalls hoffen«, antwortete er und kratzte sich hinterm Ohr.

»Hast du nie deine Hände schmutzig gemacht? Wie bist du dann Chef geworden?«

Ihre Stimme klang vollkommen ruhig, weder bissig noch ironisch. Sie wollte nur eine direkte, ehrliche Antwort haben, was nicht so einfach war, so früh am Morgen in aller Hast. Die Ausführungen konnten weit führen.

»Können wir nicht darüber reden, wenn ich zurück bin?«, sagte er deshalb und ging auf den Flur. »Man kann es ja wohl auch zu etwas bringen, ohne unbedingt der Chef zu sein«, rief er ihr vom Flur zu, und sie hörte die Bügel an der Garderobe klappern, hörte, wie er sich den Mantel anzog, und sie überlegte, ob sie in den Flur gehen sollte, um ihm einen Abschiedskuss zu geben, blieb dann aber doch sitzen. Er steckte wieder den Kopf zur Küchentür hinein, stand vollständig angezogen in der Türöffnung.

»Das Chefsein wird übrigens vollkommen überbewertet«, sagte er.

»Das habe ich mir schon gedacht«, sagte sie lächelnd. »Übrigens … die Geschirrspülmaschine.« Sie nickte zu seinem schmutzigen Frühstücksgeschirr hin, das er auf die Anrichte gestellt hatte.

Er verstand den Wink sofort und stellte das Geschirr in die Maschine, wenn auch etwas sauer. Ob auf sich selbst, weil er nicht gleich daran gedacht hatte, oder auf sie, weil sie es ihm gesagt hatte, konnte er nicht so sagen.

Erika Ljung ließ sich Zeit mit dem Aufstehen. Hätte sie nicht zur Toilette gehen müssen, wäre sie noch liegen geblieben, aber nun war sie gezwungen aufzustehen, streckte sich, zog die Zeitung aus dem Briefschlitz und nahm sie mit zur Toilette.

*Raubmord,* las sie auf der Titelseite.

Sie stellte Teewasser auf, las weiter und überlegte, wer sich wohl damit beschäftigte. So ungefähr kannte sie den Dienstplan von gestern Nacht. War das nicht Jesper Gren? Sie wechselten sich im Augenblick ab. Und dann dieser Peter Berg, dieses Bleichgesicht. Aber nett. »Zahm und nett.« Sie lächelte, kratzte sich unter der Brust und merkte, wie empfindlich die Haut war. Sie hatte mit der Pille aufgehört. Nächste Woche also Menstruation.

Es war der letzte ihrer zwei freien Tage mitten in der Woche, Tage, die sie glücklicherweise ganz für sich allein hatte. Rickard war beruflich unterwegs und kam erst heute Abend zurück. Mit anderen Worten hatte sie es herrlich ruhig gehabt, keinerlei Verpflichtungen, und sie hatte die Gelegenheit auch genutzt, um einfach nur auszuspannen und dann den ganzen Abend unterwegs zu sein.

Mit diesem Sanitäter, den sie vor einiger Zeit getroffen hatte, im Zusammenhang mit dem Einsatz zu dem Selbstmordkandidaten auf Skiern. Er hatte wie üblich mit ihr geflirtet, aber es war kein Problem gewesen, ihn auf Abstand zu halten. Er war ein netter Kerl, nur etwas albern, und sie hatte es geschafft, ihren Kontakt auf kameradschaftlichem Niveau zu halten. Eine dunkle Haut konnte gewisse Männer erregen, die dann daraus Fehlschlüsse zogen, das hatte sie gelernt. Reichlich Fehlschlüsse. Sie sahen sie als leichte Beute an, vielleicht sogar als Hure, und sie hatte den Verdacht, dass das darauf beruhte, dass die dunkle Haut reflexartig Gehorsam signalisiert. Sie gingen davon aus, dass sie nur genommen werden wollte, und dann sollte sie doch bitte schön dankbar dafür sein, dass sie sie überhaupt wollten. Sie wurden geil wie brünstige Hirsche, und von ihr wurde Freude und Dankbarkeit erwartet. Die reine Unterwerfung, und das war nun definitiv nichts für sie.

Als sie glücklich in dem Tauwetter von der Kneipe nach Hause gelangt war, ziemlich spät nach Mitternacht, hatte sie automatisch den Fernseher angemacht, während sie sich auszog, und war vor einer amerikanischen Liebesgeschichte, die sie einfach nicht abschalten konnte, auf dem Sofa hängen geblieben. Ziemlich oberflächlich, der pure Kitsch, aber trotzdem fesselnd, weshalb sie bis zum Morgengrauen vor der Glotze lag.

Jetzt war sie steif, hatte einen leichten Kater und fühlte immer stärker *bad vibrations* bei dem Gedanken, dass Rickard nach Hause kommen würde. Sie sollte Schluss machen, das Gefühl in der Magengrube war eindeutig und nichts Neues. Der Kloß saß da schon seit einem halben Jahr und drückte. Und nicht nur, dass dieser Kloß da saß, ihr ganzes gemeinsames Leben war verfahren. Ihre harten Ringernummern waren schon lange nur noch ermüdend, ihr Unterleib war ehrlich gesagt vollkommen erschöpft. Es gab keine Gefühle mehr dabei, höchstens wie bei einer Trainingsstunde, einer harten Trainingsstunde, die sich immer und immer wieder in gleicher Art wiederholte, das gleiche Programm, bei dem sie seinen Körper knetete, vorher und hinterher, diese anschwellenden Muskeln massierte: Bizeps, Trizeps und Pectoralis. Sie hatte die lateinischen Namen all dieser festen Massen gelernt, die aufzubauen und zu erhalten er alles einsetzte. Sie hatte kräftige Hände, auch sie hatte Muskeln, oh ja, und sie bearbeitete seinen Körper immer vorgebeugt, legte dabei ihr eigenes Körpergewicht in die ausgestreckten Arme und ließ die Handflächen kleine, rhythmische Kreise machen, so dass er vor Genuss knurrte und das Bett knarrte. Aber Scheiß drauf! Es kam doch nicht nur auf den Körper an! Sie durfte nie aufhören. Er wollte immer und immer mehr, und das war das Problem.

Es war jetzt halb zwölf, die Sonne schien und wärmte schon so stark, dass der Schnee schmolz. Braunes, trockenes Gras lugte hier und da auf der anderen Straßenseite hervor. Ein krumm gebeugter Mann mit Wildlederjacke lief am Rand des Rasenstücks mit seinem hässlichen Hund herum, einer Terriermischung. Der Hund hob das Hinterbein und pisste dunkle Flecken in den Schnee. Wenn der Hund jetzt auch noch scheißt, ohne dass der Alte den Haufen wegmacht, dann reiße ich das Fenster auf und schreie, dachte Erika. Aber dem war nicht so, der Hund schiss nicht, und sie hätte sowieso das Fenster nicht geöffnet und geschrien. Sie war schon in der Schule nicht der Aufpasser gewesen.

Während sie sich anzog, las sie den Artikel über den Raubmord zu Ende:

*Eine 78-jährige Frau wurde in der Nacht zu gestern auf einem Hof bei Kristvalla ermordet.*

*Die Polizei sucht nach zwei Männern in den Zwanzigern, die im Verdacht stehen, die Frau mit einem Holzknüppel erschlagen zu haben, nachdem sie in das Haus von ihr und ihrer Schwester eingebrochen sind. Auch die Schwester wurde mit der gleichen Waffe niedergeschlagen, sie kam mit schweren Verletzungen ins Krankenhaus.*

*Die Polizei wurde gegen vier Uhr gestern Morgen alarmiert, aber bis zum Redaktionsschluss gab es noch keine Spur der zwei oder möglicherweise drei verdächtigen Männer. Es ist auch unklar, was aus dem Haus der beiden Schwestern gestohlen wurde.*

*»Wir kennen das Motiv nicht, schließen verschiedene Möglichkeiten mit ein«, erklärt Jan Lundin, der Pressesprecher der Polizeibehörde.*

Wie schrecklich, dachte sie und schlug die Zeitung zu.

Als Erstes hatte sie einen Termin beim Friseur, die Spitzen abschneiden und neue Wellen vielleicht, dann wollte sie etwas Leckeres für zu Hause einkaufen. Und Bier. Es sollte ruhig wie ein großes Willkommensessen aussehen, das konnte nicht schaden. Sie spürte genau, dass es klüger wäre, ihm keinen Grund zum Misstrauen zu geben, zunächst einmal die Lage zu peilen und gewissenhaft den Zeitpunkt zu wählen, wann er rausgeschmissen werden sollte. Daraus konnte ein Problem werden, er war nicht so einfach zu nehmen.

Beim Friseur herrschte immer so ein Durcheinander, dass Erika automatisch abschaltete. Geflochtene Körbe mit Bürsten, Wicklern und Haarpflegeprodukten und klein gemusterte Schachteln mit Haarnadeln, Klammern und Spangen stapelten sich auf den Fensterbänken und Regalen, die in verschiedenen Pastelltönen gestrichen waren. Hochzeitszeitschriften und die üblichen Wochenzeitschriften lagen auf jedem freien Fleck herum.

»Hallo, wollen wir was Schickes, oder soll es wie immer sein?«, fragte die Friseuse, während sie Erika auf den Stuhl drückte und ihr den Plastikumhang umlegte.

Erika hörte schon am Ton, worauf sie hinauswollte. Etwas Schickes, das bedeutete etwas Neues. Erika wusste, dass die Friseuse sich niemals trauen würde, ihre Locken knallrot oder dunkelblau zu färben, wie hypermodern das auch immer war. Vorsichtig kämmte sie zuerst die Spitzen, die am wenigsten gekraust waren, während sie die Antwort abwartete.

Erika betrachtete sich kritisch im Spiegel. Eine Wolke störrischen, eng gekräuselten Engelhaars stand wie Zuckerwatte um ihren Kopf. Hoffnungslose Negerkrause, nur heller, dachte sie und ließ die Mundwinkel fallen und die sorgfältig gezupften Augenbrauen sich heben. Die Friseuse machte schweigend weiter und begann methodisch mit den Fingern durch das widerspenstige Haar zu fahren. Dabei strich sie das Haar aus der Stirn glatt nach hinten, drückte es auf dem Schädel herunter und sammelte es in einem gespreizten Pferdeschwanz im Nacken. Erika sah, wie ihre Finger routiniert den kurzen Schwanz drehten, bis er sich zu einem festen Knoten im Nacken zusammengerollt hatte, einer kleinen Schnecke. Die Friseuse legte den Kopf schräg, spitzte die Lippen und erwartete auf Erikas Gesicht im Spiegel eine Antwort.

»Vielleicht gar nicht so schlecht«, kommentierte Erika das Werk, während sie ihren Kopf nach links drehte, um herauszubekommen, wie es sich wohl im Profil machte, und sie sah, dass sie in eine kultivierte Lady verwandelt worden war, eine Lady in Jeans und Sweatshirt. Ihr Gesicht trat deutlich hervor, wie auch der lange, sehnige Hals und die kleinen Ohren mit den kleinen Goldohrringen. Sterne, Monde und Kugeln.

»Wir schneiden nur die Spitzen, machen eine Kurpackung, ziehen alles nach hinten und geben dann Wachs hinein, so dass es an Ort und Stelle bleibt«, erklärte die Friseuse. »Unglaublich, wie hübsch das wird«, rief sie dann aus und schaute Erika noch einmal aufmunternd an.

Schwarzer Vater aus Jamaika und schwedische Mutter. Sie war eine schöne Mischung geworden, aber sie hatte lange Zeit gebraucht, um das selbst einzusehen. Sie war groß und feingliedrig, aber dabei kräftig, und ihre Haut war goldbraun und glänzend. Wenn das Haar nach hinten gestrichen wurde, trat ihr wohl geformter Kopf deutlich hervor. Irgendwie sah durch die neue Frisur ihr Gesicht klarer aus. Sonst hatte sie eher den Eindruck vermittelt, sich in ihrer Haarpracht verstecken zu wollen.

»Legen Sie los«, forderte sie schließlich die Friseuse auf und griff nach einer Frauenzeitschrift auf der Ablage vor dem Spiegel, gerade als eine ihr wohl bekannte Person durch die Tür hereintrat.

Es war Nina Persson, die Empfangsdame und Mädchen für alles im Polizeirevier, eine gut situierte und harmlose Supersexbombe, eine der Letzten ihrer Art. Obwohl, wenn man es genau betrachtete, so war sie eigentlich gar nicht so eine Supersexbombe, vielleicht nur ungemein weiblich, mit Push-up-BH, enger Bluse, kurzem Rock, viel Schminke und langen Fingernägeln. Aber sie flirtete kaum, eigentlich nie, und sie lebte allein und war wohl auch ziemlich einsam, den Eindruck hatte Erika zumindest bekommen. Vielleicht führte sie ja auch ein äußerst interessantes, spannendes Leben – aber heimlich.

»Hallo«, sagte Nina, freundlich und locker wie immer, wobei sich ein Lächeln auf ihrem äußerst sorgfältig geschminkten Gesicht zeigte, Grundierungscreme, Rouge und blassrosa Lippen mit dunklerer Kontur, viel Lidschatten auf den Augenlidern und sicher künstliche Wimpern als Tüpfelchen auf dem I.

»Hallo«, erwiderte Erika den Gruß lächelnd.

Eigentlich schämte sie sich immer hinterher, wenn sie mit den anderen über Nina lästerte, denn diese war einfach nett und dabei ein bisschen dumm, oder vielleicht eher etwas verdreht, nicht unbegabt oder minderbemittelt, sondern naiv. Aber keiner fand etwas dabei, abschätzig über sie zu reden. Sie war auch die einzige Frau, über die die Männer vom Revier wie freche Jungs herziehen und hinter ihrem Rücken Witze machen konnten. Nina wusste sicher gar nichts davon.

Oder doch? Vielleicht gefällt es ihr sogar, dachte Erika etwas säuerlich und verspürte sofort den bekannten Stich des schlechten Gewissens in sich. Sie suchte sich selbst zu verteidigen, dass sie nie diesem Gerede widersprochen hatte. Das nächste Mal würde sie aber eingreifen, das nahm sie sich ganz fest vor.

Sie unterhielt sich mit Nina, die ihr langes, blondiertes Haar, das ihr bis auf die Schultern fiel, kürzer schneiden lassen wollte. Erika sprach mit freundlicher Stimme, musste sich dazu gar nicht überwinden, da Nina in ihrer wie immer etwas puppenhaften und altmodischen Art die Sonne selbst war.

Ihr Handy klingelte, als sie fast fertig war. Ob sie am Nachmittag einspringen könne und vielleicht auch noch ein paar Stunden am Abend?, fragte Inspektorin Louise Jasinski.

Deshalb saß Erika ein paar Stunden später vor einer Tür, die sie bereits seit vier Stunden auf einem tristen Flur im Krankenhaus bewachte. Wirklich trist. Sie hatte das Personal kommen und gehen sehen, und sie hatte Kaffee und Brote bekommen. Nach außen hin sah alles ruhig aus, niemand lief oder rief herum, aber kaum jemand saß hier herum und schien zu faulenzen. In der Mitte des Flurs gab es eine Art Tresen mit Schreibtisch dahinter, hier war das Zentrum des Geschehens. Die Schwestern waren dort beschäftigt, sprachen am Telefon, holten Papiere und Mappen, und manchmal gingen sie in einen Raum dahinter und kamen mit kleinen Schnapsgläsern aus Plastik mit Tabletten darin wieder heraus, oder mit Papptabletts, auf denen Spritzen und Ampullen lagen. Wenn die Ärzte kamen, konnte man sie schon von weitem erkennen. Ihr Kittel war länger, Lineale und Stifte ragten aus der Brusttasche heraus, und oft trugen sie ihre private Kleidung darunter. Alle anderen hatten weiße lange Hosen und grün-weiß gestreifte Hemden und praktische Schuhe an, auch der einzige Mann unter dem Pflegepersonal. Nur eine Krankenschwester hatte sich einen weißen Überwurfkittel mit großen Taschen angezogen. Der Kittel geht ja noch, dachte Erika, aber die kurzen Socken darunter, die aus den Schuhen ragten, sehen doch lächerlich aus. Aber wahrscheinlich waren sie einfach praktisch, und fast alle trugen lustige Strümpfe in klaren Farben mit Figuren oder Tiermotiven darauf. Vielleicht der letzte Rest an Individualismus bei all den Uniformen, dachte Erika.

Sie war bei der alten Frau drinnen gewesen, die mager und knochig dalag, einen Schlauch in der Nase, und die ganze Zeit mit ihren dünnen Fingern über die Bettdecke strich. Die Adern liefen wie blaue Würmer über den Handrücken. Über der Nase klebte eine weiße Kompresse, die wasserblauen Augen huschten ziellos durch den Raum, und sie fragte unaufhörlich nach Elsa. Man konnte sie nur schwer verstehen, denn sie hatte ihr Gebiss nicht im Mund. Die Worte sogen sich in all dem Weichen fest, am Kiefer, an der Zunge und den eingefallenen, trockenen Lippen. Viel mehr als den kurzen Namen Elsa brachte sie nicht hervor. Sie mussten also abwarten. Vielleicht wurde sie wieder klarer, hatten die Ärzte gesagt. Elsa, das war ihre Schwester, die umgebracht worden war. Die arme, arme alte Frau, dachte Erika.

Erika hatte Louise Jasinski abgelöst, die früher am Tag versucht hatte, etwas aus der alten Dame herauszubekommen, und die jetzt zurückgekehrt war. Zusammen gingen sie hinein, und Erika stellte wieder fest, wie sicher Louise doch wirkte. Dadurch wurde alles irgendwie so einfach, sie war konzentriert, rücksichtsvoll, und sie wusste, was sie wollte.

Louise Jasinski setzte sich und blieb erst nur schweigend sitzen. Sie zeigte damit, dass sie viel Zeit hatte. Sie legte eine Hand auf die Hand der Alten und streichelte sie vorsichtig, bis die Finger mit ihren Bewegungen aufhörten. Louise stellte ruhig und nüchtern sehr kurze, einfache Fragen, und die alte Frau schien zu verstehen, dass hier jemand war, der es gut mit ihr meinte. Die halb blinden Augen versuchten Louises Gesicht einzufangen.

»Tora, Sie liegen hier im Krankenhaus«, begann Louise Jasinski. »Sie sind verletzt. Erinnern Sie sich daran, dass Sie niedergeschlagen wurden?«

»Elsa.«

»Ja, Elsa ist auch verletzt worden. Wer hat Elsa geschlagen?«

Die schmale Zungenspitze schaute hervor und rollte über die rasierklingendünnen Lippen, sie öffnete und schloss den Mund, aber es kamen nur trockene Schmatzgeräusche heraus.

»Wer hat Elsa geschlagen? War das ein Mann?«

»Weiße Mütze und einer mit schwarzer. Wir kannten sie nicht.«

»Waren es zwei Männer, die Sie und Elsa geschlagen haben?«

»Jungs. Die waren nicht nett.«

»Waren es mehr als zwei?«

Schweigen.

»Waren es drei?«

Auch darauf konnte sie keine Antwort geben. Vielleicht würden sie mehr erfahren, sobald die alte Dame sich etwas erholt hatte.

Die Luft war feucht. Das Tauwetter hing wie Tropfen in den Bäumen, und der Schnee war zu schmutzigen Haufen auf den Straßen zusammengefahren worden. Der Kies lag jetzt direkt auf dem Asphalt der Bürgersteige, es war nicht mehr glatt.

Lena Söderlund machte sich mit schnellem Schritt auf ihren üblichen Spaziergang, aber diesmal hatte sie vor, von der Route abzuweichen. Sie musste dem Wohnungsmakler in ein paar Tagen Bescheid geben, und vorher wollte sie sehen, ob man in die ihr angebotene Wohnung hineinsehen konnte. Und das war nur am Abend möglich, wenn die Fenster in der

Dunkelheit leuchteten. Die Zweizimmerwohnung lag im zweiten Stock und dürfte eigentlich keinen Einblick bieten, aber sicher konnte man ja nie sein.

Denn nur sie, Lena, war die Fensterguckerin. Niemand durfte dagegen bei ihr hineinschauen. Sie wollte ihr Leben für sich haben. Keine Puppenstube, in die hineingeglotzt wurde.

Es war schlimm genug, dass sie gezwungen war, nach Johans Tod umzuziehen. Nichts war mehr wie zuvor, und nichts würde wieder so werden, und vielleicht war das ja auch nur gut so. Wenn auch alles andere als gerecht. Erst allein gelassen, dann gezwungen umzuziehen. Die Finanzen wurden schlechter. Ein Unglück kommt selten allein, aber sie würde es schon schaffen. War sie nicht immer eine gewesen, die es geschafft hatte!

Es war milder geworden. Sie zog sich den Mantel an, ließ aber den Schal zu Hause.

Die Schritte die Treppe hinunter waren immer noch schwer, aber nicht mehr kraftlos. Nach der Beerdigung war es leichter geworden, genau wie man es ihr prophezeit hatte. Leichter, aber nicht leicht. Der Kloß war noch da, doch er kam und ging. Er saß nicht die ganze Zeit da.

Sie hastete an den Schaufenstern vorbei, am Laden des Türken, dem Goldschmiedgeschäft, und sie spürte, wie die Wehmut anwuchs. Diese sicheren Straßen sollte sie verlassen. Dann kam sie an Kirres Kiosk vorbei, blieb aber nicht stehen. Heute Abend wollte sie nichts dort kaufen. Sie musste sich zusammennehmen, durfte sich nicht gehen lassen. Nicht wegen der Pfunde, aber sie durfte sich nicht von allem verführen lassen, jetzt, wo Johan sie nicht mehr warnte. Richtiges Essen war wichtig. Außerdem gab es noch eine halb volle Tüte mit Naschereien zu Hause, wenn es denn wirklich nicht anders ging. Ansonsten hatte es so ausgesehen, als würde Kirre sich freuen, sie wiederzusehen, als sie vor ein paar Tagen bei ihm etwas kaufte, er hatte wohl schon befürchtet, eine Stammkundin verloren zu haben. Sie ging davon aus, dass er wusste, was passiert war, genau wie alle anderen.

Sie war eine Frau geworden, die einem Leid tat und um die man sich Sorgen machte. Menschen in Trauer sind unbequem, sie versetzen der Stimmung einen Dämpfer, und wer will das schon. Und noch schlimmer wurde es dadurch, dass durchgesickert war, es sei möglicherweise gar kein Unfall gewesen. Vielleicht konnte man sich denken, dass er … nun ja, niemand wusste etwas Genaues, aber es sah doch so aus, als hätte er es drauf ankommen lassen. Ab und zu hatte sie unfreiwillig etwas in der Richtung aufgeschnappt. Die Leute glauben, sie könnten einen vor diesem widerlichen Geschwätz schonen, könnten sich heimlich darüber den Mund fusselig reden, aber irgendwann kam es doch heraus. Sie merkte, wie den anderen die Worte wie heiße Kartoffeln im Mund brannten und ihre Blicke nicht offen waren. Verlegenheit und Schweigen begegneten ihr. Wie sollte man mit ihr reden?

Er war gegangen, hatte Suizid begangen, Hand an sich gelegt, sich entschieden, seinem Leben ein Ende zu setzen. Sich entschieden? Ha! Er hatte doch gar keine Wahl, dachte sie insgeheim. Er hatte keine Alternativen, zwischen denen er sich hätte entscheiden können. Sie haben ihn ermordet, aber das wusste nur sie.

Sie hatte eine Aufgabe bekommen. Johan hatte ihr eine Aufgabe gegeben. Zuerst würde sie sich auf Laura Ehrenswärd konzentrieren. Tomas Bengtsson konnte sie zunächst außer Acht lassen. Vielleicht hatte er schon genug abbekommen. Carl-Magnus Meisser würde ein späteres Kapitel sein.

Sie hatte einen Plan, der aber noch nicht ganz ausgereift war und ihre ganze Zeit in Anspruch nahm. Die Gedanken dazu stellten sich von ganz allein schon morgens beim Frühstück ein, und dann arbeitete sie sich im Laufe des Tages voran, dachte nach, horchte in sich hinein, schloss reine Wahnsinnshandlungen aus, nahm andere Alternativen genauer unter die Lupe, fragte sich selbst, wozu sie wohl in der Lage wäre. Zu ziemlich viel, wenn man es genau betrachtete. Zu einer ganzen Menge, wenn nur kein Messer und keine Axt im

Spiel war. Kein blutiges Abschlachten. Sie selbst musste dabei sauber bleiben.

Es war schön, wieder zu arbeiten, den Weg zur und von der Bibliothek zu machen, genau, wie man es ihr vorher prophezeit hatte. Es würde gut sein, ein bisschen Struktur in das Dasein zu bekommen, hatten sie ihr gesagt, nicht nur zu Hause zu sein mit seiner Verzweiflung, ohne dass die Hände etwas zu tun bekamen, was die Gedanken zu zerstreuen half. Ihre Arbeitskollegen waren nett, da war es kein Problem, wenn sie mal fehlte oder in Gedanken versank. Ein Mal, nur ein einziges Mal hatte sie angefangen, laut zu weinen, aber kein Ausleiher sah es, und die anderen fanden das gar nicht so peinlich, auf jeden Fall kümmerten sie sich nicht darum.

Wenn sie wollte, konnte sie auch erst einmal eingeschränkt arbeitsfähig geschrieben werden, hatte ihr der Arzt erklärt, aber sie wollte erst einmal sehen, wie es lief, wenn sie wie vorher ganz normal arbeitete.

Irgendwann würde alles wieder normal werden. Die Trauer würde sie stark machen. Viele gingen gestärkt aus Problemen hervor. Alle sagten das.

Was wussten die denn schon? Vielleicht wollte sie ja gar nicht, dass es vorüberging. Vielleicht wollte sie sich Trauer und Wut erhalten. Sie brauchte die Wut, um die Rache ausführen zu können. Die interessierten sie nicht, die es nicht ertragen konnten, ein trauerndes Gesicht am Kaffeetisch zu sehen, ein Gesicht, das ihnen ein schlechtes Gewissen gab, weil sie sich machtlos fühlten. Sie verdarb die gute Laune, diese bewusst erkämpfte fröhliche Stimmung, für die die Bibliotheksleitung so hart gearbeitet hatte.

An die Woche vor der Beerdigung konnte sie sich so gut wie gar nicht mehr erinnern. Ihre Mutter war ein paar Tage da gewesen, so viel wusste sie noch. Es war schön gewesen, aber genauso schön war es, als sie wieder abfuhr. Nach der Beerdigung schlief sie Tag und Nacht. Sie stand nur auf, um etwas zu essen, nicht viel, denn da sie sich nicht in der Lage fühlte, das Haus zu verlassen und etwas einzukaufen, leerte sich der Vorratsschrank schnell. Und dann legte sie sich wieder hin. Der Schlaf wurde zu einem dunklen Gewicht, einer schützenden Decke.

Nach einer Woche Schlaf war das Schlimmste überstanden.

Die Zweizimmerwohnung, die sie in Aussicht hatte, lag in einem kleineren Mietsblock mit nur sechs Wohnungen. Große, graue Betonplatten bedeckten die Fassade, irgendwie deprimierend, doch die Fenster waren groß und die Räume hell, der Grundriss bot viele Möglichkeiten, und weder von der Küche noch vom Badezimmer fühlte sie sich angeekelt. Sie würde keine so merkwürdige Gummiverkleidung mehr haben, oder war das aus Plastik, wie sie es jetzt im Badezimmer hatten, wie *sie* es *hatte,* denn sie war ja nur noch übrig, eine blaue Verkleidung an Wänden und Boden, die von den Füßen und Putzmitteln immer stumpfer wurde, sich nur schwer sauber halten ließ und synthetisch, merkwürdig und muffig roch. Das würde sie jetzt loswerden, ab jetzt würde sie glänzende weiße Kacheln bekommen.

Es war Licht in der Wohnung, die ihre werden sollte. Sie sah nichts außer den Gardinen und Blumentöpfen, genau wie sie es sich vorgestellt hatte. Die Zimmerdecke natürlich, eine Deckenleuchte und vielleicht einen Schatten, der sich bewegte. Das war's. Sie blieb eine Weile dort stehen, um zu sehen, ob etwas geschähe, aber es passierte nichts, also kehrte sie um und eilte durch das Viertel auf das Reihenhausgebiet zu, das zu überwachen sie sich vorgenommen hatte.

Da sie diesmal von der anderen Seite kam, sah sie zunächst die Rückseiten der Reihenhäuser. Die erleuchteten Wohnzimmerfenster warfen ihr Licht durch die entlaubten Bäume des kleinen Waldstreifens hinter den Häusern. Diese neue Perspektive inspirierte sie so, dass sie sich nicht bremsen konnte. Schnell vergewisserte sie sich, ob die Straße leer war, dann bog sie in etwas ein, von dem sie annahm, es sei ein Pfad.

Bei jedem Schritt hob sie die Füße bewusst an. Feste Schritte, sie hatte Angst zu stolpern. Die Lichtkegel von der Straßenbeleuchtung reichten nicht sehr weit, genau wie das Licht der hellen Fenster. Es wurde immer dunkler, je weiter sie ging.

Lauras Haus lag in der Mitte.

Ein Zweig schlug ihr ins Gesicht, er traf sie im Auge, so dass sie stehen bleiben und den Schmerz und den Schmutz herauszwinkern musste. Zuerst dachte sie, sie könne nicht weitergehen, das Auge schmerzte und tränte, aber bald wurde es besser.

Wie ein Dieb in der Nacht schlich sie sich vorwärts. Ihr Herz pochte, als sie endlich an der Rückseite von Lauras Haus ankam.

Laura lag auf dem Sofa und guckte Fernsehen, eine rote Decke über den Füßen. Sie schaute sich einen Film an. Die Fenster reichten fast vom Boden bis zur Decke, der reinste Panoramablick, und Lena konnte sich selbst verfluchen, weil sie nicht früher darauf gekommen war, von hier aus zu beobachten. Eine perfekte Stelle für einen Fenstergucker.

Da lag also die Person, die die Frechheit gehabt hatte, auch noch einen Kranz zur Beerdigung zu schicken. *Vom Allgemeinen Krankenhaus,* stand auf der Kranzschleife. Sie lag so dicht vor ihr, dass Lena sehen konnte, wie sie atmete, verfolgen konnte, wie sich ihr Brustkorb hob, wie sie hustete.

Vielleicht hatte Laura das mit dem Kranz ja auch nicht allein ausgeheckt, es waren schließlich mehrere beteiligt, sowohl bei den Gemeinheiten als auch beim Kranz, aber vermutlich war sie es gewesen, die alles organisiert hatte. Sie traf die Entscheidungen, sie führte die Bande an, wie Johan gesagt hatte, und das hatte sie schon getan, lange bevor sie die Chefin wurde. Sie war der Heerführer, die anderen beiden ihre Waffenträger, und alle drei sollten ihre Strafe bekommen, jeder auf seine spezielle Weise. Der Rest der Krankenhausärzte war nur eine feige Horde, große und kleine Stinkstiefel, die geschwiegen und die Hubschrauberposition eingenommen hatten, über dem verbissenen Streit gekreist waren, ohne auch nur zu versuchen einzugreifen. Ängstliche, feige Kreaturen, aber sie sollten weiterleben. Darin waren sie sich vollkommen einig gewesen, Johan und sie.

Johan wusste, was sie tat, er wusste es auf seine Art, und er war zufrieden mit ihr, zufrieden mit dem Plan. Er war in jedem Atemzug bei ihr.

Tomas Bengtsson war der Erste, der seine Strafe bekommen hatte. So war es nun einmal, schrieb Johan. Er wohnte so passend, weit draußen, wohin eine kurvige Straße führte. Tomas Bengtsson sollte der Vollstrecker werden und hinterher mit der Schuld leben müssen, einen Mann getötet zu haben, den umgebracht zu haben, von dem er einmal unvorsichtigerweise gesagt hatte, er wünsche ihm den Tod. Natürlich war das nicht ernst gemeint, nur so herausgeplatzt, aber man sollte sich lieber in Acht nehmen. Allzu schnell waren ihm die Worte herausgerutscht, als er nicht aufgepasst hatte, als er nicht merkte, dass Johan in den Aufenthaltsraum gekommen war und ihn wie einen verschämten Schuljungen zum Schweigen und Erröten gebracht hatte. Wenn man so etwas behauptet, dann muss man die Konsequenzen tragen.

Alle drei hatten hart darum gekämpft, Johan loszuwerden, und es war ihnen gelungen. Sie bekamen, was sie wollten, alle drei. Doch jetzt waren Johan und sie an der Reihe, das zu bekommen, was sie wollten. Keiner würde entkommen! Dafür würde sie schon sorgen!

Um Tomas bräuchte sie sich nicht mehr zu kümmern, schrieb Johan. Tomas würde langsam aber sicher in seiner eigenen Schuld ertrinken. Aber Laura und Meisser waren noch da, und die Rache an ihnen war ihre Aufgabe.

Sie hatten Johans Leben zerstört, und sie hatten ihr Leben zerstört. Sie bekam nicht einmal ein Kind. So wie Sara.

Der Gedanke, dass der anwachsende Hass Rache erforderte, machte sie ruhiger, obwohl sie immer noch nicht wusste, wie sie vorgehen sollte. Sie musste nachdenken. Es würde nicht nur ein halbes Leben für sie bleiben, das Leben einer trauernden Witwe, einer Frau, die alle Farben verloren hatte.

Einen Menschen zu töten war schließlich keine Kompromisshandlung – es war etwas Ganzes und Endgültiges, das Respekt einflößte. Respekt vor Johan, Respekt vor ihr.

Jetzt hob Laura den linken Arm, während sie immer noch auf dem Sofa lag, strich sich das rabenschwarze Haar zurück hinter die Ohren und sah dadurch noch mehr wie eine Elster aus. Dann führte sie ihre Hand zum Schritt und kratzte sich dort, rubbelte heftig, dass Lena leise grinsen musste. Sie entlarvte sie, sah, wie gewöhnlich sie war.

Plötzlich stand Laura vom Sofa auf, verschwand und kam mit einer Flasche und einem Glas zurück, goss sich Weißwein ein, legte sich wieder aufs Sofa, streckte sich, nahm das Glas und trank und stellte es dann wieder zurück.

Das Gemälde war von hier noch besser zu erkennen. Laura gefiel offensichtlich moderne Kunst, riesige Bilder, das eine bedeckte fast die ganze Wand, und sein abstraktes Muster mit großzügigen Pinselstrichen passte merkwürdigerweise gut zu den alten Möbeln. War das Rokoko oder das, was man als Bauernrokoko bezeichnete, mit weniger Verzierungen, einfacher und nicht so überladen? Sie wusste es nicht so genau. Jedenfalls passten die Möbel gut zu den Gemälden.

Wieder stand Laura auf und verschwand, kam gleich darauf mit einem schnurlosen Telefon am Ohr zurück. Der kleine Spitzmund bewegte sich. Sie senkte den Kopf, während sie sprach, so dass das schwarze Haar nach vorn fiel und ihr Gesicht verbarg, und dann trat sie ein paar Schritte vor zu dem Couchtisch und nahm ein kleines Büchlein hoch, wahrscheinlich einen Kalender, blätterte darin hin und her und nahm dann einen Stift, setzte sich und schrieb etwas auf, während sie in großen Schlucken den Wein trank, bis das Glas leer war. Aha, sie genehmigt sich also abends einen, dachte Lena.

Als Laura den Stift hingelegt hatte, hob sie ihren Blick und schaute geradewegs aus dem Fenster.

Sie sieht mich an!

Ein Ruck durchfuhr Lena. Ihr Herz raste. Laura schaute sie immer noch an, bewegte dabei aber nicht die Augen. Sie schaute ins Nichts, redete noch kurz, legte dann das Telefon hin und streckte sich wieder auf dem Sofa aus. Sie trug einen grauen Hausanzug. Das hätte Lena nie gedacht, dass dieser perfektionistische Mensch einen Hausanzug tragen würde.

Lena spielte mit dem Gedanken, weiter dort stehen zu bleiben, sie hätte endlos hier bleiben können, zumindest bis Laura ins Bett ging, wenn sie nicht kalte Füße bekommen hätte. Außerdem war es schon spät, und am nächsten Tag sollte sie arbeiten. Bevor sie nach Hause ging, überlegte sie, ob sie noch näher herangehen sollte, traute sich aber nicht. Alles wäre umsonst gewesen, wenn sie entdeckt würde. Eine gewisse Distanz war schon ganz gut.

Gerade als sie umkehren wollte, hörte sie, wie weiter hinten in der Reihenhausschlange eine Terrassentür geöffnet und ein Hund herausgelassen wurde. Kurz danach trat ein Mann auf die Terrasse und zündete sich dort eine Zigarette an.

Verdammt! Jetzt würde sie entdeckt werden. Wie erklärt man, dass man einfach nur so hier herumsteht?

Sie wagte kaum zu atmen und hoffte inständig, der Hund würde keine Witterung von ihr aufnehmen. Sie konnte nicht sehen, in welche Richtung der Hund gelaufen war, und sie hörte ihn auch nicht, die entlaubten Zweige knackten und knarrten überall um sie herum.

Der Mann drückte seine Zigarette aus, stellte sich in die Türöffnung und pfiff kurz. Offenbar hatte der Hund das erledigt, was er zu erledigen hatte und wollte wieder hinein. Nicht einmal der Hund kümmerte sich um sie.

Niemand kümmerte sich mehr um sie.

Sie atmete aus, drehte endlich um, wobei sie noch einen letzten Blick in Lauras Wohnzimmer warf. Sie sah die Frau in dem bauschigen Hausanzug mitten im Raum zusammen mit einem Mann stehen. Wo kam der her? Sie war so mit dem Hund beschäftigt gewesen, dass sie nicht mitbekommen hatte, dass jemand gekommen war.

Er stand mitten im Zimmer, trug eine aufgeknöpfte, schwarze Steppjacke, sein rotblondes Haar sah so zerzaust aus, als habe er gerade seine Mütze abgenommen. Das Gesicht war verkniffen! Kein Wunder! Lena sah in letzter Zeit meistens verbissene Gesichter. Niemand war von Herzen froh.

Lena wusste, wer der Mann war, ganz sicher. Sie hatte ihn nie kennen gelernt, ihn nur von weitem gesehen, als sie einmal in der Stadt gewesen waren und Johan ihr seinen Feind gezeigt hatte. Wenn sie sich nicht irrte, dann war das Tomas, der Mann, der vielleicht davonkommen würde. Er war auf einen Sessel gesunken, verbarg das Gesicht in den Händen und saß ganz still da. Laura strich ihm unkonzentriert über den Kopf.

Louise Jasinski fuhr Erika nach Hause, die schweigend neben ihr saß. Es war spät geworden, Nebel hatte eingesetzt. Um die Straßenlaternen war der Schein zu matten Lichtbällchen geworden. Der Asphalt kam in den Fahrspuren zum Vorschein, schwarz in breiten Rinnen zwischen dem schmutzigen Schnee.

»Das können auch kleine Eierdiebe gewesen sein«, sagte Louise Jasinski und wandte sich an Erika, während sie am Kvantum vorbei Richtung Stadt fuhren. »Obwohl das kein Dumme-Jungen-Streich mehr ist, sondern eher ein Mord«, fügte sie hinzu und merkte selbst, wie stark sie dieses Wort immer noch beeindruckte.

Mord, Totschlag, Tötungsabsicht, umbringen.

»Ja, sicher«, sagte Erika und sah die jungen, hart angespannten Gesichter vor sich, Gesichter von Jungen und jungen Männern, die zu früh verhärtet worden waren. Keine ermunternde Vorstellung.

Sie freute sich auch nicht gerade auf das, was sie wohl zu Hause erwartete. Rickard hatte nur einen Zettel vorgefunden, auf dem sie ihm mitteilte, dass es wohl spät werden würde. Das hatte sie mit einem einfachen E unterschrieben. Kein Küsschen oder Bussi davor, und sie überlegte, ob er diese subtile Botschaft wohl verstehen würde.

Es war nicht mehr weit, sie kamen an der Bibliothek und der Schwimmhalle vorbei. Ihr war kalt, sie bohrte die Nase in ihren Schal und warf einen Blick aus dem Autofenster. Eine schlanke Frau überquerte die Straße. Sie hatte langes, dickes Haar, das ihr bis auf den Rücken hing und mit den fast springenden Schritten im Takt hüpfte. Erika verfolgte den Rücken der Frau, bis diese in einer Seitengasse verschwand. Irgendwie hatte sie das Gefühl, als kenne sie sie von früher. War das nicht diese arme junge Witwe, deren Mann überfahren worden war?

Erika konnte nicht einmal ihre Dienstjacke ausziehen, bevor er schon anfing.

»Wo zum Teufel bist du gewesen?«, fragte er mit Verhörstimme und stellte sich ihr breitbeinig im Flur in den Weg.

»Bei der Arbeit«, antwortete sie trotzig und schaute ihm störrisch in die Augen. »Übrigens, willkommen daheim, erst einmal!«

Diesmal gebe ich nicht klein bei, dachte sie und ballte die Fäuste.

»Da kommt man nach Hause, und du bist natürlich nicht da«, sagte er, machte einen Schritt auf sie zu und nahm gleich wieder seine bedrohliche Körperhaltung ein, die Arme wie Schläger herabhängend, und sie hörte, wie sein Atem laut durch die Nasenflügel strich.

Die kurzen Ärmel seines weißen T-Shirts schienen in seine aufgepumpten Oberarme einzuschneiden. Der Brustkorb hob und senkte sich, die Muskeln schwollen an und wurden hart, die Augen verengten sich und wurden dunkler. Der Blick war nicht so leicht zu ertragen, er war rabenschwarz und sagte ihr, dass sie diesmal nicht so einfach davonkommen würde. Dieses Mal nicht. Er schaute sie schweigend an, er verzog keine Miene, und da fiel ihr ein, dass sie anders aussah als vor ein paar Tagen, als er abgefahren war. Das Haar war anders, und dass sie diese Veränderung ausgerechnet jetzt vorgenommen hatte und während seiner Abwesenheit attraktiver geworden war, dafür würde sie büßen müssen.

Er ließ die Stille für sich sprechen. Er sog ihre Schönheit mit Blicken in sich auf, denn sie war es, die ihn bedrohte.

»Arbeit, sagst du«, begann er. »Glaub doch nicht, dass du mir was vormachen kannst«, knurrte er mit leiser, gepresster Stimme und hielt sie weiterhin mit den Augen fest, mit einem unersättlichen, eifersüchtigen Blick, der nicht auswich. »Wo bist du wirklich gewesen?«

Sie schwieg, ihre Kiefer mahlten, der Mund war zusammengekniffen. Die Augen aufgerissen, auf der Hut. Ganz deutlich fühlte sie einen unmittelbaren Fluchtimpuls, aber das Bedürfnis abzurechnen, hielt sie zurück. Außerdem schätzte sie die Chancen äußerst gering ein, da war es ebenso gut, sich gleich auf das vorzubereiten, was da kommen sollte. Jetzt musste sie den erniedrigenden Balanceakt zwischen der unterschwelligen Bedrohung und der krankhaften Anziehung ein für alle Mal für sich erledigen. Sie war am Ende des Wegs angekommen. Sie dachte gar nicht daran, klein beizugeben.

Die Angst wuchs in ihr, aber sie lähmte sie nicht. Sie wollte die Tatsache für sich benutzen, dass sie darauf getrimmt war, die eigene Angst zu meistern, unter Druck und in kritischen Situationen zu arbeiten, die Kontrolle zu behalten.

»Wo zum Teufel bist du gewesen?«, schrie er, dass der Speichel spritzte, sein Gesicht wurde blutrot mit hässlichen Adern an den Schläfen, die aussahen wie sich windende Würmer.

»Das geht dich einen Scheißdreck an«, hörte sie sich selbst leise und beherrscht antworten, während sich ihr Körper auf das Schlimmste gefasst machte.

Da knallte es.

Schneller, als sie erwartet hatte, spürte sie einen würgenden Schmerz und einen heftigen Brechreiz. Seine Finger umklammerten ihren Hals, die Daumen drückten gegen ihren Kehlkopf und pressten ihn zu. Sie bekam keine Luft, und er drückte immer weiter, mit der Wahnsinnskraft eines adrenalinvollgepumpten Verrückten. Die Panik wuchs in ihr, je mehr die Atemnot zunahm, ihr Kopf hämmerte und schien zerbersten zu wollen, der Schmerz war nicht mehr auszuhalten. Er war dabei, sie umzubringen!

Sie trat wild um sich und versuchte, sich aus seinem Griff herauszuwinden, aber ihre Tritte verfehlten ihr Ziel. Sie saß fest wie in einem Schraubstock. Lange würde sie das nicht mehr durchhalten. Luft, Sauerstoff, Luft, gebt mir nur ein bisschen Luft! Sonst sterbe ich! Diese klare Einsicht verlieh ihr neue Kräfte. Sie sammelte sich zwei Sekunden lang, warf dann den Körper in einer Drehung herum, zuerst schnell nach vorn und dann zur Seite, so dass es ihr gelang, sich aus dem Griff herauszuschrauben. Sie fiel schwer gegen die Wand, traf mit der Schulter auf, stand auf, holte tief Luft, begann von all dem Sauerstoff und einem Anfall von Schwindel zu schwanken. Der Flur drehte sich um sie, und Rickards Gesicht drehte sich noch schneller, obwohl sie versuchte, ihren Blick auf einen Gegenstand zu fixieren, um das Karussell anzuhalten.

Da kam die Faust, sie knirschte in ihrem Gesicht, und der Schmerz stieg erneut in ihr auf, Blutgeschmack füllte ihren Mund, und sie fühlte etwas Hartes, Loses auf der Zunge. Zähne. Mein Gott!

Da kam der nächste Schlag, diesmal von unten. Der Schmerz pflanzte sich vom Kiefer bis ins Gehirn hinauf weiter, der Kopf fühlte sich wie abgetrennt an. Sie musste weg hier!

Blitzschnell drehte sie sich um, warf sich gegen die Wohnungstür, und es gelang ihr, die Treppe immer zwei Stufen auf einmal hinunterzurennen, während sie sich an dem Geländer festhielt. Es war neblig, schwer, etwas zu sehen, irgendetwas war mit ihren Augen, sie stolperte, schlug sich das Knie auf, neue Schmerzen, wieder hoch, sie sah doppelt. Scheiße, würde sie jetzt blind werden! Die Übelkeit nahm zu, sie hätte sich am liebsten übergeben, aber die klirrenden Geräusche aus der Wohnung oben zwangen sie weiter nach unten. Sie warf sich gegen die Haustür. Endlich! Das Schloss, verdammt, es war zu. Der Knauf, der Türknauf. Wo war er? Sie sah so schlecht, ganz neblig und verschwommen. Sie suchte mit der Hand, tastete nach dem Knauf. Da. Drehte ihn. Draußen. Endlich!

Ihr Kopf schien bei jedem Schritt zu platzen, sie lief stolpernd den Bürgersteig entlang. Bevor sie um die Ecke bog, drehte sie sich um. Er war nicht zu sehen. Sie bog in den nächsten Innenhof ein, bereute das aber gleich, als sie feststellte, dass das ein geschlossener Hof war. Die Häuserfassaden umschlossen einen Spielplatz, einen Parkplatz und die Mülleimer. Die Fenster waren erleuchtet, es war Abend und ruhig. Zwei Türen führten ins Haus, und sie eilte zur ersten. Die war abgeschlossen, also versuchte sie es bei der nächsten, aber auch die war zu. Es gab also keine Möglichkeit, weiter zu kommen. Ich kann schreien, wenn es sein muss, dachte sie, aber sie traute sich nicht, sich umzudrehen, um zu sehen, ob er noch hinter ihr her war. Und wenn sie schrie, würde sie jemand ernst nehmen? Wahrscheinlich wäre er schon über ihr, bevor ein Mensch im Haus reagiert hatte.

Sie blieb stehen, spähte in den Innenhof, wurde aber von ihrem eigenen keuchenden Atem gestört. Sie versuchte den Atem anzuhalten und erneut zu lauschen. Es war erschreckend still auf dem Hof. Vier Autos standen in einer Reihe geparkt, und dahinter befand sich ein Schuppen für die Mülleimer. Sie kroch hinter den Autos zu dem Müllschuppen und packte die Klinke. Er war nicht verschlossen, sie schlüpfte hinein.

Es gab keine Zeit für Tränen, sich gehen zu lassen, die Angst, die Schmerzen und den Blutgeruch zu registrieren. Es tat verdammt weh, aber bei dieser nüchternen Feststellung musste sie es erst einmal belassen. Sie traute sich nicht einmal, sich vor dem Blut zu ekeln, das ihr aus dem Mund lief und auf die Polizeijacke tropfte. Vorsichtig wischte sie es mit dem Jackenärmel ab, ließ den Arm vor dem Mund, während sie nach ihrem Handy suchte. Da war es, welche Erleichterung, sie griff es gierig, drückte auf die Tasten, aber verwählte sich. Ihre Finger waren unsicher, sie sah schlecht und hatte Probleme, sich zu konzentrieren. Sie versuchte es drei Mal und wollte schon aufgeben und über den Operator gehen, da hörte sie Jesper Grens Stimme. Sie sagte kurz, worum es ging, ihre Stimme war verzerrt und belegt, und zunächst glaubte er ihr nicht. Dann versprach er aber, die Zentrale anzurufen und mitzuteilen, wohin er mit dem Peterwagen fahren würde, aber nicht warum. Absolutes Schweigen darüber, warum. Aber er würde sie abholen.

Als er sie zusammengekauert hinter den Mülltonnen fand, fror sie so sehr, dass sie zitterte. Ihr Gesicht war angeschwollen wie ein Fußball, das linke Auge ganz zugeschwollen.

Bei sich hatte er Peter Berg.

## KAPITEL 10

Am nächsten Morgen wartete Claes Claesson, bis sich alle gesetzt hatten, die Tür geschlossen war und es einigermaßen ruhig wurde. Dann blickte er in die Runde, räusperte sich und ergriff das Wort:

»Erika Ljung ist gestern Abend schwer misshandelt worden, sie ist jetzt im Krankenhaus«, sagte er und schaute erneut in die Gesichter seiner Mitarbeiter, die alle erstarrt waren. »Die Misshandlung passierte nicht während des Dienstes, sondern bei ihr zu Hause. Ihr Mitbewohner hat die Tat verübt. Er wurde kurz danach in der Wohnung festgenommen, die teilweise zertrümmert war, und jetzt sitzt er eine Treppe höher in Gewahrsam«, berichtete er und ließ den Blick kurz nach oben gleiten. »Die Sache ist dem Staatsanwalt übergeben worden, der die Voruntersuchung leitet, da die Tat Gewalt gegen eine nahe stehende Person beinhaltet.«

Es war mucksmäuschenstill, niemand wagte, sich auch nur zu bewegen. Ein Engel geht durch den Raum, dachte er, oder ist es vielleicht ein Teufel? Das Schweigen war geladen, die Sekunden vergingen, als Einziges war der Wind zu hören, der gegen die Scheiben drückte. Sie saßen wie erstarrt in ihren Bewegungen da und warteten auf die Fortsetzung. Er ließ den Blick von einem zum anderen wandern, alle diese wohl vertrauten Gesichter, die seinen Alltag bevölkerten, so selbstverständlich, dass er kaum darüber nachdachte. Er sah Louise Jasinskis Gesichtsausdruck, in dem man lesen konnte wie in einem offenen Buch, und im Augenblick war sie gleichzeitig wütend und traurig. Zwei scharfe Falten hatten sich zwischen ihren Augenbrauen gebildet. Janne Lundin saß wie üblich neben ihr, lang und schlaksig, und er sah aus wie immer, als ob eine schwere Last auf seinen Schultern ruhte. Doch es war ungewöhnlich, wie still er saß, er wippte nicht mit dem Stuhl, ein Zeichen dafür, dass die Nachricht auch ihn ins Mark getroffen hatte. Peter Berg, auf der anderen Seite von Louise, war immer blass, aber jetzt auch um die Lippen herum, und blauschwarz unter den Augen. Er sah äußerst angespannt aus, man konnte etwas Dunkles, fast Hasserfülltes in seinem Blick erkennen, und es war das erste Mal, dass Claesson ihn so sah. Jesper Gren, ein junger Mann, immer auf dem Sprung, schien auch offensichtliche und gut verständliche Wut zu zeigen, und vielleicht außerdem Verwunderung darüber, dass so etwas trotz allem in den eigenen Reihen passieren konnte. Neben ihm saß Katarina Fritjofsson mit kerzengeradem Rücken, das kurze dunkle Haar stand ihr zu Berge, als hätte sie nicht geschafft, es zu kämmen, sie sah verbissen aus. Diese beiden Kollegen von Erika, Jesper Gren und Katarina Fritjofsson, sollte er auf Grund mehrerer Krankheitsfälle an die Fahndung ausleihen. Vielleicht ist das gar nicht so schlecht, dachte er, dann hat die persönliche Betroffenheit nicht zu großen Einfluss auf die bevorstehende Arbeit.

»Die Verletzungen sind nicht lebensbedrohlich, die Schläge haben sich in erster Linie gegen ihr Gesicht gerichtet, das dadurch ernsthaft verletzt worden ist. Die medizinische Untersuchung wird heute noch fortgesetzt.«

Er überlegte, wie viele wohl, abgesehen von ihm selbst, gerade in diesem Moment mit dem Gedanken spielten, wie gemein es doch war, dass ausgerechnet ein so schönes Gesicht zerstört worden sein sollte.

»Die Tatortuntersuchungen sind teilweise bereits abgeschlossen, die Schäden per Video dokumentiert«, berichtete er weiter und machte dann eine Kunstpause. »Ich hoffe, dass ihr alle Erikas Wunsch respektiert, die Presse möglichst außen vor zu lassen. In der Mitteilung, die rausgehen wird, steht nur, dass ein Mann seiner Frau gegenüber in der gemeinsamen Wohnung gewalttätig geworden ist, mehr nicht«, sagte er und schaute auf, um zu sehen, ob sie verstanden hatten. Dann fuhr er mit den Formalitäten fort. Nicht zuletzt war er gezwungen, den Dienstplan umzustellen. Er konnte jetzt eigentlich nicht mehr auf Jesper Gren und Katarina Fritjofsson verzichten, aber das würden sie schon hinkriegen. Wie immer.

»Wartet mal eben«, war Louise Jasinskis Stimme zu vernehmen, als sie aufbrechen wollten. »Wir müssen Erika doch Blumen schicken. Jemand muss zu ihr ins Krankenhaus fahren.«

Verdammt, dachte Claesson, warum habe ich das nicht selbst vorgeschlagen. »Frage Nina Persson, ob sie Blumen besorgt. Und nimm das Geld dafür aus der Personalkasse«, sagte er, und alle nickten zustimmend. »Sie wird schon einen schönen Strauß aussuchen«, fügte er hinzu, und Louise sah zufrieden aus. Alle wussten, dass mit dem Blumenstrauß nichts schief gehen würde. Nicht, wenn ihr Mädchen für alles, die Frau in der Zentrale, Nina Persson, die große Gesten und Jubiläen liebte, sich darum kümmern würde. Auch wenn das hier was ganz anderes war.

»Ich kann im Krankenhaus vorbeifahren und von euch allen grüßen«, sagte Peter Berg. »Ich war ja gestern mit dabei«, fügte er leise hinzu, und seine blasse Haut bekam etwas Farbe.

Claesson sah es.

»Klar«, sagte er und nickte bekräftigend. »Gut. Dann kannst du die Blumen gleich mitnehmen.«

Peter Berg war mit seinen Gedanken nicht ganz beim Vormittagsverhör, das Claes Claesson und Janne Lundin abwechselnd mit den drei Jünglingen führten, die unter dem Verdacht standen, den brutalen Raubmord begangen zu haben, der Polizei und Presse schwer beschäftigte. Zwei alte Damen, schutzlose Frauen, auf einem einsam gelegenen Hof als Opfer, die eine tot, die andere zu Tode erschrocken. Durfte man sich nirgends mehr sicher fühlen?, lautete die Schlagzeile. Anscheinend nicht.

Hat man sich denn jemals sicher gefühlt?, überlegte Peter Berg, dessen Kindheit alles andere als behütet gewesen war. Er wusste, was es hieß, geschlagen zu werden, und gestern war alles wieder hochgekommen. Er war als Kind oft genug geprügelt worden, und später hatte er die Strategie verfolgt, nur nicht zu tief nachzubohren. Es genügte zu wissen, dass es ganz tief verborgen lag und dass es möglich war, weiterzugehen. Und nicht zu vergessen: Er hatte auch so manches Schöne während seiner Kindheit erlebt. Zumindest er vergaß das nicht. Abenteuerspiele draußen, Schlittschuhtage mit Schokolade und Proviant, Freunde, die mit ihm durch dick und dünn gingen, schöne Weihnachtstage, wenn alles war, wie es sein sollte, Geschwister, die zusammenhielten. Er wollte sich selbst nicht als armen Wurm sehen, als einen an den Flügeln beschnittenen Vogel mit einer Vergangenheit, in die Psychologen und andere Seelengräber ihren Spaten reinbohren konnten. Das Leben war außerdem nicht nur schwarz oder weiß, für niemanden. Er bildete sich trotz allem ein, dass er mit relativ heiler Haut aus den Klauen seiner neurotischen Familie entkommen war, einer Familie, die nach außen hin ordentlich, sauber und gläubig war, aber hinter der anständigen Fassade zeitweise nicht nur chaotisch, sondern direkt schädlich für ein kleines Kind war. Wie sehr er davon geschädigt worden war, das wollte er gar nicht wissen, er zog es vor, sich so zu akzeptieren, wie er war.

Sein Vater war ganz einfach zu schwach gewesen, zu unbeholfen und nachgiebig, um die zeitweise aufkommenden Ausbrüche seiner Mutter zu meistern. Aber während seiner Kindheit hatte er dennoch immer das Gefühl gehabt, dass sein Vater es nur gut meinte, auch wenn es so schief lief, zumindest hatte er das eine ganze Weile geglaubt. Einen Schutzengel hatten sie als Kinder auch gehabt, auf ganz besondere Weise hielten sie zusammen, und die Schule wurde schließlich zur Rettung. Da konnte sie ihn nicht erreichen. Und später dann die Gemeindetreffen. Dort konnte sie ihn auch nicht erreichen, von dort hielt sie sich fern. Möglicherweise hatte die Mutter ihn manchmal in der Kirche aufgespürt, aber das hatte er inzwischen verdrängt. Wenn auch nicht ganz, seine Wangen wurden immer noch heiß, wenn er daran dachte, was er alles Peinliches hatte erleben müssen.

Er und seine Geschwister waren Spezialisten geworden, die Laune der Mutter zu deuten, an Vorzeichen zu erkennen, ob alles gut und ruhig verlaufen würde oder in bösartige Anklagen und Beschimpfungen umzukippen drohte. Sie waren überhaupt äußerst gut im Deuten von Gemütsstimmungen. Er konnte nicht sagen, wie viele Nächte sie wach in ihren Betten gelegen und darauf gewartet hatten, dass Mutter aufgeben und schlafen gehen würde, dass sie aufhörte zu schreien, zu fluchen und ihren Vater einen Dreckskerl, einen Hurenbock und Teufel zu nennen. Es wurde mit den Jahren besser, die Mutter beruhigte sich, wurde müder, aber wirklich gut wurde es erst, als er seine Siebensachen packte und auszog.

Jetzt lebte sein Vater allein mit ihr, und so sehr sich er und seine Geschwister auch darüber wunderten, es schien gut zu laufen. Aber irgendwie waren die Eltern die verrückten Seiten des anderen gewohnt und fast schon von ihnen abhängig, und jetzt gab es keine Kinder mehr als störenden Faktor. Vielleicht hätten sie sich gar keine Kinder anschaffen sollen, da sie so mit sich selbst beschäftigt waren, die eine in ihrem Egoismus, der andere in seiner übertriebenen Güte. Sein Vater war mitschuldig, weil er nie eingegriffen hatte.

Oft hatte er schon gedacht, was für ein Glück es war, dass er nicht kriminell geworden war, obwohl man das vielleicht nicht automatisch wird, nur weil man so aufwächst. Man konnte nicht sagen, dass er Gefühlskälte ausgesetzt worden war, eher falsch gerichteten Gefühlen. Er war auch nicht verrückt geworden. Er hatte offensichtlich nicht die Veranlagung dazu. Und außerdem war er, wenn es wirklich darauf ankam, zu feige, um kriminell zu werden. Hinzu kam, dass er nicht gerade ein Mensch für Banden war. Keines seiner Geschwister war kriminell geworden, nur ein wenig gestutzt und eingeschüchtert, zumindest sein jüngerer Bruder, der eigentlich nie so richtig Fuß gefasst hatte im Leben, aber er nahm keine Drogen, klaute nicht und trank nicht, soweit er wusste. Er kam zurecht, wie man so sagt, auch wenn Peter Berg manchmal das Gefühl hatte, dass irgendwas mit seinem Bruder nicht stimmte.

Die drei festgenommenen Männer würden bald ein Geständnis ablegen, es war nur noch eine Frage der Zeit. Es würde ihnen nicht gelingen, weiterhin ein geschlossenes Bild zu malen, bald würde einer von ihnen platzen, alles von sich geben, und in dem Moment würde das Kartenhaus zusammenbrechen. Die Polizei hatte schon lange ein Auge auf sie geworfen, und jetzt sah es ganz übel aus. Einen Menschen zu töten, das ist ein endgültiger Akt, aus dem man sich nicht herauswinden kann.

Er hatte im Krankenhaus angerufen. Erika war noch nicht operiert worden, das würde erst in den nächsten Tagen möglich sein. Sie klang müde und schwerfällig. Fast jämmerlich. Die Schmerzen waren nicht so schlimm, sie hatte etwas dagegen bekommen. Schlimmer war der Hunger, sie bekam nur flüssige Kost, weil sie nicht kauen konnte. Und dann waren da natürlich die gefühlsmäßigen Nachwehen der Misshandlung, aber davon sagte sie kaum etwas. Diverse Untersuchungen standen noch aus, berichtete sie. Man hatte bereits die Gesichtsknochen geröntgt, einiges war kaputt. Sie würde noch einen Kieferchirurgen und einen Augenarzt treffen, denn außer den Kieferbrüchen war auch der Boden ihrer linken Augenhöhle gebrochen. Das Veilchen war fantastisch, und sie sah doppelt, wenn sie das angeschwollene Augenlid überhaupt aufbekam. Es wurde davon gesprochen, Knochenteile aus der Hüfte zu nehmen, um die Risse auszufüllen und das zerstörte Fundament unter der Augenhöhle zu ersetzen.

Das klang dramatisch, und Peter Berg machte sich ernsthaft Sorgen, wie das alles enden sollte, diese schweren Eingriffe, die sie über sich würde ergehen lassen müssen. Wie konnte er ihr helfen, wie sie beschützen? Ehrlich gesagt überhaupt nicht! Etwas optimistischer klang Erika, als sie berichtete, dass der Arzt, der sie operieren sollte, erzählt hatte, dass es ein üblicher Eingriff war. Meistens wurde alles wieder gut, auch wenn der Arzt natürlich nichts versprechen konnte, und Peter Berg hörte einen Hauch von Hoffnung in ihrer Stimme, als sie erzählte, der Arzt würde die Schnitte so ansetzen, dass die Narben später so gut wie nicht zu sehen seien. Fast keine sichtbaren Narben, wiederholte Erika. Und neue Zähne konnte man immer beschaffen, sagte sie und versuchte dabei zu lachen, und auch Peter Berg lachte und sagte, dass das schon in Ordnung gehen würde, dachte dabei aber an die schlimmeren Narben. Die inneren, die man nicht sehen konnte.

Jesper Gren hatte angerufen, erzählte sie so nebenbei, und er merkte, wie die Eifersucht in ihm brannte, die er nur mit Mühe verbergen konnte. Aber es war natürlich klar, dass Jesper von sich hatte hören lassen, es wäre eher merkwürdig gewesen, wenn er *nicht* angerufen hätte. Jesper und Erika waren schon seit einer ganzen Weile Arbeitskollegen, sie kannten sich gut, und außerdem war er dabei gewesen, als sie sie zusammengeschlagen und verängstigt wie ein kleines Kaninchen in dem Schuppen gefunden hatten. Er selbst war der Neue in dieser Konstellation. Was bildete er sich eigentlich ein! Außerdem erzählte Erika, dass Katarina Fritjofsson sich gemeldet hatte, aber da hörte Peter kaum mehr zu, er war voll und ganz damit beschäftigt, seine Enttäuschung darüber herunterzuschlucken, dass Jesper angerufen hatte.

Er traute sich nicht, das Gespräch auf Rickard zu bringen, und er wusste nur zu gut, warum. Über diesen Mistkerl konnte er kaum ein gutes Wort sagen. Er würde nur unkontrolliert wütend und aufbrausend werden, wenn er von ihm sprach, also schwieg er lieber. Er wollte auf keinen Fall hören, dass sie

Rickard verteidigte. Sie hatte freiwillig mit ihm zusammen gewohnt, und deshalb hatte dieser Rickard wohl etwas an sich, von dem sie sich angezogen fühlte, obwohl das für ihn nur schwer zu begreifen war. Aber andererseits wusste er, wie verzwickt die Beziehung zu der Person sein konnte, von der man geschlagen wird. Eine komplizierte, nur selten stubenreine Bindung, die mit den Grauzonen des Lebens zu tun hatte. Da Peter Berg gut trainiert darin war, den Mund zu halten, ließ er am Telefon keinen Kommentar zu diesem Thema fallen. Erikas Mutter war unterwegs, erfuhr er noch, und hatte versprochen, sich um die zertrümmerte Wohnung zu kümmern.

Bevor sie das Gespräch beendeten, musste er noch anbringen, dass er sie gern besuchen wollte. Lieber später am Tag, sagte sie, dann wäre sie nicht gerade bei irgendeiner Untersuchung. Er versuchte herauszuhören, ob sie sich über seinen Besuch freute, aber das war nur schwer zu sagen.

Eigentlich wollte er abends zur Jugendgruppe der Gemeinde. Sie kümmerten sich zu zweit darum, und meistens war es richtig nett. Er würde Ellen anrufen und ihr sagen, wie es war, ein unerwarteter Krankenhausbesuch, und sie würde es verstehen und allein hinradeln. Sie war immer verständnisvoll, fast ein wenig zu verständnisvoll. Er hatte sich schon manchmal gefragt, was sie wohl von ihm erwartete und was die anderen von Ellen und ihm so dachten. Dachten sie überhaupt etwas?

Veronika hatte sich eine Weile mit ihrer Lieblingskollegin Else-Britt unterhalten und erfahren, dass es kaum etwas Neues aus der Klinik gab, abgesehen von einigen neuen Regelungen. Sie hatten auch über Johan Söderlunds Schicksal gesprochen, über das verkrampfte Klima im Allgemeinen Krankenhaus, und beide hatten erleichtert geseufzt, dass sie dort nicht arbeiten mussten. Veronika erfuhr, dass Philip Jarl sich um eine leitende Stelle an einem anderen Krankenhaus beworben hatte. Veronika hatte seine Augen auffunkeln sehen, als es keinen Zweifel gab, dass sie schwanger war und für eine Zeit die Klinik verlassen würde. Das Feld lichtete sich, er bekam mehr Platz, aber leider auch mehr zu tun, was ein Rückschlag war. Der zweite Rückschlag, und wahrscheinlich der ausschlaggebende Grund dafür, dass er sich von der Klinik wegbewarb, war, dass der Personalleiter der chirurgischen Klinik eine Rochade gemacht und ganz überraschend Else-Britt zur stellvertretenden Leiterin bestimmt hatte, eine sehr gute, durchdachte Wahl, wie nicht nur Veronika fand.

Nach dem Tod ihrer Kollegin in der Chirurgie vor ein paar Jahren, mit Polizeiermittlungen und Gerichtsverfahren, war sowieso nichts mehr wie vorher gewesen, nicht zuletzt für Veronika, die abgesehen davon, dass sie die Leiche gefunden hatte und allem, was daraus folgte, auch noch einen Kommissar dazubekommen hatte. Da konnte man wirklich von »des einen Not, des andren Brot« reden! Claes hatte auch die Wahl von Else-Britt zur Stellvertreterin als ungewöhnlich klug kommentiert. Sonst machte man ja oft Fehler bei so einer Entscheidung, wie er sagte. Nur weil viele Männer im mittleren Alter ausgelaugt sind nach einem langen, zähen Kampf um die Karriere, glauben sie, dass es Frauen auch so geht. Er selbst hatte festgestellt, dass bestimmte Frauen im entsprechenden Alter viel mehr Kräfte und vielleicht auch einen klareren Blick haben, weil sie andere Dinge gemacht haben. Veronika war klar, dass viel Nachdenken hinter diesem Urteil lag, und sicher auch immer wieder verworfene Entscheidungen. Und er hatte nicht nur darüber geredet, sondern seine Ideen konkretisiert und Louise Jasinski befördert. Er klang fast etwas lächerlich selbstzufrieden deshalb, wie sie meinte, aber sie sagte nichts, ihr war klar, dass es ihn einige Energie gekostet hatte.

Veronika hatte gleichzeitig die aufkeimende Eifersucht unterdrückt. Claes hatte Louise ein paar Mal daheim erwähnt, vielleicht einige Male zu viel. Veronika hoffte, Louise einmal kennen zu lernen.

Als sie den Hörer aufgelegt und sich zu einem leichten Mittagessen hingesetzt hatte, rief ihre Tochter Cecilia an. Sie hatte sich das schnurlose Telefon geholt und lag nun wie ein gestrandeter Wal auf dem Doppelbett in dem inzwischen hell gestrichenen Schlafzimmer.

Cissi, wie sie ihre Tochter immer genannt hatte, brauste gleich auf und erklärte, sie wolle bitte schön nicht mehr so genannt werden, sondern *Cecilia,* das sei schließlich ihr Taufname. Sie behauptete, das sei der einzige Grund, warum sie anrufe, aber Veronika hörte, dass da noch mehr war, insbesondere, als Cecilia Veronika bat zurückzurufen. Es würde also seine Zeit dauern. Große Telefonrechnungen passten nicht zu einem knappen Studentenstipendium. Besser, wenn Mama bezahlte.

Cecilia studierte in Lund Schwedisch. Nach mehr als einem Semester zur Untermiete hatte sie jetzt ein Zimmer in einem Studentenwohnheim namens Parentesen bekommen. Veronika wollte es sich anzusehen, wenn das Baby erst einmal geboren war. Jetzt schaffte sie es nicht, und dafür hatte ihre große Tochter trotz allem Verständnis.

Genau, das Baby ist das Problem, so einfach ist das, dachte Veronika. Vielleicht nicht das Baby und auch nicht Claes, aber alles, was damit zusammenhängt. Babys und ein Mitbewohner der Mutter waren neue Phänomene in der Welt der Tochter, und beide konnten Grund zur Eifersucht bieten, aber da drückte nicht der Schuh. Zumindest nicht nur dort.

Cecilia hatte ihr Elternhaus verloren, und diesen Verlust brachte sie jetzt ohne Umschweife zur Sprache. Sie schoss keine Pfeile auf Veronikas schlechtes Gewissen ab, nein, sie schraubte sie hinein. Langsam und mit Bedacht.

Sie war nicht nur ein Scheidungskind, sie hatte kein Elternhaus mehr!

*Kein Zuhause. Keinen Ort, zu dem sie zurückkehren konnte.*

Cecilia klang heiser und verbittert. Denn darüber sollte ihre Mutter sich bitte klar sein, dieses Zimmer im Studentenwohnheim konnte man ja wohl kaum als Zuhause betrachten, und dann fing sie wieder von vorn an, immer und immer wieder, während die Tränen kamen und die Wut wuchs. Veronika konnte sie nicht bremsen, und Cecilia konnte nicht von allein aufhören.

Veronika spürte, wie ihre Laune langsam schlechter wurde, wie unbeholfen, dick und unmöglich sie doch war, mit Körper und Seele an Cecilia wie auch an das neue Leben mit Claes und dem neuen Kind gekettet. Sie versuchte gar nicht zu unterbrechen, hörte zu, hörte die Worte und versuchte sie von sich fern zu halten, aber die resignierte Stimme der Tochter nagelte sie fest, packte ihr Herz und drückte es, riss und zerrte schonungslos an ihr. Sie war bis in die tiefste Seele traurig, traurig wegen Cissi, wegen Cecilia, dass diese sich so verlassen fühlte.

Und wieder fiel ihr ein, was ein guter Freund einmal verbittert mitten in einer Scheidung gesagt hatte: »Die erwachsenen Kinder möchten am liebsten, dass ihre alten Eltern ihre Kindheit verwalten. Nichts darf verändert werden!«

Sie wird sich schon beruhigen, dachte Veronika, aber dem war nicht so, Cecilia hatte in sich vieles aufgestaut und zeigte keinerlei Anzeichen dafür, sich zu beruhigen. Veronika hörte weiter zu, gleichzeitig spürte sie, wie ihr Bauch hart wurde. Alles zog sich in ihr zusammen. Sie stand langsam auf, stützte sich mit einer Handfläche an der Wand ab, hielt weiter den Hörer ans Ohr, hörte aber nicht zu, kreiste mit den Hüften und versuchte ruhig zu atmen, während das Zusammenziehen in einen immer intensiveren, anwachsenden Schmerz in Bauch und Rücken überging, einen Schmerz, der einen Höhepunkt erreichte und dann langsam wieder abebbte. Cecilia verstummte. Endlich wurde sie still. Sie hörte, dass etwas passierte. Sie fragte, was denn los sei, und Veronika sagte, dass alles in Ordnung sei.

Plötzlich war die Tochter ruhig. Sie redeten wie sonst miteinander, noch ein paar Alltagsfloskeln, bevor sie auflegten, und beide wussten, dass sie dieses Thema wohl nicht mehr anschneiden würden. Dem gab es nichts mehr hinzuzufügen, der Punkt war gesetzt, die innere Unruhe bearbeitet, und sie waren einander so sicher und mit den Streitmustern der anderen so vertraut, dass beide wussten, dass das Gleichgewicht wiederhergestellt war.

Erneut schlich sich der Schmerz bei ihr ein, kam tief aus dem Inneren, packte sie beim Bauch, am Rücken, im Becken. Sie erkannte das quälende Gefühl wieder. Auch wenn es einundzwanzig Jahre her war: Das war eine Wehe und nichts anderes.

Sie hatte noch knapp drei Wochen bis zum errechneten Geburtsdatum. Sicher nur falscher Alarm. Ein Glück, dass zumindest die Schlafzimmertapeten fertig waren.

Die Stationsleiterin der Allgemeinen Abteilung vier, Rigmor Juttergren, saß in ihrem Büro hinter geschlossener Tür und tat sich selbst Leid. Sie hatte festgestellt, dass es half, wenn sie nicht immer so wirken musste, als hätte sie alles unter Kontrolle. Ein bisschen Selbstmitleid tat manchmal gut.

Vom Flur hörte sie es aus einem Patientenzimmer klingeln, ihr Herz machte einen Satz, sie lebte immer noch in ständiger Bereitschaft. Es war, als ob ihr ganzer Körper und alle Sinne, Fühlen, Riechen, Sehen und Hören, darauf trainiert waren, alle Arten von Signalen aufzufassen, die für sie bestimmt waren, eigens für sie. Sie war darauf programmiert, zur Stelle zu sein, es war ihre Aufgabe, Sicherheit zu schaffen, Ruhe und Ordnung, und alle auftretenden Probleme zu lösen. Telefonläuten, Klingelsignale, ein schiefes Lachen, Klagelaute, unbesetzte Stellen, unsichere Urlaubsvertretung, Qualitätskontrolle, Papiere aus allen Richtungen, Langzeitkrankschreibungen, Rehabilitierung von Personal, das ausgebrannt oder krank war, und dann all diese sinnlosen Projekte, die so viel Zeit in Anspruch nahmen: Sitzungen einberufen und Berichte verfassen, statt draußen im Dienst als Leiterin präsent zu sein.

Sie hatte Führungskurse verschiedenster Arten mitgemacht, sie wusste, dass es wichtig war zu delegieren, aber das nützte nichts. Jetzt blieb sie in ihrem Büro sitzen, obwohl es wieder klingelte, und sie lauschte und konnte sich nicht entspannen, bevor sie auf dem Flur schnelle Schritte auf dem Weg zu dem rufenden Patienten hörte. Man konnte nie wissen, was das Klingeln bedeutete. Das konnte ein Patient sein, der dringend Hilfe brauchte, oder auch einer, der seinen Daumen auf der Klingelglocke festgeklebt hatte. Letzte Woche hatten sie eine arme verwirrte Alte gehabt, klein und zerbrechlich, der war schwindlig geworden, so dass sie auf dem Weg zur Toilette hingefallen und sich einen Schenkelhalsbruch zugezogen hatte. Jetzt lag sie in der Orthopädie und war noch verwirrter. Manchmal fragte man sich, ob es nicht besser war, rechtzeitig zu sterben.

Das Altern war nichts, worauf man sich freuen konnte, nur ein unvermeidlicher und stetiger Prozess in einer geradewegs abwärts führenden Spirale, die ihr oft das Gefühl gab, gehetzt zu werden. Gern würde sie häufiger mal die Zeit anhalten und sie sogar ab und zu zurückdrehen, aber nur selten wünschte sie, dass sie schneller vergehen würde. So wie jetzt.

Es gab zu viel Ungeklärtes um sie herum, und sie merkte selbst, wie ihre Gedanken zu ihrem späteren Leben als Rentnerin wanderten, eine heimliche Flucht fort von den Konfliktherden und aktuellen Problemen. Zwar waren es noch mehr als zehn Jahre bis zu dem Zeitpunkt, aber es gab zumindest etwas, auf das sie sich freuen konnte. Sie hielt sich an all die gesunden und unternehmungslustigen älteren Leute, die sie auch kannte. Sie sah sich selbst als eine agile Dame, die das Leben und die Ruhe genoss, ihre Rosen im Garten schnitt und gern den Enkelkindern zuhörte. Das Schlimmste war, dass man über das Fortschreiten des Alterungsprozesses nicht selbst bestimmen konnte. Ihre eigenen Eltern waren in dieser Beziehung kaum ein Vorbild gewesen, ihr Vater schweigsam und verlöschend, ihre Mutter kränklich und mit sich selbst beschäftigt, nie zufrieden, wie oft Rigmor sie auch besuchte. Ihr Vater starb, als es an der Zeit war, aber bei der Mutter dauerte es viel zu lange.

Die zusammengeschlagene alte Frau, die jetzt auf der Station lag, ließ auch nicht gerade für die Zukunft hoffen.

Durch sie hatten sie wieder miteinander geredet und nachgedacht. Das war das Gute an ihrer Abteilung. Man traute sich wirklich, *miteinander* zu reden und nicht nur aneinander vorbei. Alte, hilflose Menschen in ihrem Haus zu berauben, sie für das bisschen Geld umzubringen, dafür konnte keiner Verständnis aufbringen. Hoffentlich kriegten sie diese Mistkerle zu fassen!

Es war ihr gelungen, in ihrer Abteilung ein offenes Klima zu erhalten, obwohl sich ihre Rolle als Stationsleiterin in den letzten Jahren drastisch verändert hatte, sie fühlte sich immer stärker von ihren Untergebenen isoliert. Die Arbeitsaufgaben waren hauptsächlich administrativer Art, und dadurch hatte sie kaum noch die Möglichkeit, aktiv beim Dienst als Vorgesetzte mitzumachen. Das Personal klagte, sie würde sich in ihrem Büro verschanzen, nur da herumsitzen und sich für etwas Besseres halten. Das sagten sie natürlich nicht, aber sie kannte die Kritik. Sie wollten das alte Modell der Oberschwester zurückhaben, und vor allem wollten sie Anerkennung. Zumindest hatten sie nicht so viel Angst vor ihr, dass sie sich nicht trauten, ihr das zu sagen. Sie hatte sich wirklich Mühe gegeben, damit das Personal sich nicht scheute, bei den Planungsgesprächen eine Meinung zu äußern. Sie hatte versucht, den Stier bei den Hörnern zu packen und diesen Teil des Gesprächs nicht beiseite zu schieben, wie es ihre eigene Chefin gern machte, diese ach so tüchtige Laura Ehrenswärd.

Sie hatte Angst vor Laura. Blödsinnigerweise, denn schließlich war sie ein paar Jahre älter als Laura, hatte längere Erfahrung, gute Zeugnisse und nicht zuletzt eine sichere Stelle. Jedes Mal machte sie sich all das klar, bevor sie zu Laura hineinging, schützte sich mit diesen Sicherheitsargumenten, und trotzdem hatte sie immer wieder das Gefühl, als würde sie über ein Moor gehen. Manchmal kam sie an ihr Ziel, manchmal nicht.

Eigentlich war sie in gewisser Weise sogar eine bessere Vorgesetzte als Laura. Mit der Zeit war ihr bewusst geworden, und die Kontakte zum Personal hatten ihr dabei geholfen, dass sie wirklich, trotz der immer wieder auftretenden Minderwertigkeitsgefühle, ganz in Ordnung war. Sie war nicht bei den alten Ansichten stehen geblieben, hatte eingesehen, dass ein Schulterklopfen und ein Lob nicht mehr genügten. Die Krankenschwestern und die Schwesternhelferinnen wollten konkrete Beweise für ihre Wertschätzung haben, handfeste Dinge wie Eis, Kaffee und Kuchen, Ausflüge und vielleicht sogar den einen oder anderen Restaurantbesuch. Deshalb lagen jetzt auch zwei Eistorten im Gefrierschrank und warteten auf die Abteilungssitzung am Nachmittag. Aber am liebsten wollte das Personal natürlich mehr Lohn, und das konnte ja wohl jeder nachvollziehen. Besonders die Jüngeren betonten das Geld, die gerade frisch gebackenen Schwestern, die kaum trocken hinter den Ohren waren. Bei dem Gedanken verzog sie den Mund, während sie mit ihrem Schreibtischstuhl wippte und die Zehen bewegte. Die Jungen wussten, was sie wert waren, und sie suchten sich ihren Arbeitsplatz ganz genau aus. Sie kündigten, ohne auch nur eine Sekunde daran zu denken, ob der Betrieb auch so weiterlaufen würde. Sie wollten in der Lohnspirale weiter nach oben kommen. Florence Nightingale war definitiv tot, wie sie sagten, und damit hatten sie sicher Recht, sie war wohl die Einzige, die sich dagegen wehrte und altmodischerweise meinte, dass Arbeitsklima und Kontinuität auch ihren Wert hätten, ebenso wie Loyalität gegenüber dem Arbeitgeber.

Aber im Augenblick saß sie in der Zwickmühle. Sie spürte die Abwehr bei dem Gedanken, Laura mitteilen zu müssen, was da ablief: dass Tomas Bengtsson die Schwestern zum Weinen brachte und dass die Patienten wütend und unzufrieden mit ihm waren. Das Schlimmste war, dass er ihr Leid tat, er hatte sich verändert seit dem Unfall, diesem Unfall, der alte, unterdrückte Gefühle in der Klinik wieder hochkochen ließ.

Und dann noch Saras Kind, das zu klein war. Sie hatten sie ins Krankenhaus eingewiesen, vielleicht musste anderthalb Monate zu früh ein Kaiserschnitt gemacht werden, aber noch war nicht ausgeschlossen, dass es auch gut gehen konnte. Die Prognose klang sogar ganz positiv. Technik und Forschung entwickelten sich immer weiter, aber viele meinten, dass jetzt eine Grenze des Fortschritts erreicht worden war. Man konnte inzwischen winzig kleine Babys, fast noch Föten, durchbringen, und die konnten wachsen und groß und stark werden. Es konnte natürlich auch wie beim Sohn der Nachbarn ablaufen, der kränkelte immer und war nie so richtig auf die Beine gekommen.

Was mit Saras Kind gemacht werden sollte, hing von dem Ergebnis der Ultraschalluntersuchung am kommenden Tag ab. Sie würden die Größe des Kindes messen und ob das Blut durch die Nabelschnur floss, um zu sehen, ob das Baby genügend Nahrung bekam. Dabei gab es offensichtlich ein Problem. Das Kind bekam keine Nahrung, es wuchs nicht, wie es sollte, weil der Mutterkuchen schlecht funktionierte. Aber das war nicht Saras Schuld, sie stopfte so viel sie konnte in sich hinein, wobei Rigmor jedoch den Verdacht hatte, dass sie das nicht gerade mit Bedacht tat. Es würde sie nicht wundern, wenn Sara an Essstörungen litt. Zumindest hatte sie ganz gewiss einmal darunter gelitten, so mit sich selbst beschäftigt und angespannt, wie Rigmor sie zeitweise erlebte. Es war schwer, an sie heranzukommen. Rigmor hatte nie gesehen, dass Sara eine ganze Portion aufaß, meistens saß sie nur da und stocherte bleich in dem Essen, aber das lag vielleicht daran, dass sie jedes Mal gestresst war, wenn sie Rigmor traf. Auch wenn Sara doch genau wusste, dass Rigmor es nur gut mit ihr meinte, denn schließlich trug sie deren Enkelkind im Bauch.

Das erste Enkelkind war vom ersten Augenblick an eine Quelle großer Beunruhigung gewesen. Das Kind war bei der falschen Mutter gelandet, oder wie man es nun sagen sollte. Sie waren Patriks Eltern, sie sollten sich als Großvater und Großmutter zur Verfügung stellen, auch wenn Patrik nicht mit Sara zusammenleben wollte. Das sagte er jedenfalls jetzt, und sie wurde nicht schlau aus ihm, konnte sich keinen Reim auf ihn machen. Aber vielleicht würde er sich noch ändern. Das Kind war ein Irrtum, das stand fest, aber viele Kinder sind als Irrtum auf die Welt gekommen und dennoch zu fähigen Erwachsenen und guten Staatsbürgern geworden und hatten ihre Eltern dazu gebracht, miteinander zu leben. Die Scheidungsstatistik sagte natürlich etwas ganz anderes, oft klappte es nicht einmal, wenn anfangs alles Friede, Freude, Eierkuchen war. Aber jetzt ging es erst einmal darum, das Beste aus der Situation zu machen, und sie war nicht so eine, die andere im Stich ließ. Sie wusste, was Loyalität hieß. Zumal Sara keine eigenen Eltern zu haben schien, die sie hätten unterstützen können. Rolf und Rigmor waren die Einzigen, die zur Verfügung standen. Sie wollte sich bis zum Äußersten anstrengen, wenn es nun wirklich der Fall war, dass es Patriks Kind war, wie Sara behauptete. Patrik war verschlossen und abweisend, wenn sie ihn danach fragte. Der Junge verhielt sich unmöglich, fuhr Extraschichten mit dem Rettungswagen und tauchte ab. Einmal waren sie zusammen gewesen, Sara und er, das hatte er wenigstens zugegeben.

Ich selbst hätte das Kind ja an Saras Stelle abtreiben lassen, dachte sie, aber Gott verbot solche Gedanken. Und sie würde so etwas niemals laut sagen. Sie hätte nie die Entscheidung getroffen, sich an einen Mann zu binden, der sie nicht haben wollte, allein mit einem Kind sitzen zu bleiben und den Vater immer als Erinnerung im Haus zu haben. Wir machen wohl alle einmal einen Fehler, dachte sie, das Leben hat so viel zu bieten, und ein paar dunkle Stunden gehören wohl auch dazu. Die eigene Abtreibung hatte sie nicht vergessen, sie hatte gedacht, sie könnte einen Strich darunter ziehen, sie beiseite schieben, aber das ging natürlich nicht, auch wenn sie damit gut hatte weiterleben können. Ihre Entscheidung von damals bedrückte sie nicht, sie existierte, aber es tat nicht weh, vielleicht ein flüchtiger Gedanke hier und da, ein wenig Verwunderung, wie es hätte werden können? Aber es war nun einmal so gelaufen, und es war gut so. Drei gesunde Kinder sind ein Geschenk Gottes.

Jetzt war es sowieso zu spät. Sara hatte sich für das Kind entschieden. Es war nicht mehr möglich, es sich als nichtexistierend vorzustellen.

In der Mittagspause wollte sie schnell zur Frauenklinik hinüberlaufen und Sara besuchen. Auch wenn diese nicht aussah, als ob sie sich besonders darüber freute, dass Rigmor kam. Sie meinte eher, Rigmor würde sich aufdrängen, aber die dachte gar nicht daran, aufzugeben. Sie würde sie dennoch besuchen. Gewisse Aufgaben konnte man nicht fallen lassen, und schließlich hatten sie sich ja gut verstanden, als Sara ihr Praktikum als Hilfsschwester in der Abteilung gemacht hatte.

Aber vor ihrem Aufbruch musste sie sich entscheiden, ob sie nun Laura Ehrenswärd mitteilen wollte, dass es mit Tomas Bengtsson auf der Station Probleme gab. Wenn er so weitermachte, würde es in einer medizinischen Katastrophe enden, und das wünschte sich ja wohl keiner. Das wünschte sie ihm natürlich auch nicht.

Tomas tat ihr Leid. Etwas war nach dem schrecklichen Unfall mit ihm passiert. Alle im Krankenhaus waren davon betroffen, aber er war zum Opfer geworden. Er sollte nicht arbeiten, er sollte lieber zu Hause bleiben und seine Wunden lecken. Er sah so zerbrechlich aus. Ihm war etwas zugestoßen, das er nicht meistern konnte, und niemand traute sich, ihn darauf anzusprechen. Und jeder dachte in seiner Gegenwart daran.

An Laura Ehrenswärds Tür zu klopfen, das war auch nicht gerade etwas, das sie unüberlegt machen wollte. Das letzte Mal war sie zum falschen Zeitpunkt gekommen. Carl-Magnus Meisser hatte im Raum gestanden und wie ein Schuljunge ausgesehen, der eine Gardinenpredigt erwartete, und Laura hatte gar nicht zugehört, was Rigmor ihr sagte. Verdammt noch mal!

Rigmor stand auf, strich den weißen Schwesternkittel über dem Bauch glatt, holte Lippenstift und Spiegel aus der Handtasche. Ihre kleine Andacht war hiermit beendet.

Vielleicht sollte sie sich ein Netzwerk aufbauen, versuchen, die anderen beiden Stationsleiterinnen einzuladen, so dass sie Erfahrungen austauschen konnten. Es bedurfte nicht mehr als einer festen Zeit, einer geschlossenen Tür und vielleicht Kaffee und ein paar Keksen. Sie wurde richtig munter bei dem Gedanken, der sich so leicht in die Tat umsetzen ließ.

Sie hätte nicht mit ihm zusammenziehen sollen, sie hätte abwarten sollen, es war doch gar nicht so eilig gewesen, sie ganz allein war an allem schuld. Eine verdammte Idiotin war sie gewesen. Sie hatte die Bedrohung erahnt, die in der Luft lag, aber nur wie kleine, unbedeutende Knuffs, nie wie etwas Hässliches, das ernst genommen werden musste. Sie hätte auf ihre Intuition hören sollen, nicht so blauäugig sein, sich nicht selbst belügen sollen.

Der Kopf pochte, die Schulter hämmerte. Erika hielt es nicht im Bett aus. Sie fragte eine Krankenschwester, ob sie nicht aufstehen und etwas herumlaufen dürfe, zögerte aber selbst davor, sich außerhalb der Abteilung zu zeigen.

»Niemand weiß, was Ihnen zugestoßen ist«, sagte die Krankenschwester. »Sie sind die Einzige, die daran denkt. Das kann ebenso gut ein Autounfall gewesen sein«, fügte sie hinzu und legte Erika eine warme Hand auf die Schulter.

Erika antwortete nicht. Sie überlegte, ob sie nicht einen Autounfall vorgezogen hätte, auch wenn die Verletzungen noch schlimmer hätten sein können.

»Waren Sie eigentlich schon bei der Sozialschwester?«, fragte die junge Schwester, während sie die Haarspange hochschob, die den aschblonden Pony zurückhielt.

»Ja, das war ganz gut«, antwortete Erika, obwohl sie das Gespräch als ziemlich sinnlos empfunden hatte, da die Sozialschwester zu der belesenen Sorte ohne jedes eigene Talent gehörte. Sie hatte kaum zugehört, nur ihre Fragen gestellt, als würde sie nach einem Muster vorgehen, das vorschreibt, wie man redet, die Stimme hebt und senkt, gegenüber einer Frau, die tätlicher Gewalt ausgesetzt gewesen war. Erika hatte sich entschieden, der Sozialschwester die Antworten zu geben, die sie erwartete. Auf diese Weise kam sie schnell wieder aus dem Zimmer. Vielleicht konnte sie später über ihren Job jemanden finden, zu dem sie Vertrauen hatte. Und ehrlich gesagt wollte sie im Augenblick gar nicht darüber reden. Sie wollte alles überstanden haben: die Operationen, die Krankschreibung, die Rehabilitationsmaßnahmen, Rickard, den ganzen Mist, und wollte so leben wie früher. Noch einmal von vorn anfangen.

Sie nahm nicht an, dass er so davonkommen würde.

Ihr fiel ein, dass es eigentlich schon ziemlich lange her war, dass sie hatte tun können, was sie wollte, zumindest daheim. Fast zwei Jahre zusammen mit Rickard hatten sie irgendwie mental behindert werden lassen. Immer auf dem Sprung, nachgiebig und vorsichtig.

*Es gehören immer zwei zu einem Streit.* Die Worte klangen bereits seit langem in ihrem Kopf nach. Es war auch ihr Fehler gewesen. Sie hätte sich schon lange von ihm trennen sollen. Es war ihr Fehler, dass sie nicht Schluss gemacht hatte, als sie merkte, dass es ruhiger wurde. Als sie ihm nicht mehr widersprach, ihm immer zustimmte oder einfach schwieg.

Sie nahm den Fahrstuhl zum Erdgeschoss. Sie versuchte nur geradeaus zu schauen, wollte nicht all den neugierigen Blicken begegnen, überlegte, ob sie sich ein Schild vor den Bauch hängen sollte. »Ich bin eine verprügelte Frau.«

Sie war eine Frau, die sich hatte misshandeln lassen, sie hätte doch wissen müssen, dass es eines Tages knallen würde. Schließlich war sie Polizistin. Es gab keine Entschuldigung, sie hatte die Warnzeichen nicht sehen wollen, wie all die anderen misshandelten Frauen auf der Welt, und dafür bezahlte sie nun.

Was hatte sie eigentlich erwartet? Dass er sich öffnen würde, sich ändern, sie lieben würde ohne Besitzanspruch? Dass sie sich anpassen würde, sich so verändern, dass er sich sicher und geborgen fühlte? Ihrer sicher. Er wollte sich ihrer sicher sein, so sicher, wie niemand es jemals sein kann. Ihre Beziehung hatte nichts mit Liebe zu tun, sondern war vielmehr eine

Mischung aus Gesellschaftsnormen, Gewohnheit und Sex und einer großen Portion Machtkampf. Wie man jetzt sehen konnte.

Hatte sie eigentlich auf diesen Ausbruch roher Gewalt gewartet, damit sie im Recht war zu gehen, für immer davonzulaufen, ohne eine Erklärung schuldig zu sein? Sie wäre ja wohl eher eine Erklärung schuldig, wenn sie wieder zu ihm zurückginge, aber dieses Mal würde sie das nicht tun. Es war ihr egal, was seine Mutter und seine Schwester sagten. Sie dachte gar nicht daran, auf irgendwelche Vorwürfe zu hören, dass sie ihm eine Chance geben sollte, ihm helfen. Und es war ihr egal, ob er im Gefängnis landete. Es wäre sogar eine Befriedigung, ihn dort zu sehen.

Sie kaufte am Kiosk eine bunt bebilderte Illustrierte. Das Lesen mit nur einem Auge war mühsam, aber es ging, wie sie feststellte, als sie in der Zeitschrift blätterte. Es duftete nach Kaffee aus der Cafeteria, sie bekam Appetit, wollte aber lieber etwas Kaltes mit kräftigem Geschmack trinken. Sie ging hinüber und ließ sich dort mit einem Erfrischungsgetränk nieder, das sie mit Hilfe eines Strohhalms zu trinken versuchte.

Sie bildete sich ein, weniger aufzufallen, wenn sie dort an der Wand saß. Gleichzeitig konnte sie ungehindert all die Leute beobachten, die durch die Eingangshalle hereinkamen, Menschen aller Art: Kranke, Hinkende, Gebeugte, Gesunde, Junge, Alte. Ein Kind mit aufgedunsenem Gesicht in einem Minirollstuhl, das sehr, sehr krank aussah, und eine junge Frau, die es schob. Erika versuchte nicht so hinzustarren, wurde aber von diesem Anblick gepackt und warf verstohlen immer wieder einen Blick auf die beiden. Was das wohl für ein Gefühl ist, ein Kind zu haben, das vielleicht nicht mehr weiterleben wird, dachte sie, aber der Gedanke war so schlimm, dass sie ihn sofort fallen ließ. Sie betrachtete dafür einen jungen Mann, dessen Bein von der Hüfte bis zum Fuß eingegipst war, so dass er sich mit einem Gehwagen fortbewegen musste, einen alten Mann mit Haut weiß wie die Wand und einem durchsichtigen Schlauch in der Nase, der zu einem Aggregat hinter dem Rollstuhl führte, eine abgemagerte Frau ohne Haare in dem hässlichen blau gemusterten Morgenmantel des Krankenhauses, die sich auf einen offenbar gesunden Mann stützte, vermutlich ihr Ehemann, der bald Witwer werden würde.

Erika spürte, wie ihr bereits vorher vorhandenes Unbehagen immer stärker wurde. Sie sog den Orangensaft in sich hinein und stellte das Glas ab. Ob das Paar sich wohl traut, das Schreckliche zu benennen, was bald geschehen wird? Vielleicht würde es ja auch noch dauern. Manchmal konnte es richtig lange dauern zu sterben, das wusste sie. Sogar viel zu lange. Das Sterbedatum konnte nie im Voraus gesagt werden, und die Ärzte weigerten sich zu sagen, wie viel Zeit wohl noch blieb, das wusste sie. Zu wissen, dass man sterben wird … sie erschauderte.

Sie spürte ihren Lebenswillen ganz deutlich. Warum sollte sie auch nicht leben wollen. Woher kamen solche Gedanken?

Sie hatte so viel vor, und das pochende Gesicht machte ihr das nur noch bewusster. Sie würde schon wieder auf die Beine kommen. Irgendwie und irgendwann.

»Die Liebe muss bei einem selbst ruhen«, wer immer das auch gesagt haben mochte. Sie hatte es wohl in der Zeitschrift gelesen. Ich liebe Rickard nicht, formulierte sie wortlos für sich selbst. Ich war an Rickard gebunden, aber das heißt ja nicht lieben, dachte sie, schloss die Hand fest ums Glas und die zerschlagenen Lippen um den Strohhalm.

Niemand zwingt mich, ihn zu lieben, ich entscheide selbst, wen ich liebe oder ob ich es sein lasse.

Mehr als die Hälfte hatte sie aus dem Glas getrunken, erneut blätterte sie in ihrer Zeitschrift, und als sie wieder aufschaute, bemerkte sie zwei Frauen, die sich am Nebentisch hingesetzt hatten. Die eine Frau konnte sie gleich einordnen, und wenn sie selbst nicht so entstellt gewesen wäre, hätte diese sie sicher auch gleich wiedererkannt. Sie hob sich von der Menge ab, auch wenn ein etwas fremdes Aussehen wie das ihre inzwischen häufiger im Straßenbild zu sehen war. Vielleicht würde sie sie aber trotzdem nicht wiedererkennen, da die Frau bei ihrer letzten Begegnung so aufgelöst und verzweifelt gewesen war auf Grund der Nachricht, die sie ihr überbrachten: dass ihr Mann überfahren worden war. Er war später gestorben, das wusste Erika. Die Frau schien erfreulicherweise darüber hinweggekommen zu sein. Das lange Haar trug sie in einem Zopf auf dem Rücken, kleine Goldringe funkelten in ihren Ohren, sie trug einen dunkelgrünen Pullover, der ihr gut stand. Sie saß neben einer jüngeren Freundin, die offensichtlich schwanger war. Die Schwangere war blass und hatte lange, schwarze Haare, die ihr wie ein Vorhang vors Gesicht hingen, und sah müde aus. Der hellblaue Trainingsanzug und die Pantoffeln deuteten darauf hin, dass sie eingewiesen worden war, eine Patientin. Ganz sicher war Erika sich dessen, als sie das gleiche weiße Plastikband an ihrem Arm sah, das sie selbst auch am Handgelenk trug. Sie waren gezeichnet, alle beide. Sie gehörten dem Krankenhaus, komischer Gedanke. Die beiden Frauen saßen sich gegenüber, jede mit Kaffee und Kuchen vor sich, aber sie sprachen nicht viel.

Als Erika aufstehen und zurück auf ihre Station gehen wollte, erblickte sie Peter Berg, der etwas unsicher direkt hinter der Eingangstür stand und die Informationstafel studierte. Es durchzuckte sie, sie hob den Arm, ihre Schulter schmerzte, als sie winkte, sie rief, und da bemerkte er sie.

Peinlich berührt überreichte er ihr den größten Blumenstrauß, den sie jemals gesehen hatte.

»Der ist nicht von mir«, sagte er entschuldigend. »Der ist von uns allen. Nina hat den besorgt«, erklärte er und wandte seinen Blick nicht von ihrem zerschlagenen Gesicht ab.

Die Hebamme Yvonne wusch sich die Hände, während sie sich selbst im Spiegel über dem Waschbecken musterte. Sie war zufrieden mit dem bisherigen Verlauf des Tages. Sie hatte ausgeschlafen, einen langen Spaziergang gemacht, mit ihrer Enkelin telefoniert, sie hatte zu Hause sauber gemacht und aufgeräumt, bevor sie sich auf den Weg ins Krankenhaus gemacht hatte. Sie gehörte zu den wenigen auf der Geburtsstation, die voll arbeiteten. Sie wusste nicht, wie sie das schaffte, aber so war es nun einmal.

Gerade als ihre Abendschicht begann, war eine Schwangere mit Geburtserfahrung hereingekommen und hatte ihr Kind innerhalb einer halben Stunde zur Welt gebracht. Einen großen, schönen Jungen, ohne jede Schramme. Jetzt sollten die Eltern eine Weile ihre Ruhe haben, Kaffee trinken, telefonieren und sich mit dem Kleinen beschäftigen.

Sie trocknete sich die Hände ab und strich sich das dicke, schöne stahlgraue Haar aus der Stirn, drehte sich dann um und betrachtete die CTG-Kurven auf den Monitoren an der gegenüberliegenden Wand. Die Kurven waren normal, abgesehen von Zimmer drei, da sah es aus, als würde die Frau jeden Moment gebären. Sicherheitshalber ging sie auf den Flur und schaute in Zimmer drei durch die Tür, und das stimmte, sie hörte den unterdrückten Schrei der Frau, der Arbeitstisch war mit grünem Tuch bedeckt, darauf rostfreie Schale, Operationszangen, Schere und Nabelband, und nach dem Rücken der Kollegin zu urteilen, war sie bereit, das Kind entgegenzunehmen, dessen Kopf sich gegen den Damm drückte, so dass der sich nach außen wölbte.

Yvonne ging zurück in den Kontrollraum und setzte sich mit dem Arbeitsjournal nieder, um die überstandene Geburt einzutragen, was schnell gemacht wäre, da sie kurz und ganz ohne Komplikationen verlaufen war, als sie ein Schluchzen vom Medizinschrank her hörte. Die Türen standen offen und verbargen den Körper, nur zwei weiße Hosenbeine waren zu sehen. Yvonne stand auf und ging dorthin. Die jüngste Hebamme stand mit der Stirn an eins der Regale mit Medikamentengläsern und Schachteln gelehnt. Ihr Rücken wurde vom Weinen geschüttelt, der blonde Pferdeschwanz wippte.

»Aber meine Liebe, was ist denn los?«, fragte Yvonne mit sanfter Stimme und drehte die Kollegin vorsichtig zu sich um.

»Ach, ich bin wohl einfach nur zu empfindlich«, sagte die

junge Hebamme, weinte weiter und wischte sich das Gesicht mit dem Handrücken ab. »Aber ich habe so eine schlimme Standpauke gekriegt.«

Die alte Leier, dachte Yvonne im Stillen. Es hatte sich nicht viel geändert, seit sie selbst in die Lehre gegangen war, zumindest aber nicht genug. Die alten Meckertanten hatten wieder Konjunktur, und die ungeschriebene Hackordnung war nicht einfach zu meistern.

»Kümmre dich nicht um sie«, sagte Yvonne tröstend. »Das ist einfach schlechter Stil. So ist sie manchmal. Es gibt keinen Grund, sich daran festzubeißen. Nächstes Mal ist sie ganz bestimmt nett zu dir und hilft dir. Nimm es ihr nicht so übel.«

Yvonne klopfte der jungen Hebamme vorsichtig auf den Arm und erntete dafür ein Lächeln, worauf sie sich hinsetzen und ihre Papiere fertig machen konnte. Einige ändern sich nie, dachte sie mit einem hörbaren Seufzen. Und diese überhebliche Kollegin hatte sich sicher nicht geändert, dabei arbeiteten sie nun seit fast dreißig Jahren zusammen. Sie hielt sich für etwas Besseres, und warum einige dieses Gefühl so dringend brauchten, hatte Yvonne noch nie verstanden.

Ruhe legte sich über die Geburtsstation, ein einzelnes Paar wanderte die Flure in Erwartung des großen Augenblicks entlang. Eine Pause war angesagt, und sie versammelten sich im Personalraum, toasteten Brot und tranken Kaffee. Das Telefon unterbrach immer wieder die Zusammenkunft, besorgte Mütter und Väter riefen an und fragten, ob es so weit sei, aber ansonsten gab es nicht viel, um das man sich kümmern musste. Die junge Hebamme hatte immer noch rote Flecken im Gesicht, war aber inzwischen besser gelaunt, fast albern vor Erleichterung, und auch die ewige Nörglerin hatte sich beruhigt.

Es klingelte an der Stationstür. Yvonne ließ ihr halb gegessenes Toastbrot liegen und stand auf, sie war laut der Arbeitseinteilung für die nächste werdende Mutter verantwortlich.

Vor der Tür stand eine Frau allein, sie stützte sich gegen die

Wand. Ihr ganzer Körper zeigte, dass sie mitten in einer Wehe war.

»Willkommen«, sagte Yvonne und nahm sich den Mutterpass, den die Frau mit einer Hand umklammerte. »Kommen Sie herein, dann kümmern wir uns um Sie.«

Die Frau bewegte sich nicht vom Fleck, solange die Wehe nicht abgeklungen war.

»Hereinspaziert«, wiederholte Yvonne einladend. »Sind Sie allein?«

»Ich habe versucht, meinen Partner zu erreichen, aber er geht nicht ans Telefon«, antwortete sie beunruhigt. »Ich möchte unbedingt, dass er kommt«, sagte sie, und ihre Stimme klang verzweifelt.

Yvonne meinte, die Frau schon einmal gesehen zu haben, sagte aber nichts. Sie half ihr ins Aufnahmezimmer, dort musste sie sich auf die Liege legen, und sie schnallte ihr den CTG- und den Wehenschreiber um den Bauch. Yvonne spürte die Bewegungen des Kindes gegen ihre Handfläche, als die nächste Wehe begann und die Gebärmutter sich verhärtete. Ein gut gefüllter Bauch, dachte sie. Das Kind ist nicht gerade klein.

»Seit wann haben Sie schon Wehen?«, fragte sie, als die Schmerzen abebbten.

»Wohl so seit zwei Stunden.«

»Ist das Fruchtwasser schon abgegangen?«

»Nein, soweit ich weiß nicht.«

Yvonne blätterte im Mutterpass. Eine Spätgebärende, das zweite Kind, vierundvierzig Jahre alt. Ärztin. Deshalb kannte sie sie also. Wahrscheinlich hatte sie sie einmal im Krankenhaus gesehen, in der Kantine. Kaiserschnitt war im Hinblick auf das hohe Alter diskutiert worden, aber die werdende Mutter wünschte vaginal zu gebären.

»Ich möchte so gern, dass Claes herkommt«, bat die werdende Mutter, die Veronika Lundborg hieß. »Es ist sein erstes Kind.«

»Geben Sie mir seine Telefonnummer, dann versuche ich

ihn zu erwischen. Ich muss Sie nur erst untersuchen«, sagte die Hebamme und holte sich einen Plastikhandschuh. »Und ziehen Sie die Unterhose aus«, erklärte sie, worauf die werdende Mutter brav gehorchte. »So, ja, und jetzt legen Sie die Hände unter den Po und spreizen die Beine.« Sie beugte sich vor und führte vorsichtig die Finger in die Scheide, ganz tief, so dass die Fingerspitzen auf den Kopf stießen, dann tastete sie den Gebärmutterhals ab: im Großen und Ganzen verstrichen, zwei bis drei Zentimeter geöffnet, fast zentral.

Die werdende Mutter jammerte, kniff die Augen zusammen, sagte aber nichts.

»Wir haben noch ein bisschen Zeit«, sagte Yvonne, zog die Hand heraus und warf den Plastikhandschuh fort. »Der Gebärmutterhals ist verstrichen, und die Gebärmutter hat angefangen, sich zu öffnen, aber der Kopf steht noch ziemlich weit oben. Das Kind springt noch nicht gleich raus.« Sie lachte, und ihr Lachen wurde unterstützt von der Hilfsschwester, die lächelte, worauf Veronika erleichtert war.

»Vielleicht können wir dann noch Claes auftreiben«, sagte sie hoffnungsvoll, und dann wurde sie wieder ganz ernst, schloss die Augen und versuchte die nächste Wehe zu bewältigen, die über sie hinwegrollte.

Die Frau war unter einer Tanne gefunden worden, als es draußen noch hell war. Von Kindern, was besonders schlimm war, mit Sicherheit kein schöner Anblick.

Kriminalkommissar Claes Claesson und Inspektorin Louise Jasinski standen nebeneinander, hoben die untersten Zweige hoch und leuchteten mit ihren Taschenlampen über den toten Körper, der zum Teil aus dem Schnee ausgegraben worden war. Die tote Frau hatte nur ein Kleid an, ein dünnes Kleid ohne Ärmel, das eher aussah wie ein Nachthemd, das am Körper klebte. Keine Strümpfe, keinen BH und auch keine Unterhose und keine Schuhe. Vielleicht lagen die Schuhe ja irgendwo unter der Schneedecke. Ihr Gesicht war halb nach oben gewandt und zerfetzt. Geronnenes Blut, schwarzbraune Flecken um mehrere offene Wunden am Hals. Das Alter war schwer festzustellen. Vielleicht in den Dreißigern, aber möglicherweise auch jünger oder älter.

Sie sagten nichts.

»Wo sind die Kinder«, fragte Claesson schließlich.

Einer der Polizisten, die als Erste am Tatort gewesen waren, zeigte auf das nächstgelegene Mietshaus und erklärte, dass sie dort bei ihren Eltern seien. Zwei Jungs so um die sechs Jahre.

»Gut. Dann fangen wir da an«, sagte er zu Louise, die zustimmend nickte, dann gingen sie beide zu dem Haus.

»Kannst du sagen, wann es zuletzt geschneit hat?«, fragte er, als sie sich dem Hauseingang näherten.

»Ich habe auch gerade daran gedacht. Das ist schon eine Weile her«, antwortete sie, nahm die Mütze ab und schüttelte das Haar. »Wir werden nachfragen.«

Claessons Handy klingelte. Er schaute auf den Display, kannte die Nummer aber nicht.

»Hier Claesson«, meldete er sich, sagte dann nichts mehr, blieb wie angewurzelt stehen.

Louise hatte bereits eine Hand auf der Türklinke, als sie bemerkte, dass Claesson nicht mehr neben ihr war. Sie drehte sich um und ließ die Tür los.

»Was ist denn?«, fragte sie, begriff aber sofort. »Ist es Veronika?«

»Ja«, bestätigte er, »sie rufen aus dem Krankenhaus an.« Er schaute sie verzweifelt an. »Was mach ich denn jetzt?« Vollkommen überfordert breitete er hilflos die Arme aus.

»Fahr hin«, sagte sie.

»Aber das hier«, sagte er, nickte in Richtung Haus und sah wirklich aus, als hätte man ihm die Butter vom Brot genommen und alle Taschen ausgeräumt. »Wir haben schließlich einen Mord hier«, sagte er und war immer noch nicht in der Lage, sich vom Fleck zu rühren.

»Hau ab«, sagte Louise, ging entschlossen auf ihn zu und packte ihn am Arm. »Nun verschwinde endlich. Ich schaffe das schon. Lundin kommt bestimmt auch gleich«, erklärte sie, drehte ihn um hundertachtzig Grad und gab ihm einen kräftigen Schubs, so dass er ein paar Schritte vorwärts stolperte und dann weiter zum Auto ging. »Und viel Glück!«, schrie sie ihm noch nach.

Er drückte fest mit dem Daumen auf die Klingel und hörte, wie ein langes Läuten auf der anderen Seite der Tür widerhallte. Er wusste nicht, wie es da drinnen aussah, Veronika und er waren nicht zu der allgemeinen Besichtigung der Entbindungsstation gegangen, zu denen sie wie alle werdenden Eltern eingeladen worden waren. Als die Tür endlich geöffnet wurde, musste er sich zurückhalten, um nicht sofort hineinzueilen und alle Türen aufzureißen, um so schnell wie möglich Veronika zu finden. Er sagte, wer er war und klang dabei schroffer als beabsichtigt. Ein unkontrolliertes Bedürfnis hatte sich seiner bemächtigt, möglichst alles zu beschleunigen, und er konnte sich nicht ruhig und beherrscht verhalten. Schnell folgte er der Schwester, die es nicht eilig zu haben schien, den Flur hinunter. Er öffnete die hinterste Tür.

Da drinnen war Veronika, in einem Sessel halb liegend, halb sitzend, die Füße auf einem Schemel. Sie sah vollkommen entspannt aus, zumindest eine halbe Minute lang, dann verzog sich ihr Gesicht vor Schmerzen, sie umklammerte die Armlehnen des Sessels so fest, dass ihre Finger weiß wurden und er von einer fast panischen Hilflosigkeit gepackt wurde.

»Muss das so sein?«, fragte er sie, als der Schmerz nachließ.

»Was heißt schon müssen«, erwiderte sie mit einem gewissen Aufblitzen in den Augen. »Auf jeden Fall ist es so, aber ich habe ganz verdrängt, dass es so verdammt wehtut. Die Hebamme hat schon nach dem Narkosearzt gerufen. Ich bekomme eine Epidural.«

»Aha«, sagte er und fühlte sich aus dieser Welt ausgeschlossen, die so offensichtlich ihr gehörte.

»Du kannst mir so lange den Rücken massieren, wenn es

wiederkommt«, sagte sie, und er half ihr aufzustehen, so dass sie sich übers Bett beugen und die Arme hängen lassen konnte, als die nächste Wehe kam, und er spürte, dass es nicht nur ihr gut tat, er selbst kam ihr näher, seine Hände bekamen etwas zu tun, die Handflächen arbeiteten vom Rückgrat zu den Hüften hinunter, weiche Masse unter den Händen, sie standen dicht beieinander, intimer Geruch nach frischem Schweiß und warmen Haaren, das Kabel, das sich vom Bauch zum Apparat hin ringelte, das den gemessenen Herzton des Kindes in eine Kurve umwandelte, die Herzkurve ihres Kindes, das sich herauskämpfte, das eine Entscheidung getroffen hatte. Heute würde der Kleine oder die Kleine herauskommen, sich zeigen.

Die Stunden vergingen. Die Hebamme kam und ging, sie schaute nach ihnen, fragte, ob mit Veronika alles in Ordnung sei, lächelte aufmunternd. Alles sah gut aus, wie sie sagte, es ging nur darum, dabei zu bleiben, und Claes spürte, wie ihre Erfahrung und Sicherheit auf ihn abfärbte, er wurde ruhig und zuversichtlich, und gleichzeitig großzügig, fand, die Hebamme sei die schönste Frau, die er seit langem gesehen hatte: grünbraune Augen, die funkelten, ein warmes Lächeln, stahlgraues Haar, hübsche Fältchen. Er war dankbar, dass diese reife Frau mit so einer freundlichen Ausstrahlung ihrem Kind auf die Welt helfen sollte. Er war erleichtert, sie waren in guten Händen.

Veronika schaffte es nicht bis zu ihrer Rückenmarksbetäubung. Alles nahm eine jähe Wendung.

Eine mit Blut vermischte Flüssigkeit sickerte plötzlich zwischen ihren Beinen hervor, lief auf den Boden und bildete eine klebrige Pfütze, und der Schmerz durchfuhr sie so stark, dass sie an den Bettlaken zerrte, sie schrie vor Schmerzen auf, und die Hebamme kam herbeigeeilt, gefolgt von mehreren weiß gekleideten Personen. Sie beförderten Veronika auf das Bett, legten sie auf die Seite, er sah Hände, die arbeiteten, das Messgerät auf dem Bauch zurechtschoben, die Kurve wurde begutachtet, unruhige Blicke, Veronika wurden Nadeln in den Arm gestochen, Proben genommen. Die Weißgekleideten bauten die Furcht wie eine uneinnehmbare Mauer um sich herum auf, sie sahen nur sich, und der Stress war so greifbar, dass er nur dachte: Jetzt stirbt das Kind, die schaffen das nicht. Warum sollte auch ausgerechnet er ein Kind haben?

Und er stand wie gelähmt im Weg, die Angst wuchs wie ein trockener Kloß in ihm. Er konnte nichts tun, nur zuschauen. Endlich wurden die Türen aufgerissen, und eine kleine, dunkelhaarige Frau kam herein und schätzte rasch die Lage ein. Sie übernahm das Kommando.

»Akute OP«, sagte sie, und die Hebamme, die das bereits erwartet hatte, nickte, und die Frau, die Oberärztin, wandte sich schnell ihm zu. »Wir müssen operieren. Ich rede später mit Ihnen«, sagte sie beherrscht und entschlossen und verschwand wieder.

Jemand lief auf den Flur vor, ein anderer stellte die Tür auf, Hebamme und Hilfsschwester packten das Bett und rollten es hinaus. Veronika schwieg, sie schaute mit panischem Blick direkt vor sich hin, erwiderte seinen Blick nicht. Er blieb stehen, so angsterfüllt wie noch nie.

»Kommen Sie mit«, rief die Hebamme, die rote Flecken auf den Wangen bekommen hatte, und er ging zu Veronika, lief neben dem Bett mit, nahm ihre Hand, hielt sie fest, ganz fest, bis sie ihn ansah. Kein Weinen, kein Laut. Schweigsam und ängstlich.

Sie schoben das Bett schnell in den Aufzug, wieder aus dem Aufzug hinaus, grün gekleidete Menschen kamen durch ein paar Schiebetüren angelaufen, sie rollten das Bett durch die gleiche Tür, hinein in den OP. Und dann schlossen sich die Schiebetüren vor ihm, unterbrachen den Kontakt, und er hätte am liebsten die glänzenden Metalltüren aufgedrückt, wäre gern mit Gewalt eingedrungen.

»Kommen Sie«, sagte die Schwesternhelferin und zog ihn mit sich in einen Umkleideraum. »Ziehen Sie sich hier um, ein Kittel liegt da, die Haube hier«, zeigte sie und verschwand.

Er würde nie sagen können, wie es ihm gelungen war, diesen grünen Pyjama anzuziehen, die viel zu großen Holzschuhe, wie er hinausfand, sich den Flur entlangtastete, dem Geräusch schriller Stimmen folgte.

Vor dem Operationssaal traf er die Schwesternhelferin wieder. Er durfte nicht hineingehen, das war verboten. Der Kinderarzt kam, mehrere Menschen kamen, grüne Menschen gingen aus und ein, und er konnte nicht still stehen und dem Gewühle zusehen, das er nicht deuten konnte.

Er lief hin und er, ein paar Schritte in die eine Richtung und dann ein paar in die andere, es war eng hier. Die gesammelte Vaterschaftsnervosität der Welt vom Anfang der Zeit bis zur Gegenwart fuhr ihm durch den Kopf, und er musste einsehen, wie vor ihm alle anderen werdenden Väter, dass er vollkommen hilflos war. Allein Gott wusste, wie es laufen würde. Und vielleicht nicht einmal der.

Hoffentlich schafften sie es! Er ballte die Fäuste. Beeilt euch doch! Warum passiert denn da nichts, was machen die bloß alle da?

»Verdammt, was machen die denn?«, fragte er schließlich die Schwesternhelferin.

»Sie geben ihr die Narkose, sie sind gleich fertig«, sagte sie und klopfte ihm beruhigend auf den Arm, während die anderen grünen Gestalten auf ihren Plätzen standen, einen Tisch mit einer weichen Decke vorbereiteten, einen Platz für das Kind. Sie konzentrierten sich auf die kommenden Aufgaben. Sie sollten sich um ein Kind kümmern, vielleicht ein lebloses Kind, ein nicht lebensfähiges Kind.

Aber vielleicht würde es ja auch nicht so schlimm werden. Alles würde bestimmt gut gehen, wenn sie nur endlich anfangen würden!

Die Schwesternhelferin stand an dem kleinen Fenster in der Tür zum OP bereit und hob plötzlich die Hand, als ob sie lauschen würde. Er hörte Geräusche, konnte sie in seiner Verwirrung aber nicht gleich deuten. Sie drehte sich ganz zu ihm um, nur zu ihm, und lächelte, sie lächelte und strich ihm erneut beruhigend über den Rücken, sagte aber nichts. Und da hörte er, was es war.

Ein Kinderschrei!

Ein Zeichen für Leben. Augenblicklich lockerte sich der Klammergriff um sein Innerstes, und eine kräftige Bewegung, wie ein Wellenschlag, durchfuhr seinen Körper, gefolgt von einer Explosion, die nur der kennt, der sie einmal erlebt hat. Die Tränen ließen sich nicht mehr zurückhalten. Sie traten hervor, aber das machte nichts.

Die Tür wurde aufgeschlagen, und zunächst erkannte er die Hebamme mit Mundschutz und Haube nicht wieder, die gleiche hellblaue Duschhaube aus dünnem Papier, die er selbst hatte aufsetzen müssen. Dann sah er ihre Augen, die sanften grünbraunen, aber da hatte er schon bemerkt, dass sie etwas im Arm hielt.

Sie legte das Bündel vor dem Kinderarzt auf die kleine Matratze auf dem Tisch und wickelte grüne Tücher auf. Er stand wie festgenagelt ein Stück entfernt da. Wollte nicht im Weg stehen, wollte sehen, traute sich aber nicht, doch er bekam alles mit. Die Unruhe wuchs erneut. War alles, wie es sein sollte?

Der Kinderarzt lachte zufrieden, machte ihm Platz.

»Kommen Sie«, sagte die Hebamme. »Kommen Sie«, wiederholte sie und wandte sich ihm zu.

Und er kam heran. Ein runder Kopf, die Haare in einer weißen Schmiere festgeklebt, ein kleiner Mund, der versuchte, Laute zu formen, ein entschlossenes Kinn und dunkle Augen, die ernsthaft und neugierig aus den schmalen Schlitzen hin und her blickten, sich vorsichtig umschauten, vor dem Licht verschlossen, das auf das Gesicht fiel. Schließlich landete der Blick bei ihm, sein Kind sah ihn geradewegs an, und er dachte, dass das Liebe auf den ersten Blick sein musste. Der Angstklumpen verschwand, aber eine andere Unruhe blieb.

»Wie geht es Veronika?« Er schaute ängstlich zum Operationssaal.

»Es geht ihr gut«, sagte die Hebamme. »Sie muss nur noch

genäht werden, dann werden sie sie aus der Narkose aufwecken.«

Die Erleichterung war groß.

»Was ist es?«, fragte jemand.

Ja, was war es? Ein Mädchen, wie er jetzt sah. Sie hatten ein Mädchen bekommen. Er hatte eine Tochter bekommen. Erneut kamen die Tränen.

Die Hebamme wickelte seine Tochter in ein Handtuch, nahm sie hoch und legte sie ihm in den Arm. »Da ist sie. Ich gratuliere zu einem hübschen kleinen Mädchen«, sagte sie, die Yvonne hieß und die ihm jetzt noch schöner erschien.

Er schaute in das Gesicht seiner Tochter und dachte: Dich lasse ich nie wieder los.

## KAPITEL 11

Das Umzugsunternehmen würde fast alles packen, aber erst musste sie sortieren. Die Aufgabe fiel ihr schwer, sie schob sie vor sich hin. Viele Erinnerungen würden unweigerlich wach werden, und sie überlegte, ob sie nicht lieber jemanden um Hilfe bitten sollte, aber ihr fiel niemand ein. Außerdem konnte sie sich nicht vorstellen, wie das ablaufen sollte. Im eigenen Heim herumzuwühlen konnte sie trotz allem immer noch am besten allein.

Als sie schließlich die Wohnung in Angriff nahm, die dunklen Schrankecken und Fensternischen, kam es ihr so vor, als würde sie ein mentales Reinigungsbad nehmen. Die Musik lief auf voller Lautstärke – sollten die Nachbarn doch denken, was sie wollten, sie würde ja sowieso ausziehen. Die Rhythmen erfüllten ihren Kopf, verdrängten die traurigen Gedanken, trieben sie an, und sie begann zu sortieren, zuerst ein wenig zögerlich, aber mit der Zeit immer bestimmter und mit mehr Energie, und sie begann wegzuwerfen, sie sortierte und warf fort, bis ihr der Körper wehtat. Sie spürte, wie ungewohnt für sie doch körperliche Arbeit war, und es war überraschend angenehm, die Sehnen und Muskeln zu spüren, dieses Gefühl, warm und müde von der Anstrengung zu werden. Sie sortierte weiter Johans Kleidung, seine Bücher, Aktenordner, aber seine Notizbücher ließ sie unberührt liegen. Sie trennte sich von hässlichem Geschirr, zu kleinen Kleidungsstücken, alten Lockenwicklern, die sie seit zehn Jahren nicht mehr benutzt hatte, Flacons mit zu süßem Parfüm, einer abgetretenen

Badezimmermatte, hässlichen Kissen, die Johans Mutter gestickt hatte, und vielem, vielem mehr. Energisch ging sie ans Werk, so dass sie richtig ins Schwitzen kam.

Spät am Nachmittag ließ sie sich in dem Durcheinander in der Küche mit einer Schüssel Sauermilch und ein paar alten Zeitschriften nieder, die sie bereits aussortiert und zum Altpapier gelegt hatte. Sie blätterte unkonzentriert darin herum, übersprang die Bilder schöner Mannequins, verzweifelt trendy möblierter Wohnungen und leckerer Festtafeln, überschlug Interviews mit Berühmtheiten und Buchtipps, kam schließlich zu den Spalten mit Wirtschaft, Partnerproblemen und dann zu den Ratschlägen des Doktors. Ein kleines Bild, ein Farbfoto und die Überschrift »Krankheiten der Schilddrüse« nagelten sie fest. Das Foto war gut, Doktor Laura Ehrenswärds Gesicht ragte Vertrauen erweckend und selbstbewusst aus dem weißen Kittelkragen hervor.

Eifrig las Lena die Ärztespalte, obwohl das Thema sie eigentlich gar nicht betraf. Soweit sie wusste, war sie vollkommen gesund, aber der Text und das Bild stachelten sie an. Sie wollte sehen, wie Lauras Worte klangen, wollte wissen, wie ein Tyrann schrieb, konnte aber nichts Außergewöhnliches entdecken. Worte und Sätze folgten einander in korrekter Ordnung in einem unpersönlichen, fast formalen Ton. Und das erregte sie noch mehr. Diese alte Hexe! Status und Macht und ein korrektes, beherrschtes Äußeres. Und ein zerrüttetes Inneres.

Viele Menschen, in erster Linie Frauen, hatten Probleme mit der Schilddrüse, wie sie erfuhr. Zu hohe Werte an Schilddrüsenhormonen verursachten in erster Linie Symptome wie Herzklopfen, und nach einer Weile eine rastlose Energie, die der Patient nicht zu nutzen verstand, viele hatten Probleme, überhaupt zur Ruhe zu kommen, sie schliefen schlecht und waren deshalb stets müde. Dieser Zustand konnte auf unterschiedliche Art mit gutem Resultat behandelt werden. Bei zu niedrigen Hormonwerten galten die entgegengesetzten Symptome. Die Patientin klagte über Müdigkeit und mangelnde Energie. Diesem Zustand war leicht durch Gabe des Hormons abzuhelfen, das fehlte. Normalerweise erhielten die Patienten einen Ersatz in Tablettenform mit Namen Levaxin. Mit Hilfe von Laborproben konnte der Arzt einfach die passende Dosis feststellen.

Levaxin. Das hat meine Mutter auch genommen, dachte sie, doch es war Lauras Foto, das all die weiteren Gedanken auslöste, das sie dazu brachte, in einer Art verzweifelter Wut einen Plan zu schmieden. Wenn sie, die ja gesund und munter war, sich diese Tabletten reinstopfte, dann würde sie zu viele Hormone zu sich nehmen, und dann würde sie die gleichen Symptome zeigen wie ein wirklich Kranker. Sie würde Herzklopfen bekommen und gezwungen sein, einen Spezialisten aufzusuchen.

Lena schaute noch einmal Lauras Arztgesicht an, und sie spürte den gleichen Sog im Magen wie damals, als sie bei ihr durchs Fenster gesehen hatte. Sie wurde von ihr angezogen, wollte ihr Aug in Aug begegnen, sehen, ob sie überhaupt den Blick eines normalen Menschen hatte. Sie wollte Kontakt bekommen, ohne dass ihr eine Tür vor der Nase zugeschlagen wurde, sie wollte nicht auf sie losstürzen, aufgeregt und in der schlechteren Position, sondern sie wollte eine Gelegenheit haben und die Oberhand. Eine einzige Begegnung, bevor sie ihren Entschluss umsetzte, und jetzt wusste sie, wie sie es anstellen würde.

Sie nahm das Telefon und rief ihre Mutter an, die natürlich sofort fragte, wie es ihr ginge. Alles sei in Ordnung, sagte sie, aber der Umzug koste doch viel Kraft, in zwei Tagen sei es so weit. Ob sie nicht einfach am Abend bei der Mutter vorbeischauen und sich ein bisschen ausruhen könne. Etwas zu essen bekommen, dort schlafen. So eine Pause wäre schön, auch wenn sie fahren müsse, erklärte Lena, und ihre Mutter freute sich.

»Komm nur, meine Kleine«, sagte sie. »Aber fahr vorsichtig.«

Die größte Herausforderung des Tages war, aus dem Bett zu kommen. Veronika drehte sich auf die Seite, packte die Matratze und stützte sich auf den Armen ab, während sie ein Kissen auf die Wunde presste. Wenn sie erst einmal hochgekommen war, tat es nicht mehr so weh, sie fühlte sich eher zerschlagen. Das Baby hatte an der Brust getrunken, war aber schnell müde geworden und eingeschlafen. Ihre große, gut genährte Tochter von viereinhalb Kilo lag in ihrem Kinderbettchen aus durchsichtigem Plexiglas auf Rädern. Veronika hatte ihr einen rot-weiß gestreiften Strampelanzug angezogen, mit dem Claes am Abend zuvor angekommen war. Louise Jasinski hatte ihn ihm von den Kollegen überreicht, die gesammelt hatten, und Veronika hatte sich so gefreut, dass sie beschloss, diese Louise zu mögen und nicht mehr heimlich auf sie eifersüchtig zu sein.

Fast noch mehr freute sie sich, als Daniel Skotte mit einem Paket kam, denn das überraschte sie wirklich. Sie hätte nicht gedacht, dass ein junger, männlicher Kollege eine soziale Kapazität diesen Ausmaßes haben könnte – einer älteren Kollegin zu gratulieren, die gerade entbunden hatte. Er nutzte die Gelegenheit, ihr zu erzählen, dass er auch seine sozialen Verhältnisse verändert und sich verlobt habe. Er konnte nicht lange wegbleiben, aber das war auch gar nicht nötig.

Sie strich ihrer Tochter über den Kopf. Weich wie Samt, wie das Gefühl, ein warmes Pferdemaul zu streicheln. Claes und sie hatten sie gründlich unter die Lupe genommen, und Veronika hatte sofort festgestellt, dass dieses Mädchen ganz anders als Cecilia war. Sie war selbst überrascht darüber, dass sie sich noch so genau daran erinnerte, wie Cecilia als Neugeborene ausgesehen hatte, und vielleicht stimmte das Bild ja nicht ganz oder wurde verändert durch die vielen Fotos, aber Cecilia war auf jeden Fall viel feingliedriger und heller gewesen. Diese Tochter hier war robust, kräftig, sowohl was das Schreien als auch die Bewegungen anging, und dunkelhaarig. Veronika selbst hatte rote Haare, Claes auch, möglicherweise in einem dunkleren Ton und inzwischen eher grau meliert. Obwohl er behauptete, dass er früher einmal richtig dunkelhaarig gewesen sei, und dass seine Schwester Gunilla nach wie vor schwarze Haare habe. Sie suchten weiter nach Familienähnlichkeiten. Eine Sache war klar, die Tochter hatte Claes' Nase, so klein sie auch war, und seinen breiten Mund; beides war so offensichtlich, dass sie darüber lachen mussten.

Sie ging auf den Flur zum Speiseraum. Ein paar Frauen watschelten mit ihren großen Bäuchen dahin, andere hatten geboren, genau wie sie, aber keine ging mit federnden Schritten, bis auf das arme Personal, das wie verschreckte Trolle über die Flure huschte. Einige Frauen hatten noch alles vor sich, die Sorge, aber auch die Hoffnung. Andere lebten mit ihren Erlebnissen so intensiv in sich, dass sie für die anderen gar nicht ansprechbar waren. Die Station war das Reich der Gegensätze und gleichzeitig eine in sich geschlossene Welt – mit Windeln, leckenden Brüsten, Ausfluss, Kinderweinen, Unruhe, Glück und Trauer – eine Welt für die Allernächsten, Mutter, Vater, Geschwister und andere. Sie konnte sich durchaus vorstellen, noch ein paar Tage hier zu bleiben.

Es gab wohlriechenden Fischpudding. Sie nahm ein Tablett, schaute über die Tische und fand ein Gesicht, das sie wiedererkannte, die dunkelhaarige Frau, die sie schon in der Mutterfürsorge getroffen hatte. Hieß sie nicht Sara? Die Dunkle nickte ihr zu. Sie saß allein, Veronika ging zu ihr.

»Hallo, du hier?«, fragte Veronika, während sie ihr Tablett hinstellte und gleichzeitig versuchte, ganz unauffällig hinter den Tisch zu gucken, um zu sehen, ob die Frau noch ihren Bauch hatte, sie wusste ja, dass sie auch bald gebären sollte.

»Du auch, wie ich sehe«, antwortete die Dunkle.

»Du heißt doch Sara, oder? Ich vergesse Namen so schnell«, entschuldigte sich Veronika, und Sara nickte. »Ich heiße Veronika«, fügte sie hinzu.

Sara schob sich Fischpudding auf die Gabel, während sie mit ihren vorsichtigen kleinen Augen über Veronikas immer noch beeindruckenden Bauch huschte, und Veronika verstand, dass Sara fürchtete, etwas Falsches zu sagen.

»Ich habe eine Tochter gekriegt, auch wenn man es noch nicht sieht«, sagte Veronika lachend und legte eine Hand auf den immer noch ziemlich umfangreichen Bauch. »Sie ist vor zwei Tagen mit Kaiserschnitt geholt worden. Es geht ihr gut«, erzählte sie.

»Ich habe einen Sohn«, sagte Sara, und Veronika hörte die Sanftheit und den Stolz aus diesem Satz.

»Herzlichen Glückwunsch! Von ganzem Herzen! Und wann?«

»Gestern. Auch mit Kaiserschnitt. Es geht ihm gut, er ist in der Kinderklinik. Er ist nicht genug gewachsen, deshalb haben sie ihn früher geholt, aber sonst fehlt ihm nichts. Der Mutterkuchen hat nicht richtig funktioniert«, berichtete sie und schob sich eine Haarsträhne hinters Ohr. »Aber jetzt wird er sich groß essen und wie alle anderen Kinder werden. Nur dass er noch eine Weile im Krankenhaus bleiben muss – aber das macht nichts, Hauptsache, es wird alles gut. Er hat kaum mehr als ein Kilo gewogen. Dabei hätte er fast zwei wiegen müssen«, fuhr sie fort, und Veronika sah, dass die Ängste sie verlassen hatten. »Er ist wahnsinnig süß«, erklärte Sara und sah glücklich aus.

»Dann können du und der Papa ja jetzt aufatmen«, sagte Veronika. »Jetzt, wo die Sorge vorbei ist und alles so gut gelaufen ist.«

»Ich weiß nicht, ob der Papa sich dafür interessiert«, sagte Sara und schaute auf ihren Teller.

»Nein?«

»Er wollte ihn nicht haben. Er wollte, dass ich ihn abtreibe. Wir sind nicht mehr zusammen.«

Schweigen. Veronika wusste, dass sie kein schlechtes Gewissen haben musste, nur weil sie nicht allein war, dieses Mal nicht, aber trotzdem überfiel es sie. Das Leben ist ungerecht.

»Er wird dir sicher trotzdem helfen«, sagte sie tröstend und fühlte doch, wie schwer es für Sara werden würde.

Sie wusste, was es bedeutete, allein mit einem Kind zu sein, es war eine große Freude, aber auch vieles sonst: schlaflose Nächte, Unruhe, Arbeit und Angebundenheit.

»Das macht nichts«, wehrte Sara ab. »Ich schaffe das schon.«

»Wie soll er denn heißen? Weißt du das schon?«

»Das habe ich die ganze Zeit gewusst. Wenn es ein Junge werden würde, dann sollte er Johan heißen.«

»Johan, das ist ein schöner Name.«

Sara schaute zur Tür, in der eine schicke Frau im Krankenhauskittel stand und ihr freundlich zuwinkte.

»Da will wohl jemand etwas von dir«, sagte Veronika.

»Ja, das ist Johans Oma. Wir wollen zu ihm in die Kinderklinik gehen.«

»Wie schön«, sagte Veronika, während Sara aufstand und ihr Tablett nahm. »Na dann, bis bald!«

Johans Großmutter sah nett aus. Ja, wirklich nett, dachte Veronika, und das war ja nur gut so, in Anbetracht der Umstände.

Pauken und Trompeten hatten in Claes Claesson noch ihren Widerhall, als er nach dem glücklichen Ereignis spät in der Nacht nach Hause gekommen war. Das Größte, was ihn jemals erfüllt hatte, es wuchs und wuchs in ihm, und er fühlte den Drang, es mit einem anderen Menschen zu teilen. Aber wen ruft man mitten in der Nacht an? Natürlich die Schwester, Gunilla, tapfere Mutter vierer Söhne. Sie hatte mit schläfriger Stimme geantwortet, war jedoch schnell wach geworden und hatte in den höchsten Tönen zum kleinen Mädchen gratuliert. Am nächsten Morgen hatte er Louise per Telefon vorgewarnt, er hatte es nicht lassen können, und sie war genau wie Gunilla eine Frau, die genau verstand, was es hieß, Vater zu werden, auch sie geizte nicht mit freudigem Interesse. Gestern war er nur kurz ins Büro gegangen, alle hatten ihn beglückwünscht, und er war dadurch nur noch berauschter und verwirrter geworden, als er es eh schon war.

Jetzt war er wieder im Dienst, um ein paar Tage zu arbeiten, bevor er Veronika und die Tochter aus dem Krankenhaus holen konnte, denn dann wollte er wieder freinehmen. Er nahm den Packen mit Voruntersuchungen, die er selbst abschließen wollte. Den Rest konnte er Janne Lundin und Louise übergeben.

Janne Lundin klopfte an der Tür.

»Gut, dass du kommst«, begrüßte Claes ihn.

»Ja, man darf wohl gratulieren«, erklärte Lundin offiziell. »Ich konnte gestern leider nicht dabei sein.«

»Danke, vielen Dank«, erwiderte Claesson und merkte, dass er auch heute der Versuchung nicht widerstehen konnte, ein paar Worte über den Geburtsverlauf fallen zu lassen. »Oh Mann, das war vielleicht hart«, sagte er deshalb und schlug mit der Faust in die andere Handfläche. »Veronika hat ziemlich schuften müssen, sie war stark wie ein Ochse und hat reichlich was ausgehalten«, fuhr er fort, bekam dabei rote Wangen und blähte sich geradezu vor Stolz über seine tüchtige Frau auf, und Janne Lundin gab durch Nicken zu verstehen, dass er sich das vorstellen konnte. »Und auch jetzt sagt sie nichts, obwohl diese Narbe am Bauch doch wehtun muss. Sie war gleich am nächsten Tag auf den Beinen«, erzählte Claesson, immer noch ganz und gar von Veronikas beeindruckender Stärke erfüllt.

»Wie gut«, meinte Janne Lundin ruhig. »Aber es ist bestimmt nicht schlecht, wenn sie sich noch ein wenig ausruht, bevor sie nach Hause kommt. Ich meine, diese kleinen Würmer, die schreien ja nicht schlecht ...«

»Ja, das habe ich auch gehört«, sagte Claesson, ohne sich entmutigen zu lassen. »Aber bis jetzt ist sie ziemlich leise, nun ja, das kann ja noch kommen. Das kann einen sicher müde machen, aber so ist es nun einmal.«

»Weißt du, unser Lasse, der hat drei Monate lang Tag und Nacht geschrien«, bemerkte Janne Lundin, und Claesson sah, dass der Kollege etwas Verträumtes im Blick hatte, seine Gedanken gingen zu vergangenen Zeiten, was ihn offenbar schmunzeln ließ. »Lasse schrie so sehr, dass Mona und ich ihm am liebsten den Hals umgedreht hätten«, fuhr Lundin fort. »Ich meine, nicht, dass wir das wirklich geplant haben, aber wir haben daran gedacht«, lachte er, und Claesson nickte verständnisvoll. »Aber wie dem auch sei, wenn es ums eigene Fleisch und Blut geht, dann erträgt man ja so einiges«, erklärte er dann lebensweise.

Claesson fiel auf, dass er noch nie so persönlich mit Lundin geredet hatte, sie hatten einander nie Einblick in ihre jeweiligen Lebensverhältnisse gewährt. Doch jetzt, durch die frisch geborene Tochter, waren sie in ihrer sozialen Stellung ebenbürtig geworden, auch wenn der frühere Schreihals Lasse inzwischen fast erwachsen war.

»Und wie ist es dann gelaufen?«, fragte Claesson.

»Womit? Ach so, mit dem Geschrei? Plötzlich hörte er auf, war freundlich und lieb. Das hatte wohl mit dem Bauch zu tun. Koliken und anderer Kram, den die Babys so haben können, du weißt schon.«

»Hm«, sagte Claesson und überlegte, dass das nicht das erste Horrormärchen war, das er hörte, aber alle hatten offensichtlich überlebt, dann würden Veronika und er es wohl auch schaffen. »Ach, übrigens«, fragte er abschließend Lundin. »Seid ihr davon abgeschreckt worden?«

»Nein, eigentlich nicht. Es kamen einfach keine weiteren. Warum, das wissen wir nicht, und schließlich hatten wir ja Lasse, er entwickelte sich gut und die Jahre vergingen. Na ja, wir haben es dann dabei belassen.«

Lundin schaute zu Boden, und Claesson wechselte das Thema.

»Wie läuft es mit der ermordeten Frau unter der Tanne? Ich bin ja weggegangen.«

»Ja, genau deshalb bin ich eigentlich gekommen. Ich habe mit Gottes Zustimmung als Gruppenleiter fungiert und …«

»Es ist sicher sinnvoll, wenn du das auch weitermachst, wenn du nicht …«

»Nein, ich habe nichts dagegen. Louise und ich haben uns

gut zusammengerauft, und außerdem ist es uns geglückt, genügend Leute für die Vorermittlungen zusammenzukriegen, so dass wir schon einiges geschafft haben. Es ist ziemlich viel herausgekommen, und zwar ganz merkwürdige Zusammenhänge. Die Spurensicherung hat ihre Arbeit gemacht, die rechtsmedizinische Untersuchung redet von Stichwunden als Todesursache, wahrscheinlich mit einem Messer, aber das ist noch nicht gefunden worden. Unter anderem ist die Halsschlagader aufgeschnitten, und wahrscheinlich hat sie nicht nur nach außen geblutet, sondern auch nach innen, so dass Schwellungen entstanden sind, die sie erstickt haben, abgesehen davon, dass sie verblutet ist. Sie ist ja nicht nur an einer Stelle verletzt gewesen, wie du wohl auch gesehen hast, insgesamt sind sieben Einstiche gefunden worden, und daneben Zeichen für weitere äußerliche Gewalt: Brüche, blaue Flecken, Hautabschürfungen und so weiter.«

»Wer ist sie, und wie lange hat sie wohl da gelegen? Ein Motiv?«

»Eine neunundzwanzigjährige Frau hier aus dem Viertel. Sie lebte allein. Hat in einem Büro gearbeitet, wo sie seit einer Woche vermisst wird, was mit den Wetterberichten übereinstimmt, das heißt, wann es zuletzt geschneit hat. Vermutlich ist sie erst dorthin geschafft worden, aber die Spuren sind ja zum Teil vom Schnee verdeckt. Sie ist wahrscheinlich nicht bei sich zu Hause ermordet worden, da gibt es keinen Tropfen Blut. Sie war nur dünn angezogen, wie du gesehen hast. Nur ein Hemd. Das Motiv ist noch unbekannt. Sie hatte kein Vermögen, war kein Junkie, hat nicht in zwielichtigen Kreisen verkehrt. Es könnte möglicherweise ihr Freund gewesen sein. Soweit wir verstanden haben, waren sie immer mal wieder zusammen. Er war so der Typ, der kam und ging, die Freundinnen hatten sie gewarnt, aber irgendwie konnte sie offenbar nicht von ihm loskommen, oder er nicht von ihr. Sie war nicht seine einzige Frau, aber die Frage ist, ob sie davon wusste. Der Freund ist gefasst, er sitzt in U-Haft, aber nicht wegen dieses Mordes. Er heißt Rickard Herrström.«

»Das gibt's ja wohl nicht!«

»Doch, das ist ein ziemliches Durcheinander«, bestätigte Lundin mit einem Nicken.

»Erika Ljungs …«

»Ja.«

»Weiß Erika davon?«

»Nein. Sie ist frisch operiert, aber es geht ihr den Umständen entsprechend gut. Es gibt übrigens noch mehr über ihn. Frühere Frauen aus seinem Leben haben ihn wegen Misshandlung angezeigt, aber es wurden nie Ermittlungen aufgenommen, der Fall wurde zu den Akten gelegt. Wie es meistens so läuft … oder jedenfalls lief. Inzwischen wird ja bei Misshandlung schärfer hingeguckt. Übrigens, glaubst du, dass Erika von seiner Vergangenheit gewusst hat und davon, dass er nebenbei noch andere Damen laufen hatte?«

»Und dass sie geglaubt hat, sie wäre diejenige, die ihn *bekehren* könnte, den Psychopathen auf den richtigen Weg leiten. Was meinst du?«

Janne Lundin zuckte mit den Schultern.

»Die Staatsanwältin wird sie verhören, sie geht ja gut damit um«, erwiderte Janne Lundin, und mit *damit* meinte er Frauenmisshandlung.

Dann ist Erika ja noch mal mit dem Schrecken davongekommen, dachte Claes Claesson, als er vom Polizeigebäude fortfuhr. Und mit ein bisschen mehr. Es wird sicher so einige Zeit dauern, bis sie wieder die Alte ist.

Er parkte vor einem Autohändler, stellte seine alte Klapperkiste neben die neueren Equipagen auf den Parkplatz. Der Toyota war ihm ein treuer Diener in seinem Leben als Autofahrer gewesen, und bis heute hatte der Motor ihn nie im Stich gelassen. Er surrte beim ersten Startversuch los, aber es nützte nichts, so langsam fraß der Rost ihn auf, und außerdem war die Situation inzwischen eine andere. Kinderwagen und Gott weiß, was ein Kind noch so mit sich brachte, erforderten größeren Stauraum.

Er überlegte, ob er sich hatte beeinflussen lassen, als er sofort einen Volvo Kombi vor sich gesehen hatte. Schwedische Familien mit Kindern fahren sicher und praktisch. Und in erster Linie schwedisch.

Er ging an den aufgereihten Wagen auf der Gebrauchtwagenseite vorbei. Ein fabrikneues Auto kam nicht in Frage, und auch wenn er, oder besser gesagt, sie beide, es sich hätten leisten können, war der Verlust einfach zu groß, den ein Auto schon durchmachte, sobald es vom Parkplatz rollte. Zur Zeit mussten sie etwas sparen, das Haus kostete Geld, auch wenn sie Doppelverdiener waren.

Aber auch die gebrauchten Autos waren teuer, wie er feststellte, als er die Preisschilder unter den Scheibenwischern las. Dunkelrot, schön im Lack, 60 000 Kilometer gelaufen, vor vier Jahren zugelassen, Diesel. Nein, er ging weiter. Dunkelgrau – schöne Farbe, schöner Lack – auch der hatte vier Jahre auf dem Buckel. V70 GLT, also ein stärkerer Motor – gut – 80 000 Kilometer gefahren. Er lief herum, schaute mal hinein, öffnete schließlich die Fahrertür, ließ sich auf den Sitz gleiten und legte die Hände aufs Lenkrad. Er saß bequem. Er strich mit der Hand über das gut durchdachte Armaturenbrett, streichelte es und strich weiter über den Beifahrersitz. Waren das etwa Ledersitze? Ja, tatsächlich! Er fühlte eine gewisse Erregung bei diesem seiner Meinung nach exklusiven Komfort. Und dann der Lederduft. War das nicht außerdem unglaublich praktisch und leicht abzuwischen, man wusste ja nicht, was kleine Babyfinger so alles anstellen konnten.

Als er wieder ausstieg, wartete bereits ein Autohändler auf ihn. Netter Typ, intelligent und nicht aufdringlich, er hatte einen geschulten psychologischen Blick für Kunden und deren Wünsche. Als Claesson erfuhr, dass der Wagen eine Klimaanlage hatte, Einparkhilfe – er hatte bereits selbst gesehen, dass er Leichtmetallfelgen hatte –, und er den Preis mit dem für einen fabrikneuen verglich – dieser hier war so gut wie neu –, da wurde er plötzlich zu einem ernsthaft interessierten Kunden. War fast weich gekocht. Sicher, man bekam ihn nicht geschenkt, der Verkaufspreis für gebrauchte Volvos war stattlich, aber man bekam auf jeden Fall eine ganze Menge Auto fürs Geld.

Der Verkäufer ging zwischendurch zu anderen Kunden, Claes bekam ein wenig Bedenkzeit, und er schaute sich noch einmal die anderen Modelle an, aber er konnte nichts Besseres finden, und immer wieder schielte er zu den Neuwagen hinüber. Die gleiche Ausstattung ... nur teurer.

Warum lief er eigentlich hier herum und wartete auf bessere Zeiten? Die Zeit war wirklich reif, oder besser gesagt, er war es. Wie eine reife Frucht fiel er vom Baum, und der Autohändler, der wieder neben ihm auftauchte, spürte das ganz genau.

Als Claesson herauskam, war es dunkel geworden und auch kälter, und vor lauter guter Laune und Zufriedenheit holte er tief Luft. Als frisch gebackener neuer Autobesitzer fühlte er sich ausgezeichnet.

Als er sich später in den Toyota setzte, den alten Camry, Baujahr 87, bekam er ein schlechtes Gewissen, nicht weil er den Kauf bereute, sondern weil er trotz allem ein kindliches Gefühl verspürte, den alten und inzwischen zahnlosen Toyota im Stich gelassen zu haben. Und dann kam ihm in den Sinn, dass er den Autokauf ganz allein entschieden hatte. In seinem Egoismus und seiner Gedankenlosigkeit hatte er den Kauf noch nicht einmal mit Veronika diskutiert.

Es war lange her, seit Tomas Bengtsson der Alte gewesen war, was immer das auch heißen mochte. Darüber nachzudenken hatte er genügend Gelegenheit gehabt. Wer war er? Wann war aus seinem Leben ein einziges Wirrwarr an Unlust, Ohnmacht und innerer Zerrissenheit geworden?

Zu Hause krochen die Wände auf ihn zu, und in der Klinik war es auch nicht viel besser, aber der Job bot ihm wenigstens die Möglichkeit, sich phasenweise abzulenken.

Rein physisch konnte er das, was mit ihm los war, als Konzentrationsschwierigkeiten, Unruhe und Schlafstörungen bezeichnen. Er wachte zu früh auf, hatte keinen Appetit, und die Müdigkeit war sein ständiger Begleiter, eine Müdigkeit, die einfach nicht verschwinden wollte. Sobald er sich hinlegte, kroch sie in seinen gesamten Körper, und er wurde hellwach, sein Herz schlug noch schneller, und der Körper spannte sich an und kämpfte dagegen. Der letzte Rest von Geduld war gegen Null gesunken. Er wusste selbst, dass er Zeichen von Stress zeigte, und er hatte schon mit verschiedenen Tabletten herumexperimentiert, jedoch ohne großen Erfolg.

Als er an diesem Morgen die Visite beginnen sollte und im Stillen vorher schon einmal alle Betten Revue passieren ließ, an denen er vorbeigehen sollte, alle Medikamentenlisten, die begutachtet werden sollten, alle Fragen, die er beantworten sollte, alle Stellungnahmen, Telefongespräche, Untersuchungen, spürte er den Drang, auf den Hacken umzukehren und geradewegs den Flur entlangzufliehen, die Treppen hinunter, durch den Haupteingang hinaus, weg, weg, weg.

Aber nicht nach Hause.

Ewa wich ihm schon lange so offensichtlich aus, dass er nur darauf gewartet hatte, sie würde etwas sagen, und gestern war es so weit. Sie wollte sich scheiden lassen. Wenn nicht …

Eigentlich wollte sie sich nicht scheiden lassen, sie wollte lieber, dass er sich Hilfe holte, aber da er nicht auf sie hörte, musste sie zu härteren Mitteln greifen. Aber ehrlich gesagt hatten sie keine besonders innige und liebevolle Beziehung mehr. Die Frage war, ob sie sich nicht schon längst auseinander gelebt hatten.

Dieses »…wenn nicht …« war eine absolute Utopie. Er konnte nicht über seinen Schatten springen oder wieder der Alte werden, denn den gab es nicht mehr.

Hatte Johan Söderlund sich so gefühlt, als er … als sie ihn rausekelten? Warum hatte er dann nicht früher die Klinik verlassen? Hatte aufgehört und irgendwo neu angefangen?

Das Kratzgeräusch im Kopf tauchte auf, wie immer vollkommen überraschend, dieses verfluchte Geräusch, das ihn verfolgte, aber diesmal nur so kurz, dass er es vorbeiziehen lassen konnte, ohne eine Miene zu verziehen.

»Dann wollen wir mal«, sagte die Schwester und packte den Visitenwagen.

Er folgte ihr brav. Eine Allgemeinmedizinerin im Praktikum mit Pferdeschwanz, Brille und zu großem Kittel, sie hatte etwas von einer Konfirmandin an sich, und eine der jüngeren Schwesternhelferinnen, süß, mit Sommersprossen, folgten. Die junge Ärztin sah aus, als könnte sie keiner Fliege etwas zu Leide tun, aber trotzdem war sie für seine Gemütsverfassung eindeutig zu ehrgeizig. Sie stellte unaufhörlich Fragen, um ihr Interesse zu zeigen, vielleicht war sie ja wirklich so wissbegierig, aber sie tat das, ohne zu merken, wie verkrampft der Leiter der Visite ihre Fragen beantwortete. Als sie ungefähr in der Mitte des Flurs angekommen waren und der Blutzucker zur Neige ging sowie alles andere in ihm auch – die Schärfe, die Autorität, die Lust und der Wille – und es immer noch viel zu lange hin bis zur Kaffeepause war, verlor er vollkommen die Kontrolle. Er verlor die Fassung und donnerte los, dass alle um ihn herum erblassten und die Schwesternhelferin, die am allerwenigsten etwas damit zu tun hatte, anfing zu schluchzen. Als er nachdachte, kam ihm in den Sinn, dass ausgerechnet sie auch letztes Mal ausgeschimpft worden war, also reagierte sie wohl schon automatisch so, aber das war ihm jetzt auch egal. Dann sollte sie sich doch lieber raushalten. Die Schwesternhelferin wischte sich die Wange ab, schaute empört zu ihm auf, drehte sich auf den Hacken um und verschwand den Flur hinunter. Es würde ihm im Traum nicht einfallen, hinter ihr herzulaufen. *Never!*

Er blätterte weiter in den Papieren und versuchte sich darauf zu konzentrieren, wo sie stehen geblieben waren, während es gleichzeitig in ihm kochte. Er schlug die Mappe zu und drückte die Tür zum Patientenzimmer auf, trat ein und grüßte höflich, wenn auch etwas laut, den ersten Patienten, war aber nicht in der Lage zuzuhören, was der arme Mann ihm da erzählte. Sicher nichts Wichtiges. Er ging weiter zum nächsten Bett, das leer war. Der Patient sei auf der Toilette, teilte der Bettnachbar mit.

»Dann hat er selbst Schuld«, erklärte Tomas Bengtsson laut und polternd in einem Versuch, witzig zu sein, klang aber eher wütend.

Die übrigen beiden Zimmerbewohner zeigten keinerlei Regung, er nickte verwirrt und ging mit der Schwester und der jetzt empört schweigenden Assistenzärztin, deren Mund zu einer kleinen Rosine zusammengezogen war, wieder auf den Flur. Ihre runden Wangen waren noch blasser geworden, der Blick wachsam.

Auf dem Flur stand die Oberschwester Rigmor Juttergren.

»Gab es irgendwelche Probleme?«, fragte sie, und ihm war klar, dass die Schwesternhelferin, diese blöde Zicke, geradewegs zu ihr gerannt und bei ihr gepetzt hatte.

»Können Sie nachher bitte zu mir kommen«, sagte Rigmor zu ihm in einem Ton, als wäre er ein Schuljunge, der von der Lehrerin ausgeschimpft werden sollte.

»Nein.«

»Ich denke, wir sollten so über einiges reden«, erklärte sie freundlich und unterstrich ihre ihm entgegenkommende Art mit einem warmen Blick.

»Ich aber nicht«, erwiderte er, nahm den Visitenwagen und schob ihn weiter.

Das nächste Zimmer schaffte er zur Hälfte, dann war sein Piepser zu hören. Er schaute nach, wer ihn sprechen wollte, es war seine Frau. Oh Scheiße, das auch noch in all dem Mist, dachte er, brach die Visite ab, ging ins Büro und rief sie an.

»Ich habe eine Dreizimmerwohnung gefunden, und ich denke, ich werde sie nehmen. Wir brauchen auf jeden Fall ein wenig Abstand voneinander«, erklärte sie und klang nicht im Geringsten reuevoll. »Dann hast du mehr Ruhe, um wieder klarzukommen, und wir können später sehen, wie wir weitermachen.«

Er warf den Hörer auf die Gabel, ging aber nicht zurück zu der wartenden Visitegruppe, sondern ließ sie dort stehen, preschte den Flur hinunter, dass sein Kittel hinter ihm flatterte und die Patienten fast umgerannt wurden, lief geradewegs in sein Arbeitszimmer, zog sich um und verließ dieses verdammte Gebäude. Im Kopf spürte er bereits, wie sich ein herannahender Migräneanfall bemerkbar machte.

»Wir müssen etwas tun«, sagte Rigmor Juttergren entschlossen zu Laura Ehrenswärd in deren fast steril ordentlichem Arbeitszimmer.

Laura Ehrenswärd tat das, was sie immer tat, wenn sie einen gewissen Abstand und eine Sekunde Auszeit brauchte, sie schaute hinaus. Die Sonne schien, das Wetter hatte sich geändert. Aber direkte Frühlingsgefühle konnte sie nicht an sich feststellen.

»Was läuft hier eigentlich?«, fragte die Oberschwester weiter, nachdem sie sich auf den Besucherstuhl gegenüber von Lauras Schreibtisch gesetzt hatte und versuchte, deren Aufmerksamkeit zu gewinnen. »Es ist mir mit Mühe und Not gelungen, genügend Personal zu finden, damit die Station funktioniert, und das war nicht leicht, das kann ich dir sagen. Nicht in diesen Zeiten. Und dann erschrickt Tomas Bengtsson sie zu Tode. Die Schwestern werden reihenweise kündigen, wenn wir dem nicht einen Riegel vorschieben. Es gibt keinen Grund, dass sie sich so etwas …«

»Ich weiß«, unterbrach Laura sie. »Aber wir können auch nicht gerade mit Ärzten um uns schmeißen.«

Sie schwiegen beide und hörten, wie ein Flugzeug über das Krankenhausdach flog.

»Ich beende die Visite selbst«, sagte Laura und klang müde dabei. »Mach dir keine Sorgen. Die Patienten bekommen die Fürsorge, die ihnen zusteht.«

Das war die geschäftsführende Krankenhausdirektorin, die da sprach.

»Aber das löst das Problem auf lange Sicht nicht«, beharrte Rigmor. »Er braucht Hilfe. Hast du ihm das mal gesagt? Sieh ihn doch an! Sieh ihn dir richtig an. Er sieht heruntergekommen aus, schon von weitem ist klar, dass es ihm nicht gut geht beziehungsweise ganz elendig. Hast du ihm mal gesagt, dass er sich Hilfe holen muss?«

»Ich habe es versucht.«

»Vielleicht solltest du es noch einmal versuchen.«

Lauras Augen blitzten auf. »Du sagst es«, erwiderte sie sarkastisch.

Wieder Schweigen.

»Ich gebe ja zu, dass es ein heißes Eisen ist, aber es muss einfach etwas unternommen werden, nicht zuletzt um seiner selbst willen«, fuhr Rigmor fort und drehte ihren steifen Goldarmreifen. »Er darf sich nicht so bloßstellen, dass er sich hier als Arzt nicht mehr blicken lassen kann. Das ist nicht in Ordnung«, betonte sie und breitete die Arme aus.

Laura bewahrte nach außen hin die Fassung, wie sie meinte, aber innerlich zerrte und riss es an ihr. Tomas war auf dem besten Wege in einen Totalzusammenbruch, und dafür gab es Gründe. Sie mochte ihn kaum noch trösten, sie musste ihn zwingen, bei einem Spezialisten Hilfe zu suchen. Er hatte ein Leben auf dem Gewissen.

»Schließlich hat er ein Leben auf dem Gewissen«, sagte Rigmor, als hätte sie Lauras Gedanken gelesen. »Das muss doch schrecklich sein. Er wird den Rest seines Lebens daran zu knacken haben.«

»Aber er hat ihn doch nicht umgebracht«, widersprach Laura schroff. »Das war ein Unfall, und Menschen haben gut funktionierende Reparaturmechanismen.«

Rigmor öffnete ihren rot geschminkten Mund, schloss ihn dann aber wieder, betrachtete Laura genau mit ihren braunen, scharfen Augen. Rigmor war nicht dumm. Wieder drehte sie den Reifen, saß unerschütterlich auf ihrem Stuhl und zeigte keinerlei Anstalten, aufstehen zu wollen, auch wenn Laura anfing, hin und her zu rutschen. Rigmor hatte noch mehr auf dem Herzen.

»Da gibt es noch etwas, worüber ich nachgedacht habe«, sagte sie und machte eine Pause, um die Gedanken und Worte zu ordnen. »Ich bin ja keine Ärztin, ich weiß nicht, was ihr Ärzte so untereinander … wie soll ich das sagen, welche Sträuße ihr so untereinander ausfechtet, oder ob das nun ganz normale Konflikte am Arbeitsplatz sind, aber … ich habe darüber nachgedacht, was eigentlich genau passiert ist, als Johan Söderlund aufgehört hat.«

»Es ist gar nichts passiert«, antwortete Laura schnell. »Was hätte denn passieren sollen?«

Sie schob den kurz geschnittenen, schnurgeraden schwarzen Pony hoch. Ihre Augen sahen eingesunken aus. Müde und glanzlos.

»Es muss ja wohl etwas passiert sein, wenn man einen Angestellten freikauft«, fuhr Rigmor beharrlich wie ein Terrier fort. »Es lief das Gerücht, dass er Kinderpornos auf seinem Computer gehabt haben soll. Das ganze Krankenhaus hat das gewusst. Das Gerücht ist hochgekocht und dann ebenso schnell wieder verschwunden. Vielleicht war es ja nur erfunden, aber wie es so schön heißt: Kein Rauch ohne Feuer. Was war dran? War Johan Söderlund tatsächlich scharf auf Kinderpornos? Ich muss sagen, das kann ich mir nur schwer vorstellen, aber man kann sich da ja irren. Oder war das nur ein Gerücht?«

»Wer hat das gesagt?« Laura war erstarrt, ihre blutleeren Lippen hatte sie zusammengekniffen.

»Ich sage es. Wenn man so etwas aufbringt, dann doch wohl mit dem Ziel, jemandem zu schaden«, schloss Rigmor nachdenklich ihre Rede ab. »Aber warum musste er denn hier aufhören?«

»Er musste überhaupt nichts.«

»War er ein Problem? Und wenn ja, in welcher Art? Denn dazu gehört wohl eine ganze Menge … und wir vom Pflegepersonal, wir haben nichts gemerkt. Wir mochten ihn.«

»Ich fürchte, wir kommen nicht weiter, wenn wir in der Vergangenheit herumwühlen«, schnitt Laura ihr das Wort ab, und Rigmor wurde klar, dass diese Frau etwas zu verbergen hatte.

»Nein, natürlich nicht, und jetzt ist das Problem ja auf jeden Fall gelöst, falls es nun ein größeres Problem gegeben hat. Er ist begraben«, erklärte Rigmor Juttergren, und deutlicher konnte man es nicht sagen. »Aber wie schon gesagt, da gibt es dieses neue Problem«, fuhr sie fort, stand auf und ging zur Tür. »Ich hoffe wirklich, dass es ihm nicht so schlecht geht, dass er irgendwelche Dummheiten macht«, bemerkte sie noch an der Tür und schaute Laura herausfordernd und ernst an, doch die nahm schon keine Notiz mehr von ihr.

Sie saß mit dem Gesicht halb abgewandt da und schaute geradewegs aus dem Fenster, und es schien, als wäre sie gar nicht richtig anwesend.

»Wer denn jetzt noch?«, fragte Laura und schaute endlich auf.

»Tomas. Vielleicht sollten wir ein Auge auf ihn haben, damit er nicht vollkommen aus dem Gleichgewicht gerät und ...«

Laura zuckte mit den Schultern, als sei es ihr gleichgültig.

»Ja, dann gehe ich mal«, sagte Rigmor, zögerte aber noch.

Es schien ihr, als wäre etwas nicht gesagt worden, was unbedingt hätte gesagt werden müssen, aber Laura reagierte nicht.

Rigmor öffnete vorsichtig die Tür, die leise knarrte, sie schlüpfte hinaus und schloss sie langsam hinter sich, ging dann gedankenverloren am Sekretariat und den anderen Büros vorbei. Sie versuchte die Katastrophenstimmung abzuschütteln, die offen in dem Zimmer herrschte, das sie gerade verlassen hatte.

Sie hatte das Gefühl einer lauernden Gefahr im Bauch, und wenn nicht gerade eine Gefahr, dann zumindest die Vorahnung von etwas Kompliziertem und Hässlichem. Rigmor schätzte gerade Linien, deutliche Anweisungen, klare Gefühle, nicht diese konfuse, halb versteckte Ungewissheit unter der Oberfläche. Dieser Ärztezwist ging sie nichts an, beschloss sie ein für alle Mal, und sie hätte es fast laut gesagt, während sie mit gesenktem Kopf den Flur entlangging.

Sie versuchte Lauras Person und ihr Verhalten zu analysieren. Klein und zerbrechlich war sie immer schon gewesen, aber nicht hilflos. Die schmalen Schultern schienen sich jetzt aber noch weiter zusammenzuziehen, und die Arme schwangen nie frei hin und her. Lauras ganze Körpersprache deutete auf Anspannung hin, sie war geschrumpft, glanzloser und magerer als früher. Vielleicht hatte sie sich doch Johan Söderlunds Tod mehr zu Herzen genommen, als sie zeigte. Nicht, dass Rigmor davon ausging, dass Johan und Laura jemals enge Freunde gewesen wären, eher im Gegenteil. Aber vielleicht hatte Laura gerade deshalb Gewissensbisse, die sie um keinen Preis zeigen wollte.

Jetzt wollte sie erst mal zu dem Sonnenschein der ganzen Familie gehen, dem immer kräftiger werdenden Johan. Dunkles Daunenhaar, die mageren Arme und Beine bekamen schon Grübchen. Er wuchs und gedieh, und offenbar hatte er Patriks breites, fast viereckiges Gesicht geerbt. Aber Patrik, dieser sture Junge, ihr jüngster Sohn, wollte ihn sich nicht einmal ansehen. Er war immer noch nicht da gewesen, um seinen Sohn zu besuchen. Der Junge war immer schon seine eigenen Wege gegangen. Aber sicher würde er eines schönen Tages noch kommen, kommen und eine große Hand vorsichtig auf den kleinen Kopf des Knirpses legen, wenn sie ihn nur nicht drängten. Er wollte sich nicht an ein Kind binden und sein ganzes Leben lang dafür bezahlen, wenn er nicht einmal der Vater war. Er hatte *vielleicht* ein Kind. Sara hatte nicht die Wahl, nur *vielleicht* ein Kind zu haben, und Rigmor selbst war jetzt Großmutter, und nachdem sie den kleinen Johan gesehen hatte, fand sie das einfach wunderbar. Ein Enkelkind.

Jeder konnte der Vater sein, brummte Patrik, und das klang, als hielte er Sara für eine Schlampe. Aber Johans Mama war keine Schlampe, das konnte sie einfach nicht glauben. Sie mussten wohl abwarten, was die Vaterschaftsuntersuchung zeigte, Blutproben waren bereits im Zusammenhang mit dem Kaiserschnitt genommen worden.

Sara schien es nicht mehr so wichtig zu sein, ob Patrik nun

kam oder nicht. Sie war voll und ganz mit dem Baby beschäftigt, und Rigmor meinte feststellen zu können, dass Sara seit der Geburt des Jungen viel weichere Züge bekommen hatte. Sie ging in ihrer Mutterrolle auf.

Rigmor war immer schon eine positiv eingestellte, tatkräftige Frau gewesen. Draußen würde es bald heller werden. Vielleicht konnte sie dann einmal Johan im Kinderwagen ausleihen, wenn er aus dem Krankenhaus entlassen worden war. Vielleicht konnte sie Johan an einem frühen Frühlingstag das frische Grün zeigen.

## KAPITEL 12

Ende Mai waren die Wege getrocknet, und die Bäume standen in voller Blüte. Laura Ehrenswärd lief frühmorgens mit unruhigen Schritten durch die noch halb schlafende Stadt. Der Druck in ihrem Hinterkopf hatte zugenommen, aber sie fühlte sich etwas besser, als sie in die kühle Morgenluft hinauskam. Sie war gegen drei Uhr aufgewacht, nach kurzem und leichtem Schlaf, und hatte sich im Bett gewälzt. Es wurde jetzt früher hell, die Sonne drang durch die Jalousien hindurch, und sie konnte nicht wieder einschlafen. Sie hatte die Decke über den Kopf gezogen und versucht, es sich bequem zu machen, aber das nützte nichts. Sie war mit geschlossenen Augen und wachem Gehirn liegen geblieben, bis sie das Klappern der Zeitung im Briefschlitz hörte.

Carl-Magnus Meisser war am vergangenen Nachmittag zu ihr gekommen und hatte sich für sechs Monate beurlauben lassen. Wenn sie nicht einverstanden sei, würde er kündigen, hatte er gedroht. Er wollte eine Weile woanders arbeiten, und das konnte sie ja wohl verstehen, auch wenn sie meinte, er würde sie in gewisser Weise im Stich lassen. Es brannte ihm wohl unter den Fußsohlen, und die Frage war eigentlich, ob sie nicht selbst gern verschwunden wäre. Aber sie hatte natürlich weiter ihre Pflicht zu erfüllen, das Allgemeine Krankenhaus so gut wie möglich zu leiten. Die Frage war nur: warum? Es gab so vieles, was man sonst mit seinem Leben anfangen konnte. Sie hatte sich nie in diesem Kaff richtig heimisch gefühlt. Als Neuankömmling in einem kleinen Ort

Kontakt zu bekommen ist fast schwieriger, als eine Festung einzunehmen, dachte sie. Dabei war sie gar nicht mehr neu, wenn man es genau betrachtete, sie lebte jetzt seit fast sieben Jahren hier, lange Jahre, mit Arbeit erfüllt. Nur ein Glück, dass sie ihre Hütte hatte, in Skåne, in Torekov. Dort blühte sie auf, traf Menschen ihrer Art, ruhte sich aus und fühlte sich wohl. Daheim hatte sie keinen nennenswerten Bekanntenkreis, in erster Linie war da die Arbeit und dann natürlich die verlorenen Seelen vom Ölmalkursus.

Die Klinik war dabei, den Bach hinunterzugehen, die Stimmung zwischen den Kollegen war erschreckend schlecht. Jeder kümmerte sich nur um seinen Kram. Sie musste noch viele Jahre dabeibleiben. Wie sollte sie die ausfüllen?

Wie üblich kam sie eine Stunde vor allen anderen in der Klinik an und schlich sich hinein, schloss ihr Zimmer auf und war fast euphorisch dankbar für die Ruhe. Auf der Station gegenüber wurden die Morgenarbeiten verrichtet, man gab Rapport, die Nachtschicht wollte nach Hause, aber bei ihr stand die Zeit still.

Ziel war es, die Stapel auf ihrem Schreibtisch in diesen frühen Morgenstunden abzuarbeiten, solange sie noch fit war. Nach der Mittagspause hatte sie Sprechstunde, und danach war sie zu nicht mehr viel zu gebrauchen. Früher war es anders gewesen, aber im Augenblick konnte sie nur hoffen, dass es in Zukunft wieder besser werden würde.

Sie guckte ihre Söhne an, wischte die Fotos mit der Hand ab. Der Älteste ließ einmal die Woche über E-Mail von sich hören. Seine Forschungen liefen gut. Der Jüngere verbrachte ein Jahr draußen in der weiten Welt. Sie wusste nicht, wo er sich im Augenblick genau aufhielt. Zuletzt hatte er sich irgendwo aus Australien gemeldet.

Sie brachte den Vormittag hinter sich, aß einen Yoghurt und einen Apfel in der Mittagspause und ging dann zur nachmittäglichen Sprechstunde.

*Schilddrüsenüberfunktion,* las sie auf der gelben Überweisung, die der niedergelassene Arzt Björk ihr geschickt hatte.

*Bisher im Wesentlichen gesunde Frau mit dreimonatiger Anamnese mit Herzklopfen und gewisser Zittrigkeit sowie erhöhter Schilddrüsenwerte (s. beil. Laborbericht). Auf Betablocker eingestellt.*

Die neuen Kontrollwerte, die sie angewiesen und die vor drei Tagen genommen worden waren, zeigten die gleiche Erhöhung, wie sie feststellte, um dann die Tür zum Behandlungsraum zu öffnen.

Die Frau saß ganz vorn auf dem Stuhl mit geradem Rücken. Sie sah relativ blass aus, folgte Laura mit dem Blick, während diese sich hinsetzte. Laura hielt sie für angespannter und ängstlicher, als es üblicherweise der Fall war.

Laura gab ihr die Hand, stellte sich vor, aber die Frau antwortete nicht auf ihre Begrüßung. Sie reichte ihr eine schlaffe, heiße Hand.

»Doktor Björk hat geschrieben, dass Sie Herzklopfen verspüren. Können Sie mir das schildern?«, fragte sie und schaute instinktiv auf den Hals, der schmal war und gut sichtbar über dem runden Ausschnitt des dunkelgrünen Pullovers. In der Halsgrube war auf den ersten Blick kein Knoten zu erkennen, aber sie musste natürlich später abtasten. Das Haar war mit einer Schildpattspange hochgesteckt, es sah dick und schwer aus. Die lange Hose war schwarz, die Beine schmal und lang.

»Was soll ich schildern?«

»Nun ja, wie lange haben Sie diese Symptome schon bemerkt?«

»Eine ganze Weile.«

»Eine ganze Weile. Handelt es sich dabei um Wochen, Monate oder Jahre?«

Die Patientin schaute sie an. »Vielleicht Monate«, antwortete sie und rutschte weiter auf den Stuhl hinauf, ohne Laura aus den Augen zu lassen, und weiterhin hielt sie die Beine eng geschlossen.

»Sind Sie ansonsten gesund?«

»Ja.«

»Sie nehmen also keine Medikamente?«

»Nein, warum sollte ich?«

»Nein, warum sollten Sie«, sagte Laura und spürte den ungewöhnlich starken Widerstand. »Dann haben Sie keine anderen Beschwerden außer dem schnellen Herzschlag?«

»Nein. Doch, ich bin müde.«

Laura nickte und ließ eine Pause entstehen, in der sie hoffte, dass die Patientin von allein das Wort ergreifen würde, aber nichts geschah. Die Patientin starrte sie weiterhin hartnäckig an, fast unverschämt aufdringlich.

»Haben Sie irgendwelche Allergien?«, fuhr Laura laut ihrem Protokoll der Anamnese fort.

»Nein. Doch, gegen Katzen. Ich muss von Katzen niesen.«

»Darf ich fragen, womit Sie arbeiten?«

»Mit Büchern«, antwortete die Frau immer noch so knapp wie möglich.

»Mit Büchern?«, wiederholte Laura, die diese zähe Frau langsam satt hatte und entschied, dass es nicht schlimm war, wenn sie diese Visite schnell abschloss. Die Frau sah schließlich nicht besonders krank aus.

»In der Bibliothek.«

»Ach so, und haben Sie Ihre Arbeit in der Bibliothek wie immer ausführen können?«

»Ja, nur dass ich so müde bin.«

»Ja, natürlich. Ich denke, ich werde Sie jetzt untersuchen. Legen Sie sich bitte da auf die Liege, ich möchte Ihren Blutdruck messen. Wir können uns dabei ja weiter unterhalten.«

Die Frau tat, wie ihr gesagt worden war, legte sich auf die Liege und starrte zur Decke. Es wurde nichts gesagt. Anschließend musste sie sich mit dem Rücken zu Laura hinsetzen, die die Finger vorsichtig auf ihre Halsgrube legte, worauf die Frau zusammenzuckte, als fürchtete sie, dass Laura sie erwürgen wollte.

»Ich tue Ihnen nicht weh«, sagte Laura. »Ich möchte nur Ihre Schilddrüse abtasten.«

Sie palpierte den Hals, ließ die Fingerspitzen mit kleinen,

rhythmischen Bewegungen über die Schilddrüse gleiten, aber die fühlte sich nicht vergrößert an. Mit der pädagogisch leise eingestellten Stimme und einem so extrem langsamen Sprachtempo, dass es kaum noch natürlich erschien, erklärte Laura, was die kommende Untersuchung beinhalten würde. Da die Patientin keinerlei Kommentar dazu abgab, ihr Gesicht völlig ausdruckslos blieb und sie auch keine Fragen stellte, zweifelte Laura allmählich an ihren mentalen Fähigkeiten, aber vermutlich war mit ihrem Gehirn alles in Ordnung. Schließlich war sie trotz allem Bibliothekarin und offensichtlich nicht an einem geschützten Arbeitsplatz.

Der Blick der Frau war weiterhin tot, vielleicht ein wenig aggressiv, als Laura ihr erklärte, dass sie ein Szintigramm machen wolle, dazu würde man ein Kontrastmittel in die Blutbahn spritzen, um danach messen zu können, wie viel davon in der Schilddrüse aufgenommen werde. Die Untersuchung tue nicht weh. Und je nach Resultat würde sie dann behandelt werden. Sie müsse dann später noch einmal wiederkommen. Ja, und auch eine Operation könne in Frage kommen, aber das sei nicht sicher.

Als Laura in ihrer fast monotonen Rede so weit gekommen war, stand die Frau abrupt auf, Laura tat es ihr nach und streckte sich in ihre volle Länge, die doch überschaubar war. Die Patientin war größer als sie, wie Laura feststellte. Jetzt standen sie sich gegenüber, und Laura spürte, wie die Situation ihr aus der Hand glitt. Die Frau schaute auf sie hinab, sowohl in physischer als auch in psychischer Bedeutung. Dann drehte sie sich auf dem Absatz um und ging hinaus, ohne sich zu bedanken oder zu verabschieden.

Laura blieb zurück, setzte sich, nahm das Diktiergerät und schaltete es ein. Sie ratterte das Tagesdatum herunter, die Personenkennziffer der Patientin und stieß dann auf ihren Namen. Lena Söderlund. Die Adresse stimmte nicht, aber wenn es nun *diese* Lena Söderlund sein sollte, dann hätte man ihr doch wohl etwas sagen können.

Die Wut wuchs in ihrem Bauch.

Die Hände der Verkäuferin waren rund und weich. Sie strich die kleinen Kleidungsstücke glatt, schob den Pullover in die Strampelhose und legte den Kopf mit prüfendem Blick etwas schräg. Ihr Gesicht war feinmaschig, Millionen kleiner Fältchen liefen ihr kreuz und quer über die Wangen und die Stirn, die Augenlider hingen wie ausgeleierte Rollos herunter und schienen nur von den Wimpern gestützt zu werden. Ihre Augen waren alt, blassblau und sehr entgegenkommend, und gerade die Sehnsucht nach so einem Paar lieber, etwas langsamer Augen hatte Sara dazu gebracht, ausgerechnet diesen Laden aufzusuchen. Unter anderem, natürlich. Die Augen schauten sie mütterlich durch dicke Brillengläser in durchscheinendem, hellrosa Brillengestell an, das schon seit langer Zeit unmodern geworden war. Sara konnte nicht umhin festzustellen, dass die Verkäuferin ihre Augenbrauen mit einem schwarzgrauen Stift nachgezogen hatte. Sie fand das weder hässlich noch merkwürdig, es passte zu einer alten Dame, die sich zurechtmachte, bevor sie ihren Kunden gegenübertrat, auch wenn es von den Kunden inzwischen nicht mehr so sehr viele gab.

Die Dame lehnte sich an den Tresen, als müsste sie sich abstützen, sie beugte sich über die Kleidungsstücke, Goldclips schaukelten an ihren Ohren, das Haar war schwarz gefärbt und in Dauerwellen gelegt, sie trug eine kreideweiße Bluse, eine Goldkette, einen dunkelblauen, plissierten Rock, der über breite Hüften fiel, und der Schweiß roch intensiv nach einem Parfüm, das Sara wiedererkannte, ein Duft nach Maiglöckchen, den alte Frauen mochten.

Das Geschäft führte neben Kinderkleidung auch Damenbekleidung, in erster Linie Unterwäsche für diejenigen, die es etwas bequemer und solider wünschten, es existierte schon seit langer Zeit und lag mitten im Zentrum in einem alten, schönen Haus, das sich von den übrigen Häusern mit ihren flachen, abgenutzten Fassaden unterschied. *Helga Perssons Nachf.* stand in hellgrünen Neonbuchstaben über dem Schaufenster, es hieß allgemein aber nur Perssons. Das Geschäft weckte bei den meisten, die in der Stadt aufgewachsen waren, Kindheitserinnerungen. Viele waren mehr oder weniger freiwillig dorthin geschleppt worden, um für die kommende Jahreszeit ausstaffiert zu werden. Da gab es alles von Badeanzügen über leichte Sonnenhüte aus Baumwolle bis zu Wollmänteln und strapazierfähigen Hosen von Algots für ausgelassene Schulkinder, aber inzwischen hatte die Besitzerin sich ausschließlich auf Kleidung hoher Qualität für Kleinkinder spezialisiert. Ein Geschäft wie dieses würde nach dem Tod der Besitzerin geschlossen werden und höchstwahrscheinlich in eine Pizzeria, einen Videoladen oder einen Imbiss umgewandelt.

Auch Sara war natürlich mit ihrer Mutter früher hier gewesen. Vielleicht war das der Hauptgrund, dass sie heute wieder hierher ging und nicht ins Kaufhaus oder in eine der beiden Kinderbekleidungsketten. Johans gute Kleidung sollte in aller Ruhe eingekauft werden, sie wollte nicht zwischen den eng gepressten Bügeln auf Gestellen herumdrücken oder in Bergen von Strampelanzügen in großen Körben wühlen. Die kleinen Teile sollten mit Sorgfalt und viel Liebe ausgesucht werden, und vielleicht sehnte sie sich selbst ja auch danach, einem Blick zu begegnen und eine Stimme über dem Tresen zu hören. Eine Stimme, die mit ihr sprach, die mit überlegte, was Johan wohl brauchte.

Die Hose war aus himmelblauem Velours und der kleine Pullover passend blau-weiß gestreift, der Stoff war dick und weich und die Teile waren nicht billig, wie Sara sah.

»Ist das für Ihren Kleinen?«

Die Verkäuferin versuchte über den Tresen in den Kinderwagen zu gucken.

»Ja«, bestätigte Sara und trat einen Schritt zur Seite, damit die Dame besser hineingucken konnte. Johan lag ohne Decke da, im Laden waren über fünfundzwanzig Grad, und die Luft stand still, seine weißen Beinchen sahen so dünn aus, wie sie aus der Windelhose herausragten. Er lag auf dem Rücken, lutschte an den Händchen, und man konnte sehen, dass er versuchte, die Gesichter einzufangen, die da in den Wagen hineinschauten. Der Blick huschte von der einen zur anderen, blieb schließlich bei Sara, die Hand rutschte ihm aus dem Mund, und er wurde ganz still. Dann sprang ein Lächeln hervor. Ein richtiges Lächeln, dachte Sara, legte ihm eine Hand auf den Bauch und streichelte ihn zärtlich.

»Sie haben aber einen süßen Jungen«, sagte die Verkäuferin und lächelte Johans freundlichem Gesicht zu. »Das ist doch ein Junge?«, fragte sie vorsichtig.

»Ja«, nickte Sara und lächelte Johan erneut an, ihr kleines Baby, das so freundlich zu ihnen war.

»Ein richtiger kleiner Racker«, sagte die Verkäuferin, legte den Kopf schräg und schaute Sara aufmunternd an.

Die Hitze war überall eingedrungen, kleine Schweißtropfen lagen fein verteilt auf der Stirn der Verkäuferin. Sie hatte Probleme mit dem Gehen, stützte sich an der Kasse ab und schien ein Bein beim Gehen vorzuschleudern. Sara sah, dass ein Hocker hinter dem Tresen stand, ein Kreuzworträtsel lag aufgeschlagen da.

»Soll ich es für Sie einpacken?«, fragte die alte Dame, als Sara sich entschieden hatte.

»Nein, das ist nicht nötig«, erklärte Sara, und die Verkäuferin legte die kleinen Teile sorgfältig zusammen und schob sie in eine Plastiktüte, die Sara in den Korb legte, der am Kinderwagen hing.

»Was für ein schönes Wetter, dabei haben wir erst Ende Mai«, meinte die Dame hinter dem Tresen und wischte sich die Stirn ab, als Sara zur Tür ging.

»Die Storgatan ist wie ausgestorben. Ich nehme an, dass die Leute alle am Strand sind«, erklärte Sara. »Die, die nicht arbeiten«, fügte sie hinzu, und ein Hauch von Resignation huschte über ihr Gesicht.

»Aber das Wasser muss doch noch kalt sein«, sagte die Frau. »Ob man denn schon baden kann?«

»Nein, das wohl noch nicht«, bestätigte Sara, die selbst nicht die geringste Lust hatte, ins Meer zu springen, jetzt sowieso nicht mit ihrer schmerzenden Brust, aber vielleicht wäre es ganz schön mit anderen zusammen, doch sie kannte so gut wie keine andere Mutter eines Säuglings. Alle arbeiteten, oder aber die Kinder waren größer, oder sie hatten Männer, Mütter und Väter und eine Unmenge anderer Verwandter. Sie kannte eigentlich sowieso nicht so viele, irgendwie war es nie dazu gekommen.

»Es wird später sicher schlechter werden, wenn der Sommer so heiß startet«, sagte die Verkäuferin, und Sara nickte zustimmend.

»Ja, wenn dann alle im Juli Ferien haben, dann wird es bestimmt regnen, man kann nur hoffen, dass dem nicht so ist«, sagte Sara und merkte, dass sie nicht mehr viel übers Wetter hinzufügen konnte, also schob sie den Wagen zur Tür, die mit einem Band an einem Haken aufgehalten wurde.

»Auf Wiedersehen, meine Gute«, sagte die Frau, die hinter ihrem Tresen stehen geblieben war, und dann hob sie eine Hand und bewegte die Finger wie zu einem kleinen Abschiedsgruß, und Sara schob den Kinderwagen die Stufen hinunter, hielt am Griff dagegen und ließ die Räder stufenweise bis zum Fußweg herunterhüpfen.

Sie winkte noch einmal, als sie im Sonnenschein auf dem Bürgersteig angekommen war, und die weiße Bluse der Frau leuchtete über dem dunklen Holztresen, und Sara dachte, dass es vielleicht das letzte Mal war, dass sie hier drinnen gewesen war, das letzte Mal, dass sie bei dieser adretten Frau gekauft hatte, die ihre Großmutter hätte sein können, eine Verkäuferin, die sie »meine Gute« nannte, Worte, bei denen sie dahinschmolz, schöne, liebe, irgendwie altmodische Worte. Aber sie brauchte sie.

Sie hielt sich auf der Schattenseite und schob den Kinderwagen zur Bibliothek, die in der Sonnenhitze wie ein Koloss aus roten Ziegeln dalag. Schräg gegenüber gab es einen Parkplatz, doch heute war er fast leer, und hinter dem Parkplatz erstreckte sich der Stadtpark. Die hohen Bäume standen still, das Laub glänzte im Sonnenlicht. Neben dem Parkplatz hatte

Kirre seinen Kiosk, und jetzt, bei dem heißen Wetter, hatte er ein paar weiße Plastikstühle und -tische herausgestellt. Eine andere Mutter mit Kleinkind hatte sich dort mit einem Eis niedergelassen. Sie wippte den Wagen mit der einen Hand, es war leises Kindergeschrei zu hören, und Sara fiel auf, dass sie jetzt, wo sie selbst Mutter geworden war, überall Mütter mit Kleinkindern sah. Die Mutter, die dort saß, das war diese alte Mutter, die Ärztin, die ihr zweites Kind mit fast fünfundvierzig bekommen hatte. Wenn sie nichts vorgehabt hätte, wäre sie über die Straße gegangen und hätte sich zu ihr gesetzt, sie war nett, und Sara hätte ihr zeigen können, dass Johan gewachsen und ein richtiges Baby geworden war. Wenn man sich vorstellte, dass sie sich getraut hatte, noch in dem Alter ein Kind zu bekommen. Es war ein Mädchen geworden, ein großes Mädchen, das im Vergleich zu Johan riesig aussah, und dieses arme Mädchen würde eine Mutter haben, die über fünfzig war, wenn sie in der Schule anfing, wie eine Großmutter. Das ist bei Johan kein Problem, dachte sie zufrieden. Johan wird eine junge Mutter haben, aber der Gedanke war ihr fast peinlich, denn die alte Mutter erschien so ruhig und sicher, und sie war so nett zu ihr gewesen, freundlich auf eine vollkommen natürliche Art und Weise. Sicher hatte ihre große Tochter es gut, alles war gewiss für sie geregelt und in Ordnung, auch wenn die Eltern nun einmal uralt waren. Die alte Mutter und die dicke Tochter hatten zumindest nicht das Problem mit einem Vater, den es nicht so recht gab.

Zur Bibliothek hinein gab es keine Treppenstufen, sie konnte mit dem Kinderwagen direkt zum Tresen fahren. Hier drinnen war es kühler. Sie holte die Bücher hervor, deren Ausleihzeit bald abgelaufen war und legte sie auf den Tresen unter das Schild *Rückgabe.* Ein großer, dünner Bibliothekar, der etwas blass und kraftlos aussah, kam zu ihr, und sie nickten einander wortlos zu. Lena hatte gesagt, dass er lieb war, und er schaute ihr etwas scheu in die Augen.

»Ja, die sind rechtzeitig abgegeben«, sagte er und zupfte sich an seinem Spitzbart. »Möchten Sie neue ausleihen?«

»Nein, ich denke nicht. Ich habe zu Hause noch einen Stapel, den ich nicht gelesen habe«, antwortete sie und merkte, dass sie etwas peinlich berührt war, weil er seinen Platz nicht verließ, sondern einfach stehen blieb.

Sie hängte die Tüte zurück an den Wagen, verabschiedete sich und ging wieder hinaus in den Sonnenschein.

Gut, dass Lena ihr Tipps für Bücher geben konnte. Saras halbes Leben bestand inzwischen aus Büchern, die Hälfte, die nicht von Johan mit Beschlag belegt wurde. Er brauchte übrigens inzwischen mehr Zeit, hatte angefangen, nachts zu schreien. Den größten Teil ihrer Zeit brauchte sie, um sich um ihn zu kümmern, ihn zu füttern, die Windeln zu wechseln und ihn zu trösten. Und wenn er schlief, dann beeilte sie sich, schnell in die Waschküche zu kommen, in der Küche aufzuräumen, zu duschen und sich die Haare zu waschen. Die Tage liefen einfach dahin, und sie dachte nicht weiter darüber nach, auch nicht darüber, dass sie immer isolierter lebte, darüber, dass sie nirgends mehr hinkam. Sie hatte die Bücher als Reserve und als eine Art Trost, sie konnte in ihnen verschwinden, eine Weile mit den Menschen verbringen, die sich liebten, auch wenn sie Probleme hatten, verrückt waren und versuchten einander auszulöschen, sich erschossen, erstachen und erschlugen, tranken und hereingelegt wurden und Macht und Geld haben wollten. Sie wurde von der Handlung gepackt und begann zu träumen, spürte die Anspannung im Körper, und es war, als würde sie mit ihnen leben, viel mehr brauchte sie nicht. Jedenfalls im Augenblick nicht, da es ja Johan gab.

Es war etwas umständlich, dass es in Lenas neuem Haus keinen Fahrstuhl gab. Sara löste den Kinderwageneinsatz, schleppte ihn in den zweiten Stock hoch, stellte ihn vor Lenas Tür, ging noch einmal nach unten und holte den Beutel, in dem die Schlüssel lagen. Das Treppenhaus war hellblau und roch frisch und sauber. Sara hatte eigene Schlüssel bekommen, damit sie nach Lenas Wohnung schauen konnte, solange die fort war. Sie wollte nur eine Woche wegbleiben, da hätte es eigentlich genügt, wenn sie einmal hingegangen wäre, um die Blumen zu gießen, aber jetzt war es so heiß geworden, dass Sara lieber noch einmal nachsehen wollte, ob die Topfpflanzen auch nicht ausgetrocknet waren.

Die Wohnung war heiß, die Luft darin abgestanden und muffig. Sie hob die Post auf, legte sie in die Küche, holte die Wasserkanne von der Anrichte, ging ins Wohnzimmer und öffnete die Balkontür, um zu lüften, dann goss sie die Blumen. Die Blätter hingen herab, und Sara fürchtete, dass Lena meinen könnte, sie hätte sich nicht genug darum gekümmert. Sie würde am nächsten Tag zurückkommen, bis dahin mussten die Blumen wieder schön aussehen. Die trockene Blumenerde schluckte das Wasser, aber das meiste lief einfach nur durch auf den Untersetzer und weiter auf die Fensterbank. Sie musste einen Lappen aus der Küche holen, und da fing Johan an zu weinen.

Sie wischte das Wasser mit dem Tuch ab, es hatten sich bereits Pfützen auf dem Boden und auf Lenas Sofa gebildet, das unter dem Wohnzimmerfenster stand. Sara kroch auf dem Boden herum, wischte alles trocken und betrachtete besorgt den feuchten Sofabezug. Sie fürchtete, es könnten Flecken bleiben, und dann würde Lena wütend auf sie werden, aber es sah so aus, als wäre das meiste zwischen die Kissen und die Rückenlehne gelaufen, und dann war wahrscheinlich nichts mehr zu sehen. Auf dem Parkett hinter dem Sofa lag eine Reisebroschüre und darauf eine herausgerissene Seite aus einer Tageszeitung mit billigen Reiseangeboten in so ziemlich aller Herren Länder. Lena hatte Fährverbindungen nach Helsinki eingekreist, und dann hatte sie Tallinn und eine Stockholmer Nummer an die Seite geschrieben. Aber sie wollte doch nach Amsterdam, wunderte Sara sich, doch da fing Johan wirklich an zu schreien, so dass sie die Zeitungsseite fallen ließ, die Wasserkanne hinstellte, in den Flur ging und ihn hochnahm.

Er roch nach Scheiße, also breitete sie ein Handtuch auf dem Flurfußboden aus, legte ihn darauf und zog ihn aus, sie sah, dass es schon auf das Laken im Wagen gelaufen war und seine kurze Hose um die Beine herum senfgelb gefärbt war. Sie musste ihn waschen. Sie zog ihm alle Kleidung aus und hielt ihn mit beiden Händen ein wenig von sich ab, schob die Badezimmertür mit dem Fuß auf, mischte lauwarmes Wasser und wusch ihn im Waschbecken, er verstummte und gab dann zufrieden gurgelnde Laute von sich. Sie setzte sich auf den Toilettendeckel, zog ein Frotteehandtuch vom Haken und legte es sich auf den Schoß, trocknete ihn ordentlich ab: den Bauch, den dünnen Po, den Pimmel und die Hoden, die Leisten, die Beine, und er lallte dabei. Sie streichelte ihn, schaute auf ihren Sohn hinunter, spielte mit seinen Beinen, massierte die kleinen Füßchen, trocknete auch zwischen den Zehen ab, diesen zehn kleinen Zehen, die aussahen wie kleine Gummizwerge, und sie spürte ihren eigenen Hunger, die Müdigkeit und die Hitze. Der Schweiß lief ihr aus den Achselhöhlen, am liebsten hätte sie selbst geduscht, aber damit musste sie warten, bis sie wieder zu Hause war. Jetzt musste sie erst einmal etwas einkaufen, und sicherheitshalber wollte sie etwas mehr holen, falls Lena am nächsten Tag hungrig von der Reise zurückkam. Und lieber kaufte sie gleich alles heute, dann musste sie am nächsten Tag nicht mehr los, dazu hatte sie dann vielleicht keine Lust.

Sie blieb noch auf dem Toilettendeckel sitzen, hob Johan hoch, drückte seinen nackten kleinen Körper an sich, und er spürte ihre Brust, drehte ihr den Kopf zu, machte Saugbewegungen mit den Lippen und strich mit dem Kopf hin und her, und sie lächelte, hob Hemd und BH hoch. Die Brust fiel schwer herab, und sie ließ ihn trinken. Er schloss die Augen, kam zur Ruhe, und sie fühlte die rhythmischen Bewegungen seines Munds, hörte die schnellen Schlucklaute, er war hungrig, und sie konnte ihm etwas zu essen geben. Die Zeit stand still, Müdigkeit überfiel sie, die Augen fielen ihr zu, und ihr Kopf kippte langsam nach vorn, immer weiter, bis der Kopf ganz herabfiel und sie mit einem Ruck aufwachte. Johan trank immer noch, er war nicht an der Brust eingeschlafen. Sie wechselte zur anderen Brust, lehnte den Kopf zurück, gegen die Wand. Die Sonne schien immer noch, wie sie in dem geriffelten Badezimmerfenster sehen konnte. Johan stieß auf, ließ die Brustwarze los, und etwas Milch lief ihm aus dem Mund. Sie hob ihn hoch, damit er ein Bäuerchen machen konnte, riss Toilettenpapier ab, wischte ihm damit das Kinn ab, trat auf das Pedal des Mülleimers neben sich, so dass der Deckel sich öffnete. Als sie das Papier hineinwarf, sah sie eine Tablettenschachtel da drinnen. Lena nahm doch wohl keine Medikamente! Sie holte die Schachtel heraus. Es handelte sich um Levaxin, verschrieben für Iris Grahn, Lenas Mutter und Saras Stiefmutter. Na, so was! Dann hatte Lena sie vielleicht zu sich eingeladen, ihr die zwei Stockwerke hoch geholfen. Aber warum hatte sie ihr das nie erzählt?

Als sie den Kinderwagen nach Hause schob, beeilte sie sich. Rigmor wollte anrufen, und dann musste sie daheim sein, sonst würde Rigmor sich Sorgen machen. Rigmor wollte ihr ein Handy kaufen, aber sie würde so ein teures Geschenk nicht annehmen. Sie könnte die Telefonrechnungen doch nicht bezahlen, und außerdem stünde sie dann in Rigmors Schuld.

Irgendwie hatte sie sich inzwischen an Rigmor und ihre regelmäßigen Anrufe gewöhnt. Sie war nett. Vielleicht zu nett, sie kritisierte Sara nie, fragte nur und kam manchmal mit verschiedenen Vorschlägen an, die immer gut gemeint waren, auch wenn Sara darauf nie selbst gekommen wäre. Sie wollte es Rigmor recht machen, weil es anstrengend war, immer zu widersprechen, immer Nein zu sagen. Gleichzeitig folgte sie den Ratschlägen nur halbherzig, aber es sah nicht so aus, als würde Rigmor das merken. Sie wollte ja nur das Beste, und außerdem hatte sie drei Kinder großgezogen, das hatte sie schon häufiger gesagt, und vielleicht war es ihr peinlicher, als sie zeigte, dass Patrik sich fern hielt. Aber das machte nichts. Das machte überhaupt nichts. Sie wollte Patrik gar nicht, sie wollte sich allein um ihr Baby kümmern, es war ihr Junge, und das mit Patrik war nicht mehr so wichtig. Der Junge sollte auf dem Papier einen Vater haben, vermutlich war das sogar vorgeschrieben, aber ansonsten konnte es ihr gleich sein.

Und Rigmor war in letzter Zeit auch ruhiger geworden, es genügte ihr, Johan auf den Arm zu nehmen, auf ihn aufzupassen, wenn Sara kurz etwas zu erledigen hatte. Anders als während Saras Praktikum in der Klinik. Damals hatte Rigmor bestimmt, und Sara hatte ihre Augen gespürt, die kontrollierten, ob sie auch die Anforderungen der Schule und der Ausbildungsordnung erfüllte, und Sara tat, was sie konnte, um nicht aufzufallen. Es hatte ihr noch nie behagt aufzufallen, egal ob sie jemand lobte oder kritisierte. Doch, Zurechtweisungen waren schlimmer. Zurechtweisungen waren das Allerschlimmste. Jetzt war es jedenfalls so, dass sie, Sara, Johans Mutter war, und sie kam an erster Stelle. Rigmor konnte diesen Platz nicht einnehmen, wie gern sie es auch getan hätte.

Es ist doch schön zu sehen, dass Lena wieder langsam die Alte wird, dass ihr ihre neue Wohnung gefällt, sie sich darin wohl fühlt und dass sie angefangen hat, zu verreisen und ganz normal zu leben, dachte Sara, während sie den Kinderwagen schob. Johan schlief.

Es war etwas kühler und windiger geworden, und die Baumkronen im Stadtpark bewegten sich. Sara hatte Johan eine Decke übergelegt. Die Hitze würde nicht anhalten, das war zu spüren.

Sie wohnten jetzt näher beieinander, Lena und sie, nur eine Viertelstunde entfernt, fast um die Ecke, und sie kauften im gleichen Supermarkt ein. Die Stadt war nicht groß, man kannte sich untereinander, und das war einerseits gut, andererseits schlecht, wie sie überlegte, während sie durch die automatischen Schiebetüren in den Laden trat. Lena hatte gesagt, sie wolle ein neues Leben beginnen, die Frage war nur, ob sich das überhaupt machen ließ. Die Leute redeten, auch wenn Sara eigentlich nie auf das Gerede achtete. Aber manchmal schnappte sie trotz allem etwas auf. Johan Söderlund, dachte sie und blieb vor dem Regal mit den Windeln stehen. Warum hast du das getan, Johan Söderlund?

Sie schaute auf ihr schlafendes Kind, den kleinen Johan. Lena hatte sich schon über den Namen gefreut, vielleicht nicht ganz offen, etwas zögernd hatte sie dreingeschaut, und Sara hatte gefühlt, wie die Enttäuschung in ihr wuchs. Sie war dumm und egoistisch gewesen, dass sie nicht selbst daran gedacht hatte, Lena zu fragen, was sie denn davon halte. Aber schließlich war es nicht Lenas Kind, und Sara hatte das Recht, allein zu entscheiden. Lena bekam keine Kinder, jedenfalls nicht mehr mit Johan. Sie hatte sich auf Saras Kind gefreut, daran hatte nie ein Zweifel geherrscht. Sara hatte den Namen als ein Geschenk für Lena ausgesucht, nicht als einen Ersatz, sondern eher symbolisch gesehen. Außerdem war der Name schön, und der große Johan hatte sich immer um Sara gekümmert. Manchmal vermisste sie ihn.

## KAPITEL 13

Der kleine, untersetzte Mann hatte ihr eine sehr kurze, aber trotzdem präzise Einweisung gegeben, bevor er sein Geld bekam. Er war kaum größer als sie, sah ernst, aber weder unheimlich noch gefährlich aus. Was hatte sie eigentlich erwartet?

Sie hatten in der feuchten Nachtluft neben einem Springbrunnen mitten auf einem vollkommen menschenleeren Marktplatz in Tallinn gestanden. Lena hatte den Treffpunkt idiotisch gefunden, aber er hatte in seinem holprigen Englisch darauf bestanden, dass sie sich genau dort treffen sollten, und als sie angekommen war, sah sie ein, dass er Recht hatte. Es war schon spät, nach Mitternacht, und die Stadt lag größtenteils schweigend und dunkel da. Die offenen, leeren Plätze, die mit Pflastersteinen belegt waren, schimmerten bläulich nach dem Regen, nicht eine Menschenseele war zu sehen, außer den beiden, die schnell ein Geschäft abwickeln wollten. Falls jemand auftauchte und sich ihnen näherte, würden sie ihn auf jeden Fall rechtzeitig sehen oder hören, um den Gegenstand zu verstecken, der da seinen Besitzer wechseln sollte.

Sie hatte darauf beharrt, dass er ihr zeigen müsse, wie die Teile zusammengesetzt wurden, der Schalldämpfer auf die Pistolenmündung, um sicherzugehen, dass sie nicht hereingelegt wurde, aber sie musste einsehen, dass sie keinen Probeschuss abgeben konnte. Seine Hände waren kräftig, er hatte sich den Straßenlaternen zugewandt, die weiter entfernt standen und einen dürftigen bläulichen Schatten warfen, während er den Schalldämpfer mit präzisen Handbewegungen befestigte und wieder löste. Er versuchte ihr Gesicht einzufangen, um zu sehen, ob sie verstanden hatte. All diese offensichtlichen Zeichen von Fürsorge bei einem Mann aus der so genannten Unterwelt nahm sie als Beweis dafür, dass sie richtig gehandelt hatte.

Jemanden zu erschießen musste eigentlich keine große Sache sein, es ging schnell, ein einziger Schuss konnte lebensentscheidend sein. Zumindest für eine Person. Vielleicht für zwei, wenn es schief lief, aber das war noch zu weit in der Zukunft, als dass sie sich jetzt darüber Sorgen machen müsste. Der Gedanke, geschnappt zu werden, war ihr schon mal gekommen, sie war ja nicht dumm, aber sie hatte sich von dieser Möglichkeit nicht aus der Bahn werfen lassen, ihn eher als eine weitere Stimulans angesehen. Doch hier und jetzt war sie einzig und allein mit der Schusswaffe beschäftigt, den kräftigen Händen und dem Lederduft. Sie standen dicht beieinander, er roch nach Mann, und sie musste zugeben, dass sie genau das vermisste. Einen Mann. Sie hatte verstohlen in das gesenkte Gesicht geschaut, versucht, seinen Blick einzufangen. Ob er sie vielleicht wollte?

»Good for ladies«, sagte er zu ihr, hielt dabei die Waffe in der Hand und wog sie. »Not too heavy, you know!«

Und dann hatte er schnell den Arm nach oben und nach hinten geworfen, um ihr zu zeigen, wie der Rückstoßeffekt die Waffe in die falsche Richtung lenken konnte, und anschließend zeigte er ihr genau, wie sie sie halten musste. Sie hatte ihm aufmerksam zugesehen, zugehört und wie eine wissbegierige Schülerin alles aufgenommen.

Eine Waffe für Damen, wie aufmerksam! Sie wusste nicht einmal, dass es einen größeren Unterschied zwischen Waffen für Männer beziehungsweise Frauen gab, und sie konnte schon gar nicht überprüfen, ob er log oder nicht. Sie musste das nehmen, was ihr angeboten wurde, und als sie da mit dem unbekannten Mann auf dem fremden Marktplatz stand und

Geschäfte machte, die das Tageslicht scheuten, war sie überrascht, dass sie weder Angst verspürte noch nervös oder überhaupt nur unangenehm berührt war. Ein Schauder von Leichtsinn durchzog sie, eine deutliche Vorahnung dessen, was Kontrolle und Entschlossenheit wohl so alles mit sich bringen konnten.

Als er den schweren Gegenstand in ihre offene Hand gelegt hatte, legte er seine eigene Hand darüber und umschloss die Waffe, so dass die Finger gleichzeitig auf ihren Handrücken drückten. Große, weiche Fingerspitzen brannten sich in sie, die Hitzewelle einer menschlichen Berührung, von der sie gar nicht gewusst hatte, dass sie sie vermisste. Aber sie würden sich bald wieder trennen, etwas anderes war gar nicht denkbar. Sie wog die Waffe in der Hand, ein Sog und ein Kitzeln waren in der Magengrube zu spüren. Macht, und sonst nichts. Um diese kompakte physische Masse konzentrierte sich die Macht der Welt. Die Waffenmacht.

Sie wollte nicht die andere Wange hinhalten. Sie wollte Johan rächen, und sie wollte sich selbst rächen, das Leben mit ihm, das jetzt verloren war.

Sie hatte die Fähre zurück nach Stockholm genommen, anschließend den Zug nach Hause, genau wie geplant, und während der gesamten Reise war das Wissen um die Waffe, die in ihrer Handtasche lag, präsent gewesen, ab und zu konnte sie nicht an sich halten, sie musste sich einfach strecken und voller Zufriedenheit und Stolz lächeln.

Es waren diese Rotzbengel gewesen, die sie auf den Gedanken gebracht hatten. Sie saßen oft in der Bibliothek und warteten auf den Schulbus, und irgendwie war es richtig nett, sie dort zu haben, eine Gruppe Jugendlicher, die ihre Hausaufgaben machten, in Zeitschriften blätterten und sich ab und zu auch ein Buch ausliehen. Sie hatte einige von ihnen kennen gelernt, nachdem der Lehrer sie dorthin geschickt hatte, um *Wissen zu suchen,* wie es so schön hieß, und sie wie ein Wespenschwarm in die Bibliothek eingefallen waren, um um Hilfe zu bitten bei der Suche nach Informationen über die

Prostitution in Thailand, die Hexenprozesse im 16. Jahrhundert, Massenmörder oder was sie nun als Spezialthema ausgesucht hatten. Meistens brauchten sie Unterstützung bei der Suche im Internet, wobei Lena und die anderen Bibliothekare gern behilflich waren. Zwar hatten sie sich gefragt, wie viele im Prinzip gleiche, gut formulierte Arbeiten über Prostitution in verschiedenen Ländern ein Lehrer wohl hinnahm, aber dafür war er die Schüler für eine Weile auch aus dem Klassenzimmer los.

Aber an diesem Tag hatten die jugendlichen Schüler sich so laut unterhalten, dass sie gezwungen war, sie zur Ruhe zu ermahnen. Einer der anderen Besucher hatte sich beschwert, sonst hätte sie die Rolle als böse Tante, die für Ruhe sorgte, gar nicht übernommen. Außerdem würde der Schulbus jeden Augenblick kommen, und damit wäre das Problem von allein gelöst. Jedenfalls hatte sie aufgeschnappt, worüber sie sich unterhielten, als sie zu ihnen ging. Sie hatte sogar eine ganze Menge mitbekommen, weil sie lange zögerte, sie zu ermahnen und deshalb zunächst gewartet hatte, ob sie sich nicht von allein beruhigen würden. Aber das Gesprächsthema überschritt die Grenzen ihrer Selbstkontrolle. Worüber sie sich da lautstark unterhielten, damit angaben und einander aufheizten, das waren Waffen. Militärwaffen, Maschinenpistolen, Granatenwerfer, Pistolen, Revolver, Todesschüsse, Massaker, Heckenschützen, gedungene Mörder, mit anderen Worten das Sterben in all seinen Formen. Die Oberstufenschüler ließen sich nicht davon beunruhigen, dass heutzutage in Schweden geschossen wurde, eher wurden ihre Stimmen dadurch nur schriller, sie wiegelten sich gegenseitig auf, gaben mit den Waffen von Papa an, dem Jagdgewehr und den Pistolen für den Schützenverein, sie sparten nicht an Blei und Kugeln, breiteten alles langatmig aus, aber wie sie schließlich gegenseitig zugeben mussten, hatte noch keiner von ihnen selbst geschossen. Nur gut, dachte Lena. Die Fantasien und Träume der Rotzbengel von Respekt, davon, dass die Welt in Schrecken zurückwich, der Traum, Untergebene zu haben, die einem die Füße leckten, das war Gott sei Dank nichts, was in die Wirklichkeit umgesetzt werden sollte, mit größter Wahrscheinlichkeit jedenfalls nicht, und außerdem würden die Jungs auch reifer werden.

Aber träumen kostet ja nichts, dachte sie. Und ihr Traum war es, eine freie Frau zu werden. Frei nach der Abrechnung.

Es gab einen florierenden Waffenmarkt in Schweden, das wussten natürlich auch die Schuljungs. Einige hatten im Fernsehen gesehen, dass die Anzahl gestohlener Militärwaffen, die in Schweden kursierten, gestiegen war. Wenn man keine Kontakte zum Militär hatte und sich nicht traute, in ein Waffengeschäft einzubrechen, dann konnte man einfach ins Baltikum fahren, falls man jemanden umbringen wollte, erklärte einer der Jungs zufrieden. Da eine Waffe kaufen und dann wieder nach Hause fahren, wie er berichtete, und dabei klang er so selbstsicher, wie nur ein sehr junger unerfahrener Bursche klingen kann.

Die Worte setzten sich fest. Warum es nicht versuchen? Was hatte sie denn zu verlieren? Nichts. Absolut nichts. Sie konnte zumindest ausprobieren, ob es möglich wäre, als Deckmantel eine Urlaubsreise zu buchen, um dort dann in aller Ruhe das Terrain zu sondieren. Dann hätte sie dort eine richtige Aufgabe, ein Geschäft der außergewöhnlichen Art würde auf ihrer Tagesordnung stehen, sie müsste nicht nur zwischen Museen, Cafés und Sehenswürdigkeiten herumlaufen, sondern wäre stattdessen gezwungen, ihren Mut zu mobilisieren und Kontakt mit Personen aufzunehmen, die ihr etwas bieten konnten. Keinen Sex, keinen Schnaps, sondern eine funkionierende Waffe. Eine Urlaubsreise, die aus dem Rahmen fiel, mit Erlebnissen, die ihr wahrscheinlich so manchen Kick geben würden, die wie permanente Megaorgasmen wären, wie ein männlicher Kollege es wohl ausgedrückt hätte.

Sie spürte die Sehnsucht, sich selbst loszuwerden, sich in eine bedrohliche Person zu verwandeln, und insgeheim schmunzelte sie über das rücksichtslose Bild, das sie von sich schaffen wollte, damit das Bild der netten, furchtsamen Bibliothekarin, die alle immer nur in ihr sahen, ersetzt wurde. Außerdem noch Witwe. Indem sie eine praktische Waffe kaufte, mit der sie umgehen konnte, die benutzt werden konnte oder die wie eine Art Sicherheitspfand einfach nur im Schrank läge, würde sie zu einer anderen Person werden.

Tallinn sollte schön sein, wie sie gehört hatte. Die Stadt war eine Reise wert.

Ein paar Andeutungen hier und da, Kopfschütteln, Ablehnung, neue, beharrliche Fragen, Hinweise auf andere, und zum Schluss bekam sie den richtigen Kontakt. Niemand fragte sie nach ihrem Namen. Das waren Profis.

Sie hatte vor der Reise versucht, sich etwas anzulesen, aber in der Bibliothek gab es nicht viele Bücher über Pistolen, die meisten enthielten nur endlose Auflistungen historischer Waffen. Das einzige Buch über moderne Waffen, das nicht ausgeliehen war, war Seite für Seite mit Fotos versehen, die ihr nichts sagten. Sie musste also improvisieren und das kaufen, was ihr angeboten wurde; wenn sie dann wieder daheim war, würde sie eben rausgehen und schießen üben, überlegte sie bei ihrer Abreise.

Und jetzt hatte sie also ihre eigene Pistole, eine russische Wettkampfpistole, sie war gar nicht so klein, sogar etwas plump, aber gut für Frauen, das hatte er gesagt, und sie wog schon einiges in ihrer Tasche, als sie durch den Zoll ging. Ihre rote, geräumige Handtasche in Lederimitation, es sollte wie Krokodil aussehen, stand demonstrativ offen. Die Pistole lag in ein Taschentuch eingewickelt auf dem Boden, Portemonnaie und Pass darauf, und sie hatte eiskalt überlegt, dass gerade eine offene Tasche nicht dazu verlocken würde, hineinzuschauen. Sie wusste, dass sie unschuldig aussah, ängstlich und ganz normal, kaum wie jemand, den der Zoll sich zur Kontrolle herausholte. Sie ging ein Risiko ein, ein offensichtliches Risiko. Die Tasche baumelte an ihrer Hand beim Gehen, hinter ihr rollte der Koffer, den sie mit der anderen Hand zog. Sie folgte dem Strom, ging weder langsamer noch schneller, sie schaute den Zöllnern in die Augen – darunter war übrigens eine Frau –, sie kam mit ihnen auf gleiche Höhe, ihr Puls erhöhte sich, sie ging schlendernd vorbei, touristenmüde, wippte bei jedem Schritt ein wenig mit der Hüfte, sie kam vorbei, nichts passierte, sie war vorbei, am Zoll vorbei ... und dann war sie draußen.

Auf dem Stockholmer Hauptbahnhof ging sie auf die Toilette und legte die Pistole in den Koffer. Sie schloss sorgfältig hinter sich ab, kontrollierte, dass niemand sehen konnte, was sie da tat, dass es keine Ritze gab, und trotzdem war sie sorgsam darum bemüht, den Inhalt des Taschentuchs nicht freizulegen. Man konnte nie vorsichtig genug sein. Als sie die Waffe in der Hand hielt und wieder ihr Gewicht spürte, wurde sie von gemischten Gefühlen beherrscht, die in erster Linie Genugtuung beinhalteten, aber auch Angst. Mit ihr war nicht zu scherzen. Sie hatte für vieles eine Lösung, und das ließ sie vor sich selbst Angst bekommen.

Daheim legte sie die Pistole und das Magazin in den Wäscheschrank hinter den Stapel mit Kopfkissenbezügen. Sie konnte sie eigentlich überall hinlegen, wenn auch nicht offen, da niemand den Verdacht hegte, sie könnte eine Waffe besitzen. Genau! Sie war eine Person, die niemand verdächtigte, und der Gedanke ließ sie schwindeln.

Eine Pistole zwischen Großmutters Bettlaken.

Das Probeschießen stellte das größte Problem dar. Sie hatte ziemlich herumfahren müssen, um einen abgelegenen Platz zu finden. Außerdem war ihr Auto auch noch rot, ein roter Mazda. Schließlich folgte sie zwei Radspuren, die direkt in den Nadelwald zu einer Rodung führten. Es war die hellste Zeit im Jahr, und sie war erst losgefahren, als sie davon ausgehen konnte, dass die meisten inzwischen zu Hause sein würden. Das nordische Julilicht erlaubte ihr zu zielen, obwohl es schon so spät war.

Sie befestigte markierte Pappscheiben an einem dicken Baumstamm und ging ein paar Meter zurück. Mit einer tiefen Befriedigung holte sie die Waffe aus der Tasche und schraubte den ziemlich plumpen Schalldämpfer auf die Mündung. Ihre Finger schoben unbeholfen das Magazin hinein, und da es nur eine Möglichkeit gab, gelang ihr das problemlos.

Dann kam das Schießen selbst, das Abfeuern eines Schusses, der dort treffen sollte, wo sie es wollte.

Sie stellte sich breitbeinig hin, überprüfte ihre Position, entsicherte die Pistole und richtete sie mit gestrecktem rechtem Arm auf die weiße Pappscheibe. Der Zeigefinger lag leicht auf dem Abzug. Die linke Hand hältst du vor die rechte, hatte er in Tallinn gesagt, und mit dem linken Arm hältst du dagegen.

Ihr Herz begann zu pochen, als sie die Pistole fest packte, dann raste es in Raketentempo los, als ihr plötzlich bewusst wurde, was sie da eigentlich tat, was sie mit dem einen Finger anrichten konnte. Ein kleiner Druck, vielleicht unbeabsichtigt, wenn sie achtlos war, und ein Mensch konnte verletzt oder getötet werden. So etwas passiert, wenn Skrupellosigkeit Macht über den Verstand bekommt, dachte sie. So einfach ist das, und noch viel einfacher, wenn man hasst. Eine kleine Bewegung mit all ihren schicksalsschweren Konsequenzen.

Sie zielte lange, stand still, hundertprozentig konzentriert und ließ den Abzugsfinger sich langsam krümmen; langsam, so langsam, dass der Lauf seine horizontale Lage behielt, langsam krümmte sie ihn, bis die Kugel ganz plötzlich losschoss und sich im gleichen Moment die Waffe mit einem Rückstoß nach oben bewegte. Niete. Natürlich! Neuer Versuch.

Ich muss tiefer zielen, dachte sie, da der Rückstoß nach oben geht. Oder sie musste lernen, die Waffe noch besser fest zu halten. Sie wollte treffsicher werden.

Im alles entscheidenden Moment, wenn sie mit der lebendigen Zielscheibe vor sich dastand, dem Menschen, für den sie sich all diese Mühe machte, dann musste es schnell gehen. Heraus mit der Pistole und direkt abgefeuert. Dann musste sie wissen, was sie tat. Aber dann hätte sie vermutlich einen kürzeren Abstand zu ihrem Ziel, hoffentlich nur ein paar Meter. Wenn sie etwas höher traf, machte das nichts, Hauptsache, sie traf. Lobotomie, dachte sie.

Es ging immer besser, sie gab weniger Fehlschüsse ab. Der Schalldämpfer war effektiv, aber dennoch hörte man etwas, und sie war gezwungen, geizig mit den Kugeln zu sein. Also packte sie alles wieder in den Wagen und holperte langsam in den beiden Treckerspuren zurück, die sich wie zwei Schlangen zwischen den Baumstämmen hindurchwanden.

Das Sommerlicht war klar, es war fast Nacht, ein Dämmerlicht, das nie wirklich in Dunkelheit übergehen würde. Sie schaute durch die Autoscheibe auf die verzauberte Waldlandschaft und fühlte sich guter Dinge. Sie konnte reagieren – eine Möglichkeit, die den meisten abging.

Sie fuhr auf die große Straße, und nach fünf Kilometern öffnete sich das Tal, von tanzenden Elfen erfüllt. Weit entfernt reflektierte das Licht der Stadt sich wie ein rosagelber Heiligenschein am Himmel. Ein schöner Anblick.

## KAPITEL 14

Veronika fühlte sich wie eine schlaffe Topfpflanze mit zwei Brüsten. Aber sie hatte noch nicht ganz vergessen, wie es war, in einem Zustand zu leben, in dem die Zeit und die eigene Identität permanent ins Rutschen kamen und sich teilweise ganz auflösten, und dieses Mal meisterte sie es besser. Sie wusste, dass es nicht für ewig so sein würde.

Die Sommerwochen kamen und gingen mit dem immer gleichen Wetter: tagelang, manchmal wochenlang, eine fast unerträgliche Hitze, die unterbrochen wurde von kurzen, heftigen Entladungen, bei denen der Gewitterregen nur so niederprasselte, Erde und Sand mit sich riss, man lieber zu Hause blieb, die Stecker aus der Steckdose zog, Kerzen anzündete und sich langweilte, solange der Regen wie ein Trommelfeuer aufs Dach prasselte.

Es war ein Traumsommer, aber nicht für eine Säuglingsmutter. Veronika suchte den Schatten. Sie war eine Milchkuh, mit harten, blau geäderten Brüsten und empfindlichen Brustwarzen wie ausgelutschte Schnuller. Sie trank, schüttete Wasser, Saft, Limonade und ab und zu ein Leichtbier in sich hinein, um die Milchproduktion in Gang zu halten, voller Sorge, dass die Milch in dieser Hitze versiegen könnte.

Klara trank gierig und hatte leider – und das konnte man offen sagen, ohne ihr Unrecht zu tun – vierundzwanzig Stunden lang Hunger. Mit anderen Worten: Sie machte keinerlei Unterschied zwischen den Tages- und Nachtzeiten – und wenn sie nicht trank oder schlief, dann jammerte oder weinte sie.

»Schläft sie nachts durch?«

Die übliche, freundliche Frage am Kinderwagen, Zeichen eines gewissen Interesses, »ganz so unter uns, die wir wissen, wie das mit Kleinkindern ist«. Wider besseren Wissens konnte Veronika nicht an sich halten und entgegnete scharf: »Nein, sie hält sich nicht ans Handbuch für Säuglinge.« Und dann ein sicheres Lächeln, trotz der Antwort oder eher gerade deshalb, ein Lächeln voller Müttersicherheit und Optimismus, das versicherte, dass alles schon seinen richtigen Gang gehen würde. Trotz allem!

Warum fragten sie bloß alle nach Klaras Nachtschlaf? Ihre Tochter war eben nicht *mustergültig.* Sie war ein *Schreikind.* Sie weigerte sich, nachts zu schlafen, aber sie war trotzdem vollkommen *normal.*

Klara schrie aus vollem Hals mit einer Lautstärke, von der Veronika nicht mehr wusste, dass der Kehlkopf eines Kleinkindes dazu in der Lage war, und sie musste sich selbst zwingen, in geduldiger Mütterlichkeit zu verharren, wie es schon so viele Frauen vor ihr getan hatten und noch viele nach ihr tun würden: in den Schlaf wiegen, stillen, in den Schlaf wiegen, stillen. Je mehr Durchgänge Klara und sie von diesem ewigkeitsgültigen Projekt durchliefen, umso verzweifelter wurde sie. Es würde nie aufhören.

Klara hatte natürlich Koliken, das war Veronika klar, nachdem sie eine Anzahl mehr oder weniger gefährliche Krankheiten und Anomalien ausgeschlossen hatte. Ihr Bauch wurde zu einem prallen Luftballon von all dem Schmatzen, gierigen Saugen und Luftschlucken. Die Muttermilch schoss herein, kam falsch an und verursachte Krämpfe. Klara schrie, schluckte dabei Luft, die ihren Zustand natürlich nur noch schlimmer machte. Der Teufelskreis war eine Tatsache, aber es nützte nur wenig, den Mechanismus zu erkennen, Veronika konnte trotzdem Klaras Leiden nicht stoppen und ihrer Tochter helfen. Andererseits machte sie sich nicht direkt Sorgen, es war nur einfach anstrengend.

Nur zu gut erinnerte sie sich an die Zeit, als Cecilia noch

klein gewesen war – wer vergisst jemals Babyjahre? – und an das Gefühl, ständig im Zwiespalt zwischen der großen Liebe zu dem Kind und verbotenen Gedanken zu schweben. An die noch strenger verbotene Sehnsucht nach der Arbeit, nach stimulierenden Arbeitsaufgaben, Kollegen, an den Wunsch, für sich selbst zu sorgen und nur für sich selbst.

Als Cecilia klein war, war Veronika noch jung gewesen, und sie wollte möglichst alles auf einmal: eine perfekte Mutter sein und in ihrem Beruf weiterkommen. Ein tüchtiges Mädchen. Die ganze Zeit spukte das Bild der guten, allmächtigen Mutter – das Idealbild – in ihrem Kopf herum, aber vielleicht tat es das ja bei allen frisch gebackenen Müttern. Vielleicht trieb es sein Unwesen auch nur in den Köpfen derer, die größere Ambitionen als Kräfte hatten, die ab und zu die Nerven verloren, Geduld und Ausdauer vergaßen, den Trost, die Freude, die Wärme und die Umarmungen, die vom Schlafmangel, dem Schmutz und dem Klammern wie gelähmt wurden. Die das Gefühl hatten, nicht alles zu geben, ihre ganze Person, die ganze Zeit, obwohl sie es doch sollten. Die sich weit weg träumten. Die die Mutterschaft nicht als ihre Identität oder ihren Beruf sahen, sondern sie nur so gut ausfüllten, wie sie konnten.

Und die Väter? Die durften sich morgens davonmachen, schmutziges Geschirr und saure Windeln verlassen, und keiner stellte in Frage, dass die Arbeit den wichtigsten Platz einnahm.

Damals, als sie Schwierigkeiten hatte, ihr Leben zu meistern, hatte sie so gedacht. Die Aggressivität wuchs parallel zur Müdigkeit. Und gerade an diesem Morgen merkte sie, wie der gleiche, wenig produktive, eher sich idiotisch im Kreis drehende Gedankengang sie erneut in Besitz nehmen wollte.

Claes' Urlaub war vorbei, und er fing wieder an zu arbeiten.

Sie musste das zurückhalten, was da in ihr wuchs und ihr die Kraft raubte, jetzt war doch alles so anders. Sie hatte viele Jahre hindurch gearbeitet, war immer früh aufgestanden, zum Krankenhaus geradelt und erst spät nach Hause gekommen. Die Arbeit lockte nicht mehr so wie früher, es war ja doch im Prinzip immer das Gleiche. Sie musste nicht unaufhörlich ihre Tüchtigkeit beweisen, nicht einmal sich selbst gegenüber. Also galt es, die Ansprüche etwas herunterzuschrauben, das Leben eher auf sich zukommen zu lassen. Mit normalem Arbeitseinsatz kommt man weit genug, wenn nur das Herz dabei ist.

Aber jetzt war es das Geschrei, das an ihr zerrte, Klaras allzu großer Appetit aufs Leben. Das kleine Mädchen wuchs und gedieh, so weit war alles in bester Ordnung. Das Gewicht ging in gerader Kurve nach oben, die Schenkel sahen aus wie knackige Würstchen mit vielen Falten, die Augen funkelten, das Lachen gurgelte – wenn sie nicht gerade schrie. Dem Kind ging es gut, und ihr Bauch würde sich auch noch beruhigen, wenn die Zeit erst einmal reif dafür war.

Ich muss das einfach durchstehen, dachte Veronika mit einem Zittern. Ab jetzt war sie gezwungen, ihre Tochter tagsüber allein zu versorgen. Da drückte der Schuh. Die Aussicht darauf war keineswegs erfreulich, nachdem sie sich so daran gewöhnt hatten, zu dritt zu sein. Sie musste ihre Ansprüche wohl etwas herunterschrauben, minimale Anforderungen an alles, was nicht das Kind betraf, stellen. Vielleicht gar keine.

Ein Kind ist ein Kind.

Woran immer es auch lag, vielleicht daran, dass er nicht stillte, jedenfalls kam Claes besser mit Klara zurecht. Veronika hatte ihn unterschätzt. Claes hatte den ersten Kontakt mit Klara aufgenommen, er war derjenige von ihnen, der die Tochter zuerst im Arm hatte, sie an sich drückte, während Veronika noch in der Aufwachstation lag. Er war der Erste gewesen, und er wollte diese Position behalten. Ein Glück. Schließlich hatte sie ihre Rolle sowieso sicher, mit ihrer vollen Brust und dem Mutterschaftsurlaub.

Klara lebte. Die Tage nach dem Kaiserschnitt waren wie eine Achterbahn verlaufen. Erleichterung und wahnsinniges Glück – große, ängstliche Tränen. Die Gnade, diese große Gnade. Es war gut gegangen, unfassbar.

Sie überlegte, ob Claes im Kreißsaal eigentlich begriffen hatte, wie kritisch die Situation war. Sie hatte es gewusst, aber das hatte ihr nichts genützt. Eher im Gegenteil.

Als das Blut an ihren Schenkeln klebte, der Bauch sich in neuen, viel schlimmeren Schmerzen zusammenzog, da war ihr klar, was geschah. *Ablatio placentae.* Ablösung des Mutterkuchens. Ihre medizinischen Kenntnisse waren keinesfalls von Vorteil gewesen. Im Gegenteil, das machte die Sache nur noch schlimmer. Das Bett des Mutterkuchens, das sich von der Gebärmutterwand löste und so die Versorgung des Kindes durch die Nabelschnur unterbrach. Kein Sauerstoff, kein Leben. Dieses Wissen hatte sie gelähmt.

Claes' Stimme hatte sie nach der Narkose wie durch Nebelwände erreicht. Die Zeit stand still, ihr war kaum bewusst, wo sie war. Oder warum. Sie war nicht in der Lage, die Augen zu öffnen und nachzuschauen. Wollte es nicht. Traute sich nicht. Sie lag mit schwer geschlossenen Augenlidern da und versteckte sich vor der Wirklichkeit.

Aber die Worte hatten sie erreicht.

»Alles ist gut gegangen. Ein hübsches Mädchen. Wir haben ein schönes Mädchen.«

Claes' Stimme. Sie hatte keinen Laut hervorbringen können. Der Hals war rau und trocken, sie konnte nicht einmal vor Erleichterung heulen.

»Wie schön«, brachte sie schließlich heraus, gequält und rau, und sie versuchte, ein Lächeln und ein Nicken zu Stande zu bringen als Zeichen, dass sie verstanden hatte.

Zum Schluss bekam sie ein Augenlid auf, konnte Claes erkennen, der stolz wie Oskar dastand, voller Vaterglück, und ihre Hand vorsichtig drückte.

Dann schlief sie ein. In aller Ruhe.

Er – Vater!

Sie – Mutter!

Noch einmal. Ein neuer Mensch zum Lieben. Man kann viele Menschen lieben, manchmal die ganze Welt.

»Solches Kindergeschrei kann zu Kindesmisshandlung führen«, seufzte Veronika mit halb geschlossenen Augen im Bett an diesem Montagmorgen. »Das kann ganz vernünftige Eltern dazu bringen, ihren Spross durchs Fenster zu schmeißen«, erklärte sie und machte eine Pause. »Oder an die Wand zu knallen«, fügte sie hinzu und schielte auf die frisch tapezierte Schlafzimmerwand, konnte vor sich sehen, wie sie Klaras stämmige Beinchen hart mit beiden Händen packte, sie hinter sich warf, um Schwung zu holen, und sie dann mit voller Kraft gegen die helle Oberfläche schmetterte …

Da hatte es ein Ende, sie kniff die Augen zusammen, schluckte und zwang sich, den inneren Film abzuschalten.

Wie schrecklich! Mein Gott, welch ein Glück, dass sie niemals etwas so Grässliches machen würde, welch ein Glück, dass sie normale Hemmschwellen besaß!

Sie bekam fast Angst vor sich selbst.

»Was ist denn?«, fragte Claes und schaute zu ihr hinüber, während er auf der Bettkante saß und monoton Klara, die über seiner Schulter hing, den Rücken klopfte.

Es war Montagmorgen, die letzte Juliwoche, und Claes' erster Arbeitstag nach seinem Urlaub. Eine Fliege flog surrend gegen das Rollo, Klara wimmerte. Er sieht müde aus, dachte Veronika. Dicke Augen, Bartstoppeln, grau im Gesicht.

Er überreichte ihr Klara, ging zunächst in die Küche und setzte Kaffee auf, dann ging er ins Bad. Sie hörte die Dusche. Sie legte sich die Tochter bäuchlings auf den eigenen Brustkorb, den flaumigen Kopf in der Grube zwischen Hals und Achsel. Die Tochter quengelte, versuchte krampfhaft den Kopf zu heben. Veronika strich ihr über den Schädel, das Geräusch wurde ruhiger und der Atem gleichmäßiger. Sie hoffte, Klara würde einschlafen, und dem war auch so. Jetzt ging es nur darum, sie in ihr Kinderbettchen zu transportieren, ohne dass sie aufwachte. Wenn Klara ein paar Stunden schlief, könnte Veronika es schaffen, in aller Ruhe Kaffee zu trinken und Zeitung zu lesen – ein Bild, das stark wie eine Fata Morgana vor ihrem inneren Auge stand.

Klara meckerte natürlich, als sie gezwungen wurde, Veronikas warmen Brustkorb zu verlassen, der sich im Takt mit ihrem Atem auf und ab bewegt hatte. Sie wollte nicht zwischen die kalten Tücher ihres eigenen Bettes. Schnell wickelte sie Klara mit Claes' Hilfe in die Decke und rollte sie vorsichtig hin und her. Schließlich schlief sie wieder ein.

»Was für ein Gefühl ist es, zur Arbeit zu gehen?«

Sie schaute ihn über den Küchentisch hinweg an, während er die Zeitung umblätterte, und wusste, dass die Frage unnötig war, denn sie war sich im Klaren darüber, dass er es vermutlich einerseits recht schön fand, wieder in den normalen Rhythmus zu kommen, sich aber nicht traute, das laut auszusprechen.

»Du darfst gern sagen, dass es schön ist«, sagte sie und strich ihm über den Handrücken.

Er schaute sie an. »Nun ja«, nickte er. »Ist schon ganz gut so. Hauptsache, da liegt nicht zu viel Arbeit und wartet auf mich. Sonst bekomme ich noch einen Schock«, lächelte er.

Bevor Claes auf dem Rad davonfuhr, bekam Veronika einen Kuss auf den Mund und die Tochter eine Kusshand. Wir sind wie eine richtige Familie, dachte Veronika. Eine zumindest im Augenblick harmonische kleine Einheit. Eine moderne Familie, etwas zu alt, und mit einem Kind aus einer früheren Beziehung.

Zum Nachmittag hin hatten sich Wolken zusammengezogen, es war heiß und schwül, Insekten surrten um den dunkelblauen Wagen. Veronika hatte das Fliegennetz über den Kinderwagen gespannt, keine Fliege konnte Klara etwas zu Leide tun, die wie ein Stein schlief.

Sie kamen von ihrer Vorstellungsrunde im Krankenhaus zurück und waren beide müde. Außerdem hatte Veronika festgestellt, wie schnell man doch aus einer Rolle in eine andere rutscht. Sie war mit dem Kinderwagen im Fahrstuhl bis zum Operationsbereich gefahren und hatte da im Umkleideraum gesehen, dass ihr Name vom Spind entfernt und ein ihr vollkommen fremder Name drangeklebt worden war. Vom Verstand her sagte sie sich, dass sie schließlich den Schrank nicht so lange leer stehen lassen konnten, wie sie Mutterschaftsurlaub hatte, aber trotzdem versetzte es ihr einen Stich. Es brannte, weil sie sich ausradiert fühlte, und das kam so überraschend.

Eigentlich sind es nur die Familie und die engsten Freunde, die einen nicht gleich abschreiben, wenn man eine Weile nicht zur Verfügung steht, dachte sie. Zwar ist man ja nicht gleich tot, nur weil das Schild ab ist, es kann schließlich wieder rangeschraubt werden, aber im Job kann man schnell vergessen werden. Nur gut, wenn einem das bewusst ist, sagte sie sich selbst.

Ein warmer Windhauch durchwehte den Garten. Die Pforte quietschte, sie schob den Wagen hinein und schloss sie wieder. Die hellroten Buschrosen auf beiden Seiten der Haustür blühten immer noch, eine genügsame, schöne Sorte. Da bestand nur wenig Gefahr, dass sie vom Mehltau befallen wurden.

Sie schaute zum Himmel hinauf. Der Horizont war blauschwarz, ein Regenbogen spannte sich über das Gewölbe. Es war lange her, seit sie einen so kräftigen Regenbogen gesehen hatte. Im Moment war es windstill, aber es konnte jeden Augenblick anfangen zu regnen, und dann würde auch der Wind aufkommen, sie musste den Wagen hineinnehmen und all die kleinen Wäscheteilchen abnehmen, die an der Wäscheleine hingen, aber aus irgendeinem Grund blieb sie dennoch stehen.

Sie wollte nicht hineingehen. Ihr Blick fuhr langsam über die kräftigen Farben, die Kontraste, das Grün vor dem Blauschwarz, die Sonne, die sich zwischen zwei Gewitterwolken hervorzwängte, die fast erstickende Hitze. Die Ruhe vor dem Sturm.

Das Haus, dachte sie, das schöne Haus, gut proportioniert aus den Zwanzigern mit grauem Holz, schönen Sprossenfenstern und viel Arbeit. Hatten sie sich übernommen? Würde das Haus sie in die Knie zwingen? Eine Scheidung verursachen? Das Risiko, dass es ihnen wie ein paar guten Freunden gehen könnte, die sich hatten scheiden lassen, als das Haus fertig war war nicht besonders groß. So weit würden sie nie kommen.

Für diesen Sommer hatten sie alle Umbaupläne fallen lassen, was ja nicht den Weltuntergang bedeutete. Das Haus war schließlich funktionsfähig, und das Badezimmer aus den Fünfzigern mit türkisfarbenen Kacheln und eingebauter Badewanne wurde fast schon wieder modern.

In diesem sonderbaren Augenblick schien ihr plötzlich, als ob all die Mängel gar nicht so schlimm waren. Und der Garten auch nicht.

Sie wohnten so schön, es erinnerte sie an ihr Elternhaus. Der Garten war die Domäne ihres Vaters, des Gärtnermeisters, gewesen. Sie rechnete nach, sein Tod war jetzt wohl schon sieben Jahre her. Die Zeit verging so schnell, dass man kaum mitkam. Aber der Vater war dennoch bei ihr, erklärte ihr, welch Glück sie hatte, wo sie doch alles bekommen hatte. »Und jetzt, mein Mädchen«, hätte er gesagt, »jetzt freu dich drüber und nimm es, wie es ist.«

Sie schloss die Tür auf, und sofort schlug ihr eine Welle abgestandener heißer Luft entgegen. Sie ließ die Tür offen stehen, setzte sich auf die aufgewärmte Treppe. Klara schlief immer noch, sie wollte den Wagen nicht anrühren.

Sie sah, dass sie schon wieder ihre Beine rasieren musste. Helle Härchen unter den Shorts, aber dazu würde sie erst später kommen. Verdammt, wie viel Zeit brauchte man nur, um einen Körper in Ordnung zu halten.

Sie bewegte sich nicht vom Fleck, blieb einfach untätig sitzen. Genoss es. Eine seltene Stille, ein fast begnadeter Augenblick. Die äußere und die innere Welt schienen sich zu berühren, die verschiedenen Dimensionen des Daseins drängten heran und verschmolzen miteinander, vereinten sich in einem einzigen Gefühl. Kein Gedanke verirrte sich in die Vergangenheit oder in die Zukunft.

Ein Zucken in der Brust, ein Schauder, der sie dazu brachte, sich leicht zu fühlen.

Das Zusammengehörigkeitsgefühl mit Baum und Gras war intensiv, mit dieser vibrierenden Stille, mit der Tochter, mit Claes, wo immer er jetzt sein mochte, kurz gesagt, mit dem Leben selbst. Sie hatte bei einem anderen Menschen ein Zuhause gefunden, und sie hatte bei sich selbst ein Zuhause gefunden. Sie gestattete sich selbst, glücklich zu sein, natürlich nicht bis in alle Ewigkeit, aber zumindest im Augenblick. Nur jetzt.

Es klingelte im Haus, und damit war der Zauber gebrochen. Sie stand auf, ging hinein und nahm den Hörer ab.

»Spreche ich mit einer Angehörigen von Elvira Lundborg?«, fragte eine fremde Männerstimme höflich jedoch gleichzeitig vorsichtig und eine Spur zurückhaltend, und sie ahnte natürlich sofort Böses.

»Ich bin ihre Tochter.«

»Ich bin Arzt am Allgemeinen Krankenhaus in Norrköping, und ich rufe an, um Ihnen mitzuteilen, dass Ihre Mutter heute bei uns eingeliefert wurde.«

Sie schluckte, wartete, das Atmen des fremden Arztes war im Hörer zu vernehmen.

»Sie kam heute Morgen mit dem Unfallwagen ziemlich mitgenommen hier an«, fuhr die Stimme fort. »Sie hatte eine Gehirnblutung ... und zwar eine ziemlich umfangreiche. Wir haben keinen Kontakt zu ihr.«

Erneutes Schweigen, sein Atmen. Sie wusste nicht, was sie ihn fragen sollte. Alles stand still, ihre Brust zog sich zusammen. Bitte! Nicht jetzt! Nicht ausgerechnet jetzt!

»Dann gehen Sie nicht davon aus, dass sie wieder gesund werden kann?«, fragte sie zögernd, während sie gleichzeitig ja schon wusste, dass sein Bericht keinerlei Hoffnung ließ.

»Das ist natürlich schwer zu sagen ...«

»Ich weiß«, sagte Veronika, während der Druck in ihrer Brust zunahm.

Sie musste hinfahren. Ihre Sachen packen und mit Klara hinfahren.

»Ich habe gestern noch mit ihr telefoniert, und da klang alles ganz normal«, sagte sie leise.

»Aha. Dann hat sie also nicht lange gelegen«, erwiderte er mit väterlicher Stimme.

»Wer hat sie gefunden ... und wann?«

»Nach den Berichten hat eine Nachbarin heute Vormittag warum auch immer an ihrer Tür geklingelt, und da Ihre Mutter nicht geöffnet hat, hat sie den Notdienst alarmiert. Sie hat wohl gehört, dass das Radio lief, und ist deshalb davon ausgegangen, dass Ihre Mutter zu Hause sein musste.«

Er war nett. Verständnisvoll und sympathisch. Veronika legte auf und ließ sich auf einen Stuhl fallen, im Inneren aufgewühlt. Gott sei Dank hatte sie gestern noch angerufen, aber sie hätte schon früher hinfahren sollen. Klara zeigen. Warum hatte sie das nicht getan? Jetzt war es vielleicht zu spät. Schließlich hatten sie ein verlässliches Auto, diesen Wagen, den Claes ganz allein angeschafft hatte, aber sie hatten ja vorher schon darüber diskutiert. Das Auto war gut, und sie hätte losfahren können, natürlich waren sie voll beschäftigt und müde gewesen, diese ganze Umstellung, aber sie hätten fahren können!

Gewisse Dinge soll man nicht auf die lange Bank schieben!

Klara schrie im Kinderwagen vor der offenen Haustür. Sie schleppte den Wageneinsatz herein, holte sie heraus, nahm ihr Mütze und Jacke ab, während die Tränen flossen.

Wieder klingelte das Telefon.

»Veronika Lundborg«, meldete sie sich zaghaft.

»Hallo, du, wir haben einen komplizierten Fall hier, es tut mir Leid, aber ich werde erst später kommen«, sagte Claes.

»In Ordnung.«

»Was ist denn?«

»Nichts, komm nur, wie es dir passt!«

»Aber was ist denn los?«

Sie erzählte kurz, er schwieg. Das schlechte Gewissen war durch die Leitung zu hören. Jetzt konnte er natürlich nicht länger arbeiten, aber sie widersprach ihm.

»Bleib so lange wie nötig«, sagte sie mit belegter Stimme. »Ich kann mich doch nicht jetzt in den Wagen setzen und die ganze Strecke fahren. Dazu ist es zu spät. Ich fahre morgen, nehme Klara mit. Nachher rufe ich Cecilia an und frage, ob sie den Zug von Lund nach Norrköping nehmen kann.«

»Bist du dir sicher, dass ich nicht kommen soll?«

»Ganz sicher.«

Es war ganz schön, eine Weile allein zu sein. Allein mit ihrer Klara.

Das war wohl das Schlimmste, was Kriminalkommissar Claes Claesson seit langem erlebt hatte. Der Gestank war nicht auszuhalten. Er wusste kaum, wie er sich verhalten sollte, wünschte nur, er könnte in den Garten hinausgehen und sich eine Nase voller frischer Luft gönnen, aber das ging natürlich nicht. Er musste versuchen, sich zu konzentrieren und einen von der abgehärteten Sorte zu spielen, wie es von ihm erwartet wurde. Und er musste seinen Job tun.

Zersetzungsprozesse, dachte er. Vor seinem inneren Auge sah er eine Dose mit eingelegten Heringen, deren Deckel gewölbt war. Der Geruch, dieser unappetitliche, abstoßende Gestank, der beim ersten Stich mit dem Dosenöffner herausströmte.

Verdammt, was war das bitte für ein Vergleich! Es war unmoralisch, Essen im falschen Zusammenhang heranzuziehen. Speisen sind heilig, sie ernähren uns alle. Amen!

Außerdem aß er keine eingelegten, angegorenen Heringe, das würde ihm im Leben nicht einfallen.

Die tote Frau lag auf einem naturfarbenen Teppich im Wohnzimmer, gleich hinter einem hellen Sofa, das frei im Raum stand. Die Verwesung war weit fortgeschritten, ein Zersetzungsprozess, der durch Sommerhitze und Sauerstoffmangel gefördert wurde. Das Haus lag in einer langen Reihe aneinander gekoppelter gleicher Häuser, die alle verriegelt und verrammelt waren, als die alarmierte Polizei ankam.

Die Vermisstenmeldung war am Freitag eingegangen, jetzt

war es Montag, vier Tage waren vergangen, und der Dienst habende Leiter hatte es als angemessen angesehen, einen Schlüsseldienst zu beauftragen. Der Gestank war bereits durch die Spalten der verschlossenen Haustür gedrungen, nicht auffällig, aber man konnte ihn erahnen, wenn man die Nase dicht daran hielt. Und wie erwartet schlug ihnen, kaum dass der Klempner die Haustür geöffnet hatte, ein verpesteter, abgestandener Gestank wie eine saure Wand entgegen. Der Mann vom Schlüsseldienst fuhr schnell davon, und die Polizisten gingen hinein, um nach der Quelle des Geruchs zu suchen. Was nicht lange dauerte.

Ein verwester Körper mit einem Schwarm blauschillernder Fliegen, die auf ihm herumkletterten, eingetrocknetes braunes Blut wie eingeätzte Flecken bildeten eine Spur auf dem Boden vom Flur zum Körper hin. Sie trug beigefarbene Shorts und war barfuß.

Der leitende Beamte hatte Claesson direkt in der Mordkommission informiert, der heimlich nur schwer geseufzt hatte. Er hatte sich einen langsamen Start nach seinem Urlaub vorgestellt, aber vieles kommt im Leben anders, als man sich das so denkt.

Claesson seinerseits hatte den Gerichtsmediziner angerufen, den technischen Spurendienst angefordert und bereits Kontakt mit der Staatsanwältin aufgenommen und sie darüber informiert, dass sie es hier mit einem Mord der weniger appetitlichen Sorte zu tun hätten, falls sie sich das ansehen wollte, wäre sie herzlich willkommen. Die Realität war immer bedeutend informativer als Fotos und Videofilme, die im Nachhinein versuchen sollten, den Tatort zu visualisieren. Sie wollte kommen. Er warnte sie in aller Freundschaft im Voraus. Dann nahm er Janne Lundin und Peter Berg mit, und außerdem Erika Ljung, die sich das als Lehrbeispiel ansehen sollte und sich offenbar inzwischen ziemlich erholt hatte, jedenfalls soweit er das einschätzen konnte. Sie hatten sie nach der langen Krankschreibung ohne größeres Trara wieder aufgenommen, das war meistens das Beste. Der Mensch war dazu geschaffen, nach vorn zu blicken, zumindest, wenn er jung war.

Alle wurden bei dem Anblick grün und bleich. Peter Berg rannte hinaus, da war nichts gegen zu machen. Er kam zurück, immer noch weiß.

»Und das hier soll ein Reihenhausidyll sein«, meinte Janne Lundin und schaute sich in dem ordentlichen Haus um, guckte dann direkt aus dem Wohnzimmerfenster auf die Gartenmöbel aus kräftigem Holz, eine verbrannte Rasenfläche, eingerahmt von verwilderten, vertrockneten Beeten mit zum Teil schon toten Pflanzen, dahinter die Schatten eines Waldstücks, in dem die Bäume windstill standen. Am Himmel hatten sich im Laufe des Nachmittags größere Gewitterwolken zusammengebraut.

»Noch eine Entladung zu erwarten!«, brummte er und versuchte sich dann auf den Körper vor seinen Füßen zu konzentrieren, ein widerlicher Anblick, an der Grenze des Erträglichen.

»Die Obduktion wird jedenfalls nicht viel für die Festlegung des Todeszeitpunkts bringen«, stellte der Gerichtsarzt in nüchternem Ton fest, und das war allen Anwesenden einleuchtend, dazu genügte ein schneller Blick auf den eingesunkenen Körper in dem ansonsten unberührten Wohnzimmer.

»Der Körper ist verwest, und der Verwesungsprozess setzt bereits nach zwei bis drei Tagen ein«, fuhr der Amtsarzt fort. »Und nach allem zu urteilen liegt sie hier wohl schon sehr viel länger«, erklärte er und ließ seinen Blick über die Küchenanrichte wandern, auf der eingetrocknetes Brot, ein Topf Margarine ohne Deckel, dafür aber mit Schimmelpilz bewachsen, und eine Packung Leberwurst lag, die kaum wiederzuerkennen war, sowie ein benutztes Buttermesser und ein Brotmesser. Eine offene Rotweinflasche gab es dort auch sowie ein Glas mit einem Rest Wein darin, der als rote Farbe am Boden eingetrocknet war. Und Fliegen. Eklige Fliegen, kleine boshafte und große fette. Wie waren die nur hereingekommen?

Das Haus war ansonsten hermetisch abgeriegelt: Sämtliche Fenster im Erdgeschoss und im ersten Stock waren zu, Haustür und Terrassentür verschlossen. Die blau gemalte Haustür hatte kein Schnappschloss, man brauchte einen Schlüssel, um sie von außen abzuschließen, und den Schlüssel konnten sie auf die Schnelle nicht finden. Die Terrassentür ließ sich natürlich von innen abschließen, der Schlüssel steckte im Schloss.

Sie gingen herum, versuchten sich ein Bild zu machen, bis Technik-Benny und seine Leute sie freundlich, aber entschieden baten, den Tatort zu verlassen. Spurensicherung und herumwandernde Polizisten, das passte nicht zusammen.

Das Haus war überraschend ordentlich und sauber. Nichts war zerschlagen, alles in Ordnung, abgesehen von den Blutflecken und den Einschusslöchern. Man konnte davon ausgehen, dass das Opfer sich im verletzten Zustand vom Flur bis zum hellen Wollteppich geschleppt hatte, auf dem der Tod es vermutlich ereilte. Neben dem eingetrockneten Blut auf dem Boden im Flur und im Wohnzimmer – die beiden Räume waren übrigens durch einen großen Durchgang ohne Tür miteinander verbunden – gab es auch verdächtige Blutspritzer an einer Flurwand sowie an einer modernen Skulptur aus Beton und Metall, die auf dem Boden stand. Sie war ungefähr einen Meter hoch, unförmig und kaum zu bewegen und stellte rein gar nichts dar, wie Claesson feststellte. Aber sie war wunderschön. Er wäre nie auf die Idee gekommen, dass man Skulpturen für den Hausgebrauch kaufen könnte, abgesehen von den in seinen Augen ziemlich banalen Minikopien antiker Meister, mit denen so einige ihr Heim nach den Auslandsreisen dekorierten.

Ein kleineres Einschussloch, ungefähr in Bauchhöhe eines normal großen Menschen, befand sich in der blutbespritzten weißen Flurwand, offensichtlich ein Fehlschuss. Die Kugeln, wenn sie denn kleineren Kalibers waren, steckten wahrscheinlich noch im Körper. Dafür gab es Spezialisten. Die Hülsen lagen auf dem Flurteppich, einem größeren Flickenteppich in Hellgrün.

Wer war die Tote? Sie kamen bereits an Ort und Stelle überein, dass es sich vermutlich um die Person handelte, der das Haus gehörte, aber genau wusste man es natürlich erst, wenn die Identifizierung abgeschlossen war.

Offenbar war die getötete Frau im Begriff gewesen zu verreisen, schließlich war ja Urlaubszeit. In dem hellen Schlafzimmer im ersten Stock stand ein breites Bett, aber kein Doppelbett, und auf der Tagesdecke lagen ordentlich zusammengelegte Kleidungsstapel neben einem offenen Koffer, einem roten Samsonite bester Qualität mit Rollen und herausziehbarem Handgriff. Pullover, dünnere und dickere, Unterwäsche, Sportschuhe in einer Plastiktüte. Auch einen Rucksack hatte sie mitnehmen wollen, vielleicht für Ausflüge, er lag zusammengesunken leer auf einem Lehnstuhl. An der Schranktür hingen weitere Kleidungsstücke, die vermutlich auch eingepackt werden sollten, darunter eine Regenjacke, aber keine Festtagskleidung.

Das Schlafzimmer machte einen nüchternen Eindruck. Sanfte, beruhigende Farbgebung, helle Naturfarben an den Wänden und auf der Tagesdecke, während der Perserteppich wie ein rot geflammter Darm auf dem Parkett lag. Verhaltene Bilder. Auf dem Nachttisch stand ein Radiowecker, nicht so ein plumpes, billiges Ding, sondern ein elegantes aus gebürstetem Metall, das nicht den ganzen Platz einnahm. Zwei Bücher, das oberste war ein Reisehandbuch über Island. Aha, dahin sollte also die Reise gehen, dachte Claesson und sah die Gummistiefel, die ordentlich nebeneinander auf dem Boden standen. Die Kulturtasche fehlte. Sie befand sich im Badezimmer, auf der Waschbeckenablage, und im Badezimmer standen auch alle Blumentöpfe in der Badewanne. Die Pflanzen zumindest, die lebten, denn auf den Fensterbänken standen ansonsten nur Blumen aus Plastik oder Stoff. Diese Frau war offensichtlich eine, die an alles dachte. Sie hatte natürlich auch die Sicherheitsbeleuchtung eingeschaltet, die in regelmäßigen Intervallen an- und ausging, damit eventuelle Einbrecher garantiert wussten, dass niemand zu Hause war.

Aber es war niemand eingebrochen. Jemand war hereingelassen worden. Jemand war vorbeigekommen.

Sie wollte nach Island. Wenn man den schwedischen Sommer hinter sich lassen wollte, dachte Claesson, diese üppig blühende, frische Perle, dann war es natürlich eine Möglichkeit, nach Island zu fahren, auf diese exotische Insel mit ihrer kargen und gleichzeitig großartigen Natur und ihren heißen Quellen, ein Ableger, ein Außenseiter in der nordischen Gemeinschaft. Er bekam selbst fast Lust auf dieses besondere Reiseziel im Nordatlantik. Er war natürlich noch nie dort gewesen.

Aus irgendeinem Grund hatten ihn Reisen nie besonders gelockt – er war wohl von Natur aus so –, und das Letzte, was er sich denken könnte, das wäre, den schwedischen Sommer zu versäumen. Er war nicht der Typ, der es für notwendig erachtete, sich in der Welt umzusehen, um seinen Blick zu erweitern, der konnte an Ort und Stelle erweitert werden, wenn man nur Augen und Ohren offen hielt. Und dieses Herumkurven um die Welt mit Flugzeugen machte weder die Welt noch das Leben einfacher, und schon gar nicht ungefährlicher. Waffen und kriminelle Gestalten überquerten die Grenzen wie nie zuvor. Soweit er sich erinnern konnte, hatte er sich nicht ein einziges Mal nach verschwitzten Badestränden und langen Autofahrten gesehnt, wenn das nordische Licht abends leuchtete, und die seltenen Male, dass er weggelockt wurde – bei genauerem Nachdenken kam er darauf, dass es zweimal gewesen war: Kreta und Alicante – hatte er sich in erster Linie nach Hause gesehnt, unter einem Sonnenschirm gesessen, sich von der Hitze erdrückt und dem Wein ermüdet gefühlt. Souvenirstände, Ruinen und kochend heiße Straßen waren auch nichts, was er vermisste, Straßen so heiß, dass nicht einmal die Schattenseite den Gang auf ihnen erträglich werden ließ.

Die Flugtickets von Kopenhagen nach Reykjavík und zurück lagen auf dem Schreibtisch im Arbeitszimmer. Abflug an einem Samstag, Rückflug an einem Dienstag zweieinhalb

Wochen später laut Tickets und dem Kalender zu urteilen. Am Dienstag letzter Woche. Heute war Montag. Ungefähr drei Wochen hatte sie also hier gelegen, wenn nicht länger.

Laura Ehrenswärd, 55 Jahre alt.

Sie war erschossen worden, vier Schüsse in die Brust, aber vermutlich war sie nicht sofort tot umgefallen.

»Das machen sie nur im Film«, erklärte der Gerichtsarzt, ein redseliger, spitzfindiger Mann, der wusste, wovon er sprach. »Eine *kleine* Kugel verursacht ein *kleines* Loch, und wenn ein oder mehrere Löcher entstehen – sagen wir mal ein paar Volltreffer in die linke Herzkammer oder in eine größere Arterie, nehmen wir die *Aorta* als Beispiel, also die große Körperschlagader –, dann tritt das Blut durch die Öffnung ziemlich schnell heraus. Die Körperschlagader und die linke Herzkammer sind Hochdrucksysteme, aber trotzdem dauert es ein paar Minuten, bis der Betreffende blutleer im Gehirn wird, dadurch bewusstlos und wie ein Sack Kartoffeln umfällt. Die Frau hier«, er nickte zum Körper hin, »hätte rein theoretisch noch um Hilfe telefonieren können. Wenn sie nicht vollkommen erstarrt war, natürlich. Und das Telefon nicht zu weit weg war.«

Und als er das sagte, ließen alle ihren Blick in die Gegend schweifen, auf der Suche nach einem Telefon, aber sie konnten keines im Erdgeschoss entdecken, dafür aber einen Telefonanschluss im Flur.

»Nun ist sie nicht in die rechte Seite geschossen worden, wenn dem aber so wäre, dann hätte es Stunden dauern können, bis sie zusammenbricht, da sich in dieser Körperhälfte nicht das gleiche Hochdrucksystem befindet«, fuhr er fort, während Claesson und Janne Lundin die Treppe zum ersten Stock hochgingen.

Das Telefon stand auf dem Schreibtisch, und daneben befand sich die Basis für ein schnurloses Telefon, aber der Hörer oder wie man das nun nannte fehlte.

Sie fanden nirgends das schnurlose Telefon, und auch keine Waffe. Natürlich nicht.

Erika Ljung riss sich die Kleider vom Leib, sobald sie nach Hause gekommen war und stellte sich unter die Dusche. Der eklige Gestank hatte sich festgesetzt, war ihr unter die Haut gedrungen, hatte sich in die Nasenflügel gesetzt, in die Schleimhaut und die Haare, unter die Nägel, ja, eigentlich überall. Sie putzte sich die Zähne.

Drei Freundinnen auf dem Anrufbeantworter, aber heute Abend wollte sie es ruhig angehen lassen, wie sie sich selbst vornahm, zu Hause bleiben, Fernsehen gucken. Vielleicht würde dabei einiges der heutigen Arbeit, das Schreckliche, Eklige, sich langsam verwischen, so dass sie gut schlafen konnte. Albträume würden sowieso wie das Amen in der Kirche kommen. Nach allem, was passiert war.

Sie würde ihre Mutter nicht anrufen. Es musste Schluss mit diesem Bemuttern sein, Erika hatte wieder angefangen zu arbeiten und wollte weiterhin ein normales Leben führen. Ein normales Erwachsenenleben. Und wenn ihre Mutter anrief, dann würde sie sich kurz halten, nicht unhöflich – ihre Mutter war da empfindlich –, aber sie würde sich nicht dazu verleiten lassen, etwas über die makabren Geschehnisse des Tages zu erzählen. Kein Wort. Aber sie musste auf der Hut sein, ihre Mutter war äußerst sensibel, sie hatte sehr, sehr feine Antennen, hörte die kleinste Nuance heraus, besonders, seit Rickard sie überfallen hatte. Das Beste war sicher, gleich die Wahrheit zu sagen: dass der Job sie vollkommen geschafft hätte, mehr nicht. Keinen Mucks. Und wenn der Mord im Fernsehen erschien, würde sie behaupten, sie wisse nichts darüber, es sei nicht ihr Fall, denn sonst würde Mama sich wie ein Egel an ihr festsaugen, immer wieder hier und da kleine Fragen stellen, bis sie so ziemlich alles herausbekommen hatte. Denn alles herauskriegen war ihr Ziel. Ihre wichtigste persönliche Eigenschaft war Neugier.

Mordermittlungen, oh Scheiße!

Sie würde alles dransetzen, wusste, dass sie noch viel lernen konnte.

»Ungewöhnlich viele Morde im Augenblick«, meinte Janne

Lundin bei der Nachbesprechung. »Und es ist doch immer wieder zufrieden stellend, wenn sie aufgeklärt werden«, brummte er etwas leiser und dachte vermutlich an den Fall mit der erstochenen jungen Frau im Frühling, eine von den vielen Frauen dieses Hurenbocks Rickard.

Lundin leitete die Ermittlungen und kam nicht weiter. Rickard wurde zwar verdächtigt, aber es gab keine Beweise, und er leugnete beharrlich. Verständlich. Er hatte schon genug abbekommen. Saß bereits im Gefängnis.

Rickard war ein größerer Mistkerl, als Erika gedacht hatte. Ein richtiger Stinkstiefel, gestört, gefühlsmäßig falsch gepolt. Ein Psychopath. Sie hatte einen Psychopathen bei sich zu Hause gehabt und, damit nicht genug, mit ihm sogar das Bett geteilt. Aber jetzt waren das Doppelbett und alle seine Sachen fort, hinausgeschafft. Nicht die geringste Erinnerung wollte sie an ihn behalten, außer der Narben, die er ihr verpasst hatte.

Lebensgemeinschaftsvertrag, wozu das? Sie hatte gelacht, als ihre praktische Mutter auf sie eingeredet hatte, man müsse an das Juristische denken, sich nicht nur von den Gefühlen lenken lassen, wenn man zusammenziehe. Und ihre Mutter hatte Recht behalten. Wie immer, und dieses Papier war schließlich ihre Rettung gewesen. Die Wohnung gehörte ihr, da gab es nichts dran zu deuten, und dieses Mal hatte sie endlich einmal Glück gehabt, einen Schutzengel – oder eher eine Schutzmama.

Rickard spukte trotzdem durch ihre Gedanken. Hatte sie keine bessere Menschenkenntnis, als sich mit so einem Idioten einzulassen? Bestimmt schluckte er Anabolika. Wie konnte sie nur! Sie hatte ihn nett gefunden, einen richtigen Leckerbissen, aber jetzt sah ihr Blick natürlich etwas anderes. Er war abstoßend und eingebildet.

»Du musst ihn vergessen! Ganz und gar, hörst du!«

Sie schaute in den Spiegel, wiederholte die Worte noch einmal tonlos, prägte sich die Ermahnung ein, ermahnte sich selbst.

»Vergiss ihn. Hör auf deine innere Stimme, wenn die Gedanken sich verirren, wenn sie in Richtung Hass und Rache gehen wollen. Es braucht Zeit zu hassen, eine Menge Zeit und Energie, die du brauchst, um nach vorn zu schauen, um aufzubauen.«

Wer hatte das zu ihr gesagt? Peter Berg natürlich. Mein Gott, was sollte sie mit dem machen? Das konnte nicht einfach so weiterlaufen.

Endlich roch sie wieder gut. Der festgeklebte Leichengestank war weggeschrubbt, die Haut glänzte nach der Creme und dem Duschöl. Sie warf ihre Kleidung in die Waschmaschine, diese kleine, praktischerweise von oben zu füllende Waschmaschine, die sie zwischen Toilettenschüssel und Dusche hatte klemmen können. Ihr Vater hatte sogar die Installation bezahlt. Sie hatte eine liebe Familie, und dafür war sie dankbar.

Es lohnte sich nicht, sich wieder anzuziehen, sie schlüpfte schnell in den Morgenmantel, er hing lose herunter, darunter war sie nackt. Es war jetzt kühl, den ganzen Tag hatte sie sich dagegen verschwitzt und klebrig gefühlt. Sie holte eine Dose Bier hervor, machte sich zwei Scheiben Brot. Käse und Wurst. Keine Leberwurst. Nie mehr im Leben würde sie Leberwurst essen können.

»Oh Scheiße!«

Sie sollte aufhören zu fluchen, auch wenn sie allein war. Was für einen verd … Wortschatz sie sich da angeschafft hatte!

Der Mord an der Frau, die sie unter einer Tanne gefunden hatten – wieso eigentlich dort? –, befand sich traurigerweise immer noch unter den ungelösten Fällen, und es konnte schon sein, dass Lundin das als sein persönliches Scheitern ansah, überlegte sie. An schlampigen Voruntersuchungen lag es sicherlich nicht, das konnte sie sich kaum vorstellen. Zwar war sie nicht im Dienst gewesen, als es passierte, und die lange Krankschreibung hatte ihr einen ziemlichen Abstand zu Verbrechen und Polizeiermittlungen verschafft, aber in diesem Fall konnte sie es natürlich gar nicht vermeiden, mit hineingezogen zu werden.

Wie viele Frauen hatte der Psychopath Rickard eigentlich gleichzeitig gehabt, in wie viele hatte er seinen Pimmel gestoßen, mechanisch, hart und rituell? Hat sie ihm auch das Fleisch und die Muskeln des dreieckig geformten Oberkörpers geknetet, der so muskulös war, dass er sich kaum noch hatte bewegen können? Seine Egozentrik war ihm anzusehen: die steife, angespannte Körpermasse eines Mannes, dem das wahre Rückgrat fehlte, der ängstlich wie ein kleiner Hase war, der das alles kompensierte mit Rachegelüsten.

Aber wie gesagt, Ermittlungen mit Lundin an der Spitze, da wurde nicht geschlampt, und sie hätte nichts dagegen, wenn sie Rickard auch in dem Mordfall überführen würden. Das verlängerte nur die Zeit, die sie ihn garantiert nicht sehen musste. Lundin war auf jeden Fall jemand, der weder voreilige Schlüsse zog, noch irgendwelche sinnlosen Arbeitsaufgaben verteilte, vielleicht war er sogar etwas zu sehr in die andere Richtung orientiert, etwas zu hartnäckig in all seiner Freundlichkeit, etwas langsam und möglicherweise zu ängstlich, sich zu verrennen. So sah sie, die Jüngere, ihn zumindest. Was Claesson von ihm hielt, wusste sie nicht, vermutlich schätzte er ihn sehr, rechnete mit ihm, da man sich auf Lundin verlassen konnte, und vielleicht hatte Claesson so viel Respekt vor Lundin, weil der mehr Erfahrung hatte, obwohl Claesson der Chef war. Außerdem konnte er sowieso nicht alles schaffen, und jetzt mit Kind und seiner neuen Vaterrolle schon gar nicht.

Diesmal also kein Messer, sondern eine Pistole. Gab es einen Zusammenhang? Das heutige Mordopfer war eklig anzusehen, obwohl sie vielleicht hübsch gewesen war. Irgendwann mal.

Mit einer fünfzigjährigen Frau wird Rickard ja wohl nicht herumgemacht haben, dachte sie. Aber man konnte nie wissen, sexy junge Männer mit alten Tanten, das schien ein neuer Trend zu sein. Rickard war vielleicht drauf angesprungen. Er war möglicherweise nicht zufrieden mit dem, was er von ihr, Erika, bekam. Ihr Sex genügte nicht, er musste sich da Abwechslung verschaffen.

Jetzt saß er hinter Schloss und Riegel, die Gerichtsmaschinerie war ausnahmsweise einmal schnell gewesen, aber er war ja auch mehr oder weniger auf frischer Tat ertappt worden. Misshandlungstaten waren in letzter Zeit bevorzugt behandelt worden, es gab nach den letzten Berichten bessere Voruntersuchungen und weniger Verzögerungen. Man nahm nicht mehr hin, dass vierzig Prozent der Fälle, in denen Frauen misshandelt worden waren, auf Grund schlechter Recherchen, Beweismangel, zu geringem Interesse, zu wenig Zeit und Ressourcen abgeschrieben werden mussten.

Aber wenn sie näher darüber nachdachte, konnte sie nicht ganz ausschließen, dass Rickard auch dort gewesen war. Die Alte gebumst hatte, bis sie schrie und den nächsten Tag kaum noch laufen konnte. Oh verdammt!

Du darfst dich nicht immer nur an deinem Unglück festhalten, durchfuhr es sie, und sie hörte die Stimmen der Freundinnen, eine nach der anderen, und alle im Chor. Übrigens hatte sie die Freundinnen sortieren können, einige von ihnen hatten die Prüfung nicht bestanden. In einer Krisensituation erkennt man erst, auf wen man sich verlassen kann.

»Du musst aufhören, die Sache immer wiederzukäuen, sieh lieber das Gute, deine Fortschritte, sieh deine Stärke!« Mein Gott, welche Plattitüden sie sich hatte anhören müssen.

Bei ihrer Rückkehr zur Arbeit war sie nervös gewesen, doch es war alles gut gelaufen. Sie genoss es, wieder etwas zu tun zu haben. Sie war allen dankbar, die sie nicht fragten, wie es ihr ging, einfach weil sie keine Antwort auf so eine Frage gewusst hätte, jedenfalls nicht spontan. Es blieb bei einem vagen »so einigermaßen«, weitere Ausführungen sparte sie sich für gewisse Auserwählte auf. Zu denjenigen, die sie angemessen aufnahmen, ohne ihr Äußeres mit der Lupe betrachten zu wollen – das übrigens wieder ganz manierlich aussah – oder das Innere, gehörte unter anderem Lundin. Und Claesson natürlich, und Jesper Gren, und in gewisser Weise auch Louise Jasinski. Aber diese brauchte nicht zu fragen, sie wusste, wie das war, was Erika durchgemacht hatte, Louise hatte Erika auf ihre feinfühlige Art zugehört und mit ihr geredet. Nicht in psychologisch schleimigem Ton, sondern ganz einfach verständnisvoll, und jetzt besaß Louise außerdem noch den Takt, nichts zu sagen, und sie nahm auch keine besondere Rücksicht auf Erikas »zerbrechlichen Zustand«. Nur so wurde sie nicht gebrandmarkt. Jetzt musste sie nur dafür sorgen, dass sie sich selbst nicht brandmarkte.

Eine misshandelte Frau. Würde sie für den Rest ihres Lebens eine misshandelte Frau bleiben?

Sie stand am Küchenfenster und biss in ihr Brot. Das beschlagene Bierglas stand auf der Fensterbank. Es regnete, der Himmel war trübe und grau, und eine leichte Vorahnung des Herbstes kündigte sich an. Man spürte es jetzt schon, am vorletzten Julitag, aber das Licht nahm ja seit dem Mittsommertag bereits ab.

Peter Berg hatte sie vorhin nach Hause gefahren, obwohl sie lieber gelaufen wäre, aber er hatte darauf bestanden. Vielleicht nicht direkt darauf bestanden, aber es wäre komisch gewesen, sein Angebot abzulehnen. Sie hätte es ihm erklären müssen, und eine glasklare Erklärung hatte sie nicht, es war eher ein Gefühl, also stieg sie zu ihm ins Auto. Sie sprachen nicht viel, nur kurz über den Mord, aber die Unterhaltung kam nicht richtig in Gang, beide wollten das Bild des abstoßenden Körpers möglichst loswerden, so müde wie sie nach all den Überstunden waren.

Peter Berg, ja. Da würde nichts laufen, sie musste es ihm sagen. Durfte seiner Hoffnung nicht weitere Nahrung geben.

Gute Freunde, aber mehr nicht. Er war wie immer nett zu ihr gewesen, und ihr war klar geworden, dass er da so einiges gut verstehen konnte, vielleicht hatte er selbst schon Prügel eingesteckt. Aber Verständnis war nicht genug. Sie liebte ihn nicht, das war die bittere Wahrheit. Sie wünschte, sie täte es, das wäre herrlich, einfach perfekt und hätte die ganze Sache vereinfacht. Sie wäre aus diesem ganzen Gefühlswirrwarr herausgekommen. Sie hatte versucht, sich in ihn zu verlieben, sich angestrengt, und hatte darauf gewartet, dass es funkte, aber nein, es zündete nicht.

Woraus bestand eigentlich Anziehung, und wie wichtig war sie? Eine Liebe wachsen lassen, was bedeutete das? Wie lange sollte man auf das warten, was einfach kommen würde, wenn man ihm Zeit ließ?

Warum wurde sie von bestimmten Männern angezogen, von anderen aber nicht? Und vor allem: Warum suchte sie sich immer die falschen Kerle aus, diejenigen, die nicht gut zu ihr waren? Sie hatte einen lieben Papa, da konnten die Psychologen nichts finden. Welche chemische Substanz hatte in ihr die Reaktion ausgelöst, dass sie Rickard früher einmal so attraktiv gefunden hatte? Diesen Wahnsinnigen. Gab es ein Gegengift?

Das Gegengift, das müsste in diesem Fall Rickard selbst sein. Nie wieder so einen verrückten Kerl.

Und dann der liebe, ordentliche Peter Berg. Es kostete Überwindung, sich mit ihm auszusprechen, sie konnte jetzt schon sein hautloses Gesicht vor sich sehen, wie er schlucken würde, nichts dagegen einzuwenden hätte, nur verletzt wäre und sich zurückzöge.

Übrigens hatte er nie behauptet, dass er in sie verliebt sei, auch nicht, dass er irgendetwas von ihr erwarte. Sie spürte es nur in seinem ganzen Verhalten – dass er immer zur Stelle war, von sich hören ließ, an seiner Art, sie anzuschauen.

Hatte sie ihn ermuntert? Schon möglich, wenn man es aus seiner Sicht betrachtete. Sie hatte sich gefreut, wenn er gekommen war, es war schön mit einem so vernünftigen Menschen. Sympathisch und vollkommen normal, abgesehen von dem Religiösen, aber das konnte man ihm vielleicht abgewöhnen, außerdem fiel es gar nicht so sehr auf. Vielleicht war er einfach ein bisschen zu normal, so dass kein Funken übersprang.

Sympathie, aber keine Leidenschaft. Sie hatte ihn gebraucht und war vielleicht sogar ein bisschen von ihm abhängig geworden, doch jetzt brauchten sie klarere Regeln. Und er war eigentlich überhaupt nicht ihr Typ, nichts, was sie sich unmittelbar vorstellen konnte. Aber vielleicht war das gerade der Punkt: Sie sollte auf einen anderen Typ umsteigen.

Genug gegrübelt, dachte sie und setzte sich aufs Sofa vor den Fernseher, zappte mit der Fernbedienung durch die Kanäle, fand aber nichts, was sie interessierte. Sie hatte keine Lust aufzustehen und das Fernsehprogramm zu holen, zappte weiter durch die Sender und blieb dann bei einem Film hängen, einem Naturfilm, möglicherweise sogar von Jamaika.

Die Filmmusik packte sie: ein ganzer Wald von Streichern. Und dann die Bläser, Flöten, nein, das waren Klarinetten, leicht und voller Melodie. Gleitende Töne, die davontanzten, im Raum schwebten und weich und unmerklich genau in das hineinglitten, was brannte und schmerzte, in all das, was im Unterbewusstsein gebrütet hatte. All das, was strikt zurückgedrängt worden war, verschaffte sich jetzt einen Weg, die Qual und die Angst, das Unglück und die Trauer, alles verwandelte sich in ein einziges Sammelsurium von Tränen und schluchzendem Weinen.

Mein Gott, sie hatte nicht mehr geweint seit ... ja, sie konnte kaum sagen, wie lange es her war. Sie hatte immer nur gekämpft. Für das Weiterleben, dafür, nicht zusammenzubrechen, und gegen die Tränen.

Und jetzt überfiel es sie, ohne eine Chance, es zurückzuhalten. Ihr erster Impuls war, den Fernseher auszuschalten, aber dann ließ sie ihn doch laufen, ließ die Töne weiter ihre Augen überströmen. Sie heulte wie ein Schlosshund, bis ihr ganzes Gesicht verweint war.

Nicht einen Tag zu früh, dachte sie.

Die Fingerspitzen strichen über den Teil des Gesichts, der noch leicht gefühllos war, die Haut über den Knochenbrüchen. Sie wischte sich das Gesicht ab, holte Haushaltspapier und putzte sich die Nase.

Das Gefühl würde noch zurückkommen, manchmal dauerte es ein halbes Jahr, hatte ihr der nette Arzt erklärt. Sie hatte keine Narben im Gesicht behalten, die befanden sich direkt am Haaransatz.

Es war so offensichtlich, dass das Leben auf sie wartete, und jetzt sollte sie außerdem noch das erste Mal bei den Ermittlungen eines Mordfalls dabei sein. Sie musste mit Peter Berg sprechen!

## KAPITEL 15

Und nun befand er sich wieder im Haupteingang des Krankenhauses, der aussah wie die Transithalle eines Flughafens mit einem regelmäßigen, im Augenblick ziemlich spärlichen Menschenstrom, und Hinweisschildern und Pfeilen, die in verschiedene Stationen und Richtungen wiesen.

Die Oberschwester Rigmor Juttergren wartete auf ihn und hatte, ihrer Stimme am Telefon nach zu urteilen, bereits eine ganze Weile darauf gewartet, dass jemand diese traurige Angelegenheit endlich in die Hand nahm.

Als Rigmor Juttergren anfing, sich Sorgen zu machen, konnte niemand sich in seiner schlimmsten Fantasie das Horrorszenario ausmalen, das sich ihnen dann später bot. Man erwartet doch zunächst einmal eine natürliche Erklärung. Vielleicht hatte Laura Ehrenswärd einfach nur ihren Urlaub im Ausland verlängert, ohne es jemandem mitzuteilen, ohne daran zu denken, dass ihr Briefkasten überquoll und die Kollegen mit der Zeit wenn nicht beunruhigt, dann doch verwundert waren, dass sie nicht auftauchte. Das passte ganz und gar nicht zu ihr, aber auch der Gewissenhafteste konnte ja mal über die Strenge schlagen. Auch die Sonne hat ihre Flecken.

Rigmor Juttergren hatte bereits am Mittwoch Verdacht geschöpft. Nun ja, sie hatte nicht weiter darüber geredet, aber sie wusste genau, dass es ihrer Chefin nicht ähnlich sah, einfach wegzubleiben. Nicht ohne anzurufen oder auf andere Weise von sich hören zu lassen. Doktor Ehrenswärd war weder vergesslich noch unzuverlässig.

Laura war aber auch am Donnerstag nicht im Krankenhaus aufgetaucht. Am Wochenende hätte sie eigentlich die so genannte Alarmbereitschaft übernehmen sollen, mit anderen Worten wäre sie die erfahrene Ärztin gewesen, die von zu Hause den Dienst habenden Kollegen in der Klinik unterstützte und einspringen konnte, um ihn bei den täglichen Vormittagsarbeiten auf den Stationen zu unterstützen. Nicht, dass es Rigmor Juttergrens Aufgabe war, für einen Ersatz zu sorgen, aber eine neue Alarmbereitschaft mitten in der Sommerhektik zu finden war nicht so einfach, so viel wusste sie. Es gab keine große Auswahl. Überhaupt keine, wenn man es näher betrachtete. Also musste wohl Meisser noch ein Wochenende übernehmen, aber er war schon jetzt auffallend müde und ausgepumpt. Natürlich aus verständlichen Gründen, er hatte ja in den letzten Wochen eine schwere Last zu tragen gehabt. Abgesehen davon zeigte er auch sonst nicht den allergrößten mentalen Einsatz, auf jeden Fall hatte er schon seit langem keine übersprudelnde Arbeitsfreude mehr an den Tag gelegt. Meistens war er gereizt, brummte schlecht gelaunt vor sich hin, chronisches Meckern als Endlosmelodie im Klinikalltag. Auch mit ihm stimmte irgendetwas nicht.

Wahrscheinlich war es nicht ganz so, wie sie behauptet, dachte Claesson. Jedenfalls nicht wörtlich, aber irgendwas war da im Busche, er konnte ihren Wortschwall am Telefon kaum bremsen. Sie war natürlich aufgewühlt und musste sich Luft machen, also bemühte er sich, ihr zuzuhören, während er gleichzeitig versuchte, das Gespräch so zu lenken, dass ein festes Treffen, ein Tag, Ort und Uhrzeit verabredet werden konnte. Dass dann Namen wie Meisser, Bengtsson und noch ein paar andere zur Sprache kommen würden, verstand sich von selbst.

Mordermittlungen, und keinerlei Hinweise. Absolut gar nichts. Noch nicht. Die Zeit raubende Verhörsarbeit lag noch vor ihnen, das Klinkenputzen, Befragung des engsten Kreises: Familie, Verwandte, Freunde, Nachbarn und Arbeitskollegen. Kein Motiv, natürlich nicht. Es gab zumindest niemanden, so weit sie das feststellen konnten, der etwas aus dem Haus entwendet hatte.

Es lag ein gewisser Reiz und gleichzeitig auch ein großer Unsicherheitsfaktor in der Tatsache, bei Null anfangen zu müssen, zu sehen, was sie aus dem Nichts hervorbringen und wie sie das Puzzle legen konnten. Eine Detektivarbeit im wahrsten Sinne des Wortes.

Die Landeskriminalzentrale war im Augenblick auf Grund mehrerer Morde innerhalb eines kurzen Zeitraums überlastet und das Personal dezimiert – es war ja immer noch Urlaubszeit. Sie waren also gezwungen, allein anzufangen. In ein paar Tagen konnten sie Verstärkung bekommen, wenn nichts dazwischenkam. Es ist nicht ausgeschlossen, dass wir Hilfe brauchen, dachte Claesson. Man musste vorsichtig sein. Die Statistik aller unaufgeklärter Verbrechen sprach leider ihre eigene Sprache. Die Statistik unaufgeklärter Morde dagegen ließ eher hoffen. Die meisten Fälle wurden gelöst, und das war auch jetzt sein Ziel.

Rigmor Juttergren wartete vor dem Stationszimmer auf ihn. Ihre Körpersprache sagte ihm, dass er sehnlichst erwartet wurde, jetzt sollte endlich für Ordnung gesorgt werden. Sobald sie ihn erblickte – er war gerade durch die Glastüren in der Flurmitte gekommen –, ging sie mit schnellem Schritt auf ihn zu, eine Hand schon zum Gruß bereit.

»Sind Sie Kommissar Claesson?«, fragte sie und hieß ihn überschwänglich herzlich willkommen. »Möchten Sie eine Tasse Kaffee?«

»Ja, danke, das wäre nett.«

»Bitte, setzen Sie sich schon hier herein«, sagte sie und zeigte auf ihr Zimmer am Flurende, das etwas abseits lag, aber immer noch zur Station gehörte. Sie selbst ging los, um Kaffee zu holen.

Er setzte sich nicht hinein, schaute sich lieber um, stellte sich in die Türöffnung und blickte den Flur entlang. Er fand es immer interessant, die Atmosphäre fremder Arbeitsplätze einzuatmen, zu sehen, ob er den so genannten Geist eines Ortes so schnell in sich aufnehmen konnte. Das Krankenhaus als Institution hatte er ja im Zusammenhang mit einem Mord in der Chirurgie bereits vor ein paar Jahren kennen gelernt. Damals ist alles gut gelaufen, dachte er zufrieden.

Jetzt erblickte er zwei grau gelockte Damen, die in ihren Sesseln saßen, eine schien zu schlafen, jedenfalls hing ihr Oberkörper halb aus dem Lehnstuhl heraus, die andere las die Zeitung. Eine rundliche blonde Krankenschwester blieb bei der wachen Patientin stehen und erzählte ihr etwas, offenbar war es lustig, denn beide fingen an zu lachen.

Lachen als heilende Kraft, dachte er. Hatte Veronika nicht einmal davon gesprochen, als er nur mit einem halben Ohr zugehört hatte? Der Humor in der Krankenwelt, ein vernachlässigtes Kapitel, hatte sie gesagt. Es ging in erster Linie um Einfühlungsvermögen und Fürsorge, wenn die so genannte Software auf dem Programm stand. Und Ethik. Woran nichts Falsches war, aber der Humor sollte aufgewertet werden. Nur ließ der sich nicht so leicht beziffern, und heutzutage musste einfach alles dokumentiert werden, und sei es nur, um etwas mehr Geld in der Tasche zu haben.

»Setzen Sie sich doch«, sagte Rigmor Juttergren, während sie die Kaffeetassen energisch auf den Schreibtisch stellte. »Ach, möchten Sie vielleicht noch etwas dazu? Wir haben Zwieback.«

»Nein danke, das ist schon gut so.« Er setzte sich hin und beschloss das Gespräch in die Hand zu nehmen. »Ich werde Ihnen jetzt einige Fragen stellen«, sagte er, »und ich wäre Ihnen dankbar, wenn Sie sie so gut Sie können beantworteten. Überlegen Sie in Ruhe, denn Ihre Antworten sollen natürlich so wahrheitsgetreu wie nur möglich sein.«

»Selbstverständlich«, erwiderte sie und richtete sich auf, und er dachte, dass der erste Eindruck von ihr die Zuverlässigkeit in Person war.

Sie war eine leicht übergewichtige Frau zwischen fünfzig und sechzig, das Haar in einer Art Pagenschnitt, dunkelblond, vermutlich war es nicht ihre natürliche Haarfarbe, die war wahrscheinlich grauer. Sie sah müde und etwas gehetzt aus, hatte Mühe, still sitzen zu bleiben, immer wieder war sie in Bewegung: wedelte mit der Hand, spielte mit einer Büroklammer, wippte mit dem Fuß. Alles Dinge, die man aus Konzentrationsschwierigkeiten tat, die aus echter Nervosität oder einfach großem Schlafmangel resultieren konnten, oder schlicht und ergreifend aus Veranlagung. Aber nicht bei Rigmor Juttergren, davon ging Claesson aus. Sie trug einen weißen Schwesternkittel mit großen Taschen und einem Namensschild, und im V-Ausschnitt war eine Goldkette zu sehen.

»Schon am Mittwoch habe ich mich gewundert«, setzte sie an. »Laura sollte aus dem Urlaub zurückkommen und hatte diverse Termine in ihrer Sprechstunde, außerdem Dienste, und dann waren noch einige Besprechungen geplant. Wir wollten gern vor dem Herbst noch einiges erledigen. Dann gehe ich in Urlaub«, erklärte sie. »Ich teile meinen Urlaub immer so ein, dass es mit den Diensten gut klappt, denn dafür bin ich ja verantwortlich. Deshalb habe ich im August nur zwei Wochen, und das gefällt mir ganz gut, gerade jetzt, wo ...«

»Ist es üblich, mitten in der Woche wieder anzufangen, so wie Laura Ehrenswärd es wollte? An einem Mittwoch?«

»Das hat sie selbst so gewünscht. Sie traute sich wohl nicht, noch länger der Arbeit fern zu bleiben. Wissen Sie«, sagte sie und machte eine Pause, beugte sich vor und schaute ihm vertraulich direkt in die Augen, als wenn er ein Patient wäre. »Wissen Sie, Laura war eine äußerst kompetente und urteilsfähige Person, die nichts dem Zufall überließ«, erklärte sie und richtete sich von neuem auf. »Sie sollte ja am Abend vorher aus Island zurückkommen und wollte wohl sehen, ob auch alles hier im Krankenhaus seinen Gang nahm, es ist weiß Gott nicht einfach, so einen Kahn wie diesen hier zu lenken. Sie war ja dann schon so lange ...«

»Ja, wann haben Sie sie das letzte Mal gesehen?«, unterbrach Claesson sie.

»Exakt am Freitag, bevor sie in Urlaub ging«, erklärte sie und blätterte in dem Kalender, der auf dem Schreibtisch aufgeschlagen lag. »Sie sollte zwei und eine halbe Woche weg bleiben. Einen Teil ihres Urlaubs wollte sie sich noch für den Herbst aufheben«, berichtete sie. »Wollte die Söhne im Ausland besuchen, und dann hatte sie ja noch ihr Ferienhaus in Torekov. Da konnte sie ja am Wochenende hinfahren und so den Sommer noch etwas verlängern.«

Genau, dachte Claesson. Nach Torekov wollte Technik-Benny fahren, falls er nicht andere Techniker dorthin schickte, die auch mit dem Fall beschäftigt waren. Mal sehen, vielleicht gab es dort ja Hinweise. Die Polizei von Båstad sollte ihnen den Weg zeigen, und die Kriminalbeamten aus Helsingborg waren unterrichtet, falls Hilfe notwendig sein würde, ansonsten war es nicht immer von Vorteil, zu viele Köche zu haben.

»Inzwischen wissen wir, dass Laura Ehrenswärd ermordet wurde, bevor sie in Urlaub fuhr. Wir wissen noch nicht den genauen Zeitpunkt, aber wahrscheinlich am Freitag, irgendwann nach der Arbeit, die Alternative wäre die Nacht zum Samstag. Auf jeden Fall vor zehn Uhr morgens, da ging ihr Zug nach Stockholm zum Flughafen. Eine Frage, die ich Ihnen leider auch stellen muss: Was haben Sie in diesem Zeitraum getan?«

»Das kann ich Ihnen ganz genau sagen«, erklärte sie, ohne beleidigt zu sein. »Nach der Arbeit habe ich mein kleines Enkelkind besucht ...«

Der Blick schweifte ab, für eine Sekunde war sie abwesend. »Nun, das Baby, von dem ich dachte, es wäre mein Enkelkind, biologisch gesehen, meine ich, aber das spielt ja keine große Rolle«, fuhr sie fort. »Anschließend hatten wir Besuch von guten Freunden. Rolf, mein Mann, und ich, ein Sommerfest im Garten. Ja, wir waren nicht so viele, zwei Paare und wir. Wir haben gegrillt und Erdbeeren gegessen, Sie kennen das«, sagte sie, und er nickte. »Es gibt nicht so viele Abende, an denen man meint, am Mittelmeer zu sein, nicht wahr, die muss man nutzen.«

Warum immer dieser Vergleich mit fremden Ländern?, dachte Claesson für sich. Ist Schweden denn nicht gut genug?

»Entschuldigen Sie, vielleicht gehört das gar nicht hierher, aber was haben Sie gesagt, wen haben Sie besucht?«

»Nein, das gehört wirklich nicht hierher. Das ist eine ganz andere Geschichte. Das Leben ist nicht so einfach, das braucht man gar nicht zu denken. Ich habe eine junge Frau besucht, sie hat übrigens mal hier als Schwesternhelferin gearbeitet, ein schüchternes, liebes Mädchen ... eine liebe Frau, meine ich ... und die hat ein Kind geboren, von dem sie gesagt hat, es sei mein Enkelkind. Doch das stimmt gar nicht. Diese modernen Tests haben 99,99 Prozent Sicherheit, und mein Sohn ist gar nicht der Vater. Aber das hat für mich keine Bedeutung. Der Kleine ist trotzdem mein Enkel. In gewisser Weise ...«

Sie hatte den Faden verloren, wie sie selbst merkte, aber offensichtlich beschäftigte sie die Angelegenheit sehr, und kam deshalb sofort zur Sprache, sobald sich jemand die Zeit nahm, ihr zuzuhören. Claesson hatte dieses Phänomen schon früher erlebt. Manchmal war es leichter, die Leute zum Reden zu bringen, als sie zum Aufhören zu bewegen. Ein Enkelkind, das dann doch keines war – da war wohl ein Psychologe gefragt, also schob er diesen Teil des Gesprächs schnell beiseite.

»Wir haben natürlich viele Fragen zu dem Fall. Ist Ihnen denn ...«, sagte er stattdessen und nahm seine Brille ab, die er in letzter Zeit immer häufiger tragen musste. »Ist Ihnen denn«, wiederholte er, »irgendetwas Besonderes aufgefallen, etwas, wovon Sie glauben, dass wir es vielleicht wissen sollten?«

Sie schaute auf ihre Hände, verwob die Finger, spitzte den Mund, schlug die Daumen gegeneinander, ließ die Sekunden verstreichen, eine, zwei, drei, vier, fünf, sechs ... eine unendliche Zeit, wie es schien.

»Nein«, antwortete sie dann.

Also noch mal von vorne, dachte Claesson.

»Was wissen Sie über Laura Ehrenswärds Privatleben?«,

fragte er, immer noch ohne Brille, sie steckte jetzt in der Brusttasche seines relativ frisch gebügelten kurzärmligen Baumwollhemds.

»Nicht viel. Seit vielen Jahren geschieden, der frühere Mann ist wieder verheiratet, zwei erwachsene Söhne, beide sehr erfolgreich, naturinteressiert«, leierte sie wie auswendig gelernt herunter und zuckte mit den Schultern. »Sie erzählte ungern etwas von sich«, sagte sie.

»Warum?«

»Sie war sehr distanziert, nicht, dass das schlimm war, aber ich hatte das Gefühl, sie nicht wirklich zu kennen. Obwohl alles, was sie tat, außerordentlich korrekt war und sie ganz zuverlässig war ... und ...«

»Und was noch?«

»Erfolgreich.«

»In welcher Form war sie erfolgreich?«

»Es ging ihr nicht ums Geldverdienen, das tat sie natürlich auch, schließlich war sie die Chefin. Aber sie war nicht auf das Gehalt aus, eher gefiel es ihr, zu leiten und zu entscheiden, und das hat sie auch gut gemacht.«

»War sie eine beliebte Chefin?«

»Ich weiß nicht«, antwortete die Oberschwester, holte tief Luft und seufzte dann schwer. »Wer kann das heutzutage von sich sagen? Der Mensch, der heute von sich sagen kann, er ist erfolgreich und als Chef beliebt, den gibt es nicht, jedenfalls nicht im Krankenhausbereich.«

»Ach, ist der Druck so stark«, merkte er an, denn er hatte das natürlich schon früher gehört. Zu Hause.

»Sie müssen Einsparungen und Anforderungen von oben durchsetzen und gleichzeitig ihre Mitarbeiter motivieren, und die haben heutzutage auch ihre Ansprüche, das kann ich Ihnen sagen. Und Mangel an Personal herrscht immer, und höhere Gehälter gibt es auch nicht ... und ich weiß nicht, ob die Leute so viel zufriedener sein würden, wenn sie mehr in ihrer Lohntüte hätten. Das ist nicht so wie früher ...«

»Nein, das ist es sicher nicht«, bremste Claesson sie erneut, denn auch diese Litanei hatte er schon zu Hause gehört. »Auf welche Art und Weise war Laura Ehrenswärd erfolgreich, wie Sie es genannt haben?«

»Na, die Dinge gingen ihr gut von der Hand, aber …«

»Aber was?«

»Sie hatte gern alles unter Kontrolle, es gefiel ihr zu bestimmen, zu … wie soll ich das sagen …«

»Mit anderen Worten, sie übte gern die Macht aus«, ergänzte Claesson.

»Macht!«

»Ja, Macht. Zu lenken und zu kontrollieren ist im Allgemeinen mit Macht verbunden. Oder zumindest mit dem Wunsch nach Macht.«

»Ja, kann schon sein«, nickte Rigmor Juttergren und blinzelte mit den Augen, und es schien, als wäre das Wort *Macht* mit das Schlimmste, was sie kannte, und auf jeden Fall kein Begriff, den sie mit einer Frau in Verbindung bringen würde und schon gar nicht mit sich selbst.

»Denken Sie an etwas Bestimmtes?«, wollte Claesson wissen. »Etwas, das mit dem, worüber wir gerade sprechen, zu tun hat?«

Sie schwieg.

»Nein, da ist nichts«, sagte sie schließlich. »Fragen Sie lieber die Ärzte.«

Peter Berg wusste nicht, an wie viele Türen er schon geklopft hatte, und auch diese blieb verschlossen. Es war heute zwar etwas kühler, aber immer noch deutlich Hochsommer, und viele waren natürlich noch im Urlaub. Mit Ferien im August ließ sich der Herbst leichter meistern. Oder vielmehr der Winter, der verkürzt wurde. Dieser ewig wiederkehrende Winter, über den alle wie über den Teufel selbst redeten, Peter Berg hatte nichts gegen Schnee und Kälte und auch nichts gegen Nebel oder Frost, wenn es nur nicht zu viel wurde. Man konnte sich zurückziehen, Trübsal blasen, sich ausruhen, Videos gucken, lesen. Wenn er dann noch seine Woche Skiferien bekam, war er richtig zufrieden. Gebirgssonne, wenn es zu Hause so richtig grau war, mit Abfahrten im Pulverschnee, das war doch was. Aber im Augenblick war er weit entfernt vom pudrigen Pulverschnee.

Der Nachbar zwei Häuser weiter war daheim gewesen, als Peter Berg bei ihm geklingelt hatte, ein älterer Mann mit gelblicher Haut. Natürlich hatte er sich gefragt, wenn er mit dem Hund draußen war, ob nebenan alles in Ordnung sei, als er sah, dass der Briefkasten des Mordopfers vor Post überquoll. Genauso wie die Briefträgerin auch, die den Mann sogar gefragt hatte, ob er wisse, wann Laura Ehrenswärd zurückkommen wollte. Er wusste das aus dem ganz einfachen Grund nicht, weil er nie mit der ermordeten Dame gesprochen hatte. Sie hatten kaum richtigen nachbarschaftlichen Kontakt gehabt. Sie lebte sehr zurückgezogen. Schüsse hatte er auch nicht gehört, aber da blieb die Frage, wie es um sein Gehör stand, ermahnte Peter Berg sich selbst. Der Alte war sicher schwerhörig.

Die junge Postbotin half nur in den Sommerferien aus. Sie hatte sich natürlich gewundert und sogar ihrem Chef davon erzählt. Doch der hatte gemeint, dass ein paar Tage Verspätung doch wohl bedeutungslos wären! Die meisten, die nicht rechtzeitig nach Hause kamen, hatten eben ihren Urlaub verlängert, vielleicht Probleme mit dem Auto oder dem Flugzeug gehabt oder eine andere äußerst plausible Erklärung und einfach vergessen, die Nachbarn zu bitten, die Post doch reinzunehmen. All das wusste natürlich auch Peter Berg.

Die Häuserreihe bestand insgesamt aus acht zweistöckigen Reihenhäusern mit sandgelb verputzten Fassaden. Sie hatten im Revier darüber diskutiert, ob das nun Reihenhaus oder Kettenhaus heißen musste und waren zu dem Schluss gekommen, dass es sich wegen der niedrigen Anbauten, die die Häuser miteinander verbanden, wohl eher um ein Kettenhaus handelte. Ein Reihenhaus, das sollte eigentlich mehr eine gerade Linie haben, das meinten jedenfalls Lundin und Jasinski. Peter Berg war es herzlich gleichgültig, wie die Häuser nun genannt wurden. Die Haustüren, die bei allen Häusern blau gestrichen waren, waren jedenfalls für die Nachbarn nicht einsehbar, da die Tür sich in dem weißen Teil befand, der ein wenig nach innen versetzt war. Ein weiß gestrichener Erker stach aus der sandgelben Fassade hervor, und dieses Fenster machte die Küche hell und einladend. Alle Hausbesitzer hatten ihren Küchentisch dort hingestellt, wo es der Architekt vorgesehen hatte. Auf der Vorderseite war das Grundstück größtenteils durch Garage und Vorbau belegt.

Keiner der Nachbarn konnte berichten, dass er bei Laura Ehrenswärd Besuch gesehen hätte.

Im Großen und Ganzen war die Straße ganz nett, fand Peter Berg, relativ zentral gelegen, und trotzdem ruhig und schön. Auf der anderen Straßenseite, gegenüber von Lauras Kettenhaus, standen Obstbäume. Die Gärten, die beide kleinere Mehrfamilienhäuser umgaben, waren alt und verwachsen. Ein Stück weiter die Straße hinauf herrschten die traurigen Sechziger, aber diese beiden Häuser und noch zwei ein Stück weiter waren älter, wohl aus den Dreißigern oder Vierzigern.

Mit anderen Worten gab es niemanden, der direkt auf oder in Laura Ehrenswärds Haus sehen konnte. Dagegen konnte man von dem Haus auf der anderen Straßenseite, besonders vom zweiten Stock, und noch besser von den großen Balkonen aus, die um den Giebel herumliefen, ziemlich gut auf Laura Ehrenswärds Haus schauen.

Und dort, auf einem dieser Balkone, hatte tatsächlich ein junger Mann namens Arnold Holst genau zu dem Zeitpunkt gestanden, als der Mord nach den polizeilichen Berechnungen höchstwahrscheinlich stattgefunden hatte. Er stand ziemlich häufig dort, er war Kettenraucher, wohnte zwar allein und brauchte also auf niemanden Rücksicht zu nehmen, aber er mochte nicht die Luft verpesten, in der er schlafen wollte, wie er erklärte.

Peter Berg saß in Holsts kombinierten Schlaf-, Arbeits- und

Wohnzimmer und konnte um alles in der Welt nicht begreifen, warum dann überquellende Aschenbecher wie Stinkbomben an den unvorstellbarsten Plätzen standen. Der Kerl war irgend so eine Art von Künstler und Konstrukteur und arbeitete meistens allein zu Hause am Computer, und er schien damit zufrieden zu sein, oder besser gesagt, es gefiel ihm nicht, wenn zu viele Leute um ihn herum waren. Das lag sicher daran, dass er ein wenig »eigen« war, wie Berg es nannte. Die Frage war nur, was er in all seiner Eigenheit so schluckte, entweder Psychopharmaka oder Alkohol. Trotz diverser Flaschen und Bierdosen in dem Durcheinander sah es nicht aus wie in einer Säuferbude, und es roch auch nicht so. Arnold Holst schien seine sieben Sinne noch beisammenzuhaben und war auch nicht im Urlaub gewesen, ein wahrer Schatz aus polizeilicher Sicht.

»Wie sah der Wagen aus, den Sie gesehen haben?«, fragte Peter Berg nun zum zweiten Mal.

»Der war rot – und groß. Ich habe den schon vorher hier auf der Straße stehen sehen«, antwortete Arnold Holst und kratzte sich dabei mit einem nikotingelben Finger am Kinn.

»Ja, und wann war das?«

»Ab und zu in letzter Zeit, na, im letzten Halbjahr«, erklärte er ganz wichtig.

»Sie haben nicht zufällig den Besitzer gesehen?«

»Kann schon sein.«

»Kann schon sein?«

»Na, ich meine, man kann ja nicht sicher sein, ob es der Besitzer ist, nur weil er aus dem Auto steigt«, erklärte er verschmitzt lächelnd und entblößte dabei eine unregelmäßige gelbe Zahnreihe.

Peter Berg seufzte leise. »Okay, wie sah die Person aus, die aus dem Auto gestiegen ist?«, fragte er.

»Ziemlich schwer zu sagen«, antwortete Arnold Holst zögernd.

»Na, so ungefähr können Sie sie vielleicht beschreiben«, lockte Berg ihn.

»Mittelgroß. Dichtes Haar«, sagte er und wedelte dabei mit den Händen um den Kopf.

»Also eine junge Person?«

»Nun ja, dreißig, vierzig, fünfzig, so um den Dreh …«

Als er das sagte, überlegte Berg, ob sein Zeuge nicht doch geistig minderbemittelt war, aber jetzt ging es darum, nicht aufzugeben.

»Okay, dann sagen wir mittleren Alters«, sagte er. »Ein Mann mittleren Alters, mittelgroß, mit dichtem Haar. Welche Farbe?«

»Na, so irgendwie mittel«, erklärte Arnold Holst und sah dabei ganz zufrieden aus.

»Okay«, wiederholte Peter Berg und spürte, dass er hungrig war und sich gleichzeitig nach frischer Luft sehnte. Holst hatte die Balkontür zwar angelehnt, aber immer noch herrschte stickiges Augustwetter und Berg wünschte sich, er hätte eine kurze Hose an, damit es etwas kühler an den Beinen wäre.

»Vielleicht so ins Rötliche«, überlegte Arnold Holst, glücklich, so eine exakte Beschreibung liefern zu können.

»Rotblond meinen Sie, oder?«, konkretisierte Peter Berg und bekam ein Nicken als Antwort.

Viel weiter kam er an diesem Tag nicht, weder bei Arnold Holst noch bei anderen Zeugen. Es würde bis nach der Urlaubswelle dauern, bis er die ganze Nachbarschaft durchforstet und seine Liste komplett hätte.

Er selbst war das erste Mal in seinem Leben segeln gewesen. Ein alter Freund aus der Gemeinde, der jetzt in Västervik wohnte, hatte von sich hören lassen und gefragt, ob er nicht mitfahren wolle. Vielleicht hatte Peter Berg insgeheim den Traum gehabt, zusammen mit Erika irgendwohin zu fahren. An einen ruhigen Ort, wo auch immer, ganz einfach zelten. Als gute Freunde, sie mussten gar nicht mehr draus machen, keine überzogenen Gedanken an die Zukunft verschwenden, es einfach ruhig angehen lassen, die Natur erleben, sich unterhalten. Vielleicht ein Fahrradurlaub, das hätte ihm gut gefallen. Die Natur in kleinen Schritten, dazu hatte er schon immer

Lust gehabt, aber er wollte nicht allein radeln und noch mehr zum Eremit werden. Doch aus Erikas Verhalten hatte er ablesen können, dass er gar nicht erst zu fragen brauchte. Mehr als Nein sagen konnte sie ja eigentlich nicht, aber dieses Nein wollte er nicht hören. Alles war in Ordnung, solange sie gute Freunde waren, dann gab es immer noch Hoffnung.

Erika mochte keine Muskelpakete mehr. Sie hatte genug davon und fand sie fast unappetitlich und abstoßend, aber immer wieder musste er daran denken, dass sie einem durchtrainierten Muskelprotz verfallen war. Wenn er dann überlegte, wie er selbst aussah, konnte man sich keinen größeren Unterschied denken. Rickard und Peter Berg bildeten einen direkten Gegensatz, und bisher war Peter Berg eigentlich nie der Auffassung gewesen – nun ja, vielleicht mal ab und zu –, dass es notwendig sein könnte, etwas für sich zu tun. Jedenfalls war er jetzt ein paar Mal zum Krafttraining gegangen. Ein bisschen breiterer Oberkörper konnte ja wohl trotz allem nichts schaden, ganz unabhängig davon, was Erika mochte und nicht mochte. Eine hübsche Frau wie Erika brauchte natürlich einen hübschen Mann neben sich. Und da war er die falsche Person. Aber einen Versuch war es wert.

Einer nach dem anderen trudelte im Besprechungszimmer der Polizeistation ein und nahm Platz. Auf dem großen Eichentisch standen Schnittchen, alkoholfreies Bier und Wasser, mit und ohne Kohlensäure, und in der Hitze war das Wasser am gefragtesten. Gotte, der Polizeidirektor, kam auch vorbei und blieb eine Weile. Er sah überraschend gesund aus, leicht gebräunt und vielleicht sogar ein paar Pfunde leichter, was auf jeden Fall ein Segen für ihn wäre.

Im Grunde sprachen sie nur selten über Gottes relativ hohes Alter – er war vor kurzem dreiundsechzig geworden – und auch nicht über seine ungesunde Fettleibigkeit, meistens war es nur irgend so ein Gesundheitsapostel, der verständnislos den Kopf schüttelte, Kollegen, die »statt der Ohren Salatblätter und statt der Nase Blumenkohl haben«, wie Lundin sich ausdrückte. Doch bei allen herrschte unterschwellig die Angst, dass er krank werden oder einen tödlichen Herzinfarkt bekommen könnte, oder irgendeine andere heimtückische Krankheit mit tragischem Ausgang.

Aber heute sah Gotte wie die Gesundheit in Person aus, und er wollte wissen, wie weit sie gekommen waren, »sich ein Bild über ihre Fortschritte machen«, wie er sich ausdrückte, sonst wäre er gar nicht gekommen. Er ließ sich auf einen Stuhl fallen, dass die Rückenlehne knackte, und öffnete ein Wasser.

»Du hast was mit deinen Haaren gemacht«, kommentierte er Louise Jasinski, die fast als Letzte hereinhuschte.

»Ja, geschnitten«, gab sie lächelnd zurück. »Hast du das bemerkt? Dann bist du besser als mein Mann«, sagte sie, ohne dabei beleidigt zu klingen. »Aber du hast auch was gemacht«, fuhr sie fort. »Du siehst gut erholt aus.«

»Ja, findest du? Vanja hat mich gezwungen, hier ein bisschen abzuspecken«, erklärte er und legte eine große Hand auf den dicken Bauch.

Damit war das auch geklärt.

»Bist du so gut und machst die Tür zu«, bat Claesson Peter Berg, der am nächsten saß. »Zunächst möchte ich Benny das Wort geben«, sagte er, und alle schauten Technik-Benny an, der darauf vorbereitet war.

»Was die Waffe betrifft, so haben wir einiges klären können«, sagte er und redete wie üblich schnell wie ein Maschinengewehr, legte gleichzeitig das erste Bild auf den Projektor, das eine relativ plumpe Waffe zeigte. »Ein Waffenspezialist aus Helsingborg hat uns geholfen, es handelt sich um eine sowjetische Wettkampfswaffe, eine Pistole namens Baikal, eine dort häufig vorkommende Waffe, 22 Kaliber, also feinkalibrig. Die Kugeln haben einen Durchmesser von 5,6 mm, ohne Mantel und sind aus reinem Blei. Die Kugeln, die getroffen haben, steckten im Körper, teilweise verformt. Es gab laut rechtsmedizinischer Untersuchung keinen Durchschuss. Blei ist weich, und die Kugeln hier sind nicht groß. Zwei Fehlschüsse haben in die Flurwand getroffen. Die Hülsen lagen auf dem Flurboden, und durch sie konnte die Waffe bestimmt werden. Falls ihr sie überhaupt bemerkt habt«, fügte er hinzu, streckte sich und schaute forschend in die Runde, als ob sie Idioten waren, was in dieser Sache wohl mehr oder weniger auch zutraf, denn keiner hatte die Hülsen bemerkt, »dann hätte euch auffallen müssen, dass sie vorwiegend auf der einen Hälfte des relativ großen Flurbodens lagen – der Flur ist ja ziemlich geräumig. Genauer gesagt lagen die Hülsen auf der rechten Seite, von der Haustür aus gesehen.«

Benny bekam einen trockenen Mund, er goss sich ein Glas Wasser ohne Kohlensäure ein, trank und redete sofort weiter.

»Wenn man die Verletzungen betrachtet, die Bahn der Kugeln, ihre Platzierung – sämtliche Einschüsse befanden sich auf der linken Seite des Brustkorbs –, so kann man sich vorstellen, dass der Täter oder auch die Täterin, ich komme später noch darauf zurück, durch die Haustür eingetreten ist und das Opfer im Flur erschossen hat. Aus einem Abstand von ungefähr zwei Metern, vielleicht noch weniger. Schmauchspuren auf der Kleidung gibt es nur wenige, die Pistolenmündung ist also höchstwahrscheinlich nicht auf dem Körper aufgesetzt worden.«

Benny trank erneut und fing dann die Blicke der Anwesenden ein, alle saßen mucksmäuschenstill da. »Das Opfer hat sich dann zu dem Platz hinbewegt, an dem es tot umgefallen ist. Das haben wir ja schon vorher angenommen, und das müsste auch stimmen, es gibt nirgends sonst Blutspuren. Was haben wir noch gefunden? Ja, Schuhabdrücke wie diese hier«, sagte er und legte das nächste Bild auf. »Und worum handelt es sich hier: um ein grob geriffeltes Muster, das man bei Sportschuhen finden kann, aber auch bei Sandalen etwas gröberer Machart, die im Augenblick ziemlich modern sind.«

Louise Jasinski schaute auf ihre Füße. Da befanden sich genau solche bequemen, momentan ziemlich moderne Sandalen aus wildlederähnlichem Material mit Klettverschluss. Sie war darin barfuß und hatte helllila Nagellack, den sie sich von ihrer ältesten Tochter geliehen hatte. Diese war gerade dreizehn geworden und eher wild als zahm zu bezeichnen.

»Hier«, sagte Benny und zeigte mit einem Finger auf das projizierte Bild, »ist ein Detail zu sehen, das dem Buchstaben T entsprechen könnte, und danach ein e, und wenn ich jetzt das mache …« Er legte das Bild einer kompletten Schuhsohle darüber. »… dann seht ihr, dass das stimmt. Teva. Entweder sind es Sandalen oder ein Paar Sportschuhe, die Sohlen werden für verschiedene Modelle benutzt. Die Größe stimmt mit 39 überein. Die Spur befand sich auf dem Flurboden. Wir haben bei dem Opfer keine Fußbekleidung gefunden, die zu ihr passt, außerdem hat sie außergewöhnlich kleine Füße, Größe 36,5 nach den Schuhen im Schrank zu urteilen. Also haben wir hier den Täter«, schloss Benny ab und wandte sich langsam und effektvoll seinen Zuhörern zu.

»Den Täter, der eine Frau ist«, fügte Janne Lundin gemächlich hinzu, stellte das übergeschlagene Bein zu Boden und begann wie üblich auf den hinteren Stuhlbeinen zu schaukeln.

»Oder ein junger Mann. Kleine Füße, leichte Waffe, leicht zu zielen ohne größeren Rückstoß«, sagte Benny. »Aber der Schuhabdruck genügt nicht fürs Gericht, solange wir nicht den passenden Schuh dazu finden und beweisen können, dass sie zusammengehören. Er hat höchstens einen gewissen Wert für die Ermittlungen.«

Louise hatte schnell auf den Riemen ihrer Sandalen die Marke lesen können. Tatsächlich, da stand auch Teva. Bequeme Schuhe, so bequem, dass sie kaum etwas anderes an den Füßen haben wollte. Aber sie hatte größere Füße, Schuhgröße 40.

»Hast du die Schützenvereine überprüft?«, fragte Claesson.

»Wir sind noch dabei. Dann werden wir sehen, ob einer der Schützen oder einer der Reserve seine Waffe ›ausgeliehen‹ hat. Vielleicht ja unfreiwillig, wer weiß. Es ist jedenfalls davon auszugehen, dass die Waffe illegal ist. Das sind ja bekanntermaßen die meisten Tatwaffen.«

»Ja, ja«, seufzte Louise Jasinski vor sich hin. »Eine Frau. Das schränkt die Zahl der Verdächtigen auf die Hälfte ein.«

»Das hier haben wir auch noch gefunden«, sagte Technik-Benny und zog erneut die Aufmerksamkeit auf sich. Auf der Leinwand sahen sie ein Bonbonpapier, rot-weiß gestreift.

»Das Einwickelpapier für ein Karamellbonbon, Mintolux«, sagte er.

»Sahnebonbon drinnen mit harter, weißer Pfefferminzhülle«, sagte Louise, und ihr fiel ein, dass sie welche davon in ihrer Schreibtischschublade hatte.

»Das haben wir auf dem Fußboden gefunden. Es sind Fingerabdrücke dran, aber das Papier kann ja schon lange dort gelegen haben. Tja, das war's«, erklärte Benny und schaltete den Overheadprojektor aus.

## KAPITEL 16

Der niedergelassene Arzt Björk hatte beschlossen, sich nach der Rückkehr aus dem Urlaub nicht sofort wieder von der Arbeit auffressen zu lassen. Er hatte fest vor, nicht wieder in diese lähmende Müdigkeit zurückzufallen und beabsichtigte, positiv zu denken. Es gab so viel Gutes über seinen Beruf zu sagen – an das weniger Gute wollte er jetzt nicht denken. Schau nach vorn! »Arbeit fördert die Gesundheit und den Wohlstand und verhindert viele Gelegenheiten zum Sündigen.«

Nach Sünden stand ihm zur Zeit gar nicht der Sinn, außer man zählte die Kopenhagener dazu, die er nur ungern ablehnte. Doch auch die Gelegenheiten für kleinere Sünden waren seltener geworden, denn die neue Sprechstundenhilfe hatte das Personal auf einen gesünderen Kurs gebracht: Schwarzbrot, fettarmer Käse und Karottenstifte. Vor dem Sommer war das Personal natürlich dankbar dafür gewesen, diese Gruppe so tüchtiger Frauen, mit denen er sich umgab. Wobei es da wohl kaum um den Cholesterinwert, sondern eher um die Taillenweite ging. Jedes Jahr das gleiche traurige Lied: all diese wunderbaren Frauen, die mit sich selbst unzufrieden waren. Verschenkte Frauenenergie. Höchstens Schwester Gun machte da eine Ausnahme.

Gott sei Dank gab es Schwester Gun, einen patenteren Menschen konnte man sich kaum denken. Sie gehörte noch zur alten Schule und scheute keine Mühe, wenn es dem Wohl der Patienten diente. Und wer nur versuchte anzudeuten, dass sie vielleicht ein wenig altmodisch wäre, der bekam es mit ihm zu tun. Nicht, weil er selbst so schrecklich modern war, aber man musste ja nicht unbedingt immer alle Moden mitmachen. Oft kam man ja doch wieder an den Ausgangspunkt zurück, sprich zu der Erkenntnis, dass die Patienten letztendlich eine Person vor sich haben wollten, die wusste, wovon er oder sie sprach, und die ein gewisses Maß von Mitmenschlichkeit zeigte. Und an dem Punkt war an ihm wie auch an Gun nichts auszusetzen. Sie hatten im Laufe der Jahre viel erlebt, mehr als die meisten anderen.

Schwester Gun war außerdem selbstständig genug, das neue Gesundheitsregime auf die leichte Schulter zu nehmen und auch mal ein paar leckere Kekse hinzustellen, selbst gebackene, oder frisch gekaufte Windbeutel. Er gehörte nicht zu denjenigen, die ständig den kleinen, aber nicht zu verachtenden Freuden des Lebens entsagten, und zu seiner großen Zufriedenheit konnte er feststellen, dass er selten allein blieb. Wenn man es recht betrachtete, waren die Windbeutel doch leckerer als die Karottenstifte, zumindest zum Kaffee.

An diesem Mittwochmorgen – er hatte die Woche mit einem zweitägigen Kursus über die *Arztpraxen der Zukunft* langsam angehen lassen – war er wie üblich eine Dreiviertelstunde früher als die Patienten gekommen, da blieb nicht mehr viel Zeit zum Nachdenken. Es saßen wie üblich einige neue Patienten vor der Tür und warteten auf ihn, und er würde sich – wie üblich – gehetzt fühlen, wenn jemand zu lange warten musste. Er wusste, dass die Patienten meistens geduldig waren, Zeitschriften lasen oder sich unterhielten, er selbst war derjenige, dem es nicht behagte, so einen Schneeball vor sich herzurollen, der immer größer und größer wurde, je weiter der Tag fortschritt.

Er sortierte Papiere, las einiges durch, unterschrieb und legte sie in verschiedene Ablagekörbe auf dem Regal neben dem Schreibtisch. Die Urlaubsvertretungen, die im Sommer einsprangen, waren eine nützliche Hilfe, aber sie hielten nur das Notwendigste am Laufen. Unbearbeitet blieben die Berichte aus dem Labor, die Überweisungsmitteilungen und Folgeberichte, und der Stapel war natürlich angewachsen. Während er so dasaß, fiel ihm ein, dass er sich doch wenigstens auf die gemeinsame Kaffeepause freuen konnte, auch wenn es sich wohl um die gesunde Variante handelte. Er hatte Mühe, wieder voll einzusteigen, musste er sich eingestehen, auch wenn er immer behauptete, er hätte, wenn nicht die schönste, dann doch die interessanteste Arbeit der Welt. Er war nicht mit toten Dingen beschäftigt, Ziffern, Dateninformationen, Geld, das von hier nach dort transferiert wurde, Geld, das man ja doch nicht mit ins Grab nehmen konnte. Er benutzte seine Hände, seine Augen und Ohren und nicht zuletzt sein Herz. Er öffnete sich den Patienten und war bereit, ihren kleinen und großen Kummer anzuhören.

Aber die Irritation war im Laufe der Jahre größer geworden, die Patienten waren manchmal wütend und beleidigt, sobald sie durch die Tür traten. Sie machten ihm Vorwürfe, und das hatte es früher nicht gegeben. Er fragte sich immer öfter, ob der Respekt von einst, die Höflichkeit auf beiden Seiten, nicht durchaus von Nutzen gewesen war – und einen wahrscheinlich noch vor dem Burn-out-Syndrom bewahrt hatte. Früher war jeder fest davon überzeugt gewesen, dass man sein Bestes gab. Und die Patienten waren nicht gleich mit dem ersten kleinen Schnupfen angerannt gekommen. Die Zeiten hatten sich geändert. Oh ja!

Mitten in diesen fruchtlosen Gedankengängen bremste er sich selbst und überlegte, dass er trotz allem doch einen fantastischen Beruf hatte. Er half Menschen ihr Leben trotz Krankheit zu meistern. Und an so einem Morgen, bei klarer Luft draußen, denn das Wetter war umgeschlagen, es war kühler geworden und ein wenig Wind war aufgekommen, an so einem Morgen, wenn es noch still auf dem Flur war – nun ja, Gun war sicher schon gekommen, sie schätzte es auch, den Tag in aller Ruhe vorzubereiten –, da konnte man eine gewisse leise Befriedigung verspüren. Und bald würde er Guns Schritte hören, die energischen Absätze auf dem Fußboden, sie würde fragen, wie sein Urlaub denn gewesen sei, und er würde ihr von dem Aquarellkursus in Bohuslän erzählen, und sie würde ihm zuhören, bis sie es für richtig hielt, ihn zu unterbrechen, um die aktuellen Tagesprobleme zu besprechen – solche gab es offensichtlich heutzutage *täglich,* und *Probleme* waren schließlich da, um gelöst zu werden. Es konnte sich darum handeln, dass eine der Schwestern sich krank gemeldet oder kranke Kinder hatte, ein Patient, der dringend einen Termin brauchte, obwohl alles schon belegt war, Überweisungen, die verfolgt werden mussten, Laborergebnisse, die, Gott behüte, verloren gegangen waren, das Krankenhaus, das dringend Entlastung brauchte.

Aber noch war alles in bester Ordnung. Er schaute auf die Anmeldeliste und fand darauf einige seiner treuen Patienten wieder. Wie schön, dachte er. Das wird schon klappen.

Er holte ein gelbes Überweisungsformular heraus, das er selbst vor mehreren Monaten an das Allgemeine Krankenhaus geschickt hatte, und die Antwort stand jetzt auf der unteren Hälfte zu lesen:

*Schilddrüse mit erhöhten Werten auch bei wiederholter Probe. Deutliche Erhöhung von T4, geringere Erhöhung von T3, was von einer autoimmunen Krankheit abweicht. Weitere Untersuchung durch Szintigramm war geplant, um ein toxisches Adenom auszuschließen, aber die Patientin ist dreimalig der Untersuchung fern geblieben. Ich wäre dankbar für Übernahme der weiteren Betreuung durch den niedergelassenen Arzt Björk.*

»Hrm.«

Ein Räuspern. Er hatte Guns ach so energische Schritte schon gehört, war aber so in den Bericht vertieft gewesen, weil er versucht hatte, sich die relativ junge Frau vor Augen zu rufen. Er war bekannt für sein gutes Personengedächtnis.

Das Räuspern war wieder zu hören.

»Ach, hallo. Sind Sie es?«, sagte er und wandte sich Schwester Gun zu, die in der Tür stand. Dort blieb sie meistens stehen, auf der Grenze, weder im Zimmer noch davor, und auf diese Weise hatte sie alles im Blick, und er musste sich nicht überrumpelt fühlen. Er wusste, dass er sie jetzt hereinbitten musste, wenn er wollte, dass sie sich zu ihm setzte, und er wusste auch, dass sie nicht immer darauf einging. Manchmal drehte sie sich einfach um und verschwand wieder den Flur entlang.

»Schön, Sie zu sehen«, sagte er. »Wie geht es Ihnen?«

»Danke, gut«, antwortete sie, und das musste als Kommentar genügen, es interessierte ihn sonst ja auch nicht besonders, was sie so getrieben hatte. »Sie sehen gut erholt aus«, fuhr sie deshalb fort. »Wo waren Sie?«

»Danke, ja. Ich habe eine sehr interessante Woche in Bohuslän verbracht. Habe einen Aquarellkursus an einem unglaublich schönen Ort gemacht, in Gerlesborg, nördlich von Uddevalla. Eine wunderbare Naturlandschaft, teilweise sind wir schon um acht Uhr aufgestanden und rausgegangen ...«

Gun nickte und schaute interessiert drein, während er von den Farben, Kompositionen, Kursteilnehmern und dem guten Essen – vorzugsweise Fisch – schwärmte, von der Luft und dem Licht in Bohuslän, ganz anders als hier, viel mystischer, dramatischer und teilweise durchsichtiger. Ja, er kam richtig in Fahrt, während sie überlegte, wie sie ihm taktisch geschickt beibringen sollte, dass er am Vormittag noch zwei zusätzliche Patienten hatte. Der eine hatte angerufen und war sehr hartnäckig gewesen, fast wütend und aufgebracht, und der andere war ein armer Kerl, sehr krank und einsam, für den ihr Herz blutete, und Björks auch, das wusste sie. Ob das Grund genug war, ihn ausgerechnet heute noch dazwischenzuquetschen? Sie würde es auf jeden Fall versuchen.

Er schwieg und saß entspannt zurückgelehnt auf dem Schreibtischstuhl, die Hände im Nacken verschränkt, das blondgraue Haar kringelte sich an den Schläfen, die Halbglatze glänzte braun gebrannt, und sein Blick verriet, dass Doktor Björk nicht in der Praxis war, sondern wieder in Bohuslän.

»Ja, ja, kein Glück währt ewig«, warf Gun energisch ein. »Es ist nämlich so«, und sie räusperte sich erneut und legte eine besondere Honigsüße in ihre Stimme, »dass ich da zwei Patienten habe, die unbedingt heute noch einen Termin haben möchten, aber …«

»… wir haben keine mehr frei«, ergänzte Björk.

»Ja, genau. Der eine hier«, fuhr sie fort und hielt ihm die Akte hin, »dessen Angehörige haben bereits während Ihres Urlaubs auf einen Termin gedrängt, und dann ist da noch Jönsson, dem geht es immer schlechter, dem Armen …«

Er schaute stumm auf die Mappen, die sie ihm hinreichte.

»Das sind ja eigentlich nur Kleinigkeiten, das geht sicher ziemlich schnell«, meinte sie dann.

Doktor Björk versuchte sich wie Herkules am Scheideweg zu entscheiden, was er nun tun sollte: den patientenfreundlichen, großzügigen breiten Weg gehen, auf dem er alle annahm, sich engagierte, Überstunden machte und sehr, sehr müde wurde, oder den egoistischeren und vielleicht auf lange Sicht sogar patientenfreundlicheren, da er länger durchhalten würde, das heißt, sich nicht vorzeitig pensionieren lassen musste, was er trotz allem bereits in Erwägung gezogen hatte? Ganz konkret nach der herrlichen Woche in Bohuslän – das Leben hatte doch viel, viel mehr zu bieten als nur Arbeit.

»Das sieht aus wie Kleinigkeiten, aber Sie wissen, wie das ist«, erwiderte er und schaute Gun bittend an, als könnte sie ihm die Verantwortung abnehmen und eine Entscheidung treffen. »Meistens kommt noch alles Mögliche hinzu, wenn die Patienten erst einmal hier sind«, sagte er und überlegte, ob er in dem Fall, dass er sie noch annahm, Gun bitten konnte, etwas für die Mittagspause einzukaufen, da er es dann sicher nicht schaffen würde, in die Pizzeria hinüberzukommen.

Er schaute noch einmal auf die Terminliste und sah, dass es bei zwei Patienten vermutlich ziemlich schnell gehen würde, nur kurze Kontrollen, aber andererseits kamen sie von weit her, und er fand es einfach nicht in Ordnung, Patienten nur in wenigen Minuten abzufertigen, wenn er wusste, dass sie drei Stunden im Bus verbracht hatten, nur um ihn zu sehen. Er kannte sich selbst nur zu gut, wusste, dass er dann gern über andere Dinge redete, Essen kochen, Waldpflege, Angeln oder was sie nun für gemeinsame Interessen hatten, der Patient und er. Und gerade diese kleinen Plaudereien machten seine Arbeit erst unterhaltsam. Alle diese Menschen mit ihren verschiedenen Leben und unterschiedlichen Schicksalen.

Dann würde er natürlich noch Telefonanrufe von Patienten bekommen, die sofort ein Rezept für die Apotheke brauchten. Sie hatten im Laufe des Sommers einen Vertretungsarzt gehabt, aber nicht darauf geachtet, wann ihre alten Rezepte abliefen und wann sie rechtzeitig neue anfordern mussten. Ja, ja, es war immer das alte Lied, und auch das würde seine Zeit in Anspruch nehmen. Jedes Mal, wenn er den Hörer aufnahm, verbrauchte er Zeit, die Minuten vergingen und wurden zu Viertelstunden, die zu halben Stunden wurden, zu Stunden …

Er spürte, wie sein Herz in Fahrt kam, und die erfrischende Nähe der bohusländischen Klippen war plötzlich wie weggeblasen.

»Nein«, erklärte er schließlich und fühlte sich ganz mutig dabei. »Nein, nein, nein!« Er schüttelte den Kopf, dass die zerzausten Locken zitterten.

»Ich mache es nicht«, sagte er mit einer neuen Wut, wie Gun sie nicht von ihm kannte.

»Wie Sie meinen«, sagte sie resigniert und sah keinen Sinn in einem Versuch, ihn noch zu überreden, jedenfalls nicht dieses Mal. Vielleicht wurde er im Laufe des Tages noch sanfter, wenn er nach dem Urlaub und den Startschwierigkeiten wieder in Gang gekommen war. »Ich gebe ihnen dann den nächsten freien Termin, aber Sie können sich darauf einstellen, dass sie nicht begeistert davon sein werden«, gab sie sicherheitshalber noch von sich.

Sie hatte ihn jedenfalls gewarnt. Björk schluckte, änderte seine Meinung aber nicht.

»Es ist schon spät«, sagte sie mit einem Blick auf ihre Armbanduhr.

»Ach, übrigens«, sagte Björk. »Dieser Bericht ist vom Allgemeinen Krankenhaus gekommen. Erinnern Sie sich an die Patientin? Wir müssen versuchen, sie zu erreichen oder herauskriegen, ob sie vielleicht umgezogen ist. Sie kann natürlich selbst entscheiden, es ist ihr Körper, aber wir müssen zumindest dafür sorgen, dass sie die Informationen kriegt.«

Gun schaute sich das Formular an und las den Kommentar. »Lena Söderlund, war das nicht die Frau, die Witwe geworden ist, nachdem ihr Mann überfahren wurde? Sie wissen schon, dieser Arzt, der im Krankenhaus gearbeitet hat und über den da so einiges geredet wurde. Das war doch ihr Mann.«

Er sah sie verständnislos an und dachte, dass doch unglaublich war, was Frauen so alles in ihrem Kopf behalten konnten.

»Ich glaube, er ist irgendwann ganz früh im Jahr umgekommen. Aber genau kann ich mich nicht mehr erinnern. Und sie war total verzweifelt, die arme Frau. Lange Haare«, erinnerte Gun sich und hielt die Hand an die Schulter wie zur Illustration.

»Jetzt kann ich mich wieder erinnern«, sagte Björk. »Aber über das mit ihrem Mann hat sie kein Wort verloren. Sie kam wegen Tachykardie und Müdigkeit.«

Er konnte sich an das blasse Gesicht erinnern, bleich trotz der erhöhten Schilddrüsenwerte, klein, dünn und schweigsam. Ansonsten gesund, soweit er sich erinnerte. Er musste sie wohl erneut zu sich locken und noch einmal untersuchen. Eine Untersuchung war immer von Vorteil, die Blutdrucksmanschette um den Arm wickeln, das Stethoskop auf den Brustkorb setzen, die Hände auf den Bauch legen, mit weichen, sicheren Bewegungen abtasten. Bei der Untersuchung kam man den Patienten, die im Idealfall ihre Abwehr fallen ließen, irgendwie näher, er konnte dann fragen, kleine, unschuldige Fragen. Vielleicht würde er ihr entlocken, was sie wirklich bedrückte oder ihr Angst machte. Zu hohe Werte der Schilddrüse sollten eigentlich niemandem Angst einjagen, aber man konnte nie wissen, was Patienten so aufschnappten oder falsch verstanden.

»Laura Ehrenswärd hat den Bericht diktiert«, sagte Gun.

»Ja, natürlich«, nickte er. »Sie ist ja Spezialistin für Endokrinologie. Weiß viel über Hormone.«

»Aber sie hat ihn nicht unterschrieben, das hat ein anderer Arzt gemacht«, erklärte sie weiter und schaute Björk forschend an, ob er wusste, was passiert war, konnte aber auf seinem Gesicht nichts ablesen.

»Sie hatte wohl Urlaub, als der Bericht fertig war«, meinte Björk. »Ihr Stellvertreter hat dann unterschrieben.«

»Sie hatte keinen Urlaub. Sie ist tot. Erschossen«, sagte Schwester Gun.

Meine Güte! In was für einer Welt leben wir nur, dachte Doktor Björk und seufzte schwer.

# Kapitel 17

Warum hast du gelogen?«

Lena Söderlunds Stimme war voller kontrollierter Wut. Sie betonte jeden Buchstaben. Saras Blick war voller Trotz, aber sie sagte nichts.

»Antworte mir!«

Es gab keinen Zweifel, dass Lena böse war. Das folgende Schweigen erschien Sara bedrohlich wie eine Bombe, die kurz vorm Explodieren war.

Sie hatten sich noch nie gestritten, nicht richtig, und Sara spürte, dass das hier gefährlich werden konnte. Nicht, weil sie fürchtete, Lena würde auf sie losgehen, der Gedanke kam ihr ganz und gar nicht, sondern weil ihre Freundschaft zerbrechen konnte, und die brauchte sie. Sie brauchte Lena, ihre Stiefschwester, sonst würde sie sehr, sehr einsam sein.

»Was ist nur mit dir los?«, wies Sara sie schließlich zurecht. »Du bist so wahnsinnig sauer. Das braucht dich doch gar nicht zu interessieren.«

»Warum hast du hinsichtlich des Vaters gelogen?«, fuhr Lena fort, und ihre Stimme war immer noch verzerrt, außerdem meinte Sara etwas Neues in Lenas Gesicht zu erkennen, etwas Verkniffenes, Hartes um den Mund.

Das Schreiben vom Gerichtsgenetischen Institut in Linköping lag auf dem Couchtisch zwischen ihnen.

»Da steht, dass Patrik gar nicht der Vater sein kann, warum hast du es dann darauf ankommen lassen? Ich möchte eine Antwort, und ich werde sie auch kriegen«, fauchte Lena.

Sara schwieg. Der kleine Johan schlief im Kinderwageneinsatz, der auf dem Boden in Lenas Wohnzimmer stand. Sie hatten gerade angefangen, Kaffee zu trinken, als Sara die Papiere herausholte, die sie schon eine ganze Weile mit sich herumtrug. Anfangs wollte sie das Ergebnis der Blutuntersuchung ganz für sich behalten, aber sie fühlte sich so verdammt blöd dabei, dumm im Kopf und ihrem Schicksal ausgeliefert – sie musste einfach mit jemandem sprechen, mit jemandem, der sie kannte und der nicht nur sein Geld dafür bekam, nett zu sein.

Rigmor war eigentlich ganz verständnisvoll gewesen, aber es war auch etwas merkwürdig, eine Person um sich zu haben, die so schrecklich gern Großmutter sein wollte, obwohl sie es gar nicht war.

»Warum hast du das gemacht? Hast du einfach auf dein Glück gehofft?«

Der Ton war etwas weicher geworden. Lena sah vermutlich ein, dass sie sonst nicht weiter kommen würde – es war, als würde sie gegen eine Wand rennen –, also sprach sie mit Sara wie mit einem Kind.

»Ich weiß es nicht«, sagte Sara und schlug den Blick nieder.

»Du weißt es nicht? Du musst doch verdammt noch mal wissen, warum du das gemacht hast. Hast du denn nicht damit gerechnet, dass es rauskommen würde?«

Lena hatte sich wieder in Rage geredet, und Sara schmollte. Am liebsten wäre sie aufgestanden, hätte sich Johan geschnappt und wäre nie wiedergekommen, aber irgendwas hielt sie davon ab, es erschien ihr zu theatralisch, zu drastisch und zu wütend, und eigentlich würde sie nur zu gern die Wahrheit sagen, erzählen, wie es wirklich war. Es würde sie erleichtern, wenn sie nicht allein dem Drängen der Leute ausgesetzt wäre, die alle von ihr wissen wollten, wer der Vater war und warum sie sich geirrt hatte. Sie behaupteten, sie hätte Patrik vorgeführt, aber sie waren es doch gewesen, die immer einen Namen hatten haben wollen, und dann bekamen sie halt einen, und er war jedenfalls einer von mehreren Möglichkeiten.

»Ich wusste einfach nicht, dass sich das so genau bestimmen lässt«, murmelte sie mit gesenktem Kopf.

Lena ergriff den Bogen und las laut:

*»Die Untersuchung hat erwiesen, dass das Kind das unterstrichene DNA-Fragment von seinem Vater geerbt hat. Patrik Juttergren fehlt dieses Fragment. Das Ergebnis der Untersuchung lautet, dass Patrik Juttergren nicht der Kindesvater ist.«*

Sie ergriff den nächsten Bogen und las leise weiter.

*»99,99 Prozent Sicherheit«,* sagte sie und warf die Blätter auf den Tisch. »Du hast einfach einen Papa herausgefischt? Oder? Stimmt das etwa nicht?«

»Nicht ganz«, antwortete Sara leise. »Aber das Sozialamt wollte, dass nicht *Vater unbekannt* in den Papieren steht.«

»Aber was willst du – willst du nicht wissen, wer der Vater ist? Und denk doch an Johan. Wenn er groß ist, möchte er vielleicht gern wissen, wer sein Vater ist. Willst du wirklich nicht auch selbst wissen, wer es ist?«

Sara schaute immer noch zu Boden, ihr Gesicht war starr und verschlossen.

»Nein, eigentlich nicht«, traute sie sich zu antworten und schaute Lena dabei trotzig an. »Nicht nachdem alles so gekommen ist, und außerdem gehört Johan *mir*«, fügte sie hinzu und sah noch rebellischer aus. Vor allem wollte sie betonen, dass Johan nicht Lenas Kind war.

»Was heißt hier, er gehört *dir*? Kinder gehören niemandem«, fauchte Lena und starrte Sara dabei mit weit aufgerissenen Augen an. »Mit wie vielen hast du denn herumgebumst? Das hätte ich nie von dir gedacht.«

»Ach, du glaubst wohl, ich würde mit jedem schlafen, was! Du glaubst, ich bin eine Schlampe«, brachte Sara wütend und verletzt heraus, und es hörte sich an, als ob jetzt *sie* richtig wütend werden würde. »Aber du sollst wissen, dass das eine einmalige Sache war … und außerdem war ich betrunken … danach habe ich so gut wie nie wieder was getrunken …aber es waren mehrere neben Patrik, und ich konnte sie nicht mehr auseinander halten …«

Sie brach zusammen und begann laut zu weinen, und mitten im Weinen spürte sie, wie erleichternd es war, es endlich gesagt zu haben, auch wenn Lena nicht gerade sehr mitfühlend war.

Warum waren sie eigentlich immer bei Lena? Warum konnte Lena nicht auch einmal zu ihr kommen, so dass sie nicht jedes Mal den Wagen, Johan und die Tüte mit den Windeln und der Wechselwäsche hochschleppen musste? Es wäre doch so viel einfacher, sich daheim bei Sara zu treffen, aber es schien, als ob es dort nicht gut genug war. Anfangs hatte Sara gemeint, dass sie natürlich zu Lena gehen müsste, um ihr einen Gefallen zu tun, damit Lena in ihrer neuen Wohnung schneller heimisch wurde, und sich nicht so verlassen fühlte, jetzt, wo es den großen Johan nicht mehr gab.

Plötzlich sah Lena sehr müde aus, als wäre sie gar nicht mehr bei der Sache. Sie wirkte nach innen gekehrt, und mit einem Mal verzerrte sich ihr Gesicht vor Schmerzen, und sie legte die Hände auf den Bauch und knickte wie ein Klappmesser zusammen.

»Ich muss nur mal aufs Klo«, brachte sie stöhnend heraus. »Ich habe Magenkrämpfe, oder es ist diese Magenschleimhautentzündung.«

Gerade als Lena die Tür hinter sich zugezogen hatte, klingelte das Telefon.

»Geh ran«, schrie sie Sara durch die geschlossene Toilettentür zu. »Sag, dass ich später zurückrufe.«

Sara stand auf und schluckte alles Verheulte und Ängstliche herunter, damit ihre Stimme normal klang. Es war ein netter Doktor Björk am anderen Ende der Leitung. Sara antwortete, wie ihr aufgetragen worden war.

Als Lena herauskam, war Johan aufgewacht und meckerte, weil ihm warm war. Sara hob ihn hoch, schnupperte an seinem Windelpopo – sie musste die Windel wechseln.

»Wer war das?«, fragte Lena, sobald sie herausgekommen war, und sie sah viel frischer aus.

»Ein Arzt namens Björk, und er möchte, dass du ihn zurückrufst. Die Nummer steht auf dem Block«, erklärte Sara und zeigte zum Flur hin, wo das Telefon auf einem roten Tischchen stand.

»Aha«, sagte Lena zögernd, stellte die Kaffeetassen auf das Tablett und brachte es in die Küche.

»Bist du irgendwie krank?«, rief Sara ihr nach.

»Nein, überhaupt nicht«, kam die Antwort aus der Küche.

»Na, jedenfalls sollst du dich bei ihm melden. Ich habe ihm versprochen, dass du es gleich tun wirst«, rief Sara zur Küche hin, ging in die Hocke und zog Johan auf dem Wohnzimmerfußboden um.

»Ich mach das später«, entgegnete Lena, und Sara hörte, wie sie den Wasserhahn anstellte und mit den Tassen im Spülbecken klapperte.

Claesson ließ sich Zeit mit dem nach Hause kommen, jetzt, wo er allein war.

Merkwürdig, wie schnell man sich daran gewöhnt, dachte er. Plötzlich ist man abhängig davon, dass es nicht leer ist, wenn man nach Hause kommt. Nicht nur gähnende Leere und der Fernseher, auch wenn er sich ehrlich gesagt manchmal nach Stille und Einsamkeit sehnte, vor allem nach mehreren Nächten mit einer schreienden Klara.

Man kann sich nicht an Träumen festklammern, man muss das Gute mit dem Schlechten nehmen, besonders wenn man Kinder hat, das sagte seine Schwester Gunilla immer, wenn es mit ihren vier Söhnen, der eigenen Arbeit und den Verpflichtungen ihres Mannes Markus zu viel wurde. Erst jetzt verstand er sie wirklich. So langsam.

Er dachte häufiger tagsüber an Klara, an sein Mädchen, und jedes Mal spürte er, wie etwas in ihm dahinschmolz, während er gleichzeitig leicht unruhig wurde. Ob sie sich wohl verändert hatte? Er wollte keinen Schritt in ihrer Entwicklung versäumen. Ach, Kinder werden sich doch wohl nicht im Laufe von ein paar Tagen verändern, dachte er dann, aber vielleicht vergisst sie mich ja? Das wäre noch schlimmer.

Vielleicht würde sie schreien, statt sich zu beruhigen, wenn er sie aus dem Bettchen hochnahm? Jetzt war sie ja in erster Linie mit Veronika zusammen, und vielleicht wurde es mit Klara wie mit vielen anderen Kindern, die er gesehen hatte, bei denen zum Schluss nur noch die Mama zählte. Aber er dachte gar nicht daran, sich damit zufrieden zu geben. Er sah Kollegen und andere Männer aus seiner Umgebung vor sich, die ihre Kinder wie hoffnungsvolle Herrchen lockten: »Komm zu Papa, komm zu Papa«, und das Kind kehrte ihnen nur den Rücken zu und flüchtete sich in Mamas Schoß, kletterte ihr auf die Knie, klammerte sich an ihr fest, das Gesicht hart an ihre Brust gepresst. Als wäre der Papa der Teufel in Person.

Er würde schon zusehen, dass er seinen Anteil bekam, seine bescheidene Portion von Klara, und da Veronika den ganzen Tag für sich hatte, musste er versuchen, sich die Abende zu erkaufen. Was sicher leichter werden würde, wenn sie aufhörte zu stillen.

Er wusste, dass es gut war zu stillen, aber er sehnte das Ende dieser Phase herbei. Natürlich hütete er sich davor, das laut zu sagen, schließlich war Veronika Ärztin. Er wollte keine Gardinenpredigt riskieren. Selbst er wusste, dass Stillen vom ernährungswissenschaftlichen Standpunkt hervorragend war und auch sonst nur Vorteile hatte: Schutz gegen Infektionen und spätere Allergien. Die Psychologen hatten dazu sicher auch noch einiges zu sagen. Aber mein Gott, schließlich lebten sie in einer modernen Gesellschaft!

Er stand auf und schloss das Fenster, ging auf den Flur hinaus und holte sich eine Tasse Kaffee. Nicht schwarz, sondern mit Milch, da sein Magen leer war. Lundin wollte noch vorbeikommen, also würde Claesson auf ihn warten.

Ein bisschen graute ihm auch vor zu Hause, da er sich gezwungen sah, dort etwas Sinnvolles zu tun: sich das nächste Zimmer vorzunehmen und zu spachteln, den Rasen zu mähen, die Hecke zur Straße hin zu schneiden, damit die Triebe nicht den Fußgängern in die Augen stachen, die Kachelfugen im Badezimmer zu erneuern – sie hatten schon mehr als fünfzig Jahre auf dem Buckel und waren braunschwarz geworden. Es gab genügend zu tun, aber so lange er seinen Job machen musste, hatte er eine Ausrede. Merkwürdig fand er nur die Tatsache, dass es viel einfacher war, etwas zu tun, wenn man zu zweit war. Die Energie floss viel besser, wenn Veronika in der Nähe war und er nicht all diese langweiligen Dinge alleine machen musste.

Er wollte sich mit Janne Lundin vor dem folgenden Tag abstimmen. Lundin hatte Erika Ljung bei sich, sie brauchte einen Mentor. Es gab Leute, die sich fragten, warum sie sie in die Gruppe aufgenommen hatten, aber er vertrat immer offen die Meinung, dass sie Jüngere anlernen mussten, und in erster Linie Frauen.

Das Telefon klingelte.

»Hallo«, sagte Veronikas Stimme, und sie klang nicht wie sonst.

»Hallo, wie geht es?«

»Sie ist gerade gestorben«, sagte sie heiser.

»Oje«, entfuhr es ihm, fand keine anderen Worte. »Traurig zu hören«, fügte er dann hinzu.

»Vielleicht gar nicht so traurig«, sagte Veronika. »Ein bisschen Angst habe ich ja gehabt, dass sie in irgend so einem Heim herumliegen muss. Aber traurig ist es natürlich trotzdem ... Ein komisches Gefühl. Jetzt bin ich die Älteste.«

Sie putzte sich die Nase.

»Nimmt es dich sehr mit? Und wie geht es übrigens Klara?«, fragte er und spürte die Sehnsucht nach seiner Tochter wie einen Streif von Wehmut in der Brust.

»Nein, ich bin gar nicht so kaputt. Klara war ziemlich ruhig, und Cecilia ist ja auch hier, sie hat sich erstaunlich viel um Klara gekümmert, und weißt du was«, fuhr sie mit gesenkter Stimme fort. »Cissi, ich meine Cecilia, ist nicht mehr so verdreht, außerdem ist sie ganz verliebt in ihre kleine Schwester.«

Claes konnte sich denken, dass Cissi in der Nähe stand und dass Veronika nicht wollte, dass sie das hörte, Cecilia, diese erwachsene junge Frau, die er als Familienanhang dazu bekommen hatte und die nicht gerade zu den charmantesten jungen Damen gehörte, die er je getroffen hatte. Aber er hatte beschlossen, die Dinge auf sich zukommen zu lassen, obwohl er sehen konnte, dass die Distanz der ältesten Tochter Veronika bekümmerte.

»Kommt ihr bald zurück?«

Das wäre schön, dachte er, aber auch anstrengend, weil er es nicht schaffen würde, sie würdig zu empfangen. Wahrscheinlich würde Veronika erwarten, dass er zumindest den Rasen gemäht hätte, dieses verfluchte Gras, das jetzt, wo es heftig regnete, so schnell wuchs, dass man dabei zusehen konnte.

»Wir fahren morgen nach dem Mittagessen. Cecilia kommt mit, sie fährt später weiter nach Lund. Aber vorher müssen wir zum Beerdigungsinstitut. Kommst du zur Beerdigung?«

Die Frage kam etwas überraschend. »Ja, natürlich. Das ist doch selbstverständlich. Was hast du denn gedacht?«

»Ich meine, du hast sie ja kaum gekannt.«

»Aber ich kenne dich«, entgegnete er.

»Wann würde es dir passen mit der Beerdigung?«

»Das ist ganz gleich. Ich kann mirfrei nehmen, wenn es so weit ist, in meinem Job kann ich sowieso nichts im Voraus planen ...«

»Na gut. Hast du im Augenblick viel zu tun?«, fragte sie.

»Ja, ziemlich.«

»Dachte ich mir, du bist ja noch nicht zu Hause, und es ist schon nach sechs. Gibt es etwas Besonderes?«

»Nein, das kann man nicht sagen«, antwortete er. »Aber jetzt kommt Lundin gerade rein.«

Sie legten auf. Er hatte keine Lust, ihr zu erzählen, womit sie beschäftigt waren, Veronika hatte vermutlich keine Zeitung gelesen und wohl auch kaum Fernsehnachrichten geguckt.

»Veronikas Mutter ist gestorben«, erzählte er Janne Lundin.

»Mein Beileid«, antwortete dieser. »War das zu erwarten?«

»Nein, eigentlich nicht, abgesehen davon, dass sie alt war«, antwortete Claesson.

»Ja«, sagte Lundin, »die Alten sterben weg. Und das werden wir auch tun, wenn es an der Zeit ist, aber das ist natürlich kein besonders netter Gedanke.«

»Leben deine Eltern noch?«

»Meine Mutter. Sie ist vierundneunzig und munter wie eine Vierzehnjährige«, berichtete er schmunzelnd. »Aber mein Vater war ziemlich kränklich. Er ist schon vor einer Weile gestorben. Ich glaube, für meine Mutter war sein Tod ein Segen, auch wenn sie allein zurückgeblieben ist«, berichtete er mit nachdenklicher Stimme. »Sie hat mehr Freiheit bekommen, musste sich nicht mehr um ihn kümmern …«

»So kann's gehen«, sagte Claesson, der das Kapitel Eltern abschließen wollte. »Übrigens – wie ist es gelaufen?«, fragte er und wechselte den Ton.

»Nun ja, Erika Ljung kommt wohl wieder ins Lot«, berichtete er mit Nachdruck in der Stimme. »Ist noch ein bisschen forsch, manchmal mit zu viel Schwung, aber das rührt wohl von ihrer Unsicherheit her und dass sie noch nicht so recht ihre Rolle gefunden hat. Dann hatten wir da diesen Hjort, einen Arzt am Allgemeinen Krankenhaus, Spezialist für Lungenkrankheiten. Er hat vorsichtig so einiges angedeutet – die Leute sind ja im Allgemeinen immer sehr vorsichtig, und er scheint wohl sowieso seine Worte sehr genau abzuwägen – jedenfalls hat er von so einer Art Verfolgung am Krankenhaus erzählt. Man könnte es wohl auch Mobbing nennen.«

»Willst du damit sagen, dass Laura gemobbt wurde?«, fragte Claesson verwundert, denn das passte nicht zu dem Bild, das Rigmor Juttergren gemalt hatte, und auch zu keiner Beschreibung von anderen, aber man konnte nie wissen.

»Nein, absolut nicht«, beschwichtigte Lundin ihn. »Nicht sie, sondern ein anderer Arzt, und er lebt auch nicht mehr. Ist Anfang des Jahres beim Autounfall umgekommen. Erinnerst du dich noch?«

Claesson dachte nach, schüttelte dann langsam den Kopf. »Nein, ich glaube nicht.«

»Wohl ein Unfall. Er ist auf der Loipe da hinten bei Höjden Ski gefahren und mit hoher Geschwindigkeit auf die Straße gebraust, konnte seine Skier nicht mehr bremsen ...«

»Doch, jetzt erinnere ich mich«, unterbrach Claesson ihn. »Soweit ich gehört habe, haben sie die Skiloipe jetzt verändert. Es muss ja immer erst ein Unglück geschehen, ehe etwas passiert.«

»Das stimmt. Es war damals die Rede davon, ob das vielleicht selbst verschuldet war ...«

»Ja, ich glaube, daran erinnere ich mich auch noch«, nickte Claesson. »Er ist doch nicht an Ort und Stelle gestorben.«

»Das weiß ich nicht so genau. Aber man hat nie herausgekriegt, ob es nun Vorsatz war«, fuhr Lundin fort. »Ob er Schluss machen wollte ...«

»Höchstwahrscheinlich wohl nicht. Die Mehrheit will eigentlich nicht, dass es klappt, die will eher Hilfe haben, um weiter leben zu können«, dozierte Claesson wie bei einer Vorlesung. »Aber nicht alle Selbstmordkandidaten hinterlassen eine Nachricht.«

»Genau.«

»Was war nun mit diesem Hjort? Was hat er gesagt?«, fragte Claesson, um den Faden wieder anzuknüpfen.

»Im Grunde genommen hat er gar nicht so viel gesagt, er konnte nichts zu den direkten Ermittlungen beitragen, aber er hat angedeutet, dass es eine arbeitsintensive Periode am Krankenhaus gab, als dieser Arzt, na, wie soll ich sagen, rausgeekelt worden ist. Hjort erschien mir sehr sympathisch, ruhig, freundlich, eine gewissenhafte Person, und er hat offensichtlich nichts mit dem Mobbing oder mit Lauras Tod zu tun.«

Claesson schwieg. »Na gut! Aber wir müssen da natürlich weiterbohren«, sagte er schließlich.

»Das finde ich auch«, stimmte Janne Lundin zu.

»Ich werde wohl Rigmor Juttergren noch einmal befragen.

Unter anderem. Wir werden morgen früh hören, was die anderen herausgefunden haben«, sagte Claesson zum Abschluss müde und erschöpft.

Er hatte das Essen sträflich vernachlässigt, und jetzt war es über sechs Stunden her, seit er das letzte Mal etwas zu sich genommen hatte. Zwar funktionierte er normalerweise wie ein Kamel, stopfte große Portionen in sich hinein und hielt es damit lange Zeit aus, aber jetzt war die Zeitspanne doch zu lang, vor allem, da er nur Brote gegessen hatte.

»Gehst du jetzt?«, fragte Lundin in der Tür.

»Ich denke schon. Ich muss noch den Rasen mähen, bevor es zu spät ist. Sonst werden die Nachbarn noch sauer. Und morgen ist ja auch noch ein Tag.«

## KAPITEL 18

»Ein rotes, größeres Auto«, hatte Arnold Holst gesagt. Jetzt waren Lauras direkte Nachbarn zurückgekommen, und die Frau hatte erzählt, dass ein roter, »so etwas größerer Wagen, wie die Leute ihn heute oft fahren«, mehr als einmal vor Lauras Grundstück geparkt hatte.

»Was du nicht sagst«, meinte Claesson zu Peter Berg. »Das klingt ja endlich danach, als hätten wir was in der Hand. Was hat sie noch gesagt?«

Sie hatten sich im Polizeirevier versammelt, es war halb neun Uhr morgens, und sie waren guten Mutes.

»Dass sie den Besitzer des Wagens gesehen hat«, erklärte Berg, sagte dann aber nichts mehr.

»Und …«

»Es war keine Frau«, erklärte er und machte sich auf die Enttäuschung gefasst.

»Nichts, um den Kopf hängen zu lassen«, meinte Claes Claesson. »Wir haben nur gesagt, dass es nicht ausgeschlossen ist, dass der Mord von einer Frau begangen wurde, abgesehen davon, dass Frauen nicht so häufig Schusswaffen benutzen und so weiter. Auch ein Mann kann schließlich mit einer zierlichen Waffe schießen, und was die Schuhabdrücke betrifft, so kann das auch eine Freundin gewesen sein, die zu Besuch gekommen ist. Das bedeutet nicht, dass wir uns aufs Geschlecht festlegen, man muss immer verschiedene Möglichkeiten in Erwägung ziehen …«

»Alle Wege müssen offen gehalten werden, das ist das A

und O«, sagte Lundin, streckte seinen langen Körper und zeigte plötzlich ein breites Lächeln.

Erika Ljung trat soeben durch die Tür, eine halbe Stunde verspätet.

»Je später der Tag, umso schöner die Frauen«, sagte er und nickte ihr zu, während sie schweigend auf einen Stuhl sank.

»Pass auf! Das kann als sexuelle Nötigung aufgefasst werden«, warf Louise Jasinski ein.

»Was?«, fragte Lundin, als hätte er nicht recht verstanden.

»Ach nichts«, sagte Louise.

»Konzentriert euch«, sagte Claesson. »Wo waren wir? Ja, bei dem Auto. Also ein rotes, größeres Auto, wahrscheinlich ein Kombi, der Besitzer ein Mann, zumindest ist der aus dem Wagen ausgestiegen. Mach weiter, Peter!«

»Die Nachbarin hat erzählt, dass das Auto im Laufe des Frühjahrs immer mal wieder aufgetaucht ist. Sie glaubte, es wäre ein ›männlicher Bekannter‹ oder, wie sie sich ausgedrückt hat, ein ›Kavalier‹. Was sie durchaus positiv meint. Sie kannte Laura nur flüchtig, sie haben sich ab und zu über den Zaun hinweg unterhalten, und sie hat sie als freundlich, vielleicht etwas gestresst empfunden, wusste aber auch, dass Laura einen anstrengenden Beruf hatte. Die Nachbarin selbst ist Lehrerin. Sprachlehrerin.«

»Ach, so eine, die nur halbtags arbeitet«, warf Lundin ohne nachzudenken ein.

»Das ist heutzutage nicht mehr so, und das weißt du selbst ganz genau«, widersprach ihm Louise mit bösem Blick.

»Ja, ja, ich weiß, aber auf jeden Fall haben die mehr Freizeit als wir«, erwiderte er.

»Aber vielleicht einen schlimmeren Job. Halte mal die Jugendlichen von heute im Zaum«, meinte Louise als geläuterte Mutter von zwei Mädchen, von denen die eine gerade ins Teenageralter gekommen war und die andere kurz davor stand.

»Findest du es so viel besser, diese zwielichtigen Geschäfte im Griff zu halten? Das sind ja auch nicht gerade weniger geworden«, entgegnete Lundin.

Claesson unterbrach sie mit einem deutlichen Räuspern. »Wir wissen, dass ihr euch lieb habt, aber lasst uns jetzt bitte weitermachen.«

Lundin und Jasinski mochten einander auf eine etwas geheimnisvolle und merkwürdige Art, die es mit sich brachte, dass sie sich ständig gegenseitig neckten. Mehr war da auch nicht – obwohl, ganz sicher konnte man sich natürlich nicht sein.

Erika Ljung schaute abwechselnd zu Lundin und zu Jasinski, sagte aber nichts.

»Wenn du wissen möchtest, ob das hier immer so läuft, dann kann ich dir versichern, dass dem so ist, aber das bezieht sich nur auf die beiden«, erklärte Claesson Erika und zwinkerte seinen beiden Kollegen zu. »Das lässt sich nicht stoppen, aber meistens beschränkt es sich auf die Kaffeepausen. Dann könnt ihr gern über alles plaudern, was ihr auf dem Herzen habt.«

»Jetzt hör auf!«, zischte Louise.

Erika nickte schweigend. Ihre braunen Augen waren hellwach und aufmerksam, aber sie wichen Peter Berg aus, obwohl sicher keiner intensiver als Peter Berg an sie dachte.

»Also, ein rotes Auto«, fuhr er mit inzwischen roten Wangen fort.

Während Louise Jasinski versuchte, den mittlerweile ziemlich abgehackten Informationen zu folgen, fiel ihr auf, dass er sich neue Klamotten gekauft hatte. Sie hatte Peter Berg schon immer gemocht. Er hatte so etwas Verletzliches an sich, was er selbst natürlich niemals zugeben würde. Jetzt trug er schwarze Jeans, einen schwarzen Gürtel und ein rotes, kurzärmliges Hemd, Farben, die sie noch nie an ihm gesehen hatte. Alles sah neu aus, und jemand musste ihm geholfen haben, etwas anderes als immer das Mittelblau und irgendwie Farblose auszusuchen, was er sonst trug, oder diese verwaschenen Hemden, die nicht einmal der schlimmste Hinterwäldler anziehen würde.

Der Ausverkauf läuft, fiel ihr ein. Die Sommerkleidung sollte raus, obwohl Bergs Hose kaum nach Restposten aussah. Schwarz war eher eine Farbe für den Herbst, vielleicht war das Hemd herabgesetzt gewesen, aber das spielte ja auch keine Rolle. Hauptsache, es sah gut aus. Vielleicht schaffte sie es in der Mittagspause etwas für Janos zu suchen. Ihn bekam sie sowieso nie mit in die Geschäfte, und er brauchte eine ganze Menge Klamotten, was er selbst weit von sich wies. Die Herbstmode würde bald eintreffen, aber wer hatte jetzt Lust auf Herbstkleidung. Höchstens ich, musste sie sich eingestehen. Sie sollte sich lieber hüten, in die Stadt zu gehen. Das könnte teuer werden, besonders jetzt, wo sie so viel abgenommen hatte, dass sie selbst fand, ihr stünde fast alles.

»Die Befragungslisten sind noch nicht komplett«, fuhr Claesson fort. »Wir haben Fritjofsson wieder zurückbekommen, und sie ist dran. Ich hoffe, das bringt etwas. Was wissen wir über Lauras Finanzen?«

»Die sind in Ordnung«, antwortete Lundin. »In perfekter Ordnung. Die Rechnungen pünktlich bezahlt, größere Schulden gibt es nicht, nur die normale Hypothek auf das Haus, die alle haben, die nicht wahnsinnig reich sind oder gern Steuern zahlen. Es gibt ein paar Aktien, Fondspapiere und Geld auf der Bank, aber keine größeren oder auffälligen Beträge, und es sind auch keine Aufsehen erregenden Summen eingezahlt oder abgehoben worden.«

»Also kein Verdacht auf kriminelle Zahlungen, Zeichen von Erpressung oder dergleichen«, fasste Claesson zusammen.

»Nichts.«

»Gut«, fuhr Claesson fort. »Ich habe die Liste wegen dieses Mintolux-Bonbons bekommen. Die werden in Tüten und auch lose verkauft.«

»Danach hättest du Louise fragen können«, erklärte Peter Berg. Sie hatten so oft zusammengearbeitet, dass er sehr genau ihre Abstecher zu Kirres Kiosk kannte, um dort Schokolade, Lakritzstangen oder andere Süßigkeiten zu tanken.

»Vergangene Sünden«, entgegnete Louise.

»Ja, das sehen wir«, nickte Lundin.

Alle wussten, dass Louise sich aus unerfindlichen Gründen nach Weihnachten bei den Weight Watchers angemeldet hatte.

»Aber auch wenn du abgenommen hast, könntest du uns vielleicht an deinem reichen Erfahrungsschatz teilhaben lassen«, meinte Lundin.

»Meine Güte, sollen wir wegen eines Bonbonpapiers dahin fahren?«, rief Louise aus und fasste sich an die Stirn.

»So weit sind wir noch nicht«, entgegnete Claesson, um sie zu beruhigen.

»Man soll nichts beschreien«, meinte Lundin.

»Na, okay«, setzte Louise an. »Ich kann euch mitteilen, dass dieses feste Karamellbonbon zu der besseren Sorte gehört. Ich habe selbst Mintolux gelutscht, als ich noch Süßigkeiten gekauft habe«, fügte sie hinzu und schaute mit Referentenblick in die Runde. Sie zwinkerte ein paar Mal mit ihren blauen Augen, bevor sie weitersprach: »Entweder als lose Bonbons im Konsum oder in der Tüte bei Kirre. Nun meine ich aber zu wissen, dass man diesen erlesenen kleinen Bonbon, Pfefferminz mit Karamellkern, im Großen und Ganzen überall bekommt, inklusive Tankstellen.«

»Und hier habt ihr die Liste unserer Gegend«, sagte Claesson und ließ eine Computerliste auf den Tisch fallen. »Ich habe sie vom Großhändler, bitte schön, bedient euch.«

»Aber das bringt doch nichts«, sagte Erika Ljung, und das waren ihre ersten Worte an diesem grauen Morgen. »Das sind ja wahnsinnig viele Verkaufsstellen, und dann ist es schon fast einen Monat her, dass ...«

»Dann heißt es nur, die Fantasie zu Hilfe nehmen«, sagte Claesson. »Wir müssen uns etwas ausdenken, und außerdem brauchen wir Verstärkung, mehr Leute. Und es muss natürlich gar nicht der Fingerabdruck des Mörders auf dem Bonbonpapier sein«, fügte er sicherheitshalber hinzu. »Der kann ja von dem stammen, der die Bonbons im Laden ausgepackt hat oder von jemand anderem, der zufällig bei Laura im Haus war, und so weiter. Aber wenn wir sowieso die Leute verhören, könnt ihr das ja im Hinterkopf behalten. Wenn ihr das nicht schon hattet«, erklärte er und schaute seine Mitarbeiter an, die ihm alle die ausdruckslosen Gesichter zuwandten.

»Hat jemand herausgekriegt, ob vielleicht Laura selbst diese Bonbons mochte?«, fragte Berg.

Alle schüttelten den Kopf.

»Sie kann sie ja heimlich zu Hause gelutscht haben«, meinte Louise. »Nicht alle stehen zu ihren Schwächen. Einigen ist so etwas peinlich.«

»Warum soll das denn peinlich sein?«, wollte Lundin wissen.

»Nun ja, ich weiß nicht. Aber ich bilde mir ein, dass es beispielsweise Männer gibt, die Süßigkeiten essen, wenn es keiner sieht. Vielleicht finden sie es ja unmännlich. Oder geradezu unmoralisch. Charakterlos.«

»Ich habe gelesen, dass in erster Linie Frauen Süßigkeiten kaufen«, sagte Claesson.

»Ich weiß«, bestätigte Louise. »Ich bin so eine typische Frau, die Süßes isst. In mittlerem Alter ...«

»Du bist doch wohl noch nicht im mittleren Alter!«, unterbrach Lundin sie. »Da bin ich ja gerade mal angekommen.«

»Natürlich bin ich im mittleren Alter! Dahin kommt man heutzutage schnell. Alle über dreißig, und ich werde bald vierzig. Aber das geht vorbei, weißt du. Und was soll ich denn sonst sein – jugendlich?«

»Jetzt lasst uns bei der Sache bleiben«, sagte Claesson irritiert und verärgert, weil immer er derjenige sein musste, der die Übrigen ermahnte, sich zu konzentrieren. »Es ist klar, dass wir langsam müde werden. Aber wir haben einen langen Arbeitstag vor uns, an dem wir viel erreichen wollen. Übrigens, ich kann euch mitteilen, dass in der Ferienhütte in Torekov laut Benny nichts gefunden wurde. Er war fast sauer, vor allem wegen der Fahrt. Laura war lange Zeit nicht mehr dort gewesen. Und dann kann ich noch berichten, dass kein Schützenverein eine russische Wettkampfwaffe als gestohlen gemeldet hat.«

»Also illegal«, bemerkte Peter Berg. »Natürlich!«

»Und das Telefon ist immer noch verschwunden«, fuhr Claesson fort. »Ihr wisst, dieses drahtlose. Ich wette, Laura hat versucht, es zu erreichen, als sie sich vom Flur ins Wohnzimmer bewegt hat.«

»Das glaube ich auch«, sagte Louise. »Bestimmt lag es auf dem Couchtisch.«

»Und der Mörder ist ihr zuvorgekommen«, ergänzte Janne Lundin.

»Und hat es ihr vor der Nase weggeschnappt«, fügte Louise Jasinski hinzu. »Oh, verdammt«, meinte sie nur und schüttelte sich.

Nachdem sie die Aufgaben für den Tag verteilt hatten, brachen sie auf. Über ein Motiv trauten sie sich noch nicht zu spekulieren. Sie wussten ganz einfach noch zu wenig, als dass es etwas bringen würde.

Eventuelle Herrenbekanntschaften mussten näher untersucht werden. Ebenso die Geschehnisse in der Klinik, falls dort tatsächlich etwas passiert war. Die Verwandten hatten bisher nichts Auffälliges beisteuern können. Und die Nachbarn auch nicht, abgesehen von diesem Kavalier im roten Kombi. Claesson hatte gemeinsam mit der Informationsabteilung eine neue Pressemitteilung verfasst. Man entschied sich, so wenig wie möglich zu sagen.

Vielleicht steckt ja doch ein Mädchen dahinter, trotz allem, dachte Louise, als sie sah, mit welch sicherem und fast lässigem Gang Peter den Flur entlanglief. O-Beine hatte er immer schon gehabt, aber jetzt marschierte er mit einem flotten Wippen in den Kniegelenken.

Sie war sich immer sicher gewesen, dass eines Tages ein nettes Mädchen Hand in Hand mit Peter Berg auftauchen würde. Ein sauberes, frisches Mädchen aus der Gemeinde, eine brave Frau voller Mütterlichkeit und Tatkraft im Blick.

Erzieherin vielleicht. Oder Krankenschwester. Gemeindehelferin, Leiterin eines Altersheims, das würde auch passen. Oder warum nicht Bibliothekarin. Versicherungsangestellte, da gab es auch viele gute Frauen. Es musste jedenfalls eine sein, die die Initiative ergriff, überlegte sie.

Und warum nicht eine Polizistin, kam ihr in den Sinn, als sie sah, wie verlegen er wurde, als Erika Ljung ihm einen Kaffeebecher unter dem kaltblauen Schein der Leuchtstoffröhren mitten auf dem Flur reichte. Ob das gut gehen kann?

Janne Lundin fand Erika Ljung über ihren Schreibtisch gebeugt. Sie sah lustlos aus.

»Also, an die Arbeit«, erklärte er, und sie stand auf, griff aber nicht nach der Regenjacke, die an einem Haken hinter der Tür hing.

Das Wetter war im Laufe des Tages umgeschlagen, von bewölktem Himmel und Regen am Morgen zu Sonnenschein und drückender Hitze mitten am Tag.

»Typisches Augustwetter«, sagte sie. »Heute Abend wird es so heiß sein, dass man ins Wasser springen kann.«

»Machst du das häufiger?«, fragte Lundin, während sie zum Auto gingen.

»Kommt schon vor. Ich schwimme gern.«

Lundin faltete seine knapp zwei Meter hinter dem Lenkrad zusammen und fuhr auf die Ordningsgatan, eine Einbahnstraße zum Stortorget, auf dem der Springbrunnen, ein großer Granitapfel, sein Bestes gab, um dem Platz ein wenig Leben einzuhauchen. Ein paar Obdachlose saßen im Schatten einiger müder Ulmen vor dem Alkoholladen, ansonsten war alles öd und leer. Und feuchtwarm.

Sie wollten zu Carl-Magnus Meisser, der in einem küstennahen Streifen gleich nördlich der Stadt wohnte, im Anschluss an die große Badestelle, die in erster Linie bei Kindern und Jugendlichen beliebt war, weil es hier einen Kiosk und einen Sprungturm gab. In einem früheren Ferienhausgelände, das durch das Wachstum der Stadt geschluckt worden war, sollten sie Meissers Haus suchen. Die Gegend wurde inzwischen als eine der besseren angesehen, und auch als eine der teureren, da die Lage garantiert ruhig war, dazu aber nicht zu weit vom Zentrum entfernt. Viele Grundstücke, um nicht zu sagen die meisten, hatten einen eigenen Strand mit Meeresblick und eigenem Badefelsen, von dem der Morgensprung getätigt werden konnte.

Erika versuchte ein Gähnen zu unterdrücken, als Janne Lundin zum Hafen hin abbog, um dann die alte Küstenstraße Richtung Norden zu nehmen.

»Müde?«, fragte Lundin, ohne sie anzusehen.

Sie war heute Morgen nicht zum ersten Mal zu spät gekommen, auch wenn es nicht so häufig vorkam, dass man es als zu oft bezeichnen musste.

»Tja«, meinte Erika nur.

»Gehst du nachts bummeln, oder schläfst du nur schlecht?«

Sie ließ die Frage ein paar Sekunden lang unbeantwortet im Raum stehen. »Ich schlafe schlecht«, sagte sie dann.

»Hm.«

»Das gehört wohl dazu. Man kann seinen Kopf in den Träumen nicht lenken«, erklärte sie und wischte sich dabei den Schweiß mit der Hand im Nacken ab.

Es war stickig, und die Kleider klebten am Leib, der Schweiß lief die Achseln herunter und zeigte sich glänzend auf der Oberlippe.

Janne Lundin schaute durch das Seitenfenster hinaus und sah einen früheren Nachbarn bei der Statoil-Tankstelle tanken, als sie vorbeifuhren. Dann wohnt er also doch noch in der Stadt, dachte er.

Lundin kannte Erika nicht besonders gut, diese relativ neue Kriminalassistentin, und sie war außerdem um so viel jünger als er, dass er unsicher war, wie persönlich er ihr gegenüber überhaupt werden durfte. Er wollte um keinen Preis in den Verdacht geraten, ein geiler alter Bock zu sein, das passierte schnell in seinem Alter. Den Frauen wurde nachgesagt, dass sie im Klimakterium und deshalb launisch waren, während den Männern vorgeworfen wurde, sie würden hinter den jungen Mädchen her sein. Alle hatten so ihr Joch zu tragen – oder ein Vorurteil, gegen das man ankämpfen musste.

»Findest du diesen Fall unangenehm?«, fragte er schließlich, sein Eindruck war ein anderer, er fand, sie hatte den richtigen Biss.

»Nein, überhaupt nicht«, platzte sie heraus. »Doch, natürlich ist er unangenehm«, änderte sie schnell ihre Meinung. »Diese verweste Leiche, eine ganz normale Frau, die kann ja von jedem Erstbesten ermordet worden sein, vielleicht von einem Rowdy, der eingedrungen ist, einem Bandenmitglied. Unsere Gesellschaft ist nun mal unsicherer geworden. Außerdem kann man sich fragen, warum: Eine ordentliche Mitbürgerin ohne besondere Auffälligkeiten oder dunkle Geschäfte und so weiter. Aber daran denke ich nicht weiter ... obwohl, merkwürdig ist das ja schon«, erklärte sie.

»Hm«, sagte Lundin, er hörte ihrer Stimme an, dass sie aufgebracht war, die Worte platzten nur so aus ihr heraus. Früher war ihm das aufgefallen, sie war eher still und wortkarg gewesen, andererseits hatten sie bisher noch nicht oft zu zweit zusammengearbeitet. Oder aber es lag an der Misshandlung, die sie bedrückte und die er bisher noch mit keinem Wort erwähnt hatte, so lange sie selbst nichts dazu sagte. Sie hatten schließlich Fachleute, die sich um die Sache kümmerten, und außerdem schätzte er, dass es ihr wichtig war, von vorn anfangen zu können.

»Ich meine, es ist schon komisch, dass ich nicht mehr darüber nachdenke. Wie eklig das ist«, sagte sie verwundert.

»Das ist sicher nur gut so«, meinte Lundin und fuhr über die Brücke.

Gleich würden sie die Gegend von Stensö erreichen.

Er warf ihr einen schnellen Seitenblick zu und sah, dass sie immer noch aufgebracht war, aber wenigstens sah sie ein bisschen lebendiger aus.

»Mein Mädchen«, sagte er plötzlich und konnte selbst

nicht sagen, wie er darauf kam. »Du hast ja einiges mitgemacht. Da ist es doch nur klar, dass dir der Kopf brummt.«

»Ich weiß«, sagte sie und schien ihm seinen onkelhaften Kommentar in keiner Weise übel zu nehmen.

Sie biss sich auf die Unterlippe, schaute durch die beschlagene Wagenscheibe hinaus und wischte sich erneut den Nacken trocken, die Augusthitze war drückend, weich und klebrig.

»Ich hasse ihn«, platzte es aus ihr heraus.

»Das kann ich mir denken.«

»Wie leicht es ist, jemanden zu hassen. Aber nicht schön. Das einzig Gute daran ist, dass ich ihn nie zurückhaben will«, sagte sie. »Das Risiko, dass ich mich wie andere misshandelte Frauen verhalte, ist nicht besonders groß – er erniedrigt sie, sie zeigt ihn an, er bereut, und alles wird wieder die schönste Eintracht, so dass sie den Kerl wieder aufnimmt und die Anzeige zurückzieht, so dass er wieder anfangen kann, auf sie loszudreschen ...«

Die Sätze sprudelten nur so aus ihr heraus.

»Lundin«, sagte sie schließlich und zögerte dann.

»Ja«, ermunterte er sie.

»Darf ich dich etwas Persönliches fragen?«

»Fragen kannst du, was du willst, aber es ist nicht sicher, dass du auch eine Antwort kriegst«, konterte er mit der klassischen diplomatischen Antwort und lächelte ihr zu.

»Glaubst du, das war Rickard, der diese junge Frau unter der Tanne erstochen hat? Ich weiß, dass ihr noch nichts gefunden habt, um ihn festzunageln, aber was glaubst du? Sie hatte ja Würgemale genau wie ...«

Sie verstummte und holte tief Luft, dass es ihr im Brustkorb schmerzte.

»...wie du, meinst du«, ergänzte Lundin und konzentrierte sich auf die Fahrbahn.

Er dachte sehr genau nach. Er wusste nur zu gut, was sie glaubte, aber das wollte er nicht sagen, weil er sich vor Aussagen hütete, für die es noch keine offensichtlichen Beweise gab. Jedes Mal, wenn er sich die Freiheit genommen hatte zu spekulieren und diese Spekulationen dann auch geäußert hatte, war er peinlich berührt gewesen, wenn sich hinterher herausstellte, dass er sich geirrt hatte. Als hätte er jemanden unschuldig verurteilt.

»Ich glaube gar nichts. Was heißt, dass er es gewesen sein kann, aber es kann auch jemand anders gewesen sein«, erklärte er.

»Ich wusste, dass du so antworten würdest. Aber das macht nichts«, sagte sie.

Rechter Hand funkelte das Meer graugrün, bildete Buchten zwischen den flachen Felsen. Ein Segelboot glitt langsam dahin, das Segel hing schlaff herunter, es wirkte wie eine Fata Morgana. Auf einem Grundstück sah sie einen alten Mann, der sich am Geländer festhielt und vorsichtig die Stufen am Ende eines Holzstegs ins Wasser hineinstieg. Der Himmel wechselte am Horizont ins Violett, vielleicht eine leise Vorwarnung vor einer neuen Regenfront.

»Guck dir den Alten an! So von seinem eigenen Grundstück aus ins Wasser springen zu können«, sagte Erika und zeigte auf die blasse Gestalt, die jetzt hineinplumpste und ein paar Schwimmzüge machte.

»Ja, das ist herrlich«, sagte Lundin. »Der Sommer ist dieses Jahr aber auch ungewöhnlich schön.«

»So sollte es jedes Jahr sein. Aber Herbst ist auch nicht schlecht.«

»Findest du?«

»Mir gefällt er. Eigentlich beginnt das neue Jahr doch im Herbst«, sprach sie weiter. »Vielleicht liegt das daran, dass man zum Herbst immer mit dem neuen Schuljahr anfing. Man bekam eine neue Chance, Schwierigkeiten zu vermeiden. Ein neues Schuljahr lag vor einem, aus dem man etwas machen konnte, wenn man sich anstrengte. Nach Neujahr war es dann ja schon mehr oder weniger wieder gelaufen, das halbe Schuljahr rum.«

»Aber du warst doch sicher eine fleißige Schülerin«, meinte er.

»Oh nein«, widersprach sie lachend. »Ich hatte in der Oberstufe eine Zeit, die ich am liebsten vergessen möchte, und meine Eltern und meine Lehrer sicher auch.«

Soso, dachte Lundin ohne Verwunderung. Er hatte schon viele Problemkinder kennen gelernt, die später etwas aus ihrem Leben gemacht hatten. Und das Gegenteil gab es natürlich auch. Nach so einem suchten sie im Augenblick gerade ...

Sie fuhren an einem großen weißen Holzhaus vorbei, das überwuchert war mit Schnitzereien, samt Turm und Wintergarten, der auch nicht gerade bescheiden war.

»Da kann man ja richtig neidisch werden«, meinte Lundin mit Blick auf das Haus. »Ist es hier?«, fragte er Erika, die die Karte auf dem Schoß hatte.

»Ne, ne, aber was für ein Idyll«, rief sie aus. »Möchtest du nicht hier wohnen?«

»Warum nicht, aber noch lieber hätte ich Ausblick auf Kühe auf der Weide«, erklärte Janne Lundin, der auf einem Bauernhof aufgewachsen war. »Außerdem ist hier für meinen Geschmack zu viel zu machen. Da musst du dir schon Dienstboten leisten können, und ich weiß nicht, ob das immer so lustig ist, alle möglichen Leute um sich herumspringen zu haben, Maler, Gärtner, Putzfrauen.«

Die Ferienhäuser, die meisten umgebaut für ganzjährige Benutzung, wurden immer kleiner, alte, kleine Hütten mit hervorstehenden Anbauten, um den Raum zu erweitern. Auf einigen Grundstücken waren die alten Häuser abgerissen und neue gebaut worden.

Sie klappte die Karte auf ihrem Schoß auf, legte den Zeigefinger auf die Badestelle, folgte von dort der Straße Richtung Norden.

»Fahr noch ein bisschen weiter, dann nach rechts auf eine Landzunge. Den ganzen Weg lang liegen Häuser. Stell dir vor, ich bin nie weiter als bis zu der Badestelle gekommen. Viel weiter schafft man es mit dem Fahrrad nicht.«

»Du bist nicht aus der Stadt, oder?«

»Nein«, antwortete Erika und setzte sich die Sonnenbrille auf, die Sonne brannte jetzt stark, auch wenn das Augustlicht verhältnismäßig sanft war. »Ich komme aus Malmö.«

»Aber du hast keinen schonischen Akzent. Nicht so wie Gotte.«

»Ich war acht, als wir hierher gezogen sind, und meine Mutter kommt aus Piteå, mein Vater von Jamaika, deshalb habe ich nie das Schonische angenommen. Aber ich kann, wenn ich will«, sagte sie lächelnd und spürte nicht die alte gewohnte Müdigkeit darüber, immer wieder erklären zu müssen, woher sie kam, sie mit der braunen Haut und den schwer einzuordnenden Gesichtszügen.

Die Menschen wollten den anderen gern einordnen. Und sie hatte noch nicht einmal einen Akzent, der passte. Wenn die Leute nur ihr perfektes Schwedisch akzeptierten, war alles gut, wenn sie nicht einen Akzent zu hören meinten, der gar nicht vorhanden war. Und den es nie gegeben hatte. Und wie oft war sie gebeten worden, ihren Namen zu buchstabieren, bei der Bank oder der Post, sobald sie ihr Gesicht sahen, und ebenso oft entstand ein Moment peinlichen Schweigens, wenn sie ohne zu zögern den ganz normalen Namen buchstabierte: E, R, I, K, A …

»Ich hätte mir ja denken können, dass du nicht aus der Gegend bist, sonst wärst du bestimmt schon einmal hier gewesen«, sagte Janne nur.

»Jetzt nach rechts«, dirigierte sie, und sie bogen auf einen schmalen asphaltierten Weg ab, in einen Nadelwald hinein, in dem weiterhin kleine und große Ferienhäuser zwischen den Bäumen auftauchten.

»Da«, sagte sie und zeigte nach vorn.

Ein schwarzer Saab parkte auf dem Grundstück vor dem Haus, das am Wasser lag. Kein Rasen zu mähen, kein einziges Blumenbeet. Nur Kiefern, Wacholder und Felsen, die Spalten bildeten, in denen hohe Wildrosen wuchsen, die sich mit ihrer rosavioletten Farbe von dem Grau abhoben.

Carl-Magnus Meisser wohnte in einem typischen Ferienhaus, nicht mehr und nicht weniger. Keine Anbauten, graue Holzwände, schwarzes mit Dachpappe gedecktes Dach, ein Stockwerk, die Veranda zum Wasser hin. Es konnte sich im besten Fall um fünfzig Quadratmeter handeln, eher noch weniger, und es war kaum ein Haus für eine Familie mit Kindern. Das Grundstück war so sehr Naturgrundstück, wie es nur ging, fast verwildert. Ein kleiner Badesteg, schief und wacklig, ragte von den Felsen ins Wasser, daran war ein Kahn vertäut, Schilfrohr auf der einen Seite, eine kleine Sandbucht auf der anderen.

Meisser schien nicht der Typ zu sein, der gern herumpusselte, weder mit Blumenbeeten noch mit dem Haus, das fast einsturzgefährdet aussah, abgesehen von den Fenstern, die neu zu sein schienen. Und hässlich. Störende große, moderne Fenster.

Lundin fuhr heran und stellte den Wagen hinter dem Saab ab.

»Kein rotes Auto«, sagte Erika.

»Nein«, bestätigte Lundin und stieg aus. »Verdammt, ist es wieder heiß geworden«, sagte er und versuchte sich Luft zu verschaffen, indem er vorn das Hemd flattern ließ. Er öffnete einen weiteren Knopf, holte ein Taschentuch heraus und wischte sich damit den Nacken ab.

Als sie die Autotüren zuschlugen, stand Doktor Carl-Magnus Meisser neben ihnen. Sie schüttelten sich zur Begrüßung die Hände, die Titel wurden benutzt, Kriminalkommissar Jan Lundin und Kriminalassistentin Erika Ljung. – Verdammt, benutz die ganze Litanei bei den hohen Tieren, hatte Lundin ihr gesagt.

»War es schwer zu finden?«, fragte Meisser zum Auftakt.

»Nein, wir haben ja die Karte«, antwortete Lundin und notierte, welchen Blick der gute Meisser Erika zugedachte, ein inspizierender, abschätzender Blick, der nichts mit ihrem Beruf zu tun hatte, sondern allein mit ihrem Wert als weibliches Wesen.

Sie war schön anzusehen, aber sie bildete sich nichts darauf ein. Kein Gekicher oder Augenzwinkern. Ein frecher Flirt konnte sicher ab und zu ganz nützlich sein, aber nicht hier. Würde schon interessant sein zu sehen, wie sie diese Gaben mit der Zeit in ihrem Beruf einzusetzen lernen würde. Rein privat ist es ja gerade richtig den Bach heruntergegangen, ging es Lundin durch den Kopf, als sie dem Hausbesitzer folgten, der ihnen den Weg auf die Veranda zeigte.

»Wir können uns wohl hier hinsetzen«, erklärte Meisser mit einer Geste zu den Terrassenstühlen. »Drinnen ist es etwas unordentlich. Ich habe in letzter Zeit viel gearbeitet, sehr viel, um genau zu sein, deshalb habe ich das hier ein bisschen vernachlässigt.«

Er sah aus, als hätte er auch sich selbst vernachlässigt, schwarze Bartstoppeln, blasse Gesichtshaut, und möglicherweise war ein diskreter Geruch nach abgestandenem Alkohol wahrzunehmen, überlegte Lundin, aber vielleicht bildete er sich das auch ein. Er würde Erika später danach fragen.

»Sie wohnen allein hier?«, begann Lundin in neutralem Ton das Gespräch.

»Ja. Ich wohne allein hier. Wir hatten das als Ferienhaus, ich und meine zweite Frau – also, ich war zweimal verheiratet«, erklärte er. »Nach der Scheidung behielt sie das Wohnhaus und ich das hier«, sagte er mit Blick auf das abblätternde graue Haus.

»Ihre Chefin und Arbeitskollegin ist ermordet worden. Wissen Sie etwas, das uns helfen könnte?«

Lundin und Erika saßen ruhig da und warteten die Antwort ab.

»Was sollte das denn sein?«, fragte Meisser, nachdem er ihre Frage verneint hatte.

»Ist etwas Außergewöhnliches passiert, hatte sie irgendwelche Kontakte, die von den üblichen abwichen? Irgendwelche Zwiste, Feinde vielleicht? Patienten?«

Meisser schüttelte langsam den Kopf.

»Was haben Sie selbst an dem Freitag gemacht, als Laura Ehrenswärd ihren Urlaub antreten wollte?«

»Ich war verreist, auf einer Gebirgstour, und bin erst am Sonntag zurückgekommen. Ich kann Ihnen die Namen meiner beiden Reisekameraden geben.«

»Wie war Laura Ehrenswärd als Chefin?«

»Gut.«

»Sie fanden also, dass sie eine gute Chefin war«, verdeutlichte Janne Lundin.

»Ja.«

»Gab es irgendwelche Konflikte im Krankenhaus?«

»Natürlich gab es die. Die gibt es doch wohl an allen Arbeitsplätzen, aber es war nicht schlimmer also überall sonst.«

»Nichts Spezielles, was Sie uns erzählen können?«

Meisser schüttelte erneut den Kopf. »Nein, was sollte das denn sein?«

»Anfang des Jahres starb ein Arzt namens Johan Söderlund. Sie kannten ihn doch sicher?«

»Nun ja, kennen ist vielleicht zu viel gesagt, aber gut, ja, ich kannte ihn«, sagte er, und seine Stimme wurde etwas gequält. »Er hat sich totgefahren, oder besser gesagt, er wurde totgefahren«, korrigierte er sich selbst.

»In welcher Weise hat das die Klinik betroffen?«

»Überhaupt nicht, würde ich mal sagen. Es ist ja schon mehrere Jahre her, seit er bei uns aufgehört hat.«

»Dann hat Sie das nicht besonders berührt?«, fuhr Lundin fort.

»Nein. Warum?«

»Schließlich war es einer Ihrer jetzt mit Ihnen arbeitenden Kollegen, der ihn angefahren hat, deshalb kann ich mir vorstellen, dass es Anlässe gab, darüber zu reden.«

»Die ganze Sache war natürlich unangenehm, aber eigentlich haben wir nicht viel darüber gesprochen. Das Leben geht weiter. Das lernt man in diesem Job. Das Leben bekommen wir nur geliehen«, sagte er und fuhr sich dabei mit der Hand über Mund und Kinn.

»Warum hat Johan Söderlund im Krankenhaus aufgehört?«

»Mein Gott, was hat denn das eine mit dem anderen zu tun? Das war doch wohl seine Privatsache und hängt absolut nicht mit Lauras Tod zusammen.«

Janne Lundin schwieg und suchte eine neue Taktik bei diesem hartnäckigen Brocken. Das ist einer, der nichts preisgeben will, einer, der lieber schweigt, dachte er. Aber warum schweigt er?

»Dann haben Sie nichts zu berichten?«

»Nein, habe ich wohl nicht«, antwortete Meisser. »Ich möchte Ihnen nur sagen«, erklärte er und schaute dann die schweigende Erika an. »Ich möchte Ihnen *beiden* sagen, dass ich im Augenblick wie ein Schwein schufte, damit die ärztliche Versorgung im Krankenhaus klappt, besonders jetzt, wo Laura tot ist. Ich habe weder Zeit noch Kraft für andere Dinge.«

»Ja, das verstehe ich«, nickte Janne Lundin. »Ja«, wiederholte er und stand auf. »Dann haben wir wohl keine weiteren Fragen mehr.«

Ein paar Möwen schrien.

»Entschuldigung«, sagte Erika und öffnete damit zum ersten Mal den Mund. »Dürfte ich einmal bei Ihnen zur Toilette, bevor wir wieder fahren?«

»Natürlich«, antwortete Meisser eine Spur widerstrebend und öffnete die einen Spalt offene Terrassentür ganz, damit Erika hineinschlüpfen konnte.

Lundin stellte sich mit dem Rücken zum Haus und schaute schweigend über das Meer. Meisser sagte nichts.

»Was für ein Auto haben Sie?«, fragte Lundin.

»Einen Saab.«

»Ja, natürlich«, sagte Lundin und stellte sich dumm. »Ich habe ihn ja da stehen sehen. Einen schwarzen Saab. Ein anderes Auto haben Sie nicht?«

»Eins reicht völlig, vor allem, wenn man allein lebt«, erklärte Meisser.

»Darf man fragen, wie viele Kinder Sie haben?«

»Mein Gott, was denn noch alles? Aber gut, ich habe sechs. Drei mit jeder Frau. Das kostet!«, bemerkte er lakonisch.

»Kann ich mir denken«, erwiderte Lundin trocken.

Erika kam wieder auf die Terrasse, sie verabschiedeten sich. Meisser brachte sie zum Auto.

»Lassen Sie von sich hören, wenn Ihnen etwas einfällt«, sagte Lundin noch, bevor er die Wagentür zuzog.

Er fuhr rückwärts auf den schmalen Weg, schaltete hoch und fuhr auf die Stadt zu, die in einem matten, glühenden Sonnendunst zu vibrieren begann.

»Und?«, fragte Lundin Erika. »Wie war es drinnen?«

»Dunkel und schmutzig. Geradezu verdreckt. Und viele leere Weinflaschen auf der Küchenanrichte. Wenn du das wissen wolltest.«

»Ja, genau«, sagte er, streckte den Daumen in die Luft und lächelte Erika zu. »Gut gemacht!«

»Und der soll Arzt sein«, meinte sie zweifelnd.

»Er wird sich bei seiner Arbeit sicher zusammenreißen. Alkoholiker gibt es überall, und wenn sie irgendetwas können, dann auf jeden Fall ihr Elend verstecken.«

»Der versteckt mehr als sein Elend«, sagte sie.

»Ja, das stimmt.«

Sie trennten sich auf dem Polizeiparkplatz.

»Jetzt gehe ich nach Hause und hole meine Schwimmsachen«, sagte Erika.

»Mach das«, nickte Janne Lundin und konnte nicht umhin – obwohl er wusste, dass das nicht erlaubt war –, sich in seiner Fantasie ihren schlanken Körper im Badeanzug am Ende des Sprungbretts vorzustellen, wie sie die Knie beugte und dann den Körper spannte, in einem weichen Bogen eintauchte, die Wasseroberfläche zuerst mit dem Kopf und schließlich mit den langen schlanken Beinen zerteilte.

Peter Berg war bei Arnold Holst gewesen und hatte mit der Sturheit eines Esels versucht, den Mann mit Fotos dazu zu bringen, das rote Auto näher zu beschreiben, das er vor Laura Ehrenswärds Haus gesehen hatte. Holst meinte, alle sähen gleich aus: Nissan, Chrysler, Ford, Hyundai und so weiter. Sie hatten auf dem Balkon gestanden, in der Mappe geblättert, während Arnold Holst wie ein Schornstein qualmte und immer neue selbst gedrehte Kippen in den bereits überfüllten Tonkrug warf. Jedenfalls warf er sie nicht über das Balkongeländer, aber dann wäre er sicher aus dieser offensichtlich gepflegten Gegend rausgeschmissen worden.

Bei der Nachbarin in dem Haus direkt neben Laura hatte Berg mehr Glück. Sie meinte, den etwas größeren Namenszug Chrysler an der Wagenseite wiederzuerkennen.

Er versuchte es noch bei anderen Nachbarn, aber niemand war zu Hause, schließlich war es mitten am Tag und wie gesagt immer noch Urlaubszeit.

Im Laufe des Tages wurde er immer müder, und die Hitze machte das Denken zäh. Aber er wollte mehr Fleisch am Knochen haben, ganz einfach mehr Angaben, um sich ermuntert zu fühlen, diese Spur weiterzuverfolgen. Vielleicht sollte er eine kleine Pause einlegen. Es war heiß und stickig, und er überlegte, ob er Gott einen guten Mann sein lassen, ins Stensöbad gehen und dort eine Runde schwimmen sollte, doch garantiert würde er erwischt werden, wenn er das während der Arbeitszeit machte. Es gab immer einen neidischen Teufel mit Argusaugen, der so etwas mitbekam, die Stadt war schließlich klein, im Guten wie im Schlechten, und er konnte schon die Kommentare hören, dass es doch nun wirklich nicht sein durfte, dass staatliche Gelder für *badende Polizisten* ausgegeben wurden.

Er musste selbst über seine Formulierung schmunzeln. Ja, reitende Polizisten, die gab es, aber keine badenden.

Der Entschluss, das Bad auszusetzen oder es auf den Abend zu verschieben, wurde nach einigen inneren Kämpfen gefasst, ihm folgte aber prompt ein fast halluzinatorisches Gefühl von kühlem Meerwasser auf der Haut, während man sich mit kräftigen Schwimmzügen vorwärts bewegt. Die Trockenheit in seinem Hals wurde stärker. Vielleicht sollte er zumindest den Kopf unter den Wasserhahn halten und sich etwas zu trinken kaufen?

Während der Schweiß ihm aus den Achselhöhlen lief und große nasse Flecken auf dem T-Shirt zeichnete, trottete er langsam die leere Straße Richtung Zentrum entlang.

Warum er dann das tat, was er tat, konnte er nicht sagen, außer dass er eine dünne Frau sah, mager wie ein Hering, die auf dem anderen Bürgersteig auftauchte und über die Straße ging. Sie schob einen dunkelblauen Kinderwagen vor sich her, und erst dachte er, das sei so eine Teenagermutter, doch als er näher kam und das für die Jahreszeit ungewöhnlich bleiche Gesicht zwischen den dunklen Haargardinen sah, musste er einsehen, dass sie älter war.

Er brachte sie mit seinem Blick zum Stehen, trat an sie heran, ruhig und besonnen.

»Ich bin von der Polizei und würde gern wissen, ob Sie hier in der Gegend wohnen.«

Sie erstarrte und befeuchtete die Lippen. Der Mund war alles andere als eine Kirsche, eher blasse Lippen und kleine Sommersprossen, die sich über die ganze Oberlippe erstreckten. Sie schien sich offensichtlich zu fragen, ob Peter Bergs Absichten wohl ehrlich waren, und es schien, als zöge sie einen unsichtbaren Kreis um sich herum. Berg bemerkte das und ging deshalb gleich zur nächsten Frage über.

»Ich brauche Hilfe, um ein Auto zu identifizieren«, erklärte er und fand selbst, dass das glaubwürdig genug klang, damit sie sich traute, den Mund zu öffnen.

»Ich wohne nicht hier in der Straße, sondern im nächsten Viertel, da hinter der Ecke«, sagte sie und zeigte dorthin. »Da in dem Wohnblock.«

»Dann gehen Sie wohl häufiger hier entlang?«

»Ja, immer, wenn ich in der Stadt war«, antwortete sie.

»Ihnen ist nicht zufällig aufgefallen, dass hier öfters mal ein rotes Auto auf der Straße stand, Sie wissen, so ein Kombi, ein etwas größerer Wagen.«

»Habe ich gesehen«, antwortete sie. »Ich habe gesehen, dass hier häufiger mal ein roter Chrysler Voyager geparkt stand. Der gehört denen«, sagte sie und zeigte auf Lauras Haus.

»Sind Sie sich da ganz sicher?«, fragte er mit echter Verwunderung.

»Oh ja. Ich hätte nämlich auch gern so einen«, erklärte sie. »Irgendwann in der Zukunft, meine ich«, sagte sie und schaute verlegen drein, ihre Offenheit war ihr peinlich.

»Ach so!«

Da haben wir unterschiedliche Träume, dachte er. Einen großen roten Kombi. Na, so was!

»Darf man fragen, warum Sie so ein Auto haben wollen? Haben Sie mehrere Kinder?«

»Oh nein, nein!«

Sie verschränkte die dünnen nackten Arme locker vor der Brust, sie trug nur ein Hemd mit dünnen Trägern am Oberkörper und kratzte sich jetzt an einer verschorften Wunde am Unterarm, bis sie anfing zu bluten. Sie befeuchtete die Wunde mit Spucke. Es blutete nicht sehr stark.

»Ach, das wäre einfach nur toll«, sagte sie, zuckte mit den Schultern und verzog den Mund.

»Kennen Sie sich gut mit den verschiedenen Automarken aus?«, wollte Peter Berg wissen.

»Es geht so. Ich finde sie cool, im Augenblick kann ich mir ein Auto nicht leisten ... aber vielleicht ja später mal.«

»Das wollen wir doch hoffen«, erwiderte Peter Berg und lächelte sie an. »Jetzt muss ich Sie etwas fragen, was vielleicht nicht so einfach zu beantworten ist, aber können Sie sich erinnern, wann der Wagen das letzte Mal da gestanden hat? Denken Sie in Ruhe drüber nach.«

Sie spitzte den Mund, senkte den Blick und man konnte geradezu sehen, wie sie nachdachte. Mit dem einen Fuß, der in einer Sandale steckte, malte sie auf dem Asphalt. Die Knie unter den weißen Shorts waren knochig.

»Vielleicht vor ein paar Wochen. Aber ich laufe ja auch nicht jeden Tag hier längs«, sagte sie und folgte der Straße mit zusammengekniffenen Augen.

Das Kind bewegte sich, sie schob den Wagen hin und her und schaukelte am Lenker.

»Wollen Sie noch einmal zu Hause in aller Ruhe in Ihren Kalender gucken, vielleicht fällt Ihnen dann ein, welcher Tag das war.«

Sie schaute ihn aus graublauen Augenschlitzen an, ergriff das herabhängende schwarze Haar und sammelte es in einer Hand im Nacken, wischte sich mit der anderen Hand den Hals ab, ließ dann das Haar wieder fallen.

Muss ziemlich heiß sein mit so viel Haar, dachte Peter Berg und war inzwischen zu dem Schluss gekommen, dass sie knapp über zwanzig sein musste, und aus irgendeinem Grund hatte er das Gefühl, sie wäre allein mit dem Kind. Warum, konnte er nicht sagen, aber sie hatte etwas im Stich Gelassenes an sich, vielleicht lag das an der hängenden Körperhaltung. Wie eine verwelkte Tulpe. Aber gleichzeitig mit viel Willenskraft in der Stimme.

»Ich weiß, dass das nicht so einfach ist«, fuhr er fort, um sie in ihrer Aufgabe zu bestärken. »Vielleicht kommen Sie zu dem Ergebnis, dass Sie es nicht sagen können, nicht genau, und dann müssen Sie das auch nicht. Wir wollen der Wahrheit aber so nah wie möglich kommen. Denken Sie gut nach, und dann können Sie mich auf jeden Fall anrufen, wenn Ihnen etwas eingefallen ist«, sagte er und zog seine Karte mit Namen, Berufsbezeichnung und Telefonnummer aus der Hosentasche seiner Jeans und schob sie in den Kinderwagen.

»Ich schreibe mir auf, wie Sie heißen«, sagte er und zog einen kleinen Notizblock heraus.

»Sara Grip«, sagte sie lächelnd und sah dabei richtig süß aus.

Claesson hatte gerade eine neue Pressemitteilung herausgegeben, das Interesse der Journalisten war aber bereits abgeflaut. Die Techniker hatten sich Laura Ehrenswärds Arbeitszimmer im Krankenhaus vorgenommen, und Benny hatte angerufen und gefragt, ob Claesson nicht einmal vorbeischauen könnte. Dann waren noch diverse Telefonanrufe eingegangen, unter anderem von einer Schwesternhelferin, mit der

Claesson vielleicht auch gleich reden konnte, wenn er schon einmal in der Klinik war.

Er schaffte es noch, mit Veronika zu sprechen, bevor er losfuhr. Da er ausgerechnet jetzt, wo ihre Mutter gestorben war, so viel weg war – leider konnte man selten die verschiedenen Zusammentreffen im Leben vorausplanen –, rief er sie häufiger an. Sie schien weder böse noch wütend auf ihn zu sein, sie fand es offenbar sogar ganz schön, allein mit Klara zu sein. Das sei gut zum Nachdenken, erklärte sie ihm, und er überlegte, ob er deshalb gekränkt sein sollte. Veronika wusste, was es hieß, eine anspruchsvolle Arbeit zu haben. Sie ließ ihn kommen und gehen, wie er wollte, ohne das Gesicht zu verziehen, und dadurch war es umso schöner, nach Hause zu kommen. Sie erklärte ihm, dass sie ihn absolut nicht beneide, sie finde es schön, dass nicht sie es war, die von den Verpflichtungen aufgefressen wurde. Auch wenn der Job Befriedigung brachte, kam sie im Augenblick wunderbar ohne ihn zurecht. Mona Lundin hatte versprochen, eine Stunde auf Klara aufzupassen, so dass Veronika es schaffen konnte, sich die Haare schneiden zu lassen und vielleicht ein Kleid für die Beerdigung zu finden.

Er hoffte, dass der Mord gelöst wäre, bevor sie gezwungen sein würden, die Wohnung in Norrköping auszuräumen, und wenn nicht, würde er sich trotzdem freinehmen. Er wollte nicht mehr alles für die Arbeit sausen lassen. Es waren neue Zeiten angebrochen.

Als er sich in das saunaheiße Auto setzte, fühlte er sich zufrieden. Ganz einfach zufrieden. Es ging ihm gut. Das musste man einfach einmal zugeben. Er hatte verdammt noch mal wirklich keinen Grund, sich zu beklagen. Dass der Job manchmal überhand nahm, gab ihm ja auch eine gewisse Würze, lange Perioden hindurch war es oft reine Routinearbeit. Er genoss die Dynamik der Gruppe, die Arbeit vom Unbekannten auf das Bekannte hin. Er konnte sich nicht daran erinnern, wann jemand sich das letzte Mal über langweilige Arbeit beschwert hatte. Zumindest nicht in seiner Abteilung.

Der Sicherheitsgurt spannte über seinem Bauch, er schaute hinunter und meinte feststellen zu müssen, dass das Hemd sich in einer Art spannte, wie er es noch nie erlebt hatte. Er bekam einen Bauch! Familienleben, gutes Essen und Bauchansatz. Veronika war alles andere als eine hervorragende Köchin – sie war ehrlich gesagt sogar eine ziemlich miserable, denn es mangelte ihr an Fantasie und Interesse für die Zusammenstellung –, aber es war trotzdem irgendwie schöner, wenn man das Abendessen nicht allein in sich hineinschaufeln musste. Und offenbar wurde es auch mehr, quantitativ gesehen. Vielleicht gar keine größeren Portionen, aber dann noch ein Dessert – ein kleines Eis, ein Stück Apfelkuchen, eine Schokoladenrippe – alles nur, um das Essen in die Länge zu ziehen, weil es so gemütlich war. Sie wechselten sich mit Klara immer wieder ab, unterhielten sich, aßen und fühlten sich wohl. Er hatte sich eingebildet, er hätte so eine Art Immunität gegen Fett aufgebaut, doch da hatte er sich offensichtlich geirrt! Ist doch auch egal, dachte er. Man lebt schließlich nur einmal! Dann waren eben etwas mehr Hallenhockey und mehr Joggingrunden nötig, wenn Klara ihnen nicht mehr die Nachtruhe raubte.

Auf dem Krankenhausparkplatz standen nur wenige Autos. Auch die Patienten schienen in dieser drückenden Hitze, die sich wahrscheinlich gegen Abend oder in der Nacht in einem Gewitter entladen würde, zu fliehen.

Spätsommerhitze ist ein Geschenk, dachte er, wehmütig und sanft vor dem Herbst und bevor die Dunkelheit uns einnimmt. Vielleicht hatte das Krankenhaus auch immer noch nur Urlaubssprechstunden, geschlossene Stationen und eingeschränkte Arbeitszeiten. Die Schule hatte noch nicht wieder angefangen, höchstens die Lehrer, deshalb hing weiterhin eine träge Ferienstimmung über der Stadt.

Er sah, dass die Sonne direkt auf das Hauptgebäude brannte, das mit seinen acht, neun Stockwerken hoch aufragte. Die armen Patienten, die ihr Bett auf der Südseite hatten. Noch ein bisschen Fieber zu der Hitze, und man konnte sich denken, dass die Schwächeren aufgaben. Veronika hatte ihm bestätigt, dass einige Ältere, sehr Kranke und »Empfindliche« es mit der Hitze nicht schafften. Sie starben.

Auf dem Weg hinein stieß er auf einen von Veronikas Kollegen, einen Chirurgen, den er ein paar Mal im Zusammenhang mit dem Mord an einer Chirurgin vor ein paar Jahren getroffen hatte. Sie nickten einander zu, und Claesson war überzeugt davon, dass der Mann wusste, aus welchem Grund er hier war. So groß war das Krankenhaus nicht, eine ermordete Ärztin beschäftigte alle, auch wenn der Mord nicht diesen Krankenhausbereich betraf. Genau genommen beschäftigte der Mord *alle* in dem kleinen, verschlafenen Städtchen, und das war nicht zuletzt an der Vielzahl der mehr oder weniger brauchbaren Tipps und Hinweise zu spüren, die bei der Polizei eingingen.

Das idyllische, friedliche Äußere war trügerisch, und wie gesagt, es war nicht das erste Mal.

Der Gemeinderat hatte von sich hören lassen und nachgefragt, wie die Ermittlungen wohl liefen. Claesson stand diesem plötzlichen Engagement äußerst skeptisch gegenüber, aber er konnte den Gemeinderat schon verstehen, der Ruf der Stadt stand auf dem Spiel, und die letzten Jahre waren mit mehreren Betriebsstilllegungen und wachsender Arbeitslosigkeit nicht so einfach gewesen. Dennoch hütete er sich, etwas Definitives zu sagen. Die Ermittlungen waren Sache der Polizei, und es gelang ihm, das klarzustellen, ohne unhöflich zu wirken.

Sie arbeiteten so viel sie konnten und hatten noch Verstärkung von mehreren Polizeibeamten bekommen, um die Nachbarn und andere Menschen befragen zu können, die sich gemeldet hatten. Aussondern und sortieren. Nicht zuletzt brauchten sie Hilfe bei der Suche nach dem richtigen Süßwarengeschäft. Das große Geheimnis des Mintoluxpapiers, das vielleicht gar kein Geheimnis war, wenn man es genau betrachtete.

Als Claesson in Lauras Zimmer kam, hatten Benny und einer seiner Techniker gerade einen Stapel Papier auf ihrem Schreibtisch und noch weitere Stapel in einem Aktenschrank durchgesehen und unter anderem eine Kündigung gefunden.

Doktor Carl-Magnus Meisser hatte mit den üblichen drei Monaten Kündigungsfrist seine Stelle gekündigt. Na, so etwas. Ob er davon wohl etwas gegenüber Lundin und Erika herausgerückt hatte?, überlegte Claesson. Außerdem hatten sie die Rechnung für ein Beerdigungsgesteck gefunden, und zwar eins, das nicht gerade billig war.

Als sie bei der Durchsicht der restlichen Papiere nichts Interessantes mehr fanden, verließ Claesson das so ordentliche Büro und trat wieder auf den Flur. Er erblickte die gestresste Rigmor Juttergren, die dennoch ein herzliches Lächeln hervorbrachte, als sie ihn sah.

»Wie läuft es?«, fragte sie.

»Ich weiß nicht so recht«, antwortete er. »Aber das weiß man an einem bestimmten Punkt der Untersuchungen nie. Deshalb mache ich mir keine Sorgen, das gehört dazu.«

Sie sah dieses Mal flotter aus, vielleicht hatte sie etwas mit ihren Haaren gemacht oder sonst etwas, was er nicht benennen konnte. Und er war sicher nicht der einzige Mann, der leicht unsicher, ja geradezu gestresst wurde, wenn er sagen sollte, was sich in dem Gesicht einer bekannten Person verändert hatte. Manchmal war es die Brille, dann wieder die Frisur oder die Haarfarbe, der Lippenstift oder ganz einfach die Laune, die sich verändert hatte. Die meisten Frauen, die er kannte, waren gekränkt, wenn er nicht sofort den neuen Look bemerkte und ihn bitte schön mit positiven Worten kommentierte. Komplimente waren mit anderen Worten nie seine starke Seite gewesen, was jedoch nicht auf Unfreundlichkeit oder Desinteresse beruhte, sondern einfach darauf, dass er manchmal auf beiden Augen blind war, blind für Veränderungen. Er hatte es nie geübt, seine Umgebung mit etwas anderem als Polizeiaugen zu betrachten – nun ja, vielleicht mit einigen Ausnahmen –, aber in letzter Zeit hatte er sich als sehr lernfähig erwiesen. Veronika sagte es ihm geradeheraus, wenn er nicht bemerkt hatte, dass sie etwas Neues gekauft oder sich in anderer Weise angestrengt hatte.

Dieses Begräbnisgesteck kreiste in seinen Gedanken herum.

»Können wir kurz ungestört reden?«, fragte er deshalb Rigmor Juttergren, und er sah, wie der Stress erneut über ihre Augen huschte. »Kein Grund zur Besorgnis, ich möchte Ihnen nur ein paar simple Fragen stellen.«

»Ja, natürlich. Das wird schon gehen.«

Sie befanden sich in einer Art Anhängsel, einem kleineren Flur mit Postraum, Archiv und Kopiermaschinen. Rigmors Büro selbst lag ein Stück weiter, direkt auf der Station, deshalb versuchte sie es an einer der Türen eines kleineren Aufenthaltsraums mit Kaffeemaschine und Mikrowellenofen. Er war leer.

»Wir können uns hier hereinsetzen«, sagte sie. »Wenn es nicht zu lange dauert, denn nachher kommt das Personal, um hier Kaffee zu trinken.«

Claesson fiel auf, wie sie das Wort *Personal* benutzte. Sie stellte nicht das Personalpronomen *mein* voran, das hatte er noch nie von ihr gehört, aber es war, als könnte man es dennoch hören. Vielleicht hatte das etwas mit dem Tonfall zu tun, oder es lag an ihm selbst, dass er die bekannte Hierarchie im Krankenhaus so interpretierte. *Mein Personal* – die Krankenschwestern, die Schwesternhelferinnen und die Putzfrauen. Auf jeden Fall sprach sie nicht von den *Mädchen,* wie er es schon von einem der Ärzte gehört hatte. »Meistens helfen die Mädchen mir«, hatte er erklärt und klang dabei pompös wie ein altmodischer Patriarch, worauf Claesson gestutzt hatte. Er überlegte, wie er sich selbst eigentlich ausdrückte. *Kollegen,* das war ein gutes Wort. Aber nicht alle waren Kollegen, oder?

»Wir brauchen uns gar nicht erst hinzusetzen«, erklärte er. »Wir haben eine Rechnung für Beerdigungsblumen aus dem März dieses Jahres gefunden. Wissen Sie, für wen die gedacht waren?«

Rigmor legte ihre Stirn in Falten. »Nein, ich denke nicht.

Aber es kann ja jemand gewesen sein, den Laura persönlich kannte.«

»Und bezahlt dann den Kranz aus Mitteln der Klinik«, warf Claesson ein.

»Nein, sicher nicht, das hätte sie nie getan. Dann war es vielleicht ein Patient.« Sie verstummte und dachte erneut nach. »Nein, ich weiß es nicht«, sagte sie dann.

»Wussten Sie, dass Carl-Magnus Meisser auf dem Weg von hier fort ist?«, fuhr Claesson in lockerem Ton fort, als wäre das allgemein bekannt und deshalb kaum der Rede wert.

»Doch, ja, ich habe davon gehört«, antwortete sie und errötete ein wenig. Sie fummelte nervös an dem kleinen Goldtropfen herum, der ihr an einer Kette um den Hals hing.

»Wissen das alle in der Klinik? Ist das sozusagen offiziell?«

»Das weiß ich nicht. Es war jetzt ja Urlaubszeit, und dann ...«

»Woher wissen Sie es?«

»Ja, ich denke, Laura hat es mir gesagt. Warum?«, fragte sie zurück.

»Warum hat er gekündigt?«, hielt er dagegen und machte eine Pause, die Rigmor aber nicht ausfüllte. »Na, ich werde ihn wohl selbst danach fragen müssen. Aber Sie haben nicht zufällig etwas flüstern hören hinsichtlich der Gründe? Vielleicht weil er irgendwo eine bessere Stelle gefunden hat oder weil es aus irgendeinem Grund hier nicht so gut ist«, meinte er und fand selbst, dass er sich fast verhaspelte.

»Wieso, es ist doch alles in Ordnung hier.« Sie ging sofort zur Verteidigung über. »Wir haben eine äußerst gut geleitete Klinik, sicher nicht einfach zu lenken, aber welches Allgemeine Krankenhaus ist das schon. Komplizierte Patienten und immer überbelegt ... aber das kann ich mir trotzdem nicht denken.«

»Was denken Sie dann?«

Die Frage traf ins Schwarze.

»Das ist ja nicht meine Sache, aber wenn ich mal spekulieren darf ...«

Ihr Hals bekam rote Flecken.

»Ja, tun Sie das nur«, ermunterte Claesson sie.

»Es war natürlich nicht einfach, psychologisch gesehen, meine ich, als Johan Söderlund Anfang des Jahres gestorben ist.«

»In welcher Weise könnte das Meisser beeinflussen, so dass er sich gezwungen sieht, hier aufzuhören?«

»Darauf zu antworten, traue ich mir nicht zu, aber Johans Tod hat ja alte Wunden ... nun, wie soll ich sagen ...« Sie fixierte die Kaffeemaschine, während sie überlegte.

Claesson versuchte so leise wie möglich zu atmen.

»Alte Sünden, kann man wohl sagen. Zumindest finde ich, dass es, na, wie soll ich sagen, ziemlich unmenschlich war, das, was passiert ist.«

»Warum reden Sie so drum herum?«, wollte Claesson lächelnd wissen. »Was ist passiert? Gibt es da ein gut gehütetes Geheimnis? Wir werden es früher oder später doch herausfinden, das wissen Sie auch«, fuhr er fort und bereute es jetzt, dass er nicht doch vorgeschlagen hatte, sich hinzusetzen, da sie sich jetzt wie zwei Schauspieler in einem Strindbergstück gegenüberstanden.

»Nun«, sagte Rigmor und holte erst einmal tief Luft. »Ich selbst fand es ziemlich eklig. Damit das mal gesagt ist. Aber einige Jahre lang haben ein paar der Ärzte, darunter auch Meisser, ja, wie soll ich sagen, Johan Söderlund gemobbt. Sie wollten ihn offenbar loswerden. Ich denke, dass wir, die zu einer anderen Personalebene gehören, nie herausbekommen werden, warum. Wahrscheinlich ging es um Konkurrenz, Johan war sehr tüchtig und beliebt bei den Patienten, aber vielleicht nicht immer sehr diplomatisch. Jedenfalls trieben sie es ziemlich lange so. Es schien, als könnten sie damit nicht mehr aufhören, nachdem sie einmal angefangen hatten. Zum Schluss ging das Gerücht, dass jemand im Krankenhaus auf Johans Computer Pornobilder gefunden hatte, und dazu noch Kinderpornos, und plötzlich hieß es, er sei pädophil. Die Zeitungen haben ja alles Mögliche über Pädophile geschrieben.«

Sie sah deutlich erleichtert aus, endlich zum Kern gekommen zu sein und alles berichtet zu haben.

»Fand man irgendwelche Beweise?«

»Nein, und das Ganze versickerte im Sand, aber da war Johan Söderlund schon ein gebrochener Mann und verließ die Klinik. Danach verstummten die Gerüchte.«

Jede Menge Dreck, dachte Claesson, und die Erwachsenen sind nicht besser als die Kinder. Sie erzählte die gleiche eklige Geschichte, die ihm der Lungenarzt Hjort zugetragen hatte. Also stimmte es.

»Danke schön«, sagte Claesson. »Dann können Sie mir vielleicht auch sagen, wer darin verwickelt war.«

»Ich weiß es nicht genau, aber auf jeden Fall Meisser und Tomas Bengtsson ... und Laura auch, obwohl ich das nur schwer begreifen kann. Sie ist doch immer so korrekt ... war es.«

Sie suchte nach weiteren Worten, um Laura zu beschreiben, fand aber keine.

»Es tat mir Leid um Johan, und es war sicher dumm von ihm, nicht früher aufzuhören. Das hätte ich gemacht«, meinte sie. »Keiner glaubt doch, dass sich so was von allein klärt.«

»Lieber weglaufen als vergebens kämpfen. Aber was haben denn alle anderen gemacht?«

Er sah ein, dass das nicht der richtige Moment für eine moralische Einlage war, konnte aber nicht an sich halten. Sie gab keine Antwort, zuckte nur mit den Schultern.

»Was hätten wir machen sollen?«, fragte sie resigniert. »Es hätte sich doch sowieso niemand drum gekümmert, was wir, das Pflegepersonal davon halten«, erklärte sie und klang deutlich resigniert. »Vielleicht hätten wir trotzdem mit der Faust auf den Tisch schlagen und fordern sollen, dass die Ärzte zusammenhalten. Doch das ist nicht so einfach, wissen Sie.«

Ja, was hätten sie machen sollen? Die Gerüchte setzten sich sicher in allen mehr oder weniger fest, bis sie nicht mehr wussten, was oben und was unten war und schon gar nicht, was Lüge und was Wahrheit war. Oder Freundlichkeit, Kameradschaft und sozialer Zusammenhalt, und mitten in diesem Gemisch aus Taktik, Lügen und heimlichen Ränken war es vermutlich das Einfachste, die Augen zu schließen. Das konnte man auf verschiedene Art und Weise tun, unter anderem dadurch, dass man sich nicht um das kümmerte, was einen nicht direkt betraf. Er hatte das schon früher erlebt, Menschen, die sich weigerten zu registrieren, dass es so etwas wie Zivilcourage und ethische Eigenverantwortung gab.

Der Ausdruck *soziale Kompetenz* kam ihm in den Sinn. Es bedeutete nicht nur, beruflich kooperativ zu sein, Höflichkeit als ein professionelles Verhalten zu pflegen, ein hohles Lächeln zu zeigen, wann immer es passte. Nein, es ging um mehr, und wem fehlte es hier an dieser guten Eigenschaft? Johan Söderlund oder den anderen? Selten lag der Fehler allein bei einem Einzelnen.

Hier musste es ein Motiv geben.

Er griff zur Klinke, öffnete die Tür einen Spalt, hielt dann aber inne.

»Wenn Sie genauer nachdenken, könnte es nicht möglich sein, dass die Blumen, über die wir vorhin gesprochen haben, für Johan Söderlunds Beerdigung bestimmt waren?«, fragte er und wandte sich erneut Rigmor Juttergren zu.

»Doch«, sagte sie und ließ die Augenlider sinken, dass ein grünlicher Schimmer zu sehen war. »Das muss der Kranz gewesen sein. Der von der Klinik.«

»Ich danke Ihnen«, verabschiedete Claesson sich und ließ sie allein.

Yvette Ninne war gerade auf dem Weg zur Cafeteria, als Claesson sie aufsuchte, da sie nicht nach der Arbeit ins Polizeirevier kommen wollte, obwohl man dort ungestörter hätte sprechen können.

Die Cafeteria war offen zur Glastür des Haupteingangs hin, die sich für alle Besucher automatisch öffnete und wieder schloss, doch zu dieser Uhrzeit kamen nicht besonders viele.

Wer sie, Yvette und Claes Claesson, sehen wollte, der konnte es, falls es von Interesse wäre: eine junge Schwesternhelferin und ein Kommissar mittleren Alters.

Yvette war höchstens fünfundzwanzig Jahre alt, wie er schätzte. Sie hatte kleine Haarklemmen im Pony, warum, konnte er nicht sagen, waren die Haare doch sowieso ganz kurz. An dem linken Handgelenk trug sie eine große Armbanduhr mit rotem Gehäuse und schwarzen Ziffern, die auch ein Halbblinder lesen konnte.

»Ich wollte Ihnen nur sagen, dass es einen Arzt hier gibt, der nicht ganz dicht ist«, kam sie gleich mit ziemlich affektierter Stimme zur Sache.

»Können Sie mir ein bisschen mehr davon erzählen«, bat Claesson, der es gewohnt war, zwischen Wichtigem und Unwichtigem, eher vulgären oder eher naiven Behauptungen zu sortieren.

»Er heißt Tomas Bengtsson, und früher war er ganz normal«, erklärte sie, und der Blick ihrer etwas auseinander stehenden Augen flackerte zwischen den eigenen Händen auf dem Tisch und Claessons Gesicht hin und her. Die Hände waren klein und rund wie die ganze Yvette, die Nägel sauber und ganz kurz geschnitten. »Aber jetzt ist er verrückt geworden, geht auf uns los, wird sauer und bekommt Wutausbrüche«, fuhr sie fort.

»Er geht auf Sie los«, wiederholte Claesson. »Was meinen Sie damit?«

»Na, er wird wütend und schreit wegen nichts herum. So war er nicht, bevor er Johan Söderlund totgefahren hat.«

Warum haben wir das nicht selbst überprüft?, dachte Claesson. Manchmal denkt man aber wirklich einfach nicht weit genug.

»Dann war es also Tomas Bengtsson, der Johan Söderlund überfahren hat?«

»Ja, wussten Sie das nicht?«

Sie klang ziemlich verwundert. Er schluckte, antwortete aber nicht auf ihre Frage.

»Danach ist er eklig geworden. Aber jetzt arbeitet er ja nicht, und darüber bin ich nur froh«, fuhr sie fort. »Wenn die Ärzte fies werden, geht es uns allen schlecht«, erklärte sie und holte tief Luft. »Bestimmt ist er krankgeschrieben worden, nachdem er mich angefaucht hat. Ich bin zu Rigmor Juttergren gegangen, und sie hat dafür gesorgt, dass er sich hat krankschreiben lassen, denn sie *akzeptiert* es nicht, wenn wir wie der letzte Dreck behandelt werden«, erklärte sie naseweis.

»Gut, dass Sie mir das erzählt haben«, lobte Claesson sie. »Wann ist er krankgeschrieben worden? Wissen Sie das noch? Sonst kann ich es auch auf andere Weise herauskriegen.«

Yvette schaute hinaus, legte die sauber geschrubbten Finger übereinander auf den Tisch, verschränkte sie, nahm sie wieder auseinander und schaute Claesson an.

»Das muss schon mindestens einen Monat her sein. Ich muss auf meinen Dienstplan gucken, und den habe ich nicht bei mir, aber ich kann Ihnen das später sagen.«

»Machen Sie das, rufen Sie mich an, wenn Sie etwas wissen.«

Wenn ich jetzt auch noch Doktor Hjort erwische, dann habe ich mein Soll für heute erfüllt, dachte Claesson und holte sein Handy heraus.

Hjort hatte das Krankenhaus noch nicht verlassen, er war noch auf einer der Stationen damit beschäftigt, seinen Arbeitstag zu beenden. Claesson war herzlich willkommen.

Er nahm für die vier Stockwerke den Fahrstuhl. Wenn es nicht so heiß gewesen wäre, wäre er die Treppen hochgestiegen. Aber das Training musste noch warten.

Die Innere Abteilung vier war eine gemischte Abteilung, unter anderem lagen auch Hjorts Lungenpatienten hier, die mit Asthma, chronischer Bronchitis, Lungenemphysem und Krebs. Die meisten waren starke Raucher, und merkwürdigerweise ließen sie davon nicht ab, obwohl ihre Lungenkapazität kaum zum Gehen reichte, aber wozu gab es denn Rollstühle.

Das gibt doch keinen Sinn, hatte Claesson gedacht, als Hjort ihm beim letzten Mal von seiner Arbeit erzählt hatte. Die Vorstellung, zu ersticken, keine Luft mehr zu bekommen, sich nicht bewegen zu können, weil der Sauerstoff nicht reichte, an einen Sauerstofftubus gebunden zu sein, war mehr als erschreckend.

Ihm fiel auf, dass die Flurwände eine andere Farbe hatten als auf Rigmors Station. Sie waren dunkler. Er erblickte zwei äußerst magere, klapprige Männer jeweils mit einer Sauerstoffhalterung in der Nase und dem durchsichtigen Schlauch, der zu einem Aggregat führte. Hier lebt man von Sauerstoff wie vom Essen und Trinken, dachte er in seiner medizinischen Unschuld. Sie ziehen diese lebensnotwendige, tragbare Luft hinter sich her, eingeschränkt und unfrei, während sie langsam mit Mäuseschritten den Flur entlangtattern.

Claesson schob seinen Kopf ins Schwesternzimmer und fragte nach Hjort, der, wie sich herausstellte, gleich nebenan saß. *Ärzte* stand auf dem Türschild. Er klopfte an und wurde hereingebeten.

Doktor Hjort war klein und untersetzt. Er hatte einen großen Kopf mit Speckfalten im Nacken, kurzem schwarzem Haar, einer undefinierbaren Kinnlinie und große, trockene Hände. Sein Blick war halb gesenkt. Er erinnerte an Karlsson vom Dach, ein ziemlich dicker kleiner Mann in seinen besten Jahren, dachte Claesson. In der einen Hand hatte er ein Diktafon, und vor ihm lag ein ungewöhnlich hoher Stapel brauner Pappmappen, die nichts anderes als Patientenberichte enthalten konnten.

»Sie sind noch nicht zum Computer übergegangen«, begann Claesson das Gespräch und setzte sich auf den Stuhl an der Stirnseite des Schreibtisches, der normalerweise von den Patienten benutzt wurde.

»Computerberichte meinen Sie«, fragte Hjort nach, und

Claesson nickte. »Dann hätte man jedenfalls weniger zu schleppen, aber dafür bilde ich mir ein, dass man das Visuelle und Taktile verliert. Nehmen Sie nur hier die Patientenmappe«, fuhr er fort und nahm den obersten Wälzer, der so dick war, dass er kaum in seine große Hand passte. »Es genügt schon, die Mappe anzusehen, sie in der Hand abzuwägen, dann weiß man doch gleich, dass das kein Patient ist, den man mal eben in ein paar Minuten abfertigen kann. Jeder hat seine eigene Geschichte, und manchmal eine ziemlich lange. Natürlich erleichtert es die Arbeit, wenn die Patienten bei einem Arzt bleiben, wenn wir es schaffen, eine gewisse Kontinuität zu bewahren. Meistens ist so ein Schinken keine erbauliche Lektüre«, sagte er, und seine Stimme wurde etwas leiser, und er wischte sich mit der Handfläche über die Stirn, auf der gleich wieder neuer Schweiß auftrat.

Claesson nickte, und Hjort ließ die Mappe mit einem Knall auf den Schreibtisch fallen. Das Fenster stand offen. Das Zimmer zeigt nach Norden, aber trotzdem ist es hier heißer als in der Hölle, dachte Claesson. Kein Ventilator, man könnte sicher nicht einmal Durchzug machen, weil die Luft vollkommen still steht. Es war schon mehrere Stunden her, seit Claesson das letzte Mal überlegt hatte, ob er wohl nach Schweiß stank oder nicht, und vermutlich war Doktor Hjort zu dem gleichen Ergebnis gekommen. Es hatte gar keinen Sinn, sich darüber Gedanken zu machen.

»Ich möchte gern, dass Sie mir so viel wie möglich über die Zeit erzählen, als Johan Söderlund hier angestellt war«, sagte Claesson.

Hjort sog die Luft durch seine großen Nasenflügel ein, die inwendig mit schwarzen, groben Haaren gefüttert waren, die herausragten. Dann schlug er den bereits geöffneten Ärztekittel zur Seite, warf die Seitenteile wie Frackschöße nach hinten in der Hoffnung, etwas Abkühlung zu erreichen.

»Es war keine schöne Zeit«, begann er. »Ich habe hinterher ziemlich oft an diese Periode gedacht, besonders natürlich, seit Johan gestorben ist. Manchmal kommt mir der Gedanke, ob es nicht Selbstmord gewesen sein kann. Das werden wir natürlich nie erfahren, aber falls es tatsächlich so war, dann sind wir alle mit daran schuld, mehr oder weniger, alle, die wir hier während dieser Zeit als Ärzte gearbeitet haben.«

»Sie nehmen kein Blatt vor den Mund«, sagte Claesson.

»Nein, schließlich gibt es so etwas wie unterlassene Hilfeleistung, und das wäre in dem Fall etwas, dessen ich mich teilweise schuldig fühlen müsste. Die Akteure des Triumvirats, das waren Carl-Magnus Meisser, Tomas Bengtsson und Laura. Sehr unterschiedliche Personen, aber sie haben sich in all ihrem aufgestauten Hass gegen Johan Söderlund zusammengefunden. Warum ausgerechnet er, könnte man fragen. Er war sehr belesen, platzte vor Wissen, und er war nicht besonders diplomatisch, aber er hat seine Arbeit gemacht. Er wollte natürlich möglichst ein eigenes Spezialgebiet haben, wie alle es nach einer Weile gern hätten, und da fing wahrscheinlich alles an. Laura wollte vermutlich vermeiden, sich mit denjenigen zu überwerfen, von denen sie auf Unterstützung hoffte, ihr eigenes Ziel zu erreichen: den Chefposten. *If you scratch my back, I'll scratch yours.* Sie wissen schon, sie hielten sich gegenseitig die Stange, alle meinten, es würde sich für sie lohnen. Und wie dem auch sei, Menschen mit großer Gehirnkapazität können dieses Vermögen auch für weniger wünschenswerte Dinge anwenden, und dann wird es ausgesprochen raffiniert. Das gab es schon früher in der Geschichte.«

Er schüttelte den Kopf und wischte sich erneut die Stirn ab.

»Oh, Scheiße, ja«, entfuhr es ihm mit einem lauten, schweren Seufzer, und dann fuhr er fort: »Wir anderen haben uns fein rausgehalten. Wir waren nur daran interessiert, unsere Arbeit zu machen, und keiner hatte ein Interesse an dem Bereich, um den sich die vier prügelten. Wir hatten es manchmal sogar richtig schön miteinander. Vielleicht nicht gerade Johan Söderlund, aber die anderen. Das Problem war nur, dass das Ganze zu weit getrieben wurde. Sie haben ja sicher von diesen Pornofotos gehört ...«

Claesson nickte.

»Dachte ich mir«, fuhr Hjort fort. »Damit sind sie viel zu weit gegangen, und ich bin mir ganz sicher, dass das ein reines Fantasieprodukt war. Einer von den dreien ist darauf gekommen. Ich habe so meine Vermutungen, wer ... Aber keine Beweise, und jetzt ist es zu spät«, schloss er ab und schaute etwas schräg zu Claesson, um zu sehen, ob dieser seinen Wink verstanden hatte.

Hjort machte eine halbe Drehung auf seinem Schreibtischstuhl und blickte zum Himmel hinaus, an dem sich von Westen her dunkle, graublaue Wolken auftürmten. Die Sonne wurde von ihnen eingezwängt, und das Tal vibrierte im Hitzedunst.

»Heute Abend gibt es wohl noch ein Gewitter«, meinte Hjort.

»Ja, das denke ich auch«, stimmte Claesson zu.

Als er auf das Grundstück einbog, sah er Veronika mit einer glucksenden Klara auf dem Schoß im Garten sitzen. Der Kinderwagen stand wie immer neben den Gartenmöbeln. Auf dem anderen Stuhl saß Mona Lundin mit einer Kaffeetasse vor sich, so ein richtiges Gartenlaubenidyll, wie es tatsächlich nur für kurze Zeit im Jahr möglich war. Selbst Gebackenes hatten sie vermutlich nicht gegessen, soweit er wusste, backte Veronika nie, aber vielleicht hatte sie ja Seiten, die er noch nicht entdeckt hatte. Wahrscheinlich war der Kuchen aber gekauft, oder Mona hatte ihn mitgebracht.

»Hallo«, begrüßte er sie und ließ sich auf der weißen Holzbank nieder.

Hier war es so friedlich und problemlos, und nach all den verwirrenden Gefühlen während seines Dienstes spürte er nun, wie er sich entspannte. Sofort kam die Müdigkeit herangeschlichen.

»Habt ihr den Mord an Laura aufgeklärt?«, fragte Veronika.

»Nein«, antwortete er. »Aber das werden wir noch.«

Ein dumpfes Grollen, dann noch einmal. Der Blitz flackerte über den tiefgrauen Himmel, und schon fielen die ersten dicken Regentropfen.

»Oh mein Gott, jetzt geht es los«, rief Mona lachend. »Ich muss sehen, dass ich nach Hause komme, bevor es richtig runterprasselt. Ich hoffe nur, dass Janne es schon nach Hause geschafft hat«, bemerkte sie mit einem fragenden Blick zu Claes.

»Doch, ich denke schon«, beruhigte Claes sie, und schon lief sie zu ihrem Fahrrad, das am Gartenweg stand, während sie einen Luftzug spürten, der in der morgigen Zeitung als eine Windhose beschrieben werden sollte. Bis er so richtig in Fahrt kam, waren sie schon mit Klara und dem Kinderwagen im Haus, und sie lagen im Bett und hörten, wie der Wind gegen die Fensterscheiben drückte. Er legte einen schweren Arm um Veronika. Dann schlief er ein.

## KAPITEL 19

Sie lief die ganze Zeit mit flatternden Schmetterlingen im Bauch herum, unruhig, aber keinesfalls zweifelnd. Sie hatte getan, was getan werden musste, also erschien ihr die Tat gerechtfertigt, aber der Gedanke an die Konsequenzen ließ ihr Herz pochen. Die Überzeugung war anstrengend.

Ein Leben ist so kurz.

Wer sollte da seine andere Wange hinhalten?

Der Gedanke an das Schicksal durchstreifte ihren Kopf immer häufiger. Das Schicksal würde sie schon richtig leiten. Es würde entscheiden, ob sie davonkommen würde, und wenn nicht, dann hatte es nicht sein sollen.

Sie schauderte vor der Strafe. Noch war sie nicht reif dafür, vielleicht würde sie es niemals sein.

Fühlte sie sich schuldig? Sie horchte in sich hinein, fragte nach, aber nichts geschah. In ihr war und blieb es weiß und leer. Offenbar vibrierten in ihr keine Schuldgefühle, sondern diffuse Ängste, den Halt zu verlieren, ertappt zu werden.

Sie würde davonkommen und somit für den Rest ihres Lebens ein dunkles, mächtiges Geheimnis mit sich herumtragen, das Geheimnis, eigenmächtig Recht gesprochen zu haben.

Ein Leben gegen ein anderes.

Sie hatte an diesem Tag Tresendienst in der Bibliothek und war darüber erleichtert. Die Ausleiher kamen mit Wünschen zu ihr, sie brauchte nicht so viel nachzudenken und schon gar keine Eigeninitiative zu entfalten. Sobald sie still am Schreibtisch sitzen musste, zum Beispiel für den Einkauf und die Bestellungen und mit nur einem schwachen Lufthauch vom offenen Fenster her, kribbelte alles in ihr. Die Buchstaben verschwammen auf dem Papier, die Augen zuckten, und nichts ging in den Kopf oder kam heraus, und die Wärme quälte sie. Die Klimaanlage brachte kaum etwas, sie lief barfuß in ihren Sandalen, der Jeansrock war kurz, und das naturfarbene Leinenhemd hing lose herab, aber was nützte das schon.

Die Bibliothek war hell, mit großen Fenstern auf der ganzen Längsseite, die zur Straße und auf den Stadtpark zeigten, wo das Sonnenlicht vom Blätterwerk zurückprallte und einen sanften Ton über Buchrücken und Lesegruppen warf. Sie arbeitete in einer schönen Umgebung. Es gefiel ihr, und normalerweise freute sie sich, zur Arbeit zu gehen. Erst recht jetzt, wo es zu Hause nicht auszuhalten war.

Es war heller Vormittag, die Uhr zeigte halb elf. Ein paar Schüler eines Fernkurses in Medienkunde, der vor kurzem angefangen hatte, saßen vor den Computern und suchten nach Informationen und Büchern. Es war eine kleine Gruppe, leise und hochmotiviert. Sie hatte sie heimlich beobachtet. Sie wünschte, sie wäre eine von ihnen, aber eigentlich war sie nie ein Gruppenmensch gewesen. Sie hatte immer geglaubt, das sei nichts für sie. Vielleicht hatte sie sich selbst falsch eingeschätzt? War sie nie eingeladen worden, musste sie immer außen vor stehen? Stimmte das eigentlich? Sie hatte nicht einmal den Versuch unternommen. In ihrer Überheblichkeit hatte sie sich entschlossen, lieber für sich zu bleiben. Sie brauchte die anderen doch gar nicht. Wenige Freunde, nicht einmal Kameraden, aber die Bücher. Vielleicht war die Zeit jetzt reif, aus sich herauszugehen und den gewohnten engen Kreis auszudehnen.

Das Blatt wenden, noch einmal anfangen, jung sein.

Sie räumte auf, holte den Wagen mit den Büchern, die wieder eingeordnet werden mussten, schob ihn vor sich die Regalreihen entlang und stellte die Bücher an ihren Platz.

Ein älteres Paar ging schnell und zielbewusst zum Ausleihtresen, der Mann in einer dünnen Sommerjacke, den Arm bei der Frau untergehakt, die Brillengläser waren dunkel getönt und der leere Blick geradeaus gerichtet, fast ein bisschen aufwärts, wie es Sichtbehinderte manchmal tun, als suchten sie das Licht von oben. In der Hand trug er einen Leinenbeutel mit den Tonbändern, die er schließlich auf den Tresen legte.

Lena kannte die beiden.

»Soll ich Ihnen helfen, etwas Neues zu finden?«, fragte sie.

»Ich habe die angekreuzt, die ich gern haben möchte«, antwortete der Mann und schaute weiterhin geradeaus vor sich hin, während er ihr eine Bücherliste hinschob.

»Ja, genau«, kommentierte die sehende Frau freundlich und setzte sich auf einen Stuhl.

Lena nahm die Liste und ging zu den Regalen mit den knallgelben Plastiketuis, die die besprochenen Bänder enthielten, und sie dachte, dass sie genau so ein Paar hatte treffen wollen. Nett, weder fordernd noch beängstigend. Es war nicht immer einfach, etwas für sie zu finden, da sie das meiste schon gelesen hatten, ja, *gelesen,* so bezeichneten sie es immer, auch wenn sie zuhörten. Und am liebsten Kriminalromane, die sie fast alle bereits gehabt hatten. Aber Lena fand eigentlich immer noch etwas Neues.

Sie spürte einen dumpfen Schmerz im Rücken und die Müdigkeit im ganzen Körper und versuchte sich bewusst zu strecken, während sie auf den Regalen die Titel las. Sie schlief nicht viel, mal zog sich das Herz wie in einem Muskelkrampf zusammen, mal pochte es hart wie Trommelschläger, und diese Mischung hielt sie wach. Vielleicht sollte sie Doktor Björk um Schlaftabletten bitten. Sie musste am Nachmittag sowieso zu ihm, traute sich nicht, abzusagen, nachdem er selbst angerufen hatte. Sie wollte nicht sonderbar erscheinen.

Alles würde besser werden; wenn sie erst die Mordermittlungen eingestellt hätten, würde sie wieder festen Boden unter den Füßen bekommen. In einem Artikel hatte sie eine Statistik gelesen, die zwar gegen sie sprach, siebenundneunzig beziehungsweise hundert Prozent der Mordfälle der letzten zwei Jahre waren aufgeklärt worden. Doch einige kamen durch, einige wenige Prozent. Die Mörder waren mitten unter uns. So wie sie.

Die Polizei verhörte immer noch die Personen an Lauras Arbeitsplatz und in ihrem Bekanntenkreis, wie sie gelesen hatte. Aber sie hatten keine heiße Spur. Es war ihnen auch nicht gelungen, jemanden wegen des Mords an dieser jungen Frau zu finden, die vor einigen Monaten gefunden worden war, und je mehr Zeit verging, umso schwieriger wurde es. Die allerersten Stunden nach dem Mord waren die wichtigsten, und die ersten Tage, und in beiden Fällen waren die Frauen erst nach einiger Zeit tot aufgefunden worden, was die Ermittlungsarbeiten erschwerte, wie es in dem Artikel hieß.

Sie hatten keine heiße Spur, und die würden sie auch nicht bekommen.

Sie las auf der Rückseite eines Hörbuches. *Unschuldig verurteilt.*

Jemand konnte unschuldig verurteilt werden, aber jetzt musste sie sich zusammenreißen und nicht weiter darüber grübeln, nicht in diesen mal sich schlängelnden, mal im Zickzack verlaufenden Bahnen denken. Sie war gezwungen, ihre Gedanken im Zaum zu halten.

Johan war unschuldig verurteilt worden. Sie hatte nur das getan, was getan werden musste, und damit war das Gleichgewicht wiederhergestellt.

Oder etwa nicht?

Sie registrierte die Hörbücher des Ehepaares, und vor ihr stand nun eine junge Frau mit kurzem Haar, rotem T-Shirt, die sie offen anlächelte. Sie stellte ihre fast viereckige Lacktasche – aber wahrscheinlich war das nur Plastik – auf den Tresen, so dass die Handgriffe wie riesige Ösen aufragten.

»Ich bin zu einer Hochzeit eingeladen und wollte bei der Zeremonie gern ein Gedicht vorlesen. Als Überraschung«, erklärte sie und sah dabei überglücklich aus. »Der Pfarrer weiß es natürlich«, fügte sie hinzu. »Ob Sie mir helfen können?«

Hochzeit. Das Wort traf sie wie ein Messerstich.

Sie hatte ein champagnerfarbenes Crêpekleid getragen, ihr Blumenstrauß war ganz in Blau, und sie hatte mehrere Kilo abgenommen, hatte sie sich abgekämpft, obwohl sie bereits vorher schlank war, aber eine Braut sollte schlank wie ein Stundenglas um die Taille sein. Das war ihr Tag, der größte von allen, und alle Jahre wollten sie miteinander teilen, Tisch und Bett und alle Freuden, aber sie hatte nicht gewusst, dass so viel Bitterkeit und so viele Sorgen dazu gehören würden. Alles war noch Zukunft, Hoffnung und Möglichkeiten, der Gedanke an ein gemeinsames Leben würde sie reifen lassen. Noch war nichts zerstört.

Die meisten lassen sich scheiden, man kann nie wissen, es bleibt ein russisches Roulett. Man braucht Glück und ein schönes Gedicht auf seiner Seite, dachte Lena, holte einige Lyrikbände hervor und gab sie der gut duftenden jungen Frau, die darin blätterte und laut vorlas, und die Worte waren wie Musik, und Lena wäre am liebsten weggelaufen.

Johan und sie waren jetzt geschieden. Sie lebten in verschiedenen Welten.

Aber daran sollte sie nicht denken, und eigentlich war die Trennung auch nur rein physisch, denn sie gehörten stärker als je zuvor zusammen. Sie lehnte sich immer noch an seine Schulter.

Doktor Björk war freundlich, aber deutlich gewesen. Er wollte, dass sie zu ihm komme, sagte er. Sie brauche sich keine Sorgen zu machen und keine Angst vor den Untersuchungen zu haben, sie könnten gern alles noch einmal durchsprechen, damit sie sich wieder ins Krankenhaus traute.

Jetzt saß sie im Wartezimmer und blätterte in Zeitschriften, während zwei Wespen an der Fensterscheibe summten. Es war ein Wespensommer, heiß und feucht. Sie ließ die Wespen gewähren, es war nicht ihre Sache, sich um sie zu kümmern, und falls jemand gestochen wurde, dann war die Person jedenfalls gleich an der richtigen Stelle.

Eine junge Mutter kam herein, setzte sich mit einem dicken, unförmigen, verschnupften Jungen hin. Sie warf ihm ein Kinderbuch hin, das auf dem Tisch lag, ein Buch wirklich für kleine Kinder, ein Bilderbuch, und er schlug es erst gar nicht auf, sondern starrte stattdessen Lena an. Wenn das Lenas Kind gewesen wäre, dann hätte sie ihm gesagt, dass man einen fremden Menschen nicht so aufreizend und lange ansehen darf. Er war schlecht erzogen, aber die Mutter kümmerte sich gar nicht darum, sie war versunken in eines der Klatschblätter, in einen Artikel über Prinzessin Victoria und ihre Freunde.

Lasst doch Victoria in Ruhe, dachte Lena, damit sie nicht noch aus purem Stress den falschen Kerl nimmt, den sie später nicht mehr ertragen kann, aber mit dem sie dann eine glückliche Ehe vorspielen muss, denn man kann sich wohl kaum scheiden lassen, wenn man zum Königshaus gehört. Wahrscheinlich hat man da auch keine Freundin, die bei der Hochzeit einfach ein Gedicht liest. Vieles geht dann nicht.

Nur Lena kann tun und lassen, was sie will, dachte sie sich. Sie hat die totale Freiheit. Nur dass sie nicht wegziehen kann. Das würde verdächtig erscheinen, aber wen interessiert das schon?

Eigentlich niemanden. Nicht ein Einziger hatte mit ihr über Lauras Tod gesprochen, auch nicht bei dem üblichen Geplauder in der Mittagspause. Die Stadt stand still, die Arbeitsplätze wurden von der Hitze niedergedrückt, nicht einmal für einen Mord interessierte man sich so richtig. Zwei Hilfskräfte in der Bibliothek erzählten zwar, dass die Gewalt immer weiter zunahm, jetzt schon zwei nicht aufgeklärte Morde in einem halben Jahr, aber das war im Großen und Ganzen auch alles. Doch, Sara hatte noch einen Polizisten getroffen, der sie nach einem Auto gefragt hatte, einem großen roten Auto, das vor Lauras Haus gestanden hatte, und ihr Herz raste, von der Spannung angestachelt und von der Tatsache, dass Lena ganz genau wusste, um welchen Wagen es sich handelte, und damit nicht genug, sie wusste auch, wem er gehörte.

Die sind wirklich vollkommen auf der falschen Fährte, dachte sie, aber es wäre andererseits ja auch nicht verkehrt, wenn er jetzt unter Verdacht geriet. Schadenfreude ist doch immer noch die wahrste Freude.

»Bitte schön«, sagte die Sprechstundenhilfe ihr zugewandt, und Lena stand auf und folgte ihr.

Sie spürte, wie ihre Handflächen klebten, aber wer hat an so einem Tag keine klebrigen Hände, dachte sie, als sie Doktor Björks vorgestreckte Hand ergriff und ihn begrüßte.

»Na, da sehen wir uns endlich wieder«, sagte Björk freundlich. »Wie schön, dass Sie kommen konnten.«

Er schaute sie kurz an, und sie spürte, wie die Nervosität in ihr aufstieg. Insgeheim fürchtete sie, er könne sie durchschauen, geradewegs durch sie hindurchsehen, durch ihre sehr dünne, aber steinharte Schale, zumindest jetzt noch, bevor es ihr gelungen war, sie endgültig aufzubauen.

Sie setzte sich ganz vorn auf den Stuhl.

»Wie ich schon sagte, so habe ich den Bericht aus dem Krankenhaus erhalten, und soweit ich daraus ersehen kann, waren Sie zwar dort, haben aber die Untersuchungen nicht weiter mitgemacht, die Doktor … hrm … Doktor Ehrenswärd Ihnen empfohlen hatte«, sagte er ohne jede Kritik in der Stimme, eher mit einer gewissen Vorsicht.

Sie schaute ihn fiebrig an, sagte aber nichts.

»Nun ja, wie Sie vielleicht wissen«, fuhr er fort, und sie sah, wie er nach Worten suchte. »Wie Sie wohl wissen, so befindet Doktor Ehrenswärd sich nicht mehr unter uns …«

Er schaute in die Mappe, der weiße Kittel sah warm und steif in der Hitze aus, er spannte unter den Achseln. Sie schwieg immer noch, saß kerzengerade da, fuhr sich mit der Hand über den Haaransatz, wischte sich den Schweiß aus der Stirn, wedelte mit ihrem Pferdeschwanz, um ein wenig Luft an den klebrigen Hals zu bekommen.

»Aber es wird Sie natürlich ein anderer Arzt betreuen. Sie brauchen sich keine Sorgen zu machen«, sagte er und wagte es endlich, sie anzusehen. »Haben Sie Angst?«

»Kann sein«, sagte sie.

»Das ist keine gefährliche Krankheit und auch keine schmerzhafte Untersuchung, das kann ich Ihnen versichern.«

Björk ist die Freundlichkeit in Person, dachte sie. Er ist an die Schweigepflicht gebunden. Wenn sie ihm jetzt alles beichten würde, alles von der Seele redete. Es war verlockend einfach. Ein Räuspern, um die Stimmbänder zu säubern, und dann geradewegs erzählen, was sie getan hatte. Einen Menschen getötet. Peng, da war sie tot. Und sie hatte es verdient.

»Wie geht es Ihnen im Augenblick?«

Die Frage war freundlich, der ganze Raum atmete nur Freundlichkeit und Wohlwollen.

»Danke, gut«, antwortete sie.

Beide schwiegen.

»Haben Sie jetzt kein Herzrasen mehr? Sonst kann ich Ihnen etwas verschreiben, was den Herzrhythmus etwas reduziert, das können Sie nehmen, bis die Behandlung beginnt. Vielleicht muss auch ein Teil der Schilddrüse operativ entfernt werden, und ich verstehe, dass das erschreckend klingen mag, aber auch das ist kein Grund zur Beunruhigung. Das tut man häufiger, da sind Sie weder die Erste noch die Letzte.«

»Ich habe keine Angst.«

»Sehr schön«, entgegnete Björk. »Aber es wäre gut ... man weiß ja nie, worum es sich eigentlich handelt, bevor Sie nicht vollständig untersucht und behandelt worden sind.«

Damit will er sagen, dass es Krebs sein kann, dachte sie. Aber sie hatte keinen Krebs in der Schilddrüse. Ihre Krankheit war selbstverschuldet, und sie musste sich da irgendwie wieder rauslavieren.

»Aber es ist jetzt alles in Ordnung«, sagte sie. »Vielleicht ist es ja von allein weggegangen.«

Er saß auf der anderen Seite des Schreibtisches und schaute sie durch die schmutzigen Gläser seiner Nickelbrille an, schüttelte vorsichtig den Kopf. Der Mann hatte eine Platte oben auf dem Schädel, rundherum einen Kranz mit schon seit langem ergrautem Haar. Er legte eine flache Hand auf die Papiere, als wollte er zerknittertes Papier glatt streichen, spitzte ein wenig den Mund und sah nachdenklich aus, vielleicht auch müde. Ein langer Arbeitstag lag hinter ihm, und die Hitze, die im Körper gärte, ließ vermutlich auch sein Gehirn langsamer arbeiten.

Lena hörte in einem anderen Raum ein Telefon klingeln, ein Auto fuhr draußen auf der Straße vorbei. Das Fenster stand einen Spalt offen, aber das nützte nichts, die Luft war stickig und stand still.

Es klopfte an der Tür. Die Sprechstundenhilfe steckte ihren Kopf herein.

»Ich gehe jetzt«, sagte sie. »Sie schließen ab, ja?«

»Natürlich«, sagte Björk wie ein braver Schuljunge.

Dann waren sie nur noch zu zweit. Sie war die letzte Patientin. Die Mutter mit dem dicken Kind wollte also zu einem anderen Arzt.

Sie hatte das Gefühl, als wären sie zwei vom Wind getriebene Gestalten auf einer einsamen Insel, warum konnte sie ihm dann nicht sagen, wie es wirklich war. Es gab nur sie und Björk und ihre klebrigen Hände und den rotierenden Strom an Gedanken, den sie aufhalten musste, wenn sie nicht verrückt werden wollte.

»Ich kann ja erst einmal Ihren Puls messen«, sagte er, beugte sich über den Schreibtisch vor und umfasste ihr Handgelenk, schien dann leise vor sich hinzuzählen, während seine Fingerspitzen auf ihren Adern lagen. Als sie die Wärme seiner Hand spürte, Haut auf Haut, durchzuckte es sie.

»Ich schlafe schlecht«, sagte sie.

»Das sieht ja schon mal gut aus«, sagte er, als hätte er gar nicht gehört, was sie gesagt hatte, und ließ sie los. »Nicht besonders schnell, eher der normale Rhythmus«, erklärte er und schaute sie an.

Sie zuckte mit den Schultern, und er blätterte in seinen Papieren.

»So oft kann es ja wohl kein Messfehler gewesen sein«, brummte er vor sich hin.

»Wie bitte?«

»Ich frage mich nur, ob es bei der Untersuchung der Blutproben, die zur Messung der Schilddrüsenhormone genommen wurden, einen Fehler gegeben haben kann. Da kommen Sie bitte morgen noch einmal her, dann ist die Schwester wieder da und kann eine Probe nehmen«, schloss er ab. »Das wär's dann erst einmal.«

»Ja«, sagte sie, und er nahm ein Blatt Papier und schrieb etwas darauf.

»Sie sagten, Sie schlafen schlecht«, bemerkte er dann und hob dabei den Blick, sah sie direkt an.

»Ja«, sagte sie wieder, wand sich und senkte den Kopf. »Es wäre schön, wenn ich etwas zum Einschlafen bekommen könnte«, brachte sie direkt zum Boden gewandt heraus.

»Ist etwas Besonderes vorgefallen?«

»Nein!«

»Was kann dann der Grund sein, dass Sie schlecht schlafen?«

»Ich weiß es nicht«, murmelte sie. »Anfang des Jahres war es ja ziemlich anstrengend für mich gewesen.«

Er sagte nichts.

»Mein Mann wurde angefahren ... und ist gestorben.« Ihr Mund wurde schmal.

»Ja, ich erinnere mich«, sagte er. »Sie waren ja bei mir. Und seitdem schlafen Sie schlecht?«

Sie nickte, während sie mit Willenskraft die Tränen zurückhalten wollte.

»Ich sehen in Ihren Unterlagen, dass Sie damals Schlaftabletten abgelehnt haben. Aber jetzt brauchen Sie sie, sagen Sie. Meistens regelt sich der Schlaf nach so einer langen Zeit von allein. Die Trauerarbeit dauert natürlich noch längere Zeit, Jahre, vielleicht das ganze Leben lang ... Arbeiten Sie inzwischen wieder?«

Sie nickte bejahend.

»Ich kann Ihnen ein Rezept für Tabletten geben, die beim Einschlafen helfen. Probieren Sie die mal aus. Eine kleine Packung Imovane 7,5 mg, zehn Stück. Aber die sind nicht dazu gedacht, sie jede Nacht zu nehmen. Nur im Notfall.«

Sie nahm das Rezept entgegen. Zehn Stück, auf Abruf. Brosamen von der Tafel der Reichen und dazu eine Ermahnung. Verdammt schlechte Verhandlungsvoraussetzungen. Wenn sie mehr haben wollte, musste sie wieder herkommen. Eigentlich war der Björk ja ganz in Ordnung. Und ein Arzt war nun mal wie alle anderen.

Sie erschauderte und fühlte sich nackt, als sie wieder auf der Straße stand. Es war Viertel nach fünf, und die Luft war auf mindestens fünfundzwanzig Grad erhitzt.

Während Björk diktierte, schaute er aus dem Fenster. Das tat er immer, als würden die Augen von allein vom Licht angezogen. Auch dieses Mal umfasste sein Blickfeld nur die rote Ziegelfassade des Hauses auf der anderen Straßenseite, und wie immer hatte er das Gefühl, als säße er im Gefängnis und würde sich hinaussehnen. Sein Blick wanderte geradewegs durch das Fenster, aber er sah nichts. Auf seiner Netzhaut befand sich das angespannte, blasse Gesicht der Frau, die ihn gerade verlassen hatte, vor einem halben Jahr allein zurückgelassen, als junge Witwe mit einem Körper, der nicht mit sich im Einklang zu sein schien. Wie ein gesprungener Krug. Jahre der Erfahrung mit Anzeichen für Krankheit und psychisch ungesundes Leben hatten in ihm ein gesundes Urteilsvermögen reifen lassen, und hier stimmte garantiert etwas nicht. Schilddrüsenwerte, die in die Höhe rasten und später anscheinend wieder auf dem Boden landeten, so etwas war nicht üblich. Es sei denn, es war Absicht.

Wir werden sehen, wir werden sehen, dachte er und überlegte, ob er darauf drängen sollte, sie zur psychiatrischen Sprechstunde zu überweisen, aber es würde lange dauern, bevor sie dort einen Termin bekam, die waren da ja dauernd unterbesetzt.

Wenn sie nur sich selbst nichts antat, denn dann würde es heißen, sie hätte Hilfe gesucht, und es hätte ihr niemand zugehört. Er gab sich viel Mühe, seinen Krankenbericht zu formulieren, er betonte, dass die Patientin die vorgeschlagenen Untersuchungen nicht gemacht hatte und dass er selbst, Doktor Gustav Björk, es gewesen sei, der die Initiative ergriffen hatte, damit sie wieder bei ihm erschien. Er wollte nur das Beste. Das hatte er immer schon gewollt. Deshalb hatte er diesen Beruf gewählt, der ihm fast wie eine Berufung erschienen war, als er vor langer Zeit seine Arbeit als Mediziner aufgenommen hatte. Heute waren die Zeiten anders, aber das machte für ihn keinen Unterschied.

# KAPITEL 20

Claesson hatte neben sich eine Tasse Kaffee stehen, nicht weil er müde oder weil er der Ansicht war, er schmeckte gut, sondern eher, weil das während der Arbeit zu einer Gewohnheit geworden war. Er hatte wie ein Stein geschlafen, so weit war alles in Ordnung.

Die Luft war leichter geworden, sauberer und klarer nach dem Gewitter des letzten Abends. Vielleicht hatte er deshalb so tief und fest geschlafen, das Bettzeug hatte nicht wie ein feuchter Verband an seinem Körper geklebt, aber in erster Linie lag es wohl an Klara, toi, toi, toi, sie hatte sechs Stunden am Stück geschlafen, und als sie im Morgengrauen anfing zu jammern, war Veronika aufgestanden und hatte sich um sie gekümmert.

Jetzt schien sich die Atmosphäre draußen wieder zu einem heißen, stickigen Tag aufzubauen. Er mochte diesen späten Sommermonat, und es fiel ihm immer schwerer, die ersten schon spürbaren Anzeichen, dass der lange, dunkle Winter näher kam, zu ignorieren.

Aber noch lauerte da ein diesiger, augustschwüler Himmel, und am Samstag gab es bei Janne und Mona Lundin Flusskrebse. Er kostete bereits den Dillgeschmack auf der Zunge.

Cecilia, seine Stieftochter – welch abscheuliches Wort – sollte Ende der Woche kommen, wahrscheinlich am Sonntag.

Veronika freute sich natürlich darüber, dass sie ganz von allein auf die Idee gekommen war, sie von Lund aus zu besuchen.

Bis jetzt war der Umgang mit dieser jungen Dame eher schwierig gewesen, aber was konnte man auch erwarten. Sie waren zusammengeführt worden, ohne dass man sie gefragt hätte, und es war ja keine offene Feindschaft, die sich da zwischen ihnen aufgebaut hatte. Sie beäugten sich nur gegenseitig skeptisch. Dieser Zustand kann eher als bewaffnete Neutralität bezeichnet werden, dachte er trocken. Er war nicht der Typ, der nicht der Wahrheit ins Auge sah.

Bewaffnete Neutralität war übrigens auch etwas, das sie im Allgemeinen Krankenhaus dringend nötig gehabt hätten, ging es ihm durch den Kopf, als er die Papiere für die morgendliche Besprechung zusammensammelte.

Natürlich litt er darunter, dass die Zusammenkünfte mit Cecilia etwas angestrengt, steif und förmlich waren, aber so würde es wohl bleiben, bis sie sich aneinander gewöhnt hatten. Und das Gefühl beruhte auf Gegenseitigkeit. Der vorsichtige Umgangston war beabsichtigt, denn er ging davon aus, dass es nicht besser werden würde, wenn er künstlich Scherze machen oder sich peinlich anstrengen würde.

Eigentlich war es sogar so, dass ihn Cecilias selbstsicheres und in seinen Augen upper-class-betontes Äußere ein wenig erschreckte. Nicht nur ihre Kleidung, sondern ihr ganzes Verhalten erschien ihm wie die Inkarnation von sozialer Auserwähltheit zu sein. Wie es ausgerechnet Veronika gelungen war, so eine Tochter zu Stande zu bringen, war ihm ein Rätsel, aber vielleicht trog ja auch der Schein. Alles schien handverlesen zu sein: der Pullover in Blassrosa, den sie das letzte Mal getragen hatte, die Hose, die auf ihren knabenhaft schmalen Hüften saß, die groben, aber vermutlich absolut toppmodischen Schuhe und das blonde Haar, das in einem Pferdeschwanz zusammengefasst war, und er hatte den Verdacht, dass selbst das Haargummi um den Zopf gewissenhaft ausgesucht war, auf jeden Fall die Frisur in ihrer mädchenhaften Einfachheit, und das ungeschminkte Gesicht, die braunen, glatten Unterarme mit blondem Flaum. Das ganze Mädchen war wie ein kühler Wind.

Vermutlich würden Veronika und Cecilia nach Norrköping fahren, um die Wohnung der Großmutter zu räumen. So war es zumindest geplant. Die Beerdigung war für den kommenden Donnerstag angesetzt, eine stille Andacht.

Er hatte sowieso genug um die Ohren. Er stand auf, nahm den Kaffeebecher und ging zum Sitzungsraum.

Dort trafen gerade alle ein und warteten auf Benny Grahn.

»Und – warst du gestern Abend noch schwimmen?«, fragte Janne Lundin Erika Ljung, während die anderen mit halbem Ohr zuhörten.

»Ja, klar. Es war herrlich. Vielleicht das schönste Bad des Sommers, weil man schon spürt, dass er bald zu Ende gehen wird. War vielleicht auch das letzte.«

»Ich war auch schwimmen«, warf Peter Berg ein.

»Was du nicht sagst«, wunderte Erika sich, sah ihn dabei direkt an, und es schien, als gefiele es ihm, dass sie das sagte. »Wo gehst du denn schwimmen?«

»Das kommt darauf an, aber gestern bin ich nur ins Schwimmbad am Stadtpark gegangen. Das liegt gleich um die Ecke bei mir zu Hause.«

Dann folgte eine Diskussion über alle Badestellen des Ortes, und es gab ungewöhnlich viele, sie lagen wie kleine Oasen an der ganzen Küste, und sie konnten sich nicht darauf einigen, welche Stelle denn die beste war, je nach Wunsch nach Ruhe, nach Möglichkeit, Kontakt mit dem anderen Geschlecht zu knüpfen, einen Kiosk in der Nähe zu haben oder nackt baden zu können, und nach einer Weile wussten alle, was jeder Einzelne für Angewohnheiten hatte: ein kurzes Morgenbad oder ein Abendbad oder auch beides, oder lieber den ganzen Tag auf den Felsen liegen, und sie erfuhren auch, wer erst bei mindestens vierundzwanzig Grad Wassertemperatur badete, mit anderen Worten also fast nie. Das war Lundin, der nur ungern seine Badehose nass machte.

Technik-Benny kam keuchend in einem zerknitterten Hemd angehastet, das grau melierte Haar feucht vor Schweiß, und sie konnten anfangen.

»Wir wissen, dass Laura ihre Arbeit sorgfältig erledigt hat, sie war schon seit langem geschieden, und die Scheidung ist ganz unspektakulär über die Bühne gegangen«, sagte Claesson. »Sie waren sich einig, hatten sich auseinander gelebt und so weiter. Ihr früherer Ehemann hat ein Alibi, und laut seinen eigenen Angaben und denen anderer ein ziemlich neutrales Verhältnis zu seiner früheren Frau. Er wohnt mit neuer Frau und Kindern in Göteborg. Er ist Ingenieur. Die Söhne leben im Ausland, die Finanzen sind gut. Niemand scheint sie für das Erbe umgebracht zu haben. Alle, das heißt auch die Söhne, scheinen allein gut zurechtzukommen.«

Dann holte er Luft, legte beide Hände auf den Tisch und faltete sie wie ein Pfarrer zum Gebet, bevor er fortfuhr.

»Dagegen scheint der Arbeitsplatz, nun ja, wie soll ich sagen ... komplex zu sein«, erklärte er schließlich und schwieg anschließend.

Mehrere nickten zustimmend. Bennys Handy klingelte, er nahm das Gespräch an, stand auf und sagte, dass er gleich zurückkommen würde. Die anderen machten so lange eine Pause, in der sie weiter die *arbeitsbezogenen Probleme* des Allgemeinen Krankenhauses analysierten, wie Claesson sich früher einmal ausgedrückt hatte.

»Warum nennen wir es nicht ein Rattennest«, schlug Janne Lundin auf seine etwas bedächtige Art und Weise vor, die dazu führte, dass das Gesagte umso aufmerksamer aufgenommen wurde.

»Genau! Ein ausgezeichneter ..., wie soll ich sagen ...«, fuhr Claesson fort und kratzte sich am Kopf. »Eine unangenehme Situation war entstanden. Von den ungefähr fünfzehn Ärzten der Klinik ... Stimmt das, Louise? Sind es fünfzehn?«

»Ungefähr«, warf sie ein.

»Von all diesen Ärzten scheint die Mehrzahl blind und taub zu sein, und mindestens drei von ihnen sind oder waren ausgeprägte Teufel. Wenn man das so sagen darf.«

»Ja, es sieht ganz so aus, als sei das Krankenhaus ein Übungsplatz für Mobbing«, erklärte Louise Jasinski voller Abscheu.

»Es ist ans Licht gekommen, dass ein Arzt namens Johan Söderlund, der Ende Februar diesen Jahres angefahren und danach gestorben ist, lange Zeit von Laura Ehrenswärd, Carl-Magnus Meisser und Tomas Bengtsson psychisch misshandelt wurde. Letzterer war es übrigens, der sein Mobbingopfer totgefahren hat, und das war offenbar eine Art Strafe für ihn. Danach ist es ihm nicht mehr besonders gut gegangen, und im Augenblick ist er krankgeschrieben. Und damit nicht genug … Wir kommen übrigens später noch darauf zurück. Es gab sicher auch noch einige stumme Befürworter des Geschehens in der Klinik, die alles daransetzten, diesen Johan Söderlund an den Rand des Wahnsinns zu treiben. Dann war da noch ein Teil, der einfach schwieg, was an und für sich menschlich ist. Knifflige Geschichte«, sagte er und schüttelte den Kopf. »Kränkungen größeren Ausmaßes unter den humanitären Vorkämpfern.«

»Du sagst es«, bestätigte ihn Lundin.

»Hitler und seine Kameraden waren darin auch nicht schlecht«, sagte Louise, und alle schauten sie an. »Das weiß doch jedes Kind«, ergänzte sie und zog ihren etwas zu kurzen apfelgrünen Pullover über den Hosenbund.

»Was weiß jedes Kind?«, wollte Lundin wissen.

»Na, es wissen doch alle, wie man jemanden rausekelt: den Kopf wegdrehen, verstummen, wenn der Betreffende den Raum betritt, hinter seinem Rücken Gerüchte verbreiten, hier und da etwas verlauten lassen, in Frage stellen, was der Betreffende sagt und so weiter. Der Unterschied ist nur, dass man von einem Erwachsenen ja wohl erwarten kann, dass er sich besser im Griff hat. Darauf zielt schließlich die ganze Erziehung ab. Es nicht zu weit zu treiben. Und Ärzte …«

Sie war empört.

»Ja, aber nicht alle sind gut erzogen, und es ist tatsächlich so, dass Mobbing unter Erwachsenen nicht ungewöhnlicher ist als unter Kindern«, erklärte Erika.

»Und Erwachsene mit ein bisschen Grips im Kopf können leider ihre Intelligenz für die falschen Dinge einsetzen«, meinte Peter Berg. »Die finden dann nur immer noch raffiniertere Methoden.«

»Ich weiß, das haben wir früher schon mal diskutiert. Aber warum?«, fragte Claesson, und alle schwiegen und schienen nachzudenken.

»Wahrscheinlich geht es um Macht«, sagte Louise. »Der Erste in der Hackordnung zu sein, bestimmen zu dürfen. Ihr glaubt doch wohl selbst nicht, dass alle diese Führungskräfte, die es in unserem Land gibt, ihre Position durch blütenreine Methoden bekommen haben. Ein bisschen Schmuh und Schwindel, Taktik und Lügerei. Ausnahmen gibt es natürlich, aber ... pfui«, rief sie aus und schüttelte erneut den Kopf.

»Denk nur an uns selbst«, sagte Janne Lundin behäbig wie immer, und es wurde mucksmäuschenstill.

Er ließ den Blick seiner freundlichen, etwas wässrigen Augen über die Gruppe schweifen, und alle außer Erika und Peter Berg blickten zu Boden.

»Aber das ist doch lange her«, sagte Claesson.

»Man sollte nicht mit Steinen werfen, wenn man im Glashaus sitzt«, bemerkte Lundin. »Aber es stimmt, was du sagst, es ist schon lange her, und ich bin deiner Meinung, Claes, lass uns einen Strich drunterziehen.«

Erika und Peter Berg schauten Claesson, Louise und Lundin fragend und neugierig an, doch zu diesem Thema würden sie nicht mehr erfahren. Jedenfalls nicht im Augenblick, früher hatte Peter Berg schon einmal etwas über Probleme mit einer Polizeibeamtin gehört, die schließlich ihren Job aufgegeben hatte. Kollegenschikanen war nicht gerade etwas, auf das man stolz sein konnte, und auch nichts, was man gern weiter aufrecht hielt. Nicht einmal als Gerücht.

»Übrigens, die Ehefrau hast doch du besucht, Peter, nach dem Unfall«, wechselte Lundin das Gesprächsthema.

Peter nickte, während er mit seinem für seine Verhältnisse ziemlich braun gebrannten Gesicht in der Runde saß.

»Ich war auch dabei, als wir ihr mitgeteilt haben, dass ihr Mann angefahren wurde«, bemerkte Erika Ljung.

»Okay«, bestätigte Claesson und warf ihr einen schnellen Blick zu.

»Hier haben wir einen Faden, der letztendlich zu einem Mord führen könnte. Ein Motiv. Aber die Frage bleibt: wer und warum?«

Benny Grahn kam zurück.

»Tomas Bengtssons Fingerabdrücke befinden sich in Lauras Haus, aber das haben wir schon die ganze Zeit gewusst. Unter anderen auf der Toilettentür im Erdgeschoss und auf der Glasscheibe des Tischs vor dem Sofa im Wohnzimmer. Dagegen sind es nicht seine Fingerabdrücke auf dem Bonbonpapier und natürlich auch nicht seine Schuhabdrücke. Die Schuhgröße ist deutlich zu klein. Und dann war da noch das Auto.«

»Ja, genau«, nahm Peter Berg den Faden auf. »Ich habe herausbekommen, dass es sich um einen roten Chrysler Voyager handelt, der zeitweise vor dem Reihenhaus parkte. Eine Nachbarin dachte, es sei ein neuer Freund, sie hatte nichts dabei gefunden. Sie meinte, der Mann, der ihrer Beschreibung nach Tomas Bengtsson sein muss, sähe nett aus. Eine junge Frau, die fast täglich an Lauras Haus vorbeigeht, hat das bestätigt. Sie konnte außerdem nach einigem Nachdenken und nachdem sie ihren Kalender überprüft hat, mit ziemlicher Sicherheit sagen, dass der Wagen an dem Freitag, als Laura in Urlaub fahren wollte, vor dem Haus stand. An dem Tag, von dem wir annehmen, dass an ihm der Mord geschah.«

»Tomas Bengtsson hat bisher nichts davon verlauten lassen, dass er Laura manchmal in ihrem Haus besucht hat«, gab Louise zu bedenken, die diesen Teil der Befragungen übernommen hatte. »Er hat einen roten Chrysler, und mit dem hat er Johan Söderlund überfahren. Ansonsten hat er nicht besonders viel gesagt.«

»Genau wie Meisser, der seine Kündigung mit keinem Wort erwähnt hat, bevor wir es ihm auf den Kopf zugesagt haben, und dann war der Grund nach seiner Aussage ganz einfach, er wolle sich eben einmal verändern«, sagte Lundin und kratzte sich an der Wange, dass es auf der trockenen, wettergegerbten Haut raschelte. »Einer von ihnen hat höchstwahrscheinlich etwas zu verbergen.«

»Wir müssen uns Bengtsson noch einmal vornehmen«, sagte Claesson. »Die Frage ist nur, wann. Vielleicht jetzt gleich.«

»Warum nicht«, nickte Lundin, der jetzt so heftig auf den hinteren Stuhlbeinen schaukelte, dass Louise sich genötigt sah, ihm einen bösen Blick zuzuwerfen, worauf er sich nach vorn fallen ließ. Wobei sie gleichzeitig überlegte, warum sie eigentlich die Rolle der Mutter oder der Ordnungsmacht übernahm. In Zukunft wollte sie sich lieber zurückhalten.

»Es bringt nichts, damit zu warten«, sagte Claesson. »Wir schicken eine Streife nach Dalby und lassen ihn holen.«

Die Sitzung war beendet, sie standen auf, gingen hinaus zum Kaffeeautomaten, fütterten ihn mit 1-Kronen-Stücken und unterhielten sich beim Kaffee über alles Mögliche.

Sara Grip räumte die Küche auf und goss die Topfpflanzen auf der Fensterbank. Sie machte gern bei sich sauber, sie fühlte sich wohl in ihrer Wohnung, zwei Zimmer, Küche und Balkon mit Blick über die Häuserdächer in Richtung Meer. Wenn sie auf Zehenspitzen stand, konnte sie fast das Wasser sehen.

Der kleine Johan hatte Bauchschmerzen gehabt und fast die ganze Nacht geweint. Zum Schluss hatte sie ihn zu sich ins Bett geholt, und da war er eingeschlafen. Sie wusste selbst, dass es schwer werden würde, ihn dazu zu bringen, in seinem eigenen Bett zu liegen, immer häufiger jammerte er, bis er schließlich zu ihr durfte. Rigmor, die am letzten Tag bei ihr vorbeigeschaut hatte – der Abstand zwischen ihren Besuchen wurde zwar größer, aber sie kam weiterhin –, hatte sie gewarnt, sie solle aufpassen, ihn nicht daran zu gewöhnen, oder ihn zu sehr zu verwöhnen, wie sie es ausdrückte. Sara hatte keine Lust, sich darüber Gedanken zu machen, sie brauchte ihren Schlaf, sonst wurde sie nur ungeduldig, und das übertrug sich wiederum auf ihren Sohn.

Die Tage waren etwas einsam geworden. Die Schwester

von der Mütterzentrale war der Meinung, dass Johan wirklich gut gediehen sei und einen sehr gesunden Eindruck mache, aber gleichzeitig hatte sie Sara etwas zweifelnd angeschaut und gefragt, ob diese etwas Hilfe brauche und vielleicht in eine Gruppe junger Mütter gehen wolle. Aber das wollte sie nicht. Sie fand den Kontakt zu neuen Menschen anstrengend, und außerdem wurde da immer wieder dies und das verglichen, und dann wurde schnell deutlich, dass sie es nicht so dicke hatte, aber sie kam schon zurecht. Sie wollte niemanden zu sich hereinlassen, obwohl ihre Wohnung schön war, wie sie selbst meinte. Vielleicht etwas spärlich mit Möbeln, aber ihr genügte es, und außerdem hatte sie schöne bunte Gardinen ganz billig bei Åhléns gefunden. Lena hatte ein paar Möbel übrig gehabt, als sie aus ihrer großen Wohnung ausgezogen war, zwei weiße IKEA-Bücherregale, ein Aktenschränkchen und einen Flickenteppich, und das hatte alles Sara bekommen, worüber sie sehr froh war. Es sah gemütlicher aus mit richtigen Bücherregalen. Sie hatte zwar nicht so viele Bücher, aber sie konnte Dinge hineinstellen, die ihr gefielen, beispielsweise Fotos von Johan, die Rigmors Mann gemacht hatte, als sie sich noch trafen und die beiden glaubten, dass Johan ihr Enkelsohn sei.

Sie hatte es doch auch geglaubt. Sie hatte es sich so sehr gewünscht, dass sie irgendwann sicher war, dass dem so sei, ganz einfach. Sie hatte Patrik nie geliebt, hatte ihn eigentlich nur ein paar Mal in der Kneipe getroffen. Er war ganz nett gewesen, so dass es okay für sie war, mit ihm weiterzuziehen, und als Abschluss des Abends ergab es sich einfach, dass sie miteinander schliefen, das gehörte irgendwie dazu, wie ein ungeschriebenes Gesetz, das es leichter machte, sich am nächsten Morgen zu trennen. Wie ein Ritual, dessen Muster zu brechen sich niemand traut, aus Angst, die Hohlheit der zufälligen Begegnung dadurch zu entlarven.

Keiner von beiden hatte dem anderen etwas versprochen.

Keiner von beiden war so richtig darauf erpicht gewesen. Zumindest Sara nicht.

Und wenn sie sich recht besann, konnte sie sich auch nicht mehr an sehr viel erinnern: einige Starkbiere, und der Rest der Begegnung hatte eigentlich nichts Besonderes, weder besonders heftig noch aufwühlend, eher so, als wenn man Frühstück isst oder sich die Zähne putzt. Sie war nicht verliebt, das hatte das Ganze entschieden.

Denn wenn sie in Patrik Juttergren verliebt gewesen wäre und er sie oder Johan nicht hätte haben wollen, dann wäre alles viel schlimmer gewesen, aber jetzt konnte ihr das gleich sein. Abgesehen davon, dass es ein schöner Name für einen Vater gewesen wäre. Ein ganz normaler Krankenwagenfahrer aus einer normalen und nicht besonders zerstrittenen Familie.

Rigmor gegenüber war es ihr ein bisschen peinlich. Sogar ziemlich. Rigmor war so eifrig gewesen und hatte sich so angestrengt, und Sara hatte sie hereingelegt, wenn auch nicht mit Absicht.

An den Abenden nach der Nacht mit Patrik hatte sie eine Gruppe getroffen, die im Hotel wohnte, es waren genau genommen vier Stück, und sie war mit Gitt zusammen ausgegangen, die dann nach Stockholm gezogen war. Zusammen mit Gitt wurde sie etwas waghalsiger als allein, und das Ganze hatte ja so ein gewisses Prickeln mit sich gebracht. Einer der Jungs, der mit den braunen Augen, hatte sich in sie verguckt, und sie hatte gehofft, sich in ihn verlieben zu können. Sie ging mit ihm ins Hotel. Das machte Gitt auch, und die anderen drei Typen, und wie immer es dann ablief, ja, sie wünschte im Nachhinein, dass sie das besser unter Kontrolle gehabt hätte, denn bevor Bier, Wein und Zigaretten aufgebraucht waren, schlief sie offenbar im Hotelbett ein und spürte, wie ihr jemand über den Rücken strich, mit nervösen, nicht ganz nüchternen Händen in ihren Slip fuhr und dann von hinten in sie eindrang. Sie war nicht in der Lage, ihn von sich zu schieben, und außerdem tat er ihr auch nicht weh, also ließ sie es geschehen. Vielleicht war es sogar ganz schön. Aber das war nicht der Braunäugige. Am nächsten Abend war er es, aber ganz bestimmt nicht am ersten.

Und dann fuhren sie ab. Der Job, den sie auszuführen hatten, war beendet, eine Maschine, die abgeliefert werden sollte, irgend so was. Sie kannte nur ihre Vornamen, mehr meinte sie nicht wissen zu müssen, und die Jungs auch nicht. Sara und Gitt, hatten die Männer sie abends nur genannt. Das genügte, und sie hegte keinerlei Illusionen, dass daraus etwas werden könnte. Der Funken entzündete sich nicht, und außerdem waren sie bestimmt verheiratet, hatten Frau, Kinder und Reihenhaus in Södertälje.

Wie konnte sie nur so blöd sein, nicht auf ihre Antibabypillen zu achten! Aber hätte sie das getan, dann gäbe es Johan nicht, Johan Grip, ihren Sohn.

Und dann war da noch der große Johan. Warum ihr immer ganz warm geworden war, wenn sie mit ihm in einem Raum war, selbst wenn er sich sauer und gereizt verhielt, das konnte sie nicht sagen. Er war in vielerlei Hinsicht so nett, konnte so vieles erzählen, die richtigen Worte finden, und er war auch gut im Essenmachen, achtete darauf, dass auch sie bekam, was sie mochte. Lena und Johan hatten spannende Sachen zusammen gemacht, Fahrradtouren auf Gotland, sie waren im Gebirge gewandert und solche Dinge, die eine gewisse Anstrengung erfordern, hatten nicht einfach die erste beste Charterreise gebucht, um dann in der Sonne zu liegen und sich abends zu besaufen. Das hätte Johan Söderlund nie getan, und auch sie hätte gern einen Mann kennen gelernt, der mit ihr eine Fahrradtour plante, nicht nur das Bier runterkippte und ihren Körper betatschte.

Lena war jetzt immer so gereizt, und man musste das verstehen, nach allem, was geschehen war. Sie sah müde aus, eine graue Maus, und schlecht gelaunt war sie auch, aber das würde wohl vorbeigehen.

Der kleine Johan gluckste, er lag auf einer Decke auf dem Fußboden. Er folgte ihr mit seinem Blick und sah so zufrieden aus, dass sie sich einfach zu ihm auf den Boden hinunterlassen und ihre Nase in seinen Bauch bohren musste, und da packte er sie bei den Haaren, dass es wehtat, und der Stolz übermannte sie. Was für ein starker Junge ihr Sohn doch geworden war!

Der Lokalsender lief leise in der Küche, erst kam Musik, dann folgten die Nachrichten. Es hatte einen Einbruch in eine Werkstatt gegeben, bei dem Werkzeug und Computer größeren Werts gestohlen worden war. Ein Mann war niedergeschlagen worden, nachdem er Geld aus einem Bankautomaten geholt hatte. Vermutlich hatte jemand seinen Bankcode beobachtet, war ihm dann gefolgt, um zu sehen, wohin er ging, hatte dann per Handy zwei Kumpel herbeigerufen, die den Mann auf einer ziemlich verlassenen Straße niederschlugen und ihm die Brieftasche mit der Kreditkarte entrissen. Meine Güte, dachte Sara. Sie musste noch genauer aufpassen, dass ihr niemand über die Schulter guckte, wenn sie Geld abhob. Aber vielleicht sah man ihr ja an, dass sie kein lohnendes Opfer war. Sie hatte selten größere Summen auf dem Konto. Meistens war es im Minus.

Dann sagten sie noch ein paar Worte darüber, dass der Mord an der Klinikärztin immer noch ungeklärt war.

Sie hatte Lena gefragt, ob diese die Frau kenne. Der Gedanke war ihr gekommen, da die Ermordete doch dort Ärztin gewesen war, wo auch Johan gearbeitet hatte, aber Lena hatte nur den Kopf geschüttelt und gesagt, dass sie keine Ahnung habe, wer das sei. Es war schon unheimlich, dass man in ihrer kleinen Stadt einfach so erschossen werden konnte. Sie wollte lieber spätabends nicht mehr rausgehen. Bisher hatte sie nie darüber nachgedacht, aber es schien, als würde sich eine bedrohlichere Zeit anbahnen. Das gefiel ihr gar nicht, es war ein Gefühl wie im Gefängnis – man musste stets und ständig auf der Hut sein.

Aber jetzt schien die Sonne, und sie wollte hinausgehen. Heute Abend würde sie Lena besuchen. Sie wollten sich zusammen einen Videofilm angucken. Sie musste nur zusehen, dass es nicht zu spät wurde, obwohl der Weg zwischen Lenas und ihrer Wohnung weder dunkel noch unheimlich war.

Das rote Auto hatte sie gesehen, den Wagen eines Mörders.

Sie hatte genau überlegt, was sie sagte, als sie mit dem Polizisten gesprochen hatte, mit diesem Dünnen, der nett und fast schüchtern zu sein schien. Sie hatte mehrere Male betont, dass sie nicht hundertprozentig sicher sagen konnte, wann genau er dort gestanden hatte. Sie hatte ihn zwar öfter gesehen, aber ihre Tage waren einander so ähnlich, dass sie ineinander zu fließen schienen.

Louise Jasinski stolperte bei Claes Claesson herein. Sie hatte so starken Muskelkater, dass sie kaum normal gehen konnte, und als sie aufgewacht war, hatte sie sich aus dem Bett rollen müssen. Die herbstliche Gymnastiksaison hatte schon begonnen, und sie war wohlgemut zu einem Intensivkurs gegangen.

»Da spürt man, dass man lebt«, sagte sie Claesson. »Fast eine schöne Art von Schmerz«, stöhnte sie, während sie sich an den Armlehnen abstützte, um sich vorsichtig hinzusetzen.

»Vielleicht für einen Sadomasochisten«, war sein Kommentar. »Ja. Also«, fuhr er fort, »wir haben den Telefonhörer gefunden.«

Er lag in einer durchsichtigen Plastiktüte auf seinem Schreibtisch. Dunkelblaues Plastik.

»Wo kommt der denn her?«, wollte sie wissen.

»Ob du es glaubst oder nicht, aber einer der Penner unserer Stadt hatte ihn gut sichtbar in seinem Einkaufswagen, mit dem er immer herumzieht. Vermutlich so ein armer Psychopatient, der kein Dach mehr überm Kopf hat. Jedenfalls nicht mehr, seit die Psychiatrie keine Übernachtung mehr anbietet.«

»Ist er von allein damit angekommen?« Louise sah skeptisch aus.

»Nein, Peter Berg hat ihn entdeckt, als er zur Bank wollte. Der Mann saß auf einer der Bänke in der Fußgängerzone, du weißt, da vor Nilssons Konditorei, mit dem Einkaufswagen neben sich. Er war gerade dabei, die Papierkörbe nach leeren Dosen abzusuchen und aß Brötchen von Nilssons. Berg meint, dass es kein Alkoholiker sei, sondern eher einer mit psychischen Problemen.«

»Und was hat er gesagt?«

»Nun ja, er hat natürlich Angst gehabt, in irgendwas mit hineingezogen zu werden, er mag überhaupt keine Kontakte zu anderen Menschen, und am allerwenigsten zur Polizei, aber Berg konnte ihn beruhigen und hat ihm versprochen, ihm ein anderes Telefon zu geben.«

»Was immer er damit ohne die Basis machen will«, warf Louise ein und fuhr sich mit der Hand durch das dunkle, glänzende Haar, das gleich wieder über die Ohren fiel.

Louise sah einfach gut aus, sie hatte so ein alltägliches Charisma, wie Claesson es schätzte, in erster Linie wohl, weil sie sich selten auf die Hinterbeine stellte, ohne aber feige zu sein. Manchmal fragte er sich, was er tun konnte, um ihr bei ihrer Karriere weiterzuhelfen, damit sie nicht von den Kerlen zur Seite geschoben wurde, die zielstrebig ihren Weg gingen. Ein schwieriges, riskantes Unterfangen, da er nicht parteiisch erscheinen wollte. Er hatte es erst einmal auf Eis gelegt, doch nicht für immer. Sie musste zunächst einmal selbst zeigen, was sie konnte, aber die Zeit verging, und das Risiko wuchs, dass nichts passierte. Was immer auch passieren sollte, darin lag gerade das Problem. Was im Allgemeinen Krankenhaus geschehen war, sollte ihnen allen eine Warnung sein.

Es gab übrigens im Augenblick nur noch wenig, was ihn wirklich überraschte. Wenn die »falsche« Sorte Menschen »falsch« behandelt wurde, konnte man nie sagen, was daraus wurde, obwohl sicher keiner davon ausging, dass es für jemanden zum Tode führen könnte. Wie viele Selbstmorde wohl allein auf Grund schwieriger Arbeitsverhältnisse begangen wurden? Wir verbringen so viele Stunden bei der Arbeit, dachte er. Werden von dem sozialen Umfeld aufgesogen, ganz gleich, wie es auch ist, und viele schaffen es nicht, sich zu wehren. Solche spannungsgeladenen Situationen mit klarem Verstand zu überleben, ist nicht einfach, wenn man ausgeschlossen und hinausgestoßen und bis ins Mark verletzt wurde in der manchmal ungemein grausamen Arbeitswelt.

»Jedenfalls ist es tatsächlich der Hörer von Lauras Telefon.

Benny hat das überprüft«, erklärte Claesson nach seinem schnellen Gedankenausflug.

»Und wo …«

»… der Typ ihn gefunden hat, möchtest du wissen? Das konnte der Obdachlose natürlich nicht mehr sagen, und ich glaube nicht, dass er lügt. Es ist ja schließlich auch schon fast einen Monat her.« Er seufzte. »Es ist immer ein Kreuz mit alten Mordfällen«, fuhr er fort. »Aber wir müssen das Dunkel lichten. Ja, auf jeden Fall meint der Mann, dass das Telefon in einem Papierkorb in der Nähe des Stadtparks gelegen hat. Da muss es gelegen und geklingelt haben. Auf jeden Fall eine Weile, bis der Akku leer war. Benny meint, dass die Reichweite schnurloser Telefone dieser Art ziemlich groß ist.«

»Vielleicht sollten wir nach Menschen suchen, die einen klingelnden Papierkorb gehört haben«, schlug Louise vor.

»Du meinst für die Zeitbestimmung?«

Sie zuckte mit den Schultern. »Unter anderem«, sagte sie dann. »Aber die Leute reagieren wahrscheinlich nicht mehr so auf Telefonklingeln im Freien nach dem ewigen Gebimmel der Handys. Sogar die kleinsten Schulkinder haben schon … Du hast keine Ahnung, wie teuer das werden wird, wenn Klara größer wird«, sagte sie lächelnd. »Meine Töchter sorgen jedenfalls dafür, dass die Telefonrechnung nicht schrumpft. Oh verdammt«, rief sie aus, lachte dann, und Claesson spürte dieses nette Gefühl der Zusammengehörigkeit, das noch so neu war, dass er sich kaum daran gewöhnt hatte. Er war ein Vater, ein Glied in der Reihe mehrerer Generationen, und er hatte seinen Egotripp aufgegeben für Fürsorge, Freude und Kummer für einen anderen Menschen, jemanden, der weder dachte wie er, noch die gleichen Bedürfnisse hatte.

»Die Gesprächsliste ist übrigens aufgestellt worden, danach hat Tomas Bengtsson Laura am Nachmittag des vermuteten Mordtages angerufen.«

»Sonst niemand?«

»Doch, ein Zahnarzt, es ging um eine Terminverschiebung. Laura war wohl zu optimistisch in ihrer Zeitplanung gewesen, hatte dann eingesehen, dass sie es nicht schaffen würde und deshalb auf den Anrufbeantworter gesprochen, dass sie einen neuen Termin nach dem Urlaub haben wollte.«

»Aber den brauchte sie nicht mehr«, sagte Louise nachdenklich.

Claesson schaute auf seine Uhr. »Wollen wir gehen?«

»Jepp«, sagte sie und richtete ihren muskelschmerzenden Körper mit einer gewissen Mühe auf.

Tomas Bengtsson saß im Verhörraum, ein magerer, bleicher und verhärmter Mann, zweiundvierzig Jahre alt. In der Mitte des Lebens, wie man zu sagen pflegte. Das Leben war jedoch in letzter Zeit hart mit ihm umgesprungen. Er rauchte nicht, sah aber trotzdem aus, als hätte er die letzten Monate kettenrauchend in einem Keller verbracht. Sein Gesicht war angespannt, mit tiefen Furchen in den Mundwinkeln, und die Haut unter den Augen schimmerte grünblau. Der Mann war fertig.

Als er geholt wurde, war er gerade dabei, den einen Hausgiebel rot zu streichen. Er zog sich um, bevor er sich in den Zivilwagen der Streife setzte, und trug jetzt khakifarbene Shorts, ein Tennishemd guter Qualität und ein Paar Seglerschuhe.

Claesson setzte sich ihm gegenüber an den Tisch, Louise ein Stück hinter ihn. Anwesende im Raum, Zeitpunkt und Ort wurden auf dem Band festgehalten. Das Zimmer war bereits jetzt von der Sonne aufgeheizt und hatte zu wenig Sauerstoff.

Wie lange er wohl durchhält?, überlegte Claesson.

»Was haben Sie am Freitag, dem dreizehnten Juli, bei Laura Ehrenswärd zu Hause gemacht?«, legte Claesson, ohne mit der Wimper zu zucken, los.

Tomas Bengtsson warf sich kurz mit dem Oberkörper nach hinten, als ginge das für sein zähes Gehirn, mit dem doch eigentlich alles in Ordnung sein sollte, zu schnell. Schließlich war er ein hochgebildeter Mann.

»Wieso? Das weiß ich nicht mehr«, war seine Antwort, und seine Stimmbänder schienen mit einer öligen Schicht belegt zu sein. »Ich denke nicht, dass ich da war«, fügte er hinzu.

»Dann benutzen Sie also diese Straße nur, um Ihren Wagen dort zu parken?«

Die Ironie saß.

»Ich will damit nur sagen, dass ich nicht mehr weiß, ob ich genau an diesem Tag dort gewesen bin.«

Die Erklärung kam kleinlaut, und die Stimme war etwas verbindlicher.

»Das haben Sie schon häufiger behauptet. Ich denke, uns allen würde ein bisschen mehr Ehrlichkeit gut tun, nicht zuletzt Ihnen. Die Wahrheit ist immer noch am angenehmsten«, warf Louise mit mitfühlender Stimme ein.

Tomas Bengtsson schaute auf den Tisch, er strich sich übers Kinn, und es schien, als fiele es ihm schwer, seine Gedanken beieinander zu behalten und zwischen Wahrheit und Erfundenem zu unterscheiden.

»Sie haben doch Zeit genug gehabt, darüber nachzudenken, an welchen Tagen Sie das eine und das andere getan haben«, sagte Claesson.

Bengtsson schwieg immer noch.

»Dann machen wir es erst einmal so«, fuhr Claesson fort. »Wir überspringen den Freitag und konzentrieren uns stattdessen auf die anderen Male, als Sie dort gewesen sind. Warum haben Sie Laura Ehrenswärd besucht? Warum haben Sie sie an dem bewussten Freitag angerufen?«

»Habe ich das?«

»Ja.«

»Okay. Ich habe sie ab und zu besucht. Wir haben uns unterhalten. Schließlich kennen wir uns ja schon sehr lange.«

Wieder schwieg er. Es gab kein Zeichen von Leben in seinem Gesicht. Er war wie eine Maschine im Leerlauf, ein Fremdling unter den Seinen, ein Mensch, der das Interesse am Leben verloren hatte, der sich weder konzentrieren noch Gefühle empfinden konnte. Er sah aus wie eine lebendige Leiche. Und im Augenblick versuchte dieser bis zum äußersten geplagte Mann seine Gedanken zu sammeln, die wie ein plötzlich auftretender Wind bei einem drückenden Gewitter in seinem Kopf herumsausten.

»Worüber haben Sie sich denn unterhalten, Laura und Sie?«, fragte Louise, immer noch mit sanfter Stimme, wie Claesson und sie es abgesprochen hatten.

»Über alles Mögliche.«

»Nun kommen Sie schon«, drängte Claesson ihn etwas schroffer nach dem üblichen Verhörsmodell, bei dem der eine streichelt und der andere schlägt.

Bengtsson senkte den Kopf, stützte die Stirn auf die Hand, und sie erwarteten, dass er anfangen würde zu weinen, um dann zusammenzubrechen. Aber nein.

»Der ganze Frühling war ja einfach schrecklich gewesen«, sagte er mit brüchiger Stimme. Er wandte den Kopf nach oben und schaute sie an.

»Sie wissen, dass ein Mann verletzt wurde, weil ich ihn angefahren habe. Später ist er daran gestorben, und eins kann ich Ihnen sagen, danach war es nicht besonders witzig«, erklärte er und klang plötzlich ganz normal und nicht wie ein Kind, das nur widersprechen konnte. »Der Mann, der gestorben ist, hieß Johan Söderlund, und er war ein Arbeitskollege von mir, ja, von uns allen in der Klinik. Seitdem habe ich kaum noch eine Nacht durchgeschlafen. Das Leben ist nur noch schrecklich. Ich bin bei der geringsten Störung gereizt. Ich schaffe die Arbeit nicht, komme mit der Familie nicht zurecht – meine Frau ist mit den Kindern ausgezogen. Aber vielleicht kommt sie zurück, wenn ich …«

Sie saßen auf ihren Stühlen mit den schwarzen Plastiksitzen, die in der Hitze wie ein Schweißbrenner am Hintern brannten, aber trotzdem bewegte sich keiner. Sie warteten schweigend ab.

»Sie hat mich jedenfalls noch nicht ganz fallen lassen, sie will, dass ich zu einem Psychologen gehe, aber was soll das bringen?«

»Das klingt nach einer guten Idee«, sagte Claesson und ließ Tomas Bengtsson dann weiterreden.

»Es geht nicht nur darum, dass ich ihn angefahren habe, ich habe fast das Gefühl, als hätte er es geplant.«

»Wieso?«, fragte Claesson.

»Na, als hätte Johan Söderlund das alles arrangiert, damit ausgerechnet ich sein Leben auf dem Gewissen haben würde.«

»Und warum glauben Sie das?«, wollte Claesson wissen.

»Es war, wie soll man sagen, es war eine Zeit lang ziemlich hart in der Klinik.«

Er verstummte und suchte nach Worten, aber es kam nichts.

»Inwiefern?«, wollte Claesson wissen.

»Es gab viel zu tun, häufige Dienste, viele, die auf Grund von Schwangerschaft oder anderem fehlten. Fast jede Nacht aus dem Bett zu springen ist nicht immer so spannend, wie die Leute denken. Das macht kaputt. Zumindest, wenn man es ein paar Jahre mitmacht. Und deshalb wollten wir einige Veränderungen, damit es etwas leichter für uns würde. Etwas mehr Möglichkeiten, aus dem Trott herauszukommen, mal in Ruhe und Frieden zusammenzusitzen, ein bisschen mehr Mitspracherecht bei ... bei der eigenen Arbeit. Was auch wieder Mehrarbeit ist, aber ...«

Wieder verstummte er.

»Aber ...«, schob Claesson wieder an.

»Aber das war nicht so einfach zu machen. Ich weiß nicht, was dann eigentlich passiert ist. Johan Söderlund war ja so ein richtiger Besserwisser, er war schnell im Fokus der Kritik. Vielleicht fühlte ich mich ihm auch unterlegen. Und nicht nur ich. Irgendwie war er vielleicht sogar fast dankbar dafür ..., dafür ...«

Claesson und Louise warteten auf die Fortsetzung.

»Dafür, dass er übersehen wurde, vielleicht amüsierte er sich darüber. Nicht so, dass er das offen zugab. Aber es gibt Menschen, die betteln geradezu darum, schlecht behandelt zu werden«, sagte er und sah aus, als wäre das eine Selbstverständlichkeit wie jede andere.

»Und wer machte da mit?«, fragte Claesson.

»Alle.«

»Alle?«

»Nun ja, vielleicht nicht alle. Viele sagten nichts, aber sie taten auch nichts dagegen. Sie waren einverstanden.«

»Wer genau hat diese Jagd angezettelt, oder besser gesagt dieses Mobbing?«

»Na, na, so schlimm war es doch gar nicht.«

»Nein?«

»Na, kommt drauf an, wie man es sieht«, meinte Bengtsson etwas vage.

»Nun, zwei Tote sind beispielsweise das Ergebnis«, sagte Claesson.

»Ja, aber Lauras Tod hat doch wohl nichts damit zu tun.«

Claesson und Louise antworteten nicht.

»Am Freitag, dem dreizehnten Juli, waren Sie bei Laura zu Hause, das können Sie gleich zugeben«, sagte Claesson und klang zum ersten Mal in diesem Verhör sanft und freundlich. »Wir wissen das genau«, fügte er hinzu, bluffte einfach.

Bengtsson leckte sich die Lippen. Er hatte eine dünne, schmutzig erscheinende Schicht auf dem Gesicht, einen leichten Sonnenbrand in dem weißen Gesicht. Wenn man genau hinschaute, konnte man Sommersprossen erkennen. Direkt über der Oberlippe zeigten sich kleine Narben, die aussahen wie Frostblasen.

»Ja, ich war da«, sagte er.

Ein kaum hörbares Ausatmen der beiden Polizeibeamten.

»Ich war da, aber ich habe sie nicht erschossen. Ich kann ja verflucht noch mal kaum mit einer Pistole umgehen. Ich war Kriegsdienstverweigerer.«

»Gut, dass Sie zugeben, dort gewesen zu sein«, sagte Claesson und klang, als lobte er ein Kind, das sich getraut hatte zu beichten, dass es aus dem Haushaltsportemonnaie geklaut hatte. »Und wenn nicht Sie sie erschossen haben, dann möchten wir wissen, wann Sie dort waren und ob Laura zu dem Zeitpunkt noch lebte.«

»Natürlich hat sie noch gelebt.«

»Okay! Wann sind Sie gekommen und wie lange sind Sie geblieben, und was haben Sie dort gemacht?«

»Ich war wohl so gegen drei Uhr nachmittags dort. Sie war am Packen. Hat alles rausgeholt, was sie mitnehmen wollte. Sie wollte am Samstag nach Island fliegen. Das ganze Frühjahr war sehr anstrengend gewesen, es ging ihr nach allem, was passiert ist, nicht besonders gut ...«

»Nach allem, was passiert ist?«

»Ja, das mit Johan Söderlund, und es gab so einige, die sich wunderten. Warum er da auf die Straße gefahren ist, werden wir wohl nie erfahren. Aber wir wussten ja, dass er die Klinik nicht freiwillig verlassen hat, und ich glaube, sie hatte ein schlechtes Gewissen. Nicht, dass sie das gesagt hat. Ich denke mal, sie hätte es niemals zugegeben. Sie würde immer darauf hinweisen, dass Söderlund einfach nicht hineingepasst hat.«

»Sie wollte also nach Island«, fuhr Claesson fort.

»Ja, nach dem hektischen Frühling wollte sie es dort wohl kühl und ruhig haben.«

Bengtsson erlaubte sich sogar, ein Lächeln zu zeigen, aber auch nur kurz. Er war ein wenig aufgetaut, seit er zugegeben hatte, dort gewesen zu sein.

»Ich war ja mit dem Auto da, deshalb trank ich nichts, aber sie öffnete für sich eine Flasche Wein und schmierte sich wohl auch ein paar Brote. Sie wollte den Urlaubsbeginn feiern.«

»Was haben Sie dort gemacht?« Es war Claesson, der die Fragen stellte.

»Nichts. Wir haben uns unterhalten. Wir hatten keine Beziehung, wenn Sie das glauben. Laura war mehr als zehn Jahre älter als ich.«

Als ob das ein Hindernis sein muss, dachte Claesson, aber da bisher nichts darauf hindeutete, dass Laura sexueller Gewalt ausgesetzt war, ließ er es darauf beruhen.

»War sie eine Person, bei der Sie sich aussprechen konnten?«

»Ja vielleicht. Schließlich war sie meine Vorgesetzte. Sie hatte dafür gesorgt, dass ich nicht zur Arbeit ging, sondern krankgeschrieben wurde. Eine Oberschwester hatte sich beschwert. Übrigens die gleiche, die die Geschichte von Johan Söderlund wieder aufgewühlt hat und …«

»Und?«

»Na, es gab damals das Gerücht, er hätte Sexfotos auf seinem Computer im Krankenhaus laufen. Kinderpornos, aber das konnte nie bewiesen werden. Man fand keine konkreten Hinweise. Vermutlich war das erstunken und erlogen. Und die Oberschwester wollte wohl, dass man sich irgendwie dafür entschuldigte. Öffentlich. Johan Söderlund reinwusch, was ja gar nicht ging, weil es nichts reinzuwaschen gab. So sehe ich es jedenfalls. Sie ist so ein Besserwissertyp, eine von der Sorte, die nicht richtig kapieren, dass das Leben manchmal ziemlich kompliziert ist«, sagte er und klang reichlich überheblich.

Was du nicht sagst, dachte Claesson. Was weißt du schon über sie? Es sind nicht immer nur die Ärzte, die die Welt am Laufen halten.

»Ich bin ungefähr eine halbe Stunde geblieben. Maximal eine Stunde. Dann wollte sie noch schnell raus. Irgendetwas kaufen, was sie für die Reise noch brauchte. Ich habe ihr angeboten, sie zu fahren, aber sie wollte das Fahrrad nehmen.«

Claesson überlegte. Gab es noch etwas?

»Also, Sie sind doch häufiger bei Laura Ehrenswärd gewesen, natürlich immer nur als eine Art Freund, der Probleme hat«, fasste Claesson zusammen, und Bengtsson nickte. »Da können Sie mir doch sicher sagen, wo sie ihr Telefon im Erdgeschoss meistens liegen hatte.«

»Nein, kann ich nicht, weil sie es überall hinlegte. Sie hatte so ein schnurloses«, sagte er, schaute Claesson direkt an und sprach dann weiter: »Aber an dem besagten Freitag, da lag es auf dem Glastisch im Wohnzimmer. Zumindest, als ich ging.

Es klingelte nämlich einmal, während ich dort war, und da sah ich, wie sie es von dem Tisch nahm. Ansonsten lag es meistens auf dem Couchtisch, gleich zur Hand, wenn sie Fernsehen guckte. Oder sie hatte es in der Küche, wenn sie kochte.«

Bengtssons Fingerabdrücke befanden sich nicht auf dem Telefon. Das wussten Claesson und Louise.

»Eine letzte Frage für heute«, sagte Claesson. »Können Sie sich ein Motiv denken, warum jemand Laura Ehrenswärd getötet hat?«

»Nein, keine Ahnung«, antwortete Bengtsson ohne zu zögern, und man konnte davon ausgehen, dass er die Wahrheit sagte. Er verkehrte ja auch nicht gerade in der Unterwelt.

KAPITEL 21

Das geht nicht mehr lange gut«, murmelte Tomas Bengtsson in seiner Einsamkeit. »Auch mit mir nicht. Warum fahre ich eigentlich mutterseelenallein in diesem großen Wagen herum? Allein – großes Auto, viel Platz, der die Einsamkeit noch stärker spüren lässt. Ich muss mit Ewa reden und sie fragen, ob wir nicht tauschen können.« Das letzte Mal wollte sie nichts davon wissen, sie meinte, es reiche mit dem Golf. Aber der Chrysler fuhr schneller, und sie hätte mehr Platz für die Kinder.

So ein großes Auto schafft man sich für eine große Familie an, für Urlaubsreisen in die Berge oder in den Süden. Er hatte nie gedacht, damit allein herumzukutschieren.

*Familie,* dieses schwierige Wort. Es gab sie nicht mehr, aber sie war noch nicht ganz aufgelöst. *Noch nicht*, und das betonte er vor sich selbst immer wieder. Die Familie befand sich in der Warteschleife, und die Hoffnung, dass sie wieder auferstehen könnte, war noch nicht ganz verblasst.

Er musste das Vertrauen der Kinder und möglichst auch Ewas Vertrauen zurückgewinnen. Wie, das war ihm im Augenblick noch ein absolutes Rätsel, aber es musste möglich sein, spätestens dann, wenn er nicht mehr der Hauptverdächtige im Mordfall Laura Ehrenswärd war. Die Kunst, mehrere Bälle in der Luft zu halten, war nichts, was er im Augenblick bedachte. Seelische Traumata, die sich übereinander türmten, hatten die inneren Abwehrkräfte kollabieren lassen. Er fühlte sich wie eine durchgelegene Sprungfedermatratze.

»Wie zum Teufel bin ich nur so weit gekommen«, fluchte er und schlug mit der Handfläche mehrere Male auf das Lenkrad, während er durch den Hafen auf dem Weg nach Stensö fuhr. Wie zum Teufel konnte es nur so weit kommen!

Dass diese späten Sommertage schön und sanft wie Honig waren, genoss er nicht, nein, er bemerkte es nicht einmal.

Er war des Mordes verdächtigt, und im Augenblick stand er ziemlich schlecht da. Verdammt schlecht.

Er fror. Er fühlte sich nackt und wehrlos wie ein neu geborenes Kind.

Carl-Magnus wollte nicht aus seinem Haus gehen, und das Erste, was Tomas Bengtsson sah, als er den Schlängelweg zwischen den Sommerhäusern herangefahren kam, war das Auto, das vor Carl-Magnus' *kleinem Nest* stand, wie dieser selbst das Häuschen auf dem lang gestreckten, kiefernbewachsenen Grundstück mit idealer Lage gleich am Meeresufer nannte. Ein Platz, an den sich Carl-Magnus immer wieder nach seinen mehr oder weniger ausgiebigen, in erster Linie erotischen Eskapaden zurückzog, die er im Laufe der Jahre so hinter sich gelassen hatte. Zu denen Tomas nie in der Lage gewesen wäre, selbst wenn er gewollt hätte. Er hatte nicht Carl-Magnus' Talent, die Frauen wie ein Turbostaubsauger anzuziehen.

War das überhaupt etwas Erstrebenswertes, oder beruhten Tomas Bengtssons eigene Zweifel nur auf dem alten, nur zu vertrauten Neidgefühl, das immer mal wieder auftauchte? In erster Linie beim Thema Frauen. Mit Frauen hatte Tomas Bengtsson nie so souverän umgehen können wie Meisser, aber am Ende hatte er mit Ewa doch das große Los gezogen. Und es gab sicher schönere Dinge, als eine Familie nach der anderen kaputtzumachen, auch wenn es vielleicht reizvoll war, eine Frau nach der anderen zu erobern. Aber mehr oder weniger versoffen allein in einem heruntergekommenen Ferienhaus zu hocken, war kaum etwas, worum Meisser zu beneiden war. Er hatte sein Feld nicht bestellt. Er hatte es geplündert und geräubert, und jetzt war die Krume trocken und ausgelaugt.

Tomas Bengtsson hatte eine Klimaanlage im Auto, drinnen war es angenehm kühl, doch als er ausstieg, war der Kontrast umso krasser. Die Hitze schlug ihm entgegen, feuchte, schwedische Sommerluft, wie gemacht für Krebsabende mit Schnaps im Kreise guter Freunde, und der Gedanke daran schmerzte ihn tief. Nur ein Glück, dass er noch nicht ganz die Fähigkeit verloren hatte, etwas zu fühlen. Noch war er also nicht tot.

Meisser trug Shorts und ein weißes T-Shirt, und das Haar stand ihm wild zu Berge. Er war barfuß, gerade auf dem Weg zum Meer, um zwei Bier herauszuholen, die im Wasser dicht am Ufer lagen.

»So lagerst du sie?«, fragte Tomas.

»Der Kühlschrank hat heute Morgen seinen Geist aufgegeben«, erklärte Meisser und machte einen großen Schritt aus dem Wasser, in jeder Hand eine Dose Bier. »Das Wasser ist richtig warm, zu warm, um Bier zu kühlen«, brummte er.

Tomas zog die Jacke aus, die vollkommen überflüssig war. Doch bis jetzt war er in diesem heißen und in jeder Hinsicht widerlichen Sommer ungewöhnlich verfroren gewesen.

»Warst du baden?«, fragte Carl-Magnus Meisser.

»Nee, du?«

»Na klar, ich springe jeden Morgen rein. Warum sonst würde ich wohl hier wohnen?«

»Nun ja, wegen der Aussicht«, entgegnete Tomas Bengtsson. »Es bringt wohl eine Art Ruhe mit sich, so zu wohnen«, sagte er und schaute dabei über Hügel, Buchten und das offene Meer. »Zumindest haben wir das gedacht, als wir aufs Land gezogen sind. Ruhig und friedlich, auch wenn wir kein Wasser gleich um die Ecke haben.«

»Willst du?«, fragte Meisser und reichte ihm ein Bier, während sie die wenigen Stufen hinauf zur Terrasse gingen, die zum Wasser hinzeigte.

Die Sonnenuntergänge können einen fertig machen, wenn man nicht in der Stimmung ist, dachte Tomas Bengtsson und schaute in den Himmel.

»Was ist?«, fragte Meisser, öffnete seine Dose, dass es zischte, setzte sie dann an die Lippen und trank gierig.

»Was ist? Ich kann ins Gefängnis kommen.«

Meisser schluckte, so dass der vorstehende Adamsapfel eine grandiose Berg- und Talfahrt im Hals machte.

»Na, jetzt übertreibst du aber ein bisschen«, sagte er, während sich gleichzeitig ein leiser Rülpser vorbeischlich, was schlecht zu seinem sozialen Status passte, auch wenn der im Augenblick eher angeknackst war.

Nur wenige Personen in der Klinik zeigten mit so ausgeprägten Signalen, dass sie von besserer Herkunft waren, studiert und alte Ahnen vorzuweisen hatten, wie Meisser. Wenn überhaupt, dann hätte das noch Laura machen können, obwohl ihr vornehmer Nachname nur angeheiratet war.

»Verdammt, hilf mir doch«, flehte Tomas Bengtsson ihn an. »Du weißt doch, dass ich es nicht war.«

Meisser erstarrte in einer überraschten, unsicheren Bewegung, die schwarzbuschigen Augenbrauen fast bis zum Haaransatz hochgezogen, die Bierdose auf halbem Weg zum Mund. Diese Pose behielt er den Bruchteil einer Sekunde zu lange bei, als dass Tomas Bengtsson sie nicht hätte bemerken müssen.

»Glaubst du denn, dass ich es war? Glaubst du das?«, ging Tomas Bengtsson auf ihn los, während er gleichzeitig puterrot im Gesicht wurde.

Meisser sagte nichts.

»Du warst doch genauso daran beteiligt wie ich, und deshalb bist du verdammt noch mal verpflichtet, mir zu helfen«, fuhr er fort, während Meisser einen erneuten Schluck nahm. Die Bierdose war sicher gleich leer.

»Immer mit der Ruhe«, sagte Meisser.

»Du hast gut reden.«

»Keiner von uns wird eingebuchtet, aus dem einfachen Grund, weil keiner von uns schuldig ist«, sagte er und versuchte es mit einem Lächeln. »Stimmt doch, oder? Unschuldig wie die Lämmer.«

»Ich habe Laura nicht umgebracht«, betonte Bengtsson. »Warum sollte ich das auch?«

Meisser zuckte fast unmerklich mit den Schultern.

»Warum sollte ich, so gesehen, mehr Grund gehabt haben, Laura zu töten als du?«, fuhr Bengtsson fort. »Ich hatte überhaupt keinen Grund, sie umzubringen. Es hatte sich doch alles geregelt.«

Meisser schaute auf seine Hände hinunter, während er im Zeitlupentempo die Bierdose zwischen den Fingern drehte. Er holte tief Luft, zog die Schultern hoch, ließ die Luft wieder heraus und senkte langsam die Schultern.

»Du hast Recht. Keiner von uns hat einen Grund gehabt, Laura zu töten. Ich vermisse sie sogar ab und zu«, sagte er dann, und der Ton war ein anderer.

»Ich auch«, murmelte Bengtsson. »Vor allem jetzt, jetzt, wo …«

»Sie war vielleicht nicht gerade der warmherzigste Mensch, der auf Erden wandelte, aber sie war geradlinig.«

Nur die Möwenschreie waren über dem Meer zu hören, das ruhig dalag.

»Irgendwie sind wir wie zwei Schiffbrüchige«, fuhr Meisser fort, und die Atmosphäre zwischen den beiden Männern, die sich schon so lange kannten, Tage und auch Nächte zusammengearbeitet und sich auch aneinander gerieben hatten, war plötzlich eine andere.

»Ich verstehe, was du meinst«, sagte Bengtsson. »Es war in letzter Zeit einfach zu viel.«

»Viel zu viel. Besonders für dich. Wie läuft es mit Ewa?«

»Keine Ahnung. Manchmal glaube ich nicht mehr, dass sie noch zurückkommt, aber ich hoffe es natürlich. Sie will, dass ich zu so einem Therapeuten gehe. Familientherapie. Glaubst du an so was?«

»Manchmal schon. Ich weiß nicht. Wenn der Funke überspringt, dann kann es klappen, sonst kannst du es vergessen. Das ist zumindest meine Erfahrung.«

Bengtsson nickte.

»Aber meine Erfahrungen auf diesem Planeten sind natürlich kein Vorbild für alle, höchstens in Sachen Dummheiten. Ich hätte meine erste Frau nie verlassen sollen. Sie war schlau, und sie hat mich auch nie den Kindern gegenüber schlecht gemacht. Aber ich konnte mich nicht zügeln, und das habe ich nicht nur einmal bereut. Alles andere waren nur kurze, oberflächliche Beziehungen.«

»Du sagst es.«

»Ja.«

Die Abendbrise wehte plötzlich Wellen an den Strand, es gluckste und klatschte gegen die Klippen, und das kleine Ruderboot, das am Steg vertäut war, schaukelte leicht. Der Wille der Natur, sich stets zu verändern, brachte sich in Erinnerung, und im gleichen Augenblick entstand ein zerbrechliches, aber deutlich greifbares Gefühl von Zusammengehörigkeit – vielleicht von Verschworenheit – zwischen den beiden Männern.

»Hast du manchmal über Söderlund nachgedacht?«, fragte Tomas Bengtsson vorsichtig.

»Wie meinst du das?«

»Ich meine, darüber, was passiert ist.«

»Dass er gestorben ist?«

»Ich bin mir verdammt bewusst, dass ich ihn totgefahren habe, das brauchst du gar nicht so zu betonen, und ich habe auch gar nicht vor, die Schuld von mir zu weisen. Es war ein Unfall, auch wenn er vielleicht arrangiert war. Aber das werde ich nie erfahren. Ich denke, dass wir ihn zu weit an den Abgrund geschoben haben, wir alle zusammen«, erklärte Tomas Bengtsson.

»Ach, wirklich?« Meisser verdrehte die Augen und zog die Unterlippe ein, so dass er ganz hart aussah.

»Denkst du nicht? Wir haben ihn nicht gemocht. Wir haben es zu weit getrieben.«

Meisser, der auf einem kaputten Gartenstuhl saß, lehnte sich mit seinem Oberkörper so heftig zurück, dass das Holz knackte, er hob die Arme über den Kopf, verschränkte die

Hände im Nacken und starrte Tomas Bengtsson nachdenklich an.

»Worauf willst du eigentlich hinaus?«, fragte er leise ohne jede Andeutung von Aggressivität oder anderer starker Gefühle.

»Ich meine, dass wir mitgeholfen haben, ihn so weit zu bringen«, beharrte Tomas Bengtsson.

»Glaubst du wirklich? Aber er war verrückt, dieser Johan Söderlund. Verdammt verrückt.«

»Stimmt schon. Er war etwas eigen. Nur hätten wir ihn auch so akzeptieren können.«

Meisser kratzte sich auf der Kopfhaut, dass die Schuppen wie ein Glorienschein um seinen Kopf herum herunterrieselten. »Es hat keinen Sinn, jetzt darin herumzubohren«, erklärte er schließlich.

»Was du nicht sagst«, meinte Tomas Bengtsson. »Natürlich, das Geschehene kann nicht ungeschehen gemacht werden, aber manchmal ist es ganz heilsam, sich selbst ein bisschen kritisch zu betrachten.«

»Möglich«, bemerkte Meisser nachdenklich. »Aber was soll das bringen?«

»Diese Gerüchte von Kinderpornos waren ziemlich raffiniert, findest du nicht?«

Meisser schaute ihn an. Er wartete auf die Fortsetzung.

»Kinderpornobilder in Söderlunds Computer. Völlig unsinnig, auch wenn man natürlich nicht immer sagen kann, wer so alles Dreck am Stecken hat. Aber doch keine Kinderpornos bei Söderlund. Das passte irgendwie überhaupt nicht zusammen«, sagte Bengtsson noch einmal mit Nachdruck.

»Nein? Woher willst du das denn wissen?«

»Kann ich nicht sagen. Aber ich spüre es«, verdeutlichte Bengtsson.

»Mein Gott, was bist du feinfühlig!«

»Ja, denk dir nur! Aber sag mal – warst du das?«, er schaute Meisser dabei direkt an, der bloß verneinend den Kopf schüttelte.

»Warst du es?«, wiederholte Bengtsson.

»Nein, das war ich nicht.«

»Sicher?«

»Verdammt noch mal, Bengtsson. Hör auf! Wenn ich sage, dass ich das nicht war, dann war ich das nicht, und welchen Sinn hat es überhaupt, jetzt darin noch herumzugraben?«

»Wenn du es nicht warst und ich auch nicht, wer war es dann?«, blieb Bengtsson bei seiner Frage.

Der Wind hatte nachgelassen. Die glühende Abendsonne spiegelte sich in Meissers Pupillen, der Blick brannte, und es sah aus, als würden die Augen jeden Augenblick schmelzen.

»Dann muss es wohl Laura gewesen sein«, erklärte Meisser schließlich, und seine Stimme klang brüchig und leise. »Wenn es keiner der anderen Kollegen war, aber das erscheint mir kaum denkbar«, fuhr er fort, während er mit der Handfläche gegen den Schenkel klopfte. »Es wäre das Beste gewesen, wenn Söderlund aufgegeben hätte und abgehauen wäre. Manchmal ist es das Beste aufzugeben. Bestimmte Schlachten verliert man immer.«

»Ja, oder wir anderen hätten abhauen sollen«, warf Bengtsson ein.

»Stimmt, wie gesagt, manchmal ist es besser, abzuhauen, als sich einzubilden, dass man an der gleichen Stelle weitermachen kann. Auf jeden Fall, wenn es schon so weit gekommen ist, so krank ...«

»Du gibst es also auch zu? Dass wir an einer kranken Arbeitsstelle gejobbt haben?«, fragte Bengtsson. »Und keiner von uns konnte herauskommen. Und weißt du warum?«

Meisser schüttelte den Kopf.

»Aber ich«, sagte Bengtsson und schien fast vor Erregung zu glühen. »Ich weiß, worum es ging, nämlich um etwas ganz Simples, das kannst du mir glauben. Es ging darum, dass wir alle von etwas Größerem geträumt haben. Von dem sinnlosen Kampf um Macht, darum, sich über die Menge zu erheben. Und war das eigentlich so ein erstrebenswertes Ziel? Keiner hat es erreicht, vielleicht Laura, aber wir wissen ja, was mit ihr passiert ist. Zum Teufel. Wir konnten nicht zusammenarbeiten, nur als es darum ging, Söderlund wegzumobben, waren wir alle drei teuflisch effektiv. Du, ich und Laura. Niemand konnte uns auseinander bringen, solange wir die Front geschlossen hielten. Aber ansonsten waren wir einsame Wölfe.«

»Mag schon sein«, nickte Meisser und klang dabei ziemlich müde. Das Bier war ausgetrunken. »Eigentlich alles ziemlich sinnlos«, fügte er dann hinzu.

»Ziemlich katastrophal würde ich eher sagen«, sagte Bengtsson. »Ich habe ein Leben auf dem Gewissen, und da denke ich erst einmal an Johan Söderlund. Vielleicht sind es sogar zwei. Genau wie du.«

Meisser schaute auf den Terrassenboden hinunter. Mehr wurde nicht gesagt.

Claesson ließ die Tasche auf den Flurboden fallen und spürte, dass sein Körper Erholung brauchte. Eine Joggingrunde wäre jetzt schön. Die kurze Radstrecke nach Hause reichte nicht, aber er konnte ja nicht gleich wieder abhauen, schon gar nicht, wenn er erst so spät kam.

Veronika lag fast auf dem Sofa. Der Fernseher lief, und ein Buch ruhte auf ihrem Nasenrücken. Doppelte Aufnahme, oder besser gesagt gar keine, denn sie schlief.

Er schaltete den manisch quatschenden Moderator ab, der putzmunter eine Antwort nach der anderen auf eine sinnlose Frage nach der anderen aus den Kandidaten hervorkitzelte. Quizsendungen in allen Ehren, aber es waren einfach zu viele geworden.

»Veronika«, sagte er, nahm das Buch weg und streichelte ihr über den Arm, während sie sich auf dem Sofa hochzog.

»Oh«, war ihre verschlafene Stimme zu vernehmen. »Ich glaube, ich bin eingeschlafen!«

»Das glaube ich auch. Willst du nicht lieber ins Bett gehen?«

»Wie spät ist es denn?«

»Sieben.«

»Oje, so früh kann man doch noch nicht in die Falle gehen. Ich rappel mich noch mal auf.«

»Schläft Klara?«

»Ja. Aber sie wacht bestimmt gegen zehn Uhr auf und will etwas trinken. Hast du Hunger?«

»Ja«, sagte er und senkte seinen Blick. »Aber vorher würde ich mich gern noch ein bisschen bewegen. Alles abschütteln«, sagte er und lächelte vorsichtig.

»Willst du joggen?«, fragte sie geradewegs und sah in keiner Weise enttäuscht aus.

»Ja, aber dann wird es vielleicht zu spät mit dem Essen? Nur eine kurze Runde.«

Er wartete zögernd. Sie öffnete den Mund sperrangelweit und gähnte so herzhaft, dass er schon fürchtete, ihr Kiefer würde sich aushaken. Dann streckte sie sich lange und genüsslich auf dem Sofa. Sie spannte ihn auf die Folter.

»Hau ab, dann essen wir eben, wenn du wieder da bist«, sagte sie und zog die Arme wieder zu sich über den Kopf.

Er sprang in die Joggingschuhe, flog durch die Tür und die Straße hinunter in Richtung Wald, der ein Stück entfernt begann. Nun ja, nicht so ein richtiger Wald, aber es gab dort zumindest einen drei Kilometer langen Rundweg, den er ein paar Mal laufen konnte. Das musste reichen.

Schon den ganzen Nachmittag hatte er sich auf eine Runde gefreut, auch wenn sie kurz ausfiel.

Veronika hatte Nudelsalat mit großen schwarzen Oliven, griechischem Brot und Bier vorbereitet. Sie gibt ihr Bestes, dachte er. Es sah gar nicht so schlecht und vor allem essbar aus, auch wenn ein warmes Essen natürlich schöner gewesen wäre. Als er noch allein gelebt hatte, war er es gewohnt gewesen, sich jeden Abend etwas zu kochen, egal wie spät. Irgendwie konnte er gut abschalten, sobald er das Radio eingeschaltet hatte, am Küchentresen stand und Zwiebeln hackte. Katina, mit der er zusammen gewesen war, als er Veronika kennen lernte, war auch keine besondere Köchin gewesen, und auch Eva nicht, aber damals, geradezu vor ewigen Zeiten, war Essen auch nicht so wichtig gewesen. Und heute überließ glücklicherweise Veronika ihm am Wochenende ohne Widerrede die Küche. Ihr Selbsterhaltungstrieb war dafür zu groß.

Es war herrlich, so frisch geduscht in der Küche zu sitzen, mit Veronika auf der anderen Tischseite. Draußen ging ein schwarzer Augustabend zu Ende. Die Nachbarn hatten Kerzen auf ihrer Terrasse angezündet, auf diesem riesigen Sonnendeck, das jetzt in der Dunkelheit zu schweben schien.

Die Gedanken an die Arbeit waren gewichen, die innere Tourenzahl war gedrosselt.

»Ist alles für die Beerdigung bereit?«, fragte er in der Hoffnung, an ihrem Leben interessiert zu wirken, das im Augenblick seiner Meinung nach sicher etwas ruhiger und vielleicht geradliniger verlief als sein eigenes.

Er hatte schon vergessen, dass Veronika erst vor zwei Tagen gesagt hatte, dass so ein ruhiges und etwas langweiliges Dasein genau das war, was sie im Augenblick brauchte. Manchmal war es fast eintönig, aber genau das gefiel ihr.

»Kein Problem«, antwortete sie, »alles ist unter Kontrolle. Schwieriger wird es mit all den Möbeln und den ganzen Sachen, einen Teil davon möchte ich als Erinnerungsstücke behalten. Den Rest kann Cissi haben.«

»Aber sie hat doch gar keinen Platz dafür.«

»Aber wir.«

Er hatte sich sein Heim nicht gerade als Möbellager vorgestellt.

»Sie kann doch einen Raum im Keller kriegen und dort alles unterstellen«, sagte Veronika.

Er nickte. Sie hatten ja Platz. Und vermutlich wurde darüber sowieso nicht diskutiert.

»Weißt du was«, fuhr sie fort, »ich fürchte mich gar nicht so sehr vor der Beerdigung.«

»Nein? Aber das ist doch immer ziemlich traurig und ...«

»Ja, aber dann ist es auch vorbei. Der letzte Punkt. Ein Abschied, aber als Cecilia und ich bei ihr waren, stundenlang an ihrem Bett gesessen haben, über ihren letzten Atemzug gewacht, ihr die Wange gestreichelt und ihre Hand gehalten haben, da ist der Tod für uns bereits ganz konkret geworden. Klingt das merkwürdig?«

Er schüttelte nachdenklich den Kopf.

»Natürlich wird es traurig«, fuhr sie etwas exaltiert fort, mit roten Wangen und dem Gefühl, dass jeden Moment die Tränen hervorbrechen könnten. »Aber es wird nicht schrecklich«, sagte sie und schaute ihn mit tränennassen Augen an.

Er dachte, dass man den Tod im Kreis der Familie erwarten sollte. Der Tod, dem er bei seiner Arbeit begegnete, war brutal. Er durchschnitt die Lebenslinie ohne Vorwarnung, und der Einzige, der dem Todesmoment beiwohnte, das war der Mörder. Das Auge eines Feindes.

»Du«, sagte Veronika, und er hörte an ihrer Stimme, dass sie das Thema wechseln wollte. »Was denkst du eigentlich, was hinter dem Mord an Laura Ehrenswärd steckt?«

Er zog fast unmerklich die Schultern hoch.

»Wenn du einfach spekulieren könntest, raten, deine Intuition benutzen«, forderte sie ihn heraus.

»Die benutze ich mehr, als du denkst.«

Wieder schwieg er und dachte nach.

»Das Motiv meinst du«, fragte er nach, und sie nickte. »Das ist natürlich etwas, worüber ich möglichst nicht spekulieren möchte. Ich könnte mich ja irren.«

»Du weißt, dass das hier in diesen vier Wänden bleibt«, sagte sie und zeigte auf die Küche.

»Tja, ich denke, es bleibt bei Rache, nachdem verschiedene andere Alternativen ausgeschieden sind.«

»Aber wer wollte sich an ihr rächen?«

Sie hörten Klara im Kinderzimmer im ersten Stock leise jammern. Das diesbezügliche Gehör war bei beiden außerordentlich gut entwickelt, genau auf die leisen Geräusche ihrer Tochter eingestellt, das kleinste Piepsen wurde registriert. Claes gab Veronika ein Zeichen, sitzen zu bleiben, während er die Treppe hochging.

Das dunkelblaue Rollo ließ kaum Straßenbeleuchtung herein, nur seitlich an den Rändern. Die Luft war abgestanden. Er öffnete das Fenster einen Spalt und schaute auf seine Tochter hinunter. Das gelbliche Licht der Flurbeleuchtung führte wie eine Straße über den Teppich. Er konnte sehen, dass sie wieder eingeschlafen war, die Arme über dem Kopf ausgestreckt, wie nur Kinder es können. Sie atmete mit einem hellen, leicht zischenden Geräusch. Er strich ihr mit dem Zeigefinger über die Wange, vorsichtig, um sie nicht zu wecken. Sie zog die Augenbrauen hoch, wachte aber nicht auf.

»Wo waren wir stehen geblieben?«, fragte er, als er sich wieder unten in der Küche niederließ.

Inzwischen hatte Veronika den Tisch abgedeckt. Die Biergläser standen noch da.

»Bei Rache. Wer wollte sich an Laura rächen?«

»Was erweckt bei einem Menschen überhaupt den Wunsch, sich zu rächen?«, überlegte er und drehte das beschlagene Glas auf dem Tisch und ließ den Blick auf den hellrosa Pelargonien im Fenster ruhen. Die Sorte hieß Mårbacka, so viel wusste er.

»Natürlich Hass«, sagte Veronika. »Ungerechtigkeit, Kränkungen, verlorene Ehre, verlorenes Geld.«

»Und jetzt stell dir Laura vor, du hast sie ja auch ein wenig gekannt. Wenn du an sie denkst – was kann jemanden dazu bringen, sich an ihr so sehr rächen zu wollen, dass der Betreffende zu so groben Mitteln wie einer Waffe greift?«

»Nun ja«, überlegte Veronika. »Ich denke da an jemanden, dessen Leben zerstört wurde. Beispielsweise Johan Söderlunds Witwe, aber sie gehört sicher nicht zu den Leuten, die Zugang zu einer Waffe haben oder überhaupt weiß, wie man sie benutzt, und vermutlich hat sie die ganz normale Hemmschwelle. Ansonsten würde sie sich bestimmt selbst stellen.«

Er schaute sie zweifelnd an.

»Das Gewissen, weißt du«, erklärte sie. »Ich kannte Laura nur flüchtig, aber auch wenn das unwahrscheinlich erscheint, war sie garantiert mit an dem Komplott in der Klinik beteiligt.«

»Habt ihr in der Chirurgie davon gehört?«

»Nicht bis ins letzte Detail, aber natürlich sickerte da so einiges durch. Kaum einer hat reagiert. Es ist immer schwer, sich von außen ein Bild zu machen, da ist es das Einfachste, es gleich sein zu lassen. Jeder kehre doch bitte schön vor seiner eigenen Tür.«

»Ja, so ist es natürlich immer. Aber warum die Frau?«

»Sie ist Witwe geworden und hat gesehen, wie ihr Mann jahrelang gequält wurde. Das kann den stärksten Menschen vor Wut verrückt machen, und wenn diese Wut nicht in vernünftige Bahnen geleitet werden kann ... Aber sie ist garantiert kein Mördertyp. Ich kann mir schwer vorstellen, dass Johan Söderlund sich so eine Frau ausgesucht hat.« Sie stand auf, nahm die leeren Biergläser und stellte sie in die Spülmaschine.

Wer ist schon ein Mördertyp?, dachte er finster. Psychopathen ohne emphathische Fähigkeiten und mit einem überzogenen Selbstbild. Aber sonst? Jemand, der sich aus unergründlichen und äußerst schwierigen Umständen heraus gezwungen sieht, das Gesetz in die eigenen Hände zu nehmen. Jemand, der einsieht, dass weder gesellschaftliche Instanzen noch gesetzestreue Mitmenschen ihm zu Hilfe kommen werden. Jemand, der lange gelitten hat?

Sie hatten einen neuen Hauptverdächtigen. Der Gedanke war ihm schon früher mal gekommen.

»Ich muss ins Bett. Morgen gibt es viel zu tun«, sagte er und legte ihr eine Hand auf das Steißbein, als er an ihr vorbeiging.

## KAPITEL 22

Sara hatte gerade ein Buch zugeklappt, das sie auf dem Sofa liegend zu Ende gelesen hatte, eine Coca Cola und eine Schale mit Popcorn griffbereit neben sich auf dem Tisch. Sie spürte, wie ihr Magen von der Kohlensäure und dem gepoppten Mais blubberte, während sie dalag und über das Ende nachdachte. Auf dem hinteren Buchdeckel stand, dass es ein Liebesroman war, aber am Ende ging es weder gut noch schlecht aus. Der Leser sollte das wohl selbst entscheiden. Eigentlich gefiel ihr das nicht, sie wollte sicher sein, dass sie zueinander fanden. Ende gut, alles gut. Das stärkte ihre Träume, und auch wenn sie wusste, dass es nur Träume waren und dass es im richtigen Leben schwierig war zusammenzuleben, so wollte sie trotzdem daran glauben.

Sie würde ihr Leben schon irgendwie ordnen, auch wenn Johan vielleicht auf ihrer Suche nach jemandem, der sie liebte, ein Hindernis darstellen könnte. Aber jemand, der nicht nur auf Sex aus war, würde auch Johan mögen.

Und dann wollte sie anfangen zu arbeiten, und Johan würde in die Krippe kommen. Vielleicht zu einer Tagesmutter. Sie brauchte sich seiner nicht zu schämen. In der Mütterberatung waren sie so zufrieden mit ihr gewesen, und sie wusste, dass sie dort nach dem geringsten Zeichen von Verwahrlosung oder schlechter Mutter-Kind-Beziehung suchten, wie sie es nannten, aber sie hatten nur freundlich mit ihr gesprochen. Sie sei eine gute Mutter, das hatte die Schwester gesagt, als sie das letzte Mal dort gewesen war.

Vielleicht konnte sie später noch versuchen, Krankenschwester zu lernen. Es wäre sicher einfacher, wenn sie nicht allein mit Johan wäre, aber wenn sie niemanden kennen lernte, dann würde sie es wohl auch so hinkriegen. Dann halt später. So schnell gab sie sich nicht geschlagen. Das hatte sogar Rigmor gesagt, und da hatte sie plötzlich selbst gespürt, wie stark und zäh sie eigentlich war.

Sie hatte am Vormittag abgewaschen und war mit dem Kinderwagen draußen gewesen. Jetzt schlief ihr geliebtes Kind. Um fünf Uhr sollte sie bei Lena sein, die sie zum Essen eingeladen hatte, sie wusste nicht mehr, zum wievielten Mal. In der letzten Zeit war sie fast jeden Tag bei ihr gewesen. Hatte Johan dorthin geschoben, den Kinderwageneinsatz hochgehievt und war nach Hause gegangen, wenn es Zeit zum Schlafengehen war.

Es schien, als könnte Lena nicht allein sein, und sie wollte auch nicht aus ihrer Wohnung heraus. Fast als wachte sie über einen Schatz. Selbst mit sanfter Gewalt oder zuckersüßer Überredungskunst war es nicht möglich, sie aus ihrer Wohnung zu locken. Sara hatte es sogar mit leisen Drohungen oder kecken Aufforderungen versucht. Aber als das alles nichts brachte, ließ sie es dabei bewenden. Lena brauchte die Sicherheit immer noch, wie sie behauptete, und auch Sara sah, dass sie immer noch nicht wieder die Alte war. Früher war sie munterer gewesen, richtig quirlig und fröhlich, und Sara hatte ihr schon einmal gesagt, sie müsse auf sich achten und zum Arzt gehen, weil sie so blass aussehe und vielleicht an Blutmangel leide. Aber Lena erwiderte, dass ihr nichts fehle, und außerdem sei sie erst vor kurzem beim Arzt gewesen. Das behauptete sie, aber wer sollte das glauben?

Johan bewegte sich. Sie nahm ihn hoch, er war vom Schlaf im Nacken ganz verschwitzt, das Haar klebte wie ein schwarzer Pelz an der Haut, und er zitterte verschlafen, bis er ihren heiteren Mund sah. Das Lächeln eines Kindes ist mit nichts zu bezahlen, dachte sie und gab ihm einen dicken Kuss auf den Mund.

Punkt fünf Uhr klingelte sie an Lenas Tür, genau wie verabredet, und peinlicherweise war sie eigentlich viel früher fertig gewesen. Sie hatte nichts mehr zu tun gehabt und sich die Zeit mit einem Schaufensterbummel im Zentrum vertrieben, das eigentlich nur aus dem Marktplatz und wenigen Straßen bestand. Sie hatte sich die Herbstkleidung angesehen, die die Schaufensterpuppen bereits trugen. Sie konnte sich nicht viel leisten, aber vielleicht doch das eine oder andere, sie musste schauen, ob etwas Geld für einen Pullover und eine neue lange Hose übrig blieb, wenn Johan seine Winterkleidung bekommen hatte.

Im Schaufenster von *Helga Perssons Nachf.* war altes Weihnachtspapier über die Nachthemden, Unterhosen, BHs und die Babykleidung ausgerollt, und an der Tür klebte ein handgeschriebener Zettel mit der Aufschrift »Bis auf weiteres geschlossen«. Sara wurde unruhig, als sie den Zettel sah. War die freundliche Besitzerin krank geworden? Vielleicht sogar gestorben? Sie hätte gern gewusst, was passiert war, auch wenn sie nicht mit ihr verwandt war, ja, sie nicht einmal richtig kannte, aber die Frau war so nett gewesen, vielleicht war sie abends genauso allein wie Sara. Obwohl sie ja eigentlich Lena hatte, und ab und zu Rigmor, und die eine oder andere alte Freundin, mit der sie Kontakt aufnehmen konnte, wenn sie es denn unbedingt wollte. Vielleicht.

Lena öffnete nach einer Weile die Tür, und Sara reichte ihr die Weinflasche, die sie mitgebracht hatte, und anschließend trugen sie zu zweit Johans Wagen hoch.

Es roch nach gebratenem Kotelett, und Sara lief das Wasser im Mund zusammen. In der Küche war der runde Tisch gedeckt, und auf die dunkelblauen Tischsets hatte Lena gefaltete knallgrüne Papierservietten gelegt. Nur Lena konnte auf die Idee kommen, solche Farben zusammenzustellen, und Sara wünschte, sie könnte das auch. Sie wollte ihr Farbgefühl schulen, indem sie bei Lena abguckte, aber es gelang ihr nie so richtig. Sie fand zwar, dass die neuen Gardinen in ihrer Wohnung so etwa in die Richtung gingen, aber an Lenas Gesichtsausdruck konnte sie ablesen, dass sie doch nicht so schön waren. Genauer betrachtet stimmte das ja sogar, aber *ihren* Ansprüchen genügten sie. Ja, sie mochte sie wirklich.

Lena schien etwas angespannt zu sein, wie so oft in letzter Zeit. Aber an diesem Abend hatte sie sich auch noch für die Waschmaschine im Keller eingetragen, so dass Sara auf die Töpfe und Pfannen aufpassen musste. Es lagen Koteletts in der Bratpfanne, das hatte Sara richtig geschnuppert, und sie spürte, dass sie einen Mordshunger hatte.

Es war noch hell, aber diesig, und der Sommer ging spürbar dem Ende zu. Sara stellte sich ans Fenster und schaute auf die leere Straße, auf die vielen Fahrräder vor dem Haus, die Pflanzen in dem alten Eisentopf vor dem Eingang zum Nachbarhaus. Die Herbstblumen blühten in knalligem Rotorange, Gelb und Blutrot, in so kräftigen Farben, dass es schien, als kämpften sie darum, die Freude noch etwas zu erhalten, während es draußen immer dunkler und düsterer wurde.

Sie hörte Lenas Schritte auf der Treppe und stellte die Karotten auf den Tisch, öffnete den Wein, und dann setzten sie sich.

Johan saß fast, gegen ein dickes Kissen in seinem Wageneinsatz gelehnt, der auf dem Flickenteppich stand.

Sie redeten über nichts Besonderes. Das Wetter war ziemlich schnell abgehakt, was Sara tagsüber gemacht hatte, auch, was Lena an diesem Tag in der Bibliothek erlebt hatte, war ebenfalls nicht besonders erwähnenswert, aber dann lebte Lena auf und erzählte von der Hochzeit, auf der eine der Bibliotheksbesucherinnen ein Gedicht lesen wollte, und sie überlegten, welches Gedicht sie wohl schließlich ausgesucht hatte, und dann holte Lena einen Gedichtband und las daraus vor.

Sara gab Johan zu trinken, nachdem sie selbst gegessen hatte, dann deckten beide den Tisch ab, und Lena setzte Kaffee auf und holte zwei Stück Kuchen hervor, die sie gekauft hatte.

Schokoladenbiskuit. Lena hatte eine Schwäche für Süßes, das wusste Sara.

»Oh, es ist Zeit, die Wäsche aufzuhängen«, sagte Lena plötzlich, als sie auf die Uhr schaute, und machte sich auf den Weg in die Waschküche im Keller. Gleichzeitig stellte Sara fest, dass Johan beim Aufstoßen gespuckt hatte. Das Haushaltspapier war aufgebraucht, die Rolle stand leer auf der Halterung. Sie schaute sich nach einem Handtuch um, mit dem sie ihn abwischen konnte, dann fiel ihr aber ein, dass sie vermutlich in diesem Moment alle an der Wäscheleine hingen.

Also nahm sie Johan und ging mit ihm in Lenas Schlafzimmer, wo der Wäscheschrank stand. Ganz vorn, wo die Handtücher sonst immer lagen, war der Stapel leer. Sie schob ihre Hand weiter hinein, um von hinten ein Handtuch hervorzuholen, und stieß auf etwas Hartes, Metallisches, bekam ein Rohr zu fassen und zog etwas heraus, was sie erzittern ließ.

»Und dann möchte ich noch vier Colakracher und vier Delfine ohne Schokolade und eine Tüte mit ... ja, was nehme ich denn da«, überlegte Louise Jasinski und musterte kritisch die Tüten im Süßigkeitenregal. »Ich nehme eine Tüte Weingummi. Das ist für die ganze Familie«, fügte sie hinzu, um Kirre davon zu überzeugen, dass sie nicht daran dachte, das alles selbst in sich zu stopfen, obwohl sie keine Probleme damit haben würde. Wahrscheinlich war ihm das sowieso ziemlich egal. Warum also diese Entschuldigungen? Sie musste eine sehr gute Erziehung genossen haben.

Sie öffnete ihre Brieftasche.

»Ach ja, und eine Tüte Mintolux nehme ich auch noch«, sagte sie und zog einen Hunderter heraus.

Kirre, der natürlich nicht Kirre hieß, sondern Ali oder etwas Ähnliches – der Name hing einfach immer schon an dem Kiosk –, nahm eine Tüte und stopfte sie zu den anderen Naschereien in eine Plastiktüte.

Als sie das Wechselgeld zurückbekommen hatte, zögerte

sie noch einen Augenblick, sie wollte die Gelegenheit nutzen, nach den bestimmten Bonbons zu fragen, wusste aber nicht so recht, wie sie es anstellen sollte. Zur Not würde sie ihren Polizeiausweis zeigen.

»Es ist immer noch heiß«, sagte sie lächelnd, und Kirre erwiderte ihr Lächeln. »Und viele Wespen«, sagte sie und nickte zum Papierkorb, an dem ein Schwarm Wespen versuchte, an den Inhalt eines Eispapiers zu kommen.

»Das ist kein Problem«, sagte er und lächelte gutmütig.

»Ist Mintolux eigentlich beliebt?«

»Ja, so ziemlich«, antwortete er und lächelte immer noch unter seinem schwarzen Schnurrbart. »Sie sind nicht die Einzige, die Mintolux kauft.«

»Nein, das habe ich mir schon gedacht«, sagte sie. »Gibt es spezielle Kunden, die das häufiger kaufen?«

»Das kann ich nicht sagen«, erklärte er. »Die Polizei war hier und wollte das auch wissen. Aber das ist schwer zu sagen.«

»Sie wissen doch, dass ich auch von der Polizei bin«, sagte sie, aber es war offensichtlich, dass er das nicht wusste und es auch nicht als eine besonders wertvolle Information ansah. Eher im Gegenteil.

»Ich führe mein Geschäft korrekt«, sagte er.

»Ja, natürlich. Davon bin ich überzeugt«, sagte sie. »Ich will gar nichts von Ihnen, bitte glauben Sie mir.«

»Vielleicht sollte ich Ihnen sagen, dass viele aus der Bibliothek herkommen, um Süßigkeiten zu kaufen.«

Er beugte sich ein wenig vor, krempelte die Hemdsärmel hoch, entblößte die schwarzbehaarten Unterarme, senkte die Stimme und sagte in vertraulichem Ton: »Viele Schulkinder essen Bonbons.«

»Ja, das kann ich mir denken«, nickte sie und drückte die Tüte an sich, die ihre eigenen Schulkinder mit Süßem versorgen sollte. Und sie selbst, und Janos, obwohl er meistens nichts wollte. Er hatte genug Süßes im Blut, schätzte ein kühles Glas Bier mehr.

»Viele andere auch«, fuhr er fast flüsternd fort, da Louise offenbar nicht daran dachte, den Kiosk zu verlassen.

»Denken Sie da an jemand Speziellen?«

»Nun ja, die Frauen, die da im Büro arbeiten«, sagte er und zeigte mit einem fleischigen Zeigefinger auf das Gemeindehaus schräg rechts. »Und die, die da arbeiten, wie schon gesagt«, und damit fuhr der Zeigefinger zu der Bibliothek schräg nach links.

Louise warf die Plastiktüte in den Fahrradkorb und begab sich auf den langen Heimweg, fünf Kilometer, aber sie setzte alles daran, ihr Gewicht zu halten, jetzt, nachdem sie es endlich geschafft hatte, die zusätzlichen Kilos wegzukriegen, die sich nach den Kindern bei ihr festgesetzt hatten. Es gab sie nicht mehr, sie waren entschwunden. Hatten sich in Atome aufgelöst, waren verbrannt und mit der Atmosphäre vereint worden, denn das Fett konnte sich schließlich nicht einfach so in Luft auflösen. Ihre Chemiekenntnisse reichten nicht weit genug, um den Zusammenhang wirklich nachzuweisen, und das spielte auch keine Rolle, Hauptsache, sie blieb so. Schlank.

Als sie und ihre Kollegen nachgeforscht hatten, wer wohl das Bonbonpapier bei Laura hatte fallen lassen, hatten sie keine Listen darüber aufgestellt, wer in der Nähe bestimmter Kioske oder anderer Einkaufsmöglichkeiten wohnte oder arbeitete. Das wäre auch etwas diffus gewesen, wie ein Tappen im Dunkel und hätte vermutlich gar nichts gebracht.

Die Angestellten der Gemeinde oder der Bibliothek, dachte sie, als sie verhältnismäßig langsam fuhr, um nicht vollkommen verschwitzt zu werden. Schließlich war es immer noch heiß draußen, und nach Hause führte ein langsam, aber stetig ansteigender Weg.

Vielleicht sollte sie diesen losen Faden am nächsten Tag wieder aufnehmen. Sollten sie ruhig darüber lachen. Janne würde natürlich schmunzeln, aber darum brauchte sie sich nicht zu kümmern. Claesson war lockerer geworden, einfach freundlicher und nicht mehr so ehrgeizig, und dafür, dass er sich und die anderen nicht mehr so unter Druck setzte, waren sie alle sehr dankbar. Das Leben bestand plötzlich für ihn nicht mehr nur aus Ermittlungen und Untersuchungen. Auch Claesson vermied es inzwischen, Tag und Nacht nur zu arbeiten. Sie würden den nächsten Mord ermitteln, und den folgenden und den darauf folgenden. Das Verbrechen nahm nie ein Ende, deshalb hatte es keinen Sinn, die Gruppe aufzureiben, sie mussten noch viel länger durchhalten. Schlafen, essen und auch Urlaub war mit anderen Worten einfach notwendig. Das hatte Gotte immer gewusst, während Claesson früher eher streberhaft gewesen war, zu viel an eigenem Arbeitseinsatz gab und ebenso viel von den anderen erwartete. Nur ein Glück, dass das jetzt Vergangenheit war.

Als sie noch ungefähr einen Kilometer vor sich hatte, konnte sie nicht mehr an sich halten. Sie zog einen Delfin aus der Tüte und kaute ihn genüsslich. Leider verdarb er ihren Hunger, wie sie feststellte, als sie im Flur stand und den Duft von gegrilltem Hähnchen einsog. Janos kam heraus, sie zu begrüßen. Das Essen war fertig und er musste gleich los.

Verflucht, sie hatten einander doch versprochen, sich zu bessern.

Sara lief mit klopfendem Herz nach Hause. In ihrem Kopf überschlugen sich lauter Gedanken. Sie schob den Kinderwagen vor sich her, er stieß gegen den Bordstein, so dass Klein Johan in seinem Einsatz hin und her geworfen wurde. Er schrie aus vollem Hals, und dieses Schreien brachte Sara dazu, noch schneller durch den Ort zu jagen. Die normalerweise so sicheren Straßen erschienen ihr wie wildes Gelände, auf dem Werwölfe hinter jeder Ecke lauern konnten. Der schwarze Nachthimmel erschreckte sie, jeder Autoscheinwerfer, der ihr entgegenkam, ließ ihr Herz noch schneller pochen.

Sie fühlte sich gehetzt, aber so weit sie sehen konnte, wenn sie sich überhaupt traute, sich umzudrehen, verfolgte niemand sie.

Es war immer noch warm draußen, sie trug ihre Strickjacke offen, sie flatterte wie ein Segel hinter ihr her, und die nackten Füße rutschten in den Sandalen, sie knickte um und stieß mit den Füßen gegen Bürgersteigkanten und Pflastersteine, und der Schweiß lief ihr in Strömen den Rücken hinunter.

Zum ersten Mal in ihrem Leben hatte sie eine Pistole in der Hand gehalten. Ohne daran zu denken, hatte sie ihre Fingerabdrücke darauf hinterlassen und sie anschließend mit zittrigen Händen zurückgelegt, während ihr Herz vor Schreck schrie.

Lena, wer bist du? Sie bekam ihre Gedanken nicht in den Griff. Lena, was hast du getan? Warum zerstörst du dein Leben?

Ihr fiel Lenas Reise Anfang des Sommers ein, um die sie so ein Geheimnis gemacht hatte. Sie hatte nach ihrer Rückkehr nicht sehr viel von Amsterdam erzählt, hatte auch keine Fotos gezeigt und nichts von den vielen Museen und gemütlichen Restaurants berichtet. Schon damals hatte Sara gedacht, dass das Lena doch gar nicht ähnlich sah. Jetzt begriff sie, dass es einen Grund dafür gab. Sie war natürlich nie in Amsterdam gewesen.

In dieser Zeitung, die hinter dem Sofa gelegen und die Sara durch Zufall gefunden hatte, hatte Lena Tallinn eingekreist. War sie stattdessen dort gewesen?

Man soll seinem sechsten Sinn vertrauen, dachte sie. Diesem Sinn, der Intuition genannt wird. Es war etwas mit Lena passiert, manchmal war sie ganz abwesend, manchmal scharf im Ton, und dann dieser Quatsch, dass sie nicht rausgehen wollte. Sie wollte nur bei sich zu Hause Gesellschaft haben.

Am meisten Angst hatte Sara im Augenblick davor, dass Lena aufgefallen war, wie merkwürdig sie sich beim Kaffeetrinken benommen hatte, dass sie bemerkt hatte, wie Sara der Schokoladenbiskuit in der Hand schmolz, weil ihre Finger vor Angst und Nervosität vollkommen verschwitzt waren.

Sei wie immer, nur keine Eile, das könnte Misstrauen wecken, hatte sie sich die ganze Zeit selbst ermahnt, obwohl ihr ganzer Körper von oben bis unten kribbelte. Die Minuten schlichen dahin, bis es so spät war, dass sie ohne Verdacht zu erregen aufbrechen und nach Hause gehen konnte.

Lena hatte also eine echte Pistole zwischen den Laken und Kopfkissen liegen. Sara ging davon aus, dass sie die auch benutzt hatte. Sie meinte auch zu wissen, gegen wen sie sie gerichtet hatte.

Wie konnte sie nur? Vielleicht hatte sie es sogar genossen, den Schuss abzufeuern.

Als sie sich genau vorstellte, was Lena gemacht hatte, bekam Sara nur noch mehr Angst. Lena hatte gemordet. Sara versuchte sich vorzustellen, wie das vor sich gegangen war, wie Lena mit der Pistole zielt und sich tatsächlich nicht scheut abzudrücken. Sie schießt. Sie zögert nicht, jemanden auszulöschen.

Hat sich Lena in einen grässlichen, widerlichen Menschen verwandelt, vor meinen Augen?, dachte Sara. Eine eiskalte, grinsende, hasserfüllte Rächerin.

Niemand hatte sie dazu gezwungen, sie musste aus eigenem Willen getötet haben. Die Lust zur Rache hatte überhand genommen, genau wie das Bedürfnis nach Genugtuung, und Sara konnte sie irgendwie verstehen, obwohl es merkwürdig war.

Rache ist süß!

Jedenfalls eine Zeit lang.

Sie bekam ihre Gedanken nicht in den Griff, sie drifteten immer wieder in verschiedene Richtungen ab. Sie wollte nicht sofort zur Polizei gehen, zumindest nicht so spätabends, denn jetzt war da bestimmt niemand mehr, der sich dafür interessierte, was sie auf dem Herzen hatte. Bestimmt nur ein paar Wachleute, die glaubten, sie sei hysterisch, und die eher sie verdächtigen würden, und das war das Letzte, was sie sich wünschte. Ihr Fingerabdruck saß nun einmal dort, und sie hatte Angst, unschuldig verurteilt zu werden. So etwas liest man ja immer wieder.

Dieser nette Polizist, der sie nach dem roten Wagen gefragt

hatte – seine Karte lag bei ihr zu Hause, sie meinte sogar zu wissen, wo genau. Er hatte sie danach noch einmal in der Stadt getroffen und gegrüßt. Hatte sich eine Weile mit ihr unterhalten, und sie hatte sich hinterher überlegt, dass er das wohl nicht nur getan hatte, weil er mehr über das rote Auto wissen wollte, das vor dem Haus der ermordeten Frau gestanden hatte. Der Frau, die Lena ermordet hatte.

Sich vorzustellen, dass Lena sich getraut hatte zu schießen, ein Leben zu vernichten, dass sie so viel Kraft hatte. Sie hasste so sehr. Vielleicht hätte Lena ihr ganzes Leben lang nur noch gehasst, wenn sie diese Frau nicht umgebracht hätte, aber jetzt hatte sie dafür gesorgt, dass ein Leben nichts mehr wert war. Das Dumme dabei war, dass Lena selbst vielleicht den höchsten Preis bezahlen musste. Dumme, verdrehte Lena, dachte Sara, die wusste, dass Lena sich für viel intelligenter hielt als Sara. Und Sara versuchte gar nicht, etwas an diesem Gefühl der Unterlegenheit zu ändern, weil das doch keinen Sinn hatte.

Sara konnte den blassen Polizisten anrufen und ihm sagen, was los war. Er sah ehrlich aus, und vielleicht würde er sie nicht verdächtigen, trotz der Fingerabdrücke auf der Pistole.

Aber erst einmal wollte sie über die Sache schlafen. Etwas Bedenkzeit war immer gut, damit sie keinen Fehler machte.

Lena war also nicht die, für die sie sie gehalten hatte, und ihr Magen krampfte sich zusammen, wenn sie daran dachte, wie Lena sie angeschmiert hatte. Sie hatte sich einer Mörderin anvertraut. Keinerlei Misstrauen, sie war immer nur freundlich und zurückhaltend gewesen und täglich in Lenas Wohnung gekommen, wo diese saß und ihre Pistole bewachte.

Wo hatte sie die her? Eine Pistole konnte man schließlich nicht überall kaufen, man brauchte einen Waffenschein und eine Menge anderer Unterlagen. Man musste sicher auch beweisen, dass man schießen konnte. Wie hatte Lena das gelernt, ohne von jemandem bemerkt zu werden?

Und warum zerstörte sie ihr eigenes Leben auf diese Art und Weise?

Wenn Sara jetzt nichts verriet, vielleicht fanden sie den Mörder dann nicht, und Lena würde davonkommen. Wenn sie selbst mucksmäuschenstill war, sich nicht verplapperte, konnte Lena vielleicht ohne Bestrafung weiterleben, und die Rache wäre wirklich süß und nicht bitter-süß. Aber dann wäre sie gezwungen, sich immer unter Kontrolle zu halten, niemals auch nur den geringsten Mucks zu sagen. Nicht einmal Lena gegenüber, denn dann würde es ihr vielleicht selbst schlecht ergehen. Man konnte dessen nicht sicher sein. Vielleicht war Lena in der Lage, noch einmal zu töten.

Ihr Mund fühlte sich wie Sandpapier an, als sie hin und her überlegte, alles drehte sich in ihrem Kopf, und sie wurde immer gestresster.

War Lena verrückt, war sie besessen? Sara hatte nie zuvor an so etwas gedacht, aber jetzt kamen ihr Zweifel. Vielleicht war sie wirklich verrückt, geisteskrank, hatte den Verstand verloren.

Als Sara endlich zu Hause angekommen war, überprüfte sie noch einmal, ob ihr auch niemand gefolgt war, bevor sie die Tür aufschloss und hineinschlüpfte. Sie drückte gegen die Tür, dass der Kinderwagen fast umkippte, und der arme Johan schrie wieder, schnell nahm sie ihn hoch, drückte ihn sich fest an den Körper, bis er nur noch schluchzte und sich beruhigte. Sie nahm die Tasche mit den Windeln und der Wechselwäsche und fuhr mit dem Fahrstuhl nach oben.

Erst nachdem sie die Wohnungstür zugeworfen und sorgfältig hinter sich verschlossen hatte, konnte sie sich ein wenig entspannen.

Sie beruhigte ihren inzwischen ziemlich großen und gut genährten Sohn, während sie den Brei anrührte. Bis jetzt hatten die Nachbarn nichts gesagt, aber jedes Mal, wenn er schrie, besonders des Nachts, wurde sie ganz nervös. Sie fürchtete, rausgeschmissen zu werden und sich dann etwas Neues suchen zu müssen.

Johan spürte, dass sie angespannt war, und ließ sich ungewöhnlich schwer zur Ruhe bringen. Er wollte nicht einmal den Brei aus der Nuckelflasche trinken. Sie lief mit ihm auf dem Arm in der Wohnung herum, bis er sich so weit beruhigt hatte, dass er nicht mehr schrie. Aber er weigerte sich zu schlafen. Er fühlte, dass etwas nicht war wie sonst. Sie löschte das Licht im Wohnzimmer, stellte sich mit Johan auf dem Arm ans Fenster und schaute hinaus.

Vermutlich bildete sie sich das nur ein, aber sie meinte sehen zu können, dass dort jemand unter dem Baum stand, das Gesicht ihrer Wohnung zugewandt.

Stand Lena wirklich da und beobachtete sie? Lena konnte doch gar nicht wissen, dass sie die Pistole gefunden hatte. Sie musste sich zusammenreißen und durfte sich nichts einbilden, was es gar nicht gab.

Ihr Instinkt sagte ihr jedoch, dass sie ab jetzt ständig Angst haben würde und immer auf der Hut sein müsste. Nein, es war einfach nicht möglich, Tag für Tag herumzulaufen und Angst zu haben, von der eigenen Stiefschwester erschossen zu werden.

Der Inhalt der Nuckelflasche war kalt geworden, sie wechselte Johan die Windeln, zog ihm einen sauberen Pyjama an und rührte neuen, lauwarmen Brei an, den er bereitwillig aß. Er schlief direkt beim Essen ein, und sie legte ihn in sein Bett und zog sich dann selbst aus.

Plötzlich erschien ihr das eigene Bett viel zu groß. Sie lag nackt in ihm und sehnte sich nach einem warmen Körper. Sie wickelte die Bettdecke wie ein Sicherheitsfutteral eng um sich, aber das wurde zu warm. Normalerweise schlief sie in diesem außergewöhnlich heißen Sommer immer bei offenem Fenster, aber jetzt traute sie sich nicht einmal mehr, es einen Spalt offen zu lassen.

Nach einer Weile schlief sie doch ein, wachte aber bald wieder auf und spürte, wie der Schweiß am Laken klebte. Sie stand auf, stellte sich ans Fenster, um zu sehen, ob die Person immer noch dort stand. Jetzt sah sie aber, dass es kein Mensch war, sondern ein Luftballon, der an einem Busch festgebunden war, und nun erinnerte sie sich auch daran, dass sie die

Luftballons am Nachmittag schon gesehen hatte. Die Nachbarn hatten für einen Kindergeburtstag geschmückt und Luftballons in verschiedenen Farben an die Büsche am Hauseingang gebunden, und sie hatte noch gedacht, dass Johan auch Luftballons zu seinem Geburtstag haben sollte.

Sie zog die Schublade in der Küche heraus und nahm die Karte in die Hand. Kriminalinspektor Peter Berg stand darauf. Sie betastete die Karte eine Weile, ging dann auf den Flur und schlug seine Privatnummer im Telefonbuch nach. Nach vielen Freizeichen, sie war schon kurz davor aufzugeben, antwortete endlich jemand mit müder, verschlafener Stimme, und sie bereute schon, angerufen zu haben und hätte am liebsten gleich wieder aufgelegt.

## KAPITEL 23

Erika war früh am Morgen mit dem Fahrrad am Polizeihaus angekommen, ging nun den weiß gestrichenen Flur entlang und fühlte sich ungewöhnlich gut gelaunt. Das eine und andere Bild war von dem Kunstverein der Polizei ausgetauscht worden. Dieser benutzte die Wände zwischen den Arbeitszimmern als Galerie. Die großen Ölgemälde, die jetzt hier hingen, unterbrachen ein wenig den lang gestreckten Gang und das nichts sagende Gefühl, in einer Art Niemandsland zu sein, einer Passage, die aber gleichzeitig ein Ort für plötzlich einsetzende Gespräche und schnelle Beschlüsse, gute Ratschläge, frohe Ansporungsrufe und eklige Sticheleien war.

Erika hatte das Gefühl, dass sich die Dinge langsam wieder zurechtrückten. Sie bekam ihr Leben Stück für Stück wieder in den Griff, aber es war noch zerbrechlich, und deshalb spürte sie, dass etwas in ihr zusammenzuckte, als Louise, die dort am Kaffeeautomaten stand und darauf wartete, dass die schwarze Brühe in den Plastikbecher laufen sollte, sie ansprach.

»Du sollst zu Gotte«, sagte Louise und schob die schwarze Tasche aus imitiertem Kroko die Schulter hoch.

Unmerklich vermittelte sie, dass das Gespräch mit Gotte nicht nur Freundlichkeiten beinhalten würde.

»Warum soll ich zu Gotte?«, fragte Erika deshalb hilflos und sah dabei so schuldbewusst aus wie ein Kind, wenn es auf einen Tadel wartet.

»Keine Ahnung«, antwortete Louise, und Erika hatte den

Verdacht, dass sie schwindelte. »Ich bin auch erst gerade eben gekommen«, brachte Louise als Entschuldigung an. »Du schaffst es noch zu ihm, bevor wir uns zusammensetzen. Peter ist noch nicht da.«

Erika warf ihre Tasche auf den Schreibtisch und spürte eine leichte Übelkeit, sie hatte das Frühstück ausgelassen, es ärgerte sie, dass dieser Respekt vor Vorgesetzten als der gleiche unangenehme Druck wie in ihrer Kindheit immer noch in ihr saß. Vermutlich schüttelte man so was nie ab.

Was habe ich denn gemacht?, überlegte sie, kam aber auf die Schnelle auf kein offensichtliches Versäumnis. Außerdem war Gotte kein hungriger Wolf, eher ein gutmütiger Bernhardiner, deshalb war es sicher nicht so schlimm. Aber wer weiß!

Sie strich sich das Haar nach hinten, zog den Pullover über die schwarze Hose, dass ihr Bauchnabel nicht zu sehen war. Ein bisschen Mühe konnte sie sich schon geben, um einen guten Eindruck zu machen.

Vorsichtig klopfte sie an die Tür, die nur angelehnt war, und er bat sie in seinem melodischen schonischen Akzent herein.

Gotte saß hinter seinem Schreibtisch, er füllte den Stuhl aus, dass sein Fleisch zwischen Sitz und Armlehne herausquoll und man auf die Idee kommen konnte, dass er ihn beim Aufstehen mitnähme. Er deutete auf den Besucherstuhl ihm gegenüber, und sie setzte sich vorsichtig auf den Rand, mit sichtbarem Widerstand in ihrer gesamten Körperhaltung.

Ist er etwa dünner geworden, dachte sie. Oder besser gesagt etwas weniger korpulent. Das herabhängende Kinn war doch etwas schlaffer, füllte den Hemdenkragen nicht mehr ganz aus, und war nicht auch sein Bauch etwas eingesunken, auch wenn sich immer noch eine runde Kugel unter dem Schlips wölbte? Er hielt einen Brieföffner zwischen den Fingern und drehte ihn hin und her, vor und zurück, und wieder rundherum, wie eine ritualisierte Beschwörung, dann räusperte er sich und schaute sie an.

»Keine Sorge, es ist nichts Schlimmes«, begann er, worauf sie erst recht erstarrte. »Nun, zur Sache ... hm ... man hat mich gebeten, dich darüber zu informieren, dass Rickard Herrström den Mord an Anita Grevén gestanden hat.«

Ihr Rücken sank zusammen. Genau, Anita Grevén, so hatte sie geheißen.

»Sie, ich meine, deine Arbeitskollegen, wollten, dass du das etwas formeller erfährst. Bevor es über Gerüchte an dich herangetragen wird, und deshalb haben sie mich gebeten, diese Aufgabe zu übernehmen. Und ... ja, nun ist es damit gesagt.«

»Danke«, sagte sie und schaute aus dem Eckfenster, dem größten Vorteil dieses Arbeitszimmers. Draußen wogten die Blätter irgendeines Laubbaums, sie wusste nicht, von welcher Sorte. Vielleicht war es eine Ulme.

Es hatte ihr die Sprache verschlagen, ihre Energie unterbrochen, auf jeden Fall wusste sie nicht, was sie sagen sollte. Vielleicht brauchte sie auch gar nichts zu sagen. Es schien, als wäre sie nicht länger in der Lage, diese innere Maschinerie anzuwerfen und Angst zu bekommen, empört, gekränkt und erneut wütend zu werden. Nicht noch einmal. Es gab Grenzen. Möglicherweise kam das Ganze irgendwann später als eine Art Bumerang zurück. In dem Fall musste sie eben dann damit fertig werden. Vielleicht aber auch nicht, die Psyche verhielt sich bereits wie eine Autobahn, auf der all der Dreck schnell wegtransportiert wurde. Man konnte nie so genau sagen, wie es laufen würde.

Er spielte immer noch mit dem Brieföffner, drehte ihn rundherum.

»Darf ich fragen, warum er gestanden hat?«, fragte sie schließlich.

Die Frage brannte in ihr, sie wollte eine Antwort haben, eine Erklärung. Je mehr sie wusste, umso einfacher war es, weiterzumachen. Zumindest glaubte sie das. Sie wollte so viel wie möglich wissen, damit sie ihn dann anschließend aus ihrem Leben streichen konnte.

»Er hat nicht so ohne weiteres gestanden«, sagte Gotte und schaute sie mit seinen wässrig blauen, kugelrunden Augen an, und sie dachte, dass sein leicht brummendes Schonisch und diese alten, freundlichen Augen frei von jeder Unruhe und Bedrohung waren. Er hatte ein weiches Herz, das wussten die Kollegen, und im Laufe der Jahre war er immer sanfter und auch sentimentaler geworden.

»Die Techniker haben einen Metallsplitter in ihrer Kleidung gefunden, der sich im Zusammenhang mit einem Kampf gelöst haben kann«, fuhr er fort. »Der Körper weist ja mehrere Zeichen eines Nahkampfes auf, das weißt du auch«, sagte er, und sie nickte. »Nach einiger gründlicher und hartnäckiger Detektivarbeit …«

Hier hielt er inne, kratzte sich auf der Platte und schien nachzudenken.

»Nun ja, wohl besser gesagt war es eine gewisse Berufserfahrung. Außerdem hatten die Techniker Hilfe von einem Uhrmacher, und so konnte festgestellt werden, dass dieser Splitter von der Metallschicht am Uhrgehäuse einer Armbanduhr stammte.«

Wieder nickte sie.

»Und der Splitter passte genau auf die Armbanduhr des Beschuldigten. Mit DNA-Analysen eines Haars konnten wir ihn festnageln, und als er das alles erfuhr, hat er ziemlich schnell gestanden.«

Sie saßen schweigend da, und Erika wusste nicht, ob sie etwas sagen sollte oder ob von ihr erwartet wurde, dass sie nun aufstand und ging.

Ein Mörder und ein Betrüger. Sie selbst hatte mit der Zeit genau diesen Verdacht gehegt, es aber nicht so recht zu glauben gewagt, bevor er überführt war. Sie hatte sich darauf eingestellt, es nie bestätigt zu bekommen, und sich selbst einzureden versucht, dass das keine große Rolle spielte, wenn sie nur jetzt ihr Leben in die eigene Hand nahm und es bewusst lebte, ohne Rickard.

Also hatte sie auch diesmal Recht behalten, und dabei war

sie doch so lange Zeit so verdammt blauäugig gewesen. Es war nicht leicht, eingefahrene Muster zu brechen. Aber es gab nichts und niemanden, dem sie dafür die Schuld zuschieben konnte, auch das wusste sie, und ihr war klar, dass auch die anderen ungefähr so dachten. Blöde Tussi, sich an so einen Idioten zu klammern. Selbst schuld, sie hätte doch das Gleiche gedacht, wenn es um jemand anderen gegangen wäre. Vereinfachungen waren bequem, eine bestimmte Einstellung, ein Urteil, und fertig ist die Laube. Jetzt musste sie lernen, darüber hinwegzusehen, was die anderen dachten. Sie war es, um die es hier ging.

Sie hatte sich in gewisser Weise schon daran gewöhnt, dass er verrückt war und sie von Glück sprechen konnte, ihr Leben noch einmal von vorn anfangen zu können. Dieses Glück hatte Anita Grevén nicht gehabt.

»Ja, das war eigentlich alles«, sagte Gotte schließlich, und sie stand auf, um das größte Arbeitszimmer im Polizeihaus mit dem zweifellos unaufgeräumtesten Schreibtisch zu verlassen. Er wird es niemals schaffen, die Stapel aufzuarbeiten, bevor er in Pension geht, dachte sie. Wahrscheinlich mussten sie danach alles nehmen und einfach wegwerfen, die Protokolle und Berichte im Hinblick auf die Geheimhaltung in den Aktenvernichter schieben, da es vermutlich eine fast utopische Aufgabe wäre, Ordnung in dieses Chaos zu bringen. Oder hatte er möglicherweise doch mehr Ordnung in den Papieren, als sich auf den ersten Blick vermuten ließ?

Auf dem Weg hinaus fiel ihr Blick auf eine Urkunde, die so hing, dass sie jedem ins Auge fallen musste. *Mats' Erster Preis für den Polizeidirektor Olle Gottfridsson für das beste Pfefferkuchenhaus.* Auch wenn das lange vor ihrer Zeit gewesen war, hatte sie natürlich von dieser Siegerurkunde gehört. Die uneingeschränkten Herrscher des Pfefferkuchenteigs führten noch immer ihr Regiment, aber jetzt war es ja noch einige Monate bis Weihnachten hin.

Sie wollte nicht selbst in Claessons Zimmer stürmen. Ihr

war unerwarteterweise zum Heulen zumute, deshalb huschte sie erst in die Toilette und kühlte das Gesicht unter dem fließenden, kalten Wasser. Nachdem sie sich mit dem rauen Papierhandtuch abgetrocknet hatte, war sie schon bedeutend ruhiger.

Sie hätte gern vorher kurz mit Peter Berg allein gesprochen. Ein paar Minuten würden genügen. Er kannte sie inzwischen ziemlich gut, und sie musste sich ihm gegenüber nicht verstellen, aber wahrscheinlich saß er mit den anderen bei Claesson, und sie musste sich beeilen. Die wunderten sich vermutlich schon, wo sie denn blieb.

Peter Berg war in letzter Zeit etwas vorsichtiger geworden. Er war ihr nicht gerade ausgewichen, hatte aber auch nicht versucht sie zu überreden, mit ihm Kaffee zu trinken, Essen zu gehen oder zu einem von beiden zu gehen. Er hatte eigentlich genau das getan, was sie sich gewünscht hatte. Denn sie hatte allen Mut zusammengenommen und ihm gesagt, wie es war, und er hatte auf seine taktvolle und diskrete Art auf ihre Wünsche reagiert, indem er sie in Ruhe ließ. Sie hatte gesagt, dass zwischen ihnen beiden nie etwas anderes als Kameradschaft entstehen könnte, und jetzt, wo er so offensichtlich danach handelte, das tat, worum sie ihn gebeten hatte und nur als Kamerad auftrat, und das kaum merkbar, da wusste sie nicht mehr so genau, ob es wirklich das war, was sie gewollt hatte. Es brannte in der Brust.

Sie hatte ihn vor ein paar Tagen in der Stadt bei einer mageren Frau mit dunklen Haaren und kugelrunden Augen stehen und mit ihr sprechen sehen. Das war in der Nähe des Granitapfels auf dem Stortorget.

Sicher kennt er sie schon seit langer Zeit, dachte sie. Oder vielleicht auch nicht.

»Wo zum Teufel ist Peter Berg? Hat ihn jemand angerufen?«, fragte Louise, die auf dem Stuhl neben Claesson saß.

»Er ist doch sonst immer pünktlich«, sagte Lundin.

»Ich habe eben angerufen, aber es hat sich niemand gemeldet«, erklärte Erika leise, die anderen wandten ihr den Kopf zu, und sie senkte den Blick.

»Er wird schon noch auftauchen«, meinte Claesson von seinem Schreibtischstuhl aus, den er so gedreht hatte, dass der Rücken zum Schreibtisch zeigte und er im Kreis mit den anderen drei Polizeibeamten saß.

Louise sah gleichzeitig müde und engagiert aus. Sie hatte auf Grund vieler Gedanken schlecht geschlafen, meinte aber zum Schluss ein deutliches Muster erkennen zu können. Leider nicht deutlich genug, als dass sie eine präzise Präsentation ihrer Gedanken hätte bieten können.

Sadismus, dachte Erika, die die Information, die Gotte ihr gegeben hatte, erst einmal verdauen musste und zum Glück kam offenbar keiner auf die Idee, sie jetzt danach zu befragen. Verdammter Sadist, fluchte sie noch einmal innerlich, während sie sich auf das zu konzentrieren versuchte, was die anderen sagten.

Janne Lundin dagegen erschien frisch und munter, er trug ein ganz neues dunkelblaues Hemd, das beide Damen bereits bewundert hatten. Sie hatten natürlich auch kommentiert, dass es nicht kariert war, denn bisher hatten sie Janne Lundin in nichts anderem als in karierten Hemden gesehen und gingen deshalb davon aus, dass er ein unerschöpfliches Lager daheim haben müsste, von dem er sich wohl für den Rest seines Lebens bedienen konnte. Ehefrau Mona hatte das neue Hemd im Ausverkauf erstanden, berichtete Lundin und erschien gleichzeitig zufrieden und etwas peinlich berührt über die ihm zuteil werdende Aufmerksamkeit zu sein. Aber Hosen konnte er nie im Angebot kaufen, dazu waren die Beine einfach zu lang. Er war schon zufrieden, wenn sie überhaupt eine fanden, die bis über die Knöchel ging.

»Wie groß bist du eigentlich«, wollte Louise schon häufiger mal wissen.

»Reichlich viele Zentimeter lang vom Scheitel bis zur Sohle«, antwortete er aus unerfindlichen Gründen dann jedes Mal.

Niemand wusste es genau, aber sie schätzten ihn auf gut

einhundertfünfundneunzig Zentimeter, wenn nicht noch länger. Dass er Schuhgröße siebenundvierzig hatte, war dagegen kein Geheimnis. Man konnte es einfach unter den Sohlen ablesen.

»Wir fangen ohne Berg an«, sagte Claesson. »Louise hat etwas über das Bonbonpapier zu erzählen.«

Sie berichtete über ihre Überlegungen der letzten Nacht, die ihren Anfang am vergangenen Abend an Kirres Kiosk genommen hatten.

»Das Motiv befindet sich höchstwahrscheinlich an Lauras Arbeitsplatz«, fasste Claesson zusammen. »Da gibt es so einige, die gute Gründe haben, zurückzuschlagen, darüber sind wir uns wohl alle einig«, sagte er und schaute die anderen an. »Die Frage ist nur, wer. Eigentlich ziemlich deprimierend«, fuhr er fort und stand auf, den Kaffeebecher in der Hand. »Wenn man bedenkt, dass niemand mit der Faust auf den Tisch geschlagen hat, dass diese Schweinereien so lange stattfinden konnten, ja die reinsten Verfolgungsjagden, und das unter Menschen, die doch bereit sein sollten, dazwischen zu gehen, wenn so etwas passiert. Man wundert sich immer wieder aufs Neue«, sagte er seufzend, während er hinausging, um frischen Kaffee zu holen.

»Eine Versammlung von Sadisten mit verkrüppelten Seelen«, zischte Erika plötzlich, als er wieder reinkam, und alle schauten sie aufmerksam an.

»Oder aber das Motiv liegt in der unmittelbaren Nähe der Arbeitskollegen«, fuhr Claesson fort, ohne von Erikas Ausbruch weiter Notiz zu nehmen. »Dabei denke ich an die Witwe des toten Arztes Johan Söderlund. Es wäre sicher nützlich, sie noch einmal zu verhören.«

Alle sahen ihn schweigend an.

»Rache, meinst du«, bemerkte Janne Lundin schließlich.

»Kann sein, aber auf jeden Fall wäre es nicht schlecht, wenn …«

Er schaute sie einen nach dem anderen an und ließ seinen Blick schließlich auf Lundin ruhen.

»Es wäre gut, wenn du einmal bei ihr zu Hause vorbeischauen würdest. Wenn sie zu Hause ist«, fügte er hinzu. »Auf jeden Fall kannst du ihr ja mal etwas genauer auf den Zahn fühlen.«

»Klar!«, sagte Janne. »Jetzt gleich?«

»Es gibt keinen Grund, noch zu warten.«

Als die Wohnungstür geöffnet wurde, sah Peter Berg sie sofort: ein Paar Sandalen mit Riemen aus einem braunen, wildlederartigen Material, die auf der Fußmatte standen. Es war ein Paar der robusteren Art, mit einer dicken, groben Sohle. Er konnte nicht so schnell feststellen, von welcher Marke sie waren, dazu hätte er sie hochnehmen müssen, was er natürlich lieber bleiben ließ. Es war halb dunkel in dem Flur.

Sie ließ ihn hinein, ohne sich überrascht zu zeigen, fast als hätte sie auf ihn gewartet.

»Wir haben uns schon einmal gesehen«, sagte er und versuchte dabei zu lächeln, obwohl es ihm schwer fiel. »Aber vielleicht erinnern Sie sich nicht mehr daran, es war ja eine schwere Situation für Sie damals.«

Sie standen auf dem Flur, und er meinte das Bild mit einem Segelboot wiederzuerkennen, das auch in der alten Wohnung gehangen hatte.

»Doch, ich erinnere mich, aber es stimmt, vieles von diesem Tag ist in Vergessenheit geraten«, sagte sie schnell und etwas gepresst, und er stellte fest, dass sie auf der Hut war.

Sie war schlanker und etwas eckiger als damals im Februar, aber vielleicht täuschte auch nur die Sommerkleidung. Jetzt hatte sie ihr Haar zu einem großen Dutt auf dem Kopf hochgesteckt, die Ohrmuscheln ragten etwas spitz nach oben, so dass es aussah, als würden die Ohren abstehen. Sie war hübsch, aber weder süß noch schön. Eher in die exzentrische Richtung hin, vielleicht zum Alternativen oder Künstlerischen.

Sie lud ihn nicht in die Wohnung ein. Das musste er selbst tun.

»Wäre es möglich, dass wir uns eine Weile setzen und unterhalten?«, fragte er.

»Ja, natürlich«, sagte sie und schien aus Tagträumen aufzufahren. »Kommen Sie in die Küche.«

Der Küchentisch war abgelaugt, die vier Stühle in unterschiedlichen klaren Farben angestrichen: gelb, rot, blau und grün. Ein Keramikkrug stand auf dem Tisch, eine Zeitung lag aufgeschlagen daneben. An der Wand hing ein lasiertes Regal mit Kochbüchern. Sie legte Wert auf Farben, und es sah gemütlich aus, wie Peter Berg fand, bei dem daheim Schwarz, Braun oder Beige dominierten, da er kein Gefühl für Farben hatte und lieber auf Nummer Sicher ging. Er konnte sich daran erinnern, dass es auch in Lena Söderlunds früherer Wohnung gemütlich gewesen war. Damals war sie natürlich auch auf der Hut gewesen, aber vermutlich aus anderen Gründen.

Sie setzten sich.

»Ich habe nur ein paar Routinefragen«, begann er vorsichtig. »Ihr Mann hat im Allgemeinen Krankenhaus gearbeitet, nicht wahr?«

Sie nickte, ließ den Mund aber geschlossen. Ihre Gesichtsfarbe wechselte vorsichtig ins Rosa. Vielleicht spürte sie, dass es eng werden könnte, ein Polizist tauchte ja nicht nur aus einer Laune heraus auf.

»Ich würde gern wissen, ob Sie jemanden mit Namen Laura Ehrenswärd kannten.«

Sie schüttelte den Kopf.

»Sie kannten sie vielleicht nicht«, fuhr er fort, »aber eventuell haben Sie von ihr reden gehört.«

»Ja, das kann schon sein.«

»Aber wenn Ihr Mann so viele Jahre im Allgemeinen Krankenhaus gearbeitet hat, dann haben Sie sicher auch die Namen von einigen seiner Arbeitskollegen kennen gelernt?«

»Wir haben nicht so viel über die Arbeit gesprochen, wenn wir zu Hause waren. Wir waren der Meinung, dass ein Privatleben sehr wichtig ist, deshalb hatten wir die Vereinbarung, den Job außen vor zu lassen«, sagte sie und verschränkte die Arme vor der Brust.

»Das klingt nach einer vernünftigen Abmachung«, sagte er. »Dann haben Sie also nicht viel über diese Laura Ehrenswärd zu erzählen?«

»Was sollte ich über sie sagen können?«

»Denken Sie nach, haben Sie sie jemals getroffen? Es ist so ... also ... aber vielleicht wissen Sie es ja auch schon ... es stand ja in den Zeitungen ...«

»Ich lese selten Zeitungen«, entfuhr es ihr ein wenig zu schnell, um noch glaubwürdig zu klingen, vor allem, da doch eine frische Tageszeitung aufgeschlagen zwischen ihnen auf dem Tisch lag.

»Es ist immer am besten, bei der Wahrheit zu bleiben«, fuhr er fort. »Sagen Sie die Wahrheit, wenn Sie behaupten, sie nicht gekannt zu haben? Sie wissen doch eigentlich nur zu gut, dass sie mitgeholfen hat, Ihren Mann Johan Söderlund zu zwingen, an der Klinik aufzuhören«, sagte er und bereute sofort, so scharf geworden zu sein. Das Wort »zwingen« hätte er sich sparen können.

Und seine Einschätzung war richtig, sie reagierte heftig, fuhr mit so einer aggressiv geladenen Kraft vom Stuhl auf, dass dieser hinter ihr umfiel, und ihr Gesicht verzerrte sich zu etwas, was als Ausdruck von Schmerz, aber auch von Angst oder Wut gedeutet werden konnte. Sie stand da und schien zu schwanken, pumpte sich auf und wurde immer roter, ballte die Hände, drehte sich plötzlich um und lief aus der Küche hinaus.

Er blieb sitzen und hörte, wie eine Tür schlug, und in dem Augenblick überlegte er, ob es eigentlich so schlau gewesen war, in einer Art desperatem Übermut ganz allein hierher zu kommen. Der eitle Wunsch, sich auf der Überholspur zu zeigen, konnte ihn teuer zu stehen kommen.

Ebenso plötzlich, wie sie verschwunden war, tauchte sie wieder in der Türöffnung auf. Mit weit aufgerissenen Augen starrte sie ihn wütend an. Die Hände hielt sie unnatürlich hinter dem Rücken, als spielte sie »Welche Hand willst du haben?«. Aber sie war nicht in Spiellaune, sie stand steif und etwas unbeholfen da, es zuckte in ihrem Gesicht, sie schaute ihn an, wog ab, aber die Wut in ihr, dieser mentale Druck hatte einen Siedepunkt erreicht, und jetzt gab es kein Zurück mehr.

Bevor er sich recht besinnen konnte, hatte sie eine Pistole hervorgezogen und hielt sie in beiden Händen, geradewegs auf ihn gerichtet. Sie zielte auf seinen Brustkorb, konzentrierte sich auf die Richtung des Laufs und wich seinem Blick aus.

Er konnte noch feststellen, dass der Schalldämpfer etwas plump war, da feuerte sie schon los. Ein Fehlschuss, in die Wand. Er hatte einige Male während seiner Jahre als Polizist richtig Angst gehabt, so viel Angst, dass er sich selbst schwor, den Beruf zu wechseln, wenn er die Situation überleben würde. Und jetzt war es wieder so weit. Eine Todesangst, aber es ging darum, die eigene Furcht nicht alles überdecken zu lassen, was er noch an Sinn und Verstand besaß. Er zwang sich zum Denken, presste die Gedanken Wort für Wort hervor, schweigend Sinn um Sinn, auch wenn es ungemein schwer war. Sein Körper zuckte. Der Fluchtinstinkt zerrte an ihm, und er musste sich darauf konzentrieren, sich selbst dazu zu zwingen, vollkommen bewegungslos sitzen zu bleiben, die Hände reglos. Die kleinste Bewegung, die als Zeichen angesehen werden konnte, dass er sich verteidigen wollte, konnte die Frau vor ihm dazu bringen, einen weiteren Schuss abzufeuern, nicht eiskalt, sondern offenbar verzweifelt und von ihren Gefühlen getrieben.

Sie hatte die Grenze überschritten. Das sah er ihr an. Für sie war jetzt nichts mehr heilig, nicht das eigene Leben und noch weniger das der anderen.

»Du bewegst dich nicht von der Stelle«, warnte sie ihn, die Arme ausgestreckt, die Mündung mit dem ziemlich groben Schalldämpfer war immer noch direkt auf ihn gerichtet.

Er sah, wie ihre Hände zitterten, während sie die Pistole umklammerte. Er musste versuchen mit ihr zu sprechen, sie durch seine Stimme beruhigen. Im Augenblick war das seine einzige Chance. Der Küchentisch stand zwischen ihnen, vielleicht konnte er versuchen ihn umzuwerfen, sich dann auf sie stürzen und ihr die Pistole aus den Händen winden. Sie war ja nur ein Leichtgewicht. Das konnte klappen, wenn er nur schnell genug war.

»Du denkst, dass du stärker bist als ich«, sagte sie, als könnte sie seine Gedanken lesen. »Aber da irrst du dich – das bist du ganz und gar nicht. Wie ein Tier leben zu müssen, das macht hart. Du sollst wissen, dass mein Mann von seinen Arbeitskollegen wie eine elende Kreatur behandelt worden ist. Ein Tier in einem Käfig, Alles wegen dieser boshaften Menschen. Es ist schon lange her, dass ich jede Achtung verloren habe, weißt du.«

»Ich kann mir vorstellen, dass Sie es nicht einfach hatten«, versuchte er den Kontakt aufzunehmen.

»Du kannst dir gar nichts vorstellen«, schnitt sie ihm das Wort ab. »Und du wirst mir auch nicht glauben, wenn ich dir erzähle, was ich durchgemacht habe. Ich weiß, wie die Menschen sind. Keiner glaubt wirklich, dass es das Böse gibt, weil es so am bequemsten ist. Wenn man so tut, als ob das Böse gar nicht da wäre, dann braucht man ja auch nichts zu machen. Man hat keine Verantwortung, kapierst du«, sagte sie bissig und als spräche sie zu einem Dreijährigen. »Es ist immer einfacher, den anderen die Schuld zu geben«, fuhr sie mit harter Stimme fort.

»Das klingt feige«, versuchte Peter Berg es wieder.

»Feigheit ist eines der deutlichsten Kennzeichen des Menschen und die Wurzel des Bösen. Wenn die Menschen mehr Zivilcourage hätten, dann würde das Böse nicht siegen. Darüber habe ich viel nachgedacht, das sage ich dir. Viele Jahre lang, Tag für Tag, aber die Leute *interessiert das gar nicht*, das habe ich gelernt. Hast du gehört, *es interessiert sie gar nicht*. Jeder denkt nur an sich, der andere ist ihm gleichgültig. Egoismus und Bosheit.«

Sie spuckte die Worte nur so aus.

Peter Berg fühlte, dass die Situation ihm voll und ganz aus der Hand geglitten war. Sie war nicht mehr aufzuhalten. Er saß immer noch so reglos wie überhaupt nur möglich da, sein Rücken zog und das Gesicht war angespannt von dem psychischen Druck, unter dem er sich befand. Er hatte nur noch einen einzigen Gedanken, er musste um jeden Preis Blickkontakt mit Lena Söderlund behalten, teilweise um selbst noch den letzten Rest Kontrolle zu behalten, teils um zu versuchen, sie zu beruhigen und ihr zu zeigen, dass er nicht hinter ihr her war. Nun war er aber genau das, und das war der Haken, der ihn in die Zwickmühle gebracht hatte. Er hatte sie dazu bringen wollen, einen Mord zu gestehen.

Er machte keinerlei Anstalten, eine psychologische Beurteilung all ihrer inneren Traumata zu versuchen, die zu dieser katastrophalen Situation geführt hatten. Etwas war schlicht und ergreifend schief gegangen. Ein menschliches Wrack, das mit der Pistole vor ihm hin und her wedelte.

Sein Handy klingelte in seiner Tasche.

»Du gehst nicht ran«, zischte sie heiser, und er sah, dass die Lippen vom Speichel glänzten.

»Natürlich nicht«, beschwichtigte er sie, während er gleichzeitig darüber nachdachte, wie lange es wohl dauern würde, bis jemand in der Polizeizentrale darauf kommen würde, wo er war. Er musste feststellen, dass das eine Ewigkeit dauern konnte – aus dem einfachen Grund, weil niemand dort auch nur die geringste Ahnung davon hatte.

Die Lage, in die er sich unglücklicherweise gebracht hatte, musste er allein meistern. Er war bescheuert gewesen. Wenn er das hier ohne größere Schäden überstehen würde, schwor er sich, nie wieder so eine Dummheit zu begehen.

»Sie haben sicher unter großem Druck gestanden«, sagte er.

»Das glaubst du«, zischte sie.

»Ich glaube es nicht nur, ich weiß, dass es so gewesen sein muss«, sagte er mit ruhiger, freundlicher Stimme, zumindest versuchte er, freundlich und entwaffnend zu klingen.

»Hinterher kann man das leicht sagen«, erwiderte sie, und

er sah, wie das schwere, hochgesteckte Haar sich langsam löste, mehrere dicke Strähnen hingen jetzt lose im Nacken.

Sein Körper wurde immer steifer, er versuchte die Schultern zu bewegen und spannte die Muskeln in den Oberarmen unmerklich an. Er hatte gehofft, dass es unter der dünnen Jacke nicht zu sehen sein würde, aber schon diese kleinen Bewegungen verunsicherten sie.

»Keine Bewegung«, schrie sie und trat einen Schritt näher, und da beging er den schicksalsschweren Fehler, schnell aufzustehen, um den Tisch auf sie zu kippen.

Da knallte es.

Dieses Mal ging der Schuss nicht daneben. Er klappte zusammen. Der Schmerz im Bauch war brennend, aber nicht unerträglich, es tat weniger weh, angeschossen zu werden, als er es sich vorgestellt hatte. Die Waffe hatte ein kleines Kaliber. Ein winziges Loch, dachte er, aber immerhin ein Loch direkt in die Bauchdecke, in die Gedärme oder wo immer die Kugel nun ihren Weg hin gefunden hat, während er langsam zu Boden sank.

Was für ein Idiot ich doch bin, ging es ihm durch den Kopf. Aber ich lebe. Zumindest jetzt noch.

Janne Lundin hatte keine Schwierigkeiten, die Adresse zu finden, und auch keine bei der Parkplatzsuche. Lena Söderlund wohnte im zweiten Stock. Er klingelte.

Niemand öffnete, es schien sich nichts hinter der Tür zu rühren, deshalb wollte er gerade wieder die Treppe hinunter gehen, als er ein kratzendes Geräusch hörte und anschließend die Tür vorsichtig einen Spalt weit geöffnet wurde. Ein blasses Gesicht schaute heraus. Er sah, dass die Sicherheitskette vorgelegt war.

»Wer ist da?«

Die Stimme klang schwach.

»Ich heiße Jan Lundin, ich bin von der Polizei«, sagte er und sah, wie sie zurückzuckte, und er dachte schon, sie würde gleich die Tür zuknallen.

»Was wollen Sie?« Jetzt klang sie aggressiv.

»Wenn es Ihnen recht ist, würde ich Ihnen gern ein paar Fragen stellen«, sagte er.

Ihr Mund stand halb offen, ihr Blick war fragend und gleichzeitig wachsam.

»Das geht jetzt nicht«, antwortete sie kurz.

»Vielleicht passt es Ihnen später?«

Sie schloss den Mund, überlegte. »Kann sein. Ich bin krank, mir geht es nicht gut«, sagte sie. »Sie müssen später noch einmal wiederkommen.«

»Dann werde ich das tun«, antwortete er höflich.

Die Tür fiel ins Schloss, bevor er seinen Satz beendet hatte.

Vor der Haustür holte er sein Handy heraus, wählte Claessons Nummer und stellte sich so hin, dass sie ihn hoffentlich nicht sehen konnte.

»Sie war zu Hause, aber sie hat mich nicht reingelassen«, sagte er. »Sie hat behauptet, sie sei krank, aber sie kam nicht aus dem Bett. Sie war vollständig angezogen.«

»Hast du was rausgekriegt?«, fragte Claesson am anderen Ende.

»Ich denke schon. Vielleicht bilde ich es mir nur ein, aber ich hatte das Gefühl, als ob da noch jemand in der Wohnung war. Intuitiv würde ich sagen, dass es brennt.«

»Also stimmt etwas nicht?«

»Genau. Können wir nicht eine Hausdurchsuchung durchkriegen?«

»Ich denke, das müsste ich schaffen«, sagte Claesson. »Komm aber erst einmal wieder her. Ich werde sie überwachen lassen. Warte so lange dort, bis derjenige da ist.«

Sie hatten sich Salate kommen lassen, diese traurigen Salate oder zähen Baguettes, die sie viel zu oft aßen und die nicht besonders lecker schmeckten, aber zumindest bekämpften sie für eine Weile das Hungergefühl. Sie saßen um den ovalen Tisch im Besprechungsraum und versuchten konstruktiv zu denken.

Wohin konnte Peter Berg gegangen sein?

Claesson hatte eine Fahndung nach ihm ausgerufen.

»Das passt alles nicht zusammen«, sagte Louise, die sich von ihnen die größten Sorgen um ihn machte. »Er meldet sich immer, er ist pünktlich, zumindest relativ gesehen, ist nie krank und wenn er das wäre, dann hätte er garantiert angerufen«, sagte sie und rammte ihre Gabel in ein Stück Hähnchenfleisch.

Mit dieser ganzen Laura-Geschichte ging es nur äußerst zäh voran. Die ersten Tage war das Team wie immer hochmotiviert gewesen, jeden Tag waren neue Informationen hereingekommen, aber je mehr Zeit verging und je langsamer sie weiterkamen, umso mehr ging ihnen die Puste aus. Es war nur eine Frage der Zeit, wann ein neues, schweres Verbrechen ihre Kräfte in Anspruch nehmen würde und sie den Laura-Fall zur Seite legen müssten, diesen Mord, der nach allem, was sie bisher wussten, vermutlich seinen Ursprung kaum in der Unterwelt hatte. Eher in den höheren Kreisen. Bald würden sie gezwungen sein, ihre Intensität zu drosseln, dem Mord weniger Zeit zu widmen, vielleicht nur sporadisch mal hier und da eine Stunde. In diesen Zeiten der Einsparungen musste man lernen, Prioritäten zu setzen, und sie wussten alle, was das bedeutete: einen unaufgeklärten Mord.

Sie versuchten über andere Dinge zu sprechen, aber es kam kein rechtes Gespräch zu Stande. Claesson hatte gerade verkündet, dass er einen Tag Urlaub nehmen würde, um zur Beerdigung seiner Schwiegermutter, die er kaum gekannt hatte, zu fahren. Das nahmen sie zum Anlass, alle Beerdigungen anzuführen, die sie in letzter Zeit erlebt hatten. Großeltern, Eltern, ein alter Schulfreund, Nachbarn, die irgendwo am Mittelmeer verschwunden waren, von denen Janne und Mona Lundin sich bei einem Gedenkgottesdienst verabschiedet hatten, ohne dass man die Körper gefunden hatte. Als sie auf die ihrer Meinung nach unverschämten Preise für eine höchst normale Beerdigung kamen, bei der man zu einer Blumendekoration gezwungen wurde, die nicht einmal der Tote geschätzt hätte, klingelte Claessons Handy.

»Claesson, Polizei«, meldete er sich und stellte sich ans Fenster. »Wer?«, fragte er, und die anderen verstummten, gespannt, Neuigkeiten bezüglich Peter Berg zu hören.

»Ja, es fällt mir wieder ein. Sara Grip«, er gab Janne Lundin ein Zeichen, den Namen aufzuschreiben. »Du hast nicht zufällig ihre Nummer? Ja? Wo wohnte sie noch … in unserer Gegend. Ja, danke, meine Liebe«, sagte er und stellte das Handy ab.

Er drehte sich um.

»Eine Frau namens Sara Grip hat versucht, Peter Berg per Telefon zu erreichen. Sie wollte nicht sagen, worum es geht. Sie sagte, sie würde später wieder anrufen, wenn Peter Berg zu sprechen sei. Sie wollte auf keinen Fall mit jemand anderem sprechen. Nina hat natürlich nichts davon gesagt, dass wir nicht wissen, wo Peter ist, das weiß die kleine Nina ja auch gar nicht.«

Wütend fragte Louise sich, warum sie eigentlich Nina immer mit dem herablassenden Adjektiv »die kleine« belegten. Sie war eitel, hübsch, ein wenig einfältig, aber kein kleines dummes Mädchen. Außerdem versah sie ihren Job mit der Kompetenz, die von ihr erwartet wurde. Das ist frauenverachtend, dachte sie, kam aber nicht dazu, ihre Überlegungen auszuführen. Jetzt ging es um Peter Berg.

»Such mir die Nummer raus und möglichst auch die Adresse«, sagte Claesson zu Erika, die nickte und durch die Tür verschwand. »Und komm gleich wieder«, schrie er ihr noch nach. »Regel das mit der Fahndungsleitung«, befahl er Louise, die darauf ebenso aufstand und verschwand, und auch ihr rief er hinterher, dass sie gleich wieder zurückkommen sollte, worauf sie eine Kehrtwendung machte und sich in die Türöffnung stellte.

»Du brauchst nicht so hinter mir herzuschreien«, lächelte sie freundlich und verschwand sofort wieder.

»Endlich«, seufzte Janne Lundin. »Jetzt passiert was.«

Wieder klingelte das Telefon, diesmal war es Veronika. Er war etwas sauer, dass sie ihn ausgerechnet jetzt bei der Arbeit anrufen musste, aber sie sagte, sie hätte ihm etwas Wichtiges mitzuteilen.

»Ich bin gerade mit Klara bei der Mütterberatung gewesen«, erzählte sie.

»Hm«, brummte er, da er ausgerechnet jetzt seine Familie nicht mit an der Front haben wollte.

»Ich habe eine andere Mutter dort getroffen, Sara irgendwas, warte, ich habe den Nachnamen aufgeschrieben, ein ganz knapper Name, klingt irgendwie militärisch, warte eben …«

Er spitzte die Ohren, Sara, und er konnte hören, wie sie mit Papier raschelte.

»Warte, ich muss nur die andere Hand nehmen. Während ich in der Tasche wühle, kann ich dir ja erzählen, dass wir uns früher schon begegnet sind, bei der Schwangerschaftsberatung, in der Entbindungsklinik, ja, du weißt schon. Ganz nett, ein junges Mädchen, allein stehend. Da gab es einige Probleme mit dem Kindsvater, eine Prämatur glaube ich …«

»Aber warum rufst du deshalb jetzt an«, unterbrach er sie ungeduldig.

»Sie sah ganz verzweifelt aus, wir haben uns dann unterhalten, und auf jeden Fall hat sie mir erzählt, dass sie da in was ganz Schreckliches verwickelt sei und nicht wisse, wie sie herauskommen solle. Ich konnte sie nicht dazu bringen, mir zu sagen, worum es sich eigentlich handelte. Ich habe überlegt, ob es sich wohl um eine Vergewaltigung, um Inzest oder eine Misshandlung handeln könnte und sie keine fremden Personen da mit hineinziehen wollte, aber offensichtlich brauchte sie jemanden zum Reden. Vielleicht ist sie einfach einsam …«

»Veronika, komm zur Sache!«

»Das war es eigentlich. Sie erschien mir mehr als normal aufgebracht, und als ich ihr riet, vielleicht zu einem Psychologen zu gehen, sagte sie, dass das keine Sache für einen Psychologen sei, sie sei nicht verrückt, ihr gehe es gut, hat sie sogar behauptet. Wer's glaubt, wird selig! Und sie habe einen Polizisten informiert, sagte sie, aber das würde sie schon bereuen.«

»Wen?«

»Ich habe mich nicht getraut zu fragen, denn dann hätte ich ja verraten, dass ich indirekt auch darin verwickelt bin ... oder wie man das nun bezeichnen soll ... ich meine, schließlich lebe ich ja mit einem Polizeibeamten zusammen.«

»Was hat sie noch gesagt?«

»Sonst nichts, aber ich habe versucht, sie zu beruhigen, und ihr gesagt, dass Polizisten zuverlässige Personen sind und es richtig von ihr war, sich an diesen Polizisten zu wenden. Das Schlimmste ist, dass ich sie nicht nach ihrem Nachnamen fragen konnte, aber ich habe ihn irgendwo aufgeschrieben, als wir in der Klinik zusammenlagen. Du weißt, man verabredet, sich doch später wieder zu treffen, aber daraus wird sowieso nie etwas, aber pflichtschuldigst schreibt man trotzdem Namen und Telefonnummer auf ...«

Louise kam genau in dem Moment zurück, als Veronika in ihrer Schultertasche fertig gewühlt hatte.

»Sara Grip heißt sie. Ich dachte, das könnte dich interessieren.«

»Veronika. Das tut es auch. Hast du noch mehr?«

»Die Telefonnummer. Willst du sie haben?«

»Ja«, sagte er und schaute Lundin an, der die Ziffern aufschrieb, die er herunterleierte. »Veronika, du bist ein Engel«, sagte er aufgeregt. »Ich muss jetzt auflegen, bis heute Abend«, verabschiedete er sich mit der gleichen Begeisterung.

Louise Jasinski und Janne Lundin lächelten sich verschworen an. Liebeserklärungen größerer oder kleinerer Art auf der Polizeistation gab es nicht jeden Tag, und schon gar nicht aus Claessons Mund. Seine neue Familie tat ihm wirklich gut.

»Sara Grip«, sagte er. »Jetzt taucht sie das zweite Mal auf. Sie hat Kontakt zu einem Polizisten aufgenommen. Das muss Peter gewesen sein.«

Erika kam mit den Adressenangaben und der gleichen Telefonnummer herein, die Claesson gerade erhalten hatte, was sie etwas ärgerte.

»Wo hast du das denn her?«, fragte sie.

»Von oben«, antwortete er und verdrehte die Augen.

»Wir fahren zu ihr. Einer bleibt hier, am besten du, Erika«, sagte er. »Du nimmst Sara Grip in Empfang, falls sie hier auftaucht.«

Sie suchten ihre Sachen zusammen und waren innerhalb von drei Minuten aus der Tür. Claesson, Lundin und Louise Jasinski setzten sich in den Volvo und fuhren zu Sara Grips Wohnung.

»Es genügt wohl, wenn Louise und du hochgehen«, meinte Lundin zu Claesson.

»Ja«, stimmte Claesson zu, »sonst kann es zu massiv wirken.«

Ein erwartungsvolles Schweigen breitete sich in dem Wagen aus, die Hoffnung auf eine bevorstehende Aufklärung hatte alle drei ergriffen.

Es war kühler geworden, aber immer noch ungewöhnlich warm, und das anhaltende Sommergefühl, wehmütig und gleichzeitig lieblich, ließ das Verrinnen der Zeit noch bewusster werden.

»Das geht alles viel zu schnell«, sagte Louise und schaute durch das Wagenfenster von ihrem Platz auf dem Rücksitz aus. »Bald ist schon wieder Advent und dann Weihnachten, und viel haben wir von diesen stillen Sommertagen nicht gehabt.«

»Redet da die Pessimistin?«, lächelte Lundin und schaute sich nach hinten um.

Claesson fuhr, er bog gerade in die Straße mit der Reihe von Kettenhäusern, in der alles angefangen hatte. Aber jetzt lag die Straße in ihrem Kleinstadtfrieden ruhig da. Laura Ehrenswärds Haus war immer noch versiegelt, aber es gab keine Absperrbänder mehr um das Haus herum. Nicht eine Menschenseele war zu sehen. Die Journalisten waren es schon vor langer Zeit leid geworden, auf den Blumenbeeten herumzutrampeln, um den Wohnort der Ermordeten zu dokumentieren. Man hatte alles durchgekaut, so lange es ging, jetzt gab es nur noch kleine Notizen, die immer seltener in den Zeitungen auftauchten. Alle warteten auf den großen Durchbruch.

»Die machen sich natürlich Sorgen wegen der Hauspreise«, bemerkte Lundin, als sie an einem Mann mit Hund vorbeifuhren.

»Eine ermordete Nachbarin lässt die Preise wahrscheinlich nicht gerade in die Höhe schießen«, sagte Louise.

»Man kann nie wissen«, widersprach Claesson. »Heutzutage geht es darum, auf irgendeine Art und Weise hervorzustechen, gesehen und gehört zu werden, und ein Haus, das man nach einem Mord kauft, kann eventuell sogar einen höheren Marktwert haben.«

Die Straße machte nach dem letzten Reihenhaus eine sanfte Rechtskurve, anschließend fuhren sie an einer kleineren Grünfläche mit spärlichem Baumbewuchs vorbei, dann kam der Sportplatz einer Schule, und dem Schulgelände gegenüber lagen die Mietshäuser, in denen auch Sara Grip wohnte. Claesson ging vom Gas, sie fanden ziemlich schnell das gesuchte Haus und fuhren davor auf den Parkplatz. Direkt im Anschluss an den ersten Block gab es einen Supermarkt.

Lundin stieg aus dem Wagen, um die Beine zu strecken, während Claesson und Louise hineingingen.

Er schaute über das Sportgelände der Schule und sah eine Gruppe Kinder in Turnkleidung um einen Lehrer herum versammelt, der mit den Armen in verschiedene Richtungen zeigte, die Gruppe löste sich auf, und die Kinder liefen wild durcheinander über den Rasen, bis auf ein kleines dickes Wesen und ein mageres Mädchen mit einem Kleid bis über die Knie und etwas Schwarzem auf dem Kopf. Er beneidete sie nicht. Etwas wie Zwang und Druck lag über den Sportstunden. Zwar hatten ihn diese sportlichen Übungen während seiner Schulzeit nicht sehr belastet, es war nicht immer witzig gewesen, auch wenn er so tat. Es gibt so viel im Leben, was man machen muss, was nicht besonders witzig ist, dachte er und sah eine junge Frau, dünn, um nicht zu sagen mager, in roten Shorts und einem schwarzen Leinenhemd, das lange dunkle Haar hing ihr auf die Schultern herab. Sie kam aus dem Lebensmittelladen und schob einen dunkelblauen Kinderwagen vor sich her, an dem die Einkaufstüten hingen. Das Gesicht sah angespannt aus. Ist sicher nicht so leicht, Mutter eines Kleinkinds zu sein, dachte er, und im gleichen Moment sah er Claesson und Louise wieder aus der Haustür kommen, die ihm signalisierten, dass es eine Niete gewesen war, was ihm wiederum die Eingebung gab, doch die Frau mit dem Kinderwagen, die sich ihm langsam näherte, zu fragen, ob sie nicht wisse, wer Sara Grip war. Es war nichts Besonderes an dieser Eingebung, schließlich gab es keinen anderen Menschen auf der Straße, abgesehen von den Schulkindern hinter der Abgrenzung auf der anderen Straßenseite.

Sara Grip war verängstigt, das war sofort zu sehen.

Peter Berg saß zusammengekauert auf dem Boden, gegen die Heizung gelehnt. Das Fensterbrett ragte direkt über seinem Kopf in den Raum. Das brennende, schmerzhafte Gefühl im Bauch war teilweise abgeklungen, und er vermied jede Bewegung, damit es nicht von neuem wieder so verdammt wehtun würde.

Ob sie wohl zurückkämen? Der Gedanke kreiste in seinem Kopf. Er hatte eine Stimme gehört, sie hatte wie Lundin geklungen, und er hatte gehofft, dass sie ihn befreien würden, aber die Minuten vergingen, und nichts geschah. Sie wussten natürlich nicht, dass er hier gefangen war, und wie sollten sie es auch erfahren?

Lena Söderlund stützte sich auf das Spülbecken, sie richtete immer noch die Pistole auf ihn, dieses plumpe Ding einer ihm unbekannten Marke, soweit er erkennen konnte, aber andererseits war er auch kein Waffenexperte. Es war weder eine Walther noch eine Sig-Sauer, die alte und neue Dienstpistole der Polizei, so viel konnte er zumindest sehen. Der Lauf schien länger und feiner zu sein, aber das war auch scheißegal, solange sie ihm damit vor der Nase herumwedelte. Sie hatte sich inzwischen getraut, ein paar Schritte zurückzugehen, um ihn in aller Ruhe vom Spülbecken aus unter Kontrolle zu halten.

Sie will mich nicht umbringen, dachte er. Sie weiß nicht, was sie machen soll, und ich weiß es auch nicht, und es war deutlich, dass sie nach dem Klingeln an der Tür unruhiger geworden war, aber sie hatte es nicht kommentiert. Hatte nur ihre Wachsamkeit noch weiter erhöht.

Die Zeit verging, oder besser gesagt, sie kroch dahin, während sie beide auf diese sonderbare Art und Weise jeweils Gefangener des anderen waren.

»Wie lange haben Sie schon überlegt, Laura Ehrenswärd zu töten?«, fragte er vorsichtig.

»Seit ich erfahren habe, dass sie meinen Mann umgebracht hat.«

Er schaute sie verständnislos an. »Hat sie das?«

»Ja.«

Das passt doch irgendwie alles nicht zusammen, dachte er – oder vielleicht doch?

»Mein Mann hat sich das Leben genommen, weil sie ihm sein Leben genommen haben. Sie haben ihn zerstört, so dass nichts mehr von ihm übrig geblieben ist. Sie haben ihn isoliert, nicht mehr mit ihm gesprochen, dafür aber hinter seinem Rücken schlecht über ihn geredet. Er wurde zu einem lebenden Toten«, erklärte sie, und die Trauer in ihrer Stimme erschütterte ihn. »Weißt du, was sie gesagt hat, als ich bei ihr geklingelt habe?«

Ihm war klar, dass sie Laura meinte, auch wenn es alles etwas unklar erschien, und er wollte sie auf keinen Fall durch Nachfragen reizen.

»Nein, ich kann es nicht einmal erraten«, antwortete er deshalb.

»›Kommen Sie herein‹, hat sie gesagt. ›Kommen Sie herein‹«, machte Lena Söderlund die Ärztin nach und klang dabei wie eine krächzende Krähe. »Sie hat mich hereingelassen, obwohl ich gesehen habe, dass sie Angst vor mir hatte, und das war ja auch nur recht und billig. Ohne ihren weißen Kittel war sie ein Nichts. ›Was haben Sie auf dem Herzen‹, hat Laura dann gefragt«, fuhr Lena Söderlund fort, und er bemerkte, dass sie die Pistole dabei sinken ließ, die Mündung war jetzt auf den Boden und nicht mehr auf seinen Brustkorb gerichtet. »Ich habe nie so eine verängstigte Person gesehen«, lachte die Frau vor ihm. »Als ich die hier herausgezogen habe«, sagte sie und wedelte mit der Waffe, »als ich dieses kleine, praktische Ding aus der Tasche gezogen habe, da sah sie aus, als würde sie sich in die Hose machen. Nicht einmal du siehst jetzt genauso ängstlich aus.«

»Dann ist es wohl erlaubt, sich ein wenig zu strecken«, sagte er und versuchte dabei ein Lächeln.

»›Verschone mich‹, hat sie geschrien. ›Ich habe nichts getan, wir können doch über alles reden‹, hat sie mit einem Zittern in der Stimme geschrien. Wie ein verschrecktes kleines Mädchen. Oh Scheiße, was für eine feige Person. Ihre eigene Haut wollte sie retten, aber Johans, die war ihr vollkommen egal, dieser verdammten Hexe, dieser feigen Vettel.«

Peter Berg konnte die Verwandlung genau sehen, wie die gut ausgebildete Bibliothekarin die Sprache einer Prostituierten annahm. Der Hass hatte sie verwandelt, der Lack war ab.

»Weißt du was?«

»Nein«, antwortete er matt.

»Weißt du, dass es leichter war zu schießen, weil sie so verdammt feige war. Der Schuss ging irgendwie fast von allein los. Und ich will dir noch etwas sagen …«

»Ja«, brachte er heraus, er war jetzt deutlich müde und spürte, dass er bald pinkeln musste.

»Es ist überhaupt nicht schwer. Ich habe sie wie einen angeschossenen Hasen herumtaumeln lassen. ›Verschone mich‹, hat Laura immer weiter gejammert. Aber warum sollte ich?

Kannst du mir das sagen: Warum hätte ich sie verschonen sollen?«

Die Frau, die zu Laura Ehrenswärd gegangen war, um abzurechnen, starrte ihn an, und ihm war bewusst, dass die richtige Antwort jetzt äußerst wichtig war. Falls er noch eine Weile leben wollte.

»Ja, warum sollten Sie sie schonen«, sagte er.

»Genau«, sagte sie. »›Warum sollte ich dich schonen?‹, habe ich sie gefragt, genau in dem Moment, als sie das Telefon vom Tisch nehmen wollte, um Hilfe rufen zu können.«

Sie schwieg.

»Aber das hat sie nicht geschafft«, sagte Peter Berg und spürte, dass er nicht mehr lange an sich halten könnte.

»Nee, nix da«, erklärte Lena Söderlund triumphierend.

»Und Sie haben dann das Telefon einfach mitgenommen?«, musste er nachfragen.

»Ganz richtig«, sagte sie. »Du bist nicht dumm. Und den Haustürschlüssel habe ich auch mitgenommen. Ich habe sie eingeschlossen«, erklärte sie und lächelte boshaft.

Was machen wir da eigentlich, wir Menschen?, dachte Peter Berg und spürte, wie er immer müder und verschwitzter wurde, außerdem etwas schwindlig, und er wagte gar nicht, sich auszumalen, was da in seinem Körper passierte, in seinem Bauch, ob irgendwo da drinnen Blut heraussickerte, ob irgendwelche Adern vom Schuss getroffen worden waren, und noch effektiver schob er die Gedanken an die Zukunft von sich, ob er sterben würde oder ernste Schäden davontragen. Er hatte in beiden Beinen Gefühl, und er konnte sich bewegen, das war gut so, und sein Herz klopfte, vielleicht zu schnell, aber auf jeden Fall klopfte es.

Er fühlte, wie es feucht im Schritt wurde. Der Urin lief ohne seine Kontrolle heraus, und auf gewisse Weise war das eine Erleichterung.

»Oioioi«, sagte sie und schüttelte den Kopf, als sie sah, was passiert war. »Na, du hast doch wohl mehr Angst, als du zeigst.«

Er schluckte.

Die Hoffnung auf Hilfe war nicht geschwunden, und auch nicht die Hoffnung, dass die Frau, die ihn hier als Geisel hielt, aus irgendeinem Grund aufgeben würde, auch wenn die Chancen dafür momentan schlecht standen. Es musste inzwischen gut eine Stunde vergangen sein, vielleicht sogar mehr, vielleicht auch weniger, aber das spielte keine Rolle, solange er nur lebte. Doch das zunehmende Gefühl von Mattheit ließ ihn schwach werden, die Vorstellung, kurz einzuschlummern, wurde immer verlockender, und er musste sich anstrengen, um nicht aus der Wirklichkeit abzutauchen.

»Hat er sich das Leben genommen?«, fragte er und merkte, dass seine Stimme verschliffen klang. »Das wusste ich nicht.«

»Ein Brief«, sagte sie. »Er hat einen Brief hinterlassen.«

»Ach so, hat er das. Ja, dann wissen Sie ja ...«

Es ging ihm immer schlechter, und es tat weh, wenn er tief Luft holte, er versuchte, sich aufrechter hinzusetzen, aber dann tat es noch mehr weh, und sie reagierte sofort darauf, indem sie die Pistole wieder direkt auf ihn richtete. Beinahe hatte es so ausgesehen, als ob auch sie ermüdet war von dem Warten auf etwas, was nie zu einer guten Lösung führen konnte. Zumindest nicht für sie.

Die Hälfte ihres Haars hing herab, die andere hing noch unordentlich in den Haarspangen, die Schultern traten wie knotige Ausbuchtungen unter ihrem dünnen Baumwollhemd hervor. Sie hatte weder Strümpfe noch Schuhe an den Füßen. Ihre Shorts waren militärgrün, grob geschnitten, mit mehreren Taschen und reichten ihr fast bis zu den Knien, aber dennoch sah sie in höchstem Grad weiblich aus. Er hatte festgestellt, dass sie kleine Sommersprossen hatte und daunenhaftes, rotblondes Haar an den Unterschenkeln, und wäre die Situation eine andere gewesen, hätte er sie gern gestreichelt, ihr die Hand vorsichtig um den Knöchel gelegt und nach oben geschoben, die warme Haut und den fast unsichtbaren Flaum gespürt.

Vielleicht bildete er es sich nur ein, aber er meinte das Geräusch einer Tür zu hören, die geöffnet wurde, und sie reagierte auch, horchte, richtete sich auf, versuchte mit der freien Hand das Haar wegzuschieben, das ins Gesicht hing. Im gleichen Augenblick klingelte es an der Tür, und beide erstarrten.

»Du bewegst dich nicht vom Fleck«, zischte sie.

Er sagte nichts, sein Herz schlug noch schneller, wenn das überhaupt möglich war, und er versuchte zu lauschen, was aber durch das Herzrauschen erschwert wurde.

Es klingelte noch einmal, dann eine halbe Minute Stille und starres Abwarten, dann hörten sie, wie jemand versuchte, die Klinke herunterzudrücken, aber die Tür war abgeschlossen. Anschließend war eine Stimme durch den Briefschlitz zu hören.

»Hier spricht die Polizei. Wer immer in der Wohnung ist, öffnen Sie!«

Peter Berg versuchte sich an die Stimme zu erinnern. Das war niemand, den er direkt kannte, aber das war auch egal. Sie waren endlich da.

»Ich wiederhole: Hier spricht die Polizei. Seien Sie so gut und öffnen Sie, sonst müssen wir die Tür gewaltsam öffnen.«

Sie drehte den Kopf zwischen Peter Berg und der Stimme hin und her, die Ratlosigkeit und die Furcht waren von ihrem Blick abzulesen. Die bodenlose Angst.

»Glaub bloß nicht, dass ich aufmache«, sagte sie, und die Panik hatte ihre Stimme verzerrt, die Adern liefen jetzt wie sich windende Würmer über den angespannten Hals.

»Wenn Sie öffnen, passiert Ihnen nichts«, sagte er, doch ihr Blick sagte ihm, dass sie ihm nicht glaubte.

Sie glaubte nicht, dass ihr irgendjemand etwas Gutes tun würde, und warum sollte sie das auch?

Sie ging rückwärts zum Flur, ohne ihn aus den Augen zu lassen, die Pistole unverwandt auf ihn gerichtet, und er wusste, dass sie aufgewühlt genug war, um abzudrücken. Sie war eine Frau, die ihre Grenzen überschritten hatte, die langsam dem Abgrund entgegenschwebte, und das war trotz allem ein trauriger, herzzerreißender Anblick.

Ihr Mund war angstverzerrt, der Hals angespannt, und die Verzweiflung, die aus ihren Augen glühte, die Einsamkeit ihrer ganzen Person, ließ in ihm den Wunsch aufkommen, sie zu retten, ihr eine neue Chance zu geben, für ein besseres Leben, aber das war natürlich nicht möglich, und gerade als dieser sinnlose Mitleidsgedanke ihm durch den Kopf fuhr, begann jemand draußen das Schloss zu bearbeiten.

Sie wollten das Schloss aufbrechen, oder aber sie hatten irgendwie den Schlüssel aufgetrieben.

Das Kratzen war weiter zu hören, und sie kam zurück in die Küche, ging an Spülbecken und Küchentisch vorbei, näherte sich ihm, der er unter dem Fenster saß, sie sank neben ihm zusammen, wie ein ängstlicher Hase setzte sie sich dicht neben ihn, als suchte sie bei ihm Schutz.

Sie ist trotz allem auch nur ein Mensch, ein gequälter Mensch, dachte er und spürte ihre Körperwärme, und die tat ihm gut, und er überlegte, ob er nicht doch versuchen sollte, sie zu entwaffnen, jetzt, wo sie nicht mehr so auf der Hut war, jetzt, wo er leicht rankommen würde, da sie direkt neben ihm saß. Er brauchte nur schnell die Hand auszustrecken, mit der Schnelligkeit einer Klapperschlange zuzuschlagen, aber er war sich nicht sicher, ob er diese Schnelligkeit im Augenblick noch besaß. Der Körper war schwerfällig, er konnte nicht sagen, ob er ihm gehorchte, und die Übelkeit und der Schmerz im Bauch hielten ihn in einem festen Griff.

Dumpfe Stimmen waren von der Tür her zu hören, Werkzeug am Türrahmen und dann ein lautes Kratzen – danach blieb alles still.

Sie hatten die Tür aufgebrochen, und Peter Berg versuchte, die Geräusche im Flur aufzufangen, und er spürte, wie Lena Söderlund die Muskeln anspannte, sich halb aufrichtete, sich dann aber zurückfallen ließ, gegen die Heizung und halb auf Peter Berg. Sein Körper zuckte, und die Schmerzen in ihm schossen mit solcher Kraft auf, dass er wünschte, er würde das Bewusstsein verlieren und nicht weiter in diesem Schraubstock der Schmerzen sitzen müssen. Aber er wurde nicht ohnmächtig, die Qual ging weiter, und er versuchte, sich auf die Seite zu legen, um das Schlimmste abzumildern.

Da sahen sie einen Schatten im Flur. Der Schatten bewegte sich, und da geschah das, was er sich nicht gerade als die eleganteste Lösung vorgestellt hatte.

Die Frau neben ihm richtete die Pistolenmündung auf ihr eigenes Gesicht, nahm den Lauf in den Mund, und bevor er sie daran hindern konnte, war der Schuss abgefeuert und das Blut spritzte wie eine Fontäne aus ihrem Mund.

Er spürte, dass sie auf ihn fiel, ein warmer, weicher Körper, ein Mensch. Dann erinnerte er sich an nichts mehr als an den Schmerz, als an die reinste Folter, bevor er das Bewusstsein verlor.

## KAPITEL 24

Louise Jasinski öffnete die Tür zu Claes Claessons Zimmer, und drei Gesichter wandten sich ihr gleichzeitig zu. Sie blieb zögernd in der Türöffnung stehen, eine Hand auf der Klinke, legte den Kopf schräg zur Seite, und sie sahen, dass ihre Augen angeschwollen waren, aber das Gesicht war nicht traurig.

»Es ist gut gegangen«, sagte sie, schluckte, versuchte zu lächeln, während ihr gleichzeitig eine Träne über die Wange lief. Sie wischte sie fort und sprach weiter: »Er liegt auf der Intensivstation, aber sie gehen nicht davon aus, dass es noch Probleme geben wird. Er hatte ein Loch im Darm, jede Menge Kot und Blut in der Bauchhöhle ... na, so hat sie es natürlich nicht ausgedrückt, die Ärztin, Else-Britt Ek, sehr kompetent und nett, jedenfalls haben sie ihn nach allen Regeln der Kunst wieder zusammengeflickt, ihm Blut und ich weiß nicht was sonst noch gegeben. Sie mussten wohl auch ein Stück Darm entfernen, aber das sollte keine größere Rolle spielen, wie ich denke. Ich habe zwar nicht alles verstanden, was sie da gemacht haben, aber auf jeden Fall können wir hoffen.«

Claesson, Lundin und Erika Ljung ließen gleichzeitig ein erleichtertes Seufzen vernehmen.

»In einer Woche ist er wieder da«, meinte Lundin scherzhaft.

»Vielleicht nicht gerade in einer Woche, aber er kommt wieder«, erwiderte Louise lächelnd.

Sie hatten sie gebeten anzurufen, trotz allem war sie ja von Haus aus Krankenschwester, auch wenn es schon eine ganze Weile her war, seit sie die eine öffentliche Institution gegen die andere ausgetauscht hatte, die sie mit ihren Freiheiten eher lockte.

»Also wieder einmal Blumen«, sagte Claesson. »Nina hat ja ihre Verbindungen zum Blumenladen.«

»Vielleicht sollten wir warten, bis er aus der Intensivstation raus ist«, sagte Louise. »Hat übrigens jemand mit Sara Grip gesprochen?«

»Ja«, sagte Claesson. »Sie hat die Pistole gefunden, mit der Laura Ehrenswärd getötet wurde, das ist von den Technikern schon bestätigt worden, aber sicherheitshalber kommt heute noch ein Spezialist aus Helsingborg.«

»Wo hat sie sie gefunden?«, wollte Louise wissen, während sie sich neben Erika setzte.

»Du glaubst es kaum, im Wäscheschrank! Nur eine Frau kann eine Waffe da verstecken«, sagte Lundin, zog sich den Pullover aus und krempelte die Hemdsärmel hoch, die wieder das übliche alte Karomuster zeigten.

Es war immer noch warm, auch wenn es morgens bereits kühler wurde. Mitten am Tag konnte es weiterhin noch richtig heiß werden.

Erika sah bedrückt aus, aber niemand fragte, was wohl dahinter stecken mochte. Es war in letzter Zeit so viel geschehen. Man musste abwarten, bis sich alles wieder von allein normalisieren würde.

»Sara Grip hatte Peter Berg mitten in der Nacht angerufen, wie sie erzählt hat«, fuhr Claesson fort. »Sie war von ihm vorher wegen des roten Wagens vor Lauras Haus befragt worden und hatte wie viele andere Frauen ...«

Hier machte er eine Pause, nahm die Brille ab und fuhr sich mit der Hand über das Gesicht. Er sah müde aus, aber sie konnten nicht sagen, ob das nicht vielleicht auch an einem weinenden Säugling liegen konnte, an diesem kleinen Fräulein Claesson, das einfach nachts nicht schlafen wollte.

»Ja, Männer übrigens auch«, fuhr er fort und setzte sich die Brille wieder auf.

»Was? Wovon redest du eigentlich?«, wollte Louise wissen und zupfte ihm am Hemdsärmel.

»Sie hatte Vertrauen. Peter Berg flößt Vertrauen ein«, sagte er und schaute sie an.

»Ja, das weiß ich doch!«, rief Louise aus.

»Ja, stimmt. Sara Grip hatte nach der kurzen Befragung großes Vertrauen in ihn gehabt und sich deshalb getraut, ihn mitten in der Nacht zu wecken, um ihm zu erzählen, dass sie die Pistole gefunden hatte. Hier wollte sie nicht anrufen«, sagte Claesson in einem Ton, der ahnen ließ, dass er damit noch mehr andeuten wollte.

»Nein, wir Polizisten sind ja sowieso die bösen Buben, das ist doch bekannt«, sagte Lundin.

»Jetzt mal im Ernst«, ermahnte Claesson ihn. »Sara Grip war in einer schwierigen Situation. Lena Söderlund war eine große Stütze für sie, fast die einzige, kann man wohl sagen. Die beiden sind irgendwie Stiefschwestern und teilweise zusammen aufgewachsen, und Sara Grip wäre nie auf die Idee gekommen, dass Lena Söderlund sich eine Waffe besorgen könnte, schon gar nicht, dass sie sie auch benutzen würde.«

»Viele können mehr, als man ihnen zutraut«, warf Janne Lundin ein.

»Und Peter Berg, dieser Idiot, versuchte etwas, was er sicher nie wieder machen wird. Den einsamen Helden zu spielen lohnt sich nie«, sagte Claesson und schaute in erster Linie Erika an. »Ist vielleicht gar nicht so schlecht, wenn du das gleich mitkriegst«, sagte er zu ihr.

»Ich habe gehört, was du gesagt hast«, erwiderte Erika leise.

»Nach meiner … äh … laut Veronika, die Sara Grip im Zusammenhang mit gewissen Umständen kennen gelernt hat …«

»Wie altmodisch du dich ausdrückst«, warf Louise ein. »Schwangerschaft meinst du, nicht wahr?«

»Veronika und Sara Grip sind sich ein paar Mal begegnet, und Veronika hatte das Gefühl, dass Sara Grip einsam und etwas labil war«, fuhr Claesson fort, als hätte er Louises Kommentar gar nicht gehört. »Auf jeden Fall lebt sie allein mit dem Kind. Da waren wohl einige Probleme mit dem Vater, und jetzt auch noch das, ihre einzige Stütze ist weg, deshalb geht es ihr natürlich nicht gerade gut. – Nun ja«, sagte er dann und holte tief Luft. »Der Fall ist gelöst, und leider ist es nicht bei einem Mord geblieben.«

»Vielleicht ist es ja sogar am besten so«, meinte Louise.

»Das kann man nie wissen«, sagte Lundin.

Was eine Überlegung wert war.

»Übrigens, noch ein Detail«, brach Louise das Schweigen. »Das Bonbonpapier. Was ist eigentlich damit?«

»Lena Söderlunds Fingerabdruck. Es muss ihr aus der Tasche gerutscht sein«, sagte Claesson.

»Dann mochte sie also auch Süßigkeiten«, meinte Louise nachdenklich, als hätte sie gerade eine Seelenverwandte verloren.

Claesson machte etwas früher Schluss, fuhr am Alkoholladen Systemet vorbei, kaufte einige Flaschen Wein, besorgte einige Delikatessen beim Konsum und radelte dann nach Hause.

Sie waren daheim. Klara schlief im Wagen, und Veronika lag auf der Gartenbank und las, und in diesem Moment wurden ihm zwei Dinge klar. Zum einen, dass er schon zu lange vergeblich gehofft hatte, Veronika würde sich um das Haus kümmern, jetzt, wo sie sowieso daheim war. Das würde sie nie tun, sie würde daliegen, in seinen Augen faul, mit einem Buch vor der Nase, sobald es ihr möglich war. Und die zweite Einsicht war nur folgerichtig und ganz einfach, nämlich, dass er dann ebenso gut gleich damit anfangen konnte, auch das zu lieben. Wenn er überhaupt so große Worte wie *lieben* in den Mund nehmen wollte. Es ging darum, auch die Schattenseiten des anderen zu lieben. Schließlich musste er sie nehmen, wie sie war, ganz einfach, und vielleicht bekam er ja außerdem noch ein paar gute Büchertipps.

Nachdem ihm das klar geworden war, einfach, aber dennoch eine Offenbarung, wurde er innerlich ganz weich und hastete mit großen Schritten in dem viel zu hohen Gras auf sie zu.

»Kommst du jetzt schon?«, begrüßte sie ihn freudig. »Weißt du, ich lese gerade ein verdammt gutes Buch. Du solltest dir ein bisschen Zeit nehmen und es auch lesen, denn das spielt auf vielen verschiedenen Ebenen, ist wirklich gut komponiert, und die Handlung wird vorangetrieben ...«

Sie verstummte jäh, hob die Hand über die Augen, um nicht von der relativ starken Nachmittagssonne geblendet zu werden.

»Was ist?«, fragte sie. »Du siehst so merkwürdig aus.«

»Ich glaube, ich liebe dich«, sagte er und musste gleichzeitig feststellen, dass es das erste Mal überhaupt war, dass diese Worte über seine Lippen kamen.

»Eine Kleinigkeit zu essen?«, fragte er gleich und hielt die Tüten hoch. »Und ein schönes Glas Wein?«

»Feiern wir, dass der Fall gelöst ist?«

»Kann sein, auch wenn es, wie so oft, ein etwas zwiespältiges Gefühl ist. Auf jeden Fall können wir uns feiern.«

Ihre Augen funkelten, sie legte das Buch in den Kinderwagen zu Klara und ihre Arme um seinen Hals und drückte ihre Lippen auf seine, und er stand da mit einer Plastiktüte in jeder Hand und spürte, wie das Leben in ihm toste.

»Es ist ja fast lächerlich, aber diesmal sind die Rollen vertauscht«, sagte Erika Ljung.

»Ja, ist wirklich schlimm, wie emsig wir einander Krankenbesuche abstatten«, erklärte Peter Berg lachend, bis sein Bauch so wehtat, dass er gezwungen war, sich im Sessel nach vorn zu beugen.

Die Krankenschwester hatte ihm geholfen, die Klippe zu überwinden, aus dem Bett zu kommen und die drei, vier

Schritte zu dem Sessel am Fenster zu gehen. Die Welt zeigte sich anders in halb aufrechter Stellung. In Horizontallage hatte er fast nur Decke, Wände und das Bettende sehen können. An die Zeit auf der Intensivstation erinnerte er sich gar nicht mehr, sie erschien ihm nur wie eine nebulöse, starke Müdigkeit. Soweit er wusste, hatte er keine großen Schmerzen gehabt. Vermutlich hatten sie ihn betäubt, aber jetzt war Zeit für die Reha. Die Beine waren zittrig, er konnte kaum auf ihnen stehen, aber dennoch war der Fortschritt Tag für Tag sichtbar.

»Fantastische Blumen«, sagte er und schaute auf den überwältigenden Strauß in leuchtendem Feuergelb und Rot, der fast die Vase sprengte, in die Erika sie gestellt hatte. »War das Nina?«, fragte er.

»Wie konntest du das erraten? Aber sie sind von uns allen.«

»Schön«, sagte er.

Es war stickig in dem Einzelzimmer, und viel Bewegungsmöglichkeiten gab es auch nicht, ein Gemisch aus menschlichen Ausdünstungen und Chemikalien lag in der Luft.

Erika setzte sich auf die Bettkante, eine andere Sitzmöglichkeit gab es nicht, und es wäre komisch gewesen, mit Peter im Stehen zu sprechen.

»Warum bist du nur alleine los, du Dummkopf?«, schimpfte sie mit ihm.

»Rede bloß nicht mehr davon«, seufzte er. »Ich habe einen Fehler gemacht. Dabei hatte ich mir selbst schon ausgerechnet, dass Lena Söderlund darin verwickelt sein könnte. Sie hatte schließlich ein Motiv.«

Erika schaute ihn an.

»Ja, das hatte sie wohl«, sagte sie.

»Ich war sogar schon mal bei ihr und habe geklingelt, bevor das passiert ist«, erzählte er und schaute auf seinen Bauch. »Nicht damals im Februar, als du mit warst und wir ihr mitteilen mussten, dass ihr Mann überfahren worden war, sondern jetzt, vor ein paar Tagen, aber da war sie nicht zu Hause. Ich war mir ziemlich sicher, dass sie dahinter steckte. Da stimmte etwas nicht. Und dann rief Sara an …«

»Wann?«

»Ja, weit nach Mitternacht. Ich bin natürlich erst am nächsten Morgen hingefahren.«

»Ja.«

»Und dann kam es, wie es kommen musste«, sagte er und zuckte mit den Schultern, die unter dem weißen Krankenhaushemd sehr dünn wirkten.

»Das stimmt«, sagte Erika lächelnd. »Aber das wird schon wieder.«

»Ja, aber einen ziemlichen Schrecken habe ich doch bekommen. Nun ja, alles dauert so seine Zeit«, erwiderte er und versuchte ein Bein über das andere zu schlagen, was ihm aber nicht gelang. Es tat zu weh.

Er trug eine dunkelblaue Baumwollhose, die ihm das Krankenhaus gegeben hatte und war noch blasser und dünner als sonst, sah aber nicht verhärmt aus. Es war Leben in seinen Augen, und seine Gesichtshaut bekam langsam wieder ihren Glanz. Erika fühlte eine Art Zärtlichkeit für ihn, sie hätte ihn am liebsten angefasst, traute sich aber nicht.

Es klopfte an der Tür, und herein kam eine dünne, dunkelhaarige Frau, die sehr schüchtern aussah. Sie schaute Erika an, die bunte, schöne Erika, und wurde puterrot.

»Entschuldigung, ich störe wohl«, sagte sie leise und fummelte mit den Fingern, und Erika sah, dass sie versuchte, eine Blume in der Hand zu verstecken. Eine Sonnenblume.

»Komm herein, Sara«, sagte Peter Berg vom Sessel aus, und Erika konnte sehen, wie er sich freute, das ganze Zimmer veränderte sich, und als Saras und Peters Blicke sich begegneten, fühlte Erika sich plötzlich überflüssig.

»Ich glaube, ich muss jetzt gehen«, sagte sie und stand auf. »Pass auf dich auf«, sagte sie zu Peter und nickte mit einem etwas gezwungenen Lächeln Sara zu, als sie sich an ihr auf dem Weg zur Tür vorbeizwängen musste.

Als Erika draußen auf dem Flur war, musste sie sich zwingen, nicht zum Fahrstuhl zu laufen.

Die Einsamkeit hatte ihre Klauen in sie geschlagen. Warum

war sie nur so dumm und begriff nicht, was für sie selbst das Beste war?

Draußen schien die Sonne. Sie blinzelte zum Himmel hinauf.

## DANK DER AUTORIN

Die Handlung ist reine Fiktion. Was in diesem Roman passiert, hat so nie stattgefunden, aber wenn es so gewesen wäre, hätte die Geschichte so ablaufen können wie geschildert. Oder anders. Das kann man nie genau wissen.

Ich habe für die Sachfragen Hilfe gebraucht, aber auch um Ideen und Gedanken zu entwickeln. Deshalb möchte ich meinen besonderen Dank an folgende Menschen richten, die mir dabei behilflich waren. Dabei möchte ich betonen, dass ich ganz allein an allen möglichen Fehlern oder übersehenen Fakten die Schuld trage.

Kriminalkommissar **Bengt-Åke Malm** und Kriminalinspektor **Jan Jensen** in Lund, die mir Einblick in die Arbeitsabläufe bei Ermittlungen im Zusammenhang mit Mordfällen gegeben haben und mir außerdem behilflich waren mit Informationen zur Ermittlungsarbeit bei Verdacht auf Frauenmisshandlung.

Kriminaltechniker **Lars Henriksson** vom Landeskriminalamt in Helsingborg, der alles über Waffen weiß und so eine passende Waffe für mich aussuchen konnte, und der außerdem bei den technischen Details der Spurensicherung eines Tatorts behilflich war.

Der Gerichtsmediziner und Dozent **Peter Krantz** aus Lund, mit dem ich viele lehrreiche Telefongespräche über Schusswunden jeglicher Art geführt habe und deren Unterschiede, die abhängig sind vom Waffentyp, sowie über die Frage, was eine rechtsmedizinische Untersuchung in dem aktuellen Fall bringen könnte.

Die Dozentin und stellvertretende Oberärztin **Ann Hermansson** von der Hals-Nasen-Ohrenklinik in Lund hat mir die erforderlichen Informationen über Gesichtsverletzungen nach Misshandlungen und ihre Behandlung aus rein chirurgischer Sicht gegeben.

Der Dozent und Oberarzt **Pavo Hedner** von der Medizinklinik in Lund, dessen endokrinologische Kenntnisse (Hormone) die Schilderung einer selbstverursachten Hyperthyreos festigten, das heißt eines zu hohen Schilddrüsenwertes auf Grund einer Überdosis.

Die Stationsleiterin und Hebamme **Eva Engvall-Johansson** von der Frauenklinik in Lund hat mich an vielen Gedanken und Überlegungen bezüglich den Arbeitsaufgaben einer Stationsleiterin in der heutigen Krankenpflege teilhaben lassen.

Die Bibliothekarin **Anne Meer** von der Stadtbibliothek in Lund, die mich in der Bibliothek hospitieren und den täglichen Arbeitsablauf beobachten ließ, und die mir half, das Bild des Alltags einer Bibliothekarin heute glaubwürdig zu schildern.

Zum Schluss, aber nicht weniger herzlich, möchte ich meinen beiden Leserinnen danken, die mich im Laufe meiner Reise unterstützt und inspiriert haben, meine Schwester **Eva Andersson** und meine Tochter **Åsa Nyman.** Außerdem ein dickes Dankeschön an meine Verlegerin **Charlotte Aquilonius,** mit der ich eine äußerst konstruktive und sorgfältige Zusammenarbeit hatte, und meinem Lektor **Tobias Nordqvist** für seine wertvollen Hinweise.

Inger
Frimansson
Die Insel der
nackten Frauen
Roman
btb
»Eine der besten Krimiautorinnen Schwedens!«
Svenska Dagbladet

btb
Inger
Frimansson
Die Katze, die
nicht sterben
wollte
Roman

btb
Inger
Frimansson
Der
Beschützer
Roman
»Sie ist die Einzige in Schweden, die es mit Minette Walters aufnehmen kann.«
Länstidningen
Södertälje